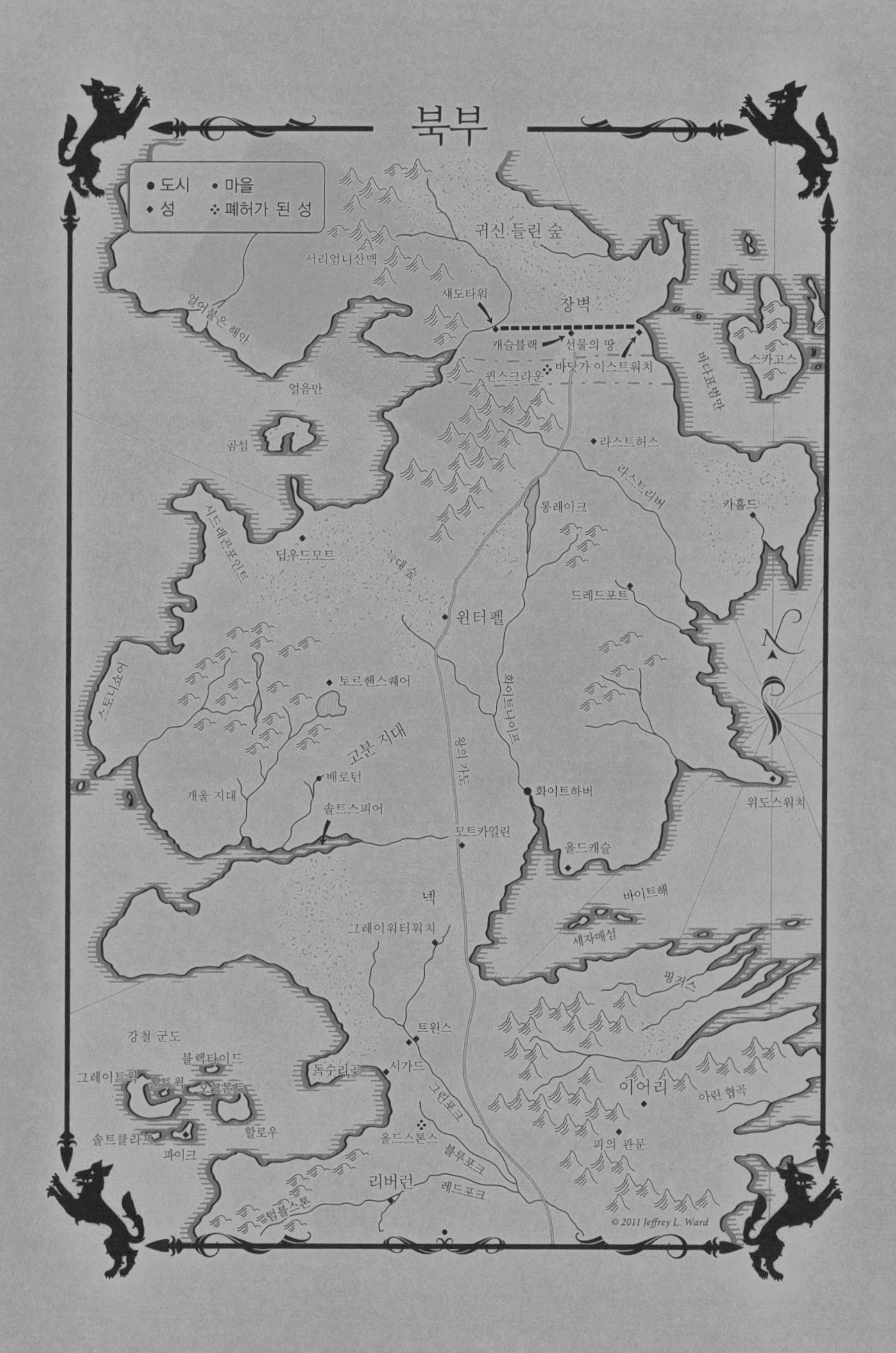

북부
도시
마을
성
폐허가 된 성
귀신 들린 숲
서리엄니산맥
새도타워
장벽
캐슬블랙
선물의 땅
바닷가 이스트워치
퀸스크라운
스카고스
바다표범만
얼어붙은 해안
얼음만
곰섬
라스트허스
라스트리버
롱레이크
카홀드
시드레곤포인트
딥우드모트
늑대숲
드레드포트
윈터펠
스토니쇼어
토르헨스퀘어
화이트나이프
고분 지대
왕의 가도
배로턴
개울 지대
솔트스피어
화이트하버
위도스워치
모트카일린
올드캐슬
바이트해
넥
그레이워터워치
세자매섬
핑거스
트윈스
강철 군도
블랙타이드
그레이트윅
올드윅
오크몬트
독수리곶
시가드
그린포크
이어리
아린 협곡
솔트클리프
할로우
파이크
올드스톤스
블루포크
피의 관문
리버런
레드포크
텀블스톤
© 2011 Jeffrey L. Ward

남부
도시
마을
성
폐허가 된 성
세자매섬
트윈스
강철 군도
블랙타이드
그레이트윅
올드윅
솔트클리프
할로우
파이크
독수리곶
시가드
그린포크
블루포크
올드스톤스
페어마켓
레드포크
이어리
아린 협곡
롱보우홀
피의 관문
룬스톤
걸타운
레드포트
트라이던트
베인포트
텀블스톤
리버런
해로웨이 마을
솔트팬스
크래그
애시마크
강역 가도
하이하트
에이콘홀
하렌홀
미의섬
페어캐슬
골든투스
핑크메이든
얼굴섬
신의 눈
왕의 가도
메이든풀
크랙클로포인트
드래곤스톤
사스필드
혼베일
스토니셉트
케이스
캐스털리록
딥덴
드리프트마크
라니스포트
더스큰데일
샤프포인트
황금 가도
킹스랜딩
로스비
블랙워터
만
메이시의 갈고리
블랙워터 급류
크레이크홀
리치 평원
왕의 숲
헤이스택홀
골든그로브
장미 가도
타스
비터브리지
브론즈게이트
올드오크
롱테이블
스톰스엔드
이븐폴홀
방패 군도
멘더
애시포드
서머홀
그리핀스루스트
십브레이커만
하이가든
크로스네스트
도르네 변경 지역
뼈의 길
스톤헬름
비 숲
나이트송
혼힐
블랙헤이븐
레인스곶
브라이트워터킵
윌
도르네해
에스터몬트
기쁨의 탑
킹스그레이브
업랜드
블랙몬트
블랙크라운
올드타운
이론우드
스타폴
토르
도르네
부서진 팔
레드와인 해협
갓스그레이스
선스피어
샌드스톤
헬홀트
아버
솔트쇼어
레몬우드
© 2011 Jeffrey L. Ward

검의 폭풍

1

* 이 도서의 국립중앙도서관 출판예정도서목록(CIP)은 서지정보유통지원시스템 홈페이지(http:seoji.nl.go.kr)와 국가자료공동목록시스템(http:www.nl.go.krkorisnet)에서 이용하실 수 있습니다. (CIP제어번호: CIP2018021513)

얼음과 불의 노래 제3부 A SONG OF ICE AND FIRE

GEORGE R. R. MARTIN

검의 폭풍

조지 R. R. 마틴 장편소설

이수현 옮김

1

은행나무

목차

일러두기

1 등장인물의 이름이 다른 이름이나 단어와 혼동할 여지가 있는 경우에는 최대한 혼동을 피하는 방향으로 표기했다. 또한 이름에 일반명사가 포함되어 있는 경우, 외래어 표기법을 따르되 기존 독자의 편의를 고려해 임의로 표기하기도 했다. (예: 존 스노우, 섀기독, 드래곤)

2 본문의 주는 모두 옮긴이의 것으로, 괄호 안에 글씨 크기를 줄여 표기했다.

시간 순서에 대하여

〈얼음과 불의 노래〉는 여러 등장인물의 눈으로 서술되는데, 때로는 그 인물들이 수백 수천 킬로미터 떨어진 곳에 있다. 어떤 장은 하루를, 어떤 장은 한 시간을 다루고 또 어떤 장은 보름, 한 달, 반년을 다루기도 한다. 이런 구성이다 보니 서술이 늘 순차적일 수는 없다. 때로는 중요한 사건이 천 킬로미터 떨어진 곳에서 동시에 일어나기도 한다.

독자 여러분이 지금 손에 쥔 《검의 폭풍》의 경우에는, 앞부분이 《왕들의 전쟁》 마지막에 이어지기보다 겹쳐진다는 사실을 알아두는 게 좋겠다. 이 책은 킹스랜딩에서 블랙워터 전투가 벌어지는 동안, 그리고 그 여파 속에서 최초인의 주먹, 리버런, 하렌홀, 트라이던트에 무슨 일이 일어나고 있었는지 보여주면서 시작한다…….

조지 R. R. 마틴

프롤로그

흐린 데다 살을 에도록 추운 날이었고, 개들은 냄새를 맡지 않으려 했다.

덩치 큰 검은색 암캐는 곰 발자국을 한번 킁킁대더니 다리 사이에 꼬리를 말고 뒷걸음질 쳐서 무리 속으로 돌아갔다. 개들은 매서운 바람에 두들겨 맞으며 불쌍한 몰골로 강둑에 몰려섰다. 체트도 겹겹의 검은색 가죽과 모직 옷 사이로 뚫고 들어오는 바람을 느꼈다. 인간에게나 짐승에게나 욕지기나게 추웠지만, 그래도 그들은 여기 나와 있었다. 체트의 입매가 뒤틀렸다. 그는 뺨과 목을 뒤덮은 종기가 빨갛게 부풀어 오르는 게 느껴질 것만 같았다. '난 안전하게 장벽에 남아서 망할 까마귀들을 돌보고 늙은 아에몬 학사를 위해 불을 피우고 있었어야 해.' 서자 존 스노우 놈이 그 자리를 빼앗아서 뚱보 친구 샘 탈리에게 주었다. 체트가 불알이 떨어지도록 추운 날씨에 개 떼를 데리고 귀신 들린 숲 깊숙이 들어와 있는 건 다 그놈들 탓이었다.

"일곱 지옥이여." 그는 개들의 주의를 끌기 위해 목줄을 세게 잡아당겼다. "추적을 해, 이 개새끼들아. 저기 곰 발자국이 있잖아. 고기를 먹고 싶지 않은 거냐? 찾으라고!" 하지만 개들은 서로에게 더 몸을 붙이며 낑낑거릴 뿐이었다. 체트가 개들의 머리 위로 짧은 채찍을 휘두르자, 검은 암캐가 으르렁거렸다. "개고기도 곰 고기 못지않아." 그는 서리 입김을 뿜으며 개에게 경고했다.

시스터맨 라크는 팔짱을 끼고 두 손은 겨드랑이에 넣은 채로 서 있었다. 검은색 모직 장갑을 끼긴 했지만, 그는 계속 손가락이 얼고 있다고 불평했다. "사냥을 하기엔 너무 춥다. 곰은 됐다 그래. 얼어 죽으면서까지 잡을 가치는 없어."

"빈손으로 돌아갈 순 없어, 라크." '작은 폴'이 얼굴을 거의 다 덮은 갈색 수염 속으로 웅얼거렸다. "사령관님이 좋아하지 않으실 거야." 그 덩치 큰 사내의 납작코 아래에는 콧물이 얼어붙어 있었다. 두꺼운 털장갑을 낀 커다란 손이 창대를 꽉 잡았다.

"늙은 곰도 됐다 그래." 이목구비가 날카롭고 눈빛이 불안한 시스터맨이 말했다. "모르몬트는 해가 뜨기 전에 죽을 거야. 기억해? 그 인간이 뭘 좋아하든 무슨 상관이야?"

작은 폴은 작고 까만 눈을 껌벅거렸다. '잊어버렸나 보군.' 체트는 생각했다. 폴은 뭐든 잊어버릴 만큼 멍청한 놈이었다. "왜 늙은 곰을 죽여야 하는데? 왜 그냥 달아나고 늙은 곰은 내버려두면 안 돼?"

"그 인간이 우릴 내버려둘 것 같냐? 살려두면 우릴 추격할 거야. 사냥당하고 싶은 거냐, 이 얼간아?"

"아니. 사냥당하고 싶지 않아. 그건 싫어." 작은 폴이 말했다.

"그럼 모르몬트를 죽이는 거지?" 라크가 말했다.

"응." 거한은 얼어붙은 강둑에 창끝을 찍었다. "그럴 거야. 우릴 추격하면 안 되니까."

시스터맨 라크는 겨드랑이에 끼고 있던 손을 빼고 체트를 돌아보았다. "고위직은 다 죽여야 해."

체트는 신물이 났다. "다 끝난 얘기잖아. 늙은 곰하고, 섀도타워에서 온 블레인은 죽여. 불침번 잘못 걸린 그럽스와 아에단도 죽이고, 디웬과 배넨은 추적 능력이 있으니 죽이고, 돼지 경은 까마귀가 있으니 죽여. 그게 다야. 그놈들이 잘 때 조용히 죽이는 거야. 하나라도 비명을 올리면 우린 다 벌레 밥 되는 거야." 화가 나서 종기가 다 붉어졌다. "네 몫이나 하고 네 사촌들도 자기 몫을 제대로 하라고 해. 그리고 폴, 두 번째가 아니라 세 번째 불침번 때라는 거 기억해."

"세 번째 불침번." 거한은 수염과 얼어붙은 콧물 사이로 말했다. "나하고 조용한 발. 나 기억해, 체트."

오늘 밤은 달이 뜨지 않을 테고, 그들은 이미 그 불침번 순번에 패거리 중 여덟 명이 보초를 서고 두 명이 말들을 지키게 손써두었다. 이보다 더 적당한 때는 없을 것이다. 게다가 언제 야인들이 들이닥칠지 몰랐다. 체트는 야인들이 몰려오기 전에 여기에서 멀리 도망칠 작정이었다. 살아남을 작정이었다.

밤의 경비대 형제 300명이 북쪽으로 달려왔다. 캐슬블랙에서 200명, 섀도타워에서 100명. 경비대 전력의 3분의 1에 가까운, 살아 있는 사람들이 기억하기로는 가장 큰 원정이었다. 그들은 실종된 벤 스타크과 웨이마르 로이스 경을 비롯한 다른 순찰자들을 찾고, 왜 야인들이 마을을 버리고 떠났는지 알아내려 했다. 글쎄, 스타크와 로이스에 대한 정보는 장벽을 떠났을 때보다 나아진 게 없었지만, 야인들이 다 어디로 갔는지는 알아냈다. 그들은 신들도 저버린 엄혹한 서리엄니산맥으로 올라갔다. 그곳에 언제까지나 모여 앉아 있다면 체트의 종기가 따끔거릴 일도 없으련만.

그렇게 되지가 않았다. 그들은 내려오고 있었다. 우유강을 따라 남하했다.

체트가 눈을 들어 올리자 그 강이 보였다. 우유강의 돌 강둑은 얼음에 뒤덮였고, 뿌연 우윳빛 물은 서리엄니에서부터 쉼 없이 흘러내렸다. 그리고 이제 만스 레이더와 그의 야인들이 같은 길로 흘러내려 오고 있었다. 사흘 전에 거품을 물고 돌아온 토렌 스몰우드가 늙은 곰에게 정찰대가 본 내용을 보고하는 동안, 그 밑에 있는 흰눈 케지가 나머지 대원들에게 말했다. "아직 산 위 높은 곳에 있지만, 오고 있어." 케지는 불가에서 손을 녹이며 말했다. "개 머리 하르마, 그 쓰레기 같은 년이 선봉이야. 야영지에 잠입한 고디가 불가에 있는 그년을 똑똑히 봤어. 멍청한 텀버존은 화살로 그년을 잡고 싶어 했지만, 스몰우드는 그보다 판단력이 좋았지."

체트는 침을 뱉었다. "얼마나 많았는지 말해줄 수 있어?"

"아주 많아. 2000, 3000은 될 거야. 세어보진 못했어. 하르마의 선봉대만 500이었는데, 전원 말을 탔어."

불가에 둘러선 남자들은 불안한 눈빛을 교환했다. 말을 모는 야인이 십여 명 있는 경우도 드물었는데, 500명이라니…….

케지는 말을 이었다. "스몰우드는 선봉대 뒤로 멀찍이 돌아가서 본대를 보고 오라고 배넨과 나를 보냈어. 끝이 없더군. 얼어붙은 강처럼 천천히, 하루에 4, 5킬로미터씩 이동하고 있긴 하지만 마을로 돌아갈 생각은 없어 보여. 절반 이상이 여자들과 아이들이고, 가축을 앞세워 몰고 있었어. 염소, 양, 심지어 썰매 끄는 들소까지. 썰매에는 모피 짝과 고깃덩어리, 닭장, 버터 제조기, 물레 할 것 없이 가진 건 다 실었더군. 노새들과 조랑말들은 등이 부러지겠다 싶을 정도로 무겁게 짐을 졌고. 여자들도 마찬가지야."

"그리고 우유강을 따라온다고?" 시스터맨 라크가 물었다.

"그렇다니까."

우유강을 따라온다면 밤의 경비대가 진을 친 고대의 원형 요새 '최초인의 주먹'을 지나게 될 것이다. 조금이라도 제정신이 박혔다면 지금 말뚝을 뽑고 장벽으로 후퇴할 터였다. 늙은 곰은 대못과 구덩이와 마름쇠로 이곳을 강화해두었지만, 그런 대군을 상대로는 무의미한 짓이었다. 여기 남아 있다가는 에워싸여 괴멸당할 게 뻔했다.

그리고 토렌 스몰우드는 공격하고 싶어 했다. 다정한 도넬 힐은 말라도어 로크 경의 시종을 들었는데, 그제 밤에 스몰우드가 말라도어 로크의 천막에 왔었다. 말라도어 경은 나이 많은 오틴 위더스 경과 함께 장벽으로 후퇴하자는 파였는데, 스몰우드는 그를 반대쪽으로 설득하고 싶어 했다. 다정한 도넬은 스몰우드가 이렇게 말했다고 했다. "장벽 너머 왕이란 놈도 이 북쪽에서 우리를 볼 줄은 모를 겁니다. 그리고 그놈의 대군이라는 건 장검의 어느 쪽을 잡아야 하는지도 모르는 쓸모없는 군입들이 가득한 오합지졸에 불과해요. 한 방 제대로 날리면 놈들의 투지를 다 빼앗을 수 있습니다. 울면서 자기네 굴속으로 돌아가서 앞으로 50년은 못 나오게 해주죠."

300 대 3000. 체트는 미친 짓이라고 생각했지만, 그보다 더 정신 나간 건 말라도어 경이 설득당해서 둘이 같이 늙은 곰을 설득하러 나섰다는 사실이었다. "너무 오래 기다리다간 이번 기회를 놓칠지 몰라요. 이런 기회는 다시 안 옵니다." 스몰우드는 듣는 사람이라면 누구에게나 그렇게 말하고 다녔다. 오틴 위더스 경은 이렇게 반박했다. "우리는 인간의 영토를 지키는 방패야. 이렇다 할 목적도 없이 방패를 던져버려선 안 돼." 하지만 토렌 스몰우드는 다시 반박했다. "칼싸움에서 가장 확실한 방어는 방패 뒤에 숨는 게 아니라 빠른 공격으로 적을 베는 거요."

하지만 지휘관은 스몰우드도 위더스도 아니었다. 모르몬트 공이었다. 그리고 모르몬트는 다른 정찰대들을 기다리고 있었다. '거인의 계단'을 올라간 자먼 벅웰과 정찰병들을, 그리고 '귀곡성 고개'를 탐색하러 간 반쪽 손 쿼린과 존 스노우를 기다렸다. 하지만 벅웰과 반쪽 손 둘 다 귀환이 늦었다. 죽었을 가능성이 높았다. 체트는 어느 황량한 산봉우리에서 엉덩이에 야인의 창이 꽂힌 채 파랗게 얼어 있는 존 스노우의 모습을 그렸다. 생각

만 해도 웃음이 나왔다. '놈들이 그놈의 망할 늑대도 죽였으면 좋겠군.'

체트는 불쑥 말했다. "여기엔 곰이 없어. 오래된 발자국뿐이야. 주먹으로 돌아가자." 돌아가고 싶어 안달이 난 개들이 그를 질질 잡아끌다시피 했다. 돌아가면 먹이가 있을 줄 아는 모양이었다. 체트는 웃을 수밖에 없었다. 개들을 사납고 굶주린 상태로 만들기 위해 벌써 사흘째 아무것도 먹이지 않았다. 오늘 밤 어둠 속으로 사라지기 전에 그놈들을 말들 사이에 풀어놓을 생각이었다. 다정한 도넬 힐과 굽은 발 카를이 밧줄을 끊은 다음에 말이다. 그러면 으르렁대는 사냥개들과 공포에 질린 말들이 사방을 뛰어다니며 불을 걷어차고 돌벽을 뛰어넘고 천막을 짓밟아댈 것이다. 그렇게 혼란을 일으키면 열네 명이 사라졌다는 사실을 누가 알아차리기 전까지 몇 시간은 벌 수 있을지 몰랐다.

라크는 패거리를 두 배로 늘리고 싶어 했다. 생선 냄새 나는 멍청한 시스터맨에게 뭘 기대할 수 있겠는가? 엉뚱한 귀에 한마디만 잘못 속삭였다간 머리가 날아가기 십상이었다. 아니, 열넷이 딱 좋은 수였다. 필요한 일을 해내기엔 충분하면서 비밀을 지키지 못할 만큼 많지도 않았다. 대부분 체트가 직접 끌어들인 형제들이었다. 작은 폴도 그중 하나였는데, 죽은 달팽이보다 더 굼뜨긴 해도 장벽에서 제일 힘이 센 남자였다. 한번은 포옹만으로 어느 야인의 등을 부러뜨리기도 했다. 자기가 제일 좋아하는 무기를 별명으로 삼은 '비수'도 있었고, 젊은 시절에 백 명의 여자를 강간하고서는 그 여자들은 자기가 몸을 밀어 넣을 때까지 보지도 듣지도 못했노라 허풍을 떨어대서 "조용한 발"이라고 불리는 몸집 작은 중년의 사내도 있었다.

계획은 체트가 짰다. 그는 영리한 사내였다. 서자 존 스노우가 끼어들어서 뚱뚱한 돼지 친구에게 자리를 넘겨주기 전까지 4년이나 아에몬 학사의 개인 집사로 일하지 않았던가. 그는 오늘 밤 샘 탈리를 죽일 때, 그 돼지 경의 목을 따서 비계 사이로 피를 쏟기 전에 귓가에 대고 "스노우 나리에게 내 사랑을 전해줘"라고 속삭일 계획이었다. 체트는 까마귀들에게 낯선 사람이 아니니, 소란 피우지 않을 수 있을 것이다. 샘 탈리를 잡는 것도 어려울 게 없었다. 칼만 갖다 대도 그 겁쟁이는 바지에 오줌을 지리고 살려달라고 더듬거리기 시작할 테지. 살려달라고 빌게 두자. 그래봐야 소용없을 테니까. 그놈의 목을 따고 나면 장벽에 아무 전언도 가지 못하게 새장 문을 열어서 까마귀를 다 쫓아버려야지. 조용한 발과 작은 폴이 늙은 곰을 죽일 테고, 비수가 블레인을 죽이고, 라크와 그 사촌들이 배넨과 늙은 디웬을 죽여서 도망친 우리를 뒤쫓지 못하게 하는 거다. 보름 치 식량은 모아두었고, 다정한 도넬과 굽은 발 카를이 말을 준비해둘 것이다. 모르몬트가 죽으면 지휘권은 오틴 위더스 경에게 넘어간다. 쓸모없는 늙은이가 된 위더스는 해가 지기 전에 장벽으로 도망칠 테고, 괜히 우리를 뒤쫓느라 사람을 허비하지도 않을 것이다.

개들이 숲속을 누비며 그를 잡아끌었다. 체트는 녹색 숲을 뚫고 솟아오른 '주먹'을 볼 수 있었다. 낮인데도 워낙 어둡다 보니 늙은 곰이 켜놓으라고 지시한 횃불들이 가파른 돌 언덕 꼭대기에 얹힌 원형 담을 따라 거대한 원을 그리며 타올랐다. 세 사람은 개울을 걸어서 건넜다. 물은 얼어붙도록 차가웠고, 수면에 살얼음이 끼기도 했다. 시스터맨 라크가 마음을 털어놓았다. "난 해안가로 갈 거야. 나와 내 사촌들, 우린 배를 만들어서 세자매섬으로 돌아갈 거야."

'그리고 고향에 가면 너희가 탈영병인 걸 알고 그 멍청한 머리통을 쳐내겠지.' 체트는 생각했다. 일단 서약을 하고 나면 밤의 경비대를 떠날 방법이 없었다. 칠왕국 어디로 가더라도 그들을 잡아 죽일 것이다.

잘린 손 올로는 티로시까지 배를 몰고 가겠다는 이야기를 하고 있었다. 티로시에서는 정직한 도둑질 좀 했다고 손이 잘리지도 않고, 어느 기사 마누라와 한 침대에 있었다는 이유로 얼어 죽을 곳으로 보내지도 않는다면서 말이다. 체트는 올로와 함께 갈까 싶기도 했지만, 그는 티로시의 감상적이고 계집애 같은 언어를 할 줄 몰랐다. 게다가 티로시에서 뭘 할 수 있단 말인가? 해그스마이어(Hag's Mire, 노파의 진창)에서 자란 그는 이렇다 할 직업적인 재주가 없었다. 그의 아버지는 평생 남의 밭을 갈고 거머리를 모으며 살았다. 두꺼운 가죽 기저귀 같은 것만 차고서 탁한 물속을 걸어 들어갔다가, 걸어 나올 때는 젖꼭지께부터 발목까지 거머리에 뒤덮여 있었다. 가끔은 체트에게 거머리 떼는 일을 시켰다. 한번은 거머리 한 마리가 체트의 손바닥에 달라붙는 바람에 혐오감에 벽을 쳐서 죽인 적이 있었다. 그러자 아버지는 체트를 죽도록 때렸다. 학사들이 거머리를 열두 마리에 한 푼씩 주고 샀기 때문에.

라크는 원한다면 집에 갈 수 있겠고, 망할 티로시인도 마찬가지겠지만, 체트는 아니었다. 해그스마이어를 다시 볼지 말지 말하기엔 아직 일렀다. 그는 크래스터의 요새가 마음에 들었다. 크래스터는 그곳에서 영주처럼 떵떵거리고 사는데, 똑같이 하지 못할 이유가 뭔가? 그러면 정말 웃기겠지. 거머리잡이의 아들 체트가 성을 둔 영주라니. 깃발은 분홍색 바탕에 거머리 십여 마리가 들어간 모양으로 할 수도 있겠다. 하지만 왜 영주에서 멈춘단 말인가? 왕이 될 수도 있다. '만스 레이더도 까마귀로 시작했지. 나도 만스 레이더처럼 왕이 되어 아내를 몇 명 거느릴 수 있어.' 크래스터에겐 아내가 열아홉 명이었다. 아직 어린 아이들, 크래스터가 아직 잠자리를 갖지 않은 딸들을 빼고도 그랬다. 그중 절반은 크래스터 못지않게 늙고 못생겼지만, 상관없었다. 늙은 여자들이야 요리와 청소를 시키고 당근을 뽑고 돼지를 먹이게 하고, 젊은 여자들은 그의 침대를 데우고 자식을 낳으면 될 일이다. 일단 작은 폴에게 한번 안기고 나면 크래스터도 찍소리 못 할 것이다.

체트가 아는 여자라고는 몰스타운에서 돈 주고 샀던 창녀들뿐이었다. 더 젊었을 때는 마을 여자들이 그의 종기투성이 얼굴만 흘긋 보고는 역겨워하며 고개를 돌리곤 했다. 최악은 더러운 베사였다. 베사는 해그스마이어에 있는 청년 모두에게 다리를 벌렸고, 그래서 체트는 나라고 안 되겠냐고 생각했었다. 아침나절을 다 들여서 베사가 좋아한다는 야생화를 꺾어 모으기도 했다. 그러나 베사는 면전에서 그를 비웃으며, 체트와 같이 침대에 들어가느니 체트 아버지의 거머리들과 같이 기겠다고 했다. 체트가 칼을 박아 넣자 그 웃음도 멈췄다. 그때 베사의 얼굴에 떠오른 표정이 달콤했기에, 그는 칼을 뽑아서 다시 한번 찔렀다. 세븐스트림스(Sevenstreams, 일곱 개울) 근처에서 체트가 잡혔을 때, 노(老) 왈더 프레이 공은 직접 판결을 내리러 행차하지도 않았다. 서자 가운데 하나인 왈더 리버스를 보냈다. 그리고 정신을 차려보니 체트는 냄새 지독한 검은 악마 요렌과 함께 장벽을 향해 걷고 있었다. 달콤한 한순간의 대가로 평생을 빼앗겼다.

하지만 이제 그는 인생을 되찾고, 크래스터의 여자들도 차지할 작정이었다. 그 기분 나쁜 늙은 야인이 옳다. 여자를 아내로 두고 싶다면 차지하면 될 일이지, 꽃다발을 안겨준다고 여자가 흉한 종기를 못 보고 지나칠까. 체트는 다시는 그런 실수를 하지 않을 생각이었다.

이 계획은 성공할 거라고, 체트는 백 번째로 또 다짐했다. '우리가 벗어나기만 하면. 오틴 경은 남쪽 섀도타워로 향할 거야. 장벽으로 가는 가장 빠른 길이니까. 오틴 위더스라면 우리에게 신경 쓰지 않을 거야. 온전히 돌아가기만 바랄 테니까. 토렌 스몰우드는, 그놈이라면 공격을 밀어붙이고 싶어할 테지만, 오틴 경은 워낙 조심성이 뿌리 깊은 데다 연장자이기도 해. 어쨌든 상관없어. 우리가 떠나고 나서야 스몰우드가 누굴 공격하든 말든, 뭐 하러 신경을 쓰겠어? 아무도 장벽에 돌아가지 못한다면 아무도 우릴 찾아 나서지 않을 텐데. 나머지와 함께 우리도 죽었다고 생각할 거야.' 그 생각은 새로웠고, 잠시 그를 유혹하기도 했다. 하지만 스몰우드에게 지휘권을 주려면 오틴 경과 말라도어 로크 경을 다 죽여야 했는데, 둘 다 밤이고 낮이고 수행원이 있었다……. 아니, 위험 부담이 너무 컸다.

"체트, 새는 어떻게 해?" 작은 폴이 파수목과 병정 소나무 사이로 구불구불 이어지는 돌투성이 오솔길을 걸으며 말했다.

"무슨 빌어먹을 새?" 멍청이가 새에 대해 지껄이는 소리를 들을 기분이 아니었다.

"늙은 곰의 까마귀 말이야. 늙은 곰을 죽이면, 그 새는 누가 키워?"

"무슨 상관이야? 원한다면 그 새도 네가 죽이든지."

"난 새를 해치고 싶지 않아. 하지만 그건 말하는 새잖아. 그 새가 우리가 무슨 짓을 했는지 말하면 어떻게 해?"

시스터맨 라크가 웃음을 터뜨리며 놀렸다. "작은 폴, 성벽처럼 미련하다네."

"그 입 다물어." 작은 폴의 말투가 위험했다.

체트는 거한이 심하게 분노하기 전에 끼어들었다. "폴, 놈들이 목이 잘려서 피 웅덩이에 누운 노인장을 발견하면, 새가 말해주지 않아도 누가 죽였는지는 알 거야."

작은 폴은 잠시 생각해보더니 동의했다. "맞는 말이네. 그럼 그 새는 내가 가져도 돼? 난 그 새가 좋아."

"그놈은 네 거야." 체트는 그저 폴의 입을 닫기 위해 말했다.

"데리고 다니다가 배가 고프면 잡아먹을 수 있겠지." 라크가 말했다.

작은 폴은 다시 기분이 상했다. "내 새를 잡아먹으려고 하지 않는 게 좋아. 그러지 마."

체트는 나무 사이를 떠다니는 목소리들을 들을 수 있었다. "그 망할 입들 좀 처닫아. 주먹에 거의 다 왔어."

언덕 서쪽 면에서 숲을 벗어난 그들은 경사가 더 완만한 남쪽 면을 향해 걸어갔다. 숲 가장자리에서 십여 명이 활쏘기 연습을 하고 있었다. 그들은 나무줄기에 과녁을 새겨놓고 활을 쏘고 있었다. 라크가 말했다. "저것 봐라. 활을 든 돼지가 다 있네."

확실히, 제일 가까이 선 활잡이는 체트에게서 아에몬 학사 옆자리를 훔쳐 간 뚱보 소년, 돼지 경이었다. 샘웰 탈리를 보기만 해도 분노가 터졌다. 아에몬 학사의 시중을 드는 집사 생활은 체트에게 평생 제일 좋은 시간이었다. 늙고 눈먼 학사는 요구가 많지 않았고, 그나마 필요한 것도 클라이다스가 거의 다 해결했다. 체트의 일은 쉬웠다. 까마귀 방을 치우고, 불이나 몇 번 피우고, 식사 몇 번 가져가고……. 그리고 아에몬은 그를 때린 적이 없었다. '귀족으로 태어나서 읽을 줄 안다는 이유만으로 그냥 들어와서 날 밀어내도 된다고 생각하다니. 내 칼로 저놈 목을 따기 전에 칼은 읽을 줄 아냐고 물어봐야겠어.' 그는 다른 친구들에게 말했다. "먼저들 가. 난 이걸 봐야겠어." 개들은 같이 가려고 목줄을 잡아당겼다. 위로 올라가면 먹을 게 있다고 생각할 테니 그럴 만도 했다. 체트가 발끝으로 검은 암캐를 걷어차자 다들 조금 얌전해졌다.

그는 뚱뚱한 소년이 자기 키만 한 긴 활을 잡고 씨름하며, 달덩이 같은 얼굴이 시뻘게져서 집중하는 모습을 나무 사이로 지켜보았다. 샘웰 탈리 앞에는 화살 세 개가 박혀 있었다. 탈리는 시위를 걸고 당긴 다음, 오랫동안 겨누고 나서 화살을 날렸다. 화살은 숲속으로 사라졌다. 체트는 달콤한 경멸을 담아 큰 소리로 웃어젖혔다.

"저 화살은 절대 못 찾을 거고, 책망은 내가 받을 거야." 모두가 구슬픈 에드라고 부르는 음침한 초로의 종자 에드 톨렛이 말했다. "말 한 마리 잃어버린 후부터는 다들 뭐가 없어지기만 하면 날 쳐다본단 말이야. 어쩔 수 없는 일이었는데 말이지. 그놈은 하얀 말이었는데 눈이 오고 있었단 말이야. 어쩌라는 거야?"

"저 화살은 바람에 날아간 거야." 역시 스노우 나리의 친구인 그렌이 말했다. "활을 흔들림 없이 잡도록 해봐, 샘."
"무거워." 뚱뚱한 소년은 그렇게 불평하면서도 두 번째 화살을 당겼다. 이번 화살은 높이 올라가 과녁에서 3미터쯤 위에 있는 나뭇가지 사이를 통과했다.
구슬픈 에드가 말했다. "저 나무 잎사귀 하나는 떨군 것 같구먼. 가을이 빨리도 오네. 도리 없는 일이야." 그는 한숨을 내쉬었다. "그리고 우린 모두 가을 다음에 뭐가 오는지 알지. 신들이시여, 하지만 난 춥다. 그만 마지막 화살을 쏴라, 샘웰. 내 혀가 입천장에 얼어붙고 있어."
돼지 경은 활을 아래로 내렸다. 체트는 돼지가 울음을 터뜨리려나 했다. "너무 힘들어요."
그러자 그렌이 말했다. "시위 걸고, 당겼다가 놓는 거야. 해봐."
뚱뚱한 소년은 순종적으로 땅에 꽂아둔 마지막 화살을 뽑아서 긴 활에 걸더니, 당겼다가 놓았다. 이번에는 지난 두 번처럼 고통스럽게 화살대를 곁눈질하지 않고 빨리 해치웠다. 화살이 까맣게 그려 넣은 과녁의 가슴 아래쪽을 맞히고 부르르 떨렸다. "맞혔어." 돼지 경은 놀란 목소리로 말했다. "그렌, 봤어? 에드, 봐요! 제가 맞혔어요!"
"갈비뼈 사이를 맞혔네." 그렌이 말했다.
"내가 죽인 거야?" 뚱뚱한 소년은 알고 싶어 했다.
톨렛은 어깨를 으쓱였다. "폐를 뚫었을 순 있겠구나. 폐가 있다면 말이지만. 보통 나무에겐 폐가 없지." 그는 샘의 손에서 활을 받아 들었다. "하지만 이만하면 최악은 아니다. 암, 더 못 쏜 화살도 봤지."
돼지 경은 활짝 웃고 있었다. 그 모습을 보면 실제로 뭐라도 해낸 줄 알 정도였다. 하지만 체트와 그의 개들을 보자 그 미소도 끽 소리를 내며 말려 들어갔다.
체트가 말했다. "넌 나무를 맞혔어. 만스 레이더의 부하들이 올 때 어떻게 쏘는지 어디 두고 보자. 그놈들은 두 팔을 벌리고 서서 잎사귀를 살랑거리진 않을걸. 바로 달려들어서 네 얼굴에 대고 소리를 지를 거고, 넌 바지에 오줌을 싸버릴 거야. 한 놈이 네 그 쪼끄만 돼지 눈 사이에 도끼를 박아 넣을 거다. 네가 마지막으로 듣게 되는 건 도끼가 네 두개골을 텅 하고 파고드는 소리일 거야."

뚱뚱한 소년은 몸을 떨었다. 구슬픈 에드가 체트의 어깨에 한 손을 얹더니 진지하게 말했다. "형제, 자네에게 그런 일이 있었다고 해서 샘웰이 같은 고통을 겪으리란 법은 없어."

"대체 뭔 소릴 하는 거야, 톨렛?"

"네 머리통을 쪼갠 도끼 말이야. 그때 자네의 재치가 절반은 바닥에 새어 나왔고 자네 개들이 그걸 먹어버렸다면서?"

덩치 큰 망나니 그렌이 웃음을 터뜨렸다. 샘웰 탈리마저도 희미하게 미소를 짓고 말았다. 체트는 제일 가까이에 선 개를 걷어차고는 목줄을 잡아당기며 언덕을 오르기 시작했다. '얼마든지 웃어라, 돼지 경. 오늘 밤에 누가 웃나 보자.' 그는 에드 톨렛까지 죽일 시간이 있기만 빌었다. 그놈은 음침한 말상의 바보였다.

제일 완만한 이쪽 비탈면으로 올라가도 최초인의 주먹을 오르는 길은 가팔랐다. 반쯤 올라가자 곧 밥을 먹을 줄 알았는지 개들이 짖어대며 그를 잡아당겼다. 그는 개들에게 신발 맛이나 보여주고, 그에게 이를 드러낸 크고 못생긴 개에게는 채찍을 휘둘렀다. 그는 개들을 묶어놓고 보고를 하러 갔다. "거인이 말한 대로 발자국은 있었지만, 개들이 추적을 안 하더군요." 그는 모르몬트의 커다란 검은색 천막 앞에서 보고했다. "그런 식으로 강 옆을 따라 내려가다니, 오래된 발자국일 수도 있습니다."

"안타깝군." 대머리에 덥수룩한 회색 수염을 기른 모르몬트 사령관이 겉보기만큼이나 피곤한 목소리로 말했다. "다들 신선한 고기를 한 입 먹을 수 있다면 더 좋았을 텐데." 그의 어깨에 앉은 까마귀가 고개를 까닥거리며 되풀이했다. "고기, 고기, 고기."

'망할 개들을 요리할 수도 있지.' 체트는 그렇게 생각했지만, 늙은 곰이 가보라고 할 때까지 입을 다물고 있었다. '내가 저놈에게 머리를 숙여야 하는 것도 이번이 마지막이야.' 그는 혼자 만족스럽게 생각했다. 그나저나 아까보다 더 추워지는 것 같았다. 그럴 수가 없는데 말이다. 개들은 딱딱하게 얼어붙은 진흙 속에 비참하게 웅크리고 있었고, 체트는 개들과 함께 진흙 속에 기어들까 하는 유혹마저 느꼈다. 그 대신 그는 검은색 모직 스카프를 코 아래에 두르고, 입을 움직일 구멍만 남겼다. 계속 움직이면 몸이 좀 더 따뜻해질 터였다. 그는 초엽 한 짝을 챙겨 천천히 원형 담 주위를 돌면서 보초를 선 검은 형제들과 초엽을 나눠 씹으며 그들이 무슨 말을 하는지 들어보았다. 낮 시간 보초 가운데는 체트와 뜻을 같이하는 형제가 없었다. 그렇다 해도, 그들이 무슨 생각을 하는지 알아둬서 나쁠 건 없었다.

대부분은 욕 나오게 춥다는 생각만 했다.

그림자가 길어지자 바람이 심해졌다. 바람은 원형 돌담 사이로 높고 가느다란 소리를 냈다. "난 저 소리가 싫어." 몸집 작은 '거인'이 말했다. "덤불 속에서 젖 달라고 우는 갓난아기 울음소리 같잖아."

한 바퀴를 다 돌고 개들에게 돌아가니 라크가 기다리고 있었다. "고위직들이 늙은 곰의 천막에 다시 모여서 열띤 토론을 벌이고 있어."

"그 인간들이 늘 하는 일이잖아. 블레인 빼고는 다 좋은 집안 출신이라, 와인 대신 말에 취하기 일쑤지."

라크가 옆걸음질로 다가오더니, 근처에 아무도 없는지 확인해가며 경고했다. "멍청이가 계속 그 새에 대해 씨불이고 있어. 이제는 그 망할 것을 위해 씨앗을 좀 챙기면 어떠냐는데."

"그건 까마귀야. 옥수수를 먹으면 돼." 체트가 말했다.

라크가 씩 웃었다. "그놈 몫을?"

'아니면 네 몫을 먹겠지.' 체트가 보기에 그들에게 필요한 건 라크보다는 거한 쪽이었다. "작은 폴에 대한 불평은 그만해. 넌 네 몫을 하고, 폴은 자기 몫을 하면 돼."

체트가 시스터맨을 떼어내고 장검을 갈기 위해 앉았을 무렵에는 숲에 땅거미가 깔리고 있었다. 장갑을 끼고 칼을 갈자니 욕 나오게 힘들었지만, 장갑을 벗을 생각은 없었다. 이렇게 추운 날씨에 맨손으로 철을 만지는 멍청이는 피부를 뜯길 것이다.

해가 저물자 개들이 낑낑거렸다. 그는 개들에게 물을 주고 욕설을 퍼부었다. "오늘 밤만 참으면 잔치를 벌일 수 있을 거다." 슬슬 저녁 식사 냄새가 났다.

체트가 요리사 헤이크에게 딱딱한 빵 한 덩이와 콩과 베이컨 수프 한 그릇을 받아 드는 동안 디웬은 불가에서 장황하게 이야기를 늘어놓고 있었다. 늙은 숲지기의 말은 이랬다. "숲이 지나치게 조용해. 강가에 개구리 한 마리 없고, 어둠 속에 올빼미도 없어. 이보다 더 죽은 듯한 숲 소리를 들어본 적이 없어."

"그 이빨 덜걱거리는 소리도 꽤 죽었는데요." 헤이크가 말했다.

디웬은 나무 의치를 딱딱 부딪치며 계속 말했다. "늑대도 없어. 전에는 있었지만 이젠 늑대 울음소리가 안 들려. 그놈들이 어딜 간 걸까?"

"따뜻한 데 갔겠지." 체트가 말했다.

불가에 앉은 형제들 십여 명 중에서 넷이 그의 사람이었다. 체트는 식사하면서 혹시 누가 무너질 기미라도 보이나 하나씩 살폈다. 비수는 매일 밤 그랬듯이 말없이 앉아서 칼을 가는 모습이 충분히 차분해 보였다. 그리고 다정한 도넬 힐은 편하게 농담하는 중이었다. 도넬 힐은 치아가 하얗고 입술은 통통하고 붉었으며 노란 곱슬머리를 예술적으로 늘어뜨린 외모로,

자기가 어느 라니스터의 서자라고 주장했다. 정말 그런지도 몰랐다. 체트는 잘생긴 남자에게도, 귀족 서자에게도 볼일이 없었지만, 다정한 도넬은 나름 쓸모가 있어 보였다.

형제들이 "톱질"이라고 부르는 숲지기에 대해서는 그만한 확신이 서지 않았다. 그의 별명은 숲이 아니라 코골이 때문에 붙은 것이었는데, 지금 그는 다시는 코를 골지 않을 사람처럼 불안해 보였다. 마슬린은 더 심했다. 체트는 이 추운 바람 속에서도 마슬린의 얼굴에 흐르는 땀을 볼 수 있었다. 불빛을 받은 땀방울이 자잘한 보석 알갱이처럼 반짝였다. 마슬린은 먹지도 않고, 수프 냄새에 구역질이 난다는 듯 빤히 들여다보고만 있었다. '저놈은 잘 지켜봐야겠어.' 체트는 생각했다.

"집합!" 갑자기 십여 명의 목소리가 터져 나오더니, 빠른 속도로 언덕 위 야영지 사방에 퍼졌다. "밤의 경비대원들! 중앙 불가에 집합!"

체트는 얼굴을 찌푸리며 수프를 마저 마시고 다른 이들을 따라 이동했다.

늙은 곰이 스몰우드, 로크, 위더스, 블레인을 뒤에 세우고 불 앞에 서 있었다. 모르몬트는 두꺼운 검은색 모피 외투를 입었고, 어깨에는 까마귀가 앉아서 검은 깃털을 고르고 있었다. '이건 좋지 않겠는데.' 체트는 갈색 베나르와 섀도타워에서 온 형제들 사이로 비집고 들어갔다. 숲속의 파수꾼들과 원형 담을 지키는 보초들만 빼고 모두가 모이자, 모르몬트가 목청을 가다듬고 침을 뱉었다. 침방울은 땅바닥을 때리기도 전에 얼어붙었다. "형제들이여, 밤의 경비대 대원들이여."

"대원!" 모르몬트의 까마귀가 소리쳤다. "대원! 대원!"

"야인들이 산맥에서 내려오는 우유강 줄기를 따라 행군하고 있다. 토렌의 생각으로는 앞으로 열흘 후면 선봉대가 우리에게 들이닥칠 것이다. 가장 경험 많은 약탈자들이 개 머리 하르마와 함께 선봉대에 서 있다. 나머지는 후위를 구성하거나, 만스 레이더와 바싹 붙어서 달려올 가능성이 높다. 그 외의 곳에서는 야인 전사들이 행군 대열을 따라 흩어져 있을 것이다. 황소, 당나귀, 말이 있기는 하지만…… 수가 많지 않아. 대부분은 걸어올 것이고, 무기도 훈련도 형편없다. 놈들은 강철이 아니라 돌과 뼈로 만든 무기를 들고 다닌다. 게다가 여자들, 아이들, 양과 염소 떼며 온갖 물건들을 지고 온다. 다시 말해서, 놈들이 수는 많을지 모르나 공격에는 취약하다……. 게다가 그놈들은 우리가 여기 있다는 사실을 모른다. 적어도 우리는 그렇게 생각한다."

체트는 생각했다. '놈들은 알아. 이 멍청한 고름주머니 바보야, 놈들은 뻔히 안다고. 반쪽 손 쿼린이 돌아오질 않았잖아, 안 그래? 자먼 벅웰도 안 돌아왔지. 그중에 하나라도 잡혔다면 야인들이 지금쯤 노래를 들어도 실컷 들었을 거야. 당신도 알잖아.'

스몰우드가 앞으로 나섰다. "만스 레이더는 장벽을 부수고 칠왕국에 피의 전쟁을 몰고 올 작정이다. 이쪽이라고 못 할 것 없지. 내일 우리는 그놈에게 전쟁을 몰고 간다."

집합한 형제들 사이에 웅성임이 퍼지자 늙은 곰이 다시 말했다. "우리는 새벽에 전 병력을 몰고 달려간다. 북쪽으로 달려가서 서쪽으로 우회할 것이다. 우리가 방향을 돌릴 때쯤이면 하르마의 선봉대가 최초인의 주먹을 지난 지 한참일 것이다. 서리엄니산맥 기슭에는 매복하기 딱 좋은 좁고 구불구불한 계곡이 가득하다. 놈들의 행군 대열은 몇 킬로미터에 걸쳐 뻗어 있을 것이다. 우리는 몇 군데에서 동시에 놈들을 습격해서, 300명이 아니라 3000명이라고 믿게 만들어줄 것이다."

토렌 스몰우드가 이어받아 말했다. "우리는 세게 때린 다음 놈들의 기마 전사들이 우리를 상대하러 모이기 전에 빠질 것이다. 놈들이 추격해 오면, 즐거운 추격전을 벌여주고 우회해서 멀리 있는 행군 열을 다시 때린다.

놈들의 마차를 불태우고, 가축 떼를 흩어놓고, 최대한 많은 야인을 죽인다. 만스 레이더를 찾을 수 있다면 그놈도 죽인다. 놈들이 흩어져 굴로 돌아간다면 우리가 이긴 것이다. 그러지 않는다면, 우린 장벽까지 내내 따라가며 놈들을 괴롭히고, 놈들이 시체의 길을 뒤에 남기게 해준다."

"놈들은 수천입니다." 체트 뒤에서 누군가가 외쳤다.

"우린 죽을 거예요." 공포에 질린 마슬린의 목소리였다.

"죽어." 모르몬트의 까마귀가 검은 날개를 퍼덕이며 외쳤다. "죽어, 죽어, 죽어."

늙은 곰이 말했다. "많은 수가 죽겠지. 어쩌면 우리 모두가 죽을지도 모른다. 하지만 천 년 전에 다른 사령관이 말했다시피, 우리에게 검은 옷을 입히는 이유가 그것 아니었던가. 서약을 기억해라, 형제들이여. 우리는 어둠 속의 검이요, 장벽 위의 감시자로다……."

"추위에 맞서 타는 불이요." 말라도어 로크 경이 장검을 뽑았다.

"새벽을 가져오는 빛." 다른 형제들이 화답했고, 더 많은 장검이 검집에서 뽑혀 나왔다.

다음 순간에는 모두가 검을 뽑았고, 거의 300개의 검이 허공을 찌르며 300명의 목소리가 외쳤다. "잠자는 이들을 깨우는 나팔이자, 인간의 나라를 지키는 방패로다!" 체트도 다른 이들과 함께 외칠 수밖에 없었다. 그들의 입김에 허공이 뿌예졌고, 강철 검에 불빛이 번득였다. 라크와 조용한 발과 다정한 도넬 힐이 나머지 멍청이들처럼 합세한 모습을 보니 기뻤다. 잘된 일이었다. 거사가 코앞인데 주의를 끌어서 좋을 게 없었다.

고함 소리가 잦아들자, 다시 원형 돌담에 부는 바람 소리가 들렸다. 불길이 너무 춥다는 듯 파르르 떨렸고, 갑자기 내려앉은 정적 속에서 늙은 곰의 까마귀가 큰 소리로 까악거리더니 한 번 더 외쳤다. "죽어."

고위직들이 대원들을 해산하며 모두에게 오늘 밤에는 든든히 먹고 푹

쉬라고 당부하는 가운데 체트는 생각했다. '영리한 새야.' 그는 사냥개들 가까이 깔아둔 모피 속으로 기어들며 일이 잘못될 수 있는 경우를 생각하기 바빴다. 그 빌어먹을 서약 때문에 한 놈이라도 마음이 바뀌면 어쩐다? 아니면 작은 폴이 깜박하고 세 번째가 아니라 두 번째 불침번 시간에 모르몬트를 죽이려 들면? 아니면 마슬린이 용기를 잃거나, 누군가가 첩자였거나, 아니면…….

그는 저도 모르게 밤의 소리에 귀를 기울이고 있었다. 바람 소리는 울부짖는 어린아이 소리 같았고, 가끔 남자들의 목소리, 말이 히힝거리는 소리, 불 속에 던져 넣은 장작 타는 소리를 들을 수 있었다. 하지만 다른 소리는 전혀 없었다. 너무 조용했다.

베사의 얼굴이 둥실둥실 떠다녔다. 너에게 찔러 넣고 싶었던 건 칼이 아니었다고, 베사에게 말해주고 싶었다. '난 너에게 줄 꽃을 땄지. 들장미와 탠지와 금잔화를 오전 내내 따 모았어.' 심장이 북처럼 쿵쾅거렸다. 야영지를 깨울까 두려울 정도로 크게 울렸다. 입 주변으로 얼음이 수염을 덮었다. '어디서 그런 생각이 튀어나온 거지?' 전에는 베사가 죽을 때 어떤 모습이었는지 떠올릴 때가 아니면 베사 생각을 한 적이 없었다. 뭐가 잘못된 걸까? 숨을 제대로 쉴 수가 없었다. 잠들었던 걸까? 무릎을 대고 일어서려는데 뭔가 차갑고 축축한 것이 코를 건드렸다. 체트는 위를 올려다보았다.

눈이 내리고 있었다.

빰에 얼어붙는 눈물을 느낄 수 있었다. '이건 불공평해.' 외치고 싶었다. 눈은 체트가 짜놓은 모든 것을, 조심스러운 계획 전부를 망쳐버렸다. 폭설이었다. 사방에 하얀 눈송이가 쏟아지고 있었다. 이런 눈 속에서 어떻게 숨겨둔 식량을 찾고, 동쪽으로 가는 데 이용하려던 짐승 길을 찾는단 말인가? '게다가 갓 내린 눈을 밟고 간다면 우릴 추적하는 데 디웬이나 배넨이 필요하지도 않을 거야.' 그리고 눈은 지면의 형태를 가려버렸다. 밤에는 더 심했다. 말이 나무뿌리에 걸려 넘어지거나 돌을 걷어차고 다리가 부러질 수도 있었다. '우린 끝났어. 시작도 하기 전에 끝났어. 졌어.' 거머리잡이의 아들에게 영주 같은 삶은 없을 테고, 그의 성이나 아내나 왕관도 없을 터였다. 야인의 장검이 배에 꽂혀, 이름도 없는 무덤에 묻히겠지. '눈이 모든 걸 빼앗아 갔어…… 저 망할 눈이……'

눈이라고 하면, 전에도 눈이 그를 망쳤다. 스노우와 그놈의 애완 돼지가.

체트는 일어섰다. 다리가 뻣뻣했고, 쏟아지는 눈 때문에 멀리 보이는 횃불들이 다 흐릿한 오렌지색 점으로 변했다. 차가운 흰 벌레 떼의 공격을 받는 기분이었다. 벌레들이 그의 어깨와 머리에 내려앉았고 코와 눈에 날아들었다. 그는 욕을 하며 눈을 털어냈다. '샘웰 탈리. 돼지 경 그놈은 아직 해치울 수 있어.' 그는 얼굴에 스카프를 두르고, 두건을 눌러쓰고, 겁쟁이 돼지가 자는 곳으로 걸어갔다.

눈이 어찌나 쏟아지는지 천막 사이에서 길을 잃을 정도였지만, 그는 결국 뚱뚱한 소년이 큰 바위와 까마귀 장 사이에 쳐놓은 작은 방풍막을 찾아냈다. 샘웰 탈리는 산더미 같은 검은색 모직 담요와 모피 속에 파묻혀 있었다. 그 위에 눈까지 덮이니, 마치 완만한 둥근 언덕처럼 보였다. 체트가 칼집에서 단검을 뽑자, 강철이 가죽을 스치는 소리가 바라던 대로 희미하게 울렸다. 까마귀 한 마리가 깍깍거리고, 또 한 마리가 까만 눈으로 새장 밖을 보며 "스노우"라고 중얼거렸다. 첫 번째 까마귀도 "스노우"라고 외쳤다. 체트는 한 발 한 발 조심스레 디디며 까마귀 장 옆을 지나쳤다. 왼손으로 그 뚱뚱한 꼬마 놈의 입을 막고 나서 찔러야…….

부우우우우우우우우우우우우우.

멀고 희미하지만 분명한 나팔 소리가 야영지에 울려 퍼지자 체트는 욕설을 삼키며 걸음을 멈췄다. '신들이여, 하필이면 지금이라니. 하필 지금!' 늙은 곰은 최초인의 주먹을 둘러싼 숲에 망보기들을 숨겨두고 무엇이든 접근하면 경고하게 해두었다. 체트는 자먼 벅웰이 거인의 계단에서 돌아왔거나, 반쪽 손 쿼린이 귀곡성 고개에서 돌아왔으리라 생각했다. 나팔 소리 한 번은 형제가 돌아온다는 뜻이었다. 혹시 반쪽 손이 돌아왔다면, 존 스노우도 살아 돌아왔을지 몰랐다.

샘웰 탈리가 퉁퉁 부은 눈으로 일어나 앉더니 혼란스러운 얼굴로 눈보라를 보았다. 까마귀들이 시끄럽게 깍깍댔고, 체트는 사냥개들이 짖는 소리를 들을 수 있었다. 야영지 절반이 깨어난 상태였다. 그는 나팔 소리가 잦아들기를 기다리면서 장갑 낀 손가락으로 단검 자루를 꽉 움켜쥐었다. 그러나 소리가 다 잦아들기 전에 두 번째 나팔 소리가, 그것도 더 크고 길게 울렸다.

~~부우우우우우우우우우우우우우우우우우~~.

"신들이시여." 샘웰 탈리가 훌쩍이는 소리가 들렸다. 뚱뚱한 소년은 망토와 담요에 발이 걸려가며 기어 일어났다. 그는 담요를 걷어차버리고 근처 바위에 걸어둔 쇠사슬 갑옷에 손을 뻗었다. 그는 거대한 천막 같은 옷에 머리를 넣고 꿈틀꿈틀 몸을 집어넣다가 체트를 발견하고는 물었다. "두 번이었어요? 꿈결에 나팔 소리를 두 번 들은 것 같은데……."

"꿈이 아니었어." 체트가 말했다. "경비대는 무장하라는 두 번. 적이 오고 있다는 두 번이야. 저 밖에 돼지 잡을 도끼가 온다, 뚱보야. 나팔 소리 두 번은 야인을 뜻하지." 커다란 달덩이 같은 얼굴에 떠오른 두려움을 보니 웃고 싶어졌다. "다들 일곱 지옥에나 떨어지라 그래. 망할 하르마. 망할 만스 레이더. 망할 스몰우드, 그놈들이 오려면 아직 열흘은 남았다더니—"

~~부우우우우우우우우우우우우우우우우우우우우우우우우우우우우~~.

그 소리는 이어지고 이어지고 또 이어지며 잦아들 줄을 몰랐다. 까마귀들이 날개를 퍼덕이며 소리를 질러대고, 새장 속을 날아다니며 철창에 몸을 부딪쳐댔다. 그리고 야영지 사방에서 밤의 경비대 형제들이 일어나서 갑옷을 갖추고 검대를 차고 전투 도끼와 활에 손을 뻗고 있었다. 샘웰 탈리는 사방에 휘몰아치는 눈보라와 똑같은 얼굴색으로 고개를 저으며 서 있었다. "세 번이라니." 그는 듣기 싫은 소리로 체트에게 말했다. "세 번이었어요. 세 번 들었어. 절대 세 번은 안 불었는데. 수백 수천 년이나 안 불었는데. 세 번은—"

"—다른자들이지." 체트는 반쯤은 웃고 반쯤은 우는 소리를 냈다. 갑자기 속옷이 축축해졌고, 바지 앞섶에서 솟아난 오줌 줄기가 다리 사이로 흘러내리는 것을 느낄 수 있었다.

제이미

세르세이의 손가락처럼 부드럽고 향기로운 동풍이 그의 헝클어진 머리를 훑고 지나갔다. 새들의 노랫소리를 들을 수 있었고, 연분홍빛 새벽을 향해 노를 저어 가는 배 아래 강물의 흐름을 느낄 수 있었다. 어둠 속에 너무나 오래 갇혀 있었더니, 제이미 라니스터는 세상이 너무 달콤해서 현기증이 날 지경이었다. '난 살아 있고, 햇빛에 취했어.' 메추라기 한 마리가 갑자기 날아오르자 웃음이 터져 나왔다.

"조용." 촌뜨기 계집이 험상궂은 얼굴로 중얼거렸다. 그 여자의 넓적하고 못생긴 얼굴에는 미소보다 험상궂은 표정이 더 잘 어울렸다. 웃는 얼굴을 본 적은 없지만 말이다. 제이미는 그 여자가 징 박힌 가죽조끼 대신 세르세이의 비단 가운을 입은 모습을 그려보며 혼자 재미있어했다. '암소에게 비단을 입히는 격이로군.'

하지만 노를 저을 줄 아는 암소였다. 거친 옷감으로 만든 갈색 바지 아래 종아리는 나무줄기 같았고, 노를 저을 때마다 팔에 잡힌 긴 근육이 이완과 수축을 반복했다. 그 여자는 밤 시간 절반을 노 저은 후에도 지친 기색이라곤 없었는데, 반대쪽 노를 잡은 그의 사촌 클레오스 경보다 나았다.

그녀는 덩치 크고 힘 좋은 농부 계집처럼 보였지만, 귀족처럼 말했고 장검과 단검을 찼다. '아, 하지만 검을 쓸 줄은 알까?' 제이미는 족쇄를 푸는 대로 그 점을 알아볼 작정이었다.

제이미는 손목에 쇠고랑을 차고 발목에는 족쇄를 차고 있었다. 족쇄에 걸린 무거운 쇠사슬은 길이가 30센티미터도 되지 않았다. "라니스터의 이름을 건 맹세로는 충분하지 않은가 보군." 그는 족쇄를 차면서 그런 농담을 던졌다. 그 무렵에는 캐틀린 스타크 덕분에 심하게 취한 상태였다. 리버런에서 빠져나온 길에 대해서는 드문드문 떠올랐다. 간수와 말썽이 좀 있었는데 덩치 큰 계집이 해결한 기억은 났다.

그 후에는 끝없는 나선계단을 올랐다. 다리가 풀잎처럼 약해져 있어서 두 번인가 세 번 비틀거렸더니, 그 여자가 한 팔로 부축해주었다. 어느 순간엔가 그는 여행자용 망토에 싸여 작은 배에 밀려 올라갔다. 캐틀린 부인이 물의 문에서 누군가에게 쇠창살을 올리라고 명령하던 것이 기억났다. 그녀는 왕대비에게 보내는 새로운 조건을 들려 클레오스 프레이 경을 킹스랜딩으로 보내는 참이라고, 반박을 용납하지 않는 말투로 선언했다.

그때쯤 잠시 졸았던 모양이다. 와인 때문에 졸렸고, 몸을 뻗으니 기분이 좋았다. 감옥에서는 쇠사슬 때문에 누리지 못했던 사치였다. 행군 중에 안장 위에서 쪽잠을 자는 방법을 익힌 지 오래인 제이미로서는 이게 더 힘들 것도 없었다. '내가 나를 탈출시키는 작전 중에 잤다는 소리를 들으면 티리온이 토할 때까지 웃겠는걸.' 그러나 이제는 잠도 깼고, 족쇄가 거슬렸다. 제이미는 소리 높여 말했다. "아가씨, 이 쇠사슬을 잘라준다면 내가 노를 대신 잡지."

여자는 말 이빨 같은 치아를 드러내고 의심을 번득이며 얼굴을 찌푸렸다. "쇠사슬은 계속 걸고 계시오, 킹슬레이어."

"킹스랜딩까지 내내 노를 저을 작정인가, 계집?"

"브리엔느라고 부르시오. 계집이 아니라."

"내 이름은 제이미 경이라네. 킹슬레이어가 아니라."

"왕을 죽였다는 사실을 부인하는 거요?"

"아니. 자네는 자신의 성별을 부인하는 건가? 그렇다면 바지를 풀고 보여주든지." 그는 천진한 미소를 날렸다. "보디스를 열어보라고 할 수도 있겠지만, 모양새를 보아 하니 그래서는 증명될 게 별로 없겠어."

클레오스 경은 안절부절못했다. "사촌, 예의를 차리시게."

이 남자에게는 라니스터의 피가 엷게 흘렀다. 클레오스는 제이미의 고모인 젠나와 머저리 에몬 프레이 사이에서 태어났고, 에몬은 결혼한 날부터 타이윈 라니스터 공을 두려워하며 살았다. 왈더 프레이 공이 전쟁에서 트윈스를 리버런 편에 세우자, 에몬 경은 아버지가 아니라 아내의 집안과 동맹하기로 했다. 제이미는 캐스털리록이 형편없는 거래를 했다고 생각했다. 클레오스 경은 족제비처럼 생겼고, 거위처럼 싸웠으며, 특별히 용감한 암양 수준의 용기를 자랑했다. 스타크 부인이 티리온에게 메시지를 전달하면 풀어주겠다고 약속하자, 클레오스 경은 냉큼 그러겠다고 맹세했다. 엄숙하게.

그 감옥 방에서 온갖 맹세가 다 오갔다. 특히 제이미가 해야 할 맹세가 많았는데, 그것이 캐틀린 부인이 그를 풀어주면서 요구한 대가였다. 그녀는 덩치 큰 계집의 검 끝을 그의 심장에 겨누고 말했다. "다시는 스타크나 툴리를 상대로 무기를 들지 않겠다고 맹세하시오. 경의 동생이 내 딸들을 무탈하고 안전하게 돌려보내겠다는 맹세를 지키게 하겠노라 맹세하시오. 기사의 명예를 걸고, 라니스터의 명예를 걸고, 킹스가드의 명예를 걸고 맹세하시오. 경의 누이의 목숨과 아버지의 목숨, 아들의 목숨을 걸고 옛 신들과 새로운 신들에게 맹세하면, 경을 누이에게 돌려보내주겠소. 거절하면 피를 볼 것이고." 그는 캐틀린 부인이 검 끝을 비틀자 누더기 너머로 느껴지던 따끔함을 기억했다.

'죽도록 취해서 벽에 묶인 채, 가슴은 검 끝에 눌려 한 맹세를 두고 최고 성사가 얼마나 신성하다고 할지 궁금하군.' 제이미가 그 뚱뚱한 사기꾼에 대해서나, 그 사기꾼이 섬긴다고 주장하는 신들에 대해 신경 쓰는 건 아니었다. 그는 캐틀린 부인이 감옥 방에서 걷어차 넘어뜨린 오물통을 기억했다. 똥물 같은 명예를 지닌 남자에게 자기 딸들을 믿고 맡기다니, 이상한 여자였다. 그에게 희망을 최대한 적게 걸기는 했지만 말이다. '그 여자는 내가 아니라 티리온에게 희망을 걸고 있어.' 그는 큰 소리로 말해버렸다. "아무래도 아주 바보는 아닌가 보지."

그의 감시자는 그 말을 잘못 이해했다. "나는 바보가 아니오. 귀머거리도 아니고."

제이미는 그 여자를 나름 부드럽게 대하고 있었다. 놀리기도 너무 쉬우니 재미가 없었다. "혼잣말이었어. 당신에 대한 이야기도 아니고. 감옥에 있다 보면 그런 버릇이 생기더군."

그녀는 노를 밀었다가 당기고, 밀었다가 당기며 아무 말 없이 얼굴만 찌푸렸다.

얼굴만큼이나 말주변도 별로였다. "말하는 걸 들으니 귀족 출신이로군."

"내 아버지는 타스의 셀윈이오. 신들의 은총으로, 이븐폴의 영주시지." 그 말조차도 퉁명스럽게 나왔다.

"타스라. 내 기억이 맞다면 협해에 있는 흉물스러운 커다란 바위섬이지. 그리고 이븐폴은 스톰스엔드에 충성을 맹세했을 텐데. 어쩌다가 윈터펠의 롭을 섬기게 된 건가?"

"내가 섬기는 건 캐틀린 부인이오. 그리고 부인께서는 당신을 킹스랜딩에 있는 당신 동생 티리온에게 무사히 전달하라고 명하셨지, 이야기를 나누라 하진 않으셨어. 조용히 하시오."

"조용한 건 이제 신물이 나."

"그러면 클레오스 경과 대화하시오. 난 괴물들과 할 말이 없으니."

제이미는 폭소를 터뜨렸다. "여기에 괴물들이 있다고? 강물 속에 숨어 있으려나? 아니면 저 빽빽한 버드나무 사이에? 그런데 난 장검도 없다니!"

"자기 누이를 범하고, 자기 왕을 살해하고, 죄 없는 아이를 죽음에 던져 넣은 남자에게 다른 이름은 과분해."

'죄 없는? 그 불쌍한 아이는 우릴 엿보고 있었어.' 제이미는 세르세이와 단둘이 한 시간을 보내고 싶었을 뿐이었다. 북쪽으로 향하는 여행은 기나긴 고문이었다. 매일 세르세이를 보면서 만지지도 못했고, 매일 밤 그 삐걱대는 거대한 마차에서 술 취한 로버트가 세르세이에게 덤빌 것을 알았다……. 티리온이 제이미의 기분을 띄워주려고 최선을 다했지만, 그것만으로는 부족했다. "세르세이에 관해서는 예의를 갖추는 게 좋을 거야, 계집." 그는 경고를 날렸다.

"내 이름은 계집이 아니라 브리엔느요."

"괴물이 뭐라고 부르든 무슨 상관이기에?"

"내 이름은 브리엔느요." 그녀는 사냥개처럼 끈덕지게 그 말을 되풀이했다.

"브리엔느 아씨?" 그 말에 어찌나 불편해하는지, 약점을 감지할 수 있을 정도였다. "아니면 브리엔느 경이 더 구미에 맞나?" 그는 소리 내어 웃었다. "아니, 그럴 리는 없지. 젖소에게 비단 마갑을 씌운들, 그걸 타고 전투에 나갈 수 있는 건 아니거든."

"제이미, 제발 말 좀 곱게 하게." 클레오스 경이 망토 속에 입은 전포에는 프레이 가문의 쌍둥이 탑과 라니스터의 금빛 사자가 나뉘어 들어갔다. "갈 길이 먼데, 우리끼리 싸워선 안 돼."

"내가 싸움을 할 때는 장검으로 한다네. 지금은 숙녀에게 이야기를 하는 중이야. 말해봐, 계집. 타스의 여자들은 다 그렇게 못생겼나? 그렇다면 그곳 남자들이 안됐군. 그 황량한 바다 산에 사는 남자들은 진짜 여자가 어떻게 생겼는지 모를 것 아닌가."

"타스는 아름답소." 여자는 노를 저으며 툴툴거렸다. "사파이어섬이라고도 불리지. 재갈을 물고 싶은 게 아니라면 조용히 하시오, 괴물."

"저 여자도 무례하잖아. 안 그런가, 사촌?" 제이미는 클레오스 경에게 물었다. "배짱 하난 대단하다는 점은 인정하지. 내 면전에 대고 괴물이라고 부를 수 있는 남자는 별로 없거든." 등 뒤에서야 좋을 대로들 부르겠지만.

클레오스 경은 신경질적으로 기침을 했다. "브리엔느 아가씨는 분명 캐틀린 스타크에게 그런 거짓말을 들었을 테지. 스타크는 실력으로 경을 이길 수 없으니, 독이 든 말로 싸우는 거야."

'스타크는 실력으로 날 이겼어, 이 겁쟁이 천치야.' 제이미는 알 만하다는 듯한 미소를 지었다. 사람들은 알 만하다는 듯한 미소에 온갖 의미를 부여한다. 클레오스는 정말로 지금 말한 똥덩어리를 믿는 걸까, 아니면 그의 환심을 사려고 애쓰는 걸까? 여기에 있는 게 정직한 바보일까, 아니면 아첨꾼일까?

클레오스 경은 태평하게 뇌까렸다. "킹스가드로 서약한 기사가 어린아이를 해칠 거라 믿는다면, 명예의 의미를 모르는 거지."

아첨꾼이군. 솔직히 말하면, 제이미도 브랜던 스타크를 창밖으로 민 일에 대해서는 후회했다. 그 후에 아이가 죽지 않자 세르세이가 그를 얼마나 들볶았던지. 세르세이는 그를 호되게 나무랐다. "그 아이는 일곱 살이었어, 제이미. 자기가 뭘 봤는지 이해했다 해도 겁을 줘서 입을 막을 수 있었다고."

"내 생각에는 네가—"

"넌 생각을 하지 않아. 그 아이가 깨어나서 아버지에게 뭘 봤는지 말한다면—"

"만약, 만약, 만약이지." 그는 세르세이를 무릎 위로 끌어당겼다. "그 아이가 깨어난다면 꿈을 꿨나 보다 하면 돼. 거짓말을 한다고 하면 되고. 최악의 경우에는 내가 네드 스타크를 죽이면 그만이야."

"그러면 로버트가 어떻게 할 것 같아?"

"로버트야 자기 좋을 대로 하라고 해. 필요하다면 로버트와 전쟁이라도 하지. 음유시인들이 세르세이의 가랑이를 둘러싼 전쟁이라고 부를 거야."

"제이미, 좀 놔!" 세르세이는 일어서려고 애쓰며 분노를 터뜨렸다.

그는 세르세이를 놓아주기는커녕 입을 맞췄다. 그녀는 잠시 저항했지만, 그 후에는 입술을 열었다. 그는 세르세이의 혀에서 나던 와인과 정향 맛을 기억했다. 세르세이는 몸을 떨었다. 그녀의 보디스로 올라간 그의 손이 비단을 풀어 헤쳐 젖가슴을 해방시켰고, 한동안 스타크 소년은 잊혔다.

'세르세이가 그 후에 다시 떠올리고서 캐틀린 부인이 말하는 그 남자를 고용했을까? 그 아이가 다시는 깨어나지 않도록? 아니, 아이를 죽이고 싶었다면 날 보냈겠지. 게다가 그렇게 서툴게 일을 처리하는 꼭두각시를 고르다니 그것도 세르세이답지 않아.'

하류 쪽에서는 떠오르는 태양이 바람에 철썩이는 수면을 어른어른 빛냈다. 남쪽 강변의 붉은 진흙 길은 여느 길만큼이나 평탄했다. 작은 지류들이 큰 강으로 흘러들었고, 물에 잠겨 썩어가는 통나무들이 강둑에 닿아 있었다. 북쪽 강둑은 험했다. 머리 위로 6미터에 달하는 높은 암벽 위에 너도밤나무, 참나무, 밤나무가 자랐다. 제이미는 암벽 위에 솟은 감시탑을 보았다. 노를 저을 때마다 점점 크게 다가왔다. 그러나 그는 그곳에 다다르기 전에 그 감시탑이 버려졌고, 비바람에 삭은 돌 위로 들장미가 웃자랐음을 알아보았다.

바람이 일자 클레오스 경은 덩치 큰 계집을 도와 돛을 올렸다. 붉은색과 푸른색 줄무늬가 들어간 뻣뻣한 삼각형 돛이었다. 툴리의 색깔이니 강에서 라니스터군과 마주치기라도 하면 곤란해질 테지만, 가진 돛이라곤 그것뿐이었다. 브리엔느가 키를 잡았다. 제이미는 쇠사슬을 철컹거리며 리보드(leeboard, 배가 바람에 기울지 않게 하는 장치)를 던졌다. 그 후에는 바람과 물살 둘 다 도와줘서 속도가 훨씬 빨라졌다. "내 동생 말고 아버지에게 데려다주면 여행길이 훨씬 짧아질 텐데." 그는 사실을 지적했다.

"캐틀린 부인의 따님들은 킹스랜딩에 계시오. 난 그 아이들과 함께가 아니면 돌아가지 않을 거요."

제이미는 클레오스 경을 돌아보았다. "사촌, 칼 좀 빌려주게."

"안 돼." 여자가 긴장했다. "당신에게 무장을 허용하진 않겠소." 그녀의 목소리는 돌처럼 완고했다.

'족쇄를 차고 있어도 날 무서워하는군.' "그렇다면 클레오스, 내 면도를 대신 해달라고 부탁해야겠군. 수염은 놔두고, 머리를 좀 밀어줘."

"머리를 박박 깎아달라고?" 클레오스 프레이가 물었다.

"온 왕국이 제이미 라니스터는 수염을 기르지 않고 금발을 길게 기른 기사라고 알고 있잖나. 노란 수염을 지저분하게 기른 대머리라면 눈에 띄지 않을지 몰라. 수갑과 족쇄를 차고 있는 동안에는 누가 알아보지 못하는 편이 좋겠어."

단검은 썩 날카롭지 않았다. 클레오스는 마구잡이로 엉킨 머리를 톱질하고 잡아 뜯어서 뱃전 너머로 던져버렸다. 금빛 곱슬머리가 수면 위에 둥둥 떠서 천천히 배 뒤쪽으로 흘러갔다. 헝클어진 머리카락이 사라지자 이 한 마리가 목으로 기어 내려왔다. 제이미는 그놈을 잡아 손톱으로 터뜨렸다. 클레오스 경은 그의 두피에서 이를 잡아 물에 던졌다. 제이미는 물속에 머리를 넣었다가 빼고, 클레오스 경이 칼을 갈게 한 다음에 남아 있던 노란 그루터기를 마저 밀었다. 그다음에는 수염도 다듬었다.

수면에 비친 얼굴은 그가 모르는 남자였다. 대머리여서만이 아니라, 지하감옥에 있는 동안 5년은 나이 든 것 같았다. 얼굴은 전보다 여위었고, 눈 밑이 움푹 꺼졌으며 기억에 없는 주름살이 생겼다. '이렇게 보니 세르세이와 많이 닮지 않았군. 세르세이가 싫어하겠는데.'

정오 무렵, 클레오스 경은 잠들었다. 코 고는 소리가 오리들이 짝을 짓는 듯 요란했다. 제이미는 몸을 길게 뻗고 옆으로 지나가는 세상을 지켜보았다. 어두운 감옥에서 나오니 돌멩이 하나, 나무 한 그루가 다 경이로웠다.

단칸방 오두막 몇 개를 지나쳤는데, 장대에 올라앉은 모습이 두루미 같았다. 사는 사람은 보이지 않았다. 새들이 머리 위로 날아가거나 강변에 자란 나무에서 우짖었다. 제이미는 물속을 가르고 지나가는 은빛 물고기를 언뜻 보기도 했다. '툴리의 송어로군. 나쁜 징조야.' 그는 그렇게 생각하다가 더 나쁜 징조를 보았다. 옆으로 지나쳐 온 통나무 중 하나가 알고 보니 피가 다 빠지고 퉁퉁 부은 시체였다. 망토는 쓰러진 나무뿌리에 얽혀 있었는데, 아무리 보아도 라니스터의 진홍색이었다. 혹시 아는 사람의 시체일까 궁금했다.

트라이던트의 지류는 강역에서 물건이나 사람을 옮기는 제일 쉬운 경로였다. 평화로운 때였다면 작은 배를 모는 어부들과 장대를 저어 하류로 향하는 곡물 수송선, 배 위에서 바늘과 옷감을 파는 상인들의 수상 상점과 마주쳤을 것이다. 어쩌면 화려하게 색칠한 배에 수십 가지 색깔로 기워 만든 돛을 달고 마을에서 마을로, 성에서 성으로 강을 따라 올라가는 유랑극단을 만났을지도 모른다.

그러나 전쟁은 그만한 대가를 물렸다. 그들은 마을 몇 곳을 지나쳤지만 마을 사람은 하나도 보지 못했다. 어부의 흔적이라고는 찢어지고 갈라져서 나무에 매달린 빈 그물뿐이었다. 말에게 물을 먹이던 어린 여자아이 하나는 배를 보자마자 달아나버렸다. 나중에는 타버린 거주 탑 껍데기 아래 밭을 파고 있는 농민 십여 명을 지나쳤는데, 그 남자들은 흐릿한 눈으로 그들을 노려보더니 위협이 아니라는 결론을 내리고 하던 일로 돌아갔다.

레드포크는 폭이 넓고 느렸다. 여기저기 휘어지고 돌아가는 이 곡류 곳곳에 나무가 자란 작은 섬들이 점점이 흩어져 있었다. 모래톱과 수면 바로 아래에 잠긴 유목들에 막힐 때도 잦았다. 그러나 브리엔느는 그런 위험을 날카롭게 알아보았고, 언제나 물길을 찾아내는 것 같았다. 제이미가 강에 대한 지식을 칭찬하자 그녀는 의심스러운 눈빛으로 그를 보며 말했다. "난 강을 모르오. 타스는 섬이라, 말 위에 앉기 전부터 노와 돛을 다루는 법을 배웠지."

클레오스 경이 일어나 앉더니 눈을 비볐다. "아이고, 팔이 쑤시는군. 바람이 계속 불어줬으면 좋겠는데." 그는 공기를 킁킁거렸다. "비 냄새가 나."

제이미야 비가 온다면 반가울 터였다. 리버런의 지하감옥은 칠왕국에서 제일 깨끗한 장소라 할 수 없었다. 지금쯤 그는 너무 삭은 치즈 같은 악취를 풍기고 있으리라.

클레오스가 눈을 가늘게 뜨고 하류를 보았다. "연기야."

가느다란 회색 손가락이 그들을 향해 구부러져 왔다. 몇 킬로미터 떨어진 남쪽 강둑에서 오르는 연기였다. 제이미는 피어오르는 연기 아래로 시커멓게 탄 커다란 건물의 잔해와, 죽은 여자들이 가득 매달린 살아 있는 참나무를 알아보았다.

까마귀들이 아직 뜯지도 않은 시체들이었다. 가느다란 밧줄이 부드러운 목살을 깊이 파고들었고, 바람이 불면 시체들이 이리저리 돌고 흔들렸다. 브리엔느는 그 광경을 뚜렷하게 볼 수 있을 만큼 가까워지자 말했다. "이건 기사가 한 짓이 아니야. 진정한 기사라면 이런 터무니없는 살육은 저지르지 않을 거요."

"진정한 기사들은 전쟁에 나갈 때마다 더 지독한 꼴을 본다네. 그리고 더 지독한 짓도 하지." 제이미가 말했다.

브리엔느는 강변으로 키를 돌렸다. "무고한 사람들이 까마귀 밥이 되게 두진 않겠소."

"거참 무정한 계집일세. 까마귀들도 먹어야 하지 않겠나. 강에 그냥 있고 죽은 자들은 내버려둬."

그들은 거대한 참나무가 물 위로 가지를 뻗은 곳에서 약간 상류에 배를 댔다. 브리엔느가 돛을 내리자 제이미는 사슬 때문에 서툰 움직임으로 내려섰다. 레드포크가 그의 장화를 채우고 남루한 바지에 스몄다. 그는 큰 소리로 웃으면서 무릎을 꿇고 물속에 머리를 처박았다가, 흠뻑 젖어서 물을 뚝뚝 흘리며 일어섰다. 두 손에 때가 두껍게 앉아 있었는데, 물살에 문질러 닦고 나니 손이 기억보다 가늘고 창백해 보였다. 다리도 뻣뻣했고, 무게를 싣자 불안정했다. '호스터 툴리의 지하감옥에 너무 오래 있었어.'

브리엔느와 클레오스는 배를 강둑에 끌어 올렸다. 그들의 머리 위로 썩은 과일처럼 묵은 시체들이 달려 있었다. "한 명이 줄을 끊어야겠소." 여자가 말했다.

"내가 올라가지." 제이미는 철컹거리며 강기슭으로 걸어 올라갔다. "이 사슬만 끊어줘."

그 계집은 죽은 여자들 중 하나를 빤히 쳐다보고 있었다. 그는 30센티미터짜리 쇠사슬이 허용하는 유일한 걸음걸이인 좁고 뒤뚱거리는 걸음으로 그리로 다가갔다. 그는 제일 높이 매달린 시신의 목에 걸린 조잡한 표지판을 보고 미소 지었다. "사자들과 잤다." 그는 내용을 읽고 말했다. "아, 그래. 그야말로 기사답지 않은 짓일세……. 하지만 내 쪽이 아니라 자네 쪽에서 한 짓이로군. 이 여자들은 누구였을까?"

클레오스 프레이 경이 답했다. "술집 여자들이오. 이제 기억이 나. 여긴 여관이었어. 지난번에 리버런으로 돌아오면서 내 호위 병사 몇 명이 여기에서 밤을 보냈지." 건물은 돌로 된 토대와 새까맣게 타서 무너져 얽힌 대들보밖에 남지 않았다. 잿더미에서 아직도 연기가 올랐다.

매춘굴과 창녀들은 동생인 티리온 몫이었다. 제이미는 세르세이 외에 다른 여자를 원해본 적이 없었다. "이 여자들은 내 아버지의 병사 몇 명을 즐겁게 해준 모양이군. 음식도 내놓았겠지. 그래서 배신자의 목줄을 차게 된 거야. 입맞춤 한 번과 에일 한 잔으로." 그는 강 위아래를 훑어보며 다른 사람이 없는지 확인했다. "여기는 브라켄 영지야. 조노스 공이 죽이라고 명했을지도 모르겠군. 내 아버지가 브라켄 성을 태웠으니 우릴 좋아하진 않을 거야."

클레오스 경이 말했다. "마크 파이퍼가 한 짓일 수도 있소. 아니면 그 도깨비 같은 베릭 돈다리온일지도……. 그자는 병사들만 죽인다고 들었지만 말이오. 루스 볼턴의 북부인들일 수도?"

"볼턴은 그린포크에서 내 아버지에게 패했어."

"하지만 박살이 나진 않았지. 타이윈 공이 여울로 행군하자 다시 남쪽으로 왔소. 리버런에 도는 말로는 아모리 로치 경에게서 하렌홀을 빼앗았다더군."

도무지 제이미 마음에 들지 않는 소식이었다. "브리엔느." 그는 혹시 이렇게 하면 그 여자가 귀 기울일지 모른다는 희망을 품고 제대로 이름을 불렀다. "볼턴 공이 하렌홀을 차지했다면, 트라이던트와 왕의 가도 양쪽을 다 감시하고 있을 가능성이 높아."

여자의 커다란 푸른 눈에서 반신반의하는 기색을 본 것 같았다. "경은 나의 보호하에 있소. 경을 죽이려면 나부터 죽여야 할 거요."

"그 작자들이 그걸 신경 쓸까 모르겠군."

"난 당신 못지않은 전사요." 그녀는 방어적으로 말했다. "난 렌리 왕이 선택한 일곱 기사 중 하나였어. 그분이 직접 레인보우가드의 줄무늬 비단을 둘러주셨지."

"레인보우가드? 그대와 여섯 여자였나? 언젠가 어느 가수가 말하길 모든 처녀는 비단옷을 입으면 아름답다 했지……. 하지만 그 가수는 그대를 만나보지 못한 게 분명해."

여자의 얼굴이 붉어졌다. "우리에겐 파야 할 무덤이 있소." 그리고 그녀는 나무를 오르기 시작했다.

일단 줄기를 오르고 보니 아래쪽 가지들은 그 여자가 딛고 서도 될 만큼 컸다. 그녀는 단검을 손에 들고 잎사귀들 사이를 걸으며 시체들의 줄을 끊었다. 시체가 떨어질 때마다 파리가 들끓었고, 악취는 점점 심해졌다. 클레오스 경이 불평했다. "창녀들을 돌봐주기엔 곤란한 점이 한둘이 아니야. 대체 뭘로 땅을 파자는 건가? 삽도 없는데, 내 장검으로 땅을 파진 못하겠네. 내가—"

브리엔느가 고함을 지르더니, 나무를 오르지 않고 뛰어내렸다. "배로. 빨리. 돛이 보여."

그들은 최대한 서둘렀지만, 제이미는 거의 뛸 수가 없었고 사촌에게 질질 끌리다시피 해서 배에 올라야 했다. 브리엔느가 노를 잡고 배를 밀더니 서둘러 돛을 올렸다. "클레오스 경도 같이 노를 저어야겠소."

클레오스는 그 계집의 말에 따랐다. 배가 조금 더 빠르게 물살을 가르기 시작했다. 물살, 바람, 노가 모두 그들을 위해 일했다. 제이미는 사슬에 묶인 채로 앉아서 상류를 쳐다보았다. 다른 배의 돛 윗부분만 보였다. 레드포크의 굴곡을 감안하면 그 배는 들판 너머에서 나무들에 가려진 채 북쪽으로 향하는 듯했다. 그렇다면 남쪽으로 향하는 그들과는 정반대였지만, 실상은 다를 수도 있었다. 그는 두 손을 들어 눈 위를 가리고 외쳤다. "진흙의 붉은색과 물의 푸른색."

브리엔느의 커다란 입이 소리 없이 움직였다. 되새김질하는 암소 같은 모양새였다. "더 빨리."

순식간에 여관이 멀어지고 다른 배의 돛 꼭대기도 사라졌지만, 그건 아무 의미도 없었다. 일단 추적자들이 물굽이를 돌면 다시 보이게 될 터였다. "고결하신 툴리 병사들이 죽은 창녀들을 묻어주려 멈추길 빌어야겠군." 제이미는 감옥으로 다시 돌아가고 싶지 않았다. '티리온이라면 지금 영리한 생각을 해낼 수 있겠지만, 나에게 떠오르는 생각이라곤 장검을 들고 덤비는 것뿐이로군.'

그들은 한 시간 가까이 물굽이를 돌고 나무가 자란 작은 섬들 사이를 누비며 추적자들과 숨바꼭질을 벌였다. 어찌어찌 따돌렸다는 희망을 품으려는 순간, 멀리서 다시 돛이 보였다. 클레오스 경은 노 젓기를 멈췄다. "다른자들에게나 잡혀가기를." 그는 이마에 맺힌 땀을 닦으며 말했다.

"노를 저으시오!" 브리엔느가 말했다.

"우리를 쫓아오는 건 갤리선이야." 제이미는 한동안 관찰하다가 말했다. 노를 저을 때마다 상대편 배가 조금씩 커지는 것 같았다. "양쪽에 노가 아홉 개씩, 노잡이만 열여덟 명이라는 뜻이지. 노잡이만이 아니라 전사들도 태우고 있다면 수가 더 될 거야. 그리고 우리보다 돛이 커. 따돌릴 수 없어."

클레오스 경이 노를 쥔 채 멈칫했다. "열여덟이라고?"

"한 사람이 여섯씩 상대하면 되겠군. 여덟 명은 해치우고 싶지만, 이 팔찌가 움직임을 방해해서." 제이미는 손목을 들어 올렸다. "브리엔느 아씨께서 친절하게 내 족쇄를 풀어준다면 또 모르지만?"

그녀는 제이미를 무시하고 노 젓기에 온 힘을 쏟았다.

"우린 반밤 정도 앞서 출발했어. 놈들은 새벽부터 노를 저었겠지. 한 번에 노 두 개씩 쉬어가면서 말이야. 놈들은 기진맥진일 거야. 당장은 우리 돛을 보고 힘이 확 솟았겠지만, 그게 계속 가진 않아. 우린 꽤 많은 놈을 죽일 수 있을 거야."

클레오스 경은 입만 벌리고 있었다. "하지만…… 열여덟 명이라고."

"최소한이 그렇다는 거지. 스물이나 스물다섯 명은 될걸."

사촌은 끙 소리를 냈다. "열여덟 명을 쓰러뜨릴 순 없어."

"내가 언제 그럴 수 있댔나? 최선은 손에 검을 쥐고 죽는 정도야." 그는 진지하기 그지없었다. 제이미 라니스터는 죽음을 두려워해본 적이 없었다.

브리엔느가 노 젓기를 멈췄다. 땀 때문에 이마에 아마색 머리카락이 달라붙었고, 흉하게 일그러진 얼굴은 전보다 더 못생겨 보였다. "경은 내 보호하에 있소." 분노에 가득 찬 나머지 으르렁거리는 목소리였다.

제이미는 그 격렬한 성격을 보고 웃을 수밖에 없었다. '사냥개에게 젖가슴이 달린 셈이군. 아니, 가슴이 있어야 말이지만.' "그렇다면 날 보호해봐, 계집. 아니면 내가 내 몸을 보호할 수 있게 풀어주든가."

갤리선은 거대한 나무 잠자리처럼 하류로 미끄러져 왔다. 노가 격하게 움직이는 통에 배 주위로 하얀 물살이 소용돌이쳤다. 눈에 띄게 가까워지자 갑판을 가득 메운 남자들이 보였다. 손에서 금속이 반짝였고, 활도 알아볼 수 있었다. 궁수들이었다. 제이미는 궁수들이 싫었다.

무서운 속도로 다가오는 갤리선 뱃머리에는 대머리에 무성한 회색 눈썹, 억센 두 팔이 눈에 띄는 다부진 사내가 서 있었다. 갑옷 위에 걸친 더러워진 하얀 전포에는 연녹색 수양버들이 수놓였으나, 망토 여밈은 은빛 송어였다. 리버런의 위병대장이었다. 전성기에 로빈 라이거 경은 집요하기로 이름 높은 전사였으나, 전성기는 이제 끝났다. 그는 호스터 툴리와 같은 나이였고, 주인과 함께 늙었다.

갤리선과의 거리가 50미터쯤이 되자 제이미는 입가에 두 손을 대고 외쳤다. "나에게 행운을 빌어주러 온 거요, 로빈 경?"

"데리고 돌아가려고 왔네, 킹슬레이어." 로빈 라이거 경이 마주 외쳤다. "금빛 머리채는 어쩌다 잃어버렸나?"

"머리를 깎아서 적들의 눈을 속여볼까 했지. 댁에게는 그 방법이 꽤 효과가 있었잖아."

로빈 경은 재미있어하지 않았다. 그들이 탄 작은 배와 갤리선의 거리가 40미터로 줄어들었다. "노와 무기를 강에 던지면 아무도 해치지 않겠네."

클레오스 경이 몸을 돌렸다. "제이미, 우리를 풀어준 건 캐틀린 부인이라고 말하게……. 포로 교환으로, 적법한……."

별 도움이 안 될 줄 알면서도 제이미는 그렇게 했다. "리버런을 통치하는 건 캐틀린 스타크가 아니야." 로빈 경이 마주 외쳤다. 궁수 넷이 로빈 경 양쪽으로 자리를 잡았다. 두 명은 서서, 두 명은 무릎을 꿇고서. "검을 물에 던지게."

제이미는 대꾸했다. "내겐 검이 없소. 하지만 검이 있었다면 당신 배를 꿰뚫고 거기 선 겁쟁이 넷의 불알을 잘라냈을 거야."

화살 비가 화답했다. 한 발은 돛대에 박혔고, 두 발은 돛을 갈랐으며, 네 번째 화살은 제이미를 간발의 차이로 비껴갔다.

레드포크의 넓은 물굽이가 또 하나 앞에 나타났다. 브리엔느는 물굽이 쪽으로 배를 틀었다. 방향을 돌리자 활대가 휘청대고 바람을 가득 받은 돛이 삐걱거렸다. 앞쪽에는 물살을 가르는 큰 섬이 하나 있었다. 주된 물길은 오른쪽으로 흘렀다. 왼쪽으로는 큰 섬과 북쪽 강변에 솟은 높은 벼랑 사이를 지르는 물길이 있었다. 브리엔느가 키를 돌리자 작은 배는 돛을 찢으며 왼쪽으로 몸을 꺾었다. 제이미는 브리엔느의 눈을 보았다. '예쁜 눈이군. 그리고 차분해.' 그는 사람의 눈을 읽을 줄 알았다. 공포가 어떻게 보이는지도 알았다. 브리엔느는 절박한 게 아니라 단호했다.

30미터 뒤에서 갤리선도 물굽이에 진입했다. "클레오스 경, 키를 맡으시오." 여자가 명령했다. "킹슬레이어, 노를 잡고 배가 바위에 부딪치지 않게 하시오."

"명대로 합지요." 노는 장검이 아니었지만 그래도 잘 휘두르면 사람 얼굴을 망가뜨릴 수 있었고, 자루로 칼을 막을 수도 있었다.

클레오스 경이 제이미의 손에 노를 쥐여주고 서둘러 배꼬리로 향했다. 그들은 섬 앞머리를 지난 후 날카롭게 방향을 꺾어서 지름길 수로에 진입했다. 배가 기우뚱거리자 뱃전에 요란하게 물이 튀었다. 그 섬에는 나무가 빽빽하게 자라 있어서, 마구잡이로 얽힌 버드나무와 참나무와 키 큰 소나무가 격하게 흐르는 물과 암초, 물에 잠겨 썩어가는 나무줄기들 위로 짙은 그림자를 드리웠다. 왼쪽으로는 깎아지른 바위 벼랑이 솟아올랐고, 그 밑에는 부서진 바윗돌과 낙석 주위로 강물이 하얀 거품을 일으켰다.

그들은 햇빛을 벗어나 초록색 나무 벽과 회갈색 벼랑 사이 그림자 속으로 들어가면서 갤리선의 시야에서 벗어났다. '몇 분간은 화살을 피하겠군.' 제이미는 반쯤 잠긴 바윗돌 하나를 밀면서 생각했다.

배가 흔들렸다. 작게 첨벙하는 소리가 들려 돌아보았더니 브리엔느가 없었다. 잠시 후 벼랑 아래에서 몸을 끌어 올리는 브리엔느의 모습이 다시 보였다. 그녀는 얕은 물웅덩이를 걸어서 건너더니 바위를 타 넘고 벼랑을 오르기 시작했다. 클레오스 경은 입을 떡 벌리고 눈이 튀어나와라 쳐다보고 있었다. '멍청하기는.' 제이미는 사촌에게 외쳤다. "저 계집은 무시하고 배를 몰아."

나무들 뒤로 움직이는 돛을 볼 수 있었다. 갤리선이 지름길 수로 위쪽에 위용을 드러냈다. 25미터 뒤였다. 방향을 돌리느라 갤리선의 뱃머리가 심하게 흔들렸고, 화살이 대여섯 대 날았지만 모두 멀찍이 날아가버렸다. 두 배의 움직임 때문에 궁수들이 어려움을 겪고 있었다. 그러나 제이미는 궁수들이 금세 적응하리라는 사실을 알고 있었다. 브리엔느는 벼랑을 반쯤 기어올랐다. '라이거가 분명히 저 모습을 볼 텐데, 일단 보면 궁수들을 시켜서 쏘아 떨어뜨리겠지.' 제이미는 노인장이 과연 긍지 때문에 아둔하게 굴지 알아보기로 하고 소리쳤다. "로빈 경, 잠시 내 말을 들어보시오."

로빈 경이 한 손을 들자 궁수들이 활을 내렸다. "할 말이 있으면 해보게, 킹슬레이어. 다만 빨리하게나."

제이미는 작은 배가 흩어진 돌 더미 위를 흔들흔들 지나가는 동안 외쳤다. "이 문제를 해결할 더 좋은 방법을 아는데, 일대일 결투 어때. 당신과 나 둘이서."

"내가 오늘 아침에 태어난 줄 아나, 라니스터."

"아니, 하지만 오늘 오후에 죽겠지." 제이미는 상대가 수갑을 볼 수 있게 두 손을 들어 올렸다. "난 쇠사슬을 찬 채로 싸울 거야. 뭐가 두렵나?"

"경이 두렵진 않네. 내 마음대로 할 수 있다면야 그보다 좋을 게 없지. 하지만 난 경을 가능한 한 산 채로 데리고 돌아오라는 명을 받았어. 궁수들." 그는 궁수들에게 신호를 보냈다. "화살 메기고, 당—"

거리가 20미터도 남지 않았다. 화살이 빗나갈 수가 없었다. 그러나 궁수들이 긴 활을 당기려는데 자갈 비가 쏟아져 내렸다. 작은 돌멩이가 덜그럭 덜그럭 갑판을 때리고, 투구에 맞아서 튀고, 뱃머리 양쪽에 물보라를 일으켰다. 상황을 이해할 만한 머리가 있는 사람들은 벼랑 위에서 암소만 한 돌덩어리가 떨어지는 순간 눈을 들어 위를 보았다. 로빈 경이 경악하며 소리질렀다. 돌덩어리는 허공을 날다가 벼랑에 부딪쳐서 둘로 쪼개지더니 그들을 덮쳤다. 큰 조각은 돛대를 꺾고 돛을 찢고 궁수 두 명을 강에 날려버린 후, 노 위로 몸을 굽히고 있던 노잡이 한 명의 다리를 짓이겼다. 갤리선에 순식간에 물이 차는 모양새를 보니 나머지 작은 조각은 선체를 꿰뚫은 게 분명했다. 노잡이의 비명 소리가 벼랑에 메아리치는 가운데 물에 빠진 궁수들은 속절없이 물살에 휩쓸렸다. 허우적대는 모습을 보니 둘 다 헤엄을 칠 줄 몰랐다. 제이미는 큰 소리로 웃었다.

그들이 지름길 수로를 빠져나갈 무렵 갤리선은 웅덩이와 소용돌이와 암초 사이를 헤매고 있었고, 제이미 라니스터는 신들을 좋아하기로 했다. 로빈 경과 세 배로 저주받은 그의 궁수들은 리버런까지 먼 길을 철벅철벅 돌아가야 할 테고, 게다가 덩치 크고 못생긴 계집도 떼어놓지 않았는가. '내가 계획을 짰어도 이보다 좋을 순 없었을 거야. 일단 이 족쇄만 풀면…….'

클레오스 경이 고함을 질렀다. 제이미가 올려다보니 브리엔느가 한참 앞에서 느릿느릿 벼랑 위를 이동하고 있었다. 브리엔느는 그들의 배가 굽잇길을 따라가는 동안 손가락 모양의 땅을 가로질러 바위에서 몸을 던졌다. 다이빙하는 모습이 우아하기까지 했다. '저 여자가 돌에 머리가 박살 나길 빈다면 고약한 심보겠지.' 클레오스 경은 여자 쪽으로 배를 돌렸다. 고맙게도 제이미에게는 아직 노가 있었다. '저 여자가 철벅거리며 다가올 때 한 번만 제대로 휘두르면 떼어놓을 수 있어.'

그러나 그는 노를 물 쪽으로 뻗었다. 브리엔느가 노를 붙잡자, 제이미는 그 여자를 끌어 올렸다. 그의 도움을 받아 배에 오른 브리엔느의 머리카락에서 물이 쏟아지고 젖은 옷에서 물이 뚝뚝 떨어져 갑판에 고였다. '젖으니 심지어 더 못생겼군. 그게 가능할 줄이야 누가 생각이나 했겠어?' 그는 브리엔느에게 말했다. "빌어먹게 멍청한 계집이로군. 그대를 두고 가버릴 수도 있었어. 내가 고마워하길 기대하겠지?"

"당신의 감사 인사 따윈 원치도 않소, 킹슬레이어. 난 당신을 킹스랜딩까지 안전하게 데려가겠다고 맹세했소."

"그리고 실제로 지킬 작정이고?" 제이미는 가장 눈부신 미소를 선사했다. "그것 참 신통하기도 해라."

캐틀린

데스몬드 그렐 경은 평생 툴리 가문을 위해 일했다. 캐틀린이 태어났을 때는 종자였고, 캐틀린이 걷고 달리고 헤엄치는 방법을 익혔을 때는 기사였으며, 캐틀린이 결혼하던 날에는 훈련대장이었다. 그는 호스터 공의 귀여운 캣이 젊은 여인이 되고, 대영주의 부인이 되고, 왕의 어머니가 되는 모습을 모두 지켜보았다. '그리고 이제는 내가 반역자가 되는 모습까지 보았군.'

캐틀린의 동생 에드무어가 전쟁터로 달려가면서 데스몬드 경을 리버런의 수호성주로 임명했으니, 그녀의 죄에 대처해야 할 사람도 데스몬드 경이었다. 그는 거북함을 덜기 위해 호스터 공의 집사인 시무룩한 유세리데스 웨인을 데려왔다. 두 남자는 서서 그녀를 바라보았다. 데스몬드 경은 통통하고 붉은 얼굴로 난처해했고, 유세리데스는 엄숙하고 수척한 얼굴로 우울해했다. 둘 다 상대가 먼저 말하기를 기다렸다. '둘 다 목숨 바쳐 내 아버지를 섬겼건만, 내가 이런 망신으로 갚았구나.' 캐틀린은 진력을 내며 생각했다.

"아드님들 이야기는." 데스몬드 경이 마침내 말했다. "바이먼 학사에게 들었습니다. 가엾은 아이들. 끔찍한 일입니다. 끔찍해요. 하지만……."

"저희도 부인의 슬픔에 공감합니다." 유세리데스 웨인이 말했다. "온 리버런이 같이 슬퍼하고 있어요. 하지만……."

"그 소식 때문에 미쳐버리신 게지요." 데스몬드 경이 끼어들었다. "비탄의 광기, 어머니의 광기였어요. 다들 이해할 겁니다. 부인은 알지도 못하—"

"그렇지 않아요." 캐틀린은 단호하게 말했다. "난 내가 무슨 짓을 하는지 이해하고 있었고 그게 반역이라는 것도 알고 있었어요. 나를 벌하지 않는다면 다들 우리가 공모해서 제이미 라니스터를 풀어줬다 믿을 겁니다. 내가, 나 혼자서 벌인 일이고 나 혼자 응보를 받아야 해요. 나에게 킹슬레이어가 벗어놓고 간 족쇄를 채워요. 그래야 한다면 당당히 차겠습니다."

"족쇄를요?" 가엾은 데스몬드 경은 그 말만으로도 충격을 받은 듯했다. "왕의 모친께, 제 주군의 따님께 말입니까? 그럴 순 없습니다."

"어쩌면……." 집사 유세리데스 웨인이 말했다. "부인께서 에드무어 경이 돌아오실 때까지 방에 갇혀 계실 수도 있겠지요. 혼자 시간을 보내면서, 살해당한 아드님들을 위해 기도하시면 어떻겠습니까."

"가택 연금이라, 그래요." 데스몬드 경이 말했다. "탑 방에 갇혀 계시면 되겠군요."

"갇혀 있어야 한다면 내 아버지의 방으로 해줘요. 아버지의 마지막 나날이라도 보살필 수 있게."

데스몬드 경은 잠시 생각해보더니 대답했다. "좋습니다. 불편하거나 무례한 대우를 받으시지는 않겠지만, 성안을 자유로이 다니실 수는 없습니다. 필요하다면 성소에는 가시되, 에드무어 공께서 돌아오실 때까지는 호스터 공의 방에만 머무십시오."

"그러리다." 아버지가 살아 계신 동안에는 동생을 공이라고 부를 수 없는 일이었으나, 캐틀린은 굳이 호칭을 바로잡지 않았다. "필요하다면 위병을 한 명 붙이세요. 하지만 결코 도망치려 하지 않겠다고 맹세하지요."

데스몬드 경은 달갑지 않은 임무를 끝냈다는 사실을 기뻐하며 고개를 끄덕였지만, 슬픈 눈을 한 유세리데스 웨인은 수호성주가 떠난 후에도 잠시 자리에 남았다. "심각한 일을 저지르신 데다가, 소용도 없는 일이었습니다. 데스몬드 경이 킹슬레이어를 잡아 오라고 로빈 라이거 경을 보내셨어요……. 그게 안 되면 머리만이라도 가지고 오라고요."

캐틀린도 예상한 바였다. '전사 신께서 브리엔느의 장검에 힘을 실어주시기를.' 그녀는 기도했다. 할 수 있는 일은 다 했다. 이제는 희망을 걸어보는 수밖에 없었다.

그녀의 물건은 아버지의 침실로 옮겨졌다. 그녀가 태어난 곳이기도 한, 기둥마다 뛰어오르는 송어 모양이 조각된 거대한 차양 침대가 들어앉은 방이었다. 아버지는 계단을 반 층 내려간 개인 방으로 옮겨 삼각형 발코니가 내다보이는 곳에 병상을 두고 있었다. 그곳에서 아버지는 언제나 그토록 사랑했던 강을 볼 수 있었다.

캐틀린이 들어갔을 때 호스터 공은 자고 있었다. 그녀는 발코니로 나가 거친 돌 난간에 한 손을 얹었다. 물살 급한 텀블스톤이 평온하게 흐르는 레드포크와 만나는 성 끄트머리 너머로 하류 멀리까지 내다볼 수 있었다. 동쪽에서 줄무늬 돛이 보인다면 성으로 돌아오는 로빈 경일 것이다. 지금은 수면 위로 아무것도 보이지 않았다. 그녀는 그 점에 대해 신들에게 감사하고, 안으로 돌아가 아버지 곁에 앉았다.

캐틀린은 호스터 공이 딸이 여기 있다는 사실을 알기는 하는지, 그녀가 있어서 조금이라도 위안을 받는지 알 수 없었다. 그러나 그와 함께 있는 것이 그녀에게는 위안이 되었다. '제가 저지른 범죄를 알면 아버지는 뭐라고 하실까요? 적의 손에 떨어진 게 라이사와 저였다면, 아버지도 저처럼 하셨을까요? 아버지도 절 비난하며 어미의 광기라고 하실까요?'

방 안에 죽음의 냄새가 감돌았다. 몸에 들러붙는 무겁고 달큼한 썩은 내였다. 그 냄새를 맡자 잃어버린 아들들이, 네드의 대자였던 테온 그레이조이의 손에 죽어버린 사랑스러운 브랜과 귀여운 리콘이 생각났다. 그녀는 아직도 네드를 애도했고, 언제나 네드를 애도할 테지만, 아이들까지 빼앗긴다는 건……. "자식을 잃는다는 건 너무나 잔인한 일이에요." 그녀는 아버지에게 말한다기보다는 스스로에게 말하듯 조용히 속삭였다.

호스터 공이 눈을 떴다. "탠지." 그는 고통이 내려앉은 쉰 목소리로 말했다.

'나를 모르시는구나.' 캐틀린도 어머니나 동생인 라이사로 오해받는 데에는 익숙해졌지만 탠지는 낯선 이름이었다. "캐틀린이에요. 저 캣이에요, 아버지."

"날 용서해……. 피가…… 아, 제발…… 탠지……."

아버지의 삶에 다른 여자가 있었던 걸까? 젊었을 때 잘못 대한 마을 처녀라든가? 어머니가 돌아가신 후에 어느 하녀의 품에서 위안을 찾았다든가? 그런 생각을 하니 이상하고 불안했다. 갑자기 아버지를 전혀 몰랐다는 기분이 들었다. "탠지가 누군가요? 사람을 보내 불러올까요? 그 여자를 어디에서 찾을 수 있지요? 아직 살아 있나요?"

호스터 공은 신음했다. "죽었어." 그의 손이 캐틀린의 손을 잡았다. "다른 아이들을 갖게 될 거야……. 사랑스러운 아이들, 적출 혈통을."

'다른 아이들이라고? 네드가 죽었다는 걸 잊어버리셨나? 아직도 탠지에게 말씀하시는 걸까, 아니면 이젠 나에게 말씀하시나? 아니면 라이사, 아니면 어머니?'

아버지가 기침을 하자 피 섞인 가래가 나왔다. 그는 캐틀린의 손을 부여잡았다. "……좋은 아내가 되면 신들께서 축복하시어…… 아들들…… 적출 아들들을 주실 게다……. 아아아아아." 갑자기 닥친 통증에 호스터 공의 손에 힘이 들어갔다. 그의 손톱이 캐틀린의 손을 파고들었고, 억눌린 비명이 터져 나왔다.

바이먼 학사가 서둘러 들어오더니 양귀비즙을 섞어서 영주가 삼키도록 했다. 곧 호스터 툴리 공은 다시 깊은 잠에 빠져들었다.

"어떤 여자를 찾으시더이다. 탠지라고." 캐틀린이 말했다.

"탠지요?" 학사는 멍한 얼굴이었다.

"그런 이름의 여인을 아시오? 하녀라든가, 근처 마을 여자라든가? 오래 전에 있었던 누군가라든가?" 캐틀린은 너무 오래 리버런을 떠나 있었다.

"모릅니다. 원하신다면 물어볼 수는 있겠지요. 유세리데스 웨인이라면 그런 사람이 리버런에서 일했는지 잘 알 겁니다. 탠지라고 하셨습니까? 평민들은 딸에게 꽃이나 약초 이름을 붙일 때가 많긴 하지요." 학사는 생각에 잠긴 얼굴이었다. "그러고 보니 굽을 갈 낡은 신발이 없나 찾아다니던 과부가 하나 있었지요. 이제 생각해보니 그 여자 이름이 탠지였어요. 아니, 팬지였나? 그 비슷했습니다. 하지만 그 여자는 오지 않은 지 오래됐고……."

"그 여자 이름은 바이올렛이었어요." 캐틀린도 그 나이 든 여자를 기억해냈다.

"그랬던가요?" 학사는 미안한 표정을 지었다. "죄송하지만 나가봐야겠습니다, 캐틀린 부인. 데스몬드 경께서 꼭 필요할 때가 아니면 부인과 말을 나누지 말라고 하셔서요."

"그렇다면 그렇게 해야지요." 캐틀린은 데스몬드 경을 비난할 수 없었다. 믿지 못할 이유를 준 사람은 캐틀린이었다. 데스몬드 경은 그녀가 리버런의 많은 사람들이 아직도 영주의 따님에게 품고 있을 충성심을 이용하여 골치 아픈 짓을 저지를지 모른다고 걱정하고 있으리라. 그녀는 스스로에게 말했다. '적어도 내가 전쟁에서는 벗어났구나. 잠시 동안만이라도.'

학사가 나가자 캐틀린은 모직 망토를 걸치고 다시 발코니로 나섰다. 햇빛이 강물에 어른거리며 성을 지나 흘러가는 수면에 금박을 입혔다. 캐틀린은 눈 위에 손을 대고 햇살을 가리며 멀리 돛이 보이나 살폈다. 돛이 보일까 두려웠다. 하지만 배라곤 보이지 않았고, 보이는 게 없다는 것은 그녀의 희망이 아직 살아 있다는 뜻이었다.

그녀는 그날 낮 내내, 그리고 밤늦게까지 강을 지켜보았다. 너무 오래 서 있어서 다리가 아플 때까지. 오후 늦게 까마귀 한 마리가 날아와서 커다란 검은 날개를 퍼덕이며 까마귀 장에 내려앉았다. '어두운 날개에 어두운 소식.' 캐틀린은 지난번 까마귀가 가져온 끔찍한 소식을 떠올리며 생각했다.

바이먼 학사는 저녁에 다시 와서 툴리 공을 보살피고 캐틀린에게 빵과 치즈, 고추냉이와 함께 끓인 소고기 요리로 이루어진 간소한 저녁 식사를 가져다주었다. "유세리데스 웨인과 이야기를 해봤습니다. 자기가 일하는 동안 탠지라는 이름의 여인이 리버런에 있었던 적은 없다고 자신하더군요."

"오늘 까마귀가 한 마리 왔더군요. 제이미가 다시 잡혔나요?" 아니면 죽었거나?

"아닙니다. 킹슬레이어 소식은 없었습니다."

"그렇다면 다른 전투 소식인가요? 에드무어가 어려움에 빠졌나요? 롭이나? 제발 친절을 베풀어 내 두려움을 덜어줘요."

"제가 그럴 수는……." 바이먼은 마치 방 안에 다른 사람이 없는지 확인하려는 듯 두리번거리더니 말했다. "타이윈 공은 강역을 떠났습니다. 여울은 모두 평화롭습니다."

"그렇다면 어디에서 까마귀가 온 건가요?"

"서쪽에서요." 학사는 호스터 공의 침구를 갈면서 캐틀린과 눈을 마주치지 않으려 했다.

"롭의 소식인가요?"

그는 머뭇거렸다. "예, 그렇습니다."

"뭔가 잘못됐군요." 태도를 보면 알 수 있었다. 학사는 뭔가를 숨기고 있었다. "말해봐요. 롭 일인가요? 롭이 다쳤나요?" '죽은 건 아니겠지. 신들이시여, 자비를 베푸세요. 제발 그 아이가 죽었다고는 하지 말아요.'

"전하께서는 크래그를 급습하다가 부상을 입으셨습니다만……." 바이먼 학사는 여전히 뭔가를 숨기며 말했다. "걱정하실 정도는 아니라고, 곧 돌아오신다고 적으셨습니다."

"부상? 어떤 부상인가요? 얼마나 심각하고?"

"걱정할 정도는 아니라고 적으셨습니다."

"난 어떤 부상이든 걱정할 수밖에 없군요. 치료는 받았나요?"

"치료를 받으신 건 확실합니다. 크래그의 학사가 돌봐드릴 게 분명해요."

"어디에서 부상을 입었지요?"

"저는 부인과 대화를 나누지 말라는 명을 받았습니다. 죄송합니다." 바이먼은 약병을 그러모아서 서둘러 나가버렸다. 캐틀린은 다시 한번 아버지와 단둘이 남았다. 양귀비즙이 약효를 발휘해서 호스터 공은 깊은 잠에 빠져 있었다. 벌어진 입 한쪽으로 가늘게 흘러내린 침이 베개를 적셨다. 캐틀린은 리넨 천을 집어 들고 부드럽게 아버지의 입가를 닦았다. 그녀의 손길이 닿자 호스터 공은 신음했다. "용서해라." 그는 거의 알아들을 수 없을 만큼 조용히 속삭였다. "탠지…… 피…… 그 피를…… 신들이시여, 자비를……."

아버지의 말은 이루 말할 수 없을 정도로 그녀의 마음을 어지럽혔지만, 무슨 말인지 이해할 수는 없었다. '피라니, 모든 게 결국 피로 돌아가는가? 아버지, 그 여자는 누구고 그 여자에게 무슨 짓을 하셨기에 그렇게 용서를 비셔야 하나요?'

그날 밤 캐틀린은 잃어버린 자식들과 죽은 자식들이 나오는 혼란스러운 꿈에 시달리며 자다 깨기를 반복했다. 그녀는 동이 트기 전에, 아버지의 말을 다시 떠올리며 깨어났다. '사랑스러운 아이들, 적출 혈통을…….' 왜 그런 말씀을 하셨을까. 혹시…… 그 탠지라는 여인에게 서자를 두셨던 걸까. 믿을 수가 없었다. 동생인 에드무어라면 가능했다. 에드무어가 서자를 열 명쯤 두었다 해도 놀랍지 않을 것이다. 그러나 그녀의 아버지는, 호스터 툴리 공은 절대 그럴 리가 없었다.

'탠지라는 게 라이사를 부르는 이름일 수도 있을까? 나를 캣이라고 부르시듯이?' 호스터 공은 전에도 그녀를 라이사로 착각했다. '다른 아이들을 갖게 될 거야……. 사랑스러운 아이들. 적출 혈통을.' 아버지는 그렇게 말했다. 라이사는 다섯 번 유산했다. 두 번은 이어리에서, 세 번은 킹스랜딩에서……. 그러나 호스터 공이 가까이에서 위로했을 리버런에서 유산한 적은 없었다. 만약…… 만약 라이사가 처음 맺은 관계에서 아이를 가졌던 게 아니라면…….

캐틀린과 라이사는 같은 날 결혼했고, 이제 막 남편이 된 사람들이 로버트의 반란에 합세하러 달려가고 나자 아버지의 보호 아래 남았다. 그 후에 둘 다 월경을 평소대로 하지 않자 라이사는 자신들이 아들을 가진 게 틀림없다고 생각하고 행복하게 떠들어댔다. "언니 아들은 윈터펠의 후계자가 되고 내 아들은 이어리의 후계자가 될 거야. 아, 두 아이는 네드와 로버트 공처럼 친한 친구 사이가 되겠지. 사촌이라기보다는 형제 같을 거야. 난 알아." 라이사는 너무나 기뻐했다.

그러나 얼마 지나지 않아 라이사는 월경혈을 흘렸고, 모든 기쁨을 잃어버렸다. 캐틀린은 언제나 라이사의 월경이 조금 늦었을 뿐이라 생각했지만, 만약 그게 아니라 아이를 가진 것이었다면…….

그녀는 처음 라이사에게 롭을 안겨주었던 때를 기억했다. 조그맣고 빨간 얼굴에 빽빽 울어댔지만, 그때도 이미 튼튼했고 생명력이 가득했다. 캐틀린이 아기 롭을 안겨주자마자 라이사의 얼굴은 눈물범벅으로 일그러졌었다. 그리고 급하게 아기를 캐틀린에게 돌려주고 뛰어가버렸다.

'라이사가 그때 이미 아이를 잃은 경험이 있었다면 아버지의 말이 설명될지도 몰라. 게다가…….' 라이사와 아린 공의 결합은 급하게 이루어졌고, 존은 그때도 이미 노인이었다. 호스터 공보다 더 나이가 많았다. 후계자 없는 노인으로, 이전에 있었던 두 아내는 자식을 남기지 못했고 조카는 킹스랜딩에서 브랜던 스타크와 함께 살해당했으며, 용맹스럽던 사촌은 종울림 전투 중에 죽었다. 아린 가문을 존속하려면 젊은 아내가 필요했다……. 임신이 가능하다는 사실이 확실한 젊은 아내가.

캐틀린은 일어나서 로브를 걸치고 계단 아래 어두운 개인 방으로 내려가 아버지 곁에 섰다. 그녀는 어찌할 수 없는 두려움에 차서 말했다. "아버지, 아버지가 무슨 짓을 하셨는지 알아요." 그녀는 이제 머리에 꿈만 가득한 순진한 신부가 아니었다. 그녀는 과부요, 배신자요, 비탄에 빠진 어머니였으며 현명해졌다. 세상의 방식을 알아버렸다. 그녀는 속삭였다. "아버지가 라이사를 데려가게 하신 거죠. 라이사가 존 아린이 툴리 가문의 검과 창에 치러야 할 대가였던 거예요."

동생의 결혼 생활이 그토록 냉랭했던 것도 당연했다. 아린 가문은 자부심이 강했고, 자신들의 명예에 민감하게 굴었다. 존 공은 툴리 가문을 반란의 대의에 묶어두기 위해, 그리고 어쩌면 아들을 얻을 희망으로 라이사와 결혼했지만, 더럽혀진 채 마지못해 침대에 들어온 여인을 사랑하기는 힘들었을 것이다. 물론 친절하기는 했을 테고 의무를 다하기도 했겠지만, 라이사에게는 따뜻한 애정이 필요했다.

다음 날 아침을 먹을 때, 캐틀린은 펜과 종이를 달라고 청해 아린 계곡에 있는 동생에게 편지를 쓰기 시작했다. 어찌어찌 힘겹게 브랜과 리콘에 대해 적기도 했지만, 주로 아버지에 대해 적었다. '아버지는 네게 잘못하신 일만 생각하고 있고, 이제는 시간이 별로 남지 않았어. 바이먼 학사는 양귀비즙을 더 강하게 쓸 수는 없다고 해. 이제 아버지가 검과 방패를 내려놓으실 때가 됐어. 쉬실 때가 됐어. 그런데도 아버지는 치열하게 싸우고 계셔. 굽히질 않아. 난 그게 너 때문이라고 생각해. 네게 용서를 받으셔야 하는 거야. 전쟁 때문에 이어리에서 리버런으로 오는 여행길이 위험해진 건 알지만, 강력한 기사들을 거느리고 온다면 달의 산맥을 안전하게 통과할 수 있지 않겠니? 백 명, 아니 천 명 정도라면? 그래도 올 수 없다면, 편지라도 써줄 수 없을까? 아버지가 평화롭게 돌아가실 수 있도록 사랑의 말 몇 마디만이라도? 네 마음 가는 대로 적어주면 내가 읽어드리고, 편히 보내드릴게.'

펜을 내려놓고 봉랍을 청하면서도 캐틀린은 그 편지가 너무 부족하고 또 너무 늦었음을 느꼈다. 바이먼 학사는 까마귀가 이어리까지 갔다가 돌아올 만큼 호스터 공이 오래 버틸 수 있다고 보지 않았다. '하지만 전에도 똑같은 말을 했었지……. 툴리 남자들은 쉽게 항복하지 않아. 아무리 가능성이 낮아도.' 캐틀린은 양피지를 학사에게 맡긴 후, 성소에 가서 촛불을 켰다. 하나는 아버지를 위해 아버지 신에게, 또 하나는 죽음의 문을 내다보고는 첫 번째 까마귀를 세상에 보냈던 노파 신에게, 그리고 세 번째는 라이사와 그들 자매가 잃은 모든 아이들을 위해 어머니 신에게.

그녀는 그날 늦게, 호스터 공의 침대 옆에 책을 들고 앉아서 같은 페이지를 반복해서 읽다가 시끄러운 목소리들과 나팔 소리를 들었다. '로빈 경이구나.' 그녀는 움찔하며 생각했다. 발코니에 나가보았지만 강에는 보이는 게 없었다. 다만 바깥에서 나는 목소리들은 더 또렷해졌다. 수많은 말 울음소리와 갑옷 철컹이는 소리에 더해 여기저기서 환호성이 들렸다. 캐틀린은 지붕으로 이어지는 나선계단을 올랐다. '데스몬드 경도 지붕까지 금지하진 않았어.' 그녀는 올라가면서 스스로에게 말했다.

소리는 성안 멀리, 정문 근처에서 들려왔다. 드득드득 올라가는 쇠창살문 앞에 사람들이 한 무리 서 있었고, 쇠창살문 바깥, 그러니까 성 밖에는 기수 수백 명이 있었다. 바람이 불자 깃발이 펄럭였다. 캐틀린은 리버런의 뛰어오르는 송어 문장을 보고 안도감에 몸을 떨었다. 에드무어였다.

에드무어가 캐틀린을 보러 오는 데는 두 시간이 걸렸다. 그 무렵 성안에는 남자들이 두고 갔던 여자와 아이를 얼싸안으며 소란스레 재회를 즐기는 소리가 울려 퍼지고 있었다. 까마귀 장에서 큰까마귀 세 마리가 날아올라 검은 날개로 허공을 때렸다. 캐틀린은 아버지의 발코니에서 그 까마귀들을 바라보았다. 그녀는 머리를 감고, 옷을 갈아입고서 동생을 맞이할 준비를 했다……. 그래도 기다리는 시간은 힘들었다.

마침내 문밖에서 소리가 들렸을 때, 그녀는 앉아서 무릎 위로 두 손을 맞잡았다. 에드무어의 장화와 정강이받이, 전포에는 이리저리 튄 붉은 진흙이 말라붙어 있었다. '모습만 봐서는 전투에서 이겼다는 사실을 알 수가 없겠구나.' 에드무어는 마르고 초췌했으며 뺨에는 핏기가 없었고, 수염은 헝클어졌고 눈동자는 지나치게 형형했다.

"에드무어." 캐틀린은 걱정에 사로잡혀 말했다. "몸이 좋아 보이지 않는구나. 무슨 일이 생겼니? 라니스터가 강을 건넜어?"

"그놈들은 내가 격퇴했어. 타이윈 공, 그레고르 클리게인, 아담 마브랜드, 다 쫓아 보냈지. 하지만 스타니스가……." 에드무어는 얼굴을 찡그렸다.

"스타니스? 스타니스가 왜?"

"스타니스가 킹스랜딩 전투에서 졌어." 에드무어는 언짢은 기색으로 말했다. "함대는 불타고, 군대는 패주했어."

라니스터의 승리는 나쁜 소식이었지만, 캐틀린은 에드무어의 낙담에 공감할 수 없었다. 그녀는 아직도 렌리의 천막에서 보았던 그림자와 렌리의 강철 목가리개를 뚫고 흐르던 피에 대한 악몽을 꾸었다. "스타니스라고 타이윈 공보다 우리에게 우호적이진 않았어."

"이해를 못 하는구나. 하이가든이 조프리를 왕으로 선언했어. 도르네도 마찬가지야. 남부 전체라고." 에드무어의 입매에 힘이 들어갔다. "그리고 누나는 킹슬레이어를 풀어주기로 결정했지. 누나에겐 그럴 권리가 없었어."

"나에겐 어머니의 권리가 있었어." 캐틀린의 목소리는 차분했지만, 하이가든 소식은 롭의 희망에 잔인한 일격이었다. 하지만 지금은 그 문제를 생각할 수가 없었다.

"권리가 없었어." 에드무어는 같은 말을 되풀이했다. "킹슬레이어는 롭의 포로였어. 누나의 왕이 잡은 포로였다고. 그리고 롭은 나에게 그자를 안전하게 지키라고 맡겼지."

"브리엔느가 안전하게 지킬 거야. 자기 검에 걸고 맹세했어."

"그 여자가?"

"브리엔느가 제이미를 킹스랜딩에 데려다주고, 대신 아리아와 산사를 안전하게 데려올 거야."

"세르세이가 절대 포기할 리 없어."

"세르세이가 아니야. 티리온이야. 티리온이 공개적으로 맹세했어. 그리고 킹슬레이어도 그렇게 맹세했어."

"제이미의 말에는 아무 가치가 없어. 그리고 꼬마 악마는, 전투 중에 머리에 도끼를 맞았다는 말이 돌아. 누나의 브리엔느가 킹스랜딩에 도착하기 전에 그놈은 죽을 거야. 그 여자가 해낸다면 말이지만."

"죽어?" 신들이 이렇게까지 무자비할 수가 있을까? 캐틀린은 제이미에게 수많은 맹세를 강제했지만, 실제로 그녀가 희망을 건 것은 그 동생의 약속이었다.

에드무어는 그녀의 괴로움을 알아보지 못했다. "제이미는 내 책임이었고, 내가 되찾을 거야. 까마귀들을 보냈어……."

"까마귀들을 누구에게? 얼마나 많이?"

"전언이 볼턴 공에게 확실히 도착하도록 세 마리를 보냈어. 강을 따라가든 도로를 따라가든 리버런에서 킹스랜딩으로 가려면 반드시 하렌홀 근처를 지나야 해."

"하렌홀." 그 이름만으로도 방 안이 어두워지는 것 같았다. 그녀는 두려움에 탁해진 목소리로 말했다. "에드무어, 네가 무슨 짓을 했는지 알아?"

"두려워할 것 없어. 누나가 한 짓은 빼놓았으니까. 제이미가 탈출했다고, 다시 잡아오면 금화 천 닢을 주겠다고만 적었어."

'갈수록 태산이구나.' 캐틀린은 절망에 빠졌다. '내 동생은 바보야.' 원치 않은 눈물이 눈에 가득 고였다. 그녀는 가만히 말했다. "이게 인질 교환이 아니라 탈출이라면, 라니스터가 브리엔느에게 내 딸들을 돌려줄 이유가 있을까?"

"어차피 거기까지 가지도 못해. 킹슬레이어는 우리에게 돌아올 거야. 내가 확실하게 했어."

"넌 내가 두 번 다시 내 딸들을 보지 못하게 했을 뿐이야. 브리엔느는 킹슬레이어를 안전하게 킹스랜딩까지 데려갈 수 있었을지도 몰라……. 아무도 뒤쫓지 않는다면. 하지만 이제는……." 캐틀린은 말을 이을 수가 없었다. "이만 나가다오, 에드무어." 곧 동생의 것이 될 성에서 이래라저래라 할 권리는 없었지만, 그럼에도 캐틀린의 말투는 반론을 용납하지 않았다. "날 아버지와 내 슬픔 곁에 두고 나가. 너에게 더 할 말이 없다. 나가라. 나가." 그저 누워서 눈을 감고 자고 싶을 뿐이었다. 어떤 꿈도 꾸지 않기를 기도하면서.

아리아

하늘은 등 뒤의 하렌홀 성벽처럼 시커멨다. 가만가만 꾸준히 내리는 비가 그들의 말발굽 소리를 죽이고 얼굴 위로 흘러내렸다.

그들은 엉망이 된 밭을 가로질러 숲과 개울로 이어지는 바큇자국 심한 농장 길을 따라 호수로부터 멀리, 북쪽으로 말을 달렸다. 앞장선 아리아는 주위에 숲이 좁혀 들어올 때까지 훔친 말에 박차를 가해 급하게 달렸다. 핫파이와 겐드리는 최선을 다해 따라왔다. 멀리서 늑대들이 울부짖었고, 아리아는 핫파이의 거친 숨소리를 들을 수 있었다. 아무도 말을 하지 않았다. 아리아는 가끔 어깨 너머로 두 소년이 너무 뒤떨어지지 않고 따라오는지, 추적자가 붙지는 않았는지 확인했다.

추적자는 올 것이다. 아리아는 마구간에서 말 세 마리를, 루스 볼턴의 개인 방에서 지도와 단검을 훔쳤고 샛문을 지키던 위병 한 명을 죽였다. 자켄 하가르가 준 낡은 쇠 주화를 집으려고 무릎을 꿇었을 때 목을 베었다. 누군가가 자기 피에 잠겨 죽어 있는 위병을 발견할 테고, 그러면 고함 소리가 오를 것이다. 그들은 볼턴 경을 깨우고 하렌홀을 샅샅이 뒤질 테고, 지도와 단검이 없어졌다는 사실을 알게 될 것이다. 더불어 무기고에서 장검

몇 자루, 부엌에서는 빵과 치즈, 빵 굽는 소년 하나와 견습 대장장이 하나, 그리고 낸이라고 불렸던 시동이 사라졌음을 알겠지. 누구에게 묻느냐에 따라 족제비라고도 하고, 아리라고도 할 테지만.

드레드포트의 영주가 직접 쫓아올 리야 없었다. 루스 볼턴은 창백한 살갗에 거머리를 덕지덕지 붙이고 침대에 누워 조용히 속삭이는 목소리로 명령만 내릴 것이다. 그의 부하인 월튼, 긴 다리에 늘 끼고 다니는 정강이받이 때문에 강철 다리라고 불리는 남자가 추적을 이끌지도 모른다. 아니면 지저분한 바고 호트와 자칭 '용감한 형제단'이라는 그의 용병들이 맡을 수도 있었다. 다른 사람들은 그들을 "피투성이 극단"이라 불렀고(물론 면전에서는 절대 그러지 않았다) 때로는 "발 사나이들"이라고도 했다. 바고 호트는 마음에 들지 않은 자의 손발을 자르는 습관이 있기 때문이었다.

'우리를 잡는다면 우리 손과 발도 자르겠지. 그다음엔 루스 볼턴이 우리의 껍질을 벗길 거야.' 아리아는 아직도 시동 복장을 입고 있었고, 그 옷 가슴께에는 루스 볼턴을 상징하는 드레드포트의 살가죽 벗겨진 남자가 수놓여 있었다.

아리아는 뒤돌아볼 때마다 멀리 하렌홀 성문에서 쏟아져 나오는 횃불 아니면 높고 거대한 성벽 꼭대기를 내달리는 불빛을 반쯤 예상했지만, 보이는 것은 없었다. 하렌홀은 어둠 속에 잠겨 나무들 뒤로 사라질 때까지 잠들어 있었다.

첫 번째 개울을 건널 때, 아리아는 말을 옆으로 돌려 길에서 벗어나 400미터 가까이 꼬불꼬불한 물길을 따라가고 나서야 물을 헤집고 돌투성이 강둑으로 올라갔다. 추적자들이 개들을 데려온다면 이렇게 해서 냄새를 흩어놓을 수 있을 거라는 희망에서였다. 계속 도로에 머물 수는 없었다. '도로에는 죽음이 도사리고 있어. 모든 도로에 죽음이 있어.'

겐드리와 핫파이는 아리아의 선택에 의문을 제기하지 않았다. 지도를 쥔 사람은 아리아였고, 핫파이는 뒤쫓아 올지 모르는 사람들 못지않게 아리아도 무서워하는 것 같았다. 아리아가 죽인 위병을 봤기 때문이다. '날 무서워하는 편이 더 낫지. 그러면 멍청한 짓을 하는 대신 내 말대로 할 거 아냐.'

아리아도 더 겁을 내야 마땅하기는 했다. 이제 겨우 열 살이었고, 어두운 숲을 앞에 두고 즐겁게 발을 잘라대는 남자들을 뒤에 둔 채 훔친 말을 타고 달리는 깡마른 소녀가 아닌가. 그런데도 어째서인지 아리아는 하렌홀에 있을 때보다 침착했다. 빗발이 손에 묻은 위병의 피를 씻어냈고, 등에는 장검을 메고 있었고, 늑대들은 여윈 회색 그림자들처럼 어둠 속을 어슬렁거렸으며, 아리아 스타크는 무섭지 않았다. '공포가 칼보다 더 위험하다.' 아리아는 속으로 시리오 포렐이 가르쳐준 말을 속삭였다. 자켄 하가르가 가르쳐준 말도 되뇌었다. '발라 모르굴리스.'

비가 그쳤다가 다시 내리다가 그쳤다가 다시 내리기를 반복했지만, 그들에게는 빗방울을 막아줄 좋은 망토가 있었다. 아리아는 느리고 꾸준한 속도로 계속 움직였다. 더 빨리 달리기에는 숲속이 너무 어두웠다. 남자아이들은 둘 다 제대로 된 기수가 아니었고, 무르고 울퉁불퉁한 땅은 반쯤 드러난 나무뿌리와 숨겨진 돌멩이로 위험하기 그지없었다. 그들은 깊이 팬 바퀴자국에 빗물이 가득 고인 다른 길을 만났지만, 아리아는 그 길을 피했다. 아리아는 오르락내리락 이어지는 언덕으로 말을 몰며 나무딸기와 들장미와 엉킨 관목 사이를 뚫고 좁은 도랑을 따라갔다. 나뭇가지가 지나가는 그들의 얼굴을 묵직하게 젖은 잎사귀로 후려쳐댔다.

한번은 겐드리의 암말이 진흙에 빠져 엉덩방아를 심하게 찧으며 겐드리를 안장에서 떨어뜨렸지만 말도 기수도 다치지는 않았고, 겐드리는 고집스러운 표정으로 곧바로 다시 말에 올랐다. 그로부터 머지않아 그들은 새끼사슴 시체를 먹고 있는 늑대 세 마리와 마주쳤다. 핫파이의 말은 그 냄새를 맡자마자 뒷걸음질 쳐 달아났다. 늑대도 두 마리가 달아났지만, 세 번째 늑대는 고개를 들고 이를 드러내며 먹이를 지킬 태세를 갖췄다. 아리아는 겐드리에게 말했다. "물러서. 녀석이 위협을 느끼지 않게 천천히." 그들은 늑대와 그 먹이가 보이지 않을 때까지 조심스럽게 말을 뒤로 물렸다. 늑대가 시야에서 사라지고 나서야 아리아는 말을 돌려, 안장에 죽자고 매달려 숲 속을 헤쳐가던 핫파이를 뒤쫓아 달렸다.

나중에는 타버린 마을을 통과하느라, 껍데기만 남은 시커먼 집들 사이를 조심스럽게 빠져나가고 사과나무 한 줄에 줄줄이 매달린 십여 명의 해골 곁을 지나기도 했다. 핫파이는 그 뼈들을 보자 기도하기 시작했다. 가늘게 속삭이는 목소리로 어머니 신의 자비를 거듭거듭 간청했다. 아리아는 축축하게 썩은 옷을 입고 매달린 살점 없는 시신들을 올려다보며 자기만의 기도를 올렸다. '그레고르 경, 던센, 폴리버, 친절한 라프, 티클러, 사냥개. 일린 경, 메린 경, 조프리 왕, 세르세이 왕대비.' 아리아는 기도의 끝을 발라 모르굴리스로 맺으며 허리띠 속에 넣어둔 자켄의 주화를 만지고, 나무 밑을 달리면서 손을 뻗어 죽은 사람들 사이에 열린 사과를 땄다. 너무 익어서 물렀지만 아리아는 벌레 하나 남기지 않고 다 먹어치웠다.

동이 트지도 않고 낮이 되었다. 서서히 하늘이 밝아졌지만, 태양은 보이지 않았다. 검은색이 회색으로 변하고, 세상에 조금씩 색채가 돌아왔다. 병정 소나무들은 칙칙한 녹색 옷을 입었고, 적갈색과 빛바랜 금색 옷을 걸친 활엽수들은 이미 갈색으로 변해갔다. 그들은 잠시 멈춰 말에게 물을 먹이고, 핫파이가 부엌에서 훔쳐 온 빵 덩어리를 쪼개고 딱딱한 노란 치즈를 손에서 손으로 옮겨가며 급하게 차가운 아침 식사를 먹었다.

"우리가 어디로 가고 있는지는 알아?" 겐드리가 물었다.

"북쪽." 아리아가 말했다.

핫파이는 불안한 눈으로 주위를 둘러보았다. "어느 쪽이 북쪽이야?"

아리아는 치즈 조각으로 방향을 가리켰다. "저쪽이야."

"하지만 태양이 없는데, 어떻게 알아?"

"이끼로 알 수 있어. 이끼가 나무 한쪽에만 주로 자란 거 보여? 그쪽이 남쪽이야."

"우리가 왜 북쪽으로 가야 하는데?" 겐드리는 알고 싶어 했다.

"트라이던트가 있어." 아리아는 훔친 지도를 펼쳐 보여주었다. "보여? 일단 트라이던트에 도착해서 상류로 따라가기만 하면 리버런에 갈 수 있어. 여기." 아리아의 손가락이 그 경로를 따라갔다. "먼 길이지만, 강만 벗어나지 않으면 길을 잃지 않아."

핫파이는 지도를 보고 눈을 껌벅였다. "리버런이 어느 거야?"

리버런은 텀블스톤과 레드포크, 두 강을 나타내는 푸른 선들이 합쳐지는 자리에 탑 모양으로 그려져 있었다. "이거야." 아리아는 그림을 짚었다. "리버런이라고 적혀 있어."

"글자를 읽을 수 있어?" 핫파이는 물 위를 걸을 수 있다는 소리라도 들은 양 놀라며 말했다.

아리아는 고개를 끄덕였다. "리버런에 도착하면 안전해질 거야."

"그래? 왜?"

'리버런은 내 외할아버지의 성이고, 내 오빠인 롭이 있을 테니까.' 그렇게 말하고 싶었지만, 아리아는 입술을 깨물고 지도를 말았다. "그냥 그래. 하지만 도착하고 나서나 안전할 거야." 아리아가 제일 먼저 안장에 다시 앉았다. 핫파이에게 진실을 숨기려니 기분이 좋지 않았지만, 핫파이가 비밀을 지킬 수 있다는 믿음이 들지 않았다. 겐드리는 알고 있었지만 그건 달랐다. 겐드리에게는 나름의 비밀이 있었다. 스스로도 그게 뭔지 잘 모르는 것 같긴 하지만.

그날 아리아는 속도를 높여, 가능하면 최대한 말을 속보로 몰았다. 가끔

평탄한 땅이 나타나면 전속력으로 달리기도 했지만 그런 경우는 드물었다. 땅은 갈수록 험해졌다. 언덕이 높지는 않고 특별히 가파르지도 않았지만 끝없이 이어지는 것 같아서, 곧 그들은 언덕을 오르락내리락하는 데 지쳐 버렸다. 정신을 차리고 보니 지형을 따라 강바닥을 달리고 머리 위로 나무들이 단단히 차양을 치는 얕은 계곡 숲의 미로 속을 헤쳐나가고 있었다.

아리아는 이따금씩 핫파이와 겐드리가 계속 가게 두고 자신은 길을 되짚어 돌아가면서 발자취를 혼란스럽게 만들려 했다. 내내 추적의 신호가 들리는지 귀를 기울이기도 했다. '너무 느려.' 아리아는 입술을 씹으며 생각했다. '우린 너무 느리게 가고 있어. 놈들에게 잡히고 말 거야.' 한번은 어느 능선 위에 올라섰을 때 그들 뒤쪽에 있는 계곡에서 개울을 건너는 검은 그림자들이 보였다. 순간 루스 볼턴의 기수들이라고 생각했지만, 다시 보니 늑대 무리일 뿐이었다. 아리아는 두 손을 입가에 대고 그들을 향해 울부짖었다. "아우우우우우우우, 아우우우우우우." 제일 큰 늑대가 고개를 들고 마주 울부짖는 소리를 듣자 전율이 흘렀다.

정오 무렵에는 핫파이가 불평하기 시작했다. 엉덩이가 아프다고, 안장에 다리 안쪽이 쓸려서 살갗이 벗겨진다고 하더니 심지어는 잠을 좀 자야겠다고까지 했다. "너무 피곤해서 말에서 떨어질 지경이야."

아리아는 겐드리를 쳐다보았다. "저 녀석이 떨어지면 누가 먼저 찾아낼 것 같아? 늑대들, 아니면 피투성이 극단?"

"늑대들이지. 코가 더 좋으니까." 겐드리가 말했다.

핫파이는 입을 뻐끔거렸다. 그리고 말에서 떨어지지 않았다. 잠시 후에 비가 다시 내리기 시작했다. 아직도 태양은 코빼기도 비치지 않았다. 점점 추워졌고, 희부연 안개가 소나무 사이에 걸리고 불타서 헐벗은 들판에 날렸다.

겐드리도 핫파이 못지않게 힘들어했다. 고집스러운 성격 탓에 불평을 하지 않을 뿐이었다. 겐드리는 안장에 불편하게 앉아 있었고, 덥수룩한 검은 머리 아래로 보이는 얼굴은 단호한 표정을 짓고 있었지만, 아리아는 겐드리가 말을 타는 데 익숙하지 않다는 걸 알 수 있었다. '기억했어야 했어.' 아리아는 스스로에게 말했다. 아리아는 기억하는 한 언제나 말을 달렸다. 더 어렸을 때는 조랑말을 탔고, 커서는 제대로 말을 탔다. 하지만 겐드리와 핫파이는 도시 출신이었고 도시의 평민들은 걸어 다녔다. 요렌이 킹스랜딩에서 데리고 나올 때 따로 태우긴 했지만, 왕의 가도에서 당나귀를 타고 짐마차 뒤를 터벅터벅 걷는 것과 사냥마를 타고 야생 숲과 불타버린 들판을 누비는 건 전혀 다른 일이었다.

아리아는 혼자라면 훨씬 빨리 갈 수 있다는 사실을 알면서도 그 둘을 두고 갈 수는 없었다. 그들은 아리아의 무리였고, 친구였다. 살아 있는 친구는 그 둘밖에 남지 않았다. 아리아가 아니었다면 겐드리는 대장간에서 땀을 흘리고 핫파이는 부엌에서 일하며 여전히 하렌홀에 안전하게 있었을 터였다. '피투성이 극단에 잡힌다면 내가 네드 스타크의 딸이고 북부의 왕의 여동생이라고 말해야지. 날 오빠에게 데려다주고, 핫파이와 겐드리에게는 아무 해도 끼치지 말라고 명령하는 거야.' 그렇지만 그들이 그 말을 믿지 않을 수도 있었고, 설령 믿는다 해도…… 볼턴 경은 오빠의 휘하 봉신이었지만 무섭기는 매한가지였다. '놈들에게 잡혀가지 않을 거야.' 그녀는 어깨 너머로 겐드리가 훔쳐다 준 검 손잡이를 매만지며 소리 없이 맹세했다. '절대로.'

그날 오후 늦게, 숲속을 빠져나가서 보니 강둑이었다. 핫파이가 기쁨의 함성을 질렀다. "트라이던트다! 이젠 네 말대로 상류로 따라가기만 하면 되는 거야. 거의 다 왔어!"

아리아는 입술을 씹었다. "이게 트라이던트 같진 않아." 빗물에 불어났는데도 강폭이 10미터 남짓밖에 되지 않았다. 기억 속의 트라이던트는 훨씬 넓은 강이었다. "이건 트라이던트치고는 너무 작아. 그리고 우린 그렇게 멀리 오지 못했어."

"멀리 왔어." 핫파이는 고집을 피웠다. "거의 멈추지도 않고 종일 달렸잖아. 분명히 멀리 왔을 거야."

"그 지도 한번 다시 보자." 젠드리가 말했다.

아리아는 말에서 내려 지도를 꺼내어 폈다. 빗방울이 양가죽 지도를 두드리고 물줄기를 이루어 흘렀다. "우린 여기 어디쯤 있을 거야." 아리아는 두 소년이 어깨 너머로 들여다보는 가운데 지도를 가리켰다.

핫파이가 말했다. "그치만, 거의 하나도 안 온 거잖아. 이거 봐, 하렌홀이 네 손가락 옆이야. 거의 그대로라고. 우린 하루 종일 말을 달렸는데!"

"트라이던트까지 가려면 몇 킬로미터를 가고 또 가야 해. 며칠 안에 닿지는 못할 거야. 이건 다른 강이야. 이 중 하나일 거야." 아리아는 지도 제작자가 미세한 글씨로 이름을 적어놓은 가느다란 푸른 선들을 가리켰다. "대리, 그린애플, 메이든……. 여기, 이걸지도 모르겠다. 리틀윌로."

핫파이는 그 선을 보고 실제 강을 보았다. "내 눈에는 그렇게 작아 보이지 않는데."

젠드리도 얼굴을 찌푸렸다. "네가 가리키는 강은 다른 강으로 흘러드는데."

"빅윌로." 아리아는 그 이름을 읽었다.

"그래, 빅윌로. 그럼 보자, 빅윌로는 트라이던트로 흘러가. 그러니까 빅윌로를 따라가면 트라이던트로 갈 수 있을 텐데, 상류가 아니라 하류로 따라가야 해. 만약 이 강이 리틀윌로가 아니라면, 혹시 여기 이 다른 강이라면……."

"리플다운릴." 아리아는 그 강 이름을 읽었다.

"봐, 이 강은 빙 돌아서 호수를 향해 흘러가. 다시 하렌홀 쪽으로." 젠드리는 손가락으로 그 선을 따라갔다.

핫파이가 눈을 휘둥그래 떴다. "안 돼! 분명히 우릴 다 죽일 거야."

"우린 이게 어느 강인지 알아내야 해." 겐드리는 가장 고집스러운 목소리로 선언했다. "알아내야 해."

"아니, 그렇지 않아." 지도에 그려진 푸른 선마다 이름이 적혀 있을지는 몰라도, 강둑에 이름을 적어놓은 사람은 없었다. "우린 상류나 하류로 가지 않을 거야." 아리아는 지도를 말면서 결론을 내렸다. "이 강을 건너서 계속 북쪽으로 갈 거야."

핫파이가 물었다. "말이 헤엄을 칠 수 있어? 깊어 보이는데. 뱀이 있으면 어떻게 해?"

"우리가 북쪽으로 가고 있는 건 확실해?" 겐드리가 물었다. "온통 언덕투성이인데…… 우리가 방향을 돌린 거라면……."

"나무에 난 이끼가—"

겐드리는 근처 나무 한 그루를 가리켰다. "저 나무는 세 방향에 이끼가 자랐고, 그다음 나무에는 이끼가 아예 없어. 우린 길을 잃고 한 바퀴 돌고 있는 걸지도 몰라."

"그럴 수도 있지만, 난 그래도 저 강을 건널 거야. 너희는 가도 되고 여기 남아도 돼." 아리아는 둘 다 무시하고 다시 안장에 기어올랐다. 따라오고 싶지 않다면 알아서 리버런을 찾으라지. 그보다는 피투성이 극단이 너흴 먼저 찾겠지만.

강둑을 800미터 가까이 달리고 나서야 겨우 건너도 괜찮을 만한 곳이 나왔지만, 아리아가 탄 암말은 그래도 물에 들어가기를 싫어했다. 이름이 뭔지는 몰라도 그 강은 갈색 흙탕물이 빠르게 흘렀고, 중간의 깊은 곳은 말의 배 위까지 올라왔다. 아리아는 장화에 물이 차도 아랑곳하지 않고 박차를 가해 반대쪽 강둑으로 올라갔다. 뒤쪽 멀리에서 물 튀기는 소리가 들렸고, 암말이 불안하게 히힝거리는 소리도 들렸다. '그렇다면 따라오는 거군. 다행이야.' 몸을 돌린 아리아는 힘겹게 강을 건넌 두 소년이 물을 뚝뚝 흘리며 옆에 설 때까지 지켜보고 나서 말했다. "이건 트라이던트가 아니었어. 아니야."

다음에 나온 강은 더 얕았고 그만큼 더 건너기 쉬웠다. 그 강도 트라이던트가 아니었고, 이번에는 강을 건너자고 했을 때 아무도 토를 달지 않았다.

그들은 해가 저물 무렵에 다시 멈춰 말을 쉬게 하고 빵과 치즈를 나눠 먹었다. 핫파이가 투덜거렸다. "추운 데다 젖었어. 이젠 분명히 하렌홀에서 멀리 왔을 거야. 불을 피워서—"

"안 돼!" 아리아와 겐드리가 동시에 외쳤다. 핫파이는 살짝 겁을 먹었다. 아리아는 겐드리를 곁눈질했다. '나와 같이 말했어. 윈터펠에서 존이 그랬던 것처럼.' 형제들을 통틀어 존 스노우가 제일 보고 싶었다.

"잠이라도 잘 수 없어?" 핫파이가 물었다. "나 정말 피곤해, 아리. 궁둥이도 아프고. 물집이 잡힌 거 같아."

"붙잡히면 그보다 더한 걸 겪게 될 거야. 우린 계속 가야 해. 그래야만 해."

"하지만 이젠 거의 캄캄해진 데다가, 달도 안 보이잖아."

"말에 다시 올라."

아리아는 빛이 스러져가는 가운데 천천히 말을 걷게 하면서 몸을 무겁게 짓누르는 피로를 느꼈다. 핫파이 못지않게 아리아도 잠이 필요했지만, 감히 잘 수가 없었다. 잠들었다가 눈을 뜨면 바고 호트가 광대 섀그웰과 신실한 어스윅과 로지와 바이터와 우트 성사와 다른 모든 괴물들과 함께 그들을 내려다보고 있을 수도 있었다.

그러나 잠시 후에는 말 움직임이 흔들리는 요람처럼 마음을 누그러뜨렸다. 눈꺼풀이 무거워졌다. 아리아는 잠시 눈을 감아버렸다가 화들짝 놀라서 크게 떴다. '난 잘 수 없어. 잘 수 없어. 잘 수 없다고.' 그녀는 소리 없이 스스로에게 고함을 지르고는, 눈을 세게 부비고 고삐를 꽉 움켜쥔 채 말에 박차를 가했다. 하지만 아리아도 말도 빠른 속도를 유지할 수 없었다. 그들은 몇 분 만에 다시 걷는 속도로 돌아갔다. 몇 분이 지나자 눈이 다시 감겼고 이번에는 처음처럼 빨리 떠지지 않았다.

겨우 눈을 뜨고 보니 말이 멈춰 서서 풀을 뜯고 있었고, 겐드리가 팔을 잡고 흔들고 있었다. "너 잠들었어."

"눈을 쉬고 있었을 뿐이야."

"그렇다면 오래 쉬고 있었네. 네 말이 뱅뱅 돌고 있었는데, 말이 걸음을 멈추고 나서야 네가 자고 있다는 걸 알았어. 핫파이는 더 지독해. 나무줄기에 달려들었다가 뻗었지 뭐야. 그 녀석이 지르는 소리를 들었어야 해. 그런데 그 소리도 널 깨우진 못하더라. 멈춰서 잠을 좀 자야 해."

"네가 갈 수 있는 한은 나도 계속 갈 수 있어." 아리아는 하품을 했다.

"거짓말쟁이. 멍청이가 되고 싶다면 계속 가. 난 멈출 거야. 내가 첫 번째로 망을 볼 테니까 넌 자."

"핫파이는 어쩌고?"

겐드리는 손가락질을 했다. 핫파이는 이미 땅바닥에 쓰러져 젖은 잎사귀 위에 망토를 말고 코를 골고 있었다. 한쪽 손에는 커다란 치즈 조각을 움켜쥐고 있었는데, 먹다 말고 잠든 듯했다.

아리아는 반박해봐야 소용없음을 깨달았다. 겐드리 말이 옳았다. '피투성이 극단도 잠은 자야 할 거야.' 그녀는 스스로에게 말하면서 그게 사실이기를 빌었다. 어찌나 기진맥진한지 안장에서 내려가기도 힘들었지만, 그래도 아리아는 너도밤나무 아래 잘 자리를 찾기 전에 말을 매어두는 일을 잊지 않았다. 땅바닥은 딱딱하고 축축했다. 다시 뜨거운 음식을 먹고 따뜻한 난롯불을 쬐며 침대에서 잘 날이 언제일까. 눈을 감기 전에 마지막으로 아리아는 장검을 뽑아서 옆에 놓고, 하품을 하며 속삭였다. "그레고르 경, 던센, 폴리버, 친절한 라프, 티클러…… 그리고…… 티클러…… 사냥개……."

꿈자리는 사납고 피투성이였다. 피투성이 극단이 최소 네 명은 나왔는데, 창백한 리스인과 이벤 출신의 가무잡잡하고 잔인한 도끼잡이, 이고라는 이름의 흉터 있는 도트락 기마전사, 그리고 이름을 모르는 도르네인이었다. 그들은 녹슨 사슬 갑옷과 젖은 가죽옷을 입고, 안장에 매단 검과 도끼를 철컹거리며 빗발을 뚫고 다가왔다. 꿈속에서만 가능한 예리한 확신으로 놈들이 그녀를 사냥하고 있다고 생각하는 것을 알 수 있었지만, 그 생각은 틀렸다. 사냥꾼은 그녀 쪽이었다.

꿈속에서 아리아는 어린 소녀가 아니라 거대하고 힘센 늑대였다. 나무 아래에서 뛰어나가 그들 앞에서 이를 드러내며 낮게 으르렁거릴 때, 그녀는 말과 인간의 공포가 풍기는 악취를 맡을 수 있었다. 리스인의 말은 뒷다리로 서면서 공포의 비명을 질렀고, 다른 놈들은 인간의 말로 서로에게 고함을 질러댔지만, 그들이 뭔가 행동을 하기 전에 다른 늑대들이 어둠과 빗속에서 뛰쳐나왔다. 여위고 젖은 채 조용히 움직이는 거대한 늑대 무리였다.

싸움은 짧지만 잔혹했다. 털투성이 남자는 도끼를 뽑다가 쓰러졌고, 가무잡잡한 사내는 화살을 메기다가 죽었으며, 리스 출신의 창백한 사내는 도망치려고 했다. 그녀의 형제자매들이 쫓아가서 이리저리 몰다가 한꺼번에 달려들어 말의 다리를 물고, 땅에 굴러떨어진 남자의 목을 찢었다.

머리에 종을 단 사내만이 버티고 서 있었다. 그 남자의 말이 자매 하나의 머리통을 걷어찼고, 그 남자는 머리에 단 종을 조용히 울리며 곡선형의 은빛 발톱으로 다른 늑대 하나를 반토막 냈다.

그녀는 격분해서 그자의 등에 뛰어올라 머리부터 거꾸로 떨어뜨렸다. 땅바닥에 같이 처박히면서 그녀의 턱이 그의 팔을 물었고, 이빨이 가죽과 모직물과 부드러운 살을 뚫고 박혔다. 땅에 내려앉자 그녀는 고개를 홱 틀어 남자의 팔을 어깨에서 뽑아버렸다. 그녀는 기뻐하며 입에 문 팔을 앞뒤로 흔들어, 차가운 검은 빗발 속에 따뜻한 붉은 핏방울을 흩뿌렸다.

티리온

그는 낡은 경첩이 삐걱거리는 소리에 깼다.

"누구야?" 그는 꺽꺽거리며 말했다. 귀에 거슬리는 쉰 소리이긴 해도, 목소리가 다시 나오기는 했다. 열병은 아직 가라앉지 않았고, 티리온은 시간 감각을 찾지 못했다. 이번에는 얼마나 오래 잤을까? 몸이 너무 약했다. 빌어먹게도 약했다. "누구?" 그는 좀 더 큰 소리로 다시 외쳤다. 열린 문으로 횃불 빛이 쏟아져 들어왔지만, 방 안에는 침대 옆에 놓인 몽당초 불빛밖에 없었다.

티리온은 다가오는 그림자를 보고 몸을 떨었다. 이곳 마에고르 성채 안에서 일하는 하인은 모두 다 왕대비에게 돈을 받았으니, 어떤 방문자든 세르세이가 맨던 경이 시작한 일을 끝마치려고 보낸 수하일 수 있었다.

그때 그 남자가 촛불 빛 속으로 들어서더니, 난쟁이의 창백한 얼굴을 찬찬히 보고 혀를 찼다. "면도하다 베셨소?"

티리온의 손이 한쪽 눈 위에서 턱까지 이어지며 남아 있는 코를 가로지르는 커다란 흉터를 더듬었다. 돋아난 생살은 아직 손을 대면 따뜻했다. "그래, 무시무시하게 큰 면도날이었지."

브론은 깨끗하게 감은 새까만 머리를 뚜렷한 이목구비가 드러나도록 빗어 넘기고, 부드럽게 무두질한 높은 가죽 장화를 신고 은덩이가 점점이 박힌 폭이 넓은 허리띠를 매고 연녹색 비단 망토를 걸쳤다. 진회색 모직 더블릿에는 밝은 녹색 실로 비스듬히 불타는 사슬 문양을 수놓았다.

"어디 있었나?" 티리온이 물었다. "자네를 불렀는데……. 거의 2주는 지났겠군."

"그보다는 나흘에 가까울 거요. 그리고 이미 두 번 찾아왔는데 댁은 죽어 있더군."

"안 죽었어. 내 사랑스러운 누님이 시도는 했지만." 큰 소리로 그 말을 하면 안 될지도 모르지만, 티리온은 이제 신경 쓰지 않았다. 맨던 경이 그를 죽이려 했던 일의 배후에는 분명히 세르세이가 있었다. "자네 가슴팍에 그 못생긴 건 뭔가?"

브론은 히죽 웃었다. "내 기사 문장이라오. 연기밭에 녹색으로 타오르는 쇠사슬이지. 당신 아버지 명으로 이제 난 블랙워터의 브론 경이 됐소이다, 꼬마 악마. 잊지 마시오."

티리온은 깃털 침대를 움켜쥐고 꿈틀꿈틀 베개 위로 몇 센티미터 올라갔다. "기사 작위를 약속한 사람은 나였다는 거 기억하나?" '당신 아버지의 명으로' 부분이 영 마음에 들지 않았다. 타이윈 공은 시간을 조금도 낭비하지 않았다. 아들을 수관의 탑에서 다른 곳으로 옮기고 직접 들어앉은 것은 누구든 읽을 수 있는 메시지였고, 이것도 그랬다. "난 코를 절반 잃었고 자네는 기사 작위를 얻었군. 다 신들 책임이지." 목소리가 심술궂게 나왔다. "작위는 내 아버지가 직접 주셨나?"

"아니오. 권양기 탑 싸움에서 살아남은 우리들에게 최고성사와 킹스가드가 작위를 수여했지. 그 식을 거행할 하얀 기사가 셋밖에 없어서 반나절은 족히 걸렸소."

"맨던 경이 전투 중에 죽은 건 알아." '그 배신자 개새끼가 내 심장에 검을 쑤셔 넣기 직전에 포드가 강에 밀어 넣었지.' "또 누가 죽었나?"

"사냥개요. 죽은 건 아니고 그냥 사라졌소. 황금 망토들은 그놈이 겁쟁이였고 당신이 대신 돌격대를 이끌었다고 말하고 다닌다오."

'별로 좋은 판단은 아니었지.' 티리온이 얼굴을 찡그리자 흉터 조직이 당기는 느낌이 생생했다. "누나는 날 버섯으로 착각했나 봐. 어두운 곳에 두고 오물을 먹이는군. 포드는 좋은 녀석이지만, 혀에 캐스털리록만 한 혹이 있는지 말을 잘 못하고, 녀석이 하는 말은 반도 믿을 수가 없어. 자슬린 경을 데려오라고 보냈더니 돌아와서 자슬린이 죽었다질 않나."

"죽었소. 수천 명이 더 죽었고." 브론은 침대 가장자리에 앉았다.

"어떻게?" 티리온은 훨씬 더 아파진 기분으로 물었다.

"전투 중에. 당신 누이가 케틀블랙 형제를 보내어 왕을 레드킵으로 데리고 들어왔다고 들었소. 황금 망토들은 왕이 떠나는 모습을 보고 절반이 같이 떠나기로 해버렸지. 무쇠 손이 그 앞을 가로막고 성벽으로 돌아가라고 명령하려 했소. 바이워터가 놈들을 맹비난해서 거의 돌아가게 해놨을 때 누군가가 목에 화살을 꽂았다더이다. 목에 화살이 꽂히고 나니 별로 무서워 보이지 않았고, 그래서 놈들이 말에서 끌어 내려 죽여버렸지."

'세르세이에게 달아놓을 빚이 또 생겼군.' 그는 말했다. "내 조카 조프리, 그 아이가 위험했나?"

"어떤 작자들과는 비슷했고, 대부분보다는 덜 위험했지요."

"다치기라도 했나? 부상을 입었어? 머리가 헝클어졌다거나, 코를 부딪쳤다거나, 손톱이 깨지기라도 했다든가?"

"내가 들은 바론 아니오."

"난 세르세이에게 무슨 일이 일어날지 경고했어. 황금 망토는 이제 누가 지휘하나?"

"댁의 아버지가 서부인 부하 하나에게 줬소. 아담 마브랜드인가 하는 기사였지."

대부분의 경우라면 황금 망토들은 외부인이 대장으로 왔다고 화를 냈을 테지만, 아담 마브랜드 경은 빈틈없는 인선이었다. 제이미와 마찬가지로 다른 남자들이 좋아하고 따르는 유의 남자였다. '도시 경비대는 잃었군.' "포드에게 샤가도 찾아오라고 했는데, 소식이 없었어."

"돌까마귀 씨족민들은 아직 왕의 숲에 있어요. 샤가는 그 숲이 마음에 든 모양이고. 티멧은 불탄 남자 씨족을 이끌고 집으로 돌아갔소. 전투 이후 스타니스 진영에서 거둔 약탈품을 다 짊어지고서 말이오. 첼라는 어느 날 아침에 검은 귀 씨족 십여 명과 함께 강의 문에 나타났는데, 댁의 아버지가 거느린 붉은 망토들이 쫓아버렸고 킹스랜딩 시민들은 똥을 던지며 환호했다오."

'은혜도 모르는 것들. 검은 귀 씨족은 그것들을 위해 죽었는데.' 티리온이 약에 취해 꿈을 꾸고 있는 동안 그의 핏줄이 발톱을 하나씩 하나씩 뽑아버렸다. "내 누이에게 좀 가줬으면 좋겠군. 누이의 그 귀하신 아드님이 상처 없이 전투에서 돌아왔으니, 세르세이에게 인질은 더 필요하지 않아. 일단 전투만 끝나면 알라야야를 풀어준다고—"

"풀어줬어요. 여드레인가, 아흐레인가 전이었지. 채찍질을 한 후였고."

티리온은 어깨를 관통하는 통증을 무시하고 몸을 더 밀어 앉혔다. "채찍질?"

"앞마당 기둥에 묶어놓고 채찍질한 후에, 벌거벗은 피투성이 몸뚱이를 문밖으로 밀어냈지요."

'그 아이는 글을 익히고 있었어.' 터무니없게도 티리온은 그 생각부터 했다. 얼굴 흉터가 심하게 당겼고, 잠시 격노로 머리가 터져버릴 것만 같았다. 알라야야는 분명 창녀였지만, 드물게 만나본 다정하고 용감하고 천진한 소녀였다. 티리온은 그녀에게 손도 대지 않았다. 알라야야는 샤에를 숨기기 위한 가림막에 지나지 않았다. 티리온이 부주의했던 탓에, 그 역할이 어떤 대가를 물릴지 생각하지 못했다. "누나가 알라야야를 어떻게 취급하든 토멘에게도 똑같이 해주겠다고 약속했지." 그는 기억을 되짚으며 말했다. 구역질이 날 것 같았다. "어떻게 여덟 살짜리를 채찍질할 수가 있지?" 하지만 그러지 않는다면 세르세이가 이기는 것이었다.

"토멘은 댁 손에 없어요." 브론이 퉁명스럽게 말했다. "왕대비는 일단 무쇠 손이 죽은 걸 알고 바로 케틀블랙 형제를 보냈고, 로스비에는 그놈들에게 안 된다고 말할 배짱이 있는 놈이 없었지."

또 다른 타격이었다. 그러나 안도감도 느꼈음을 인정해야 했다. 티리온은 토멘을 좋아했다. "케틀블랙 형제는 우리 사람이었을 텐데." 그는 약간 이상의 짜증을 담아 브론의 기억을 되살렸다.

"왕대비가 한 닢 줄 때마다 당신이 두 닢씩 줄 수 있는 동안에야 그랬지만, 이제는 왕대비가 판돈을 올렸어요. 오스니와 오스프리드는 전투 이후에 나처럼 기사가 됐거든. 대체 무슨 공훈인지야 모를 일이지. 그놈들이 싸우는 모습을 본 사람은 아무도 없으니."

'내가 고용한 놈들은 날 배신하고, 내 친구들은 채찍질과 망신을 당하고, 나는 여기 누워 썩어가는구나. 망할 전투에서 이겼다고 생각했는데, 승리의 맛이라는 게 이런 건가?' 티리온은 생각했다. "스타니스가 렌리의 유령에게 졌다는 건 사실인가?"

브론은 희미하게 웃었다. "권양기 탑에서는 진흙밭에 뒹구는 깃발들과 창을 던지고 달아나는 남자들밖에 안 보였지만, 배급소와 매춘굴에 렌리 공이 이놈을 죽이는 걸 봤네, 저놈을 죽이는 걸 봤네 할 사람이 수백 명은 될 거요. 스타니스의 군대는 대부분 원래 렌리의 군대였고, 반짝이는 녹색 갑옷을 입은 렌리를 보자 바로 그쪽으로 돌아가버렸지."

그 모든 작전을 짜고, 배로 이루어진 다리로 돌격하고, 얼굴이 반쪽이 날 뻔한 경험을 겪고도 티리온은 죽은 남자에게 가려졌다. 렌리가 정말 죽었다면 말이다. 그것도 조사해봐야 할 것이다. "스타니스는 어떻게 달아났지?"

"리스인들이 당신 쇠사슬 너머, 만 바깥에 갤리선을 세워놓고 있었소. 전투가 불리하게 돌아가자 기슭에 배를 대고 최대한 실어 갔지. 그 배에 타려고 남자들이 마지막까지 서로 죽여댔다오."

"롭 스타크는, 그놈은 어쩌고 있었나?"

"그놈의 늑대들 일부가 더스큰데일까지 불태우며 내려갔소. 당신 아버지는 그쪽을 정리하라고 탈리 공인가 하는 사람을 보냈는데, 나도 따라갈까 하긴 했지요. 탈리는 훌륭한 군인인 데다 전리품에도 후하다던데."

브론은 마지막 지푸라기나 다름없었다. "안 돼. 자네 자리는 여기야. 자넨 수관의 위병대장이야."

"당신은 수관이 아니오." 브론은 날카롭게 상기시켰다. "당신 아버지가 수관이고, 그분에겐 자기 위병대가 따로 있지."

"자네가 날 위해 고용한 사내들은 다 어떻게 됐나?"

"일부는 권양기 탑에서 죽었소. 나머지는 당신 숙부인 케반 경, 그 사람이 돈을 주고 쫓아버렸지."

"친절하시기도 해라." 티리온은 신랄하게 말했다. "그렇다면 자넨 황금에 입맛을 잃은 건가?"

"설마 그럴 리가 있겠소."

"다행이군. 아무래도 나에겐 아직 자네가 필요하니 말이야. 맨던 무어 경에 대해 아는 게 뭐가 있나?"

브론은 웃음을 터뜨렸다. "그자가 빠져 죽었다는 건 알지요."

"내가 그자에게 엄청난 빚을 졌는데, 어떻게 갚는다?" 그는 얼굴에 손을 대고 흉터를 만졌다. "사실 그자에 대해선 아는 게 너무 없어."

"눈은 물고기 같았고 하얀 망토를 입고 있었지. 또 뭘 알아야 합니까?"

"우선은 전부 다." 실은 맨던 경이 세르세이의 사람이었다는 증거를 원했지만, 감히 그 말을 큰 소리로 할 수는 없었다. 레드킵에서는 입을 조심해야 했다. 벽에도 쥐가 있고, 말이 너무 많은 작은 새들이 있었으며, 거미들이 있었다. "날 좀 부축해줘." 그는 이불과 씨름하며 말했다. "이제 아버지한테 가볼 때가 됐어. 내 모습을 다시 보일 때도 지났고."

"참 보기 아름답기도 하시고." 브론이 놀렸다.

"나 같은 얼굴에 코가 반쪽 날아간다고 다를 것 있나? 아름다운 광경하니 말인데, 마저리 티렐은 킹스랜딩에 들어왔나?"

"아니오. 하지만 오고 있소. 도시는 그 여자에게 열광하고 있지. 티렐 가문이 하이가든에서 먹을 것을 잔뜩 지고 와서는 마저리의 이름으로 나눠주고 있거든. 매일 수백 수레씩 말이오. 더블릿에 작은 황금 장미를 수놓은 티렐 남자들이 수천 명씩 으스대며 돌아다니는데, 한 놈도 와인을 사 먹지 않는다오. 가슴에 황금 장미를 단 애송이만 보면 유부녀고 과부고 창녀고 할 것 없이 모든 여자가 정절을 바쳐대거든."

'나에게는 침을 뱉고, 티렐에게는 술을 산단 말이지.' 티리온은 침대에서 바닥에 내려섰다. 다리가 후들거리고, 방이 빙빙 돌았으며, 골풀 바닥에 머리부터 들이박지 않기 위해 브론의 팔을 잡아야 했다. "포드!" 그가 외쳤다. "포드릭 페인! 일곱 지옥 어디에 가 있는 게냐?" 통증이 이빨 없는 개처럼 그를 물어댔다. 티리온은 약한 것이 싫었고, 스스로의 약함은 더욱 싫었다. 약한 상태는 부끄러웠고, 부끄러우면 화가 났다. "포드, 당장 들어와!"

포드가 뛰어들어 왔다. 그는 티리온이 일어서서 브론의 팔을 잡은 모습을 보고 입을 딱 벌렸다. "주인님. 일어서셨네요. 혹시…… 뭔가…… 와인이 필요하신가요? 드림와인이요? 학사를 불러올까요? 학사님이 누워 계셔야 한댔습니다. 침대에요."

"침대에 너무 오래 있었다. 깨끗한 의복을 가져와라."

"의복요?"

어떻게 전투 중에는 그렇게 명민하고 쓸모 있었던 아이가 다른 때에는 이렇게 어쩔 줄 모르는지 티리온으로서는 이해할 수가 없었다. "옷 말이다. 튜닉, 더블릿, 바지, 호스(hose, 타이츠와 비슷한 딱 붙은 하의). 내 옷. 내가 갖춰 입을 옷. 그래야 이 망할 감옥에서 나가지."

셋 모두가 달려들어서 겨우 옷을 입었다. 얼굴이 끔찍해 보일지는 몰라도 제일 심한 부상은 어깨와 팔 사이, 화살이 박히면서 사슬 갑옷이 겨드랑이를 파고든 위치에 입었다. 아직도 프렌켄 학사가 붕대를 갈 때마다 색이 변한 살에서 고름과 피가 나왔고, 움직이기만 하면 찌르는 듯한 통증이 왔다.

결국 티리온은 바지를 입고 무척 큰 침실용 로브를 느슨하게 어깨에 걸치는 정도로 타협했다. 포드가 짚을 만한 지팡이를 찾으러 나선 사이에 브론이 발에 장화를 신겨주었다. 티리온은 힘을 내기 위해 드림와인을 한 잔 마셨다. 꿀을 타서 달게 만들고, 잠시 동안은 부상의 고통을 참아내게 양귀비즙을 살짝 섞은 와인이었다.

그런데도 걸쇠를 돌릴 때쯤에는 현기증이 났고, 꼬불꼬불한 돌계단을 내려가자니 다리가 덜덜 떨렸다. 그는 한 손에 지팡이를 쥐고 반대쪽 손은 포드의 어깨에 얹고 걸었다. 내려가고 있는데 하녀 하나가 올라오다가 그들을 보고 유령이라도 본 듯 눈을 휘둥그레 떴다. 티리온은 생각했다. '난쟁이가 죽었다가 살아났지. 게다가 심지어 전보다 더 못생겨졌고. 달려가서 친구들에게 말하렴.'

마에고르 성채는 레드킵에서 가장 튼튼한 곳으로, 물이 없는 깊은 해자에 쇠못을 박아 두른 성안의 성이었다. 그들이 문 앞에 도착했을 때 도개교는 밤을 맞아 올라가 있었다. 하얀 갑옷을 입고 하얀 망토를 두른 메린 트랜트 경이 그 앞에 서 있었다. "다리를 내려." 티리온이 명령했다.

"왕대비께서 밤에는 다리를 올려두라 명하셨소." 메린 경은 언제나 세르세이의 애완동물이었다.

"왕대비는 주무시겠지. 그리고 난 내 아버지와 볼일이 있네."

타이윈 라니스터 공의 이름에는 마법이 깃들어 있었다. 메린 트랜트 경은 끙 소리를 내며 명령을 내렸고, 도개교가 내려왔다. 해자 건너편에는 두 번째 킹스가드 기사가 보초를 서고 있었다. 오스먼드 케틀블랙 경은 티리온이 뒤뚱뒤뚱 걸어오는 모습을 보고 미소를 짜냈다. "몸이 좀 나아지셨습니까?"

"훨씬 낫네. 다음 전투는 언제지? 기다릴 수가 없군."

그러나 포드와 함께 구불구불한 계단 아래에 도착했을 때, 티리온은 절망해서 계단을 올려다볼 수밖에 없었다. '나 혼자서는 절대 못 올라가.' 그는 스스로 인정했다. 그는 품위를 포기하고 브론에게 옮겨달라고 부탁했다. 이 시간이면 아무도 그 광경을 보고 웃지 못할 테고, 아무도 난쟁이가 아기처럼 품에 안겨 계단을 오르더라는 이야기를 하고 다니지 않을 거라는 일말의 희망을 품고서.

외벽 안뜰에는 천막과 야외 가설물이 수십 개나 있었다. "티렐 사람들입니다." 포드릭 페인은 비단과 캔버스 천으로 이루어진 미궁을 빠져나가며 설명했다. "로완 공과 레드와인 공의 사람들도 있고요. 모두 묵을 방이 없었습니다. 성안에 말입니다. 몇 분은 방을 잡았죠. 도시에 있는 방요. 여관이며 어디며. 다들 결혼식 때문에 왔습니다. 왕의 결혼식. 조프리 왕요. 주인님도 참석할 만큼 회복하실까요?"

"굶주린 족제비들이라 해도 날 막을 순 없지." 같은 허세라도 전투보다는 결혼식을 두고 할 만한 말이었다. 결혼식이라면 누군가가 코를 베어 갈 일은 별로 없을 테니까.

수관의 탑은 창마다 덧문을 내렸지만, 그래도 안에서 불빛이 희미하게 새어 나왔다. 문을 지키는 남자들은 진홍색 망토를 걸치고 사자 장식 투구를 쓴 아버지 가문의 위병이었다. 둘 다 티리온이 아는 자였고, 둘 다 그를 알아보았으나…… 둘 다 그의 얼굴을 오래 쳐다보지 못했다.

안에서 아담 마브랜드 경이 나타났다. 화려한 검은색 흉갑 위에 도시 경비대 지휘관을 의미하는 금란 망토를 걸치고서 나선계단을 내려왔다.

"공이 멀쩡히 일어선 모습을 보니 얼마나 기쁜지 모릅니다. 제가 들은 말로는—"

"—작은 무덤을 하나 파야 한다던가? 나도 그런 말을 들었네. 상황상 그만 일어나는 게 좋겠더군. 자네가 도시 경비대장이 됐다는 말은 들었어. 축하해야 할까, 애도해야 할까?"

"안타깝게도 둘 다로군요." 아담 경은 미소 지었다. "죽거나 탈영한 수를 빼고 나니 4400명쯤 남았습니다. 이렇게 많은 병사들에게 어떻게 계속 봉급을 줄지는 신들과 리틀핑거만 알 테지만, 누님께서 한 명이라도 버려선 안 된다고 하시는군요."

'아직도 불안한가 봐, 세르세이? 전투도 끝났고, 황금 망토는 이제 누나에게 도움이 안 될 텐데.' 그는 물었다. "아버지를 뵙고 오는 길인가?"

"예. 안타깝게도 제가 나올 때 썩 좋은 기분이 아니셨습니다. 타이윈 공은 4400명의 위병이면 없어진 종자 하나 찾기에는 넘친다고 생각하시는데, 공의 사촌 타이렉이 아직도 실종 상태라서요."

타이렉은 티리온의 죽은 숙부 타이겟의 아들로, 열세 살 소년이었다. 타이렉은 에메산드 아가씨와 결혼하고 오래지 않아 폭동에 휩쓸렸는데, 에메산드는 헤이포드 가문의 마지막 생존자이자 후계자가 되어버린 젖먹이 아기였다. '그리고 칠왕국 역사상 처음으로 젖도 떼기 전에 과부가 되겠군.'

"나도 찾을 수가 없었어." 티리온은 인정했다.

"벌레들을 먹이고 있겠지." 브론이 평소의 재치를 발휘했다. "무쇠 손도 찾아다녔고, 내시도 두툼한 지갑을 흔들었소. 우리만이 아니라 그 둘도 찾지 못했으니, 경도 그만 포기하시죠."

아담 경은 못마땅한 눈빛으로 용병을 보았다. "타이윈 공은 핏줄에 대해 완고하시네. 그분은 살아 있든 죽었든 타이렉을 찾아내실 작정이고, 난 그 뜻에 따를 걸세." 그는 티리온을 돌아보았다. "아버님은 개인 방에 계십니다."

'내 개인 방이었지.' 티리온은 생각했다. "가는 길은 알 것 같군."

가는 길은 또 계단이었지만, 이번에는 티리온도 포드의 어깨에 한 손을 얹고 자기 힘으로 올라갔다. 브론이 문을 열었다. 타이윈 라니스터 공은 창문 아래 앉아서 등불 빛에 의지해 뭔가를 쓰다가, 걸쇠 돌아가는 소리를 듣고 눈을 들었다. "티리온." 그는 차분히 펜을 내려놓았다.

"절 기억하신다니 기쁘군요." 티리온은 포드를 놓고 지팡이에 몸을 기대며 뒤뚱뒤뚱 다가갔다. 그는 즉시 뭔가가 잘못됐음을 알아차렸다.

타이윈 공이 말했다. "브론 경, 포드릭. 자네들은 우리 이야기가 끝날 때까지 밖에서 기다리는 게 좋겠군."

브론은 수관에게 무례하다고 해도 할 말 없는 눈빛을 던졌지만, 그러면서도 절하고 포드와 함께 물러났다. 무거운 문이 두 사람 뒤로 닫히고, 티리온 라니스터는 아버지와 단둘이 남았다. 밤을 대비하느라 개인 방 창문마다 덧문이 닫혀 있었건만, 방 안에는 한기가 감돌았다. '세르세이가 대체 무슨 거짓말을 한 거지?'

캐스털리록의 영주는 스무 살은 어린 남자처럼 늘씬했고, 준엄한 느낌으로 잘생기기까지 했다. 뺨을 덮은 뻣뻣한 금빛 수염이 엄격한 얼굴과 대머리, 무정한 입매를 감쌌다. 목에는 손이 옆 손목을 잡는 형태로 연결된 황금 손 목걸이를 걸었다. "거 멋진 목걸이네요." 티리온은 말했다. '내가 걸었을 때 더 좋아 보였지만 말이야.'

타이윈 공은 그의 재치를 무시했다. "앉는 편이 좋겠구나. 병상에서 나와도 괜찮은 거냐?"

"제 병상에는 신물이 나서요." 티리온은 아버지가 약한 것을 얼마나 경멸하는지 알고 있었다. 그래도 그는 제일 가까운 의자에 앉았다. "정말 쾌적한 방에 계시네요. 제가 죽어가고 있는 동안 누군가가 절 마에고르 성채에 있는 컴컴한 골방으로 옮겼다니 믿어지세요?"

"레드킵이 결혼식 손님들로 넘친다. 다들 떠나고 나면 너에게 더 적절한 거처를 찾아주마."

"전 이 거처가 좋았는데 말입니다. 그 엄청난 결혼식 날짜는 잡으셨습니까?"

"조프리와 마저리는 신년 첫째 날에 결혼할 거다. 마침 새로운 세기의 첫 날이기도 하지. 결혼식이 곧 새로운 시대의 여명을 알리는 셈이 될 거야."

'새로운 라니스터의 시대겠죠.' 티리온은 생각했다. "아, 저런, 전 그날 다른 계획을 잡아둔 것 같은데요."

"네 침실에 대해 불평하고 같잖은 농담이나 던지려고 여기까지 온 거냐? 난 중요한 편지를 마저 써야 한다."

"중요한 편지라. 물론 그렇겠지요."

"어떤 전투는 검과 창으로 이기고, 어떤 전투는 펜과 까마귀로 이기는 법. 은근슬쩍 비난은 그만해둬라, 티리온. 네 침상에는 나도 발라바르 학사가 허락하는 한 자주 찾아갔다. 네가 죽을 것 같았을 때 말이다." 그는 두 손을 턱 아래 모았다. "왜 발라바르를 내쫓은 거냐?"

티리온은 어깨를 으쓱였다. "프렌켄 학사는 그렇게까지 단호하게 절 마취시켜두지 않거든요."

"발라바르는 레드와인 공의 수행단과 함께 들어왔다. 뛰어난 치료사라더구나. 세르세이가 발라바르에게 널 돌봐달라고 부탁한 건 친절한 행위였다. 네 상태를 걱정했어."

'제가 살아남을까 두려워했다는 말씀이겠죠.' "그래서 누나가 제 침대 옆을 떠나지 않았나 보군요."

"주제넘게 굴지 말아라. 세르세이는 왕실의 결혼을 계획해야 하고, 나는 전쟁을 관장해야 하는 데다가, 넌 죽음에서 벗어난 지 2주 가까이 됐다." 타이윈 공은 아들의 망가진 얼굴을 찬찬히 보면서 옅은 녹색 눈을 살짝 찡그리지조차 않았다. "끔찍한 부상이라는 점은 인정하마. 대체 어떤 광기에 사로잡혔던 거냐?"

"적이 충차를 가지고 성문 앞에 와 있었어요. 돌격대를 이끈 게 제이미 형이었다면 용기라고 하셨겠죠."

"제이미는 전투 중에 투구를 벗을 만큼 멍청하지 않다. 널 벤 놈은 죽였겠지?"

"아, 그놈이야 확실히 죽었죠." 맨던 경을 강물에 밀어 넣어서 갑옷 무게로 빠져 죽게 만든 건 포드릭 페인이었지만 말이다. "죽은 적이란 언제나 즐거운 이야깃거리네요." 티리온은 태평하게 말했다. 맨던 경은 그의 진정한 적이 아니었지만 말이다. 그 남자에게는 티리온이 죽기를 원할 이유가 없었다. '그놈은 앞잡이에 불과했고, 실제 조종자가 누군지도 알 것 같아. 누나는 내가 전투에서 살아남지 못하게 하라고 한 거야.' 하지만 증거가 없다면 타이윈 공은 절대 그런 비난을 귀담아듣지 않을 것이다. "그런데 왜 여기 계신 거죠, 아버지? 나가서 스타니스 공이나 롭 스타크나 다른 누군가와 싸우셔야 하지 않나요?" '빠를수록 더 좋은데 말이야.'

"레드와인 공이 함대를 몰고 오기 전까지는 드래곤스톤을 공격할 배가 없다. 별문제도 아니고. 스타니스 바라테온의 태양은 블랙워터에서 졌다.

스타크는, 그 아이는 아직 서쪽에 있다만, 헬만 톨하트와 로벳 글로버가 지휘하는 북부 대군이 더스큰데일을 향해 내려오고 있지. 그들을 맞이하라고 탈리 공을 보냈고, 그레고르 경이 왕의 가도로 올라가서 퇴로를 끊을 거다. 톨하트와 글로버는 스타크 병력의 3분의 1과 함께 둘 사이에 끼게 될 거야."

"더스큰데일요?" 더스큰데일에는 그런 위험을 감수할 이유가 없었다. 어린 늑대가 결국 실수를 저지른 걸까?

"네가 걱정할 문제는 아니다. 얼굴이 죽은 사람처럼 창백한 데다 붕대에서 피가 스며 나오는구나. 원하는 바가 뭔지 말하고 침대로 돌아가거라."

"제가 원하는 건……." 목구멍이 쓰라리고 옥죄였다. 티리온이 원하는 게 뭘까? '아버지가 절대 줄 수 없는 거죠.' "포드에게 들으니 리틀핑거가 하렌홀의 영주가 됐다면서요."

"루스 볼턴이 성을 차지하고 있는 한 공허한 칭호지만, 베일리시 공은 그 명예만이라도 원했다. 그자는 티렐과의 결혼에서 일을 잘 해줬어. 라니스터는 빚을 갚는 법."

티렐과의 결혼은 사실 티리온의 생각이었지만, 지금 그렇게 주장해봐야 좋을 게 없어 보였다. "생각하시는 것처럼 공허한 칭호가 아닐지도 모릅니다. 리틀핑거가 이유 없이 하는 일은 없어요. 하지만 그건 그렇다 치고, 빚을 갚는 문제에 대해 말씀하셨지요?"

"그래서 너도 보상을 받고 싶다는 거냐? 알겠다. 뭘 원하느냐? 땅이냐, 성이냐, 공직이냐?"

"작은 감사 인사면 괜찮은 시작이 되겠는데요."

타이윈 공은 눈도 깜박이지 않고 그를 바라보았다. "박수갈채를 요구하는 건 배우나 원숭이지. 그러고 보면 아에리스도 그랬다. 넌 명받은 대로 했고, 난 네가 능력을 최대한 발휘했다고 믿는다. 아무도 네가 공헌한 부분을 부정하지는 않아."

"제가 공헌한 부분요?" 티리온의 남은 콧구멍에 불이 붙고도 남았을 것이다. "제가 보기엔 제가 아버지의 망할 도시를 구한 것 같은데요."

"대부분의 사람들은 전투의 향방을 바꾼 건 내가 스타니스 공의 측면을 공격해서라고 생각하는 것 같다만. 티렐, 로완, 레드와인, 탈리 공도 훌륭하게 싸웠고, 화염술사들에게 바라테온 함대를 박살 낸 와일드파이어를 만들라고 명한 건 네 누이인 세르세이였다 들었다."

"제가 한 일이라곤 코털을 미는 것이었고 말입니까?" 티리온은 목소리에 깃든 씁쓸함을 지울 수가 없었다.

"네가 쳐놓은 쇠사슬은 영리한 일격이었고, 우리의 승리에 결정적이었다. 그 말을 듣고 싶은 게냐? 도르네와의 동맹에 대해서도 너에게 고마워해야 한다고 들었다. 미르셀라가 선스피어에 안전하게 도착했다는 사실을 알면 기쁘지 모르겠구나. 아리스 오크하트 경이 적기를 미르셀라는 아리안느 공녀를 무척 좋아하게 됐고, 트리스탄 공자가 그 아이에게 홀딱 반했다는구나. 마르텔 가문에 인질을 잡히기는 싫다만, 그 부분은 어쩔 수 없었겠지."

"우리에게도 인질이 생길 겁니다. 소협의회 자리도 거래의 일부였어요. 도란 대공이 그 자리를 차지하러 올 때 군대를 끌고 오지만 않는다면, 우리 힘이 닿는 곳에 들어오는 셈이죠."

"마르텔이 찾으러 올 게 소협의회 자리뿐이냐. 네가 그놈에게 복수도 약속했다던데."

"정의를 약속했지요."

"좋을 대로 부르거라. 어쨌든 피를 흘려야 하는 일이다."

"피야 부족하지 않을 텐데요? 전투 중에 피의 호수를 텀벙거렸는걸요." 티리온은 이 문제에서 핵심을 피할 이유가 없다고 보았다. "아니면 내어주지 못할 정도로 그레고르 클리게인을 좋아하게 되셨습니까?"

"그레고르 경에게는 나름의 쓰임이 있다. 그 동생도 마찬가지였고. 어떤 영주에게나 때로는 야수가 필요하지……. 브론 경과 그 산악민들을 보면 너도 그 점을 배운 모양이다만."

티리온은 한쪽 눈을 태워버린 티멧을, 도끼를 든 샤가를, 말린 귀 목걸이를 건 첼라를 생각했다. 그리고 브론을 생각했다. 실은 브론을 제일 많이 생각했다. "숲에는 야수가 가득합니다." 그는 아버지에게 상기시켰다. "골목길에도요."

"맞는 말이다. 다른 개들도 그만큼 사냥을 할지 모르지. 생각해보마. 다른 안건이 없다면……."

"중요한 편지를 쓰셔야 한다고요, 예." 티리온은 불안정한 다리로 일어섰고, 현기증의 파도가 밀려와 잠시 눈을 감았다가 문 쪽으로 후들거리는 한 걸음을 디뎠다. 나중에 그는 그 순간에 두 번째 걸음을, 그리고 세 번째 걸음을 디뎠어야 했다고 생각했다. 그러나 그때는 돌아섰다. "제게 뭘 원하느냐고 물으셨습니까? 제가 뭘 원하는지 말씀드리죠. 제가 타고난 권리를 원합니다. 전 캐스털리록을 원합니다."

아버지의 입매에 힘이 들어갔다. "네 형의 생득권 말이냐?"

"킹스가드의 기사들은 결혼하고 자식을 두고 영지를 갖는 게 금지되어 있다는 사실은 저만큼이나 잘 아실 텐데요. 제이미 형은 하얀 망토를 두른 날 캐스털리록에 대한 권리를 포기했는데, 아버지는 절대 그 사실을 인정하지 않았죠. 이젠 때가 지났습니다. 전 아버지가 왕국 앞에 서서 제가 당신의 아들이자 적법한 후계자라고 선언하시기를 바랍니다."

타이윈 공의 눈동자는 금빛 반점이 들어간 연녹색으로, 무자비한 만큼이나 빛을 발했다. "캐스털리록을 말이냐." 그는 차갑게 식어 아무 감정이 없는 목소리로 말했다. 그러고는— "어림없다."

거대하고 날카로우며 독을 품은 그 말이 두 사람 사이에 떠 있었다.

'묻기 전에도 답은 알고 있었어.' 티리온은 생각했다. '제이미 형이 킹스가드에 들어간 지 18년인데, 난 한 번도 이 문제를 꺼내지 않았지. 난 알고 있었던 거야. 언제나 알고 있었어.' "어째서요?" 그는 후회할 것을 알면서도 묻고 말았다.

"이유를 물어? 이 세상에 태어나면서 네 어미를 죽인 네가? 넌 질투와 욕정과 저급한 간계만 가득한 흉하고 반항적이며 못돼먹은 짐승이다. 네가 내 자식이 아니라고 증명할 방법이 없으니 인간의 법은 네게 내 이름을 달고 내 상징 색을 입을 권리를 주지. 신들께선 나에게 겸손을 가르치기 위해 네가 내 아버지의, 그리고 그 아버지의 상징인 자랑스러운 사자를 입고 뒤뚱거리고 돌아다니는 꼴을 보는 저주를 내리셨다. 하지만 신도 인간도 나더러 네가 캐스털리록을 사창굴로 만드는 꼴을 참으라고 할 수는 없어."

"사창굴요?" 깨달음이 찾아왔다. 티리온은 이 역정이 다 어디에서 왔는지 단번에 이해했다. 그는 이를 갈며 말했다. "세르세이가 알라야야에 대해 말했군요."

"그런 이름이었느냐? 고백건대 네 창녀들의 이름을 다 기억할 수가 없구나. 네가 어렸을 때 결혼한 창녀는 누구였지?"

"티샤였습니다." 그는 도전적으로 대답했다.

"그린포크에서 품었던 종군 매춘부는?"

"뭐 하러 신경 쓰십니까?" 아버지가 있는 곳에서 샤에의 이름조차 꺼내기 싫었던 그는 되물었다.

"신경 쓰지 않는다. 살든 죽든 신경 쓰지 않아."

"알라야야를 채찍질하게 시킨 건 아버지였군요." 질문이 아니었다.

"네 누이가 네가 내 손자들을 두고 한 위협에 대해 말했다." 타이윈 공의 목소리는 얼음보다 더 차가웠다. "세르세이가 거짓말을 했느냐?"

티리온은 부정하지 않았다. "예, 위협을 했지요. 알라야야를 안전하게 지키려고요. 케틀블랙 형제가 함부로 대하지 않게 하려고요."

"창녀의 정절을 지키겠다고 네 가문을, 네 피붙이를 위협했단 말이지? 그런 거냐?"

"훌륭한 위협이 실제 타격보다 더 강력할 때가 많다는 걸 가르쳐준 분은 아버지였습니다. 조프리에 대해서는 몇백 번이나 유혹을 느끼기는 했지만요. 그렇게 사람들을 채찍질하고 싶으시거든 그 녀석부터 하시죠. 하지만 토멘은…… 제가 왜 토멘을 해치겠습니까? 토멘은 좋은 아이고, 제 피붙이인데요."

"네 어머니도 네 피붙이였다." 타이윈 공은 벌떡 일어나서 난쟁이 아들을 굽어보았다. "네 침대로 돌아가거라, 티리온. 그리고 캐스털리록에 대한 권리 얘기는 두 번 다시 꺼내지 말아라. 네가 한 일에 대한 보상은 있겠지만, 네가 한 일과 네 분에 맞는 보상만 있을 것이다. 그리고 분명히 해두는데, 네가 라니스터 가문에 가져온 수치를 참아주는 건 이번이 마지막이다. 창녀들은 이제 끝이다. 다음에 또 네 침대에서 창녀를 발견하면 목을 매달겠다."

다보스

그는 오랫동안 돛을 지켜보며 살지 죽을지를 결정하려고 했다.

죽는 편이 더 쉽다는 것은 알고 있었다. 동굴 안으로 기어 들어가서 배가 지나가게 두기만 하면 죽음이 찾아올 것이다. 벌써 며칠 동안 열병이 들끓어 배 속을 갈색 물로 바꿔놓았다. 덜덜 떠느라 잠도 제대로 잘 수가 없었다. 아침이 올 때마다 그는 점점 약해졌다. '별로 오래 걸리지 않을 거야.' 이미 그렇게 생각하고 있었다.

열병으로 죽지 않는다면 갈증으로는 확실히 죽을 것이다. 여기에는 담수가 없고, 가끔 내린 비가 우묵한 데 고일 뿐이었다. 물웅덩이들은 겨우 사흘 만에(아니면 나흘이었나? 이 바위섬에서는 하루하루를 구분하기가 어려웠다) 다 바싹 말라버렸고, 사방에서 찰랑거리는 녹색과 회색 물을 바라만 보기가 버거워졌다. 그는 일단 바닷물을 마시기 시작하면 순식간에 끝이 다가오리라는 것을 알면서도, 한 모금 마실 뻔했다. 그만큼 목이 말랐다. 위기에서 그를 구한 것은 갑작스러운 소나기였다. 그 무렵에는 너무 약해져 있었기에, 눈을 감고 입을 벌린 채 빗속에 드러누워 갈라진 입술과 부어오른 혀에 물이 떨어지게 둘 수밖에 없었다. 그래도 그 후에는 약간 힘이 생겼고, 바위섬의 웅덩이와 틈새에 다시 한번 생명수가 고였다.

하지만 그것도 사흘 전(아니면 나흘 전)이었고 이제 그 물도 거의 끝났다. 일부는 증발했고 나머지는 다보스가 빨아 먹었다. 내일이면 다시 진흙을 먹고, 움푹한 바닥의 차갑고 축축한 돌을 핥게 될 것이다.

갈증이나 열병이 아니라면 굶주림이 그를 죽일 것이다. 다보스의 섬은 드넓은 블랙워터만에 삐죽 솟은 황량한 바위에 불과했다. 썰물 때면 전투 후에 밀려 올라왔던 돌투성이 물가에서 작은 게를 찾을 수도 있었다. 그럴 때면 손가락을 아프게 집어대는 게를 바위에 깨부수고 집게발에 든 살과 껍데기 속 내장을 빨아 먹었다.

하지만 밀물이 들면 그런 물가마저 사라졌고, 다보스는 다시 바닷속으로 쓸려가지 않기 위해 바위를 기어올라야 했다. 바위 탑 꼭대기는 밀물일 때도 물 위로 4미터는 나와 있었지만, 바다가 거칠어지면 물보라가 그보다 더 높이까지 치솟았기에 몸을 말릴 방법이 없었다. 동굴 속에 있다 해도 마찬가지였다(동굴이라고는 해도 바위 한쪽이 파인 공간에 불과했다). 식물이라고는 이끼밖에 자라지 않았고, 바닷새들도 이 섬은 피했다. 가끔 갈매기가 바위 탑에 내려앉으면 잡으려고 해봤지만 다보스가 접근하기에는 너무 빨랐다. 돌멩이를 던져보기도 했지만, 제대로 힘을 실기에는 너무 약해져서 정확히 맞히더라도 돌에 맞은 갈매기가 짜증스레 소리를 지르고 날아가버릴 뿐이었다.

그의 피난처에서 다른 바위섬들이, 멀리 그의 바위보다 높은 탑들이 보이기는 했다. 제일 가까운 바위 탑은 물 위로 족히 12미터는 솟은 듯했지만 이 거리에서 확실히 가늠하기는 힘들었다. 그 바위 탑에는 끊임없이 갈매기가 들끓었기에, 다보스는 바다를 건너 갈매기 둥지를 습격할까 생각하기도 했다. 하지만 이곳 바닷물은 차가웠고, 물살은 거세고 변덕스러웠으며, 다보스에게는 그런 데에서 헤엄을 칠 여력이 없었다. 바닷물을 마시는 것만큼이나 확실히 죽을 수 있는 방법이었다.

과거의 기억으로 미루어 보아 협해는 가을에 날씨가 궂고 비가 많이 올 수 있었다. 해가 빛나는 낮은 그렇게 나쁘지 않았지만, 밤은 갈수록 추워졌고 가끔은 만 너머에서 거센 바람이 불어오며 물마루를 몰고 왔다. 그러면 다보스는 오래지 않아 흠뻑 젖어 벌벌 떨어야 했다. 열병과 오한이 번갈아 가며 그를 공격했고, 나중에는 기침에 끊임없이 시달렸다.

피난처라고는 동굴뿐이었으나 그 동굴만으로는 한참 부족했다. 썰물 때면 물가에 유목과 타버린 쓰레기 조각이 모습을 드러냈으나, 불씨를 일으킬 방법이 없었다. 한번은 절박한 나머지 나뭇조각 두 개를 비벼보려고 했지만, 나무가 젖어 있었던 탓에 손에 물집만 잡혔다. 옷도 다 젖었고, 장화 한 짝은 여기 밀려 올라오기 전에 물속 어딘가에서 잃어버렸다.

갈증, 굶주림, 체온 저하가 매일 매시간 그와 함께했고, 시간이 흐르자 그는 그것들을 친구로 여기게 되었다. 곧 그 친구들 중 하나가 그를 불쌍히 여겨 이 끝없는 고통에서 그를 해방해주리라. 아니면 어느 날 그냥 물속으로 걸어 들어가 보이지 않는 북쪽 어딘가에 있을 해안을 향해 헤엄쳐 갈지도 모른다. 이렇게 약해진 몸으로 헤엄치기엔 너무 먼 곳이지만, 상관없었다. 다보스는 언제나 뱃사람이었으니 바다에서 죽을 몸이었다. '바닷속에서 신들이 날 기다리고 계셔. 내가 갈 때가 이미 지났지.'

그런데 이제 돛이 보였다. 수평선에 찍힌 점 하나였지만, 점점 커졌다. 배가 있을 리 없는 곳에 나타난 배였다. 그는 자신의 바위섬이 어디쯤 있는지 알고 있었다. 블랙워터만 바닥에 솟아난 일련의 바다 산 가운데 하나였다. 그중 제일 높은 봉우리는 파도 위 30미터까지 솟았고, 그보다 작은 십여 개도 10미터에서 20미터 정도는 됐다. 선원들은 그것들을 인어 왕의 창이라고 불렀고, 수면 위로 솟은 창이 하나 보일 때마다 그 아래에는 십여 개가 도사리고 있음을 알았다. 제정신 박힌 선장이라면 이곳을 멀리하기 마련이었다.

다보스는 충혈된 눈으로 커져가는 돛을 바라보고, 돛천이 바람을 받는 소리를 들어보려 했다. '이쪽으로 오고 있어.' 항로를 바꾸지만 않는다면, 곧 그의 빈약한 피난처에서 소리를 지르면 들릴 거리를 지나갈 것이다. 그러면 살 수 있을 것이다. 원한다면 말이다. 다보스는 자신이 살고 싶은지 잘 알 수 없었다.

'내가 왜 살아야 하지?' 그는 눈물에 시야가 흐려진 채 생각했다. '신들이시여, 왜입니까? 내 아들들은 죽었어. 데일과 알라드, 매릭과 매토스, 어쩌면 데반도 죽었을지 몰라. 어떤 아버지가 그렇게 건강하고 젊은 아들들을 먼저 보내고 살 수 있지? 내가 어떻게 계속 산단 말인가? 난 빈껍데기야. 죽은 게처럼 안에는 아무것도 없어. 신들은 그걸 모른단 말인가?'

그들은 빛의 군주를 상징하는 불타는 심장을 휘날리며 블랙워터강을 올라갔다. 다보스와 블랙베타호는 전열 두 번째 줄, 데일의 망령호와 알라드의 레이디마리아호 사이에 있었다. 그의 셋째 아들인 매릭은 첫 번째 줄 중앙에 선 맹위호의 노잡이 대장이었고, 매토스는 제 아비의 부관을 맡았다. 레드킵 성벽 아래에서 스타니스 바라테온의 갤리선들은 소년 왕 조프리의 작은 함대와 마주쳤다. 몇 분 만에 강에는 활시위 울리는 소리며 노를 부러뜨리고 선체를 부수는 충각 소리가 가득했다.

그러다가 거대한 야수가 울부짖었고, 녹색 화염이 사방을 에워쌌다. 와일드파이어, 화염술사의 오줌이, 그 비췻빛 악마가. 블랙베타호가 물 위로 들려 올라갔을 때, 매토스는 그의 바로 옆 갑판에 서 있었다. 다음 순간 다보스는 강물 속에서, 급류에 휘말려 빙글빙글 돌면서 허우적대고 있었다. 상류에서는 15미터까지 치솟은 화염이 하늘을 찢었다. 그는 블랙베타호가, 그리고 맹위호가, 다른 십여 척이 불타는 모습을 보았고 불이 붙은 남자들이 물에 뛰어들어 죽는 모습을 보았다. 망령호와 레이디마리아호는 이미가라앉았는지, 부서졌는지, 아니면 와일드파이어의 장막 뒤에 가려졌는지 보이질 않았고 찾아볼 시간도 없었다. 곧 강어귀가 가까웠고, 강어귀에 라니스터가 거대한 쇠사슬을 쳐놓았기 때문이었다. 이쪽 강둑부터 저쪽 강둑까지 불타는 배와 와일드파이어밖에 없었다. 그 광경에 순간 심장이 멎는 것 같았지만, 그는 아직까지도 그때 들은 소리를 기억할 수 있었다. 타닥거리는 불길, 쉭쉭거리는 수증기, 죽어가는 사람들의 새된 비명 소리, 그리고 급류가 그를 지옥으로 실어 가는 동안 그의 얼굴을 때리던 끔찍한 열기.

아무것도 하지 않으면 그만이었다. 몇 분만 더 지나면 아들들과 함께 있을 수 있었다. 바닷속 서늘한 녹색 진흙에 누워서, 물고기들에게 얼굴을 뜯어 먹히며.

그러는 대신 그는 숨을 크게 들이마시고 잠수해 발을 차며 강바닥을 향해 갔다. 그의 유일한 희망은 쇠사슬과 불타는 배들과 수면 위를 떠다니는 와일드파이어 아래를 통과해서, 안전한 만까지 헤엄쳐 가는 것이었다. 다보스는 언제나 수영을 잘했고, 그날은 블랙베타호와 함께 잃어버린 투구를 빼면 철갑을 걸치지 않았다. 그는 탁한 녹색 물속을 가르며, 물속에서 기를 쓰다가 결국 판금과 사슬 갑옷의 무게에 끌려 내려가는 다른 사내들을 보았다. 다보스는 그런 사내들을 지나쳐서 헤엄쳤다. 다리에 남은 힘을 다 모아 발길질을 하면서, 물살을 가르고, 눈에 물을 가득 채우며. 깊이, 더 깊이, 더 깊이 들어갔다. 발을 찰 때마다 점점 숨을 참기가 힘들어졌다. 입술 사이로 거품이 터져 나왔을 때 부드럽고 어두운 강바닥을 본 기억이 났다. 뭔가가 다리를 건드렸다……. 잠긴 나무였는지 물고기였는지, 아니면 죽어가는 사람이었는지는 알 수 없었다.

그때쯤에는 공기가 필요했지만, 두려웠다. 이제는 쇠사슬 밑을 지나서 만으로 나왔을까? 올라갔다가 배 밑이면 익사할 테고, 떠다니는 와일드파이어 사이로 올라간다면 처음 들이쉬는 숨이 폐를 재로 만들어버릴 터였다. 그는 위를 올려다보려고 물속에서 몸을 틀었지만, 보이는 것이라고는 녹색 어둠뿐이었고 너무 몸을 돌린 나머지 갑자기 어디가 위고 어디가 아래인지 알 수가 없어졌다. 그는 공포에 사로잡혔다. 두 손이 강바닥을 휘저으면서 피어오른 진흙 구름 때문에 앞이 보이지 않았다. 시시각각 가슴이 조여왔다. 그는 폐가 공기를 달라고 비명 지르는 가운데 물을 움켜쥐고, 걷어차고, 몸을 밀어내고, 몸을 돌리고, 걷어차고, 또 걷어찼다. 이제는 강의 어둠 속에서 길을 잃은 채 걷어차고, 걷어차고, 더는 걷어찰 수 없을 때까지 발을 찼다. 비명을 지르려고 입을 벌리자 소금 맛이 나는 물이 쏟아져 들어왔다. 다보스 시워스는 이렇게 빠져 죽는구나 생각했다.

그리고 정신을 차렸을 때는 해가 떠 있었고, 그는 황량한 돌탑 아래 돌투성이 해안에 누워 있었다. 사방이 텅 빈 바다였다. 옆에는 부러진 돛대, 타버린 돛, 그리고 퉁퉁 불어버린 시체 한 구가 있었다. 그 돛대와 돛, 시체는 다음번 밀물과 함께 사라지고 인어 왕의 창들 사이에 다보스 혼자 남았다.

밀수꾼으로 오래 지낸 덕분에 킹스랜딩 주위 바다는 그가 살았던 어느 집보다 더 친숙했고, 그는 이 피난처가 해도에 찍힌 점 하나에 지나지 않으며 정직한 뱃사람이라면 피해 갈 위치임을 알고 있었다……. 그러나 다보스 본인은 밀수꾼 시절에 한두 번쯤 이쪽으로 왔던 적이 있었다. 눈에 띄지 않기 위해서였다. '여기에서 내 시체를 발견한다면, 혹시라도 발견한다면 이 바위섬에 내 이름을 붙일지도 모르지. 양파섬이라고 부르는 거야. 이 섬이 내 묘비이자 유산이 되겠지.' 그 이상을 누릴 자격은 없었다. 성사들이 가르치기를 아버지는 자식을 보호해야 하는 법인데, 다보스는 아들들을 불 속에 밀어 넣었다. 데일은 아내에게 그렇게 기도하던 자식을 주지 못할 테고, 알라드는, 알라드가 올드타운에 둔 여자와 킹스랜딩에 둔 여자와 브라보스에 둔 여자는 다들 곧 울게 될 것이다. 매토스는 결코 꿈꾸던 선장이 되지 못할 것이다. 매릭은 영영 기사 작위를 받지 못할 것이다.

'그 아이들이 다 죽었는데 내가 어떻게 살 수 있지? 너무나 많은 기사들과 강력한 영주들이, 나보다 나은 사내들이, 귀족들이 죽었어. 동굴 안으로 기어들어라, 다보스. 안으로 기어들어서 몸을 웅크리고 있으면 저 배도 지나갈 테고, 다시는 아무도 널 귀찮게 하지 않을 거다. 돌베개를 베고 잠들어, 갈매기가 눈을 쪼고 게가 네 살을 발라 먹게 놔둬라. 갈매기와 게를 그만큼 먹었으면 그 빚을 갚아야지. 숨어라, 밀수꾼아. 숨어서 조용히 죽어라.'

돛이 거의 다가왔다. 몇 분만 더 있으면 배가 완전히 지나가고, 다보스는 평화롭게 죽을 수 있을 것이다.

그의 손이 목으로 올라가서, 늘 걸고 다니는 작은 가죽 주머니를 더듬어 찾았다. 그 안에 그의 왕이 다보스를 기사로 만들던 날 잘라낸 네 손가락의 뼈를 담아두었다. '나의 운.' 짧아진 손가락이 가슴께를 더듬었지만 아무것도 없었다. 그 주머니도, 안에 담긴 손가락뼈도 없어졌다. 스타니스는 왜 다보스가 그 뼈를 간직하는지 이해하지 못했다. "내 왕의 정의를 늘 떠올리기 위해서였지." 그는 갈라진 입술로 속삭였다. 하지만 이제는 그것도 없어졌다. '그 불이 내 아들들만이 아니라 내 운도 빼앗았구나.' 그의 꿈속에서 강은 아직도 불타고 있었고 악마들은 불채찍을 들고 물 위에서 춤을 추었으며, 사람들은 그 채찍에 맞아 새까맣게 타 죽었다. 다보스는 기도했다. "어머니 신이시여, 자비를 베푸소서. 저를 구하소서, 다정하신 어머니시여, 저희 모두를 구하소서. 제 행운도 사라졌고, 제 아들들도 떠났습니다." 그는 이제 흐느껴 울고 있었다. 짜디짠 눈물이 뺨을 타고 흘렀다. "불이 모두 앗아 갔습니다⋯⋯ 그 불이⋯⋯."

어쩌면 바위를 두드리는 바람이었거나 바닷물이 해안을 때리는 소리였을지도 모르지만, 순간 다보스 시워스는 어머니 신의 대답을 들었다. "네가 부른 불이다." 그녀는 조개껍질 속에서 들리는 파도 소리처럼 희미한 목소리로, 슬프고 부드러운 소리로 속삭였다. "네가 우리를 태웠다……. 우리를 불태웠다……. 우리르을…… 불태웠다아……."

"그 여자였습니다!" 다보스는 외쳤다. "어머니시여, 저희를 저버리지 마십시오. 당신을 태운 건 그 여자, 붉은 여인 멜리산드레였습니다. 그 여자였어요!" 눈에 선했다. 갸름한 얼굴, 붉은 눈, 구릿빛 긴 머리카락, 걸을 때면 불길처럼 움직이는 붉은 가운, 비단과 새틴의 소용돌이. 그녀는 동쪽 아사이에서 왔고, 드래곤스톤에서 셀리스 왕비와 왕비의 사람들을, 그다음에는 왕인 스타니스 바라테온 본인을 낯선 신에게로 꾀어들였다. 스타니스는 결국 깃발에 불타는 심장을 박아 넣기에 이르렀다. 를로르, 빛의 군주이며 불과 그림자의 신 를로르의 불타는 심장을. 멜리산드레가 부추기는 통에 스타니스는 드래곤스톤의 성소에서 일곱 신을 끌어내어 성문 앞에서 불태웠고, 그 후에는 스톰스엔드의 신의 숲까지 불태웠다. 심장 나무까지, 엄숙한 얼굴을 한 그 거대한 하얀 영목까지도.

"그 여자 짓이었습니다." 다보스는 다시 말했지만, 목소리가 약해졌다. '그 여자 짓이고, 양파 기사 네가 한 짓이다. 네가 캄캄한 밤에 노를 저어 그 여자를 스톰스엔드 안에 들였지. 그 여자가 그림자 자식을 낳을 수 있도록. 너도 무죄는 아니야. 넌 그 여자의 깃발 아래 말을 달렸고 네 돛대에도 그 깃발을 휘날렸다. 드래곤스톤에서는 일곱 신이 불타는 광경을 지켜보며 아무것도 하지 않았다. 그 여자가 아버지의 정의를 불태우고, 어머니의 자비를, 노파의 지혜를 태워버렸어. 대장장이와 이방인을, 처녀와 전사를, 그들 모두를 잔인한 자기 신의 영광을 위해 불태웠는데 너는 가만히 서서 아무 말도 하지 않았어. 그 여자가 늙은 크레센 학사를 죽였을 때, 그때조차도 너는 아무것도 하지 않았어.'

돛은 몇백 미터 거리에서 빠르게 만을 가로지르고 있었다. 몇 분만 있으면 지나쳐 사라질 것이다.

다보스 시워스 경은 바위를 오르기 시작했다.

그는 열병에 빙빙 도는 머리로, 벌벌 떨리는 두 손으로 몸을 끌어 올렸다. 두 번인가 뭉툭한 손가락 마디가 젖은 돌에 미끄러지면서 떨어질 뻔했지만, 어찌어찌 매달릴 수 있었다. 여기서 떨어지면 죽는 것이고, 그는 살아야 했다. 잠시만이라도 더 살아야 했다. 해야 할 일이 있었다.

약해진 몸으로 무사히 서 있기에는 바위 꼭대기가 너무 좁았기에, 그는 웅크려 앉은 채로 깡마른 두 팔을 흔들었다. "거기 배!" 그는 바람 속으로 외쳤다. "여기요, 여기!" 이 위에서는 배를 더 또렷이 볼 수 있었다. 늘씬한 줄무늬 선체에 청동 선수상, 부풀어 오른 돛. 선체에 이름도 적혀 있었지만 다보스는 아직도 글을 읽지 못했다. 그는 다시 외쳤다. "거기 배, 도와주시오! 살려줘!"

앞갑판에 서 있던 선원이 그를 보고 손가락질했다. 다보스는 다른 선원들이 뱃전으로 이동해 그를 쳐다보는 모습을 지켜보았다. 잠시 후에 갤리선은 돛을 내리고 노를 꺼내 그의 피난처 쪽으로 달려왔다. 이 바위섬에 바싹 다가오기에는 너무 큰 배였지만, 30미터쯤 떨어졌을 때 작은 배를 내렸다. 다보스는 바위섬에 매달려 그 배가 다가오는 모습을 지켜보았다. 네 명이 노를 젓고, 한 사람이 뱃머리에 앉아 있었다. 그 인물이 가까이 와서 외쳤다. "거기, 바위에 붙은 당신. 누구요?"

'출세한 밀수업자, 자기 왕을 지나치게 사랑한 나머지 신들을 잊었던 바보지.' 다보스는 그렇게 생각했다. 목이 바싹 마른 데다 대화하는 방법도 잊었다. 말을 건네는 느낌이 이상했고 귀에는 더 이상하게 들렸다. "전투에 참여했소. 난…… 선장이었소……. 기사, 기사였소."

"그렇군요. 어느 왕 밑에 계십니까?"

그는 그 갤리선이 조프리의 것일 수도 있음을 퍼뜩 깨달았다. 지금 이름을 잘못 말한다면 배가 그를 버리고 갈 터였다. 하지만 아니다, 선체가 줄무늬이지 않은가. 리스의 배, 살라도르 산의 배였다. 어머니께서, 어머니 신이 자비를 베풀어 여기로 보내신 배다. 어머니 신께서 그에게 맡긴 일이 있다. 그는 그때 퍼뜩 깨달았다. '스타니스는 살아 있어. 나에겐 아직 왕이 계시다. 그리고 아들들이, 다른 아들들이 있어. 충실하고 다정한 아내도 있고.' 어떻게 그걸 잊을 수가 있었을까? 어머니 신은 실로 자비로우셨다.

그는 리스인에게 마주 외쳤다. "스타니스요. 신들이 보우하사, 난 스타니스 왕을 섬기오."

그러자 배에 앉은 남자가 말했다. "그렇지, 우리도 그렇소이다."

산사

초대장이야 악의 없어 보이기만 했지만, 산사는 그 초대장을 읽을 때마다 속이 꼬였다. 그녀는 이제 왕비가 될 테고, 아름답고 부유한 데다가 모두가 사랑하는 사람인데, 왜 배신자의 딸과 저녁 식사를 하고 싶어 할까? 호기심일 수도 있었다. 마저리 티렐은 자기가 밀어낸 경쟁자를 저울질해보고 싶은지도 모른다. '날 싫어할까? 내가 혹시 나쁜 마음이라도 품었다고 생각할까……?'

산사는 그날 마저리 티렐과 호위대가 아에곤의 높은 언덕으로 오는 모습을 성벽에서 지켜보았다. 조프리가 왕의 문까지 나가 미래의 신부를 맞이했고, 두 사람은 환호하는 군중 사이로 나란히 말을 몰았다. 조프리는 금박 입힌 갑옷을 빛냈고, 마저리 티렐은 눈부신 녹색 옷에 어깨에는 가을의 꽃들이 피어난 망토를 걸쳤다. 마저리는 열여섯 살로, 갈색 머리에 갈색 눈이었으며 늘씬하고 아름다웠다. 마저리가 지나가자 사람들이 그녀의 이름을 연호하고, 축복해달라고 아이를 들어 올렸으며, 말발굽 앞에 꽃을 뿌렸다. 그녀의 어머니와 할머니가 그 뒤에 바싹 따라왔는데, 옆면을 서로 얽힌 백 송이 장미꽃 모양으로 조각하고 장미꽃마다 반짝이는 금박을 입힌 높은 이동저택에 타고 있었다. 평민들은 그들에게도 환호를 보냈다.

'날 말에서 끌어 내렸고, 사냥개만 아니었다면 죽이고도 남았을 그 평민들이 말이지.' 산사는 평민들에게 미움받을 짓을 하지 않았다. 마저리 티렐도 그런 사랑을 받을 일은 한 적 없었다. '나도 자기를 사랑하기를 바라는 걸까?' 산사는 마저리의 친필인 듯한 초대장 문구를 찬찬히 살폈다. '내 축복을 원하는 걸까?' 조프리도 이 저녁 식사에 대해 알까 궁금했다. 어쩌면 조프리가 꾸민 짓일 수도 있었다. 생각만 해도 무서웠다. 조프리가 이 초대장을 꾸민 장본인이라면, 마저리 티렐이 보는 앞에서 산사에게 망신을 줄 잔인한 농담을 짜놓았을 것이다. 또 킹스가드를 시켜 산사를 벌거벗기려 할까? 지난번에 그런 짓을 했을 때는 조프리의 숙부인 티리온이 막아줬지만, 이제는 꼬마 악마도 산사를 구해줄 수 없었다.

'나의 플로리안 말고는 아무도 날 구할 수 없어.' 돈토스 경은 산사의 탈출을 돕겠다고 약속했지만, 조프리의 결혼식 밤까지는 기다려야 했다. 그녀에게 헌신하는 '어릿광대가 된 기사'는 계획이 잘 짜여 있다고 장담했다. 그날이 올 때까지는 참고 견디며 날짜를 헤아리는 수밖에 없었다.

'그런데 나를 대신한 신부와 저녁 식사라…….'

산사가 마저리 티렐을 부당하게 대하고 있는지도 모른다. 어쩌면 이 초대는 단순한 친절이자 의례적인 호의일지도 모른다. 그냥 식사일 수도 있었다. 하지만 여기는 레드킵이고 킹스랜딩이며 조프리 바라테온 1세의 궁정이었고, 산사 스타크가 이곳에서 배운 게 딱 하나 있다면 바로 불신이었다.

그렇다 해도 초대는 받아들여야 했다. 산사는 이제 아무것도 아니었다. 배신자의 버려진 딸이자 반란 영주의 불명예스러운 누이였다. 조프리의 왕비가 될 사람이 부르는데 거절할 수는 없었다.

'사냥개가 여기 있었으면 좋겠어.' 전투가 있던 날 밤, 산도르 클리게인은 그녀를 이 도시에서 데리고 나가려고 찾아왔지만, 산사는 거절했다. 가끔은 밤에 누워서 잠 못 든 채 과연 그 결정이 현명했을까 생각하기도 했다. 그녀는 그의 얼룩진 하얀 망토를 삼나무 궤짝 안, 여름 비단옷들 아래에 감춰두었다. 왜 그 망토를 간직했는지는 말하기 어려웠다. 산사는 사냥개가 겁쟁이가 됐다는 소리를 들었다. 전투가 한창일 때 사냥개가 너무 취하는 바람에 꼬마 악마가 자신의 부하들을 데리고 나가야 했다고 말이다. 하지만 산사는 이해했다. 산사는 그 화상 입은 얼굴의 비밀을 알고 있었다. 사냥개가 두려워하는 건 오직 불뿐이었다. 그날 밤에는 와일드파이어가 강 자체에 불을 붙였고, 공기까지도 녹색 화염으로 채웠다. 성안에 있던 산사도 두려울 정도였으니, 바깥에서는…… 상상도 가지 않았다.

산사는 한숨을 내쉬고 펜과 잉크를 꺼내 마저리 티렐에게 우아한 초대 수락 편지를 썼다.

약속한 날 밤이 오자, 킹스가드 기사가 데리러 왔다. 산도르 클리게인과는 마치…… 뭐랄까, 꽃과 개만큼이나 다른 킹스가드였다. 로라스 티렐 경이 문지방에 선 모습을 보자 산사의 심장이 조금 더 빠르게 뛰었다. 로라스 티렐이 아버지의 군 선봉대를 이끌고 킹스랜딩에 돌아온 후, 이렇게 가까이에서 보기는 처음이었다. 산사는 잠시 할 말을 찾지 못하다가 겨우 말했다. "로라스 경, 저…… 정말 아리따우시네요."

그는 당황하며 웃었다. "참으로 친절하시군요. 게다가 아름다우시고요. 제 누이가 아가씨를 목 빠지게 기다리고 있습니다."

"저도 저녁 식사가 정말 기대됩니다."

"마저리도, 저희 할머니도 마찬가지로 기대하고 있습니다." 그는 산사의 팔을 잡고 계단으로 이끌었다.

"할머님요?" 로라스 경이 팔을 잡고 있으니 걷고 말하면서 생각까지 하기가 힘들었다. 비단 너머로 그의 따뜻한 손길을 느낄 수 있었다.

"올레나 부인이시죠. 같이 식사하실 거예요."

"아." 산사는 말했다. '난 로라스 경과 이야기하고 있고, 로라스 경은 내게 손을 대고 있어. 내 팔을 잡고 있다고.' "가시 여왕이라고 불리시는 분 맞죠?"

"맞아요." 로라스 경은 소리 내어 웃었다. 산사가 '웃음소리도 어쩜 이렇게 따뜻할까' 생각하는 동안 그는 말을 이었다. "하지만 할머니 앞에서 그 별명은 쓰지 않는 게 좋을 거예요. 그랬다간 가시에 찔릴 테니까."

산사는 얼굴이 붉어졌다. 어떤 바보라도 세상에 "가시 여왕"이라고 불려서 좋아할 여자가 없다는 것 정도는 알 것이다. '난 정말 세르세이 라니스터 말대로 멍청한지도 몰라.' 산사는 필사적으로 뭔가 영리하면서 로라스 경이 매력적으로 느낄 만한 말을 생각해내려 했지만, 재치라곤 날아가버렸다. 로라스가 얼마나 아름다운지 말할 뻔했다가, 그 말은 이미 했다는 사실이 기억나기도 했다.

그렇지만 그는 정말로 아름다웠다. 처음 만났을 때보다 키가 큰 것 같았지만 여전히 유연하고 우아했다. 산사는 그렇게 눈이 아름다운 소년을 본 적이 없었다. '아니, 소년이 아니지. 다 큰 어른이야. 킹스가드의 기사고.' 티렐 가문의 녹색과 금색 옷보다 하얀 옷이 더 잘 어울리기까지 했다. 이제 그의 복장을 통틀어 색채가 있는 것이라곤 망토를 여민 브로치뿐이었는데, 순금으로 만든 하이가든의 장미가 섬세한 녹색 비취 잎사귀 위에 올라앉은 형태였다.

발론 스완 경이 두 사람이 지나갈 수 있게 마에고르 성채 문을 잡아주었다. 그 역시 순백으로 차려입었지만, 로라스 경의 절반도 잘 입지 못했다. 대못이 박힌 해자 너머에서 수십 명이 검과 방패를 들고 연습을 하고 있었다. 성안이 너무 붐비다 보니 외벽 안뜰에 손님들이 천막과 가설물을 세워놓아, 훈련할 곳은 더 작은 안마당밖에 남지 않았다. 레드와인 쌍둥이 중 하나가 방패에 눈동자를 그려 넣은 탤러드 경에게 몰리고 있었다. 통통한 케이스의 케노스 경은 장검을 들어 올릴 때마다 씨근거리면서도 오스니 케틀블랙을 상대로 잘 싸우고 있는 반면, 오스니의 형제인 오스프리드 경은 개구리 같은 얼굴의 종자 모로스 슬린트를 잔인하게 벌하고 있었다. 검끝이 날카롭지 않다 해도 모로스 슬린트는 내일 온몸에 멍을 달게 될 것이다. 산사는 보기만 해도 얼굴이 찌푸려졌다. '지난번 전투로 죽은 사람들을 다 묻지도 못했는데, 벌써 다음 전투를 준비하다니.'

훈련장 가장자리에서는 방패에 황금 장미 두 송이를 그려 넣은 기사 하나가 세 명을 상대하고 있었다. 두 사람이 지켜보는 동안에도 그 기사는 한 명의 옆머리를 쳐 때려눕혔다. "형님이신가요?" 산사가 물었다.

"맞아요. 갈란 형은 세 명이나 네 명을 상대로 훈련하곤 하죠. 실전에서는 일대일로 싸우는 일이 별로 없으니 대비해두는 게 좋다면서요."

"아주 용맹한 분이시겠네요."

"훌륭한 기사죠." 로라스 경이 대꾸했다. "사실 검 솜씨는 저보다 더 나아요. 창은 제가 더 잘 다루지만."

"저도 기억해요. 경은 말을 멋지게 달리시죠."

"그렇게 말씀해주시다니 관대하시군요. 아가씨께서 언제 제가 말을 달리는 모습을 보셨지요?"

"수관의 마상 시합 때요, 기억나지 않으세요? 하얀 군마를 타셨고, 갑옷에는 다채로운 꽃이 그려져 있었죠. 제게 장미 한 송이를 주셨어요. 붉은 장미를요. 그날 하얀 장미는 다른 여자들에게 던지셨고요." 직접 말하려니 얼굴이 붉어졌다. "어떤 승리도 제 반만큼도 아름답지 않다고 하셨죠."

로라스 경은 겸손한 미소를 지었다. "저야 단순한 사실을 말했을 뿐인걸요. 눈이 있는 남자라면 누구나 알 겁니다."

'기억하지 못하는구나.' 산사는 놀라며 깨달았다. '단지 나에게 친절하게 굴 뿐이야. 나도, 그 장미도, 하나도 기억하지 못해.' 산사는 그 일에 뭔가 의미가 있다고, 온갖 의미가 다 있다고 확신하고 있었다. 하얀 장미가 아니라 붉은 장미였다고 말이다. 산사는 절박해져서 말했다. "경이 로바르 로이스 경을 말에서 떨어뜨리신 후였어요."

그는 산사의 팔에서 손을 뗐다. "저는 스톰스엔드에서 로바르를 베었습니다." 그건 자랑이 아니었다. 목소리가 슬펐다.

그래, 로바르와 렌리 왕의 또 다른 레인보우가드 한 명을 죽였다고 했다. 우물가에서 여자들이 떠드는 소리를 들어놓고서, 잠시 잊고 있었다. "렌리 공께서 살해당하셨을 때죠? 가엾은 누이분께 얼마나 끔찍한 일인지."

"마저리에게요?" 로라스의 목소리에 긴장감이 어렸다. "물론이지요. 하지만 마저리는 비터브리지에 있었습니다. 보지 못했어요."

"그래도, 소식을 들었을 때……."

로라스 경은 장검 칼자루를 가볍게 쓸었다. 손으로 쥐는 부분은 하얀 가죽이었고, 칼자루 끝에는 하얀 석고로 조각한 장미가 달렸다. "렌리는 죽었습니다. 로바르도 죽었어요. 죽은 사람들 얘기를 해서 무엇 하겠습니까?"

그 날카로운 말투에 산사는 멈칫했다. "저는…… 그게, 저는…… 마음 상하시게 할 뜻은 없었어요."

"전혀 마음 상하지 않았습니다, 산사 아가씨." 로라스 경은 그렇게 대꾸했지만, 목소리에는 온기가 돌아오지 않았다. 다시 그녀의 팔을 잡는 일도 없었다.

그들은 깊어가는 침묵 속에서 구불구불한 계단을 올랐다.

'아, 내가 왜 로바르 경 얘기를 꺼냈을까? 내가 다 망쳐버렸어. 이젠 나한테 화가 났잖아.' 실수를 만회할 만한 말을 생각해보려고 했지만, 떠오르는 말은 하나같이 서툴고 어색하기만 했다. '조용히 해. 굳이 입을 열었다간 더 악화시킬 거야.' 산사는 스스로에게 말했다.

메이스 티렐 공과 그의 수행단은 왕실 성소 뒤, 옛날 성왕 바엘로르가 자신이 누이들을 보고 성욕을 느끼는 일이 없게 하겠다고 그녀들을 가둬 둔 곳이었기 때문에 "메이든볼트(Maiden vault, 처녀 감옥)"라고 불려온 석판 지붕의 긴 성채에 머물고 있었다. 높은 조각문 밖에는 도금한 반투구를 쓰고 금빛 새틴으로 가장자리를 두른 녹색 망토를 걸치고 가슴팍에는 하이가든의 황금 장미를 수놓은 위병 두 명이 서 있었다. 둘 다 키가 2미터를 넘었고 어깨는 넓고 허리는 가늘었으며 근육이 멋지게 잡힌 몸이었다. 산사는 얼굴을 알아볼 만큼 가까이 가서도 두 사람을 구분할 수가 없었다. 강한 턱도 똑같았고, 깊고 푸른 눈도 똑같았고, 무성한 붉은 콧수염도 똑같았다. "저 사람들은 누구죠?" 산사는 순간 로라스 경의 불편한 심기를 잊고 질문했다.

"할머님의 개인 위병들이죠. 저들의 어머니는 에릭과 아릭이라고 이름 붙였지만, 할머니께선 둘을 구분하지 못하셔서 그냥 왼쪽 오른쪽이라고 부르세요."

왼쪽과 오른쪽이 문을 열자 모습을 드러낸 마저리 티렐은 직접 그들을 맞이하러 짧은 계단을 달려 내려왔다. "산사 아가씨. 와줘서 정말 기뻐요. 어서 와요."

산사는 미래의 왕비 발치에 무릎을 꿇었다. "너무 큰 영광입니다, 전하."

"날 마저리라고 부르지 않을 건가요? 제발, 일어나요. 로라스, 산사 아가씨를 일으키게 도와줘. 산사라고 불러도 괜찮을까요?"

"원하신다면요." 로라스 경이 산사를 부축해 일으켰다.

마저리는 누이다운 입맞춤으로 로라스를 물리고 산사의 손을 잡았다. "어서 가요. 할머니가 기다리세요. 인내심이 많은 분은 아니시죠."

벽난로에 불이 타올랐고, 바닥에는 향기 나는 골풀이 깔렸다. 긴 가대식탁에 여자들 십여 명이 둘러앉아 있었다.

산사는 티렐 공의 키 크고 위엄 넘치는 아내, 길게 땋아 늘인 은빛 머리를 보석 반지들로 묶은 알러리 부인밖에 알아보지 못했다. 마저리가 다른 여자들을 소개했다. 티렐 가문의 세 사촌, 메가와 앨라와 엘리너가 있었고 모두 산사와 나이가 비슷했다. 풍만한 잔나 부인은 티렐 공의 누이로, 초록 사과 포소웨이 가문의 누군가와 결혼했다. 반짝이는 눈을 가진 화사한 레오넷 부인은 포소웨이 가문 출신으로 갈란 경과 결혼했다. 니스테리카 성사는 얽은 자국이 남은 수수한 얼굴이었지만 쾌활해 보였다. 창백하고 우아한 그레이스포드 부인은 아이를 가진 몸이었고, 불워 아가씨는 여덟 살도 되지 않은 아이였다. 그리고 떠들썩하고 통통한 메레디스 크레인은 '메리'라는 이름이 어울리게 명랑했지만, 관능적인 검은 눈의 미르 미녀 메리웨더 부인은 전혀 그렇지 않았다.

마지막으로 마저리는 상석에 앉은 주름지고 머리가 하얀 인형 같은 여인에게 산사를 데려갔다. "제 할머니 올레나 부인을 소개하게 되어 영광이에요. 기억만으로도 우리 모두에게 위안을 주시는 전 하이가든의 영주, 루터 티렐 공의 부인이셨죠."

나이 든 여인에게서 장미수 향기가 났다. 그저 자그마한 여인이었다. 가시 같은 부분은 조금도 보이지 않았다. "내게 입 맞춰다오, 얘야." 올레나 부인은 검버섯이 핀 부드러운 손으로 산사의 손목을 잡아당기며 말했다. "나와 내 멍청한 암탉 떼와 같이 식사하러 와주다니 정말 상냥하구나."

산사는 공손히 나이 든 여인의 뺨에 입을 맞췄다. "불러주신 게 친절한 일이죠, 부인."

"난 네 할아버지, 리카드 공을 알았단다. 잘 알았던 건 아니다만."

"그분은 제가 태어나기 전에 돌아가셨어요."

"내가 그걸 모르겠니. 네 툴리 쪽 할아버지도 죽어가고 있다더구나. 호스터 공 말이다. 분명히 너도 들었겠지? 노인이기는 하지만 나만큼 늙진 않았는데 말이야. 그래도 밤은 결국 우리 모두에게 찾아오고, 어떤 이들에게는 너무 이르게 찾아오지. 너라면 대부분의 사람들보다 잘 알 테지, 가엾은 아이야. 너는 네 몫의 슬픔을 알지 않니. 네가 겪은 상실에 조의를 표한다."

산사는 마저리를 슬쩍 보았다. "렌리 공이 돌아가셨다는 소식을 듣고 슬펐습니다, 전하. 정말 멋진 분이셨는데요."

"그렇게 말해주다니 친절하군요." 마저리가 대답했다.

반면 마저리의 할머니는 코웃음을 쳤다. "그래, 멋지고 매력적이고 아주 깔끔했지. 옷을 입을 줄도 알고 미소 지을 줄도 알고 목욕할 줄도 알았어. 어째선지 그게 왕이 되기 적합한 자질이란 생각을 했고 말이다. 바라테온은 언제나 괴상한 생각들을 한단 말이지. 분명 타르가르옌 쪽 혈통 때문일 게야." 올레나 부인은 콧방귀를 뀌었다. "예전에 나도 타르가르옌과 결혼할 뻔했는데, 내가 얼른 결딴내버렸지."

마저리가 말했다. "렌리는 용감하고 다정했어요, 할머니. 아버지도 좋아하셨고, 로라스도 좋아했죠."

"로라스는 어려." 올레나 부인은 못마땅하게 말했다. "그리고 막대기로 남자들을 말에서 떨어뜨리는 데는 아주 능숙하지. 그렇다고 현명해지는 건 아니란다. 네 아버지로 말하자면, 내가 커다란 나무 숟가락을 들고 다니는 농민 여자로 태어났다면 그놈의 투실한 머리를 때려서 정신을 좀 차리게 해줄 수 있었을 텐데 말이다."

"어머님." 알러리 부인이 잔소리 조로 말했다.

"쉿, 알러리. 나에게 그런 말투 쓰지 말거라. 그리고 날 어머님이라고 부르지도 마. 내가 널 낳았다면 기억했겠지. 난 네 남편, 하이가든의 미련퉁이 영주만 내 책임인 걸로 족하다."

"할머니, 말씀 좀 삼가세요. 산사가 우릴 어떻게 생각하겠어요?" 마저리가 말했다.

"우리가 제법 머리가 있구나 생각하겠지. 적어도 한 명은 말이다." 나이

든 여인은 산사를 돌아보았다. "난 이건 반역이라고 경고했단다. 로버트에겐 아들이 둘 있고, 렌리에겐 형도 있는데 어떻게 렌리가 그 흉측한 철의자에 앉을 수 있겠니? 쯧쯧, 내 아들이 이러더구나. '사랑하는 손녀가 왕비가 되길 바라지 않으십니까?'라고 말이야. 너희 스타크 가문은 한때 왕가였고, 아린과 라니스터도 그랬고, 바라테온도 모계로는 왕가였는데, 티렐은 드래곤 아에곤이 와서 불의 들판에서 리치 평원의 정당한 왕을 구워버릴 때까지 집사에 불과했지. 솔직히 말하면, 저 끔찍한 플로렌트 가문이 늘 징징대다시피 하이가든에 대한 우리 권리도 약간은 의심스러워. '그게 뭐가 중요한가요?' 넌 그렇게 묻겠지. 물론 안 중요하단다. 내 아들 같은 미련퉁이한테는 다르지만. 메이스는 언젠가 자기 손자가 철왕좌에 궁둥이를 붙일 거란 생각만 해도 부푸는 꼴이…… 그걸 뭐라고 하더라? 마저리, 넌 영리하지 않으냐, 네 가엾은 넋 나간 할머니에게 여름 군도에 사는 그, 찌르면 원래 몸의 열 배로 부풀어 오르는 이상한 물고기 이름을 좀 말해다오."

"풍선어라고 해요, 할머니."

"물론 그렇겠지. 여름 군도 것들에겐 상상력이 없거든. 사실 내 아들은 그 풍선어를 상징으로 삼아야 마땅해. 바라테온이 사슴에다가 한 것처럼 그 물고기에 왕관을 씌울 수도 있겠지. 그 녀석은 그러면 행복해할걸. 내 의견을 묻는다면야 이 저주받을 바보짓 전부에서 멀찍이 떨어져 있었어야 했다고 말하겠다만, 일단 젖을 짰으면 그걸 다시 배 속에 집어넣을 순 없는 법이지. 우리 풍선어 공이 렌리의 머리에 왕관을 씌우고 나서는 우리도 푸딩 속에 무릎까지 빠졌으니, 이젠 헤쳐가는 수밖에 없구나. 네 생각은 어떠냐, 산사?"

산사는 입을 뻐끔거리기만 했다. 풍선어가 된 기분이었다. "티렐 가문의 혈통은 가스 그린핸드에게까지 거슬러 올라가죠"가 잠시 동안 생각해낸 최선의 대답이었다.

가시 여왕은 코웃음을 쳤다. "그거야 플로렌트도 로완도 오크하트도 그렇고 남부 귀족 절반이 그렇지. 가스는 비옥한 땅에 씨 뿌리기를 그렇게 좋아했다더구나. 손만 녹색이었을까 몰라."

"산사." 알러리 부인이 끼어들었다. "배가 많이 고플 테죠. 멧돼지 고기와 레몬 케이크 어때요?"

"레몬 케이크는 제가 제일 좋아하는 음식이에요." 산사는 사실대로 말했다.

"그렇게 들었다." 전혀 입을 다물 생각이 없는 올레나 부인이 말했다. "그 바리스라는 물건은 우리가 그런 정보에 고마워해야 한다고 생각하나 보더구나. 솔직히 말하자면 난 내시가 왜 있는지 통 모르겠다. 내가 보기엔 쓸모 있는 부분을 싹 잘라내버린 남자일 뿐인데. 알러리, 음식을 가져오라 이른 거냐, 아니면 날 굶겨 죽일 작정이냐? 자, 산사, 내 옆에 앉거라. 여기 다른 아이들보다는 내가 훨씬 덜 지루할 게다. 네가 광대들을 좋아한다면 좋겠구나."

산사는 치맛자락을 펴고 앉았다. "저는…… 광대라고 하셨나요? 그러니까…… 알록달록한 옷을 입은 광대요?"

"이 경우에는 깃털 옷이겠지. 내가 무슨 얘길 하고 있다고 생각한 거냐? 내 아들? 아니면 이 사랑스러운 여인네들? 아니, 얼굴 붉히지 말아라. 그 머리를 해가지고 얼굴을 붉히니 석류 같구나. 솔직히 말하면 모든 남자가 다 광대인데, 그래도 광대 옷을 입은 놈들이 왕관을 쓴 놈들보다 재미있지. 마저리, 얘야, 버터범프스를 불러라. 어디 우리가 산사 아가씨를 웃게 할 수 없나 보자. 나머지 너희들은 앉거라, 내가 일일이 말을 해줘야 하는 게냐? 산사가 내 손녀는 양 떼와 같이 다니는 줄 알겠구나."

음식보다 버터범프스가 먼저 도착했다. 녹색과 노란색 깃털로 만든 광대 옷을 입고 펄럭거리는 광대 모자를 쓰고 있었다. 덩치가 문보이의 세 배는 큰 엄청나게 뚱뚱하고 둥그런 남자였는데, 재주를 넘으며 홀 안으로 들어오더니 탁자 위에 뛰어올라 산사 바로 앞에 거대한 알을 내려놓았다. "깨 보시지요, 아가씨." 산사가 시키는 대로 하자, 노란 병아리 십여 마리가 튀어나와 사방으로 달아나기 시작했다. "잡으세요!" 버터범프스가 외쳤다. 어린 불워 아가씨가 한 마리를 잡아서 건네자, 그는 고개를 젖히고 큼지막한 입 안에 던져 넣더니 통째로 삼키는 것 같았다. 트림을 하자 코에서 작은 노란 깃털이 풀풀 날렸다. 불워 아가씨는 너무하다고 울음을 터뜨렸지만, 그 눈물은 병아리가 그녀의 가운 소매에서 빠져나와 팔을 타고 내려가자 즐거운 비명으로 변했다.

하인들이 리크와 버섯으로 만든 수프를 내오는 동안, 버터범프스는 저글링을 시작했고 올레나 부인은 몸을 앞으로 기울여 식탁에 양 팔꿈치를 댔다. "내 아들을 아느냐, 산사? 하이가든의 풍선어 영주 말이다."

"대단한 영주시죠." 산사는 예의 바르게 대답했다.

"대단한 미련통이지." 가시 여왕이 말했다. "그 아이 아버지도 미련통이였어. 내 남편, 죽은 루터 공 말이다. 아, 난 그 사람을 사랑했다. 오해하지 말거라. 상냥한 남자였고, 침실에서도 기술이 부족하지 않았지. 그래도 끔찍한 미련통이이긴 마찬가지였어. 매사냥을 하다가 절벽으로 달려가버렸지 뭐냐. 하늘을 쳐다보느라 말이 어디로 달려가는지 신경 쓰지 않았다나 뭐라나.

그리고 이제 내 미련통이 아들이 똑같은 짓을 하는구나. 말 대신 사자를 탔다 뿐이지. 내가 사자를 타기는 쉬워도 내리기는 그리 쉽지 않을 거라고 경고했더니만, 웃기만 하지 뭐냐. 혹시 아들을 두거든 자주 때려서 네 말을 귀담아듣게 만들어라, 산사. 내가 아들이 하나뿐이라 도통 때리질 않았더니, 이제는 나보다 버터범프스 말에 더 귀를 기울이는구나. 내가 사자는 애완 고양이가 아니라고 했더니 '쯧쯧, 어머니' 이러지 않겠니. 이 왕국엔 혀

차는 소리가 너무 많이 울려. 모든 왕이 검을 내려놓고 제 어미 말에 귀를 기울인다면 훨씬 나아질 텐데 말이다."

산사는 저도 모르게 다시 입을 벌리고 있었음을 깨닫고 수프를 한 숟가락 밀어 넣었다. 알러리 부인과 다른 여인들은 버터범프스가 오렌지를 머리로 튕겼다가, 팔꿈치로 튕겼다가, 살찐 엉덩이로 튕기는 모습을 보며 깔깔거렸다.

올레나 부인이 느닷없이 말했다. "네가 소년 왕에 대해 사실대로 말해줬으면 좋겠다. 조프리 말이다."

산사의 손가락이 숟가락을 꽉 쥐었다. '사실대로? 그렇게는 못 해. 묻지 마세요, 제발. 난 못 해요.' "저는…… 전…… 전……."

"그래, 그래. 누가 더 잘 알겠느냐? 그 아이는 겉보기엔 꽤 왕다워 보여. 자기만 생각하기는 하지만, 그거야 라니스터 핏줄이 그렇지. 하지만 심란한 이야기를 몇 가지 들었다. 그중에 진실이 있느냐? 그 아이가 널 학대했느냐?"

산사는 불안하게 주위를 둘러보았다. 버터범프스는 오렌지 하나를 통째로 입에 넣고 씹다가 삼키더니, 자기 뺨을 때리고는, 코로 씨앗을 불어냈다. 여자들이 깔깔거리고 웃었다. 하인들이 오가고, 메이든볼트에는 숟가락이 접시에 부딪치는 소리가 울려 퍼졌다. 병아리 한 마리가 식탁 위에 다시 뛰어오르더니 그레이스포드 부인의 수프 속을 달렸다. 아무도 그들에게 관심을 기울이는 것 같지 않았지만, 그래도 산사는 겁이 났다.

올레나 부인은 성격이 급했다. "왜 버터범프스만 쳐다보는 거냐? 내가 질문을 했으니, 대답을 해야지. 라니스터가 네 혀를 훔쳐 간 거냐?"

돈토스 경은 산사에게 오직 신의 숲에서만 자유롭게 말하라고 경고했다. "조프…… 조프리 왕은, 그분은…… 전하는 아주 잘생기셨고, 그리고…… 사자처럼 용감하세요."

"그래, 라니스터는 다 사자들이고 티렐이 방귀를 뀌면 장미 향이 나지." 나이 든 여인은 매섭게 쏘아붙였다. "그런데 얼마나 상냥하냐? 얼마나 영리하고? 심성은 곱고, 손길은 부드러우냐? 왕에 걸맞게 기사다우냐? 마저리를 아끼고 상냥하게 대하며, 마저리의 명예를 자기 명예처럼 지켜줄까?"

"그럴 거예요." 산사는 거짓말을 했다. "그분은 아주…… 아주 매력적이세요."

"그렇단 말이지. 얘야, 네가 여기 저 버터범프스 못지않은 바보라는 사람도 있던데, 슬슬 그 말이 믿어지려고 한다. 매력적? 내 마저리에게 매력적인 게 어떤 가치가 있는지 가르쳐뒀다만 배우의 방귀 소리보다 못한 게 그거다. '눈부신 불길' 아에리온도 매력적이기야 했지만, 그래도 괴물이었지. 내 질문은 이거다. 조프리는 뭐냐?" 그녀는 손을 뻗어 지나가는 하인을 잡았다. "난 리크가 별로다. 이 수프는 가져가고 치즈를 가져오너라."

"치즈는 케이크 다음에 나올 겁니다, 마님."

"치즈는 내가 먹고 싶을 때 나올 것이고, 난 지금 먹고 싶다." 노부인은 산사를 돌아보았다. "겁먹은 게냐, 아이야? 그럴 필요 없다. 여기엔 여자들뿐이다. 진실을 고해도 네겐 어떤 해도 끼치지 않을 것이야."

"제 아버지는 언제나 진실만 말씀하셨죠." 산사는 조용히 말했지만, 그래도 그 말을 내뱉기가 쉽진 않았다.

"에다드 공 말이냐, 그래. 그걸로 유명했지. 하지만 그래도 놈들은 에다드 공을 배신자라 부르고 머리를 잘랐어." 노부인의 반짝이는 두 눈이 칼끝처럼 날카롭게 산사를 찔렀다.

"조프리가, 조프리가 그랬어요. 자비를 베풀겠다고 약속해놓고는, 제 아버지의 머리를 베어버렸어요. 그게 자비라면서, 절 성벽 위로 데려가서 억지로 보게 했어요. 그 머리를요. 절 울리고 싶어 했지만, 그렇지만……." 산사는 퍼뜩 말을 멈추고 입을 막았다. '너무 많이 말했어. 아, 신들이시여, 그

자들이 알 거야, 그자들이 들을 거야, 누군가가 이를 거야.'

"계속해요." 이번에 부추긴 사람은 마저리였다. 조프리의 왕비가 될 사람. 산사는 마저리가 얼마나 들었는지 알지 못했다.

"못 해요." 마저리가 말하면 어쩌지, 조프리에게 말해버리면? 조프리는 날 죽여버리거나 일린 경에게 줄 거야. "제 말뜻은…… 제 아버지는 반역자였고, 제 오빠도 그래요. 제 몸엔 반역자의 피가 흘러요. 제발, 더 말하게 하지 마세요."

"진정하거라, 얘야." 가시 여왕이 명했다.

"겁에 질렸잖아요, 할머니. 좀 보세요."

노부인은 버터범프스를 불렀다. "광대! 노래 하나 불러라. 긴 노래가 좋겠구나. 〈곰과 아름다운 처녀〉면 딱 괜찮겠어."

"그럼요!" 거대한 어릿광대가 대꾸했다. "딱 괜찮고말고요! 물구나무를 서서 부를깝쇼, 마님?"

"그러면 노랫소리가 더 좋아지나?"

"아니죠."

"그러면 제대로 서서 불러라. 네 모자가 떨어지는 꼴은 보고 싶지 않구나. 내 기억에 넌 머리를 감은 적이 없지."

"명대로 하겠습니다요." 버터범프스는 허리를 깊이 숙이고, 엄청난 트림을 뱉은 후에 몸을 펴더니 배를 내밀고 우렁차게 외쳤다. "곰이 한 마리 있었다네, 곰이, 곰이! 검은색과 갈색에 털투성이였지……."

올레나 부인이 꿈틀꿈틀 앞으로 몸을 기울였다. "내가 너보다 어렸을 때도 레드킵은 벽에 귀가 달렸다는 사실이 잘 알려져 있었지. 자, 그 귀들은 노랫소리를 들을 테니, 그동안 우리 여자들은 자유롭게 얘기하자꾸나."

"하지만, 바리스가…… 바리스는 알아요. 언제나……."

"더 크게 불러라!" 가시 여왕은 버터범프스에게 소리쳤다. "이 늙은 귀는 거의 들리지가 않아. 나에게 노래를 속삭이는 거냐, 이 뚱뚱한 광대야? 속삭이라고 돈을 주는 게 아니다. 노래해라!"

"……곰이!" 버터범프스는 천둥같이 소리쳤다. 크고 굵은 목소리가 서까래를 울렸다. "아, 오세요, 미녀에게 오세요! 그들이 말했지. 미녀라고? 곰이 말했다네. 하지만 난 곰인걸! 온통 검은색과 갈색에, 털투성이란 말이야!"

주름진 노부인은 미소 지었다. "하이가든에는 꽃밭 사이에 거미가 많이 살지. 거미가 우릴 성가시게 하지만 않으면 얼마든지 거미집을 짓게 놓아두지만, 우리 발밑에 들어오면 밟아버린단다." 그녀는 산사의 손등을 토닥였다. "자, 이제 진실을 말하려무나. 바라테온이라 자칭하지만 너무나 라니스터같이 생긴 이 녀석, 조프리란 녀석은 어떤 남자냐?"

"그리고 여기부터 거기까지 길을 따라서. 여기부터! 거기까지! 소년들과 염소 한 마리, 그리고 춤추는 곰 한 마리가 있었네!"

산사는 심장이 목구멍으로 튀어나올 것만 같았다. 가시 여왕이 어찌나 가까이 몸을 붙였는지, 노부인의 숨결에서 나는 신내를 맡을 정도였다. 노부인의 여위고 가느다란 손가락이 산사의 손목을 아프게 붙잡았다. 반대편에서는 마저리도 듣고 있었다. 산사는 몸서리를 쳤다. "괴물이에요." 산사는 자기 목소리가 들리지 않을 정도로 심하게 떨면서 속삭였다. "조프리는 괴물이에요. 푸주한 아들에 대해 거짓말을 해서 아버지가 제 늑대를 죽이게 만들었어요. 제가 마음에 들지 않게 굴면 킹스가드를 시켜 때렸어요. 조프리는 사악하고 잔인해요, 부인. 왕대비도 마찬가지고요."

올레나 티렐 부인과 손녀는 눈빛을 교환했다. 그러더니 노부인이 말했다. "아, 그거 안타깝구나."

'아, 신이시여.' 산사는 공포에 질려 생각했다. '마저리가 결혼하지 않으려 하면 조프리가 내 탓인 줄 알 거야.' 산사는 불쑥 말해버렸다. "제발 결혼식을 그만두진 마세요……."

"두려워할 것 없다. 풍선어 영주님은 마저리를 꼭 왕비로 만들 작정이니까. 그리고 티렐의 말은 캐스털리록의 모든 금보다 더 가치가 있지. 적어도 내 전성기 때는 그랬어. 그렇다 쳐도, 진실을 말해줘서 고맙구나 얘야."

"……춤을 추며 빙빙 돌았네. 미녀에게 가는 길 내내! 미녀에게! 미녀에게!" 버터범프스가 폴짝 뛰어오르고 포효하며 발을 굴렀다.

"산사, 하이가든을 방문해주겠어요?" 마저리 티렐은 미소 지을 때면 로라스와 많이 닮아 보였다. "지금쯤은 가을꽃이 만발하고, 과수원과 분수, 그늘진 안뜰, 대리석 주랑이 있답니다. 제 아버지는 궁정에 언제나 가수들을 두죠. 여기 버터범프스보다 달콤한 소리를 내는 가수들로요. 피리와 바이올린과 하프 연주자들도 늘 있어요. 최고의 말들이 있고, 맨더강을 오가는 유람선도 있답니다. 매는 부릴 줄 아나요, 산사?"

"조금요."

"아, 사랑스러워라. 순수하고도 아름다워라! 꿀 같은 머리카락의 처녀여!"

"분명 산사도 나만큼이나 하이가든을 사랑할 거예요." 마저리는 산사의 머리에서 흘러내린 머리카락을 걷어냈다. "한번 보면 절대 떠나고 싶지 않을 거예요. 그리고 떠나지 않아도 될지 모르죠."

"그 머리카락! 그 머리카락! 꿀 같은 머리카락의 처녀여!"

"그 정도로 해두거라." 가시 여왕이 날카롭게 말했다. "산사는 아직 하이가든에 오겠다는 말도 안 했잖니."

"아, 하지만 가고 싶어요." 하이가든은 산사가 언제나 꿈꾸던 그런 곳, 언젠가 킹스랜딩에 오면서 보게 될 줄 알았던 마법처럼 아름다운 궁정인 듯했다.

"……여름의 공기 같은 향을 풍겼네. 그 곰은! 그 곰은! 온통 검은색과 갈색에 털투성이였다네."

"하지만 왕대비님이……." 산사는 말을 이었다. "절 보내주지 않을 거예요……."

"보내줄 게다. 하이가든이 없으면 라니스터는 조프리의 왕좌를 지킬 수 없어. 내 미련퉁이 아들이 요청한다면 그대로 해줄 수밖에 없을 거다."

"그럴까요? 그분이 요청해주실까요?"

산사의 질문에 올레나 부인은 얼굴을 찌푸렸다. "그 녀석에게 선택권을 줄 필요가 없지. 물론 그 녀석은 우리의 진정한 목적을 모를 거야."

"곰에게선 여름 냄새가 났네!"

산사는 이맛살을 찌푸렸다. "진정한 목적이라뇨?"

"곰은 킁킁거리고 포효하고 그 냄새를 맡았네! 여름 공기에 실린 꿀 냄새를!"

버터범프스가 오래된 노래를 쩌렁쩌렁 부르는 동안 노부인이 말했다. "너를 안전하게 결혼시키는 거야. 내 손자와."

'로라스 경과 결혼이라니, 아…….' 산사는 숨이 턱 막혔다. 반짝이는 사파이어 갑옷을 입고 그녀에게 장미를 던져주던 로라스 경의 모습을 기억했다. 하얀 비단옷을 입은, 너무나 순수하고 청정하며 아름다운 로라스 경. 웃을 때면 입가에 생기는 보조개. 달콤한 웃음소리, 따스한 손길. 그의 튜닉을 올리고 그 아래 매끄러운 살갗을 만지면 어떤 기분일지, 까치발을 들고 서서 입 맞추면 어떤 기분일지, 그 숱 많은 갈색 곱슬머리를 손가락으로 훑어 내리고 그윽한 갈색 눈에 빠져들면 어떨지 상상할 수밖에 없었다. 산사는 목까지 붉어졌다.

"아, 나는 처녀이고, 순수하고 아름답지요! 털투성이 곰과는 절대 춤을 추지 않겠어요! 곰이라니! 곰이라니! 절대 털투성이 곰과는 춤추지 않겠어요!"

"그래주겠어요, 산사?" 마저리가 물었다. "난 남자 형제만 있지, 자매가 없어요. 제발 그러겠다고 해줘요. 우리 오빠와 기꺼이 결혼하겠다고 해줘요."

말이 저절로 튀어나왔다. "그럼요, 그럴게요. 세상에 그보다 더 좋은 일이 있을까요. 로라스 경과 결혼해서 그분을 사랑하다니……."

"로라스?" 올레나 부인은 짜증스러운 목소리로 말했다. "바보같이 굴지 말거라, 얘야. 킹스가드는 결혼을 할 수 없어. 윈터펠에서는 아무것도 안 가르쳐주더냐? 내 손자 윌라스에 대해 말하고 있었다. 너보다 나이가 조금 많다만, 그래도 괜찮은 녀석이야. 전혀 미련퉁이도 아니고, 하이가든의 후계자이지."

산사는 현기증을 느꼈다. 조금 전까지만 해도 로라스 경에 대한 꿈에 젖어 있었는데, 다음 순간 그 꿈을 다 빼앗겨버린 탓이었다. 윌라스? 윌라스라고? "저는—" 산사는 멍하게 말했다. '예의는 숙녀의 갑옷이야. 이분들 기분이 상하게 해선 안 돼. 조심해서 말해야지.' "윌라스 경은 몰라서요. 만나뵙는 기쁨을 누린 적이 없어요. 그분은…… 그분도 형제분들처럼 뛰어난 기사이신가요?"

"……처녀를 허공에 번쩍 들어 올렸네! 그 곰이! 그 곰이!"

마저리가 말했다. "아니, 기사 서약은 안 했어요."

마저리의 할머니가 얼굴을 찌푸렸다. "사실대로 말하려무나. 가엾은 윌라스는 불구자라고 말이야."

"종자 시절에 처음 참가한 마상 시합에서 다쳤어요." 마저리가 털어놓았다. "말이 넘어지면서 윌라스의 다리를 짓이겼죠."

"도르네의 뱀, 오베린 마르텔 탓이지. 그놈의 학사와."

"난 기사를 불렀는데, 당신은 곰이잖아요! 곰! 곰이라고요! 온통 검은색과 갈색에 털투성이인!"

"윌라스는 다리가 불편하지만 마음씨가 고와요." 마저리가 말했다. "내가 어렸을 때 책을 읽어주고, 별을 그려주곤 했답니다. 산사도 나만큼 윌라스 오빠를 사랑하게 될 거예요."

"아름다운 처녀는 발길질을 하고 울어댔지만, 곰은 그녀의 머리카락에 깃든 꿀을 핥았네. 그 머리카락! 그 머리카락! 그녀의 머리카락에 깃든 꿀을 핥았네!"

"언제 만나볼 수 있을까요?" 산사는 머뭇거리며 물었다.

"곧요." 마저리가 약속했다. "조프리와 내가 결혼한 후에, 산사가 하이가든에 가면요. 할머님이 데려가실 거예요."

"그럴 거다." 노부인은 산사의 손을 토닥이며 부드럽고 주름진 미소를 지었다. "그러고말고."

"그러자 그녀는 한숨을 내쉬고 비명을 지르며 허공을 걷어찼다네! 나의 곰! 그녀는 노래했지. 너무나 아름다운 나의 곰! 그리고 그 둘은 함께 떠났다네. 여기에서 저기로. 곰과 아름다운 처녀가 함께." 버터범프스는 마지막 부분을 고래고래 외치고는 허공에 뛰어올랐다가 쿵 소리 나게 두 발로 착지하면서 식탁에 놓인 와인 잔을 다 흔들었다. 여자들이 웃으며 박수를 쳤다.

"저 끔찍한 노래가 영원히 이어지나 했네." 가시 여왕이 말했다. "그래도 이제 내 치즈가 나왔구나."

존

세상은 소나무와 이끼와 추위 냄새가 나는 회색 어둠이었다. 검은 땅에서 하얀 안개가 피어오르는 가운데, 기수들은 흩어진 돌과 들쭉날쭉한 나무들 사이를 누비며 계곡 바닥에 흩뿌려진 보석 같은 반가운 불빛들을 향해 내려갔다. 불빛이 존 스노우가 헤아릴 수 없을 만큼 많았다. 수백 수천 개의 불빛은 하얗게 얼어붙은 우유강 강둑을 따라 흐르는 두 번째 강이었다. 존은 검을 잡는 쪽 손을 폈다가 쥐었다.

그들은 깃발을 휘날리지도 나팔을 울리지도 않고 산등성이를 내려갔다. 정적을 깨는 소리라고는 멀리서 술렁이는 강물 소리, 말발굽 소리, 그리고 래틀셔츠의 뼈다귀 갑옷이 덜그럭대는 소리뿐이었다. 위쪽 어딘가에서는 독수리 한 마리가 거대한 청회색 날개를 펴고 활강했고, 아래에서는 사람들과 개들과 말들, 그리고 하얀 다이어울프 한 마리가 달렸다.

말발굽에 차인 돌멩이 하나가 비탈길에 튀었다. 존은 고스트가 갑작스러운 소리에 고개를 돌리는 모습을 보았다. 고스트는 습관대로 낮에는 멀찍이 거리를 두고 기수들을 따라왔지만, 병정 소나무들 위로 달이 솟아오르자 붉은 눈을 빛내며 가까이 다가왔다. 래틀셔츠의 개들이 늘 그렇듯 으르렁대고 마구 짖어대도 다이어울프는 신경도 쓰지 않았다. 엿새 전, 야인들이 야영하기 위해 진을 치는 동안 제일 큰 사냥개가 뒤에서 기습한 적이 있었는데, 고스트는 몸을 돌려 덤벼들었고 그 개는 둔부에서 피를 흘리며 달아나야 했다. 그 후로 다른 개들은 고스트와 안전거리를 유지했다.

존 스노우의 조랑말이 가만히 히힝거렸지만, 한번 만져주고 부드럽게 달래자 곧 잠잠해졌다. 정작 존의 두려움은 그렇게 쉽게 진정시킬 수 없었다. 그는 머리끝부터 발끝까지 밤의 경비대를 뜻하는 검은색 차림이었건만 앞뒤에서 적이 말을 달렸다. '야인들이지. 그런데 내가 이들과 같이 있어.' 이그리트는 반쪽 손 쿼린의 망토를 둘렀다. 레닐은 쿼린의 쇠사슬 갑옷을 차지했고, 덩치 큰 창 마누라 래그와일은 쿼린의 장갑을, 궁수 가운데 한 명은 쿼린의 장화를 가졌다. 쿼린의 투구는 원래 장창 릭이라는 키 작고 수수한 남자에게 갔는데, 폭이 좁은 머리통에 잘 맞지 않자 이그리트에게 줘버렸다. 그리고 래틀셔츠는 가방 속에 쿼린의 뼈다귀를 넣어두었다. 존과 함께 귀곡성 고개로 정찰을 나섰던 에벤의 피투성이 머리통과 함께 말이다. '죽었어, 나 빼곤 다 죽었어. 나도 세상에는 죽은 몸이야.'

이그리트가 뒤에 바싹 붙어 달렸다. 앞에는 장창 릭이 있었다. 뼈다귀 영주는 그 둘에게 존 스노우를 지키도록 했다. "까마귀 놈이 달아나면 너희 둘의 뼈도 추려낼 줄 알아." 출발할 때 그는 투구 삼아 쓰고 있는 거인 머리뼈의 비뚤배뚤한 잇새로 미소 지으며 그렇게 경고했다.

이그리트는 야유했다. "저놈을 감시하고 싶어? 우리한테 시키고 싶으면 참견 말고 내버려둬. 알아서 할 테니까."

이들은 정말로 자유민이었다. 래틀셔츠가 이끌지는 몰라도, 그에게 말대꾸하기를 주저하는 사람은 아무도 없었다.

야인 지도자는 우호적이지 않은 눈빛으로 존을 노려보았다. "까마귀 놈아, 여기 다른 사람들은 속였을지 몰라도 만스 레이더를 속일 생각은 말아

라. 한번 보기만 하면 네놈이 가짜라는 걸 알 테니까. 만스가 알아보고 나면 내가 거기 네놈 늑대로 망토를 해 입고 네 부드러운 배를 열어서 그 안에 족제비를 넣고 꿰매주마."

존은 검을 쥐는 손을 쥐었다 펴며 장갑 아래 화상 입은 손가락을 풀었지만, 장창 릭은 웃어젖혔다. "눈밭인데 족제비는 어디서 찾게?"

첫날 밤, 낮 동안 오래 말을 달린 그들이 이름 없는 산 정상에 우묵하게 파인 돌 분지에 야영지를 치고 불가에 모여 있을 때 눈이 내리기 시작했다. 존은 불 위로 하늘하늘 떨어진 눈송이가 녹는 모습을 지켜보았다. 모직물과 모피와 가죽을 겹겹이 껴입었어도 뼛속까지 한기를 느꼈다. 이그리트가 식사를 하고 나서 그 옆에 앉더니 조금이라도 따뜻하게끔 두건을 눌러쓰고 두 손은 소매 안에 밀어 넣었다. "만스도 네가 반쪽 손을 어떻게 해치웠는지 들으면 바로 받아줄 거야."

"뭘로 받아준다는 거야?"

이그리트는 비웃는 소리를 냈다. "우리 일원으로 말이야. 장벽에서 날아내려 온 까마귀가 네가 처음인 줄 알아? 너희도 마음속으로는 다 자유롭게 날고 싶을걸."

존은 천천히 말했다. "그래서 내가 자유민이 되면, 떠나는 것도 자유일까?"

"당연하지." 치열이 고르진 않아도 이그리트의 미소는 따뜻했다. "그리고 우리가 널 죽이는 것도 자유야. 자유라는 건 위험하지만, 대부분 자유의 맛을 좋아하게 되지." 그녀는 장갑 낀 손을 존의 다리에, 무릎 바로 위에 얹었다. "알게 될 거야."

'그럴 거야. 난 보고 듣고 배울 거고, 알고 나면 그 소식을 가지고 장벽으로 돌아갈 거야.' 존은 생각했다. 야인들은 그를 서약을 깬 자로 받아들였지만, 마음속에서 그는 아직도 밤의 경비대원이었고, 반쪽 손 쿼린이 준 마

지막 임무를 수행하고 있었다. '내가 죽이기 전에 준 임무지.'

그들은 비탈길 바닥에서 작은 개울과 마주쳤다. 언덕에서 흘러내려 와서 우유강과 만나는 개울이었다. 온통 돌과 얼음밖에 보이지 않았지만, 얼어붙은 표면 아래를 흐르는 물소리를 들을 수 있었다. 래틀셔츠는 얇게 깔린 얼음을 부수고 개울을 건넜다.

개울을 건너자마자 만스 레이더의 별동대가 접근해왔다. 존은 한눈에 상대를 가늠했다. 말을 탄 여덟 명, 남녀가 섞여 있고, 모피와 가죽 갑옷을 입었으며 몇몇은 투구를 쓰거나 사슬 갑옷을 약간 걸친 정도였다. 다들 창과 불로 달궈 만든 기마 창으로 무장했는데, 물기 어린 눈에 살집 있는 금발의 우두머리만 날을 세운 거대한 강철 낫을 들었다. '울보'였다. 그는 한눈에 알아보았다. 검은 형제들은 이 야인에 대해 많은 이야기를 했다. 래틀셔츠와 개 머리 하르마와 까마귀 살해자 알퓐과 마찬가지로, 이자도 유명한 약탈자였다.

"뼈다귀 영주." 울보는 그들을 보자 그렇게 말하더니, 존과 그의 늑대를 주시했다. "그런데 이건 누구지?"

"넘어온 까마귀야." 뼈다귀 영주라는 별명을 더 좋아하지만, 입고 있는 갑옷이 덜그럭거려서 래틀셔츠라고 불리는 야인이 말했다. "내가 반쪽 손만이 아니라 자기 뼈까지 추려낼까 겁먹었지." 그는 다른 야인들에게 전리품이 든 자루를 흔들어 보였다.

"저 녀석이 반쪽 손 쿼린을 죽였어." 장창 릭이 말했다. "저 녀석과 저 녀석의 늑대가."

"그리고 오렐도 죽였지." 래틀셔츠가 말했다.

"저 녀석은 와르그 아니면 그 비슷한 거야." 덩치 큰 창 마누라 래그와일이 끼어들었다. "저 녀석 늑대가 반쪽 손의 다리를 물어뜯었어."

울보의 진물 흐르는 붉은 눈이 존을 다시 한번 보았다. "그래? 흠, 이제 잘 보니 늑대 그림자가 있기도 하고. 만스에게 데려가. 저 녀석을 옆에 둘지도 모르지." 그는 말을 획 돌리고는, 기수들을 거느리고 달려가버렸다.

그들이 우유강 계곡을 건너 한 줄로 강가 야영지를 뚫고 달리는 동안에도 무겁고 습기 찬 바람이 불었다. 고스트는 계속 존 가까이 붙어 있었지만, 고스트의 냄새가 전령처럼 앞서 도달하면서 곧 사방에 야인들의 개가 나타나 짖어대고 으르렁거렸다. 레닐이 조용히 하라고 소리를 질러도 소용이 없었다. "네놈의 짐승을 별로 좋아하지 않는군." 장창 릭이 존에게 말했다.

"저놈들은 개고 이 녀석은 늑대니까. 동족이 아닌 걸 아는 거지." 존은 말했다. '내가 너희 동족이 아니듯이.' 그에게는 잊지 말아야 할 의무가, 반쪽 손 쿼린이 마지막 불가에서 맡긴 임무가 있었다. 변절자 노릇을 하면서, 야인들이 춥고 황량한 서리엄니산맥에서 무엇을 찾고 있는지 알아낼 것. "어떤 힘입니다." 쿼린은 늙은 곰에게 그렇게 말했었지만, 그게 무엇인지, 만스 레이더가 그걸 파냈는지 알아내기 전에 죽어버렸다.

강가 사방에 온통 요리 불이 피어올랐고, 짐마차와 수레와 썰매가 가득했다. 많은 야인들이 생가죽과 무두질한 가죽, 펠트로 천막을 만들어놓았다. 바위 뒤에 만든 조잡한 달개집에 몸을 피하거나 마차 아래에서 자는 사람들도 있었다. 어느 불가에서는 긴 나무창 끝을 불에 달구어 무더기로 쌓고 있는 남자가 보이기도 했다. 또 다른 곳에서는 가죽 갑옷을 입은 수염 기른 청년 둘이서 지팡이를 들고 불 위를 뛰어넘어가며 싸우고 있었는데, 한쪽이 타격을 입힐 때마다 그르렁거리는 소리가 났다. 근처에서는 여자들 십여 명이 둥글게 모여 앉아 화살을 손질했다.

존은 생각했다. '내 형제들에게 쏠 화살이야. 내 아버지의 백성들, 윈터펠과 딥우드모트와 라스트허스의 주민들을 쏠 화살. 북부를 쏠 화살.'

하지만 전쟁 풍경만 보이는 것은 아니었다. 춤추는 여자들도 보였고, 아기 우는 소리도 들렸고, 모피를 꽁꽁 싸매고 숨이 차도록 놀고 있는 어린 사내아이가 조랑말 앞을 달려가기도 했다. 양과 염소가 자유로이 돌아다녔고 황소는 풀을 찾아 강둑을 헤맸다. 어느 요리 불에선가 구운 양고기 냄새가 흘러왔다. 또 다른 요리 불에서는 나무 꼬챙이에 꿴 멧돼지가 돌아가고 있었다.

래틀셔츠는 키 큰 초록색 병정 소나무에 둘러싸인 공터에서 말을 내렸다. "우린 여기 진을 친다." 그는 레닐과 래그와일과 다른 이들에게 말했다. "말을 먹이고, 그다음에 개를 먹이고, 그다음에 너희도 먹어라. 이그리트, 장창. 만스가 볼 수 있게 까마귀 놈을 데려와라. 그놈 내장은 나중에 발라내야지."

그들은 고스트를 뒤에 달고 나머지 길을 걸으며 더 많은 요리 불과 천막을 지났다. 존이 그렇게 많은 야인을 보기는 처음이었다. 누구든 이렇게 많은 야인을 본 적 있을까 싶었다. 야영지가 끝도 없이 이어졌는데, 하나의 야영지라기보다는 백 개가 한곳에 모인 것 같았고 갈수록 취약해 보였다. 길게 뻗어나간 진지에는 방어책이랄 것이 없었다. 구덩이도 날카로운 말뚝도 없이, 그저 소규모 별동대들이 순찰을 돌 뿐이었다. 각각의 무리나 부족이나 마을은 다른 이들이 멈추는 것을 보자마자, 혹은 여기다 싶은 곳을 발견하자마자 멈추고 싶은 곳에 멈췄다. '자유민들이라.' 존의 형제들이 이런 무질서한 상태의 그들을 따라잡는다면, 많은 수가 자신의 피로 자유의 대가를 치를 터였다. 야인들이 수는 많았지만 밤의 경비대는 규율이 잡혀 있었고, 전투에서는 십중팔구 규율 잡힌 쪽이 이긴다고, 예전에 아버지가 그렇게 말했었다.

어느 천막이 왕의 것인지는 한눈에 알 수 있었다. 그때까지 제일 크다고 생각한 천막보다 세 배는 더 컸고, 안에서 흘러나오는 음악 소리를 들을 수 있었다. 대부분의 천막과 마찬가지로 털이 달린 생가죽을 엮어 만들기는 했지만, 만스 레이더의 천막은 눈곰의 덥수룩한 하얀 털가죽을 그대로 썼다. 뾰족한 지붕에는 과거 최초인들이 살던 시절에 칠왕국을 자유로이 누볐다는 거대한 엘크의 뿔을 왕관처럼 씌웠다.

여기에는 그래도 방어책이 있었다. 천막 문 앞에 팔에 둥근 가죽 방패를 비끄러맨 위병 두 명이 큰 창에 기대어 서 있었다. 고스트의 모습을 본 위병 하나가 창끝을 내리며 말했다. "그 짐승은 여기 남아."

"고스트, 앉아." 존이 명령하자 다이어울프는 자리에 앉았다.

"장창, 그놈 지켜." 래틀셔츠가 천막 문을 젖히고 존과 이그리트에게 들어오라 손짓했다.

천막 안은 덥고 연기가 자욱했다. 사방 구석에 불붙은 토탄 바구니가 놓여 있어, 공기 중에 흐릿한 붉은 빛이 넘실거렸다. 바닥에는 가죽이 깔렸다. 자칭 '장벽 너머의 왕'이라는 변절자를 만나려고 검은 옷을 입고 서 있자니 철저히 혼자라는 느낌이 들었다. 연기 속 붉은 빛에 눈이 적응하고 나자 여섯 명이 보였는데, 아무도 존에게 관심을 두지 않았다. 흑발의 젊은 남자와 금발의 예쁜 여자가 꿀술을 같이 마시고 있었다. 임신한 여자 하나는 화로 앞에 서서 닭고기를 굽고 있었고, 검은색과 붉은색으로 이루어진 누더기 망토를 걸친 머리가 희끗희끗한 남자는 베개 위에 다리를 접고 앉아서 류트를 퉁기며 노래했다.

도르네인의 아내는 태양처럼 아름다웠고,
그 입맞춤은 봄보다 더 따스했네.
하지만 도르네인의 칼은 검은 강철로 만들었고,
그 입맞춤은 무시무시한 것이었어.

존이 아는 노래였지만 이곳에서, 도르네의 붉은 산맥과 따뜻한 바람에서 10만 리 떨어진 이 장벽 너머 털가죽 천막에서 들으니 이상했다.

래틀셔츠는 노래가 끝나기를 기다리며 누런 투구를 벗었다. 뼈다귀와 가죽으로 만든 갑옷을 벗으니 자그마한 사내였다. 거인의 머리뼈 속에 들어 있던 얼굴은 굴곡진 턱, 가느다란 콧수염, 야윈 뺨이 평범하기만 했다. 두 눈이 몰려서 눈썹이 이마를 일자로 가로질렀고, V 자로 난 검은 머리는 숱이 줄고 있었다.

도르네인의 아내는 목욕을 하며 노래하곤 했네,
복숭아처럼 달콤한 목소리로.
하지만 도르네인의 칼에는 자기만의 노래가 있었고,
얼얼하도록 날카롭고 거머리처럼 차가웠다네.

화로 옆에는 키가 작지만 옆으로 떡 벌어진 사내가 걸상에 앉아 꼬치에 꿴 닭고기를 먹고 있었다. 뜨거운 기름이 턱을 따라 흘러서 새하얀 수염 속에 스미는데도 내내 기분 좋게 미소를 짓고 있었다. 육중한 팔에는 룬 문자를 새긴 두꺼운 금팔찌를 찼고, 죽은 순찰자에게서 거둔 게 분명한 무거운 검은색 고리 갑옷 셔츠를 입었다. 조금 떨어진 곳에는 그보다 키가 크고 날씬한 사내가 청동 미늘을 꿰매어 단 가죽 셔츠를 입고 서서 찌푸린 얼굴로 지도를 들여다보았는데, 등에는 가죽 칼집에 든 양손 대검을 메고 있었다. 창처럼 곧은 몸에 길고 강단 있는 근육질이었고, 깨끗하게 면도했으며, 대머리에, 코는 선이 굵고 곧았고 회색 눈은 움푹했다. 귀만 있었어도 잘생긴 얼굴이었으련만, 동상 탓인지 존이 알 수 없는 어느 적의 칼에 베였는지 양쪽 귀가 다 없었다. 귀가 없으니 머리통이 가늘고 뾰족해 보였다.

수염이 하얀 사내와 대머리 사내 둘 다 전사라는 사실은 한눈에 알 수 있었다. 이 둘은 래틀셔츠보다 더 위험했다. 존은 둘 중 누가 만스 레이더일까 궁금했다.

그가 어둠이 깔린 땅바닥에 누워,
제 피 맛을 보고 있으려니,
형제들이 곁에 무릎을 꿇고 그를 위해 기도했지.
그러자 그는 미소를 머금고 껄껄 웃더니 노래했네.
"형제들이여, 아, 형제들이여, 내 인생은 여기에서 끝났구나.
도르네인이 내 목숨을 빼앗았어.
하지만 무슨 상관이랴. 인간은 다 죽기 마련.
그래도 내 도르네인의 아내를 맛보지 않았나!"

〈도르네인의 아내〉 마지막 선율이 잦아들고, 귀가 없는 대머리 사내가 지도에서 눈을 들더니 존을 사이에 두고 선 래틀셔츠와 이그리트를 보고 사납게 얼굴을 찡그렸다. "이건 뭐야? 까마귀?"

래틀셔츠가 대답했다. "오렐의 배를 가른 검은 잡종 놈이지. 이놈도 저주받을 와르그야."

"다 죽이기로 했을 텐데."

"이 녀석은 우리에게 넘어왔어." 이그리트가 설명했다. "제 손으로 반쪽 손 쿼린을 죽였다고."

"이 꼬맹이가?" 귀가 없는 사내는 그 소식에 화를 냈다. "반쪽 손은 내가 죽였어야 했어. 이름이 뭐냐, 까마귀?"

"존 스노우입니다, 전하." 그는 무릎도 굽혀야 하나 생각했다.

"전하?" 귀가 없는 사내가 흰 수염의 덩치를 쳐다보았다. "이것 봐. 이놈이 날 왕으로 여기는데?"

수염 난 사내는 닭고기 조각을 사방에 흩뿌릴 정도로 웃어댔다. 그는 거대한 손등으로 입가에 묻은 기름을 문질러 닦았다. "눈이 멀었나 보군. 귀가 없는 왕이라니, 누가 그런 소릴 들어봤대? 왕관을 쓰면 목으로 쑥 떨어질 거 아냐! 하!" 그는 바지에 손가락을 닦으며 존을 보고 히죽 웃었다. "까마귀 부리 닫고 몸을 돌려봐라. 네가 찾는 사람은 거기 있을 테니."

존은 몸을 돌렸다.

가수가 일어섰다. "내가 만스 레이더다." 그는 류트를 치우며 말했다. "그리고 자넨 네드 스타크의 서자, 윈터펠의 스노우지."

존은 망연자실해서 잠시 입을 열지 못하다가 겨우 회복하고 말했다. "어떻게…… 어떻게 그걸 알……."

"그건 나중에 할 얘기고. 내 노래는 마음에 들더냐?"

"좋았습니다. 전에 들어본 노래였어요."

"하지만 무슨 상관이랴. 인간은 다 죽기 마련." 장벽 너머의 왕은 가볍게 말했다. "그래도 내 도르네인의 아내를 맛보지 않았나! 말해봐라, 뼈다귀 영주 말이 사실인가? 자네가 내 옛 친구 반쪽 손을 죽였어?"

"그랬습니다." '내가 한 일이라기보다는 그분이 한 일이지만.'

"섀도타워가 다시는 전처럼 무서워 보이지 않겠군." 왕은 슬픈 목소리로 말했다. "쿼린은 내 적이었어. 하지만 한때 내 형제이기도 했지. 그래서…… 존 스노우, 쿼린을 죽여준 자네에게 내가 고마워해야 할까? 아니면 저주를 내려야 할까?" 그는 조롱의 웃음을 보였다.

장벽 너머의 왕은 왕처럼 보이지 않았을 뿐 아니라 야인처럼 보이지도 않았다. 중간 정도 키에 날씬했고, 선이 날카로운 얼굴에, 갈색 눈은 기민했고 긴 갈색 머리는 대부분 희끗희끗하게 세었다. 머리에 왕관도 없었고 팔에 금팔찌도 끼지 않았으며 목에 보석은커녕 은목걸이도 걸지 않았다. 모직과 가죽옷을 입었을 뿐, 눈에 띄는 복장이라고는 길게 찢어진 자국들에 색 바랜 붉은 비단을 꿰매어 댄 남루한 검은색 모직 망토뿐이었다.

존은 겨우 말했다. "당신의 적을 죽였다는 데 고마워하고 친구를 죽였다는 점은 저주해야겠지요."

"하!" 흰 수염 사내가 우렁차게 외쳤다. "거 대답 잘했다!"

"동감이야." 만스 레이더는 존에게 가까이 오라 손짓했다. "우리와 함께하려면 우리를 알아두는 게 좋겠지. 자네가 나로 잘못 안 사람은 텐족의 마그나, 스티르다. 마그나는 옛말로 '영주'쯤 되지." 귀가 없는 사내가 차가운 눈으로 존을 쳐다보는 사이 만스는 흰 수염 사내에게 몸을 돌렸다. "여기 우리의 격렬한 닭고기 호식가는 충직한 토르문드. 저 여인은—"

토르문드가 일어섰다. "가만. 스티르는 거창하게 소개했잖아. 나도 그렇게 해줘."

만스 레이더는 웃음을 터뜨렸다. "원한다면 그러지. 존 스노우, 자네 앞에는 거인의 재앙, 허풍쟁이이자 나팔수, 얼음 깨는 사나이 토르문드가 서 있네. 또한 천둥 주먹, 곰들의 남편, 러디홀의 꿀술 왕, 신들에게 말하는 자, 그리고 만군(萬軍)의 아버지 토르문드이기도 하지."

"이제 좀 나 같군." 토르문드가 말했다. "잘 만났다, 존 스노우. 난 스타크를 별로 좋아하지 않지만 와르그는 좋아한다."

만스 레이더는 소개를 계속했다. "화롯가에 선 여인은 댈라야." 임신한 여자가 수줍게 웃었다. "내 아이를 배고 있으니, 왕비 대하듯 해." 그리고 그는 마지막 두 명을 돌아보았다. "이 미인은 댈라의 동생인 발이다. 그 옆에 선 젊은 자알은 발의 요즘 애완동물이고."

"난 어느 놈의 애완동물도 아닙니다." 자알은 험악하게 말했다.

"그리고 발은 놈이 아니지." 흰 수염의 토르문드가 코웃음을 쳤다. "지금쯤 발이 남자가 아니라는 것 정도는 알았어야 하지 않나."

"자, 이렇게라네, 존 스노우." 만스 레이더가 말했다. "장벽 너머의 왕과 그 궁정인 셈이지. 이제 자네 얘길 좀 들어볼까. 어디에서 왔나?"

"윈터펠에서 왔지요. 캐슬블랙을 거쳐서."

"어쩌다가 집의 불가에서 이렇게 멀리 떨어진 우유강까지 왔지?" 그는 존의 대답을 기다리지 않고 래틀셔츠를 쳐다보았다. "몇 명이었나?"

"다섯. 셋은 죽었고 꼬마는 여기 있고. 다른 하나는 말이 따라갈 수 없는 산비탈로 올라갔어."

만스 레이더는 존과 시선을 마주쳤다. "다섯 명뿐이었나? 아니면 네놈 형제들이 더 도사리고 있나?"

"반쪽 손과 네 명이었지요. 쿼린 하나로 스무 명 가치가 있었어요."

장벽 너머의 왕은 그 말을 듣고 미소 지었다. "그렇게 생각하는 사람들이 있었지. 그렇다 해도…… 섀도타워 순찰자들과 캐슬블랙에서 온 청년이라? 어떻게 그렇게 됐을까?"

존은 거짓말할 내용을 준비해두었다. "사령관님이 경험을 쌓으라고 반쪽 손에게 날 보내셨고, 그래서 반쪽 손이 순찰에 날 데리고 나온 겁니다."

마그나 스티르는 그 말에 얼굴을 찌푸렸다. "순찰이라…… 왜 까마귀들이 귀곡성 고개까지 순찰을 올라와?"

"마을이 다 버려져 있었어요." 존은 솔직하게 말했다. "마치 자유민들이 다 사라진 것 같았죠."

"사라졌다, 그랬지." 만스 레이더가 말했다. "자유민들만 사라진 것도 아니고. 우리가 어디 있는지는 누가 말해줬지, 존 스노우?"

토르문드가 코웃음을 쳤다. "크래스터 그놈이 아니라면 내가 부끄럼 타는 처녀다. 내가 말했잖아, 만스. 그놈은 머리를 잘라줄 필요가 있다니까."

왕은 손위 사내를 짜증스럽게 쳐다보았다. "토르문드, 언젠가는 말하기 전에 생각을 좀 해봐. 나도 크래스터인 건 알아. 존이 사실대로 말하나 보려고 물어본 거야."

"하." 토르문드가 침을 뱉었다. "내가 끼어들어버렸군!" 그는 존을 보고 히죽 웃었다. "봐라, 이래서 저 친구가 왕이고 나는 아닌 거야. 내가 술도 더 잘 마시고, 싸움도 더 잘하고, 노래도 더 잘하는 데다 내 부하들 수가 저 친구 세 배에 달하지만, 만스에겐 머리가 있거든. 까마귀로 컸으니 말이야. 너도 알겠지만 까마귀는 교활한 새지."

"이 청년과 혼자 얘기해야겠어, 뼈다귀 영주." 만스 레이더가 래틀셔츠에게 말했다. "나가봐, 다들."

"뭐야, 나도 나가?" 토르문드가 말했다.

"아니, 특히 네가 나가줘야겠어." 만스가 대꾸했다.

"내가 환영받지 못하는 곳에선 안 먹어." 토르문드가 일어섰다. "난 닭들과 같이 나간다." 그는 화로에서 닭고기 꼬치를 하나 더 낚아채 망토 안감에 꿰맨 주머니에 쑤셔 넣고 "하" 소리를 내더니 손가락을 빨며 나갔다. 댈라라는 여인만 빼고 나머지도 다 따라 나갔다.

다들 나가자 만스 레이더가 말했다. "괜찮다면 앉아. 배고픈가? 토르문드가 닭을 두 마리는 남겨놨군."

"기쁘게 먹겠습니다, 전하. 감사드립니다."

"전하?" 왕은 웃었다. "자유민에게는 듣기 힘든 칭호인데. 난 대개 만스고, 어떤 경우에는 '그 유명한 만스'지. 꿀술도 한 잔?"

"기꺼이요."

왕이 직접 술을 따르는 동안 댈라가 바삭하게 익은 암탉을 잘라서 두 사람에게 반쪽씩 가져왔다. 존은 장갑을 벗고 손으로 뜯으며 뼈에 붙은 살점을 남김없이 빨아 먹었다.

"토르문드 말은 사실이야." 만스 레이더는 빵 한 덩어리를 쪼개며 말했다. "까마귀는 교활한 새라는 말……. 하지만 난 존 스노우 자네가 댈라 배 속에 든 아기보다 작았을 때 이미 까마귀였어. 그러니 나에게 속임수를 쓸 생각은 마."

"말씀대롭니다, 전— 전하— 아니, 만스."

왕은 웃어젖혔다. "전 전하 만스라니! 안 될 것 있나. 아까 내가 널 어떻게 알았는지 말해주겠노라 약속했지. 아직 못 알아냈나?"

존은 고개를 저었다. "래틀셔츠가 앞서 전언을 보냈나요?"

"전서 까마귀로? 우리에겐 훈련받은 까마귀가 없어. 아니, 난 자네 얼굴을 알고 있었어. 예전에 보았지. 두 번이나."

처음에는 전혀 말이 되지 않았지만, 머릿속으로 굴려보다 보니 깨달음이 왔다. "아직 경비대원이었을 때……."

"잘했어! 그래, 그때가 처음이었지. 자네는 아직 어린아이였고, 나는 온통 검은 옷을 입고 있었다. 예전의 노사령관 쿼가일이 윈터펠로 자네 아버지를 만나러 갔을 때 호위로 따라간 십여 명 중에 내가 있었지. 마당을 둘러싼 벽을 걷다가 자네와 자네 형제인 롭과 마주쳤어. 그 전날 눈이 내렸는데, 자네들 둘이 성문 위에 커다란 눈산을 쌓고서 누가 지나가기만 기다리고 있었지."

"기억납니다." 존은 놀란 웃음과 함께 말했다. 성벽 길에 있던 젊은 경비대원, 그랬다……. "아무에게도 말하지 않겠다고 맹세하셨죠."

"그리고 지켰지. 다른 맹세는 몰라도 그 맹세는 지켰어."

"그 눈 더미는 뚱보 톰에게 던졌습니다. 아버지의 위병들 중에서 제일 느렸거든요." 톰은 그 후에 그들을 쫓아 마당을 빙빙 돌았다. 세 사람 다 가을 사과처럼 시뻘게질 때까지. "하지만 절 두 번 보셨다면서요. 다른 한 번은 언제였습니까?"

"로버트 왕이 자네 아버지를 수관 삼으려고 윈터펠에 왔을 때." 장벽 너머의 왕은 가볍게 말했다.

존은 믿을 수 없어 눈을 크게 떴다. "불가능해요."

"가능해. 자네 아버지는 왕이 온다는 사실을 알고는, 잔치에 오라고 장벽에 있는 벤젠에게 전언을 보냈지. 검은 형제들과 자유민 사이에는 자네 생각보다 교류가 많아서, 곧 내 귀에도 말이 꽤 들어왔어. 유혹을 참기엔 너무 좋은 기회였지. 자네 숙부는 내가 어떻게 생겼는지 모르니 그 부분은 무서울 게 없었고, 자네 아버지가 몇 년 전에 잠깐 만났던 젊은 까마귀를 기억할 것 같지도 않았거든. 왕 대 왕으로서 로버트를 직접 보고 싶었고, 자네 숙부인 벤젠도 가늠해보고 싶었지. 그 무렵엔 벤젠이 제1순찰자였고, 내 백성들에겐 재앙이었으니 말이야. 그래서 제일 날랜 말에 안장을 얹고 달려간 거야."

"하지만." 존은 이의를 제기했다. "장벽이……."

"장벽은 군대는 막을 수 있어도 사람 하나는 못 막아. 류트와 은화 주머니를 챙겨 들고 롱배로 근처에서 얼음벽을 기어올라, '새로운 선물' 남쪽으로 몇십 리 걸어가서 말을 한 마리 샀지. 다 해도 왕비를 안전하게 모시느라 크고 화려한 이동저택과 함께 여행하는 로버트보다는 훨씬 빨랐어. 난 윈터펠에서 하루 거리 남쪽에서 로버트와 만나 거기 끼어들었지. 자유기수와 방랑기사는 언제나 왕 밑에서 일할 기회를 엿보느라 왕실 행차에 달라붙는 데다, 류트가 있으니 쉽게 받아들여지더군." 그는 소리 내어 웃었다. "내가 장벽 북쪽 남쪽 어디에서 나왔든 간에 야한 노래는 다 알거든. 그렇게 된 거야. 네 아버지가 로버트를 접대하던 날 밤, 난 홀 뒤쪽 장의자에 다른 자유기수들과 같이 앉아서 올드타운의 올랜드가 하프를 뜯으며 바다 저편에서 죽은 왕들을 노래하는 소리에 귀 기울이고 있었지. 네 아버지의 고기와 술을 열심히 먹으며 킹슬레이어와 꼬마 악마도 보고……. 에다드 공의 자식들과 그 꽁무니를 따라다니는 늑대 새끼들도 봤지."

"방랑시인 바엘이군요." 존은 서리엄니산맥에서 이그리트가 해준 이야기를 떠올렸다. 이그리트를 죽일 뻔했던 그 밤에 말이다.

"그러면 좋게. 바엘의 모험에 영감을 받았다는 사실을 부정하진 않겠지만…… 내 기억에 난 자네 누이를 훔치지 않았거든. 바엘은 자기만의 노래를 쓰고 그렇게 살았지. 난 더 나은 사람들이 지은 노래를 부르기만 할 뿐이야. 꿀술 더?"

"아닙니다." 존은 말했다. "혹시 발각됐다면…… 잡혔다면……."

"자네 아버지가 내 머리통을 잘랐겠지." 왕은 어깨를 으쓱였다. "일단 그 식탁에서 먹은 후에는 손님의 권리로 보호받았지만 말이야. 환대의 법칙은 최초인만큼이나 오래되고, 심장 나무만큼이나 성스럽지." 그는 두 사람 사이에 놓인 판자와 쪼개진 빵과 닭 뼈를 가리켰다. "지금 자네도 손님이고, 내 손에 해를 입지 않을 권리를 얻었어……. 적어도 오늘 밤에는 말이야. 그러니 솔직히 말해봐, 존 스노우. 자넨 정말로 두려움 때문에 옷을 바꿔 입은 비겁자인가, 아니면 내 천막까지 온 다른 이유가 있나?"

손님의 권리가 있든 없든, 존 스노우는 지금 위험한 얼음장 위를 걷고 있었다. 한 발만 잘못 디뎌도 심장이 멈출 정도로 차가운 물속에 떨어질 판이었다. '무슨 말이든 하기 전에 잘 가늠해.' 그는 스스로에게 말했다. 그리고 대답할 시간을 벌기 위해 꿀술을 쭉 들이켰다. 그는 뿔잔을 내려놓으며 말했다. "당신이 왜 옷을 바꿔 입었는지 말해주면, 저도 왜 변절했는지 말씀드리죠."

존이 희망한 대로, 만스 레이더는 그 말에 미소를 지었다. 이 왕은 분명 말하기를 좋아하는 남자였다. "보나 마나 내 탈영 이야기는 많이 들었을 텐데."

"어떤 사람은 왕관 때문이었다고 하고, 어떤 사람은 여자 때문이었다고 하죠. 또 어떤 사람은 당신이 야인의 피를 타고났다고 하고요."

"야인의 피는 곧 최초인의 피, 스타크의 핏줄에도 흐르는 피야. 왕관이라면 글쎄, 왕관이 보이나?"

"여자는 보이는데요." 존은 댈라를 슬쩍 보았다.

만스는 댈라의 손을 잡고 가까이 끌어당겼다. "내 여인은 탓할 이유가 없다네. 자네 아버지의 성에서 돌아오는 길에 만났거든. 반쪽 손은 늙은 참나무로 만들어졌을지 몰라도 나는 피와 살로 이루어졌고, 여자들을 아주 좋아하지……. 그건 경비대의 4분의 3도 똑같아. 이 불쌍한 왕보다 여자를 열 배는 많이 품고도 여전히 검은 옷을 입고 사는 남자들이 있다네. 다시 추측해봐, 존 스노우."

존은 잠시 생각했다. "반쪽 손은 당신이 야인의 음악에 열정적이었다고 했습니다."

"그랬지. 지금도 그렇고. 좀 더 정답에 가까워지긴 했어. 하지만 아직 아니야." 만스 레이더는 일어서서 망토를 여민 잠금쇠를 풀더니, 벤치 위에 펼쳤다. "이것 때문이었어."

"망토요?"

"밤의 경비대에 서약한 형제가 입는 검은색 모직 망토." 장벽 너머의 왕이 말했다. "우린 어느 날 순찰 중에 크고 훌륭한 엘크를 한 마리 잡았지. 우리가 가죽을 벗기고 있는데 피 냄새를 맡은 그림자삵이 굴 밖으로 기어 나왔어. 그놈을 쫓아내긴 했는데, 이미 내 망토를 갈가리 찢은 후였어. 보이나? 여기, 여기, 여기?" 그는 쿡쿡 웃었다. "망토만이 아니라 내 팔과 등도 찢어놨고, 난 죽은 엘크보다 피를 더 많이 흘렸어. 섀도타워의 멀린 학사에게 데리고 돌아가기 전에 내가 죽을지도 모른다 싶었던 형제들은 날 야인 마을로 데려갔지. 그 마을에서 늙고 지혜로운 여인이 치유 일을 한다는 걸 알았거든. 알고 보니 그 여인은 죽었지만, 딸이 나를 돌봐줬어. 내 상처를 씻고, 꿰매고, 다시 말을 탈 수 있을 때까지 죽과 물약을 먹였지. 그리고 내 망토도 꿰매줬는데, 자기 할머니가 '얼어붙은 해안(Frozen Shore)'에 밀려 올라온 난파선에서 꺼냈다는 아사이의 진홍색 비단으로 수선해준 거야. 그 여자가 가진 가장 좋은 보물이었고, 나에게 주는 선물이었지." 그는 망토를 다시 어깨에 걸쳤다. "그런데 섀도타워에 갔더니 창고에 있던 새 모직 망토를 주는 거야. 검은색에 또 검은색에 검은색으로 만든 망토로, 검은색 바지와 검은색 장화, 검은색 더블릿과 검은색 사슬 갑옷에 맞게. 새로 받은 망토엔 찢어진 곳도 없고 올이 풀린 곳도 없었고…… 무엇보다도, 붉은색이 없었어. 데니스 말리스터 경은 나에게 엄히 말했어. 밤의 경비대 대원은 검은 옷을 입는다고. 내가 그걸 잊기라도 한 것처럼. 내 예전 망토는 이제 태우는 게 좋겠다더군.

난 그다음 날 경비대를 떠났지……. 입맞춤이 범죄가 아니고, 남자가 자기가 택한 망토를 입을 수 있는 곳으로." 그는 망토를 여미고 다시 뒤로 기대 앉았다. "그래서 존 스노우, 자네는?"

꿀술을 한 모금 더 마셨다. 만스 레이더가 믿을 만한 이야기는 단 하나뿐이었다. "내 아버지가 로버트 왕을 위해 연회를 연 날 밤에, 윈터펠에 있었다고 했죠."

"그랬지. 실제로 거기 있었으니까."

"그렇다면 우리 모두를 봤겠군요. 조프리 왕자와 토멘 왕자, 미르셀라 왕녀, 내 형제인 롭과 브랜과 리콘, 내 여동생 아리아와 산사까지. 모두가 쳐다보는 가운데 중앙 통로를 걸어서 왕과 왕비가 앉은 연단 바로 밑에 놓인 식탁 앞에 차례차례 앉았죠."

"기억나."

"그리고 내가 어디 앉아 있었는지 봤나요, 만스?" 그는 몸을 앞으로 기울였다. "그 사람들이 서자를 어디에 앉혔는지 봤어요?"

만스 레이더는 오랫동안 존의 얼굴을 바라보았다. "자네에게 새 망토를 찾아주는 게 좋겠군." 장벽 너머의 왕이 손을 내밀며 말했다.

대너리스

잔잔한 푸른 물 너머로 느리고 꾸준한 북소리와 갤리선들의 노가 물살을 헤치는 소리가 들려왔다. 배 사이에 친 무거운 밧줄이 팽팽히 당겨지고, 거대한 상선은 삐걱거리며 갤리선들의 항적을 따라갔다. 발레리온호의 돛은 돛대에 축 늘어져 있었다. 그래도 선수루에 서서 구름 한 점 없는 파란 하늘에서 추격전을 벌이는 드래곤들을 바라보고 있으니 대너리스 타르가르옌은 그렇게 행복할 수가 없었다.

그녀의 도트락인들은 말이 마시지 못하는 액체는 절대 믿지 않았기에 바다를 독물이라 불렀다. 배 세 척이 콰스에서 닻을 올리던 날, 누가 봤으면 그들이 펜토스가 아니라 지옥으로 떠나는 줄 알았을 것이다. 그녀의 용감한 젊은 혈맹기수들은 셋 다 다른 두 명 앞에서 두려움을 드러내지 않겠다고 결심하고 휜자위를 크게 뜬 눈으로 멀어져가는 해안선을 바라보기만 했지만, 시녀인 이리와 지키는 난간을 죽자고 붙들고 배가 조금이라도 출렁이면 구역질을 해댔다. 대니의 작은 칼라사르 나머지 인원들은 주위로 육지 없는 무서운 세상이 펼쳐진 배 위가 아니라, 불안에 떠는 말들과 함께 갑판 아래 머물렀다. 항해를 시작하고 엿새 만에 갑작스러운 스콜에 휘말렸을 때는 대니의 귀에도 뚜껑 문 너머로 말들이 발길질을 하고 비명을 지르는 소리, 발레리온이 출렁이거나 흔들릴 때마다 기수들이 가늘게 떨리는 목소리로 기도를 올리는 소리가 들렸다.

그러나 어떤 스콜도 대니에게 겁을 줄 수는 없었다. 그녀는 폭풍의 딸 대너리스라고 불렸다. 머나먼 드래곤스톤에서, 웨스테로스가 기억하는 한 가장 큰 폭풍이, 성벽에 선 가고일들을 떨어뜨리고 아버지의 함대를 불쏘시개로 만들어버린 격렬한 폭풍이 몰아치는 가운데 울면서 세상에 왔기 때문이다.

협해에는 폭풍이 잦았고, 대니는 어렸을 때 찬탈자가 고용한 자객들에 반 발짝 앞서 이 자유도시에서 다른 자유도시로 도망치느라 수십 번씩 그 바다를 건넜다. 그녀는 그 바다를 사랑했다. 톡 쏘는 소금 내도 좋았고, 새파란 하늘만 짊어진 드넓은 수평선도 좋았다. 그 풍경 속에 있으면 작아진 기분이 들었지만 자유로운 기분도 들었다. 그녀는 가끔 발레리온호 옆을 헤엄치며 은으로 만든 창처럼 파도를 가르는 돌고래들, 그리고 가끔 번득이는 날치들이 좋았다. 선원들도, 선원들의 온갖 노래와 이야기도 좋았다. 한번은 브라보스로 항해하는 중에 심해지는 돌풍 속에서 거대한 녹색 돛을 끌어 내리려 씨름하는 선원들을 지켜보며, 선원이 되면 얼마나 좋을까 생각한 적조차 있었다. 그러나 그런 생각을 입 밖에 내자 비세리스는 대니가 울 때까지 머리채를 잡고 비틀며 소리를 질러댔다. "넌 드래곤의 핏줄이야. 드래곤이라고. 비린내 나는 물고기가 아니라!"

'오빠는 그런 점에서도, 다른 많은 점에서도 바보였지.' 대니는 생각했다. 비세리스가 조금만 더 현명하고 인내심 있었더라면, 타고난 권리인 왕좌를 빼앗으러 배를 타고 서쪽으로 향하고 있을 사람은 그였으리라. 대니는 비세리스가 멍청하고 잔인했음을 깨닫게 되었지만, 그래도 가끔은 그리웠다. 마지막에 보여준 잔인하고 약한 남자가 아니라, 가끔 침대에 기어드는 동생을 받아주던 오빠, 칠왕국에 대해 이야기해주고 자기가 왕관을 되찾으면 둘의 삶이 얼마나 나아질지 말하던 소년이 말이다.

옆에 선장이 나타났다. "이 발레리온호가 이름에 걸맞게 날 수 있다면 좋겠습니다, 전하." 그는 펜토스 억양이 심한 사투리 발리리아어로 말했다. "그러면 노를 젓거나, 밧줄로 끌거나, 바람을 달라고 기도하지 않아도 될 텐데요."

"그러게 말일세, 선장." 대니는 이 남자의 마음을 얻었다는 사실에 흡족해하며 대꾸했다. 그롤리오 선장은 주인인 일리리오 모파티스와 마찬가지로 늙은 펜토스인이었고, 드래곤 세 마리를 거느린 젊은 처녀가 배에 오른다는 사실에 불안해했다. 불이 날 경우에 대비해서 아직도 뱃전에 바닷물 50동이가 달려 있었다. 처음에 그롤리오는 드래곤들을 우리에 넣고 싶어 했다. 대니도 그의 두려움을 가라앉히려고 그러마 했지만, 드래곤들이 너무나 비참해하는 바람에 곧 마음을 바꾸어 풀어둬야 한다고 주장했다.

그롤리오 선장마저도 지금은 풀어주기를 잘했다고 생각했다. 화재는 작게 한 번 일어났을 뿐이고, 쉽게 끌 수 있었다. 그리고 새듈레온이라는 이름으로 항해하던 시절에 비해 발레리온호에는 쥐가 확 줄어든 것 같았다. 호기심만큼 두려움도 크게 품었던 승조원들도 이제는 "그들의" 드래곤에게 기묘하게 격한 자부심을 보이기 시작했다. 선장부터 주방 보조에 이르기까지 모두가 세 마리 드래곤이 나는 모습을 좋아했다……. 그중에서도 대니가 그 모습을 가장 사랑했다.

'내 자식들이야. 그리고 그 마기가 사실을 말했다면, 앞으로도 내 자식은 이 아이들밖에 없겠지.'

비세리온의 비늘은 크림색이었고, 어두운 금색 뿔들과 날개 뼈와 솟아오른 등 가시는 햇빛을 받아 금속처럼 빛났다. 라에갈은 여름의 녹색과 가을의 청동색이었다. 그들은 서로 더 위로 올라가려 들면서 높이, 더 높이 배

위로 크게 원을 그렸다.

대니는 드래곤들이 언제나 위에서 공격하기를 더 좋아한다는 사실을 알게 되었다. 어느 드래곤이든 다른 녀석과 태양 사이에 위치를 잡으면, 날개를 접고 소리를 지르며 급강하해 덤볐다. 그러면 두 마리가 비늘 가득한 공처럼 한 덩어리로 달라붙어서 서로에게 턱을 딱딱거리고 꼬리를 휘두르며 하늘에서 굴러떨어지곤 했다. 처음 그런 모습을 보았을 때는 서로를 죽이려는 줄 알고 겁을 먹었지만, 알고 보니 운동일 뿐이었다. 그들은 바닷속에 첨벙 떨어지기가 무섭게 서로를 풀어주고는 다시 날아올랐다. 그러면 새된 소리를 지르고 식식거리며 날갯짓으로 허공을 할퀴는 드래곤들 뒤로 바닷물이 수증기를 뿜었다. 보이지는 않지만 드로곤도 어딘가에 떠 있었다. 드로곤은 몇 킬로미터 앞서거나 뒤따르면서 사냥을 하곤 했다.

드로곤은, 그녀의 드로곤은 언제나 굶주려 있었다. 늘 배고파했고 무서운 속도로 성장했다. 1년, 아니면 2년쯤 더 있으면 사람이 타고도 남을 크기가 될 것이다. '그러면 난 배 없이도 거대한 짠물을 건널 수 있겠지.'

하지만 그때는 아직 오지 않았다. 라에갈과 비세리온은 작은 개 정도 크기였고, 드로곤은 그보다 조금 더 클 뿐이었으며, 평범한 개보다 무게가 덜 나갔다. 날개와 목과 꼬리가 몸 대부분을 이루었기에 보기보다 가벼웠다. 그러니 대너리스 타르가르옌은 집에 가기 위해 나무와 바람과 돛천에 의지해야 했다.

나무와 돛은 지금까지 잘 일해주었으나, 변덕스러운 바람이 배신자로 돌아섰다. 여섯 번의 낮과 밤 동안 바람이 잔잔했고 이제는 일곱 번째 낮이 왔는데 아직도 바람이 돛을 채울 기미가 없었다. 다행히도 마지스터 일리리오가 보낸 배 가운데 두 척은 무역용 갤리선으로, 200개의 노와 그 노를 저을 힘센 노잡이들이 딸려 있었다. 그러나 거대한 배 발레리온은 다른 이야기였으니, 거대한 선창과 거대한 돛을 갖춘 엄청나게 뚱뚱한 배였고,

바람이 없으면 무력했다. 바가르호와 메락세스호가 밧줄로 발레리온을 끌고 갔지만 고통스럽도록 느린 항해가 되어버렸다. 세 척 모두 사람도 많이 태웠고 짐도 무거웠다.

"드로곤이 보이지 않는데요, 또 길을 잃었나요?" 조라 모르몬트 경이 선수루에 와 서면서 말했다.

"길을 잃은 쪽은 드로곤이 아니라 우리요, 경. 나도 이렇게 물 위를 기어가는 게 좋진 않지만, 드로곤은 더 싫어하거든." 그녀의 검은 드래곤은 다른 두 마리보다 대담해서, 물 위에서 날개를 시험해보기도 처음으로 했고, 배에서 배로 건너가기도 처음으로 했으며, 지나가는 구름 속에 몸을 담그기도 처음으로 했다……. 그리고 죽이기도 제일 처음 했다. 그 날치는 물 위로 솟아오르자마자 화염 창을 맞고 잡혀서 드로곤의 배 속에 들어갔다.

대니는 궁금증을 안고 물었다. "저 아이들이 얼마나 클까? 혹시 아시오?"

"칠왕국에는 어찌나 큰지 바다에서 거대한 크라켄을 낚아챌 수 있었다는 드래곤들에 대한 이야기가 있지요."

대니는 웃음을 터뜨렸다. "그거 볼만한 광경이겠군."

"그건 옛날이야기일 뿐입니다, 칼리시." 망명 기사가 말했다. "사람들은 천 년을 사는 현명한 늙은 드래곤에 대한 이야기도 하지요."

"그러고 보니, 드래곤은 얼마나 오래 살지?" 대니는 배 위로 낮게 나는 비세리온을 올려다보았다. 비세리온이 날개를 천천히 퍼덕이자 축 늘어진 돛이 움직거렸다.

조라 경은 어깨를 으쓱였다. "드래곤의 자연 수명은 인간의 몇 배지요. 노래들을 믿자면 그렇습니다……. 하지만 칠왕국이 제일 잘 알았던 드래곤들은 타르가르옌 가문의 드래곤들입니다. 그 드래곤들은 전쟁을 위해 태어났고, 전쟁으로 죽었지요. 드래곤을 죽이기가 쉽지는 않지만 가능은 하거든요."

여윈 손으로 긴 단목 지팡이를 쥐고 선수상 옆에 서 있던 종자 흰 수염이 그들 쪽으로 몸을 돌리고 말했다. "검은 드래곤 발레리온은 재해리스 재위 중에 죽었을 때 200살이었습니다. 몸이 어찌나 큰지 들소를 통째로 삼켰지요. 드래곤은 음식과 자유만 주어진다면 언제까지나 성장한답니다, 전하." 그의 이름은 아르스탄이었으나 힘센 벨와스는 그의 하얀 수염에 빗대어 흰 수염이라는 별명을 붙였고, 이제는 거의 모두가 그를 별명으로 불렀다. 그는 조라 경보다 키가 컸으나 그만큼 근육질은 아니었다. 눈동자는 옅은 푸른색이었고, 긴 수염은 눈처럼 희었으며 비단실처럼 가늘었다.

"자유라니?" 대니는 의아해하며 물었다. "그게 무슨 말이지?"

"킹스랜딩에서 전하의 조상들께서는 드래곤들을 넣어둘 거대한 둥근 성채를 지으셨지요. 드래곤핏이라고 이름했습니다. 아직도 라에니스 언덕 위에 서 있기는 한데, 지금은 폐허가 됐지요. 그 옛날 왕실의 드래곤들은 그곳에 살았고, 강철 문만 해도 기사 서른 명이 말을 타고 나란히 달려 들어갈 수 있을 만큼 넓은 동굴 같은 곳이었습니다. 그런데도 드래곤핏에서 자란 드래곤은 조상들만큼 커지지 못했다고 합니다. 학사들은 그게 주위를 둘러싼 벽과 머리 위를 가린 거대한 돔 때문이었다고 합니다."

그러자 조라 경이 말했다. "벽이 우리를 작아지게 만든다면 농민들은 모두 조그맣고 왕들은 다 거인처럼 크겠지. 난 토굴에서 태어난 큰 사람도 보았고 성에 사는 난쟁이도 보았네."

"인간은 인간이고, 드래곤은 드래곤이지요." 흰 수염이 대꾸했다.

조라 경은 경멸 조로 코웃음을 쳤다. "그것 참 심오하군." 망명 기사는 그 노인을 좋아하지 않았으며 그 사실을 분명히 드러냈다. "어쨌든, 자네가 드래곤에 대해 뭘 안다고?"

"많이 알지 못하기는 하지요. 그렇지만 저는 아에리스 왕이 철왕좌에 앉아 있던 시절에도 킹스랜딩에 있었고, 알현실 벽에서 굽어보는 드래곤 머리뼈들 아래를 걸었습니다."

"비세리스도 그 머리뼈 이야기를 했지." 대니가 말했다. "찬탈자가 그 머리들을 내려서 숨겨버렸다고 말이야. 훔친 왕좌에 앉은 자신을 드래곤들이 내려다보는 걸 참을 수 없었겠지." 그녀는 흰 수염을 가까이 오라 불렀다. "내 부왕을 만나 뵌 적이 있나?" 아에리스 2세는 딸이 태어나기 전에 죽었다.

"그런 큰 영광을 누리기는 했습니다, 전하."

"그분은 선하고 자애로우셨나?"

흰 수염은 최선을 다해 감정을 숨기려 했지만, 대답이 얼굴에 뚜렷이 드러났다.

"전하께서는…… 상냥하실 때가 많았습니다."

"많았다?" 대니는 미소 지었다. "늘은 아니고?"

"적이라고 여기는 사람들에 대해서는 대단히 가혹해지실 수 있었지요."

"현명한 사람은 결코 왕을 적으로 삼지 않는 법이지." 대니가 말했다. "내 오빠인 라에가르도 알았나?"

"라에가르 왕자님을 정말로 '아는' 사람은 아무도 없다고들 했지요. 하지만 마상 시합에서 그분을 뵙는 특권을 누리기는 했고, 은으로 현을 단 하프를 연주하시는 소리는 자주 들었습니다."

조라 경이 코웃음을 쳤다. "어느 추수제인가에서 다른 수천 명과 함께 들었겠지. 다음에는 그분의 종자였다고 주장하겠군."

"그런 주장은 하지 않습니다, 경. 라에가르 왕자님의 종자는 마일스 무튼이었다가 나중에는 리차드 론마우스가 맡았지요. 둘 다 자격을 갖춘 후에는 왕자님께서 직접 기사 서임을 하셨고 둘 다 가까운 사이로 남았지요. 젊은 코닝턴 공도 왕자님과 가까웠습니다만, 왕자님의 가장 오래된 친구는 아서 데인이었습니다."

"아침의 검 말인가!" 대니는 기뻐하며 말했다. "비세리스는 그 사람의 놀라운 하얀 검에 대해 말해주곤 했지. 왕국 전체에서 우리 큰오빠와 견줄 만한 기사는 아서 경뿐이었다고 했어."

흰 수염은 고개를 숙였다. "제가 비세리스 왕자님의 말씀에 토를 달 수는 없지요."

"왕이야." 대니는 그의 말을 바로잡았다. "통치한 적은 없다 해도 왕이었네. 비세리스 3세였어. 그런데 그게 무슨 뜻인가?" 그의 대답은 대니가 기대한 것이 아니었다. "조라 경은 언젠가 라에가르를 마지막 드래곤이라고 불렀지. 그렇게 불렀다면 분명 비할 데 없는 전사였을 텐데?"

"전하, 드래곤스톤의 왕자께서는 더없이 강한 전사이셨으나……."

"계속하게. 나에게는 자유로이 말해도 돼." 대니가 부추겼다.

"그러면 말씀대로 하지요." 노인은 단목 지팡이에 몸을 기대며 이마를 찌푸렸다. "비할 데 없는 없는 전사란…… 훌륭한 말입니다, 전하. 그러나 말로는 전투에서 이길 수 없지요."

"전투야 검으로 이기지." 조라 경이 퉁명스럽게 말했다. "그리고 라에가르 왕자님은 검을 쓸 줄 아는 분이었어."

"그건 맞는 말씀입니다, 경. 그러나…… 저는 수많은 마상 시합과 더는 보고 싶지 않을 만큼 많은 전쟁을 보았습니다. 어떤 기사가 아무리 강하거나 빠르거나 기술이 뛰어나다 해도, 그에 맞먹는 다른 기사들은 있습니다. 한 사람이 이 마상 시합에서 이겼다가, 다음 시합에서는 바로 떨어지기도 하지요. 풀밭에 미끄러운 곳이 하나만 있어도, 전날 밤 저녁을 잘못 먹기만 했어도 질 수 있습니다. 바람 방향이 바뀐 덕에 승리를 얻을 수도 있습니다." 그는 조라 경을 흘긋 보았다. "아니면 어느 숙녀의 정표를 팔에 묶는 게 승리로 이어질 수도 있고요."

조라 모르몬트의 얼굴이 어두워졌다. "말조심하게, 노인장."

'아르스탄은 라니스포트에서 조라 경이 싸우는 걸 봤구나. 그가 정표를 팔에 묶고 우승했던 그 시합을 말이야.' 대니는 알아차렸다. 그는 승리만이 아니라 숙녀도 얻었다. 그는 하이타워 가문의 아름답고 고귀한 리네스를 두 번째 아내로 맞이했다……. 그러나 그녀는 조라를 망쳐놓았고 그 후에는 그를 버렸으며, 지금 조라는 그 여자를 떠올리기 괴로워했다. 대니는 조라의 팔에 손을 얹었다. "진정하게, 나의 기사여. 아르스탄이 그대의 마음을 상하게 하려던 건 아니었을 거야."

"칼리시께서 그리 말씀하신다면야." 조라 경의 목소리는 부루퉁했다.

대니는 종자를 다시 돌아보았다. "나는 라에가르에 대해 잘 모르네. 비세리스가 해준 이야기만 알지. 그리고 비세리스는 라에가르 오빠가 죽었을 때 아직 어렸어. 진짜 라에가르는 어땠나?"

노인은 잠시 생각해보더니 말했다. "유능하셨지요. 무엇보다도 그러셨습니다. 단호하고, 신중하며, 의무감이 강하셨고, 외골수셨습니다. 그분에 대한 이야기가 하나 있는데…… 분명 조라 경도 그 이야기는 아실 겁니다."

"자네에게 듣고 싶군."

"분부대로 하지요." 흰 수염이 말했다. "어렸을 때, 드래곤스톤의 왕자께서는 심한 책벌레셨습니다. 어찌나 일찍부터 책을 읽었는지, 그분이 자궁에 있을 때 라엘라 왕비께서 책과 촛불을 식사로 드신 게 틀림없다고들 할 정도였지요. 라에가르 왕자님은 다른 아이들이 하는 놀이에 관심이 없었습니다. 학사들은 그분의 지력을 경외했으나, 아버님의 기사들은 심술궂게 성왕 바엘로르가 재림하셨다는 농담을 던지곤 했습니다. 어느 날 라에가르 왕자님이 두루마리에서 뭔가를 읽고 바뀌시기 전까지는요. 아무도 그게 무슨 내용이었는지는 모릅니다만, 왕자님은 어느 날 아침 일찍 기사들이 검술을 연마하고 있는 훈련장에 느닷없이 나타나셨습니다. 당시 훈련대장이었던 윌렘 대리 경에게 곧장 걸어가서 말씀하셨지요. '검과 갑옷이 필요해. 내가 전사가 되어야 할 것 같군'이라고요."

"그리고 그렇게 되었지!" 대니는 기뻐하며 말했다.

"실제로 그랬지요." 흰 수염은 허리를 굽혔다. "죄송합니다, 전하. 전사들 이야기를 하고 있었더니 마침 힘센 벨와스가 일어났군요. 저는 시중을 들어야 하는 몸입니다."

대니는 배꼬리 쪽을 보았다. 문제의 내시가 몸집에 비해 잽싼 속도로 배 안에서 올라오고 있었다. 벨와스는 키가 크지 않았지만 몸이 옆으로 넓어서 족히 100킬로그램은 나갈 지방과 근육 덩어리였고, 거대한 갈색 배에는 희미해진 하얀 흉터가 이리저리 나 있었다. 그는 헐렁한 바지를 입고, 노란색 비단 허리띠를 차고, 쇠 징이 박힌 어이없을 만큼 작은 가죽조끼를 걸쳤다. "힘센 벨와스 배고프다!" 그는 누구에게랄 것도 없이 모두에게 외쳤다. "힘센 벨와스 이제 먹을 거다!" 그는 몸을 돌려 선수루에 선 아르스탄을 찾았다. "흰 수염! 힘센 벨와스에게 먹을 것을 가져온다!"

"가봐야겠군." 대니가 말하자 수염이 하얀 종자는 다시 허리를 굽히더니 섬기는 남자의 시중을 들러 갔다.

조라 경은 무뚝뚝하고 솔직한 얼굴을 찌푸린 채 그 모습을 지켜보았다. 조라 모르몬트는 덩치가 크고 건장한 남자로, 턱이 각지고 어깨가 두꺼웠다. 어떤 의미로 보아도 잘생긴 남자는 아니었으나 대니가 이제까지 알았던 그 누구보다 진실한 친구였다. "저 노인의 말은 가려 들으시는 게 좋겠습니다." 그는 흰 수염이 멀어지자 말했다.

"여왕은 누구에게나 귀를 기울여야 해." 대니는 그에게 상기시켰다. "신분이 높든 낮든, 강한 자든 약한 자든, 고귀한 자든 돈으로 살 수 있는 자든 상관없이 말이야. 목소리 하나는 잘못된 말을 할 수 있으나, 수많은 목소리를 들으면 그중에는 언제나 진실이 있지." 어느 책에서 읽은 말이었다.

"그렇다면 제 목소리를 들으십시오, 전하. 흰 수염 아르스탄이라는 자는 여왕님을 속이고 있습니다. 종자가 되기에는 나이가 너무 많은 데다가 멍청한 내시를 섬기기에는 말을 너무 잘합니다."

그게 이상해 보인다는 점은 대니도 인정해야 했다. 힘센 벨와스는 미린의 투기장에서 자라고 훈련받은 해방 노예였다. 마지스터 일리리오는 대니를 지키라고 그를 보냈다. 적어도 벨와스는 그렇게 주장했고, 대니에게 호위가 필요한 건 사실이었다. 철왕좌에 앉은 찬탈자가 대니를 죽이는 사람에게 영지와 작위를 주겠다고 했으니 말이다. 이미 독이 든 와인을 마실 뻔한 일도 있었다. 웨스테로스에 가까이 가면 갈수록 다른 공격이 있을 가능성이 높았다. 콰스에서만 해도 흑마법사 피아트 프리가 먼지 궁전에서 불멸자들을 태워버린 데 대한 복수로 비탄자를 보낸 일이 있었다. 흑마법사들은 절대 원한을 잊지 않고, 비탄자는 절대 암살에 실패하지 않는다 했다. 도트락인 대부분도 대니를 적대할 것이다. 칼 드로고의 부관들은 이제 각자의 칼라사르를 이끌었고, 그중 누구든 대니의 작은 무리를 보면 주저 없이 공격하고 죽이고 노예로 삼고 대니는 바에스 도트락으로 끌고 돌아갈 터였다. 그녀가 있어야 할 곳에, 시들어빠진 도시 칼린의 노파들 사이에 데려다 놓으려고 말이다. 자로 쇼안 닥소스는 적이 아니면 좋겠지만, 그 콰스 상인은 그녀의 드래곤들을 탐냈다. 게다가 그림자의 퀘이트도 있었다. 붉은 칠을 입힌 가면을 쓰고 온갖 수수께끼 조언을 던지는 이상한 여자. 그 여자도 적일까, 아니면 위험한 친구일 뿐일까? 대니는 알 수 없었다.

'조라 경은 독살 시도로부터 나를 구했고, 흰 수염 아르스탄은 만티코어로부터 날 구했어. 어쩌면 다음에는 힘센 벨와스가 날 구할지도 모르지.' 벨와스는 팔이 작은 나무만 했고, 면도해도 될 만큼 날카로운 커다란 만곡도를 찬 거한이었다. 그 보드라운 갈색 뺨에 수염이 돋을 일은 없겠지만 말이다. 그러면서 벨와스는 어린아이 같기도 했다. '나 수호자로서는 아쉬운 점이 많아. 고맙게도 나에겐 조라 경과 혈맹기수들이 있지. 그리고 드래곤들도 절대 잊지 말아야지.' 때가 오면 드래곤들이 가공할 수호자가 될 터였다. 300년 전 정복자 아에곤과 그 누이들에게 세 마리 드래곤이 그랬듯이 말이다. 그러나 당장은 그녀를 보호하기보다는 위험을 끌고 오는 존재들이었다. 온 세상에 살아 있는 드래곤이 세 마리뿐이었는데, 그게 대니의 드래곤이었다. 그들은 놀라움이자 공포였고 값을 매길 수 없는 보물이었다.

대니가 다음에 할 말을 생각하고 있는데 목덜미에 선뜻한 숨결이 느껴지더니, 이마에 흘러내린 백금색 머리카락 한 올이 흔들렸다. 머리 위에서 돛천이 삐걱거리며 움직였고, 발레리온호 전체에 함성이 올랐다. "바람이다!" 선원들이 고함을 쳐댔다. "바람이 돌아왔다, 바람이!"

대니는 밧줄이 팽팽해지고 배가 엿새 동안 잊고 있던 달콤한 노래를 부르면서 거대한 상선의 돛을 소란스레 펄럭이는 모습을 올려다보았다. 그롤리오 선장이 이런저런 지시를 외쳐대며 배꼬리로 달려갔다. 돛대를 기어오르는 이들만 빼고 모든 펜토스인이 환호하고 있었다. 힘센 벨와스마저도 거대한 함성을 올리며 춤을 추었다. 대니가 말했다. "신들이 보우하사! 보이나, 조라? 우리가 다시 갈 길을 가고 있군."

"그렇군요. 하지만 어디로 가는 걸까요, 여왕님?"

바람은 하루 종일 불었다. 동쪽에서 꾸준히 불어오다가 나중에는 거친 돌풍으로 변했다. 태양이 뻘겋게 불타며 저물었다. '난 아직도 웨스테로스에서 까마득히 먼 곳에 있어. 하지만 매시간 더 가까워지고 있지.' 대니는 스스로에게 상기시켰다. 자신이 통치할 운명인 땅을 처음 보면 어떤 느낌이 들지 상상해보려 했다. '내가 이제까지 본 적 없이 아름다운 해변일 거야. 분명해. 어떻게 그렇지 않을 수 있겠어?'

그날 밤 늦게, 대니가 어둠 속을 뚫고 질주하는 발레리온호의 선장실 침대에 다리를 접고 앉아서 드래곤들을 먹이고 있을 때—그롤리오 선장은 이 방을 양보하면서 정중하게 말했었다. "아무리 바다 위라도 선장보다 여왕이 우선이지요"라고—문을 두드리는 소리가 울렸다.

이리가 침대 발치에서 자고 있다가(세 명이 자기에는 너무 좁았고 오늘은 지키가 칼리시와 함께 부드러운 깃털 침대에서 잘 차례였다), 그 소리에 일어나서 문으로 갔다. 대니는 침대보를 끌어 올려 겨드랑이에 끼웠다. 이 시간에 누가 찾아오리라는 생각을 못 하고 벌거벗은 상태였다. "들어오시오." 대니는 흔들거리는 등잔 아래 선 조라 경을 보고 말했다.

망명 기사가 고개를 숙이고 들어왔다. "전하. 주무시는 데 방해해서 죄송합니다."

"자고 있지 않았네. 경도 들어와서 보게." 대니는 무릎에 놓아둔 그릇에서 소금에 절인 돼지고기를 꺼내 드래곤들이 볼 수 있게 들어 올렸다. 세 마리 모두가 굶주린 눈으로 고기를 보았다. 라에갈이 녹색 날개를 펴고 공기를 휘저었고, 비세리온은 대니의 손 움직임을 따라 길고 하얀 뱀처럼 목을 흔들었다. "드로곤." 대니가 가만히 말했다. "드라카리스." 그리고 대니는 돼지고기를 허공에 던졌다.

드로곤은 공격하는 코브라보다 더 빨리 움직였다. 입에서 오렌지색과 진홍색과 검은색의 불길이 뿜어져 나와 고깃덩이가 허공에서 떨어지기도 전에 구워버렸다. 드로곤의 날카로운 검은 이빨이 고기를 물자, 라에갈이 형제의 턱에서 상품을 훔쳐내려는 듯 움직였지만 드로곤은 고기를 삼키고 빽 소리를 질렀다. 상대적으로 몸집이 작은 녹색 드래곤은 좌절해서 쉭쉭 소리를 낼 뿐이었다.

"그만해라, 라에갈." 대니는 라에갈의 머리를 찰싹 때리며 말했다. "지난번엔 네가 먹었잖니. 탐욕스러운 드래곤은 싫구나." 그녀는 조라 경을 보고 미소 지었다. "곧 이 아이들이 먹을 고기를 화로에 구울 필요가 없을 거요."

"그렇군요. 드라카리스?"

그 말을 듣자 세 마리 드래곤이 고개를 돌렸고 비세리온이 연한 금색 화염을 뿜어 조라 경이 황급히 뒤로 물러서게 만들었다. 대니가 깔깔 웃었다. "조심하시오, 경. 잘못하면 이 아이들이 경의 수염을 태워버릴지도 몰라. 고급 발리리아어로 '드래곤의 불'이라는 뜻이오. 아무도 우연히 말할 리 없는 신호로 가르치고 싶었거든."

조라 모르몬트는 고개를 끄덕였다. "전하, 혹시 따로 몇 마디 나눌 수 있을지요?"

"물론이네. 이리, 잠시 나가 있거라." 대니는 지키의 맨어깨에 손을 대고 흔들어 깨웠다. "너도 잠시 나가 있거라. 조라 경이 나에게 할 말이 있다는 구나."

"알겠습니다, 칼리시." 지키는 숱 많은 검은 머리가 헝클어지고 옷은 입지 않은 채로 하품을 하며 침대에서 내려서더니, 잽싸게 옷을 입고 이리와 함께 방을 나가며 문을 닫았다.

대니는 드래곤들에게 남은 돼지고기를 넘겨줘 엎치락뒤치락하게 놓아두고는, 침대 옆자리를 두드렸다. "앉아서 무엇이 심란하지 말해보게, 경."

"세 가지입니다." 조라 경이 앉았다. "힘센 벨와스. 흰 수염 아르스탄. 그리고 그 둘을 보낸 일리리오 모파티스요."

'또?' 대니는 침대보를 더 끌어 올려 한쪽 끝을 어깨 너머로 넘겼다. "왜 그런가?"

"콰스의 흑마법사들은 전하가 세 번 배신당하리라 말했지요." 망명 기사는 비세리온과 라에갈이 서로를 물고 할퀴기 시작하는 옆에서 말했다.

"'한 번은 피로, 한 번은 금으로, 한 번은 사랑으로'라 했지." 대니가 잊을 리 없는 말이었다. "미리 마즈 두르가 첫 번째 배신이었어."

"그 말은 아직 배신자가 둘 남았다는 뜻입니다……. 그리고 이제 둘이 나타났지요. 저는 그게 심란합니다. 로버트가 전하를 죽이는 자에게 귀족 작위를 약속했다는 점을 잊지 마십시오."

대니는 몸을 앞으로 기울여 비세리온의 꼬리를 잡고 녹색 형제에게서 떼어냈다. 그러다가 가슴을 가린 담요가 흘러내렸다. 그녀는 황급히 담요를 잡고 다시 몸을 가렸다. "찬탈자는 죽었어."

"하지만 그 아들이 왕국을 통치하고 있습니다." 조라 경은 시선을 들고 검은 눈을 그녀와 마주쳤다. "충직한 아들은 아버지의 빚을 갚는 법이지요. 피의 빚이라 해도요."

"조프리라는 소년이 내가 죽기를 바랄지도 모르지……. 내가 살아 있다는 생각이 떠오른다면 말이야. 그게 벨와스와 흰 수염 아르스탄과 무슨 상관인가? 그 노인은 검조차 차지 않았어. 경도 보지 않았나."

"봤지요. 그리고 그자가 지팡이를 다루는 손놀림이 얼마나 교묘한지도 보았습니다. 콰스에서 그자가 어떻게 만티코어를 죽였는지 기억하십니까? 전하의 목도 그렇게 쉽게 부술 수 있었을 겁니다."

"그럴 수도 있었지만, 그러지 않았지." 대니는 그 점을 지적했다. "나를 죽이려던 건 독이 있는 만티코어였어. 흰 수염은 내 목숨을 구했고."

"칼리시, 흰 수염과 벨와스가 암살자와 작당했을 수도 있다는 생각은 안 해보셨습니까? 전부 다 여왕님의 신뢰를 얻기 위한 술책이었을 수도 있습니다."

대니가 터뜨린 웃음소리에 드로곤은 쉭쉭거렸고, 비세리온은 현창 위 횃대로 날아올랐다. "그 술책은 성공했군."

망명 기사는 같이 웃지 않았다. "이게 다 일리리오의 배, 일리리오의 선장, 일리리오의 선원들입니다……. 그리고 힘센 벨와스와 아르스탄도 여왕님이 아니라 일리리오의 사람들이에요."

"마지스터 일리리오는 과거에 날 보호했어. 힘센 벨와스는 일리리오가 비세리스의 죽음을 듣고 눈물 흘렸다고 했네."

"그랬지요. 하지만 비세리스를 위해 울었을까요, 아니면 비세리스와 만들어둔 계획 때문에 울었을까요?"

"그 계획은 변할 게 없어. 마지스터 일리리오는 타르가르옌 가문의 친구이며, 부유하고……."

"날 때부터 부유했던 건 아닙니다. 제가 보아온 세상에서는 어떤 사람도 친절로 부를 얻지는 못합니다. 흑마법사들은 두 번째 배신이 금을 위해 일어난다고 했지요. 일리리오 모파티스가 금보다 더 사랑하는 게 있을까요?"

"자기 살가죽." 선실 저편에서 드로곤이 불안하게 움직이며 콧구멍으로 수증기를 뿜어냈다. "미리 마즈 두르는 날 배신했고, 난 그것 때문에 그 여자를 불태웠어."

"미리 마즈 두르는 여왕님의 영향 아래 있었지요. 펜토스에서는 여왕님도 일리리오의 영향 아래에 놓입니다. 같지가 않아요. 저도 여왕님 못지않게 일리리오를 잘 압니다. 그자는 교활하고 영악하며—"

"철왕좌를 손에 넣으려면 영악한 측근이 필요해."

조라 경은 코웃음을 쳤다. "여왕님을 독살하려 했던 그 와인 장수도 영악한 남자였습니다. 영악한 자들은 야심 찬 책략을 꾸미지요."

대니는 담요 아래로 무릎을 세웠다. "경이 날 지켜주겠지. 경과 내 혈맹기수들이."

"네 명으로 말입니까? 칼리시께서는 일리리오 모파티스를 아주 잘 안다고 믿으시지요. 그러면서 칼리시가 알지 못하는 남자들을 주위에 두시겠다고 고집하십니다. 뚱뚱한 내시와 세상에서 제일 늙은 종자 같은 자들을 말입니다. 피아트 프리와 자로 쇼안 닥소스를 교훈으로 삼으십시오."

'좋은 뜻으로 저러는 거야. 전부 사랑 때문에 저러는 거야.' 대니는 스스로를 타일렀다. "아무도 믿지 않는 여왕은 모두를 믿는 여왕만큼이나 바보일 것 같군. 나도 내 밑에 누굴 거둬들일 때마다 위험부담이 있다는 것 정도는 이해하지만, 그런 위험을 지지 않고 어떻게 칠왕국을 손에 넣겠나? 망명 기사 한 명과 도트락 혈맹기수 셋으로 웨스테로스를 정복할까?"

조라 경은 고집스럽게 턱에 힘을 주었다. "여왕님이 가시는 길이 위험하다는 사실을 부정하진 않겠습니다. 하지만 그 길에 나타나는 거짓말쟁이와 책략가를 다 맹목적으로 믿으신다면, 오라버님들과 같은 결말을 맺으실 겁니다."

대니는 그의 완고함에 화가 났다. '나를 아이 취급하는군.' "힘센 벨와스는 아침을 먹으러 가는 길도 계획하지 못할 사람이야. 그리고 흰 수염 아르스탄이 한 말 중에 뭐가 거짓이었지?"

"그자는 진짜 모습을 숨기고 있습니다. 어떤 종자도 여왕님께 그렇게 대담하게 말을 하지는 못합니다."

"내 명에 따라 솔직하게 말한 거야. 내 오빠를 알았다지 않나."

"오라버님을 알았던 남자는 많고도 많습니다. 전하, 웨스테로스에서는 킹스가드 단장이 소협의회에 앉고, 검만이 아니라 지혜로도 왕을 섬깁니다. 제가 정말 여왕님의 첫 퀸스가드라면 제발 제 말을 들어주십시오. 제게 진언드릴 계획이 있습니다."

"어떤 계획? 말해보게."

"일리리오 모파티스는 여왕님을 펜토스로, 자기 지붕 아래로 다시 거두고 싶어 합니다. 좋습니다, 일리리오에게 가십시오……. 다만 준비가 되면 가시고, 혼자 가지 마십시오. 이 두 신하가 얼마나 충성스럽고 순종적인지 살펴보는 겁니다. 그롤리오에게 노예상만으로 항로를 바꾸라고 명하십시오."

대니는 그 계획이 마음에 들지 않았다. 융카이, 미린, 아스타포 같은 큰 노예 도시에 서는 노예 시장에 대해 들은 이야기는 하나같이 끔찍하고 무서웠다. "노예상만에 나에게 득이 될 게 뭐가 있다고?"

"군대가 있습니다. 힘센 벨와스가 마음에 드신다면, 미린의 투기장에서 그와 비슷한 자를 수백 명은 사들이실 수 있습니다……. 하지만 제가 진언하고자 하는 곳은 아스타포입니다. 아스타포에서는 거세병을 사실 수 있습니다."

"뾰족뾰족한 청동 모자를 쓴 노예들 말인가?" 대니는 자유도시들에서 마지스터, 집정관, 통치자의 대문을 지키는 거세병을 본 적이 있었다. "내가 거세병을 원할 이유가 뭐지? 그들은 말도 타지 못하고, 대부분 뚱뚱한데."

"여왕님께서 펜토스와 미르에서 보셨을 거세병은 집을 지키는 위병일 겁니다. 안이한 일자리인 데다가, 내시들은 살이 찌기 쉽지요. 내시들에게 허용된 악덕은 음식뿐이니까요. 나이 든 집안 위병 몇 명으로 거세병을 판단한다는 것은 흰 수염 아르스탄만 보고 종자들이 다 그렇겠구나 하는 셈입니다, 전하. 코호르의 3000명 이야기를 아십니까?"

"아니." 대니는 어깨에서 흘러내린 침대보를 다시 끌어 올렸다.

"400년도 더 전에, 도트락이 처음 동쪽에서 달려와서 가는 길에 있는 마을과 도시를 다 약탈하고 불태울 때였습니다. 그들을 이끄는 칼은 테모라고 했지요. 드로고의 칼라사르만큼 크지는 않았어도, 꽤 큰 칼라사르였습니다. 적어도 5000명은 되었고, 그중 절반은 땋은 머리에 단 종을 울리는 전사들이었습니다.

코호르인들은 칼 테모가 오는 것을 알고 있었습니다. 성벽을 강화하고, 위병 수를 두 배로 늘리고, 용병단을 두 개 고용했지요. '눈부신 깃발단'과 '둘째 아들들'을요. 그리고 뒤늦게 생각난 듯 아스타포에 사람을 보내 거세병 3000명을 샀습니다. 그러나 코호르로 돌아오는 행군 길은 멀었고, 그들이 도시에 근접했을 때쯤 멀리서 연기와 먼지가 보였고 전투의 소음이 들렸지요.

거세병들이 도착했을 때는 해가 저문 이후였습니다. 성벽 아래에서는 까마귀들과 늑대들이 코호르 중기병들의 유해로 잔치를 벌이고 있었지요. 용병들은 이길 가망이 없을 때 버티지 않기 때문에, 눈부신 깃발단과 둘째 아들들은 달아난 후였고요. 어둠이 내리자 도트락인들은 술 마시고 춤추고 잔치를 벌이기 위해 야영지로 후퇴했지만, 그들이 다음 날 돌아와서 도시 관문을 부수고 성벽을 공격하고 좋을 대로 강간하고 약탈하고 노예로 삼을 것을 의심하는 사람은 없었습니다.

하지만 동이 트고 칼라사르를 끌고 나온 칼 테모와 그의 혈맹기수들은 머리 위에 검은 염소 군기를 휘날리며 성문 앞에 진을 친 3000명의 거세병을 보게 되었습니다. 그런 소규모 군대는 포위 공격하기가 수월한 법이지만, 도트락인들을 아시지요. 이자들은 보병이었고 도트락인에게 보병이란 말을 타고 짓밟아야 하는 것이었습니다.

도트락인들은 돌진했습니다. 거세병들은 방패를 잇대고 창을 내리고 굳건히 섰습니다. 머리채에 달린 종을 울리며 소리를 지르는 2만 명을 상대로, 굳건히 버텨 섰습니다.

도트락인들은 열여덟 번을 돌진했고, 돌투성이 해안에 부딪치는 파도처럼 방패와 창에 부딪쳐 산산이 부서졌습니다. 칼 테모는 세 번에 걸쳐 궁수들을 보내 3000의 군대 위로 비처럼 화살을 퍼부었지만, 거세병들은 그저 머리 위로 방패를 들어 올리고 소나기가 지나가기를 기다릴 뿐이었습니다. 결국에는 거세병도 600명밖에 남지 않았으나…… 도트락인은 1만 2000명이 들판에 죽어 누웠고, 그중에는 칼 테모와 그의 혈맹기수들, 그의 코들, 그의 아들들 모두가 포함되었습니다. 나흘째 되던 날 아침, 새로운 칼은 생존자들을 수습하여 위풍당당하게 도시 문을 통과했습니다. 그리고 한 명씩, 한 명씩 머리채를 잘라 3000 거세병의 발치에 던졌습니다. 그날 이후로 코호르의 도시 경비대는 오직 거세병으로만 구성되며, 각각이 땋은 머리채를 매단 큰 창을 지니고 다닌다 합니다.

아스타포에서 전하께서 찾으실 게 그겁니다. 아스타포에 상륙한 후, 육로로 펜토스까지 가시지요. 시간이 더 걸리기는 하겠지만…… 마지스터 일리리오와 식사하실 때 전하 뒤에는 검사 네 명이 아니라 천 명이 설 것입니다."

'그래, 이 계획에는 지혜로운 구석이 있어. 그렇지만…….' 대니는 생각했다. "내가 어떻게 노예 병사 천 명을 산단 말인가? 나에게 가치 있는 물건이라곤 전기석 형제단이 준 왕관뿐인데."

"드래곤들은 콰스에서만큼이나 아스타포에서도 경이를 불러일으킬 겁니다. 콰스인들이 그랬듯 노예상들도 전하께 선물을 퍼부을지 모릅니다. 그러지 않는다면…… 이 배들에는 전하의 도트락인과 말만 실린 게 아닙니다. 배마다 콰스에서 실은 상품들을 제가 선창을 거닐며 직접 확인했습니다. 비단과 호랑이 가죽, 호박과 비취 조각, 사프란, 몰약……. 노예는 쌉니다, 전하. 호랑이 가죽은 비싸지요."

"그건 일리리오의 호랑이 가죽이야." 대니는 항변했다.

"그리고 일리리오는 타르가르옌 가문의 친구지요."

"그럴수록 일리리오의 물건을 훔쳐선 안 되지."

"전하께서 필요로 하실 때 그 재산을 이용할 수 없다면, 부유한 친구가 무슨 소용입니까? 마지스터 일리리오가 그렇게는 못 한다고 한다면 턱이 네 겹으로 늘어진 자로 쇼안 닥소스나 다름없지요. 그리고 전하의 대의에 정말로 헌신한다면, 배 세 척에 실린 상품을 아까워하진 않을 겁니다. 그 호랑이 가죽에 전하께 초기 병력을 사주는 것 이상 가는 쓰임새가 있겠습니까?"

'그건 사실이야.' 대니는 조금씩 흥분했다. "그런 먼 행군이라면 위험이 있을 터인데……."

"바다에도 위험은 있습니다. 남쪽 항로에는 해적이 들끓고, 발리리아 북쪽 연기 바다에는 악마가 나온다고 하지요. 다음에 폭풍이 오면 우리 배가 가라앉거나 뿔뿔이 흩어질 수도 있고, 크라켄이 배를 끌고 내려갈 수도 있습니다……. 아니면 또 바다가 너무 잔잔해져서 바람만 기다리다가 갈증으로 죽을 수도 있습니다. 육로 행군에는 다른 위험이 있겠으나 바다보다 더 큰 위험은 아닙니다."

"그롤리오 선장이 항로를 바꾸지 않으려 하면? 그리고 아르스탄과 힘센 벨와스는 어떻게 행동할까?"

조라 경이 일어섰다. "그 점을 알아볼 때인지도 모릅니다."

"그렇군." 대니는 결정을 내렸다. "그리하겠다!" 대니는 침대보를 던지고 침대 아래 내려섰다. "즉시 선장을 만나 아스타포로 항로를 돌리라 명하겠어." 그녀는 궤짝 위로 허리를 굽히고 뚜껑을 열어 처음 손에 잡히는 옷을 꺼냈다. 느슨한 모래 비단 바지였다. "내 메달 허리띠를 주게." 그녀는 모래 비단 바지를 엉덩이까지 끌어 올리며 조라에게 지시했다. "그리고 내 조끼를—"

대니가 몸을 돌리며 말하는데, 조라 경이 그녀를 끌어안았다.

"아." 대니가 겨우 그 말만 했을 때 조라 경이 그녀를 끌어당겨 입을 맞췄다. 그에게서는 땀과 소금과 가죽 냄새가 났고, 그가 으스러져라 끌어안자 그의 조끼에 박힌 징이 대니의 벗은 가슴에 파고들었다. 그는 한 손으로 그녀의 어깨를 쥐고 반대쪽 손으로 척추를 훑다가 등허리를 잡았고, 대니는 말 한마디 없이 입을 열어 그의 혀를 받아들였다. '수염은 따갑지만 입맞춤은 달콤하구나.' 그녀는 생각했다. 도트락인은 턱에 수염을 기르지 않고 콧수염만 길게 기르는 데다가 그 전까지 대니에게 입을 맞춘 사람은 칼 드로고뿐이었다. '이래선 안 돼. 난 조라의 여자가 아니라 여왕이야.'

긴 입맞춤이었으나 얼마나 길었는지는 잘 알 수 없었다. 입맞춤이 끝나자 조라 경은 대니를 놓아주었고, 그녀는 재빨리 한 걸음 물러섰다.

"경…… 경이 이래서는……."

"이렇게 오래 기다려선 안 되는 거였습니다." 그가 대신 말을 맺었다. "콰스에서, 바에스 톨로로에서 당신께 입 맞췄어야 했습니다. 붉은 황야에서, 매일 밤 매일 낮 당신께 입 맞췄어야 했습니다. 당신은 입맞춤을 받아야 마땅한 분입니다. 자주, 그리고 잘." 조라 경의 시선이 대니의 가슴으로 향했다.

대니는 젖꼭지가 그녀를 배신하고 흥분을 드러내기 전에 손으로 가렸다. "나는…… 그건 부적절했어. 난 경의 여왕이야."

"제 여왕이시고, 제 평생 가장 용감하고 다정하며 아름다운 여인이시지요. 대너리스—"

"전하라고 해!"

"전하. 드래곤에는 머리가 셋 있다는 말, 기억하십니까? 전하께선 먼지 궁전에서 흑마법사들에게 그 말을 들은 후 계속 생각하셨지요. 그 의미는 이렇습니다. 발레리온, 메락세스, 바가르를 아에곤, 라에니스, 비세니아가 탔지요. 타르가르옌 가문의 세 머리 드래곤— 세 마리 드래곤과 세 명의 기수입니다."

"그래. 하지만 내 오라버니들은 죽었어."

"라에니스와 비세니아는 아에곤의 누이일 뿐 아니라 배우자이기도 했습니다. 전하께는 형제가 없지만 남편을 두실 수는 있습니다. 그리고 진심으로 말씀드리는데 대너리스, 온 세상을 다 뒤져도 저만큼 당신에게 진실할 남자는 다시 없을 겁니다."

브랜

그 산등성이는 매우 가팔라 토석이 만들어낸 긴 습곡의 모습이 꼭 발톱 같았다. 낮은 비탈면에는 소나무와 산사나무와 물푸레나무 등이 붙어 있었지만 더 올라가면 나무가 없어졌고, 구름 낀 하늘을 인 산마루의 선은 삭막했다.

브랜은 그 높은 돌덩어리의 부름을 느낄 수 있었다. 그는 산을 올랐다. 처음에는 설렁설렁 뛰다가, 튼튼한 다리로 비탈면을 성큼성큼 먹어치우며 점점 빨리, 점점 높이 올라갔다. 질주하는 그의 머리 위 나뭇가지에서 새들이 뛰쳐나와 푸드덕거리며 하늘로 날아올랐다. 잎사귀 사이로 한숨 짓는 바람 소리, 서로에게 지절대는 다람쥐 소리, 숲 바닥에 떨어지는 솔방울 소리까지 들을 수 있었다. 그리고 주위 냄새는 노래와 같았다. 훌륭한 초록색 세상을 채운 노래.

정상에 올라서려고 마지막 몇십 센티미터를 오르는 동안 발밑에서 자갈이 튀었다. 태양은 키 큰 소나무들 위에 걸린 커다란 붉은 공이었고, 발아래로는 보이는 곳 어디까지나, 냄새 맡을 수 있는 곳 어디까지나 나무와 언덕이 이어졌다. 한참 위 어딘가에서 분홍빛 하늘을 배경으로 까만 연 하나가 맴돌았다.

'왕자.' 갑자기 그의 머릿속에 인간의 소리가 떠올랐고 그 소리가 적절하게 느껴졌다. '초록의 왕자, 늑대 숲의 왕자.' 그는 튼튼하고 날래고 사나웠으며, 훌륭한 녹색 세상에 사는 모든 것이 그를 두려워했다.

한참 아래, 숲 기단부에서 뭔가가 나무 사이를 움직였다. 회색 섬광이 언뜻 보였다가 사라졌을 뿐이지만, 그가 두 귀를 쫑긋 세우기에는 그것으로 충분했다. 저 아래 빠르게 흐르는 초록색 개울 옆에서 또 다른 그림자가 달려갔다. '늑대들이야.' 그는 알았다. 그의 작은 친척들이 먹잇감을 쫓고 있었다. 이제 왕자는 좀 더 볼 수 있었다. 날래게 움직이는 회색 그림자들. 늑대 무리였다.

예전에는 그에게도 무리가 있었다. 그들 다섯에, 비켜선 여섯 번째까지. 머릿속 어딘가에서 인간들이 그들을 구분하려고 붙여준 소리들이 떠올랐지만, 그는 그 소리로 그들을 구분하지 않았다. 그는 형제들의 냄새를 기억했다. 한 무리답게 모두 비슷한 냄새가 났지만, 각각 다르기도 했다.

왕자는 뜨거운 초록색 눈을 지닌 성난 형제가 근처에 있음을 느꼈지만 여러 번 사냥을 하도록 그 형제를 보지 못했다. 해가 한 번씩 저물 때마다 점점 둘 사이의 거리가 멀어졌다. 마지막으로 남은 형제였다. 나머지는 거센 바람에 떨어지는 잎사귀들처럼 뿔뿔이 흩어져버렸다.

그래도 가끔은 그들을 느낄 수 있었다. 마치 아직 함께 있는데 돌이나 나무에 가려서 보이지 않는 상태 같았다. 냄새를 맡을 수도, 밤에 울부짖는 소리를 들을 수도 없었지만 등 뒤로 그들의 존재를 느꼈다……. 아예 사라져버린 여자 형제 하나만 빼고는 그랬다. 누이를 떠올리자 꼬리가 축 처졌다. 이제는 다섯이 아니라 넷이었다. 넷, 그리고 목소리가 없는 하얀 늑대까지 하나 더.

이 숲, 이 눈 쌓인 비탈면과 돌투성이 언덕들, 거대한 초록빛 소나무와 황금빛 잎의 참나무, 내달리는 개울과 가장자리에 하얗게 서리가 앉은 푸른 호수는 원래 그들의 것이었다. 그러나 누이 하나는 야생의 세계를 떠나 다른 사냥꾼들이 지배하는 인간의 바위 굴 속으로 걸어 들어갔고, 일단 그 속에 들어가면 되돌아 나오는 길을 찾기가 힘들었다. 늑대 왕자는 기억하고 있었다.

갑자기 바람 방향이 변했다.

사슴, 그리고 공포, 그리고 피. 사냥감의 냄새가 그 안의 허기를 깨웠다. 왕자는 다시 공기 냄새를 맡고는 몸을 돌렸고, 입을 반쯤 벌린 채 산 정상에서 뛰어 내려갔다. 산등성이 반대편은 아까 올라온 비탈면보다 더 가팔랐지만, 그는 돌과 나무뿌리와 썩은 잎사귀 위를 날듯이 확실하게 발을 디디며 넓은 보폭으로 성큼성큼 비탈면을 내려가고 숲속을 질주했다. 사냥감의 냄새가 더 빨리 움직이도록 그를 끌어당겼다.

그가 도착했을 때 사슴은 이미 쓰러졌고, 그의 작은 회색 친척들 여덟에게 둘러싸여 죽어가고 있었다. 무리의 우두머리들이 먹기 시작한 후였다. 첫째가는 수컷과 그놈의 암컷이 번갈아가며 사냥감의 피투성이 배에서 살점을 뜯어냈다. 다른 늑대들은 참을성 있게 기다리고 있었으나, 최하위만은 꼬리를 축 늘어뜨린 채 몇 걸음 떨어진 곳을 조심스럽게 맴돌고 있었다. 그놈은 제일 마지막에, 형제들이 남겨둔 것을 먹어야 했다.

왕자는 맞바람을 받으며 움직였기에, 늑대들은 그가 식사 장소에서 여섯 걸음 떨어진 통나무 위로 훌쩍 뛰어나갈 때까지 그를 알아차리지 못했다. 최하위가 제일 먼저 왕자를 보고 애처롭게 낑낑거리며 물러났다. 그 소리를 듣고는 우두머리 수컷과 암컷만 빼고 나머지 무리 형제들이 몸을 돌려 이를 드러내고 으르렁거렸다.

다이어울프는 그에 대한 답변으로 낮은 경고음을 울리며 이빨을 드러냈다. 그는 이 친척 늑대들보다 몸집이 컸다. 앙상한 최하위 늑대의 두 배에 달했고 두 마리의 우두머리와 비교해도 1.5배는 되는 크기였다. 그가 무리 한가운데 뛰어들자 세 마리가 흩어져서 덤불 속으로 물러났다. 다른 한 마리는 공격해왔다. 그는 물어뜯으려는 늑대에게 정면으로 대응했고, 맞붙은 순간에 상대의 다리를 물고 옆으로 내던졌다. 녀석은 캥 소리를 내며 절뚝였다.

그다음에는 우두머리 늑대만 남았다. 주둥이에 방금 먹은 사냥감의 부드러운 배에서 묻은 피가 선연한 덩치 큰 회색 수컷이었다. 주둥이에 하얀 부분도 있는 것을 보니 나이 많은 늑대였지만, 입을 벌리자 이빨에서 붉은 침이 흘러내렸다.

왕자는 생각했다. '이 녀석은 나만큼이나 겁이 없군.' 좋은 싸움이 될 터였다. 두 마리가 서로에게 덤벼들었다.

그들은 오랫동안 싸웠다. 나무뿌리와 돌멩이와 낙엽 더미와 흩어진 사냥감의 내장 위를 뒹굴며 이빨과 발톱으로 서로를 찢고, 떨어졌다가 서로를 맴돌고, 다시 뛰어들어 맞붙었다. 왕자가 더 크고 더 강했지만 상대에게는 무리가 있었다. 암컷이 그들 주위를 가까이 돌며 킁킁거리고 으르렁대다가, 제 짝이 피를 흘리며 물러날 때마다 끼어들었다. 가끔은 다른 늑대들도 뛰어들어 왕자가 다른 쪽을 볼 때 다리나 귀를 물었다. 한번은 화가 너무 난 나머지 격노하며 몸을 홱 돌려 공격한 놈의 목을 물어뜯었더니, 그 후부터 다른 늑대들은 거리를 유지했다.

그리고 녹색과 금색 가지들 사이로 마지막 붉은 햇살이 통과할 무렵, 늙은 늑대는 지쳐서 흙바닥에 엎드리더니 몸을 굴려 목과 배를 내보였다. 항복 자세였다.

왕자는 그 늑대를 킁킁거리고는 털과 찢어진 살에 묻은 피를 핥았다. 늙은 늑대가 부드럽게 낑낑거리자 다이어울프는 몸을 돌렸다. 그는 지금 몹시 배가 고팠고, 사냥감은 그의 것이었다.

"호도."

그는 갑자기 들려온 소리에 멈춰 서서 으르렁거렸다. 늑대들이 낮의 마지막 빛을 받아 반짝거리는 녹색 눈과 노란색 눈으로 그를 바라보았다. 아무도 그 소리를 듣지 못한 것이다. 그것은 오직 그의 귀에만 불어온 이상한 바람이었다. 그는 사슴 배 속에 입을 처박고 살점을 한입 가득 뜯어냈다.

"호도, 호도."

'아니야.' 그는 생각했다. '아니야, 안 가.' 그것은 다이어울프가 아니라 소년의 생각이었다. 주위 숲이 어두워지더니 나무 그림자들과 다른 늑대들의 빛나는 눈동자만 남았다. 그리고 그 눈동자들 속, 그 눈동자들 뒤로 히죽거리는 거한의 얼굴과 벽 여기저기에 초석이 묻은 석실이 보였다. 혀에 남아 있던 진하고 따뜻한 피 맛이 희미해졌다. '아니야, 안 돼, 싫어. 난 먹고 싶다고, 먹고 싶어, 먹고 싶단…….'

"호도, 호도, 호도, 호도, 호도." 호도가 그의 어깨를 잡고 몸을 앞뒤로 가만가만 흔들면서 읊조렸다. 호도는 조심하려고 했다. 언제나 그러려고 했다. 하지만 호도는 키가 2미터가 넘었고 자기 생각보다 힘이 셌다. 그 거대한 손에 흔들리자 브랜의 이가 덜거덕거렸다. "싫어!" 브랜은 화가 나서 외쳤다. "호도, 그만해. 나 여기 있어, 나 여기 있다고."

호도는 겸연쩍은 얼굴로 동작을 멈췄다. "호도?"

숲도 늑대들도 사라졌다. 브랜은 다시 버려진 지 수천 년은 지났을 오래된 감시탑의 축축한 석실 안에 돌아와 있었다. 이제는 별로 탑이라고 할 수도 없었다. 굴러 내린 돌들도 이끼와 담쟁이에 뒤덮인 나머지 그 위에 올라서서도 알아보지 못할 지경이었다. "굴러떨어진 탑(Tumbledown Tower)이네." 브랜이 그렇게 이름 붙였지만, 그 탑 밑에 남은 석실로 들어가는 길을 찾아낸 사람은 미라였다.

"너무 오래 가 있었어." 조젠 리드는 열세 살로, 브랜보다 네 살밖에 많지 않았다. 게다가 몸집도 별 차이가 없어서 몇 센티미터 더 큰 정도였는데, 하도 엄숙하게 말을 하다 보니 실제보다 훨씬 나이 많고 현명해 보였다. 윈터펠에서 낸 할멈은 조젠을 "어린 할아버지"라고 불렀었다.

브랜은 조젠을 보고 얼굴을 찌푸렸다. "먹고 싶었단 말이야."

"미라가 곧 저녁거리를 가지고 돌아올 거야."

"개구리는 지겨워." 미라는 개구리를 먹고 사는 넥 지역 사람이었으니 개구리만 그렇게 많이 잡는다고 미라를 탓할 수는 없겠지만, 그렇다 해도……. "난 사슴을 먹고 싶었어." 순간 그 맛이, 피와 풍부한 살코기의 맛이 기억났고 입에 침에 고였다. '난 그 사슴을 두고 싸워서 이겼어. 내가 이겼어.'

"나무에 표시는 했어?"

브랜은 얼굴을 붉혔다. 조젠은 언제나 세 번째 눈을 뜨고 서머의 가죽을 입으면 무엇을 할지 일러주었다. 나무껍질을 긁어놓아라, 토끼를 잡아서 먹지 말고 물고 돌아와라, 돌멩이를 한 줄로 밀어놓아라 같은 것들이었다. 바보 같은 일들. "까먹었어."

"언제나 잊어버리는구나."

사실이었다. 조젠이 부탁한 대로 하려고는 했는데, 늑대가 되고 나면 그런 것들이 중요하게 여겨지질 않았다. 언제나 볼 것이 있고 냄새 맡을 것이 있었으며, 사냥해야 할 초록빛 세상이 가득했다. 그리고 그는 뛸 수 있었다! 달리기보다 더 좋은 게 있다면 사냥감을 따라 달리는 것뿐이었다. "난 왕자였어, 조젠." 브랜은 손위 소년에게 말했다. "난 숲의 왕자였어."

"넌 지금도 왕자야." 조젠은 부드럽게 상기시켰다. "기억하긴 하지? 네가 누구인지 말해봐."

"알잖아." 조젠은 브랜의 친구이자 선생님이었지만, 가끔은 그냥 조젠을 한 대 치고 싶었다.

"네가 직접 말했으면 좋겠어. 네가 누구인지 말해줘."

"브랜이야." 그는 퉁명스럽게 말했다. 망가진 브랜이지. "브랜던 스타크." 불구가 된 소년. "윈터펠의 왕자." 불타고 무너진 데다 백성들은 죽고 흩어진 윈터펠의 왕자. 유리 정원은 부서졌고, 갈라진 벽 틈으로 솟아난 온천물이 태양 아래 수증기를 올리는 곳. 어떻게 다시는 보지 못할 수도 있는 곳의 왕자가 될 수 있지?

"그리고 서머는 누구지?" 조젠이 물었다.

"내 다이어울프." 그는 미소 지었다. "초록의 왕자."

"소년 브랜과 늑대 서머. 너희는 둘이야?"

"둘이자……." 그는 한숨을 쉬었다. "하나지." 조젠이 이렇게 답답하게 굴 때마다 정말 싫었다. '윈터펠에서는 내가 늑대 꿈을 꾸길 바라더니, 이제 방법을 알고 나니 언제나 다시 불러들여.'

"그 점을 기억해, 브랜. 너 자신을 기억하지 않으면 늑대가 널 집어삼킬 거야. 둘이 하나가 될 때는 서머의 가죽을 입고 달리고 사냥하고 울부짖기만 해선 안 돼."

'그건 날 위한 거야.' 브랜은 생각했다. 브랜은 자신의 몸뚱이보다 서머의 몸이 좋았다. 더 마음에 드는 몸을 입고 다닐 수 없다면, 몸을 바꾸는 변신자가 되어서 좋을 게 뭐란 말인가?

"기억할 거지? 그리고 다음에는 꼭 나무에 흔적을 남겨. 표시를 하기만 한다면 어떤 나무든 좋아."

"그럴게. 기억할게. 너만 좋다면 당장 돌아가서 그렇게 할 수도 있어. 이번에는 잊지 않을게." '하지만 우선 내 사슴부터 먹고, 그 작은 늑대들과 좀 더 싸워야지.'

조젠은 고개를 저었다. "안 돼. 여기 있으면서 먹어. 네 입으로 먹어야 해. 와르그는 자기 짐승이 먹는 걸로 살아갈 수 없어."

'네가 어떻게 알아?' 브랜은 분개해서 생각했다. '넌 와르그도 아니잖아. 그게 어떤 건지 모른다고.'

호도가 벌떡 일어서다가 둥근 천장에 머리를 부딪칠 뻔했다. "호도!" 그는 소리를 지르며 문으로 달려갔다. 호도가 문에 도착하기 직전에 미라가 문을 밀어 열고 그들의 피난처로 들어섰다. "호도, 호도." 거대한 마구간지기는 히죽 웃으며 말했다.

미라 리드는 열여섯 살로 성인 여성이나 다름없었으나, 동생보다 별로 크지 않았다. 언젠가 브랜이 왜 미라가 더 크지 않은지 묻자 호상민은 다 몸집이 작다고 대답해주기도 했다. 갈색 머리에 녹색 눈, 가슴이 나오지 않아 사내아이 같은 몸의 미라가 걷는 모습에는 브랜이 멍청히 바라보며 질투할 수밖에 없는 우아함이 있었다. 미라는 길고 날카로운 단검을 차고 다녔지만, 제일 좋아하는 싸움 방법은 한 손에 가느다란 개구리용 삼지창을 쥐고 반대쪽 손에는 그물을 쥐는 것이었다.

"배고픈 사람?" 미라는 잡아 온 먹을거리를 들어 보이며 물었다. 작은 은빛 송어 두 마리와 통통한 초록색 개구리 여섯 마리였다.

"나." 브랜이 말했다. 하지만 개구리를 먹고 싶지는 않았다. 온갖 나쁜 일이 다 일어나기 전 윈터펠에서 왈더들은 개구리를 먹고 살면 이가 녹색으로 물들고 겨드랑이에 이끼가 자란다고 말하곤 했다. 왈더들은 죽었을까 궁금했다. 윈터펠에서 그 둘의 시체를 보지는 못했다……. 하지만 시체가 워낙 많았고, 건물 안을 일일이 들여다보지는 않았었다.

"그렇다면 얼른 먹어야겠네. 손질 좀 도와줄래, 브랜?"

브랜은 고개를 끄덕였다. 미라에게 퉁명스럽게 굴기는 힘들었다. 미라는 조젠보다 훨씬 쾌활했고, 언제나 어떻게 하면 브랜의 미소를 부를 수 있는지 아는 것 같았다. 그 무엇도 미라에게 겁을 주거나 분노를 일으키지 않았다. 가끔 조젠 정도를 제외하면……. 조젠 리드는 거의 누구에게나 겁을 줄 수 있는 사람이었다. 온통 녹색으로 입고, 눈동자는 이끼 같은 탁한 녹색이었으며, 녹색 꿈을 꿨다. 조젠이 꾼 꿈은 현실이 되었다. '내가 죽었다는 꿈만 빼면 말이지. 난 안 죽었어.' 다만 어떤 면에서는 죽긴 했다.

조젠은 호도를 보내 장작을 가져오게 하고, 브랜과 미라가 물고기와 개구리를 손질하는 동안 작게 불을 피웠다. 그들은 미라의 투구를 요리 냄비로 삼고, 물고기와 개구리를 작게 깍둑썰기를 해서 물에 넣고 호도가 찾아온 야생 양파를 넣어 개구리 스튜를 만들었다. 브랜은 스튜를 먹으면서 사슴만큼 맛있지는 않지만 그렇게 나쁘지만도 않다고 인정하기로 했다. "고맙습니다, 미라 아가씨."

"얼마든지요, 전하."

조젠이 말했다. "내일은 이동하는 게 좋겠어."

브랜은 미라가 긴장하는 모습을 보았다. "녹색 꿈을 꿨어?"

"아니."

"그럼 왜 떠나?" 미라는 이유를 요구했다. "굴러떨어진 탑은 우리에게 괜찮은 장소야. 근처에 마을도 없고, 숲에는 사냥감이 가득하고, 개울과 호수에는 물고기와 개구리가 있고……. 게다가 여기에서 누가 우릴 찾으려 들겠어?"

"여긴 우리가 있어야 할 곳이 아니야."

"하지만 안전하잖아."

"여기가 안전해 보이는 건 알아. 하지만 얼마나 오래 그럴까? 윈터펠에서 전투가 있었어. 우린 죽은 사람들을 봤지. 이건 전쟁이라고. 혹시 어느 군대든 어쩌다 우릴 발견한다면……."

"롭의 군대가 될 수도 있어." 브랜이 말했다. "롭이 곧 남쪽에서 돌아올 거야. 난 알아. 롭 형이 휘하 영주들을 다 데리고 돌아와서 그 강철 군도인들을 쫓을 거야."

"너희 학사님은 죽어가면서 롭 얘기는 꺼내지도 않았어." 조젠은 기억을 상기시켰다. "강철인들이 스토니쇼어에 상륙했고, 동쪽에는 볼턴의 서자가 있다고 했지. 모트카일린과 딥우드모트가 함락됐고, 세르윈의 후계자는 죽었고, 토르헨스퀘어의 수호성주도 죽었어. 사방이 전쟁이고, 모두가 이웃과 싸우고 있다고 했어."

"전에도 했던 얘기잖아. 넌 장벽으로, 네 세눈박이 까마귀가 있는 곳으로 가고 싶어 하지. 그건 좋지만, 장벽은 아주 멀고 브랜은 호도한테 업혀 가야만 해. 우리가 말을 타기만 했어도……."

"우리가 독수리였다면 날아갈 수도 있었겠지." 조젠이 날카롭게 대꾸했다. "하지만 우리에겐 날개가 없어. 말도 없고."

"말을 구할 순 있어. 아무리 늑대 숲 깊은 곳이라도 숲지기나 농민, 사냥꾼은 있어. 누군가에게는 말이 있을 거야."

"그래서 있으면, 그 말을 훔쳐야 할까? 우리가 도둑이야? 사람들에게 쫓기길 바라는 것도 아니잖아."

"살 수도 있어. 맞바꾼다거나."

"우릴 봐, 미라. 다이어울프를 거느린 불구 소년에 머리 나쁜 거한, 그리고 넥 지역에서 만 리 떨어진 곳에 와 있는 호상민 두 명이라니. 알아볼 거야. 그리고 말이 퍼지겠지. 브랜은 죽은 채로 있는 한 안전해. 살아 있는 브랜은 언제까지나 제대로 죽이고 싶어 하는 사람들의 사냥감이야." 조젠은 불가로 가서 막대로 깜부기불을 쑤석였다. "북쪽 어딘가에서 세눈박이 까마귀가 우릴 기다려. 브랜에겐 나보다 현명한 스승이 필요해."

"어떻게 가자는 거야, 조젠? 어떻게?" 미라가 물었다.

"걸어서." 조젠이 대답했다. "한 번에 한 걸음씩."

"그레이워터에서 윈터펠까지 가는 길도 영원히 이어지는 것 같았는데, 그때는 말을 타고 움직였어. 넌 그것보다 더 먼 길을 걷자고 하고 있어. 심지어 어디가 끝인지 알지도 못하잖아. 넌 장벽 너머라고만 말하지. 너만이 아니라 나도 거기 못 가봤지만, 장벽 너머가 아주 넓다는 건 알아, 조젠. 세 눈박이 까마귀가 많아, 아니면 하나뿐이야? 그 까마귀를 어떻게 찾지?"

"아마 그쪽에서 우릴 찾을 거야."

미라가 그 말에 대한 답변을 찾기 전에, 소리가 들렸다. 멀리서 늑대가 울부짖는 소리가 밤공기를 타고 전해졌다. "서머?" 조젠이 귀를 기울이며 물었다.

"아니야." 브랜은 자기 다이어울프의 목소리를 알았다.

"확실해?" 어린 할아버지가 말했다.

"확실해." 서머는 오늘 멀리까지 나갔고, 새벽 전에는 돌아오지 않을 터였다. 조젠은 녹색 꿈을 꿀지는 몰라도 보통 늑대와 다이어울프를 구분하지 못했다. 브랜은 왜 그들 모두가 조젠의 말에 그렇게 귀를 기울이는지 알 수 없었다. 조젠은 브랜 같은 왕자도 아니고, 호도같이 덩치 크고 힘이 세지도 않았으며, 미라처럼 뛰어난 사냥꾼도 아니건만, 어째서인지 모두에게 어떻게 할지 지시하는 사람은 늘 조젠이었다. 브랜이 말했다. "미라 말대로 우린 말을 훔쳐야 해. 그리고 라스트허스에 있는 엄버 가문에게 가야 해." 그는 잠시 생각해보았다. "아니면 배를 훔쳐서 화이트나이프강을 타고 화이트하버까지 갈 수도 있겠지. 거긴 뚱뚱한 맨덜리 영주가 지배하는 곳이고, 그 사람은 추수제 때 우호적이었어. 배를 만들고 싶어 했지. 어쩌면 몇 척 만들었을지도 몰라. 그렇다면 우린 배를 타고 리버런으로 가서 롭과 롭의 군대 전부를 집으로 데려올 수 있어. 그러면 내가 살아 있다는 걸 누가 알든 상관없어져. 롭이 아무도 우릴 해치지 못하게 할 거야."

"호도!" 호도가 트림을 했다. "호도, 호도."

그러나 브랜의 계획에 좋아하는 사람은 호도뿐이었다. 미라는 미소만 지었고 조젠은 얼굴을 찌푸렸다. 그들은 브랜이 뭘 원하는지 듣는 법이 없었다. 브랜은 스타크 가문인 데다 왕자이고, 넥의 리드 가문은 스타크의 휘하인데도.

"호오오오오도." 호도가 몸을 흔들며 말했다. "호오오오오오도오, 호오오오오오도, 호도, 호도, 호도." 호도는 가끔 이렇게, 자기 이름을 여러 방식으로 거듭거듭 말하기를 좋아했다. 또 어떤 때는 거기 있다는 사실을 잊을 정도로 조용하기도 했다. 호도에 대해서는 도무지 알 수가 없었다. "호도, 호도, 호도!" 호도가 외쳤다.

브랜은 호도가 멈추지 않으리라는 사실을 깨달았다. "호도, 나가서 검술 훈련을 하면 어때?"

마구간지기 소년은 자기 검에 대해 잊고 있다가 이제 기억해냈다. "호도!" 그는 트림을 하고 검을 찾으러 갔다. 그들은 브랜과 리콘이 테온 그레이조이의 강철인들을 피해 숨어 있었던 윈터펠의 지하묘지에서 부장품이었던 장검 세 자루를 가져왔다. 브랜은 백부인 브랜던의 검을, 미라는 브랜의 할아버지인 리카드 공의 무릎에 놓여 있던 검을 차지했다. 호도의 검은 더 오래된 것으로, 몇 세기나 버려져 있었던 탓에 날이 무뎌지고 군데군데 녹이 슨 크고 무거운 쇳덩어리였다. 호도는 그 검을 한 번에 몇 시간씩 휘두를 수 있었다. 굴러떨어진 돌들 근처에 있는 썩은 나무 한 그루를 거의 난도질을 해놓기도 했다.

바깥에 나갔어도 벽 너머로 호도가 나무를 베고 자르면서 "호도!"라고 외치는 소리를 들을 수 있었다. 고맙게도 늑대 숲은 어마어마하게 컸고, 주위에 그 소리를 들을 수 있는 사람이 또 있을 것 같지는 않았다.

브랜은 물었다. "조젠, 스승에 대한 건 무슨 소리였어? 네가 내 스승이잖아. 내가 나무에 표시를 한 적이 없긴 하지만, 다음번엔 할 거야. 내 세 번째 눈은 네가 원한 대로 뜨였고……."

"너무 크게 뜨는 바람에 네가 그 속에 빠져 남은 평생을 숲속의 늑대로 살까 겁이 나."

"안 그래. 약속할게."

"소년은 약속하지만, 늑대가 그걸 기억할까? 넌 서머와 함께 달리고, 서머와 함께 사냥하고, 서머와 함께 죽이지……. 하지만 서머를 네 의지대로 움직이기보다는 서머의 의지에 더 많이 따르고 있어."

"그냥 잊어버리는 것뿐이야." 브랜은 불평했다. "난 아홉 살밖에 안 됐어. 나이가 들면 더 나아질 거야. 광대 플로리안과 드래곤 기사 아에몬 왕자도 아홉 살에 위대한 기사는 아니었단 말이야."

"그건 사실이야. 그리고 지혜로운 말이기도 하지. 낮이 여전히 길어지기만 한다면……. 하지만 그렇지가 않아. 넌 여름 아이지. 스타크 가문의 가언을 말해봐."

"겨울이 오고 있다." 말하기만 해도 추워지는 기분이었다.

조젠은 엄숙하게 고개를 끄덕였다. "난 날개 달린 늑대가 돌로 만든 사슬에 묶여 있는 꿈을 꾸고, 그 늑대를 풀어주려고 윈터펠에 왔어. 이제 네 사슬은 풀렸지만 아직 넌 날지 못해."

"그렇다면 네가 가르쳐줘." 브랜은 아직도 가끔 꿈속에 나타나서 두 눈 사이를 끝없이 쪼아대며 날으라고 말하는 세눈박이 까마귀가 무서웠다. "넌 그린시어잖아."

"아니야." 조젠이 말했다. "난 꿈을 꾸는 아이일 뿐이야. 그린시어는 단순히 그런 게 아니야. 그린시어는 너처럼 와르그이기도 하고, 가장 뛰어난 그린시어는 날거나 헤엄치거나 기어 다니는 어떤 짐승의 몸이라도 입을 수 있는 데다, 영목의 눈으로도 볼 수 있고, 세상 밑에 놓인 진실을 볼 수 있어.

신들은 많은 재능을 선물하셔, 브랜. 내 누이는 사냥꾼이지. 누나에겐 날래게 달리고, 사라진 것처럼 보일 정도로 가만히 서 있는 능력이 주어졌어.

누나는 날카로운 귀, 예리한 눈, 그물과 창을 쥐면 흔들림이 없는 손도 가졌지. 누나는 진흙에서 호흡하고 나무 사이를 날아다닐 수 있어. 너만이 아니라 나도 그런 일은 못 해. 신들이 나에게 주신 건 녹색 꿈이고, 너에게 주신 건…… 넌 나 이상이 될 수 있어, 브랜. 넌 날개 달린 늑대고 네가 얼마나 멀리, 얼마나 높이 날 수 있을지는 아무도 몰라……. 널 가르칠 사람만 있다면 말이야. 내가 어떻게 나도 이해하지 못하는 재능을 숙달시킬 수 있을까? 우린 넥 지역에 살았던 최초인들을 기억하고, 그들의 친구였던 숲의 아이들을 기억하지만…… 너무 많은 것이 잊혔고, 아예 알지 못하는 것도 너무 많아."

미라는 브랜의 손을 잡았다. "우리가 여기 머물면서 아무도 괴롭히지 않으면 넌 전쟁이 끝날 때까지 안전할 거야. 하지만 내 동생이 가르칠 수 있는 것 이상은 배우지 못할 테고. 조젠이 말한 대로야. 여기를 떠나서 라스트허스나 장벽 너머로 도피하려 한다면, 잡힐 위험도 감수해야 해. 네가 아직 어린 건 나도 알지만 넌 우리의 왕자이기도 해. 우리 영주의 아들이고 우리 왕의 진정한 후계자야. 우린 땅과 물, 청동과 철, 얼음과 불에 걸고 너를 믿겠다고 맹세했어. 위험도, 선물도 네가 감수해야 해, 브랜. 그러니 선택도 네가 해야 해. 우린 네 명령에 따르는 하인들이니까." 미라가 씩 웃었다. "적어도 이번만은."

"그러니까, 내 말대로 하겠다는 거야? 정말로?" 브랜이 말했다.

"정말입니다, 왕자님." 손위 여자아이가 대답했다. "그러니 잘 생각해."

브랜은 아버지라면 그랬을 법한 방식으로 찬찬히 생각해보려 했다. 그레이트존의 숙부인 창녀잡이 호서와 까마귀 밥 모스는 사나운 사내들이었지만 충성스럽기도 할 것이다. 그리고 카스타크, 그 가문도 마찬가지리라. 아버지는 언제나 카홀드는 튼튼한 성이라고 했다. '엄버나 카스타크에게 가면 안전할 거야.'

아니면 남쪽으로 뚱뚱한 맨덜리 공에게 갈 수도 있었다. 윈터펠에서 맨덜리 공은 많이 웃었고, 한 번도 다른 영주들처럼 동정심 담긴 눈으로 브랜을 보지 않았다. 세르윈 성이 화이트하버보다 더 가까웠지만 루윈 학사는 클레이 세르윈이 죽었다고 했다. 브랜은 엄버와 카스타크와 맨덜리도 다 죽었을 수도 있다는 사실을 퍼뜩 깨달았다. 강철인들이나 볼턴의 서자에게 잡힌다면 브랜도 죽을 것이다.

여기에 남는다면, 굴러떨어진 탑 아래 숨어 있으면 아무도 그들을 찾지 못할 것이다. 그는 계속 살아 있을 것이다. 불구인 채로.

브랜은 저도 모르게 울고 있었다. '멍청한 어린애.' 그는 스스로를 생각했다. 카홀드나 화이트하버나 그레이워터워치, 어디로 가든 간에 그곳에 도착했을 때 브랜은 여전히 불구일 것이다. 그는 두 주먹을 말아 쥐었다. "난 날고 싶어. 제발, 날 그 까마귀에게 데려다줘."

다보스

다보스가 갑판에 올라갔을 때, 드리프트마크의 긴 끄트머리는 뒤편으로 멀어지고 드래곤스톤이 앞쪽 바다 위로 솟아오르고 있었다. 산꼭대기에서 피어오르는 옅은 회색 연기가 섬의 위치를 알렸다. '드래곤몬트가 오늘 아침에는 부산스러운가. 아니면 멜리산드레가 또 누굴 불태우고 있나.' 다보스는 생각했다.

'샤얄라의 춤'호가 변덕스러운 맞바람과 드잡이하며 블랙워터만을 가로질러 걸릿을 통과하는 동안 그의 머릿속은 멜리산드레 생각으로 꽉 차있었다. 메시의 갈고리 끝에 있는 샤프포인트 감시탑 위에서 타오르는 큰 불을 보자 멜리산드레가 목에 건 루비가 떠올랐고, 동틀 녘과 해 질 녘에 세상이 붉게 물들면 떠도는 구름이 멜리산드레의 바스락거리는 비단과 새틴 가운 같은 색깔로 보였다.

멜리산드레도 드래곤스톤에서 기다리고 있을 것이다. 미모와 힘을 온전히 간직한 채, 그녀의 신과 그녀의 그림자와 그녀의 왕과 함께 기다리고 있을 것이다. 붉은 여사제는 언제나 스타니스에게 충성하는 듯 보였다. 지금까지는. '그 여자는 남자가 말을 길들일 때처럼 그분의 의지를 꺾었어. 할 수만 있다면 그분에게 올라타서 힘을 얻을 테고, 그걸 위해 내 아들들을 불에 던졌지. 내 그 여자의 가슴에서 뛰는 심장을 뜯어내 그게 어떻게 타는지 보리라.' 그는 선장이 준 길고 질 좋은 리스 비수 손잡이를 잡았다.

선장은 지금까지 그에게 무척 친절했다. 그의 이름은 코레인 사스만테스로, 이 배의 주인인 살라도르 산과 마찬가지로 리스인이었다. 리스인에게 흔히 볼 수 있는 엷은 푸른 눈이 풍상에 닳은 앙상한 얼굴에 박혀 있었지만, 칠왕국에서 오랜 시간 무역 일을 했다. 바다에서 건진 남자가 그 유명한 양파 기사라는 사실을 안 선장은 다보스에게 자기 선실과 옷을 내어주고, 발에 거의 맞는 새 장화도 선사했다. 선장용 식량도 다보스와 나눠야 한다고 주장했지만 그건 좋지 않은 결정이었다. 다보스의 위는 코레인 선장이 즐기는 달팽이나 칠성장어나 다른 기름진 음식들을 받아내지 못했고, 선장의 식탁에서 처음 한 끼를 먹은 후 다보스는 그날 내내 이쪽 아니면 저쪽 난간에 매달려 지내야 했다.

노를 저을 때마다 드래곤스톤이 점점 커졌다. 다보스는 이제 산의 형태를 알아보고, 그 산 옆에 가고일과 드래곤 탑을 거느리고 선 거대한 검은 성채도 알아볼 수 있었다. 샤얄라의 춤 뱃머리에 달린 청동 선수상이 파도를 가르며 물보라를 날개처럼 펼쳤다. 다보스는 난간에 무게를 실으면서 지지대가 있다는 사실에 감사했다. 그의 몸은 시련으로 약해져 있었다. 너무 오래 서 있으면 다리가 후들거렸고, 가끔은 통제할 수 없는 기침에 시달리다가 피 섞인 가래를 뱉기도 했다. '별것 아니야.' 그는 스스로에게 말했다. '신들께서 병으로 날 죽이시겠다고 불길과 바다를 헤쳐 나오게 하시진 않았을 거야.'

노잡이 대장의 북소리, 돛이 퉁퉁 울리는 소리, 그리고 노가 끼익거리며 물을 젓는 박자감에 귀 기울이면서 그는 젊은 시절을, 이 소리들이 두려움을 불러일으켰던 수많은 안개 낀 아침을 돌이켰다. 그것은 늙은 트리스

티먼 경의 바다 감시선이 다가온다고 알리는 소리였고, 아에리스 타르가르옌이 철왕좌에 앉아 있던 시절에 바다 감시선은 밀수꾼에게 죽음 그 자체였다.

'하지만 그건 다른 생애였지.' 그는 생각했다. '양파를 실은 배 이전, 스톰스엔드 이전, 스타니스가 내 손가락을 자르기 이전의 삶이었어. 전쟁도 붉은 혜성도 오기 전이었고, 내가 시워스라는 성을 받거나 기사가 되기도 전이지. 그 시절, 스타니스 공 덕분에 출세하기 전의 나는 다른 사람이었어.'

코레인 선장은 강이 불탄 밤에 스타니스의 희망도 끝났다고 말했다. 라니스터가 측면에서 기습했고, 스타니스의 약해빠진 휘하 영주들은 가장 필요한 때 수백 명씩 그를 버렸다. "렌리 왕의 그림자도 나타나서는, 사자 영주의 선봉대를 이끌면서 오른쪽 왼쪽을 베어댔지요. 렌리의 녹색 갑옷이 와일드파이어의 불빛을 받아 유령처럼 빛났고, 사슴뿔에는 금빛 불길이 넘실거렸다더군요."

렌리의 그림자라. 다보스는 그의 아들들도 그림자가 되어 돌아올까 궁금했다. 유령이 존재하지 않는다고 단언하기에는 바다에서 기묘한 일을 너무 많이 보았다. "신의를 지킨 자가 하나도 없었소?" 그는 물었다.

"몇 명은 지켰지요. 왕비의 친족이 제일 많았어요. 우리가 여우와 꽃 문양을 단 사람들을 많이 실어 나오기는 했는데, 물가에 남은 사람이 더 많았습니다. 온갖 휘장이 다요. 플로렌트 공은 이제 드래곤스톤에서 왕의 수관이 됐습니다."

희뿌연 연기를 왕관처럼 얹은 산이 점점 커졌다. 돛이 노래하고, 북이 울리고, 노는 매끄럽게 움직이고, 오래지 않아 그들 앞에 항구 어귀가 열렸다. '텅 비었구나.' 다보스는 이전에 부두마다 배가 들어차고 파도 사이에 닻을 내린 채 흔들리던 모습을 떠올리며 생각했다. 예전에 맹위호와 자매선들이 묶여 있던 부두에 지금은 살라도르 산의 기함 발리리안호가 있는 게 보였다. 그 양쪽에 매인 배들도 줄무늬 리스 배였다. 다보스는 헛되이 레이디마리아호나 망령호가 없나 찾아보았다.

그들은 항구에 들어서자 돛을 내리고 노만 저어 입항했다. 정박하는 사이 선장이 찾아왔다. "저희 왕자님이 즉시 만나고 싶어 하실 겁니다."

대답하려는 다보스를 터져 나온 기침이 막았다. 그는 난간을 붙잡고 뱃전 너머로 침을 뱉은 후에 씩씩거리며 말했다. "왕. 왕을 뵈러 가야 하오." 왕이 있는 곳에 멜리산드레도 있을 테니까.

"아무도 왕을 뵈러 가지 않습니다." 코레인 사스만테스는 단호했다. "살라도르 산이 설명해줄 겁니다. 먼저 만나세요."

더 반항하기에는 다보스가 너무 약했다. 그는 고개를 끄덕일 수밖에 없었다.

살라도르 산은 발리리안호에 타고 있지 않았다. 400미터쯤 떨어진 다른 안벽에서 찾아낸 살라도르 산은 '풍성한 수확'이라는 이름의 뚱뚱한 펜토스 상선 선창에 내려가 내시 두 명과 함께 화물을 헤아리고 있었다. 내시 하나는 등불을 들고, 다른 하나는 밀랍 판과 석필을 들고 있었다. "서른일곱, 서른여덟, 서른아홉." 다보스와 선장이 뚜껑 문을 열고 내려갔을 때 늙은 악당은 수를 헤아리고 있었다. 오늘 그는 와인색 튜닉을 입고 표백한 가죽에 은색으로 소용돌이무늬를 새긴 높은 장화를 신고 있었다. 그는 단지 하나의 마개를 뽑아서 킁킁거리고 냄새를 맡더니, 재채기를 했다. "거칠게 갈린 데다 2등급품이라고 내 코가 선언하는군. 선적 목록에는 마흔세 단지라고 적혀 있어. 나머지는 다 어디로 갔지? 이 펜토스 놈들은 내가 숫자도 세지 못하는 줄 아나?" 그는 다보스를 보고 딱 멈췄다. "후추 때문에 내 눈이 아픈 건가, 아니면 눈물이 나는 건가? 내 앞에 선 사람이 양파 기사 맞나? 아니야, 어떻게 그럴 수가 있을까. 내 친애하는 친구 다보스는 불타는 강에서 죽었다고 모두가 그랬는데. 다보스가 왜 귀신이 되어 날 찾아왔을까?"

"난 유령이 아니야, 살라."

"그럼 뭐란 말인가? 나의 양파 기사는 자네처럼 말랐던 적도, 이렇게 창백했던 적도 없거늘." 살라도르 산은 상선 선창을 가득 채운 향신료 단지와 옷감 사이를 누비며 다가와서 다보스를 격하게 끌어안더니, 양쪽 뺨에 한 번씩 입을 맞추고 세 번째는 이마에 입을 맞췄다. "아직 따뜻하구먼, 경. 그리고 심장이 쿵쿵 뛰는 것도 느껴져. 이게 사실일 수가 있을까? 자네를 집어삼켰던 바다가 다시 뱉어냈구먼."

다보스는 시린 왕녀의 반편이 어릿광대 패치페이스를 떠올렸다. '그 녀석도 바닷속에 들어갔고, 다시 나왔을 때는 미쳐 있었지. 나도 미친 걸까?' 그는 장갑 낀 손에 대고 기침을 한 후에 말했다. "사슬 아래로 헤엄쳐 나와서 인어 왕의 창 하나에 밀려 올라갔지. 샤얄라의 춤이 오지 않았다면 거기서 죽었을 거야."

살라도르 산은 선장의 어깨에 팔을 둘렀다. "잘했네, 코레인. 훌륭한 보상을 받을 거야. 메이조 마르, 좋은 내시답게 내 친구 다보스를 선주의 방으로 데려가라. 저 기침 소리가 영 마음에 들지 않으니 정향을 넣은 뜨거운 와인을 가져다주거라. 라임도 좀 짜 넣고. 그리고 하얀 치즈와 우리가 아까 헤아렸던 절인 올리브도 한 그릇 가져다줘! 다보스, 내 우리 훌륭한 선장과 말 좀 나눈 다음에 바로 따라가겠네. 용서해주게나. 올리브를 다 먹어치우진 말고, 그랬다간 내가 화낼 거야!"

다보스는 두 내시 중에 나이가 더 많은 쪽을 따라서 뱃머리에 위치한 크고 사치스러운 선실에 들어갔다. 카펫은 푹신했고, 창문은 스테인드글라스였으며, 거대한 가죽 의자는 어느 것이나 다보스가 셋이라도 편안하게 앉을 정도로 컸다. 즉시 치즈와 올리브, 김이 피어오르는 뜨거운 레드와인이 왔다. 그는 와인 잔을 두 손으로 감싸 쥐고 고마운 마음으로 홀짝였다.

가슴 속에 퍼지는 온기가 마음을 달래주었다.

오래지 않아 살라도르 산이 나타났다. "와인 맛에 대해서는 날 용서해야 해, 친구. 이 펜토스 놈들은 색깔만 자주색이라면 자기네 오줌도 마실 것들이야."

"내 가슴에 도움이 되겠네. 어머니도 습포보다 뜨거운 와인이 낫다고 말씀하시곤 했지."

"자네에겐 습포도 필요하지 싶은데. 이렇게 오랫동안 인어 왕의 창에 앉아 있었다니, 맙소사. 그 끝내주는 의자는 어떤가? 그놈이 참 뚱뚱하긴 하지?"

"누구?" 다보스는 뜨거운 와인을 홀짝이며 물었다.

"일리리오 모파티스 말이야. 내 있는 그대로 말하는데, 그놈은 구레나룻 기른 고래야. 이 의자들은 그놈에게 맞춰서 만든 건데, 정작 그 작자는 펜토스에서 움직이는 일이 너무 드물어서 앉을 일이 없다네. 뚱뚱한 남자는 언제나 편하게 앉을 거야. 가는 곳마다 쿠션을 가지고 다니는 셈이니 말이야."

"자네는 어쩌다가 펜토스 배에 타고 있는 건가?" 다보스가 물었다. "다시 해적이 되신 겁니까, 왕자님?" 그는 빈 잔을 옆에 내려놓았다.

"거 불쾌한 비방이로세. 살라도르 산보다 더 해적들 때문에 고통받는 사람이 누가 있다고? 난 내 것만 요구한다네. 그래, 황금 빛이 잔뜩 쌓이기는 했지. 하지만 내가 사리를 모르는 사람이 아니다 보니, 금화를 받는 대신 멋진 양피지 조각을 받아뒀다네. 빳빳한 걸로 말이야. 왕의 수관 알레스터 플로렌트의 이름과 인장이 찍혀 있지. 난 블랙워터만의 영주가 되셨고, 어떤 배도 주인인 나의 허락 없이는 나의 바다를 건너지 못한다네. 그리고 무법자들이 밤을 틈타 이 몸의 법도와 의무를 피해 지나가려고 하면, 그야 그건 밀수꾼이나 다름없으니 내가 나포할 수 있다 이거지." 늙은 해적은 껄껄 웃었다. "하지만 난 어떤 사람의 손가락도 자르지 않아. 손가락에 무은 쓸모가 있나? 난 그저 배와 화물, 몸값 정도만 챙긴다네. 부당한 건 없어." 그는 다보스를 날카롭게 쏘아보았다. "자네 몸이 좋지 않군. 그 기침하며……. 게다가 너무 말랐어. 살가죽에 뼈가 다 비쳐 보이네. 그런데 자네의 손가락뼈가 담긴 주머니가 보이지 않는군……."

오랜 습관 탓에 다보스는 이제는 걸려 있지 않은데도 가죽 주머니 자리를 더듬거렸다. "강에서 잃어버렸네." '나의 행운을'.

"그 강은 무시무시했지." 살라도르 산은 침통하게 말했다. "나도 만에서 보고 몸을 떨었네."

다보스는 기침을 하다가 가래를 뱉고 다시 기침했다. 그는 겨우 진정하고 쉰 목소리로 말했다. "블랙베타가 타는 모습을 봤어. 맹위호도 탔고. 그 불에서 탈출한 배가 있었나?" 마음 한구석에는 아직도 희망이 있었다.

"로드스테폰, 누더기 제나, 빠른 검, 웃는 영주, 그리고 다른 몇 척이 화염술사의 오줌이 닿지 않는 상류에 있었네. 그 배들은 불타지 않았지만 쇠사슬이 올라가 있었고 날 수도 없었지. 몇 척은 항복했네. 대부분은 블랙워터 상류로 노를 저어 전투에서 멀어졌고, 라니스터의 손에 떨어지지 않게 선원들이 직접 가라앉혔다네. 누더기 제나와 웃는 영주는 아직도 강에서 해적질을 하고 있다 들었네만, 과연 그런지 누가 알 수 있겠나?"

"레이디마리아는? 망령은?" 다보스가 물었다.

살라도르 산은 다보스의 팔뚝을 잡고 꾹 쥐었다. "없어. 그 배들은, 아무 소식 없네. 안타깝네, 친구. 좋은 사내들이었어, 자네 아들 데일과 알라드 말이야. 그나마 자네에게 위안을 줄 수 있는 소식이라면— 자네의 어린 아들 데반은 우리가 마지막에 건져 올린 사람들 중에 있었네. 그 용감한 소년은 한 번도 왕 옆을 떠나지 않았다고들 하네."

순간 다보스는 너무나 뚜렷한 안도감에 현기증마저 느꼈다. 데반에 대해 물어보기가 두려웠던 참이었다. "어머니는 자비로우시도다. 내 데반을 보러 가야겠네, 살라. 보러 가야겠어."

"그래." 살라도르 산이 말했다. "그리고 래스곶으로 배를 몰아 가고 싶겠지. 아내와 어린 자식 둘을 보러 말이야. 새로운 배를 구해야겠어."

"전하께서 배를 한 척 주시겠지." 다보스가 말했다.

리스인은 고개를 저었다. "배라면 전하께는 하나도 없고 살라도르 산에게는 많다네. 왕의 배는 그 강에서 다 불타버렸지만 내 배는 아니거든. 한 척 주겠네, 오랜 친구여. 자넨 날 위해 항해하는 거야, 어때? 캄캄한 밤에 아무도 보지 못하게 브라보스와 미르와 볼란티스에 춤추며 들어갔다가, 비단과 향신료를 가지고 춤추며 나오는 거야. 우리 지갑이 두둑해질 걸세, 아무렴."

"살라, 자네의 친절은 고맙네만 내 의무는 자네 지갑이 아니라 나의 왕에게 있네. 전쟁이 계속될 거야. 스타니스는 아직도 칠왕국의 모든 법에 따라 정당한 후계자일세."

"배가 다 불탔을 때 법이 도움이 될지 모르겠는데. 그리고 자네의 왕 말인데, 흠, 안타깝지만 왕이 변한 모습을 보게 될 거야. 그 전투 이후로 아무도 만나지 않고 돌북에 틀어박혀 계시다네. 셀리스 왕비가 숙부인 알레스터 공과 함께 궁정을 꾸려가고 있고, 알레스터는 자칭 수관이라지. 왕비는 숙부가 쓴 편지를 봉하라고 왕의 인장을 줬네. 내 예쁜 양피지도 그렇게 만들어졌지. 하지만 그들이 통치하는 건 작은 왕국이야. 가난한 바위투성이 왕국. 금도 없다네. 받을 빚이 있는 이 충실한 살라도르 산에게 갚을 약간의 금도 없어. 우리가 마지막에 실어 온 기사들뿐이고, 내 용감한 작은 함대를 제외하곤 배도 없네."

다보스는 갑자기 몸을 뒤흔드는 기침에 허리를 굽혔다. 살라도르 산이 다가왔지만 그는 손을 저어 물리쳤고, 몇 분 후에 회복해서 쌕쌕거리며 물었다. "아무도? 아무도 만나지 않는다니, 그게 무슨 뜻이지?" 다보스의 목소리는 스스로의 귀에도 심하게 변해 있었고, 잠시 동안 주위에서 선실이 빙빙 도는 느낌이었다.

"그 여자 말고는 아무도." 살라도르 산이 답했다. 다보스는 그게 누구냐고 물어볼 필요가 없었다. "친구, 스스로 피로를 더하고 있군. 자네에게 필요한 건 살라도르 산이 아니라 침대야. 침대와 산더미 같은 담요, 가슴에 붙일 뜨거운 습포와 와인과 정향."

다보스는 고개를 저었다. "난 괜찮아질 거야. 말해줘, 살라. 꼭 알아야겠네. 멜리산드레 말고는 아무도 보지 않으신다고?"

리스 해적은 오랫동안 망설이는 눈빛으로 그를 바라보더니, 마지못해 말을 이었다. "위병들이 다른 사람은 모두 막는다네. 심지어 왕비와 어린 따님까지 말이야. 하인들이 식사를 가져가기는 하는데 아무것도 먹지 않는다지." 그는 몸을 앞으로 숙이고 목소리를 낮췄다. "기묘한 이야기를 들었네. 산속에 굶주린 불이 타고 있다는 얘기며, 스타니스와 붉은 여인이 같이 내려가서 그 불을 지켜본다는 얘기. 사람들 말이 산의 심장부로 내려가는 수직갱과 비밀 계단이 있는데, 그 뜨거운 심장부는 그 여자만 타지 않고 걸을 수 있다나. 노인장은 그것만으로도 공포스러운 나머지 가끔은 먹을 힘을 내기도 힘들 정도라지."

'멜리산드레.' 다보스는 몸을 떨었다. "그 붉은 여인이 한 짓이야. 그 여자가 우리를 집어삼킬 불을 보냈어. 스타니스가 자기를 떼어놓은 데 대한 벌로, 자기 주술 없이는 이길 수 없다는 걸 가르쳐주려고."

리스 해적은 두 사람 사이에 놓인 그릇에서 통통한 올리브를 골라냈다. "그런 말을 한 사람은 자네가 처음이 아니야, 친구여. 하지만 나라면 그렇게 큰 소리로 말하지 않겠네. 드래곤스톤에는 왕비의 사람들이 기어 다닌다네. 암, 그렇고말고. 그리고 그놈들은 날카로운 귀와 더 날카로운 칼을 지니고 있지." 그는 올리브를 입에 던져 넣었다.

"칼은 나도 있네. 코레인 선장이 선물로 줬지." 그는 비수를 뽑아 탁자에 내려놓았다. "멜리산드레의 심장을 도려낼 칼이야. 그 여자에게 심장이 있다면 말이지만."

살라도르 산이 올리브씨를 뱉어냈다. "다보스, 선량한 다보스, 그런 말은 농담으로라도 해선 안 돼."

"농담이 아니야. 난 그 여자를 죽일 작정이네." 인간의 무기로 죽일 수만 있다면. 다보스는 그럴 수 있을지 자신이 없었다. 늙은 크레센 학사가 그 여자의 와인에 독을 떨구는 모습을 두 눈으로 직접 보았는데, 두 사람이 독이 든 잔을 마시고 나서 죽은 사람은 붉은 여사제가 아니라 학사였다. 하지만 심장에 칼을 박는다면……. 악마라 해도 차가운 쇠로는 죽일 수 있다고 가수들이 노래하지 않던가.

"이건 위험한 발언일세, 친구." 살라도르 산이 경고했다. "내 생각에 자네는 아직 바다에서 얻은 병을 앓고 있어. 열병 때문에 머리가 돌아가지 않는 것이야. 침대에서 오래 쉬는 게 좋겠네. 몸이 건강해질 때까지."

'내 결의가 약해질 때까지, 라는 뜻이겠지.' 다보스는 일어섰다. 실제로 열이 남아 있었고 약간 어지럽기도 했지만, 상관없었다. "자네는 믿을 수 없는 늙은 악당이지만 그래도 좋은 친구야, 살라도르 산."

리스 해적이 뾰족한 은빛 수염을 쓰다듬었다. "그렇다면 이 훌륭한 친구와 함께 있어주겠지, 응?"

"아니, 난 가겠네." 그는 기침을 했다.

"간다고? 자네 꼴을 봐! 자넨 기침을 하고, 몸을 벌벌 떨고, 마른 데다 약해. 어딜 간다는 건가?"

"성으로 가야지. 내 침대는 거기 있네. 내 아들도."

"그리고 붉은 여인도 있지." 살라도르 산은 의심스러운 투로 말했다. "그 여자도 성안에 있어."

"그 여자도 있지." 다보스는 비수를 다시 칼집에 넣었다.

"자넨 양파 밀수꾼이야. 자네가 몰래 다가가서 찌르는 기술에 대해 뭘 아나? 게다가 자네는 아파서 비수를 제대로 들고 있지도 못해. 자네가 시도하다가 잡히면 무슨 일이 일어날지 아나? 우리가 강에서 불타는 동안 왕비는 배신자들을 불태우고 있었다네. 그 불쌍한 사람들을 어둠의 하인들이라 불렀고, 불이 붙는 동안 붉은 여인은 노래를 불렀지."

다보스는 놀라지 않았다. '난 알고 있었어. 말해주기 전에 이미 알았지.' 그는 짐작해 말했다. "지하감옥에서 선글라스 공을 끌어냈겠군. 휴버드 램튼의 아들들도."

"그랬다네. 그리고 불태웠지. 자네도 그렇게 불태울 거야. 자네가 붉은 여인을 죽인다면 복수로 불태울 테고, 죽이는 데 실패한다면 시도했다는 이유로 불태우겠지. 그 여자는 노래를 부르고 자네는 비명을 지르다가 죽을 거야. 이제 겨우 살아 돌아와놓고서!"

"이것 때문에 돌아온 거야. 이 일을 하기 위해서. 아사이의 멜리산드레와 그 여자가 하는 모든 일을 끝내기 위해서. 달리 무슨 이유가 있어 바다가 나를 뱉어냈겠나? 자네도 나만큼이나 블랙워터만을 잘 알잖나, 살라. 제정신 박힌 선장이라면 인어 왕의 창 사이로 배를 몰다가 바닥이 찢어지는 위험을 감수할 리가 없어. 샤얄라의 춤은 내 근처에도 오지 않았어야 정상이야."

"바람 때문이야." 살라도르 산이 큰 소리로 주장했다. "엉뚱한 바람, 그게 다였네. 바람 때문에 남쪽으로 너무 간 거야."

"그러면 그 바람은 누가 보냈을까? 살라, 어머니께서 나에게 말씀하셨네."

늙은 리스인은 그를 보고 눈을 껌벅였다. "자네 어머니는 돌아가셨을 텐데……."

"어머니 신 말이야. 어머니께서는 나에게 일곱 아들이라는 축복을 내리셨건만, 난 그자들이 어머니를 불태우게 내버려두었지. 그분이 나에게 말씀하셨어. 우리가 그 불을 부른 거라고 하셨다네. 우리가 그림자도 불렀지. 난 멜리산드레를 배에 태워 스톰스엔드 속으로 노를 저었고 그 여자가 공포를 낳는 모습을 보았네." 아직도 악몽에서 그 모습이 보였다. 그녀의 부푼 자궁에서 빠져나오려고 허벅지를 밀어대던 여윈 검은 손. "그 여자가 크레센을 죽이고 렌리 공을 죽이고 코트네이 펜로즈라는 용감한 사내를 죽였으며, 내 아들들도 죽였네. 이젠 누군가가 그 여자를 죽여야 해."

"누군가. 그래, 누군가는 그래야겠지. 하지만 자네는 아니야. 자네는 어린애처럼 몸이 약해진 데다 애초에 전사도 아니야. 이렇게 빌겠네. 여기 남게. 이야기를 좀 더 하고 자네는 음식을 먹고, 어쩌면 브라보스로 배를 몰고 가서 얼굴 없는 자를 하나 고용해 일을 시킬 수도 있겠지, 어떤가? 하지만 자네는 아니야, 자네는 앉아서 먹어야 하네."

'일을 훨씬 더 힘들게 만드는군.' 다보스는 지친 심정으로 생각했다. 애초에 말도 안 되게 힘든 일인데 말이다. "내 속에 복수심이 똬리를 틀었네, 살라. 그래서 음식이 들어갈 자리가 없어. 이제 날 보내줘. 우리의 우정을 위해, 행운을 빌고 보내주게."

살라도르 산이 일어섰다. "이런다면 자네는 진정한 친구가 아니야. 자네가 죽으면 누가 자네의 뼈와 재를 들고 자네 아내에게 돌아가서 남편과 아들 넷을 잃었다고 말한단 말인가? 늙고 슬픈 살라도르 산밖에 다른 누가 있나. 하지만 어쩌겠나, 용감한 기사여, 무덤으로 달려가게나. 내 자네의 뼈를 자루에 모아 자네가 남겨두고 온 아들들에게 전해주겠네. 작은 주머니에 넣어 목에 걸고 다니라고 말이야." 그는 화가 나서 손가락마다 반지를 낀 손을 내저었다. "가게, 가, 가, 가, 가라고."

다보스는 이렇게 떠나고 싶지 않았다. "살라—"

"가. 아니면 남게, 그러면 더 좋지. 하지만 갈 거라면, 가게."

그는 자리를 떠났다.

풍성한 수확호에서 드래곤스톤 성문까지 걸어가는 길은 멀고 외로웠다. 병사, 선원, 평민이 우글거리던 부둣가 큰길들이 다 텅 비어 있었다. 한때 그가 꽥꽥거리는 돼지들과 발가벗은 아이들을 피해 다니던 곳을 쥐 떼가 달려갔다. 다리가 흐물흐물해진 느낌이었고, 세 번인가는 기침이 너무 심하게 몸을 뒤흔드는 바람에 멈춰 서서 쉬어야 했다. 아무도 그를 도우러 오지 않았고, 무슨 일인가 하고 창밖을 내다보는 눈조차 없었다. 창문마다 덧문이 내려져 있었고, 문마다 빗장을 질렀으며, 절반 넘는 집들이 초상났다는 표시를 내걸었다. 다보스는 생각했다. '수천 명이 블랙워터강을 올라갔는데, 돌아온 사람은 수백 명뿐이었지. 내 아들들은 외롭게 죽지 않았어. 어머니께서 모두에게 자비를 베푸시기를.'

겨우 도착해보니 성문도 닫혀 있었다. 다보스는 쇠못 박힌 나무 문을 주먹으로 두드렸다. 그러고도 답이 없자 걷어차고 또 걷어찼다. 마침내 옹성 위에 노궁을 든 병사 하나가 나타나 가고일 두 마리 사이로 아래를 내려다보았다. "거 누구요?"

그는 고개를 젖히고 입가에 두 손을 대고 외쳤다. "다보스 시워스 경이 전하를 뵈러 왔네."

"취했소? 그만 두드리고 꺼지쇼."

살라도르 산이 경고한 대로였다. 다보스는 다른 전술을 써보기로 했다. "그렇다면 내 아들을 불러주게. 왕의 종자인 데반일세."

위병은 얼굴을 찌푸렸다. "댁이 누구시라고?"

"다보스, 양파 기사일세." 그는 외쳤다.

머리통이 사라졌다가 바로 되돌아왔다. "허튼 수작 마쇼. 양파 기사는 강에서 죽었어. 배가 불탔지."

"양파 기사의 배는 불탔지만, 본인은 살아서 여기 서 있네. 성문 책임자는 아직 제이트인가?"

"누구요?"

"제이트 블랙베리. 그 사람은 날 잘 알아."

"들어본 적도 없수다. 그 사람도 죽었겠지."

"그렇다면 치터링 공은."

"그 양반은 알지. 블랙워터에서 타 죽었소."

"갈고리 얼굴 윌은? 수퇘지 할은?"

"죽었고 죽었소." 노궁을 든 위병은 그렇게 대답했지만, 얼굴에 갑자기 의혹의 빛이 떠올랐다. "거기서 기다려요." 그는 다시 사라졌다.

다보스는 기다렸다. '갔구나, 다 갔구나.' 그는 언제나 기름때에 전 더블릿 아래로 보이던 할의 허연 뱃살, 낚시 갈고리가 윌의 얼굴에 남겨둔 긴 흉터, 제이트가 여자들을 보면 다섯 살이든 쉰 살이든 귀족이든 평민이든 상관없이 늘 모자를 살짝 젖히던 모습을 떠올리며 멍하니 생각했다. '다 빠져 죽거나 불타 죽었어. 내 아들들과 다른 수천 명이 지옥에서 왕을 추대하러 가버렸어.'

궁수가 불쑥 돌아왔다. "비상문으로 돌아오면 들여보내줄 거요."

다보스는 시키는 대로 했다. 그를 안으로 들인 위병들은 다 낯선 사람들이었다. 손에는 창을 쥐고, 가슴팍에는 플로렌트 가문의 여우와 꽃 문양을 새겼다. 그들은 다보스가 기대한 대로 그를 돌북 성으로 데려가지 않고, 드래곤의 꼬리 아치 밑을 지나 아에곤의 정원으로 향했다. "여기서 기다려요." 장교가 말했다.

"전하께서는 내가 돌아온 것을 아시나?" 다보스가 물었다.

"그걸 내가 어떻게 알겠수. 기다리라니까." 그 남자는 창병들을 데리고 가버렸다.

아에곤의 정원에서는 상쾌한 소나무 향이 났다. 키가 크고 껍질이 어두운 나무들이 사방에 자라 있었다. 들장미도 있었고, 우뚝 솟은 가시나무 울타리에, 크랜베리가 자라는 늪지도 있었다.

'왜 날 여기로 데려온 거지?' 다보스는 의아했다.

그때 희미하게 종소리가 들리고, 어린아이 웃음소리가 들리더니, 광대 패치페이스가 덤불 속에서 튀어나왔다. 패치페이스는 시린 공주를 뒤에 달고 비틀거리며 최대한 빨리 달려갔고, 공주는 그 뒤에서 외쳤다. "이제 돌아와. 패치, 이제 돌아와."

광대가 다보스를 보고 딱 멈춰 서자 사슴뿔 모양 주석 투구에 달린 종이 댕그렁, 댕그렁 울렸다. 그는 깨금발을 뛰면서 노래했다. "광대의 피, 왕의 피, 처녀의 허벅지에 피, 하지만 손님들에게도 사슬, 신랑에게도 사슬, 예 예 예." 시린이 거의 패치를 잡을 판이었지만 광대는 마지막 순간에 고사리밭을 뛰어넘어 나무 사이로 사라졌다. 공주는 그 바로 뒤를 쫓았다. 그 둘의 모습에 다보스는 미소를 지었다.

다보스가 몸을 돌려 장갑 낀 손에 기침을 하고 있을 때 다른 작은 그림자 하나가 나무 울타리에서 뛰쳐나오더니 그대로 다보스를 들이받아 쓰러뜨렸다.

소년도 같이 쓰러졌지만 거의 즉시 일어났다. "여기서 뭘 하는 거지?" 소년은 몸을 털면서 물었다. 새까만 머리카락이 목까지 왔고, 눈동자는 선명한 파란색이었다. "내가 달릴 때 앞을 가로막으면 안 돼."

"그렇지요." 다보스는 동의했다. "그러지 말았어야 했습니다." 무릎을 세우려는데 다시 기침이 터져 나왔다.

"몸이 안 좋은 건가?" 소년은 그의 팔을 잡고 일으켜 세웠다. "학사를 부를까?"

다보스는 고개를 저었다. "기침입니다. 지나갈 겁니다."

소년은 말 그대로 받아들이고는 설명했다. "우린 괴물과 처녀 놀이를 하고 있었다. 내가 괴물이었지. 어린아이 같은 놀이지만 내 사촌이 좋아하거든. 이름이 뭐지?"

"다보스 시워스 경입니다."

소년은 수상하다는 눈으로 그를 훑어보았다. "정말인가? 별로 기사 같아 보이지 않는데."

"저는 양파 기사랍니다."

파란 눈이 깜박거렸다. "검은 배를 모는?"

"그 이야기를 아십니까?"

"경이 스타니스 숙부님께 먹을 물고기를 가져다 드렸지. 내가 태어나기 전, 티렐 공이 숙부님을 포위하고 있었을 때." 소년은 몸을 똑바로 펴고 말했다. "난 에드릭 스톰이야. 로버트 왕의 아들이지."

"물론 그렇겠지요." 다보스도 한눈에 알아보았다. 귀는 플로렌트 가문의 특징인 돌출 귀였지만 머리카락과 눈과 턱, 광대뼈가 영락없는 바라테온이었다.

"내 아버님을 알았던가?" 에드릭 스톰이 물었다.

"숙부님을 궁정에 부르셨을 때 뵙기는 많이 뵈었습니다만, 이야기를 나눠본 적은 없습니다."

"아버님은 내게 싸우는 법을 가르쳐주셨어." 소년은 자랑스럽게 말했다. "거의 해마다 날 만나러 오셨고, 가끔은 같이 훈련도 했지. 지난번 명명일에는 나에게 아버님 것과 똑같은데 크기만 작은 전투 망치를 보내주시기도 했어. 하지만 그 망치는 스톰스엔드에 남겨두고 와야 했지……. 스타니스 숙부님이 경의 손가락을 잘랐다는 건 사실인가?"

"끄트머리 관절만입니다. 아직 손가락은 있는데, 짧아졌을 뿐이지요."

"보여줘."

다보스가 장갑을 벗자 소년은 그 손을 조심스럽게 살펴보았다. "엄지는 짧게 만들지 않으셨고?"

"예." 다보스는 기침을 했다. "예, 엄지는 그대로 두셨습니다."

"경의 손가락을 자르지 않으셨어야 했어. 그건 잘못하셨어." 소년은 자기 결론을 말했다.

"저는 밀수꾼이었습니다."

"그랬지만 숙부님께 생선과 양파를 밀수해 드렸지."

"스타니스 공께서는 양파에 대한 보상으로 저를 기사로 삼으시고, 밀수의 대가로는 손가락을 가져가셨습니다." 그는 장갑을 다시 꼈다.

"내 아버님이었다면 경의 손가락을 자르지 않으셨을 거야."

"말씀대로입니다." 로버트는 스타니스와 다른 사람이었다. 소년은 로버트와 비슷했다. '그래, 그리고 렌리와도 비슷하지.' 그렇게 생각하니 불안해졌다.

소년이 뭐라고 더 말하려는데 발소리가 들렸다. 다보스는 몸을 돌렸다. 액셀 플로렌트 경이 누비 조끼를 입은 위병 십여 명을 데리고 정원 오솔길을 내려오고 있었다. 위병들의 가슴팍에는 빛의 군주를 뜻하는 불타는 심장이 새겨졌다. '왕비의 사람들이구나.' 순간 기침이 터져 나왔다.

액셀 경은 키가 작고 근육질이었고, 술통 같은 가슴에 굵은 팔, 안짱다리였고 귀에 털이 났다. 왕비의 숙부인 그는 십여 년 동안 드래곤스톤의 수호성주로 일했고, 다보스가 스타니스 공의 총애를 받는 것을 알고 언제나 정중하게 대했었다. 그러나 지금 말하는 목소리에는 정중함도 온기도 없었다. "다보스 경, 물에 빠져 죽지 않았군. 어떻게 그럴 수 있었나?"

"양파는 물에 뜨지요. 전하께 데려가려고 오셨습니까?"

"지하감옥으로 데려가러 왔네." 액셀 경은 부하들에게 손을 내저었다. "잡아라. 그리고 비수를 빼앗아라. 그 칼을 우리 사제님께 쓰려고 한다."

제이미

그 여관을 제일 먼저 발견한 사람은 제이미였다. 본채는 강이 굽어지는 남쪽 강변을 부둥켜안았고, 길고 낮은 부속 건물들은 하류로 항해하는 여행자들을 끌어안으려는 듯 강물을 따라 뻗어나갔다. 아래층은 회색 돌이었고, 위층은 하얗게 칠한 나무였으며, 지붕은 얇은 석판이었다. 마구간도 보였고 포도 덩굴이 무겁게 얹힌 정자도 보였다. 그는 여관이 가까워오자 지적했다. "굴뚝에 오르는 연기가 없어. 창문에 불빛도 없고."

클레오스 프레이가 말했다. "내가 지난번에 이쪽으로 지나갔을 때는 여관이 아직 열려 있었네. 괜찮은 에일을 만들었지. 아직 지하실에 남아 있을지도 몰라."

"사람들이 있을지도 모르오. 숨었거나. 죽었거나." 브리엔느가 말했다.

"시체 몇 구가 무섭나, 계집?" 제이미가 말했다.

그녀는 그를 노려보았다. "내 이름은—"

"—브리엔느였지, 그래. 하룻밤 정도는 침대에서 자고 싶지 않으신가, 브리엔느? 탁 트인 강보다는 안전할 테고, 여기에서 무슨 일이 있었는지 알아보는 게 분별 있는 일일 수도 있어."

브리엔느는 대꾸하지 않았지만, 잠시 후에 키를 밀어서 배를 풍상에 닳은 나무 부두 쪽으로 움직였다. 클레오스 경은 서둘러 돛을 내리러 갔다. 배가 부드럽게 부두에 부딪치자 클레오스 경이 내려서 배를 묶었다. 제이미는 사슬 때문에 볼품없이 내려야 했다.

부두 끝에서는 쇠기둥에 낡은 널빤지가 흔들리고 있었다. 무릎을 꿇고 두 손을 모아 항복 자세를 취한 왕의 모습이 그려진 것이었다. 제이미는 그 그림을 보고 큰 소리로 웃었다. "이보다 더 좋은 여관을 찾을 순 없겠군."

"여기가 뭔가 특별한 장소요?" 여자가 의혹에 차서 물었다.

클레오스 경이 대답했다. "여긴 무릎 꿇은 남자 여관입니다, 아가씨. 북부의 마지막 왕이 정복자 아에곤 앞에 무릎을 꿇고 항복했던 바로 그 자리에 서 있지요. 저 표지판에 그려진 게 그자 같군요."

· 제이미가 말했다. "토르헨은 불의 들판에서 두 왕이 쓰러진 후에 병력을 이끌고 남쪽으로 왔지만, 아에곤의 드래곤과 군대 규모를 보고 현명한 길을 골라서 뻣뻣한 무릎을 굽혔다네." 그는 말 울음소리를 듣고 멈췄다. "마구간에 말이 있군. 최소한 한 마리." '그리고 딱 한 마리만 있으면 저 계집을 따돌릴 수 있어.' "집에 누가 있나 볼까?" 제이미는 답을 기다리지 않고 사슬을 철컹거리며 부두를 걸어가서 어깨로 문을 밀어 열었고……

……장전된 노궁을 정면으로 마주 보았다. 그 뒤에는 통통한 열다섯 살짜리 소년이 서 있었다. "사자, 물고기, 늑대 어느 쪽?" 소년이 물었다.

"우린 수탉을 기대하고 있었는데." 제이미는 등 뒤로 동행이 들어오는 소리를 들었다. "노궁은 겁쟁이의 무기야."

"화살이 심장을 뚫는 건 마찬가지일걸."

"그럴지도 모르지. 하지만 네가 그 노궁을 다시 감기 전에 여기 내 사촌이 네 내장을 바닥에 쏟아놓을걸."

"아이를 겁주지 말게, 좀." 클레오스 경이 말했다.

"해 끼칠 생각은 없다." 계집이 말했다. "음식을 주면 지불할 돈도 있고." 그녀는 주머니에서 은화를 한 닢 꺼냈다.

소년은 은화를 의심스러운 눈으로 쳐다보더니 제이미의 수갑을 보았다. "이 사람은 왜 수갑과 족쇄를 찬 거죠?"

"노궁을 든 사람을 몇 명 죽였지." 제이미가 말했다. "에일 있나?"

"있어요." 소년은 노궁을 약간 내렸다. "검대를 풀어서 떨구면 먹을 걸 줄 수도 있고요." 소년은 살짝 움직여 마름모꼴의 두꺼운 창문 밖을 내다보며 다른 사람이 더 있나 확인했다. "저건 툴리 돛인데."

"리버런에서 왔다." 브리엔느는 검대를 풀어서 바닥에 떨궜다. 클레오스 경도 따라 했다.

얽은 얼굴에 혈색이 나쁜 사내가 무거운 정육 칼을 들고 지하실 문 밖으로 나왔다. "셋이오? 세 명 먹을 말고기는 있어요. 늙고 질긴 말이지만, 고기는 아직 신선하지."

"빵도 있소?" 브리엔느가 물었다.

"딱딱한 빵과 퀴퀴한 귀리 비스킷."

제이미가 씩 웃었다. "이것 참 정직한 여관 주인일세. 다들 퀴퀴한 빵과 지저분한 고기를 팔지만, 대부분은 그렇게 대놓고 인정하지 않는데."

"난 여관 주인이 아니에요. 여관 주인은 저 뒤편에, 여자들과 같이 묻어 줬지."

"댁이 죽였나?"

"내가 죽였다면 죽였다고 하겠어요?" 남자는 침을 뱉었다. "늑대들 짓 같기도 하고, 사자들 짓일 수도 있고, 차이가 뭐 있소? 마누라와 내가 발견했을 때 죽어 있었수다. 우리가 보기엔 이제 이 여관은 우리 겁니다."

"그 마누라라는 사람은 어디 있나?" 클레오스 경이 물었다.

남자는 의심을 품고 가늘게 뜬 눈으로 그를 보았다. "그건 왜 알고 싶은

데? 마누라는 여기 없어요……. 당신들 셋도, 내가 그 은화 맛이 마음에 안 들면 여기 못 있는 거고."

브리엔느는 은화를 그에게 던졌다. 그는 허공에서 낚아채 깨물어보더니 품에 넣었다.

"저 여자한테 더 있어요." 노궁을 든 소년이 말했다.

"그렇겠지. 내려가서 양파 좀 찾아와라."

소년은 노궁을 어깨에 메고 세 사람에게 마지막으로 부루퉁한 눈빛을 던지더니 지하실로 사라졌다.

"아들인가?" 클레오스 경이 물었다.

"그냥 마누라와 내가 들인 애요. 아들이 둘 있었는데, 한 놈은 사자들이 죽였고 다른 놈은 설사병으로 죽었지요. 저 녀석은 피투성이 극단에 어머니를 잃었습니다. 요새는 잠잘 때 망을 볼 사람이 필요한 세상이라." 그는 정육 칼을 휘저어 식탁을 가리켰다. "앉으시는 편이 좋겠군."

벽난로는 차가웠지만, 그래도 제이미는 그 잿더미에 제일 가까운 의자를 골라 탁자 아래로 긴 다리를 폈다. 움직일 때마다 쇠사슬이 철컹거리는 소리가 따라왔다. '짜증 나는 소리로군. 이 일이 다 끝나기 전에 저 계집의 목에 이 사슬을 감고 얼마나 좋아하나 보고 말겠어.'

여관 주인 아닌 남자가 커다란 말고기 세 덩어리를 까맣게 굽고 베이컨 기름에 양파를 튀겼다. 그만하면 퀴퀴한 귀리 비스킷을 벌충하고도 남을 정도였다. 제이미와 클레오스는 에일을 마셨고, 브리엔느는 사과주 한 잔을 마셨다. 소년은 가까이 올 생각을 하지 않고 무릎 위에 노궁을 올려놓은 채 사과주 통 위에 앉아서 몸을 흔들거렸다. 요리사는 에일 한 잔을 들고 와서 그들과 같이 앉았다. "리버런 소식은 뭐 없소?" 그는 클레오스 경을 우두머리로 여기고 그에게 물었다.

클레오스 경은 브리엔느를 곁눈질하고 나서 대답했다. "호스터 공은 쇠

약해져가지만, 그 아들이 라니스터를 상대로 레드포크 여울을 지켜냈소. 전투가 있었지."

"전투야 사방에서 일어나지요. 경은 어디로 가시오?"

"킹스랜딩." 클레오스 경은 입술에 묻은 기름기를 닦았다.

남자는 콧방귀를 뀌었다. "그렇다면 댁들은 세 바보요. 내가 마지막으로 소식을 들었을 때는 스타니스 왕이 성벽 밖에 있었소. 만 명의 군대와 마법 검을 지니고 있다더이다."

제이미는 두 손으로 손목에 연결된 사슬을 잡았고, 쇠사슬을 반으로 뚝 자를 수 있는 힘이 있기를 빌면서 비틀어보았다. '이 사슬을 끊을 수만 있다면, 스타니스에게 그 마법 검을 찔러 넣어줄 텐데.'

"나라면 왕의 가도는 멀찍이 피해 가겠어요." 남자는 말을 이었다. "보통 나쁜 게 아니라고 들었어요. 늑대와 사자 양쪽에다가, 잡을 수 있는 상대는 누구든 노리는 거친 무리들도 있고."

"버러지들." 클레오스 경이 경멸을 담아서 말했다. "그런 자들은 감히 무장한 사내들을 건드리지 않지."

"이거 외람된 말씀입니다만, 제 눈에는 무장한 사내 하나에 여자 하나와 사슬에 묶인 죄수 하나밖에 안 보이는데요."

브리엔느는 요리사에게 험악한 눈빛을 보냈다. '저 계집은 자기가 계집이라는 걸 떠올리기 싫어해.' 제이미는 다시 사슬을 비틀면서 생각했다. 살에 닿는 쇠고리가 차갑고 단단했으며, 쇠는 완강했다. 수갑에 살이 쓸려 아팠다.

여자는 여관 주인 아닌 주인에게 말했다. "난 트라이던트강을 따라 바다로 갈 생각이오. 메이든풀에서 말을 찾아서 더스큰데일과 로스비를 따라 달리면 최악의 싸움터는 피할 수 있겠지."

주인은 고개를 저었다. "강으로는 절대 메이든풀까지 못 가요. 여기서

50킬로미터도 못 가서 배 몇 척이 불타 가라앉아가지고, 그 주변에 모래가 쌓여 물길이 막혔어요. 거기 무법자들이 둥지를 틀고 지나가려는 사람마다 노리는 데다가, 더 내려가서 물수제비섬(Skipping Stones)과 붉은사슴섬(Red Deer Island) 주변도 마찬가지라죠. 그리고 이 지역에서는 번개 영주도 보였다오. 그치는 좋을 대로 강을 건너다니며 이쪽으로 달렸다 저쪽으로 달렸다 멈추는 법이 없지."

"그 번개 영주란 게 누구요?" 클레오스 프레이 경이 물었다.

"베릭 공입지요. 맑은 날 번개 치듯 이리 번쩍, 저리 번쩍 하다 보니 번개 영주라고들 불러요. 그 사람은 죽을 수가 없다더이다."

'칼을 밀어 넣으면 누구나 죽어.' 제이미는 생각했다. "미르의 토로스도 아직 같이 다니나?"

"그럼요. 그 붉은 마법사에겐 이상한 힘이 있다던데요."

'글쎄, 로버트 바라테온과 술로 겨룰 만한 힘은 있었지. 그런 말을 할 수 있는 사람이 많지는 않아.' 제이미는 언젠가 토로스가 왕에게 자기가 붉은 사제가 된 건 붉은 로브가 와인 얼룩을 잘 감춰주기 때문이라고 말하는 소리를 들은 적이 있었다. 로버트는 너무 심하게 웃다가 세르세이의 비단 외투에 에일을 다 뱉어놓았었다. "내가 계획에 이의를 제기할 처지는 아니지만, 트라이던트는 우리에게 가장 안전한 길은 아닐지도 모르겠군."

"그렇다니까." 그들의 요리사가 동의했다. "붉은사슴섬을 통과하고 용케 베릭 공이나 붉은 마법사와 마주치지 않는다 해도, 아직 루비 여울이 앞에 있어요. 마지막으로 소식을 들었을 땐 거머리 영주의 늑대들이 그 여울을 지키고 있었는데, 그것도 좀 지난 얘기요. 지금쯤은 다시 사자들이 잡고 있을 수도 있고, 베릭 공이 있을 수도 있고, 아무나 가능하지."

"아니면 아무도 없거나." 브리엔느가 의견을 냈다.

"아가씨께서 살가죽을 걸고 내기를 하고 싶다면야 막진 않겠습니다만…… 나라면 여기서 강을 떠나 육지로 가겠습니다. 큰길을 피하고 밤에는 나무 밑에서 지내며 숨어 다니면……. 글쎄, 그래도 난 같이 가고 싶지 않겠지만, 그래도 그 정도면 피투성이 극단을 만나는 일은 피할 수도 있겠지요."

덩치 큰 여자는 의심스러운 얼굴이었다. "그러자면 말이 필요할 텐데."

"말이라면 여기 있지 않나." 제이미가 지적했다. "마구간에서 울음소리를 들었어."

"암요, 있지요." 여관 주인 아닌 주인이 말했다. "우연히도 딱 세 마리이긴 한데, 파는 말은 아닙니다."

제이미는 웃을 수밖에 없었다. "물론 아니겠지. 그래도 우리에게 보여줄 거고."

브리엔느는 험상궂은 얼굴을 했지만, 여관 주인 아닌 남자는 눈도 깜박이지 않고 그녀와 눈을 마주쳤다. 브리엔느는 잠시 후에 마지못해 "보여주시오"라고 말했다. 모두가 식탁에서 일어섰다.

냄새를 맡아보니 마구간은 치우지 않은 지 오래였다. 지푸라기 사이에 통통한 검은 파리가 우글거렸다. 파리들이 이 칸에서 저 칸으로 윙윙거리며 돌아다니고 사방에 깔린 말똥 더미를 기어 다녔지만, 보이는 말은 세 마리밖에 없었다. 어울리지 않는 삼총사였다. 느릿느릿 움직이는 갈색 짐말 한 마리, 한쪽 눈이 먼 나이 많은 하얀색 거세마 한 마리, 그리고 기백이 넘치는 기사용 회색 얼룩무늬 승용마 한 마리. "값을 얼마 준다 해도 팔지는 않습니다." 그 말들의 주인 아닌 주인이 말했다.

"이 말들은 어쩌다가 손에 넣었소?" 브리엔느는 알고 싶어 했다.

"저 짐말은 마누라와 내가 여관에 왔을 때 여기 있었지요. 댁들이 방금 먹어치운 말과 함께요. 저 거세마는 어느 날 밤에 어슬렁거리며 나타났고, 저 승용마는 안장을 얹고 고삐를 찬 채로 자유로이 돌아다니는 걸 꼬마 녀석이 잡았습니다. 여기, 보여드리지."

보여준 안장은 은상감 장식이 들어가 있었다. 안장 천은 원래 분홍색과 검은색 격자무늬였지만 지금은 거의 갈색이 되어 있었다. 제이미는 원래 색은 알아보지 못했어도 핏자국은 쉽게 알아보았다. "흠, 이 녀석 주인이 조만간 찾아올 일은 없겠군." 그는 승용마의 다리를 살펴보고, 거세마의 이빨을 헤아리고 브리엔느에게 조언했다. "저 회색 말 값으로 금화 한 닢 주시오. 안장 포함이라면. 그리고 짐말에는 은화 한 닢. 이 하얀 말은 오히려 우리가 데려가주는 값을 받아야겠군."

"경이 탈 말인데 그렇게 무례하게 말하지 마시오." 여자는 캐틀린 부인이 준 지갑을 열어 금화 세 닢을 꺼냈다. "각각 금화 한 닢씩 내리다."

남자는 눈을 껌벅이고 금화에 손을 뻗었다가, 머뭇거리며 손을 물렸다. "모르겠네요. 도망쳐야 할 때 금화를 탈 수는 없지 않습니까. 배가 고플 때 먹을 수도 없고."

"우리 배도 가져도 좋네. 원하는 대로 상류나 하류로 갈 수 있어."

"그 금화 맛 좀 봅시다." 남자는 금화 한 닢을 가져가 깨물어보았다. "흠. 진짜 같긴 하네요. 금화 세 닢에 배까지요?"

"저놈이 계집을 완전 털어먹는군." 제이미가 쾌활하게 말했다.

"식량도 좀 가져가고 싶군." 브리엔느는 제이미를 무시하고 주인에게 말했다. "뭐든 내어줄 수 있는 것이라면 좋네."

"귀리 비스킷은 더 있습죠." 남자는 브리엔느의 손바닥에 놓인 금화 두 닢을 더 집어서 움켜쥐고 흔들더니, 짤랑거리는 소리를 듣고 미소 지었다. "그래요, 그리고 훈제한 생선이 좀 있긴 한데, 그건 은화를 내야 합니다. 침대도 돈을 내야 해요. 밤은 지내고 가고 싶으시겠지."

"아니오." 브리엔느는 즉시 대답했다.

남자는 얼굴을 찌푸렸다. "거 여자분, 낯선 땅에서 모르는 말을 타고 밤새 달리고 싶진 않을 텐데. 어디 늪에 빠져서 말 다리나 부러뜨리기 딱 좋아요."

"오늘 밤에는 달이 밝을 테니, 길을 찾는 데 어려움이 없을 거요." 브리엔느가 말했다.

여관 주인은 그 말을 곱씹어보더니 말했다. "은화가 없는 거면 동화 몇 닢이라도 침대는 살 수 있어요. 따뜻하게 덮을 것도 한두 개하고. 무슨 말인지 아시려나 모르겠지만, 내가 여행자들을 쫓아버리고 그런 건 아니에요."

"그만하면 괜찮을 것 같군." 클레오스 경이 말했다.

"게다가 덮개는 막 빤 거예요. 마누라가 떠나기 전에 해놨거든. 벼룩 한 마리 안 나올 거라 내 장담하지요." 그는 다시 금화를 짤랑거리며 미소 지었다.

클레오스 경은 유혹을 느끼는 게 분명했다. "제대로 된 침대에서 자면 모두에게 좋을 겁니다, 아가씨." 그는 브리엔느에게 말했다. "쉬고 나면 내일은 더 빨리 움직일 수 있어요." 그는 지지해달라는 듯 사촌을 쳐다보았다.

"아니야, 사촌. 계집 말이 맞아. 우리에겐 지켜야 할 약속이 있고, 먼 길이 남아 있어. 말을 달려야 해."

"하지만 자네도 직접 말하지—"

"그때는 그랬지." 여관이 비어 있는 줄 알았을 때는. "이제는 배도 찼고, 달빛 속에 말을 달리는 게 딱 좋겠군." 그는 여자를 향해 미소 지었다. "하지만 날 저 짐말에 밀가루 자루처럼 얹고 갈 게 아니라면, 누가 이 쇠사슬은 어떻게 해주는 게 좋겠어. 발목에 사슬이 매여 있어서야 말을 타기가 힘들거든."

브리엔느는 찌푸린 얼굴로 사슬을 보았다. 여관 주인 아닌 주인이 턱을 문질렀다. "마구간 뒤쪽에 대장간이 있긴 한데."

"안내해주게." 브리엔느가 말했다.

"그래." 제이미가 말했다. "빠를수록 좋지. 여기엔 내 취향에 비해 말똥이 너무 많아. 말똥을 밟기는 싫군그래." 그는 여자가 그의 말뜻을 알아들을 만한 눈치가 있을까 생각하며 날카롭게 쳐다보았다.

그는 손목에 걸린 사슬도 끊어주지 않을까 기대했지만, 브리엔느는 아직도 의심이 가득했다. 그녀는 강철 정의 무딘 끄트머리를 그의 발목에 걸린 사슬 중간에 대고 대장장이의 망치로 대여섯 번 강하게 쳐서 끊어냈다. 그가 손목에 걸린 사슬도 끊어주면 어떠냐고 말하자 무시했다.

"하류로 10킬로미터쯤 가면 불탄 마을이 하나 보일 겁니다." 여관 주인은 말에 안장을 얹고 짐을 꾸리는 작업을 도우면서 말했다. 이번에는 똑바로 브리엔느에게 조언했다. "거기서 도로가 갈라져요. 남쪽으로 가면 워렌 경의 돌 거주 탑에 이를 거예요. 워렌 경은 달아나서 죽었으니 지금은 누가 거길 차지하고 있나 모르겠는데, 어쨌든 거긴 피하는 게 좋아요. 남동쪽으로, 숲속으로 이어지는 길을 따라가는 게 나을 겁니다."

"그러지." 그녀가 대답했다. "고맙네."

'무엇보다 당신 금화한테 고마워해야지.' 제이미는 혼자 생각하고 말기로 했다. 이 덩치 크고 흉한 암소 같은 여자에게 무시당하는 데도 이제 질렸다.

그녀는 짐말을 자기가 타고 승용마는 클레오스 경에게 배정했다. 제이미는 위협받았던 그대로 외눈박이 거세마에 탔는데, 덕분에 박차를 가해 먼지구름을 일으키며 그 여자를 떠나겠다는 생각은 싹 거둬야 했다.

남자와 소년이 나와 그들이 떠나는 모습을 지켜보았다. 남자는 그들에게 행운을 빌면서 더 좋은 시절에 다시 오라고 한 반면, 소년은 노궁을 옆구리에 끼고 말없이 서 있었다. 제이미는 소년에게 말했다. "창이나 쇠메를 들어라. 그게 너한테는 더 맞을 거다." 소년은 불신하는 눈빛으로 그를 노려보았다. '친절한 조언은 여기까지.' 제이미는 어깨를 으쓱이고 말을 돌린 후, 다시는 돌아보지 않았다.

클레오스 경은 달려가는 내내 불평을 늘어놓으며 아직도 잃어버린 깃털 침대를 슬퍼했다. 그들은 달빛이 비치는 강둑을 따라 동쪽으로 달렸다. 이 지역에서는 레드포크가 아주 넓지만 얕아서 강둑이 온통 진흙과 갈대밭이었다. 제이미의 말은 차분하게 걸었지만, 이 가엾은 늙은 말은 성한 눈 쪽으로 치우치려는 경향이 있기는 했다. 어쨌든 다시 말에 오르니 기분이 좋았다. 속삭이는 숲에서 롭 스타크의 궁수들이 그가 탄 군마를 죽인 이후 쭉 말에 타지 못했다.

불타버린 마을에 도착하자, 똑같이 미덥지 못한 길 사이에서 선택을 해야 했다. 농부들이 곡식을 강으로 실어 가면서 남긴 바큇자국이 깊이 팬 좁은 길들이었다. 하나는 남동쪽으로 구불구불 이어지다가 곧 멀리 보이는 숲속으로 사라지고, 다른 하나는 더 곧고 돌이 많은 길로 남쪽을 향해 쭉 뻗었다. 브리엔느는 잠시 생각하더니 말을 남쪽 길로 돌렸다. 제이미에게는 기분 나쁘지 않은 놀라움이었다. 그 역시 같은 선택을 했을 테니까.

"하지만 이쪽은 여관 주인이 피하라고 했던 길인데요." 클레오스 경이 항의했다.

"그자는 여관 주인이 아니었소." 브리엔느는 안장 위에 볼품없이 몸을 구부리고 있었으나, 그런 자세로도 말에 제대로 앉아 있는 듯했다. "그자는 우리의 길 선택에 지나치게 관심이 많았고, 저 숲은…… 저런 곳이야말로 무법자들이 배회하기로 악명 높은 곳이지. 아마 그자는 우리를 함정에 밀어 넣으려던 걸 거요."

"거 영리한 계집일세." 제이미는 사촌을 보고 웃었다. "내 의견을 말하라면, 저 길 아래에 우리 여관 주인의 친구들이 있을 거야. 마구간에 도저히 잊을 수 없는 향기를 남겨놓은 말들의 주인이 말이야."

여자가 말했다. "우리를 이 말에 태우려고 강에 대해서도 거짓말을 했을 가능성이 있지만, 그런 위험을 감수할 수는 없었소. 루비 여울과 교차로에는 병사들이 있을 테니까."

'흠, 못생겼을지는 몰라도 아주 멍청하진 않군.' 제이미는 그녀에게 마지못해 미소를 던졌다.

돌 거주 탑의 위쪽 창문에서 새어 나오는 불그레한 빛이 멀리서부터 경고를 던졌고, 브리엔느는 앞장서서 들판으로 들어갔다. 그리고 돌탑이 뒤쪽으로 멀어진 후에야 다시 방향을 돌려 도로로 돌아갔다.

여자는 그날 밤이 절반이 지나고 나서야 멈춰도 안전하겠다고 받아들였다. 그 무렵에는 셋 다 안장에 앉은 채로 늘어져 있었다. 그들은 느리게 흐르는 개울 옆, 참나무와 물푸레나무가 자란 작은 숲속에 숨어들었다. 여자가 불을 피우지 못하게 했기에, 그들은 퀴퀴한 귀리 비스킷과 소금에 절인 생선으로 한밤중 식사를 했다. 그 밤은 이상하게 평화로웠다. 머리 위에 펼쳐진 검은 펠트 같은 하늘에는 반달이 별에 둘러싸여 있었다. 멀리서 늑대들이 울부짖었다. 말 한 마리가 불안한 듯 히힝거렸다. 다른 소리는 없었다. '전쟁이 여기까지 건드리진 않았군.' 제이미는 생각했다. 그는 여기에 있는 것이 기뻤고, 살아 있다는 것이 기뻤으며, 세르세이에게 돌아가는 길이라는 사실이 기뻤다.

"내가 첫 불침번을 서지요." 브리엔느가 클레오스 경에게 말하고 얼마 지나지 않아 조용히 코 고는 소리가 들렸다.

제이미는 참나무 줄기에 기대앉아 지금 세르세이와 티리온은 뭘 하고 있을까 생각했다. "형제자매가 있으신가?" 그가 물었다.

브리엔느는 의심에 차서 가늘게 뜬 눈으로 그를 보았다. "아니. 내가 아버지의 유일한 아드— 자식이오."

제이미는 쿡쿡 웃었다. "아들이라고 말하려던 거군. 아버지가 아들로 여겼나? 그야 딸치고는 괴상한 딸이겠지만."

그녀는 말없이 칼자루를 꽉 쥐고 그를 외면했다. '이 얼마나 가련한 생물인가.' 그 여자를 보자니 이상하게 티리온이 떠올랐다. 언뜻 봐서는 그렇게 다른 사람들도 없는데 말이다. 어쩌면 제이미가 이어서 말한 것도 동생 생각 때문이었는지 모른다. "기분을 상하게 하려던 건 아니었어, 브리엔느. 용서해."

"경의 범죄는 용서가 불가능한 수준이오, 킹슬레이어."

"또 그 별명이로군." 제이미는 쇠사슬을 헛되이 비틀었다. "왜 나 때문에 그렇게 화가 난 거지? 내가 아는 한 당신에게 해를 끼친 일은 없는데."

"다른 사람들을 해쳤지. 당신이 지키겠노라 맹세한 사람들. 약한 사람들, 무고한 사람들……."

"……그리고 왕?" 언제나 아에리스로 돌아온다. "이해하지 못하는 일을 섣불리 판단하지 말게, 여자여."

"내 이름은―"

"―브리엔느지, 그래. 혹시 누가 당신더러 못생긴 만큼 재미도 없다고 말해준 적 있나?"

"나를 자극해서 화를 내게 하진 못할 거요, 킹슬레이어."

"아, 아마 가능할걸. 내가 정말 그러려고 한다면."

"서약은 왜 한 거요? 하얀 망토가 상징하는 바를 모두 배신할 작정이었다면, 그 망토를 왜 입은 거요?"

'왜냐고?' 그가 무슨 말을 해야 조금이라도 이해할 가능성이 있을까? "난 어렸어. 열다섯 살이었지. 그렇게 어린 나이에 하얀 망토를 입는 건 굉장한 명예였어."

"그건 대답이 아니오." 여자는 경멸 조로 말했다.

'진실을 들으면 좋아하지 않을걸.' 제이미가 킹스가드에 들어간 건 물론 사랑 때문이었다.

아버지는 세르세이가 열두 살이 되자 왕실과 결혼시킬 희망을 품고 궁정에 불러들였다. 세르세이에게 들어온 청혼을 모두 거절하고, 세르세이가 더 나이를 먹고 더 성숙하고 전보다도 더 아름다워지는 동안 수관의 탑에서 지키려 했다. 비세리스 왕자가 혼인할 나이가 되거나, 어쩌면 라에가르의 아내가 아이를 낳다가 죽기를 기다리는 게 뻔했다. 도르네의 엘리아는 아주 건강한 여자는 아니었으니, 그럴 수도 있었다.

그동안 제이미는 4년을 섬너 크레이크홀 경의 종자로 지내며 왕의 숲 형제단을 상대로 싸워 기사 자격을 얻어냈다. 그는 캐스털리록으로 돌아가는 길에 잠시 킹스랜딩에 들렀는데 거의 누이를 만나기 위한 방문이었다. 세르세이는 그를 따로 불러 타이윈 공이 그를 라이사 툴리와 결혼시키려 한다고, 벌써 지참금에 대해 논하려고 호스터 공을 초대하는 단계까지 왔다고 말했다. 제이미가 하얀 망토를 입는다면, 언제나 세르세이 가까이 있을 수 있을 터였다. 늙은 할란 그랜디선 경이, 그의 문장인 잠자는 사자에 걸맞게도 자다가 죽은 상황이었다. 아에리스는 그 자리를 젊은이로 채우고 싶어 했으니, 포효하는 사자가 잠자는 사자 대신 들어가면 좋지 않겠는가?

"아버지가 절대 찬성하지 않으실 텐데." 제이미는 이의를 제기했다.

"왕은 아버지에게 묻지 않을 거야. 일단 일이 이뤄지면 아버지도 공개적으로는 반대 못 해. 아에리스는 칠왕국을 정말로 통치하는 건 수관이라고 떠들었다는 이유로 일린 페인 경의 혀를 잘랐단 말이야. 일린 경은 수관의 위병대장인데도 아버지는 감히 그 일을 막으려고 하지 않았어! 이 일도 막지 않으실 거야."

"하지만, 캐스털리록이 있는데……." 제이미가 말했다.

"네가 원하는 게 그 바윗덩어리야, 나야?"

그는 그 밤을 어제 일처럼 기억했다. 그들은 감시하는 눈들을 피해, 장어

골목에 있는 오래된 여관에서 밤을 보냈다. 세르세이는 천한 하녀처럼 입고 찾아왔는데, 어째서인지 제이미는 그 점 때문에 더 흥분했다. 제이미는 세르세이가 그렇게 열정적인 모습을 본 적이 없었다. 그녀는 제이미가 잠들려고 할 때마다 다시 깨웠다. 아침이 되자 캐스털리록은 언제나 세르세이 곁에 있는 데 비하면 별것 아닌 대가로 보였다. 제이미가 그러겠다고 하자, 세르세이가 나머지를 해결하겠다고 약속했다.

한 달이 지나고, 왕실의 까마귀가 캐스털리록에 도착해 제이미가 킹스가드로 선택받았다는 소식을 알렸다. 그는 하렌홀에서 열리는 대마상 시합 중에 왕 앞에 출두해서 서약을 하고 망토를 받으라는 명령을 받았다.

제이미는 킹스가드 임관으로 라이사 툴리로부터 자유로워졌다. 그 외에는 아무것도 계획대로 되지 않았다. 아버지는 더할 수 없이 격분했다. 공개적으로 반대할 수 없다는 부분만은 세르세이의 판단이 정확했지만, 타이윈 공은 별것 아닌 이유로 수관직을 사임하면서 딸을 데리고 캐스털리록으로 돌아가버렸다. 세르세이와 제이미는 함께 있게 된 게 아니라 서로 자리만 바꿨다. 그는 궁정에 홀로 남아 아버지보다 못한 남자들 네 명이 차례로 맞지 않는 신발을 신고 칼 위에서 춤을 추는 동안 미친 왕을 지켰다. 수관들이 어찌나 빨리 갈려나가는지 그들의 얼굴보다는 문장이 기억에 남았다. 풍요의 뿔 수관과 춤추는 그리핀 수관은 둘 다 추방당했고, 철퇴와 단검 수관은 와일드파이어에 푹 젖어 산 채로 불탔다. 로사트 공이 마지막이었다. 그의 문장은 불타는 횃불이었는데, 전임자의 운명을 생각하면 불운한 선택이었다. 그러나 그 연금술사가 그 자리까지 오를 수 있었던 건 불에 대한 열정을 왕과 공유했기 때문이기도 했다. '내 로사트의 배를 가를 게 아니라 물에 빠뜨려 죽였어야 했는데.'

브리엔느는 아직도 그의 대답을 기다리고 있었다. 제이미가 말했다. "당신은 아에리스 타르가르옌을 알 만큼 나이가 많지는……."

그녀는 듣지 않으려 했다. “아에리스는 미쳤고 잔인했지. 아무도 그걸 부정하진 않았소. 그렇다 해도 여전히 아에리스는 왕관을 썼고 축성을 받은 왕이었소. 그리고 당신은 왕을 지키겠다고 맹세했고.”

“나도 내가 무슨 맹세를 했는지는 알아.”

“그리고 당신이 무슨 짓을 했는지도 알겠지.” 그녀는 제이미 위에 우뚝 섰다. 주근깨가 가득한 얼굴을 찌푸리고 말 같은 이를 드러낸, 180센티미터짜리 비난덩어리였다.

“그래, 당신이 무슨 짓을 했는지도 알지. 내가 들은 말이 사실이라면 우리 둘 다 킹슬레이어겠군.”

“난 결코 렌리 왕을 해치지 않았소. 내가 그랬다고 말하는 자는 죽이겠어.”

“그렇다면 클레오스부터 시작하는 게 좋겠군. 그리고 클레오스가 말하는 꼴을 보니 그 후에도 잔뜩 죽여야 할걸.”

“거짓말. 렌리 전하께서 살해당하실 때 캐틀린 부인도 그 자리에 계셨소. 직접 보셨어. 그림자가 있었소. 촛불이 흔들리고 공기가 차가워지더니, 피가—”

“아, 이거 걸작이군.” 제이미는 소리 내어 웃었다. “나보다 재치가 넘친다고 인정해야겠는데. 사람들이 죽은 왕 앞에 서 있는 날 발견했을 때, ‘아니야, 아니야, 내가 아니야, 그림자였어, 무시무시한 차가운 그림자였어’ 이럴 생각은 못 했거든.” 그는 다시 웃었다. “킹슬레이어끼리 솔직히 말해봐. 스타크가 렌리의 목을 그으라고 돈을 줬나, 아니면 스타니스였나? 렌리가 당신을 퇴짜 놓아서 그랬나? 아니면 월경혈 때문에 그랬나. 계집이 피를 흘리고 있을 때는 절대 검을 쥐여주면 안 된단 말이지.”

한순간 제이미는 브리엔느가 그를 때릴 수도 있겠다고 생각했다. ‘한 발자국만 더 다가오면 저 칼집에서 단검을 낚아채 배에 쑤셔 박아줄 텐데.’

그는 한쪽 다리를 구부리고 뛰어오를 준비를 했지만, 여자는 움직이지 않았다. "기사가 된다는 건 드물고도 귀한 선물이고, 킹스가드 기사가 된다는 건 더더욱 그렇소. 그렇게 적은 사람에게만 주어지는 선물인데, 당신은 그 선물을 경멸하고 더럽혔어."

'네가 간절히 원하지만 절대 가질 수 없는 선물이겠지.' "난 기사 자격을 스스로 얻어냈어. 아무것도 그냥 주어지진 않았지. 난 아직 종자였던 열세 살에 마상 시합 난전에서 우승했어. 열다섯 살에는 아서 데인 경과 함께 왕의 숲 형제단과 싸웠고 전장에서 경에게 직접 기사 서임을 받았지. 내가 하얀 망토를 망친 게 아니라, 하얀 망토가 날 망친 거야. 그러니 질투는 그만해둬. 너에게 음경을 주지 않은 건 신들이지 내가 아니야."

그를 바라보는 브리엔느의 눈빛에는 혐오감이 가득했다. '그 소중한 맹세만 아니었으면 기꺼이 날 난도질하겠는걸. 잘됐군. 알량한 도리와 뭣도 모르는 비판에는 진절머리가 나.' 여자는 한마디 말도 없이 걸어가버렸다. 제이미는 망토를 두른 채 몸을 웅크리며 세르세이가 꿈에 나오기를 빌었다.

하지만 제이미가 눈을 감았을 때 보인 것은 홀로 알현실을 걸으며 흉 지고 피가 흐르는 두 손을 잡아뜯고 있는 아에리스 타르가르옌이었다. 그 멍청이는 언제나 철왕좌의 칼날과 가시에 손을 베이곤 했다. 제이미는 금빛 갑옷을 입고, 손에 장검을 들고 안으로 들어선 참이었다. 하얀 갑옷이 아니라 금빛 갑옷이었지만 아무도 그 점을 기억하지 못했다. '그 망할 망토도 벗고 있었더라면 좋았을 것을.'

아에리스는 그의 검에 묻은 피를 보자 타이윈 공의 피인지 알고 싶어 했다. "그 배신자, 그놈을 죽여야 해. 그놈의 머리통을 받아야겠다. 그놈 머리통을 가져오너라. 아니면 너도 나머지 모두와 같이 불타는 거다. 배신자는 모조리 다 불태울 거야. 로사트가 놈들이 성벽 안에 들어왔다고 하는구나! 로사트는 그놈들을 따뜻하게 환영해주러 갔다. 누구의 피냐? 누구의?"

"로사트의 피입니다." 제이미가 대답했다.

그러자 왕의 자줏빛 눈이 커졌고, 충격에 입이 벌어졌다. 내장의 통제가 풀려버린 왕은 몸을 돌리더니 철왕좌를 향해 뛰었다. 제이미는 벽에 걸린 드래곤 머리뼈들의 텅 빈 눈 아래에서 돼지처럼 끽끽거리며 변소 냄새를 풍기는 마지막 드래곤 왕의 몸을 계단에 끌어 내렸다. 목을 한 번 긋자 모든 게 끝났다. '참 쉽구나.' 그렇게 생각했던 기억이 났다. 왕은 이보다 어렵게 죽어야 하지 않나 하고. 그래도 로사트는 싸우려고는 했었다. 솔직히 말하면 연금술사처럼 싸웠지만, 그래도. 이상하게도 사람들은 누가 로사트를 죽였는지 결코 묻지 않았다……. '그래, 물론 로사트는 천한 놈이고 아무도 아니었으니까. 고작 2주 동안의 수관, 미친 왕의 또 다른 미친 짓에 불과했으니까.'

엘리스 웨스털링 경과 크레이크홀 공과 다른 아버지의 휘하 기사들이 그 순간에 뛰어들어 와서 마지막을 보았기에, 제이미가 어딘가로 사라져 어떤 허풍쟁이가 찬사 혹은 비난을 훔쳐 가게 놓아둘 방법은 없었다. 그는 기사들의 얼굴을 보자마자 찬사보다 비난이 될 것을 알아차렸다……. 어쩌면 그들의 얼굴에 어린 것은 두려움이었는지도 모르겠다. 라니스터든 아니든, 그는 아에리스의 일곱 기사 중 하나였으니.

"성은 우리 것이오, 경. 도시도." 롤란드 크레이크홀이 그렇게 말했지만, 반만 진실이었다. 타르가르옌 충성파는 아직도 구불구불한 계단에서, 무기고에서 죽어가고 있었고 그레고르 클리게인과 아모리 로치는 마에고르 성채 벽을 오르고 있었으며, 그 순간에도 네드 스타크가 북부인들을 이끌고 왕의 문을 통과하고 있었지만, 크레이크홀은 그 모든 것을 알 수가 없었다. 그는 아에리스가 살해당한 것을 보고 놀라지 않는 듯했다. 제이미는 킹스가드가 되기 오래전부터 타이윈 공의 아들이었으니까.

"미친 왕은 죽었다고 전하시오." 그는 그렇게 지시했다. "항복하는 자는 모두 살려주고 포로로 잡으시오."

"새로운 왕에 대해서도 선포합니까?" 크레이크홀이 물었고, 제이미는 그 질문을 있는 그대로 읽어냈다. '그 왕이 당신 아버지입니까, 아니면 로버트 바라테온입니까, 아니면 혹시 새로운 드래곤 왕을 세우려는 겁니까?' 그는 잠시 동안 드래곤스톤으로 달아난 소년 비세리스를, 아직 어미와 함께 마에고르 성채 안에 있을 라에가르의 어린 아들 아에곤을 생각했다. '새로운 타르가르옌 왕을 세우고, 내 아버지가 수관을 맡는다. 늑대들이 얼마나 울부짖을 것인가. 폭풍 영주는 격분에 숨이 막히겠지.' 그는 순간 유혹을 느꼈지만, 그것도 바닥에 번지는 피 웅덩이 속 시체를 내려다보기 전까지였다. '둘 다 이자의 피를 이었어.' 그는 생각했다. "공이 좋을 대로 선포하시오." 그는 크레이크홀에게 그렇게 말하고, 철왕좌로 올라가서 장검을 무릎 위에 올려놓고 앉았다. 누가 왕국을 차지하러 오는지 보려고. 알고 보니 그 사람은 에다드 스타크였다.

'너에게도 날 판단할 권리는 없었어, 스타크.'

꿈속에서 소용돌이치는 녹색 불길을 입고 타오르는 죽은 자들이 다가왔다. 제이미는 금빛 장검을 들고 춤을 췄지만, 그가 두 조각을 낼 때마다 더 많은 시체가 일어났다.

브리엔느가 장화로 갈비뼈를 쳐서 그를 깨웠다. 세상은 아직 어두웠고, 비가 내리고 있었다. 그들은 귀리 비스킷과 소금에 절인 생선, 그리고 클레오스 경이 찾아낸 블랙베리로 아침을 때우고 해가 뜨기 전에 다시 안장에 올랐다.

티리온

문을 통과해 들어오는 내시는 하늘거리는 복숭아색 비단 로브를 입고 레몬 향기를 풍기며 혼자 흥얼거리고 있었다. 그는 난롯가에 앉은 티리온을 보자 딱 멈춰 섰다. "티리온 공." 그는 새된 소리로 말하더니, 불안한 웃음을 터뜨렸다.

"그러니까 날 기억하긴 하는군? 잊어버린 건 아닌가 하던 참인데."

"이렇게 건강하게 회복하신 모습을 보니 얼마나 기쁜지 모릅니다." 바리스는 가장 간살스러운 미소를 지었다. "하지만 고백하자면 제 누추한 방에서 뵙게 될 줄은 생각도 못 했군요."

"누추하긴 하군. 사실대로 말하자면 지나치게 누추해." 티리온은 바리스가 아버지에게 불려 갈 때를 기다려 숨어들었다. 내시의 거처는 갖춰진 게 없이 작아서, 북쪽 벽 아래 창문도 없는 아늑한 방 세 개가 다였다. "기다리는 동안 시간을 보내기 딱 좋은 비밀이 가득한 바구니들을 기대했는데, 종이 한 장 찾을 수가 없더군." 티리온은 분명히 거미에게 눈에 띄지 않게 오가는 방법이 있을 줄 알고 감춰진 통로도 찾아보았지만, 그것 역시 찾을 수가 없었다. "게다가 물병에는 물만 담겨 있어, 신들이시여, 맙소사. 침실은 관짝보다 크지 않은 데다 그 침대라는 게…… 그거 정말로 돌로 만든 건가, 아니면 그렇게 느껴지기만 하는 건가?"

바리스는 문을 닫고 빗장을 질렀다. "제가 허리가 좀 아파서, 딱딱한 곳에서 자는 편이 더 좋답니다."

"난 공이 깃털 침대에서 자는 사람인 줄 알았지."

"전 뜻밖의 면이 가득한 사람이지요. 전투 후에 당신을 내팽개쳤다고 화가 나신 겁니까?"

"덕분에 공을 내 가족의 일원처럼 생각하게 됐지."

"애정이 부족해서는 아니었답니다. 제 기질이 워낙 섬세한데, 상처가 쳐다보기 너무 끔찍해서 말이지요……." 바리스는 과장되게 어깨를 으쓱였다. "그 가엾은 코며……."

티리온은 짜증스럽게 상처 딱지를 문질렀다. "금으로 새로 만들어 달까 봐. 어떤 코가 좋겠소, 바리스? 당신같이 비밀의 냄새를 잘 맡는 코? 아니면 금세공인에게 내 아버지 코 같은 것을 만들어달라고 할까?" 그는 미소 지었다. "우리 고귀하신 아버지께선 어찌나 열심히 일하시는지 도통 볼 수가 없더군. 말해보시오, 아버지가 파이셀 대학사를 소협의회에 복귀시켰다는 게 사실이오?"

"사실입니다."

"그건 우리 상냥한 누이 덕분이려나?" 파이셀은 누이의 애완동물이었다. 티리온이 파이셀의 직함과 수염, 품위를 빼앗고 검은 감옥에 처넣었었다.

"천만에요. 대학사 직위를 결정하거나 취소할 수 있는 건 오직 콘클라베뿐이라는 주장을 펼치며 파이셀의 복권을 원한 올드타운의 최고학사들 덕분이지요."

'빌어먹을 멍청이들.' 티리온은 생각했다. "잔혹 왕 마에고르는 처형 집행인의 도끼로 대학사 셋의 직위를 취소했던 것 같은데."

"사실입니다. 그리고 아에곤 2세는 제라디스 대학사를 드래곤에게 먹였지요."

"저런, 나에겐 드래곤이 없으니 안타깝군. 내 파이셀을 와일드파이어에 담가서 불을 붙일 수도 있었는데. 그랬다면 시타델이 더 좋아했을까?"

"흠, 그쪽이 더 전통에 걸맞기는 했겠군요." 내시는 킥킥거렸다. "다행히도 더 지혜로운 분들이 이겨서, 콘클라베도 파이셀의 해고는 받아들이고 후임자를 선발하기로 했답니다. 구두 직공의 아들인 터킨 학사와 방랑기사의 서자인 에렉 학사를 고려해보고, 그럼으로써 자기네 조직에서는 출신보다 능력이 우선이라는 자기만족을 잠시 누린 후에, 콘클라베는 고르몬 학사를 여기로 보내려고 했지요. 하이가든의 티렐 말입니다. 아버님께 그 말씀을 드렸더니 즉각 행동에 나서시더군요."

티리온은 올드타운의 콘클라베가 밀실에서 이루어진다는 것을 알고 있었다. 그러니 그들의 토의는 비밀이어야 했다. '그러니까 바리스는 시타델에도 작은 새들을 두고 있단 말이군.' "그렇군. 그래서 아버지께서 꽃이 피기 전에 봉오리를 잘라버리기로 하셨고." 그는 웃을 수밖에 없었다. "파이셀은 두꺼비 같은 인간이지만, 그래도 티렐 두꺼비보다는 라니스터 두꺼비가 낫다 이거지?"

"파이셀 대학사는 언제나 귀공의 가문에 좋은 친구였지요." 바리스는 다정하게 말했다. "보로스 블런트 공도 복권되었다는 사실을 아시면 좀 위로가 될지 모르겠습니다."

세르세이는 브론이 로스비 영지로 가는 길에서 토멘을 잡았을 때 토멘 왕자를 지키다가 죽지 못했다는 이유로 보로스 경의 하얀 망토를 빼앗았었다. 그 남자는 티리온의 친구가 아니었지만, 그 일을 겪은 후에는 세르세이를 똑같이 싫어할 터였다. '그건 의미가 있겠지.' 그는 친근하게 대꾸했다. "블런트는 허세나 부리는 겁쟁이야."

"그런가요? 아이고, 저런. 그렇다 해도 킹스가드 기사들은 전통적으로 평생 복무하니까요. 보로스 경도 앞으로는 더 용감한 모습을 보여줄지 모르지요. 분명히 아주 충성스러울 테고요."

"내 아버지에게 말이지." 티리온이 지적했다.

"킹스가드 말이 나왔으니 말인데……. 혹시 이 예기치 않은 기쁜 방문이 보로스 경의 죽은 형제, 그 용맹한 맨던 무어 경 때문일까요?" 내시는 분바른 뺨을 쓰다듬었다. "공의 사람인 브론이 최근에 맨던 경에게 관심이 많아 보이더군요."

브론은 맨던 경에 대해 가능한 한 모든 것을 알아냈지만, 바리스가 더 알고 있을 게 분명했다……. 그 정보를 공유할 마음이 있어야 말이지만.

"그 남자는 정말 친구가 없었던 모양이오." 티리온은 조심스럽게 말했다.

"슬프게도, 아, 슬프게도 그렇지요. 협곡에 돌아가서 돌을 일일이 뒤집어 본다면 친족이 나올 수도 있겠지만, 여기에서는……. 아린 공이 그 남자를 킹스랜딩에 데려왔고 로버트가 하얀 망토를 줬습니다만, 둘 다 맨던 경을 썩 좋아하지는 않았던 것 같습니다. 역량이야 확실하지만, 마상 시합에서 평민들이 환호하는 부류도 아니었고요. 글쎄, 킹스가드 형제들도 맨던 경에게 따뜻했던 적이 없습니다. 바리스탄 경은 언젠가 그 남자에겐 장검 외에 다른 친구가 없고 의무 외에 다른 삶이 없다고 말씀하신 적이 있지요……. 아시다시피, 셀미가 그 말을 칭찬으로만 한 것 같지는 않고요. 생각해보면 그것도 이상하지 않습니까? 그거야말로 우리 킹스가드에서 가장 높이 사는 자질이라고 말할 수 있는데요. 자신이 아니라 왕을 위해 사는 남자들이어야 하지 않습니까. 그렇게 보면 우리의 용감한 맨던 경은 완벽한 하얀 기사였어요. 그리고 킹스가드 기사답게 죽었지요. 손에 검을 쥐고, 왕의 혈육을 지키다가 말입니다." 내시는 그에게 음흉한 미소를 던지고 빈틈없이 지켜보았다.

'왕의 혈육을 살해하려다가 죽었다고 해야겠지.' 티리온은 바리스가 지금 말하는 것보다 더 알고 있을지 궁금했다. 지금 들은 내용 중에는 새로운 것이 없었다. 브론이 거의 똑같은 보고서를 가지고 왔었다. 티리온에게는 세르세이와의 연결고리, 맨던 경이 세르세이의 꼭두각시였다는 증거가 필요했다. '언제나 원하는 걸 얻을 수 있는 건 아니지.' 그는 씁쓸하게 생각하다가, 덕분에 떠올렸다…….

"내가 여기 온 건 맨던 경 때문이 아니라오."

"그렇군요." 내시는 물병이 있는 자리로 걸어가더니, 잔을 하나 채우면서 물었다. "제가 도와드릴 수 있을까요?"

"그렇소. 하지만 물은 됐고." 그는 두 손을 포갰다. "샤에를 데려와줬으면 좋겠어."

바리스는 물을 마셨다. "그게 현명할까요? 사랑스럽고 다정한 아이인데. 아버님이 그 아이를 목매다신다면 얼마나 안타깝겠습니까."

바리스가 알고 있다는 사실은 놀랍지 않았다. "그래, 현명하지 않지. 완전 미친 짓이야. 그래도 멀리 보내기 전에 마지막으로 한 번은 보고 싶군. 이렇게 가까이 두고서는 견딜 수가 없어."

"이해합니다."

'네가 어떻게?' 티리온은 바로 어제 샤에를 보았다. 물동이를 들고 구불구불한 계단을 오르고 있었는데, 젊은 기사가 무거운 물동이를 들어주겠다고 제안하는 모습까지 보았다. 샤에가 그 기사의 팔을 건드리고 미소 짓던 모습이 티리온의 뱃속에 꽉 뭉쳐 있었다. 그들은 고작 몇 센티미터 사이를 두고 스쳐 지나갔다. 티리온은 내려가고 샤에는 올라갔는데, 어찌나 가까웠는지 샤에의 머리카락에서 나는 상쾌한 향기까지 맡을 수 있을 정도였다. "나리." 샤에는 예의를 갖춰 말했고, 그는 그 자리에서 손을 뻗어 샤에를 붙잡고 입 맞추고 싶었지만 뻣뻣하게 고개를 끄덕이고 뒤뚱거리며 지나칠 수밖에 없었다. 그는 바리스에게 말했다. "그동안 몇 번인가 보긴 했지만, 감히 말을 걸 수가 없었소. 아마 내 모든 움직임이 감시받고 있을 테지."

"그렇게 생각하시는 게 현명하지요."

"누구요?" 그는 고개를 옆으로 기울였다.

"케틀블랙 형제가 공의 다정하신 누님께 자주 보고한답니다."

"내 그 비열한 것들에게 준 돈이 얼마인지 생각하면……. 금을 더 얹어주면 그놈들을 세르세이에게서 빼앗을 수 있을 것 같소?"

"가능성이야 언제나 있습니다만, 저라면 그런 데 돈을 걸지 않겠습니다. 이제는 셋 다 기사가 됐고, 누님께서 앞으로 더 출세시켜주겠다고 약속하셨거든요." 내시의 입술에서 작고 심술궂게 킥킥 소리가 터져 나왔다. "그리고 큰형인 킹스가드의 오스먼드 경은 다른 특별한…… 혜택에 대해서도…… 꿈꾸고 있지요. 돈으로는 왕대비님과 맞서실 수 있겠지만, 그분에게는 마르지 않는 두 번째 지갑이 있답니다."

'일곱 지옥이여.' 티리온은 생각했다. "지금 세르세이가 오스먼드 케틀블랙과 붙어먹고 있다는 거요?"

"세상에 그런, 아닙니다. 그건 끔찍이도 위험하겠지요, 그렇지 않습니까? 아닙니다, 왕대비께서는 암시만 주신답니다……. 어쩌면 내일, 어쩌면 결혼식이 끝나면……. 그러고 나서 미소 한 번, 속삭임 한 번, 상스러운 농담 하나……. 지나치면서 그 남자의 소매에 가슴을 슬쩍 스친다거나…… 그러면 통하는 모양이에요. 하지만 내시가 그런 일에 대해 뭘 알겠습니까?" 바리스의 혀끝이 수줍음 많은 분홍 동물처럼 아랫입술을 핥았다.

'그 둘이 몰래 시시덕거리는 정도의 선을 넘게 할 수 있다면, 둘이 침대에 있는 현장을 아버지가 붙잡게 할 수 있다면…….' 티리온은 코끝의 상처를 만졌다. 어떻게 그리 만들 수 있을지는 모르겠지만, 나중에 계획이 떠오를 수도 있었다. "케틀블랙만이오?"

"그렇다면 얼마나 좋겠습니까. 공을 지켜보는 눈이 많을 겁니다. 공은…… 어떻게 말해야 할까요? 눈에 띈다고나 할까요? 그리고 이렇게 말씀드리려니 슬프지만, 별로 사랑받는 분은 아니지요. 자노스 슬린트의 아들들은 아버지의 복수를 위해 기꺼이 공에 대해 일러바칠 테고, 우리 사랑스러운 피터 공은 킹스랜딩에 있는 매춘굴 절반에 친구를 두고 있지요. 혹시라도 그중 어딘가에 찾아가셨다가는 피터 공이 즉시 알 테고, 얼마 지나지 않아 아버님도 아시게 될 겁니다."

'내가 걱정했던 것보다 더 나쁘군.' "그리고 아버지는? 아버지는 누구에게 날 감시하도록 시키셨소?"

이번에는 내시도 큰 소리로 웃었다. "그야, 저 아니겠습니까?"

티리온도 웃어젖혔다. 그 역시 바리스를 필요 이상으로 믿을 정도로 바보는 아니었다. 그러나 내시는 이미 샤에를 잘 살게도 할 수 있고 목매달 수도 있을 만큼 알고 있었다. "그 모든 눈을 피해서, 벽을 뚫고 샤에를 데려오는 거요. 전에 그랬듯이."

바리스는 두 손을 쥐고 비틀었다. "아아, 그보다 더 기쁜 일은 없겠습니다만……. 마에고르 왕은 벽에 쥐를 키우고 싶어 하지 않으셨답니다. 무슨 말인지 아신다면 말입니다. 혹시 적에게 갇힐 때를 대비해 비밀리에 빠져나갈 수단을 요구하기는 하셨으나, 그 문은 다른 어느 통로로도 연결되지가 않아요. 샤에를 롤리스 아가씨로부터 잠시 빼낼 수 있는 건 맞습니다만, 눈에 띄지 않게 공의 침실로 데려갈 방법은 없습니다."

"그렇다면 어디 다른 곳으로 데려오시오."

"하지만 어디로 말입니까? 안전한 곳이 없는데요."

"있지." 티리온은 씩 웃었다. "여기. 그대의 돌처럼 딱딱한 침대에 더 나은 쓰임새를 찾아줄 때가 된 것 같구려."

내시는 입을 딱 벌리더니 키득거렸다. "롤리스는 요새 쉽게 지친답니다. 아이를 배어 몸이 커졌거든요. 달이 뜰 때쯤이면 분명 잠들어 있을 겁니다."

티리온은 의자에서 폴짝 뛰어내렸다. "달이 뜰 때로군, 그러면. 와인을 좀 준비해주시오. 깨끗한 잔 두 개하고."

바리스는 허리를 굽혔다. "공이 원하시는 대로 될 겁니다."

그날 남은 시간은 당밀 속을 기어가는 벌레처럼 천천히 지나가는 것 같았다. 티리온은 성 도서관에 올라가서 벨데카르르가 쓴 《로인족 전쟁의 역사》에 관심을 가져보려고 했지만, 샤에의 미소가 떠올라 코끼리들을 볼 수가 없었다. 오후가 되자 그는 책을 치우고 목욕을 청했다. 물이 차가워질 때까지 몸을 문지른 다음, 포드를 시켜 구레나룻을 다듬었다. 수염을 기르는 건 새로운 시도였다. 노란색, 흰색, 검은색 털이 엉킨 데다 듬성듬성하고 거칠어 볼품없다고밖에 할 수 없는 수염이었지만, 그래도 얼굴의 일부를 가려주기는 했으니 좋은 일이었다.

그럭저럭 깨끗한 분홍색 몸에 단정한 상태가 되자 티리온은 옷장으로 가서 라니스터의 진홍색으로 이루어진 딱 맞는 새틴 바지와, 가장 좋은 더블릿을 골랐다. 사자 머리 장식 단추가 박힌 무거운 검은색 벨벳 더블릿이었다. 누워서 죽어가는 동안 아버지가 훔쳐 가지만 않았어도 거기에다 황금 손 모양의 사슬 목걸이도 걸었으련만. 그는 그렇게 차려입고 나서야 얼마나 멍청한 짓을 했는지 깨달았다. '일곱 지옥이여, 난쟁이 넌 코와 함께 분별력도 잃어버린 거냐? 누구든 널 보면 내시를 찾아가면서 왜 궁정에 갈 때나 입을 법한 옷을 입었는지 의아해할 거다.' 티리온은 스스로를 저주하며 그 옷을 벗고 다시 단순하게 검은색 모직 바지와 오래된 흰 튜닉, 색 바랜 갈색 가죽조끼로 갈아입었다. '상관없어.' 그는 달이 뜨기를 기다리면서 스스로를 타일렀다. '넌 뭘 입든 난쟁이야. 어차피 계단에서 본 그 기사처럼 키가 커질 순 없어. 그런 길고 곧은 다리와 단단한 배 근육과 넓고 남자

다운 어깨를 지닐 수 없다고.'

달이 성벽 위로 고개를 내밀자 그는 포드릭 페인에게 바리스에게 가봐야겠다고 말했다. "오래 걸리실까요?" 소년이 물었다.

"아, 그랬으면 좋겠구나."

레드킵이 워낙 붐비다 보니, 티리온이 눈에 띄지 않고 움직일 가망은 없었다. 발론 스완 경이 문 앞을 지키고 있었고, 도개교에는 로라스 티렐 경이 서 있었다. 그는 걸음을 멈추고 두 사람 모두와 인사를 나눴다. 언제나 무지개색으로 화려하게 입고 있던 꽃의 기사가 순백으로 차려입은 모습을 보니 기분이 이상했다. "로라스 경, 나이가 어떻게 되시오?" 티리온은 물었다.

"열일곱 살입니다."

'열일곱 살에, 아름답고, 이미 전설이라니. 칠왕국의 소녀들 절반이 그와 침대에 들고 싶어 하고, 소년들은 모두 그가 되고 싶어 하지.' "이런 걸 물어도 될지 모르겠는데, 경…… 왜 열일곱 살에 킹스가드에 들어가기로 한 거요?"

"드래곤 기사 아에몬 왕자도 열일곱 살에 서약을 했습니다. 공의 형님이신 제이미는 그보다 더 어렸고요."

"그 둘의 이유는 무엇이었는지 알아요. 경의 이유는 뭐요? 메린 트랜트와 보로스 블런트 같은 본보기들 옆에서 복무하는 명예?" 그는 조소했다. "왕의 삶을 지키기 위해 경의 삶을 포기하고, 영지와 작위를 포기하고, 결혼할 희망도, 자식도 포기하고……."

"티렐 가문은 제 형님들을 통해 이어질 겁니다. 셋째 아들이 꼭 결혼하거나 자식을 낳아야 하는 건 아니죠."

"꼭 그래야 하는 건 아니지만, 어떤 이들은 거기에서 즐거움을 찾지. 사랑은 어떻소?"

"해가 지고 나면, 어떤 촛불도 그 빛을 대신하지 못합니다."

"그건 노랫말인가요?" 티리온은 고개를 옆으로 기울이며 미소 지었다. "그래요, 경은 열일곱 살이군. 이제는 알겠소."

로라스 경은 긴장했다. "날 조롱하는 겁니까?"

'가시를 세우기는.' "아니오. 마음 상했다면 용서하시오. 나도 한때 사랑이 있었고, 우리에게도 노래가 있었다오." '나는 여름처럼 어여쁜 처녀를 사랑했네. 머리에는 햇살을 얹은.' 그는 로라스 경에게 인사하고 갈 길을 갔다.

견사 근처에서 중장병 한 무리가 개싸움을 시키고 있었다. 티리온은 잠시 멈춰 서서 작은 개가 큰 개의 얼굴 절반을 뜯어내는 데까지 지켜보고는, 진 개가 산도르 클리게인을 닮았다는 말을 던져 몇 명에게서 거친 웃음을 불러냈다. 그런 다음에는 그들의 의심을 누그러뜨렸기를 바라며 북벽으로 가서 내시의 변변찮은 거처로 통하는 짧은 계단을 내려갔다. 티리온이 문을 두드리려고 손을 올리는데 문이 열렸다.

"바리스?" 티리온은 안으로 들어갔다. "거기 있소?" 촛불 하나가 어둠을 밝히며 공기 중에 재스민 향기를 퍼뜨렸다.

"나리." 여자 하나가 불빛 속으로 걸어 들어왔다. 동그란 분홍빛 달덩이 같은 얼굴에 검은색 고수머리를 늘어뜨린 통통하고 부드럽고 점잖은 여자였다. 티리온이 움찔했다. "뭐가 잘못됐나요?" 여자가 물었다.

'바리스.' 그는 짜증과 함께 깨달았다. "무시무시하게도 한순간 샤에 대신 롤리스를 데려온 줄 알았지 뭐요. 샤에는 어디 있소?"

"여기 있지요, 우리 나리." 샤에가 뒤에서 그의 눈을 가렸다. "제가 뭘 입고 있는지 맞춰보시겠어요?"

"아무것도?"

"어머, 영리하기도 하셔라." 그녀는 손을 치우며 삐죽거렸다. "어떻게 알았어요?"

"당신은 아무것도 입지 않았을 때 정말 아름다우니까."

"그런가요? 정말 그래요?"

"물론이지."

"그렇다면 말을 하시기보단 저한테 달려드셔야 하지 않나요?"

"우선 바리스 부인부터 치워야지. 난 관객을 좋아하는 난쟁이가 아니거든."

"이미 갔어요." 샤에가 말했다.

티리온이 고개를 돌려보니 그 말대로였다. 내시는 치마와 함께 사라진 후였다. '비밀 문이 여기 어딘가에 있는 게 틀림없어.' 그러나 오래 생각할 겨를이 없었다. 샤에가 그의 고개를 돌려 입을 맞췄다. 그녀의 입은 촉촉하고 간절했고, 그녀는 그의 흉터도, 그의 코가 있던 자리에 남은 딱지도 보지 않았다. 손가락에 닿는 피부는 따스한 비단 같았다. 엄지로 왼쪽 젖꼭지를 문지르자 바로 단단해졌다. "서둘러요." 샤에는 입맞춤 사이사이로, 티리온이 바지 끈을 풀려 하는 동안 재촉했다. "아, 얼른, 얼른요. 내 안에 당신을 품고 싶어요, 내 안에, 내 안에." 제대로 옷을 벗을 시간조차 없었다. 샤에가 그의 바지에서 성기를 꺼내더니 바닥에 밀어 눕히고 그 위에 앉았다. 티리온이 음순 사이로 들어가자 비명을 질렀고, 거칠게 그를 타고 움직이면서 티리온을 밀어붙일 때마다 신음했다. "나의 거인, 나의 거인, 나의 거인." 티리온은 너무나 열렬했던 나머지 다섯 번째 만에 폭발하고 말았지만 샤에는 싫은 기색도 없었다. 티리온이 사정하는 것을 느끼자 짓궂게 웃더니, 몸을 앞으로 기울여 그의 이마에 맺힌 땀에 입을 맞췄다. "나의 라니스터 거인. 내 안에 머물러 있어요, 제발. 내 안에서 당신을 느끼고 싶어." 샤에가 중얼거렸다.

그래서 티리온은 움직이지 않고 팔만 들어 샤에를 감싸 안았다. '샤에를 안고, 안기니 너무 좋구나. 어떻게 이토록 달콤한 일이 이 여자를 목매달 죄가 될 수가 있지?' 그는 말했다. "샤에, 사랑하는 샤에, 우리가 함께하는 건 이번이 마지막이 되어야 해. 위험이 너무 커. 내 아버지가 당신을 발견하기라도 하면……."

"당신 흉터가 마음에 들어요." 샤에는 손가락으로 그의 흉터를 덧그렸다. "아주 사납고 강해 보이는걸요."

그는 웃고 말았다. "아주 흉하다는 뜻이겠지."

"우리 나리는 제 눈에 절대 흉해 보일 리 없답니다." 그녀는 짧아진 그의 코를 덮은 상처 딱지에 입을 맞췄다.

"당신이 신경 써야 하는 건 내 얼굴이 아니야. 내 아버지가—"

"당신 아버지는 무섭지 않아요. 우리 나리가 이젠 제 보석과 비단을 돌려주시려나요? 당신이 전투 중에 다쳤을 때 바리스에게도 물어봤는데, 주려고 하지 않더라고요. 당신이 죽었으면 그건 다 어떻게 되는 거예요?"

"난 안 죽었어. 여기 있잖아."

"알아요." 샤에는 웃는 얼굴로 그의 위에서 꿈틀거렸다. "당신이 있어야 할 곳에 있죠." 그러더니 다시 뾰로통해졌다. "그런데 이젠 당신도 나았는데, 언제까지 롤리스와 같이 있어야 하는 거예요?"

"내 말을 듣긴 한 거야? 원한다면 롤리스와 같이 있어도 되지만, 당신이 이 도시를 떠나는 게 가장 좋아."

"난 떠나고 싶지 않아요. 전투가 끝나면 저택에 다시 살게 해준댔잖아요." 샤에의 음부가 그를 살짝 조였고, 티리온은 그 안에서 다시 단단해지려 했다. "라니스터는 언제나 빚을 갚는다면서요."

"샤에, 제발 그만해. 내 말 좀 들어. 당신은 떠나야 해. 이 도시엔 이제 티렐이 가득한 데다, 난 심하게 감시당하고 있어. 당신은 상황이 얼마나 위험한지 몰라."

"제가 왕의 결혼 잔치에 갈 수 있을까요? 롤리스는 가지 않을 거래요. 왕의 알현실에서 그 여자를 강간할 사람은 없을 거라고 말해줬는데, 얼마나 멍청한지." 샤에가 몸을 굴려 내려오자 티리온의 성기가 부드럽고 질척한 소리를 내며 빠져나왔다. "사이먼 말이 가수들의 시합도 있고, 공중제비도 돌고, 광대 마상 시합도 있을 거래요."

티리온은 샤에의 세 번 저주받을 가수에 대해 거의 잊고 있었다. "사이먼과는 어떻게 말을 하는 거야?"

"탠다 부인에게 말해서, 부인이 롤리스를 위해 노래하라고 고용하게 했죠. 아기가 배를 걷어차기 시작할 때 음악을 들으면 진정하거든요. 사이먼이 그러는데 그 잔치엔 춤추는 곰도 있을 거고, 아버산 와인도 있을 거래요. 난 곰이 춤추는 걸 본 적이 없어요."

"곰들은 나보다도 더 춤을 못 춰." 티리온의 관심거리는 곰이 아니라 그 가수였다. 엉뚱한 귀에 부주의한 말 한마디만 들어가면 샤에는 목이 매달릴 것이다.

"사이먼이 그러는데 요리가 일흔일곱 가지나 나오고, 백 마리 비둘기를 커다란 파이에 넣을 거래요." 샤에는 말을 쏟아냈다. "파이를 쪼개면 한꺼번에 날아오르는 거죠."

"그 후에는 서까래에 앉아서 손님들에게 새똥을 비처럼 뿌리겠지." 티리온은 전에도 그런 결혼식 파이를 겪어보았다. 비둘기들은 특히 그에게 똥을 싸대기를 좋아했다. 어쨌든 티리온은 늘 그렇게 의심했다.

"비단과 벨벳 옷을 입고 하녀가 아니라 귀부인처럼 하고 갈 순 없을까요? 내가 귀부인이 아니란 건 아무도 모를 텐데."

'누구나 알 거야.' 티리온은 생각했다. "롤리스의 시녀가 어디서 그렇게 많은 보석을 찾아냈나 탠다 부인이 이상하게 생각할 거야."

"사이먼이 그러는데 손님이 천 명은 될 거래요. 탠다 부인은 절대 날 못 볼 거예요. 아랫자리 어디 어두운 구석에 앉아 있다가, 당신이 변소에 가려고 일어날 때마다 몰래 빠져나가서 당신을 만나는 거죠." 샤에는 그의 성기를 두 손으로 감싸고 부드럽게 쓰다듬었다. "가운 아래에는 속옷을 하나도 안 입을 거예요. 우리 나리가 내 속옷 끈을 풀 필요가 없게요." 그녀의 손가락이 위아래로 그를 희롱했다. "혹시 우리 나리가 좋아하신다면 이렇게 해드릴 수도 있고요." 그러면서 그녀는 입에 그를 담았다.

티리온은 곧 다시 준비가 됐다. 이번에는 훨씬 오래갔다. 티리온이 사정하고 나자 샤에는 다시 그의 몸 위로 올라와서 벌거벗은 채 그의 품에 안겨 몸을 웅크렸다. "잔치에 가게 해줄 거죠, 응?"

"샤에." 그는 신음했다. "안전하지가 않아."

샤에는 잠시 동안 아무 말이 없었다. 티리온이 다른 것들에 대해 말해보려 했지만, 언젠가 북쪽에서 걸어보았던 장벽처럼 차갑게 버티는, 무뚝뚝한 예의의 벽에 부딪칠 뿐이었다. '신들이시여, 제발.' 그는 초가 타들어가고 촛농이 흐르는 모습을 보며 지친 채 생각했다. '티샤 일을 겪고도 어떻게 또 이런 일이 일어나게 할 수가 있었을까? 난 정말 아버지 생각만큼 엄청난 바보인 걸까?' 그는 기꺼이 샤에가 원하는 바를 약속해주고, 기꺼이 그녀를 품에 안고 그의 침실로 데려가서 그렇게나 좋아하는 비단과 벨벳 드레스를 안겨주고 싶었다. 그가 마음대로 할 수만 있다면, 그녀는 조프리의 결혼식 잔치에서 그의 옆자리에 앉고, 원하는 만큼 곰들과 춤을 출 수도 있을 터였다. 그러나 그녀가 목매달리는 꼴을 볼 수는 없었다.

초가 다 타자, 티리온은 샤에를 놓고 일어나서 촛불을 새로 켰다. 그런 다음 벽을 따라 한 바퀴 돌면서 차례차례 벽을 두드려 숨겨진 문이 어디 있나 찾아보았다. 샤에는 무릎을 세워 끌어안은 자세로 앉아 그를 지켜보다가 마침내 말했다. "침대 밑에 있어요. 비밀 계단요."

그는 회의적인 얼굴로 그녀를 보았다. "침대? 그 침대는 단단한 돌이야. 무게가 반 톤은 나갈걸."

"바리스가 미는 자리가 있는데, 그러면 침대가 떠올라요. 어떻게 하는 거냐고 물었더니 마법이래요."

"그래." 티리온은 히죽 웃을 수밖에 없었다. "평형추 주문이로군."

샤에가 일어섰다. "난 돌아가봐야 해요. 가끔 아기가 발로 차면 롤리스가 깨서 날 부르거든요."

"바리스가 곧 돌아올 거야. 우리가 하는 말을 다 듣고 있었을지도 모르지." 티리온은 초를 내려놓았다. 바지 앞섶에 젖은 자국이 남았지만 어둠 속에서는 눈에 띄지 않을 것이다. 그는 샤에에게 옷을 입고 내시를 기다리라고 했다.

"그럴게요." 샤에는 다짐했다. "당신은 내 사자예요, 맞죠? 내 라니스터 거인?"

"그래. 그리고 당신은—"

"—당신의 창녀죠." 그녀는 그의 입술에 손가락 하나를 댔다. "알아요. 당신의 부인이 되고 싶지만, 절대 그럴 수 없겠죠. 그럴 수 있었다면 날 잔치에 데려갔을 테니까. 상관없어요. 난 당신의 창녀인 게 좋아요, 티리온. 그냥 날 계속 데리고 있기만 해요, 나의 사자. 그리고 날 안전하게 지켜줘요."

"그럴게." 그는 약속했다. '바보, 바보.' 내면의 목소리가 비명을 질렀다. '왜 그런 말을 했지? 그녀를 보내려고 온 거였잖아!' 그는 그러는 대신 샤에에게 다시 한번 입 맞췄다.

돌아가는 길은 멀고 외로웠다. 포드릭 페인은 티리온의 침대 발치에 놓인 낮은 침상에서 자고 있었는데, 그는 포드를 바로 깨워서 말했다. "브론."

"브론 경요?" 포드는 졸음기가 남은 눈을 비볐다. "아. 브론 경을 불러올까요? 주인님?"

"아니. 브론이 옷 입는 방식에 대해 잡담이나 나누자고 널 깨웠다." 티리온이 말했지만, 헛된 비아냥이었다. 포드는 혼란에 빠져 그를 바라보기만 했다. 결국 티리온이 두 손을 들고 말할 때까지. "그래. 데려와라. 브론을 데려와. 당장."

포드는 급히 옷을 입고 뛰쳐나갔다. '내가 정말 그렇게 무섭나?' 티리온은 잠옷으로 갈아입고 와인을 부으면서 생각했다.

와인을 세 잔째 마시고 밤이 다 가고 나서야 포드가 브론을 데리고 돌아왔다. "이 녀석이 날 차타야네서 끌고 나올 만한 훌륭한 이유가 있었다면 좋겠군요." 브론이 앉으면서 말했다.

"차타야네?" 티리온은 짜증이 나서 말했다.

"기사가 되니 좋네요. 길 아래 더 싼 매춘굴을 찾을 필요도 없고." 브론은 씩 웃었다. "이젠 알라야야와 마레이를 같은 깃털 침대에 눕히고, 가운데에 브론 경이 눕지요."

티리온은 짜증을 꾹 눌러야 했다. 브론에게도 누구나와 마찬가지로 알라야야와 누울 권리가 있었지만, 그럼에도……. '나야 아무리 유혹적이어도 알라야야를 건드린 적이 없지만, 브론은 그걸 알 수가 없었어. 그러니 알라야야는 피했어야지.' 티리온은 감히 차타야의 매춘굴에 갈 수 없었다. 거길 찾아갔다간 세르세이가 아버지 귀에 그 소식을 흘릴 테고, 알라야야는 채찍질 이상의 고통을 겪을 터였다. 티리온은 사과의 뜻으로 알라야야에게 은과 비취로 만든 목걸이와 팔찌 한 쌍을 보냈지만, 그 외에는…….

'헛된 생각이야.' 티리온은 죄책감을 밀어내고 지친 기분으로 말했다. "은혀의 사이먼이라고 자칭하는 가수가 하나 있네. 가끔 탠다 부인의 딸을 위해 연주를 하지."

"그놈이 왜요?"

'죽여.' 그렇게 말할 수도 있었지만, 사이먼은 노래를 몇 곡 불렀을 뿐 죄가 없었다. 그리고 샤에의 머릿속에 비둘기와 춤추는 곰에 대한 환상을 심어준 죄밖에. 그는 대신 말했다. "그놈을 찾아. 다른 누가 찾기 전에 찾아와."

아리아

아리아는 죽은 사람의 텃밭에서 채소를 파내다가 그 노랫소리를 들었다.

아리아는 손에 쥔 지저분한 당근 세 개를 잊어버린 채 돌처럼 굳어 귀를 기울였다. 피투성이 극단과 루스 볼턴의 부하들을 생각하자 등줄기를 타고 오한이 흘렀다. '이건 불공평해. 이제 겨우 트라이던트를 찾아냈는데, 이제 겨우 좀 안전해졌다고 생각했는데.'

다만, 피투성이 극단이 왜 노래를 할까?

그 노랫소리는 동쪽에 있는 작은 언덕 너머 어딘가에서부터 강을 거슬러 왔다. "아름다운 처녀를 보러 걸타운으로 가세, 헤이 호, 헤이 호……."

아리아는 당근을 손에 쥐고 일어섰다. 노래를 부르는 가수는 강역 가도를 따라오고 있는 것 같았다. 표정을 보니 양배추를 파고 있던 핫파이도 그 소리를 들은 게 분명했다. 젠드리는 불탄 오두막 그늘에 자러 갔으니, 아무것도 듣지 못할 터였다.

"내 칼끝으로 달콤한 키스를 훔치려네, 헤이 호, 헤이 호." 졸졸 흐르는 강물 소리 사이로 나무 하프 뜯는 소리도 들린 것 같았다.

"들려?" 핫파이가 양배추를 한 아름 끌어안은 채 꽉 잠긴 목소리로 속삭였다. "누가 와."

"가서 겐드리 깨워. 소리 많이 내지 말고, 어깨만 흔들어." 걷어차고 소리를 질러야 깨는 핫파이와 달리 겐드리는 쉽게 깼다.

"내 그녀를 내 사랑으로 만들고 그늘 속에서 쉬리, 헤이 호, 헤이 호." 노랫소리는 갈수록 커졌다.

핫파이가 팔을 벌리자 양배추가 투두둑 땅에 떨어졌다. "숨어야 해."

'어디로?' 타버린 오두막과 웃자란 텃밭은 트라이던트 강둑 바로 옆에 있었다. 강가에 버드나무가 몇 그루 자랐고 그 너머의 얕은 진흙탕에 갈대밭이 있었지만, 근처 땅은 대부분 심하게 탁 트여 있었다. '절대 숲을 떠나지 말아야 한다는 걸 알고 있었는데.' 아리아는 생각했다. 하지만 그들은 너무나 굶주린 상태였고 그 텃밭은 너무 큰 유혹이었다. 하렌홀에서 훔친 빵과 치즈는 엿새 전에 숲속에서 떨어졌다. "겐드리와 말들을 데리고 오두막 뒤로 가." 아리아는 결정을 내렸다. 아직 한쪽 벽은 서 있으니 사내아이 둘과 말 세 마리를 숨길 수 있을지 몰랐다. 말들이 히힝거리지 않는다면, 그리고 저 가수가 텃밭 주변을 쑤시고 다니지 않는다면.

"넌 어쩌려고?"

"난 나무 옆에 숨을 거야. 저 사람 혼자일지도 몰라. 날 귀찮게 하면 죽여버릴게. 가!"

핫파이가 가고 나서 아리아는 당근을 떨구고 어깨 너머로 훔친 장검을 뽑았다. 등에 칼집을 비끄러매고 있었다. 그 장검은 다 큰 어른을 위한 물건이었고, 허리에 차고 다니면 땅에 끌렸다. '게다가 너무 무거워.' 아리아는 이 어색한 물건을 손에 쥘 때마다 바늘이 그리웠다. 그래도 검은 검이었고, 사람을 죽일 수 있으니 그거면 충분했다.

아리아는 소리 나지 않게 물굽이 옆 길가에 자란 크고 나이 많은 버드

나무로 이동해 늘어진 버들가지 사이 풀과 진흙 속에 한쪽 무릎을 꿇었다. 그리고 가수의 목소리가 점점 커지는 가운데 기도했다. '옛 신들이시여, 나무 신들이시여, 저를 숨겨주시고 저자가 지나가게 해주세요.' 그때 말 한 마리가 히힝거렸다. 노랫소리가 뚝 끊겼다. '들었구나. 그래도 혼자일지도 몰라. 혹여 혼자가 아니래도, 저 사람들도 우리처럼 다른 사람을 무서워할지도 몰라.'

"저 소리 들었어?" 남자 목소리가 들렸다. "아무래도 저 벽 뒤에 뭔가 있나 본데."

"그래." 좀 더 굵은 두 번째 목소리가 대꾸했다. "그게 뭘 것 같나, 궁수?"

그렇다면 둘이었다. 아리아는 입술을 깨물었다. 지금 무릎 꿇은 자리에서는 버드나무 때문에 그 사람들이 보이지 않았다. 하지만 소리는 들을 수 있었다.

"곰이겠지." 세 번째 목소리일까, 아니면 다시 첫 번째 목소리일까?

"곰은 먹을 게 많지." 굵은 목소리가 말했다. "가을이면 기름기도 많고. 잘만 요리하면 먹기 좋아."

"늑대일 수도 있어. 사자일 수도 있고."

"네 다리 달린 짐승 말이야? 아니면 두 다리 쪽?"

"상관없잖아. 안 그래?"

"그렇긴 하지. 궁수, 그 화살들로 어떻게 하려고?"

"벽 너머로 몇 대 떨궈주지. 저기 숨은 게 뭐든 간에 금방 튀어나올 테니, 보기만 해요."

"하지만 저기 숨은 게 정직한 남자라면? 아니면 품에 어린 아기를 안은 가엾은 여자라면?"

"정직한 남자라면 나와서 우리에게 얼굴을 보이겠지. 무법자나 숨어 다니는 거예요."

"그래, 그렇군. 그렇다면 어서 화살을 날려."

아리아는 벌떡 일어섰다. "하지 마요!" 그녀는 그들에게 장검을 보였다. 세 명이었다. '셋뿐이야.' 시리오는 셋 이상을 상대할 수 있었다. 아마 핫파이와 겐드리가 함께 싸워주긴 할 것이다. '하지만 걔들은 어린애고 이들은 어른 남자야.'

그들은 여행의 때가 묻고 진흙이 튄 옷차림으로 걸어서 움직이고 있었다. 아리아는 어미가 아기를 품듯 조끼에 대고 끌어안은 나무 하프를 보고 누가 가수인지 알았다. 외모로 보아 쉰 살쯤 된 몸집이 작은 사내로, 입이 크고 코가 날카로웠으며 갈색 머리는 숱이 줄어들고 있었다. 색 바랜 초록색 옷은 여기저기를 낡은 가죽 조각으로 기웠고, 허리에는 투척용 단검이 줄줄이 달린 허리띠를 차고 등에는 나무꾼의 도끼를 걸머졌다.

그 옆에 있는 남자는 키가 30센티미터는 더 컸고, 외모가 병사 같았다. 징 박힌 가죽 허리띠에는 장검과 비수가 달렸고, 셔츠에는 강철 고리를 줄줄이 잇대어 꿰맸으며, 머리에는 고깔 모양의 검은색 철제 반투구를 썼다. 치아 상태가 좋지 않았고 갈색 수염이 무성했지만, 눈길을 끄는 것은 두건 달린 노란색 망토였다. 두껍고 무거운 천에 여기는 풀물이 들고 저기는 핏물이 들었으며 아래쪽은 너덜거렸고 오른쪽 어깨에는 사슴 가죽을 덧대었는데, 이 커다란 망토 덕분에 덩치 큰 사내는 흡사 거대한 노란 새처럼 보였다.

셋 중 마지막은 들고 있는 긴 활처럼 깡마른 젊은이였다. 키는 활에 못 미쳤지만 말이다. 붉은 머리에 주근깨가 났고, 두정갑(천이나 가죽으로 옷을 만들고, 옷 속에 철판을 깐 후 못으로 고정한 갑옷)을 입고 높은 장화를 신고 가죽 반장갑을 꼈으며 등에는 화살통을 졌다. 그 앞의 땅바닥에는 회색 거위 깃털이 붙은 화살 여섯 대가 마치 작은 울타리처럼 꽂혀 있었다.

세 남자는 장검을 들고 길에 선 아리아를 쳐다보았다. 그러더니 가수가 맥없이 현을 퉁겼다. "다치고 싶지 않으면 그 검 내놓거라, 소년. 네겐 너무 큰 데다가, 여기 앤가이는 네가 우리에게 검을 뽑기도 전에 화살을 세 대는 맞힐 수 있는 사람이란다."

"못 그럴걸. 그리고 난 여자애야."

"그렇군." 가수는 절을 했다. "이거 실례."

"가던 길 계속 가. 여길 지나서 계속 걸어가되, 어디 있는지 알 수 있게 계속 노래를 불러. 우릴 내버려두고 가면 죽이지 않을게."

주근깨투성이 궁수가 웃음을 터뜨렸다. "렘, 얘가 우릴 죽이지 않겠다는데, 들었어요?"

"들었지." 굵은 목소리의 주인인 덩치 큰 병사가 렘이었다.

가수가 말했다. "얘야, 그 검만 이리 주면 안전한 곳으로 데려가서 먹을 것을 주마. 이쪽 지역에는 늑대도 있고 사자도 있고 그보다 더한 것들도 있어. 어린 여자애가 혼자 돌아다닐 만한 곳이 아니야."

"혼자가 아니야." 젠드리가 오두막집 벽 뒤에서 말을 몰고 달려나왔다. 그 뒤로 핫파이가 아리아의 말을 끌고 나왔다. 사슬 갑옷 셔츠를 입고 손에 검을 든 젠드리는 거의 어른처럼 보였고, 위험해 보이기도 했다. 핫파이는 핫파이처럼 보였다. "걔 말대로 하고 우릴 내버려둬." 젠드리가 경고했다.

"둘 그리고 셋." 가수가 수를 헤아렸다. "그게 다냐? 그리고 말도 있구나, 멋진 말들이로군. 어디서 훔친 거냐?"

"우리 말이야." 아리아는 조심스럽게 그 남자들을 지켜보았다. 계속 말을 걸어 신경을 흐트러뜨리는 건 가수였지만, 위험한 사람은 궁수였다. 궁수가 땅에서 화살을 뽑는다면…….

"정직한 사내답게 이름을 말해주겠나?" 가수가 소년들에게 물었다.

"핫파이요." 핫파이가 즉시 대답했다.

"그래, 거 좋은 이름이구나." 가수는 미소 지었다. "그렇게 구미 당기는 이름의 청년을 매일 만나는 건 아니거든. 네 친구들은 이름이 뭐냐, 양구이와 비둘기 고기?"

겐드리는 안장에서 험상궂은 얼굴로 그를 노려보았다. "내가 왜 이름을 말해야 하지? 당신 이름도 못 들었는데."

"아, 나는 일곱 개울(Sevenstreams)의 톰이다만, 사람들은 일곱 현(Seven strings)의 톰이라고 부르거나 그냥 일곱 톰이라고 부르지. 여기 갈색 이가 돋보이는 덩치 큰 녀석은 렘이라고 하는데, 레몬클록의 줄임말이야. 보다시피 망토가 노란색인데, 성질이 좀 톡 쏘거든. 그리고 저기 저 젊은이는 앤가이인데, 우리 모두 궁수라고 부르지."

"그래서 너희는 누구냐?" 렘이 아리아가 버들가지 사이로 들었던 굵고 낮은 목소리로 물었다.

아리아는 그렇게 쉽게 진짜 이름을 알려줄 마음이 없었다. "원한다면 비둘기 고기라고 불러도 좋아. 난 상관없어."

덩치 큰 남자가 소리 내어 웃었다. "장검을 든 비둘기 고기라. 자주 볼 수 없는 풍경이로군."

"난 황소다." 겐드리는 아리아의 예를 이어받아서 말했다. 양구이보다 황소로 불리고 싶어 한다고 겐드리를 탓할 수는 없었다.

일곱 현의 톰이 하프를 뜯었다. "핫파이, 비둘기 고기, 그리고 황소라. 볼턴 공의 부엌에서 도망쳤나?"

"어떻게 알았어?" 아리아는 동요해서 되물었다.

"꼬맹이 네가 가슴팍에 그놈의 상징을 달고 있거든."

순간 그 점을 잊고 있었다. 망토 아래에 아직도 가슴팍에 드레드포트의 살가죽 벗겨진 남자가 수놓인 질 좋은 시동의 더블릿을 입고 있다는 사실을. "날 꼬맹이라고 부르지 마!"

"왜? 꼬맹이라고 할 만하게 작은데." 렘이 말했다.

"난 예전보다 커. 아이가 아니야." 아이들은 사람을 죽이지 않는데, 아리아는 죽였다.

"그건 알 만하구나, 비둘기 고기야. 볼턴의 부하들이 아니라면 아이들도 아니겠지."

"볼턴의 부하였던 적 없어요." 핫파이는 언제 입을 다물어야 하는지를 몰랐다. "우린 볼턴이 오기 전에 하렌홀에 있었어요. 그것뿐이에요."

"그러면 사자 새끼들이다, 그건가?" 톰이 말했다.

"그것도 아니야. 우린 아무의 부하도 아니야. 댁들은 누구 부하인데?"

궁수 앤가이가 말했다. "우린 왕의 부하들이다."

아리아는 얼굴을 찌푸렸다. "어느 왕?"

"로버트 왕." 노란 망토를 입은 렘이 말했다.

"그 늙은 주정뱅이?" 겐드리가 경멸 조로 말했다. "그자는 죽었어. 멧돼지에게 죽었지. 모두가 알아."

"그래, 불행히도 그랬지." 일곱 현의 톰이 말하고는 하프로 슬픈 음조를 뜯었다.

아리아는 그들이 왕의 부하일 거라고는 조금도 생각하지 않았다. 하나같이 남루하고 누추한 게 무법자 행색이었다. '저 사람들에겐 타고 다닐 말이 없잖아. 왕의 부하들이라면 말이 있어야지.'

하지만 핫파이는 열심히 나불거렸다. "저흰 리버런을 찾고 있어요. 혹시 리버런까지 며칠이 걸릴지 아시나요?"

아리아는 핫파이를 죽일 수도 있을 것 같았다. "입 닥치지 않으면 네 크고 멍청한 입에 돌멩이를 채워줄 줄 알아."

톰이 대꾸했다. "리버런은 상류로 멀리 떨어져 있지. 멀고 배고픈 길이 될 거야. 떠나기 전에 따뜻한 식사를 하고 싶지 않으냐? 앞쪽 멀지 않은 곳에 우리 친구들이 지키는 여관이 있단다. 서로 싸우는 대신 에일과 빵을 나눠

먹을 수도 있어."

"여관?" 따뜻한 음식을 생각하기만 해도 아리아의 배 속이 진동했지만, 그녀는 이 톰이라는 자를 믿지 않았다. '친구처럼 말하는 사람이 다 진짜 친구는 아니야.' "여기서 가깝다고?"

"상류로 3킬로미터쯤. 멀어봐야 4킬로미터가 될까 말까." 톰이 말했다.

겐드리도 아리아만큼이나 반신반의하는 얼굴이었다. 그는 방심하지 않고 물었다. "친구들이라니, 무슨 뜻이야?"

"친구들이지. 친구가 뭔지 잊어버렸나?"

톰이 끼어들었다. "여관 주인 이름은 샤나야. 입이 험하고 눈매가 무서운 여자라는 건 인정하지만 마음씨는 좋은 사람이고, 어린 여자애들을 좋아하지."

"난 어린 여자애가 아니야." 아리아는 화가 나서 말했다. "또 누가 있지? 친구들이라며."

"샤나의 남편, 그리고 그 둘이 데려온 고아 소년이 하나 있지. 그 친구들은 너희를 해치지 않을 거야. 술을 마실 나이가 됐다면 에일이 있고, 갓 구운 빵에다가 어쩌면 고기 조각도 있을지 몰라." 톰은 오두막 쪽을 흘긋 보았다. "게다가 너희가 페이트 노인장의 텃밭에서 뭘 훔쳤든 그런 것들도 다 있지."

"우린 훔친 적 없어." 아리아가 말했다.

"그럼 네가 페이트 노인장의 딸이냐? 누이냐? 아내냐? 거짓말은 하지 말아라, 비둘기 고기야. 네가 숨어 있던 그 버드나무 아래, 바로 거기에 내 손으로 직접 페이트 노인장을 묻었는데, 네겐 닮은 구석이 하나도 없어." 그는 하프로 서글픈 소리를 냈다. "올해만 해도 선한 사내를 많이도 묻었지. 내 하프에 맹세코 너희까지 묻고 싶은 마음은 없다. 궁수, 보여줘."

궁수의 손은 아리아가 믿을 수 없을 만큼 빨리 움직였다. 화살이 아리아의 머리에서 3센티미터밖에 떨어지지 않은 곳을 스쳐 지나가서 등 뒤의 버드나무 줄기에 박혔다. 그 무렵 궁수는 두 번째 화살을 메기고 있었다. 아리아는 "뱀처럼 빠르게, 여름 비단처럼 매끄럽게"라던 시리오의 말이 무슨 뜻인지 이해한다고 생각하고 있었으나, 이제는 그렇지 않았음을 알았다. 나무에 박힌 화살이 등 뒤에서 벌처럼 윙윙거렸다. "빗나갔네." 아리아가 말했다.

"그렇게 생각한다면 더 바보지. 화살은 내가 보내는 곳으로 가." 앤가이가 말했다.

"그렇고말고." 레몬클록 렘이 동의했다.

궁수와 아리아의 칼끝은 열몇 걸음이 떨어져 있었다. '우리에겐 기회가 없어.' 아리아는 그걸 깨닫고 앤가이처럼 활과 그걸 쓸 기술이 있었으면 좋겠다고 생각했다. 아리아는 침울하게 무거운 장검 끝을 땅바닥으로 내렸다. "여관을 보러 가지." 아리아는 대담한 말 속에 의혹을 감추려고 애쓰며 승복했다. "댁들이 앞에서 걷고 우리가 뒤에서 말을 타고 가는 거야. 그래야 댁들이 뭘 하는지 알 수 있지."

일곱 현의 톰이 허리를 깊이 숙이더니 말했다. "앞이든 뒤든 상관없어. 가세나, 이 아이들에게 길을 안내하자고. 앤가이, 이 화살들 뽑는 게 좋겠어. 여기에선 필요 없을 테니까."

아리아는 장검을 검집에 넣고 세 이방인과 거리를 유지하면서 말 위에 앉은 친구들 쪽으로 건너갔다. "핫파이, 양배추 가져와." 아리아는 안장에 앉으면서 말했다. "그리고 당근도."

이번만은 핫파이도 반대하지 않았다. 그들은 아리아가 원했던 대로 출발해, 걸어가는 세 명 뒤로 열몇 걸음 떨어진 채 바큇자국 난 길로 천천히 말을 몰았다. 하지만 어쩐지 오래지 않아 앞쪽과 바싹 붙어 가고 있었다. 일곱 현의 톰은 천천히 걸었고, 걸으면서 나무 하프 뜯기를 좋아했다. "아는 노래 있나?" 톰이 그들에게 물었다. "같이 노래할 사람이 있으면 좋겠는데. 렘은 한 곡조도 부를 줄 모르고, 우리 활잡이는 변경 지역 발라드밖에 몰라. 그것도 가사가 백 줄씩 되는 걸로 말이야."

"변경 지역에선 진짜 노래를 부르거든." 앤가이가 가볍게 말했다.

"노래하는 건 바보짓이야." 아리아가 말했다. "노래를 하면 소리가 울리잖아. 한참 전부터 당신들이 오는 소리를 들었어. 당신을 죽일 수도 있었지."

톰의 미소는 그렇게 생각하지 않는다고 말하고 있었다. "입에 노래를 담은 채로 죽는 것보다 더 나쁜 일도 많지."

"근처에 늑대들이 있다면 우리가 알았을 거야." 렘이 불평했다. "사자도 마찬가지고. 여긴 우리 숲이거든."

"우리가 여기 있는 건 전혀 몰랐잖아." 겐드리가 말했다.

"자, 자, 그건 그렇게 확신할 수 없을걸." 톰이 말했다. "때로 사람은 말하는 것보다 많이 알거든."

핫파이가 앉은 자세를 바꿨다. "곰에 대한 노래를 알아요. 일부는요. 어쨌든."

톰이 손가락으로 현을 훑었다. "그렇다면 들어보자고, 파이 소년." 그는 고개를 뒤로 젖히고 노래했다. "곰이 한 마리 있었다네, 곰이, 곰이! 검은색과 갈색에 털투성이였지……."

핫파이가 힘차게 합세했다. 리듬을 타느라 안장 위에서 튀어오르기까지 했다. 아리아는 놀라서 핫파이를 쳐다보았다. 목소리도 좋았고 노래도 잘했다. '빵 굽는 걸 빼고는 잘하는 게 하나도 없었는데.' 아리아는 혼자 생각했다.

작은 개울은 조금 더 가서 트라이던트로 흘러들었다. 물을 건너는데 노랫소리에 갈대밭에서 오리가 한 마리 날아올랐다. 앤가이는 그 자리에 멈춰 서서 활을 풀더니 화살을 메겨 오리를 쏘았다. 오리는 강둑에서 멀지 않은 얕은 물에 떨어졌다. 렘은 노란 망토를 벗고 무릎 깊이까지 걸어 들어가 오리를 건져 오며 불평을 늘어놓았다. "샤나가 지하실에 레몬도 두고 있을까?" 앤가이는 욕을 하며 첨벙거리는 렘을 지켜보다가 톰에게 물었다. "언젠가 도르네 여자 하나가 레몬을 넣은 오리 요리를 해줬는데 말이죠." 그리워하는 목소리였다.

톰과 핫파이는 개울 반대편에서 노래를 다시 시작했다. 렘은 노란 망토 아래 허리띠에 오리를 매달았다. 어째서인지 노래가 있으니 몇 킬로미터 길이가 훨씬 짧게 느껴졌다. 오래지 않아 앞에 여관이 나타났다. 트라이던트가 북쪽으로 크게 방향을 트는 강둑에 우뚝 서 있었다. 아리아는 다가가면서 의심을 품고 눈을 가늘게 떴다. 무법자 소굴처럼 보이지 않는다는 사실은 인정해야 했다. 하얗게 칠한 위층과 석판 지붕, 굴뚝에서 천천히 올라가는 연기가 우호적일 뿐 아니라 안락해 보이기까지 했다. 마구간과 다른 딴채들이 주위를 둘러싸고 있었고, 뒤편에는 정자와 사과나무 몇 그루, 그리고 작은 텃밭이 있었다. 그 여관에는 강으로 뻗어나가는 부두도 있었고, 그곳에는…….

"겐드리." 아리아는 낮고 다급한 목소리로 겐드리를 불렀다. "저기 배가 있어. 리버런까지 나머지 길은 배로 갈 수도 있겠어. 말을 타는 것보다 빠를 거야."

겐드리는 반신반의했다. "배를 몰아본 적 있어?"

"돛을 올리면 바람이 밀어줘."

"바람이 엉뚱한 방향으로 불면?"

"그러면 노를 저으면 돼."

"흐름을 거슬러서?" 겐드리가 얼굴을 찌푸렸다. "그건 느리지 않겠어? 게다가 배가 뒤집혀서 모두 물에 빠지면? 어차피 우리 배도 아니야, 저 여관 배지."

'우리가 빼앗을 수도 있어.' 아리아는 입술을 씹으며 말을 삼켰다. 그들은 마구간 앞에서 내렸다. 다른 말은 보이지 않았지만 여러 칸에 새로 싼 똥이 있었다. "한 명은 말들을 지켜봐야 해." 아리아는 조심스럽게 말했다.

톰이 그 말을 엿들었다. "그럴 필요 없단다, 비둘기 고기야. 가서 밥이나 먹자. 말은 안전할 거야."

"내가 남을게." 겐드리는 가수를 무시하고 말했다. "뭘 좀 먹은 후에 와."

아리아는 고개를 끄덕이고 핫파이와 함께 렘을 따라갔다. 장검은 여전히 등에 멘 칼집에 들어 있었고, 여관 안 풍경이 마음에 들지 않을 때를 대비해서 아리아는 루스 볼턴에게서 훔쳐 온 단검 손잡이에서 손을 멀리하지 않았다.

문 위에 걸린 간판에는 무릎을 꿇은 늙은 왕이 그려져 있었다. 안에는 휴게실이 있었고, 굴곡진 턱을 지닌 키가 크고 못생긴 여자가 허리에 손을 대고 서서 그들을 노려보았다. 그녀는 딱딱거리며 말했다. "거기 남자애, 그러고 멀뚱히 서 있지 말아라. 아니면 여자애인가? 어느 쪽이든 간에 네가 문을 막고 있잖니. 들어오든가 나가든가. 렘, 내가 여관 바닥에 대해 뭐라고 했었지? 진흙투성이잖아."

"우리가 오리 한 마리를 잡았어." 렘이 화평의 깃발처럼 오리를 들어 올렸다.

여자는 그의 손에서 오리를 낚아챘다. "앤가이가 잡았겠지. 장화 벗어. 귀가 안 들리는 거야, 아니면 그냥 멍청한 거야?" 그녀는 고개를 돌리고 큰 소리로 외쳤다. "남편! 당장 올라와, 친구들 돌아왔어. 남편!"

지저분한 앞치마를 두른 남자가 투덜거리면서 지하실 계단 위로 올라왔다. 여자보다 머리 하나는 작았고, 울퉁불퉁한 얼굴의 축 늘어진 노란 피부에는 아직 얽은 자국이 남아 있었다. "나 여기 있으니 소리 좀 그만 질러. 이번엔 뭐야?"

"이거 가져다 걸어." 여자는 오리를 건네며 말했다.

앤가이가 발을 이리저리 움직였다. "우린 그 오리를 먹을 수도 있겠다고 생각했는데요, 샤나. 레몬과 같이요. 혹시 레몬이 있다면요."

"레몬이라니, 어디에서 레몬을 구한다는 거야? 여기가 도르네로 보여, 이 주근깨투성이 바보야? 그러면 뒷마당 레몬 나무에 가서 한 아름 따 오지 그래? 맛있는 올리브와 석류도 좀 가져오고." 여자는 그에게 삿대질을 했다. "자, 원한다면 렘의 망토와 함께 요리할 수도 있겠지만, 그것도 오리를 며칠 매달아두기 전에는 무리야. 토끼를 먹든지, 아무것도 먹지 마. 배가 고프다면 꼬챙이에 꿰어 구운 토끼가 제일 빠를 거야. 아니면 에일과 양파를 넣은 스튜도 가능하고."

아리아는 벌써 토끼 고기 맛이 느껴질 것 같았다. "돈은 없지만, 교환할 당근과 양배추를 좀 가져왔어요."

"그래? 그건 어디 있는데?"

"핫파이, 양배추 드려." 아리아가 말하자 핫파이는 로지나 바이터나 바고 호트라도 대하는 것처럼 조심조심 여자에게 접근해 양배추를 건넸다.

나이 든 여자는 채소를 찬찬히 살펴보고는, 핫파이를 더 자세히 뜯어보았다. "그 핫파이라는 건 어디 있는데?"

"여기요. 저요. 제 이름이에요. 그리고 쟤는…… 아…… 비둘기 고기예요."

"내 지붕 밑에선 어림없다. 난 음식과 음식 먹는 사람들에게 같은 이름을 붙이지 않아. 그래야 서로 구분이 되지. 남편!"

남편은 밖에 나가 있었지만, 여자가 고함을 지르자 서둘러 돌아왔다. "오리는 매달았어. 이젠 또 뭐야, 여편네야?"

"이 채소 좀 씻어." 여자가 명령했다. "나머지는 내가 토끼를 요리할 동안 앉아 있어. 꼬마 녀석이 마실 걸 갖다줄 거야." 여자는 긴 코를 들고 아리아와 핫파이를 내려다보았다. "보통은 애들한테 에일을 주지 않는데, 사과주도 떨어졌고 우유를 짤 젖소도 없는 데다 강물은 죽은 놈들이 하류로 줄줄 떠내려오는 바람에 전쟁 맛이 나. 죽은 파리가 들끓는 수프를 한 잔 준다면 마실래?"

핫파이가 말했다. "아리는 마실걸요. 아니, 비둘기 고기요."

"렘도 마실 겁니다." 앤가이가 느물느물 웃으며 말했다.

"렘은 신경 쓰지 마라. 전원 에일이다." 샤나는 그렇게 말하고 부엌으로 가버렸다.

렘이 커다란 노란 망토를 못에 거는 동안 앤가이와 일곱 현의 톰은 벽난로 근처 탁자에 자리를 잡았다. 핫파이는 문가 탁자 앞 장의자에 털썩 주저앉았고, 아리아는 그 옆에 비집고 들어갔다.

톰이 하프를 풀더니 천천히 음을 고르면서 가사를 읊었다. "숲길에 있는 외딴 여관. 여관 주인의 마누라는 두꺼비처럼 못생겼네."

"당장 닥치지 않으면 토끼 고기 구경도 못 할걸." 렘이 경고했다. "샤나가 어떤지 알잖아."

아리아는 핫파이에게 몸을 기울이고 물었다. "배 몰 수 있어?" 핫파이가 대답하기 전에 열다섯, 아니면 열여섯쯤 되어 보이는 어깨가 떡 벌어진 소년이 에일 잔을 들고 왔다. 핫파이는 두 손으로 잔을 받들었고, 한 모금 마시더니 아리아가 이제까지 본 적 없는 환한 미소를 지으며 속삭였다. "에일과 토끼 고기라니."

"자, 전하를 위해 건배!" 궁수 앤가이가 건배를 위해 잔을 들어 올리며 쾌활하게 외쳤다. "일곱 신이여, 왕을 구하소서!"

"열두 왕 모두." 레몬클록 렘이 중얼거렸다. 그는 에일을 마시더니 손등으로 입가에 묻은 거품을 닦았다.

남편이 앞치마에 씻은 채소를 가득 담아 들고 부산스럽게 안으로 들어왔다. "마구간에 낯선 말들이 있어." 그는 마치 모를 거라는 듯이 말했다.

"그래." 톰이 나무 하프를 내려놓으며 말했다. "그것도 자네가 줘버린 세 마리보다 더 좋은 말이지."

남편은 짜증을 내며 채소를 탁자 위에 내려놓았다. "줘버린 게 아니야. 아주 좋은 값에 판 데다가 빠른 배도 한 척 얻었잖아. 어쨌든 그 말들은 자네들이 되찾아오기로 했을 텐데."

'역시 무법자일 줄 알았어.' 아리아는 귀를 기울이며 생각하고는, 탁자 아래로 단검 손잡이를 만져보며 제자리에 있는지 확인했다. '우릴 털려다간 후회하게 될 거야.'

"우리 쪽으로 오질 않았어." 렘이 말했다.

"글쎄, 난 그리로 보냈어. 너희가 취했거나 자고 있었겠지."

"우리가? 취해?" 톰은 에일을 쭉 들이켜고 말했다. "절대."

"자네가 직접 잡을 수도 있었잖아." 렘이 남편에게 말했다.

"뭐, 여기 이 녀석만 데리고서? 두 번이나 말했잖아, 우리 여편네는 펀이 아기 낳는 걸 도와주느라 램스울드에 가 있었다니까. 그 불쌍한 여자애 배 속에 사생아를 심은 것도 너희 중 하나잖아." 그는 톰에게 심술궂은 눈빛을 보냈다. "분명히 네놈일 거야. 가엾은 펀의 속옷을 끌어 내리려고 그 하프로 온갖 슬픈 노래를 불러댔겠지."

"노래 한 곡으로 처녀가 옷을 벗고 살갗에 입 맞추는 따뜻한 햇살을 느끼고 싶게 만든다면, 그게 가수의 잘못일까?" 톰이 물었다. "게다가 그 여자가 좋아한 건 앤가이야. '그 활 좀 만져봐도 될까요?' 그렇게 물어보는 걸 들었다고. '어머나, 정말 매끄럽고 단단하네요. 혹시 제가 좀 당겨봐도 될까요?' 이러던데."

남편이 코웃음을 쳤다. "너든 앤가이든 무슨 상관이야. 그 말들을 잃은 데엔 너도 나만큼 책임이 있어. 그 작자들은 셋이었다고. 무슨 수로 한 명이 셋을 당하나?"

렘이 경멸 조로 말했다. "셋이긴 하지만, 하나는 여자였고 다른 하나는 사슬에 묶여 있었다면서."

남편은 얼굴을 찌푸렸다. "남자처럼 입은 덩치 큰 여자였어. 그리고 사슬에 묶인 쪽은…… 그놈 눈빛이 마음에 들지 않았다고."

앤가이는 에일 잔을 든 채 미소 지었다. "난 남자 눈빛이 마음에 안 들면 화살을 박아버리는데요."

아리아는 화살이 귓가를 스쳐 지나가던 순간을 기억했다. 활을 쏠 줄 알았다면 좋았으련만.

남편은 신경도 쓰지 않았다. "윗사람들이 말할 때는 좀 조용히 해. 에일이나 마시고 입조심하라고. 안 그러면 우리 여편네가 숟가락을 빼앗아버릴 테니까."

"윗사람들이 말을 너무 많이 해서요. 그리고 에일은 굳이 마시라고 안 해도 마셔요." 앤가이는 실제로 보여주기 위해 꿀꺽꿀꺽 술을 마셨다.

아리아도 똑같이 했다. 며칠이나 개울과 웅덩이 물을 마시고 진흙탕 트라이던트 물을 마셨더니, 에일이 아버지가 가끔 허락해줄 때 조금씩 마셨던 와인만큼이나 맛있었다. 부엌에서 흘러나오는 냄새에 침이 고였지만, 머릿속은 배에 대한 생각으로 가득했다. '훔치는 것보다 배를 모는 게 더 힘들 거야. 다 잠이 들 때까지 기다리면…….'

일하는 소년이 커다랗고 둥근 빵을 들고 다시 나왔다. 아리아는 한 조각 뜯어서 달려들었다. 하지만 질기고 덩어리진 데다 바닥이 타서 씹기가 힘들었다.

핫파이는 빵 맛을 보자마자 얼굴을 찌푸렸다. "빵이 엉망이잖아. 탄 데다가 질겨."

"찍어 먹을 스튜가 있으면 낫단다." 렘이 말했다.

“아니, 사실 그렇진 않아. 하지만 이가 부러질 일은 없어지지.” 앤가이가 말했다.

“먹든지 굶든지.” 남편이 말했다. “내가 무슨 제빵사로 보여? 직접 잘 만들어보든가.”

“전 더 잘 만들 수 있어요.” 핫파이가 말했다. “쉬워요. 반죽을 지나치게 많이 치댔어요. 그래서 씹기가 이렇게 힘든 거예요.” 핫파이는 에일을 한 모금 더 마시더니 빵과 파이와 타르트에 대해, 자기가 사랑하는 모든 것들에 대해 애정을 담아 떠들기 시작했다. 아리아는 눈을 굴렸다.

톰이 아리아 맞은편에 앉았다. “비둘기 고기인지, 아리인지, 진짜 이름이 뭔지는 모르겠지만 이걸 주마.” 그는 두 사람 사이 나무 탁자에 지저분한 양피지 조각을 놓았다.

아리아는 의심스러운 눈으로 보았다. “뭔데?”

“금화 세 닢. 우린 그 말들을 사야 해.”

아리아는 조심스럽게 톰을 쳐다보았다. “그건 우리 말이야.”

“너희가 직접 훔쳤다는 소리겠지? 부끄러워할 것 없다. 전쟁은 정직한 사람들을 도둑으로 만들지.” 톰은 접힌 양피지를 손가락으로 두드렸다. “값을 잘 쳐주는 거야. 솔직히 말하면 어떤 말도 금화 한 닢씩 나가진 않아.”

핫파이가 양피지를 잡고 펴보더니 큰 소리로 불평했다. “금 같은 건 없는데요. 글자뿐이잖아요.”

톰이 대꾸했다. “그래, 미안하게 됐다. 하지만 전쟁이 끝나면 보상해줄 거야. 왕의 부하로서 약속한다.”

아리아는 탁자를 밀고 일어섰다. “당신들은 왕의 부하가 아니야. 강도들이지.”

“진짜 강도를 만나봤다면 그놈들이 종잇조각으로도 값을 치르지 않는다는 걸 알 텐데. 우리 좋자고 말을 빼앗겠다는 게 아니야. 왕국의 안녕을 위해서지. 그래야 우리가 더 빨리 움직이고 싸워야 할 싸움을 할 수 있으니까. 왕의 싸움 말이야. 왕을 부정할 거냐?"

모두가 아리아를 쳐다보고 있었다. 궁수도, 덩치 큰 렘도, 혈색 나쁜 얼굴에 교활한 눈매의 남편도. 샤나까지도 부엌 문에 서서 눈을 가늘게 뜨고 보고 있었다. '내가 뭐라고 하든 우리 말들을 가져가겠구나.' 아리아는 깨달았다. '그러면 우린 리버런까지 걸어가야 해. 아니면…….' "종잇조각은 필요 없어." 아리아는 핫파이의 손에서 양피지를 쳐냈다. "밖에 있는 배를 주면 우리 말들을 가져도 돼. 다만 배를 어떻게 모는지 가르쳐준 후에."

일곱 현의 톰은 잠시 아리아를 바라보더니, 크고 못생긴 입을 일그러뜨리며 안쓰럽다는 듯 웃는 표정을 지었다. 그러더니 큰 소리로 웃었다. 앤가이도 합세했고, 곧 모두가 웃어댔다. 레몬클록 렘도, 샤나도, 남편도, 심지어 쌓인 궤짝들 뒤에서 한쪽 옆구리에 노궁을 끼고 걸어 나온 소년도 웃었다. 아리아는 그들에게 소리를 지르고 싶었지만, 대신 미소를 짓고…….

"기수들이야!" 겐드리의 경고 소리가 날카롭게 울렸다. 문이 쾅 열리더니 겐드리가 숨을 몰아쉬었다. "병사들이, 십여 명이 강역 가도를 따라오고 있어."

핫파이가 튀어 일어나다가 에일 잔을 엎었지만 톰과 다른 사람들은 침착했다. 샤나가 말했다. "좋은 에일을 내 바닥에 엎을 이유는 없잖아. 앉아서 진정해라, 꼬마야. 토끼 고기 나온다. 계집애, 너도. 어떤 험한 꼴을 당했는지 몰라도 그건 다 끝났고 지나갔어. 넌 이제 왕의 부하들과 같이 있다. 우리가 최대한 너희를 안전하게 지킬 거야."

아리아의 대답은 어깨 너머 장검에 손을 뻗는 것이었지만, 장검을 반도 뽑기 전에 렘이 손목을 잡았다. "이건 이제 더는 용납 안 해." 렘은 아리아가 손을 놓을 때까지 팔을 비틀었다. 굳은살이 박인 손가락은 단단한 데다 무섭도록 힘이 셌다. '또야! 또 이런 식이야. 그 마을에서, 치즈윅과 라프와 달리는 산더미를 만났을 때와 마찬가지야.' 이자들이 장검을 훔쳐 가고 아리아를 쥐새끼로 돌려놓을 것이다. 아리아는 빈손으로 에일 잔을 잡고는 렘의 얼굴에 휘둘렀다. 에일이 넘쳐 렘의 눈에 튀었고, 코가 부러지는 소리가 들리고, 피 보라가 보였다. 렘이 울부짖으며 두 손으로 얼굴을 부여잡자 아리아는 자유로워졌다. "도망쳐!" 아리아는 뛰쳐나가며 외쳤다.

그러나 렘이 다시 그녀를 붙잡았다. 그의 긴 다리로 한 걸음은 아리아의 세 걸음에 맞먹었다. 아리아는 몸을 비틀며 발길질했지만, 렘은 피를 흘리면서도 어렵지 않게 아리아를 바닥 위로 들어 올렸다.

"그만해, 이 바보 꼬마야." 그는 아리아를 앞뒤로 흔들며 고함쳤다. "당장 그만둬!" 젠드리가 아리아를 도우려 했지만, 일곱 현의 톰이 단검을 들고 앞을 가로막았다.

그때쯤에는 달아나기엔 너무 늦었다. 밖에 말 울음소리, 그리고 남자들 목소리가 들렸다. 잠시 후 한 남자가 열린 문으로 활보해 들어왔다. 렘보다도 덩치가 큰 티로시인으로, 무성한 수염 끝이 밝은 초록색이었는데 서서히 회색으로 변해가고 있었다. 그 뒤로 노궁잡이 한 쌍이 상처 입은 남자 하나를 부축하며 들어왔고, 그 뒤에 다른 이들이…….

아리아가 본 적도 없을 만큼 남루한 무리였지만 그들이 든 장검과 도끼와 활에는 남루한 구석이라곤 없었다. 한두 명은 들어오면서 아리아에게 의아한 눈빛을 던졌지만 아무도 아무 말도 하지 않았다. 녹슨 투구를 쓴 애꾸눈 사내가 허공을 킁킁거리더니 히죽 웃었고, 뻣뻣한 노란 머리 궁수가 에일을 가져오라 소리쳤다. 그 후에는 사자 장식 투구를 쓴 창잡이, 한쪽 다리를 저는 노인, 브라보스 용병, 그리고…….

"하원?" 아리아가 작게 말했다. 하원이었다! 수염을 기르고 머리가 헝클어지긴 했지만 헐렌의 아들, 아리아의 조랑말을 끌고 마당을 돌던 남자, 존과 롭과 함께 과녁을 찌르고, 잔칫날이면 술을 너무 많이 마시던 그 남자가 분명했다. 전보다 더 마르고 단단해지기는 했고, 윈터펠에서는 수염을 기른 적이 없었지만 그래도 하윈이었다. 아버지의 위병이었다. "하윈!" 아리아는 렘의 강철 같은 손아귀에서 벗어나려고 몸을 앞으로 내밀며 몸부림쳤다. "나야. 하윈, 나라고. 나 모르겠어?" 눈물이 나왔다. 아리아는 어느새 엉엉 울고 있었다. 멍청한 어린 계집애처럼. "하윈, 나야!"

하윈의 눈이 아리아의 얼굴에서 더블릿에 수놓인 살가죽 벗겨진 남자에게로 옮겨갔다. "날 어떻게 알지?" 하윈은 의심스럽다는 듯 얼굴을 찌푸렸다. "살가죽 벗겨진 남자……. 넌 누구냐, 거머리 공의 시동 소년인가?"

아리아는 잠시 어떻게 대답해야 할지 몰랐다. 그녀에겐 이름이 너무 많았다. 아리아 스타크는 한갓 꿈이었던가? "난 여자애야." 그녀는 코를 훌쩍였다. "볼턴 공의 시동으로 있었지만 날 그 염소에게 두고 가려고 해서, 젠드리와 핫파이와 같이 도망쳤어. 날 알 텐데! 어렸을 때 내 조랑말을 끌어줬잖아."

하윈은 눈을 휘둥그레 뜨고 꽉 잠긴 목소리로 말했다. "신들이시여, 맙소사, 발밑의 아리아? 렘, 놔줘."

"내 코를 부러뜨렸어." 렘은 아리아를 바닥에 팽개치듯 내려놓았다. "일곱 지옥에 걸고, 대체 누군데 그래?"

"수관님 딸이야." 하윈이 아리아 앞에 한쪽 무릎을 꿇었다. "윈터펠의 아리아 스타크라고."

캐틀린

'롭이구나.' 캐틀린은 개들이 요란하게 짖는 소리를 듣자마자 알았다.

그녀의 아들이 리버런에 돌아왔고, 그레이윈드가 함께였다. 사냥개들은 거대한 회색 다이어울프의 냄새만 맡아도 미친 듯이 날뛰며 짖어댔다. '나에게 오겠지.' 그럴 것이다. 에드무어는 처음 방문 이후 찾아오지 않고 마크 파이퍼와 파트렉 말리스터와 함께 시간을 보내며, 스톤밀 전투에 대한 운문가 라이먼드의 노래에 귀 기울이기를 더 좋아했다. '하지만 롭은 에드무어가 아니야. 날 보러 올 거야.'

며칠 동안 비가 내렸다. 쏟아지는 차가운 회색 비는 캐틀린의 기분에 잘 맞아떨어졌다. 아버지는 날이 갈수록 더 약해지고 의식이 더 혼탁해졌으며, 깨어나면 "탠지"라고 중얼거리며 용서를 빌기만 했다. 에드무어는 그녀를 피했고, 데스몬드 그렐 경은 마음 불편해하면서도 여전히 그녀가 성안을 자유로이 돌아다니지 못하게 했다. 캐틀린의 기분을 밝게 해준 일이라고는 로빈 라이거 경과 그 부하들이 뼛속까지 젖어서 돌아온 일뿐이었다. 그들은 걸어서 돌아온 듯했다. 바이먼 학사는 어찌 된 일인지 킹슬레이어가 그들의 갤리선을 가라앉히고 도망친 모양이라고 했다. 캐틀린은 무슨 일이 일어났는지 더 알 수 있게 직접 라이거 경과 이야기를 나눠보면 안 되겠느냐고 물어보았지만, 그런 기회는 얻지 못했다.

뭔가 잘못된 것이 또 있었다. 동생이 돌아온 날, 말다툼을 벌이고 몇 시간이 지난 후에 아래 안뜰에서 성난 목소리가 들려왔다. 지붕에 올라가서 내려다보니 정문 옆에 한 무리의 사람들이 모여 있었다. 마구간에서 말들이 안장과 고삐를 갖춘 채 끌려 나와 있었고 고함 소리도 들렸지만 너무 멀어서 정확히 뭐라고 하는지는 알아들을 수 없었다. 롭의 하얀색 깃발이 땅에 쓰러져 있었고, 기사 하나가 말을 돌리더니 깃발에 그려진 다이어울프를 짓밟고서 성문 쪽으로 박차를 가했다. 다른 몇 명이 똑같이 했다. '저건 에드무어와 함께 여울에서 싸웠던 남자들이야. 대체 무엇 때문에 저렇게 화가 난 거지? 에드무어가 저 사람들을 냉대했거나 모욕을 준 걸까?' 캐틀린은 그녀와 함께 비터브리지에서 스톰스엔드까지 갔다가 돌아온 퍼윈 프레이 경을 본 것 같다고 생각했고, 그의 이복형제인 마틴 리버스도 본 것 같았지만 이 거리에서는 확신하기 어려웠다. 마흔 명 가까운 남자들이 성문으로 쏟아져 나가는데, 어디로 가는지는 알 수 없었다.

그들은 돌아오지 않았다. 바이먼 학사는 그들이 누구인지, 어디로 갔는지, 왜 그렇게 화가 났는지 말해주려 하지 않았다. "전 아버님을 돌보러 온 것뿐입니다. 동생분께서는 곧 리버런의 영주가 되실 겁니다. 캐틀린 부인께 알리고 싶은 일은 직접 말씀하실 겁니다."

그러나 이제 롭이 서쪽에서 돌아왔다. 승리해서 돌아왔다. 캐틀린은 스스로에게 말했다. '롭은 날 용서할 거야. 날 용서하고말고. 그 아이는 내 아들이고, 아리아와 산사는 내 핏줄일 뿐 아니라 그 아이의 핏줄이야. 롭은 날 이 방에서 나가게 해줄 것이고, 그러면 나도 무슨 일이 일어났는지 알게 될 거야.'

데스몬드 경이 찾아왔을 무렵, 캐틀린은 이미 목욕을 하고 옷을 갖춰 입고 적갈색 머리를 빗고서 기다리고 있었다. "롭 왕께서 서쪽에서 돌아오셨습니다. 대연회장으로 오시랍니다."

캐틀린이 꿈꾸고 또 두려워하던 순간이었다. '내가 아들 둘을 잃은 걸까, 셋을 잃은 걸까?' 곧 알게 될 터였다.

두 사람이 들어섰을 때 대연회장은 붐볐다. 모든 시선이 연단을 향해 있었지만, 캐틀린은 뒷모습만 보고도 알아보았다. 모르몬트 여영주의 누덕누덕 기운 고리 갑옷, 다른 모두의 머리통 위로 솟아오른 그레이트존과 그 아들, 날개 달린 투구를 옆에 낀 흰머리의 제이슨 말리스터 공, 화려한 까마귀 깃털 망토를 입은 타이토스 블랙우드……. '이젠 저들 중 절반이 날 목매달고 싶어 하겠지. 나머지 반은 외면하기만 할지 모르고.' 캐틀린은 누군가가 빠졌다는 불안한 느낌도 받았다.

롭은 연단에 서 있었다. 그녀는 마음 아프게 깨달았다. '롭은 이제 소년이 아니야. 이제 열여섯 살인데, 어른이야. 저 모습을 봐.' 전쟁이 롭의 얼굴에 남아 있던 부드러움을 모두 녹여버리고 여위고 단단한 선만 남겨놓았다. 수염은 밀었지만 적갈색 머리카락은 자르지 않아 어깨까지 흘러내렸다. 최근에 내린 비에 갑옷이 녹슬었고 하얀 망토와 전포에도 갈색 얼룩이 남았다. 아니, 그 얼룩은 핏자국인지도 몰랐다. 머리에는 청동과 철로 만든 칼날 모양의 왕관을 썼다. '이젠 전보다 편안하게 쓰고 있구나. 왕처럼 쓰고 있어.'

에드무어는 붐비는 연단 아래에 서서, 롭이 승리를 치하하는 동안 겸손하게 고개를 숙이고 있었다. "……스톤밀에서의 승리는 결코 잊히지 않을 것입니다. 타이윈 공이 스타니스와 싸우러 달려가버린 것도 놀랍지 않아요. 북부인과 강역인은 겪을 만큼 겪었겠지요." 그 말에 웃음소리와 동의하는 고함 소리가 올랐지만, 롭은 한 손을 들어 올려 사람들을 조용히 시켰다. "하지만 착각은 하지 마세요. 라니스터는 다시 행군해 올 테고, 왕국이 안전하려면 다른 전투에서도 이겨야 할 겁니다."

그레이트존이 우렁차게 "북부의 왕!"이라고 외치며 쇠 장갑을 낀 주먹을 허공에 올렸다. 강역 영주들이 "트라이던트의 왕!"이라는 함성으로 화답했다. 대연회장에 주먹으로 두드리고 발을 구르는 소리가 우레처럼 울려 퍼졌다.

그 소란 속에서 캐틀린과 데스몬드 경을 알아차린 사람은 몇 명 없었으나 알아차린 사람은 동료들을 팔꿈치로 찔렀고, 서서히 캐틀린 주위가 조용해졌다. 그녀는 고개를 꼿꼿이 들고 시선을 무시했다. '좋을 대로 생각하라지.' 중요한 건 롭의 판단뿐이었다.

연단 위에 브린덴 툴리의 우락부락한 얼굴이 보이자 마음이 놓였다. 캐틀린이 알지 못하는 소년 하나가 롭의 종자로 일하는 것 같았다. 롭의 뒤에는 조개껍질 문양을 자랑하는 모랫빛 전포를 걸친 젊은 기사와, 녹색과 은색 줄무늬 바탕에 검은색 후추 통 세 개가 사선으로 그려진 전포를 입은 좀 더 나이 든 기사가 서 있었다. 두 기사 사이에는 수려한 귀부인과 그 딸로 보이는 예쁜 처녀가 보였고, 산사 또래의 다른 소녀도 하나 보였다. 캐틀린은 조개껍질이 어느 소가문의 문장이라는 것을 알고 있었지만 나이 든 남자의 문장은 알지 못했다. '포로들일까?' 롭이 왜 포로들을 연단 위에 데리고 올라갔을까?

데스몬드 경이 캐틀린을 데리고 앞으로 나가자 유세리데스 웨인이 지팡이로 쿵 소리 나게 바닥을 찍었다. '롭이 에드무어 같은 눈으로 나를 본다면 어떻게 해야 할지 모르겠구나.' 하지만 아들의 눈에서 그녀가 본 감정은 분노가 아니라 다른 뭔가였다……. 어쩌면 불안일까? 아니, 그건 말이 되지 않았다. 롭이 무엇을 두려워한단 말인가? 롭은 젊은 늑대요, 트라이던트와 북부의 왕이었다.

캐틀린의 숙부가 제일 먼저 인사했다. 검은 물고기답게도 브린덴 경은 남들이 뭐라고 생각하든 신경 쓰지 않았다. 그는 연단에서 뛰어내려 캐틀린을 끌어안았다. "집에 와서 널 보니 반갑구나, 캣." 숙부의 말에 캐틀린은 평정을 유지하려고 애써야 했다. "저도요." 그녀는 속삭였다.

"어머니."

캐틀린은 키가 크고 왕다운 아들을 올려다보았다. "전하, 전하가 안전하게 돌아오시기를 기도했습니다. 부상을 당하셨다고 들었습니다만."

"크래그 공격 중에 팔에 화살을 맞았습니다. 하지만 잘 나았어요. 최고의 치료를 받았지요."

"그렇다면 신들의 자비로군요." 캐틀린은 숨을 깊이 들이마셨다. '말해버려. 피할 수 없어.' "내가 무슨 짓을 했는지 들으셨을 텐데요. 내가 왜 그랬는지도 전해주던가요?"

"누이들 때문이라고요."

"내게는 자식이 다섯 있었지요. 이제는 셋뿐입니다."

"그래요." 리카드 카스타크 공이 그레이트존을 밀치고 나섰다. 검은 사슬 갑옷과 길고 거친 회색 수염, 파리하고 차갑고 여윈 얼굴이 음울한 망령 같았다. "그리고 원래 아들이 셋이었던 나에겐 이제 아들이 하나요. 부인은 내게서 복수를 강탈했소이다."

캐틀린은 차분하게 그를 마주했다. "리카드 공, 킹슬레이어가 죽는다고 공의 자식들이 살아 돌아오진 않습니다. 그자의 목숨으로 제 자식들의 목숨은 살 수 있을지도 몰라요."

리카드 공은 진정하지 않았다. "제이미 라니스터가 부인을 가지고 논 거요. 부인이 산 건 공허한 말 한 무더기에 불과해. 나의 토르헨과 에다드는 부인에게 더 나은 대우를 받을 자격이 있었소."

"그만두게, 카스타크." 그레이트존이 거대한 두 팔로 팔짱을 끼고 낮은 소리로 말했다. "어머니의 어리석음이었어. 여자들이란 원래 그렇다고."

"어머니의 어리석음?" 카스타크 공이 받아쳤다. "난 반역이라고 부르겠네."

"그만." 그 순간 롭의 목소리는 제 아비보다 브랜던을 더 닮아 있었다. "내가 듣는 곳에서 윈터펠의 여주인을 반역자라고 부르게 두진 않겠습니다, 리카드 공." 캐틀린을 돌아보고 롭의 목소리가 부드러워졌다. "내가 직접 킹슬레이어를 다시 사슬에 묶을 수 있다면 그리하겠습니다. 어머니는 제게 알리지도 승낙을 구하지도 않고 그자를 풀어줬습니다……. 하지만 무슨 짓을 하셨든, 사랑 때문에 그러셨다는 걸 압니다. 아리아와 산사를 위해, 브랜과 리콘을 잃은 슬픔 때문에 그러셨지요. 사랑이 언제나 현명하지 않다는 걸 저도 배웠습니다. 사랑은 우리가 아주 어리석은 짓을 하게 만들 수 있지만, 우리는 심장이 이끄는 대로 따라가지요……. 어디로 가든 간에요. 그렇지 않나요, 어머니?"

'그게 내가 한 짓인가?' "내 심장이 나를 어리석은 짓으로 이끌었다면, 내가 카스타크 공과 너에게 보상할 수 있는 일이 있다면 무엇이든 기꺼이 하겠다."

카스타크 공의 얼굴은 냉정하기만 했다. "토르헨과 에다드를 킹슬레이어가 눕혀놓은 차가운 무덤에서 따뜻한 몸으로 살려놓으시겠소?" 그는 그레이트존과 매기 모르몬트를 거칠게 밀치고 나가버렸다.

롭은 카스타크를 잡으려 들지 않았다. "카스타크 공을 용서하세요, 어머니."

"네가 날 용서한다면."

"전 용서했어요. 사랑이 너무 커서 다른 걸 생각할 수 없는 게 어떤 건지 알아요."

캐틀린은 고개를 숙였다. "고맙구나." '그래도 이 아이는 잃지 않았구나.'

롭은 말을 이었다. "대화를 좀 나눠야겠어요. 어머니와 숙부님과. 이 문제와 또…… 다른 것들에 대해서요. 집사, 종료를 선언하시오."

유세리데스 웨인이 지팡이로 바닥을 찍고 해산하라 외치자, 강역 영주들과 북부인들이 문 쪽으로 움직였다. 그러고 나서야 캐틀린은 무엇이 빠졌는지 알아차렸다. 늑대였다. 늑대가 이곳에 없었다. '그레이윈드는 어디 있지?' 개들이 짖는 소리를 들었으니 다이어울프가 롭과 함께 돌아온 것은 분명한데, 대연회장 안에는 없었다. 늘 있던 대로 그녀의 아들 곁에 있지를 않았다.

그러나 롭에게 그걸 물어보기도 전에 캐틀린은 동정을 표하는 사람들에게 둘러싸였다. 모르몬트 여영주가 그녀의 손을 잡고 말했다. "세르세이 라니스터가 제 두 딸을 잡고 있었다면 저도 똑같이 했을 겁니다." 예의에 신경 쓰지 않는 그레이트존은 커다란 털투성이 두 손으로 캐틀린의 팔을 꽉 잡고 번쩍 들어 올리며 말했다. "부인의 늑대 새끼는 킹슬레이어를 이미 한 번 호되게 혼내줬으니, 필요하다면 한 번 더 그럴 겁니다." 갤버트 글로버와 제이슨 말리스터 공은 좀 더 신중했고 조노스 브라켄은 차갑기까지 했지만, 그래도 말은 예의 바르게 건넸다. 마지막으로 다가온 사람은 동생이었다. "나도 누나의 딸들이 무사하기를 기도해, 캣. 그것만은 의심하지 말아줘."

"물론이야." 그녀는 에드무어에게 입을 맞췄다. "너의 그런 점을 사랑한다."

주고받을 말이 다 끝나자 리버런의 대연회장에는 롭과 세 명의 툴리, 그리고 캐틀린이 알지 못하는 낯선 사람 여섯 명만 남았다. 그녀는 호기심을 품고 그들을 바라보았다. "숙녀분들과 기사분들, 내 아들의 대의에 새로 합류하셨나요?"

조개껍질을 그려 넣은 젊은 기사가 대답했다. "새롭지만, 저희의 용기는 맹렬하고 충성심은 단단하다는 점을 부인께도 증명해드리고 싶습니다."

롭은 불편한 얼굴로 말했다. "어머니, 크래그의 가웬 웨스털링 공의 부인이신 시벨 부인을 소개하지요." 나이 많은 여인이 근엄한 얼굴로 나섰다. "웨스털링 공은 우리가 속삭이는 숲에서 포로로 잡은 분들 사이에 계셨지요."

'웨스털링이라, 그래.' 캐틀린은 생각했다. 그들의 깃발이 모래 바탕에 흰색 조개껍질 여섯 개였다. 라니스터에게 충성을 맹세한 소가문이었다.

롭은 다른 사람들을 차례로 손짓해 불러냈다. "시벨 부인의 동생인 롤프 스파이서 경입니다. 우리가 점령했을 때 크래그의 수호성주였지요." 후추통 기사가 고개를 살짝 숙였다. 코가 부러졌고 회색 수염을 짧게 자른 어깨가 떡 벌어진 남자로 상당히 용맹해 보였다. "가웬 공과 시벨 부인의 자식들입니다. 레이널드 웨스털링 경." 조개껍질 기사가 무성한 콧수염 아래로 미소를 지었다. 젊고, 마르고, 투박하게 생겼으며 치아가 고르고 밤색 머리카락이 덥수룩했다. "엘레니아." 어린 소녀가 재빨리 인사했다. "제 종자인 롤럼 웨스털링입니다." 소년은 무릎을 꿇으려다가, 아무도 무릎을 꿇지 않는 것을 보고 대신 허리만 굽혔다.

"만나서 영광입니다." 캐틀린이 말했다. '롭이 크래그의 충성을 얻어낸 건가? 그렇다면 웨스털링 사람들이 함께 있는 것도 당연하지. 캐스털리록은 그런 배신을 가볍게 넘긴 적이 없어. 타이윈 라니스터가 전장에 나갈 나이가 된 이후로 한 번도……'

마지막으로 처녀가, 그것도 아주 수줍어하면서 앞으로 나섰다. 롭은 그녀의 손을 잡더니 말했다. "어머니, 어머니께 제인 웨스털링 아가씨를 소개해드리게 되어 영광입니다. 가웬 공의 맏딸이자 제…… 아…… 제 부인입니다."

캐틀린의 머릿속에 제일 먼저 스쳐 지나간 생각은 이것이었다. '아니야, 그럴 리가 없어. 넌 아직 어린아이야.'

그리고 두 번째는 — '게다가 넌 다른 여자와 결혼하기로 맹세했어.'

세 번째는 — '어머니여, 자비를 베푸소서. 롭, 무슨 짓을 한 것이냐?'

그러고 나서야 뒤늦게 떠올렸다. '사랑 때문에 저지르는 어리석은 짓? 올가미로 토끼를 잡듯 깔끔하게 날 엮어 넣었구나. 내가 이미 롭을 용서한 것같이…….' 난처함과 애달픈 감탄이 뒤섞였다. 이 장면은 연극의 달인이나…… 왕의 묘함을 보여주었다. 캐틀린에게는 제인 웨스털링의 손을 잡는 길밖에 없었다. "나에게 새로운 딸이 생겼구나." 그녀는 생각한 것보다 딱딱하게 말했다. 그리고 겁에 질린 처녀의 양쪽 뺨에 입을 맞췄다. "우리 난롯가에 어서 오너라."

"감사드립니다. 맹세코 롭에게 훌륭한 아내가 되겠습니다. 그리고 최대한 현명한 왕비가 되겠습니다."

'왕비라. 그래, 이 예쁘고 귀여운 여자애가 왕비로구나. 그 점을 꼭 기억해야지.' 밤색 곱슬머리에 갸름한 얼굴, 수줍은 미소의 제인이 예쁘다는 사실은 부정할 수 없었다. 캐틀린은 그녀가 호리호리하지만 엉덩이가 크다는 사실을 눈여겨보았다. '적어도 아이를 낳는 데 어려움은 없겠군.'

다른 말이 나오기 전에 시벨 부인이 끼어들었다. "스타크 가문과 함께하게 되어 영광입니다, 부인. 하지만 무척 피곤하기도 하군요. 짧은 시간에 먼 길을 왔답니다. 부인께서 아드님과 시간을 보내실 수 있게, 저희는 저희 거처로 물러나면 어떨까요?"

"그게 좋겠군요." 롭은 제인에게 입을 맞췄다. "집사가 적절한 거처를 찾아줄 겁니다."

"제가 데려다드리지요." 에드무어 툴리 경이 자원했다.

"정말 친절하시군요." 시벨 부인이 말했다.

"저도 가야 하나요? 전 전하의 종자인데요." 롤럼이 물었다.

롭은 소리 내어 웃었다. "하지만 당장은 종자가 필요하지 않구나."

"아."

"전하께선 너 없이도 16년을 잘 지내오셨어, 롤럼." 조개껍질의 레이널드 경이 말했다. "몇 시간 정도 더 그래도 괜찮으실 거야." 그는 남동생의 손을 꽉 잡고 홀에서 걸어 나갔다.

"네 아내는 사랑스러운 사람이로구나." 다들 듣지 못할 거리까지 나가자 캐틀린이 말했다. "웨스털링 가문도 훌륭해 보이고……. 다만 가웬 공은 타이윈 라니스터에게 충성을 맹세한 사람이 아니던가?"

"맞아요. 제이슨 말리스터가 속삭이는 숲에서 잡아서, 몸값을 받으려고 시가드에 잡아두고 있었죠. 물론 이젠 제가 풀어줄 테지만 그래도 우리에게 합세하지 않을 수도 있어요. 우린 그분의 동의 없이 결혼해버렸고, 이 결혼으로 가웬 공은 아주 위험해질 테니까요. 크래그는 강하지 않아요. 제인은 저에 대한 사랑 때문에 모든 걸 잃을 수도 있어요."

"그리고 너는 프레이를 잃었지." 그녀는 조용히 말했다.

롭의 찡그린 얼굴이 모든 것을 말해주었다. 캐틀린은 이제 아래에서 오가던 성난 목소리도, 퍼윈 프레이와 마틴 리버스가 그렇게 급히 떠나버린 이유도, 롭의 깃발을 밟고 나간 이유도 이해했다.

"네 신부와 함께 들어온 병력이 얼마인지 물어봐도 될까, 롭?"

"50명이에요. 기사는 열 명 남짓이고요." 침울한 목소리였고, 그럴 만도 했다. 트윈스에서 결혼 계약을 맺었을 때 노 왈더 프레이 공은 롭에게 천 명의 기사와 3000명 가까운 보병을 딸려 보냈다. "제인은 아름다울 뿐 아니라 명석해요. 상냥하기도 하고요. 마음씨가 곱죠."

'네게 필요한 건 고운 마음이 아니라 병력이야. 네가 어떻게 이럴 수가 있니, 롭? 어떻게 네가 이렇게 부주의하고 멍청할 수가 있어? 네가 어떻게 이렇게…… 이렇게나…… 어릴 수가 있니.' 그러나 여기에 책망은 통하지 않을 터였다. 캐틀린은 이렇게만 말했다. "어떻게 된 일인지 말해다오."

"전 그 사람의 성을 빼앗았고 그 사람은 제 심장을 빼앗았죠." 롭은 미소 지었다. "크래그는 수비군이 약해서, 하룻밤 강습으로 점령했어요. 검은 왈더와 스몰존이 부하들을 데리고 성벽을 오르는 동안, 저는 충차로 성문을 부쉈죠. 롤프 경이 항복하기 직전에 전 팔에 화살을 한 대 맞았어요. 처음에는 별것 아니다 싶었는데, 곪더라고요. 제인이 자기 침대를 내어주고 열병이 가라앉을 때까지 절 간호했어요. 그리고 그레이트존이 그 소식…… 윈터펠 소식을 가져왔을 때도 제인이 함께 있었죠. 브랜과 리콘 소식요." 롭은 동생들의 이름을 말하기가 힘든 눈치였다. "그날 밤에 제인이…… 제인이 절 위로해줬어요, 어머니."

제인 웨스털링이 아들에게 어떤 위로를 제공했는지 들을 필요는 없었다. "그리고 넌 다음 날 그 여자와 결혼한 거구나."

롭은 의기양양하면서도 비참한 얼굴로 캐틀린의 눈을 똑바로 보았다. "그것만이 올바른 행동이었어요. 제인은 다정하고 상냥해요, 어머니. 제게 좋은 아내가 될 거예요."

"그럴지도 모르지. 그런다고 프레이 공의 마음이 누그러지진 않아."

"알아요." 아들은 괴로워하며 말했다. "제가 전투 말고는 전부 다 망쳐어요, 그렇죠? 전 전투가 힘들 줄 알았는데, 그런데……. 어머니 말씀을 듣고 테온을 인질로 잡고 있었다면 전 아직 북부를 통치하고 있을 테고, 브랜과 리콘은 윈터펠에 안전하게 살아 있겠죠."

"그럴 수도 있고, 아닐 수도 있지. 발론 공은 테온과 상관없이 전쟁을 벌였을지도 몰라. 지난번에 그자가 왕관에 손을 뻗었을 때는 두 아들을 잃었지. 이번에는 하나만 잃는다면 싼값을 치른다고 생각했을 수도 있어." 캐틀린은 아들의 팔을 잡았다. "네가 결혼한 후 프레이들과는 어떻게 됐지?"

롭은 고개를 저었다. "스테브론 경이었다면 어떻게 보상할 수도 있었을 텐데, 라이먼 경은 돌처럼 꽉 막힌 사람이고, 검은 왈더는…… 그 이름은 수염 색깔 때문에 붙은 게 아니더라고요. 그 작자는 누이들이 홀아비와의 결혼도 마다하지 않을 거라고까지 말했어요. 제인이 자비를 베풀라고 매달리지 않았다면 그 말을 한 죄로 죽여버렸을 거예요."

"넌 프레이 가문에 심각한 모욕을 가했어, 롭."

"그러려던 건 아니었어요. 스테브론 경은 절 위해 싸우다 죽었고, 올리바는 어떤 왕이 원할 수 있는 종자보다 더 충직했어요. 올리바는 제 곁에 남겠다고 했지만, 라이먼 경이 나머지와 함께 데려가버렸죠. 전 병력을요. 그레이트존은 그자들을 공격하라고 부추겼고……."

"적들 사이에서 우군과 싸운다고? 그랬다간 끝장이었을 거다."

"맞아요. 왈더 공의 딸들에게 다른 결혼 상대를 주선할 수도 있을 것 같은데요. 웬델 맨덜리 경이 한 명 데려가겠다고 제안했고, 그레이트존의 숙부들이 다시 결혼하고 싶어 한다고도 하고요. 왈더 공이 합리적으로 행동한다면……."

"왈더 공은 합리적이지 않아. 자존심이 강하고 지나치게 날 선 사람이야. 너도 알잖니. 그 사람은 왕의 할아버지가 되고 싶어 했어. 백발의 산적 두 명과 칠왕국에서 가장 뚱뚱한 남자의 둘째 아들로 그의 마음을 누그러뜨리긴 어림도 없다. 넌 맹세를 깼을 뿐 아니라 한미한 가문에서 신부를 고름으로써 트윈스의 명예에 상처를 입혔어."

롭은 그 말에 발끈했다. "웨스털링이 프레이보다 좋은 혈통이에요. 최초인으로부터 내려오는 오래된 집안이라고요. 정복 이전에 바위 왕들은 웨스털링과 여러 번 혼인했고, 300년 전에는 마에고르 왕의 왕비였던 제인 웨스털링도 있었어요."

"그 모든 것이 왈더 공의 상처에 소금을 뿌리는 격이지. 오래된 가문들이 프레이를 신흥 졸부로 업신여긴다는 생각이 왈더 공을 늘 괴롭히거든. 그 사람이 하는 말을 들어보면 이런 모욕이 처음도 아니야. 존 아린은 왈더의 손자들을 대자로 들이기를 거부했고, 내 아버지는 왈더의 딸을 에드무어와 혼인시키기를 거부했고…….” 캐틀린은 다시 들어오는 동생에게 고갯짓을 했다.

“전하.” 검은 물고기 브린덴이 말했다. “이 이야기는 조용한 데서 계속하는 게 좋겠습니다.”

“그래요.” 롭은 지친 목소리였다. “와인 한 잔에 사람도 죽이겠어요. 그러면 접견실로 가죠.”

계단을 오르면서 캐틀린은 대연회장에 들어선 순간부터 마음에 걸렸던 의문을 풀려 했다. “롭, 그레이윈드는 어디 있니?”

“안마당에서 양고기를 뜯고 있죠. 견사장에게 잘 먹이라고 해뒀어요.”

“전에는 언제나 데리고 다녔잖아.”

“실내는 늑대가 있을 곳이 아니에요. 가만히 못 있는 거 전에 보셨잖아요. 으르렁대고 물려고 하죠. 애초에 전투에 데리고 나가는 게 아니었어요. 사람을 너무 많이 죽이더니 이젠 사람을 무서워하질 않아요. 제인은 그레이윈드가 있으면 불안해하고, 제인의 어머니는 무서워해요.”

‘그게 핵심이구나.’ 캐틀린은 생각했다. “그레이윈드는 너의 일부야, 롭. 그레이윈드를 무서워하는 건 널 무서워하는 거다.”

“사람들이 뭐라고 부르건 간에 전 늑대가 아니에요.” 롭은 그 말이 거슬리는 눈치였다. “그레이윈드는 크래그에서 사람을 하나 죽였고, 애시마크에서도 죽였고, 옥스크로스에서는 여섯인가 일곱인가 죽였어요. 어머니도 보셨다면—”

“난 윈터펠에서 브랜의 늑대가 한 남자의 목을 찢어놓는 걸 봤다.” 그녀는 날카롭게 대꾸했다. “그리고 그 일 때문에 그 늑대를 사랑하게 됐지.”

“그건 달라요. 크래그에서 죽은 남자는 제인이 평생 알고 지낸 사람이었어요. 제인이 두려워한다고 그걸 탓할 순 없어요. 그레이윈드는 제인의 숙부도 좋아하지 않아요. 롤프 경이 가까이 갈 때마다 이를 드러내죠."

캐틀린은 오한을 느꼈다. "롤프 경을 멀리 보내거라. 즉시."

"어디로요? 라니스터가 창에 머리통을 꽂아놓을 수 있게 크래그로 돌려보내요? 제인은 롤프 경을 사랑해요. 제인의 숙부님이고, 괜찮은 기사니까요. 제겐 롤프 스파이서 같은 남자가 더 필요해요. 줄일 게 아니라요. 제 늑대가 그 사람 냄새를 싫어한다는 이유만으로 내쫓진 않겠어요."

"롭." 캐틀린은 멈춰 서서 롭의 팔을 잡았다. "내가 언젠가 네게 테온 그레이조이를 가까이 두라고 말했는데, 넌 듣지 않았지. 이번에는 들어라. 그 남자를 다른 곳으로 보내. 추방해야 한다는 게 아니다. 용기 있는 남자가 필요한 일을 찾아보거라. 뭐든 좋으니 명예로운 일을……. 다만 가까이 두지는 말거라."

롭은 얼굴을 찌푸렸다. "그레이윈드에게 기사들마다 다 냄새를 맡아보게 할까요? 그레이윈드가 냄새를 싫어하는 사람이 또 있을 수도 있는데요."

"누구든 그레이윈드가 싫어하는 사람이라면 네 가까이 두고 싶지 않다. 이 녀석들은 보통 늑대가 아니야, 롭. 너도 알잖니. 어쩌면 신들이 보내주신 선물일지도 몰라. 네 아버지의 신들, 북부의 옛 신들 말이다. 늑대 새끼 다섯 마리였어, 롭. 스타크 아이 다섯 명에게 늑대 새끼 다섯 마리."

"여섯이었어요. 존을 위한 늑대도 있었죠. 제가 녀석들을 찾아낸 거, 기억하세요? 저도 몇 마리였는지, 어디에서 왔는지 알아요. 전에는 저도 어머니와 같은 생각을 했었죠. 늑대들이 우리의 수호자, 보호자라고요. 그러다가……."

"그러다가?" 캐틀린은 다음 말을 재촉했다.

롭의 입매에 힘이 들어갔다. "……그러다가 테온이 브랜과 리콘을 죽였다는 소식을 들었죠. 늑대들은 동생들에게 별 도움이 안 됐어요. 전 이제 소년이 아니에요, 어머니. 전 왕이고, 제 몸은 제가 지킬 수 있어요." 그는 한

숨을 내쉬었다. "롤프 경에게 맡길 일은 찾아볼게요. 다른 곳으로 가야 할 만한 일로요. 냄새 때문이 아니라, 어머니 마음이 편하시라고 하는 일이에요. 어머니는 이미 충분히 고통받으셨으니까요."

마음이 놓인 캐틀린은 다른 사람들이 계단을 돌아 올라오기 전에 롭의 뺨에 가볍게 입을 맞췄고, 순간 롭은 다시 그녀의 왕이 아니라 그녀의 아들이 되었다.

호스터 공의 개인 접견실은 대연회장 위에 있는 작은 방으로, 내밀한 의논에 더 적합했다. 롭이 상석에 앉더니, 캐틀린이 와인을 가져오라고 종을 흔드는 사이에 왕관을 벗어 옆 바닥에 내려놓았다. 에드무어는 숙부에게 스톤밀 전투의 전말을 늘어놓고 있었다. 검은 물고기는 하인들이 왔다 간 후에야 헛기침을 하고 말했다. "네 허풍은 이만하면 충분히 들은 것 같구나, 조카야."

에드무어는 당황했다. "허풍이라뇨? 무슨 말씀이세요?"

"내 말은, 넌 전하의 관대함에 고마워해야 한다는 거다. 대연회장에서는 네 백성들 앞에서 네게 망신을 주지 않으려고 연극을 펼친 거야. 나였다면 여울에서 벌인 바보짓을 칭찬하긴커녕 멍청하다고 껍질을 벗겨놨을걸."

"훌륭한 사나이들이 그 여울을 지키다가 죽었어요, 숙부님." 에드무어는 화가 난 것 같았다. "뭡니까, 젊은 늑대 말고는 아무도 승리하지 못한다 이겁니까? 내가 네 영광을 훔친 거냐, 롭?"

"전하라고 하셔야죠." 롭이 차갑게 바로잡았다. "숙부님은 절 왕으로 삼으셨습니다. 아니면 그것도 잊으신 겁니까?"

검은 물고기가 말했다. "넌 리버런을 지키라는 명령을 받았다, 에드무어. 다른 임무는 없었어."

"전 리버런을 지켰고, 타이윈 공의 코피를 내줘—"

"그랬지요." 롭이 말했다. "하지만 코피 좀 낸다고 전쟁에서 이기진 못합니다. 안 그런가요? 왜 저희가 옥스크로스 전투가 끝난 후에도 그렇게 오랫동안 서부에 남아 있었는지 자문해보셨습니까? 제게 라니스포트나 캐스털리록을 위협할 만한 병력이 없었던 건 아실 테고요."

"그야…… 다른 성들도 있었고…… 금과, 소 떼와……."

"제가 전리품 때문에 머물렀다고 생각하세요?" 롭은 못 믿겠다는 얼굴이었다. "숙부님, 전 타이윈 공이 서부로 오길 원했습니다."

브린덴 경이 말했다. "우린 모두 기병이었고, 라니스터군은 주로 보병이었지. 우린 해안을 오르락내리락하며 타이윈 공을 끌고 다니다가, 뒤로 빠져서 황금 가도를 가로막는 강력한 방어 위치를 차지할 계획이었어. 내 척후병들이 찾아낸 장소로, 지형이 우리에게 아주 유리한 지점이었지. 그 위치로 타이윈 공이 오면 엄청난 대가를 치르게 되는 거였다. 혹시 거길 공격하지 않는다면 타이윈 공이 가야 할 곳에서 만 리 떨어진 서부에 갇히는 셈이었고 말이야. 그동안 우린 타이윈 공의 땅에서 먹고산다는 계획이었지. 타이윈 공이 우리 땅에서 먹고사는 게 아니라."

롭이 말했다. "스타니스 공이 킹스랜딩을 함락하기 직전이었어요. 그랬으면 일격에 조프리와 왕대비, 꼬마 악마를 없애줄 수도 있었죠. 그러고 나면 우리가 그쪽과 화평을 맺을 수도 있었을 겁니다."

에드무어는 숙부와 조카를 번갈아 보았다. "나한텐 아무 말도 안 했잖아요."

"리버런을 지키시라고 했지요." 롭이 말했다. "그 명령의 어느 부분을 이해하지 못하신 겁니까?"

검은 물고기가 말했다. "네가 레드포크에서 타이윈 공을 막아섰을 때, 네가 지체시킨 덕분에 비터브리지에서 온 기수들이 타이윈 공에게 동부에서 무슨 일이 벌어지고 있는지 전하고 만 거다. 타이윈 공은 즉시 군대를 돌려 블랙워터 상류 근처에 있던 마티스 로완과 랜딜 탈리와 합세, 텀블러스폴스로 진군했고, 그곳에서 대군과 함대를 이끌고 기다리던 메이스 티렐과 두 아들을 찾아갔지. 그리고 배로 강을 따라가서 킹스랜딩까지 말을 달리면 반나절 떨어진 곳에 내린 후, 스타니스의 후방을 덮친 거야."

캐틀린은 비터브리지에서 보았던 렌리 왕의 궁정을 기억했다. 바람에 휘날리던 천 개의 금빛 장미, 마저리 왕비의 수줍은 미소와 부드러운 말들, 머리에 피 묻은 붕대를 감고 있던 그녀의 오라비 꽃의 기사. '아들아, 기왕 여인의 품에 떨어져야 했다면 마저리 티렐일 수는 없었니?' 하이가든의 부와 권력은 다가올 싸움에서 엄청난 차이를 낳을 수 있었다. '그레이윈드도 그 아가씨의 냄새는 좋아했을지 모르지.'

에드무어의 안색이 나빠졌다. "난 절대 그런…… 절대 그러려던 게 아니었어, 롭. 보상하게 해다오. 다음 전투에는 내가 선봉대를 이끄마!"

'보상하려고? 아니면 영광을 얻으려고?' 캐틀린은 궁금했다.

"다음 전투라." 롭이 말했다. "그때까지 오래 걸리진 않을 거예요. 조프리가 결혼을 하고 나면 라니스터는 다시 저를 상대로 출진할 게 뻔하고, 이번에는 티렐이 같이 진군하겠죠. 게다가 검은 왈더가 자기 생각대로 한다면 프레이와도 싸워야 할지 모르고……."

"테온 그레이조이가 네 동생들의 피를 손에 묻히고 네 아버지의 권좌에 앉아 있는 한, 다른 적들은 기다려야 한다." 캐틀린은 아들에게 말했다. "네 첫 번째 의무는 네 백성들을 지키고, 윈터펠을 되찾고, 테온을 까마귀 우리에 매달아 천천히 말려 죽이는 거야. 그러지 않을 거라면 왕관을 영영 내려놓거라, 롭. 사람들이 네가 진정한 왕이 아니라는 걸 알 테니까."

롭의 표정을 보니, 누군가가 롭에게 이렇게 직설적으로 말한 지가 오래되었음을 알 수 있었다. 롭은 방어적인 기색을 보이며 말했다. "윈터펠이 떨어졌다는 소식을 들었을 때 저도 바로 북쪽으로 가고 싶었어요. 브랜과 리콘을 풀어주고 싶었지만, 제 생각에…… 전 사실 테온이 그 아이들을 해칠 수 있을 거라곤 꿈도 꾸지 않았어요. 만약 제가…….”

“만약을 이야기하기엔 너무 늦었고, 구출하기에도 너무 늦었다. 남은 건 복수뿐이야.” 캐틀린이 말했다.

“북부에서 받은 마지막 서한에 따르면, 로드릭 경이 토르헨스퀘어 근처에서 강철인 병력을 물리쳤고, 윈터펠을 되찾기 위해 세르윈 성에 군대를 모으고 있다고 했어요. 지금쯤이면 끝냈을 수도 있어요. 오랫동안 아무 소식이 없었거든요. 그리고 제가 북쪽으로 방향을 틀면 트라이던트는 어쩌죠? 강역 영주들에게 자기네 백성을 버리라고 할 순 없어요.”

“그럴 순 없지. 강역 영주들은 자기네 백성을 지키게 놓아두고, 북부인들로 북부를 되찾아라.”

“그 북부인들을 북부로 어떻게 데려가려고?” 에드무어가 물었다. “일몰해(海)의 제해권은 강철인들이 쥐고 있어. 그레이조이가 모트카일린도 점령했고. 어떤 군대도 남쪽에서 올라와 모트카일린을 함락한 적은 없어. 그리로 행군하는 것조차 미친 짓이야. 앞에는 강철인, 뒤에는 성난 프레이를 두고 둑길에 갇힐 수도 있어.”

롭이 말했다. “반드시 프레이를 되찾아야 해요. 프레이를 우방으로 두면 아무리 작다 해도 성공할 기회가 남아요. 프레이가 없으면 희망이 없어요. 왈더 공이 요구하는 거라면 뭐든 기꺼이 주겠어요……. 사과든, 명예든, 영지든, 금이든……. 왈더 공의 자존심을 달래줄 뭔가가 분명히 있을 거예요…….”

“뭔가가 아니라, 누군가가 있지.” 캐틀린이 말했다.

존

"저만하면 충분히 큰가?" 눈송이가 토르문드의 커다란 얼굴에 점점이 떨어지고, 머리카락과 수염에 떨어져 녹았다.

거인들은 매머드 위에서 천천히 흔들리며 둘씩 열을 지어 지나갔다. 존의 조랑말은 그 낯선 모습에 겁을 먹고 뒷걸음질 쳤지만, 매머드가 무서워서인지 매머드의 기수들이 무서워서인지는 알 수 없었다. 고스트조차도 한 걸음 물러서 이를 드러내고 소리 없이 으르렁거렸다. 다이어울프가 크다지만 매머드는 훨씬 더 컸고, 그런 매머드가 수없이 많았다.

존은 말을 잡고 가만히 달래며, 우유강을 휘감은 희부연 안개와 눈보라 속을 빠져나오는 거인들을 헤아려보려 했다. 50이 넘었을 때 토르문드가 무슨 말을 하는 바람에 숫자를 잊었다. 수백 명은 될 게 분명했다. 아무리 많은 수가 지나가도 행렬이 계속되는 느낌이었다.

낸 할멈이 해주던 이야기 속에서 거인들은 어마어마하게 큰 성에 살면서 거대한 장검을 들고 싸우고, 소년이 숨을 수 있을 정도로 큰 장화를 신고 걸어 다니는 거대한 인간이었다. 이들은 달랐다. 사람이라기보다는 곰 같았고, 타고 다니는 매머드와 비슷하게 털이 많았다. 매머드에 앉아 있으니 크기를 정확히 가늠할 수는 없었다. '3미터, 아니면 3.5미터쯤.' 존은 생각했다. '4미터는 될지도 모르지만 그보다 더 크지는 않아.' 역삼각형 가슴팍은 인간과 비슷하게 생겼지만 팔은 너무 길게 늘어졌고, 하반신은 상반신의 1.5배쯤 넓었다. 다리는 팔보다 짧았지만 매우 굵었고 장화는 아예 신지도 않았다. 발은 넓고 평평했으며 뿔처럼 딱딱하고 색이 검었다. 목은 없고, 크고 무거운 머리통은 어깨뼈 사이에서 바로 튀어나왔으며, 얼굴은 찌그러졌고 험악했다. 구슬만 한 쥐눈은 딱딱한 살 사이에 파묻혀 보이지 않을 지경이었으나, 거인들은 끊임없이 킁킁거리며 시각 못지않게 후각을 활용했다.

'가죽을 입은 게 아니야. 털이야.' 덥수룩한 털가죽이 그들의 몸을 덮고 있었는데, 허리 아래는 털이 빽빽했고 상체는 상대적으로 숱이 적었다. 악취에 숨이 막힐 지경이었지만 그건 거인들이 아니라 매머드의 악취일지도 몰랐다. '그리고 조라문은 겨울 나팔을 불어, 땅에서 거인들을 깨웠네.' 존은 3미터에 달하는 대검이 있나 찾아보았으나 몽둥이밖에 보이지 않았다. 대부분은 그냥 죽은 나무줄기였고, 아직 부러진 나뭇가지가 땅에 끌리는 것들도 있었다. 몇 명은 몽둥이 끝에 돌덩어리를 묶어 만든 거대한 망치를 들었다. '그 노래엔 나팔이 거인들을 다시 잠재울 수 있는지 여부는 나오지 않아.'

다가오는 거인들 중 하나는 나머지보다 나이가 많아 보였다. 털가죽이 회색인 데다 희끗희끗했고, 타고 있는 매머드도 회색과 흰색이 섞였고 더 컸다. 토르문드는 그 거인이 지나갈 때 위쪽으로 소리를 질러, 귀에 거슬리는 시끄러운 말을 던졌다. 존이 이해할 수 없는 언어였다. 상대 거인의 입술이 벌어지면서 입안 가득한 크고 각진 치아를 드러내더니, 반쯤은 트림 같고 반쯤은 우르렁거리는 소리를 냈다. 존은 잠시 후에야 그 거인이 웃고 있음을 깨달았다. 매머드가 거대한 머리통을 돌려 두 사람을 잠깐 보았다. 그 짐승이 강가의 무른 진흙밭과 갓 내린 눈 위에 거대한 발자국을 남기며 느릿느릿 걸어가자 거대한 엄니 하나가 존의 머리 위를 스쳐 지나갔다. 거인은 토르문드가 쓴 것과 같은 거친 언어로 아래를 향해 뭔가 외쳤다.

"거인들의 왕이었나요?" 존이 물었다.

"거인들에게 왕 같은 건 없어. 매머드나 눈곰이나 회색 바다의 큰고래에게 왕이 없는 것과 마찬가지지. 그건 마그 마르 툰 도 웨그였다. 강대한 마그. 원한다면 네가 무릎을 꿇어도 마그는 개의치 않을 거야. 너야 무릎 꿇는 놈답게 어디 무릎 꿇을 왕이 없나 근질거릴 테지. 그렇지만 마그가 널 밟고 지나가지 않게 조심해라. 거인들은 눈이 나쁜 데다, 발아래 작은 까마귀 하나는 못 볼 수도 있어."

"뭐라고 하신 겁니까? 그건 옛 언어였나요?"

"그래. 거기 타고 있는 게 네 아버지냐고, 둘이 똑 닮았는데 아버지 쪽이 냄새는 좀 낫다고 했지."

"그랬더니 뭐라던가요?"

천둥 주먹 토르문드는 이가 빠진 자리를 드러내며 웃었다. "옆에서 말을 타고 있는 건 분홍색 뺨이 보드라운 네 딸이냐고 묻더군." 야인은 팔에 쌓인 눈을 털어내고 말 머리를 돌렸다. "마그는 수염이 없는 남자를 본 적이 없을 거야. 가자, 돌아간다. 내가 평상시 있던 자리에 없으면 만스가 화낼 거야."

존도 말을 돌려 토르문드를 따라서 행렬 맨 앞으로 돌아갔다. 어깨에 걸친 새 망토가 무거웠다. 씻지 않은 양가죽이었는데 야인들이 권한 대로 양털이 붙은 쪽을 안으로 해서 입었다. 눈보라를 잘 막아주고 밤이면 따뜻해서 좋았지만, 그래도 존은 검은 망토를 잘 개어 안장 아래 보관해두었다.

"거인을 죽인 적이 있다는 게 진짜예요?" 그는 말을 달리면서 토르문드에게 물었다. 고스트가 그 옆을 소리 없이 달리며 갓 내린 눈 위에 발자국을 찍었다.

"왜 나같이 대단한 사내를 의심하는 거냐? 겨울이었고, 난 반쯤은 아직 사내아이여서 사내아이답게 멍청했지. 너무 멀리 나가서 말이 죽어버렸고 폭풍이 덮쳤어. 지금처럼 먼지나 날리는 게 아니라 진짜 폭풍이었지. 하! 폭풍이 걷히기 전에 얼어 죽을 게 뻔했어. 그래서 난 자고 있는 거인을 하나 찾아서 그 여자의 배를 가르고 그 안에 기어들었지. 덕분에 따뜻하긴 했는데 냄새 때문에 죽을 뻔했다. 최악은 봄이 오자 그 거인이 깨어나서 날 자기 아기로 알았다는 거야. 석 달을 꼬박 젖을 먹고 나서야 겨우 도망쳤지 뭐냐. 하! 그래도 가끔은 거인의 젖 냄새가 그리워."

"당신을 돌봐줬다면, 그 거인을 죽일 순 없었겠네요."

"안 죽였어. 하지만 그런 말을 퍼트리진 말아라. 거인의 재앙 토르문드가 거인의 아기 토르문드보다 듣기 좋거든. 그게 있는 그대로의 진실이야."

"그러면 다른 별명들은 어떻게 얻게 된 겁니까? 만스는 당신을 나팔수라고 부르지 않았나요? 러디홀의 꿀술 왕, 곰들의 남편, 만군의 아버지라고도 했고요." 존은 특히 나팔수에 대해 듣고 싶었지만 대놓고 물어볼 수는 없었다. '그리고 조라문은 겨울 나팔을 불어, 땅에서 거인들을 깨웠네.' 거인들이 거기서 온 걸까? 매머드들도? 만스 레이더가 조라문의 나팔을 찾아내 천둥 주먹 토르문드에게 불게 한 걸까?

"까마귀들은 다 그렇게 호기심이 많나?" 토르문드가 물었다. "흠, 여기 네가 들을 만한 이야기가 있다. 다른 겨울이었는데, 내가 거인의 배 속에 들어가서 지낸 겨울보다 더 추웠고, 낮이고 밤이고 눈이 내렸지. 이렇게 작은 눈송이가 아니라 네 머리통만 한 눈송이가 떨어졌단 말이야. 어찌나 눈이 심하게 왔는지 온 마을이 반쯤 묻혀버렸어. 난 러디홀에 있었는데, 벗이라곤 꿀술 한 통뿐이었고 그걸 마시는 것밖에 할 일이 없었지. 그런데 꿀술을 마시면 마실수록 근처 사는 여자가 생각나는 거야. 네가 본 적도 없을 만큼 커다란 젖가슴을 자랑하는 아주 튼튼하고 멋진 여자였는데, 한 성질

했지만, 아, 그래도 따뜻할지도 모를 일이었지. 깊은 겨울이면 남자에겐 따뜻함이 필요한 법이고.

꿀술을 마시면 마실수록 난 그 여자가 생각났고, 생각하면 할수록 거시기가 단단해져서는 도저히 더는 못 참겠는 거야. 멍청하게도 난 머리끝에서 발끝까지 모피로 감싸고 모직 스카프로 얼굴을 둘둘 감고는 그 여자를 찾아 나섰지. 눈이 어찌나 펑펑 내리는지 한 번인가 두 번인가 방향을 바꿔야 했고, 바람이 불어와서 뼛속까지 얼렸는데, 그래도 결국엔 그렇게 칭칭 감은 채 그 여자를 찾아갔어.

그 여자는 성질이 장난 아니었고 내가 손을 대자 엄청나게 저항했지. 난 겨우겨우 그 여자를 둘러메고 집에 가서 모피를 벗겼어. 그랬더니 내 기억보다 더 굉장하지 뭔가. 우린 제대로 재미를 봤고 그 후에 난 잠들었지. 다음 날 아침에 깨어보니 눈이 그치고 태양이 반짝이고 있었는데, 정작 난 그걸 즐길 상태가 아니었어. 온몸이 찢기고 다친 상태였고, 거시기도 반은 깨물려 떨어졌고, 바닥엔 암곰의 털가죽이 떨어져 있지 뭐야. 곧 자유민들은 아주 이상한 새끼 한 쌍을 거느리고 숲속을 다니는 털이 벗겨진 곰에 대해 떠들어댔지. 하!" 그는 두툼한 허벅지를 때렸다. "그 곰을 다시 찾을 수만 있다면 좋으련만. 같이 뒹굴기 아주 좋은 여자였단 말이지. 어떤 여자도 나한테 그렇게 맞서 싸우지 못했고, 그렇게 힘센 아들들을 낳아주지도 못했어."

"그 곰을 찾으면 뭘 할 수 있는데요?" 존은 미소 지으며 물었다. "그 곰이 거시기를 물어 끊었다면서요."

"절반만이야. 그리고 내 거시기의 절반이면 다른 사내들 두 배는 길거든." 토르문드는 코웃음을 쳤다. "말이 나온 김에 말인데…… 놈들이 장벽으로 데려가면서 너희 거시기를 끊어버린다는 거 진짜냐?"

"아뇨." 존은 모욕감을 느꼈다.

“진짜 같은데. 그렇지 않고서야 이그리트를 왜 거부해? 거의 싸울 필요도 없겠더구만. 이그리트는 널 안에 품고 싶어 하는 게 뻔히 보여.”

‘너무 뻔히 보이는 데다, 대열 절반은 알아본 것 같아.’ 존은 그렇게 생각하며 토르문드가 붉어진 얼굴을 보지 못하게 떨어지는 눈을 바라보는 척했다. ‘난 밤의 경비대원이야.’ 그는 스스로를 일깨웠다. 그런데 왜 얼굴 붉히는 처녀 같은 기분이 들까?

그는 이그리트와 낮 시간 대부분을 같이 보냈다. 대부분의 밤도 마찬가지였다. 만스 레이더도 “넘어온 까마귀”에 대한 래틀셔츠의 불신을 알았기에, 존에게 새로운 양가죽 망토를 준 후에 이그리트 대신 거인의 재앙 토르문드와 함께 다니는 게 어떠냐고 제안했었다. 존은 기꺼이 동의했는데, 바로 다음 날 이그리트와 장창 릭도 래틀셔츠 무리를 떠나서 토르문드의 무리로 옮겼다. 이그리트가 말했다. “자유민은 누구든 원하는 사람과 같이 다녀. 그리고 우린 뼈다귀 자루에 질렸어.”

야영지를 칠 때마다 이그리트는 존 옆에 잠자리용 털가죽을 깔았다. 존이 불가에 자리를 잡든 불에서 먼 곳에 자리 잡든 상관없었다. 한번은 잠에서 깨어났더니 이그리트가 바싹 붙어서 그의 가슴에 팔을 올리고 있었다. 그는 사타구니의 압력을 무시하려고 애쓰면서 오랫동안 그녀의 숨소리에 귀를 기울였다. 순찰자들은 온기를 얻기 위해 털가죽을 함께 덮을 때가 많았지만, 이그리트가 원하는 건 온기만이 아니라는 의심이 들었다. 그 후로 그는 이그리트를 멀리하기 위해 고스트를 이용했다. 낸 할멈은 명예를 위해 한 침대에서 칼을 사이에 두고 잤던 기사와 숙녀에 대해 이야기하곤 했지만, 다이어울프가 그 역할을 대신한 경우는 처음일 것이다.

그래도 이그리트는 끈질겼다. 그저께는 존이 뜨거운 물로 목욕하고 싶다고 말하는 실수를 저질렀는데, 이그리트가 바로 말했다. “찬물이 더 나아. 목욕한 후에 몸을 덥혀줄 사람만 있다면. 강이 아직 다 얼지 않았으니까

들어가봐."

존은 웃음을 터뜨렸다. "날 얼려 죽일 작정이군."

"까마귀들은 다 그렇게 소름을 무서워하나? 얼음물 정도로는 안 죽어. 내가 같이 뛰어들어서 증명해주지."

"그런 후에 얼어붙은 옷을 걸치고 종일 달리자고?" 존은 반대했다.

"존 스노우, 넌 아무것도 몰라. 옷을 걸치고 들어가는 게 아니야."

"난 아예 안 들어갈 거야." 그렇게 단호하게 말했을 때, 천둥 주먹 토르문드가 그를 찾는 소리가 들려왔다(사실은 못 들었지만, 어쨌든).

야인들은 머리색 때문에 이그리트를 대단한 미인으로 여겼다. 자유민 사이에서는 붉은 머리가 드물었고, 붉은 머리는 불의 입맞춤을 받았다고 해서 행운의 상징으로 여겨졌다. 행운이 따를지도 모르고, 확실히 붉었지만, 이그리트의 머리카락은 어찌나 헝클어졌는지 계절이 바뀔 때 한 번씩만 빗는 게 아닌지 묻고 싶을 정도였다.

영주의 저택에서라면 평범하다고밖에 여겨지지 않을 여자였다. 농민의 둥근 얼굴에 들창코, 약간 비뚤배뚤한 치아, 너무 멀리 떨어진 두 눈. 존은 그 여자의 목에 비수를 댄 순간에 그렇게 파악했다. 그러나 최근에는 다른 것들이 눈에 띄었다. 이그리트가 활짝 웃을 때면 비뚤배뚤한 이가 대수롭지 않았다. 두 눈 사이가 멀지는 몰라도 눈동자는 아름다운 청회색이었고, 존이 이제까지 본 어떤 눈보다 생기 넘쳤다. 가끔 이그리트가 낮고 쉰 목소리로 노래하면 마음이 일렁였다. 그리고 가끔 불가에서 이그리트가 붉은 머리에 불빛을 받은 채 무릎을 끌어안고 앉아 존을 쳐다보며 그저 미소만 지으면…… 그것도 뭔가를 일으켰다.

하지만 그는 밤의 경비대원이었고, 서약을 한 몸이었다. '나는 아내를 두지 않고, 땅을 갖지 않으며, 아이를 만들지 않으리라.' 영목 앞에서, 아버지의 신들 앞에서 그 말을 한 몸이었다. 그 말을 취소할 수는 없었다……. 그렇다고 곰들의 아버지, 천둥 주먹 토르문드에게 저항감의 이유를 실토할 수도 없었다.

"그 여자가 싫은가?" 토르문드는 거인들 대신 높은 나무 탑에 오른 야인들을 태우고 있는 매머드를 스무 마리쯤 지나치면서 물었다.

"아니요. 그렇지만 난……." '내가 무슨 말을 해야 믿을까?' "난 결혼하기엔 아직 어려요."

"결혼?" 토르문드는 웃어젖혔다. "누가 결혼 얘길 해? 남부에선 남자가 침대에 들인 여자마다 결혼해야 하나?"

존은 다시 얼굴이 붉어지는 것을 느낄 수 있었다. "이그리트는 래틀셔츠가 날 죽이려 했을 때 날 대변해줬어요. 그런 사람의 명예를 더럽힐 순 없습니다."

"넌 이제 자유민이고, 이그리트도 자유민이야. 같이 잔다고 무슨 명예가 더러워진다는 거야?"

"아이를 밸 수도 있잖아요."

"그래, 그랬으면 좋겠네. 불의 입맞춤을 받은 튼튼한 아들이나 활달하고 잘 웃는 딸로, 그게 뭐 나쁠 게 있어?"

잠시 존은 할 말을 잃었다. "그 아이는…… 자식은 사생아가 될 텐데요."

"사생아라고 다른 애들보다 약한가? 병이 더 잘 들고, 실패를 잘하나?"

"아뇨. 그렇지만—"

"너부터가 사생아잖아. 그리고 이그리트가 아이를 낳고 싶지 않다면 어디 숲의 마녀를 찾아가서 달의 차를 한 잔 마시면 그만이야. 일단 씨를 뿌리고 나면 넌 아무 관계도 없어."

"전 사생아를 만들지 않을 겁니다."

토르문드는 덥수룩한 머리통을 내저었다. "무릎 꿇는 놈들이란 어찌나 바보인지. 원하지도 않으면서 그 여자를 왜 훔쳤어?"

"훔쳐요? 전 절대……."

"훔친 거야. 네가 이그리트와 함께 있던 두 명을 죽이고 채 갔잖아. 그걸 뭐라고 부르냐?"

"포로로 잡은 거죠."

"너한테 굴복시켰지."

"그랬지만, 그건…… 토르문드, 맹세해요. 난 이그리트에게 손도 대지 않았어요."

"경비대가 네 거시기를 자르지 않은 게 확실해?" 토르문드는 그런 미친 소리는 도무지 이해할 수 없다는 듯이 어깨를 으쓱였다. "이제 넌 자유민이지만, 그 여자를 품지 않을 거라면 암곰을 찾는 게 나을 거다. 남자가 거시기를 쓰지 않으면 거기가 점점 작아져서 어느 날인가 오줌을 싸고 싶어도 찾을 수가 없게 된다고."

존은 대답할 말이 없었다. 칠왕국이 자유민들을 인간으로 생각하지 않는 것도 당연했다. 이들에게는 법도, 명예도, 단순한 품위마저도 없었다. 그들은 끝없이 서로에게서 훔치고, 짐승처럼 번식하고, 결혼보다 강간을 선호했으며, 천출 자식으로 세상을 가득 채웠다. 그럼에도 그는 거인의 재앙 토르문드를, 그 엄청난 허풍과 거짓말을 좋아하게 되었다. 장창 릭도 좋아졌다. 그리고 이그리트는……. '아니야, 이그리트에 대해선 생각하지 않겠어.'

그러나 토르문드와 장창 릭과 함께 다른 종류의 야인들도 말을 달렸다. 래틀셔츠나 울보처럼 사람에게 침을 뱉고 칼로 그을 남자들. 하얀 고기 조각 같은 뺨에 술통같이 땅딸막한 몸을 하고, 개를 싫어하는 나머지 2주에 한 마리씩 죽여서 새로 죽인 머리를 깃발로 삼는 여자, 개 머리 하르마. 텐족의 마그나, 텐족이 족장이라기보다는 신으로 여기는 귀 없는 스티르. 뒷다리로 일어서면 키가 3.5미터가 넘는 흉포한 하얀 눈곰을 타고 다니는 작은 쥐새끼 같은 남자, 여섯 몸의 바라미르. 그리고 바라미르와 곰이 어디를 가든 따라다니는 늑대 세 마리와 그림자삵 한 마리까지. 존은 바라미르와 딱 한 번 같은 자리에 있어봤는데, 한 번으로 충분했다. 그 남자를 보기만 해도 털이 곤두섰다. 마치 그 곰과 검은색과 흰색의 길쭉한 그림자삵을 보면 고스트가 목덜미 털을 곤두세우는 것처럼 말이다.

그리고 바라미르보다 더 흉포한 사람들, 귀신 들린 숲 북쪽 끝이나 서리엄니산맥의 감춰진 계곡, 그보다 더 기묘한 곳에서 온 이들이 있었다. 사나운 개들에게 바다코끼리 뼈로 만든 전차를 끌게 하는 얼어붙은 해안 출신들, 사람 고기를 먹는다는 소문이 도는 무시무시한 얼음강 부족들. 얼굴을 파란색, 자주색, 녹색으로 물들인 동굴 거주민들. 존은 질긴 가죽처럼 단단한 맨발로 대열을 따라 걷는 뿔발족도 직접 목격했다. 스나크나 그럼킨은 보지 못했지만, 혹시 토르문드라면 그런 것들을 저녁으로 먹을지도 몰랐다.

존은 여기 모인 야인 중 절반은 평생 장벽을 본 적이 없고, 대부분은 공용어를 한마디도 하지 못한다고 판단했다. 별문제 없는 일이었다. 만스 레이더는 옛 언어를 쓸 줄 알았고 심지어 노래도 할 줄 알아서, 류트를 뜯으며 기묘한 야생의 음악을 밤하늘에 울리곤 했다.

만스는 이 씨족 어머니 저 마그나와 대화하고, 이 마을은 감언이설로 저 마을은 노래로 다른 마을은 칼날로 얻어내가며, 개 머리 하르마와 뼈다귀 영주 사이를 중재하고 뿔발족과 야행족을, 얼어붙은 해안에서 온 바다코끼리 부족과 거대한 얼음강에 사는 식인족 사이에 화평을 맺어가며 몇 년에 걸쳐 이 터벅터벅 걷는 대군을 모았다. 백 개의 서로 다른 단검을 두드려서 하나의 거대한 창을, 칠왕국의 심장부를 겨눌 창을 만들었다. 왕관도, 왕홀도, 비단과 벨벳 로브도 없지만 존이 보기에 만스 레이더가 이름뿐인 왕이 아니라는 것은 명백했다.

존이 야인들에게 합류한 것은 반쪽 손 쿼린의 명령 때문이었다. 그는 죽기 전날 밤에 존에게 말했었다. "놈들과 같이 말을 달리고, 같이 먹고, 같이 싸워라. 그러면서 지켜봐라." 하지만 아무리 지켜보아도 알아낸 것은 얼마 없었다. 반쪽 손은 야인들이 황량하고 헐벗은 서리엄니산맥으로 올라간 것이 어떤 무기나 힘, 어쩌면 장벽을 깨뜨릴 무서운 주술을 찾아서가 아닐까 의심했다……. 하지만 그런 걸 손에 넣었다 해도 그 사실을 공공연히 자랑하거나 존에게 보여주는 사람은 없었다. 만스 레이더도 그 어떤 작전이나 계획도 털어놓지 않았다. 첫날 밤 이후로 존은 만스 레이더를 멀리서밖에 보지 못했다.

'꼭 해야 한다면 만스를 죽여야지.' 즐거운 전망은 아니었다. 그런 살인에는 명예로운 구석이라곤 없었고, 그랬다간 존도 죽을 터였다. 그래도 야인들이 장벽을 넘어 윈터펠과 북부를, 고분 지대와 개울 지대(Rills)를, 화이트하버와 스토니쇼어를, 넥 지역을 위협하게 둘 수는 없었다. 스타크 가문 사람들은 8000년 동안 약탈자와 파괴자를 상대로 백성을 지키며 살고 죽었고…… 서자라 해도 같은 피가 존에게도 흘렀다. '게다가 브랜과 리콘이 아직 윈터펠에 있어. 루윈 학사님도, 로드릭 경도, 낸 할멈도, 견사장 팔렌도, 대장간 미켄과 오븐 앞 게이지도……. 내가 알던 모든 사람, 내가 사랑하는 모든 사람이 거기 있어.' 그 사람들을 래틀셔츠와 개 머리 하르마와 귀 없는 텐족의 마그나로부터 구하기 위해 반쯤은 존경하다시피 하고 거의 좋아하기도 하는 남자를 죽여야 한다면, 그럴 수밖에 없었다.

그렇다고는 해도, 존은 아버지의 신들이 그런 암울한 일을 막아주길 빌었다. 군대는 움직이기는 했으나 느렸다. 야인들이 가축과 아이들과 보잘것없는 보물들을 다 챙겨 와서 짐이 된 데다가, 눈 때문에 진전이 더 느려졌다. 대열 대부분은 이제 산맥을 벗어나서 추운 겨울날에 꿀이 흐르듯 느릿느릿 우유강 서쪽 강둑을 따라서 귀신 들린 숲 심장부로 내려가고 있었다.

그리고 존은 저 앞, 멀지 않은 곳에 최초인의 주먹이 있음을 알았다. 무장하고 말에 오른 밤의 경비대 소속 검은 형제 300명이 기다리고 있을 것이다. 늙은 곰은 반쪽 손 말고도 다른 척후대를 보냈으니, 지금쯤이면 자먼 벅웰이나 토렌 스몰우드가 돌아가서 산맥에서 군대가 내려가고 있음을 알렸을 것이다.

'모르몬트는 도망치지 않을 거야. 모르몬트는 너무 늙은 데다 너무 멀리 왔어. 숫자 따윈 신경 쓰지 않고 공격할 거야.' 존은 생각했다. 곧 전투 나팔 소리가 들리고, 손에 차가운 강철 무기를 들고 검은 망토를 펄럭이며 그들을 향해 달려 내려오는 기수들을 보게 될 것이다. 물론 300명으로 그 백 배를 죽일 수는 없겠지만, 존은 그래야 한다고 보지 않았다. '천 명을 죽일 필요는 없어. 하나만 죽이면 돼. 이들 모두를 묶어주는 건 만스뿐이야.'

장벽 너머의 왕은 최선을 다하고 있었으나, 야인들은 절망적으로 규율이 잡히지 않았고 그래서 취약했다. 몇십 리씩 뻗어나간 뱀 같은 대열 여기저기에 경비대 못지않게 사나운 전사들이 있었으나, 그중 3분의 1은 대열 양 끝에, 개 머리 하르마의 선봉대 아니면 거인들과 들소들과 불 던지는 자들이 뒤섞인 야만인들의 후위대에 있었다. 또 3분의 1은 중앙 가까이에서 만스와 함께 달리며, 지난여름 추수에서 남은 어마어마한 양의 군량과 보급품을 실은 짐수레와 썰매와 개썰매를 지켰다. 나머지는 래틀셔츠, 자알, 거인의 재앙 토르문드, 울보 같은 이들 아래 작은 무리로 나뉘어 별동대, 징발대, 그리고 대열을 끊임없이 오가며 행렬이 조금이라도 질서 있게 움직이도록 독려하는 채찍 역할을 수행했다.

게다가 야인들은 백 명 중 하나만 말을 타고 있었다. '늙은 곰은 도끼로 포리지를 가르듯이 대열을 뚫고 갈 거야.' 그러면 만스는 위협을 물리치기 위해 중앙 부대와 함께 추격에 나서야 할 것이다. 뒤따르는 전투에서 만스가 쓰러진다면 장벽은 앞으로 수백 년간 안전할 것이다. 존의 판단은 그랬다. '그리고 만스가 쓰러지지 않는다면…….'

그는 검을 쥐는 손의 화상 입은 손가락을 쥐었다 폈다. '긴 발톱'은 안장 옆에 매달려 있었고, 손만 뻗으면 늑대 머리 모양으로 깎은 돌과 거대한 잡종검의 부드러운 가죽 손잡이를 쥘 수 있었다.

몇 시간 후, 토르문드의 무리를 따라잡았을 때는 눈이 펑펑 쏟아지고 있었다. 고스트는 사냥감 냄새를 맡고 중간에 벗어나서 숲속으로 사라졌다. 다이어울프는 밤에 야영지를 칠 때 아니면 늦어도 새벽에는 돌아올 것이다. 고스트는 아무리 멀리 돌아다니더라도 늘 그의 곁으로 돌아왔다……. 그리고 이그리트도 그런 것 같았다.

"그래서." 이그리트는 존을 보자 외쳤다. "이젠 우릴 믿어, 존 스노우? 매머드에 올라탄 거인을 봤어?"

"하!" 존이 대답하기 전에 토르문드가 외쳤다. "까마귀가 사랑에 빠졌지 뭐냐! 결혼할 작정이란다!"

"여자 거인하고?" 장창 릭이 웃음을 터뜨렸다.

"아니지, 매머드하고!" 토르문드가 우렁차게 외쳤다. "하!"

존이 조랑말의 속도를 늦춰 걷기 시작하자 이그리트가 옆으로 다가왔다. 이그리트는 자기가 존보다 세 살 더 많다고 주장했지만, 키는 15센티미터쯤 작았다. 나이야 어떻든 간에 억센 여자였다. 바위뱀은 귀곡성 고개에서 그 여자를 사로잡았을 때 "창 마누라"라고 불렀었다. 이그리트는 결혼을 하지 않았고 그녀가 쓰는 무기는 뿔과 영목으로 만든 짧은 활이었지만, 그래도 '창 마누라'라는 표현은 잘 들어맞았다. 그녀를 보고 있으면 아리아가 조금 생각나기도 했다. 아리아가 더 어리고 아마 더 깡말랐을 테지만 말이다……. 겹겹이 껴입은 모피와 가죽 때문에 이그리트가 실제로 얼마나 통통한지 혹은 말랐는지 알아보기 힘들었다.

"혹시 〈마지막 거인〉 알아?" 이그리트는 답을 기다리지 않고 말을 이었다. "제대로 부르려면 나보다 목소리가 굵어야 해." 그러더니 그녀는 노래를 불렀다. "오오오오, 나는야 마지막 거인, 내 동족은 지상에서 사라졌네."

거인의 재앙 토르문드가 듣더니 씩 웃었다. "내가 태어날 때만 해도 온 세상을 지배했던 위대한 산악 거인들 중 마지막이지." 그는 눈보라 속에서 우렁차게 노래했다.

장창 릭이 이어받았다. "아, 작은 인간들이 내 숲을 훔쳤네. 내 강과 산을 훔쳐 갔네."

"그리고 내 계곡에 거대한 벽을 짓고는, 내 개울에 사는 모든 물고기를 잡았지." 이그리트와 토르문드가 거인에 어울리는 목소리로 번갈아 노래했다.

토르문드의 아들 토레그와 도르문드가 깊고 굵은 목소리를 더했고, 이어서 딸 문다와 나머지들이 합세했다. 다른 사람들이 창으로 가죽 방패를 두드려 거칠게 장단을 맞췄다. 결국에는 무리 전체가 달리면서 노래하고 있었다.

놈들은 돌집에서 큰 불을 피우네
놈들은 돌집에서 날카로운 창을 벼리네
내가 벗이라고는 눈물밖에 없이
산속을 홀로 걷는 동안에.
놈들은 낮이면 개들을 데리고 날 찾아다니네.
놈들은 밤이면 횃불을 들고 날 찾아다니네.
거인들이 빛 속을 걷는 동안엔
이 작은 인간들은 결코 높이 설 수 없기에.
아아아아, 나는야 마지막 거인,
그러니 내 노랫말을 잘 익혀라.
내가 가고 나면 노래도 희미해지고

정적만이 오래도록 오래도록 이어질 테니까.

노래가 끝났을 때 이그리트의 뺨에는 눈물이 흘렀다.

존이 물었다. "왜 우는 거야? 노래일 뿐이잖아. 거인들은 수백 명이나 있어, 방금 보고 왔다고."

"아, 수백 명이라니." 이그리트는 성을 내며 말했다. "넌 아무것도 몰라, 존 스노우. 넌— 존!"

존은 갑작스러운 날갯짓 소리에 몸을 돌렸다. 청회색 깃털이 눈앞을 가리고, 날카로운 발톱이 얼굴을 파고들었다. 날개깃 끝이 머리 옆을 때리면서 붉은 통증이 격렬하게 몸을 파고들었다. 부리가 보였지만 손을 올리거나 무기를 잡을 시간이 없었다. 뒤로 휘청거리면서 존의 발이 등자에서 빠졌고, 조랑말은 공포에 질려 달아나려 했고, 존은 떨어지고 있었다. 그래도 여전히 독수리는 그의 얼굴에 달라붙은 채 발톱을 박고 퍼덕거리며 날카롭게 울어대고 쪼아댔다. 깃털과 말의 몸뚱이와 피로 이루어진 혼돈 속에 세상이 거꾸로 뒤집혔고 땅바닥이 그를 강타했다.

다음 순간, 존은 진흙과 피의 맛을 느끼며 바닥에 얼굴을 처박고 있었고 이그리트가 뼈로 만든 단검을 손에 들고 그를 보호하듯 옆에 무릎을 꿇고 있었다. 아직도 날갯짓 소리를 들을 수 있었지만 독수리는 보이지 않았다. 세상 절반이 캄캄했다. "내 눈." 그는 퍼뜩 공포에 사로잡혀 한 손을 얼굴로 올렸다.

"피가 들어갔을 뿐이야, 존 스노우. 네 눈을 할퀴진 못했어. 살갗만 좀 찢었지."

얼굴이 욱신거렸다. 왼쪽 눈에서 피를 닦아내는 사이 오른쪽 눈으로 토르문드가 서서 크게 소리치는 모습이 보였다. 이어서 말발굽 소리, 고함 소리, 오래된 마른 뼈가 덜거덕거리는 소리가 들렸다.

토르문드가 우렁차게 외쳤다. "뼈다귀 자루! 네놈 지옥까마귀 철수시켜!"

"지옥까마귀는 거기 있잖아!" 래틀셔츠가 존을 가리켰다. "못 믿을 개처럼 진흙밭에서 피 흘리고 있네!" 독수리가 퍼덕퍼덕 날아와서 투구 대신인 래틀셔츠의 깨진 거인 머리뼈 위에 내려앉았다. "그놈을 데려가러 왔다."

"그럼 와서 데려가보든가." 토르문드가 말했다. "하지만 손에 검을 들고 오는 게 좋을 거다. 내 검이 기다릴 테니까. 어쩌면 내가 네놈 뼈를 끓여서 머리뼈를 오줌통으로 쓸지도 모르지. 하!"

"일단 내가 네놈을 찔러서 공기를 빼고 나면 넌 그 계집애보다 더 작아질걸. 비켜서라, 안 그러면 만스가 이 일에 대해 듣게 될 거다."

이그리트가 일어섰다. "뭐야, 존을 원하는 게 만스라고?"

"내가 말 안 했던가? 그 시커먼 발로 서게 일으켜."

토르문드는 존을 내려다보며 얼굴을 찌푸렸다. "널 보고 싶어 하는 게 만스라면 가보는 게 좋겠다."

이그리트가 존을 부축해 일으켰다. "도살당한 돼지처럼 피를 흘리고 있잖아. 오렐이 이 예쁜 얼굴에 무슨 짓을 했나 좀 봐."

'새도 증오를 품을 수 있나?' 존은 야인 오렐을 죽였지만, 그 남자의 일부는 그 독수리 안에 남아 있었다. 금빛 눈동자가 차가운 증오심을 품고 그를 바라보았다. "갈게요." 피가 오른쪽 눈에 계속 흘러들었고 뺨은 화끈거렸다. 뺨을 만져보니 검은 장갑에 붉은 얼룩이 묻어났다. "조랑말 좀 잡고요." 정말로 데려가고 싶은 건 말이 아니라 고스트였지만 그의 다이어울프는 어디에도 보이지 않았다. '지금쯤이면 몇십 리 밖에서 어느 사슴의 목을 찢고 있을 수도 있어.' 어쩌면 그게 다행일지도 몰랐다.

조랑말은 존이 접근하자 뒷걸음질을 쳤는데, 그의 얼굴에 흐르는 피 때문에 겁에 질린 게 분명했다. 존은 조용히 몇 마디를 건네 달래고서야 겨우 고삐를 잡을 수 있었다. 안장에 오르려니 머리가 핑 돌았다. '이 상처를 치료하긴 해야 해. 다만 지금은 말고. 장벽 너머 왕에게 독수리가 나에게 한 짓을 보여야지.' 그는 오른손을 쥐었다 펴고 '긴 발톱'을 잡아서 어깨에 건 후에 방향을 돌려 뼈다귀 영주와 그 무리가 기다리는 곳으로 말을 몰았다.

이그리트도 사나운 얼굴로 말에 올라 기다리고 있었다. "나도 갈 거야."

"꺼져." 래틀셔츠의 뼈다귀 흉갑이 덜그럭거렸다. "난 넘어온 까마귀를 데리러 왔지, 다른 사람 얘긴 없었어."

"자유민 여자는 가고 싶은 데는 어디든 가." 이그리트가 말했다.

바람이 불어와서 존의 눈에 눈송이가 날렸다. 그는 얼굴에 묻은 피가 얼어가는 것을 느낄 수 있었다. "얘기나 계속할 건가, 아니면 갈 건가?"

"간다." 뼈다귀 영주가 말했다.

음울한 질주였다. 그들은 눈보라를 헤치고 3킬로미터 넘게 대열을 따라 달린 후, 서로 얽혀 있는 짐수레들 사이를 뚫고 지나가서 동쪽을 향해 크게 휘어지는 우유강을 건넜다. 얕은 강물에 얇은 얼음층이 뒤덮여 있었다. 말발굽이 닿을 때마다 얼음이 깨어져 나갔는데, 마지막 10미터 정도는 물이 좀 더 깊었다. 동쪽 강둑에서는 눈이 더 빠르게 쏟아지는 것만 같았고, 눈 더미도 더 깊었다. '바람마저도 더 차갑군.' 게다가 밤이 내리고 있었다.

그러나 눈보라 속에서도 숲 위로 치솟은 거대한 하얀 언덕의 모습은 못 볼 수가 없는 것이었다. '최초인의 주먹.' 존은 머리 위로 독수리 울음소리를 들었다. 존이 지나가자 병정 소나무 한 그루에서 까마귀가 내려다보며 깍깍거렸다. '늙은 곰은 공격을 한 건가?' 강철이 부딪치는 소리와 화살 비가 날아가는 소리 대신, 조랑말의 발굽 아래에서 살얼음이 부서지는 소리밖에 들리지 않았다.

그들은 조용히 언덕 주위를 돌아, 제일 올라가기 쉬운 남쪽 비탈로 향했다. 그 밑에서 존은 대자로 뻗은 채 눈에 반쯤 파묻혀 있는 죽은 말을 보았다. 말의 배에서 흘러나온 창자가 얼어붙은 뱀처럼 보였고, 다리 하나는 사라지고 없었다. 존은 늑대들을 먼저 떠올렸지만, 그럴 리 없었다. 늑대들은 죽인 짐승을 먹는다.

다리는 기괴하게 꼬이고, 텅 빈 눈은 죽음을 응시한 다른 조랑말들이 여기저기 흩어져 있었다. 야인들이 파리 떼처럼 몰려들어 안장, 고삐, 짐 꾸러미, 갑옷을 떼어내고 돌도끼로 해체하고 있었다.

"위다." 래틀셔츠가 존에게 말했다. "만스는 꼭대기에 있어."

그들은 원형 담 바깥에서 말에서 내려 비뚤배뚤한 틈으로 몸을 밀어 넣어야 했다. 늙은 곰이 입구마다 설치해두었던 뾰족한 말뚝에는 덥수룩한 갈색 조랑말 사체가 꽂혀 있었다. '저 녀석은 들어가려던 게 아니라 나가려다 죽은 거야.' 말에 타고 있던 사람의 흔적은 없었다.

안으로 들어가자 시체가 더 있었고, 더 심했다. 존은 이제까지 분홍색 눈밭을 본 적이 없었다. 주위에 바람이 휘몰아치며 그의 무거운 양가죽 망토를 흔들었다. 까마귀들이 죽은 말들 사이를 날아다녔다. '저건 야생 까마귀일까, 우리 까마귀일까?' 존은 구별할 수 없었다. 가엾은 샘은 지금 어디에 있을까 궁금했다. 이제는 무엇이 되었을지도.

땅바닥에 얼어붙은 피가 장화 아래서 부서졌다. 야인들은 죽은 말들에서 강철과 가죽으로 만들어진 물건은 죄다 떼어내고 있었고, 심지어 말발굽에 붙은 편자까지 뜯어내기도 했다. 몇 명은 말에 달려 있던 꾸러미를 뒤지며 무기와 식량을 찾았다. 존은 반쯤 얼어붙은 질퍽한 피 웅덩이에 잠겨 있는 체트의 사냥개, 혹은 그 사냥개의 남은 부분을 지나쳐 걸었다.

야영지 반대편에는 아직 천막이 몇 개 서 있었고, 그들이 만스 레이더를 찾아낸 곳도 거기였다. 그는 검은색 모직에 붉은 비단을 꿰매어 만든 망토 아래에 검은색 고리 갑옷과 덥수룩한 털 바지를 입었고, 머리에는 양쪽 관자놀이에 까마귀 날개가 달린 거대한 청동과 쇠 투구를 썼다. 자알이 같이 있었다. 개 머리 하르마, 스티르, 그리고 늑대들과 그림자삵을 거느린 여섯 몸 바라미르도 있었다.

만스가 존에게 던진 시선은 음울하고 차가웠다. "네 얼굴은 어떻게 된 거냐?"

이그리트가 말했다. "오렐이 눈을 파내려고 했어."

"난 존에게 물어봤다. 존이 혀를 잃었나? 우리에게 거짓말을 더 하지 않으려면 혀가 없어야 할지도 모르지."

마그나 스티르가 긴 칼을 뽑았다. "저 녀석은 눈이 둘이 아니라 하나여야 더 잘 볼지도 몰라."

장벽 너머의 왕이 말했다. "눈을 보존하고 싶다면 여기 몇 명이 있었는지 말해라. 그리고 이번에는 진실을 말하도록 해봐라, 윈터펠의 서자."

존은 목이 바싹 말랐다. "각하…… 뭘……."

"난 네 각하가 아니다. 뭘 말하는지는 뻔하지. 네 형제들이 죽었다. 질문은, 얼마나 많이 죽었냐는 거다."

존은 얼굴이 화끈거렸고, 눈은 계속 내렸으며, 생각하기가 힘들었다. '어떤 요구를 받더라도 주저해선 안 된다.' 쿼린은 그렇게 말했었다. 말이 목에 달라붙은 것 같았지만, 나오지 않는 말을 밀어냈다. "우린 300명이었습니다."

"우리?" 만스가 날카롭게 말했다.

"그들이요. 300명이었습니다." '반쪽 손은 어떤 요구에도 주저하지 말라고 했지. 그런데 왜 난 이렇게 비겁자가 된 기분일까?' "캐슬블랙에서 200명, 섀도타워에서 100명."

"내 천막에서 부르던 노래보다 진실된 노래로군." 만스는 개 머리 하르마를 쳐다보았다. "우리가 찾은 말이 몇 마리지?"

"100마리가 넘어." 거대한 여자가 대답했다. "200은 안 되고. 동쪽, 눈 밑에 시체가 더 있긴 한데 숫자를 헤아리긴 어려워." 하르마 뒤에는 그녀의 군기잡이가 아직 피가 흐를 정도로 신선한 개 머리가 꽂힌 장대를 들고 서 있었다.

"애초에 나한테 거짓말을 해선 안 되는 거였어, 존 스노우." 만스가 말했다.

"아…… 압니다." 무슨 말을 할 수 있겠는가?

야인 왕은 그의 얼굴을 찬찬히 보았다. "여기 지휘는 누가 했지? 사실대로 말해라. 라이커? 스몰우드? 워더스는 아니겠지, 그놈은 너무 약해. 이건 누구 천막이었나?"

'난 너무 많이 말했어.' "시체를 못 찾은 겁니까?"

하르마는 콧방귀를 뀌었다. 그녀의 경멸이 콧구멍에서 서리가 되어 뿜어져 나왔다. "이 검은 까마귀들은 어찌나 멍청한지."

"다음에 내 질문에 질문으로 답했다간, 뼈다귀 영주에게 줘버리겠다." 만스 레이더는 경고를 하고 가까이 다가섰다. "지휘자는 누구였지?"

'한 걸음만 더 다가와. 한 걸음만 더.' 그렇게 생각하며 존은 '긴 발톱'의 칼자루에 손을 가져갔다. '내가 입을 다물면…….'

"그 잡종검에 손을 뻗으면, 검집에서 검이 나오기 전에 네놈의 잡종 머리통을 날려버린다." 만스가 말했다. "너에 대한 인내심이 빠르게 사라지고 있다, 까마귀."

"말해." 이그리트가 재촉했다. "누구든 간에 이미 죽었어."

존이 얼굴을 찌푸리자 뺨에 굳어 있던 피딱지가 갈라졌다. '이건 너무 힘들어.' 존은 절망했다. '어떻게 변절자가 되지 않고 변절자 노릇을 하지?' 쿼린은 방법을 일러주지 않았다. 그러나 두 번째 걸음은 언제나 첫 번째 걸음보다 쉬운 법이다. "늙은 곰요."

"그 늙은이가?" 하르마의 목소리를 들으니 믿지 않는다는 걸 알 수 있었다. "그놈이 직접 왔다고? 그럼 캐슬블랙은 누가 지키고?"

"보웬 마시." 이번에는 존도 바로 대답했다. '뭘 묻든 주저하지 말아야 해.'

만스는 웃음을 터뜨렸다. "그렇다면 우린 이긴 거나 다름없군. 보웬은 장검을 쓰기보다는 헤아리는 법을 훨씬 잘 알지."

존은 말했다. "늙은 곰이 지휘했습니다. 여긴 높고 튼튼한 요새고, 늙은 곰이 더 튼튼하게 만들었어요. 구덩이를 파고 말뚝을 박고, 식량과 물을 비축했죠. 대비하고 있었어요……."

"……나를 말이냐?" 만스 레이더가 대신 끝맺었다. "그래, 그랬군. 내가 이 언덕을 공격할 정도로 멍청했다면 까마귀 하나당 다섯 명씩 잃고도 운이 좋았다고 했을지도 모르지." 그의 입매에 힘이 들어갔다. "하지만 시체가 걸어 다닐 때는 돌담과 말뚝과 장검에 아무 의미가 없지. 죽은 자와는 싸울 수 없다, 존 스노우. 그걸 나만큼 잘 아는 사람은 없어." 그는 어두워지는 하늘을 올려다보고 말했다. "까마귀들이 모르는 사이에 우리를 꽤 도와줬는지도 모르겠다. 어쩐지 왜 공격이 없나 했지. 하지만 아직 천 리는 더 가야 하고, 추위가 심해지고 있어. 바라미르, 늑대들을 내보내서 시귀 냄새를 맡게 해. 시귀들에게 기습을 받을 순 없다. 뼈다귀 영주, 순찰대를 두 배로 늘리고 모두 횃불과 부싯돌을 가지고 다니게 해. 스티르, 자알, 너희는 해가 뜨자마자 달려."

래틀셔츠가 말했다. "만스, 난 까마귀 뼈를 갖고 싶다."

이그리트가 존 앞에 나섰다. "누가 한때 형제였던 자들을 보호하려고 거짓말을 했다고 해서 죽일 순 없어."

"놈들은 아직도 그놈의 형제다." 스티르가 말했다.

"아니야." 이그리트는 굽히지 않았다. "존은 그놈들이 시키는데도 날 죽이지 않았어. 그리고 반쪽 손을 죽이는 건 우리 모두 봤잖아."

존이 내뱉는 숨에 뿌연 안개가 서렸다. '내가 거짓말을 한다면 알아차릴 거야.' 그는 만스 레이더를 똑바로 보고, 화상 입은 손을 폈다가 쥐었다. "난 당신이 준 망토를 걸쳤어요, 전하."

"양가죽 망토야!" 이그리트가 말했다. "그리고 우린 저 망토 아래에서 여러 밤 춤을 췄다고!"

자알이 웃음을 터뜨렸고, 개 머리 하르마까지도 능글맞게 웃었다. 만스 레이더는 온화하게 물었다. "그렇게 된 거냐, 존 스노우? 이그리트와 네가?"

장벽 너머에서는 길을 잃기가 쉬웠다. 존은 이제 명예와 수치를, 옳고 그름을 구분할 수 있다는 자신이 없었다. '아버지, 절 용서하세요.' 그는 말했다. "예."

만스는 고개를 끄덕였다. "잘됐군. 그럼 내일 자알과 스티르와 같이 가라. 너희 둘 다. '하나처럼 뛰는 두 개의 심장'을 갈라놓는 건 내 성격에 안 맞거든."

"어디로 갑니까?" 존이 물었다.

"장벽 너머로. 네가 말만이 아닌 행동으로 신의를 증명할 때가 됐다, 존 스노우."

마그나 스티르는 좋아하지 않았다. "내가 까마귀를 데리고 뭘 하라고?"

만스가 대답했다. "존은 경비대를 알고 장벽을 알아. 그리고 캐슬블랙에 대해서라면 어떤 습격자보다 잘 알지. 쓸모를 찾아내지 못한다면 네가 멍청한 거야."

스티르는 험상궂은 표정을 지었다. "저놈의 심장은 아직 시커멀지도 몰라."

"그때는 뜯어내." 만스는 래틀셔츠를 돌아보았다. "뼈다귀 영주, 무슨 수를 쓰든 대열을 계속 움직여. 모르몬트보다 우리가 먼저 장벽에 도착한다면, 우리가 이긴 거야."

"대열은 움직일 거다." 래틀셔츠의 목소리는 탁하고 분노로 가득했다.

만스는 고개를 끄덕이고, 하르마와 여섯 몸을 이끌고 가버렸다. 바라미르의 늑대들과 그림자삵이 그 뒤를 따라갔다. 존과 이그리트는 자알, 래틀셔츠, 마그나와 함께 남았다. 나이 많은 야인 둘이 적의를 숨기지 않고 존을 쳐다보는 사이 자알이 말했다. "들었지, 우린 동틀 녘에 출발한다. 가진 식량은 다 챙겨 와. 사냥할 시간은 없을 거다. 그리고 네 얼굴은 치료해라, 까마귀. 피투성이라 꼴이 말이 아니다."

"그러지." 존이 말했다.

"계집애, 네 말이 거짓이 아니어야 할 거다." 래틀셔츠는 거인의 머리뼈 속에서 눈을 번뜩이며 이그리트에게 말했다.

존은 '긴 발톱'을 뽑았다. "우리에게서 물러서. 쿼린 꼴 나고 싶지 않으면."

"여긴 널 도와줄 늑대가 없어." 래틀셔츠가 자기 검에 손을 뻗었다.

"정말 그럴까?" 이그리트가 웃었다.

원형 돌담 위에 고스트가 등을 구부리고 하얀 털을 곤두세우고 있었다. 소리는 전혀 내지 않았지만 검붉은 눈이 피를 말했다. 뼈다귀 영주는 천천히 검에서 손을 치우고 한 걸음 물러서더니, 욕을 뱉으며 가버렸다.

고스트는 최초인의 주먹을 내려가는 존과 이그리트의 조랑말 옆을 조용히 걸었다. 존은 우유강을 반쯤 건너고 나서야 말을 해도 된다고 느꼈다. "날 위해 거짓말을 해달라고 한 적 없어."

"난 거짓말 안 했어. 몇 부분 빼고 말했을 뿐이지."

"네가 말한 건—"

"—우리가 네 망토 아래에서 여러 밤 붙어먹는다고 했지. 그렇지만 언제 그러기 시작했는지는 말 안 했잖아." 이그리트가 보여준 미소는 수줍기까지 했다. "오늘 밤엔 고스트를 재울 곳을 따로 찾아봐, 존 스노우. 만스가 말한 대로, 말보다는 행동이야."

산사

"새 가운이라니?" 산사는 놀랐을 뿐 아니라 경계하는 마음이 들었다.

"이제까지 입으신 것보다 더 아름다울 겁니다." 나이 든 여자가 장담했다. 그녀는 매듭을 지은 긴 끈으로 산사의 엉덩이 둘레를 쟀다. "비단과 미르산 레이스에, 새틴으로 안감을 대고요. 입으면 정말 아름다우실 거예요. 전하께서 직접 주문하셨답니다."

"어느 전하?" 마저리는 아직 조프리의 왕비가 아니었지만, 렌리의 왕비이기는 했었다. 가시 여왕을 말하는 것일 수도 있을까? 아니면…….

"그야 물론 섭정대비님이시죠."

"세르세이 님?"

"달리 누구겠어요. 영광스럽게도 오랫동안 저희를 이용해주셨지요." 나이 든 여자는 산사의 다리 안쪽에 끈을 댔다. "전하께서 말씀하시길 아가씨는 이제 여인이니, 어린아이처럼 입어선 안 된다고 하시더군요. 팔을 뻗으세요."

산사는 팔을 들었다. 새 가운이 필요한 건 사실이었다. 작년에만 키가 8센티미터 가까이 컸고, 예전 옷들은 대부분 처음 꽃을 피운 날 매트리스를 태우려다가 낸 연기가 망쳐놓았다.

"아가씨도 가슴이 대비님 못지않게 아름답겠는걸요." 나이 든 여자는 산사의 가슴에 끈을 두르며 말했다. "그렇게 감추시면 안 돼요."

그 말에 산사는 얼굴을 붉혔다. 하지만 지난번에 말을 타러 갔을 때는 조끼 끈을 끝까지 다 맬 수가 없었고, 마구간지기 소년이 말에 오르는 그녀를 도와주면서 가슴팍을 빤히 쳐다보기도 했다. 가끔은 성인 남자들이 그녀의 가슴을 쳐다보기도 했고, 너무 꽉 끼어 숨을 쉴 수가 없는 튜닉도 몇 개 있었다.

"무슨 색깔로 만들지?" 산사는 재봉사에게 물었다.

"색깔은 제게 맡겨두세요, 아가씨. 분명히 마음에 드실 거예요. 속옷과 호스, 커틀(길고 낙낙한 가운)과 외투와 망토도 맞춰드릴 겁니다. 전부……. 고귀한 태생의 아름다운 아가씨에게 어울리는 물건으로요."

"왕실 결혼식에 맞춰서 준비가 될까?"

"아, 그보다 빠를 거예요. 전하께서 그보다 훨씬 빨리하라고 하셨답니다. 제가 데리고 있는 재봉사가 여섯 명에 견습이 열두 명인데, 모두 다른 일 제쳐놓고 이 일에 매달릴 거예요. 많은 귀부인들이 화를 내시겠지만, 대비님 명이니까요."

"사려 깊은 전하께 정말 감사해하고 있네." 산사는 예의 바르게 말했다. "나에게 너무 잘해주셔."

"전하께서는 정말 관대하시죠." 재봉사는 산사의 말에 맞장구를 치고 도구를 모아서 나갔다.

'하지만 왜?' 산사는 혼자 남아서 생각했다. 불안해졌다. '분명히 이 가운은 마저리 아니면 마저리의 할머니가 한 일일 거야.'

마저리는 한결같이 친절했고, 마저리의 존재가 모든 것을 바꿔놓았다. 마저리를 따르는 숙녀들도 산사를 환영했다. 다른 여자들과 함께 시간을 보낸 지가 너무 오래되어, 그게 얼마나 즐거울 수 있는지 잊고 있었다. 레오넷 부인은 산사에게 하프를 가르쳐주었고, 잔나 부인은 엄선된 소문들을 공유했다. 메리 크레인은 언제나 재미있는 이야기를 풀어놓았다. 어린 불워 아가씨를 보면 아리아가 생각났다. 아리아처럼 사납지는 않았지만 말이다.

산사와 나이가 제일 비슷한 또래는 티렐 가문의 방계 사촌들인 엘리너, 앨라, 메가였다. "덤불 아래쪽에 핀 장미지." 재치 있고 호리호리한 엘리너가 비꼬아 말하기로는 그랬다. 메가는 활발하고 목소리가 컸고, 앨라는 수줍음이 많고 예뻤지만, 세 사람의 대장은 엘리너였다. 엘리너는 꽃을 피운 처녀인 반면 메가와 앨라는 아직 소녀라는 이유에서였다.

이 사촌 자매들은 산사를 평생 알았던 동무처럼 끼워주었다. 그들은 레몬 케이크와 꿀을 넣은 와인을 먹으며 바느질하고 수다를 떨면서 긴 오후를 보내고, 저녁에는 타일 맞추기 놀이를 하고, 성소에서는 함께 노래했으며…… 한두 명씩 선택받아 마저리와 한 침대에 들어서 소곤거리며 밤 시간 절반을 보내기도 자주했다. 앨라는 목소리가 아름다웠고, 잘 꼬드기면 나무 하프를 연주하며 기사도와 잃어버린 사랑에 대한 노래를 부르곤 했다. 메가는 노래를 못했고 입맞춤을 받는 데 열광했다. 메가는 앨라와 가끔 입맞춤 놀이를 한다고 고백했지만, 남자에게 입을 맞추는 것과는 달랐고 왕에게 입 맞추는 것과는 비교할 수도 없다고 했다. 산사는 메가가 '사냥개'와 입 맞추는 상상은 해봤을까 궁금했다. 그는 전투가 있던 날 밤에 와인과 피 냄새를 풍기며 찾아왔었다. '나에게 입을 맞추려 하고 날 죽이겠다고 위협하고선, 노래를 불러주게 했지.'

메가는 아무 생각 없이 떠들어댔다. "조프리 왕은 입술이 아름답기도 하지. 아, 가엾은 산사, 그분을 잃고 얼마나 마음이 아팠을까. 얼마나 울었을까!"

'조프리는 네 생각보다 자주 날 울렸어.' 그렇게 말하고 싶었지만, 목소리를 덮어줄 버터범프스도 없었기에 산사는 입을 꾹 다물고 잠자코 있었다.

엘리너는 앰브로즈 공의 아들인 어느 젊은 종자와 약혼한 몸이었다. 그들은 그가 공훈을 세워 기사가 되자마자 결혼하기로 했다. 그는 블랙워터 전투에 그녀의 정표를 달고 나갔고, 미르의 노궁잡이 한 명과 멀런도어 중장병 하나를 죽였다. "알린은 엘리너의 정표 때문에 두려울 게 없었대." 메가가 말했다. "전투 함성으로 엘리너의 이름을 불렀대. 정말 멋지지 않아? 언젠가는 나도 어느 대전사가 내 정표를 달고 나가서 사람을 백 명씩 죽였으면 좋겠어." 엘리너는 조용히 하라고 했지만 기분은 좋아 보였다.

'어린애들이야. 엘리너도 포함해서, 다 바보 같은 어린 여자애들이야. 전투를 본 적도 없고, 사람이 죽는 걸 본 적도 없고, 아무것도 몰라.' 산사는 생각했다. 조프리가 아버지의 머리통을 떨어뜨리기 전에 산사가 그랬듯이, 그 아이들도 노래와 옛날이야기로 머릿속이 꽉 차 있었다. 산사는 그들을 동정했고, 질투했다.

그러나 마저리는 달랐다. 상냥하고 다정하기는 해도 마저리에게는 자기 할머니를 닮은 구석이 약간 있었다. 요전 날에는 마저리가 산사를 매사냥에 데려갔었다. 산사에게는 전투 이후에 도시 바깥으로 처음 나가는 날이었다. 시체는 다 태우거나 묻었지만, 스타니스 공의 충차가 들이받은 진흙문은 갈라진 자국이 남아 있었고, 블랙워터강 둑 양쪽에 부서진 선체가 보였으며, 얕은 물에는 새까맣게 탄 돛대들이 앙상한 검은 손가락처럼 튀어나와 있었다. 강을 오가는 배라고는 그들을 태워 강을 건넌 너벅선뿐이었고, 왕의 숲에 도착해 보니 잿더미와 숯과 죽은 나무들의 황야만 나왔다. 그래도 만 근처 늪지대에는 물새가 우글거렸고, 산사의 쇠황조롱이가 오리 세 마리를 떨어뜨리는 동안 마저리의 송골매는 날아가는 왜가리를 잡았다.

"윌라스의 매들은 칠왕국 최고예요." 마저리는 잠시 둘만 있게 되자 말했다. "가끔 독수리도 날려요. 보게 될 거예요, 산사." 그녀는 산사의 손을 잡고 꾹 눌렀다. "우린 자매가 되고."

자매라니. 산사는 예전에 마저리 같은 자매를 꿈꿨었다. 아름답고 온화하고, 세상 모든 우아함을 다 갖춘 그런 자매. 아리아는 자매로서는 너무나 불만족스러웠다. '내가 어떻게 내 자매를 조프리와 결혼시킬 수가 있지?' 그렇게 생각한 순간 갑자기 눈물이 가득 차올랐다. "마저리, 제발, 그러면 안 돼요." 말을 내뱉기가 힘들었다. "그 사람과 결혼하면 안 돼요. 보이는 것과 달라요. 전혀 달라. 당신을 해칠 거예요."

"난 그렇게 생각하지 않아요." 마저리는 자신 있는 미소를 지었다. "경고해주다니 용감한 일이지만, 두려워할 필요 없어요. 조프리는 버릇없고 허영심 강한 데다 당신 말대로 잔인할 테지만, 우리 아버지가 이 결혼에 동의하기 전에 압력을 넣어서 로라스를 킹스가드로 지명하게 했어요. 칠왕국에서 제일가는 기사가 낮이고 밤이고 날 지켜줄 거예요. 아에몬 왕자가 나에리스를 지켰듯이요. 그러니 우리 어린 사자는 행동을 잘해야 할 거예요, 안 그래요?" 그녀는 소리 내어 웃더니 말했다. "가요, 강으로 질주해 돌아가요. 호위병들이 미쳐버릴 거예요." 마저리는 답을 기다리지 않고 말에 박차를 가해 달렸다.

'마저리는 정말 용감해.' 산사는 그 뒤를 따라 말을 달리며 생각했지만…… 아직도 의심이 마음을 좀먹었다. 로라스 경이 뛰어난 기사라는 사실에는 모두가 동의하지만, 조프리에게는 다른 킹스가드도 있었고 황금 망토와 붉은 망토 위병들도 있었으며, 나이가 더 들면 자기 군대를 호령하게 될 터였다. 자격 없는 왕 아에곤은 동생인 드래곤 기사가 두려워 나에리스 왕비를 해치지 않았을지 모르지만…… 다른 킹스가드 기사가 자기 정부와 사랑에 빠졌을 때는 두 사람 모두의 목을 쳤다.

'로라스 경은 티렐이야.' 산사는 스스로를 일깨웠다. '그때의 그 기사는 토인 가문에 불과했어. 형제들에게 군대가 있지도 않았고, 검 외에 다른 복수할 길도 없었지.' 그래도 생각하면 할수록 알 수 없었다. '조프리가 몇 번은 자제할 수도 있겠지. 1년쯤은 그럴 수도 있어. 하지만 언젠가는 발톱을 드러내고야 말 테고, 그러면…….' 왕국에 두 번째 킹슬레이어가 탄생할 수도 있었다. 그러면 도시 내에서 전쟁이 벌어지고, 사자의 병사들과 장미의 병사들이 배수로를 붉게 물들일 터였다.

산사는 마저리가 그런 미래를 보지 못한다는 사실에 놀랐다. '나보다 나이가 많잖아. 나보다 지혜로울 거야. 게다가 마저리의 아버지 티렐 공은, 그분은 분명히 무슨 일을 하는지 알고 계시겠지. 내가 바보같이 구는 거야.'

돈토스 경에게 하이가든에 가서 윌라스 티렐과 결혼할 거라고 말하면서 산사는 그가 안심하고 기뻐해줄 줄 알았다. 그러나 그는 산사의 팔을 움켜잡고는, 와인에 전 만큼이나 두려움에 전 목소리로 말했다. "그럴 순 없어요! 말했잖아요. 티렐은 꽃을 단 라니스터일 뿐이라고요. 제발 그런 바보 같은 생각은 잊고, 당신의 플로리안에게 입 맞춰주시고 우리 계획대로 하겠다고 약속해줘요. 조프리의 결혼식 날 밤입니다. 그리 멀지 않아요. 제가 말씀드린 대로 은제 머리그물을 쓰시고, 그 후에는 탈출하는 거예요." 돈토스 경은 산사의 뺨에 입을 맞추려 했다.

산사는 그의 손아귀에서 빠져나와 뒤로 물러섰다. "안 해요. 못 해요. 뭔가 잘못될 거예요. 내가 탈출하고 싶었을 땐 데려가주지 않았죠. 이젠 내가 도망칠 필요가 없어요."

돈토스는 멍청한 얼굴로 그녀를 바라보았다. "하지만 다 준비됐어요. 아가씨를 집으로 데려갈 배도, 그 배로 데려다줄 작은 배도 마련해뒀다고요. 당신의 플로리안이 사랑스러운 종퀼을 위해 다 준비했어요."

"나 때문에 고생한 건 미안해요. 하지만 이젠 배를 탈 필요가 없어요."

"하지만 다 아가씨의 안전을 위해서예요."

"난 하이가든에서 안전할 거예요. 윌라스가 날 지켜줄 거예요."

"그렇지만 윌라스는 아가씨를 몰라요. 그리고 아가씨를 사랑하지도 않을 거예요. 종퀼, 종퀼, 그 아름다운 눈을 뜨고 봐요. 티렐은 당신에 대해 신경 쓰지 않아요. 티렐이 아가씨와 결혼하려는 건 아가씨의 계승권 때문이에요."

"계승권?" 산사는 잠시 갈피를 잃었다.

"아가씨, 아가씨는 윈터펠의 후계자예요." 돈토스는 그렇게 말하며 다시 그녀를 붙들고 그래서는 안 된다고 호소했다. 산사는 그의 손을 뿌리치고, 그가 심장 나무 아래에서 비틀거리게 두고 떠났다. 그 후 한 번도 신의 숲을 찾지 않았다.

하지만 그의 말을 잊지도 않았다. '윈터펠의 후계자라니.' 그녀는 밤에 침대에 누워서 생각하곤 했다. '아가씨와 결혼하려는 건 아가씨의 계승권 때문이에요.' 산사는 남자 형제 셋과 같이 컸다. 그러니 계승권이 있다는 생각을 해본 적이 없었다. 하지만 브랜과 리콘이 죽었으니……. '상관없어. 아직 롭이 있어. 롭은 이제 어른이고, 곧 결혼해서 아들을 얻을 거야. 어차피 윌라스 티렐은 하이가든의 주인이 될 텐데, 뭐 하러 윈터펠을 원하겠어?'

가끔은 오직 어떻게 들리나 보려고 베개에 대고 그의 이름을 속삭이기도 했다. "윌라스, 윌라스, 윌라스." 윌라스도 로라스만큼 좋은 이름이었다. 약간은 같은 이름처럼 들리기도 했다. 다리가 뭐가 중요하단 말인가? 윌라스는 하이가든의 주인이 될 테고 그녀는 여주인이 될 텐데.

산사는 두 사람이 강아지를 무릎에 올려놓고 정원에 함께 앉아 있는 모습, 아니면 같이 유람선을 타고 맨더강을 따라가면서 류트를 뜯는 가수의 노랫소리에 귀 기울이는 모습을 그려보았다. '내가 아들들을 낳아준다면 날 사랑하게 될지 몰라.' 아이들에게 에다드와 브랜던과 리콘이라는 이름을 붙이고, 로라스 경 못지않게 용맹한 남자로 키우리라. '그리고 라니스터를 미워하게 키워야지.' 산사의 꿈속에서 그녀의 자식들은 잃어버린 형제들을 꼭 닮아 있었다. 가끔은 아리아처럼 보이는 여자애마저 있었다.

하지만 아리아의 모습을 머릿속에 오래 그릴 수는 없었다. 그녀의 상상은 계속 윌라스를 젊고 우아하고 아름다운 로라스 경으로 바꿔놓았다. '그분을 그런 식으로 생각하면 안 돼. 계속 이러다간 윌라스를 만났을 때 네 눈에서 실망감을 알아볼지도 몰라. 네가 사랑하는 게 자기 동생인 줄 알면 어떻게 그분이 너와 결혼할 수 있겠니?' 그녀는 윌라스 티렐이 그녀보다 두 배는 나이가 많고, 다리를 절며, 어쩌면 그의 아버지처럼 통통하고 얼굴이 붉을지도 모른다는 사실을 끊임없이 떠올렸다. 하지만 수려하든 아니든 간에 윌라스가 산사가 얻을 수 있는 유일한 대전사였다.

한번은 마저리가 아니라 그녀가 그대로 조프리와 결혼하고, 결혼식 날 밤에 조프리가 처형 집행인 일린 페인으로 변하는 꿈을 꾸기도 했다. 산사는 덜덜 떨면서 깨어났다. 마저리가 자기처럼 고통받길 바라지는 않지만, 티렐 가문이 결혼식을 강행하지 않으려 할까 봐 두렵기도 했다. '난 마저리에게 경고했어. 정말이야, 조프리가 사실 어떤지 말해줬어.' 마저리는 그녀의 말을 믿지 않는지도 몰랐다. 조프리는 한때 산사에게 그랬듯이 마저리와 함께 있을 때면 완벽한 기사 노릇을 했다. '마저리도 곧 조프리의 본성을 알게 될 거야. 결혼 전에는 모른다 해도 결혼한 후에는 알겠지.' 산사는 다음에 성소에 가면 어머니 신께 촛불을 켜고 마저리를 조프리의 잔인함으로부터 보호해달라고 기도하기로 했다. 어쩌면 로라스를 위해 전사 신에게도 촛불을 하나 켤지 몰랐다.

재봉사가 마지막으로 치수를 쟀을 때, 산사는 바엘로르 대성소에서 있을 예식에 새 가운을 입고 가기로 결정했다. '세르세이가 새 가운을 만들어주는 것도 그래서일 거야. 결혼식에서 내가 초라해 보이지 않게 하려는 거지.' 그 후에 있을 연회에는 다른 가운을 입어야 할 테지만 그쪽은 예전 옷으로 어떻게든 될 것이다. 새 가운에 음식이나 와인을 묻힐 위험을 감수하고 싶지 않았다. '새 옷을 입고 하이가든에 가야지.' 윌라스 티렐에게 아름답게 보이고 싶었다. '돈토스 말이 맞다 해도, 윌라스가 원하는 게 내가 아니라 윈터펠이라 해도, 그래도 날 사랑하게 될지 모르잖아.' 산사는 가운이 완성되려면 얼마나 걸릴까 생각하며 자기 몸을 꽉 끌어안았다. 그 옷을 입을 때까지 기다리기가 힘들었다.

아리아

비가 오다가 그쳤지만, 하늘은 푸르기보다 회색이었고 개울물은 다 불어나 있었다. 사흘째 아침, 아리아는 나무에 자란 이끼 방향이 대부분 이상하다는 것을 알아차렸다. "우린 엉뚱한 방향으로 가고 있어." 아리아는 특히 이끼가 많은 느릅나무를 지나치면서 겐드리에게 말했다. "남쪽으로 가고 있다고. 나무줄기에 이끼가 어떻게 자랐는지 보여?"

겐드리는 눈을 덮은 검은 머리를 걷어내며 말했다. "우린 길을 따라가고 있을 뿐이야. 여기선 길이 남쪽으로 가."

'우린 하루 종일 남쪽으로 가고 있었어.' 아리아는 그렇게 말하고 싶었다. '그리고 강바닥을 따라 달리던 어제도 내내 남쪽으로 향했어.' 하지만 어제는 주의를 바짝 기울이지 않았기 때문에 확신할 수가 없었다. 아리아는 낮은 목소리로 말했다. "내 생각엔 우리가 길을 잃은 것 같아. 강을 떠나지 말았어야 했어. 강을 따라가기만 하면 되는 거였어."

"강은 구부러지고 돌잖아. 분명히 이게 지름길일 거야. 무법자들이 비밀리에 움직이는 길이겠지. 렘과 톰과 저 사람들은 여기 몇 년을 살았어."

그건 사실이었다. 아리아는 입술을 깨물었다. "하지만 이끼가……."

"비가 오는 꼴을 보면 곧 우리 귀에서도 이끼가 자라게 생겼어." 겐드리가 불평했다.

"남쪽 귀에서만 자랄걸." 아리아는 고집스럽게 대꾸했다. 황소에게 뭔가를 설득하려고 해봐야 소용없는 일이었다. 그래도 핫파이가 없는 지금은 겐드리만이 아리아의 진짜 친구였다.

그들이 말을 타고 떠나던 날, 핫파이는 이렇게 말했다. "샤나가 빵을 굽는 데 내가 필요하대. 어차피 난 비도 질렸고 안장에 쓸리는 것도, 늘 겁에 질려 있는 것도 지겨워. 여기엔 에일도 있고, 토끼 고기도 먹을 수 있고, 내가 구우면 빵도 더 맛있어질 거야. 다음에 다시 오면 어디 봐. 다시 올 거지? 전쟁이 끝나면?" 그는 말을 다 하고 나서야 아리아의 정체를 기억해내고 벌게진 얼굴로 덧붙였다. "아가씨."

아리아는 과연 전쟁이 끝나기는 할까 싶었지만, 그래도 고개를 끄덕였다. "그때 때려서 미안해." 핫파이는 멍청하고 겁이 많았지만 킹스랜딩에서부터 내내 함께였고 익숙해진 친구였다. "네 코를 부러뜨렸잖아."

"렘의 코도 부러뜨렸지." 핫파이는 히죽 웃었다. "그거 멋졌어."

"렘은 그렇게 생각 안 할걸." 아리아는 음울하게 말했다. 그러고는 떠날 시간이었다. 핫파이가 아가씨 손등에 입을 맞춰도 되겠냐고 묻자 아리아는 핫파이의 어깨를 때렸다. "그따위로 부르지 마. 넌 핫파이고, 난 아리아야."

"여기선 나도 핫파이가 아니야. 샤나는 날 꼬마 녀석이라고 불러. 다른 녀석을 부를 때와 똑같아. 헷갈릴 텐데."

핫파이가 이렇게 보고 싶을 줄은 몰랐지만, 하윈이 어느 정도 그 자리를 메꿔주었다. 아리아는 하윈의 아버지 헐렌이 어떻게 되었는지를, 달아나던 날 레드킵 마구간에서 죽어가던 헐렌을 발견했던 일을 말해주었다. 하윈은 말했다. "아버지는 언제나 마구간에서 죽을 거라고 했지만, 우린 성질 나쁜 종마 때문에 돌아가실 줄 알았죠. 사자 무리가 아니라." 아리아는 요렌과 킹스랜딩에서 탈출한 일, 그 후에 일어난 많은 일들에 대해서도 말했지만 '바늘'로 찔러 죽인 마구간지기 소년과 하렌홀에서 빠져나오느라 목을 그어 죽인 위병에 대해서는 말하지 않았다. 하원에게 그 이야기를 한다는 건 아버지에게 말하는 것과 비슷했고, 아리아에게도 아버지에게 알리고 싶지 않은 것들이 있었다.

자켄 하가르와 그가 아리아에게 목숨 세 개를 빚지고 갚았던 일에 대해서도 말하지 않았다. 아리아는 자켄 하가르가 준 쇠 주화를 허리띠 안에 감춰두었지만, 밤이면 가끔 꺼내 보고 자켄 하가르가 손으로 쓸어내리자 얼굴이 어떻게 녹아내리고 변했는지 떠올리곤 했다. "발라 모르굴리스." 아리아는 들리지 않게 속삭이곤 했다. "그레고르 경, 던센, 폴리버, 친절한 라프. 티클러와 사냥개. 일린 경, 메린 경, 세르세이 왕대비, 조프리 왕."

하윈은 아리아의 아버지가 베릭 돈다리온과 함께 서쪽으로 보낸 윈터펠 위병 스무 명 중에 남은 사람이 여섯 명뿐이고, 뿔뿔이 흩어졌다고 말했다. "그건 함정이었어요. 타이윈 공이 산더미를 레드포크 너머로 보내 불을 지르고 사람을 죽이게 한 건 아버님을 끌어내려는 거였어요. 에다드 공이 직접 서쪽으로 와서 그레고르 클리게인을 상대하게 하려고 했던 거죠. 아버님이 직접 오셨다면 살해당했거나, 포로로 잡혀서 당시에 아가씨 어머님의 포로로 잡혀 있던 꼬마 악마와 교환 상대가 됐을 거예요. 다만 킹슬레이어는 타이윈 공의 계획을 모르고 있었고, 동생이 사로잡혔다는 소식을 듣자마자 킹스랜딩 길거리에서 아버님을 공격한 거죠."

아리아는 말했다. "기억나. 그놈이 조리를 죽였지." 조리는 발밑에 돌아다니지 좀 말라고 말할 때만 아니면 늘 아리아를 보고 미소를 지었었다.

하윈은 맞장구를 쳤다. "그놈이 조리를 죽였고, 아버님은 말에 깔리면서 다리가 부러지셨죠. 그래서 에다드 공은 서쪽으로 갈 수 없었어요. 그 대신 베릭 공을 보냈고, 아버님의 사람들 스무 명을 딸려 보내셨죠. 윈터펠

출신 스무 명이었고, 저도 그중에 있었어요. 또 다른 사람들도 있었죠. 토로스, 레이먼 대리 경과 그 부하들, 글래든 와일드 경, 로타르 말레리라는 어느 영주 나리. 하지만 그레고르는 머머스포드에서 우릴 기다리고 있었어요. 양쪽 강둑에 부하들을 매복시켜놨다가, 우리가 강을 건너는 사이에 앞뒤에서 덮쳤죠.

산더미가 일격에 레이먼 대리를 죽이는 걸 봤는데, 어찌나 무시무시한 일격인지 대리의 팔을 팔꿈치부터 잘라내고 그 밑에 있던 말까지 죽여버리더군요. 글래든 와일드도 거기서 같이 죽었고, 말레리 공은 말에 짓밟혀서 익사했어요. 사방에 사자들이었고 저도 나머지와 같이 죽는구나 했지만, 알린이 명령을 외치면서 다들 질서를 회복했고 아직 토로스 주위에 결집해서 나갈 길을 뚫는 기병들이 있었어요. 그날 아침에 우리 숫자는 120명이었죠. 어두워질 무렵에는 40명도 남지 않았고, 베릭 공은 심한 부상을 입었어요. 토로스는 그날 밤 베릭 공의 가슴에 꽂힌 30센티미터짜리 기마 창 조각을 뽑아내고 그 구멍에 끓인 와인을 부었죠.

우리 모두가 베릭 공은 아침이 오기 전에 죽을 거라 생각했어요. 하지만 토로스는 밤새 불가에서 베릭 공과 기도를 했고, 새벽이 왔을 때 베릭 공은 살아 있을 뿐 아니라 전보다 더 강해져 있었어요. 말에 오를 수 있기까지는 2주가 더 걸렸지만, 베릭 공의 결의가 우리의 사기를 유지해줬어요. 공은 우리의 전쟁이 머머스포드에서 끝난 게 아니라 시작했을 뿐이라고, 한 명이 쓰러질 때마다 열 배로 복수해주겠다고 했죠.

그 무렵엔 싸움이 우리를 지나쳐 간 후였어요. 산더미의 부하들은 타이윈 공의 선봉대에 불과했죠. 그놈들은 많은 병력으로 레드포크를 건너가서 강역을 휩쓸고 가는 곳마다 불태웠어요. 우린 수가 너무 적어서 그놈들의 후미를 괴롭히는 정도밖에 못 했지만, 서로에게는 로버트 왕이 타이윈 공의 반란을 짓이기러 서쪽으로 출정하면 합류할 거라고 말했죠. 그때쯤

로버트 왕이 죽었고, 에다드 공도 죽었고, 세르세이 라니스터의 강아지가 철왕좌에 올랐다는 소식을 들었어요.

온 세상이 거꾸로 뒤집히는 소식이었어요. 우린 왕의 수관이 무법자들을 처리하라고 보낸 사람들이었는데, 이젠 우리가 무법자가 되고 타이윈 공이 왕의 수관이 된 거예요. 그때 항복하고 싶어 하는 사람들도 있었지만, 베릭 공은 그런 말을 들으려 하지 않았어요. 우린 아직 왕의 부하들이라고, 사자들이 유린하고 있는 건 왕의 백성들이라고 했죠. 우리가 로버트를 위해 싸울 수 없다면 그 사람들을 위해서라도 마지막까지 싸워야 한다고 말이에요. 그래서 우린 계속 싸웠는데, 싸우고 있으려니 이상한 일이 일어났어요. 한 명을 잃을 때마다 두 명이 그 자리를 대신하는 거예요. 기사나 종자, 좋은 집 출신도 몇 명 있었지만 대부분은 평범한 사람들이었어요. 농부와 연주자와 여관 주인, 하인과 구두장이에다가 성사도 두 명이나 있어요. 온갖 남자들에다 여자들도 있고, 애들에, 개들……."

"개들?" 아리아가 말했다.

"그렇다니까요." 하윈은 히죽 웃었다. "우리 동료들 중 하나는 아가씨가 본 적도 없을 만큼 성질 더러운 개들을 데리고 있어요."

"나도 성질 더러운 개 한 마리 키웠으면 좋겠다." 아리아는 아쉬워하며 말했다. "사자를 죽이는 개로." 아리아에게는 예전에 다이어울프 니메리아가 있었지만, 왕비가 죽이지 못하게 하려고 도망칠 때까지 돌멩이를 던져 내쫓았다. '다이어울프는 사자를 죽일 수 있을까?'

그날 오후에는 다시 비가 내렸다. 비는 저녁까지 계속 이어졌다. 다행히도 이 무법자들은 사방에 비밀 친구들을 두었기에, 핫파이와 겐드리와 아리아가 자주 그랬던 것처럼 벌판에서 야영을 하거나 빗방울 떨어지는 나무 그늘에서 잠자리를 찾을 필요는 없었다.

그날 밤 그들은 불타고 버려진 마을을 쉼터로 삼았다. 아니, 행운아 잭이 사냥 나팔을 두 번 짧게, 한 번 길게 불기 전까지는 버려진 것처럼 보였다. 나팔 소리가 울리자 폐허에서, 비밀 지하실들에서 온갖 사람이 기어 나왔다. 그 사람들에게는 에일과 말린 사과와 퀴퀴한 보리 빵이 있었고, 무법자들에게는 앤가이가 오는 길에 쏘아 잡은 거위가 있었기에 그날 저녁 식사는 거의 잔치나 다름없었다.

아리아가 날개에 붙은 고기를 빨아 먹고 있는데 마을 사람 하나가 레몬 클록 렘을 돌아보더니 말했다. "사람들이 여길 지나간 지 이틀도 안 됐어. 킹슬레이어를 찾던데."

렘은 코웃음을 쳤다. "리버런을 찾아보는 게 나을 텐데. 축축하고 좋은 지하감옥 깊은 곳을 봐야지." 렘은 피부가 벗겨져서 코가 벌겋게 부어오른 꼴이 뭉개진 사과 같았고, 기분은 언짢았다.

"아냐." 다른 마을 사람이 거들었다. "탈출했대."

'킹슬레이어가.' 아리아는 목덜미 털이 곤두서는 것을 느끼며 숨을 참고 귀를 기울였다.

"정말일까?" 일곱 톰이 말했다.

"난 안 믿어." 녹슨 원통형 투구를 쓴 애꾸눈 사내가 말했다. 다른 무법자들은 그 남자를 행운아 잭이라고 불렀는데, 아리아가 보기에는 한쪽 눈을 잃은 게 썩 행운처럼 보이지 않았다. "거기 지하감옥은 내가 있어봐서 좀 안다고. 어떻게 거기서 탈출을 해?"

마을 사람들은 어깨만 으쓱일 뿐이었다. '초록 수염'이 숱 많은 회색과 초록색 수염을 쓰다듬으며 말했다. "킹슬레이어가 다시 풀려났다면 늑대들이 피에 잠길 거야. 토로스에게 알려야 해. 빛의 군주께서 토로스에게 불길 속에 라니스터의 모습을 보여주실 거야."

"불이라면 여기에도 잘 타고 있는데요." 앤가이가 미소 지으며 말했다.

초록 수염은 큰 소리로 웃더니 궁수의 귀를 살짝 쳤다. "내가 사제 같아

보이냐, 궁수? 티로시의 펠로가 불 속을 들여다봐야, 잉걸불에 수염만 탈 뿐이야."

렘이 손가락 관절을 꺾으며 말했다. "베릭 공이라면 제이미 라니스터를 잡고 싶어 하겠지만……."

"베릭 공이 그놈 목을 매달까, 렘?" 마을 여자 하나가 물었다. "그렇게 예쁘게 생긴 남자를 목매다는 건 안타까운 일이야."

"재판부터 해야죠!" 앤가이가 말했다. "베릭 공은 언제나 재판을 하는 거 알잖아요." 그는 미소 지었다. "그런 다음에 목을 매달지."

사방에 웃음소리가 터졌다. 그러더니 톰이 나무 하프를 뜯으며 가만히 노래를 부르기 시작했다.

왕의 숲 형제단,
그들은 무법자 집단이라네.
숲이 그들의 성이지만,
그들은 여기저기 돌아다니네.
어떤 인간의 황금도,
어떤 처녀의 손도 그들로부터 안전하지 않아.
아, 왕의 숲 형제단,
무시무시한 무법자들…….

아리아는 따뜻하고 마른 구석에 겐드리와 하윈 사이에 끼어 앉아서 한동안 노래를 듣다가, 눈을 감고 잠에 빠져들었다. 아리아는 집에 대한 꿈을 꾸었다. 리버런이 아니라, 윈터펠에 대한 꿈이었다. 그러나 좋은 꿈은 아니었다. 아리아는 무릎까지 진흙 속에 빠진 채 성 밖에 있었다. 앞에 회색 성벽을 볼 수는 있었지만, 성문으로 가려고 하자 한 걸음 한 걸음이 점점 힘들어졌고, 앞에 보이던 성은 점점 흐릿해져서 마침내는 화강암이라기보다는 연기로 만든 성처럼 보였다. 그리고 늑대들이, 여윈 회색 늑대들이 눈을 빛내며 사방에서 나무 사이를 돌아다니고 있었다. 그 늑대들을 볼 때마다 피 맛이 기억났다.

다음 날 그들은 도로를 벗어나 들판을 가로질렀다. 돌풍이 일면서 말발굽 주위로 갈색 낙엽이 소용돌이쳤지만 비는 오지 않았다. 태양이 구름 뒤에서 빠져나오자 어찌나 눈이 부신지, 햇빛을 막기 위해 두건을 끌어 내려야 했다.

아리아는 갑자기 고삐를 당겼다. "엉뚱한 방향으로 가고 있어!"

겐드리가 끙 소리를 냈다. "뭐야, 또 이끼야?"

"해를 봐. 우린 남쪽으로 가고 있다고!" 아리아는 지도를 꺼내 보여주려고 안낭을 뒤졌다. "우린 트라이던트에서 멀어지지 말았어야 해. 봐." 아리아는 무릎에 지도를 폈다. 이젠 모두가 아리아를 쳐다보고 있었다. "봐, 이게 리버런이야. 강들 사이에."

"글쎄다, 우린 리버런이 어딘지 알아. 누구나 다 알지." 행운아 잭이 말했다.

"넌 리버런으로 가는 게 아니야." 렘이 퉁명스럽게 말했다.

'거의 다 왔는데. 이자들이 말을 빼앗아 가게 내버려둘 걸 그랬어. 나머지 길은 걸어서 갈 수 있었을 텐데.' 아리아는 꿈을 기억하고 입술을 깨물었다.

일곱 현의 톰이 말했다. "아, 그렇게 상처받은 표정 짓지 말아라. 너에게 해가 갈 일은 없어. 그 점은 내가 약속하마."

"거짓말쟁이의 약속이지!"

"아무도 거짓말을 하진 않았어." 렘이 말했다. "우린 아무 약속도 하지 않았다. 널 어떻게 할지는 우리가 결정할 일이 아니거든."

하지만 우두머리는 렘도 아니고 톰도 아니었다. 티로시인 초록 수염이었다. 아리아는 그를 돌아보고 간절한 마음으로 말했다. "날 리버런에 데려다주면 보상을 받을 거야."

초록 수염이 대꾸했다. "꼬마야, 농민이 평범한 다람쥐를 찾으면 냄비에 넣으려고 가죽을 벗기겠지만, 나무에서 황금 다람쥐를 발견하면 주인에게 가져가는 법이다. 안 그러면 후회할 테니까 말이야."

"난 다람쥐가 아니야."

"넌 다람쥐야." 초록 수염은 큰 소리로 웃었다. "원하든 원치 않든 간에 번개 영주님을 보러 갈 어린 황금 다람쥐지. 번개 영주님은 널 어떻게 해야 할지 알 거다. 그분이 네 바람대로 네 어머니에게 돌려보내줄 거라 장담하지."

일곱 현의 톰이 고개를 끄덕였다. "그래, 베릭 공이라면 그럴 거야. 베릭 공은 널 공정하게 대할 거다. 안 그러나 어디 봐라."

'베릭 돈다리온 공.' 아리아는 하렌홀에서 라니스터들과 피투성이 극단에게 들은 이야기들을 기억해냈다. 숲속의 연기 같은 베릭 공. 바고 호트가 죽였고 그 전에 아모리 로치 경이 죽였고 달리는 산더미가 두 번이나 죽였다는 베릭 공. '날 집으로 보내주지 않으면 내 손에 또 죽을지도 모르지.' 아리아는 조용히 물었다. "내가 왜 베릭 공을 만나야 하는데?"

"우린 귀족 포로는 다 베릭 공에게 데려가거든." 앤가이가 말했다.

'포로라고.' 아리아는 마음을 가라앉히기 위해 심호흡을 했다. '잔잔한 물처럼 침착하게.' 아리아는 말에 탄 무법자들을 흘긋 보고 말 머리를 돌렸다. '이제, 뱀처럼 빠르게.' 아리아는 말 옆구리를 차면서 생각했다. 그녀는 초록 수염과 행운아 잭 사이로 질주하면서, 겐드리의 암말이 비켜설 때 겐드리의 깜짝 놀란 얼굴을 슬쩍 보았다. 다음 순간 아리아는 탁 트인 벌판을 달리고 있었다.

북쪽이든 남쪽이든, 동쪽이든 서쪽이든 그건 이제 상관없었다. 리버런으로 가는 길은 나중에, 이 사람들을 따돌린 후에 찾을 수 있었다. 아리아는 안장 앞쪽으로 몸을 기울이고 말을 재촉해서 질주했다. 뒤에서 무법자들이 욕을 하며 돌아오라고 소리를 질렀다. 그런 부름에는 귀 기울이지 않았지만, 어깨 너머를 슬쩍 돌아보니 네 명이 쫓아오고 있었다. 앤가이와 하윈과 초록 수염이 나란히 달려오고 그 뒤에 렘이 커다란 노란 망토를 펄럭이며 따라왔다. 아리아는 타고 있는 말에게 말했다. "사슴처럼 날래게, 달려라, 달려."

아리아는 달리는 말 앞에서 흩어져 날아가는 마른 잎 더미와 허리까지 오는 풀을 뚫고 잡초가 무성한 갈색 들판을 질주했다. 왼쪽에 숲이 있었다. '숲으로 들어가면 따돌릴 수 있어.' 들판 한쪽에 마른 도랑이 있었지만 아리아는 질주를 멈추지 않고 도랑을 뛰어넘어 느릅나무와 주목과 자작나무 사이로 뛰어들었다. 얼른 뒤를 돌아보니 앤가이와 하윈이 여전히 따라오고 있었다. 하지만 초록 수염은 뒤처졌고 렘은 보이지 않았다. "더 빨리." 아리아는 말에게 말했다. "넌 할 수 있어. 할 수 있어."

아리아는 이끼가 어느 쪽에 나는지 보려고 시간을 허비하는 일 없이 느릅나무 두 그루 사이를 달렸다. 썩은 통나무를 뛰어넘고, 부러진 나뭇가지가 들쭉날쭉한 쓰러진 거목 주위는 빙 둘러서 달렸다. 그다음에는 완만한 비탈을 달려 올라갔다가 반대쪽으로 내려가고, 속도를 늦췄다가 다시 높였다. 말발굽이 발밑의 수석을 때리면서 불똥을 튀겼다. 아리아는 언덕 꼭대기에서 뒤를 돌아보았다. 하윈이 앤가이보다 앞서 있었지만, 둘 다 힘들어했다. 초록 수염은 더 뒤떨어져서 늘어져버린 것 같았다.

개울물이 앞을 가로막았다. 아리아는 첨벙 뛰어들었지만 낙엽이 물을 꽉 메우고 있었다. 개울 반대편으로 올라서는 말 다리에 낙엽이 달라붙었다. 여기는 덤불이 더 무성했고 땅바닥에 나무뿌리와 돌멩이가 너무 많아서 속도를 줄일 수밖에 없었지만, 그래도 아리아는 꽤 빠른 속도를 유지했다. 앞에 아까보다 더 가파른 언덕이 나타났다. 아리아는 언덕을 올라갔다가 내려갔다. '이 숲은 얼마나 큰 거야?' 하렌홀 마구간에서 루스 볼턴의 가장 좋은 말을 훔쳤으니, 아리아의 말이 더 빠른 건 확실했지만 여기에서는 그 속도가 오히려 낭비였다. '다시 들판을 찾아야 해. 도로를 찾아야 해.' 그 대신 찾아낸 것은 짐승들이 다니는 오솔길이었다. 좁고 울퉁불퉁한 길이지만 그래도 길이 아닌 곳보다는 나았다. 아리아는 나뭇가지를 얼굴에 맞으면서 그 길을 따라 달렸다. 나뭇가지 하나가 두건에 걸려서 잡아당기는 바람에, 심장이 반쯤 뛸 동안은 따라잡혔나 덜컹하기도 했다. 질주하는 말에 놀란 암여우가 덤불 속에서 튀어나왔다. 짐승 길을 따라가다 보니 다른 개울이 나왔다. 아니면 혹시 같은 개울일까? 한 바퀴를 돌아 제자리로 온 걸까? 그걸 확인할 시간이 없었다. 뒤쪽에서 나무 사이로 말들이 달려오는 소리를 들을 수 있었다. 가시나무가 킹스랜딩에서 쫓아다니던 고양이들처럼 아리아의 얼굴을 할퀴었다. 오리나무 가지에서 참새들이 일제히 날아올랐다. 하지만 이제는 나무가 듬성듬성해졌고, 갑자기 아리아는 숲을 벗어났다. 눈앞에 잡초와 야생 밀이 가득한, 드넓고 평평한 들판이 펼쳐졌다. 물에 젖고 짓밟힌 땅이었다. 아리아는 다시 말에 박차를 가해 질주했다. '달려, 리버런으로, 집으로 달려.' 이제 놈들을 따돌린 걸까? 잽싸게 뒤를 돌아보았더니 겨우 5미터쯤 뒤에서 하원이 그녀를 따라잡고 있었다. '안 돼, 아니야, 이럴 순 없어. 하필 하원이라니, 이건 불공평해.'

하원이 옆으로 와서 손을 뻗어 말고삐를 쥐었을 때쯤에는 두 마리 말이 다 거품을 물고 힘이 다한 상태였다. 아리아도 숨을 몰아쉬고 있었다. 추격은 끝났다. "북부인답게 달리시네요, 아가씨." 하원은 두 마리 말을 멈춰 세우며 말했다. "아가씨 고모님도 똑같았죠. 리안나 아가씨 말입니다. 하지만 제 아버지는 거마장이었다는 걸 기억하셔야죠."

아리아는 마음이 다칠 대로 다친 표정으로 하원을 쳐다보았다. "넌 아버지의 사람인 줄 알았어."

"에다드 공은 돌아가셨습니다. 전 이제 번개 영주님과 제 형제들과 함께 합니다."

"무슨 형제들?" 죽은 헐렌이 다른 자식을 두었다는 기억은 없었다.

"앤가이, 렘, 일곱 톰, 잭, 초록 수염…… 모두요. 저희는 아가씨 오빠인 롭에게 해를 끼칠 생각이 없어요……. 다만 그분을 위해 싸우진 않아요. 그분에겐 군대도 있고, 많은 대영주들이 무릎을 꿇잖아요. 평민들에겐 저희들밖에 없어요." 하원은 탐색하는 눈빛으로 아리아를 보았다. "제가 무슨 말을 하는지 이해하시겠어요?"

"그래." 하원이 롭의 사람이 아니라는 것만은 잘 이해했다. 그리고 아리아가 하원의 포로라는 사실도. '핫파이와 함께 남을 수도 있었는데. 같이 그 작은 배를 훔쳐서 리버런으로 갈 수도 있었을 텐데.' 아리아는 비둘기 고기인 쪽이 더 좋았다. 아무도 비둘기를, 낸을, 족제비를, 고아 소년 아리를 포로로 잡지는 않았다. '난 늑대였는데, 이젠 다시 멍청한 귀족 꼬마 아가씨가 되어버렸어.'

하원이 물었다. "이제 다시 평화롭게 말을 달리시겠습니까, 아니면 제가 아가씨를 묶어서 말등에 얹고 가야 합니까?"

"착하게 달릴게." 아리아는 뚱하게 대답했다. '일단은.'

샘웰

샘은 흐느끼며 한 걸음을 더 내디뎠다. '이게 마지막이야. 정말 마지막이야. 더는 못 가. 못 가.' 하지만 발이 다시 움직였다. 한 번, 또 한 번. 발이 한 걸음을 움직이고, 또 한 걸음을 움직이고, 샘은 생각했다. '저건 내 발이 아니야. 다른 누군가의 발이야. 다른 누군가가 걷고 있는 거야. 나일 리가 없어.'

아래를 내려다보자 두 발이 눈 속을 휘청휘청 움직이는 모습을 볼 수 있었다. 꼴사납고 어설펐다. 그의 장화는 검은색이었던 것 같은데, 눈이 두껍게 붙어서 이제는 울퉁불퉁한 눈덩이가 되어 있었다. 얼음으로 만든 곤봉 두 개가 움직이는 것 같았다.

눈은 멈출 기미가 없었다. 눈 더미가 무릎 위까지 올라왔고, 살얼음이 하얀 정강이받이처럼 무릎 아래를 뒤덮었다. 샘은 걷는다기보다는 휘청거리며 발을 질질 끌고 있었다. 무거운 짐을 짊어진 탓에 곱사등이 거한처럼 보였다. 그리고 샘은 피곤했다. 너무나 피곤했다. '더는 못 가. 어머니시여, 자비를 베푸소서, 더는 못 가.'

그는 네 걸음이나 다섯 걸음을 걸을 때마다 손을 뻗어 검대를 추슬러야 했다. 장검은 최초인의 주먹에서 잃어버렸건만, 검집 때문에 아직도 허리띠가 무거웠다. 칼도 두 개 있었다. 존이 준 드래곤 유리 단검과 고기를 자르는 강철 칼이었다. 덕분에 검대가 무겁게 늘어졌고, 배가 불룩 튀어나온 탓에 아무리 검대를 졸라매도 한 번씩 끌어당기지 않으면 미끄러져 내려가 발목에 걸리기 일쑤였다. 한번은 배 위에 매보려고도 했는데, 그랬더니 겨드랑이까지 올라왔다. 그렌은 그 모습을 보고 사레가 들리도록 웃었고, 구슬픈 에드는 말했다. "언젠가 자기 장검을 사슬에 달아서 그런 식으로 목에 건 놈이 하나 있었지. 하루는 비틀거리다가 칼자루가 코로 올라갔지 뭐야."

샘도 비틀거렸다. 눈 밑에 돌멩이와 나무뿌리가 있었고, 가끔은 얼어붙은 땅에 깊은 구멍이 파여 있었다. 검은 베나르가 그런 구멍에 빠져 발목이 부러진 게 사흘 전인가 나흘 전인가……. 샘은 사실 그게 얼마나 오래된 일인지 알 수 없었다. 사령관은 그 후에 베나르를 말에 태웠다.

샘은 흐느끼면서 또 한 걸음을 내디뎠다. 걷는다기보다는 떨어지는 느낌이었다. 끝없이 떨어지는데 땅바닥에는 영영 부딪치지 않고, 그저 앞으로 앞으로 떨어지는 것이다. '그만 멈춰야 해. 너무 아파. 너무 춥고 피곤해. 난 자야 해. 불가에서 조금만 자고, 얼지 않은 걸 한 입만 먹었으면 좋겠어.'

하지만 멈추면 죽는 거였다. 샘도 알았다. 모두가, 몇 안 되는 남은 사람 모두가 알았다. 최초인의 주먹에서 도망친 사람은 50명 정도였지만, 일부는 눈 속으로 사라졌고 몇 명은 부상으로 피를 흘리다 죽었다……. 그리고 샘은 가끔 뒤에서, 후위에서 고함 소리를 들었고 한번은 끔찍한 비명을 듣기도 했다. 그 소리를 들었을 때 샘은 반쯤 얼어붙은 발로 눈을 걷어차며 최대한 빠른 속도로, 최대한 멀리, 20미터인가 30미터를 달렸다. 다리에 힘만 더 있었다면 아직도 달리고 있었을 것이다. '놈들이 뒤에 있어. 아직 우리 뒤에 있어. 우릴 하나씩 하나씩 잡아가고 있어.'

샘은 흐느끼며 또 한 걸음을 디뎠다. 너무 오래 추위에 시달린 나머지 따뜻한 게 어떤 거였는지 잊을 지경이었다. 그는 호스를 세 벌이나 입고 속옷을 두 벌 껴입은 위에 양털 튜닉 두 벌을 입고 그 위에 차가운 강철 사슬 갑옷을 받쳐줄 두꺼운 누비 외투를 입었다. 쇠사슬 갑옷 위에는 느슨한 전포를 입고, 그 위에 세 겹짜리 망토를 걸치고 뼈로 만든 단추를 턱 밑까지 단단히 잠갔다. 망토에 달린 두건이 이마를 다 덮었다. 두 손에는 모직물과 가죽으로 만든 얇은 장갑 위에 무거운 모피 통장갑을 꼈고, 얼굴 아래쪽 절반에는 스카프를 단단히 감았으며, 두건 아래에는 양털로 안감을 댄 귀를 다 덮는 모자를 딱 맞게 쓰고 있었다. 그런데도 추웠다. 발이 특히 차가웠다. 이제는 감각도 느낄 수 없었는데, 어제만 해도 너무 아파서 걷기는 고사하고 서 있을 수도 없을 정도였다. 한 걸음 걸을 때마다 비명을 지르고 싶었다. '그게 어제였나?' 기억할 수가 없었다. 최초인의 주먹을 떠난 이후, 그 나팔 소리가 울린 이후 한숨도 자지 못했다. 걸으면서 자지 않았다면 말이다. '자면서도 걸을 수 있는 걸까?' 샘은 알지 못하거나 기억하지 못했다.

그는 흐느끼며 또 한 걸음을 디뎠다. 눈보라가 몸 주위를 휘돌았다. 때로는 하얀 하늘에서 떨어졌고, 때로는 까만 하늘에서 떨어졌지만 낮이나 밤이나 눈이 내린다는 사실은 그대로였다. 샘은 어깨에 두 번째 망토처럼 눈더미를 걸쳤고, 샘이 짊어진 짐 꾸러미에도 눈이 높이 쌓여서 짐의 무게를 더하고 짊어지기 어렵게 만들었다. 허리가 진저리 나게 아팠다. 누군가가 그 자리에 칼을 찔러 넣고 걸음을 옮길 때마다 앞뒤로 흔드는 것 같은 통증이었다. 사슬 갑옷의 무게 때문에 어깨도 아팠다. 그걸 벗어 던지기 위해서라면 거의 뭐든 줄 수 있었지만, 그러기엔 무서웠다. 어쨌든 사슬 갑옷을 버리려면 망토와 전포부터 벗어야 했고, 그러면 추위가 파고들 터였다.

'내가 더 강하기만 했어도…….' 그러나 샘은 강하지 못했고, 생각해봐야 소용없는 일이었다. 샘은 약하고 뚱뚱했다. 너무 뚱뚱해서 자기 몸무게도 지탱하기 힘들 지경인데, 사슬 갑옷은 도저히 감당이 되지 않았다. 갑옷과 살갗 사이에 겹겹의 천이 있는데도 사슬에 어깨가 쓸려 껍질이 벗겨지는 느낌이었다. 샘이 할 수 있는 일이라곤 우는 것뿐이었고, 울면 눈물이 뺨에 얼어붙었다.

샘은 흐느끼며 또 한 걸음을 디뎠다. 발밑에서 새로 부서지는 눈만 아니라면, 자신이 움직일 수 있었다고 생각하지 못했으리라. 왼쪽 오른쪽으로, 소리 없는 나무 사이에 반쯤 가려진 횃불들이 내리는 눈 속에서 흐릿한 오렌지색 빛무리로 변했다. 고개를 돌리면 위아래로 앞뒤로 흔들거리며 숲속을 조용히 미끄러져 움직이는 횃불들을 볼 수 있었다. '늙은 곰의 불 고리야. 저 고리를 벗어나는 자에게 화가 닥치리니.' 걷고 있으면 마치 앞서가는 횃불들을 뒤쫓는 것 같았지만, 횃불들에도 다리가 달렸고, 그 다리는 샘의 다리보다 더 길고 튼튼했기에 결코 따라잡을 수는 없었다.

어제는 샘도 횃불을 들게 해달라고, 어둠이 압박해오는 가운데 대열 바깥쪽을 걸어야 한다 해도 그러고 싶다고 애걸했다. 샘은 불을 가까이 두고 싶었고 불을 꿈꿨다. '불이 있으면 춥지 않을 거야.' 하지만 누군가가 샘에게 처음에 샘도 횃불을 들었는데, 그걸 눈밭에 떨어뜨려서 꺼버리지 않았냐고 일깨웠다. 샘은 횃불을 떨어뜨린 기억이 없었지만 그럴 법도 하다고 생각했다. 오랫동안 팔을 들고 있기엔 너무 약했으니까. 횃불에 대해 말해준 게 에드였나, 그렌이었나? 그것도 기억나지 않았다. '뚱뚱하고 약한 데다가, 이젠 머리마저 얼어붙어서 쓸모가 없네.' 샘은 한 걸음을 더 디뎠다.

샘은 코와 입에 스카프를 둘러놓았는데, 이제는 콧물 범벅이 된 데다 너무나 뻣뻣한 것이, 얼굴에 붙은 채로 언 게 아닌가 두려웠다. 숨쉬기조차 힘들었고, 공기는 너무 차가워서 삼키면 아팠다. "어머니시여, 자비를." 그는 얼어붙은 마스크 아래에서 쉰 목소리로 읊조렸다. "어머니시여, 자비를. 어

머니시여, 자비를. 어머니시여, 자비를." 기도를 읊으며 그는 눈 속에 다리를 질질 끌며 한 걸음씩 내디뎠다. "어머니시여, 자비를. 어머니시여, 자비를. 어머니시여, 자비를."

샘의 어머니는 만 리 남쪽에, 누이들과 남동생 디콘과 함께 안전한 혼힐에 있을 것이다. '어머니 신은 물론이고 내 어머니도 이 기도를 들을 수 없어.' 성사들은 모두 어머니 신이 자비롭다고 입을 모았으나, 장벽 너머에서 일곱 신은 힘이 없었다. 이곳은 옛 신들, 이름도 없는 나무와 늑대와 눈의 신들이 지배하는 곳이었다. "자비를." 그는 옛 신이든 새로운 신이든 악마든 간에 그의 기도를 들을지 모르는 누군가에게 속삭였다. "아, 자비를, 자비를 베푸소서. 자비를 베푸소서."

'마슬린도 자비를 베풀어달라 소리 질렀지.' 왜 갑자기 그 기억이 떠올랐을까? 기억하고 싶은 일은 아니었다. 마슬린은 비틀거리며 뒷걸음질 치다가 검을 떨구고, 빌고, 항복을 외치고, 심지어는 두꺼운 검은 장갑마저 벗어서 항복의 표시로 들어 올렸다. 시귀가 목을 잡고 들어 올려 머리통을 거의 뜯어내는 동안에도 마슬린은 계속 살려달라 애걸했다. 죽은 자들에게는 자비심 따윈 남아 있지 않았고, '다른자들'은……. '아니야, 생각하면 안 돼, 생각하지 마, 기억하지 마, 그냥 걸어, 그냥 걸어, 그냥 걸어.'

샘은 흐느끼며 또 한 걸음을 디뎠다.

눈 더미 아래 묻힌 나무뿌리에 발가락이 걸린 샘은 비틀거리다 넘어져서 한쪽 무릎을 꿇었다. 어찌나 심하게 부딪쳤는지 혀를 깨물고 말았다. 입 안에 피 맛이 났는데, 최초인의 주먹 이후 맛본 그 어떤 것보다 따뜻했다. '이게 끝이야.' 샘은 생각했다. 넘어지고 나니 다시 일어날 힘을 찾을 수가 없었다. 나뭇가지를 더듬어 쥐고 몸을 당겨 일으키려 했지만, 뻣뻣한 다리가 몸을 지탱해주질 않았다. 사슬 갑옷이 너무 무거웠고, 샘의 몸은 너무 뚱뚱했고, 너무 약했고, 너무 지쳐 있었다.

"일어서라, 돼지야." 누군가가 지나쳐 가면서 으르렁거렸지만 샘은 신경 쓰지 않았다. '난 그냥 눈밭에 쓰러져 눈을 감을 거야. 여기에서 죽는 것도 그리 나쁘진 않아.' 어차피 더 추워질 리도 없고, 잠시 후면 등의 통증이나 어깨의 끔찍한 아픔도 느껴지지 않을 것이다. 지금 마비된 발처럼 말이다. '내가 처음으로 죽는 사람도 아니잖아. 그렇게 말할 순 없을걸.' 최초인의 주먹에서, 사방에서 수백 명이 죽어나갔고 그 후에도 죽었다. 샘은 부르르 떨면서 나뭇가지를 잡은 손을 놓고 눈 속에 누워버렸다. 차고 축축한 건 알지만, 옷 때문에 거의 느껴지지도 않았다. 그는 눈송이가 배와 가슴과 눈꺼풀에 떨어져 쌓이는 가운데 하얀 하늘을 올려다보았다. '눈이 두꺼운 흰 담요처럼 날 덮겠구나. 눈 밑은 따뜻할 거야. 그리고 사람들이 나에 대해 말할 땐 내가 밤의 경비대원으로 죽었다고 해야 하겠지. 그랬어. 난 그랬다고. 난 내 의무를 수행했어. 아무도 내가 맹세를 저버렸다고는 못 해. 난 뚱뚱하고 약하고 겁쟁이지만, 그래도 난 내 의무를 다했어.'

샘의 책임은 까마귀들에게 있었다. 경비대가 샘을 데리고 온 것도 까마귀들 때문이었다. 샘은 가고 싶지 않다고 말했고, 자기가 얼마나 덩치 큰 겁쟁이인지도 다 말했다. 그러나 아에몬 학사는 나이가 아주 많은 데다 눈이 보이지 않았기에, 까마귀들을 돌보려면 샘을 보내야 했다. 사령관은 최초인의 주먹에 진을 칠 때 샘에게 명령을 내렸었다. "너는 전투원이 아니지. 우리 둘 다 그걸 안다. 혹시 우리가 공격을 받거든, 네가 싸울 수 있다는 걸 증명하려 들지 말아라. 그래봐야 걸리적거리기만 할 거다. 넌 그냥 전언을 보내는 거다. 편지에 뭐라고 써야 하는지 물어보러 달려오지 말고, 직접 편지를 써서 까마귀 한 마리는 캐슬블랙에 보내고 한 마리는 섀도타워에 보내라." 늙은 곰은 장갑 낀 손가락으로 샘의 얼굴을 똑바로 가리켰다. "네가 겁먹은 나머지 바지에 오줌을 지린대도 상관없고, 야인 천 명이 네 피를 부르짖으며 벽을 넘어오고 있다 해도 상관없다. 넌 무조건 까마귀를 날리는 거다. 그러지 못하면 내가 일곱 지옥 너머까지라도 널 쫓아가서 까마귀를 날리지 못한 걸 후회하게 해주겠다." 그러자 모르몬트의 까마귀가 고개를 아래위로 끄덕거리며 우짖었다. "후회, 후회, 후회."

샘은 후회했다. 자신이 더 용감하거나, 더 강하거나, 더 검을 잘 다루지 못한다는 사실이 안타까웠고 아버지에게 더 좋은 아들이 되지 못하고 디콘과 누이들에게 더 좋은 형이자 오빠가 되지 못한 것이 후회스러웠다. 죽는다는 사실도 안타까웠지만, 더 나은 남자들이, 샘처럼 꽥꽥거리는 뚱보 소년이 아닌 선하고 진실한 남자들이 최초인의 주먹에서 이미 많이 죽었다. 그래도 늙은 곰이 지옥까지 쫓아올 일은 없었다. '난 까마귀들을 날렸어. 그것만은 제대로 했어.' 샘은 보낼 일이 없기를 빌면서도 미리 짧고 간단하게 최초인의 주먹에서 공격받았다는 내용의 편지를 적어서 양피지 주머니에 안전하게 보관하고 있었다.

나팔 소리가 울렸을 때 샘은 자고 있었다. 처음에는 꿈을 꾸나 했는데, 눈을 떠보니 눈이 내리고 있었고 검은 형제들 모두가 활과 창을 잡고 원형 돌담으로 뛰어가고 있었다. 근처에는 아에몬 학사의 예전 개인 집사였던, 목에 커다란 종기가 나고 얼굴에 부스럼이 잔뜩 돋은 체트밖에 없었다. 샘은 세 번째 나팔 소리가 숲속에 울려 퍼진 그 순간 체트의 얼굴에 떠오른 것만큼 엄청난 공포의 표정을 본 적이 없었다. "까마귀들 날리게 좀 도와줘요." 샘이 부탁했지만 체트는 단검을 손에 든 채 몸을 돌려 달려가버렸다. 샘은 체트에게도 돌봐야 할 개들이 있음을 기억해냈다. 사령관이 그에게 따로 내려둔 명령이 있을지 몰랐다.

장갑 속 손가락이 너무나 뻣뻣하니 말을 듣지 않았고, 추위와 공포에 몸이 벌벌 떨렸지만 그래도 샘은 양피지 주머니를 찾아서 전에 써둔 편지를 꺼냈다. 까마귀들이 미친 듯이 우짖었다. 캐슬블랙용 새장을 열자 한 마리가 정통으로 얼굴에 날아들었다. 샘은 두 마리가 더 달아난 후에야 한 마리를 붙잡았고, 겨우 붙잡은 까마귀는 그의 장갑을 쪼아서 피를 냈다. 그래도 어찌어찌 샘은 그 새를 붙들고 다리에 돌돌 만 양피지 조각을 감았다. 그때쯤에는 전투 나팔 소리가 잦아들었지만, 최초인의 주먹에는 명령을 전달하는 고함 소리와 강철 부딪는 소리가 요란했다. "날아가라!" 샘은 까마귀를 허공에 던지며 외쳤다.

새도타워 새장의 까마귀들은 어찌나 미친 듯이 날뛰며 소리를 질러대는지 문을 열기가 무서울 지경이었지만 그래도 샘은 새장 문을 열었고, 이번에는 달아나려는 첫 번째 새를 붙잡았다. 잠시 후에 그 까마귀는 공격을 받고 있다는 편지를 달고 떨어지는 눈 속을 날아올랐다.

맡은 임무를 다한 샘은 겁에 질려 서툰 손가락을 놀리며 모자를 쓰고 전포를 입고 두건이 달린 망토를 걸치고 검대를 차고, 검대가 흘러내리지 않게 꽉 조여 복장을 마저 갖췄다. 그다음에는 가방을 찾아서 여분의 속옷과 마른 양말, 존이 준 드래곤 유리 화살촉과 창촉과 낡은 나팔, 양피지와 잉크와 펜, 이제까지 그린 지도들, 그리고 장벽에서부터 아껴둔 돌처럼 단단한 마늘 소시지 하나를 가방에 쑤셔 넣었다. 그걸 다 넣은 다음에는 묶어서 등에 짊어졌다. '사령관님은 나보고 돌담으로 달려갈 필요가 없다고 하셨지만, 사령관님에게 달려가지도 말라고 하셨어.' 샘은 심호흡을 하고 나서 다음에 어떻게 해야 할지 모른다는 사실을 깨달았다.

갈피를 잃고 뱅뱅 도는 사이에 늘 그랬듯 두려움이 커져가던 기억이 났다. 개들이 왈왈대고 말들이 히힝거렸지만, 눈 때문에 소리가 멀게 들렸다. 3미터 너머는 보이지가 않았고, 언덕 꼭대기를 빙 두른 낮은 돌담을 따라 타오르는 횃불 빛마저 볼 수가 없었다. '혹시 횃불이 꺼졌나?' 너무 무서운 생각이었다. 나팔 소리는 세 번 길게 울렸고, 길게 세 번 울린다는 건 '다른 자들'을 의미했다. 숲속의 백귀, 차가운 그림자, 어렸을 때 비명을 지르며 벌벌 떨게 했던 이야기 속의 괴물들……. 거대한 얼음 거미를 타고 피에 굶주려 달리는…….

샘은 어설프게 장검을 뽑고, 검을 든 채로 눈 속을 터벅터벅 걸었다. 개 한 마리가 짖어대며 옆으로 달려갔다. 섀도타워에서 온 남자들, 긴 자루 도끼와 2.5미터짜리 창을 든 덩치 크고 수염이 덥수룩한 남자들이 몇 명 보였다. 그들과 같이 있으니 더 안전해진 기분이 들었기에, 샘은 그들을 따라 돌담으로 갔다. 원형 돌담 위에 아직 횃불이 타고 있는 것을 보니 안도감에 몸이 부르르 떨렸다.

검은 형제들은 장검과 창을 들고 내리는 눈을 지켜보며 기다리고 있었다. 말라도어 로크 경이 눈이 내려앉은 투구를 쓰고 말을 탄 채 지나갔다. 샘은 다른 사람들 뒤에 멀찍이 떨어져 서서 그렌과 구슬픈 에드를 찾았다. '죽어야 한다면 친구들 옆에서 죽게 해줘.' 그렇게 생각했던 기억이 났다. 하지만 주위에 보이는 사람들은 다 낯선 사람들, 블레인이라는 순찰자의 지휘를 받는 섀도타워 사내들이었다.

"온다." 어느 형제가 말하는 소리를 들었다.

"준비." 블레인이 말하자, 스무 개의 화살통에서 검은색 화살 스무 개가 뽑혀 나와 스무 개의 활에 걸렸다.

"신들이시여, 수백은 되는군." 누군가의 목소리가 조용히 말했다.

"조준." 블레인이 이어서 말했다. "기다려." 샘은 담 너머를 볼 수 없었고 보고 싶지도 않았다. 밤의 경비대원들은 화살을 당겨 귓가에 붙이고 횃불 뒤에 서서, 눈보라를 뚫고 무엇인가가 어둡고 미끄러운 비탈면을 올라오는 동안 기다렸다. "기다려." 블레인이 다시 말했다. "기다려, 기다려." 그러다가 — "발사."

화살이 속삭이는 소리를 내며 날아갔다.

원형 돌담을 따라 선 남자들 사이에서 환호성이 오르다가 금세 사그라들었다. "놈들이 멈추지 않습니다." 한 명이 블레인에게 말했고, 또 한 명이 외쳤다. "더 옵니다! 저기 보십쇼, 숲에서 나오는." 이어서 또 다른 사람이 말했다. "신들이시여, 자비를 베푸소서. 놈들이 기어 온다. 거의 다 왔어. 다 왔어!" 샘은 그때쯤 나무에 매달린 마지막 잎새가 바람을 맞을 때처럼 떨면서 물러서고 있었다. 공포 때문만이 아니라 추위 때문이기도 했다. '그날 밤은 정말 추웠지. 지금보다 더 추웠어. 눈이 따뜻하게 느껴질 정도였어. 지금이 나아. 조금만 쉬면 돼. 조금만 쉬면 다시 걸을 수 있을지도 몰라. 조금만 쉬면.'

말 한 마리가, 갈기에는 눈이 쌓였고 발굽에는 얼음이 달라붙은 덥수룩한 회색 말이 샘의 머리 옆을 지나쳐 갔다. 샘은 그 말이 다가오는 모습을 바라보고 멀어지는 모습을 지켜보았다. 내리는 눈 속에서 검은 옷을 입은 사내가 다른 말 한 마리를 끌고 왔다. 그는 샘을 보더니 욕을 퍼부으며 말을 끌고 돌아서 갔다. '나도 말이 있었으면 좋겠어. 말이 있다면 계속 갈 수 있을 텐데. 말 위에 앉을 수도 있을 테고, 안장에서 잘 수도 있을 텐데.' 하지만 대부분의 말은 최초인의 주먹에서 잃었고, 남은 말들은 식량과 홰와 부상자를 싣고 있었다. 샘은 부상자가 아니었다. 그저 뚱뚱하고 약한 데다, 칠왕국 제일가는 겁쟁이일 뿐이었다.

그는 정말 겁쟁이였다. 아버지인 랜딜 공이 늘 그렇게 말했는데, 그 말이 옳았다. 샘은 랜딜 공의 후계자였지만 그럴 만한 인물이 못 되었기에, 아버지는 그를 장벽으로 보내버렸다. 남동생인 디콘이 탈리 영지와 성, 그리고 혼힐의 영주들이 몇 세기 동안 자랑스럽게 간직해온 대검 '심장의 파멸'을 물려받을 것이었다. 그는 디콘이 세상 끝 너머 어딘가에서 눈 속에 파묻혀 죽은 형을 위해 눈물 한 방울쯤은 흘릴까 궁금했다. '뭐 하러 그러겠어? 겁쟁이에겐 울어줄 가치도 없는걸.' 아버지가 어머니에게 그런 말을 하는 것만 50번은 들었다. 늙은 곰도 샘이 어떤지 알고 있었다.

"불화살." 최초인의 주먹에서, 그날 밤, 갑자기 말을 타고 나타난 사령관은 쩌렁쩌렁하게 외쳤다. "불을 먹여라." 사령관은 그러고 나서야 그 자리에서 덜덜 떨고 있는 샘을 보았다. "탈리! 비켜라! 네가 있을 곳은 까마귀들 옆이다."

"저…… 전…… 편지는 날렸습니다."

"잘했다." 모르몬트의 어깨에 앉은 까마귀가 따라 했다. "잘했다, 잘했다."

모피와 사슬 갑옷을 껴입은 사령관은 거대해 보였다. 검은색 철제 면갑 사이로 보이는 두 눈은 사나웠다. "넌 여기선 방해만 된다. 까마귀 장이 있는 곳으로 돌아가라. 편지를 또 보내야 할 경우에 너부터 찾아 헤매고 싶진 않구나. 새들을 준비시켜둬라." 사령관은 답을 기다리지 않고 말을 돌려 원형 돌담을 따라 달리면서 외쳤다. "불! 불화살을 날려라!"

샘도 같은 말을 두 번 들을 필요는 없었다. 샘은 최대한 빠른 속도로 달려 까마귀들에게 돌아갔다. '필요할 때 빨리 까마귀를 날리려면 편지를 미리 써둬야 해.' 그렇게 생각은 했지만, 얼어붙은 잉크를 녹이기 위해 작은 불을 피우는 데 생각보다 시간이 더 걸렸다. 샘은 펜과 양피지를 들고 불 옆 바위에 앉아서 편지를 썼다.

'눈보라와 추위 속에서 공격을 받았지만, 불화살로 반격했음.' 그는 명령하는 토렌 스몰우드의 목소리가 울려 퍼지는 가운데 그렇게 적었다. "준비, 조준…… 발사." 화살이 날아가는 소리가 어머니의 기도 소리처럼 달가웠다. "불타라, 이 죽은 개새끼들아, 불타." 디웬이 클클거리며 노래했다. 형제들이 환호하고 욕설을 퍼부었다. '모두 안전. 우리는 최초인의 주먹에 남아 있음.' 그렇게 적으면서 샘은 모두들 자기보다 활 솜씨가 뛰어나기를 빌었다.

그는 그렇게 적은 쪽지를 치워놓고 빈 양피지 조각을 다시 찾았다. '아직 최초인의 주먹에서, 폭설 속에서 싸우는 중.' 샘이 그렇게 적는데 누군가가 외쳤다. "계속 오고 있어." '결과는 불분명.' "창 준비." 누군가가 말했다. 말라도어 경이었을 수도 있지만, 샘은 장담할 수 없었다. 그는 또 적었다. '최초인의 주먹에서 시귀들이 공격했지만, 불로 격퇴했음.' 고개를 돌려보았다. 떨어지는 눈송이 사이로 보이는 것이라곤 진지 중앙에 피워놓은 큰 불과, 그 주위를 쉬지 않고 움직이는 말 탄 대원들뿐이었다. 뭐든 원형 돌담을 뚫고 들어오면 달려가서 짓밟을 준비를 해둔 예비 대원들이었다. 그들은 장검 대신 횃불로 무장했고, 크게 피워놓은 불로 홰에 불을 붙이고 있었다.

'사방에 시귀들.' 다시 그렇게 적는데 북쪽 면에서 고함 소리가 들렸다. '북쪽과 남쪽에서 동시에 올라옴. 창과 검으로는 막지 못함. 오직 불로만 가능.' "발사, 발사, 발사." 밤하늘에 비명이 오르고, 다른 목소리가 외쳤다. "빌어먹게 크네." 세 번째 목소리가 외쳤다. "거인이다!" 그리고 네 번째 목소리가 말했다. "곰이야, 곰!" 말 한 마리가 새된 소리를 올리고 사냥개들이 짖어대기 시작한 데다가, 고함 소리가 너무 많아져서 샘도 이제는 무슨 말을 하는지 알아들을 수가 없었다. 샘은 더 빨리 편지를 쓰고 또 썼다. '죽은 야인들, 그리고 거인, 아니면 곰일 수도 있음. 사방에서 우리를 공격.' 강철이 나무와 부딪치는 소리가 들렸는데, 그 의미는 하나뿐이었다. '시귀들이 원형 돌담을 넘었음. 진지 안에서 싸움.' 말에 오른 형제들 십여 명이 손에 불길이 피어오르는 홰를 들고 동쪽 벽을 향해 달려갔다. '사령관은 불로 맞서 싸움.' '우리가 이겼음.' '우리가 이기고 있음.' '우리는 버티고 있음.' '길을 뚫고 장벽으로 후퇴하는 중.' '우리는 최초인의 주먹에 갇혀서 압박받고 있음.'

새도타워 대원 하나가 비틀거리며 어둠 속에서 걸어 나오더니 샘의 발에 걸려 넘어졌다. 그는 불가로 기어가서 죽었다. 샘은 다시 적었다. '졌음. 전투에서 졌음. 우리 모두 졌음.'

왜 지금 최초인의 주먹에서 벌어진 싸움을 떠올려야 하는 걸까? 기억하고 싶지 않았다. 그것만은 기억하고 싶지 않았다. 샘은 어머니를, 아니면 여동생 탈라를, 아니면 크래스터 요새에서 만났던 길리를 떠올리려고 애썼다. 누군가가 그의 어깨를 잡고 흔들었다. "일어나. 샘, 여기에서 잠들면 안 돼. 일어나서 계속 걸어."

'난 자고 있지 않았어. 기억하고 있었지.' 차가운 공기에 얼어붙은 단어들을 뱉어냈다. "저리 가. 난 멀쩡해. 쉬고 싶어."

"일어나." 확 쉬어서 듣기 거슬리는 그렌의 목소리였다. 그렌은 눈이 달라붙은 검은색 옷차림으로 샘 위에 서 있었다. "늙은 곰이 휴식은 없다고 했어. 너 이러다 죽어."

"그렌." 샘은 미소 지었다. "아니야, 정말 난 이대로 괜찮아. 넌 그냥 계속 가. 조금만 더 쉬고 나서 따라갈게."

"아니야." 그렌의 입가에 무성한 갈색 수염이 다 얼어붙어서, 노인처럼 보였다. "이러다 얼어 죽든가, 다른자들에게 잡힐 거야. 샘, 일어나!"

샘은 장벽을 떠나기 전날 밤, 핍이 그렌의 성격을 놀려대던 일을 기억했다. 핍은 웃으면서 그렌은 순찰대에 딱이라고, 너무 멍청해서 겁도 먹지 않으니 딱 좋은 선택이라고 했었다. 그렌은 열을 내며 그렇지 않다고 하다가 자기가 무슨 말을 하는지 뒤늦게 깨달았다. 알리서 쏜 경은 샘을 "돼지 경"이라고 부르고 존을 "스노우 나리"라고 부르듯 그렌을 "들소"라고 불렀다. 그렌은 건장하고 목이 굵고 힘이 셌지만 언제나 샘에게 친절했다. '하지만 그건 오직 존 때문이었어. 존이 아니었다면 아무도 날 좋아하지 않았을 거야.' 그리고 이제 존은 사라졌다. 반쪽 손 쿼린과 함께 귀곡성 고개에서 종적이 없어졌고, 죽었을 가능성이 높았다. 샘은 존을 생각하며 울었지만, 그 눈물도 얼어버릴 뿐이었고 이제는 눈을 제대로 뜨고 있기 힘들었다.

횃불을 든 키가 큰 형제가 두 사람 옆에 멈춰 섰다. 샘은 잠시나마 얼굴에 온기를 느꼈다. 그 남자는 그렌에게 말했다. "내버려둬. 걸을 수 없다면 끝난 거야. 스스로를 위해 힘을 아껴라, 그렌."

"일어날 거예요." 그렌이 대답했다. "도와줄 사람이 필요할 뿐입니다."

남자는 기분 좋은 온기와 함께 가버렸다. 그렌은 샘을 일으켜 세우려 했다. "아파." 샘은 불평했다. "그만해, 그렌. 너 때문에 팔이 아프잖아. 그만해."

"너 진짜 욕 나오게 무겁다." 그렌은 두 손을 샘의 겨드랑이에 밀어 넣더니 끙 소리를 내며 일으켜 세웠다. 하지만 그렌이 손을 풀자마자 샘은 다시 눈밭에 주저앉았다. 그렌은 샘을 걷어찼다. 둔탁한 쿵 소리와 함께 그렌의 장화에 얼어붙어 있던 눈이 부서져 사방에 날렸다. "일어나!" 그렌은 샘을 다시 걷어찼다. "일어나서 걸어. 걸어야 해."

샘은 비스듬히 쓰러져서 발길질로부터 몸을 보호하려고 몸을 둥글게 말았다. 겹겹의 모직물과 가죽과 사슬 갑옷 덕분에 발길질이 거의 느껴지지 않을 지경이었지만, 그래도 아팠다. '그렌은 내 친구인 줄 알았는데. 친구를 걷어차면 안 되는 거야. 왜 날 그냥 내버려두지 않지? 난 그냥 쉬어야 할 뿐이야. 그게 다야. 쉬고 잠을 좀 자다가, 죽을 수도 있고.'

"네가 횃불을 들면 뚱보는 내가 들게."

샘은 갑자기 부드럽고 다정한 눈밭을 벗어나서 차가운 허공에 들려 올려졌다. 그는 날고 있었다. 무릎 아래에 팔이 하나, 등 밑에 팔이 또 하나 있었다. 샘은 고개를 들고 눈을 껌벅였다. 얼굴이 가까이 보였다. 코는 납작하고, 검은 눈은 작고, 거친 갈색 수염이 덥수룩한 크고 사나운 얼굴. 그 얼굴을 본 적이 있기는 한데, 기억해내는 데 잠시 시간이 걸렸다. '폴, 작은 폴이야.' 횃불의 열기 때문에 녹아내린 얼음물이 눈에 흘러들었다. "들고 갈 수 있겠어?" 그렌이 묻는 소리가 들렸다.

"이 녀석보다 큰 송아지를 들고 걸은 적도 있어. 젖을 먹을 수 있게 어미에게 데려다줬지."

작은 폴이 발을 옮길 때마다 샘의 머리가 위아래로 흔들거렸다. 그가 중얼거렸다. "그만해. 그만 내려놔. 난 아기가 아니야. 난 밤의 경비대원이야."

그는 흐느꼈다. "그냥 죽게 놔둬."

"조용히 해, 샘." 그렌이 말했다. "힘을 아껴. 네 동생들을 생각해. 아에몬 학사님을, 제일 좋아하는 음식을 생각해. 노래를 부르든가."

"큰 소리로?"

"네 머릿속으로."

아는 노래가 백 개는 있었지만, 생각해보려고 했더니 하나도 떠오르지 않았다. 머릿속에서 가사가 다 빠져나갔다. 그는 다시 흐느끼며 말했다. "노래를 하나도 모르겠어, 그렌. 몇 개는 분명히 알았는데, 이젠 모르겠어."

"분명히 알 텐데. 〈곰과 아름다운 처녀〉는 어때? 누구나 그 노래는 알잖아. 곰이 한 마리 있었다네, 곰이, 곰이! 검은색과 갈색에 털투성이였지!"

"안 돼, 그건 안 돼." 샘이 애걸했다. 최초인의 주먹으로 올라온 곰에게는 털이 하나도 없이 썩어가는 살점만 붙어 있었다. 곰에 대해 생각하고 싶지 않았다. "노래는 관둬. 부탁이야, 그렌."

"그럼 네 까마귀들을 생각해."

"내 까마귀였던 적 없어." 사령관님의 까마귀였고, 밤의 경비대 까마귀들이었다. "캐슬블랙과 섀도타워의 까마귀들이었어."

작은 폴이 얼굴을 찌푸렸다. "체트가 나보고 늙은 곰의 까마귀, 말하는 까마귀를 가져도 된댔어. 그 까마귀를 위해서 음식도 아껴놨어." 폴은 고개를 저었다. "그렇지만 잊어버렸어. 아껴둔 식량을 숨겨둔 데 두고 왔어." 폴은 걸음을 옮길 때마다 새하얀 입김을 내뿜으며 터벅터벅 전진하다가 갑자기 말했다. "네 까마귀 한 마리 가질 수 있을까? 한 마리만. 라크가 먹어치우게 두지 않을게."

"이젠 없어. 미안해." 샘은 말했다. '정말 미안해.' "그 까마귀들은 지금 장벽으로 날아가고 있어." 샘은 전투 나팔 소리가 다시 울렸을 때 까마귀들을 다 풀어줬다. 그 나팔 소리는 말에 오르라는 신호였다. '두 번 짧게, 한

번 길게, 저건 말에 오르라는 신호야.' 하지만 최초인의 주먹을 버릴 게 아니라면 말에 오를 이유가 없었고, 그건 곧 전투에서 졌다는 뜻이었다. 공포가 너무 심하게 덮쳐온 나머지, 샘은 그냥 까마귀 장을 열고 말았다. 그리고 마지막 까마귀가 눈보라 속으로 날아오르는 모습을 볼 때쯤 되어서야 그때까지 써둔 편지를 하나도 묶지 않았다는 걸 깨달았다.

"안 돼." 샘은 비명을 질렀다. "아, 안 돼. 안 돼." 눈은 내리고 나팔 소리는 울려 퍼졌다. '부우우우 부우우우 부우우우우우우우우우우우.' 나팔 소리는 말에 오르라고, 말에 오르라고 외쳤다. 샘은 까마귀 두 마리가 바위에 앉은 모습을 보고 쫓아갔지만, 그 까마귀들은 눈보라를 뚫고 서로 반대 방향으로 느릿느릿 날아올랐다. 샘은 짙은 흰 구름 속에서 숨을 헐떡이며 까마귀 한 마리를 쫓아가다가 걸려 넘어졌고 어느새 원형 돌담에서 3미터밖에 떨어지지 않았음을 깨달았다.

그 후에는……. 죽은 자들이 얼굴과 목에 화살을 꽂은 채로 돌담을 넘어오던 모습이 기억났다. 고리 갑옷을 다 갖춰 입은 자도 있었고 거의 벌거벗은 자들도 있었다……. 대부분은 야인이었지만, 몇 명은 색 바랜 검은 옷을 입었다. 섀도타워 형제 하나가 시귀의 허옇고 무른 배에 창을 찔러 넣었는데, 그 창이 등으로 빠져나갔는데도 시귀가 창대를 꽂은 채 비틀비틀 걸어가서 검은 두 손을 올리더니 섀도타워 형제의 입에서 피가 뿜어져 나올 때까지 머리를 비틀던 모습이 기억났다. 분명히 그때가 샘의 방광이 처음 터져버린 순간이었을 것이다.

도망친 기억은 잘 나지 않았지만, 다음 순간 정신을 차리자 진지 절반을 가로질러서 오틴 위더스 경과 궁수 몇 명과 함께 불가에 있었으니 거기서 도망치긴 했을 것이다. 오틴 경은 눈밭에 무릎을 꿇은 채 사방에 펼쳐진 혼돈을 멍하니 보고 있었는데, 기수를 잃은 말 한 마리가 달려와서 그의 얼굴을 걷어차고 말았다. 궁수들은 그에게 아무 관심도 없었다. 그들은 어둠 속 그림자들을 향해 불화살을 쏘고 있었다. 샘은 불화살이 시귀 하나를 맞히고, 불길이 그놈을 집어삼키는 것을 보았지만, 그 뒤에 시귀가 열은 더 있었고, 곰이라고밖에 생각할 수 없는 거대한 흰 그림자도 있었다. 그리고 궁수들은 곧 화살을 다 써버렸다.

그다음 순간에 샘은 말에 올라 있었다. 그의 말이 아니었고 그 말에 올라탄 기억도 없었다. 오틴 경의 얼굴을 짓이긴 그 말인지도 몰랐다. 여전히 나팔 소리가 울리고 있었기에, 샘은 말 옆구리를 걷어차고 나팔 소리가 들리는 쪽으로 방향을 돌렸다.

대학살과 혼돈과 눈보라 속에서, 샘은 검은 깃발이 달린 창을 들고 조랑말에 앉아 있는 구슬픈 에드를 발견했다. "샘." 에드는 샘을 보고 말했다. "제발 나 좀 깨워줄래? 너무 끔찍한 악몽을 꾸고 있어."

계속해서 더 많은 사람들이 말에 올랐다. 전투 나팔 소리가 다시 울렸다. '부우우우 부우우우 부우우우우우우우우우.' 토렌 스몰우드가 말을 다잡으려 애쓰며 늙은 곰에게 소리를 질렀다. "놈들이 서쪽 벽을 넘었습니다, 사령관님. 제가 예비 병력을……."

"안 돼!" 모르몬트는 나팔 소리 사이로 목소리를 전하기 위해 폐가 터지도록 소리를 질러야 했다. "예비 병력을 불러들이게. 길을 뚫고 나가야 해." 그가 등자를 밟고 일어서자 검은 망토가 바람에 휘날렸고, 갑옷에 불빛이 반사되었다. "선봉대!" 노호가 울려 퍼졌다. "쐐기 대형으로 달린다. 남쪽 면으로 내려갔다가, 동쪽으로 간다!"

"사령관님, 남쪽 면에는 놈들이 우글거립니다!"

"다른 방향은 너무 가파르다. 우린 그쪽으로—"

곰이 휘청휘청 눈 속을 뚫고 다가오는 바람에 모르몬트의 말이 비명을 올리며 뒷다리로 일어서서 주인을 팽개칠 뻔했다. 샘은 다시 오줌을 싸버렸다. '오줌이 남아 있을 줄 몰랐는데.' 그 곰은 죽어서 핏기 없이 썩어가고 있었고, 털과 가죽은 다 벗겨지고 오른팔 절반은 타서 뼈가 드러났는데도 계속 움직이고 있었다. 눈만 살아 있었다. 존이 말했던 대로 새파랗게 빛나는 눈이, 얼어붙은 별처럼 반짝였다. 토렌 스몰우드가 불빛을 받아 오렌지색과 붉은색으로 번득이는 장검을 들고 돌진했다. 그의 공격은 곰의 머리통을 거의 떼어냈다. 그리고 다음 순간, 곰이 스몰우드의 머리통을 뜯어냈다.

"달려라!" 사령관이 말을 홱 돌리며 외쳤다.

돌담에 이르렀을 때는 모두가 전속력으로 질주하고 있었다. 샘은 언제나 말을 타고 장애물을 뛰어넘기가 무서웠지만, 낮은 돌담이 앞에 보이자 선택의 여지가 없음을 알았다. 샘은 말 옆구리를 걷어차고 눈을 감으며 훌쩍였고, 조랑말은 어찌어찌 그를 태우고 담을 넘어갔다. 오른쪽에 있던 기수는 추락해서 강철과 가죽과 비명 지르는 말이 뒤엉킨 꼴이 되더니 시귀들이 벌 떼같이 달려들었다. 쐐기 대형은 좁아졌다. 그들은 뻗어오는 시커먼 손들과 불타는 듯한 파란 눈동자들과 불어오는 눈보라를 뚫고 언덕 아래로 질주했다. 말들이 넘어지고 구르고, 사람들이 안장에 앉은 채로 낚아채여 떨어지고, 횃불이 허공에 날아오르고, 도끼와 장검이 죽은 살을 난도질하고, 샘웰 탈리는 스스로도 몰랐던 힘을 다 발휘하여 필사적으로 말에 매달린 채 흐느꼈다.

샘은 양옆에도, 앞뒤로도 형제들을 두고 날아가는 화살촉 대형 중앙에서 달리고 있었다. 개 한 마리가 눈 덮인 비탈길을 통통 튀면서 말들 사이를 오갔지만 계속 같이 달리지는 못했다. 시귀들은 그 자리에 버텨 선 채로 말발굽에 밟혔다. 그리고 쓰러지면서도 장검과 등자와 지나가는 말 다리를 붙잡았다. 샘은 시귀 하나가 왼팔로 안장을 붙잡은 채 오른손 손톱으로 말의 배를 할퀴어 찢는 광경도 보았다.

갑자기 사방을 나무가 에워쌌고, 샘은 학살극의 소란을 뒤로한 채 얼어붙은 개울을 첨벙첨벙 건너고 있었다. 샘은 안도감에 숨을 몰아쉬며 뒤를 돌아보았는데⋯⋯ 검은 옷을 입은 남자가 덤불에서 뛰쳐나오더니 그를 안장에서 끌어 내렸다. 그게 누구였는지 샘은 영영 알지 못했다. 그 남자는 바로 말에 뛰어오르더니 달려가버렸다. 샘은 말을 쫓아 달리려다가 나무뿌리에 걸려 그대로 엎어졌고, 그 상태로 구슬픈 에드가 발견할 때까지 아기처럼 울었다.

최초인의 주먹에 대한 그나마 일관성 있는 기억은 그게 마지막이었다. 나중에, 몇 시간 후에 샘은 다른 생존자들 사이에 벌벌 떨며 서 있었다. 생존자 가운데 절반은 말을 탔고 절반은 걷고 있었다. 그 무렵에는 최초인의 주먹에서 몇 킬로미터 떨어져 있었는데, 샘은 어떻게 거기까지 갔는지 기억이 나지 않았다. 디웬이 식량과 기름과 홰가 잔뜩 실린 짐말 다섯 마리를 끌고 내려왔는데, 세 마리는 여기까지도 무사히 따라왔다. 늙은 곰은 말 한 마리와 거기 실린 짐을 잃더라도 심각한 재앙이 되지 않게 모든 식량을 재분배하도록 했다. 건강한 남자들에게서 조랑말을 빼앗아 부상자들에게 주고, 걸어갈 사람들을 정리하고, 양옆과 뒤를 지킬 사람들에게 횃불을 들렸다. '난 걷기만 하면 돼.' 샘은 집으로 향하는 첫 걸음을 내디디면서 스스로에게 그렇게 말했다. 하지만 한 시간도 지나지 않아 그는 사투를 벌이기 시작했고, 뒤처지기 시작했다⋯⋯.

이제는 같이 뒤처지고 있었다. 언젠가 핍이 경비대에서 제일 힘이 센 남자는 작은 폴이라고 했던 말이 기억났다. '날 들고 가다니, 확실히 그래.' 하지만 그렇다 해도 눈은 점점 높이 쌓였고, 땅바닥은 더 위험해졌으며, 폴의 보폭은 좁아지기 시작했다. 말을 탄 사람들이 더 지나갔고, 말에 앉은 부상자들은 무관심한 눈으로 샘을 쳐다보았다. 횃불잡이도 몇 명 지나갔다. "뒤처지고 있어." 한 명이 그들에게 말했고, 다음 사람도 맞장구쳤다. "아무도 널 기다려주지 않을 거야, 폴. 그 돼지는 죽은 자들에게 두고 가."

"나한테 새를 준다고 약속했어." 작은 폴이 말했다. 샘이 그렇게 약속하지 않았는데도 그랬다. '내가 줄 수 있는 게 아니야.' "난 말도 하고 내 손바닥에서 옥수수도 먹는 새를 갖고 싶어."

"망할 멍청이." 횃불잡이가 그렇게 말하고는 가버렸다.

그러고 좀 더 지나서 그렌이 갑자기 멈춰 섰다. "우리밖에 없어." 그렌은 쉰 목소리로 말했다. "다른 횃불이 보이지 않아. 아까 사람들이 후위였나?"

작은 폴에게는 대답할 말이 없었다. 그는 끙 소리를 내고 무릎을 꿇었다. 샘을 가만히 눈밭에 내려놓는 두 팔이 덜덜 떨렸다. "더는 못 들고 가겠다. 들고 가고는 싶은데, 못 하겠어." 폴이 몸을 심하게 떨었다.

나무 사이로 바람이 한숨지으며 그들의 얼굴에 미세한 눈보라를 뿌렸다. 추위가 어찌나 매서운지 샘은 벌거벗고 눈밭에 앉은 기분이었다. 다른 횃불을 찾아보았지만 하나도, 단 하나도 보이지 않았다. 그렌이 들고 있는 횃불 하나만 연한 오렌지색 비단 같은 불길을 피울 뿐이었다. 그 불빛 너머 암흑을 볼 수 있었다. 샘은 생각했다. '저 횃불은 곧 다 타버릴 거고, 그러면 식량도 친구도 불도 없이 우리만 남게 될 거야.'

그러나 그 생각은 틀렸다. 그들만 있는 게 아니었다.

거대한 녹색 파수목 아래쪽 가지에서 턱, 턱 소리를 내며 쌓인 눈이 떨어졌다. 그렌이 몸을 빙글 돌리며 횃불을 내밀었다. "거기 누구야?" 어둠 속에서 말 머리가 나타났다. 샘은 한순간 마음을 놓았다가, 뒤늦게 그 말을 보았다. 서리가 얼어붙은 땀처럼 온몸을 뒤덮고 있었고, 열린 배 아래로 뻣뻣하고 시커먼 내장이 질질 끌렸다. 등에 앉은 기수는 얼음처럼 희었다. 샘은 목구멍 안쪽으로 앓는 소리를 냈다. 너무 겁을 먹은 나머지 다시 오줌을 쌀 것만 같았으나, 몸 안을 파고드는 추위가 너무나 맹렬한 나머지 방광마저 단단하게 얼어버린 듯했다. '다른자'는 우아하게 안장에서 미끄러져 내려 눈밭에 섰다. 몸은 장검처럼 가늘었고 우윳빛으로 희었다. 그 움직임에 따라 갑옷도 어룽어룽 움직였고, 발은 갓 내린 눈밭에 흔적조차 남기지 않았다.

작은 폴이 등에 지고 있던 긴 자루 도끼를 빼 들었다. "왜 그 말을 해친 거야? 그건 마우니의 말이었는데."

샘은 장검 손잡이를 찾아 더듬었지만, 검집이 비어 있었다. 최초인의 주먹에서 장검을 잃어버렸다는 사실이 너무 늦게 기억났다.

"꺼져!" 그렌이 횃불을 앞으로 내밀며 한 걸음을 디뎠다. "물러서지 않으면 불탈 거야." 그렌은 횃불로 상대를 찔렀다.

다른자의 장검은 희미한 푸른빛으로 빛났다. 다른자는 장검을 번득이며 그렌 쪽으로 그었다. 얼음처럼 푸른 칼날이 불길을 스치자 귀에 거슬리는 소리가 바늘처럼 샘의 귓속을 찔렀다. 홰 머리 부분이 비스듬히 잘려나가 눈 속에 파묻혀버렸고, 불은 그대로 꺼졌다. 이제 그렌이 들고 있는 것은 짧은 나무 막대기일 뿐이었다. 그렌은 욕을 하며 막대기를 다른자에게 내던졌고, 작은 폴이 도끼를 들고 돌진했다.

그 순간 샘의 마음을 채운 공포는 이제까지 알았던 그 어떤 두려움보다 더 지독했다. 샘웰 탈리는 온갖 종류의 공포를 다 알고 있었는데도. "어머니시여, 자비를 베푸소서." 샘은 공포에 질린 나머지 옛 신들을 잊고 흐느꼈다. "아버지시여, 저를 지켜주소서, 아아……." 샘의 손가락이 단검을 찾아내어 꽉 쥐었다.

시귀들은 느리고 서툴게 움직였지만, 다른자는 바람에 날리는 눈처럼 가벼웠다. 다른자는 갑옷을 일렁이며 폴의 도끼를 피하고, 수정 같은 장검을 비틀어 돌리더니 폴의 사슬 갑옷 쇠고리 사이로 찔러 넣어 가죽과 모직물과 뼈와 살을 꿰뚫었다. 검이 스스스스스스슷 하는 소리를 내며 등으로 빠져나오고, 샘은 폴이 도끼를 놓치면서 "아"라고 내뱉는 소리를 들었다. 폴은 장검에 찔린 채 피 연기를 올리면서 두 손을 살인자에게 뻗으려 했고,

거의 닿을 것 같았을 때 쓰러지고 말았다. 폴의 무게 때문에 기묘한 하얀 장검이 다른자의 손아귀에서 빠져나왔다.

'지금이야. 아기처럼 우는 건 그만하고 싸워. 싸워, 겁쟁이야.' 샘이 들은 목소리는 아버지였고, 알리서 쏜이었고, 동생 디콘이었고, 경비대의 래스트였다. '겁쟁이, 겁쟁이, 겁쟁이.' 샘은 발작적으로 웃으면서 놈들이 그를 가지고도 시귀를 만들까, 언제나 자기 발에 걸려 넘어지는 크고 뚱뚱한 하얀 시귀가 될까 생각했다. '덤벼, 샘.' 이번엔 존의 목소리였을까? 존은 죽었는데. '넌 할 수 있어. 할 수 있어. 그냥 덤벼들어.' 그리고 샘은 비틀거리면서, 달린다기보다는 쓰러지듯이 앞으로 나서면서 눈을 꽉 감고 양손으로 무작정 단검을 찔렀다. 쩍, 하고 마치 사람 발밑에서 얼음이 부서지는 것 같은 소리가 나더니, 너무나 날카롭고 귀에 거슬리게 끼이이익 하는 소리가 울렸다. 샘은 먹먹해진 두 귀를 손으로 막으면서 비틀비틀 뒷걸음질 치다가 엉덩방아를 찧었다.

샘이 눈을 떴을 때 다른자의 갑옷은 흐르듯이 쏟아져 내리고, 목에 꽂힌 까만 드래곤 유리 단검 주위로 연푸른색 피가 쉭쉭거리며 증발하고 있었다. 다른자는 단검을 뽑으려고 새하얀 두 손을 목으로 가져갔지만, 손가락이 흑요석에 닿자 연기가 피어올랐다.

샘이 눈을 크게 뜨고 옆으로 몸을 굴리는 사이에 다른자는 점점 쪼그라들다가 웅덩이만 남기고 녹아 사라졌다. 심장이 스무 번 뛰는 사이에 살점이 미세한 하얀 안개가 되어 날아갔다. 살점이 사라지자 우윳빛 유리같이 하얗게 빛나는 뼈가 보였고, 그 뼈도 녹아내렸다. 마침내는 마치 살아서 땀이라도 흘리는 것처럼 수증기에 휩싸인 드래곤 유리 단검만 남았다. 그렌이 허리를 굽혀 단검을 집어 들었다가 화들짝 놀라 다시 던져버렸다. "어머니시여, 차가워."

"흑요석이야." 샘이 힘겹게 무릎을 꿇고 일어섰다. "드래곤 유리라고 부르지. 드래곤 유리. '드래곤' 유리." 샘은 킥킥거리다가 울고는, 눈밭에서 일어날 용기를 끌어내기 위해 몸을 웅크렸다.

그렌이 샘을 일으켜주고, 작은 폴에게 맥박이 있는지 확인하고 눈을 감겨주더니, 다시 단검을 집어 들었다. 이번에는 잡고 있을 수 있었다.

"네가 가져. 넌 나 같은 겁쟁이가 아니잖아." 샘이 말했다.

"다른자를 죽이는 겁쟁이가 어딨어." 그렌은 단검으로 하늘을 가리켰다. "저기 봐, 나무 사이에. 분홍빛이야, 새벽이라고, 샘. 새벽. 저쪽이 동쪽일 거야. 저쪽으로만 가면 모르몬트를 따라잡을 수 있어."

"네가 그렇게 말한다면." 샘은 왼발로 나무를 걷어차서 눈을 털어냈다. 그다음에는 오른발을. "노력해볼게." 그는 오만상을 찌푸리며 한 걸음을 내디뎠다. "있는 힘껏 해볼게." 그리고 또 한 걸음을.

티리온

금으로 만든 손 모양의 사슬 목걸이가 타이윈 공의 짙은 와인색 벨벳 튜닉 위에서 반짝였다. 타이윈 공이 들어서자 티렐, 레드와인, 로완 공이 그 주위로 모여들었다. 타이윈 공은 차례로 인사를 건네고, 바리스에게 조용히 한마디를 하고는 최고성사의 반지에 입을 맞추고 세르세이의 뺨에 입맞춘 후, 대학사 파이셀의 손을 잡고 나서 긴 탁자 상석에 마련된 왕의 자리에 앉았다. 딸과 동생을 사이에 둔 자리였다.

티리온은 파이셀이 예전에 앉던 끝자리를 차지해 탁자 끝까지 볼 수 있게 쿠션을 쌓고 앉았다. 자리를 빼앗긴 파이셀은 세르세이 옆자리로 옮겼는데, 왕의 자리를 빼고 티리온에게서 가장 멀리 떨어질 수 있는 자리였다. 대학사는 휘청거리는 해골이 되어 구불구불한 지팡이에 몸을 의지하고 벌벌 떨면서 걸었고, 한때 탐스러운 흰 수염이 뒤덮었던 길고 가느다란 목에는 하얀 털 몇 가닥이 돋아 있을 뿐이었다. 티리온은 아무 가책 없이 그 모습을 빤히 바라보았다.

다른 사람들이 자리를 찾아 움직였다. 메이스 티렐 공은 곱슬곱슬한 갈색 머리와 희끗희끗한 역삼각형 모양의 수염을 기른 육중하고 건강한 사나이였다. 아버의 영주 팍스터 레드와인은 등이 구부정하고 말랐으며, 대머리에 둘레에만 오렌지색 머리털이 한 줌 남아 있었다. 골든그로브의 영주 마티스 로완은 깔끔하게 면도했고 몸이 뚱뚱해서 땀을 흘리고 있었다. 최고 성사는 턱에 하얀 털이 성기게 돋은 허약한 남자였다. 티리온은 생각했다. '낯선 얼굴이 너무 많군. 새로운 선수가 너무 많아. 내가 침대에 누워 썩고 있는 동안 게임이 바뀌었는데, 규칙을 말해줄 사람은 아무도 없겠지.'

아, 대귀족들이야 물론 예의를 갖추었지만, 티리온은 자신을 보기만 해도 그들이 얼마나 불편해하는지 쉽게 알 수 있었다. "그 쇠사슬 말입니다, 그건 아주 교묘했어요." 메이스 티렐이 쾌활하게 말했고, 레드와인 공이 고개를 끄덕이며 거들었다. "정말 그렇습니다, 정말 그래요. 하이가든 영주께서 모두의 마음을 대변하시는군요." 이쪽도 무척이나 쾌활한 말투였다.

'이 도시 사람들에게도 그 말을 좀 해줘.' 티리온은 씁쓸하게 생각했다. '렌리의 유령에 대해 노래하는 그 망할 가수들에게 말해주라고.'

케반 숙부가 가장 따뜻하게 그를 환영하며, 뺨에 입까지 맞추면서 말했다. "란셀에게 네가 얼마나 용감했는지 들었다, 티리온. 란셀이 널 아주 격찬하더구나."

'그러는 게 좋겠지. 나에게도 란셀에 대해 할 얘기가 몇 가지 있으니까 말이야.' 티리온은 억지로 미소를 지으며 말했다. "우리 사촌이 너무 친절하군요. 부상은 순조롭게 낫고 있겠죠?"

케반 경은 얼굴을 찌푸렸다. "하루는 건강해지는 것 같다가, 다음 날은 또……. 걱정이야. 네 누이가 자주 병상에 찾아가서 기운을 북돋아주고 기도를 해준단다."

'하지만 과연 란셀이 살기를 기도할까, 아니면 죽기를 기도할까?' 세르세이는 그들의 사촌 동생을 침대 안팎에서 뻔뻔스럽게 이용해먹었다. 이제 아버지가 여기 있고 세르세이에겐 란셀이 더는 필요 없으니, 란셀이 그 작은 비밀을 무덤까지 가져가길 빌고 있을 게 분명했다. '그렇지만 죽이기까지 할까, 과연?' 오늘 세르세이의 모습을 보면 아무도 그녀가 그런 무자비한 짓을 할 수 있다고 의심하지 못할 터였다. 세르세이는 넘치는 매력으로 티렐 공과 조프리의 결혼식 잔치에 대해 이야기하며 시시덕거렸고, 레드와인 공에게는 쌍둥이 아들들의 용맹을 칭찬했으며, 농담과 미소로 퉁명스러운 로완 공을 누그러뜨리고, 최고성사에게는 독실한 척 소란을 떨었다. "결혼식 준비로 의논을 시작할까요?" 세르세이는 타이윈 공이 앉자 그렇게 물었다.

"아니, 전쟁 이야기부터 합시다. 바리스." 아버지가 말했다.

내시는 비단결 같은 미소를 지었다. "여러분 모두에게 아주 달가울 소식이 있답니다. 어제 새벽에 우리의 용감한 랜딜 공께서 더스큰데일 바깥에서 로벳 글로버를 덮쳐 바닷가에 몰아넣었지요. 양쪽 모두 손실이 컸습니다만, 결국에는 우리의 충성스러운 군대가 이겼습니다. 수천 명의 전사자 사이에 헬만 톨하트 경도 죽은 것으로 보고가 올라왔습니다. 로벳 글로버는 생존자들을 이끌고 피투성이 혼란 상태로 하렌홀로 퇴각했는데, 가는 길에 용맹한 그레고르 경과 그의 충실한 부하들을 만나게 될 줄은 꿈도 꾸지 못했을 겁니다."

"신들을 찬양하라!" 팍스터 레드와인이 말했다. "조프리 왕에게 대승을 내려주셨군!"

'조프리가 이 승리와 대체 무슨 상관이 있지?' 티리온이 생각했다.

"그리고 북부에게는 끔찍한 패배겠군요." 리틀핑거가 평했다. "그러나 롭 스타크는 아무 역할이 없었던 전투입니다. 젊은 늑대는 아직까지 전장에서 패한 적이 없어요."

"우리가 스타크의 계획과 움직임에 대해 아는 건 뭐요?" 언제나 퉁명스럽고 직설적인 마티스 로완이 물었다.

"스타크는 서쪽에서 취한 성들을 버리고, 전리품과 함께 리버런으로 돌아갔소." 타이윈 공이 말했다. "우리 사촌인 대븐 경이 라니스포트에서 죽은 아버지의 군대 패잔병들을 재편하는 중이오. 군대가 준비되면 골든투스에서 폴리 프레스터 경과 합류할 거요. 스타크 꼬마가 북쪽으로 출발하는 즉시, 폴리 경과 대븐 경이 리버런으로 내려가는 거지."

"스타크 공이 북부로 가는 건 확실합니까?" 로완 공이 물었다. "강철인들이 모트카일린을 차지했는데도요?"

메이스 티렐이 발언했다. "왕국 없는 왕만큼 무의미한 게 있을까요? 아니, 그 녀석은 분명히 강역을 버리고 루스 볼턴과 다시 병력을 합쳐, 온 힘을 다해 모트카일린을 공격할 겁니다. 나라면 그럴 거예요."

티리온은 입을 다물고 있기 위해 혀를 깨물어야 했다. 하이가든의 영주가 20년간 전투에서 이긴 횟수보다 롭 스타크가 지난 1년간 이긴 횟수가 더 많았다. 티렐 공의 명성은 애시포드에서 로버트 바라테온을 상대로 거둔 한 번의 애매한 승리에 기대고 있었고, 그나마 그것도 주요 병력이 도착하기 전에 탈리 공의 선봉대가 거둔 승리였다. 메이스 티렐이 실제로 지휘권을 쥐고 있었던 스톰스엔드 포위전은 아무 결과 없이 1년을 질질 끌었고, 트라이던트 전투 이후에 하이가든의 영주는 맥없이 에다드 스타크에게 깃발을 내렸었다.

리틀핑거가 말했다. "롭 스타크에게 강경한 편지를 써야겠어요. 그 밑에 있는 루스 볼턴이 제 성에 염소를 치고 있다고 알고 있는데, 참으로 양심 없는 짓 아닙니까."

케반 라니스터 경이 헛기침을 했다. "스타크 말이 나왔으니 말인데…….
이제는 군도와 북부의 왕을 자칭하고 있는 발론 그레이조이가 우리에게 동맹을 제안하는 편지를 썼습니다."

"충성을 맹세하겠노라 제안해야 마땅한 것을요." 세르세이가 날카롭게 말했다. "무슨 권리로 왕을 자칭하는 거죠?"

"정복의 권리지." 타이윈 공이 말했다. "발론 왕은 두 손으로 목을 조르듯 넥 지역을 움켜쥐고 있소. 롭 스타크의 후계자들은 죽었고, 윈터펠은 함락됐고, 강철인들이 모트카일린과 딥우드모트, 그리고 스토니쇼어 대부분을 장악했소. 발론 왕의 장선들이 일몰해를 호령하고 있는데, 우리가 자극한다면 라니스포트와 미의 섬(Fair Isle)은 물론이고 하이가든까지도 위협할 위치예요."

마티스 로완 공이 물었다. "그래서 우리가 그 동맹 제안을 받아들인다면? 조건이 뭡니까?"

"우리가 자기의 왕위를 인정하고 넥 북쪽은 전부 그레이조이의 것으로 승인하라는 겁니다."

레드와인 공이 웃어젖혔다. "넥 북쪽에 제정신 가진 사람이 원할 만한 게 뭐가 있다고? 그레이조이가 장검과 돛배를 돌 더미 눈 더미와 맞바꾸겠다면 난 그러라고 하고, 우리가 운이 좋다고 하겠습니다."

메이스 티렐도 맞장구를 쳤다. "사실입니다. 나라도 그러겠어요. 발론 왕이 북부인들을 끝장내게 내버려두고 우린 스타니스를 끝냅시다."

타이윈 공의 얼굴에는 생각이 전혀 드러나지 않았다. "라이사 아린도 상대해야 하오. 존 아린의 과부이자 호스터 툴리의 딸, 캐틀린 스타크의 여동생이지……. 남편이 스타니스 바라테온과 공모하고 있다가 죽었고."

메이스 티렐이 경쾌하게 대답했다. "아, 여자에겐 전쟁을 감당할 배짱이 없습니다. 내버려둬도 우릴 성가시게 하진 못할 겁니다."

"제 생각도 같습니다." 레드와인이 말했다. "라이사 부인은 전투에 관여하지 않았고, 이렇다 할 반역 행위를 저지르지도 않았습니다."

티리온은 그 말에 동요했다. "그 여자는 날 감옥에 처넣고 재판해서 죽이려 했어요." 그는 상당량의 원한을 담아 지적했다. "그리고 명받은 대로 조프리에게 충성 맹세를 하러 킹스랜딩에 돌아오지도 않았소. 여러분, 나에게 병력을 주시면 직접 라이사 아린을 정리하겠습니다." 그보다 더 즐거운 임무를 생각하기 힘들었다. 아마도 세르세이를 목 졸라 죽이는 일을 빼면 말이다. 그는 아직도 가끔 꿈에서 이어리의 하늘 감옥을 보고 식은땀에 젖어 깨어나곤 했다.

메이스 티렐의 미소는 명랑했지만 티리온은 그 표정 뒤에서 경멸을 감지했다. 하이가든의 영주가 말했다. "전투는 전사들에게 맡겨두는 편이 최고 아니겠습니까. 공보다 더 나은 전사들도 달의 산맥에서는 대군을 잃거나 피의 관문에 부딪쳐 흩어졌어요. 공의 가치를 아는데, 굳이 운명에 도전할 필요는 없지요."

티리온은 화가 나서 쿠션에서 떨쳐 일어섰지만, 그가 되쏘아주기 전에 아버지가 말했다. "티리온에게는 다른 일을 맡기려 하고 있소. 이어리로 가는 열쇠는 피터 공이 쥐고 있을 것 같구려."

"아, 그럼요." 리틀핑거가 말했다. "저의 두 다리 사이에 열쇠가 있지요." 회녹색 눈동자에 장난기가 어른거렸다. "여러분, 허락만 해주신다면 제가 협곡으로 가서 구애로 라이사 아린 부인의 마음을 얻어내겠습니다. 일단 제가 라이사의 배우자가 되면 피 한 방울 흘리지 않고 아린 협곡을 여러분에게 인도하지요."

로완 공은 의심스럽다는 듯한 표정을 지었다. "라이사 부인이 공을 받아들일까?"

"전에도 몇 번이나 절 받아들였고 불평 한번 한 적 없습니다, 마티스 공."

세르세이가 말했다. "잠자리가 곧 결혼은 아니지. 라이사 아린 같은 암소라 해도 그 차이는 이해할 수 있을지 몰라요."

"그야 그렇지요. 리버런의 딸에게 한참 아랫사람과의 결혼은 적절치 않은 짓이었습니다." 리틀핑거는 두 손을 펼쳐 보였다. "하지만 이제는…… 이

어리의 여주인과 하렌홀의 주인이라면 그렇게까지 상상 못 할 결합은 아니지 않나요?"

티리온은 팍스터 레드와인과 메이스 티렐 사이에 오가는 눈빛을 보았다. 로완 공이 말했다. "괜찮을 수도 있겠군. 공이 그 여자를 왕실에 충성하도록 붙들어둘 수 있다는 확신이 있다면."

최고성사가 말했다. "여러분, 가을이 왔고 선량한 자들은 모두 전쟁에 질렸습니다. 베일리시 공께서 피를 흘리지 않고 협곡을 왕의 평화 안에 다시 들여놓을 수 있다면, 신들께서 공을 축복하실 겁니다."

"하지만 그게 가능할까요?" 레드와인 공이 물었다. "지금은 존 아린의 아들이 이어리의 영주입니다. 로버트 공요."

"어린아이에 불과합니다." 리틀핑거가 말했다. "제가 로버트 공이 조프리의 가장 충성스러운 신하이자, 우리 모두의 친구로 성장하도록 만들겠습니다."

티리온은 뾰족 수염에 불손한 회녹색 눈을 지닌 호리호리한 사내를 찬찬히 살폈다. '하렌홀의 영주가 공허한 영예라고요? 집어치워요, 아버지. 하렌홀에 발도 들이지 못한다 해도 그 칭호 덕분에 이 결합이 가능해진 겁니다. 피터 공은 쭉 알고 있었어요.'

케반 라니스터 경이 말했다. "우리에겐 적이 부족하지 않아요. 이어리를 전쟁에서 뺄 수 있다면 무조건 환영이지요. 피터 공이 어떤 일을 해낼 수 있을지 보고 싶군요."

티리온은 케반 경이 소협의회에서 자기 형의 선봉으로 행동한다는 사실을 오랜 경험으로 알고 있었다. 타이윈 공이 먼저 생각하지 않은 일을 케반이 생각하는 경우는 없었다. 티리온은 이미 다 정해진 일이고, 지금의 논의는 보여주기에 불과하다는 결론을 내렸다.

양 떼들은 자기들이 얼마나 깔끔하게 털을 깎였는지 알지도 못한 채 동의한다고 울어댔으니, 반대하는 역할은 티리온에게 떨어졌다. "왕실이 피터 공 없이 어떻게 빚을 갚겠습니까? 피터 공은 돈을 빚어내는 우리의 마법사이고, 우리에겐 대체할 인물이 없습니다."

리틀핑거가 미소 지었다. "제 작은 친구분이 참으로 친절하시군요. 로버트 왕이 자주 말했듯이, 제가 하는 일이래 봐야 동전을 세는 것뿐입니다. 영리한 상인이라면 누구나 그쯤은 할 수 있습니다……. 캐스털리록의 황금빛 축복을 받은 라니스터라면 저보다 훨씬 낫겠지요."

"라니스터?" 티리온은 불길한 느낌을 받았다.

타이윈 공의 금빛 얼룩진 눈동자가 아들의 짝짝이 눈과 마주쳤다. "그 일에는 네가 딱 맞을 것 같구나."

"맞습니다!" 케반 경이 진심으로 말했다. "너라면 멋진 재무관이 될 거다, 티리온."

타이윈 공은 리틀핑거를 돌아보았다. "라이사 아린이 공을 남편으로 맞이하고 왕의 보호 아래 돌아온다면, 우리도 로버트 공에게 동부의 관리자라는 영예를 돌려줘야지. 얼마나 빨리 떠날 수 있겠소?"

"바람이 허락한다면 내일 떠나지요. 쇠사슬 바깥에 브라보스 갤리선 한 척이 서서 작은 배로 화물을 싣고 있습니다. '인어 왕'호입니다. 정박지 근처에서 그 배의 선장을 만나겠습니다."

"그러면 왕의 결혼식을 놓칠 텐데." 메이스 티렐이 말했다.

피터 베일리시는 어깨를 으쓱였다. "조수 간만과 신부는 남자를 기다려주지 않지요. 가을 폭풍이 시작되면 항해가 훨씬 더 위험해질 겁니다. 물에 빠져 죽는다면 신랑으로서의 제 매력도 확실히 줄어들 테고요."

티렐 공이 클클 웃었다. "사실이오. 꾸물거리지 않는 게 좋겠구려."

최고성사가 말했다. "신들께서 가는 길을 빠르게 밀어주시기를. 킹스랜딩 전체가 공의 성공을 기도할 겁니다."

레드와인 공은 코를 쥐었다. "이제 그레이조이 동맹 문제로 돌아가도 될까요? 제가 보기에는 이득이 많습니다. 그레이조이의 장선들이 내 함대를 키워준다면 드래곤스톤을 공격해서 스타니스 바라테온의 주장을 끝내버릴 만한 힘이 주어져요."

타이윈 공이 정중하게 말했다. "발론 왕의 장선들은 당분간 바쁠 거요. 우리와 마찬가지지. 그레이조이는 동맹의 대가로 왕국의 절반을 요구하는데, 그걸 얻기 위해 그자가 뭘 하겠소? 스타크와 싸운다? 그건 이미 하고 있는 일이오. 우리가 왜 공짜로 해주는 일에 굳이 대가를 지불해야 할까? 내가 보기에 파이크의 주인에 대해서는, 아무것도 하지 않는 게 최선이오. 시간만 충분히 두면 더 좋은 선택지가 나타날 수도 있소. 왕에게 왕국의 절반을 내놓으라 요구하지 않는 선택지가."

티리온은 아버지를 면밀히 관찰했다. '아버지가 말하지 않는 게 있어.' 티리온은 캐스털리록을 요구했던 날 밤에 타이윈 공이 쓰고 있었던 중요한 편지들을 떠올렸다. '뭐라고 했었지? 어떤 전투는 검과 창으로 이기고, 어떤 전투는 펜과 까마귀로 이긴다고 했던가…….' 그는 "더 좋은 선택지"가 누구이고, 어떤 대가를 요구할까 궁금했다.

"이제 결혼식 문제로 넘어가는 게 좋겠군요." 케반 경이 말했다.

최고성사가 바엘로르 대성소에서 이루어지고 있는 준비 상황을 말했고, 세르세이는 자세한 연회 계획을 말했다. 그들은 알현실에서 천 명을 먹일 테지만, 더 많은 사람을 마당에서 접대할 것이다. 외벽 안뜰과 중간 뜰에 비단 천막을 치고, 알현실에 들어가지 못한 사람들을 위해 탁자를 펴고 음식과 에일 통을 놓을 예정이었다.

파이셀 대학사가 입을 열었다. "전하, 하객의 숫자에 대해서는…… 선스피어에서 까마귀가 왔습니다. 도르네인 300명이 킹스랜딩을 향해 달려오고 있으며, 결혼식 전에 도착을 희망한다고 합니다."

"그놈들이 어떻게 온다는 거요?" 메이스 티렐이 퉁명스럽게 물었다. "내 땅을 지나겠다고 허락을 구하지도 않았는데." 티리온은 메이스 티렐의 굵은 목이 벌겋게 달아오른 것을 알아차렸다. 도르네인과 하이가든인은 서로를 썩 좋아했던 적이 없었다. 그들은 몇 세기 동안 경계선을 두고 수없이 싸웠고, 평화로울 때조차도 산맥과 변경 지역을 가로질러 주거니 받거니 서로를 습격했다. 도르네가 칠왕국의 일부가 된 후에는 적대감이 약간 사그라들었지만…… 그것도 '붉은 독사'라 불리는 도르네 공자가 마상 시합에서 하이가든의 젊은 후계자를 불구로 만들기 전까지 얘기였다. '이건 곤란할 수도 있겠는데.' 티리온은 아버지가 어떻게 대처하나 지켜보기로 했다.

타이윈 공은 차분하게 말했다. "도란 대공은 내 아들의 초대를 받고 오는 거요. 우리의 결혼식 축하연에 참석하기 위해서만이 아니라, 이 소협의회에 주어진 자리를 차지하고, 자기 누이인 엘리아와 그 자식들이 살해당한 데 대해 로버트 왕이 거부했던 정의를 찾기 위해서 오고 있지."

티리온은 티렐, 레드와인, 로완 공의 면면을 지켜보며 셋 중 누가 그 말을 꺼낼 만큼 담대할까 생각했다. "하지만 타이윈 공, 그 시체들을 다 라니스터 망토에 싸서 로버트 왕에게 보여준 건 공이 아니셨습니까?"라고 말이다. 셋 다 감히 그런 말은 못 했지만, 다들 얼굴에는 또렷하게 생각이 드러나 있었다. 티리온은 생각했다. '레드와인은 속 편해 보이지만, 로완은 구역질이라도 할 것 같군.'

"왕이 따님인 마저리 아가씨와 결혼하고, 미르셀라가 트리스탄 공자와 결혼하면 우리 모두 거대한 한 가문이 되는 겁니다." 케반 경이 메이스 티렐을 일깨웠다. "과거의 적대감은 과거에 남겨둬야 해요. 그렇게 생각하지 않으십니까?"

"이건 내 딸의 결혼식이고—"

"—내 손자의 결혼식이기도 하지." 타이윈 공이 단호하게 말했다. "오래된 다툼이 설 자리는 없을 거요. 그렇지요?"

"도란 마르텔과 다투겠다는 게 아닙니다." 티렐 공의 목소리에는 보통 이상의 적의가 담겨 있었지만, 주장은 그랬다. "평화롭게 리치 지역을 지나가고 싶으면 내 허락만 구하면 될 일이에요."

'그럴 가능성은 별로 없지.' 티리온이 생각했다. '"뼈의 길"을 오른 후에 서머홀 근처에서 동쪽으로 방향을 틀어 왕의 가도를 따라 올라올걸.'

세르세이가 말했다. "도르네인 300명쯤은 계획에 차질을 빚지 않아요. 중장병들은 안뜰에서 먹이고, 영주들과 귀족 기사들을 위해서는 알현실에 여분의 장의자를 더 밀어 넣고, 연단에 도란 대공이 앉을 자리를 만들어보지요."

'내 옆은 말고.' 티리온은 메이스 티렐의 눈빛에서 마음의 소리를 읽었지만, 하이가든의 영주는 대꾸 없이 고개만 짧게 끄덕이고 말았다.

타이윈 공이 말했다. "이제 좀 더 기분 좋은 일로 넘어갈 수 있겠군. 승리의 과실을 분배해야지요."

"그보다 더 달콤한 게 있을까요?" 이미 자기 몫의 과실인 하렌홀을 삼킨 리틀핑거가 말했다.

영주마다 요구 사항이 있었다. 이 성, 저 마을, 약간의 땅, 작은 강 하나, 숲 하나, 전투로 아비를 잃은 소귀족들의 후견인 자격……. 다행히도 이런 과실들은 풍족했고, 고아와 성도 모두에게 돌아갈 만큼 있었다. 바리스에게 목록이 있었다. 수천 명의 평범한 중장병과 함께 소영주 47명과 기사 619명이 스타니스의 불타는 심장과 빛의 군주를 위해 목숨을 바쳤다. 모두 배신자였기에 그 후계자들은 상속권을 박탈당했고, 그들의 영지와 성은 더 충성스럽다고 증명된 이들에게 갔다.

하이가든이 가장 풍성한 수확을 거두었다. '이 작자는 식욕이 엄청나군.'

티리온은 메이스 티렐의 커다란 배를 보며 생각했다. 티렐은 자신의 휘하 봉신이었던 자이자 처음에는 렌리를 따랐다가 그다음에는 스타니스를 따르는 어리석은 판단을 내린 알레스터 플로렌트 공의 영지와 성을 요구했다. 타이윈 공은 기꺼이 그의 요구대로 해주었다. 브라이트워터킵과 그에 딸린 영지와 수입은 모두 티렐 공의 둘째 아들인 갈란 경에게 주어져, 눈 깜박할 사이에 갈란을 대영주로 바꿔놓았다. 물론 갈란의 형은 예정대로 하이가든을 상속하고 말이다.

그보다 작은 땅들은 로완 공에게 주거나, 탈리 공, 오크하트 부인, 하이타워 공, 그 외에 이 자리에 나오지 않은 다른 중요 인물들을 위해 챙겨두었다. 레드와인 공은 리틀핑거와 그의 와인 도매상들이 아버의 최고급 빈티지 와인들에 매기던 세금을 30년간 감면해줄 것만 요청했다. 요청이 받아들여지자 그는 만족한다고 말했고, 아버의 금빛 와인 한 통을 가져와서 조프리 왕과 그의 현명하고 자애로운 수관을 위해 건배하자고 제안했다. 그 말에 세르세이는 인내심을 잃고 날카롭게 말했다. "조프리에게 필요한 건 창검이지 건배가 아닙니다. 조프리 왕의 영토에는 아직도 찬탈을 노리는 자들과 자칭 왕들이 들끓어요."

"하지만 오래 그러진 못할 겁니다." 바리스가 간살스럽게 말했다.

"아직 몇 가지가 남았습니다, 여러분." 케반 경이 서류를 살폈다. "아담 경이 최고성사의 관(冠)에 붙어 있던 수정을 몇 개 찾아냈습니다. 이제는 도둑놈들이 수정을 뜯고 금을 녹인 게 확실해 보입니다."

"하늘에 계신 아버지께서 그자들의 죄상을 알고 모두 심판하시리니." 최고성사가 경건하게 말했다.

"분명 그러실 테지요." 타이윈 공이 말했다. "그렇다 해도 왕의 결혼식에서 최고성사는 관을 쓰셔야 합니다. 세르세이, 네 금세공인들을 불러들여라. 대체할 관을 만들어야겠다." 그는 세르세이의 답을 기다리지 않고 바로 바리스를 돌아보았다. "보고할 사항이 있소?"

내시는 소매에서 양피지 두루마리를 꺼냈다. "펑거스 해역에서 크라켄이 목격됐습니다." 바리스는 키득거렸다. "그레이조이의 깃발이 아니라, 진짜 크라켄 말입니다. 이벤의 고래잡이배를 공격해서 물속으로 끌고 들어갔답니다. 징검돌 제도에서 싸움이 일어나고 있는데, 티로시와 리스 사이에 새로운 전쟁이 일어난 모양입니다. 양쪽 모두 미르를 동맹으로 삼고 싶어 합니다. 비취해에서 돌아온 선원들이 보고하기를 콰스에서 머리가 셋인 드래곤이 태어났다고, 도시의 놀라움이며—"

"머리가 몇이든 간에 드래곤과 크라켄에는 관심 없소." 타이윈 공이 말했다. "그대의 작은 새들이 혹시 내 동생의 아들이 남긴 흔적을 찾았소?"

"안타깝게도 우리 사랑받는 타이렉은, 그 용감하고 가엾은 청년은 흔적 없이 사라졌습니다." 바리스는 눈물이라도 흘릴 듯한 목소리로 말했다.

타이윈 공이 불쾌감을 대놓고 분출하기 전에 케반 경이 말했다. "타이윈, 전투 중에 달아났던 황금 망토 일부가 직무를 다시 맡을 생각으로 막사에 돌아왔습니다. 아담 경이 그자들을 어떻게 할지 알고 싶어 하는데요."

세르세이가 즉시 대답했다. "그자들의 비겁함 때문에 조프리가 위험에 처할 수도 있었어요. 죽여 마땅합니다."

바리스가 한숨을 내쉬었다. "그자들이 죽어 마땅하다는 점은 누구도 부인할 수 없습니다, 전하. 그렇다 해도, 죽이는 대신 밤의 경비대에 보내는 것이 더 현명하지 않을지요. 최근에 장벽에서 심란한 편지를 계속 받았습니다. 야인들이 준동하고……."

"야인에 크라켄에 드래곤이라니." 메이스 티렐이 낄낄거렸다. "왜요, 나만 이게 재밌는 거요?"

타이윈 공은 그 말을 무시했다. "탈영병들은 본보기로 삼을 때 가장 쓸모가 있지. 망치로 그자들의 무릎을 부수게. 다시는 도망치지 못하게. 그러면 그놈들이 길거리에서 구걸하는 모습을 본 사람들도 도망치지 못하겠지." 그는 혹시 반대하는 사람이 있나 보려고 탁자를 죽 훑어보았다.

티리온은 장벽에 직접 갔을 때를 떠올리고, 늙은 모르몬트 공과 장교들과 함께 게를 나눠 먹었던 것을 기억했다. 늙은 곰의 두려움도 기억했다. "어쩌면 몇 명만 무릎을 부숴서 본보기로 삼을 수도 있겠지요. 자슬린 경을 죽인 놈들이라든지요. 나머지는 장벽에 보낼 수도 있을 것 같은데요. 밤의 경비대는 병력이 심하게 부족합니다. 장벽이 함락되면……."

"……그러면 야인들이 북부로 쏟아져 들어가겠지." 아버지가 말을 대신 맺었다. "그러면 스타크와 그레이조이는 또 다른 적을 상대해야 할 테고. 그자들은 이제 철왕좌의 신하가 아니고 싶어 하는데, 무슨 권리로 철왕좌에 도움을 구한단 말이냐? 롭 왕과 발론 왕 둘 다 북부에 대한 소유권을 주장하고 있다. 할 수 있다면 방어도 직접 하라고 해. 못 한다면, 만스 레이더라는 자가 유용한 동맹군이 될 수도 있겠지." 타이윈 공은 동생을 보았다. "더 있나?"

케반 경은 고개를 저었다. "다 됐습니다. 여러분, 조프리 국왕 전하께서 여러분 모두의 지혜와 훌륭한 조언에 고마워하실 겁니다."

"난 자식들과 따로 이야기를 좀 하고 싶소." 다른 사람들이 나가려고 일어서자 타이윈 공이 말했다. "케반, 너도 같이다."

다른 협의원들은 고분고분 작별 인사를 했다. 바리스가 맨 처음에 떠나고 티렐와 레드와인이 마지막으로 나갔다. 방 안이 텅 비고 라니스터 네 명만 남자 케반 경이 문을 닫았다.

"재무관요?" 티리온은 가늘고 부자연스러운 목소리로 말했다. "그건 누구 생각이었나 모르겠군요?"

"피터 공 생각이었다." 아버지가 말했다. "하지만 금고를 라니스터 손에 맡기는 건 우리 모두에게 쓸모 있는 일이야. 네가 중요한 일을 하고 싶다고 했지. 맡은 직무를 수행하지 못할까 봐 걱정이냐?"

"아뇨. 함정이 있을까 걱정입니다. 리틀핑거는 교활하고 야심이 강해요. 전 그자를 믿지 않습니다. 아버지도 믿지 마세요."

"리틀핑거는 하이가든을 우리 편으로 끌어들였고……." 세르세이가 입을 열었다.

"……그리고 누나에게 네드 스타크를 팔아넘겼지. 나도 알아. 우리도 그만큼 빨리 팔아넘길걸. 엉뚱한 손에 들어가면 동전이 장검만큼 위험할 수 있지."

케반 숙부가 이상하다는 듯 그를 보았다. "우리에게는 아닐 테지. 캐스털리록의 황금이……."

"그 황금은 땅에서 파내죠. 리틀핑거는 손가락만 울려서 허공에서 황금을 만들어내거든요."

"네가 가진 어떤 기술보다 더 유용하구나, 사랑하는 동생아." 세르세이가 적의가 가득 담긴 목소리로 가르릉거렸다.

"리틀핑거는 거짓말쟁이고—"

"—시커먼 놈이지. 큰까마귀가 까마귀를 두고 말씀하시네."

타이윈 공이 탁자를 쾅 내리쳤다. "그만! 이런 같잖은 옥신각신은 더 봐주지 않겠다. 너희는 둘 다 라니스터이고, 그렇게 처신할 것이다."

케반 경이 헛기침을 했다. "라이사 부인의 다른 구혼자들보다는 피터 베일리시가 이어리를 통치하는 쪽이 낫기는 하다. 욘 로이스, 린 코브레이, 호턴 레드포트…… 다 위험한 사내들이야. 자긍심도 강하고. 리틀핑거는 영리할지는 몰라도 대단한 출신이 아니고 무기를 다룰 줄도 모르지. 협곡의 영주들은 그런 남자를 진정한 주군으로 받아들이지 않을 거야." 그는 형을 쳐다보았다. 타이윈 공이 고개를 끄덕이자 그는 말을 이었다. "그리고 말이다, 피터 공은 계속해서 충성심을 입증하고 있어. 어제만 해도 우리에게 티렐이 산사 스타크를 하이가든에 '방문'시켜서 메이스 공의 큰아들 윌라스와 맺어주려 한다는 소식을 전해주더구나."

"리틀핑거가 소식을 가져왔다고요?" 티리온은 탁자 너머로 몸을 내밀었다. "우리의 첩보관이 아니라? 그거 흥미롭군요."

세르세이는 믿을 수 없다는 얼굴로 숙부를 보았다. "산사는 제 인질이에요. 제 허락 없이는 아무 데도 못 가요."

"티렐 공이 요청한다면 너도 허락할 수밖에 없지." 아버지가 지적했다. "티렐 공의 요청을 거절한다는 건 우리가 티렐을 믿지 않는다는 선언이나 다름없어. 티렐이 기분 나빠할 게다."

"그러라죠. 우리가 뭐 하러 신경 써요?"

'망할 바보.' 티리온은 그렇게 생각하고 나서 인내심을 가지고 설명했다. "사랑하는 누나, 티렐의 기분이 상한다는 건 레드와인, 탈리, 로완, 하이타워도 기분이 상한다는 거고 롭 스타크 쪽이 더 자기네가 바라는 대로 해주지 않을까 생각하는 계기가 될 수 있어."

타이윈 공이 선언했다. "장미와 다이어울프가 한 침대에 들게 하진 않겠다. 그런 일은 미연에 방지해야 해."

"어떻게요?" 세르세이가 물었다.

"결혼으로. 우선 너부터 시작이다."

너무나 갑작스러운 말이라서 세르세이도 잠시 동안은 멍하니 아버지를 쳐다보기만 했다. 그리고 뒤늦게 뺨이라도 맞은 것처럼 볼이 붉어졌다. "아뇨. 또 그럴 순 없어요. 안 해요."

"전하." 케반 경이 예의를 갖추어 말했다. "전하는 아직 아름답고 생산력도 있는 젊은 여인입니다. 설마 여생을 홀로 보내시려는 건 아니겠지요? 그리고 새로 결혼을 하면 근친상간에 대한 소문도 완전히 사그라들 거예요."

"네가 결혼하지 않고 있는 건, 스타니스가 그 역겨운 중상모략을 퍼뜨리게 놓아두는 꼴이다." 타이윈 공이 딸에게 말했다. "반드시 새로운 남편을 침대에 들이고, 새로 아이를 낳아야 해."

"아이가 셋이면 충분하고도 남지요. 전 씨받이 암말이 아니라 칠왕국의 왕대비예요! 섭정대비!"

"너는 내 딸이고, 내가 하라는 대로 하는 거다."

세르세이가 일어섰다. "여기 앉아서 이런 말을 듣고 있진—"

"네 다음 남편을 선택하는 데 조금이라도 목소리를 얹고 싶다면 여기 있어야지." 타이윈 공이 차분하게 말했다.

세르세이가 머뭇거리다가 앉자, 티리온은 세르세이가 졌음을 알았다. "전 다시 결혼하지 않을 겁니다!" 그렇게 큰 소리로 선언해봐야 소용없었다.

"넌 결혼할 것이고 아이를 낳을 거다. 네가 아이를 하나 낳을 때마다 스타니스는 점점 더 거짓말쟁이가 되는 거야." 아버지의 눈빛이 세르세이를 의자에 못 박는 것 같았다. "메이스 티렐, 팍스터 레드와인, 그리고 도란 마르텔이라면 자기들보다 오래 살 어린 여자와 결혼하려 할 게다. 발론 그레이조이의 아내는 나이가 많은 데다 병약하지. 그쪽으로 결합하면 강철 군도와 동맹이 성립될 텐데, 아직은 그게 과연 현명할지 확신이 서지 않는구나."

"아니야." 세르세이는 하얗게 질린 입술 사이로 말했다. "아니야, 아니야, 아니야."

티리온은 누이를 파이크로 보내버린다는 생각에 입가에 떠오르는 웃음을 억누를 수가 없었다. '내가 기도마저 포기하려 했을 때 어떤 다정한 신이 이런 선물을 주셨을까.'

타이윈 공은 말을 이었다. "오베린 마르텔도 괜찮겠다만, 그 결합은 티렐 가문이 좋지 않게 받아들이겠지. 그러니 티렐의 아들들도 고려해봐야 한다. 너보다 젊은 남자와의 결혼에 반대하지는 않겠지?"

"전 어떤 결혼에도 반대—"

"레드와인 쌍둥이, 테온 그레이조이, 쿠엔틴 마르텔과 다른 몇 명도 생각해봤다. 하지만 스타니스를 부순 무기는 하이가든과의 동맹이었어. 그 무기를 더 단련하고 강화해야 하겠지. 로라스 경은 하얀 망토를 둘렀고, 갈란 경은 포소웨이 집안과 결혼했지만 아직 큰아들이 남아 있다. 티렐이 산사 스타크와 결혼시키려 획책하는 아들 말이다."

'윌라스 티렐.' 티리온은 세르세이의 무력한 분노에서 비틀린 즐거움을 느꼈다. "그 남자는 불구일 텐데요."

티리온의 말에 아버지는 냉랭한 눈빛을 보냈다. "윌라스는 하이가든의 후계자이고, 어느 보고에 따르나 책 읽기와 별 보기를 좋아하는 온화하고 품위 있는 남자다. 동물 사육에도 열정이 있어서 칠왕국 제일가는 사냥개와 매와 말을 거느리고 있지."

'완벽한 결합이군. 세르세이도 번식에 열정이 있으니.' 티리온은 속으로 읊조렸다. 그는 가엾은 윌라스 티렐을 동정했고, 누이에 대해서는 비웃어주고 싶은지 울어주고 싶은지 알 수 없는 기분이었다.

타이윈 공이 결론을 맺었다. "내 선택은 티렐의 후계자다. 하지만 네가 다른 후보자를 더 선호한다면, 네 이유를 들어보마."

"너무나 친절하시네요, 아버지." 세르세이는 얼음장같이 차갑고 정중하게 말했다. "정말이지 어려운 선택지를 주시는군요. 늙은 오징어와 불구의 개치기 청년, 둘 중에 누굴 더 침대에 들이고 싶냐고요? 며칠 더 생각해봐야겠어요. 이만 나가봐도 될까요?"

'누나는 왕대비야. 허락을 구해야 하는 쪽은 아버지라고.' 티리온은 말해주고 싶었다.

"가봐라. 네가 마음을 가라앉힌 후에 다시 이야기하자. 너의 의무를 기억하거라."

세르세이는 격분한 기색을 숨기지 않고 뻣뻣하게 나갔다. '그래도 결국에는 아버지가 하라는 대로 하겠지.' 이미 로버트 때 증명된 일이었다. '하지만 제이미 형을 고려하긴 해야 해.' 세르세이가 처음 결혼했을 때는 제이미가 훨씬 어렸다. 두 번째 결혼은 그리 쉽게 묵인하지 않을지도 모른다. 불운한 윌라스 티렐은 배에 장검이 꽂히는 치명적인 사고를 갑작스레 맞이하게 될 수도 있었고, 그렇다면 하이가든과 캐스털리록의 동맹은 상당히 악화될 수 있었다. '내가 뭐라고 하긴 해야겠는데, 뭐라고 하지? 실례지만 아버지, 누나가 결혼하고 싶어 하는 사람은 형이에요?'

"티리온."

티리온은 순종적인 미소를 지었다. "저도 그 명단에 들어가는 건가요?"

"네 창녀질은 네 약점이다." 타이윈 공은 서두 없이 본론으로 들어갔다. "하지만 내 탓도 일부 있을지 모르겠구나. 네가 소년이라고 할 만한 키를 벗어나지 않으니, 나도 네가 사실은 성인 남자이고 성인 남자의 천한 욕구를 다 가지고 있음을 자꾸 잊어버리곤 했다. 네가 결혼할 때가 진작에 지났지."

'결혼은 했었어요. 혹시 잊으신 건가요?' 티리온의 입매가 비틀렸고, 그 입으로 빠져나간 소리는 반은 웃음이었고 반은 으르렁거림이었다.

"결혼할 생각을 하니 즐거우냐?"

"제가 얼마나 잘생기고 끝내주는 신랑이 될지 상상하니 즐겁네요." 아내를 맞이하는 것이 그에게 필요한 일일 수도 있기는 했다. 그 여자가 영지와 성을 가져다준다면, 조프리의 궁정 말고도 티리온이 있을 곳이 생길 터였다……. 세르세이와 아버지 곁에서 멀어져서.

다른 한편으로는, 샤에가 있었다. '샤에가 좋아하지 않을 거야. 아무리 내 창녀인 것으로 만족한다고 맹세했다지만.'

하지만 그것은 아버지를 흔들 만한 변명이 되지 못했기에, 티리온은 꿈틀꿈틀 의자에 더 높이 올라앉으며 말했다. "절 산사 스타크와 결혼시키려는 거군요. 하지만 티렐이 그 아이에 대해 계획한 바가 있다면, 우리의 결합을 모욕으로 받아들이지 않을까요?"

"티렐 공도 조프리의 결혼식 이전에는 산사 스타크 문제를 입 밖에 내지 않을 거다. 산사가 그 전에 결혼한다면야, 우리에게 의도를 알려준 적이 없는데 어떻게 화를 낼 수 있겠느냐?"

"맞습니다." 케반 경이 말했다. "그리고 분개한 마음이 남더라도 세르세이를 윌라스에게 준다고 제안하면 달랠 수 있겠지요."

티리온은 깎인 코를 문질렀다. 흉터 자국이 가끔 진저리 나게 가려웠다. "왕실의 부스럼 전하께서 산사의 삶을 그 아버지가 죽은 날 이후부터 비참하게 만들어주셨는데, 이제 겨우 조프리를 떼어냈더니 저와 결혼하라고 하다뇨. 너무 잔인한 것 아닙니까. 아무리 아버지라도요."

"왜, 그 아이를 학대할 계획이라도 있느냐?" 아버지는 걱정한다기보다는 궁금해하는 기색이었다. "내 목적은 그 아이의 행복이나 네 행복이 아니다. 남부에서 우리의 동맹은 캐스털리록만큼 단단할지 모르나, 아직 북부를 얻어내야 하고, 북부의 열쇠는 산사 스타크야."

"어린아이에 불과해요."

"네 누이에게 들으니 꽃이 피었다더구나. 그렇다면 결혼하기 알맞은 여인이지. 아무도 이 결혼이 완전하지 않다는 말을 하지 못하도록, 네가 그 아이의 처녀를 취해야 한다. 그 후에는, 1년이든 2년이든 기다려서 잠자리에 드는 게 좋다면 그것도 남편으로서 네 권리지."

'지금 나에게 필요한 여자는 샤에뿐입니다. 그리고 뭐라고 하시든 산사는 어린애라고요.' 티리온은 생각했다. "산사를 티렐에게서 떼어놓는 게 목적이라면, 그냥 제 어미에게 돌려주면 안 됩니까? 롭 스타크의 무릎을 꿇릴 명분이 될 수도 있는데요."

타이윈 공의 시선은 냉소적이었다. "산사를 리버런으로 보내면 그 어미가 블랙우드나 말리스터와 결혼시켜서 아들과 트라이던트의 동맹을 강화할 게다. 북부로 보낸다면 달도 바뀌기 전에 맨덜리나 엄버와 결혼하게 될 테고. 티렐이 증명해줬다시피 여기 궁정에 둔다고 덜 위험한 것도 아니지. 그 아이는 라니스터와 결혼해야 해. 그것도 빨리."

케반 숙부가 끼어들었다. "산사 스타크와 결혼하는 남자는 그 아이의 이름으로 윈터펠의 계승권을 주장할 수 있다. 그런 생각이 떠오르지 않은 거냐?"

"네가 받아들이지 않겠다면 네 사촌 중 누군가에게 줘야지." 아버지가 말했다. "케반, 란셀은 결혼할 만큼 회복했느냐?"

케반 경은 머뭇거렸다. "그 아이를 란셀의 침대 곁으로 데려간다면 란셀이 서약의 말은 할 수 있겠으나…… 실제 결합은, 글쎄요……. 차라리 쌍둥이 중 하나를 권하겠습니다만, 둘 다 스타크가 리버런에 잡아두고 있군요. 젠나의 아들인 티온도 리버런에 있지만 않다면 괜찮을 텐데요."

티리온은 두 사람이 옆에서 촌극을 벌이든 말든 놓아두었다. 그도 자신에게 이로운 일이라는 건 알고 있었다. '산사 스타크라.' 말도 나긋나긋하게 하고 달콤한 향기가 나는 산사, 비단과 노래와 기사도와 잘생긴 얼굴의 키 크고 멋진 기사들을 좋아하는 산사. 티리온은 발밑에서 출렁거리는 배들로 이루어진 다리 위에 돌아간 기분이었다.

"전투에서 애쓴 보상을 해달라지 않았느냐." 타이윈 공이 단호하게 상기시켰다. "이건 너에게 기회다, 티리온. 이만한 기회는 다시 오지 않을 거야." 그는 조바심을 내며 손가락으로 탁자를 두드렸다. "예전에 네 형을 라이사 툴리와 결혼시키려 한 적이 있었지만, 협의가 끝나기 전에 아에리스가 제이미를 킹스가드로 지명해버렸지. 호스터 공에게 라이사를 너와 결혼시키면 어떠냐고 했더니, 자기 딸에게는 온전한 남자를 맺어주고 싶다고 대답하더구나."

'그래서 할아버지뻘인 존 아린과 결혼시켰다 이거지.' 라이사 아린이 어떤 여자가 되었는지 생각하니, 티리온은 화가 나기보다는 고마웠다.

타이윈 공은 계속해서 말했다. "너를 도르네에 보낼까 했더니 그런 제안은 모욕이라는 말을 들었다. 나중에는 욘 로이스와 레이톤 하이타워에게도 비슷한 대답을 들었고. 마지막에 가서는 로버트가 동생의 혼인 침대에서 취한 플로렌트 집안 딸을 데려오면 어떨까 하는 데까지 몸을 낮췄다만, 그 아비는 딸을 너에게 주느니 자기 집안 기사에게 주더구나.

네가 산사 스타크를 거부한다면 다른 아내를 찾아주마. 왕국에 캐스털리록의 우정을 얻기 위해서라면 기꺼이 딸과 이별할 소귀족이 있기야 있겠지. 탠다 부인이 롤리스를 들이밀더라만……."

티리온은 경악에 몸을 떨었다. "그러느니 거기를 잘라서 염소에게 먹이겠습니다."

"그렇다면 정신 차려라. 산사 스타크는 어리고, 매력도 있고, 다루기 쉽고, 고귀한 출생에, 아직 처녀다. 용모도 나쁘지 않지. 왜 주저하는 거냐?"

'그러게, 왜일까요?' "기벽이죠. 이상한 말이지만, 전 잠자리에 절 들이고 싶어 하는 아내가 더 좋거든요."

"네 창녀들이 널 잠자리에 들이고 싶어 했다 생각한다면, 내가 생각한 것보다 더 바보로구나. 실망이다, 티리온. 네가 이 결합에 기뻐할 줄 알았다만."

"그래요, 제 기쁨이 아버지에게 얼마나 중요한지는 우리 모두 알죠. 하지만 여기엔 이유가 더 있어요. 북부의 열쇠라고 하셨습니까? 지금 북부는 그레이조이가 차지하고 있고, 발론 왕에겐 딸이 있어요. 왜 그 여자가 아니라 산사 스타크입니까?" 티리온은 금빛 반점이 들어간 아버지의 서늘한 녹색 눈을 들여다보았다.

타이윈 공은 턱 아래에 두 손을 모아 세웠다. "발론 그레이조이는 통치가 아니라 약탈의 관점에서 생각하는 남자다. 가을 왕관을 즐기고 북부의 겨울을 경험해보라지. 백성들에게 사랑받을 만한 짓은 하지 않을 게다. 봄이 오면 북부인들도 크라켄에게 질릴 대로 질릴 것이고. 그때 네가 에다드 스타크의 손자를 집으로 데려가서 타고난 권리를 주장하면, 귀족들이고 평민들이고 할 것 없이 하나가 되어 그 아이를 조상들의 권좌에 올릴 거야. 너도 여자에게 아이를 줄 능력은 있겠지?"

"그렇다고 믿기는 합니다만." 티리온은 신경질적으로 말했다. "고백건대 그 사실을 증명할 순 없네요. 제가 시도해보지 않았단 소리는 아무도 못 할 텐데 말입니다. 최대한 자주 씨를 뿌렸건만……."

"하수구와 도랑에 뿌렸지." 타이윈 공이 말을 받았다. "그리고 잡초만 뿌리 내릴 땅에 뿌렸고. 네가 네 정원을 가꿀 시기가 지났다." 타이윈 공은 일어섰다. "넌 결코 캐스털리록을 갖지 못한다. 하지만 산사 스타크와 결혼하면, 윈터펠은 얻을 수 있을지도 몰라."

'윈터펠의 수호자, 티리온 라니스터라.' 생각만 해도 묘한 오한이 흘렀다. 그는 천천히 말했다. "좋습니다, 아버지. 하지만 아버지의 깔개 안에 크고 못생긴 바퀴벌레가 한 마리 있는데요. 롭 스타크도 저 못지않게 생산 능력이 있을 테고, 다산으로 유명한 프레이 가문과 결혼하기로 맹세했어요. 일단 젊은 늑대가 새끼를 두면, 산사가 어떤 새끼를 낳는대도 후계자는 못 됩니다."

타이윈 공은 개의치 않았다. "롭 스타크는 비옥한 프레이에게 자식을 두지 못한다는 점, 믿어도 좋다. 아직 소협의회와 공유할 때가 아니다 싶은 소식이 하나 있다만, 어차피 다들 곧 듣게 될 게다. 젊은 늑대가 가웬 웨스털링의 맏딸을 아내로 맞았다고 하는구나."

티리온은 잠시 동안 아버지의 말을 제대로 들었는지 제 귀를 믿지 못했다. "맹세를 어겼다고요?" 그는 못 믿겠다는 기분으로 말했다. "프레이를 버리고……." 말이 나오지 않았다.

"제인이라는 열여섯 처녀란다." 케반 경이 말했다. "가웬 공이 윌렘이나 마틴과 결혼시키고 싶다고 제안한 적이 있는데, 거절해야 했지. 가웬은 훌륭한 사내지만, 그의 아내는 시벨 스파이서야. 그 여자와 결혼하지 말았어야 했어. 웨스털링 가문은 언제나 분별력보다 명예심이 더 높았지. 시벨 부인의 조부는 사프란과 후추 상인이라, 스타니스가 곁에 두는 그 밀수꾼 못지않게 비천한 태생이다. 그리고 조모는 그 남자가 동쪽에서 데리고 돌아온 여자였지. 여사제인가 뭔가 하는 무서운 노파였는데, 다들 마기라고 부르더구나. 진짜 이름은 아무도 발음할 수가 없었고 말이야. 라니스포트 사람들 절반은 그 노파에게 치료 약과 사랑의 묘약 같은 걸 얻으러 가곤 했다." 케반 경은 어깨를 으쓱였다. "물론 그 노파야 오래전에 죽었고, 제인은 한 번밖에 보지 못했지만 사랑스러운 아이 같더구나. 하지만 그런 의심스러운 핏줄을……."

창녀과 결혼한 적 있는 몸으로서 티리온은 정향 파는 상인을 증조부로 둔 여자와 결혼한다는 생각에 숙부만큼 끔찍해할 수는 없었다. 그렇다 해도…… 케반 경은 "사랑스러운 아이"라고 말했지만, 독 중에는 달콤한 독도 많은 법이다. 웨스털링 가문은 오래된 혈통이었지만, 힘보다는 자부심이 컸다. 결혼할 때 시벨 부인이 귀족 남편보다 재산을 많이 가져왔대도 놀랍지 않았다. 웨스털링 가문의 광산은 오래전에 말랐고, 가장 좋은 영지는 잃거나 팔아버렸으며, 크래그는 말이 요새지 폐허나 다름없었다. '하지만 바다 위로 멋지게 솟아오른 낭만적인 폐허이기는 해.' "놀랐습니다. 롭 스타크는 그것보다 분별력이 있을 줄 알았는데요." 티리온은 인정할 수밖에 없었다.

타이윈 공이 대꾸했다. "열여섯 살짜리 사내아이다. 그 나이엔 육욕과 사랑과 명예를 상대로 분별력이 힘을 발휘하지 못하지."

"롭 스타크는 맹세를 저버리고, 동맹에게 수치를 주고, 엄숙한 약속을 깼어요. 거기에 명예가 어디 있답니까?"

케반 경이 대답했다. "자기 명예보다 그 여자의 명예를 선택한 거다. 일단 처녀를 취하고 나서는 다른 길이 없었던 거야."

"그 여자 배 속에 서자를 잉태시키고 두고 가는 게 더 친절했을 텐데." 티리온은 대놓고 말했다. 웨스털링 가문은 이제 모든 것을 잃을 판이었다. 영지도, 성도, 목숨까지도. '라니스터는 언제나 빚을 갚지.'

"제인 웨스털링은 그 어미에 그 딸이고, 롭 스타크는 그 아비에 그 아들이지." 타이윈 공이 말했다.

웨스털링 가문의 배신은 티리온의 기대만큼 아버지를 화나게 하지 않은 것 같았다. 타이윈 공은 봉신들의 불충을 참아주지 않았다. 타이윈 공은 아직 소년이나 다름없었을 때 이미 자긍심 높은 카스타미어의 레인 가문과 유서 깊은 타벡홀의 타벡 가문을 분가까지 다 없애버린 전력이 있었다. 가수들은 그 사건으로 음울한 노래를 짓기도 했다. 그로부터 몇 년 후, 페어캐슬의 파먼 공이 반항적이 되어가자 타이윈 공은 편지 대신 류트를 든 사자를 보냈다. 파먼 공은 울려 퍼지는 〈카스타미어에 내리는 비〉를 듣자 더는 말썽을 부리지 않았다. 그 노래로도 부족하다면, 레인과 타벡의 무너진 성들이 캐스털리록의 힘을 경시한 자들을 기다리는 운명을 소리 없이 증언하고 있기도 했다. 티리온이 지적했다. "크래그는 타벡홀과 카스타미어에서 멀지 않아요. 웨스털링 가문이 늘 과거를 생각하며 교훈을 얻었을 법도 한데 말입니다."

타이윈 공이 대답했다. "아마 그랬을 테지. 내 장담하는데, 웨스털링은 카스타미어를 잘 알고 있다."

"웨스털링과 스파이서가 설마하니 늑대가 사자를 이길 수 있다고 믿을 만큼 멍청할까요?"

타이윈 라니스터 공은 아주 가끔 한 번씩 미소 비슷한 것을 비치곤 했다. 실제로 웃은 적은 없지만, 웃을 듯한 기색만으로도 무시무시한 볼거리였다. "가장 큰 바보들은 그들을 비웃는 사람들보다 영리할 때가 많지." 그는 이어서 말했다. "티리온, 너는 산사 스타크와 결혼하는 거다. 그것도 빨리."

캐틀린

그들은 시신을 어깨에 지고 와서 연단 아래에 내려놓았다. 횃불을 밝힌 대연회장에 정적이 깔리고, 고요 속에서 캐틀린은 성 반대편에서 울부짖는 그레이윈드의 목소리를 들을 수 있었다. '피 냄새를 맡은 거야. 돌벽과 나무 문 너머로, 밤공기와 빗줄기 사이로도 여전히 죽음과 파멸의 냄새를 아는 거야.'

캐틀린은 롭의 권좌 왼쪽에 서 있었는데, 잠시 자신의 죽은 아이들을, 브랜과 리콘을 내려다보고 있는 듯한 기분을 느꼈다. 이 아이들이 훨씬 나이가 많았으나, 죽고 나니 쪼그라들었다. 벌거벗은 채로 젖은 아이들은 너무나 작았고, 가만히 누운 모습에서 살아 있을 때를 기억하기가 힘들었다.

금발의 소년은 수염을 길러보려 한 듯했다. 목을 긋고 지나간 붉은 칼자국 위 턱과 뺨을 연노란색 솜털이 덮고 있었다. 긴 금빛 머리카락은 목욕탕에서 나온 사람처럼 젖어 있었다. 모습을 보니 이 아이는 평화롭게, 아마도 자다가 죽은 것 같았지만, 갈색 머리 사촌은 살고자 싸운 흔적이 역력했다. 두 팔에 칼날을 막으려다가 남은 칼자국이 있었고, 비에 씻겨 거의 깨끗해졌는데도 혓바닥 없는 입처럼 가슴과 배와 등을 뒤덮은 찔린 상처들에서 아직까지 천천히 피가 흘러나왔다.

롭은 왕관을 쓰고 대연회장에 왔는데, 횃불 빛에 청동이 어둡게 빛났다. 시체를 내려다보는 롭의 눈을 그림자가 가렸다. '롭도 브랜과 리콘을 보고 있을까?' 캐틀린은 울 것 같은 마음이었으나 남은 눈물이 없었다. 죽은 아이들은 원래도 하얀 피부인 데다 오랫동안 갇혀 지내서 창백했다. 그 매끄러운 하얀 피부에 묻은 피가 놀랍도록 붉어서, 차마 볼 수가 없었다. '그자들이 산사도 죽여서 철왕좌 아래에 벗은 몸으로 뉘어놓을까? 산사의 피부도 이렇게 하얘 보이고, 피는 이렇게 붉어 보일까?' 바깥에서 줄기찬 빗소리와 쉼 없는 늑대의 울부짖음이 들려왔다.

캐틀린의 동생 에드무어는 롭 오른쪽에 서서 아버지의 의자 등에 한 손을 올리고 있었는데, 아직 잠이 덜 깨어 부은 상태였다. 그들은 캐틀린과 마찬가지로 에드무어도 깨웠다. 캄캄한 밤에 문을 요란하게 두드리고 꿈속에 잠겨 있던 그를 무례하게 끌고 나왔다. '좋은 꿈을 꾸고 있었니, 에드무어? 햇빛과 웃음소리와 처녀의 입맞춤이 나오는 꿈이었어? 그랬기를 빈다.' 캐틀린이 꾸는 꿈은 어두웠고 공포가 가득했다.

롭의 지휘관들과 휘하 영주들이 대연회장에 도열해 있었다. 사슬 갑옷을 걸치고 무장한 사람이 있는가 하면 옷도 갖춰 입지 못하고 부스스한 사람도 있었다. 레이널드 경과 그 숙부인 롤프 경도 나와 있었지만, 롭이 왕비에게는 이 흉한 상황을 보여주지 않는 게 낫다고 판단한 모양이었다. 캐틀린은 기억을 돌이켰다. '크래그는 캐스털리록에서 멀지 않지. 제인은 어렸을 때 이 아이들과 어울려 놀았을지도 몰라.'

그녀는 다시 한번 티온 프레이와 윌렘 라니스터의 시신을 내려다보며 아들이 입을 열기를 기다렸다.

롭은 아주 오랜 시간이 지나서야 피 묻은 시신에서 눈을 떼고 말했다. "스몰존, 아버님께 그 사람들을 데리고 오라 이르게." 스몰존 엄버는 말없이 몸을 돌려 명령에 복종했다. 그의 발소리가 거대한 석조 건물 안에 메아리쳤다.

그레이트존이 죄수들을 데리고 들어왔고, 캐틀린은 다른 남자들 몇 명이 행렬 앞에서 물러서는 모습을 눈여겨보았다. 마치 접촉 한 번, 눈짓 한 번, 기침 한 번에 반역이 옮을 수도 있다는 듯한 태도였다. 잡혀 온 사람들이나 잡아 온 사람들이나 모습은 비슷했다. 하나같이 덩치가 크고 수염이 무성하고 머리가 길었다. 그레이트존의 부하 두 명이 부상을 입었고, 죄수들은 세 명이 부상자였다. 누군가는 창을 쥐고 누군가는 빈 검집만 차고 있다는 사실이 두 패거리를 갈라놓았다. 하나같이 쇠사슬 갑옷 아니면 쇠고리를 꿰매어 붙인 셔츠를 입고, 무거운 장화를 신고, 모직물 아니면 모피로 만든 두꺼운 망토를 걸쳤다. '북부는 차갑고 혹독하며, 자비를 모른다오.' 처음 캐틀린이 윈터펠에 도착했을 때 네드가 그렇게 말한 게 천 년 전 일 같았다.

"다섯 명." 비에 젖은 죄수들이 말없이 앞에 서자 롭이 말했다. "이게 다입니까?"

"여덟 명이었습니다." 그레이트존이 우렁우렁한 목소리로 대답했다. "두 명은 제압하다가 죽였고, 세 번째는 지금 죽어가고 있습니다."

롭은 잡혀 온 사람들의 면면을 살폈다. "무장도 하지 않은 종자 두 명을 죽이는 데 여덟 명이 필요했군."

에드무어 툴리가 말했다. "탑에 들어가려고 제 부하도 두 명 살해했습니다. 델프와 엘우드를요."

"그건 살인이 아니야, 경." 손목에 걸린 밧줄에도, 얼굴을 타고 흐르는 핏줄기에도 동요하지 않은 리카드 카스타크 공이 말했다. "아비의 복수를 가로막는 자는 죽여달라고 하는 거나 다름없지."

그 말은 캐틀린의 귀에 전쟁의 북소리만큼이나 잔혹하게 울려 퍼졌다.

목이 바싹 말랐다. '내가 한 짓이야. 내 딸들을 살리려다가 이 두 아이가 죽었어.'

"그날 밤 속삭이는 숲에서 공의 아들들이 죽는 모습은 나도 봤어요." 롭이 카스타크 공에게 말했다. "티온 프레이는 토르헨을 죽이지 않았어요. 윌렘 라니스터가 에다드를 죽이지도 않았고. 어떻게 이걸 복수라고 부를 수가 있습니까? 이건 어리석은 짓일 뿐 아니라 피투성이 살인이에요. 공의 아들들은 전장에서 명예롭게, 장검을 손에 쥐고 죽었어요."

"내 아들들은 죽었소." 리카드 카스타크는 한 치도 굽히지 않고 말했다. "킹슬레이어가 죽였지. 이 둘은 그놈의 가족이야. 피의 빚은 피로만 갚을 수 있소."

"아이들의 피로?" 롭은 두 시신을 가리켰다. "이 아이들이 몇 살이었지요? 열둘, 열셋? 종자였어요."

"종자들은 전투마다 죽지."

"그래요, 싸우다가 죽지요. 티온 프레이와 윌렘 라니스터는 속삭이는 숲에서 장검을 버렸어요. 포로가 되어 감옥에 갇혀서, 무장도 하지 않고 자고 있었지요……. 아이들이었습니다. 좀 보세요!"

카스타크는 시체 대신 캐틀린을 쳐다보았다. "어머님에게나 보라고 하시지요. 나만큼이나 당신 어머니가 죽인 셈이니."

캐틀린은 롭의 의자 등에 한 손을 올렸다. 방이 빙빙 도는 것 같았다. 토할 것만 같았다.

롭이 화가 나서 말했다. "내 어머니는 이 일과 아무 상관도 없어요. 이건 공이 한 일이오. 공의 살인이고, 공의 반역이야."

"라니스터를 풀어주는 게 반역이 아니라면, 라니스터를 죽이는 게 어찌 반역이 될 수 있소?" 카스타크는 냉혹하게 대꾸했다. "전하께선 우리가 캐스털리록과 전쟁 중이라는 사실을 잊은 거요? 전쟁에서는 적을 죽이는 거라오. 아비가 그것도 가르쳐주지 않더이까?"

"뭐가 어째?" 그레이트존이 쇠 장갑을 낀 손으로 리카드 카스타크를 잡고 흔들자 카스타크는 무릎을 꿇었다.

"그만두세요!" 롭의 명령이 크게 울렸다. 엄버는 포로를 놓고 물러섰다.

카스타크 공은 깨진 잇새로 침을 뱉었다. "그래, 나는 왕에게 맡겨두라고, 엄버 공. 왕께서 날 꾸짖으신 후에 용서해주실 테니 말이야. 우리 북부의 왕께서는 반역을 그렇게 다루시거든." 그는 피 묻은 미소를 그렸다. "아니면 북부를 잃은 왕이라고 불러야 할까요, 전하?"

그레이트존이 옆에 선 남자의 창을 낚아채더니 카스타크의 어깨에 대고 말했다. "제가 찌르게 해주십시오, 전하. 이놈의 배를 열어서 내장이 무슨 색인지 봅시다."

대연회장 문이 굉음을 내며 열리더니, 검은 물고기가 망토와 투구에서 물을 뚝뚝 떨어뜨리며 들어섰다. 툴리 중장병들이 따라 들어오는 사이 밖에서는 번개가 치고 거센 검은 비가 리버런의 돌을 두드렸다. 브린덴 경은 투구를 벗고 한쪽 무릎을 꿇었다. "전하." 브린덴 경이 내놓은 말은 그것뿐이었으나, 매서운 어조가 백 마디 말을 대신했다.

롭이 일어섰다. "브린덴 경의 말은 접견실에서 따로 듣겠소. 그레이트존, 내가 돌아올 때까지 카스타크 공을 여기에 두고, 다른 일곱 명은 목을 매다세요."

그레이트존이 창을 내렸다. "죽은 자들도 말입니까?"

"그래요. 그런 더러운 자들로 숙부님의 강을 더럽히진 않겠습니다. 까마귀에게 먹여요."

죄수 하나가 무릎을 꿇었다. "자비를 베푸십시오, 전하. 저는 아무도 죽이지 않았습니다. 문 앞에 서서 위병들이 오나 망을 봤을 뿐입니다."

롭은 잠시 생각해보더니 말했다. "카스타크 공이 무슨 일을 하려 하는지 알았나? 칼을 뽑는 모습을 보았나? 고함 소리를, 비명을, 살려달라는 소리를 들었나?"

"예, 들었습니다. 그렇지만 저는 아무 역할도 하지 않았습니다. 그저 감시만 했습니다. 맹세코……."

"엄버 공, 이자는 감시만 했다는군요. 마지막으로 매달아서, 다른 자들이 죽는 모습을 지켜보게 하세요. 어머니, 숙부님, 같이 가시지요." 그레이트존의 부하들이 죄수들에게 접근해서 창끝으로 몰고 나가는 동안 롭은 몸을 돌렸다. 밖에는 천둥소리가 요란했다. 귓가에서 성이 무너지는 느낌이 들 정도로 엄청난 소리였다. '이게 왕국이 무너지는 소리일까?' 캐틀린은 생각했다.

접견실 안은 어두웠지만 그래도 두꺼운 벽이 한 겹 더 있어서 천둥소리가 죽었다. 하인이 불을 피우려고 기름등잔을 들고 들어왔지만, 롭이 하인을 보내고 등잔을 맡았다. 탁자와 의자가 여러 개 있었으나 의자에 앉은 사람은 에드무어뿐이었고, 다들 서 있다는 사실을 깨닫자 그도 곧 일어섰다. 롭은 왕관을 벗어 앞에 있는 탁자에 내려놓았다.

검은 물고기가 문을 닫았다. "카스타크가 떠났다."

"전부 다요?" 롭의 목소리가 잠긴 게 분노 때문일까, 절망 때문일까? 캐틀린조차도 확실히 알 수가 없었다.

"전사는 전부 다." 브린덴 경이 대답했다. "종군 민간인과 하인 몇 명만 부상자들과 함께 남아 있어. 확실하게 하기 위해 최대한 많은 사람을 심문했다. 밤을 틈타 떠나기 시작했는데, 처음에는 한두 명씩 가다가 점점 크게 무리 지어 떠났다는구나. 부상자들과 하인들은 자기네들이 없어진 걸 모르게 불을 계속 지피라는 지시를 들었지만, 비가 내리기 시작하자 그것도 상관없어졌지."

"리버런에서 멀어지면 다시 모일까요?" 롭이 물었다.

"아니야. 다들 흩어져서 추적에 나섰다. 카스타크 공이 킹슬레이어의 목을 베어 오면 귀족이든 천민이든 가리지 않고 딸을 주겠다고 맹세했다는구나."

'신들이시여, 맙소사.' 캐틀린은 다시 속이 뒤틀렸다.

"거의 300명의 기수와 그 두 배에 달하는 말이 밤공기 속에 녹아 없어졌군요." 롭은 관자놀이를, 왕관 자국이 남은 귀 위쪽의 부드러운 피부를 문질렀다. "카홀드의 기병 전체를 잃었어요."

'나 때문에 잃었지. 나 때문에. 신들이시여, 저를 용서하소서.' 캐틀린은 군인이 아니라 해도 롭이 어떤 함정에 빠졌는지는 이해할 수 있었다. 지금은 롭이 강역을 쥐고 있지만, 그의 왕국은 라이사가 산꼭대기에 앉아 있는 동부를 제외한 사방에서 적에게 둘러싸여 있었다. 트라이던트도 크로싱의 영주가 충성 맹세를 지킬 때나 안전한 상황이었다. 그런데 이제 카스타크까지 잃었으니…….

에드무어가 말했다. "이 소식이 리버런 밖으로 새어 나가서는 안 됩니다. 타이윈 공이…… 그놈들은 라니스터는 언제나 빚을 갚는다고 말하고 다니죠. 어머니시여, 자비를 베푸소서, 그자가 이 소식을 듣는다면."

'산사.' 캐틀린이 주먹을 꽉 쥐자 손톱이 손바닥 깊이 파고들었다.

롭은 에드무어에게 한기가 흐르는 시선을 던졌다. "저보고 살인자일 뿐 아니라 거짓말쟁이가 되라고 하시는 겁니까, 숙부님?"

"거짓을 말할 필요는 없어. 그저 아무 말도 하지 않으면 그만이야. 그 애들을 묻고, 전쟁이 끝날 때까지 입 다물고 있는 거지. 윌렘은 케반 라니스터 경의 아들이고, 타이윈 공의 조카야. 티온은 젠나 부인의 아들이고 프레이 집안이지. 이 소식은 트윈스에도 들어가지 않게 막아야 해……."

"언제까지, 살해당한 사람이 살아 돌아올 때까지 말이냐?" 검은 물고기 브린덴이 날카롭게 말했다. "진실은 이미 카스타크와 함께 빠져나갔다, 에드무어. 그런 게임을 벌이기엔 너무 늦었어."

롭이 말했다. "제겐 그들의 아버지에게 진실을 알려줄 의무가 있어요. 그리고 정의도. 정의도 실현해줘야지요." 그는 왕관을, 어둡게 빛나는 청동과 강철 검으로 이루어진 원을 노려보았다. "리카드 공은 날 거역했어요. 배신했지요. 유죄 선고를 내릴 수밖에 없어요. 내가 자기네 주군을 배신자로 처형했다는 소식을 들으면 루스 볼턴과 함께 있을 카스타크 보병들이 어떻게 할지 짐작이 가지 않네요. 볼턴에게 경고해줘야 해요."

"카스타크 공의 후계자도 하렌홀에 있다." 브린덴 경이 상기시켰다. "라니스터가 그린포크에서 포로로 잡았던 큰아들 말이다."

"해리온. 해리온 카스타크죠." 롭은 씁쓸하게 웃었다. "왕은 적들의 이름을 잘 알고 있어야 하지요. 그렇지 않나요?"

검은 물고기는 롭을 날카롭게 쳐다보았다. "확실한 건가? 이 일로 젊은 카스타크가 적이 될까?"

"달리 어떻게 하겠습니까? 제가 자기 아버지를 죽이려 하는데, 제게 고마워하진 않겠지요."

"혹시 몰라. 세상에는 아버지를 미워하는 아들들도 있고, 한 방에 그 친구를 카홀드의 영주로 만들어줄 일이니."

롭은 고개를 저었다. "설령 해리온이 그런 부류라 해도, 공개적으로 아버지의 살인자를 용서할 수는 없을 겁니다. 그랬다간 아랫사람들이 등을 돌릴 테니까요. 이 사람들은 북부인이에요, 종조부님. 북부는 기억합니다."

"그렇다면 사면해줘." 에드무어 툴리가 권했다.

롭은 믿을 수 없다는 기색이 완연해서 숙부를 빤히 쳐다보았다.

에드무어는 그 시선을 받고 얼굴을 붉혔다. "목숨만 살려주라는 뜻이야. 나도 누구 못지않게 그게 마음에 들지 않아요, 전하. 카스타크는 내 부하들도 죽였지. 가엾은 델프는 제이미 경에게 입은 부상에서 겨우 회복된 참이었어. 카스타크가 벌을 받기야 해야지. 사슬에 묶어둔다거나."

"인질로?" 캐틀린이 말했다. '그게 최선일 수도 있어…….'

"그래, 인질로!" 에드무어는 캐틀린의 말을 동의로 이해했다. "그 아들에게, 충성을 유지하는 한 아버지를 해치지 않겠다고 말하는 거야. 그러지 않으면……. 이젠 프레이는 가망이 없어. 내가 왈더 공의 딸들 전부와 결혼하고 왈더 공의 가마도 들겠다고 하지 않는 한 틀렸어. 그런데 카스타크까지 잃는다면 무슨 희망이 있겠니?"

"무슨 희망이라……." 롭은 한숨을 내쉬고 눈을 가린 머리카락을 걷어내며 말했다. "북쪽에 있는 로드릭 경에게서도 아무 소식이 없고, 왈더 프레이도 우리의 새로운 제안에 응답하지 않고, 이어리에서는 침묵만 돌아오네요." 롭은 어머니에게 호소했다. "이모님은 영영 우리에게 답을 안 하려는 걸까요? 편지를 몇 통이나 써야 하죠? 그 많은 까마귀들이 하나도 도착을 못 했다고는 못 믿겠는데요."

캐틀린은 아들이 위로받고 싶어 한다는 사실을 알아차렸다. 롭은 다 괜찮을 거라는 말을 듣고 싶어 했다. 그러나 왕은 진실을 들어야 했다. "까마귀들은 도착했을 거야. 혹시라도 이야기하게 된다면 라이사는 까마귀가 오지 않았다고 할지 모르겠다만. 그쪽에서는 도움을 기대하지 말아라, 롭.

라이사는 언제나 용기가 없었어. 우리가 어렸을 때, 라이사는 뭔가 잘못을 저지를 때마다 도망쳐서 숨곤 했지. 아버지가 자기를 찾지 못하면 화난 일도 잊을 거라 생각한 걸까. 지금도 그때와 다르지 않아. 라이사는 두려움 때문에 킹스랜딩에서 자기가 아는 가장 안전한 곳으로 도망쳤고, 온 세상이 자기를 잊어버리길 바라면서 산꼭대기에 앉아 있는 거야."

롭이 말했다. "협곡의 기사들은 이 전쟁에서 큰 차이를 낳을 수 있을 텐데요. 하지만 싸우지 않겠다면 그러라고 하죠. 전 그저 피의 관문을 우리에게 열어주고, 걸타운에서 북부로 가는 배를 제공해줄 수 있을지 물었어요. 하늘 가도도 힘은 들겠지만, 싸우면서 넥을 뚫는 건 더 어려울 테니까요. 화이트하버에 상륙할 수 있다면 모트카일린을 측면 공격해서 반년 안에 북부에서 강철인들을 몰아낼 수 있어요."

"그렇게는 안 될 겁니다, 전하." 검은 물고기가 말했다. "캣 말이 맞아. 라이사 부인은 협곡에 군대를 들이기엔 너무 겁이 많지. 어떤 군대든 간에. 피의 관문은 닫혀 있을 거다."

"그렇다면 이모님은 다른자들에게나 잡혀가라죠." 롭은 절망으로 격분하며 저주했다. "빌어먹을 리카드 카스타크도 마찬가지예요. 테온 그레이조이도, 왈더 프레이도, 타이윈 라니스터도, 전부 다 다른자들에게나 잡혀가라지. 신들이시여, 대체 왜들 왕이 되고 싶어 하는 거죠? 모두가 북부의 왕, 북부의 왕이라고 외칠 때 전…… 전 스스로에게 맹세했어요……. 좋은 왕이 되겠다고. 아버지처럼 명예를 알고, 강하고, 공정하고, 친구들에게 충직하고 적을 대할 때는 용감한 왕이 되겠다고……. 이젠 적과 친구를 구분할 수조차 없네요. 어쩌다가 모든 게 이렇게 혼란스러워졌죠? 리카드 공은 대여섯 번 이상 제 옆에서 싸운 사람이에요. 그 아들들은 속삭이는 숲에서 절 위해 죽었어요. 티온 프레이와 윌렘 라니스터는 제 적이었어요. 그런데 이제는 죽은 제 친구들의 아버지를 그놈들을 위해서 죽여야 하다니." 롭은 모두를 바라보았다. "리카드 공의 목을 벤다고 라니스터가 제게 고마워할까요? 프레이가 고마워할까요?"

"아니." 검은 물고기 브린덴이 늘 그렇듯 솔직하게 대답했다.

"그렇다면 더더욱 리카드 공을 살려두고 인질로 잡을 이유가 충분하잖아." 에드무어가 부추겼다.

롭은 두 손을 뻗어 무거운 청동과 철제 왕관을 들어 올려 머리에 얹더니, 갑자기 다시 왕이 되었다. "리카드 공은 죽어야 해요."

에드무어가 말했다. "하지만 왜? 너도 직접 말하길—"

"내가 무슨 말을 했는지는 나도 알아요, 숙부님. 그렇다고 해도 할 일이 달라지진 않아요." 롭의 이마에 왕관의 장검 모양들이 냉혹하고 시커멓게 올라섰다. "전투에서라면 제가 직접 티온과 윌렘을 죽일 수도 있었겠지만, 이건 전투가 아니었어요. 둘 다 벌거벗고 무장도 하지 않은 채 제가 밀어 넣은 감옥 안 침대에서 자고 있었죠. 리카드 카스타크는 프레이 한 명과 라니스터 한 명을 죽인 게 아닙니다. 제 명예를 죽인 거죠. 새벽에 제가 처리하겠어요."

싸늘한 회색 새벽이 밝았을 때, 태풍은 사그라들었다지만 추적추적 빗줄기가 내리는데도 신의 숲에는 사람이 가득했다. 강역 영주들과 북부인, 귀족과 평민, 기사와 용병과 마구간지기 할 것 없이 나무 사이에 서서 그날 밤의 어두운 춤이 끝나는 모습을 지켜보았다. 에드무어가 명령을 내렸고, 심장 나무 앞에 참수대가 놓였다. 그레이트존의 부하들이 손이 묶인 리카드 카스타크 공을 데리고 사람들 사이를 걸어오는 동안 사방에서 빗방울과 낙엽이 떨어졌다. 카스타크의 부하들은 이미 리버런의 높은 성벽에 목매달려, 시커메지는 얼굴을 빗줄기에 씻으며 긴 밧줄 끝에 늘어져 있었다.

꺽다리 루가 참수대 옆에 대기하고 있었으나, 롭이 그의 손에 들린 긴 자루 도끼를 받아 들고 물러서라고 일렀다. "이건 내가 할 일이야. 내 명령에 따라 죽는 것이니, 내 손에 죽어야지."

리카드 카스타크는 뻣뻣하게 고개를 숙였다. "그것만은 고맙군. 하지만 다른 건 하나도 고맙지 않아." 그는 죽음을 맞이하기 위해 카스타크 가문의 하얀 햇살 문양이 들어간 긴 검은색 모직 전포를 입고 있었다. "내 핏줄에도 너 못지않게 최초인의 피가 흐른다. 그 점을 기억하는 게 좋을 거야. 내 이름은 네 조부의 이름을 땄지. 난 네 아버지를 위해 아에리스 왕에게 대항하여 깃발을 들었고, 너를 위해 조프리 왕을 상대로 깃발을 들었어.

옥스크로스와 속삭이는 숲과 주둔지 전투에서 난 네 옆에서 말을 달렸고, 트라이던트에서는 에다드 경과 함께했다. 스타크와 카스타크는 친족이야."

"그런 친족 관계로도 당신이 날 배신하는 걸 막지 못했고, 지금 당신을 구하지도 못하겠지. 무릎을 꿇으시오, 영주." 롭이 말했다.

캐틀린은 리카드 공의 말이 사실임을 알고 있었다. 카스타크 가문의 조상은 칼론 스타크에게까지 거슬러 올라갔는데, 맏이가 아니었던 윈터펠의 이 아들은 천 년 전에 어느 반역자를 처단하고 그 공으로 영지를 따로 받았다. 칼론 스타크가 지은 성은 칼의 성, 칼스홀드(Karl's Hold)라고 불렸다가 곧 카홀드가 되었고, 몇백 년이 흐르면서 카홀드 스타크도 카스타크가 되었다.

리카드 공은 캐틀린의 아들에게 말했다. "옛 신이든 새로운 신이든 상관없다. 그 누구도 친족 살해자만큼 저주받지는 못하지."

"무릎을 꿇으시오, 배신자." 롭은 다시 말했다. "아니면 억지로 공의 머리를 참수대에 올려야 하오?"

카스타크 공은 무릎을 꿇었다. "네가 날 심판했듯이 신들이 너를 심판하시리라." 그리고 그는 참수대 위에 머리를 올렸다.

"카홀드의 주인, 리카드 카스타크." 롭은 양손으로 무거운 도끼를 들어 올렸다. "여기 신들과 인간들이 지켜보는 가운데, 그대를 살인과 반역죄로 심판한다. 내 이름으로 유죄를 선고하고, 내 손으로 직접 그대의 목숨을 빼앗는다. 마지막으로 남길 말이 있는가?"

"나를 죽이고 저주받으라. 너는 내 왕이 아니다."

도끼가 떨어졌다. 무겁고 잘 갈린 도끼라 한 번에 목숨을 빼앗았지만, 머리를 몸과 분리시키는 데는 세 번의 도끼질이 필요했고, 그 일이 끝났을 때쯤에는 산 사람도 죽은 사람도 피에 흠뻑 젖고 말았다. 롭은 넌더리를 내며 긴 도끼를 던져놓고 말없이 심장 나무 쪽으로 돌아섰다. 그는 두 손을 반쯤 쥔 채 두 뺨에 빗물을 흘리며 몸을 떨고 있었다. 캐틀린은 소리 없이 기도했다. '신들이시여, 이 아이를 용서하십시오. 아직 어린아이에 불과한 데다, 다른 선택지가 없었습니다.'

그 모습을 마지막으로, 캐틀린은 그날 아들을 다시 보지 못했다. 오전 내내 비가 내려서 강줄기 수면을 때리고 신의 숲 풀밭을 진흙탕 웅덩이로 바꿔놓았다. 검은 물고기는 백 명을 모아서 카스타크를 쫓아 나갔는데, 많이 잡아 오리라 기대하는 사람은 아무도 없었다. "그자들을 목매달 필요가 없기만 빈다." 브린덴 경은 떠나면서 그렇게 말했다. 숙부를 보내고 난 캐틀린은 아버지의 개인 방으로 물러나 다시 한번 호스터 공의 침대 옆에 앉았다.

그날 오후에 찾아온 바이먼 학사가 경고했다. "이제 오래가지 않을 겁니다. 아직도 싸우려고는 하시지만, 마지막 남은 힘이 다해갑니다."

"아버지는 언제나 싸움꾼이었지요. 다정한 고집쟁이셨어요."

"예. 하지만 이번에는 이길 수 없는 싸움입니다. 이제는 아버님도 장검과 방패를 내려놓으실 때가 됐습니다. 굽히실 때가 됐어요."

'굽히고 평화를 찾으라는 거군.' 캐틀린은 생각했다. 학사가 말하는 대상이 그녀의 아버지일까, 아니면 그녀의 아들일까?

저녁이 오자 제인 웨스털링이 찾아왔다. 젊은 왕비는 쭈뼛쭈뼛 개인 방에 들어서며 말했다. "캐틀린 부인, 방해하려는 건 아닙니다만……."

"전하야 얼마든지 환영이지요." 캐틀린은 바느질을 하다가 바늘을 옆으로 치웠다.

"제발 제인이라고 불러주세요. 전하는 너무 어색해요."

"그래도 왕비 전하인걸요. 앉으세요, 전하."

"제인이라니까요." 제인은 불가에 앉아 불안하게 치맛자락을 폈다.

"정 그렇다면 그리 부르지요. 무슨 일인가요, 제인?"

"롭 때문이에요. 그이가 너무 우울해해요. 너무…… 너무 화가 나고 암담한 상태예요. 어떻게 해야 할지 모르겠어요."

"한 사람의 목숨을 빼앗는다는 건 힘든 일이지요."

"알아요. 제가 그이에게 처형인을 쓰셔야 한다고 말했거든요. 타이윈 공이 누군가를 죽일 때는 명령만 내려요. 그렇게 하는 편이 더 쉽지 않나요?"

"그렇지요." 캐틀린이 말했다. "하지만 내 남편은 아들들에게 살인이 그렇게 쉬워서는 안 된다고 가르쳤답니다."

"아." 제인 왕비는 입술을 축였다. "롭은 하루 종일 아무것도 먹지 않았어요. 롤럼을 시켜서 멧돼지 갈비와 양파와 에일 스튜를 가져다드렸는데, 한 입도 드시질 않았어요. 오전 내내 편지를 쓰면서 방해하지 말라고 하더니, 편지를 다 쓰고는 불태워버렸어요. 이제는 앉아서 지도만 보고 있네요. 뭘 찾고 있냐고 물었는데 대답을 하질 않아요. 제 말을 들은 것 같지도 않아요. 심지어 옷도 갈아입지 않았어요. 축축한 데다가 피도 묻은 옷인데요. 전 롭에게 좋은 아내가 되고 싶은데, 정말 그런데, 어떻게 도와야 할지 모르겠어요. 어떻게 기운을 북돋울지, 위안을 드릴지. 그이에게 무엇이 필요한지를 모르겠어요. 제발 부탁드려요. 그이의 어머니시잖아요. 제가 어떻게 해야 할지 알려주세요."

'제가 어떻게 해야 할지 알려주세요.' 아버지가 물어볼 만한 상태이기만 했어도, 캐틀린은 아버지에게 같은 질문을 하고 싶었다. 하지만 호스터 공은 이미 없거나 거의 떠난 상태였다. 네드도 마찬가지였다. 브랜과 리콘도, 어머니도, 브랜던도 오래전에 떠났다. 캐틀린에게는 롭밖에 남지 않았다. 롭과, 점점 희미해지는 딸들에 대한 희망만 남았다.

캐틀린은 천천히 말했다. "때로는, 아무것도 하지 않는 게 할 수 있는 최선이랍니다. 처음 윈터펠에 갔을 때, 난 네드가 혼자 신의 숲에 가서 심장나무 아래에 앉을 때마다 상처를 받았지요. 그이의 영혼 일부가, 내가 결코 공유할 수 없는 일부가 그 나무에 있다는 걸 알았으니까요. 그럼에도 난 곧 깨달았어요. 그 일부가 없다면 그이는 네드가 아니라는 걸요. 제인, 아가야, 너는 나와 마찬가지로 북부와 결혼한 거야……. 그리고 북부에는, 겨울이 올 거란다." 그녀는 미소를 지으려 했다. "인내심을 가져라. 이해하도록 해. 롭은 널 사랑하고 널 필요로 하니, 곧 너에게 돌아올 거란다. 어쩌면 오늘 밤일 수도 있겠지. 롭이 찾아올 때 그곳에 있으려무나. 내가 해줄 수 있는 말은 그게 다로구나."

어린 왕비는 열심히 귀를 기울이더니, 캐틀린의 말이 끝나자 답했다. "그럴게요. 그 자리에 있을게요." 제인은 일어섰다. "돌아가봐야겠어요. 롭이 절 찾을지도 몰라요. 가서 볼게요. 하지만 아직 지도에 열중해 있다면, 인내심을 가질게요."

"그래." 캐틀린은 대답했지만, 제인이 문까지 갔을 때 다른 것이 생각났다. "제인." 그녀는 제인을 불렀다. "롭이 너에게 필요로 하는 게 하나 더 있다. 정작 그 아이는 모를지도 모르지만, 왕에게는 후계자가 필요해."

제인은 미소를 지었다. "저희 어머니도 같은 말씀을 하세요. 절 위해 약초와 우유와 에일을 섞은 우유술을 만들어주시죠. 제 임신을 도우시려고요. 매일 아침 그걸 마신답니다. 롭에게도 제가 꼭 쌍둥이를 낳아주겠다고 했어요. 에다드와 브랜던으로요. 제 말을 듣고 좋아했던 것 같아요. 저희는…… 저희는 거의 매일 노력한답니다, 어머님. 하루에 두 번 이상 할 때도 있고요." 제인은 아주 어여쁘게 얼굴을 붉혔다. "전 곧 아이를 가질 거예요. 어머니 신께도 매일 밤 기도드려요."

"아주 잘됐구나. 나도 같이 기도하마. 옛 신들과 새로운 신들께."

제인이 나가고 나자 캐틀린은 아버지에게 몸을 돌리고 이마에 늘어진 가느다란 흰머리를 매만졌다. "에다드와 브랜던이래요." 그녀는 가만히 한숨을 내쉬었다. "나중에는 호스터도 태어날지 모르죠. 아버지도 좋아하실까요?" 대답은 없었지만, 대답을 기대하지도 않았다. 지붕에 떨어지는 빗소리가 아버지의 숨소리와 섞여드는 가운데, 캐틀린은 제인에 대해 생각했다. 제인은 롭이 말한 대로 착한 아이 같았다. '그리고 엉덩이가 풍만하지. 그게 지금은 더 중요할 수도 있어.'

제이미

왕의 가도까지 이틀은 말을 달려야 할 거리에서, 그들은 드넓은 파괴의 자취를 통과했다. 시커멓게 타버린 밭과 죽은 나무줄기들이 방어용 목책처럼 허공을 찌르고 있는 과수원만 몇 킬로미터씩 이어졌다. 다리도 타버렸고, 개울물이 가을비에 불어서 건널 만한 여울을 찾아 강둑을 수색해야 했다. 밤이면 늑대 울음소리가 요란했지만, 사람은 보이지 않았다.

메이든풀(Maidenpool, 처녀들의 연못)에는 언덕 위 성에 아직 무튼 공의 붉은 연어 깃발이 휘날렸지만, 마을 벽은 다 무너졌고 관문도 부서졌으며, 집과 가게는 절반이 불타거나 약탈당했다. 그들이 접근하는 소리를 듣고 슬그머니 내뺀 들개 몇 마리를 빼면 살아 있는 것이라곤 보이지 않았다. 마을 이름의 유래가 된 연못. 전설에 따르면 종퀼이 그곳에서 자매들과 목욕하고 있을 때 광대 플로리안이 처음 그녀를 봤다는데, 그 연못은 썩어가는 시체가 들어찬 나머지 물조차 탁한 회녹색 수프로 변해 있었다.

제이미는 흘긋 보고 큰 소리로 노래했다. "봄이 완연한 연못 속에 여섯 처녀가 있었네……."

"뭘 하는 거요?" 브리엔느가 물었다.

"노래하는데. 〈연못 속의 여섯 처녀〉라고, 분명히 당신도 들어봤을 거야. 수줍음 많은 귀여운 처녀들이었지. 당신처럼. 뭐, 당신보다야 좀 예뻤겠지만 말이야."

"조용히 하시오." 여자는 제이미가 연못 속 시체들 사이에 떠다니게 두고 가면 딱 좋겠다는 표정으로 말했다.

클레오스도 거들었다. "제발, 제이미. 무튼 공은 리버런에 충성을 맹세했어. 그 사람을 성 밖으로 끌어내는 건 곤란해. 게다가 저 돌무더기 속에 다른 적이 숨어 있을 수도……."

"저 여자의 적, 아니면 우리 적? 그 둘은 같지가 않아, 사촌. 저 계집이 차고 다니는 장검을 쓸 줄 아는지 꼭 좀 보고 싶군."

"조용히 하지 않으면 당신에게 재갈을 물릴 수밖에 없소, 킹슬레이어."

"내 손을 풀어주면 킹스랜딩까지 얼마든지 벙어리 노릇을 하지. 그보다 더 공평한 거래가 있겠어, 계집?"

"브리엔느! 내 이름은 브리엔느요!" 그 소리에 놀란 까마귀 세 마리가 허공으로 날아올랐다.

"목욕을 하고 싶진 않나, 브리엔느?" 그는 껄껄 웃었다. "자네는 처녀고 저기 연못이 있잖아. 등은 내가 씻어주지." 그는 어렸을 때 캐스털리록에서 세르세이의 등을 밀어주곤 했다.

여자는 말 머리를 돌려 가버렸다. 제이미와 클레오스 경은 그 뒤를 따라 메이든풀의 잿더미를 벗어났다. 800미터쯤 가자 세상에 다시 녹색이 스며들기 시작했다. 제이미는 기뻤다. 타버린 세상을 보면 아에리스 생각이 너무 많이 났다.

클레오스 경이 중얼거렸다. "더스큰데일 길을 택하는군. 해안을 따라가는 게 더 안전할 텐데."

"더 안전하지만 더 느리지. 난 더스큰데일 쪽이 좋네, 사촌. 솔직히 말하면 자네와 같이 먼 길 가긴 좀 지겨워." '자네도 반은 라니스터일지 모르지만, 내 누이와는 너무 다르군.'

그는 언제나 쌍둥이 누이와 오래 떨어져 있는 것을 견디지 못했다. 어린 시절에도 그들은 서로의 침대에 기어 들어가서 팔을 얽고 자곤 했다. '자궁 속에서부터 그랬지.' 누이가 꽃을 피우고 그가 남자가 되기 한참 전부터도 그들은 들판의 암말과 수말, 견사의 수캐와 암캐가 하는 짓을 보며 똑같이 따라 하곤 했다. 한번은 어머니의 하녀가 그런 그들을 보기도 했는데…… 그때 그들이 뭘 했는지 정확히 기억나진 않았지만, 무슨 짓이었든 간에 조안나 부인이 대경실색할 만한 짓이었다. 부인은 그 하녀를 멀리 보내버리고, 제이미의 침실을 캐스털리록 반대편으로 옮기고, 세르세이의 침실 앞에 위병을 세우고, 다시는 그런 짓을 하지 말라고, 또 그러면 아버지에게 말하는 수밖에 없다고 을렀다. 그렇지만 제이미와 세르세이는 걱정할 필요가 없었다. 그로부터 얼마 지나지 않아 어머니는 티리온을 낳다가 돌아가셨다. 제이미는 어머니가 어떻게 생겼는지도 잘 기억하지 못했다.

스타니스 바라테온과 스타크 놈들이 그에게 친절을 베푼 셈인지도 몰랐다. 그들이 칠왕국 전체에 두 사람의 근친상간 이야기를 퍼트려준 덕분에 숨길 게 남지 않았다. '왜 내가 공개적으로 세르세이와 결혼해서 매일 밤 같은 침대를 쓰면 안 된다는 거야? 드래곤들은 늘 누이와 결혼했는데.' 성사, 영주, 평민 할 것 없이 몇백 년 동안 타르가르옌 가문에는 눈이 먼 척했으니, 라니스터 가문에도 똑같이 하도록 하자. 그러면 조프리의 왕권은 위험해질지도 모르지만, 결국 로버트가 철왕좌를 얻어낸 건 무력 덕분이었으니 누구 씨앗이든 간에 무력이 조프리의 왕좌도 지켜줄 수 있을 것이다. '일단 산사 스타크를 어머니에게 돌려보내고 나면 조프리를 미르셀라와 결혼시킬 수도 있겠지. 그러면 신들이나 타르가르옌처럼, 라니스터도 인간의 법을 넘어선 존재임을 만천하에 보여주는 셈이야.'

제이미는 산사를 돌려보내고, 그 동생도 찾기만 하면 돌려보내기로 마음먹고 있었다. 그런다고 잃어버린 명예를 되찾을 순 없겠지만, 모두가 배신하리라 생각할 때 신의를 지킨다는 생각을 하면 말도 못 하게 재미있었다.

제이미는 말을 달려 짓밟힌 밀밭과 낮은 돌담 옆을 지나다가 돌담 뒤에서 투두둑 하는 소리를 들었다. 마치 새 십여 마리가 한꺼번에 날아오르는 듯한 소리였다. "숙여!" 그는 말 목에 매달려 몸을 낮추면서 외쳤다. 거세마는 엉덩이에 화살이 박히자 비명을 지르며 뒷발로 일어섰다. 다른 화살이 쉭쉭 소리를 내며 지나갔다. 제이미는 클레오스 경이 안장에서 휘청거리다가, 발이 등자에 걸려 몸이 비틀리는 모습을 보았다. 클레오스가 타고 있던 승용마는 쏜살같이 뛰어갔고, 클레오스는 소리도 지르지 못하고 질질 끌려가며 땅에 머리를 쿵쿵 부딪쳤다.

제이미가 탄 거세마는 고통에 씩씩거리고 콧김을 뿜으며 둔하게 걸었다. 제이미는 목을 빼고 브리엔느를 찾았다. 그녀는 아직 말 위에 있었는데, 화살 한 대가 등에 박혔고 또 한 대가 다리에 박혔는데도 느끼지 못하는 것 같았다. 브리엔느가 장검을 뽑아 들고 말을 빙글 돌리며 활잡이들을 찾는 모습이 보였다. "돌담 뒤야." 제이미는 한쪽 눈이 먼 말을 다시 싸움터 쪽으로 돌리려고 애쓰며 외쳤다. 고삐가 저주받을 사슬에 얽혀 있었고, 허공에는 다시 화살이 가득 날아올랐다. "저쪽이다!" 그는 소리치며 어떻게 하는지 보여주려고 말을 걷어찼다. 늙고 불쌍한 말은 어딘가에서 폭발적인 속력을 끌어 올렸다. 말은 어느새 지푸라기와 겨를 구름처럼 날리며 밀밭을 질주하고 있었다. '저놈들이 무장도 하지 않고 쇠사슬에 묶인 남자의 돌격을 받고 있다는 사실을 깨닫기 전에 저 여자가 따라와야 할 텐데.' 제이미가 딱 그만큼 생각했을 찰나, 뒤이어 브리엔느가 바싹 따라오는 소리가 들렸다. "이븐폴!" 여자는 요란한 소리와 함께 짐말을 달리며 장검을 휘둘렀다. "타스! 타스!"

마지막 화살 몇 대는 아무 해도 끼치지 못하고 날아갔다. 그리고 활잡이들이 숨은 곳에서 벗어나 달아났다. 다른 지원이 없는 활잡이들이 기사들의 돌격 앞에서 달아나는 모습은 언제나 비슷했다. 브리엔느는 돌담 앞에서 고삐를 당겼다. 제이미가 브리엔느 옆까지 갔을 때는 활잡이들이 이미 20미터 떨어진 숲속으로 사라진 후였다. "전투에 입맛이 떨어졌나?"

"도망치고 있었소."

"그럴 때가 죽이기 제일 좋은 때야."

브리엔느는 장검을 칼집에 넣었다. "당신은 왜 돌격한 거지?"

"궁수들은 벽 뒤에 숨어서 멀찍이 화살을 쏠 수 있는 한은 두려움이 없지만, 자기들 쪽으로 누가 다가오면 도망치지. 기사가 다가가면 무슨 일이 벌어질지 알거든. 그나저나 자네 등에 화살이 꽂혔어. 다리에도 하나 꽂혔고. 내가 상처를 살펴야 할 것 같은데."

"당신이?"

"달리 누가 있나? 내 사촌을 생각한다면, 내가 마지막으로 봤을 때는 타고 있던 말이 클레오스의 머리를 이용해 밭고랑을 내고 있더군. 그래도 그 친구를 찾아보긴 해야겠지. 라니스터 비슷한 사람이긴 하니까."

클레오스는 아직도 등자에 묶인 상태였다. 오른팔에 화살이 한 대, 가슴에 또 한 대가 꽂혀 있었지만 클레오스를 끝낸 건 땅바닥이었다. 만져보니 머리끝이 피가 엉겨 곤죽이 되어 있고, 눌러보니 두피 아래에서 부서진 뼛조각이 움직였다.

브리엔느가 무릎을 꿇고 그의 손을 잡았다. "아직 따뜻해."

"곧 싸늘해질 거야. 이 친구 말과 옷을 내가 가져야겠군. 누더기와 벼룩은 지긋지긋해."

"당신 사촌이었소." 여자는 충격받은 얼굴이었다.

"그랬지." 제이미는 동의했다. "걱정 마. 사촌은 넉넉하니까. 클레오스의 장검도 내가 챙겨야겠어. 밤에는 나눠서 망을 봐야지."

"무기 없이도 망은 볼 수 있소." 브리엔느가 일어섰다.

"나무에 묶여서? 그럴 수도 있겠지. 아니면 다음에 마주치는 무법자들과 거래를 해서 계집의 굵은 목을 긋게 할 수도 있겠고."

"무장은 시켜주지 않겠소. 그리고 내 이름은—"

"브리엔느지, 알아. 혹시 당신의 여자다운 두려움을 가라앉히는 데 도움이 된다면, 결코 해치지 않겠다는 맹세라도 하지."

"당신의 맹세는 가치가 없소. 아에리스에게도 맹세를 했었지."

"하나 내가 아는 한 그대는 사람을 갑옷째로 구운 적이 없는걸. 그리고 우리 둘 다 내가 멀쩡한 몸으로 안전하게 킹스랜딩에 도착하길 바라지. 아닌가?" 그는 클레오스 곁에 쪼그리고 앉아서 검대를 풀기 시작했다.

"거기서 물러서시오. 당장. 그만둬."

제이미는 지겨웠다. 여자의 의심도 지겨웠고, 계속되는 모욕도 지겨웠고, 비뚤배뚤한 치아와 여드름투성이 넓적한 얼굴과 축 늘어진 머리카락이 다 지겨웠다. 그는 여자의 제지를 무시하고 두 손으로 사촌의 장검 손잡이를 잡은 후, 발로 사촌의 시신을 누르고 손잡이를 당겼다. 검집에서 검이 빠져나오는 사이에 그는 이미 회전하면서 장검으로 빠르고 치명적인 포물선을 그리고 있었다. 강철이 강철과 부딪치면서 뼈가 울리는 쨍 소리가 났다. 브리엔느가 제때 검을 뽑은 것이다. 제이미는 웃음을 터뜨렸다. "훌륭해, 계집."

"그 장검 내놓으시오, 킹슬레이어."

"아, 그러지." 그는 뛰어올라 그녀에게 달려들었다. 그의 손아귀에서 장검이 살아 움직였다. 브리엔느는 펄쩍 뛰어 물러서면서 공격을 피했지만, 그는 뒤따라가면서 공격을 계속했다. 브리엔느가 한 번 피하자마자 다음 공격이 들어갔다. 장검끼리 입을 맞췄다가 튀어 올라 떨어졌다가 다시 입 맞췄다. 제이미의 피가 노래하고 있었다. 그는 이걸 위해 태어난 사람이었다. 싸울 때만큼, 일격 일격에 죽음이 실려 있을 때만큼 살아 있는 기분을 느낄 때가 없었다. '그리고 두 손이 사슬에 묶여 있으니, 저 계집이라도 한동안은 나와 겨룰 수 있을지 모르지.' 사슬 때문에 양손 검처럼 잡을 수밖에 없었다. 진짜 양손 대검에 비하면 무게와 길이가 모자랐지만, 무슨 상관인가? 사촌의 장검도 타스의 브리엔느에게 끝을 고하기에는 부족함 없는 길이였다.

그는 높게, 낮게, 머리 위에서 브리엔느에게 강철 비를 퍼부었다. 왼쪽으로, 오른쪽으로, 사선으로, 검이 맞부딪쳤을 때 불똥이 튈 정도로 거세게 휘두르고, 위쪽으로, 수평으로, 아래쪽으로 계속 공격하면서 밀어붙였다. 한 걸음 딛고 옆으로 빠지고, 공격하고 한 걸음 딛고, 한 걸음 딛고 공격하고, 휘두르고, 베고, 더 빨리, 더 빨리, 더 빨리…….

……그러다가 숨이 찬 그는 물러서서 검 끝을 땅으로 내리고 한숨 돌릴 시간을 줬다. "나쁘지 않군. 계집치고는." 그는 인정했다.

그녀는 조심스럽게 그를 지켜보며 느리고 깊게 숨을 들이쉬었다. "당신을 해칠 생각은 없소, 킹슬레이어."

"해칠 수나 있을까." 그는 쇠사슬을 절그럭거리며 장검을 빙글 돌려 머리 위로 들어 올리고 다시 덤벼들었다.

제이미는 자신이 얼마나 오랫동안 공격을 계속했는지 알 수 없었다. 몇 분이었을 수도 있고 몇 시간이었을 수도 있다. 검이 깨어나면 시간이 잠들었다. 그는 브리엔느를 사촌의 시신 곁에서 멀리 몰고 갔고, 도로를 가로질러 밀어붙였으며, 숲속으로 몰아넣었다. 브리엔느는 딱 한 번 미처 못 본 나무뿌리에 걸려 비틀거렸다. 순간 제이미는 이제 끝이라고 생각했지만, 그녀는 쓰러지는 대신 한쪽 무릎만 꿇었을 뿐 한 호흡도 잃지 않았다. 그녀의 장검이 튀어 올라 그대로 들어갔다면 어깨부터 사타구니까지 갈라놓았을 내려치기를 막았고, 이어서 그를 공격하고 또 공격하면서 일어설 시간을 벌었다.

춤은 계속 이어졌다. 그는 참나무에 몰아붙였으나 그녀가 빠져나가자 욕을 했고, 그녀의 뒤를 따라 낙엽이 반쯤 채운 얕은 개울로 들어갔다. 강철이 울리고, 강철이 노래하고, 강철이 비명을 지르고 불똥을 튀기고 스쳤으며, 여자는 장검이 부딪칠 때마다 돼지처럼 끙끙거리기 시작했지만, 그래도 그는 그 여자를 칠 수가 없었다. 마치 주위에 모든 공격을 막아내는 쇠우리라도 둘러쓴 것 같았다.

"정말 나쁘지 않아." 그는 잠시 공격을 멈추고 호흡을 고르며 그녀의 오른쪽으로 돌았다.

"계집치고는?"

"종자치고는 나쁘지 않다고 해두지. 풋내기 정도." 그는 숨이 차서 거친 웃음소리를 냈다. "자, 자, 사랑스러운 아가씨, 아직 음악이 흐르고 있습니다. 이번 춤은 저와 추실까요?"

끙 소리를 내더니 브리엔느가 검을 빙그르르 돌리며 덤벼들었고, 갑자기 강철이 피부에 닿지 않게 분투하는 사람은 제이미가 되어 있었다. 브리엔느의 공격이 이마를 긋고 지나가서 오른쪽 눈에 피가 흘러들었다. '저 여자는 다른자들에게나 잡혀가라지, 리버런도!' 그 망할 지하감옥에서 기술이 녹슬고 썩어버렸다. 손목에 걸린 사슬도 도움이 되지 않았다. 그는 눈을 감았다. 어깨는 이제까지 받아낸 충격으로 얼얼했고, 두 손목은 사슬과 수갑과 장검의 무게 때문에 아팠다. 장검은 휘두를 때마다 점점 무거워졌고, 제이미도 아까처럼 검을 빨리 휘두르거나 높이 들어 올리지 못하고 있다는 사실을 알았다.

'저 여자가 나보다 힘이 세.'

그 깨달음에 오한이 흘렀다. 로버트는 분명 제이미보다 강했었다. 하얀 황소 제럴드 하이타워도 한창때는 그랬고, 아서 데인 경도 그랬다. 살아 있는 사람 중에서라면 그레이트존 엄버, 크레이크홀의 '힘센 멧돼지'가 힘이 셀 테고 클리게인 형제도 확실히 힘이 셌다. 산더미의 힘은 인간의 것이 아니었다. 그래도 상관없었다. 속도와 기술 면에서는 제이미가 그 사람들 모두를 이길 수 있었다. 하지만 이건 여자였다. 커다란 암소 같은 여자이긴 해도……. 그 여자 쪽이 꺾여야 마땅했다.

그런데 그 여자는 그를 개울 속으로 다시 몰아넣으며 외쳤다. "항복하시오! 검을 버리고!"

제이미의 발밑에서 미끄러운 돌 하나가 뒤집혔다. 그는 몸이 무너지는 것을 느끼며 불운을 비틀어 브리엔느에게 달려들었다. 그의 검 끝은 브리엔느의 방어를 스치고 허벅지 위쪽을 찔렀다. 붉은 꽃이 피었고, 제이미는 그 피를 음미하려던 찰나 쿵 하고 바위에 무릎을 찧었다. 눈이 멀 듯한 통증이 닥쳤다. 브리엔느가 첨벙첨벙 다가오더니 그의 장검을 걷어차버렸다. "항복해!"

제이미는 어깨로 브리엔느의 다리를 들이받아 쓰러뜨렸다. 그들은 한데 엉켜 구르고 걷어차고 주먹질을 하다가, 마침내는 브리엔느가 제이미를 깔고 앉기에 이르렀다. 제이미는 가까스로 브리엔느의 단검을 뽑는 데 성공했지만, 그 단검을 그녀의 배에 찔러 넣기 전에 그녀가 그의 손목을 잡고 두 손을 바위에 세게 내리쳤다. 어찌나 강한 힘이었는지, 한쪽 팔을 잡아 뽑는 것 같았다. 그녀의 반대쪽 손이 그의 얼굴 위에 쫙 펴졌다. "항복해!" 그녀는 그의 머리를 잡아 물속에 처박았다가 끌어 올렸다. "항복해!" 제이미는 그녀의 얼굴에 물을 뱉었다. 다시 첨벙, 그는 다시 물속에서 무력하게 발길질하며 숨을 쉬려 싸웠다. 그러다가 다시 물 위로. "항복하지 않으면 물에 빠뜨려 죽이겠소!"

"그래서 맹세를 깨겠다고? 나처럼?" 제이미는 이를 드러냈다.

브리엔느가 그를 놓아주자 제이미는 첨벙 소리를 내며 쓰러졌다.

뒤이어 숲속에 거친 웃음소리가 울려 퍼졌다.

브리엔느가 벌떡 일어섰다. 허리 아래는 온통 진흙과 피투성이였고, 옷은 비뚤어졌으며, 얼굴은 시뻘겠다. 마치 싸움이 아니라 성교라도 하다가 들킨 것 같은 얼굴이었다. 제이미는 바위 위를 기어서 얕은 물 위로 올라간 후, 수갑을 찬 손으로 눈에 들어간 피를 씻어냈다. 개울 양쪽에 무장한 남자들이 늘어서 있었다. 놀라운 일은 아니었다. 두 사람이 드래곤이라도 깨울 만한 소란을 피웠으니. 그는 쾌활하게 외쳤다. "잘 만났네, 친구들. 내가 소란을 피웠다면 미안하군. 마누라를 혼내다가 딱 걸렸군그래."

"혼내는 쪽은 저 여자 같던데." 대꾸한 남자는 몸이 두툼하고 건장했으며, 철제 반투구의 코 부분이 가려주기는 해도 코가 없다는 사실을 알 수 있었다.

제이미는 이들이 클레오스 경을 죽인 무법자들이 아니라는 사실을 퍼뜩 알아차렸다. 지상의 인간 쓰레기들이 그들을 둘러싸고 있었다. 거무스름한 도르네인과 금발의 리스인, 땋은 머리에 종을 단 도트락인, 털투성이 이벤인, 깃털 망토를 걸친 새까만 여름 군도인까지. 제이미는 그들이 누구인지 알았다. 용감한 형제단이었다.

브리엔느가 겨우 목소리를 냈다. "나에게 금화 백 닢이—"

너덜너덜한 가죽 망토를 걸친 창백한 남자가 말했다. "우선 그것부터 받읍시다, 아가씨."

"그다음엔 아가씨 거시기를 받지." 코가 없는 남자가 말했다. "거기는 그래도 다른 데만큼 못생기진 않았을 거야."

"엎어놓고 뒤에서 덮쳐, 로지." 투구에 붉은 비단 스카프를 두른 도르네 창잡이가 부추겼다. "그렇게 하면 얼굴은 안 봐도 되잖아."

"그리고 저 여자가 날 보는 즐거움도 빼앗으라고?" 코가 없는 사내가 말하자 나머지가 웃어댔다.

브리엔느가 못생기고 고집스럽기는 해도, 이런 쓰레기들에게 집단 강간을 당할 이유는 없었다. "지휘관이 누군가?" 제이미가 큰 소리로 물었다.

"그 영예는 내 것 같소, 제이미 경." 시체 같은 얼굴에 눈 주위는 붉었고, 머리카락은 가늘고 푸석한 자였다. 그의 창백한 손과 얼굴에 검푸른 핏줄이 두드러져 보였다. "어스윅이오. 신실한 어스윅이라고도 하지."

"내가 누군지 아나?"

용병은 고개를 비딱하게 기울였다. "용감한 형제단을 속이려면 수염을 기르고 머리를 미는 정도론 안 되지."

'피투성이 극단이란 말이겠지.' 제이미는 그레고르 클리게인이나 아모리 로치 못지않게 이들과도 볼일이 없었다. 그의 아버지는 이들을 개들이라 불렀고, 개처럼 이용해서 사냥감을 몰고 적의 마음에 공포를 불어넣었다. "어스윅, 날 안다면 보상을 받으리라는 사실도 알겠군. 라니스터는 언제나 빚을 갚는다네. 그 계집으로 말하자면, 태생이 고귀하니 몸값을 꽤 받을 수 있을 것이고."

상대는 고개를 젖혔다. "그렇소? 거 행운이군."

이 어스윅이라는 자의 미소에는 제이미의 마음에 들지 않는 음흉한 구석이 있었다. "그렇다니까. 염소는 어디 있나?"

"몇 시간 거리에 있지. 당신을 보면 좋아할 테지만, 나라면 면전에서 염소라고 부르진 않겠소. 바고 공은 자기 위엄을 거스르면 발끈하거든."

'언제부터 그 침 흘리는 야만인에게 위엄이 있었다고?' "만나게 되면 그 점을 명심하도록 하지. 그런데 공이라니, 어디 영주인가?"

"하렌홀이오. 그렇게 약속을 받았지."

'하렌홀? 아버지가 정신이 나가셨나?' 제이미는 두 손을 들어 올렸다. "이 쇠사슬 좀 끊어주지."

어스윅은 종잇장처럼 마른 웃음소리를 냈다.

뭔가가 단단히 잘못됐다. 제이미는 당황한 기색을 드러내지 않고 미소만 지었다. "내가 뭔가 웃기는 말을 했나?"

코 없는 놈이 히죽 웃었다. "바이터가 그 성사의 젖꼭지를 물어 끊은 이후로 너같이 웃기는 건 처음 봐."

도르네인이 말했다. "당신과 당신 아버지는 너무 많은 전투에서 졌어. 우린 사자 가죽을 늑대 가죽으로 바꿔야 했지."

어스윅이 양손을 펼쳤다. "티미온 말인즉, 용감한 형제단은 이제 라니스터 가문의 고용인이 아니라는 거요. 이제는 볼턴 공과 북부의 왕을 섬긴다오."

제이미는 그에게 경멸이 담긴 차가운 미소를 날렸다. "이런데도 사람들은 내가 명예를 개똥같이 여긴다고 하지?"

어스윅은 그 말에 즐거워하지 않았다. 어스윅이 신호를 보내자 피투성이 극단 두 명이 제이미의 팔을 잡고 로지가 쇠 장갑 낀 주먹을 그의 배에 날렸다. 그는 신음하며 몸을 반으로 접다가 여자가 항의하는 소리를 들었다. "그만두시오, 해를 입혀서는 안 돼! 캐틀린 부인께서 포로 교환으로 보내신 거요. 그자는 나의 보호하에……." 로지가 한 대 더 때리자 제이미의 폐에서 공기가 다 빠져나갔다. 브리엔느는 개울물에 잠긴 장검을 향해 뛰어들었지만, 그녀가 손도 대기 전에 피투성이 극단이 덮쳤다. 브리엔느의 힘이 어찌나 센지, 때려눕히는 데 네 명이 필요했다.

끝에 가서는 계집의 얼굴이 제이미 못지않게 퉁퉁 부은 피투성이가 되었고, 이도 두 개 날아갔다. 외모가 나아질 만한 변화는 아니었다. 두 포로는 피를 흘리며 절뚝절뚝 숲속에 끌려가서 말이 있는 곳으로 향했다. 브리엔느는 제이미가 개울에서 입힌 허벅지 상처 때문에 발을 끌었다. 제이미는 그녀에게 안된 마음을 느꼈다. 그녀가 오늘 밤에 처녀성을 잃을 것은 분명했다. 그 코 없는 개자식이 분명히 덮칠 테고, 다른 놈들도 몇 명은 교대하고 싶어 할 것이다.

도르네인이 브리엔느의 짐말 위로 두 사람을 등이 맞닿게 묶는 동안 다른 피투성이 극단원들은 클레오스 프레이를 발가벗겨 소지품을 나누었다. 로지는 자랑스레 라니스터와 프레이 문장이 같이 들어간 피 묻은 전포를 챙겼다. 사자와 탑 문장에 사이좋게 화살 구멍이 뚫려 있었다.

"기분 좋겠군, 여자." 제이미는 브리엔느에게 속삭이고 기침을 하며 피를 한 움큼 뱉어냈다. "나에게 무장만 시켜줬어도 우리가 잡힐 일은 없었어." 브리엔느는 대꾸하지 않았다. '하여간 돼지처럼 고집스러운 년이야. 하지만 용감하기는 해.' 그 점은 폄하할 수 없었다. "오늘 밤에 야영할 때면 강간당할 거야." 그는 경고했다. "한 번으로 끝나지도 않을 테고. 저항하지 않는 편이 현명해. 맞서 싸우다간 이빨 몇 개만 잃고 끝나지 않을 거야."

맞닿은 브리엔느의 등이 뻣뻣해지는 것을 느꼈다. "당신이 여자라면 그러겠소?"

'내가 여자라면 세르세이일 텐데.' "내가 여자라면, 차라리 죽고 말겠지. 하지만 난 여자가 아니잖아." 제이미는 말 옆구리를 걷어차서 속보로 걷게 했다. "어스윅! 한마디만!"

너덜너덜한 가죽 망토를 걸친 시체 같은 용병은 잠시 고삐를 당겨 옆으로 왔다. "뭘 어쩌려고, 경? 그리고 말조심해야 할 거야. 안 그러면 다시 혼을 내줄 테니까."

"금 말이야, 황금 좋아하나?" 제이미가 말했다.

어스윅은 불그레한 눈으로 그를 찬찬히 보았다. "황금에는 쓸모가 있긴 있지."

제이미는 어스윅에게 알 만하다는 듯한 미소를 보였다. "캐스털리록의 모든 황금이야. 왜 염소가 다 즐기게 두나? 우릴 킹스랜딩에 데려다주고, 내 몸값을 직접 받는 건 어때? 괜찮다면 이 여자 몸값도 받고 말이야. 예전에 어떤 처녀에게 들었는데 타스는 사파이어섬이라고 불린다는군." 계집은 그 말에 움찔했지만 말은 하지 않았다.

"내가 변절자인 줄 아나?"

"그야 물론이지. 당연하잖아?"

어스윅은 심장이 반 번 뛸 동안 그 제안을 고려해보았다. "킹스랜딩은 멀고, 당신 아버지가 거기 있지. 타이윈 공은 우리가 볼턴 공에게 하렌홀을 팔아넘긴 일로 화가 났을지도 몰라."

'보기보다 영리하군.' 제이미는 이 비열한 놈의 주머니에 황금이 가득할 때 목을 매달 생각을 하고 있었다. "아버지는 내가 해결하지. 자네가 어떤 범죄를 저질렀든 잊어버리게 왕실의 사면을 받아줄게. 기사 작위도 얻어주지."

"어스윅 경이라." 남자는 그 어감을 음미했다. "내 마누라가 어스윅 경이라는 소리를 들으면 얼마나 자랑스러워했을까. 내가 죽여버리지만 않았다면 말이야." 그는 한숨을 내쉬었다. "그럼 용감한 바고 공은 어쩌고?"

"내가 〈카스타미어에 내리는 비〉를 한 자락 불러줄까? 그 염소도 내 아버지에게 붙잡히면 그렇게 용감하지 못할걸."

"어떻게 붙잡는다는 거야? 당신 아버지의 팔이 하렌홀 성벽을 넘어 우릴 뽑아낼 정도로 긴가?"

"필요하다면." 하렌 왕이 지은 괴물 같은 성은 전에도 함락된 적이 있고, 다시 함락될 수도 있었다. "자넨 염소가 사자와 싸워 이길 수 있다고 생각할 정도로 바보인가?"

어스윅은 몸을 가까이 기울이더니 제이미의 뺨을 후려쳤다. 타격 자체보다는 그 가벼운 몸짓에 담긴 무례함이 더 나빴다. '저놈은 날 두려워하지 않아.' 제이미는 깨달으며 한기를 느꼈다. "들을 만큼 들었다, 킹슬레이어. 너같이 맹세를 저버린 놈이 하는 약속을 믿으면 그거야말로 엄청난 바보지." 어스웍은 말을 걷어차서 저만치 달려가버렸다.

'아에리스.' 제이미는 분개하며 생각했다. '언제나 아에리스로 돌아가는군.' 그는 말이 움직이는 대로 흔들리면서 장검이 있었으면 좋겠다고 생각했다. '장검 두 개면 더 좋지. 하나는 이 계집이 쓰고 하나는 내가 쓰고. 그래봐야 죽을 테지만, 저놈들 절반은 지옥에 같이 데려갈 수 있을 텐데.' 어스웍이 듣지 못할 거리까지 멀어지자 브리엔느가 속삭였다. "왜 타스가 사파이어섬이라는 소릴 한 거요? 내 아버지가 보석 부자라고 생각할 텐데……."

"그렇게 생각하길 빌어야지."

"당신은 하는 말마다 거짓이오, 킹슬레이어? 타스가 사파이어섬이라고 불리는 건 물이 파랗기 때문이오."

"더 크게 외치지 그래. 어스웍이 못 들었을 테니 말이야. 놈들은 당신 몸값이 얼마 안 된다는 사실을 알아차리자마자 강간하려 들 거야. 여기 있는 놈들 전부가 다 올라탈 거라고. 하지만 무슨 상관이겠어? 그냥 눈 감고 다리를 벌리고 다 렌리 공인 양 생각하든지."

다행히도 그 말은 여자의 입을 한동안 막아줬다.

그들은 해가 저물 녘이 되어서야 용감한 형제단 십여 명을 이끌고 작은 성소를 털고 있던 바고 호트를 찾아냈다. 납땜 유리는 다 박살이 났고, 나무로 조각한 신상은 다 햇빛 아래 끌려 나와 있었다. 그들이 달려갔을 때는 제이미가 이제까지 본 중에 제일 뚱뚱한 도트락인이 어머니 신상의 가슴팍에 앉아 단검 끝으로 옥수석 눈동자를 파내고 있었다. 그 근처에는 깡마른 대머리 성사가 우거진 밤나무 가지에 거꾸로 매달려 있었다. 용감한 형제단 세 명이 그 시체를 활쏘기 과녁으로 쓰고 있었는데 그중 한 명이 솜씨가 좋은지, 죽은 성사의 두 눈에 화살이 박혀 있었다.

어스윅과 포로들을 보자 용병 대여섯 명의 입에서 큰 소리가 나왔다. 염소는 불가에 앉아 반쯤 구워진 새고기를 꼬챙이째로 뜯고 있었는데, 기름과 피가 손가락을 타고 떡이 진 긴 수염으로 흘러내렸다. 그는 튜닉에 손을 문질러 닦고 일어섰다. "킹슬레이어." 그가 군침을 흘렸다. "댁이 내 포로라니."

여자가 소리쳤다. "영주님, 타스의 브리엔느라고 합니다. 캐틀린 스타크 부인께서 제이미 경을 킹스랜딩에 있는 동생에게 데리고 가라 명하셨습니다."

염소는 무관심한 눈빛으로 그녀를 흘긋 보았다. "조용히 씨켜."

"들어보세요." 로지가 제이미와 같이 묶어놓은 밧줄을 끊자 브리엔느는 간청했다. "북부의 왕, 공이 모시는 왕의 이름으로 부디 들어—"

로지가 브리엔느를 말에서 끌어 내리더니 걷어차기 시작했다. "뼈는 부러뜨리지 말아라." 어스윅이 로지에게 외쳤다. "그 말상 계집한테 제 몸무게만 한 사파이어의 가치가 있단다."

도르네인 티미언과 몸 냄새 지독한 이벤인이 제이미를 안장에서 끌어 내려 거칠게 불가로 밀었다. 이들이 거칠게 다룰 때 장검 손잡이 하나쯤 붙잡는 건 어려운 일이 아니었지만, 상대가 너무 많았고 제이미는 아직 수갑을 차고 있었다. 한둘쯤은 벨 수도 있겠지만 결국에는 그러다가 죽을 판이었다. 제이미는 아직 죽을 준비가 되지 않았고, 타스의 브리엔느 같은 여자를 위해 죽을 생각은 전혀 없었다.

"이거 달콤한 날이구먼." 바고 호트가 말했다. 그의 목에는 주화를 연결해 만든 목걸이가 걸렸는데, 각기 다른 크기와 모양으로 주조하거나 두드려 만든 주화들에 왕, 마법사, 신과 악마, 그리고 온갖 상상 속의 야수들을 닮은 그림이 그려져 있었다.

'저놈이 싸운 모든 땅에서 모은 주화였지.' 제이미는 기억했다. 이 남자의 핵심은 탐욕이었다. '한 번 배신했다면 다시 배신할 수도 있을 거야.' "바고공, 내 아버지 밑을 떠나다니 어리석은 짓이었지만, 아직 되돌리기에 너무 늦지는 않았어. 아버지가 내 몸값을 후하게 치를 거란 건 알잖나."

"아, 그럼. 캐쓰털리록의 황금 절반은 갖게 될 테지. 하지만 먼저 그분에게 메씨지를 보내야겠어." 그는 미끄러지는 염소 소리 같은 언어로 뭐라고 말을 했다.

어스웍이 제이미의 등을 밀고, 녹색과 분홍색으로 알록달록하게 입은 어릿광대가 다리를 걷어찼다. 제이미가 땅에 엎어지자 활잡이 하나가 그의 두 손목 사이에 걸린 사슬을 잡고 두 팔을 앞으로 당겼다. 뚱뚱한 도트락인이 단검을 내려놓더니 거대한 곡선 형태의 아라크를, 기마전사들이 아끼는 치명적이도록 날카로운 낫 모양의 검을 뽑았다.

'날 겁주려는 거야.' 도트락인이 건들건들 다가오자 어릿광대가 킬킬거리며 제이미의 등에 뛰어올랐다. '염소는 내가 바지에 오줌을 싸고 살려달라고 빌기를 원하겠지만, 그런 즐거움은 절대 누리지 못할걸.' 그는 캐스털리록의 라니스터요, 킹스가드 단장이었다. 어떤 용병도 그에게 비명을 끌어내진 못했다.

햇빛을 받아 은색으로 반짝이는 아라크가 파르르 떨리더니, 보이지도 않을 만큼 빨리 떨어져 내렸다. 그리고 제이미는 비명을 질렀다.

아리아

그 작고 네모난 성채는 반쯤 무너졌고, 그곳에 사는 거대한 회색 기사도 그랬다. 그는 나이가 너무 많아서 그들의 질문을 이해하지 못했다. 무슨 말을 해도 미소 지으며 중얼거리기만 했다. “난 메이너드 경을 상대로 그 다리를 지켰지. 붉은 머리에 성질이 고약한 남자였지만 날 움직일 순 없었어. 난 여섯 군데나 부상을 입고 겨우 그자를 죽였어. 여섯 군데나!”

다행히도 그 기사를 돌보던 학사는 젊은 사람이었다. 노기사가 의자에 앉은 채로 잠들어버리자 학사는 그들을 한쪽으로 데리고 가서 말했다. “여러분이 유령을 찾으시는 게 아닌가 걱정입니다. 오래전에, 적어도 반년 전에 까마귀가 왔었어요. 라니스터가 신의 눈 호수 근처에서 베릭 공을 잡았다는 소식이었죠. 목이 매달렸답니다.”

“그렇지, 목이 매달리긴 했는데, 죽기 전에 토로스가 줄을 끊었어요.” 렘의 코는 전처럼 시뻘겋거나 심하게 부어 있진 않았지만, 비뚤어진 채로 나으면서 얼굴이 한쪽으로 기울어진 인상을 주었다. “베릭 공은 죽이기 힘든 사람이거든요.”

“찾기도 힘든 분 같군요.” 학사가 말했다. “목엽 마님(Lady of the Leaves)

에게는 물어보셨습니까?"

"물어봐야지요." 초록 수염이 말했다.

다음 날 아침, 성채 아래 작은 돌다리를 건너다가 겐드리가 이게 그 노기사가 싸웠다는 다리일까 물었다. 아무도 답을 알지 못했다. 행운아 잭이 말했다. "아마 그렇겠지. 다른 다리는 보이지 않으니까."

일곱 현의 톰이 말했다. "노래가 있다면 확실히 알 텐데 말이야. 멋진 노래 하나만 있으면 메이너드 경이 누구였는지, 왜 그렇게 간절히 이 다리를 건너고 싶어 했는지 알겠지. 가엾은 늙은 리체스터도 가수를 곁에 둘 분별만 있었다면 드래곤 기사만큼 유명해졌을지 몰라."

"리체스터 공의 아들들은 로버트의 반란 중에 죽었어." 렘이 툴툴거렸다. "몇 명은 이쪽, 몇 명은 저쪽에서 싸웠지. 그 후부터 리체스터 공은 머리가 온전하지 않았어. 빌어먹을 노래가 있다고 도움이 됐을까."

"학사가 한 말, 목엽 마님에게 물어보라는 말은 무슨 뜻이야?" 아리아는 말을 달리면서 앤가이에게 물었다.

궁수가 웃으며 대답했다. "보면 알아."

사흘 후, 노란 숲속을 달려가다가 행운아 잭이 나팔을 풀더니 신호를 울렸다. 전과는 다른 신호였다. 나팔 소리가 잦아들기도 전에 나뭇가지 사이로 밧줄 사다리가 내려왔다. "말들을 묶어놓고 올라가자." 톰은 반쯤 노래하듯 말했다. 그들은 위쪽 나뭇가지 사이에 숨은 마을, 붉은색과 금색의 벽 뒤에 미로 같은 밧줄 통로와 이끼 덮인 작은 집들이 숨어 있는 마을로 올라가서 목엽 마님 앞에 당도했다. 거친 옷을 입고 머리가 하얀 데다 꼬챙이처럼 마른 여인이었다. "가을이 왔으니 우리도 여기 오래는 못 있어. 아흐레 전에 늑대 십여 마리가 사냥을 하면서 헤이포드 길로 내려갔어. 혹시라도 위를 올려다봤다면 우릴 봤을지 모르지."

"베릭 공은 못 봤수?" 일곱 현의 톰이 물었다.

"죽었어." 여인은 속이 메스껍다는 듯 말했다. "산더미가 잡아서 베릭 공의 눈에 단검을 박아 넣었어. 어느 거지가 말해줬지. 그 일이 실제로 일어나는 걸 본 사람에게 들었대."

"그건 한참 지나 김이 빠진 데다 잘못된 소리요." 렘이 말했다. "번개 영주님은 그렇게 쉽게 죽지 않아요. 그레고르 경이 눈을 뽑았을진 몰라도, 사람이 그 정도로 죽진 않는다고. 잭이 증언할 수 있지."

"그야, 나도 안 죽었지." 애꾸눈의 행운아 잭이 말했다. "내 아버지는 파이퍼 공의 토지 관리인에게 잡혀서 목이 매달렸고, 내 형인 왓은 잡혀서 장벽에 가게 됐고, 다른 형제들은 다 라니스터 손에 죽었지. 한쪽 눈쯤이야 아무것도 아냐."

"죽지 않았다고 맹세하나?" 여인은 렘의 팔을 부여잡았다. "축복을 받게나, 렘. 반년 동안 우리가 들은 소식 중에 제일 좋은 소식이야. 전사 신께서 그분을 지켜주시길. 붉은 사제도 지켜주시고."

다음 날 밤에 그들은 불타버린 샐리댄스라는 마을의 새까맣게 탄 성소 아래에 있는 피난처를 찾았다. 납땜 유리는 깨진 조각들만 남아 있었고, 그들을 맞이한 나이 든 성사는 약탈자들이 어머니 신의 값진 로브와 노파 신의 금박 입힌 등잔, 아버지 신이 쓰고 있던 은관까지 벗겨 갔다고 했다. "그놈들은 처녀 신의 가슴도 떼어 갔어요. 그건 그냥 나무였는데. 그리고 눈도, 신상의 눈은 흑옥과 청금석과 진주층으로 만든 거라, 단검으로 파내 가더군요. 어머니께서 그자들 모두에게 자비를 베푸시기를."

"누구 작품이었습니까?" 레몬클록 렘이 물었다. "피투성이 극단?"

노인이 대답했다. "아뇨. 북부인들이라더군요. 나무를 섬기는 야만인들. 킹슬레이어를 잡으려고 한다나, 그랬어요."

아리아는 그 말을 듣고 입술을 씹었다. 겐드리가 쳐다보는 것을 느낄 수 있었다. 그래서 화가 나고 부끄러웠다.

성소 아래, 거미줄과 나무뿌리와 깨진 와인 통이 널린 지하실에는 십여 명이 살고 있었는데, 이 사람들도 베릭 돈다리온 소식은 알지 못했다. 검댕으로 시커메진 갑옷을 입고 망토에는 조잡하게 번개를 그려 넣은 대표자도 마찬가지였다. 초록 수염은 아리아가 그 남자를 빤히 쳐다보는 것을 보고 웃으면서 말했다. "번개 영주님은 어디에나 있고 아무 데도 없단다, 빼빼 다람쥐야."

"난 다람쥐가 아니야. 곧 거의 어른이 될 거야. 열한 살이 될 거란 말이야."

"그렇다면 내가 너와 결혼하지 않게 조심해야겠구나!" 그는 아리아의 턱 밑을 간질이려 들었지만, 아리아는 그 한심한 손을 탁 쳐냈다.

그날 밤 렘과 겐드리는 그곳에 사는 사람들과 타일 놀이를 했고, 일곱 현의 톰은 '배불뚝이 벤과 최고성사의 거위'에 대한 바보 같은 노래를 불렀다. 앤가이는 아리아가 자기 장궁을 당겨보게 해줬지만, 아리아는 아무리 입술을 깨물어도 그 활을 당길 수가 없었다. 주근깨투성이 궁수는 말했다. "아가씨에겐 더 가벼운 활이 있어야겠는데. 리버런에 잘 마른 목재가 있다면 하나 만들어줄 수도 있겠다."

톰이 그 말을 듣고 노래를 멈췄다. "궁수, 이 바보 같은 녀석. 우리가 리버런에 간다면 그 아가씨 몸값을 받을 때뿐일 테니, 앉아서 활이나 만들 시간은 없을 거다. 멀쩡한 몸으로 빠져나오기나 하면 고맙지. 호스터 공은 네가 수염을 깎기 전부터 무법자들을 목매달았어. 그리고 그 아들은……. 내가 늘 말하지만, 음악을 싫어하는 남자는 믿을 수 없어."

"그 양반이 싫어하는 건 음악이 아니야. 너지." 렘이 말했다.

"그럴 이유가 없잖아. 그 여자는 기꺼이 그 작자를 남자로 만들어주려고 했는데, 너무 취해서 일을 못 치른 게 내 잘못인가?"

렘은 부러진 코로 콧김을 내뿜었다. "그걸로 노래를 만든 게 너야, 아니면 자기 목소리에 도취한 다른 망할 놈이야?"

"난 그 노래를 딱 한 번밖에 안 불렀어." 톰이 불평했다. "그리고 그 노래가 그 작자에 대한 거라고 누가 그래? 그건 물고기에 대한 노래였다고."

"축 처진 물고기 말이죠." 앤가이가 낄낄거리며 말했다.

아리아는 톰의 바보 같은 노래가 무슨 내용이든 상관없었다. 아리아는 하원을 돌아보았다. "몸값 얘긴 무슨 소리야?"

"저희에겐 말이 꼭 필요해요, 아가씨. 갑옷도. 장검, 방패, 창도요. 돈으로 살 수 있는 건 다 필요하죠. 그래요, 그리고 농사지을 씨앗도 필요해요. 겨울이 오고 있다는 거, 기억해요?" 하원은 아리아의 턱 아래를 톡 쳤다. "우리가 몸값을 받아내는 귀족이 아가씨가 처음은 아닐 거예요. 마지막도 아니길 빌고요."

아리아도 그게 사실이라는 것 정도는 알고 있었다. 기사들은 언제나 잡혀서 몸값을 냈고, 때로는 여자들도 그랬다. '하지만 롭이 값을 치르지 않으면 어쩌지?' 아리아는 유명한 기사가 아니었고, 왕은 왕국보다 누이를 우선해서는 안 되는 법이었다. 그리고 어머님은, 어머니는 뭐라고 하실까? 이런 온갖 짓을 다 저질렀는데도 어머니는 여전히 딸을 되찾고 싶어 하실까? 아리아는 입술을 씹으며 생각했다.

다음 날 그들은 하이하트(High Heart)라고 불리는 곳으로 말을 달렸다. 꼭대기에 서면 세상 절반을 볼 수 있을 것만 같은 높은 언덕이었다. 그 주변에 거대한 흰 그루터기가 둥글게 늘어서 있었는데, 한때 어마어마했던 영목들의 흔적이었다. 아리아와 겐드리는 언덕 주위를 걸으며 영목 그루터기의 수를 헤아렸다. 모두 서른한 그루가 있었고, 그중에 어떤 그루터기는 어찌나 넓은지 침대로도 쓸 수 있을 정도였다.

일곱 현의 톰은 하이하트가 숲의 아이들에게 신성한 장소였다고, 여기에는 아직도 그들의 마법이 약간 남아 있다고 말했다. "여기에서 자는 사람들에게는 어떤 해도 미칠 수 없지." 아리아는 가수의 말이 사실일 거라 생각했다. 그 언덕은 너무나 높았고 주위 땅은 너무나 평평해서, 적이 보이지 않게 접근할 방법이 없었다.

톰은 이 부근 평민들이 이 장소를 피한다고 말했다. 킨슬레이어(kinslayer, 친족 살해자) 에레그라 불린 안달인 왕이 숲을 베어버렸을 때 여기에서 죽은 숲의 아이들의 유령이 남아 있다고들 한다고 말이다. 아리아는 숲의 아이들에 대해서도 알고 안달인에 대해서도 알았지만, 유령은 무섭지 않았다. 어렸을 때는 윈터펠 지하묘지에 숨어들어 옥좌에 앉은 돌 조각상들 사이에서 '우리 성에 놀러 와 놀이'나 '괴물과 처녀 놀이'를 하곤 했었다.

그렇다 해도 그날 밤에는 목덜미 털이 곤두섰다. 아리아는 자고 있다가 폭풍 때문에 깨어났다. 바람이 아리아가 덮고 있던 천을 잡아당겨 덤불 속에 처박았는데, 그 뒤를 쫓아가자 목소리들이 들렸다.

거의 다 탄 모닥불 옆에서 톰과 렘, 초록 수염이 자그마한 여자와 이야기를 하고 있었는데, 아리아보다도 30센티미터는 작았고 낸 할멈보다 나이가 많았으며, 꼬부라진 허리와 주름살투성이 몸을 울퉁불퉁한 검은색 지팡이에 기대고 있었다. 새하얀 머리는 어찌나 긴지 땅바닥에 닿을 정도였다. 바람이 불자 일렁이는 머리카락이 머리 주위에 낀 고운 구름 같았다. 살갗은 머리카락보다 더 흰 우윳빛이었고, 아리아가 보기에는 눈동자가 붉은색 같았지만 덤불 쪽에서 봐서는 확실히 말하기 힘들었다. 노파의 목소리가 들렸다. "옛 신들이 동요해서 나를 잠 못 들게 하는군. 꿈속에서 불타는 심장을 지닌 그림자가 황금색 수사슴을 도살하는 장면을 보기는 했어, 그래. 얼굴 없는 남자가 흔들거리는 다리 위에서 기다리는 모습도 보았지. 그 어깨 위에는 날개에 해초를 매단 물에 빠진 까마귀가 앉아 있었어. 꿈에서 굉음을 울리는 강과 물고기 여자도 보았네. 그 여자는 뺨에 두 줄기 붉은 눈물을 흘린 채 시체가 되어 떠내려왔지만, 그 두 눈이 뜨이자 아, 나는 공포에 질려 깨어나고 말았지. 나는 이 모든 것을, 그리고 그 이상을 꿈꾸었네. 나에게 줄 선물은, 내 꿈값은 가져왔나?"

레몬클록 렘이 투덜거렸다. "꿈이라, 꿈이 무슨 소용이람? 물고기 여인들과 빠져 죽은 까마귀들이라. 어젯밤에 나도 꿈을 꿨지. 예전에 알았던 선술집 여자와 입을 맞추고 있었어. 나한테도 그 꿈값을 줄 거요, 노파?"

"그 여자는 죽었다." 노파가 낮게 말했다. "이제는 벌레들만이 그 여자에게 입을 맞출 수 있겠지." 그리고 노파는 일곱 현의 톰에게 말했다. "내 노래를 들려주지 않으면 쫓아버리겠어."

그래서 가수는 노파를 위해 연주했다. 부드럽고 슬픈 노래였는데, 가사는 토막토막밖에 들리지 않았지만 가락은 어딘가 익숙했다. '산사라면 무슨 노래인지 알 텐데.' 아리아의 언니는 모르는 노래가 없었고, 심지어는 연주도 조금 할 줄 알았으며, 노래는 참으로 달콤하게 불렀다. '난 고함지르기밖에 못 하는데 말이야.'

다음 날 아침에 그 작고 하얀 노파는 어디에도 보이지 않았다. 아리아는 말에 안장을 얹으면서 일곱 현의 톰에게 혹시 숲의 아이들이 아직 하이하트에 살고 있느냐고 물었다. 가수는 클클 웃었다. "그 여자를 봤구나?"

"유령이었어?"

"유령이 관절이 삐걱거린다고 불평을 할까? 아니야, 그저 나이 많은 난쟁이 여인일 뿐이다. 다만 기묘한 데다가 사악한 눈을 지니고 있지. 그렇지만 그 노파는 도무지 알 리 없는 것들을 알고 있고, 상대가 마음에 들면 그걸 말해주기도 해."

"당신 모양새가 마음에 들었을까?" 아리아는 의심스럽게 물었다.

가수는 큰 소리로 웃었다. "내 목소리는 좋아하지. 하지만 언제나 똑같은 노래만 부르게 해. 그야 나쁜 노래는 아니지만, 그만큼 훌륭한 다른 노래들도 아는데 말이야." 그는 고개를 저었다. "중요한 건, 우리가 이제 냄새를 맡았다는 거다. 넌 곧 토로스와 번개 영주님을 보게 될 거야."

"그 사람들은 왜 당신들한테서도 숨어 다니는 건데? 자기네 부하잖아."

일곱 현의 톰은 그 말에 눈을 굴렸다. 하원이 대신 대답했다. "저라면 그걸 숨는다고 하진 않겠지만, 사실이에요. 베릭 공은 많이 돌아다니고, 계획을 잘 알려주시지도 않죠. 그래야 아무도 그분을 배신할 수 없으니까요. 지금까지 수백 명, 어쩌면 수천 명이 베릭 공에게 충성을 맹세했지만, 모두가 그분 뒤를 따라다니는 건 아니에요. 그랬다간 땅을 다 벗겨먹거나 전투 한 번에 더 큰 군대에게 몰살당할 테니까요. 지금처럼 작은 무리로 흩어져 있으면 한 번에 십여 곳을 칠 수 있고, 놈들이 알기 전에 다른 곳으로 달아날 수 있죠. 그리고 하나가 잡혀서 심문을 당해도, 음, 무슨 짓을 해도 베릭 공을 어디에서 찾을지 말해줄 수가 없어요." 하원은 머뭇거렸다. "심문을 당한다는 게 무슨 뜻인지는 아시죠?"

아리아는 고개를 끄덕였다. "그놈들은 그걸 간질이기라고 했어. 폴리버와 라프와 그놈들 다." 아리아는 겐드리와 함께 잡혔던 신의 숲 호수 옆 마을에 대해, 그리고 티클러(Tickler, 간질이는 자)가 한 질문들에 대해 말했다. 그는 언제나 질문을 이렇게 시작했다. "마을에 숨겨진 금이 있나? 은이나 보석은? 먹을 것이 있나? 베릭 공은 어디 있나? 마을 사람 누가 그놈을 도왔나? 그놈은 어디로 갔나? 몇 명이나 같이 있었나? 기사는 몇이었고, 궁수는 몇이었으며, 말을 탄 건 몇 명이었나? 무장은 어떻게 했나? 몇 명이나 부상을 입었나? 그자들이 어디로 갔다고 했지?" 떠올리기만 해도 새된 비명 소리가 다시 들리고, 피와 토사물과 불에 탄 살냄새가 다시 나는 것 같았다. 아리아는 무법자들에게 침통하게 말했다. "그놈은 언제나 같은 질문을 했지만, 간질이는 방법은 매일 바꿨어."

하원은 아리아의 말이 끝나자 말했다. "어떤 아이도 그런 걸 겪어선 안 돼요. 산더미는 스톤밀에서 부하들 절반을 잃었다고 들었습니다. 그 티클러라는 놈은 지금도 물고기에게 얼굴을 뜯기며 레드포크를 떠내려가고 있을지도 몰라요. 그렇지 않다면, 흠, 그놈들이 책임져야 할 범죄가 하나 더 늘어나는 거죠. 공께서 이 전쟁은 수관님이 그레고르 클리게인에게 왕의 정의를 내리라고 자신을 보냈을 때 시작됐다고, 그러니까 이 일을 꼭 완수할 거라고 하시는 걸 들었어요." 그는 아리아의 어깨를 격려하듯 두드렸다. "이제 말에 오르시는 게 좋겠네요, 아가씨. 에이콘홀(Acorn Hall, 도토리 전당)까지는 하루 종일 말을 달려야 하지만, 도착하면 지붕을 머리에 이고 배 속에 뜨끈한 식사를 넣게 될 거예요."

하루 종일 달렸지만, 어스름이 깔릴 무렵에는 개울을 건너서 석조 외벽과 커다란 참나무 아성을 갖춘 에이콘홀에 이르렀다. 에이콘홀의 주인은 주군인 밴스 공을 따라 전투에 나가 있었고, 주인이 없는 동안에는 성문을 굳게 닫아 질러놓았다. 하지만 성주 부인은 일곱 현의 톰과 오랜 친구였고, 앤가이의 말에 따르면 예전에 연인 사이였다고 했다. 앤가이는 아리아 옆을 달릴 때가 많았다. 그는 겐드리만 빼면 아리아와 나이가 가장 비슷했고, 도르네 변경 지역의 우스꽝스러운 이야기들을 해주기도 했다. 하지만 아리아는 결코 속지 않았다. '앤가이는 내 친구가 아니야. 그저 날 감시하고, 내가 또 도망치지 못하게 하려고 가까이 붙어 있는 거야.' 아리아도 감시하고 관찰할 수 있었다. 시리오 포렐이 방법을 가르쳐줬으니까.

스몰우드 부인은 무법자들을 다정하게 맞이했지만, 전쟁통에 어린 여자아이를 끌고 다닌다는 점에 대해서는 매섭게 나무랐다. 렘이 아리아가 귀족이라는 말을 흘리자 더욱 격분하기도 했다. "도대체 누가 이 가엾은 아이에게 볼턴의 누더기를 입힌 건가? 저 문장은…… 가슴께에 살가죽 벗겨진 남자를 달고 있다는 이유만으로 심장이 한 번 뛰기도 전에 저 아이를 목매달 사람이 넘친단 말이야." 아리아는 저도 모르게 계단을 오르고 욕조에 담겨 델 듯 뜨거운 물세례를 받고 있었다. 스몰우드 부인의 시녀들은 아리아의 몸을 살가죽이 벗겨지겠다 싶을 정도로 벅벅 문질렀다. 심지어는 물에 꽃향기가 나는 끈적하고 달콤한 물건을 넣기까지 했다.

그 후에는 아리아가 여자 옷을 입어야 한다고 주장하며, 갈색 모직 스타킹과 가벼운 리넨 원피스를, 보디스에 갈색 실로 도토리를 잔뜩 수놓고 가장자리를 따라서도 도토리를 수놓은 가벼운 녹색 가운을 입혔다. 스몰우드 부인은 시녀들이 아리아의 등을 따라 끈을 여미는 동안 말했다. "내 고모할머니는 올드타운의 어머니집(motherhouse, 여자 성사들이 들어가는 수도원 같은 곳)에 계신 성사란다. 전쟁이 시작됐을 때 내 딸도 그리로 보냈지. 돌아올 때쯤이면 이 옷들을 입기엔 너무 컸을 거야. 혹시 춤 좋아하니? 내 딸 캐럴런은 사랑스러운 춤꾼이란다. 노래도 아름답게 부르지. 넌 뭘 좋아하니?"

아리아는 발가락으로 골풀을 긁으며 대답했다. "바느질요."

"바느질은 평화롭지?"

"음, 제가 하는 바느질은 안 그래요."

"그래? 난 언제나 바느질이 평화롭더구나. 고모할머니께선 신들은 우리들 각각에게 작은 재능을 주셨고, 우리는 그 재능을 써야 마땅하다고 늘 말씀하시지. 우리가 할 수 있는 일은 무엇이든 기도가 될 수 있다고 말이야. 멋진 생각이지 않니? 다음에 바느질을 할 때는 그 말을 기억하려무나. 바느질은 매일 하니?"

"'바늘'을 잃어버리기 전까지는 그랬어요. 새로운 바늘은 예전처럼 좋지 않아요."

"이런 시절에는 가능한 대로 최선을 다하는 수밖에 없지." 스몰우드 부인은 가운 보디스를 보고 법석을 떨었다. "이제야 제대로 된 어린 숙녀처럼 보이는구나."

'난 숙녀가 아닌데요. 난 늑대예요.' 아리아는 그렇게 말하고 싶었다.

"얘야, 난 네가 누군지 모른다만, 모르는 게 좋을지도 몰라. 중요한 사람이 아닐까 걱정이구나." 스몰우드 부인은 아리아의 옷깃을 매만져주었다. "이런 시절에는 하찮은 사람인 편이 더 낫지. 그렇다면 널 여기 데리고 있을 수도 있을 텐데. 하지만 그건 안전하지 않을지도 몰라. 나에겐 성벽은 있지만, 그 벽을 지킬 사람은 너무 적거든." 그녀는 한숨을 내쉬었다.

아리아가 다 씻고 빗질하고 옷을 입었을 때쯤에는 저녁 식사가 진행 중이었다. 겐드리는 아리아를 흘긋 보더니 너무 웃다가 코에서 와인을 뿜었고 하원이 귓가를 찰싹 때려서 멈추게 해야 했다. 식사는 소박하지만 포만감 가득했다. 양고기와 버섯, 갈색 빵, 완두콩 푸딩, 그리고 노란 치즈를 얹어 구운 사과가 있었다. 음식을 다 비우고 하인들이 물러나자 초록 수염이 목소리를 낮추고 스몰우드 부인에게 혹시 번개 영주에 대한 소식이 있는지 물었다.

"소식?" 그녀는 미소 지었다. "보름 전에 여기 왔었네. 십여 명이 양 떼를 몰고 왔지. 내 눈을 믿을 수가 없었어. 토로스가 고맙다고 세 마리를 주더군. 오늘 밤 자네들이 먹은 양이 그중 한 마리야."

"토로스가 양을 몰았다고요?" 앤가이가 큰 소리로 웃었다.

"확실히 이상한 광경이었지만, 토로스는 사제로서 양 떼 돌보는 방법을 잘 안다고 주장하더군."

"그래요, 양털도 잘 깎겠죠." 레몬클록 렘이 키득거렸다.

"누군가가 그 일로 괜찮은 노래를 만들 수도 있겠는걸." 톰이 나무 하프 현을 뜯었다.

스몰우드 부인은 사람 기를 죽이는 눈빛을 던졌다. "아마 돈다리온 옆에는 운율 같은 건 맞추지 않는 사람이 같이 다니겠지. 아니면 이 근방에서 젖 짜는 처녀마다 〈아, 내 사랑스러운 처자를 풀밭에 눕히네〉를 연주해주고 그중 두 명은 배까지 불려주지 않는 사람이."

톰은 방어적으로 말했다. "그게 아니라 〈당신의 아름다움을 마시게 해주오〉였고, 젖 짜는 여자들은 언제나 그 노래를 들으면 좋아한답니다. 그러고 보니 어느 귀족 마님도 좋아하셨지. 난 사람을 즐겁게 해주려고 연주해요."

스몰우드 부인의 콧구멍이 벌름거렸다. "강역에는 당신이 즐겁게 해준 처녀가 넘쳐나지. 하나같이 탠지 차를 마시고 말이야. 당신 정도 나이 든 남자라면 씨를 흘리는 방법쯤은 알 줄 알았더니만. 오래지 않아 사람들이 당신을 일곱 아들 톰이라고 부르겠어."

톰이 말했다. "일곱은 한참 전에 넘겼지. 다들 얼마나 훌륭한 아이들인지, 목소리도 나이팅게일 같고 말이야." 톰이 이 화제를 대수롭지 않아 하는 건 분명했다.

"공께서 어디로 가시는지 말씀하셨습니까?" 하원이 물었다.

"베릭 공은 계획을 알려주시는 법이 없지만, 스토니셉트와 서푼 숲(Threepenny Wood) 쪽에 기근이 심하다네. 나라면 그쪽에서 찾아보겠어." 스몰우드 부인은 와인을 한 모금 마셨다. "그보다, 기분 나쁜 방문자들도 있었다는 걸 알려둬야겠군. 늑대 한 무리가 울부짖으며 내 성문 주위를 돌았어. 여기에 제이미 라니스터를 데리고 있을지 모른다고 생각하고 말이야."

톰은 하프 현 뜯기를 멈췄다. "그렇다면 킹슬레이어가 풀려났다는 게 사실입니까?"

스몰우드 부인은 나무라는 표정을 지었다. "리버런 지하에 사슬로 묶여 있다면 그놈을 잡으러 다니진 않겠지."

"부인께선 그자들에게 뭐라고 하셨나요?" 행운아 잭이 물었다.

"뭐래긴, 제이미 경이 벌거벗은 채 내 침대에 들어가 있기는 한데, 너무 지쳐서 내려올 수가 없을 거라고 했지. 그중 하나가 뻔뻔스럽게도 날 거짓말쟁이라고 부르길래, 화살을 몇 대 날려줬어요. 블랙보텀 굽이

(Blackbottom Bend)로 갔을 거야."

아리아는 앉은 자리에서 불안하게 꿈틀거렸다. "어떤 북부인들이었고, 누가 킹슬레이어를 찾으러 왔나요?"

스몰우드 부인은 아리아가 입을 열었다는 데 놀란 것 같았다. "이름은 알려주지 않더구나. 하지만 검은 옷을 입었고, 가슴팍에 하얀 태양 문장이 들어가 있었어."

검은색 바탕에 하얀 태양이라면 카스타크 공의 상징이었다. 아리아는 생각했다. '롭의 사람들이야.' 그 사람들이 아직 가까이 있을까. 무법자들을 따돌리고 빠져나가서 그들을 찾을 수 있다면, 그들이 리버런에 있는 어머니에게 데려다줄지도 몰랐다…….

"라니스터가 어떻게 탈출했는지 말하던가요?" 렘이 물었다.

"말했지. 난 한 마디도 믿지 않았지만 말이야. 캐틀린 부인이 풀어줬다고 주장하지 뭔가." 스몰우드 부인이 말했다.

그 말에 너무 놀란 톰은 현 하나를 끊어버렸다. "계속 얘기 좀 해봐요. 그건 미친 짓인데."

'그럴 리가 없어. 그럴 수는 없어.' 아리아가 생각했다.

"내 생각도 그래요." 스몰우드 부인이 말했다.

그때 하윈이 아리아를 기억해냈다. "이런 이야기는 아가씨가 들을 게 못 됩니다."

"아니, 듣고 싶어."

무법자들은 요지부동이었다. "나가봐라, 깡마른 다람쥐야." 초록 수염이 말했다. "착한 아가씨답게 우리가 이야기하는 동안 마당에 나가서 놀아."

아리아는 화가 난 채 걸어 나갔다. 문이 그렇게 무겁지만 않았어도 쾅 닫고 나갔을 것이다. 에이콘홀에는 어둠이 내려 있었다. 벽을 따라 횃불 몇 개가 타고 있었지만, 그게 다였다. 작은 성의 성문은 굳게 닫혀 빗장을 지른 상태였다. 하원에게 다시는 도망치지 않겠다고 약속하긴 했지만, 그건 저들이 어머니에 대해 거짓말을 늘어놓기 전의 이야기였다.

"아리아?" 겐드리가 따라 나와 있었다. "스몰우드 부인이 그러는데 대장간이 있대. 한번 들여다볼래?"

"네가 볼 거라면." 달리 할 일도 없었다.

"그 토로스 말이야." 겐드리는 견사 앞을 걸으면서 말했다. "킹스랜딩에 살았던 그 토로스야? 뚱뚱한 대머리의 붉은 사제 말이야."

"그럴걸." 아리아는 킹스랜딩에서 토로스와 이야기를 나눠본 적이 없었지만, 그가 누구인지는 알았다. 토로스와 잘라바르 쇼는 로버트의 궁정에서 가장 화려한 인물이었고, 토로스는 왕과 친한 친구이기도 했다.

"날 기억하진 못하겠지만, 우리 대장간에 오곤 했었어." 스몰우드의 대장간은 한동안 쓰이지 않았지만, 대장장이가 도구들을 벽에 가지런히 걸어두었다. 겐드리는 초를 켜서 모루 위에 올려놓고 부젓가락을 내렸다. "스승님은 언제나 토로스의 불타는 검을 두고 야단을 쳤어. 좋은 칼을 그렇게 다루는 게 아니라고 말이야. 하지만 토로스는 좋은 칼을 쓴 적이 없었어. 그냥 싸구려 장검을 와일드파이어에 담갔다가 불을 붙이는 거였어. 스승님 말로는 그냥 연금술사의 속임수라는데, 그래도 말들과 가끔은 풋내기 기사들까지 불타는 검에 겁을 먹었지."

아리아는 얼굴을 찌푸리며 혹시 아버지가 토로스에 대해 무슨 말을 했었는지 기억해보려 했다. "별로 사제 같은 사람이 아니지?"

"아니지." 겐드리는 수긍했다. "토보 모트 스승님이 그랬는데 토로스는 로버트 왕보다도 더 술을 잘 마신댔어. 둘 다 대식가에 술고래라 한 콩깍지에 든 콩 같다나."

"왕을 술고래라고 부르면 안 돼." 로버트 왕은 술을 많이 마시긴 했어도 아버지의 친구였던 사람이었다.

"토로스 얘기였어." 겐드리가 부젓가락으로 아리아의 얼굴을 집을 것처럼 손을 뻗자, 아리아가 젓가락을 탁 쳐냈다. "토로스가 연회와 마상 시합을 좋아하니까 로버트 왕도 토로스를 좋아한 거야. 그리고 토로스는 용감하기도 했어. 파이크 성벽이 무너졌을 때 제일 먼저 뚫고 들어간 사람이야. 불타는 검을 들고 싸워서 검을 그을 때마다 강철인에게 불이 붙었지."

"나도 불타는 검이 하나 있었으면 좋겠다." 아리아는 불태우고 싶은 사람을 여럿 생각해낼 수 있었다.

"그냥 속임수라니까. 와일드파이어는 철을 망쳐. 스승님은 마상 시합이 끝날 때마다 토로스에게 새 장검을 팔았어. 매번 가격을 두고 싸웠지." 겐드리는 부젓가락을 다시 벽에 걸고 무거운 망치를 내렸다. "모트 스승님이 나도 첫 장검을 만들 때가 됐다고 했어. 훌륭한 쇳덩어리를 주셨고, 난 칼날을 어떻게 만들고 싶은지 딱 알았지. 그런데 요렌이 오더니 밤의 경비대로 가자면서 데려갔어."

"너만 원한다면 지금도 검을 만들 수 있어. 리버런에 도착하면 롭 오빠를 위해 무기를 만들 수 있을 거야."

"리버런." 겐드리는 망치를 내려놓고 아리아를 보았다. "너 이젠 전과 달라 보여. 멀쩡한 여자애 같아."

"바보 같은 도토리가 가득 달려서 참나무 같지."

"그래도 좋은데. 좋은 참나무야." 겐드리는 가까이 다가서더니 냄새를 킁킁 맡았다. "심지어 냄새도 평소보다 좋네."

"넌 아니야. 냄새 지독하다." 아리아는 겐드리를 모루에 밀어버리고 달려가려고 했지만, 겐드리가 팔을 잡았다. 아리아는 겐드리의 다리 사이에 발을 밀어 넣고 걸어 넘어뜨렸지만, 겐드리가 팔을 잡아당기는 바람에 같이 넘어져서 대장간 바닥을 굴렀다. 겐드리는 힘이 아주 셌지만 아리아가 빠르기는 더 빨랐다. 겐드리가 움직이지 못하게 붙잡으려 할 때마다 아리아는 몸을 비틀어 빠져나와서 주먹을 날렸다. 겐드리는 주먹을 맞고도 웃기만 했고, 아리아는 그래서 화가 났다. 겐드리는 결국 한 손으로 아리아의 두 손목을 잡고 남은 손으로 간지럽히기 시작했고, 아리아는 무릎으로 가랑이를 걷어차고 풀려났다. 둘 다 흙투성이였고, 아리아의 바보 같은 도토리 드레스는 한쪽 소매가 찢어졌다. "이젠 나도 별로 좋아 보이지 않겠지." 아리아가 외쳤다.

안으로 돌아가보니 톰이 노래하고 있었다.

내 깃털 침대는 푹신하고 부드럽지,
나 그곳에 그대를 눕히리,
머리끝부터 발끝까지 노란 비단을 입히고,
그대의 머리에는 왕관을 씌우리.
그대는 나의 귀부인이 되고,
나는 그대의 주인이 될 테니까.
나 언제나 그대를 따뜻하고 안전하게 돌보고,
내 검으로 지키리라.

하원이 두 사람을 흘긋 보더니 폭소를 터뜨렸다. 앤가이는 주근깨가 돋보이는 멍청한 미소를 지으며 말했다. "정말 귀족 아가씨 맞아?" 하지만 레몬클록 렘은 겐드리의 머리를 탁 때렸다. "싸우고 싶으면 나와 싸워야지! 쟨 여자애인 데다가 네 나이의 반이야! 쟤한테 손대지 말아라, 내 말 알아듣냐?"

아리아가 말했다. "내가 시작했어. 겐드리는 그냥 얘기하고 있었는데."

하원이 말했다. "겐드리는 놔둬요, 렘. 분명히 아리아가 시작했을 거예요. 윈터펠에서도 똑같았거든요."

톰이 아리아에게 눈을 찡긋하더니 노래했다.

그러자 나무 처녀는,
미소를 짓고 소리 내어 웃었네.
그녀는 몸을 빙글 돌리고 그에게 말했지,
깃털 침대는 필요 없어요.
난 금빛 잎사귀 가운을 걸치고,
풀잎으로 머리를 묶을 거랍니다.
하지만 당신은 나의 숲의 연인이 되고,
나는 당신의 숲의 아가씨가 될 수 있어요.

그러자 스몰우드 부인이 기분 좋게 살짝 웃으며 말했다. "나에게 잎사귀 가운은 없지만, 캐럴런이 남겨두고 간 다른 드레스가 적당히 맞겠지. 이리 오렴, 올라가서 어떤 옷을 찾을 수 있나 보자."

전보다 더 나빴다. 스몰우드 부인은 아리아가 다시 목욕을 해야 한다고 주장했고, 머리를 자르고 다시 빗기기까지 했다. 이번에 입힌 드레스는 라일락 빛깔인 데다 작은 진주알로 장식한 것이었다. 그 드레스에 좋은 점이라고는 어찌나 섬세한지 아무도 그 옷을 입고 말을 탈 수 있으리라고 보지 않았다는 점 정도였다. 그래서 다음 날 아침에 식사하면서 스몰우드 부인은 아리아에게 바지와 허리띠, 튜닉, 쇠 장식이 달린 갈색 사슴 가죽 조끼를 내어주었다. "이건 내 아들의 옷이었단다. 일곱 살에 죽었지."

"유감입니다, 부인." 아리아는 갑자기 스몰우드 부인에게 안된 마음을 느꼈고, 부끄럽기도 했다. "그리고 도토리 드레스를 찢어서 죄송해요. 예쁜 옷이었는데."

"그래, 얘야. 너도 예쁘단다. 용기를 잃지 말아라."

대너리스

'긍지의 광장' 중앙에는 물에서 유황 냄새가 나는 붉은 벽돌 분수가 있었고, 분수 중앙에는 두들겨 편 청동으로 만든 거대한 하피가 서 있었다. 뒷발로 일어선 키가 6미터에 달했다. 여성의 얼굴이었고, 금박 머리카락에 상아로 만든 눈, 뾰족한 상아 이빨이 있었다. 무거운 젖가슴에서는 노란 물이 쏟아져 나왔다. 두 팔이 있을 자리에는 박쥐 내지는 드래곤의 날개 같은 것이 있었고 두 다리는 독수리 다리였으며, 구부러진 데다 독이 있는 전갈 꼬리가 달렸다.

'기스의 하피로구나.' 대니는 생각했다. 대니의 기억이 맞다면, 옛 기스는 5000년 전에 무너졌다. 신생 발리리아의 군세가 기스의 군대를 흩어놓고, 벽돌 벽을 무너뜨리고, 드래곤 화염으로 길거리와 건물을 잿더미로 만들고, 밭에는 소금과 유황과 해골을 뿌렸다. 기스의 신들도 죽었고, 사람들도 죽었다. 조라 경은 여기 아스타포 사람들은 잡종이라고 말했다. 기스의 언어도 거의 잊혀서, 노예 도시들은 정복자들의 언어인 고급 발리리아어나 그 변형판을 썼다.

그러나 옛 제국의 상징은 여전히 이곳에 버티고 서 있었다. 다만 이 청동 괴물의 발톱에는 양쪽 끝이 열린 쇠고랑이 달린 무거운 쇠사슬이 걸려 있었다. 원래 기스의 하피는 발톱에 벼락을 쥐고 있었다. 이건 아스타포의 하피였다.

"저 웨스테로스 창녀에게 눈 좀 내리깔라고 해." 노예상 크라즈니스 모 나클로즈가 자신을 대변하는 노예 소녀에게 불평했다. "난 고깃덩이를 취급하지, 금속은 내 분야가 아니야. 저 청동은 파는 것도 아니고. 저년에게 병사들을 보라고 해. 해넘이 땅 야만인의 흐릿한 보라색 눈이라도 내 짐승들이 얼마나 굉장한지는 알아볼 수 있겠지."

크라즈니스의 고급 발리리아어는 변형된 데다가 기스의 독특한 으르렁거림이 짙게 배어 있었고, 여기저기서 노예상의 은어가 튀어나왔다. 대니는 그의 말을 꽤 많이 알아들었지만, 미소 지으며 그가 뭐라고 말했는지 궁금하다는 듯이 노예 소녀를 멀뚱멀뚱 쳐다보았다.

"훌륭한 주인(The Good Master) 크라즈니스께서 물어보십니다. 저들이 굉장하지 않냐고요." 소녀는 웨스테로스에 가본 적 없는 사람치고는 공용어를 잘 구사했다. 열 살쯤이나 되었을까. 얼굴은 동그랗고 평평했으며, 피부는 거무스름했고, 눈은 나아스 특유의 금빛이었다. 그곳 사람들은 '평화인(Peaceful People)'이라 불렀다. 다들 그들이 노예로는 최고라고 했다.

"내 필요에 부합할지도 모르겠군." 대니가 대답했다. 조라 경의 제안에 따라, 아스타포에 있는 동안 대니는 도트락어와 공용어만 썼다. '내 곰은 보기보다 영리해.' "훈련은 어떻게 받았는지 말해주게."

"저 웨스테로스 여인은 노예들에게 만족하면서도, 가격을 낮추기 위해 칭찬은 하지 않습니다." 통역하는 소녀가 주인에게 말했다. "훈련은 어떻게 하는지 알고 싶다고 합니다."

크라즈니스 모 나클로즈는 고개를 끄덕였다. 이 노예상은 라즈베리로 목욕이라도 한 듯한 냄새를 풍겼고, 뾰족한 검붉은색 수염은 기름을 발라 반짝였다. '나보다 가슴이 더 크군.' 대니는 생각했다. 노예상이 몸에 휘감아서 한쪽 어깨로 넘긴, 얇은 초록 바닷빛 비단에 금색 테두리 장식을 한 토카 속으로 가슴이 다 비쳐 보였다. 오른손에는 짧은 가죽 채찍을 들고 있어 걸을 때면 왼손으로 토카를 제자리에 붙잡았다. 그는 불평했다. "웨스테로스 돼지들은 다 저렇게 무지한가? 거세병들이 창과 방패와 소검의 달인이라는 건 온 세상이 다 아는데." 그는 말하면서 대니에게 환하게 웃어 보였다. "노예야, 저 여자에게 알 만하게 말을 해주되 빨리 끝내라. 날이 덥다."

'적어도 그건 거짓이 아니군'. 뒤쪽에 한 쌍의 노예 소녀가 줄무늬 비단 차양을 머리 위로 들고 서 있었지만, 그 그늘 속에서도 대니는 약간 어지러움을 느꼈고 크라즈니스는 대놓고 땀을 흘리고 있었다. 궁지의 광장은 동이 트면서부터 쭉 햇빛에 구워지고 있었다. 두꺼운 샌들 바닥으로도 발아래 붉은 벽돌이 머금은 온기를 느낄 수 있었다. 벽돌에서 피어오르는 열기 때문에 광장 주위를 둘러싼 아스타포의 계단 피라미드들이 반쯤 꿈인 것처럼 어른거렸다.

그러나 거세병들은 그 열기를 느끼는지 못 느끼는지를 전혀 드러내지 않았다. '서 있는 모습만 보면 벽돌로 만들어졌다고 해도 믿겠어.' 천 명이 대너리스에게 검토받기 위해 막사에서 걸어 나왔는데, 백 명씩 열 줄로 분수대와 거대한 청동 하피 앞에 정렬하더니 차렷 자세로 뻣뻣하게 서서 돌처럼 앞만 똑바로 보고 있었다. 그들은 사타구니에 하얀 리넨 기저귀 같은 것을 두르고, 머리에는 30센티미터 높이의 날카로운 대못이 박힌 고깔 모양의 청동 투구를 썼을 뿐, 다른 것은 걸치지 않은 상태였다. 크라즈니스가 웨스테로스의 여왕이 그들의 군살 없이 단단한 몸을 잘 볼 수 있게 창과 방패를 내려놓고, 검대를 풀고 누비 튜닉을 벗으라고 명령한 탓이었다.

노예가 설명했다. "이들이 어렸을 때 몸집과 속도와 근력을 보고 고릅니다. 다섯 살에 훈련을 시작하지요. 소검과 방패, 세 종류의 창에 숙달할 때까지 매일 해가 뜰 때부터 해가 질 때까지 훈련합니다. 훈련은 더없이 철저하답니다, 전하. 셋 중 하나만 살아남지요. 널리 알려진 사실입니다. 거세병들 사이에서는 대못이 박힌 모자를 얻어내는 날 최악은 끝난 거라는 말이 돕니다. 그 후에 어떤 임무가 떨어진다 해도 훈련만큼 힘들지는 않을 테니까요."

공용어는 한마디도 못한다면서도 크라즈니스 모 나클로즈는 괜히 귀를 기울이면서 고개를 끄덕거렸고 가끔은 짧은 채찍 끝으로 노예 소녀를 찔렀다. "이 거세병들은 먹지도 마시지도 않고 하룻낮 하룻밤을 여기에 서 있었다고 말해라. 내가 명령을 내리지 않으면 쓰러질 때까지 서 있을 것이고, 999명이 저 벽돌 위에 쓰러져 죽어도 마지막 놈은 가만히 서서 죽음이 닥칠 때까지 절대 움직이지 않을 거라고도 전해. 거세병의 용기란 그런 거다. 말해줘라."

"그건 용기가 아니라 미친 겁니다." 진지한 어린 통역자가 말을 다 전하자 흰 수염 아르스탄이 말했다. 그는 불쾌감을 표현하려는 듯 단목 지팡이로 벽돌을 탁탁 두드렸다. 이 노인은 처음부터 아스타포행을 못마땅해했고, 노예 군대 구입에 호의적이지도 않았다. 여왕은 결론을 내기 전에 모든 목소리에 마땅히 귀 기울여야 한다. 대니가 아르스탄을 긍지의 광장으로 데려온 것도 몸을 지키기 위해서가 아니라 그래서였다. 호신이야 그녀의 혈맹기수들로도 충분했다. 조라 모르몬트 경은 백성들과 드래곤들을 지키라고 발레리온호에 두고 왔다. 정말 내키지 않았지만 드래곤들은 아래 갑판에 가둬두고 나왔는데, 도시 위를 자유롭게 날아다니도록 두기에는 너무 위험해서였다. 세상에는 "드래곤슬레이어"라고 자칭할 수 있다는 이유만으로 그 드래곤들을 죽이려 드는 사람들이 가득했다.

"저 냄새나는 늙은이가 뭐라고 했지?" 노예상이 통역에게 물었다. 통역 노예가 대답하자 그는 미소 지으며 말했다. "저 야만인들에게 우리는 이걸 복종심이라고 부른다고 전해줘라. 거세병보다 더 강하거나 빠르거나 큰 병사들도 있겠지. 검과 창과 방패를 다루는 기술에서 떨어지지 않는 이들도 있을지 몰라. 하지만 바다 사이 그 어디에도 이들보다 더 복종하는 군대는 찾을 수 없다."

"양들도 말은 잘 듣지." 아르스탄은 통역된 말을 듣더니 대꾸했다. 대니만큼은 아니지만 아르스탄도 발리리아어를 어느 정도 이해했는데, 대니와 마찬가지로 전혀 모르는 척하고 있었다.

통역된 아르스탄의 말을 들은 크라즈니스 모 나클로즈는 크고 하얀 이를 드러내며 말했다. "내가 한마디만 하면 이 양들이 저놈의 냄새나는 늙은 창자를 벽돌 위에 뿌려줄 텐데. 이 말은 전하지 말아라. 이놈들은 양이라기보다는 개들이라고 전해. 칠왕국에서 개나 말을 먹나?"

"저들은 돼지와 소를 더 좋아합니다, 주인 나리."

"소고기라니. 씻지도 않는 야만인들이나 먹는 것을."

대니는 다 무시하고 천천히 노예 병사들의 대열을 따라 걸었다. 비단 차양을 든 노예 소녀들이 바싹 따라붙어서 그늘을 계속 드리웠지만, 앞에 선 천 명은 그런 보호를 받지 못했다. 절반이 넘는 수가 도트락인과 라자르인의 특징인 구릿빛 피부와 아몬드형 눈이었지만, 자유도시인들도 간혹 보였고 창백한 콰스인, 새까만 얼굴의 여름 군도인, 그리고 출신을 잘 알 수 없는 다른 생김새도 보였다. 몇 명은 크라즈니스 모 나클로즈와 똑같은 호박색 피부에, 옛 기스 민족의 특징인 뻣뻣하고 검붉은 머리털이 나 있었다. 기스 혈통이 하피의 아들들이라고 불린 이유가 그 머리털이었다. '저들은 자기 동족도 파는구나.' 놀랄 일은 아니었다. 도트락인들도 칼라사르와 칼라사르가 초원에서 만나면 같은 일을 했다.

어떤 병사는 키가 크고 어떤 병사는 키가 작았다. 대니가 판단하기에 나이대는 열네 살에서 스무 살 사이였다. 뺨은 매끄러웠고, 눈은 검은색이든 갈색이든 파란색이든 회색이든 호박색이든 상관없이 눈빛이 똑같았다. '마치 한 남자 같구나.' 대니는 생각했다가, 그들이 남자가 아니라는 사실을 떠올렸다. 거세병은 말 그대로 거세당한 내시들이었다. 대니는 노예 소녀를 통해 크라즈니스에게 물었다. "거세는 왜 하는 거지? 난 언제나 온전한 남자들이 내시들보다 강하다고 들었는데."

"어려서 거세한 내시가 웨스테로스 기사들처럼 엄청난 힘을 발휘할 수 없다는 건 사실이야." 크라즈니스 모 나클로즈는 질문을 받고 대답했다. "황소도 힘이 세지만, 황소들은 투기장에서 매일 죽어 나가지. 조시얼 투기장에서 아홉 살짜리 여자애가 황소 한 마리를 죽인 지 사흘도 안 됐어. 거세병에게는 힘보다 더 나은 게 있다고 전해라. 거세병에게는 규율이 있지. 우린 옛 제국의 관습에 따라 싸운다. 거세병은 옛 기스의 엄격한 군단이 되살아난 것과 같아서, 절대적으로 복종하고, 절대적으로 충성하며, 두려움이 전혀 없어."

대니는 통역에 참을성 있게 귀를 기울였다.

"아무리 용감한 사내라도 죽거나 불구가 되는 건 두려워하네." 소녀의 통역이 끝나자 아르스탄이 말했다.

크라즈니스는 그 말을 듣고 다시 미소 지었다. "저 늙은이에게 오줌 냄새 나는 데다 몸을 떠받치려면 막대기가 있어야 하는 놈이라고 전해라."

"정말로 말입니까, 주인님?"

그는 채찍으로 소녀를 찔렀다. "아니, 당연히 아니지. 그런 멍청한 질문을 하다니, 네가 계집애냐 염소냐? 거세병은 사내가 아니라고 말해라. 죽음은 거세병에게 아무것도 아니고, 불구가 되는 것은 아무것이 아닌 것조차도 안 된다고 말해." 그는 라자르인 같은 외모의 떡 벌어진 남자 앞에 멈춰 서서 채찍을 휘둘렀다. 구릿빛 뺨에 핏자국이 났다. 그 거세병은 눈을 깜박이더니 피를 흘리며 그대로 서 있었다. "한 대 더 맞겠느냐?" 크라즈니스가 물었다.

"주인 나리가 원하시는 대로 하십시오."

이건 이해하지 못하는 척하기가 힘들었다. 크라즈니스가 채찍을 다시 들어 올리자 대니는 그의 팔에 손을 올렸다. "네 훌륭한 주인께 거세병이 얼마나 강한지, 얼마나 용감하게 고통을 견디는지 알겠다고 전해라."

크라즈니스는 그녀의 말을 발리리아어로 전해 듣고 웃었다. "이 무식한 서부인 창녀에게 이건 용기와는 아무 상관도 없다고 전해라."

"훌륭한 주인님께서 이건 용기가 아니었다고 말씀하십니다, 전하."

"그 허튼 눈깔 좀 똑바로 뜨라고 해라."

"주의를 기울여주십사 청하십니다, 전하."

크라즈니스는 그 옆에 선 내시에게로 이동했다. 파란 눈과 담황색 머리가 리스인 같은 키 큰 청년이었다. "검을 다오." 크라즈니스가 말하자 내시는 무릎을 꿇고 검을 뽑더니 손잡이 쪽을 그에게 바쳤다. 베기보다는 찌르기용으로 만들어진 소검이었으나, 그래도 칼날이 면도날처럼 날카로웠다. "일어서라." 크라즈니스가 명령했다.

"네, 주인 나리." 내시가 일어서자, 크라즈니스 모 나클라즈는 천천히 그의 배에 검을 그어서 배를 지나 갈비뼈 사이까지 가느다란 붉은 선을 그렸다. 그러더니 검 끝을 넓은 분홍색 유륜 아래에 찔러 넣고 움직이기 시작했다.

"뭘 하는 거지?" 대니는 그 거세병의 가슴팍에 피가 흘러내리는 동안 노예 소녀에게 물었다.

"저 암소에게 그만 좀 매매거리라고 해라." 크라즈니스가 통역을 기다리지 않고 말했다. "이래봤자 대단한 해가 가진 않아. 남자에게는 젖꼭지가 필요 없고, 내시들에게는 더욱 필요가 없지." 젖꼭지가 위태롭게 매달려 있었는데, 크라즈니스가 칼질을 한 번 더 하자 베어낸 젖꼭지가 벽돌 위에 떨어지고 피가 철철 흐르는 둥그런 붉은 눈만 남았다. 거세병은 크라즈니스가 손잡이 쪽으로 칼을 돌려줄 때까지 꿈쩍도 하지 않았다. "여기, 내 볼일은 끝났다."

"주인님께 봉사해서 기쁩니다."

크라즈니스는 대니를 돌아보았다. "이것들은 고통을 느끼지 못해."

"어떻게 그럴 수가 있지?" 대니가 통역을 통해 물었다.

"용기의 와인 때문이지"가 노예상의 대답이었다. "진짜 와인은 아니고 치명적인 까마중과 흡혈파리 유충, 검은 연근, 그 밖에 많은 비밀 재료로 만든 약물이야. 거세병은 거세당한 날부터 매일매일 식사 때마다 그걸 마시고, 그러면 해가 갈수록 감각을 덜 느끼게 되지. 그래서 전투에서 두려움을 몰라. 고문을 해도 소용이 없고. 저 야만인에게 거세병에게는 비밀을 알려도 안전하다고 말해줘라. 협의회는 물론이고 침실 경호를 시켜도 무슨 말을 엿들을까 걱정할 필요가 없다고 말이야.

융카이와 미린에서는 사내아이의 성기는 그대로 두고 고환만 제거하기도 많이 하지. 그런 것들은 생식력은 없지만 아직 발기는 되는 경우가 많아. 그래서야 말썽밖에 안 생겨. 우린 아무것도 남기지 않고 다 제거하지. 거세병은 지상에서 가장 순수한 생명체야." 그는 대니와 아르스탄에게 다시 한번 이를 드러내며 활짝 웃어 보였다. "해넘이 왕국에서는 남자들이 순결을 지키고 자식을 두지 않으며 의무만을 위해 살겠다는 맹세를 한다고 들었는데. 아닌가?"

"맞소." 질문이 통역되자 아르스탄이 대답했다. "그런 조직이 많이 있지요. 시타델의 학사들, 일곱 신을 섬기는 남녀 성사들, 죽은 자를 다루는 침묵의 자매들, 킹스가드, 밤의 경비대……."

"불쌍하군." 통역을 듣고 나서 노예상이 투덜거렸다. "남자들이란 그렇게 살게 생겨먹질 않았어. 그 삶에 유혹이라는 고문이 가득한 거야 어떤 바보라도 알 테지. 보나 마나 가장 밑바닥 욕구에 굴복할 테고 말이야. 우리 거세병들은 그렇지가 않아. 거세병이 자기네 무기와 결혼한 수준이란, 너희들의 서약 조직들은 꿈도 못 꿀걸. 어떤 여자도, 어떤 남자도 거세병을 유혹할 순 없어."

그의 통역 노예는 말의 핵심만 뽑아서 더 정중하게 전달했다. 통역이 끝나자 흰 수염 아르스탄이 이의를 제기했다. "남자들을 유혹하는 방법이 육체만 있는 건 아니오."

"남자들이라면 그렇지. 거세병은 아니야. 이놈들은 강간만이 아니라 약탈에도 관심이 없어. 자기네 무기 말고는 아무것도 갖지 못하거든. 우린 심지어 이름도 허락하지 않아."

"이름이 없다고?" 대니는 어린 통역 노예를 보고 얼굴을 찌푸렸다. "훌륭한 주인이 그렇게 말한 게 맞느냐? 이들에게 이름이 없다고?"

"그렇습니다, 전하."

크라즈니스는 그의 키 크고 몸 좋은 형제라고 해도 믿을 만큼 닮은 어느 기스인 거세병 앞에 멈춰 서더니, 채찍으로 거세병의 발치에 놓인 검대의 작은 청동 원반을 툭 건드렸다. "이름이 있긴 해. 저 웨스테로스 창녀에게 기스 상형문자를 읽을 수 있냐고 물어봐." 대니가 읽지 못한다고 대답하자 노예상은 거세병에게 고개를 돌리고 물었다. "네 이름이 뭐지?"

"이놈의 이름은 붉은 벼룩입니다, 주인 나리."

통역 노예가 공용어로 이 대화를 반복했다.

"그리고 어제는, 이름이 뭐였나?"

"검은 쥐였습니다, 주인 나리."

"그 전날에는?"

"갈색 벼룩이었습니다, 주인 나리."

"그 전에는?"

"이놈은 기억하지 못합니다, 주인 나리. 파란 두꺼비였을 겁니다. 아니면 파란 벌레나."

크라즈니스는 노예 소녀에게 명했다. "저년에게 이놈들 이름은 다 이런 식이라고 말해줘라. 그렇게 해서 자기들이 버러지라는 사실을 일깨운다고. 일과가 끝나면 이름 판을 전부 다 빈 통에 던져 넣었다가, 동이 틀 때 순서 없이 다시 뽑지."

"갈수록 미쳤군." 아르스탄은 그 말을 듣고 말했다. "어떤 사람이 매일 새로운 이름을 기억할 수 있다는 거요?"

"그걸 못 하는 놈들은 훈련 중에 도태되는 거야. 하루 종일 완전군장으로 뛰지 못하거나, 캄캄한 밤에 산을 타지 못하거나, 석탄 위를 걷지 못하거나, 젖먹이를 죽이지 못하는 놈들과 함께."

그 말에는 대니의 입매가 일그러졌을 게 분명했다. '봤을까, 아니면 저자는 잔인한 만큼 눈이 멀었나?' 대니는 재빨리 고개를 돌리고, 통역을 들을 때까지 가면을 유지하려 했다. 통역한 말을 들은 후에야 겨우 말할 수 있었다. "누구 아이를 죽이는 거지?"

"거세병은 저 모자를 받기 위해 은화를 가지고 노예 시장에 가서 갓난 아기를 찾은 다음, 어미가 보는 앞에서 죽여야 해. 그렇게 해서 이들에게 어떤 약한 마음도 남아 있지 않다는 걸 확인하지."

대니는 현기증이 났지만 열기 때문이라고 생각하려 했다. "어미의 품에 안긴 아기를 빼앗아서, 어미가 보는 앞에서 죽인 다음, 그 고통에 은화 한 닢을 지불한다고?"

통역을 전해 들은 크라즈니스 모 나클로즈는 큰 소리로 웃었다. "뭐 이런 연약한 징징이가 있나. 웨스테로스의 창녀에게 그 은화는 어미가 아니라 아기의 주인에게 주는 거라고 말해줘라. 거세병에게 도둑질은 금지야."

그는 채찍으로 다리를 툭툭 두드렸다. "그 시험에 실패하는 놈은 거의 없다는 말도 해줘. 이놈들에게는 개를 죽이는 게 더 힘들다는 말도 꼭 해줘야겠군. 우린 거세한 날 사내아이들에게 각각 강아지를 하나씩 주지. 훈련 첫 해가 끝나면 그 개를 목 졸라 죽여야 해. 그걸 못 하면 죽여서 살아남은 개들에게 먹이지. 그러면 아주 강력하고 훌륭한 교훈이 되더라고."

흰 수염 아르스탄은 그 말을 들으면서 지팡이 끝으로 벽돌을 찍었다. 탁, 탁, 탁. 느리고 일정하게. 탁, 탁, 탁. 대니는 아르스탄이 크라즈니스를 더 참아줄 수가 없다는 듯 시선을 돌리는 모습을 보았다.

대니는 노예 소녀에게 말했다. "훌륭한 주인은 이 내시들을 돈이나 육체로 유혹할 수 없다고 했지. 하지만 혹시 내 적이 나를 배신하는 대가로 자유를 주겠다고 한다면……."

노예상이 대답했다. "그러면 바로 그놈을 죽여서 머리통을 들고 올 거라고 말해줘라. 다른 노예들이라면 자유를 살 수 있다는 생각에 돈을 훔치고 모을지도 모르지만, 거세병은 저 작은 암말이 선물로 준다 해도 받지 않을 거다. 이놈들에겐 임무 외에 삶이라는 게 없어. 거세병은 병사고, 그게 전부야."

"나에게 필요한 건 병사들이지." 대니는 인정했다.

"그렇다면 아스타포에 오길 잘했다고 말해줘라. 얼마나 큰 군대를 사려고 하는지 물어봐."

"팔 수 있는 거세병이 얼마나 되나?"

"현재 완전히 훈련이 끝나서 바로 팔 수 있는 게 8000이야. 부대 단위로만 판다는 건 알아둬야 해. 천 단위 아니면 백 단위. 예전에는 집안 위병으로 열 놈씩도 팔았는데, 그건 부적절했어. 열은 너무 적어. 그래서는 다른 노예들이나 자유인들과 섞이게 되고 자기가 누구이고 무엇인지 잊게 돼." 크라즈니스는 그 말이 공용어로 옮겨지기를 기다렸다가 말을 이었다. "이

거지 여왕이 꼭 알아야 할 게, 이런 놀라운 군대가 싸지는 않다는 거야. 융카이와 미린이라면 노예 용병을 장검보다 싼 값에 살 수도 있겠지만, 거세병은 온 세상에서 제일가는 보병이고 각각이 오랜 훈련의 표본이야. 이놈들은 발리리아 강철 같은 거라고 전해라. 몇 년 동안 접고 또 접고 망치질해서, 세상 어느 금속보다 더 강하고 탄력 있게 만들지 않느냐."

"발리리아 강철에 대해서는 나도 안다." 대니가 말했다. "훌륭한 주인에게 거세병들이 장교도 갖추고 있는지 물어보아라."

"장교는 따로 둬야 해. 우린 이놈들이 생각을 하게 훈련한 게 아니라 복종하도록 훈련했거든. 지적인 능력을 원한다면 서기 노예들을 사라고 해."

"장비는?"

"검, 방패, 창, 샌들, 누비 튜닉은 포함이야. 그리고 뾰족 모자는 당연히 따라가지. 갑옷을 입히고 싶다면야 입겠지만, 그건 주인이 제공해줘야 해."

대니는 질문을 더 생각해낼 수가 없어서 아르스탄을 보았다. "흰 수염, 그대는 오래 살았지. 저들을 어떻게 생각하나?"

"전 안 된다고 말하겠습니다, 전하." 노인은 즉시 대답했다.

"왜지? 자유롭게 말하게." 대니는 노인이 뭐라고 할지 알 것 같았지만, 노예 소녀가 듣도록, 그래서 나중에 크라즈니스 모 나클로즈가 들을 수 있도록 하고 싶었다.

아르스탄이 말했다. "여왕님, 칠왕국에는 수천 년간 노예가 없었습니다. 옛 신들이나 새로운 신들이나 노예제를 혐오스럽게 여깁니다. 사악하게 보지요. 여왕님께서 노예 군대를 앞세워 웨스테로스에 상륙하신다면 많은 훌륭한 사람들이 오직 그 이유만으로 여왕님께 반기를 들 겁니다. 대의에도 큰 손상이 가고, 타르가르옌 가문의 명예도 해치게 됩니다."

"그러나 나에겐 군대가 꼭 있어야 해. 그 조프리라는 아이가 정중하게 요청한다고 철왕좌를 돌려주진 않을 게 아닌가."

"여왕님께서 깃발을 올리시는 날에는 웨스테로스의 절반이 함께할 것입니다." 흰 수염이 장담했다. "웨스테로스는 아직도 오라버님이신 라에가르를 기억하고 있고, 애정이 큽니다."

"내 아버님은?" 대니가 말했다.

노인은 머뭇거리다가 말했다. "아에리스 왕도 다들 기억하지요. 그분은 왕국을 오랫동안 평화롭게 다스리셨습니다. 전하, 전하께 노예는 필요 없습니다. 드래곤들이 자라는 동안에는 마지스터 일리리오가 안전하게 지켜드릴 수 있고, 협해 너머로 비밀 사절단을 보내 대귀족들의 의사를 타진할 수 있습니다."

"내 아버지를 킹슬레이어에게 버려두고 찬탈자 로버트에게 무릎을 굽힌 그 대귀족들 말인가?"

"무릎을 굽혔던 이들이라 해도 마음속으로는 드래곤의 귀환을 열망할 수 있습니다."

"그럴 수도 있겠지." 대니는 말했다. 그럴 수도 있다는 건 참으로 애매한 말이었다. 어떤 언어로 표현해도 그랬다. 그녀는 크라즈니스 모 나클로즈와 그의 노예 소녀에게 돌아섰다. "내 주의 깊게 생각을 해봐야겠다."

노예상은 어깨를 으쓱였다. "빨리 생각하라고 해. 구매자는 많아. 사흘 전만 해도 이 거세병들을 모조리 사고 싶어 하는 해적 왕에게 보여줬지."

"그 해적 왕은 백 명만 사고 싶어 했습니다, 주인 나리." 대니는 노예 소녀가 하는 말을 들었다.

노예상은 채찍 끝으로 소녀를 찔렀다. "해적들은 다 거짓말쟁이다. 그놈이 다 살 거야. 그렇게 전해라."

대니가 이들을 산다면 백 명보다는 더 살 것이었다. "네 훌륭한 주인에게 내가 누구인지 일깨워주거라. 내가 폭풍의 딸 대너리스, 드래곤의 어머니, 불타지 않는 자이며 웨스테로스 칠왕국의 진정한 여왕임을 일깨워줘. 내 혈통은 정복자 아에곤의 혈통이며, 그 전에 있던 옛 발리리아의 혈통이다."

그러나 그녀의 말은 향수 범벅을 한 통통한 노예상에게 별 의미가 없었다. 그자가 쓰는 듣기 싫은 언어로 번역해도 마찬가지였다. "옛 기스는 발리리아인들이 아직 양들과 붙어먹던 시절에 제국을 다스렸지." 그는 가엾은 어린 서기 노예에게 으르렁댔다. "그리고 우리는 하피의 아들들이다." 그는 어깨를 으쓱였다. "내 혀를 여자들에게 헛되이 쓰는구나. 동쪽이든 서쪽 출신이든 상관없어. 여자들이란 애지중지하고 치켜세우고 사탕발림을 해주기 전까진 결정을 못 해. 그게 내 운명이라면 어쩔 수 없지. 저 창녀에게 혹시 우리 아름다운 도시를 안내할 사람이 필요하다면 크라즈니스 모 나클로즈가 기꺼이 봉사하겠노라고 전해라……. 그리고 혹시 보기보다 성숙한 여인이라면 그 방면으로도 봉사해주지."

"훌륭한 주인 크라즈니스 님께서 전하께서 숙고하시는 동안 아스타포를 안내해드리면 기쁘겠노라고 하십니다." 통역하는 노예 소녀가 말했다.

"내가 고아서 굳힌 개의 뇌, 붉은 문어와 강아지 태아로 만든 진한 스튜를 대접해주지." 그는 입술을 닦았다.

"이곳에서는 많은 진미를 드실 수 있다고 하십니다."

"피라미드가 밤에 얼마나 예쁜지 말해줘라." 노예상이 으르렁거렸다. "그 년에게 내가 그 젖가슴에 묻힌 꿀을 빨아주겠다고, 혹시 그 반대가 좋다면 내 가슴에 묻힌 꿀을 빨게 해주겠다고 해."

"아스타포는 황혼이 질 때 가장 아름답습니다, 전하." 노예 소녀가 말했다. "훌륭한 주인님들께서는 모든 피라미드가 색색깔로 빛나도록 테라스마다 비단 등불을 켜시지요. 웜강을 오가는 유람선은 잔잔한 음악을 연주하며 먹을 것과 와인과 다른 즐거움을 누리실 수 있는 작은 섬들에 들른답니다."

"혹시 우리 투기장을 보고 싶냐고도 물어봐라." 크라즈니스가 덧붙여 말했다. "두커 투기장이 저녁에 괜찮은 공연을 하지. 곰 한 마리와 어린 사내아이 셋이 나와. 사내아이 하나는 꿀을 바르고, 하나는 피를 바르고, 하나는 썩어가는 고기를 바르는데, 곰이 어느 놈을 제일 먼저 먹을지 내기를 걸 수 있지."

탁, 탁, 탁, 소리가 들렸다. 흰 수염 아르스탄의 얼굴은 잔잔했지만, 지팡이 두드리는 속도가 격분했음을 알렸다. 탁, 탁, 탁. 대니는 억지로 미소를 지으며 통역 노예에게 말했다. "발레리온호에도 내 곰이 있어서, 내가 돌아가지 않으면 날 잡아먹을지도 몰라."

"거 봐라." 크라즈니스는 그 말을 통역으로 듣자 말했다. "결정하는 건 여자가 아니라 이 여자가 보러 갈 남자라니까. 늘 그렇지!"

대니는 말했다. "훌륭한 주인에게 끈기 있게 친절을 발휘해줘서 고맙다고 전하거라. 그리고 내가 여기에서 알게 된 바를 모두 생각해보겠다고 해." 대니는 흰 수염 아르스탄에게 팔짱을 끼고 광장을 가로질러 가마까지 돌아갔다. 아고와 조고가 양옆을 지키며, 기마전사들이 평범한 인간처럼 말에서 내려와 땅을 걸어야 할 때면 으레 그렇듯 안짱걸음으로 걸었다.

대니는 찌푸린 얼굴로 가마에 오른 후, 아르스탄에게 옆에 앉으라고 손짓했다. 그런 노인이 이 더위 속에 걸어서는 안 될 일이었다. 그녀는 가마 휘장을 닫지 않고 출발시켰다. 이 붉은 벽돌 도시에는 햇빛이 너무나 맹렬하게 떨어져 내려서, 잠깐 부는 산들바람이라도 소중했다. 설령 고운 붉은 먼지가 같이 들이친다 해도 말이다. '게다가, 난 봐야 해.'

아스타포는 먼지 궁전 안을 걷고 어머니 산 아래 세상의 자궁에서 몸을 씻어본 대니가 보아도 기묘한 도시였다. 모든 길이 광장에 깔려 있던 것과 똑같은 붉은 벽돌로 만들어졌다. 계단식 피라미드, 땅을 깊이 파서 층층이 내려가는 원형 좌석을 갖춘 투기장, 유황 분수와 어두운 와인 동굴, 그 모든 것을 에워싼 오래된 벽까지 모두 같은 벽돌로 만들어졌다. '벽돌이 많기도 하지. 너무 오래되어 부스러지고 있어.' 붉은 벽돌이 부스러져 생긴 고운 붉은 먼지가 사방에 깔려서 바람이 불 때마다 배수구로 춤추며 휩쓸려 갔다. 많은 아스타포 여인들이 베일로 얼굴을 가리는 것도 놀랍지 않았다. 벽돌 가루가 눈에 들어가면 모래보다 더 따가웠다.

"길을 터라!" 조고가 가마 앞을 달리면서 외쳤다. "드래곤의 어머니께 길을 터라!" 그러나 조고가 대니에게 받은 거대한 은손잡이 채찍을 풀어 허공을 때리자 대니는 몸을 내밀고 그만두라고 말했다. 그녀는 도트락어로 말했다. "여기에서는 채찍을 삼가라, 내 피 중의 피여. 이 벽돌들은 채찍 소리를 너무 많이 들었다."

그날 아침 항구에서 출발했을 때 길거리가 거의 텅 비어 있었는데, 지금도 크게 다르지 않았다. 격자형으로 짠 가마를 등에 진 코끼리 한 마리가 지나쳐 갔다. 메마른 벽돌 배수로에 살갗이 벗겨진 벌거벗은 소년이 앉아서 코를 파며 길거리에 돌아다니는 개미들을 뚱하게 바라보고 있었다. 소년은 말발굽 소리에 고개를 들었다가, 붉은 먼지구름과 귀에 거슬리는 웃음소리를 남기며 달려 지나가는 말 탄 위병들을 멍하니 바라보았다. 위병들의 노란 비단 망토에 꿰매어 단 구리 원반들이 수많은 태양처럼 반짝였으나, 그들이 입은 튜닉은 자수를 놓은 리넨이었고, 허리 아래에는 샌들을 신고 리넨으로 만든 주름치마를 입었다. 투구는 쓰지 않고, 뻣뻣한 검붉은색 머리카락은 가지런히 빗고 기름을 발라 꼬아서 뿔이나 날개나 칼날이나 움켜쥔 손 같은 환상적인 모양을 만들어놓으니 일곱 번째 지옥에서 탈출한 악마 무리처럼 보였다. 벌거벗은 소년은 대니와 함께 잠시 동안 그들을 바라보다가, 곧 그들이 사라지자 다시 개미를 보며 계속 코를 팠다.

'오래된 도시로구나. 하지만 영광스럽던 시절만큼 번화하지도 않고, 콰스나 펜토스나 리스처럼 사람이 많지도 않아.'

가마가 십자로에서 갑자기 멈추더니, 사슬에 엮인 채 감독관이 휘두르는 채찍에 독촉을 받으며 발을 끌고 지나가는 노예 무리를 지나 보냈다. 대니는 이들이 거세병이 아니라 옅은 갈색 피부와 검은 머리카락을 지닌 좀 더 평범한 노예들이라는 데 주목했다. 여자들도 섞여 있었지만 아이들은 없었다. 모두 벌거벗은 몸이었다. 아스타포인 두 명이 하얀 노새를 타고 그 뒤를 따라갔다. 한 명은 붉은 비단 토카를 걸쳤고, 한 명은 청금석 조각으로 장식한 얇은 파란색 리넨을 걸치고 베일을 쓴 여자였다. 그녀는 검붉은 머리카락에 상아 빗을 꽂고 있었다. 남자는 자기 노예들이나 감독관에게나 대니에게나 관심을 두지 않고 여자에게 소곤거리며 웃었다. 감독관은 키가 작고 어깨가 넓은 도트락 남자로, 근육질의 가슴팍에는 자랑스럽게 하피와 쇠사슬 문신을 새겼고 꼰 가죽으로 만든 다섯 가닥 채찍을 들고 있었다.

옆에 있던 흰 수염이 중얼거렸다. "벽돌과 피가 아스타포를 만들었고, 아스타포 사람들은 벽돌과 피로 이루어졌네."

"그건 뭐지?" 대니는 호기심에 물었다.

"어렸을 때 어느 학사가 가르쳐준 옛 노래입니다. 이 노랫말이 얼마나 진실된지 몰랐습니다. 아스타포의 벽돌이 붉은 것은 아스타포를 세운 노예들의 피 때문이에요."

"그 말은 믿고도 남겠군." 대니가 말했다.

"그렇다면 여왕님의 심장도 벽돌이 되기 전에 여기를 떠나십시오. 오늘 밤 저녁 썰물과 함께 떠나요."

'그럴 수만 있다면.' 대니는 생각했다. "조라 경은 내가 아스타포를 떠날 때는 반드시 군대와 함께여야 한다고 해."

"조라 경 본인도 노예상이었습니다, 전하." 노인은 그녀에게 상기시켰다. "펜토스와 미르와 티로시에 전하가 고용할 수 있는 용병들이 있습니다. 돈 때문에 살인을 하는 자에게는 명예가 없지만, 그래도 그자들은 노예는 아닙니다. 제발 그곳에서 군대를 찾으세요."

"내 오라버니는 펜토스, 미르, 브라보스는 물론이고 자유도시를 거의 다 방문했지. 마지스터와 집정관들이 와인과 약속을 퍼먹였지만, 오빠의 영혼은 굶어 죽었어. 평생 거지 밥그릇으로 밥을 먹으면서 남자로 남아 있을 수는 없는 법이니. 나도 콰스에서 맛을 본 것으로 충분했네. 펜토스에 구걸 그릇을 들고 가진 않겠어."

"노예상으로 가느니 구걸꾼으로 가시는 편이 낫습니다." 아르스탄이 말했다.

"둘 다 겪어보지 못한 사람이나 하는 말이로군." 대니는 콧김을 뿜었다. "종자, 그대는 팔려 간다는 게 어떤 건지 아는가? 나는 알아. 오라버니는 황금관을 씌워준다는 약속을 받고 나를 칼 드로고에게 팔았어. 글쎄, 드로고가 오빠에게 금관을 씌워주긴 했지. 오빠가 꿈꾸던 대로는 아니었겠지만. 그리고 나는…… 나의 태양이자 별은 나를 여왕으로 만들어줬으나, 그가 다른 남자였다면 많이 달라졌을지도 몰라. 내가 두려움에 사로잡힌다는 게 어떤 건지 잊었을 것 같나?"

흰 수염은 고개를 숙였다. "전하, 전하의 심기를 상하게 할 마음은 아니었습니다."

"내 심기는 오직 거짓말에만 상할 뿐, 정직한 조언에 상하는 일은 없다네." 대니는 아르스탄의 검버섯 핀 손을 토닥이며 안심시켰다. "성질이 드래곤 같을 뿐이야. 그런 것에 겁먹지 말게."

"명심하도록 하겠습니다." 흰 수염이 미소 지었다.

'아르스탄은 얼굴도 보기 좋고 강인해.' 대니는 생각했다. 왜 조라 경이 이 노인을 그렇게 못 믿는지 이해할 수 없었다. '나에게 다른 대화 상대가 생겼다는 사실을 질투하는 걸까?' 저도 모르게 생각이 발레리온호에서 망명 기사에게 입맞춤을 받은 밤으로 돌아갔다. '그래서는 안 되는 거였어.

나이도 내 세 배는 되고, 나보다 너무 한미한 핏줄인 데다가, 내가 허락하지도 않았잖아.' 진정한 기사라면 허락도 없이 여왕에게 입을 맞추지 않는 법이다. 그 후로 대니는 절대 조라 경과 둘만 있지 않고, 배 위에서도 항상 시녀들을 가까이 두었으며 때로는 혈맹기수들까지 곁에 두었다. '조라는 나에게 다시 입 맞추고 싶어 해. 눈에 다 보여.'

대니는 자신이 무엇을 원하는지 말도 꺼낼 수 없었지만, 조라의 입맞춤이 내면의 뭔가를, 칼 드로고가 죽은 후 쭉 잠들어 있던 뭔가를 깨워버렸다. 선실의 좁은 침대에 누워서 대니는 옆자리에 시녀 대신 남자가 있다면 어떨까 생각했고, 그 생각에 정도 이상으로 흥분해버렸다. 가끔은 눈을 감고 그 남자를 꿈꾸기도 했지만, 그게 조라 모르몬트일 때는 없었다. 대니가 상상하는 연인은 언제나 더 젊고 더 용모가 좋았다. 얼굴은 어른거리는 그림자로만 남아 보이지 않았어도.

한번은 괴로움에 잠을 이루지 못하다가 다리 사이에 한 손을 미끄러뜨리고는, 얼마나 젖었는지 알고 흠칫하기도 했다. 대니는 옆에 누운 이리를 깨울까 봐 감히 숨도 쉬지 못하고 천천히 음순을 문지르다가, 정확한 지점을 찾아서 그곳에 머무르며 가볍게 스스로를 애무했다. 처음에는 소심하게, 그러다가 점점 빨리. 그러나 그녀가 원하는 감각은 오히려 멀어지기만 했고, 그러다가 드래곤들이 움직이더니 한 마리가 선실 저편에서 소리를 질렀으며, 이리가 깨어나서 대니가 뭘 하고 있는지 보고 말았다.

대니는 얼굴이 붉어졌지만, 어둠 속이라 이리는 알아보지 못할 터였다. 시녀는 말없이 대니의 가슴에 한 손을 올리더니, 몸을 굽혀 젖꼭지를 입에 머금었다. 반대쪽 손은 부드러운 배 곡선을 따라 내려가더니 가느다란 백금색 털 둔덕을 지나 대니의 허벅지 사이로 들어갔다. 몇 분 지나지 않아 대니는 다리를 비틀고 가슴을 들썩이며 온몸을 떨었다. 그리고 소리를 질렀다. 아니면 드로곤이 소리를 질렀는지도 모르겠다. 일이 끝나자 이리는 한마디도 하지 않고 다시 몸을 말더니 잠들었다.

다음 날에는 모든 것이 꿈 같았다. 게다가 그 일이 조라 경과 무슨 상관이 있겠는가? 대니는 스스로를 일깨웠다. '내가 원하는 건 나의 태양이자 별인 드로고야. 이리도 아니고, 조라 경도 아니고, 오직 드로고뿐이야.' 하지만 드로고는 죽었다. 대니는 이런 감각이 드로고와 함께 붉은 황야에서 죽었다고 생각했지만, 위험한 입맞춤 한 번이 그 감각을 되살리고 말았다. '조라는 나에게 입을 맞추지 말아야 했어. 조라는 너무 주제넘게 굴었고, 난 그걸 허용했지. 다신 그런 일이 있어선 안 돼.' 대니가 입을 꾹 다물고 고개를 내젓자 땋은 머리에 달린 종이 가만히 울렸다.

바다가 가까워지자 도시가 좀 더 아름다운 모습을 보였다. 거대한 벽돌 피라미드들이 해안을 따라 늘어서 있었는데, 가장 큰 피라미드는 높이가 120미터에 달했다. 피라미드의 넓은 테라스에서는 온갖 나무와 덩굴과 꽃이 자랐고, 주위를 휘도는 바람은 싱그럽고 향긋했다. 관문 위에 거대한 하피가 또 하나 있었는데, 이 하피는 붉은 진흙을 구워 만들어서 눈에 띄게 부서지고 있었으며, 전갈 꼬리는 거의 뭉툭해져 있었다. 진흙 발톱에 쥔 쇠사슬은 오래되어 녹이 심했다. 그래도 물가에 오자 한층 시원해졌다. 썩어가는 말뚝에 부딪치는 파도 소리가 묘하게 마음을 달래주었다.

아고가 가마에서 내리는 대니를 도왔다. 힘센 벨와스는 거대한 말뚝 위에 앉아 큼지막한 갈색의 구운 고깃덩어리를 먹고 있었다. 그는 대니를 보자 행복하게 말했다. "개. 아스타포엔 맛있는 개가 있어요, 어린 여왕님. 먹을래요?" 그는 기름진 미소를 지으며 고기를 내밀었다.

"친절하구나, 벨와스. 하지만 되었다." 대니도 다른 때에 다른 곳들에서 개고기를 먹어보았지만, 이제는 거세병과 그들의 강아지에 대해서밖에 생각할 수 없었다. 대니는 몸집 큰 내시 옆을 지나쳐 발레리온의 갑판으로 이어지는 판자에 올랐다.

조라 모르몬트 경이 그녀를 기다리고 있었다. "전하." 그는 고개를 숙이며 말했다. "노예상들이 왔다 갔습니다. 세 놈이었는데, 서기 노예 십여 명과 비슷한 수의 짐꾼을 데려왔더군요. 우리 선창을 빠짐없이 기어 다니며 적재된 물건을 낱낱이 적어 갔습니다." 그는 대니와 함께 배 뒤쪽으로 같이 걸었다. "팔 사내들은 얼마나 데리고 있던가요?"

"하나도 없었네." 대니는 모르몬트에게 화가 난 걸까, 아니면 기분 나쁘게 더운 데다 땀과 악취와 부서지는 벽돌로 이루어진 이 도시에 화가 난 걸까? "그자들은 사내가 아니라 내시를 팔아. 아스타포처럼 벽돌로 만들어진 내시들이지. 내가 뾰족 모자를 얻기 위해 젖먹이를 죽이고 키우던 개도 목 졸라 죽인 죽은 눈의 벽돌 내시 8000명을 사야 하나? 그자들에겐 이름조차 없어. 그러니 사내라 부르지 말게, 경."

"칼리시." 그는 대니의 격노에 놀라서 말했다. "거세병들은 어렸을 때 선택되어 훈련을—"

"그게 어떤 훈련인지는 충분히 들었네." 대니는 갑자기, 원하지도 않은 눈물이 차오르는 것을 느낄 수 있었다. 대니의 손이 휙 움직여 조라 경의 얼굴을 세게 때렸다. 때리거나, 울거나였다.

모르몬트는 맞은 뺨을 만졌다. "제가 여왕님을 불쾌하게 만들었다면—"

"그랬네. 경은 날 정말 불쾌하게 만들었어. 경이 나의 진정한 기사라면, 이런 더러운 곳에 데려오지 말았어야 해." '경이 나의 진정한 기사라면 나에게 입을 맞추거나 그런 눈으로 내 가슴을 보지 말았어야…….'

"전하께서 명하시는 대로 하겠습니다. 그롤리오 선장에게 저녁 썰물에 맞추어 조금이라도 덜 지저분한 곳으로 떠날 준비를 하라 이르지요."

"아니야." 대니가 말했다. 그롤리오는 선수에서 그들을 지켜보고 있었고, 선원들도 그들을 지켜보고 있었다. 흰 수염도, 혈맹기수들도, 지키도, 모두가 뺨을 때리는 소리에 하던 일을 멈추고 그쪽을 보고 있었다. "저녁을 기다릴 것도 없이 당장 떠나고 싶네. 빠른 속도로 멀리멀리 가서 돌아보지도 않고 싶어. 하지만 그럴 순 없어, 아닌가? 8000명의 벽돌 내시들이 있고, 난 그자들을 살 방법을 찾아내야 해." 그 말을 끝으로 대니는 조라 경을 버려두고 아래로 내려갔다.

선장실의 나무 조각문을 여니 드래곤들이 들썩이고 있었다. 드로곤이 고개를 들어 소리를 지르며 콧구멍으로 흰 연기를 뿜어냈고, 비세리온은 날갯짓을 하며 더 작았을 때 그랬던 것처럼 대니의 어깨 위에 앉으려 했다. 대니는 비세리온을 부드럽게 털어내려 했다. "안 돼, 이젠 거기 앉기엔 너무 커." 하지만 비세리온은 대니의 한쪽 팔에 하얀색과 금색의 꼬리를 감고 검은 발톱을 소매에 찔러 넣으며 단단히 매달렸다. 대니는 어쩔 수 없이 키득거리며 그롤리오의 커다란 가죽 의자에 주저앉았다.

이리가 말했다. "칼리시께서 안 계신 동안 다루기 힘들었어요. 비세리온이 문을 할퀴어 부스러진 거 보이세요? 그리고 드로곤은 노예상이 보러 왔을 때 달아났답니다. 제가 꼬리를 잡아당겼더니 몸을 돌려 절 깨물지 뭐예요." 이리는 대니에게 손에 남은 이빨 자국을 보였다.

"혹시 불을 내서 달아나려 한 녀석도 있었느냐?" 대니가 가장 걱정하는 문제는 그것이었다.

"아닙니다, 칼리시. 드로곤이 불을 뿜긴 했지만 허공에 대고 뿜었어요. 노예상들은 가까이 가기도 두려워하더군요."

대니는 드로곤이 깨문 손에 입을 맞췄다. "널 다치게 해서 미안하구나. 드래곤들은 작은 배의 선실 안에 갇혀 있어선 안 돼."

"드래곤들은 배에 갇힌 말들과 기수들과 비슷하지요. 아래에서 말들이 소리를 지르며 나무 벽을 걷어찹니다, 칼리시. 소리가 들려요. 그리고 지키가 그러는데 칼리시가 안 계실 때는 노파들과 어린것들도 비명을 지른다고 합니다. 다들 이 바다 수레를 좋아하지 않아요. 검은 소금 바다도 좋아하지 않아요."

"나도 안다. 그래, 알아." 대니가 말했다.

"칼리시, 슬프세요?"

"그래." 대니는 인정했다. 슬프고 길을 잃은 기분이었다.

"제가 칼리시를 즐겁게 해드릴까요?"

대니는 이리에게서 물러섰다. "아니야. 이리, 그럴 필요는 없어. 그날 밤에 네가 깼을 때 일어난 일은……. 넌 침실 노예가 아니야. 내가 널 자유롭게 만들어준 거 기억하지? 넌……."

"전 드래곤의 어머니를 모시는 시녀입니다. 제 칼리시를 즐겁게 해드리는 건 대단한 영광이지요."

"난 그런 거 원치 않아." 대니는 고집을 꺾지 않았다. "원치 않아." 대니는 고개를 홱 돌렸다. "이젠 날 좀 내버려두렴. 혼자 있고 싶구나. 생각을 해야겠어."

대니는 노예상만의 바닷물 위에 황혼이 깔리기 시작할 때쯤에야 갑판으로 돌아갔다. 그녀는 난간 옆에 서서 아스타포를 내다보았다. '여기에서 보는 모습은 아름답구나.' 크라즈니스의 통역 노예가 말했듯이 하늘에는 별이 하나둘씩 나타나고, 아래에는 비단 등불이 켜지기 시작했다. 벽돌 피라미드들이 온통 반짝거렸다. '하지만 그 아래는, 길거리와 광장과 투기장은 어두워. 그리고 어린아이들이 거세당한 날 받은 강아지에게 먹을 것을 주고 있을 막사 안이 가장 어둡지.'

뒤에서 조용한 발소리가 들렸다. "칼리시, 솔직히 말씀드려도 됩니까?" 그의 목소리였다.

대니는 돌아보지 않았다. 지금은 그의 모습을 볼 수가 없었다. 돌아보았다가는 또 때릴지 몰랐다. 아니면 울거나. 아니면 입 맞출지도 몰랐다. 그리고 무엇이 옳고 무엇이 틀렸고 무엇이 미친 짓인지 알 수가 없었다. "할 말하시오, 경."

"드래곤 아에곤이 웨스테로스에 상륙했을 때, 협곡과 바위와 리치 평원의 왕들이 왕관을 바치러 달려가지는 않았습니다. 그분의 철왕좌에 앉으려면 그분이 했듯이 강철과 드래곤 화염으로 왕좌를 손에 넣으셔야 합니다. 그것은 여왕님 손에 피를 묻혀야 한다는 뜻입니다."

'불과 피.' 대니는 생각했다. 타르가르옌 가문의 가언이었다. 평생 알았던 가언. "내 적의 피라면 기꺼이 흘리겠네. 무고한 이들의 피는 다른 문제야. 저들은 8000명의 거세병을 나에게 제시했네. 죽은 아기 8000명과 목 졸려 죽은 개 8000마리도 따라오는 셈이지."

조라 모르몬트가 말했다. "전하, 저는 약탈 후의 킹스랜딩을 보았습니다. 그날도 갓난아기들이 도살당하고, 노인들과 아이들이 죽었어요. 셀 수도 없을 만큼 많은 여자들이 강간당했습니다. 모든 남자 안에는 야만적인 짐승이 있고, 남자에게 검이나 창을 쥐여주고 전쟁에 내보내면 그 짐승이 들썩입니다. 피 냄새만 맡으면 깨어나지요. 하지만 저는 거세병들이 강간을 했다거나, 도시를 도륙하기는 고사하고 약탈했다는 말도 들은 적이 없습니다. 거세병을 이끄는 자들이 특별히 명령하지 않는 한 없는 일이지요. 말씀대로 벽돌로 빚은 병사들일지는 몰라도 그 병사들을 사신다면, 그들이 죽일 개는 전하께서 죽이고 싶어 하는 개들뿐일 겁니다. 그리고 제 기억에 전하께는 죽이고 싶은 개들이 있지요."

'찬탈자의 개들.' "그래." 대니는 부드러운 색색의 불빛을 바라보며 서늘한 바닷바람의 애무를 받았다. "약탈당한 도시 말이 나왔으니 말인데, 대답해 보게, 경……. 도트락인들은 왜 이 도시를 약탈한 적이 없지?" 대니는 도시를 가리켰다. "저 벽을 봐. 어디가 무너지기 시작했는지 볼 수 있을 거야. 저기도, 저기도 무너지고 있지. 저 탑에는 위병들이 보이나? 난 안 보이네. 위병들이 숨어 있는 건가? 오늘 하피의 아들들을 보았는데, 모두 자부심 강한 귀족 전사들이더군. 리넨 치마를 입고 있었고, 제일 사나운 부분이 머리카락이었어. 더없이 평범한 칼라사르라 해도 아스타포 정도는 땅콩처럼 부수어 안에 든 썩은 고기를 쏟게 할 수 있을 거야. 그러니 말해보게, 왜 바에스 도트락에 있는 신의 길에는 다른 훔쳐낸 신들 사이에 저 흉한 하피가 놓여 있지 않은 건가?"

"그야말로 드래곤다운 눈이십니다, 칼리시."

"난 칭찬이 아니라 답을 원했네."

"두 가지 이유가 있습니다. 아스타포의 용감한 방어자들이 쓰레기나 다름없는 건 사실입니다. 옛 기스의 지배자들처럼 차려입고 아직도 광대한 제국을 다스리는 척하는 오래된 이름의 부자들이지요. 전원이 다 고위 관료예요. 잔치가 있을 때면 투기장에서 자기들이 얼마나 뛰어난 지휘관인지 시연하는 가짜 전쟁을 벌이지만, 죽고 죽이는 것은 내시 노예들입니다. 마찬가지예요. 아스타포를 약탈하고 싶어 하는 적은 거세병을 상대해야 한다는 사실을 알아야 합니다. 노예상들은 도시 방어를 위해 군대 전체를 내보내겠지요. 도트락인들은 코호르의 관문 앞에 땋은 머리채를 놓아둔 이후 다시는 거세병을 상대로 싸우지 않았습니다."

"두 번째 이유는?" 대니가 물었다.

"누가 아스타포를 공격하겠습니까?" 조라 경이 물었다. "미린과 융카이는 경쟁자이긴 하나 적은 아니고, 발리리아는 파멸했으며, 동쪽 오지 사람들은 모두 기스인이고, 언덕들 너머에는 라자르가 있습니다. 도트락인이 어린 양족이라 부르는, 평화적이기로 유명한 이들이지요."

"그래." 대니는 수긍했다. "하지만 노예 도시들 북쪽에는 도트락의 바다가 있고, 도시를 약탈하고 시민들을 노예로 끌고 가는 것보다 좋아하는 게 없는 강대한 칼이 수십 명은 있지."

"어디로 끌고 간단 말입니까? 노예상들을 죽이고 나면 노예들에게 무슨 쓸모가 있겠습니까? 발리리아는 이제 없고, 콰스는 붉은 황야 너머에 있으며, 아홉 자유도시는 수만 리 서쪽에 있습니다. 그리고 하피의 아들들은 지나가는 칼마다 융숭히 대접한다는 걸 아셔야 합니다. 펜토스와 노보스와 미르의 마지스터들과 마찬가지지요. 기마전사들을 잘 먹이고 선물을 주면 곧 달려가버린다는 것을 아는 겁니다. 그게 싸우는 것보다 싸게 먹히고, 훨씬 확실하니까요."

'싸우는 것보다 싸게 먹힌다, 그래, 그럴지도 모르겠구나.' 대니는 생각했다. 그녀에게도 그렇게 쉽다면 얼마나 좋을까. 드래곤들을 데리고 킹스랜딩으로 항해해 조프리라는 소년에게 황금 궤짝을 주고 물러나게 한다면 얼마나 좋을까.

"칼리시?" 대니가 오랫동안 말이 없자 조라 경이 재촉하며 그녀의 팔꿈치를 슬쩍 건드렸다.

대니는 그를 뿌리쳤다. "비세리스라면 가진 돈만큼 거세병들을 샀겠지. 하지만 언젠가 경은 내가 라에가르를 닮았다고 했어……."

"저도 기억합니다, 대너리스."

"전하라고 부르게." 대니는 말을 바로잡았다. "라에가르 왕자는 노예들이 아니라 자유인들을 데리고 전투에 나갔네. 흰 수염은 라에가르가 종자들을 직접 임명했고, 다른 많은 기사들도 서임했다고 했어."

"드래곤스톤의 왕자에게 기사 서임을 받는 것보다 더 큰 영예는 없었지요."

"그러면 말해보게, 장검을 사람 어깨에 올리며 라에가르가 뭐라고 말했나? 가서 약자를 죽이라고? 아니면 가서 약자를 지키라고 했나? 트라이던트에서, 비세리스가 우리의 드래곤 깃발 아래 죽었다던 그 용감한 사람들은, 그 사람들은 라에가르의 대의를 믿었기 때문에 목숨을 바친 것인가, 아니면 돈을 받았기에 목숨을 바친 건가?" 대니는 팔짱을 끼고 모르몬트를 돌아보며 답을 기다렸다.

덩치 큰 기사는 천천히 말했다. "여왕님, 말씀하신 바는 모두 사실입니다. 하지만 라에가르 왕자님은 트라이던트에서 졌습니다. 전투에서도 졌고, 전쟁에서도 져서 왕국을 잃고 목숨을 잃었지요. 그분의 피가 흉갑에 붙어 있던 루비와 함께 하류로 쓸려 갔고, 찬탈자 로버트는 그 시신을 밟고 철왕좌를 훔쳤습니다. 라에가르는 용감하게 싸웠습니다. 라에가르는 훌륭하게 싸웠습니다. 라에가르는 명예롭게 싸웠어요. 그리고 라에가르는 죽었습니다."

브랜

지금 그들이 걷고 있는 꼬불꼬불한 계곡에는 길이라곤 나 있지 않았다. 회색 돌산 사이에 길고 좁고 깊은 잔잔한 파란 호수들과 끝없이 이어지는 소나무들의 녹색 어둠이 깔렸다. 늑대 숲을 떠나 오래된 수석 언덕 사이로 올라가자 황갈색과 황금색 단풍이 드물어지다가, 그 언덕들이 아예 산맥으로 변하자 자취를 감췄다. 이제는 머리 위에 거대한 회녹색 파수목들이 자리 잡았고, 가문비나무와 전나무와 병정 소나무가 끝없이 이어졌다. 아래쪽 관목은 드물어지고, 숲 바닥에는 짙은 녹색 솔잎이 푹신하게 깔렸다.

한두 번 길을 잃었을 때는 구름이 없는 차갑고 맑은 밤을 기다렸다가 하늘을 보고 '얼음 드래곤' 별자리를 찾기만 하면 그만이었다. 오샤가 예전에 말한 대로 얼음 드래곤의 눈에 해당하는 파란 별은 북쪽을 가리켰다. 오샤를 생각하자 어디에 있을까 궁금해졌다. 브랜은 오샤가 리콘과 새기독을 데리고 화이트하버에 안전하게 도착해서 뚱뚱한 맨덜리 공과 함께 장어와 생선과 뜨거운 게 파이를 먹고 있는 모습을 그려보았다. 아니면 라스트허스(Last Hearth, 마지막 화로)에서 그레이트존의 벽난로 앞에서 몸을 데우고 있을지도 몰랐다. 하지만 브랜의 삶은 호도가 등에 진 바구니 속에서 산맥을 오르내리는 끝없는 추운 나날이 되어버렸다.

"올라갔다 내려갔다." 미라는 가끔 걷다가 한숨을 내쉬었다. "또 내려갔다 올라갔다. 다시 올라갔다 내려갔다. 너희 이 바보 같은 산맥이 정말 싫어, 브랜 왕자님."

"어제는 좋다더니."

"아, 그야 그렇지. 아버지가 산맥에 대해 얘기해줬는데 지금까지는 본 적이 없었거든. 이루 말할 수 없이 마음에 들어."

브랜은 미라를 보고 얼굴을 찌푸렸다. "하지만 방금 싫다고 했잖아."

"왜 좋아하면서 싫어할 순 없는데?" 미라는 손을 뻗어 브랜의 코를 꼬집었다.

"그 둘은 다르니까. 낮과 밤, 얼음과 불처럼 반대란 말이야." 브랜이 주장했다.

그러자 조젠이 엄숙한 목소리로 말했다. "얼음이 불탈 수 있다면, 사랑과 미움이 짝지을 수 있지. 산이든 늪이든 상관없어. 땅은 하나야."

"하나지." 미라가 맞장구쳤다. "하나인데 주름이 졌을 뿐이야."

높은 골짜기는 남북으로 뻗는 호의를 베풀어주는 일이 드물었기에, 그들은 자주 엉뚱한 방향으로 한참 가기도 했고, 왔던 길을 되돌아가야 할 때도 있었다. 브랜은 세눈박이 까마귀를 찾아서 나는 방법을 배우고 싶었다. "왕의 가도를 탔다면 지금쯤 장벽에 도착했을 수도 있어." 브랜은 리드 남매에게 상기시키곤 했다. 그 말을 한 50번쯤 했더니, 미라가 옆에서 따라 하면서 놀리기 시작했다.

"왕의 가도를 탔다면 이렇게 배고프지도 않겠지." 브랜은 그렇게 말하기 시작했다. 언덕 기슭에서는 식량이 부족하지 않았다. 미라는 훌륭한 사냥꾼이었고, 개구리잡이 삼지창을 들고 개울에서 물고기를 잡는 데는 더 뛰어났다. 브랜은 그 모습을 지켜보며 미라의 잽싼 몸놀림에, 창을 내리찍었다가 퍼덕거리는 은빛 송어를 잡아 올리는 모습에 감탄하곤 했다. 그리고 서머가 사냥을 해주기도 했다. 서머는 거의 매일 밤 해가 지면 사라졌다가 해가 뜨기 전에 돌아왔고, 입에 다람쥐나 토끼를 물고 돌아올 때가 많았다.

하지만 여기 산속에 들어오자 개울은 더 작고 차가워졌으며 사냥감은 적어졌다. 미라가 여전히 기회가 있을 때마다 사냥을 하고 물고기를 잡긴 했지만 전보다 힘들어졌고, 서머조차 사냥감을 잡아 오지 못하는 밤이 생겼다. 그들은 자주 아무것도 먹지 못한 채 자기도 했다.

하지만 조젠은 도로를 멀리해야 한다는 고집을 꺾지 않았다. "도로가 있는 곳에는 여행자들이 있지." 조젠은 늘 쓰는 말투로 말했다. "그리고 여행자들에게는 보는 눈이 있고, 불구 소년과 거인과 옆에 같이 걷는 늑대에 대해 퍼트릴 입이 있어." 조젠의 고집은 꺾을 수가 없었기에 그들은 야생의 땅을 힘겹게 나아갔고, 매일 조금 더 높이 올라가고 조금 더 북쪽으로 이동했다.

어떤 날은 비가 내리고, 어떤 날은 바람이 심했으며, 한번은 호도마저도 절망해 소리를 지를 정도로 격렬한 싸락눈 폭풍을 만나기도 했다. 맑은 날이면 온 세상에 살아 있는 생물이라곤 그들밖에 없는 것 같을 때도 자주 있었다. "이 위에는 아무도 살지 않는 건가?" 미라 리드는 윈터펠만큼 큰 화강암 봉우리를 돌아가다가 묻기도 했다.

브랜이 말했다. "사람은 있어. 엄버는 주로 왕의 가도 동쪽에 있지만, 여름에는 높은 초지에서 양에게 풀을 뜯겨. 산맥 서쪽으로는 얼음만을 따라 월 영지 사람들이 살고, 뒤쪽 언덕들에는 하클레이가, 여기 높은 지대에는 놋과 리들과 노리, 플린트도 약간은 살아." 그의 아버지의 어머니의 어머니가 산맥에 사는 플린트였다. 낸 할멈은 브랜이 추락하기 전까지 그렇게 벽타기에 미쳤던 이유가 그 혈통 때문이라고 하기도 했다. 하지만 그분은 브랜이 태어나기 오래오래 전에, 아버지가 태어나기도 전에 돌아가셨다.

미라가 말했다. "월? 조젠, 전쟁 때 아버지와 같이 말을 달린 월 가문 사람이 있지 않았어?"

"테오 월이었지." 조젠은 산을 오른 탓에 숨을 거칠게 몰아쉬었다. "다들 들통이라고 불렀지."

브랜이 말했다. "그게 그 집안 문장이야. 테두리에 흰색과 회색 격자무늬를 넣은 파란색 바탕에 갈색 들통 세 개. 월 공이 언젠가 아버지께 충성 맹세를 하고 대화를 나누러 윈터펠에 온 적이 있었는데, 방패에 들통이 그려져 있더라고. 공이라고는 불렀지만 진짜 영주는 아니야. 음, 영주가 맞긴 한데 그냥 월이라고 부르더라고. 놋과 노리와 리들도 그렇지. 윈터펠에서는 누구 공 누구 공이라고 불렀지만, 영지민들은 그렇게 부르지 않아."

조젠 리드가 멈춰 서서 숨을 골랐다. "그 산사람들이 우리가 여기 있는 걸 알까?"

"알아." 브랜은 그들이 지켜보는 모습을 보았다. 자기 눈이 아니라, 놓치는 게 별로 없는 서머의 날카로운 눈으로 말이다. "우리가 자기들 염소나 말을 훔쳐 가려고 하지 않는 한 성가시게 하지 않을 거야."

그들도 산사람들을 성가시게 하지 않았다. 산사람과 만난 것도, 갑자기 찬비가 쏟아지는 바람에 피난처를 찾으려다가 마주친 한 번뿐이었다. 서머가 냄새를 맡아서 높이 솟은 파수목의 회녹색 가지 뒤에 숨은 얕은 동굴을 찾아냈는데, 호도가 돌 아래로 몸을 숙이자 브랜은 안쪽 깊숙이 자리한 오렌지색 불빛을 보고 그들만 있는 게 아님을 알아차렸다. 남자 목소리가 들려왔다. "들어와서 몸 좀 녹여. 여기 돌 천장이면 우리 모두의 머리를 빗발에서 가려주고도 남으니까."

그는 가지고 있던 귀리 비스킷과 피 소시지와 가죽 부대에 담긴 에일을 내주었지만, 이름은 밝히지 않았다. 그들의 이름을 묻지도 않았다. 브랜은 그 남자가 리들일 거라 생각했다. 다람쥐 가죽 망토를 여민 잠금쇠가 금과 청동제인 데다 솔방울 모양이었고, 리들은 녹색과 흰색 방패의 반쪽 흰색 면에 솔방울을 그려 넣었기 때문이다.

"장벽까지는 먼가요?" 브랜은 비가 그치기를 기다리며 물었다.

"까마귀가 날아가기에는 그리 멀지 않지." 리들이 마치 까마귀인 양 말했다. "날개가 없다면 그보다 멀고."

브랜이 입을 열었다. "벌써 도착하고도 남았을 거야. 길만……."

"……왕의 가도를 탔으면 말이지." 미라가 한목소리로 말을 맺었다.

리들은 단검을 꺼내 막대기를 깎았다. "윈터펠에 스타크가 있었을 때는 처녀가 명명일에나 입는 좋은 가운을 입고 왕의 가도를 걸어도 공격받는 일이 없었고, 여행자들은 수많은 여관과 성채에서 불과 빵과 소금을 찾을 수 있었지. 하지만 이젠 밤이 전보다 춥고, 집집의 문이 닫혔어. 신의 숲에는 오징어들이 있고, 살가죽 벗겨진 남자들이 왕의 가도를 달리면서 낯선 사람이 없나 묻고 다닌다."

리드 남매는 눈빛을 주고받았다. "살가죽 벗겨진 남자라면?" 조젠이 물었다.

"그래, 그 서자의 부하들이야. 그놈이 죽었다더니 이젠 안 죽었대. 그리고 늑대 가죽에 은화를 잘 쳐준다지. 죽었는데 돌아다니는 어떤 사람들에 대한 소식에는 금화까지 줄 수도 있다고 하고." 남자는 그 말을 하면서 브랜을 보고, 그 옆에 엎드린 서머를 보았다. 그리고 말을 이었다. "장벽에 대해서는, 나라면 그런 곳에 가진 않겠어. 늙은 곰이 경비대를 거느리고 귀신 들린 숲으로 들어갔는데, 돌아온 건 까마귀들뿐이었고 그나마 편지도 가지고 오지 않았다네. 우리 어머니는 늘 '어두운 날개에 어두운 소식'이라고 말하곤 했지만, 까마귀들이 소식도 없이 날아오는 건 그보다 더 불길해 보여." 남자는 막대기로 불을 쑤셨다. "윈터펠에 스타크가 있었을 땐 달랐지.

하지만 늙은 늑대는 죽었고 젊은 늑대는 왕좌의 게임을 하러 남쪽으로 갔으니, 우리에게 남은 건 유령들뿐이야."

"늑대들은 다시 올 겁니다." 조젠이 엄숙하게 말했다.

"네가 그걸 어떻게 아느냐?"

"꿈을 꿨습니다."

"난 가끔 9년 전에 묻은 어머니 꿈을 꾸지만, 깨어나도 어머니가 우리에게 돌아오진 않아."

"그냥 꿈이 있고, 다른 꿈이 있답니다."

"호도." 호도가 말했다.

어두워지고 나서도 한참이 지나도록 비가 잦아들지 않았기에, 그들은 그날 밤을 함께 보냈다. 동굴 밖으로 나가고 싶어 하는 건 서머밖에 없었다. 화톳불이 다 타들어가자 브랜은 서머를 내보내주었다. 다이어울프는 물기를 사람들처럼 느끼지 않았고, 밤이 그를 부르고 있었다. 달빛이 젖은 숲을 은색으로 칠하고 회색 봉우리를 하얗게 바꿔놓았다. 올빼미들이 어둠 속에 울며 조용히 소나무 사이를 날아다니고, 희끄무레한 염소들이 산비탈을 따라 움직였다. 브랜은 눈을 감고 늑대 꿈에, 한밤의 냄새와 소리에 빠져들었다.

다음 날 아침에 깨어보니 불은 다 꺼졌고 리들도 사라지고 없었는데, 그들에게 소시지 하나와 녹색과 흰색 천에 잘 싸인 귀리 비스킷 십여 개를 남겨놓고 갔다. 귀리 비스킷 중에는 잣을 넣어 구운 것도 있었고, 블랙베리를 넣은 것도 있었다. 브랜은 각각 하나씩 먹은 후에도 어느 쪽이 더 맛있는지 결론을 내리지 못했다. 그는 언젠가 윈터펠에 스타크가 다시 들어서면, 리들을 불러다가 잣과 블랙베리를 백 배씩 갚으리라 다짐했다.

그날 걸은 산길은 평소보다 조금 쉬웠고, 정오 무렵에는 구름 사이로 해가 나왔다. 브랜은 호도의 등에 걸린 바구니에 앉아서 거의 만족감 비슷한 것을 느꼈다. 덩치 큰 마구간지기 청년이 성큼성큼 걷는 통에 바구니가 부드럽게 흔들렸고, 가끔 그렇듯 조용한 흥얼거림까지 더해지니 깜박 졸기도 했다. 미라가 그의 팔을 살짝 건드려 깨웠다. "봐." 미라는 개구리 창으로 하늘을 가리키며 말했다. "독수리야."

브랜은 고개를 들어 회색 날개를 쫙 펴고 고요히 바람을 타는 독수리를 보았다. 독수리가 더 높이 솟아오르는 모습을 눈으로 따라가면서, 그렇게 쉽게 세상을 날아다니면 기분이 어떨까 생각했다. '벽 타기보다 더 좋겠지.' 브랜은 그 독수리에게 마음을 뻗어, 서머와 함께했듯이 바보 같은 불구의 몸을 떠나 하늘로 날아오르려고 해보았다. '그린시어들은 할 수 있었어. 나도 할 수 있어야 해.' 브랜이 계속 시도하는 사이에 독수리는 오후의 금빛 아지랑이 사이로 사라져버렸다. "가버렸어." 그는 실망해서 말했다.

"또 보게 될 거야. 이 위에 사니까." 미라가 말했다.

"그렇겠지."

"호도." 호도가 말했다.

"호도." 브랜이 맞장구쳤다.

조젠이 솔방울을 걷어찼다. "호도는 네가 자기 이름을 말하면 좋아하는 것 같아."

"호도는 진짜 이름이 아니야." 브랜이 설명했다. "그냥 호도라고 말하기를 좋아할 뿐이지. 낸 할멈이 말해줬는데 진짜 이름은 왈더래. 낸 할멈이 호도의 할머니의 할머니인가 그렇거든." 낸 할멈에 대해 말하려니 슬퍼졌다. "강철인들이 낸 할멈을 죽였을까?" 윈터펠에서도 할멈의 시신은 보지 못했다. 이제 돌이켜보니 여자들 시체는 하나도 보지 못했다. "낸 할멈은 아무도 해친 적이 없어. 낸 할멈은 그냥 옛날이야기만 해. 테온도 그런 사람을 해치진 않겠지, 설마?"

"어떤 사람들은 그저 해칠 수 있다는 이유만으로 다른 사람을 해쳐." 조젠이 말했다.

"그리고 윈터펠에서 사람들을 죽인 건 테온이 아니었어. 죽은 사람 중에 강철인이 너무 많더라." 미라가 말하고는 개구리 창을 반대쪽 손으로 옮겼다. "낸 할멈이 해준 이야기들을 기억해, 브랜. 어떤 식으로 이야기했는지, 목소리는 어땠는지 기억해. 네가 기억하는 한 그분의 일부는 언제나 네 안에 살아 있을 거야."

"기억할 거야." 브랜은 다짐했다. 그 뒤로 오랫동안 그들은 말없이 산을 탔다. 비뚤배뚤한 짐승 길을 따라서 두 개의 암석 봉우리 사이 높은 등마루를 넘었다. 주위 비탈에는 앙상한 병정 소나무들이 붙어 자랐다. 저 멀리 산비탈을 따라 흘러내리는 개울물의 차가운 광채를 볼 수 있었다. 그는 어느새 조젠의 숨소리와 호도의 발에 솔잎이 밟히는 소리에 귀 기울이고 있었다. "아는 옛날이야기 있어?" 브랜은 리드 남매에게 불쑥 물었다.

미라가 웃었다. "아, 몇 개 있지."

"몇 개는." 조젠도 인정했다.

"호도." 호도가 흥얼거리며 말했다.

브랜이 말했다. "걷는 동안 하나 얘기해줄래? 호도는 기사들이 나오는 이야기를 좋아해. 나도 그렇고."

"넥에는 기사들이 없어." 조젠이 말했다.

"물 위에는 없지." 미라가 바로잡았다. "늪 안에는 죽은 기사가 가득하잖아."

조젠이 말했다. "그건 그래. 안달인과 강철인, 프레이와 다른 바보들, 그레이워터를 정복하겠다고 나섰던 다른 자부심 가득한 전사들이 다 거기 있지. 단 한 명도 그레이워터를 찾아내진 못했어. 넥으로 달려들어 왔지만 나가지는 못했지. 그리고 늦든 빠르든 늪에 빠지는 실수를 했고, 무게 때문에 가라앉아서 갑옷을 입은 채로 죽었지."

물속에 빠져 죽은 기사들을 생각하자 몸서리가 났다. 하지만 브랜은 그만하라고 하지 않았다. 그 오싹함이 좋았다.

미라가 말했다. "거짓 봄이었던 해에 어떤 기사가 하나 왔어. 사람들은 웃는 나무(Laughing Tree)의 기사라고 불렀지. 그 기사는 호상민이었을지도 몰라."

"아닐 수도 있고." 조젠의 얼굴에 녹색 그림자가 어룽졌다. "브랜 왕자라면 그 이야기는 백 번쯤 들었을걸."

브랜이 말했다. "아니, 못 들어봤어. 들어봤다 해도 상관없어. 낸 할멈은 했던 이야기를 또 하곤 했지만, 재미있는 이야기이기만 하면 아무도 신경 쓰지 않았어. 할멈은 오래된 이야기란 오랜 친구와 비슷하다고 하곤 했지. 가끔 다시 만나줘야 한다고 말이야."

"맞는 말이야." 미라는 방패를 등에 짊어지고 개구리 창으로 간혹 앞을 막는 나뭇가지를 밀어내며 걸었다. 브랜이 결국 그 이야기는 안 해주려나 보다 생각하는 순간, 미라가 이야기를 시작했다. "옛날 넥 지역에 호기심 많은 청년이 하나 살았어. 이 청년은 다른 호상민들처럼 몸집이 작았지만, 용감하고 똑똑하고 강하기도 했지. 청년은 사냥하고 물고기를 잡고 나무를 타면서 성장했고, 호상민들의 마법을 모조리 배웠어."

브랜은 이 이야기를 처음 듣는 게 거의 확실했다. "그 사람도 조젠처럼 녹색 꿈을 꿨어?"

"아니. 하지만 이 청년은 진흙에서 호흡하고 잎사귀 위를 달릴 수 있었고, 말 한마디를 속삭여서 흙을 물로 바꾸고 물을 흙으로 바꿀 수 있었어. 나무들과 대화하고 주문을 엮어서 성이 나타났다 사라졌다 하게 만들 수 있었지."

"나도 그럴 수 있으면 좋겠다." 브랜은 구슬프게 말했다. "언제 그 청년이 나무 기사를 만나?"

미라는 브랜을 향해 얼굴을 찌푸렸다. "어느 왕자님이 조용히만 하면 곧."

"그냥 물어보는 거야."

미라는 이야기를 계속했다. "그 청년은 호상 주택의 마법을 알았지만, 더 많은 걸 알고 싶어 했어. 우리 호상민들은 집에서 멀리 여행하는 일이 드물어. 우리는 몸집이 작고, 생활 방식이 괴상해 보이기도 해서 몸집 큰 사람들이 늘 우리를 상냥하게 대하진 않거든. 하지만 이 청년은 대부분의 사람들보다 대담했기에, 성인이 되고 나서 어느 날 호상 주택을 떠나 얼굴섬에 가보기로 했어."

"얼굴섬에는 아무도 안 가." 브랜이 항의했다. "거긴 녹색인들이 살잖아."

"그 청년이 찾으려던 것도 녹색인들이었어. 그래서 청년은 나처럼 청동 미늘을 꿰매어 단 셔츠를 입고, 내 것과 비슷한 가죽 방패와 삼지창을 들고, 작은 가죽배를 저어서 그린포크를 따라갔지."

브랜은 눈을 감고 작은 가죽배에 탄 청년을 상상해보려 했다. 브랜의 머릿속에서 그 호상민은 조젠처럼 생겨서 나이가 좀 더 많고 힘이 좀 더 셌으며 미라처럼 입고 있었다.

"청년은 프레이에게 공격받지 않게 밤을 틈타서 트윈스 아래를 지났고, 트라이던트에 이르자 강기슭에 올라 배를 머리에 쓰고 걷기 시작했어. 여러 날이 걸렸지만 청년은 마침내 신의 눈 호수에 도착했고, 호수에 배를 내리고 노를 저어 얼굴섬으로 향했어."

"그 청년이 녹색인들을 만났어?"

"그래. 하지만 그건 또 다른 이야기고, 내가 하는 이야기는 그게 아니야. 왕자님이 기사가 나오는 이야기를 해달랬거든."

"녹색인도 좋은데."

"녹색인 좋지." 미라는 동의하면서도 녹색인에 대해서는 더 이야기하지 않았다. "그 호상민은 겨울 내내 그 섬에 머물렀지만, 봄이 오자 넓은 세상이 부르는 소리를 듣고 떠날 때가 온 것을 알았어. 청년의 가죽배는 놓아 둔 곳에 그대로 있었기에, 작별 인사를 하고 호숫가로 노를 저었지. 노를 젓고 또 젓다 보니 멀리 호수 옆에 솟아오른 탑들이 보였어. 호숫가로 다가가는 동안 그 탑들은 점점 더 높아져서, 청년은 분명히 그게 세상에서 제일 큰 성이겠구나 깨닫게 되었지."

브랜은 바로 알아차렸다. "하렌홀! 하렌홀이었구나!"

미라는 미소 지었다. "그랬을까? 청년은 성벽 아래 색색의 천막들, 바람에 휘날리는 찬란한 깃발들, 그리고 사슬 갑옷 판금 갑옷을 입고 마갑 씌운 말에 앉은 기사들을 보았어. 구운 고기 냄새도 나고, 웃음소리며 의전관의 나팔 소리도 들렸지. 대마상 시합이 시작되기 직전이었고, 나라 구석구석에서 대전사들이 시합을 하러 와 있었지. 왕은 물론이고 그 아들인 드래곤 왕자도 있었어. 하얀 기사들도 새로 들어올 형제를 환영하러 왔고. 폭풍 영주도, 장미 영주도 보였어. 바위의 큰 사자는 왕과 싸우고 가버린 후였지만, 그래도 사자 영주의 봉신과 기사는 많이들 참여했어. 호상민 청년은 그런 장관을 본 적이 없었고, 앞으로도 그런 건 다시 보지 못할 것을 알았지. 그 장관의 일부가 되고 싶은 마음이 굴뚝같았어."

브랜은 그게 어떤 기분인지 잘 알았다. 어렸을 때 브랜은 기사가 되기만을 꿈꾸었다. 하지만 그건 추락해서 다리를 잃기 전의 일이었다.

"마상 시합을 시작하면서 큰 성의 딸이 사랑과 미의 여왕 자리에 앉았어. 다섯 대전사가 그 여자의 왕관을 지키겠노라 맹세했지. 그 하렌홀 처녀의 형제 네 명과, 킹스가드의 하얀 기사로 있는 유명한 숙부였어."

"아름다운 처녀였어?"

"그래." 미라는 돌을 하나 건너뛰면서 말했다. "하지만 더 아름다운 처녀들도 있었어. 드래곤 왕자의 아내도 아름다웠는데, 숙녀들 십여 명을 거느리고 왔지. 기사들은 모두 그 여자들에게 기마 창에 묶을 정표를 달라 청했어."

브랜이 의심에 차서 물었다. "이거 사랑 이야기는 아니지, 설마? 호도는 그런 이야기 별로 안 좋아해."

"호도." 호도가 그렇다는 듯 말했다.

"호도는 기사들이 괴물들과 싸우는 이야기를 좋아해."

"때로는 기사가 바로 괴물이야, 브랜. 몸집 작은 호상민은 들판을 걸으면서 아무에게도 해를 끼치지 않은 채 따스한 봄날을 즐기다가 세 명의 종자와 마주쳤어. 다들 열다섯 살이 넘지 않았지만, 그래도 다들 호상민보다 컸지. 그 종자들은 그곳이 자기네 세상이고, 호상민에겐 그 자리에 있을 권리가 없다고 여겼어. 그래서 개구리 먹는 놈이라고 욕하며 호상민의 창을 빼앗고 땅바닥에 때려눕혔지."

"혹시 걔네 왈더들이었어?" 작은 왈더 프레이라면 했을 법한 일 같았다.

"아무도 자기 이름을 밝히진 않았지만, 호상민은 나중에 복수할 수 있게 그 셋의 얼굴을 잘 봐뒀어. 종자들은 호상민이 일어나려 할 때마다 밀어버리고, 땅바닥에 몸을 웅크리면 걷어찼지. 그러다가 쩌렁쩌렁한 목소리가 들렸어. '너희가 걷어차고 있는 건 내 아버지의 사람이다.' 암늑대가 울부짖었어."

"네 다리 달린 늑대, 아니면 두 다리 달린 늑대?"

"두 다리. 그 암늑대는 마상 시합용 검을 들고 종자들을 흩어놓았어. 그리고 멍 들고 피 흘리는 호상민을 자기 굴로 데리고 돌아가서 상처를 씻어주고 리넨 천을 감아줬지. 그곳에서 호상민은 암늑대의 형제 무리를 만났어. 무리를 이끄는 거친 늑대와 그 옆에 선 조용한 늑대, 그리고 넷 중에 제일 어린 새끼 늑대까지.

그날 저녁에는 하렌홀에서 마상 시합의 시작을 기념하는 연회가 열릴 예정이었는데, 암늑대는 호상민 청년도 참석해야 한다고 주장했어. 그만

한 출신이면 다른 남자들 못지않게 장의자에 앉을 권리가 있다는 거였지. 이 늑대 처녀는 거절하기가 쉽지 않은 상대여서, 청년은 어린 새끼 늑대가 찾아준 왕의 연회에 걸맞은 옷을 입고 거대한 성으로 갔어.

청년은 하렌의 지붕 밑에서 늑대들과 늑대에게 충성을 맹세한 많은 이들, 그러니까 고분 지대 사람들과 큰뿔사슴과 곰과 인어들과 함께 먹고 마셨어. 드래곤 왕자가 부른 노래 하나가 어찌나 슬픈지 늑대 처녀는 코를 훌쩍이고 말았지만, 새끼 늑대가 운다고 놀려대자 머리에 와인을 부어버렸지. 검은 형제 하나가 입을 열어 밤의 경비대에 들어갈 기사를 요청하기도 했어. 폭풍 영주는 술 싸움으로 해골과 입맞춤의 기사를 쓰러뜨렸지. 호상민은 웃음기 가득한 보랏빛 눈을 지닌 처녀가 하얀 기사와, 붉은 뱀과, 그리핀 영주와, 그리고 마지막으로 조용한 늑대와 춤추는 모습을 보았어……. 하지만 그것도 나서기엔 너무 수줍음 많은 동생 대신 거친 늑대가 가서 춤을 청해서 일어난 일이었지.

이 즐거운 소란 통에서 작은 호상민은 자기를 공격했던 기사 종자 세 명을 보았어. 하나는 쇠스랑 기사를, 하나는 호저 기사를, 마지막 한 명은 전포에 두 개의 탑을 그려 넣은 기사를 수행했어. 마지막 것은 호상민이라면 누구나 잘 아는 문장이었지."

"프레이구나. 크로싱의 프레이." 브랜이 말했다.

"그때나 지금이나 그래." 미라가 맞장구쳤다. "늑대 처녀도 그 종자들을 보았고, 형제들에게 가리켰어. 새끼 늑대는 '내가 말 한 마리와 몸에 맞을 만한 갑옷을 찾아줄 수 있어'라고 제안했지. 작은 호상민은 고맙다고만 하고 대답하지 않았어. 심장이 찢기는 기분이었지. 호상민은 대부분의 사람보다 몸이 작지만 자존심은 작지 않거든. 모든 호상민이 그렇듯 그 청년도 기사가 아니었어. 우리는 말보다 배에 자주 오르고, 기마 창이 아니라 노를 잡는 데 익숙해. 청년은 복수하고 싶은 마음이 간절했지만, 그만큼이나 망신당해서 호상민 전체에게 수치를 줄까 두려웠지. 그날 밤에는 조용한 늑대가 자기 천막에서 자라고 자리를 내주었고, 작은 호상민 청년은 자기 전에 호숫가에 무릎을 꿇고서 얼굴섬이 있는 곳을 바라보며 북부와 넥의 옛 신들에게 기도했어……."

"아버님에게 이 이야기를 들은 적 없어?" 조젠이 물었다.

"이야기를 해주는 사람은 낸 할멈이었어. 미라, 계속해. 거기서 끊을 순 없어."

호도의 생각도 마찬가지인 모양이었다. "호도." 한 마디 하더니 이어서 말했다. "호도 호도 호도 호도."

미라가 말했다. "흠, 나머지도 듣겠다면……."

"들을 거야. 말해줘."

"마상 시합은 닷새 예정이었어. 대규모 칠면 난전에 궁술 시합, 도끼 던지기 시합, 경마, 가수 경연도 있었고……."

"그런 건 신경 쓰지 말고." 브랜은 호도의 등에 매달린 바구니 속에서 조바심을 내며 꿈틀거렸다. "마상 시합 이야기를 해줘."

"왕자님 분부시라면야. 하렌홀의 딸은 사랑과 미의 여왕으로, 그녀의 위치를 지킬 형제 네 명과 숙부를 두고 있었지만, 하렌홀의 아들 넷은 첫날 시합에서 다 졌어. 이긴 기사들은 잠시 승자 자리에 앉았다가 차례차례 격파당했지. 어쩌다 보니 첫째 날이 저물 때는 호저 기사가 승자 자리에 올라섰고, 둘째 날 아침에는 쇠스랑 기사와 쌍둥이 탑 기사도 승리했어. 하지만 둘째 날 오후, 그림자가 길어질 때쯤에 수수께끼 기사가 목책 안에 나타났지."

브랜은 다 안다는 듯이 고개를 끄덕였다. 마상 시합에는 투구로 얼굴을 감추고, 아무 그림도 없거나 이상한 상징을 그려 넣은 방패를 든 수수께끼 기사가 나타날 때가 많았다. 유명한 전사가 변장하고 참여한 경우일 때도 있었다. 옛날 드래곤 기사는 '눈물의 기사'로 참여해서 시합에 이긴 적이 있었는데, 누이를 왕의 정부가 아닌 사랑과 미의 여왕으로 이름하기 위해서였다. 그리고 대담한 바리스탄은 수수께끼 기사로 나와 두 번이나 우승했는데, 첫 번째 우승은 겨우 열 살 때 이루었다. "분명히 그 작은 호상민이었겠지."

미라는 말했다. "모를 일이었지. 하지만 수수께끼 기사는 키가 작았고, 이런저런 조각을 그러모은 잘 맞지 않는 갑옷을 입고 있었어. 방패에 그려진 문장은 옛 신들의 심장 나무로, 웃고 있는 붉은 얼굴이 그려진 하얀 영목이었지."

브랜이 말했다. "얼굴섬에서 온 전사였을지도 몰라. 녹색인이었을까?" 낸 할멈의 이야기에서 얼굴섬의 수호자들은 짙은 녹색 피부에 털 대신 잎사귀가 돋아나 있었다. 사슴뿔이 달린 경우도 있었지만, 그 수수께끼 기사에게 뿔이 있었다면 투구를 쓸 수가 없었을 것이다. "분명히 옛 신들이 보내셨을 거야."

"그랬을지도 몰라. 수수께끼 기사는 왕 앞에서 기마 창을 내리고, 다섯 우승자가 쉼터를 세워둔 목책 끝으로 달려갔지. 그 기사가 어느 세 명에게 도전했는지는 알 거야."

"호저 기사, 쇠스랑 기사, 그리고 쌍둥이 탑 기사겠지." 이제까지 들은 이야기가 있어서 브랜도 그 정도는 알았다. "그 작은 호상민 맞다니까."

"누구였든 간에, 옛 신들이 그 기사의 팔에 힘을 실어주셨어. 호저 기사가 먼저 떨어졌고, 쇠스랑 기사가 떨어졌고, 마지막으로 쌍둥이 탑 기사가 쓰러졌지. 셋 다 사랑받는 기사들은 아니었기에, 새로운 승자가 호명되자 평민들은 웃는 나무의 기사를 열렬히 응원했어. 패배한 적수들이 말과 갑옷을 돌려받는 데 치를 값을 묻자 웃는 나무의 기사는 투구 속에서 쩌렁쩌렁 울리는 목소리로 말했어. '경들의 종자에게 명예를 가르치는 것으로 그 값은 충분하오.' 패배한 기사들은 종자들을 매섭게 꾸짖고 나서 말과 갑옷을 돌려받았어. 그렇게 해서 작은 호상민의 기도는 응답을 받았지……. 응답한 게 녹색인들인지, 옛 신들인지, 숲의 아이들인지야 누가 알 수 있겠어?"

브랜은 잠시 생각해보고 나서 좋은 이야기였다는 결론을 내렸다. "그다음엔 어떻게 됐어? 웃는 나무의 기사가 마상 시합에 우승해서 공주와 결혼했어?"

"아니." 미라가 말했다. "그날 밤 거대한 성에서는 폭풍 영주와 해골과 입맞춤의 기사가 각각 수수께끼 기사의 가면을 벗기겠노라 맹세했고, 왕은 그 투구 속에 든 얼굴은 분명 왕의 친구가 아니라며 남자들에게 도전하라고 부추겼어. 하지만 다음 날 아침, 의전관들이 나팔을 불고 왕이 자리에 앉았을 때 나타난 승자는 둘뿐이었어. 웃는 나무의 기사는 사라지고 없었지. 진노한 왕은 그 기사를 찾아오라고 아들인 드래곤 왕자까지 보냈지만, 찾아낸 건 어느 나무에 걸린 방패뿐이었어. 결국 그 마상 시합에서 최종 우승한 건 드래곤 왕자였고."

"아." 브랜은 그 이야기를 잠시 동안 생각해보았다. "좋은 이야기였어. 하지만 청년을 해친 건 종자들이 아니라 못된 기사 세 명이었어야 했어. 그래야 작은 호상민이 그놈들을 다 죽일 수 있었을 거야. 몸값 부분은 바보 같아. 그리고 수수께끼 기사가 모든 도전자를 물리치고 마상 시합 우승자가 되어서 늑대 처녀를 사랑과 미의 여왕으로 호명했어야 해."

"그 처녀는 실제로 그렇게 됐어. 하지만 그건 좀 슬픈 이야기야." 미라가 말했다.

"그런데 정말로 이 이야기를 들은 적이 없어, 브랜?" 조젠이 물었다. "아버님께서 한 번도 얘기 안 해주셨어?"

브랜은 고개를 가로저었다. 그때쯤에는 날이 저물면서 긴 그림자가 산비탈을 기어 소나무들 사이로 검은 손가락을 뻗고 있었다. '그 작은 호상민이 얼굴섬에 갈 수 있었다면, 나도 갈 수 있을지 몰라.' 모든 옛날이야기는 녹색인들에게 이상한 마법의 힘이 있다고 입을 모았다. 어쩌면 그들이 브랜이 다시 걷게 해주고, 기사로 만들어줄 수 있을지도 몰랐다. 브랜은 생각했다. '겨우 하루였지만 작은 호상민을 기사로 만들어줬잖아. 하루면 충분해.'

다보스

감방이란 으레 추워 마땅하건만 이곳은 따뜻했다.

그래, 어둡기는 했다. 바깥 벽에 박힌 횃불 걸이에서 너울거리는 오렌지색 횃불 빛이 오래된 철창 안으로 흘러들었지만, 감방 안쪽 절반은 어둠 속에 잠겨 있었다. 바다가 멀지 않은 드래곤스톤 같은 섬에서 흔히 그렇듯 습하기도 했다. 그리고 많은 지하감옥이 그렇듯 쥐도 있었고, 그 외에도 몇 가지가 더 있었다.

하지만 한기에 대해서는 불평할 이유가 없었다. 거대한 드래곤스톤 아래 매끄러운 돌 통로들은 언제나 따뜻했고, 다보스는 아래로 내려가면 내려갈수록 더 따뜻해진다는 말을 자주 들었다. 그는 성에서 상당히 지하에 있다고 판단했다. 감방 벽에 손바닥을 대보면 따뜻하게 느껴질 때가 많았다. 어쩌면 옛날이야기대로 드래곤스톤은 지옥 돌로 지었는지도 몰랐다.

처음 여기에 끌려왔을 때 다보스는 아팠다. 전투가 지독하게 돌아간 이후 쭉 기침이 그를 괴롭힌 데다 열도 심했다. 입술에는 피 물집이 잡혔고, 감방의 온기로도 몸의 떨림이 멈추지 않았다. '오래가지 못하겠군.' 그렇게 생각했던 기억이 났다. '이 어둠 속에서 곧 죽겠어.'

다보스는 다른 많은 것에 대해 그랬듯 그 생각도 틀렸음을 곧 알게 되었다. 다정한 손길과 단호한 목소리, 그리고 자신을 내려다보는 젊은 필로스 학사의 모습이 어렴풋이 떠올랐다. 뜨거운 마늘 수프, 그리고 오한과 통증을 물리쳐줄 양귀비즙도 받아 마셨다. 양귀비즙 때문에 잠이 왔고, 자는 동안 그들은 그에게 거머리를 붙여 나쁜 피를 빨아냈다. 깨어났을 때 팔에 남은 거머리 자국을 보고 그렇게 추측했다. 오래지 않아 기침이 멈췄고, 물집이 사라졌으며, 수프에는 흰 생선 살과 당근과 양파가 들어갔다. 그러던 어느 날 그는 블랙베타호가 부서져 강 속에 던져진 날 이후 최고조로 힘이 돌아왔음을 깨달았다.

간수는 두 명이었다. 하나는 땅딸막한데 어깨가 두껍고 손이 힘 좋고 컸다. 그는 쇠 징이 박힌 가죽 두정갑을 입었고, 하루 한 번 다보스에게 귀리 포리지 그릇을 가져다주었다. 가끔은 꿀을 타거나 우유를 약간 넣기도 했다. 다른 간수는 나이가 더 많고 허리가 굽었으며 혈색이 나빴다. 머리카락은 감지 않아 떡 졌고 피부가 우둘투둘했다. 하얀 벨벳 더블릿을 입었는데, 금실로 가슴팍에 별 무리를 수놓은 물건이었다. 너무 짧고 너무 느슨해서 몸에 잘 맞지는 않았으며 지저분하고 찢어지기도 했다. 그는 다보스에게 고기와 으깬 감자 요리, 아니면 생선 스튜를 가져오곤 했고 한번은 장어 파이 반쪽을 가져오기도 했다. 너무 기름져서 제대로 소화를 시킬 수가 없기는 했지만, 그렇다 해도 지하감옥에 들어간 죄수가 좀처럼 받을 수 없는 성찬이었다.

지하감옥에는 해도 달도 빛나지 않았다. 두꺼운 돌벽에는 창문이 하나도 없었다. 낮과 밤을 구분할 방법이라고는 간수들뿐이었다. 간수들은 어느 쪽도 그에게 말을 걸지 않았으나, 둘 다 벙어리가 아닌 것은 확실했다. 가끔 교대하면서 간수들끼리 퉁명스럽게 몇 마디 나누는 소리를 들었으니 말이다. 그들은 그에게 이름조차 알려주지 않았기에, 다보스가 마음대로 이름을 붙였다. 짧고 건장한 쪽은 포리지, 허리가 굽고 혈색이 나쁜 쪽은 장어였다. 그는 간수들이 가져오는 식사와 감방 밖에 꽂힌 홰가 바뀌는 것으로 날짜를 헤아렸다.

어둠 속에 홀로 있다 보면 외로워지고, 사람 목소리에 굶주리게 된다. 다보스는 간수들이 먹을 것을 가져오거나 가득 찬 요강을 바꾸러 올 때마다 말을 걸었다. 풀어달라거나 자비를 베풀어달라는 간청에는 귀가 막혀 있을 게 뻔했기에, 언젠가는 대답이 돌아올지 모른다는 희망을 품고 이것저것 물어보기만 했다. "전쟁 소식은 없나?" 아니면 "국왕께서는 잘 지내시나?" 같은 질문이었다. 아들 데반, 시린 공주, 살라도르 산에 대해서도 질문했다. "날씨는 어떤가?" 묻기도 했고, "가을 폭풍은 아직 닥치지 않았나? 배들이 아직 협해를 돌아다니나?" 묻기도 했다.

무슨 질문을 해도 소용이 없었다. 그들은 결코 대답하지 않았다. 그래도 가끔은 포리지가 그를 쳐다보았고, 잠깐이지만 다보스는 포리지가 뭔가 말을 하려고 한다고 생각했다. 장어에게는 그 정도 반응도 없었다. '저자에게는 내가 사람이 아니야. 먹고 싸고 말하는 돌에 불과해.' 다보스는 포리지가 훨씬 좋다고 생각하기에 이르렀다. 포리지는 적어도 다보스가 살아 있다는 것을 아는 듯했고, 묘하게 친절한 구석이 있었다. 다보스는 포리지가 쥐들에게 먹이를 주지 않나 의심했다. 그래서 쥐가 그렇게 많은 게 아닌가 하고 말이다. 한번은 포리지가 어린아이를 대하듯이 쥐에게 말을 거는 소리를 들은 것도 같았는데 아마 꿈이었을 것이다.

'날 죽일 마음은 없어. 무슨 이유에서인지는 몰라도 날 살려두고 있어.' 이유가 무엇일지는 생각하고 싶지 않았다. 선글라스 공도 드래곤스톤 지하 감옥에 한동안 갇혀 있었고, 휴버드 램튼의 아들들도 그랬다. 모두 장작더미 위에서 끝났다. '차라리 바다에 뛰어들 걸 그랬어.' 다보스는 철창 너머 횃불을 응시하며 생각했다. '아니면 돛이 지나가게 내버려두고 그 섬에서

죽었어야 해. 불에 먹히느니 게들에게 뜯겨 죽지.'

그러던 어느 날 밤, 저녁 식사를 마쳐가던 다보스는 기묘한 붉은빛이 다가오는 것을 느꼈다. 철창 너머를 올려다보니 어른거리는 진홍색 옷을 입고, 목에 커다란 루비를 달고, 붉은 눈동자는 자신을 비추는 횃불 빛만큼이나 밝게 빛내며 그녀가 서 있었다. "멜리산드레." 그는 차분하지 않으면서도 차분하게 말했다.

"양파 기사." 그녀도 똑같이 차분하게 대꾸했다. 마치 두 사람이 계단이나 마당에서 마주쳐서 정중하게 인사를 주고받는 것처럼 말이다. "좀 어때요?"

"전보다 낫군요."

"뭔가 부족한 것은?"

"내 왕과 내 아들이 부족하지." 그는 그릇을 밀어내고 일어섰다. "날 불태우러 왔소?"

그녀의 묘한 붉은 눈동자가 철창 너머로 그를 살폈다. "여긴 좋지 않은 곳이에요, 그렇지 않나요? 어둡고 더럽지요. 이곳에는 아름다운 태양도, 밝은 달도 빛나지 않아요." 그녀는 벽에 꽂힌 횃불을 향해 한 손을 들어 올렸다. "당신과 어둠 사이에는 오직 이것밖에 없어요, 양파 기사. 이 작은 불, 를로르의 선물. 내가 이 불을 끌까요?"

"안 되오." 그는 철창 쪽으로 움직였다. "부탁이오." 쥐 말고는 아무도 없이 깜깜한 어둠 속에 홀로 남는 상황을 견딜 수 있을 것 같지 않았다.

붉은 여인의 입술 끝이 올라가며 미소를 그렸다. "그렇다면 불을 사랑하게 된 모양이군요."

"나에겐 횃불이 필요합니다." 그는 두 손을 폈다 쥐었다. '빌지는 않을 거야. 빌지 않겠어.'

"나는 이 횃불과 비슷해요, 다보스 경. 우리는 둘 다 를로르의 도구예요.

단 한 가지 목적을 위해 만들어졌지— 어둠을 밀어낸다는 목적. 그걸 믿나요?"

"아니." 어쩌면 거짓말로 그 여자가 듣고 싶어 하는 말을 해주는 게 좋을지도 모르지만, 다보스는 진실만 말하는 습관이 붙어 있었다. "당신은 어둠의 어머니요. 스톰스엔드 지하에서, 당신이 내 눈앞에서 그걸 낳았을 때 봤지."

"용감하신 양파 기사께서 지나가는 그림자를 그리 무서워하나요? 용기를 내요. 그림자는 오직 빛이 낳을 때만 사는데, 아들을 하나 더 끌어내기에는 왕의 불이 너무 낮게 탄다오. 더 끌어냈다가는 왕이 죽을지도." 멜리산드레가 더 가까이 다가왔다. "하지만 다른 남자가 있다면…… 아직 불길이 뜨겁고 높게 타오르는 남자라면……. 당신이 왕의 대의에 진정 충성하고 싶다면, 어느 밤을 골라 내 방으로 와요. 당신이 알지도 못했던 쾌락을 선사하고, 당신의 생명 불로……."

"……끔찍한 물건을 만들 수 있다고?" 다보스는 그 앞에서 물러섰다. "나는 당신의 어느 부분도 원치 않아. 당신의 신도. 일곱 신이여, 나를 지켜주소서."

멜리산드레는 한숨을 내쉬었다. "그 신들은 건서 선글라스를 지켜주지 못했어요. 그자는 매일 세 번씩 기도를 올렸고 방패에는 칠각별을 일곱 개나 그려 넣었지만, 를로르께서 손을 뻗으시자 기도 소리는 비명으로 변해 불타버렸지. 왜 그런 거짓 신들에게 매달리는 거죠?"

"내 평생 그 신들을 섬겼소."

"평생이라고, 다보스 시워스? 어제라고 말하는 게 낫겠군." 멜리산드레는 슬프다는 듯 고개를 내저었다. "당신은 왕들에게도 진실을 말하기를 두려워하지 않으면서, 왜 스스로에게 거짓말을 하지? 눈을 떠요, 기사여."

"나보고 뭘 보라는 거요?"

"세상이 만들어진 방식을 봐요. 진실은 사방에, 뻔히 보이는 곳에 있어요. 밤은 어둡고 공포가 가득하며, 낮은 밝고 아름답고 희망 가득하지요. 하나는 검고, 다른 하나는 희어요. 얼음이 있고, 불이 있지요. 증오와 사랑. 쓴맛과 단맛. 남성과 여성. 고통과 쾌락. 겨울과 여름. 악과 선." 그녀는 다보스 쪽으로 한 걸음 다가섰다. "죽음과 삶. 사방에, 대립이 있어요. 사방에, 전쟁이 있어요."

"전쟁?"

"전쟁." 그녀는 단언했다. "둘이 있어요, 양파 기사. 일곱도 아니고, 하나도 아니고, 백이나 천도 아니에요. 둘! 내가 또 하나의 공허한 왕좌에 또 한 명의 헛된 왕을 세우려고 세상 절반을 돌아온 줄 아나요? 이 전쟁은 태초부터 계속되었고, 이 전쟁이 끝나기 전에 모든 인간은 어디에 설지 선택해야 해요. 한쪽에는 빛의 군주이자 불의 심장, 불과 그림자의 신 를로르가 계시죠. 그 반대편에는 이름도 말할 수 없는 '강대한 다른자', 어둠의 군주, 얼음의 영혼, 밤과 공포의 신이 있어요. 우리의 선택은 바라테온과 라니스터, 그레이조이와 스타크 사이의 선택이 아니에요. 죽음이냐 삶이냐, 어둠이냐 빛이냐지." 그녀는 희고 가느다란 손으로 철창을 붙잡았다. 목에 걸린 커다란 루비가 빛을 내뿜으며 고동치는 것 같았다. "그러니 말해봐요, 다보스 시워스 경. 진실로 말해봐요. 당신의 심장은 를로르의 눈부신 빛을 발하며 타나요? 아니면 검고 차갑고 벌레가 가득한가요?" 그녀는 철창 속으로 손을 뻗어 그의 가슴팍에 세 손가락을 얹었다. 마치 그렇게 해서 살과 모직물과 가죽옷을 꿰뚫고 진실을 감지할 수 있다는 듯이.

다보스는 천천히 말했다. "내 심장은…… 의심이 가득하군요."

멜리산드레는 한숨을 내쉬었다. "아아아아, 다보스. 선한 기사는 마지막까지도, 어둠 속에서 보내는 나날에도 정직하군요. 나에게 거짓말을 하지 않은 건 잘했어요. 거짓을 말했다면 내가 알았을 테니까. 다른자의 하인들은 천박한 빛 속에 검은 심장을 숨길 때가 많기에, 를로르께서는 사제들에게 거짓을 꿰뚫어볼 수 있는 힘을 주시죠." 그녀는 감방 앞에서 살짝 물러났다. "왜 나를 죽이려고 했나요?"

"누가 날 배신했는지 말해준다면, 말하리다." 다보스가 말했다. 배신자가 될 수 있는 사람은 살라도르 산밖에 없었지만, 아직까지도 그가 아니기를 빌고 있었다.

붉은 여인은 웃었다. "아무도 경을 배신하지 않았어요, 양파 기사. 내 불길 속에서 경의 목적이 무엇인지 보았지요."

불길이라니. "그 불길 속에서 미래를 볼 수 있다면, 어떻게 우리가 블랙워터에서 불타게 된 거요? 당신은 내 아들들을 그 불에 내줬어……. 내 아들들, 내 배, 내 부하들, 모두가 불에 타서……."

멜리산드레는 고개를 내저었다. "잘못 알았어요, 양파 기사. 그건 나의 불이 아니었어요. 내가 그 자리에 같이 있었다면 전투의 결말이 달랐겠지요. 하지만 전하께서는 불신자들에게 둘러싸여 있었고, 신앙보다 자존심이 더 강했어요. 그래서 내려진 벌은 끔찍했지만, 전하께서도 실수를 통해 교훈을 얻으셨지요."

'그렇다면 내 아들들은 왕을 위한 교훈에 불과했나?' 다보스는 턱에 힘이 들어가는 것을 느꼈다.

붉은 여인은 말을 이었다. "당신의 칠왕국에는 지금 밤이 내렸지만, 곧 해가 다시 뜰 거예요. 전쟁은 계속 이어져요, 다보스 시워스. 그리고 어떤 이들은 곧 잿더미 속에 남은 깜부기불이라도 거대한 불길을 지필 수 있다는 사실을 알게 되겠지요. 그 늙은 학사는 스타니스에게서 한 남자만을 봤어요. 당신은 왕을 보지요. 나는 스타니스가 불을 이끌고 어둠에 맞서는 모습을 봤어요. 불길 속에서 그 모습을 봤어요. 불길은 거짓말을 하지 않아요. 거짓을 고했다면 당신이 여기 있지 않겠지요. 예언에도 적혀 있어요.

'붉은 별이 피 흘리고 어둠이 모일 때, 아조르 아하이가 연기와 소금 사이에 다시 태어나 돌에서 드래곤을 깨우리라.' 피 흘리는 별도 나타났고, 드래곤스톤이 연기와 소금으로 이루어진 장소예요. 스타니스 바라테온은 아조르 아하이의 재림이에요!" 그녀의 붉은 눈이 두 개의 불덩이처럼 빛났다. 마치 다보스의 영혼 깊은 곳을 들여다보는 것 같았다. "내 말을 믿지 않는군요. 아직도 를로르의 진실을 의심하고 있어요……. 그렇다 해도 경은 그분을 섬겼고, 다시 그분을 섬길 겁니다. 내가 해준 이야기를 곰곰이 생각해 보게 두고 가지요. 그리고 를로르는 모든 선의 원천이시니, 횃불도 두고 가겠어요."

그녀는 미소를 던지고 진홍색 치맛자락을 빙글 돌리며 가버렸다. 뒤에는 그녀의 향기만 남았다. 그 향기와 횃불만. 다보스는 감방 바닥에 주저앉아 무릎을 감쌌다. 일렁이는 횃불 빛이 쏟아져 내렸다. 멜리산드레의 발소리가 멀어지고 나자 들리는 소리라고는 쥐들이 찍찍대는 소리뿐이었다. '얼음과 불. 흑과 백. 어둠과 빛이라.' 다보스는 그 여자의 신이 지닌 힘을 부정할 수 없었다. 멜리산드레의 자궁에서 기어 나오는 그림자를 보기도 했고, 그 여사제는 도무지 알 리가 없는 것들을 알고 있었다. '불길 속에서 내가 뭘 하려는지 봤단 말이지.' 살라도르가 그를 팔아넘긴 게 아니라는 사실은 기뻤지만, 붉은 여인이 불길 속에서 그의 비밀을 엿보았다고 생각하면 이루 말할 수 없이 불안해졌다. '그리고 내가 자기 신을 섬겼고 다시 섬길 거라는 건 무슨 소리인가?' 그 부분도 마음에 들지 않았다.

그는 횃불을 올려다보았다. 눈도 깜박이지 않고 오랫동안 빛나는 불길을 바라보며 탐색을 해보았다. 움직이는 불길 너머를 보고, 그 불의 장막을 관통하여 그 속에 사는 뭔가를 엿보려고 했다……. 하지만 불 외에는 아무것도 없었고, 계속 그러고 있으려니 눈물이 나기 시작했다.

다보스는 신을 보지 못하고 지친 채 짚 더미 위에 몸을 말고 잠들었다.

사흘 후, 정확히는 포리지가 세 번 장어가 두 번 왔다 간 후에, 다보스의 감방 바깥에서 목소리가 들렸다. 그는 즉시 일어나서 돌벽에 등을 대고 앉아 엎치락뒤치락하는 소리에 귀를 기울였다. 이건 새로운 일이었고, 변함없는 그의 세상에 생긴 변화였다. 소리는 햇빛 속으로 이어지는 계단이 있는 왼쪽에서 들려왔다. 애원하고 고함치는 남자 목소리를 들을 수 있었다.

"……미쳤어!" 하는 소리와 함께 가슴팍에 불타는 심장을 수놓은 위병들에게 질질 끌려오는 남자가 보였다. 포리지가 열쇠 꾸러미를 절그렁거리며 앞장서서 걸어왔고, 액셀 플로렌트 경이 뒤에서 걷고 있었다. 죄수는 필사적으로 말했다. "액셀, 나에게 조금이라도 애정이 남아 있다면 제발 풀어주게! 이럴 수는 없어, 나는 반역자가 아니야." 키가 크고 날씬했으며, 나이가 들어 머리는 은회색이었고, 수염을 뾰족하게 기른 길고 우아한 얼굴이 두려움에 일그러져 있었다. "셀리스는, 왕비는 어디 있나? 왕비님을 보게 해다오. 네놈들 모두 다른자들에게나 잡혀가라! 날 풀어줘!"

위병들은 노인의 격렬한 항의에 신경도 쓰지 않았다. "여기요?" 포리지가 감방 앞에서 물었다. 다보스는 일어섰다. 순간 문이 열릴 때 달려 나갈까 하는 생각도 들었지만, 그건 미친 짓이었다. 상대가 너무 많았고, 위병들은 장검을 차고 있었으며, 포리지는 황소처럼 힘이 셌다.

액셀 경은 간수에게 무뚝뚝하게 고개를 끄덕였다. "반역자들끼리 잘 지내보라고 해."

"난 반역자가 아니야!" 포리지가 문을 여는 동안 죄수가 꽥꽥거렸다. 옷은 회색 모직 더블릿과 검은색 바지로 소박하게 입었지만, 말투로 보아서는 귀족이었다. '여기에서는 그 출신이 도움이 안 될 텐데.' 다보스는 생각했다.

포리지가 철창문을 활짝 열었다. 액셀 경이 고개를 한 번 끄덕이자 위병들이 끌고 온 노인을 내팽개쳤다. 노인은 비틀거리다가 쓰러질 뻔했지만, 다보스가 붙잡았다. 노인은 즉시 다보스의 팔을 뿌리치고 비틀거리며 문 쪽으로 돌아갔지만 문은 그의 창백하고 오만한 얼굴 앞에서 쾅 닫혔다. "안 돼." 노인은 소리를 질렀다. "안 돼애애애." 그는 갑자기 다리가 풀렸는지 철창을 부여잡은 채 천천히 바닥으로 미끄러져 내려갔다. 액셀 경과 포리지, 그리고 두 위병은 이미 몸을 돌린 후였다. "이럴 수는 없어." 죄수는 멀어지는 뒷모습에 대고 외쳤다. "난 왕의 수관이란 말이다!"

다보스는 그 말 덕분에 상대를 알아보았다. "알레스터 플로렌트 공이시군요."

남자가 고개를 돌렸다. "누구……?"

"다보스 시워스입니다."

알레스터 공이 눈을 껌벅였다. "시워스…… 양파 기사. 경은 멜리산드레를 죽이려 했지."

다보스는 부인하지 않았다. "스톰스엔드에서 공은 흉갑에 청금석으로 꽃을 아로새긴 적금색 갑옷을 입고 계셨지요." 그는 손을 내밀어 상대를 잡고 일으켜 세웠다.

알레스터 공은 옷에 묻은 지저분한 지푸라기를 털었다. "내…… 내 행색에 대해서는 사과해야겠군요, 경. 라니스터가 우리 진영에 달려들었을 때 내 소지품이 든 궤짝을 잃어버려서 말이오. 몸에 걸친 갑옷과 손가락에 끼고 있던 반지들 말고는 아무것도 챙기지 못하고 탈출했다오."

그러고 보니 알레스터 경이 아직도 그 반지들을 끼고 있다는 사실이, 손가락조차 온전치 못한 다보스의 눈에 들어왔다.

"보나 마나 지금쯤이면 어느 요리사 보조나 마부가 내 벨벳 더블릿과 보석 박힌 망토를 입고 으스대며 킹스랜딩을 돌아다니고 있겠지." 알레스터 공은 자기 처지를 망각하고 말을 이었다. "하지만 전쟁에 끔찍한 일이 따른다는 것은 모두가 아는 바. 경도 상실의 고통을 겪었을 테지요."

"제 배와 부하들 전부. 그리고 아들 넷을 잃었습니다."

"부디 신들…… 아니, 부디 빛의 군주께서 그들이 어둠을 지나 더 나은 곳으로 갈 수 있게 이끌어주시기를." 알레스터 공이 말했다.

'아버지께서 그들을 공정하게 심판하시고, 어머니께서 자비를 베푸시기를.' 다보스는 그렇게 생각했지만, 기도는 혼자 속으로만 했다. 일곱 신은 이제 드래곤스톤에 설 자리가 없었다.

"내 아들은 브라이트워터에 안전하게 있지만 조카는 맹위호에서 죽었다오. 내 동생 리암의 아들인 임리 경이지."

강어귀에 자리 잡은 작은 돌탑에 관심도 두지 않고, 노를 다 꺼내어 저으며 그들이 블랙워터강을 맹목적으로 올라가게 만든 사람이 임리 플로렌트 경이었다. 다보스가 잊으려야 잊을 수 없는 이름이었다. "제 아들 매릭이 조카분의 노잡이 대장이었습니다." 그는 와일드파이어에 휩싸였던 맹위호의 마지막 모습을 떠올렸다. "혹시 생존자가 있었습니까?"

"맹위호는 승선자 전원과 함께 불타서 침몰했소. 수많은 훌륭한 남자들과 함께 경의 아들과 내 조카도 잃었지. 그날 전쟁에서도 졌고."

'이 남자는 패배했군.' 다보스는 잿더미 속 깜부기불이라도 거대한 불을 피울 수 있다는 멜리산드레의 말을 떠올렸다. 이 남자가 감옥에 오게 된 것도 당연했다. "전하께선 절대 굴복하지 않으실 겁니다."

"어리석은 짓이야, 어리석은 짓." 알레스터 공은 잠시 서 있는 것조차 버거웠다는 듯 다시 바닥에 주저앉았다. "스타니스 바라테온은 절대 철왕좌에 앉지 못해. 진실을 말하는 게 반역인가? 쓰디쓴 진실이지만 그것이 진실인 것을. 함대는 리스인들 빼고 다 사라졌고, 살라도르 산은 라니스터의 돛이 보이자마자 달아날 거요. 스타니스를 지지하던 영주들은 대부분 조프리에게 넘어가거나 죽었고……."

"협해의 영주들마저 말입니까? 드래곤스톤에 충성을 맹세한 영주들도요?"

알레스터 공은 힘없이 손을 내저었다. "셀티가르 공은 잡혀서 무릎을 꿇었소. 몬포드 벨라리온은 배와 함께 죽었고, 선글라스는 붉은 여인이 태워버렸고, 바르 에몬 공은 열다섯 살에 뚱뚱하고 연약하지. 그게 경이 말하는 협해 영주들이오. 스타니스에겐 플로렌트 가문의 병력밖에 남지 않았는데, 그걸로 하이가든, 선스피어, 캐스털리록의 힘에 더해서 이제는 폭풍 영주들 대부분과도 맞서야 해. 남아 있는 희망이라고는 화평을 맺어서 뭐라도 구하는 것뿐이오. 내가 하려던 건 그게 다야. 신들이시여, 어찌 그것을 반역이라 부를 수 있단 말이오?"

다보스는 얼굴을 찌푸리며 일어섰다. "무슨 짓을 하신 겁니까?"

"반역은 아니오. 절대 반역은 아니야. 난 세상 누구보다 전하를 사랑하는 신하요. 내 조카가 전하의 왕비이시고, 더 현명한 자들이 달아났을 때도 나는 충성을 유지했소. 나는 그분의 수관이야, 왕의 수관. 내가 어찌 반역자가 될 수 있단 말인가? 그저 우리의 목숨을…… 그리고 명예를…… 구하려던 것뿐이야. 그래." 알레스터 공은 입술을 핥았다. "편지를 한 통 썼소. 살라도르 산이 그 편지를 킹스랜딩의 타이윈 공에게 전달할 수 있는 부하가 있다고 장담하더군. 타이윈 공은…… 합리적인 분이시고, 내 조건은…… 타당한 조건이었소……. 타당한 정도 이상이었지."

"무슨 조건을 거셨습니까?"

"여긴 더럽군." 알레스터 공이 불쑥 말했다. "그리고 이 냄새…… 이게 무슨 냄새요?"

"요강 냄새입니다." 다보스가 손짓하며 말했다. "여기엔 변소가 없거든요. 조건이 뭐였습니까?"

알레스터 공은 끔찍하다는 듯 요강을 쳐다보았다. "스타니스 공이 왕의 보호 아래 다시 들어가고 드래곤스톤과 스톰스엔드의 영주로 인정받는 조건으로 공의 철왕좌에 대한 권리 주장을 포기하고 조프리가 사생아라는 주장을 모두 철회하는 것. 나도 브라이트워터킵과 영지를 모두 돌려받는 조건으로 똑같이 하겠다고 맹세했소. 내 생각에는…… 타이윈 공이 내 제안을 의미 있게 볼 것 같았소. 아직 스타크도 있고, 강철인들도 처리해야 하니까. 난 시린을 조프리의 동생인 토멘과 결혼시키는 것으로 거래를 성사시키자고 했소." 그는 고개를 저었다. "그 조건은…… 우리가 그보다 좋은 조건을 얻어낼 일은 없을 거요. 경이라도 그 정도는 보이지 않소?"

"그래요, 저라도 그 정도는 알겠군요." 스타니스가 아들을 얻지 못하는 한 그 결혼으로 드래곤스톤과 스톰스엔드는 언젠가 토멘에게 넘어갈 테니, 타이윈 공에게는 흡족한 조건일 터였다. 그동안 라니스터는 시린을 인질로 잡고 스타니스가 다시 반란을 일으키지 못하게 할 수 있고 말이다. "이 조건을 제안했을 때 전하께선 뭐라고 하셨습니까?"

"전하께선 언제나 그 붉은 여인과 같이 있고…… 아무래도 제정신이 아니신 것 같소. 돌 드래곤이 어쩌고저쩌고하는 소리는…… 미친 소리야. 완전히 미친 소리. 눈부신 불길 아에리온으로부터, 아홉 현자로부터, 연금술사들로부터 아무것도 배우지 못했단 말인가? 서머홀에서 아무것도 배우지 못했단 말인가? 드래곤들에 대해 꿈꿔서 좋은 결과가 나온 적이 없소. 액셀에게도 그렇게 말했지. 내 방법이 더 낫다고. 더 확실하다고. 그리고 스타니스는 나에게 인장을 내어줬어. 통치를 내게 맡겼단 말이오. 수관이 하는 말이 왕의 말이오."

"이 문제에서는 아닙니다." 다보스는 궁정 신하가 아니었고, 말을 돌려 하려 하지도 않았다. "스타니스 전하는 주장이 정당하다는 것을 아는 한 결코 굽히지 않아요. 조프리에 대해 하신 말씀도, 그게 사실이라 믿는 한 결코 물릴 수 없습니다. 결혼에 대해서도, 토멘은 조프리와 같은 근친상간의 사생아이니 시린을 그런 아이와 결혼시키느니 죽는 편이 낫다고 보실 겁니다."

알레스터 플로렌트의 이마에 혈관이 불거졌다. "달리 선택지가 없잖소."

"틀렸습니다. 전하는 왕으로 죽기를 선택하실 수 있어요."

"우리도 함께 말이오? 경은 그러고 싶소, 양파 기사?"

"아뇨. 하지만 저는 제 왕을 따르니, 그분의 허락 없이 화평을 맺지는 않을 겁니다."

알레스터 공은 맥없이 한참 그를 바라보더니, 울기 시작했다.

존

마지막 밤은 달도 없이 깜깜했지만 하늘이 맑기는 했다. “난 고스트를 찾으러 언덕을 올라가야 해.” 동굴 입구에 있는 텐족들에게 그렇게 말하자 투덜거리면서도 지나가게 해주었다.

‘별이 정말 많구나.’ 존은 소나무와 전나무와 물푸레나무 사이를 헤치고 비탈을 오르며 생각했다. 그는 어렸을 때 윈터펠에서 루윈 학사에게 별자리를 배웠다. 하늘의 열두 가문과 각각의 통치자 이름을 배웠다. 얼음 드래곤, 그림자삵, 달 처녀, 아침의 검 별자리들은 오랜 친구 같았다. 이그리트도 그 별자리들은 아는 것 같았지만 서로 다르게 아는 별자리도 있었다. ‘우린 같은 별들을 보면서 아주 다른 걸 보지.’ 존에게는 왕관 자리가 이그리트에게는 요람 자리였고, 종마 자리는 뿔 달린 왕이었다. 성사들이 대장장이 신에게 바쳐졌다고 가르친 붉은 방랑자는 이곳에서 도둑으로 불렸다. 그리고 이그리트는 도둑이 달 처녀 자리 안에 들어갔을 때가 남자가 여자를 훔치기 좋은 때라고 주장했다. “네가 날 훔쳤던 밤도 그래. 그날 밤엔 도둑이 밝게 빛났지.”

“난 널 훔칠 생각이 없었어. 네 목에 칼을 대기 전까지는 네가 여자인 줄도 몰랐다고."

"네가 누군가를 죽인다면, 아무리 그럴 생각이 없었다 해도 그 사람은 죽은 거야." 이그리트는 고집스러웠다. 존은 이렇게 고집스러운 사람을 만나본 적이 없었다. 아마도 여동생 아리아 정도만 빼면……. '아리아는 아직 내 동생일까? 원래 내 동생이긴 했을까?' 그는 진짜 스타크였던 적이 없었다. 테온 그레이조이만큼도 윈터펠에 있을 자리가 없는, 에다드 공의 어미 없는 서자였을 뿐. 그리고 그 자리마저도 잃었다. 밤의 경비대원은 서약을 할 때 옛 가족을 버리고 새로운 가족에게 합류하지만, 존 스노우는 새로 얻은 형제들마저 잃어버렸다.

그는 생각대로 언덕 위에서 고스트를 발견했다. 그의 하얀 늑대는 울부짖는 일이 없었지만 그래도 높은 곳에 이끌리기는 했고, 언덕 위에 궁둥이를 깔고 앉아서 붉은 눈으로 별빛을 마시며 뜨거운 입김을 하얗게 뿜었다.

"너에게도 저 별들을 부르는 이름이 있어?" 존은 다이어울프 옆에 한쪽 무릎을 꿇고 빽빽한 하얀 목털을 긁어주며 물었다. "산토끼? 암사슴? 암늑대?" 고스트가 존의 얼굴을 핥았다. 독수리 발톱이 존의 뺨에 남겨놓은 딱지를 거칠거칠하고 축축한 혀로 쓸었다. '그 독수리는 우리 둘 다에게 상처를 남겼구나.' 그는 조용히 말했다. "고스트, 내일이면 우린 넘어갈 거야. 여기엔 계단도 없고, 기중기와 우리도 없어. 널 반대편으로 넘길 방법이 없어. 그러니 우린 헤어져야 해. 이해하겠어?"

어둠 속이라 다이어울프의 붉은 눈이 까맣게 보였다. 고스트는 뜨거운 안개 같은 입김을 내뿜으며 조용히 존의 목에 코를 비볐다. 야인들은 존 스노우를 와르그라 불렀으나, 만약 그게 사실이라면 그는 형편없는 와르그였다. 그는 오렐이 죽기 전에 독수리에게 들어갔던 것처럼 늑대 몸을 입는 방법을 알지 못했다. 고스트가 되어 만스 레이더가 사람들을 모아놓은 우유강 계곡을 내려다보는 꿈을 꾸었고, 그 꿈이 사실로 드러나기는 했다. 하지만 지금 존은 꿈속에 있는 게 아니었고, 그러니 소리 내서 말할 수밖에 없었다.

"넌 나와 같이 갈 수 없어." 존은 두 손으로 늑대 머리를 잡고 그 눈 속을 깊이 들여다보았다. "넌 캐슬블랙으로 가야 해. 무슨 말인지 알겠어? 캐슬블랙이야. 찾을 수 있어? 집으로 가는 길을? 얼음만 따라서 동쪽으로 동쪽으로, 해가 뜨는 쪽으로 가다 보면 찾게 될 거야. 캐슬블랙 사람들은 널 알아볼 테고, 네가 돌아갔다는 사실이 경고가 될지도 몰라." 경고 편지를 써서 고스트에게 묶어 보낼까 생각도 했지만, 펜은 고사하고 잉크도 종이도 없었고, 발각될 위험이 너무 컸다. "캐슬블랙에서 다시 만나자. 하지만 거기까지는 너 혼자 가야 해. 한동안은 우리 둘 다 따로따로 사냥해야 해. 혼자서."

다이어울프는 귀를 쫑긋 세우며 몸을 비틀어 존의 품에서 벗어났다. 그러더니 갑자기 뛰어가버렸다. 얽힌 덩굴 속을 성큼성큼 통과하고, 낙엽 더미를 뛰어넘어서 언덕 비탈을 달려 내려가는 모습이 나무 사이를 뚫고 가는 흰 선 같았다. '캐슬블랙으로 가는 걸까? 아니면 토끼를 쫓는 걸까?' 알 수 있다면 좋으련만. 그는 서약한 형제로도, 첩자로도 부족했듯이 와르그로도 형편없는 게 아닐까 두려웠다.

솔잎 냄새를 짙게 머금은 바람이 나무 사이로 불어오며 그의 빛바랜 검은 옷을 잡아당겼다. 존은 남쪽으로 높고 어둡게 솟은 장벽을 볼 수 있었다. 거대한 그림자가 별들을 가리고 있었다. 거칠고 기복이 심한 땅을 보니 섀도타워와 캐슬블랙 사이 어딘가구나 싶었고, 그중에서도 전자에 가까운 듯했다. 그들은 좁은 계곡 바닥을 따라 길고 가느다란 손가락처럼 뻗은 깊은 호수들 사이로 굽이굽이 남쪽을 향해 며칠을 달렸다. 길 양쪽으로는 수석 산마루와 소나무 가득한 언덕들이 서로를 거칠게 밀어대고 있었다. 이런 땅에서는 말을 천천히 달릴 수밖에 없었지만, 보이지 않게 장벽에 접근하려는 이들에게는 좋은 엄폐물이 주어지기도 했다.

'야인 약탈자들에게 말이지. 우리 같은…… 나 같은.' 존은 생각했다.

장벽 너머에는 칠왕국이, 그리고 존이 지키겠노라 맹세한 모든 것이 있다. 그는 서약을 하고 목숨과 명예를 걸고 맹세했으니, 당연히 그곳에서 보초를 서고 있어야 했다. 나팔을 입에 대고 밤의 경비대를 일으켜 무장시켜야 했다. 그러나 그에게는 나팔이 없었다. 야인들에게서 나팔을 훔치기는 힘들지 않겠지만, 그래봐야 무슨 소용이 있을까? 나팔을 불어본들 들을 사람이 없었다. 장벽은 천 리에 걸쳐 뻗어 있었고 경비대는 슬프게도 쇠약해졌다. 버려지지 않은 성채는 셋뿐이었다. 여기에서 60킬로미터 내에는 존 외에 다른 형제가 없을 것이다. 존이 아직 검은 형제라면 말이지만…….

'최초인의 주먹에서 만스 레이더를 죽였어야 했어. 시도하다가 죽는 한이 있더라도.' 반쪽 손 쿼린이라면 그랬을 것이다. 하지만 그때 존은 망설였고, 기회는 지나가버렸다. 다음 날 그는 마그나 스티르와 자알, 그리고 선발된 백 명 이상의 텐족들과 약탈자들과 함께 출발했다. 그는 시간을 벌고 있을 뿐이라고, 때가 오면 빠져나가 캐슬블랙으로 달려가겠다고 되뇌었다. 그럴 만한 때는 영영 오지 않았다. 그들은 대부분의 밤을 텅 빈 야인 마을에서 보냈고, 스티르는 언제나 텐족 십여 명에게 말을 지키게 했다. 자알은 의심스러운 눈으로 그를 감시했다. 그리고 이그리트는 낮이고 밤이고 떨어지지 않았다.

'하나처럼 뛰는 두 개의 심장.' 만스 레이더가 놀리던 말이 머릿속에 울려 퍼졌다. 존은 이렇게 혼란스러웠던 적이 별로 없었다. '선택의 여지가 없잖아.' 처음에 이그리트가 잠자리에 슬며시 들어왔을 때는 스스로에게 그렇게 말했다. '내가 거부한다면 내가 변절자인 걸 알게 될 거야. 난 반쪽 손이 맡긴 역할을 수행하고 있는 거야.'

그의 몸은 그 역할을 열렬히 수행했다. 그녀와 입을 맞추고, 사슴 가죽

셔츠 아래로 들어간 손은 젖가슴을 찾고, 그녀가 옷을 입은 채 아랫도리를 부비자 남근이 빳빳해졌다. '내 서약……' 그는 서약을 읊었던 영목 숲을, 원을 그리고 서 있던 아홉 그루의 거대한 하얀 나무를, 그를 바라보며 귀 기울이던 붉은 얼굴들을 떠올렸다. 하지만 그녀의 손가락이 그의 바지 끈을 풀고 있었고 그녀의 혀가 그의 입속에 있었으며 그녀의 손이 그의 속옷 안으로 미끄러져 들어와 그의 남성을 꺼내자 영목은 보이지 않았다. 오직 그녀만 보였다. 그녀는 그의 목을 깨물었고, 그는 그녀의 목에 입술을 대고 숱 많은 붉은 머리에 코를 묻었다. '행운. 불의 입맞춤을 받은 행운의 여인.' 그는 생각했다. "좋지 않아?" 그녀는 그를 자기 안으로 인도하며 속삭였다. 그녀의 아랫도리는 흠뻑 젖어 있었고, 숫처녀가 아닌 것이 명백했지만, 존은 신경 쓰지 않았다. 그의 서약도, 그녀의 처녀성도, 아무것도 중요하지 않았다. 오직 그녀의 열기, 그에게 와 닿은 입술, 그의 젖꼭지를 비트는 손가락만이 중요했다. "달콤하지 않아?" 그녀가 다시 말했다. "그렇게 빨리 말고, 아, 천천히, 그래, 그렇게. 지금 거기, 지금 거기야, 그래, 좋아, 좋아. 넌 아무것도 몰라, 존 스노우. 하지만 내가 알려줄 수 있어. 이제 더 세게. 그거야……"

그는 나중에 스스로를 일깨우려 했다. '역할이야. 역할을 수행하는 것뿐이야. 내가 서약을 저버렸다는 걸 증명하려면 한 번은 해야 할 일이었어. 이그리트가 날 믿게 만들어야 했어. 또 할 필요까지는 없어.' 그는 아직도 밤의 경비대원이었고, 에다드 스타크의 아들이었다. 그는 해야 할 일을 하고, 증명해야 할 것을 증명했다.

그러나 그 증명 작업은 너무나 달콤했고, 이그리트가 그의 가슴팍에 머리를 기대고 잠들어버린 것도 달콤했다. 위험하게 달콤했다. 그는 다시 한 번 영목 숲과 그 앞에서 읊었던 서약을 생각했다. '단 한 번이었어. 단 한 번이어야 해. 아버지도 한 번은 발을 헛디디셨잖아. 결혼 서약을 어기고 서

자를 두셨을 때 말이야.' 존은 아버지와 마찬가지라고 다짐했다. '다시는 그러지 않을 거야.'

그러나 그날 밤만 두 번을 더, 아침이 되어 깨어난 이그리트가 단단하게 선 그를 발견하며 한 번 더 같은 일이 벌어졌다. 그때쯤에는 야인들이 움직이고 있었고, 몇 사람은 모피 더미 아래에서 일어나는 일을 알아차릴 수밖에 없었다. 자알은 빨리 끝내라고, 오래 끌면 들통 물을 끼얹어버리겠다고 했다. 존은 나중에 생각했다. '발정기의 개들 같구나.' 그렇게 변해버린 걸까? '난 밤의 경비대원이야.' 내면의 목소리가 작게 주장했지만 매일 밤 그 목소리는 조금씩 옅어졌고, 이그리트가 그의 귀에 입을 맞추거나 목을 깨물면 아무것도 들을 수가 없었다. '아버지도 그랬을까?' 그는 궁금했다. '아버지도 내 어머니의 침대에서 명예를 더럽혔을 때, 지금 나처럼 약해졌던 걸까?'

그는 문득 등 뒤에서 뭔가가 언덕을 올라오는 것을 느꼈다. 잠시 고스트가 돌아온 걸까 싶었지만, 그의 다이어울프는 그렇게 소리를 내는 법이 없었다. 존은 매끄러운 한 동작으로 '긴 발톱'을 뽑았지만, 청동 투구를 쓴 떡 벌어진 텐족 남자에 불과했다. 불청객은 말했다. "스노우. 와라. 마그나가 부른다." 텐족 남자들은 옛 언어로 말했고, 대부분 공용어는 몇 마디밖에 할 줄 몰랐다.

존은 마그나가 뭘 원하는지 알고 싶지 않았지만, 그의 말을 거의 이해하지 못하는 사람과 입씨름해봐야 소용없는 일이었기에 그 남자를 따라 언덕을 내려갔다.

동굴 입구는 말 한 마리가 간신히 들어갈 만한 바위틈으로, 그나마도 병정 소나무에 가려져 있었다. 입구가 북쪽으로 열려 있었기에 안에서 불을 피워도 장벽에서 보일 염려가 없었다. 불운이 작용하여 정찰반이 오늘 밤 장벽 위를 지나간다 해도, 언덕들과 소나무 숲과 반쯤 얼어붙은 호수에 비친 차가운 별빛밖에 보지 못할 것이다. 만스 레이더는 습격 계획을 잘 짰다.

바위틈으로 들어가서 6미터 정도 통로를 내려가면 윈터펠의 대연회장만큼 넓은 공간이 나왔다. 기둥 사이에서 타는 요리 불들의 연기가 돌천장을 까맣게 만들었다. 말들은 얕은 웅덩이 옆에 벽을 따라 묶어놓았다. 동굴 바닥 한가운데 뚫린 구멍은 아래에 있는 더 큰 동굴로 이어질 가능성이 있었지만, 깜깜해서 확신하기 어려웠다. 존은 아래쪽 어딘가에서 세차게 흐르는 지하 강의 물소리를 들을 수 있었다.

자알이 마그나와 함께 있었다. 만스가 공동 지휘권을 준 탓이었다. 존은 스티르가 이 상황을 좋아하지 않는다는 사실을 일찌감치 알아차렸다. 만스 레이더는 그 검은 머리 청년을 발의 "애완동물"이라 불렀는데, 발은 댈라의 여동생이고, 댈라는 만스의 왕비였다. 그러니까 자알은 장벽 너머 왕에게 형제 비슷한 존재라고도 할 수 있었다. 마그나는 권한을 나누는 데 대해 대놓고 화를 냈다. 그는 텐족을 백 명 데리고 왔으니 그 수가 자알이 데려온 사람들보다 다섯 배는 많았고, 그만큼 자주 자기 혼자 지휘권을 지닌 것처럼 행동했다. 그러나 존은 그들을 얼음 장벽 너머로 데려갈 사람이 젊은이 쪽이라는 사실을 알고 있었다. 자알은 스무 살 남짓밖에 되지 않았으나 약탈을 8년이나 했고, 장벽을 십여 차례나 넘어간 경험이 있었다. 전에는 까마귀 살해자 알핀과 울보 등과 함께, 좀 더 최근에는 자기 부하들을 데리고서 말이다.

마그나는 직설적이었다. "자알이 높이 돌아다니는 까마귀들에 대해 경고해줬다. 그 정찰반에 대해 나한테 아는 대로 말해봐라."

존은 자알이 바로 옆에 서 있는데도 마그나가 우리에게 말하라고 하지 않고 나에게 말하라고 했다는 점을 알아차렸다. 그 퉁명스러운 요구를 거부하고 싶은 마음은 간절했지만 스티르는 존이 조금이라도 불성실하게 굴면 그를 죽여버릴 테고, 그의 여자라는 이유로 이그리트까지 죽일 놈이었다. "정찰반은 네 명씩 짜는데, 두 명은 순찰자고 두 명은 건설자야. 건설자들은 금이 가거나 눈이 녹거나 하는 벽에 생긴 문제들을 살피고, 순찰자들은 적이 있는지 찾게 되어 있지. 노새를 타고 다녀."

"노새?" 귀가 없는 남자가 얼굴을 찌푸렸다. "노새는 느린데."

"느리지만 얼음 위에서 발 디딤이 더 좋아. 정찰반은 장벽 위를 달릴 때가 많은데, 캐슬블랙을 제외하면 장벽 길에 자갈이 깔리지 않은 지 오래됐거든. 노새들은 이스트워치에서 사육하고, 임무에 맞게 특별히 훈련해."

"장벽 위를 달릴 때가 많다고? 늘 거길 달리는 게 아니라?"

"응. 네 명 중 한 명은 아래쪽을 따라가면서 얼음 기단부에 생긴 금이나 땅굴 흔적을 찾아."

마그나는 고개를 끄덕였다. "저 멀리 텐에서도 얼음 도끼 아르슨과 그 땅굴에 대한 이야기는 알지."

존도 아는 이야기였다. 얼음 도끼 아르슨은 장벽을 반쯤 뚫고 들어가다가 나이트포트에서 나온 순찰자들에게 땅굴을 발각당했다. 순찰자들은 굳이 땅을 파고 있는 아르슨을 건드리지 않고, 그저 뒤쪽 입구를 얼음과 돌과 눈으로 막아버렸다. 구슬픈 에드는 장벽에 귀를 바싹 대면 아직도 아르슨이 도끼질하는 소리를 들을 수 있다고 말하곤 했다.

"정찰반은 언제 나오지? 얼마나 자주 나오고?"

존은 어깨를 으쓱였다. "그때그때 달라. 쿼가일 사령관은 캐슬블랙에서 바닷가 이스트워치까지 사흘에 한 번씩, 캐슬블랙에서 섀도타워까지는 이틀에 한 번씩 보냈다고 들었어. 하지만 그 시절엔 경비대에 사람이 더 많았지. 모르몬트 사령관은 정찰반의 숫자와 출발 날짜를 다양하게 해서, 정찰반이 언제 오고 가는지 알기 어렵게 만드는 편을 좋아했어. 그리고 가끔은 더 큰 규모로 부대를 보내 버려진 성에서 보름이나 한 달씩 있도록 했지."

존은 그 전술을 고안해낸 사람이 그의 숙부라는 사실을 알고 있었다. 적이 확실히 알지 못하게 갖은 수를 다 동원하는 것이다.

자알이 물었다. "스톤도어에는 현재 사람이 있나? 그레이가드는?"

'그러니까 지금 그 두 성 사이에 있는 거군?' 존은 생각이 얼굴에 드러나지 않게 조심했다. "내가 장벽을 떠날 때 사람이 있는 곳은 이스트워치, 캐슬블랙, 섀도타워뿐이었어. 보웬 마시나 데니스 경이 그 후에 어떻게 했을지는 나도 잘 몰라."

"그 성들에 남은 까마귀는 얼마나 되나?" 스티르가 물었다.

"캐슬블랙에 500. 섀도타워에 200. 아마 이스트워치에는 300쯤." 존은 숫자를 300명쯤 더해서 불렀다. '쉽게 넘어갈까 모르겠지만……'

그러나 자알은 속지 않고 스티르에게 말했다. "거짓말이야. 아니면 최초인의 주먹에서 잃은 숫자를 더해서 말했거나."

마그나 스티르가 경고했다. "까마귀, 날 만스 레이더로 생각하지 말아라. 나에게 거짓말을 했다간 혀를 잘라버린다."

"난 까마귀가 아니고, 거짓말쟁이로 불릴 생각도 없어." 존은 검을 쥐는 손을 쥐었다 폈다.

텐족의 마그나는 싸늘한 회색 눈으로 존을 살피더니, 잠시 후에 말했다. "그놈들 숫자야 곧 알게 되겠지. 가봐라. 또 물어볼 게 있으면 부르겠다."

존은 뻣뻣하게 고개를 숙이고 그 자리를 떠났다. '야인들이 다 스티르 같기만 해도 배신하기가 더 편할 텐데.' 하지만 텐족은 다른 자유민들과 달랐다. 텐족의 마그나는 마지막 최초인이라고 여겨졌으며 철권통치를 했다. 텐족의 작은 땅은 서리엄니산맥 북쪽 끝 봉우리들 사이에 감춰진 높은 계곡에 있었고, 동굴 거주민들과 뿔발족, 거인들, 그리고 얼음강에 사는 식인 부족들에게 둘러싸여 살았다. 이그리트는 텐족이 잔인한 투사들이며, 그들에게 있어 마그나는 곧 신이라고 했다. 존은 그 말을 믿을 수 있었다. 자알과 하르마와 래틀셔츠와 달리 스티르는 그에게 절대복종하는 부하들을 거느렸고, 만스가 장벽을 넘는 임무에 스티르를 고른 것은 텐족의 엄격한 군율 때문이기도 했을 것이다.

그는 둥근 청동 투구를 불가에 놓고 그 위에 앉아 있는 텐족들 옆을 지나쳤다. '이그리트는 어디 갔지?' 이그리트의 장비와 그의 장비는 같이 놓여 있었지만, 정작 이그리트는 보이지 않았다. "횃불을 들고 저쪽으로 가더라." 염소 그리그가 동굴 안쪽을 가리키며 말했다.

그가 가리킨 데로 따라갔더니 어두운 공간에서 기둥과 석순으로 이루어진 미로 사이를 헤매게 되었다. '여기 있을 리가 없어' 하고 생각하다가 그녀의 웃음소리를 들었다. 그 소리가 들리는 쪽으로 몸을 돌렸지만, 열 걸음도 가지 않아 막다른 길이 나왔다. 아무것도 없이 장미색과 흰색으로 이루어진 흐름돌(동굴 바닥이나 벽을 덮은 종유석) 벽뿐이었다. 그는 당황해서 왔던 길로 돌아가려다가, 튀어나온 젖은 돌 아래 어두운 구멍을 보았다. 무릎을 꿇고 귀를 기울여보니 희미하게 물소리가 들렸다. "이그리트?"

"이 안이야." 이그리트의 목소리가 희미하게 메아리쳤다.

십여 걸음을 기어가고 나니 동굴이 나왔다. 다시 일어서자 눈이 적응하는 데 잠시 시간이 걸렸다. 이그리트가 횃불을 하나 가져오기는 했지만, 그 외에 다른 빛은 없었다. 그녀는 바위틈에서 넓고 어두운 웅덩이로 떨어져 내리는 작은 폭포 옆에 서 있었다. 연녹색 물에 오렌지색과 노란색의 불길이 비쳤다.

"여기에서 뭐 하는 거야?" 존이 물었다.

"물소리를 들었어. 동굴이 얼마나 깊은지 보고 싶었지." 이그리트는 횃불로 동굴 안쪽을 가리켰다. "더 깊이 내려가는 통로가 있어. 백 걸음쯤 가다가 돌아왔어."

"막다른 길이야?"

"넌 아무것도 몰라, 존 스노우. 그 통로는 계속계속 이어졌단 말이야. 이 산 속에는 동굴이 수백 개가 있는데, 깊숙이 내려가면 그 동굴이 다 연결되어 있어. 너희 장벽 아래에도 길이 있지. 고르네의 길이라고."

"고르네. 고르네라면 장벽 너머의 왕이었지." 존이 말했다.

"그래." 이그리트가 말했다. "3000년 전에 동생인 겐델과 함께였지. 둘이 같이 자유민들을 이끌고 동굴을 통해 넘어갔고, 밤의 경비대는 눈치도 못 챘어. 하지만 굴 밖으로 나갔더니 윈터펠의 늑대들이 덮쳤지."

"전투가 있었지." 존은 기억을 돌이켰다. "고르네가 북부의 왕을 죽였지만, 왕의 아들이 깃발을 집어 들고 아버지의 왕관을 쓴 채 고르네를 죽였어."

"그리고 장검 부딪치는 소리에 성안에 있던 까마귀들이 깨어나서 검은 옷을 입고 뛰쳐나와 자유민들의 뒤를 쳤지."

"그래. 남쪽에 북부의 왕을, 동쪽에 엄버를, 북쪽에 경비대를 두고 포위당한 겐델도 죽었어."

"넌 아무것도 몰라, 존 스노우. 겐델은 죽지 않았어. 까마귀들 사이를 뚫고 길을 내서, 뒤에서 늑대들이 울부짖는 가운데 사람들을 데리고 북쪽으로 돌아왔지. 다만 겐델은 고르네만큼 동굴을 잘 알지 못해 방향을 잘못 틀었어." 이그리트가 횃불을 앞뒤로 흔들자 그림자가 껑충 뛰며 흔들거렸다. "겐델은 깊이, 더 깊이 들어갔고 눈에 익은 길로 되돌아가려 했더니 하늘이 아니라 돌이 나오고 말았어. 곧 횃불이 하나씩 꺼지더니 마침내는 어둠밖에 남지 않았지. 겐델의 사람들은 그 후로 다시는 볼 수 없었지만, 고요한 밤이면 그 자식들의 자식들의 자식들이 아직도 산 아래에서 돌아오는 길을 찾으며 흐느끼는 소리를 들을 수 있어. 들려? 그 소리가 들려?"

존에게는 떨어지는 물소리와 희미하게 타닥거리는 횃불 소리밖에 들리지 않았다. "장벽 아래에 있다는 그 길도 잃어버린 거야?"

"그 길로 찾아 나선 사람들이 있기는 했지. 그 사람들도 겐델의 아이들을 찾으려고 너무 깊이 들어갔고, 겐델의 아이들은 언제나 굶주려 있어." 이그리트는 미소 지으며 횃불을 조심스럽게 바위틈에 끼우고 존에게 다가오더니, 그의 목을 깨물며 속삭였다. "어둠 속에는 사람 살밖에 먹을 게 없거든."

존은 이그리트의 머리카락에 코를 묻고 그녀의 냄새를 한껏 들이마셨다. "꼭 브랜에게 괴물 이야기를 해주던 낸 할멈 같은데."

이그리트는 그의 어깨를 때렸다. "내가 할멈이야?"

"나보다 나이 많잖아."

"그래. 그리고 더 현명하기도 하지. 넌 아무것도 몰라, 존 스노우." 이그리트는 몸을 떼더니 토끼 가죽 조끼를 벗어 던졌다.

"뭐 하는 거야?"

"내가 얼마나 늙었는지 보여주려고." 그녀는 사슴 가죽 셔츠도 풀어서 옆으로 던지더니, 세 겹의 모직 속옷을 한 번에 머리 위로 올려 벗었다. "네가 날 봤으면 좋겠어."

"우리 이러면 안―"

"이래야 해." 이그리트가 일어서서 한쪽 장화를 당겨 벗고, 반대쪽 장화를 벗으려고 발을 바꾸는 통에 젖가슴이 흔들거렸다. 젖꼭지가 넓은 분홍색 원을 그렸다. "너도 벗어." 이그리트는 양가죽으로 만든 바지를 내리면서 말했다. "보고 싶으면 보여줘야지. 넌 아무것도 몰라, 존 스노우."

"내가 널 원한다는 건 알아." 그는 저도 모르게 서약과 명예를 모두 잊고 말했다. 이그리트는 태어난 날처럼 벌거벗은 몸으로 그의 앞에 섰고, 그는 주위를 에워싼 바위처럼 단단해졌다. 이제 벌써 50번은 몸을 섞었지만 늘 다른 사람들이 주위에 있는 모피 잠자리 속에서였다. 이그리트가 얼마나 아름다운지 제대로 본 적은 없었다. 두 다리는 말랐지만 근육이 잘 잡혀 있었고, 허벅지 사이에 난 털은 머리카락보다 더 밝은 붉은색이었다. '그러면 행운도 더 큰 걸까?' 그는 이그리트를 가까이 끌어당겼다. "너의 냄새를 사랑해. 너의 붉은 머리를 사랑해. 너의 입도 사랑하고, 네가 나에게 입 맞추는 방식도 사랑해. 너의 미소도 사랑해. 너의 젖꼭지도 사랑해." 그는 젖꼭지에 한 번씩 입을 맞췄다. "네 마른 두 다리도 사랑하고, 그 다리 사이에 있는 것도 사랑해." 그는 무릎을 꿇고 그곳에 입을 맞췄다. 처음에는 둔덕 위에 가볍게 입을 맞췄지만 이그리트가 다리를 살짝 벌리자 분홍빛 속살이 보였기에 그곳에도 입을 맞추고 맛을 느꼈다. 이그리트가 살짝 헐떡이며 속삭였다. "날 그렇게 사랑한다면 왜 아직 옷을 입고 있어? 넌 아무것도 몰라, 존 스노우. 아무것도— 아, 아, 아아아."

그 후에 그녀는 거의 수줍어하기까지 했다. 적어도 이그리트가 보여줄 수 있는 가장 수줍은 모습이었다. "네가 한 거 말이야." 그녀는 옷 더미 위에 같이 누워서 말했다. "네…… 입으로 한 거." 그녀는 머뭇거렸다. "그거…… 남쪽에서는 귀족들이 부인에게 그렇게 해주나?"

"그렇진 않을걸." 존은 아무에게도 귀족들이 부인에게 어떻게 하는지 들은 바가 없었다. "난 그저…… 그곳에 입을 맞추고 싶었을 뿐이야. 네가 좋아하는 것 같던데."

"그래. 그거…… 좀 좋았어. 누가 가르쳐준 거 아니고?"

"아무도 없었어. 너뿐이야." 그는 고백했다.

"처녀네." 이그리트가 놀렸다. "숫처녀였어."

그는 가까이 있는 젖꼭지를 장난스럽게 꼬집었다. "난 밤의 경비대원이었어." 제 입으로 '이었다'고 말하는 소리가 들렸다. 이제 그는 무엇일까? 직시하고 싶지 않았다. "넌 처녀였어?"

이그리트는 팔꿈치를 대고 몸을 약간 일으켰다. "난 열아홉 살인 데다 창 마누라고, 불의 입맞춤을 받았어. 내가 어떻게 처녀일 수가 있었겠어?"

"어떤 남자였어?"

"잔치에서 만난 남자애였어. 5년쯤 됐을걸. 형들과 같이 장사하러 왔는데, 머리카락이 나처럼 불의 입맞춤을 받은 색이라서 행운의 상징이라고 생각했지. 하지만 갠 나약했어. 개가 다시 와서 날 훔치려 했을 때는 장창이 그 녀석 팔을 부러뜨려 쫓아 보냈는데, 그러고 나서는 두 번 다시 시도하지 않더라."

"그럼 장창이 아니었어?" 존은 마음이 놓였다. 그는 수수하게 생겨 친근한 장창이 좋았다.

이그리트는 그를 때렸다. "역겨운 소리 마. 너 같으면 누이와 자겠어?"

"장창은 네 형제가 아니잖아."

"같은 마을 출신이지. 넌 아무것도 몰라, 존 스노우. 진짜 사내라면 부족을 강하게 만들기 위해 멀리서 여자를 훔쳐 오는 거야. 여자가 형제나 아버지나 친척과 자면 신들의 노여움을 사서 약하고 병든 아이를 낳는 저주를 받게 돼. 괴물을 낳을 수도 있고."

"크래스터는 딸들과 결혼하는데." 존이 지적했다.

그녀는 다시 그를 때렸다. "크래스터는 우리보다 너희와 가까워. 크래스터의 아버지는 화이트트리 마을에서 여자를 훔친 까마귀였는데, 그 작자는 그래놓고 나서 장벽으로 다시 날아가버렸지. 그 여자는 까마귀에게 아들을 보여주려고 캐슬블랙에 찾아갔는데, 검은 형제들이 나팔을 불어대며 쫓아버렸어. 크래스터의 피는 검고, 아주 심각한 저주를 품고 있어." 이그리트는 손가락으로 부드럽게 그의 배를 쓸었다. "언젠가 너도 똑같이 하지 않을까 걱정이야. 장벽으로 날아가버리는 거 말이야. 넌 날 훔치고 나서 어떻게 해야 할지를 몰랐지."

존은 일어나 앉았다. "이그리트, 난 널 훔치지 않았어."

"아니, 훔쳤어. 넌 산을 뛰어 내려와서 오렐을 죽였고, 내가 도끼를 집기 전에 내 목에 칼을 갖다 댔지. 그때 날 품든가 죽이든가 아니면 둘 다 할 거라 생각했는데, 넌 아무것도 하지 않았어. 내가 가수 바엘이 어떻게 윈터펠의 장미를 꺾었는지 이야기해줬을 때는 분명히 날 가질 줄 알았는데, 그때도 안 그러더라. 넌 아무것도 몰라, 존 스노우." 그녀는 수줍게 웃었다. "하지만 어느 정도는 배울 수 있겠지."

존은 문득 이그리트 주위로 불빛이 일렁거리고 있다는 사실을 깨닫고 주위를 둘러보았다. "그만 올라가는 게 좋겠어. 횃불이 거의 다 탔다."

"까마귀는 겐델의 아이들이 무섭나 보지?" 이그리트는 히죽 웃으며 말했다. "조금만 올라가면 돼. 그리고 난 아직 안 끝났어, 존 스노우." 그녀는 그를 옷 더미 위에 밀어 눕히고 올라탔다. "혹시 너……." 그녀는 머뭇거렸다.

"뭔데?" 그는 횃불이 나부끼는 가운데 다음 말을 재촉했다.

"다시 해줄래?" 이그리트가 불쑥 말했다. "입으로 하는 거 말이야. 귀족의 입맞춤. 그러면 내가…… 네가 그걸 좋아하는지 아닌지 볼 수 있을 거야."

횃불이 다 타버렸을 때쯤에는 존 스노우도 불빛에 신경 쓰지 않았다.

나중에 죄책감이 다시 찾아오기는 했지만, 전만큼 강하지는 않았다. '이게 그렇게 잘못된 일이라면, 신들이 왜 이렇게 기분 좋게 만들었겠어?' 그는 생각했다.

둘이 일을 끝냈을 때쯤 작은 동굴 안은 캄캄했다. 불빛이라고는 위쪽 통로로 이어진, 수십 개의 횃불이 타고 있는 큰 동굴에서 흘러드는 흐릿한 빛밖에 없었다. 그들은 곧 어둠 속에서 옷을 챙겨 입느라 더듬거리고 서로 부딪쳤다. 이그리트는 실수로 웅덩이에 발을 담갔다가 물이 차가워서 새된 소리를 질렀다. 존이 큰 소리로 웃어버리자 그녀는 존까지 끌고 들어갔다. 그들은 어둠 속에서 물을 튀기며 뒹굴었고, 그러다 보니 그녀가 다시 그의 품 안에 있었으며, 둘 다 아직 할 만큼 하지 않았던 것으로 드러났다.

"존 스노우." 존이 안에 씨앗을 뿌리자 이그리트가 말했다. "지금은 움직이지 마. 네가 내 안에 있는 느낌이 좋아. 정말이야. 스티르와 자알에게 돌아가지 말자. 더 깊이 내려가서 겐델의 아이들과 같이 살자. 난 언제까지나 이 동굴을 떠나고 싶지 않아, 존 스노우. 언제까지나."

대너리스

"전부 다요?" 노예 소녀는 조심스럽게 물었다. "전하, 이 비천한 귀가 전하의 말씀을 제대로 들은 겁니까?"

비탈진 삼각형 벽에 난 마름모꼴의 색유리창으로 서늘한 녹색 빛이 쏟아져 들었고, 테라스 문으로 불어 들어오는 잔잔한 산들바람은 그 너머 정원에서 과일과 꽃 향기를 실어 왔다. 대니는 말했다. "네 귀가 제대로 들었다. 전부 다 사고 싶다. 훌륭한 주인들에게 전해다오."

오늘 복장으로는 콰스식 가운을 골랐다. 그녀의 자줏빛 눈이 돋보이는 진한 보라색 비단옷으로, 왼쪽 가슴이 드러나 보였다. 아스타포의 훌륭한 주인들이 낮은 목소리로 자기들끼리 상의하는 동안 대니는 길고 가느다란 은잔에 담긴 시큼한 감 와인을 홀짝였다. 그들이 뭐라고 하는지 다 알아들을 수는 없었지만, 탐욕은 이해할 수 있었다.

여덟 명의 노예상은 각각 시중드는 노예를 두세 명씩 거느리고 왔지만…… 제일 나이가 많은 그라즈단이라는 자는 여섯 명을 데려왔다. 대니도 거지로 보이지 않기 위해 수행원들을 데려왔다. 모래 비단 바지와 색칠 조끼를 입은 이리와 지키, 흰 수염과 힘센 벨와스, 혈맹기수들까지. 조라 경은 모르몬트의 검은 곰을 수놓은 녹색 전포를 입고 대니 뒤에 서서 땀을 흘리고 있었다. 조라의 땀 냄새는 아스타포인들을 흠뻑 적신 달콤한 향수 냄새에 대한 세속적인 답변이었다.

"전부라." 오늘은 복숭아 냄새를 풍기는 크라즈니스 모 나클로즈가 목 안쪽으로 낮게 말했다. 노예 소녀는 웨스테로스의 공용어로 그의 말을 되풀이했다. "천인대는 여덟 개가 있다. 전부라는 게 그걸 말하는 거냐? 백인대도 여섯이 있는데, 아홉 번째 천인대에 들어갈 예정이지. 그것까지 사겠다는 건가?"

"사겠다." 대니는 그 질문을 받고 대답했다. "천인대 여덟과 백인대 여섯……. 그리고 아직 훈련 중인 병사들도 사지. 아직 뾰족 모자를 받지 못한 병사들까지."

크라즈니스는 동료들을 돌아보았다. 그들은 다시 한번 자기들끼리 상의했다. 통역 노예가 대니에게 각각의 이름을 알려주기는 했지만, 제대로 기억하기는 어려웠다. 네 명은 이름이 그라즈단인 것 같았는데, 여명기에 옛 기스를 세웠다는 위대한 그라즈단의 이름을 딴 듯했다. 모두 살집이 있고 호박색 피부에 큰 코, 검은 눈을 지닌 비슷하게 생긴 남자들이었다. 철사 같은 머리카락은 검은색, 아니면 검붉은색, 아니면 기스인에게만 있는 기묘한 붉은색과 검은색의 혼합이었다. 모두가 토카를 휘감았는데, 그것은 아스타포의 자유인에게만 허락된 복장이었다.

대니는 그롤리오 선장에게 토카 가장자리에 달린 술을 보면 지위를 알 수 있다고 들었다. 피라미드 꼭대기에 자리 잡은 이 서늘한 녹색 방에 모인 노예상 가운데 둘은 은색 술을 달았고, 다섯은 금색이었으며, 가장 나이 많은 그라즈단은 통통한 하얀 진주를 가장자리에 둘러 자리에서 움직이거나 팔을 들 때마다 진주가 잘그락거렸다.

"훈련이 끝나지 않은 아이들을 팔 수는 없어요." 은술을 단 그라즈단 한 명이 다른 이들에게 말했다.

"값만 잘 쳐준다면 팔 수 있고말고." 금술을 단 뚱뚱한 남자가 말했다.

"그건 거세병이 아니오. 아직 젖먹이를 죽이지 않았어요. 전장에서 그 병사들이 잘하지 못한다면 우리 탓을 할 거요. 그리고 내일 당장 사내아이 5000을 거세한다 해도 판매할 수 있기까지 10년은 걸릴 거요. 다음에 거세병을 구하러 오는 구매자에게는 뭐라고 말한단 말이오?"

"기다려야 한다고 말해야지." 뚱뚱한 남자가 대꾸했다. "내 지갑에 든 금화가 미래의 금화보다 낫잖아."

대니는 노예상들이 논쟁을 하게 내버려두고 시큼한 감 와인을 마시며 아무것도 모른다는 얼굴을 유지하려 했다. '값이 얼마든 전부 다 손에 넣겠어.' 그녀는 스스로에게 다짐했다. 이 도시에는 노예 무역상이 백 명은 있었지만, 앞에 서 있는 여덟 명이 가장 대상인들이었다. 침실 노예, 밭 노예, 서기 노예, 공예가와 가정교사를 팔 때는 서로 경쟁자였지만, 그들의 조상들도 거세병을 키우고 팔 때만은 서로 연합해서 일했다. '벽돌과 피가 아스타포를 만들었고, 아스타포 사람들은 벽돌과 피로 이루어졌네.'

마침내 내려진 결정을 알린 사람은 크라즈니스였다. "돈만 충분하다면 8000은 팔겠다고 해. 원한다면 600까지도 주지. 그리고 1년 후에 다시 오면 2000을 더 팔겠다."

대니는 통역을 듣고 나서 말했다. "1년 후면 난 웨스테로스에 있을 것이다. 지금 필요하다. 거세병은 훈련이 잘되어 있지만, 그렇다 해도 전투에서 많은 수가 쓰러질 거야. 죽은 병사들이 떨어뜨린 검을 이어받을 보충병도 필요하다." 대니는 와인을 옆으로 치우고 노예 소녀 쪽으로 몸을 기울였다. "훌륭한 주인들에게 내가 아직 강아지를 데리고 있는 어린것들까지 다 원한다고 전해라. 어제 거세한 소년에 대해서도 모자를 얻어낸 거세병과 같은 값을 쳐준다고 해."

노예 소녀가 전했지만, 답은 여전히 거부였다.

대니는 짜증이 나서 얼굴을 찌푸렸다. "좋아. 다 살 수만 있다면 두 배를 지불하겠다고 해라."

"두 배?" 금술을 단 뚱보는 침을 흘릴 기세였다.

크라즈니스 모 나클로즈가 말했다. "이 어린 창녀는 확실히 멍청하군. 세 배를 부릅시다. 지불하고도 남을 만큼 절박하잖아. 그렇지, 노예 하나당 열 배를 불러볼까."

뾰족 수염을 기른 키 큰 그라즈단은 노예 소녀만큼 잘하지는 못해도 공용어를 할 줄 알았다. 그는 목 안쪽을 울리며 말했다. "전하, 웨스테로스가 부유하긴 하지만, 전하는 지금 여왕이 아닙니다. 어쩌면 영원히 여왕이 되지 못할지도 모르지요. 거세병들이라 해도 칠왕국의 야만스러운 강철 기사들과 싸워서 질 수 있습니다. 다시 말하는데, 아스타포의 훌륭한 주인들은 약속만 받고 노예를 팔지 않습니다. 사고 싶다는 내시들을 다 살 만한 금과 상품이 있습니까?"

대니가 대답했다. "그 답은 나보다 그대가 더 잘 알 거요, 훌륭한 주인이여. 그대의 부하들이 내 배를 샅샅이 훑어보고 호박 구슬 하나 사프란 단지 하나 빼놓지 않고 계산했으니. 나에게 상품이 얼마나 있소?"

"천인대 하나를 살 정도입니다." 그는 경멸이 담긴 미소를 지었다. "그런데 전하는 두 배를 지불하겠다고 하시니, 백인대 다섯밖에 사지 못하겠군요."

"그 예쁜 왕관으로 백인대 하나는 더 살 수 있겠군." 뚱보가 발리리아어로 말했다. "삼두룡이 들어간 왕관."

대니는 그 말이 통역되기를 기다렸다. "내 왕관은 파는 물건이 아니오." 어머니의 왕관을 팔고 나서 비세리스는 모든 기쁨을 잃고 분노만 남았었다. "내 백성을 노예로 팔 생각도 없고, 내 백성의 물건과 말도 팔지 않겠소. 하지만 내 배는 가져도 좋아. 대형 상선 발레리온과 갤리선 바가르와 메락세스." 그롤리오와 다른 선장들에게 이런 일이 일어날 수도 있다고 경고했을 때, 그들은 격하게 저항했었다. "훌륭한 배 세 척이면 몇 안 되는 하찮은 내시들보다는 가치가 있겠지."

뚱보 그라즈단이 다른 이들을 돌아보았다. 그들은 다시 한번 낮은 목소리로 상의했다. 뾰족 수염을 기른 노예상이 다시 돌아서서 말했다. "천인대 둘. 그것도 과하지만, 훌륭한 주인들은 관대하고 전하가 워낙 간절하시니."

2000명으로는 대니가 뜻하는 바에 어림도 없었다. '다 손에 넣어야 해.' 이제 어떻게 해야 할지는 알고 있었지만, 생각만 해도 감 와인으로 씻어낼 수 없을 만큼 입안이 썼다. 이미 오랫동안 열심히 생각해보았고 다른 방법은 찾지 못했다. '선택지가 이것밖에 없어.' 대니는 말했다. "전부 다 내주면, 드래곤을 한 마리 주겠소."

옆에 선 지키가 숨을 들이켜는 소리가 들렸다. 크라즈니스는 동료들을 보고 미소 지었다. "내가 그러지 않았소? 뭐든 줄 거라고."

흰 수염은 믿지 못하고 어안이 벙벙해서 그녀를 바라보았다. 지팡이를 잡은 손이 덜덜 떨렸다. "안 됩니다." 그는 대니 앞에 한쪽 무릎을 꿇었다. "전하, 제발 부탁드립니다. 노예가 아니라 드래곤으로 왕좌를 얻으십시오. 이래서는 안 됩니다—"

"날 가르치려 들지 말게. 조라 경, 흰 수염을 내 앞에서 치우시오."

모르몬트는 노인의 팔꿈치를 거칠게 잡고 일으켜 세워 테라스로 데리고 나갔다.

대니는 노예 소녀에게 말했다. "훌륭한 주인들에게 잠시 방해가 있어 유감이라 전하고, 내가 답을 기다린다고 하거라."

그러나 답은 이미 알고 있었다. 그들의 반짝이는 눈과 기를 쓰고 숨기려 드는 미소를 보고 알 수 있었다. 아스타포에 내시 노예는 수천 명이 있고, 거세를 기다리는 노예 소년은 그보다 더 많지만, 이 넓은 세상 전체에 살아 있는 드래곤은 단 세 마리뿐이었다. 그리고 기스인들은 드래곤을 갈망했다. 어찌 그러지 않을 수 있을까? 옛 기스는 초기에 발리리아와 다섯 번 싸웠고, 다섯 번 모두 처절하게 패배했다. 프리홀드에는 드래곤이 있었고 기스 제국에는 없었기 때문이다.

제일 나이 많은 그라즈단이 앉은 자리에서 들썩이자 진주가 잘그락거렸다. 그는 가늘고 귀에 거슬리는 목소리로 말했다. "우리가 고르는 드래곤이어야 하오. 검은 드래곤이 가장 크고 건강하군."

"이름은 드로곤이오." 대니는 고개를 끄덕였다.

"왕관과 여왕의 의복 일체는 가져도 좋으니 그걸 뺀 모든 물건에 배 세 척. 그리고 드로곤."

"좋소." 대니는 공용어로 말했다.

"좋소." 늙은 그라즈단은 탁한 발리리아어로 대답했다.

다른 노예상들도 진주 술을 단 노인의 말을 복창했다. 노예 소녀가 통역했다. "찬성, 찬성, 찬성, 여덟 번 찬성입니다."

합의가 이루어지자 크라즈니스 모 나클로즈가 덧붙여 말했다. "거세병들은 당신네 야만족 언어를 빨리 배울 테지만, 그때까지는 말을 전달할 노예가 필요하겠지. 이 노예를 선물로 가져가시오. 거래가 잘 성사된 기념으로."

"그러지." 대니가 말했다.

노예 소녀는 크라즈니스의 말을 대니에게 전하고, 대니의 말을 크라즈니스에게 전했다. 기념 선물이 된 처지에 대해서 어떤 감정을 느끼든 이들에게 드러내지는 않았다.

테라스에 있던 흰 수염 아르스탄도 대니가 지나쳐 갈 때 잠자코 있었다. 그는 말없이 그녀를 따라 계단을 내려갔지만, 그의 단목 지팡이가 붉은 벽돌을 두드리는 소리를 선명하게 들을 수 있었다. 아르스탄이 분노했다고 나무랄 수는 없었다. 대니가 한 짓은 비열했다. 드래곤의 어머니가 제일 강한 자식을 팔다니. 생각만 해도 속이 울렁거렸다.

그러나 궁지의 광장으로 내려가 노예상들의 피라미드와 내시들의 막사 사이에 놓인 뜨거운 붉은 벽돌 위에 선 대니는 노인을 돌아보고 말했다. "흰 수염, 나는 그대의 조언을 듣고 싶고, 그대는 두려움 없이 솔직하게 마음을 말해야 하네……. 우리만 있을 때는 그래야 해. 그러나 낯선 자들 앞에서는 절대 나에게 이의를 제기하지 말게. 알아들었나?"

"알겠습니다, 전하." 그는 비참하게 대답했다.

"나는 어린아이가 아니야. 나는 여왕이야."

"하지만 여왕이라 해도 실수는 할 수 있습니다. 아스타포인들은 여왕님을 속였습니다. 드래곤 한 마리에는 어떤 군대보다 더 큰 가치가 있습니다. 아에곤이 300년 전 불의 들판에서 증명한 일입니다."

"나도 아에곤이 무엇을 증명했는지는 알아. 나도 몇 가지 증명해 보이려 하네." 대니는 몸을 돌리고 그녀의 가마 옆에 온순하게 서 있는 노예 소녀를 보았다. "너에겐 이름이 있느냐, 아니면 너도 통에서 매일 새로운 이름을 뽑아야 하느냐?"

"거세병들만 그렇게 합니다." 소녀는 대답하고 나서야 대니가 고급 발리리아어로 물었다는 사실을 깨닫고 눈을 크게 떴다. "아."

"이름이 '아'이냐?"

"아닙니다. 갑자기 튀어나온 말을 용서하십시오. 이 노예의 이름은 미산데이입니다만……."

"미산데이는 이제 노예가 아니다. 이 순간부터 너는 자유다. 가마에 같이 타고 가자. 이야기를 나누고 싶구나." 라카로가 두 사람이 가마에 오르는 것을 도왔고, 대니는 먼지와 열기가 들어오지 않게 장막을 단단히 닫았다. "나와 함께 있겠다면, 너는 내 시녀로 일하게 될 것이다." 대니는 가마가 출발하자 말했다. "크라즈니스를 대변했듯이 내 곁에서 나를 대변하게 하겠다. 그러나 돌아가고 싶은 아버지나 어머니가 있다면 언제든 내 곁을 떠나도 좋아."

"이 노예는 남겠습니다. 이 노예는…… 저는…… 제겐 갈 곳이 없습니다. 이 노예…… 저는 여왕님을 기쁘게 섬기겠습니다."

"내 너에게 자유는 줄 수 있지만, 안전을 보장할 수는 없다." 대니는 경고했다. "난 세상을 가로질러 전쟁을 치러야 한다. 너는 굶주릴 수도 있고, 아플 수도 있고, 살해당할 수도 있다."

"발라 모르굴리스." 미산데이는 고급 발리리아어로 말했다.

"그래, 모든 인간은 죽게 마련이지. 그러나 빨리 죽지는 않기를 빌 수 있어." 대니는 쿠션에 몸을 기대고 소녀의 손을 잡았다. "거세병들은 정말로 두려움을 모르느냐?"

"그렇습니다, 전하."

"너는 이제 나를 위해 일한다. 거세병들이 아픔을 느끼지 못하는 게 사실이냐?"

"용기의 와인은 감각을 죽입니다. 젖먹이를 죽일 때쯤에는 거세병들이 몇 년씩 그 와인을 마신 상태입니다."

"그리고 철저히 복종하고?"

"거세병들은 복종 외에는 알지 못합니다. 숨을 쉬지 말라고 하시면, 불복하느니 숨을 쉬지 않을 겁니다."

대니는 고개를 끄덕였다. "그리고 내 볼일이 끝난다면?"

"전하?"

"내가 전쟁에서 이기고 내 아버지의 것이었던 왕좌를 차지한다면, 나의 기사들은 장검을 검집에 넣고 자기 성채로, 자기 아내와 자식과 어머니에게로…… 자기 삶으로 돌아갈 것이다. 하지만 내시 병사들에게는 삶이 없지. 더 싸울 전투가 없어지면 내시 8000명을 어떻게 해야 할까?"

"거세병은 위병으로도 좋고 경비원으로도 훌륭합니다, 전하. 그리고 그렇게 잘 싸우는 군대를 살 사람은 찾기 어렵지 않지요."

"웨스테로스에서는 사람을 사고팔지 않는다던데."

"송구스럽지만 전하, 거세병은 사람이 아닙니다."

"내가 그 병사들을 다시 판다면, 나에게 대적하여 쓰이지 않을지는 어떻게 알지?" 대니는 날카롭게 지적했다. "그렇게 할까? 나에게 대적하여 싸우고, 해를 입힐까?"

"새 주인이 명령한다면요. 거세병은 질문하지 않습니다, 전하. 거세병은 모든 의문을 없앤 병사들입니다. 복종만 합니다." 미산데이는 심란한 얼굴이었다. "전하께서…… 전하께서 볼일이 끝나시면…… 장검에 몸을 던지라고 명하실 수도 있습니다."

"심지어 그런 명령도 따른다는 건가?"

"예." 미산데이의 목소리가 약해졌다. "전하."

대니는 소녀의 손을 꽉 쥐었다. "하지만 너는 내가 그런 명령을 내리지 않았으면 하는구나. 왜지? 네가 왜 신경 쓰는 거냐?"

"이 노예는…… 저는…… 전하……."

"말해봐라."

소녀는 눈을 내리깔았다. "그중에 세 명은 예전에 제 오빠였습니다, 전하."

'그렇다면 네 오라비들이 너만큼 용감하고 영리했으면 좋겠구나.' 대니는 다시 쿠션에 등을 기대고 가마에 몸을 맡겼다. 그녀의 세상을 정리하기 위해 발레리온호로, 그리고 드로곤에게로 돌아가는 마지막 길. 그녀는 엄숙하게 입을 다물었다.

그날 밤은 길고 어둡고 바람이 심했다. 대니는 언제나처럼 드래곤들을 먹였지만, 정작 자신은 입맛이 없었다. 대니는 선실에서 혼자 울다가 눈물을 거두고 그롤리오와 다시 말다툼을 벌였다. 결국 그녀는 그롤리오에게 이렇게 말해야 했다. "마지스터 일리리오는 여기에 없네. 그리고 여기 있다 해도 날 흔들 순 없어. 난 이 배보다 거세병이 더 필요하니, 더 듣지 않겠네."

분노가 몇 시간이나마 슬픔과 두려움을 태워 날렸다. 선장과 다툰 후에 대니는 혈맹기수들과 조라 경을 선실로 불렀다. 그녀가 진정으로 믿는 사람은 그들밖에 없었다.

그 후에는 다음 날에 대비하여 제대로 쉬기 위해 자려고 했지만, 비좁은 선실에서 한 시간쯤 이리저리 뒤척인 끝에 잠이 올 가망이 없다는 사실을 인정했다. 문밖에서는 아고가 흔들리는 기름등잔 불빛에 의지해 활시위를 새로 끼우고 있었다. 라카로는 그 옆에 다리를 접고 앉아 숫돌로 아라크를 갈고 있었다. 대니는 둘 다 하던 일을 계속하라 이르고 서늘한 밤공기를 마시러 갑판 위로 올라갔다. 선원들은 그녀를 내버려두고 하던 일을 했지만, 조라 경은 곧 난간에 선 대니 곁으로 다가왔다. '조라는 멀리 있는 법이 없지. 내 기분도 너무 잘 알고.' "칼리시. 주무셔야 합니다. 내일은 덥고 힘든 하루가 될 겁니다. 힘을 보존하셔야 합니다."

"에로어를 기억하나?" 대니는 물었다.

"라자르 여자 말입니까?"

"강간당하고 있는 걸 내가 그만하게 막고 내 보호 아래 거두었지. 나의 태양이자 별이 죽자 마고가 다시 데려가서 다시 강간하고 죽여버렸어. 아고는 그게 그 아이의 운명이었다고 했고."

"기억납니다." 조라 경이 말했다.

"난 오랫동안 혼자였어, 조라. 비세리스 말고는 아무도 없었어. 난 정말 작고 겁에 질린 아이였어. 비세리스가 날 보호해줬어야 하는데, 그러는 대신 날 때리고 겁을 더 주기만 했지. 그러지 말았어야 했어. 비세리스는 내 오빠일 뿐 아니라 나의 왕이었어. 스스로를 보호할 수 없는 자들을 보호하기 위해서가 아니라면, 대체 왜 신들이 왕을 만들었단 말인가?"

"어떤 왕들은 스스로 왕이 되지요. 로버트가 그랬습니다."

"그자는 진정한 왕이 아니었어." 대니는 경멸을 담아서 말했다. "정의를 행하지 않았어. 정의……. 왕은 정의를 위해 존재해."

조라 경은 답이 없었다. 그저 미소만 지으며 대니의 머리카락을 살짝 건드릴 뿐이었다. 그것으로 충분했다.

그날 밤 그녀는 라에가르가 되어 트라이던트로 달려가는 꿈을 꾸었다. 다만 그녀는 말이 아니라 드래곤을 타고 있었다. 강 건너편에 자리 잡은 찬탈자의 반란군을 보니 모두가 얼음 갑옷을 입고 있었는데, 그녀가 드래곤 화염을 쏟아붓자 이슬처럼 녹아내려 트라이던트를 급류로 바꿔놓았다. 마음속 한구석에서는 꿈이라는 걸 알고 있었지만, 다른 한편으로는 의기양양했다. '원래 이랬어야 했어. 다른 현실이 악몽이었고, 이제야 깨어난 거야.'

아직 승리에 도취해 있던 그녀는 퍼뜩 캄캄한 선실 안에서 깨어났다. 발레리온호도 같이 깨어났는지 희미하게 나무 삐걱대는 소리, 선체에 부딪치는 파도 소리, 머리 위를 움직이는 발소리가 들렸다. 그리고 또 뭔가가 있었다.

누군가가 선실 안에 있었다.

"이리? 지키? 어디 있느냐?" 시녀들은 대답이 없었다. 너무 깜깜해서 앞이 보이지 않았지만, 시녀들의 숨소리는 들을 수 있었다. "조라, 조라 경인가?"

"그들은 잡니다." 여자가 말했다. "모두 잡니다." 목소리가 아주 가까운 곳에서 들렸다. "드래곤이라 해도 잠은 자야 하지요."

'날 내려다보고 있구나.' "거기 누구냐?" 대니는 어둠 속을 노려보았다.

그림자가, 희미한 윤곽 같은 것이 보인다는 생각이 들었다. “나에게 뭘 원하지?”

“기억하세요. 북쪽으로 가려면 남쪽으로 여행해야 합니다. 서쪽에 이르려면 동쪽으로 가야 합니다. 앞으로 나아가려면 돌아가야 하고, 빛을 만지려면 그림자 아래를 지나야 합니다.”

“퀘이트?” 대니는 침대에서 튀어 일어나서 문을 열었다. 연노란색 등불빛이 선실 안에 쏟아져 들었고, 이리와 지키가 졸린 눈으로 일어나 앉았다. “칼리시?” 지키가 눈을 비비며 중얼거렸다. 비세리온이 깨어나서 입을 열더니 제일 어두운 구석까지 밝힐 만한 불길을 뿜어냈다. 붉은 옻칠 가면을 쓴 여인은 흔적도 보이지 않았다. “칼리시, 괜찮으세요?” 지키가 물었다.

“꿈을 꿨다.” 대니는 고개를 저었다. “꿈을 꿨을 뿐이야. 다시 자거라. 우리 모두, 다시 자자.” 그러나 노력해봐도 잠은 다시 찾아오지 않았다.

‘뒤를 돌아보면 진다.’ 대니는 다음 날 아침 아스타포의 항구 관문을 통과하면서 다짐했다. 뒤따르는 이들이 얼마나 적고 보잘것없는지 돌이켰다가는 모든 용기를 잃어버릴 것이다. 오늘 그녀는 은마를 타고, 말 털로 짠 바지와 색칠한 가죽조끼를 입고, 청동 메달 허리띠를 차고 가슴 사이에도 청동 메달을 두 개 더 늘어뜨렸다. 이리와 지키는 그녀의 머리채를 땋아서 작은 은종을 달았다. 그 은종이 울리는 소리는 먼지 궁전에서 불타버린 콰스의 불멸자들을 노래했다.

오늘 아침에는 아스타포의 붉은 벽돌 길이 북적이기까지 했다. 노예들과 하인들이 줄지어 서 있었고, 노예상들과 그 여인들은 토카를 두르고 계단 피라미드에서 아래를 내려다보았다. ‘결국에는 콰스인과 많이 다르지 않군. 자식들에게, 자식들의 자식들에게 말해주려고 드래곤을 한 번이라도 보고 싶어 해.’ 그렇게 생각하니 이들 중 얼마나 많은 수가 자식을 갖게 될까 싶어졌다.

아고가 거대한 도트락 활을 들고 앞서 나갔다. 대니의 은마 오른쪽에는 힘센 벨와스가, 왼쪽에는 미산데이가 걸었다. 조라 모르몬트 경은 사슬 갑옷과 전포를 갖춰 입고 뒤에 서서 누구든 지나치게 접근하면 눈을 부라렸다. 라카로와 조고는 가마를 지켰다. 대니는 가마 윗부분을 떼어내고 드래곤 세 마리를 바닥에 사슬로 묶어두었다. 이리와 지키는 드래곤들과 같이 타고 가면서 그들을 진정시키려고 노력했다. 그래도 비세리온은 꼬리를 앞뒤로 휘두르며 콧구멍으로 성난 연기를 내뿜었다. 라에갈도 뭔가가 잘못되었음을 느낄 수 있는지 세 번이나 날아오르려 했다가 지키의 손에 잡힌 무거운 쇠사슬에 끌려 내려앉았다. 드로곤은 날개와 꼬리를 딱 붙이고 몸을 둥글게 말고 있었다. 드로곤이 자고 있지 않다는 사실을 알려주는 건 눈동자뿐이었다.

그 뒤에 나머지 백성들이 따라왔다. 그롤리오와 다른 선장들과 선원들, 그리고 한때 드로고의 칼라사르에서 말을 달렸던 1만 명의 도트락인 중에서 그녀에게 남은 83명. 대니는 제일 늙고 약한 이들, 아이를 둔 여자들, 어린 여자아이들과 머리채를 땋기에는 너무 어린 사내아이들을 대열 안쪽에 세웠다. 변변치 못한 나머지 전사들이 바깥쪽을 달리면서 형편없는 가축 떼를 몰았다. 붉은 황야와 검은 소금 바다 양쪽에서 다 살아남은 여윈 말 백여 마리였다.

'깃발을 수놓게 했어야 했어.' 대니는 남루한 무리를 이끌고 아스타포의 굽이치는 강을 따라 움직이며 생각했다. 그녀는 눈을 감고 깃발 모양을 상상했다. 흐르는 듯한 검은색 비단 위에 타르가르옌의 삼두룡을 붉은색으로 수놓고, 금빛 불길을 내뿜게 할 것이다. '라에가르가 들었을 법한 깃발로.' 강둑은 이상하게 조용했다. 아스타포인들은 그 강을 "웜(Worm, 벌레)"이라고 불렀다. 넓고 느리고 구불구불한 강으로, 간간이 숲이 자란 작은 섬들이 있었다. 그런 섬 하나에서 우아한 대리석 조각상들 사이를 뛰어다니며 노는 아이들이 보였다. 또 다른 섬에서는 두 연인이 키 큰 나무 그늘에서 입을 맞추고 있었는데, 혼인한 도트락인만큼이나 부끄러움이 없었다. 옷을 입고 있지 않으니 노예인지 자유인인지 구분할 수가 없었다.

거대한 청동 하피가 서 있는 긍지의 광장은 대니가 산 거세병을 모두 세우기에는 너무 작았다. 그래서 그들은 아스타포의 주 관문 앞에 있는 '징벌의 광장'에 소집되어 있었다. 대너리스가 넘겨받으면 즉시 도시에서 행군해 나갈 수 있는 위치였다. 여기에는 청동 조각상이 없었고, 반항한 노예들을 고문하고, 살가죽을 벗기고, 목매다는 나무 받침대만 있었다. "훌륭한 주인들께서는 새로운 노예가 도시에 들어올 때 처음으로 보는 게 이 형벌대가 되도록 하셨습니다." 광장에 들어서면서 미산데이가 설명했다.

대니는 흘끗 보고 그들의 피부가 조고스 나이의 말들처럼 줄무늬라고 생각했다. 그러다가 은마를 더 가까이 몰고 가서 보니 꿈틀거리는 검은색 줄무늬 아래에 껍질 벗겨진 붉은 살이 보였다. 그 검은 줄은 파리였다. 파리와 구더기였다. 반항한 노예들은 사람이 사과 껍질을 벗길 때처럼 길게 껍질이 벗겨져 있었다. 한 남자는 한쪽 팔이 손가락부터 팔꿈치까지 파리가 새까맣게 뒤덮여 있었고, 그 아래는 붉은색과 흰색이었다. 대니는 그 남자 옆에서 고삐를 당겼다. "이 노예는 무슨 짓을 했지?"

"감히 주인에게 손을 들어 올렸습니다."

대니는 배 속이 울렁거리는 기분으로 은마를 돌려 속보로 광장 중앙을 향해, 그리고 너무나 비싸게 산 군대를 향해 다가갔다. 심장이 벽돌로 된 그녀의 반쪽 돌 인간들이 몇 줄이고 몇 줄이고 서 있었다. 훈련을 다 받은 거세병이라는 의미의 대못 박힌 청동 모자를 쓴 8600명, 그 뒤에 모자는 없지만 창과 소검으로 무장한 5000여 명이. 제일 뒤는 어린아이들이었지만, 그래도 나머지와 마찬가지로 꼿꼿하게 서서 꼼짝도 하지 않았다.

크라즈니스 모 나클로즈와 그 동료들이 모두 모여서 대니를 맞이했다.

다른 명문가 아스타포인들이 그 뒤에 삼삼오오 서서 은잔에 담긴 와인을 마시고 있었고, 노예들이 올리브와 체리와 무화과 쟁반을 들고 그들 사이를 돌아다녔다. 나이 많은 그라즈단은 거구에 구릿빛 피부의 노예 네 명이 떠받친 의자형 가마에 앉아 있었다. 창기병 여섯 명이 광장 가장자리를 따라 돌아다니며 구경하러 온 군중을 뒤로 물렸다. 창기병들이 망토에 꿰매어 붙인 반질반질한 구리 원반에 반사된 햇빛에 눈이 부셨지만, 그래도 대니는 그들이 탄 말이 얼마나 불안해 보이는지 알아차릴 수밖에 없었다. '드래곤을 무서워하는군. 그래야지.'

크라즈니스는 노예를 시켜 말에서 내리는 대니를 도왔다. 정작 본인의 두 손은 토카를 붙잡고 화려한 채찍을 쥐느라 다 차 있었다. "드디어 왔군." 그는 미산데이를 쳐다보았다. "다 저 여자 것이라고 말해라……. 값만 치를 수 있다면."

"치르실 수 있습니다." 소녀가 대답했다.

조라 경이 명령을 외치자, 상품이 앞으로 실려 나갔다. 호랑이 가죽 여섯 짝, 질 좋은 비단 300필. 사프란 단지들, 몰약 단지들, 후추와 카레와 소두구 단지들에 마노석 가면 하나, 옥으로 깎은 원숭이 열둘, 붉은색 검은색 초록색 잉크 통들, 희귀한 흑자수정 한 상자, 진주 한 상자, 씨를 빼고 구더기를 채워 넣은 올리브 한 통, 절인 동굴어 열두 통, 큰 놋쇠 징과 징을 울릴 망치, 상아로 만든 눈동자 열일곱 개, 그리고 대니가 읽을 수 없는 언어로 쓰인 책이 가득 든 커다란 궤짝 하나가 있었고 그 밖에도 상품이 계속 이어졌다. 대니의 사람들이 노예상들 앞에 상품을 쌓았다.

지불이 이루어지는 동안 크라즈니스 모 나클로즈는 군대를 다루는 방법에 대해 마지막 조언을 전했다. "이놈들은 아직 풋내기야." 그는 미산데이를 통해 말했다. "웨스테로스의 창녀에게 일찌감치 피를 보게 하는 것이 현명할 거라고 전해라. 여기부터 웨스테로스 사이에는 작은 도시가 많고, 약탈하기 딱 좋게 무르익어 있지. 약탈한 물건은 다 저 여자의 것이다. 거세병은 금이나 보석에 아무런 욕심이 없어. 그리고 혹시 포로를 잡거든, 위병을 몇 딸려서 아스타포로 돌려보내는 게 좋다. 건강한 것들은 우리가 좋은 값을 치르고 살 테니까. 또 누가 알까? 10년 후면 저 여자가 보낸 사내아이들 중에 몇 명은 거세병이 될지도 모르지. 우리 모두가 번영하는 길이야."

마침내 더 쌓을 무역 상품이 남지 않자, 도트락인들은 다시 말에 올랐고, 대니는 말했다. "우리가 들고 올 수 있는 상품은 이게 다였소. 나머지는 배에서 그대들을 기다리고 있지. 엄청난 양의 호박과 와인과 검은 쌀……. 그리고 배도 그대들의 것이오. 그러면 남은 것은……."

"드래곤뿐이군요." 뾰족 수염을 기른 그라즈단이, 너무나 탁한 목소리로 공용어를 써서 말했다.

"여기 기다리고 있소." 조라 경과 벨와스가 대니와 함께 가마로 걸어갔다. 드로곤과 형제들이 엎드려 햇볕을 쬐고 있었다. 지키가 사슬 한쪽 끝을 풀어 대니에게 건넸다. 대니가 사슬을 당기자 검은 드래곤이 머리를 들고 쉭 소리를 내더니, 밤과 진홍으로 이루어진 날개를 펼쳤다. 크라즈니스 모 나클로즈는 날개 그림자가 자기에게 떨어지자 함박웃음을 지었다.

대니는 노예상에게 드로곤의 사슬 끝을 넘겼다. 노예상은 그녀에게 채찍을 건넸다. 채찍 손잡이는 검은색 드래곤 뼈를 섬세하게 조각해서 금으로 상감한 물건이었다. 그 손잡이에서 아홉 가닥의 긴 가죽 채찍이 이어졌는데, 각각 끝에 금박을 입힌 발톱이 달렸다. 금으로 만든 손잡이 끝은 뾰족한 상아 이빨이 달린 여자 머리 모양이었다. "하피의 손가락이지." 크라즈니스가 채찍의 이름을 말했다.

대니는 손에 쥔 채찍을 돌려보았다. '엄청난 무게를 지고 있는 물건치고는 참으로 가볍구나.' "그러면, 이게 끝이오? 군대는 내 것이 된 건가?"

"끝이오." 크라즈니스는 사슬을 홱 당겨 드로곤을 가마에서 끌어 내리며 말했다.

대니는 은마에 올랐다. 심장이 쿵쿵 뛰고 있었다. 지독한 두려움이 엄습했다. '오빠도 이렇게 했을까?' 그녀는 라에가르 왕자도 온갖 깃발을 바람에 휘날리며 트라이던트강 건너편에 정렬한 찬탈자의 군대를 보았을 때 이렇게 불안했을까 궁금했다.

그녀는 등자를 딛고 일어서서 모든 거세병이 볼 수 있게 하피의 손가락을 머리 위로 들어 올렸다. 그리고 목이 터져라 외쳤다. "끝났다! 너희는 내 것이다!" 그녀는 하피의 손가락을 높이 든 채로 은마의 옆구리를 차고는 첫 번째 열을 따라 달렸다. "너희는 이제 드래곤의 것이다! 내가 너희를 사고 지불을 마쳤다! 이제 거래는 끝났다! 끝났다!"

늙은 그라즈단이 회색 머리통을 홱 돌리는 모습이 보였다. '내가 발리리아어를 하는 걸 들었군.' 다른 노예상들은 듣고 있지 않았다. 그들은 크라즈니스와 드래곤 주위에 몰려가서 이러쿵저러쿵 조언을 외쳐대고 있었다. 아스타포인들이 아무리 당겨봐야 드로곤은 가마에서 움직이려 하지 않았다. 벌린 입에서 회색 연기가 솟아올랐고, 드로곤은 긴 목을 구부렸다 펴면서 노예상의 얼굴을 향해 딱딱거렸다.

'이제 트라이던트를 건너야 할 때야.' 대니는 말을 돌려 되돌아가면서 생각했다. 혈맹기수들이 가까이 다가왔다. "곤란해 보이는군." 대니는 말했다.

"이놈이 오려 하지 않소." 크라즈니스가 말했다.

"이유가 있지. 드래곤은 노예가 아니야." 그리고 대니는 노예상의 얼굴에 전력으로 채찍을 내리쳤다. 크라즈니스는 비명을 지르고는 두 뺨에서 향수 뿌린 수염으로 피를 줄줄 흘리며 비틀비틀 물러섰다. 하피의 손가락은 한 번 때려서 그의 이목구비 절반을 무너뜨렸지만, 대니는 멈춰 서서 그 몰골을 바라보지 않았다. "드로곤." 그녀는 모든 두려움을 잊고 큰 소리로, 즐겁게 노래했다. "드라카리스."

검은 드래곤이 날개를 펼치고 포효했다.

소용돌이치는 검은색 화염 창이 크라즈니스의 얼굴을 통째로 삼켰다. 눈이 녹아서 뺨으로 굴러떨어졌고, 머리와 수염에 바른 기름이 어찌나 잘 타는지 순간 자기 머리통의 두 배 높이로 솟은 불의 왕관을 쓴 것 같았다. 새까맣게 타버린 고기가 풍기는 악취가 향수 냄새를 압도했고, 노예상의 비명은 다른 모든 소리를 몰아내는 듯했다.

뒤이어 징벌의 광장이 피와 혼돈 속에 떨어졌다. 아스타포의 훌륭한 주인들은 새된 비명을 지르며 비틀거리고, 서로를 밀치고, 급하게 움직이다가 토카 술을 밟고 넘어졌다. 드로곤은 검은 날개를 퍼덕거리며 느긋하기까지 한 태도로 크라즈니스에게 날아갔다. 드로곤이 노예상에게 화염을 한 번 더 퍼붓는 동안 이리와 지키는 비세리온과 라에갈의 사슬을 풀었고, 갑자기 하늘에 세 마리의 드래곤이 떴다. 대니가 고개를 돌려 살펴보니, 아스타포의 자랑스러운 악마 뿔 전사들 중 3분의 1은 겁에 질린 말 위에서 떨어지지 않으려고 안간힘을 쓰고 있었고, 3분의 1은 반짝이는 구리 원반을 빛내며 달아나고 있었다. 한 명은 안장 위에서 오래 버텨서 장검을 뽑기까지 했지만, 조고의 채찍이 그의 목에 감기더니 고함을 뚝 잘라냈다. 또 한 명은 라카로의 아라크에 한 손을 잃고 비틀비틀 피를 뿌리며 달려갔다. 아고는 차분하게 앉아서 활시위를 당겼다가 토카 무리를 향해 화살을 날렸다. 토카에 달린 술이 은색이든 금색이든 평범한 색이든 상관하지 않았다. 힘센 벨와스도 아라크를 뽑아 들고 빙빙 돌리며 돌격했다.

"창을 들어라!" 대니는 어느 아스타포인이 외치는 소리를 들었다. 토카에 진주 술을 주렁주렁 단 늙은 그라즈단이었다. "거세병! 우리를 지켜라. 저들을 막아라. 너희 주인들을 지켜! 창을 들어라! 검을 뽑아!"

라카로가 그 입에 화살을 쏘아 넣자, 그라즈단의 의자 가마를 지고 있던 노예들이 그를 볼썽사납게 내팽개치고 뿔뿔이 흩어졌다. 노인은 벽돌 위에 피를 흘리며 거세병들에게 기어갔다. 거세병들은 죽어가는 노인을 내려다 보지조차 않았다. 그저 몇 열이고 몇 열이고 서 있을 뿐이었다.

그리고 움직이지 않았다. '신들께서 내 기도를 들어주셨구나.'

"거세병들이여!" 대니가 거세병들 앞을 달리자 백금색 땋은 머리가 날리며 말발굽이 닿을 때마다 종이 울렸다. "훌륭한 주인들을 죽여라. 병사들을 죽여라. 토카를 입고 있거나 채찍을 든 자들은 모두 죽이되, 12세 이하의 아이들은 해치지 말고, 노예들은 보이는 대로 사슬을 끊어라." 그녀는 하피의 손가락을 허공에 들어 올리고…… 채찍을 휘두르며 외쳤다. "자유를! 드라카리스! 드라카리스!"

"드라카리스!" 거세병들이 마주 외쳤다. 대니가 이제까지 들어본 어떤 말보다 더 달콤했다. "드라카리스! 드라카리스!" 사방에서 노예상들이 달아나고 울고 빌면서 죽어갔고, 먼지투성이 허공을 창과 불이 채웠다.

산사

새 가운이 준비된 날, 하녀들은 산사의 욕조에 김이 오르는 뜨거운 물을 채우고 머리끝부터 발끝까지 문질러서 산사를 반짝이는 분홍빛으로 만들어놓았다. 세르세이의 시녀가 직접 손톱을 손질해주고 적갈색 머리를 빗고 말아서 곱슬곱슬하게 늘어뜨렸다. 시녀는 세르세이가 가장 좋아하는 향수도 십여 가지나 골라 왔다. 산사는 꽃향기에 레몬 향이 살짝 나는 달콤한 향수를 골랐다. 시녀가 향수를 손가락에 살짝 묻혀서 산사의 양쪽 귀 뒤, 턱 아래, 그리고 양쪽 젖꼭지를 건드렸다.

세르세이는 재봉사와 함께 도착해 산사에게 새 옷을 입히는 동안 지켜보았다. 속옷은 다 비단이었지만, 가운은 상아색 새마이트와 은란으로 만들어 은색 새틴을 안감으로 댔다. 팔을 내리면 길게 늘어진 소매 끝이 땅에 닿을락 말락 했다. 그리고 그것은 분명 소녀가 아니라 여인이 입는 가운이었다. 보디스는 거의 배가 보일 정도로 파여 있었고, 깊게 파인 V 자를 화려한 연회색 미르산 레이스로 가렸다. 치마는 길고 풍성했으며, 허리는 어찌나 조이는지 졸라매는 동안 숨을 참고 있어야 했다. 새 신발도 가져왔는데, 연인처럼 발에 착 감기는 부드러운 회색 사슴 가죽 슬리퍼였다. "정말 아름다우십니다, 아가씨." 재봉사가 옷을 입히고서 말했다.

"그건 그렇지?" 산사는 까르르 웃으며 빙그르르 치맛자락을 돌렸다. "아, 그렇긴 해." 윌라스에게 이런 모습을 보여주고 싶어 기다릴 수가 없었다. '윌라스는 날 사랑할 거야. 그럴 거야. 그래야만 해……. 날 보면 윈터펠에 대해서는 잊어버릴 거야. 그러게 만들겠어.'

세르세이 왕대비는 비판적인 눈으로 산사를 보았다. "보석이 몇 개 있어야겠군. 조프리가 준 문스톤으로 하지."

"즉시 가져오겠습니다, 전하." 시녀가 대답했다.

산사의 귀와 목에 문스톤 귀걸이와 목걸이가 걸리자 왕대비는 고개를 끄덕였다. "그래. 신들은 너에게 친절하셨구나, 산사. 넌 아름다운 아가씨야. 이렇게 달콤하고 천진한 아름다움을 그런 가고일에게 낭비하다니 역겹기까지 하구나."

"가고일이라뇨?" 산사는 무슨 말인지 이해하지 못했다. 윌라스 말인가? '어떻게 아는 거지?' 산사와 마저리와 가시 여왕 말고는 아무도 모르는 일이었다……. 아, 돈토스도 알지만, 돈토스는 셈에 들어가지 않았다.

세르세이 라니스터는 그 질문을 무시했다. "망토를." 세르세이가 명령하자 여자들이 망토를 가져왔다. 진주가 주렁주렁 달린 하얀색 긴 벨벳 망토였는데, 은실로 사나운 다이어울프가 수놓여 있었다. 산사는 두려움이 솟구치는 기분으로 그 망토를 보았다. "네 아버지의 색깔이다." 세르세이는 여자들이 산사에게 망토를 걸치고 목 근처에 가느다란 은사슬을 고정하는 동안 말했다.

'처녀의 망토야.' 산사의 손이 목 근처로 올라갔다. 할 수만 있다면 그 물건을 찢어 던지고 싶었다.

세르세이가 말했다. "입을 다물고 있으니 더 예쁘구나, 산사. 이제 가자. 성사가 기다리고 있다. 결혼식 하객들도 기다리고 있고."

"안 돼." 산사는 불쑥 말해버렸다. "안 돼요."

"안 되긴. 너는 왕실의 대녀야. 네 오라비는 불명예스러운 반역자이니, 왕이 네 아버지 자리를 대신한다. 왕에게는 네 손을 누구에게든 넘길 권리가 있다는 뜻이지. 넌 내 동생인 티리온과 결혼하는 거야."

'내 계승권.' 산사는 구역질 나는 기분으로 생각했다. 광대 돈토스는 보기만큼 바보가 아니었다. 상황을 제대로 보았던 것이다. 산사는 왕대비 앞에서 뒷걸음질 쳤다. "안 해요." '난 윌라스와 결혼할 거야. 하이가든의 여주인이 될 거라고. 제발…….'

"꺼리는 마음은 이해한다. 울어야겠다면 울거라. 내가 네 처지였다면 내 머리털을 다 뽑고 싶었을 거야. 티리온은 확실히 역겨운 꼬마 악마지만, 그래도 넌 그놈과 결혼할 거야."

"억지로 시킬 순 없어요."

"시킬 수 있고말고. 넌 조용히 따라가서 숙녀답게 서약의 말을 할 수도 있고, 발버둥 치고 비명을 지르면서 마구간지기들이 킥킥거릴 만한 소란을 일으킬 수도 있지만, 결국에는 결혼을 하고 침대에 들게 될 거다." 왕대비가 문을 열었다. 밖에는 메린 트랜트 경과 오스먼드 케틀블랙 경이 킹스가드의 하얀 미늘 갑옷을 입고 서 있었다. "산사 아가씨를 성소까지 호위하라. 필요하다면 떠메고 가도 좋지만, 가운은 찢지 않도록 해. 아주 비싼 옷이니."

산사는 달아나려 했으나 1미터도 가지 못해 세르세이의 시녀에게 붙들렸다. 메린 트랜트 경은 움찔할 만한 시선을 던졌지만, 케틀블랙은 정중하기까지 한 손짓으로 산사를 잡으며 말했다. "시키는 대로 하세요, 아가씨. 그렇게 나쁘진 않을 겁니다. 늑대들은 용감하지 않던가요?"

'용감하다고.' 산사는 심호흡을 했다. '그래, 난 스타크야, 난 용감해질 수 있어.' 모두가 그녀를 보고 있었다. 보로스 블런트 경이 마당에서 그녀의 옷을 찢었던 날 그녀를 보던 사람들과 같은 눈빛이었다. 그날 산사를 매질에서 구해준 사람이 바로 꼬마 악마였다. 지금 그녀를 기다리는 그 사람이었다. '그래도 그 사람은 나머지 라니스터만큼 나쁘진 않아.' 산사는 스스로에게 말했다. "갈게요."

세르세이가 미소 지었다. "그럴 줄 알았다."

나중에 산사는 그 방을 어떻게 떠났는지, 어떻게 계단을 내려갔고 마당을 가로질렀는지 기억할 수가 없었다. 한 발을 반대쪽 발 앞으로 옮기는 데에만 모든 관심을 기울였던 듯싶었다. 메린 경과 오스먼드 경이 진주 장식과 아버지의 상징인 다이어울프만 빼면 그녀의 것과 거의 똑같은 하얀 망토를 두르고 옆을 걸었다. 조프리는 성소 계단 위에서 그녀를 기다리고 있었다. 조프리 왕은 왕관을 쓰고 진홍색과 금색으로 화려하게 차려입은 채 선언했다. "오늘은 내가 네 아버지다."

산사는 발끈했다. "아뇨. 절대 그럴 일 없습니다."

조프리의 얼굴색이 어두워졌다. "아니, 내가 네 아버지고, 나 좋을 대로 누구하고든 널 결혼시킬 수 있어. 누구든 가능하지. 내가 그러라고 하면 돼지치기와 결혼해서 돼지우리에서 잠자리를 해야 해." 조프리의 녹색 눈이 즐겁게 반짝였다. "아니면 일린 페인에게 줄지도 모르지. 그쪽이 더 낫나?"

산사의 심장이 요동쳤다. "제발 부탁드립니다, 전하." 산사는 애걸했다. "제게 아주 조금의 사랑이라도 품으신 적 있다면 제발 절……."

"……숙부와 결혼시키지 말라고?" 티리온 라니스터가 성소 문으로 걸어 나왔다. "전하." 그는 조프리에게 말했다. "친절을 베푸시어, 산사 아가씨와 잠시만 둘이 있게 해주시겠습니까?"

왕은 거부하려 했지만, 왕의 어머니가 아들을 날카롭게 쏘아보았다. 그리고 두 사람은 몇 발자국 물러섰다.

티리온은 금빛 소용돌이무늬가 덮인 검은색 벨벳 더블릿을 입고, 키를

10센티미터쯤 키워주는 허벅지까지 올라오는 장화를 신고, 루비와 사자 머리를 이어 만든 목걸이를 걸었다. 그러나 얼굴을 가로지른 상처는 아직 다 아물지 않아 불그스름했고, 코에는 흉측한 딱지가 앉아 있었다. "아주 아름답군요, 산사."

"그렇게 말씀해주셔서 고맙습니다." 달리 무슨 말을 해야 할지 알 수 없었다. '당신도 잘생겼다고 해야 하나? 그러면 날 바보 아니면 거짓말쟁이로 알겠지.' 산사는 눈을 내리깔고 입을 다물었다.

"아가씨, 결혼식에 이런 식으로 데려오면 안 되는 건데, 미안하군요. 그리고 이렇게 급하게, 이렇게 비밀스럽게 결혼식을 올리는 것도 미안해요. 내 아버님께서 국가적인 이유로 이럴 필요가 있다고 생각하셨지. 그렇지만 않았어도 내 바람대로 내 쪽에서 찾아갔을 겁니다." 티리온은 뒤뚱거리며 다가왔다. "당신이 이 결혼을 원하지 않는 건 알아요. 나도 마찬가지지요. 하지만 내가 거부했다면 당신을 내 사촌 란셀과 결혼시켰을 거요. 당신은 그쪽을 선호했을지도 모르겠군. 란셀은 나이도 당신과 더 비슷하고, 보기에도 더 아름다우니까. 혹시 그걸 바란다면 그렇다고 말해요. 그러면 내가 이 소극을 끝내리다."

'난 어느 라니스터도 원치 않아요.' 그렇게 말하고 싶었다. '난 윌라스를 원해요. 하이가든과 강아지들과 유람선, 그리고 에다드와 브랜과 리콘이라고 이름 붙인 아들들을 원해.' 하지만 신의 숲에서 돈토스가 했던 말이 떠올랐다. '티렐이든 라니스터든 다를 게 없어. 그들이 원하는 건 내가 아니라 내 계승권뿐이야.' 산사는 패배한 기분으로 말했다. "친절하시군요. 저는 왕실의 대녀이며, 왕이 명하시는 대로 결혼해야 마땅합니다."

그는 짝짝이 눈으로 그녀를 찬찬히 보더니 부드럽게 말했다. "내가 어린 아가씨들이 꿈꿀 만한 남편감이 아닌 건 나도 알아요, 산사. 하지만 난 조프리가 아니기도 하지."

"그래요. 제게 친절하셨지요. 기억해요."

티리온은 두툼하고 손가락이 뭉툭한 손을 내밀었다. "그럼 갑시다. 우리 의무를 수행합시다."

그래서 산사는 그의 손을 잡았고, 그는 두 사람의 삶을 하나로 엮기 위해 어머니 신과 아버지 신 사이에서 성사가 기다리고 있는 결혼 제단 앞으로 그녀를 이끌었다. 알록달록한 광대 옷을 입고 크고 둥근 눈으로 쳐다보는 돈토스가 보였다. 발론 스완 경과 보로스 블런트 경도 킹스가드의 하얀 망토 차림으로 와 있었지만 로라스 경은 보이지 않았다. '티렐은 한 명도 없구나.' 산사는 퍼뜩 깨달았다. 하지만 다른 증인은 많았다. 내시 바리스, 아담 마브랜드 경, 필립 푸트 경, 브론 경, 잘라바르 쇼 외에 십여 명이 더 있었다. 자일스 공은 기침을 해댔고, 에메산드 아가씨도 안겨 있었으며, 탠다 부인의 임신한 딸은 특별한 이유도 없이 흐느끼고 있었다. '울게 놔두라지. 오늘이 끝나기 전에 나도 울지 모르니까.' 산사는 생각했다.

예식은 꿈결처럼 지나갔다. 산사는 요구대로 다 수행했다. 기도와 서약과 노래가 있었고, 높은 초들이 활활 탔으며, 눈물 고인 눈에 너울거리는 백 개의 불빛이 천 개로 변했다. 고맙게도 산사가 아버지의 색깔을 몸에 두르고 그 자리에 서서 울고 있다는 사실은 아무도 눈치채지 못하는 것 같았다. 아니면 눈치를 챘더라도 다들 모른 척했다. 순식간에 두 사람은 망토를 바꾸는 순서에 이르렀다.

조프리는 왕국의 아버지로서 에다드 스타크 공을 대신했다. 산사는 조프리의 두 손이 어깨로 다가와서 망토 잠금쇠를 더듬는 동안 기마 창처럼 뻣뻣하게 서 있었다. 그의 한 손이 산사의 가슴을 쓸더니 슬쩍 쥐고 지나갔다. 그러고 나서야 망토가 풀렸고, 조프리는 왕답게 씩 웃으며 과장된 몸짓으로 처녀의 망토를 벗겨냈다.

그의 숙부 차례는 그만큼 잘 넘어가지 못했다. 티리온이 든 신부의 망토는 사자 문양을 화려하게 집어넣고 테두리에는 금색 새틴과 루비를 두른 진홍색 벨벳 천으로 크고 무거웠다. 그러나 아무도 걸상을 가져올 생각을 하지 못했고, 티리온은 신부보다 40센티미터는 더 작았다. 티리온이 등 뒤로 돌아가자 산사는 치맛자락을 당기는 느낌을 받았다. '내가 무릎을 꿇기를 바라는구나.' 산사는 눈치를 채며 얼굴을 붉혔다. 굴욕적이었다. 이런 식이어선 안 되는 거였다. 결혼식에 대해 천 번은 꿈꾸었는데, 그 꿈속에서 언제나 그녀의 약혼자는 등 뒤에 크고 강하게 버텨 서서 자신이 그녀를 보호한다는 의미의 망토를 어깨에 씌워주고, 몸을 기울여 잠금쇠를 걸면서 그녀의 뺨에 부드럽게 입 맞춰주곤 했다.

다시 한번, 좀 더 강하게 치마를 당기는 느낌이 났다. '안 해. 아무도 내 기분에 신경 쓰지 않는데, 내가 왜 저 사람 기분에 맞춰줘야 해?'

난쟁이가 세 번째로 그녀의 치마를 당겼다. 산사는 고집스럽게 입술을 꾹 다물고 눈치채지 못한 척했다. 뒤쪽에서 누군가가 킬킬거렸다. '왕대비야.' 산사는 생각했지만, 별 의미는 없었다. 그때쯤에는 모두가 웃고 있었고 조프리의 웃음소리가 제일 컸다. 조프리 왕이 명령했다. "돈토스, 이리 와서 엎드려라. 내 숙부님이 신부에게 기어오르려면 받침대가 필요하겠다."

그렇게 해서 그녀의 남편은 어릿광대의 등에 올라서서 그녀에게 라니스터 가문의 색깔로 만들어진 망토를 입혔다.

산사가 돌아서자 난쟁이는 입을 꾹 다물고, 망토만큼이나 시뻘게진 얼굴로 그녀를 노려보았다. 갑자기 고집부린 게 부끄러워졌다. 산사는 치맛자락을 펴고 티리온 앞에 무릎을 꿇고, 눈높이를 맞췄다. "이 입맞춤으로 제 사랑을 맹세하며, 당신을 제 주인이자 남편으로 받아들입니다."

난쟁이는 쉰 목소리로 대답했다. "이 입맞춤으로 내 사랑을 맹세하며, 당신을 내 여인이자 부인으로 맞이합니다." 그는 몸을 앞으로 기울였고, 두 사람의 입술이 잠시 닿았다.

'정말 못생겼어.' 산사는 그의 얼굴이 다가오자 생각했다. '심지어 사냥개보다 더 못생겼어.'

성사가 수정구를 높이 들어 올리자 두 사람 위로 무지개색 빛이 쏟아졌다. "여기 신들과 사람들이 보는 앞에서 라니스터 가문의 티리온과 스타크 가문의 산사가 남편과 아내로 영원토록 하나의 몸에 하나의 마음, 하나의 영혼이 되었음을 엄숙하게 선언하며, 둘 사이에 끼어드는 자는 저주받을 것입니다."

산사는 흐느끼지 않게 위해 입술을 깨물어야 했다.

피로연은 소연회장에서 열렸다. 손님은 50명 정도였다. 대부분 결혼식 참석자들에 라니스터 가신들과 동맹자들이 더해진 조합이었다. 여기에는 티렐 사람들이 있었다. 마저리는 산사에게 서글픈 눈빛을 던졌고, 가시 여왕은 왼쪽과 오른쪽을 양옆에 거느리고 비슬비슬 걸어 들어오면서 산사를 쳐다보지도 않았다. 엘리너, 앨라, 메가는 산사를 모르는 척하기로 작정한 듯했다. '내 친구들…….' 산사는 씁쓸하게 생각했다.

그녀의 남편은 거의 먹지도 않고 술만 심하게 마셔댔다. 누군가가 일어나서 축사를 할 때마다 귀를 기울였고 가끔은 짧게 고개를 끄덕여 알았다는 표시를 하기도 했으나, 그 외에는 돌로 만든 것 같은 얼굴이었다. 피로연은 영원히 이어지는 것만 같은데, 산사는 음식 맛을 하나도 느끼지 못했다. 연회가 끝나기만을 바라면서 동시에 연회가 끝날 것이 두려웠다. 연회 이후에는 침대로 가야 할 테니까. 남자들이 그녀를 들고 혼인 침대로 데려가며 옷을 벗기고, 침대에서 그녀를 기다리는 운명에 대해 무례한 농담을 던질 것이다. 티리온에게는 여자들이 똑같이 할 테고 말이다. 그들은 벌거벗은 채로 침대 안에 밀려 들어간 후에야 둘만 남게 될 테고, 그 후에도 손님들은 신부의 방 밖에 서서 문 너머로 상스러운 소리를 질러댈 것이다. 어렸을 때는 그런 잠자리가 장난스럽고 신나는 행사 같았지만, 그 순간이 다가

온 지금은 두렵기만 했다. 남자들이 옷을 찢으면 참을 수 있을지 알 수 없었고, 난잡한 농담이 나오기가 무섭게 눈물을 펑펑 쏟을 것 같았다.

악사들이 연주를 시작하자 산사는 소심하게 티리온의 손을 잡으며 말했다. "우리가 먼저 춤을 출까요?"

티리온은 입매를 일그러뜨렸다. "우리가 이미 저들에게 하루 치 즐거움은 충분히 선사한 것 같은데, 그렇지 않소?"

"말씀대로 하지요." 산사는 손을 물렸다.

조프리와 마저리가 그들의 자리를 대신했다. '어떻게 괴물이 저렇게 아름답게 춤을 출 수가 있지?' 산사는 생각했다. 산사는 결혼식에서, 모두가 그녀와 그녀의 잘생긴 남편을 보는 가운데 어떻게 춤을 출지 자주 몽상하곤 했었다. 꿈속에서 그 사람들은 모두 미소 띤 얼굴이었다. '그런데 지금은 내 남편조차 미소 짓지 않는구나.'

곧 다른 손님들도 왕과 그의 약혼자를 따라 춤을 추기 시작했다. 엘리너는 그녀의 젊은 종자와 함께 춤을 추었고, 메가는 토멘 왕자와 짝을 지었다. 검은 머리에 커다란 검은 눈을 지닌 미르의 미인 메리웨더 부인은 모두가 쳐다볼 수밖에 없을 만큼 도발적으로 빙빙 돌았다. 티렐 영주 부부는 좀 더 차분하게 움직였다. 케반 라니스터 경은 티렐 공의 동생인 잔나 포소웨이 부인에게 함께 춤출 영예를 베풀어달라 청했다. 메리 크레인은 깃털옷을 입은 화려한 망명 왕자 잘라바르 쇼와 함께 무도장을 차지했다. 세르세이 라니스터는 처음에는 레드와인 공과, 그다음에는 로완 공과, 그리고 마지막에는 자기 아버지와 춤을 췄는데, 타이윈 라니스터는 미소도 짓지 않으면서 매끄럽고 우아하게 움직였다.

산사는 두 손을 무릎 위에 모으고 앉아 왕대비가 움직이고 웃고 금빛 곱슬머리를 넘기는 모습을 지켜보았다. '모두를 매혹하는구나. 내가 어떻게 저 사람을 미워하겠어.' 산사는 멍하니 생각하다가 고개를 돌려 돈토스와 춤추는 문보이를 보았다.

"산사 아가씨." 갈란 티렐 경이 연단 옆에 서 있었다. "제게 기회를 베푸시겠습니까? 남편께서 허락하신다면요."

꼬마 악마는 짝짝이 눈을 가늘게 떴다. "내 부인은 누구든 원하는 사람과 춤을 출 수 있소."

남편 곁에 남아 있어야 마땅한지도 모르지만, 춤추고 싶은 마음이 너무나 강했다……. 그리고 갈란 경은 마저리와 윌라스, 꽃의 기사와 형제지간이었다. 산사는 그의 손을 잡으며 말했다. "왜 용사(gallant) 갈란 경이라고 불리는지 알겠네요."

"그렇게 말씀해주시다니 상냥하시군요. 실은 제 형인 윌라스가 붙인 별명입니다. 저를 보호하려고요."

"보호하려고요?" 산사는 얼떨떨한 표정으로 쳐다보았다.

갈란 경이 웃었다. "유감스럽게도 저는 통통한 어린아이였고, 우리에겐 방귀쟁이 가스(Garth the Gross)라고 불리는 숙부님이 있거든요. 그래서 이상한 별명이 붙기 전에 윌라스 형이 선수를 친 겁니다. 다만 그 전까지는 가장자리 갈란, 갈가리 갈란, 가고일 갈란 같은 별명을 붙이겠다고 위협했죠."

너무나 다정하고 바보 같은 이야기여서 산사는 이 모든 상황에도 불구하고 웃을 수밖에 없었다. 그러고 나니 어처구니없이 고마웠다. 웃고 나니 잠시 동안이나마 희망이 돌아왔다. 그녀는 미소 지으며 음악에 몸을 싣고 발 움직임에, 플루트와 파이프와 하프 소리에, 북 치는 소리에, 그리고 때로는, 춤을 추느라 몸이 가까워질 때면 갈란 경의 품에 자신을 맡겼다…….

"제 아내가 당신을 많이 걱정합니다." 그 와중에 갈란이 조용히 말했다.

"레오넷 부인이 정말 다정하시네요. 저는 괜찮다고 전해주세요."

"결혼식 날 신부는 괜찮은 정도 이상이어야 합니다." 갈란의 목소리는 매정하지 않았다. "당신은 눈물을 흘리기 직전 같아요."

"기쁨의 눈물이랍니다, 경."

"입과 눈이 따로 노는데요." 갈란 경은 산사를 돌리더니 옆으로 가까이 끌어당겼다. "제 동생을 어떻게 보는지 봤습니다. 로라스는 용맹하고 잘생겼고, 우리 모두가 그 아이를 무척 사랑하지요……. 하지만 꼬마 악마가 로라스보다 남편으로는 더 나을 겁니다. 전 그 남자가 보기보다 큰 사람이라고 생각해요."

산사가 대답을 생각하기 전에 음악이 두 사람을 갈라놓았다. 뒤이어 산사 맞은편에 선 사람은 붉은 얼굴로 땀을 흘리는 메이스 티렐이었고, 그 다음에는 메리웨더 공이었으며, 그다음에는 토멘 왕자였다. "나도 결혼하고 싶어요." 아홉 살이 된 통통한 어린 왕자가 말했다. "난 숙부님보다 키도 큰걸!"

"알아요." 산사가 그렇게 말하고 나니 또 상대가 바뀌었다. 케반 경은 산사에게 아름답다고 말했고, 잘라바르 쇼는 여름 군도 언어로 알아들을 수 없는 말을 했으며, 레드와인 공은 통통한 아이들을 잔뜩 낳고 오래도록 즐겁게 살라고 빌어주었다. 그런 다음에는 조프리와 마주 보게 되었다.

조프리와 손이 닿자 산사는 뻣뻣하게 굳었지만, 왕은 손아귀에 힘을 주고 그녀를 가까이 끌어당겼다. "그렇게 슬픈 얼굴 하지 마. 내 숙부가 흉측한 난쟁이이긴 하지만, 그래도 날 갖게 될 테니까."

"마저리와 결혼하시잖아요!"

"왕은 다른 여자들을 둘 수 있어. 창녀들을. 내 아버지는 그랬지. 아에곤 중에 누군가도 그랬어. 아에곤 3세였나, 4세였나. 그놈은 창녀도 잔뜩 거느리고 서자도 잔뜩 뒀지." 음악에 맞춰 빙그르르 돌면서 조프리는 산사에게 질척하게 입 맞췄다. "내가 명령만 하면 숙부가 널 내 침대에 데려올 거야."

산사는 고개를 저었다. "안 그럴걸요."

"그럴 거야. 안 그러면 내가 그놈 목을 자를 테니까. 그 아에곤 왕은 원하는 여자는 누구든 가졌어. 결혼했거나 말거나 상관 안 하고."

고맙게도 다시 상대가 바뀌었다. 그러나 산사는 다리가 나무토막으로 변해버렸고, 로완 공과 탤러드 경, 엘리너가 사랑하는 종자는 그녀가 춤에 서툴다고 생각했을 터였다. 그다음에는 다시 갈란 경이 돌아왔고, 다행히도 곧 춤이 끝났다.

안도감은 오래가지 못했다. 음악이 잦아들자마자 조프리의 목소리가 들렸다. "이제 잠자리 시간이야! 신부의 옷을 벗기고 암늑대가 내 숙부에게 줄 게 어떤 건지 한번 보자!" 다른 남자들이 큰 소리로 화답했다.

산사의 난쟁이 남편은 와인 잔에서 천천히 시선을 들었다. "잠자리 의식은 안 해."

조프리가 산사의 팔을 움켜잡았다. "내가 명령하면 하는 거야."

꼬마 악마는 단검을 탁자에 내리찍었다. 나무에 꽂힌 단검이 파르르 떨렸다. "그랬다간 나무 거시기로 신부에게 봉사해야 할걸. 내가 맹세코 널 거세해버릴 테니까."

충격 속에 정적이 퍼졌다. 산사는 조프리에게서 멀어지려 했고, 조프리가 꽉 잡고 있는 바람에 소매가 찢어졌다. 옷이 찢어지는 소리는 아무도 듣지 못한 것 같았다. 세르세이 왕대비가 자기 아버지를 돌아보았다. "방금 들으셨어요?"

타이윈 공이 일어섰다. "잠자리 의식은 건너뛸 수도 있겠지. 티리온, 분명히 국왕 전하를 위협하려던 건 아닐 거라 믿는다."

산사는 남편의 얼굴에 격노한 기색이 스쳐 지나가는 것을 보았다. "제가 말을 잘못했습니다. 지독한 농담이었어요, 전하."

"날 거세하겠다고 위협했어!" 조프리가 날카롭게 외쳤다.

"그랬습니다, 전하." 티리온이 말했다. "다만 전하의 남자다움을 질투해서 그랬을 뿐입니다. 제 것이 워낙 작고 짧아야 말이지요." 그는 얼굴을 일그러뜨려 음흉한 웃음을 지었다. "제 혀를 잘라버리신다면 전하께서 주신 이 사랑스러운 아내를 즐겁게 해줄 방법이 남지 않을걸요."

오스먼드 케틀블랙 경의 입에서 웃음이 터져 나왔다. 또 누군가가 키득거리기도 했다. 그러나 조프리는 웃지 않았고, 타이윈 공도 웃지 않았다. "전하, 보시다시피 제 아들이 취했습니다."

"취했지요." 꼬마 악마는 순순히 자백했다. "하지만 제 잠자리에 들지 못할 정도로 취하진 않았어요." 그는 연단에서 폴짝 뛰어내려서 산사를 거칠게 잡았다. "갑시다, 부인. 부인의 쇠창살문을 부술 때가 됐구려. 성에 놀러와 놀이를 하고 싶군."

산사는 새빨개진 얼굴로 티리온을 따라 소연회장을 나섰다. '나에게 무슨 선택지가 있지?' 티리온은 걸을 때 뒤뚱거렸고, 지금처럼 빨리 걸으면 더 그랬다. 신들이 자비를 베풀어, 조프리나 다른 남자들이 따라오지는 않았다.

결혼식 날 밤이라 그들은 수관의 탑 높은 곳에 자리 잡은 널찍한 침실을 쓰게 되어 있었다. 티리온은 문을 걷어차서 닫았다. "거기 탁자 위에 맛있는 아버산 골드와인이 한 병 있어요, 산사. 친절을 베풀어 한 잔 따라주겠소?"

"그게 현명할까요?"

"그보다 더 현명한 일은 없지. 사실 난 정말로 취하진 않았다오. 하지만 이제 취할 작정이야."

산사는 두 잔을 가득 채웠다. '나도 취하면 좀 더 쉽겠지.' 그녀는 커튼이 쳐진 거대한 침대 가장자리에 앉아서 세 모금 만에 잔을 절반이나 비웠다. 분명히 아주 훌륭한 와인이었을 테지만, 너무 초조한 나머지 맛을 알 수가 없었다. 머리만 빙빙 돌았다. "제가 옷을 벗을까요?"

"티리온." 그는 고개를 기울였다. "내 이름은 티리온이오, 산사."

"티리온. 공. 제가 가운을 벗을까요, 아니면 공께서 벗기고 싶으세요?" 산사는 와인을 한 모금 더 삼켰다.

꼬마 악마는 그녀를 외면했다. "내가 처음 결혼했을 때는 우리와 술 취한 성사, 그리고 증인으로는 돼지 몇 마리밖에 없었지. 피로연에서는 증인 하나를 먹었고. 티샤가 나에게 돼지 껍질을 먹여줬고 난 티샤의 손가락에 묻은 기름을 핥고는 같이 깔깔거리면서 침대에 뛰어들었어."

"결혼하신 적이 있었나요? 제가…… 제가 잊었네요."

"잊은 게 아니오. 알지 못했던 거지."

"부인은 누구였나요?" 산사는 저도 모르게 호기심을 느꼈다.

"티샤 아가씨." 티리온은 입매를 일그러뜨렸다. "은주먹 가문의 티샤. 그 집안의 문장은 피 묻은 시트 위에 금화 하나와 은화 백 개지. 우리의 결혼은 아주 짧았소……. 아주 작은 남자에게 걸맞은 길이였지."

산사는 두 손을 내려다보며 아무 말도 하지 않았다.

"몇 살이오, 산사?" 티리온은 잠시 후에 물었다.

"열세 살입니다. 달이 바뀌면요."

"신들이시여, 맙소사." 난쟁이는 와인을 한 모금 더 마셨다. "흠, 대화를 한다고 당신이 더 나이 들진 않지. 그만 해치울까요, 부인? 당신만 괜찮다면?"

"제 남편에게 좋은 일이라면 저도 좋습니다."

티리온은 그 말에 화가 난 것 같았다. "마치 예절이 성벽인 듯 그 뒤에 숨는군."

"예의는 숙녀의 무기입니다." 산사는 말했다. 성사가 늘 해주던 말이었다.

"나는 당신의 남편이오. 무장은 이제 벗어도 돼."

"제 옷도요?"

"그것도." 그는 와인 잔을 흔들었다. "내 아버님은 첫날밤을 치러서 이 결혼을 완성하라 명하셨지."

옷을 더듬는 두 손이 떨렸다. 열 손가락 대신 엄지만 열 개에, 전부 다 부러진 것 같았다. 그래도 그럭저럭 끈과 단추를 다 풀고 망토와 가운과 거들과 속치마를 바닥에 떨군 후 결국에는 속옷도 벗었다. 팔에도 다리에도 닭살이 돋았다. 티리온을 쳐다보기엔 너무 부끄러워서 바닥만 쳐다보았지만, 다 벗고 나서 눈을 들어보니 그가 빤히 쳐다보고 있었다. 그의 녹색 눈에는 굶주림이, 검은 눈에는 격노가 담긴 듯했다. 산사는 어느 쪽이 더 무서운지 알 수 없었다.

"당신은 어린아이야." 티리온이 말했다.

산사는 두 손으로 가슴을 가렸다. "꽃은 피었어요."

"어린아이야. 그래도 난 당신을 원해. 그래서 무섭소, 산사?"

"네."

"나도 그래요. 나도 내가 흉한 걸 알고—"

"아니에요, 제—"

티리온이 일어섰다. "거짓말 말아요, 산사. 난 기형인 데다 흉터가 심하고, 키도 작지만……." 산사는 그가 말을 고르는 것을 알 수 있었다. "……침대에서는, 촛불이 다 꺼지고 나면 나도 어느 누구 못지않아. 어둠 속에서는 내가 꽃의 기사요." 그는 와인을 쭉 들이켰다. "난 관대한 사람이오. 나에게 충직한 사람에게 충직하지. 내가 겁쟁이가 아니라는 사실도 증명했소. 그리고 대부분 사람보다 영리하기도 하지. 재치에도 가치가 있긴 할 거요. 심지어 난 친절하기도 해. 친절은 라니스터에게 흔치 않은 습관이지만, 나에게 친절한 구석이 있다는 걸 알아요. 난…… 난 당신에게 잘해줄 수 있소."

'저 사람도 나만큼이나 겁에 질렸구나.' 산사는 깨달았다. 그걸 깨달으면 그에게 더 상냥한 마음이 들어야 할 텐데, 그렇지가 않았다. 산사가 느끼는 건 동정심뿐이었고, 동정심은 욕망을 죽여버렸다. 그는 그녀를 바라보며 뭔가 말하기를 기다리고 있었지만, 산사는 할 말을 다 잃어버렸다. 벌벌 떨면서 서 있을 수밖에 없었다.

티리온 라니스터는 마침내 산사에게 대답할 말이 없다는 것을 깨닫고 와인을 마저 비웠다. 그는 씁쓸하게 말했다. "이해해요. 침대에 들어가요, 산사. 우리 의무를 수행해야지."

산사는 그의 시선을 의식하면서 깃털 침대에 기어올랐다. 침대 협탁에는 향기를 입힌 밀랍초가 탔고 이불 사이에는 장미 꽃잎이 뿌려져 있었다. 산사가 담요를 끌어당겨 몸을 덮으려 하는데 티리온의 목소리가 들렸다. "아니오."

추워서 몸이 떨렸지만, 산사는 그 말에 복종했다. 그녀는 눈을 감고 기다렸다. 잠시 후에 남편이 장화를 벗는 소리가 들리고, 옷을 벗느라 부스럭거리는 소리가 들렸다. 티리온이 침대 위에 올라와서 그녀의 가슴에 손을 대자, 산사는 진저리를 칠 수밖에 없었다. 그녀는 다음에 벌어질 일을 두려워하며 눈을 감았고 모든 근육이 긴장됐다. 그가 그녀를 다시 만질까? 입을 맞출까? 이제 그를 위해 다리를 벌려야 할까? 산사는 뭘 어떻게 해야 할지 몰랐다.

"산사." 가슴에 놓였던 손이 사라졌다. "눈 떠요."

산사는 복종하겠다고 맹세한 몸이었기에, 눈을 떴다. 그는 벌거벗은 채 그녀의 발치에 앉아 있었다. 두 다리 사이에 돋은 거친 노란색 덤불에서 남근이 단단히 솟아올랐는데, 그의 몸에서 곧고 똑바른 것이라곤 그것밖에 없었다.

티리온이 말했다. "부인, 당신은 아름답소. 오해하지 말아요. 하지만…… 난 못 하겠군. 내 아버지는 꺼지라고 해. 기다립시다. 한 달이든, 한 해든, 한 계절이든, 얼마나 오래 걸리든 기다리지. 당신이 나를 좀 더 잘 알고, 어쩌면 조금은 나를 믿게 될 때까지." 그는 안심시키려는 듯한 미소를 지었지만, 코가 없으니 미소가 더 기괴하고 무시무시해 보이기만 했다.

산사는 스스로를 타일렀다. '저이를 봐. 네 남편을 샅샅이 봐. 모르데인 성사는 모든 남자가 아름답다고 했어. 남편의 아름다움을 찾아봐.' 그녀는 발육이 부진한 두 다리, 조야하게 솟아오른 이마, 녹색과 검은색의 짝짝이 눈, 그루터기만 남은 코와 그 위의 비뚤배뚤한 분홍색 흉터, 수염이라고 자리 잡은 검은색과 금색의 털 뭉치를 찬찬히 보았다. 심지어 남근마저도 흉측해서, 굵고 정맥이 드러난 데다 머리 부분은 자주색으로 둥글납작했다. '이건 아니야, 이건 불공평해, 내가 무슨 죄를 지었길래 신들이 나에게 이런 짓을 하는 거지, 어떻게?'

꼬마 악마가 말했다. "라니스터로서의 명예를 걸고, 당신이 원하기 전까지는 절대 당신을 건드리지 않겠소."

그 짝짝이 눈을 똑바로 바라보고 말하기 위해 모든 용기를 다 끌어모아야 했다. "그리고 내가 영영 당신을 원하지 않는다면요?"

티리온은 따귀라도 맞은 사람처럼 입매를 일그러뜨렸다. "영영?"

산사는 목이 꽉 메어서 간신히 고개만 끄덕였다.

"글쎄, 신들이 창녀를 만드신 건 나 같은 이들을 위해서지." 그는 짧고 뭉툭한 손가락을 구부려 주먹을 쥐더니, 침대에서 내려갔다.

아리아

스토니셉트(Stoney Sept, 돌 성소)는 킹스랜딩 이후에 아리아가 본 가장 큰 마을이었다. 하윈은 이곳에서 아리아의 아버지가 유명한 전투에 승리했었다고 했다.

"미친 왕의 병사들이 로버트를 쫓고 있었지요. 아가씨 아버지와 다시 합류하기 전에 잡으려고요." 하윈은 마을 관문을 향해 달리면서 말했다. "로버트는 부상을 입고 친구들에게 보살핌을 받고 있었는데, 당시 수관이었던 코닝턴 공이 강력한 군세로 마을을 점령하고 집집마다 뒤지기 시작했어요. 하지만 병사들이 로버트 일행을 찾아내기 전에 에다드 공과 아가씨 외할아버지가 마을에 도착해서 방벽을 공격한 거예요. 코닝턴 공도 맹렬히 맞서 싸웠지요. 길거리와 골목길, 지붕 위에서까지 싸웠고 모든 성사들은 평민들에게 문을 잠그라는 뜻으로 종을 울렸어요. 그렇게 종이 울리기 시작하자 로버트가 숨어 있던 곳을 나와서 싸움에 뛰어들었죠. 그날만 여섯 명을 죽였다고 해요. 그중에 라에가르 왕자의 종자 출신으로, 유명한 기사였던 마일스 무튼도 있었어요. 로버트는 수관도 죽이고 싶었지만, 전투 중에 마주치질 못했어요. 반면에 코닝턴은 아가씨 외할아버지인 툴리 공에게 큰 부상을 입혔고, 협곡의 영웅이었던 데니스 아린 경을 죽였죠. 그렇지만 코닝턴은 그날 전투에 진 것을 알고 방패에 그려진 그리핀만큼이나 잽싸게 달아나버렸어요. 사람들은 훗날 그 전투를 '종울림 전투'라고 불렀지요. 로버트는 언제나 그 전투에서 이긴 건 본인이 아니라 아가씨 아버지라고 했어요."

'그보다 최근에도 여기서 전투가 벌어졌나 본데.' 아리아는 마을을 보고 생각했다. 마을 관문은 아직 다 마르지도 않은 생나무로 만들어져 있었다. 방벽 바깥에 쌓인 새까만 판자 더미가 예전 관문이 어떻게 되었는지 알려줬다.

스토니셉트는 단단히 닫혀 있었지만, 관문을 지키던 수비대장이 일행을 보고 비상문을 열었다. "식량 상황은 어때?" 톰이 들어서면서 물었다.

"전처럼 나쁘진 않아. '사냥꾼'이 양 떼를 몰고 들어왔고, 블랙워터 건너편과 거래도 좀 있었어. 강 남쪽의 수확물은 불타지 않았고. 물론 우리가 가진 식량을 빼앗고 싶어 하는 놈들은 많지. 어느 날은 늑대들, 어느 날은 피투성이 극단. 식량을 찾지 않으면 약탈하고 싶어 하거나 강간할 여자들을 찾고, 돈이나 계집을 찾지 않는 놈들은 저주받을 킹슬레이어를 찾고 있어. 떠도는 말에는 그놈이 에드무어 공의 손가락 사이로 빠져나왔다더군."

"에드무어 공이라고?" 렘이 얼굴을 찌푸렸다. "호스터 공은 죽은 건가?"

"죽었거나 죽어가는 중이지. 킹슬레이어가 블랙워터로 갈 수도 있을까? 사냥꾼 말로는 그게 킹스랜딩으로 가는 제일 빠른 길이라는데." 수비대장은 답을 기다리지 않았다. "사냥꾼이 개들을 데리고 한 바퀴 돌면서 냄새를 맡게 했어. 제이미 경이 이 근처에 있다면 그놈들이 찾겠지. 그 개들이 곰도 찢어발기는 걸 봤거든. 그놈들이 사자 피 맛을 좋아할까?"

"물어뜯긴 시체는 아무에게도 도움이 안 돼." 렘이 말했다. "사냥꾼도 그 정도는 잘 알 텐데."

"서부 놈들은 여길 통과하면서 사냥꾼의 아내와 누이를 강간하고 작물은 불태운 데다가 키우던 양은 절반을 먹어치우고 나머지 반은 이유도 없이 죽였어. 개도 여섯 마리나 죽여서 사체를 우물에 던져 넣었지. 물어뜯긴 시체가 사냥꾼에게는 도움이 될걸. 나한테도 그렇고."

렘이 말했다. "안 그러는 게 좋을 거야. 내가 할 말은 그것뿐이야. 사냥꾼은 안 그러는 게 좋을 거고, 넌 빌어먹을 바보야."

무법자들이 예전에 아버지가 싸웠던 길거리를 달렸고, 아리아는 하윈과 앤가이 사이에서 말을 달렸다. 아리아는 마을 언덕 위에 자리 잡은 성소와, 마을 크기에 비해서는 너무 작아 보이지만 견고해 보이기도 하는 회색 돌 성채를 보았다. 하지만 옆으로 지나쳐 간 집들은 3분의 1이 새까맣게 탔고, 사람들은 보이질 않았다. "마을 사람들은 다 죽었어?"

"낯을 가릴 뿐이야." 앤가이가 지붕 위에 선 활잡이 두 명과, 어느 맥줏집의 폐허 속에 웅크리고 앉은 검댕투성이 소년들을 가리켰다. 더 나아가자 제빵사 한 명이 빗장을 질러두었던 창문을 열어젖히고 아래를 지나가는 렘에게 소리를 질렀다. 그 목소리를 듣고 다른 사람들이 숨어 있던 곳에서 나왔고, 주위에서 스토니셉트가 서서히 살아나는 것 같았다.

마을 심장부에 자리 잡은 장터 광장에서는 뛰어오르는 송어 모양의 분수가 얕은 웅덩이에 물을 내뿜고 있었다. 여자들이 들통과 병에 물을 채우고 있었다. 약간 떨어진 곳에는 삐걱거리는 나무 기둥들에 쇠 우리가 십여 개 매달려 있었다. '까마귀 우리야.' 아리아는 알아보았다. 그런데 까마귀들은 대부분 우리 밖에 나와서 물을 튀기거나 철창 위에 앉아 있었고, 우리 안에는 사람들이 있었다. 렘은 험상궂은 얼굴로 고삐를 당겼다. "이건 또 뭐야?"

"정의지." 분숫가에 있던 여자 하나가 대답했다.

"뭐야, 밧줄이 떨어졌어?"

"월버트 경의 명에 따른 일인가?" 톰이 물었다.

한 남자가 씁쓸한 웃음을 터뜨렸다. "월버트 경은 1년 전에 사자들에게 죽었어. 그 아들들은 다 젊은 늑대를 따라 서부로 가서 살을 찌우고 있지. 그치들이 우리 같은 사람들에게 관심이나 둘 줄 알아? 이 늑대들을 잡은 건 미친 사냥꾼이야."

'늑대들.' 아리아는 오싹해졌다. '롭의 사람들이고, 아버지의 사람들이야.' 아리아는 그 쇠 우리 쪽으로 다가갔다. 철창 안에는 죄수들이 앉거나 몸을 돌릴 공간도 없었다. 죄수들은 벌거벗은 채로 일어서서 햇빛과 비바람을 그냥 맞고 있었다. 처음 세 개의 우리에는 죽은 사람들이 있었다. 시체 먹는 까마귀들이 눈을 파먹었지만, 빈 눈구멍이 움직이는 아리아를 따라오는 것 같았다. 네 번째 남자는 아리아가 지나가자 꿈틀거렸다. 입가에 자란 덥수룩한 수염은 피와 파리로 덮여 있었다. 남자가 입을 열자 폭발하듯 날아오른 파리들이 머리통 주위를 붕붕 날아다녔다. "물." 까마귀가 우는 듯한 소리였다. "제발…… 물……."

그다음 우리에 든 남자는 그 소리를 듣고 눈을 떴다. "여기, 여기, 나." 노인이었다. 수염은 회색이었고 머리는 벗어졌으며 검버섯이 피어 얼룩덜룩했다.

그 노인 다음에는 다시 시체였는데, 왼쪽 귀부터 관자놀이 일부까지 썩어가는 더러운 붕대를 감은 덩치 큰 붉은 수염 사내였다. 하지만 최악은 다리 사이로, 아무것도 없이 갈색 딱지가 앉은 구멍에 구더기만 드글거렸다. 더 가자 뚱뚱한 남자가 들어 있었다. 그 까마귀 우리는 잔인할 정도로 좁아서, 그 뚱보를 어떻게 안에 집어넣었는지 이해하기 힘들 정도였다. 철창이 남자의 배를 아프게 파고들어 사이사이에 불룩하게 살이 튀어나왔다. 며칠 동안이나 햇빛에 구워져서 머리끝부터 발끝까지 고통스러울 만큼 빨갛게 탄 상태였다. 남자가 움직이자 우리가 삐걱삐걱 흔들렸고, 아리아는 남자의 몸에서 철창이 해를 가린 자리에만 하얗게 줄무늬가 남은 것을 볼 수 있었다.

"누구 부하였어?" 아리아는 그들에게 물었다.

아리아의 목소리를 듣고 뚱뚱한 남자가 눈을 떴다. 눈 주위 피부가 어찌나 붉은지 피 접시에 놓인 삶은 계란처럼 보였다. "물…… 마실……."

"누구 부하?" 아리아는 다시 물었다.

"신경 쓰지 마, 이놈아. 네가 관심 둘 상대가 아니야. 그냥 지나가라." 마을 사람이 말했다.

"저들이 무슨 짓을 했는데?" 아리아는 그 남자에게 물었다.

"텀블러스폴스에서 여덟 명을 죽였지. 킹슬레이어를 잡고 싶어 했는데, 그놈이 거기 없으니 강간하고 살해하고 다녔어." 남자는 남근이 있어야 할 자리에 구더기만 끓고 있는 시체를 엄지손가락으로 가리켰다. "저놈이 강간한 놈이야. 이제 가봐."

"한 모금만." 뚱뚱한 남자가 외쳤다. "자비를 베풀어다오, 얘야. 한 모금만." 늙은 남자가 철창을 잡으려고 팔을 뻗었다. 그 움직임에 우리가 격하게 흔들렸다. "물." 수염에 파리 떼가 앉은 남자가 헉헉거렸다.

아리아는 그들의 지저분한 머리와 덥수룩한 수염과 벌게진 눈, 마르고 갈라져서 피가 흐르는 입술을 보았다. 그리고 다시 한번 생각했다. '늑대들이야. 나처럼.' 이들이 아리아의 무리일까? '어떻게 저들이 롭의 병사들일 수가 있지?' 그들을 때리고 싶었다. 상처를 주고 싶었다. 울고 싶었다. 이제는 산 자도 죽은 자도 모두 아리아를 보고 있는 것 같았다. 노인이 철창 사이로 세 손가락을 밀어내며 말했다. "물. 물 좀."

아리아는 말에서 내렸다. '저들은 날 해칠 수 없어. 죽어가고 있잖아.' 침낭에서 잔을 꺼내 분수대로 향했다. "뭐 하는 짓이냐, 꼬마?" 마을 사람이 날카롭게 말했다. "네가 상관할 놈들이 아니야." 아리아는 잔을 송어 입에 갖다 댔다. 물이 손가락에 튀고 소매에 흘렀지만 아리아는 잔이 찰랑찰랑하게 찰 때까지 움직이지 않았다. 아리아가 쇠 우리 쪽으로 몸을 돌리자 마을 남자가 막으려 했다. "가까이 가지 마라, 이놈아—"

"걘 여자애야." 하원이 말했다. "그냥 내버려둬."

렘이 거들었다. "그래. 베릭 공은 우리에 갇힌 남자들이 갈증으로 죽는데 찬성하지 않아. 그냥 적절히 목을 매달지 그래?"

"저놈들이 텀블러스폴스에서 한 짓 중에 적절한 건 하나도 없었어." 마을 남자는 마주 으르렁거렸다.

잔을 집어넣기에는 철창 사이가 너무 좁았다. 하원과 겐드리가 아리아를 올려주겠다고 제안했다. 아리아는 하원의 오므린 두 손에 한 발을 딛고, 겐드리의 어깨로 뛰어올라 우리 위쪽 철창을 잡았다. 뚱보가 고개를 들어 올리더니 철창에 뺨을 붙였고, 아리아는 그 위로 물을 부었다. 뚱보는 열심히 물을 받아 먹다가, 머리와 뺨과 손 위로 물이 흘러내리게 두더니 젖은 창살을 핥았다. 얼른 손을 빼지 않았다면 아리아의 손가락까지 핥을 기세였다. 다른 두 명에게도 같은 방식으로 물을 주었을 때쯤에는 사람들이 모여들어 구경하고 있었다. "미친 사냥꾼이 이 일에 대해 듣게 될 거야." 어떤 남자가 위협했다. "좋아하지 않을걸. 암, 좋아하지 않을 거야."

"이건 더 싫어하겠군." 앤가이가 장궁 활대에 시위를 걸더니 화살통에서 화살을 하나 뽑아서 메기고, 당겼다가, 놓았다. 뚱보는 턱에 화살이 박히자 부르르 떨었지만, 쇠 우리 때문에 쓰러지지는 못했다. 다른 화살 두 대가 다른 두 명의 북부인을 끝냈다. 장터 광장에 들리는 소리라고는 떨어지는 물소리와 윙윙거리는 파리 소리뿐이었다.

'발라 모르굴리스.' 아리아는 생각했다.

장터 광장 동쪽으로 벽에 회반죽을 발랐고 창문은 다 깨어져 나간 허름한 여관이 있었다. 지붕은 최근에 반쯤 탔지만 구멍을 메워놓았다. 문 위에는 큼지막하게 한 입 베어 문 복숭아를 그려 넣은 나무 간판이 달렸다. 일행은 대각선 방향에 자리 잡은 마구간에서 말을 내렸고, 초록 수염이 마부를 불렀다.

풍만한 붉은 머리의 여관 주인은 그들을 보고 기쁨의 함성을 지르더니, 곧이어 그들을 괴롭히기 시작했다. "초록 수염 맞지? 아니 회색 수염인가? 어머니시여, 자비를 베푸소서, 언제 이렇게 늙었대? 렘, 렘 맞아? 아직도 그 초라한 망토를 입고 다녀? 왜 그 망토를 빨지 않고 사는지 내가 알지, 알아. 오줌 자국이 다 씻겨 나가면 사실은 킹스가드 기사라는 사실을 모두 알게 될까 봐 그러는 거야! 그리고 일곱 톰, 이 난잡한 늙은 염소! 아들을 보러 온 거야? 아, 너무 늦었어. 그놈은 망할 사냥꾼과 같이 가버렸다고. 그 애가 당신 아들이 아니란 소리는 해도 안 믿어!"

"걘 내 목소리를 닮지 않았어." 톰이 약하게 항변했다.

"하지만 코를 닮았지. 그래, 그리고 여자애들이 하는 말을 들어보니 다른 데도 닮았나 보더라." 여관 주인은 이어서 겐드리를 살펴보더니 뺨을 꼬집었다. "이 멋진 젊은 황소 좀 보게. 알리스가 저 두 팔을 봐야 하는데 말이야. 아, 거기다가 처녀처럼 얼굴을 붉히기까지! 흠, 그건 알리스가 고쳐줄 거야, 얘. 어디 두고 봐라."

아리아는 겐드리가 그렇게 시뻘게지는 모습을 처음 보았다. 일곱 현의 톰이 말했다. "탠지, 황소는 내버려둬. 착한 녀석이야. 우리가 바라는 건 하룻밤의 안전한 잠자리뿐이야."

"솔직하게 말해요, 가수." 앤가이가 자기 못지않게 주근깨가 많은 다부진 젊은 하녀에게 팔을 두르며 말했다.

붉은 머리의 탠지가 말했다. "침대야 있지. 복숭아 여관에 침대가 모자란 적은 없어. 하지만 댁들은 우선 욕조부터 들어가. 지난번에 댁들이 내 지붕 밑에 묵었을 땐 벼룩을 두고 가셨더라고." 그녀는 초록 수염의 가슴팍을 찔렀다. "그리고 당신 벼룩은 초록색이더라. 식사도 할 거야?"

"줄 게 있다면야 안 먹겠다곤 안 하지." 톰이 대답했다.

"톰, 당신이 언제는 뭐든 거절한 적 있어?" 탠지가 야유했다. "당신 친구들에게는 양고기를 좀 구워주고, 댁한테는 오래된 마른 쥐 고기를 주지. 그것도 댁한텐 과분하지만, 노래를 두세 곡 불러준다면 내 마음이 약해질지도 몰라. 난 언제나 괴로워하는 사람들에게 마음이 약해. 들어와, 들어와. 캐스, 라나, 주전자 올려라. 지젠, 저 옷 벗는 것 좀 도와줘라. 저 옷도 다 끓여야겠다."

그녀는 위협한 대로 모두 처리했다. 아리아는 에이콘홀에서 두 번이나 목욕한 지 2주도 지나지 않았다고 말하려 했지만, 붉은 머리 여인은 들으려 하지 않았다. 하녀 둘이 아리아를 들고 계단을 올라가면서 여자애냐 남자애냐를 두고 입씨름을 벌였다. 헬리라는 여자가 내기에 이겼기 때문에, 다른 여자가 뜨거운 물을 가져와서 뻣뻣한 솔로 껍질을 벗길 듯이 아리아의 등을 문질러야 했다. 이어서 그들은 스몰우드 부인이 준 옷을 다 훔쳐가더니 리넨과 레이스에 파묻힌 산사의 인형처럼 입혀놓았다. 그래도 그 작업이 다 끝나자 내려가서 먹을 수는 있었다.

아리아는 바보 같은 여자애 옷을 입고 휴게실에 앉으면서 시리오 포렐이 가르쳤던 '있는 그대로를 보기' 기술을 떠올렸다. 제대로 둘러보니 평범한 여관이라기에는 하녀가 많은 데다 대부분이 젊고 보기 좋았다. 그리고 저녁이 오자 남자들이 복숭아 여관에 잔뜩 드나들기 시작했다. 휴게실에 오래 머물지는 않았다. 톰이 나무 하프를 꺼내 〈연못 속의 여섯 처녀〉를 부르는데도 그랬다. 나무 계단은 낡고 가팔랐으며, 누군가가 여자를 데리고 위층으로 올라갈 때마다 심하게 삐걱거렸다. "여긴 분명히 매춘굴이야." 아리아는 겐드리에게 속삭였다.

"넌 매춘굴이 뭔지도 잘 모르잖아."

"알거든. 여관과 비슷한데, 여자들이 있는 거야."

아리아가 우기자 겐드리는 다시 붉어졌다. "그런데 넌 여기서 뭐 하는 거야?" 겐드리가 물었다. "매춘굴이 귀족 숙녀가 있을 만한 곳이 아니라는 건 누구나 알아."

여자 하나가 겐드리가 앉은 장의자에 앉았다. "누가 귀족 숙녀야? 저 작고 깡마른 애?" 그녀는 아리아를 보고 웃었다. "그럼 난 왕의 딸이다."

아리아도 자신을 놀리는 소리는 알아들었다. "아니잖아."

"왜, 그럴 수도 있어." 여자가 어깨를 으쓱이자 한쪽 어깨로 가운이 흘러내렸다. "로버트 왕이 전투 전에 숨어 있었을 때 내 어머니를 품었다더라. 다른 여자들이 없었던 건 아니지만, 레슬린이 그러는데 우리 엄마를 제일 좋아했대."

아리아는 그 여자의 머리털이 예전 왕과 비슷하기는 하다고 생각했다. 로버트의 머리는 석탄처럼 새까맣고 숱이 많은 털 뭉치였다. '하지만 그건 아무 의미도 없어. 겐드리도 그런 머리잖아. 검은 머리는 많아.'

여자가 겐드리에게 말했다. "내 이름은 벨라(Bella)야. 종울림(Bells) 전투를 따서 지은 이름이지. 네 종도 울려줄 수 있어. 너만 원한다면."

"됐어." 겐드리는 무뚝뚝하게 말했다.

"원할 텐데." 벨라는 한 손으로 겐드리의 팔을 쓸었다. "토로스와 번개 영주님의 친구들에겐 공짜야."

"됐다고 했어." 겐드리는 벌떡 일어나더니 식탁을 벗어나 밤공기 속으로 나가버렸다.

벨라는 아리아를 돌아보았다. "재는 여자를 안 좋아하니?"

아리아는 어깨를 으쓱였다. "그냥 멍청한 거야. 잰 투구를 닦고 망치로 장검 두드리기를 좋아해."

"오." 벨라는 가운을 다시 어깨 위로 당겨 올리고 행운아 잭과 이야기하러 가버렸다. 오래지 않아 그녀는 행운아 잭의 무릎 위에 앉아 키득거리며 그의 잔에 담긴 와인을 마시고 있었다. 초록 수염은 양쪽 무릎에 하나씩 여자 둘을 앉혔다. 앤가이는 주근깨투성이 여자와 같이 사라진 지 오래였고, 렘도 없어졌다. 일곱 현의 톰은 불가에 앉아서 〈봄에 피어나는 처녀들〉을 노래했다. 아리아는 붉은 머리 여자가 허락해준 물 탄 와인을 마시면서 귀를 기울였다. 광장 건너편에서는 죽은 남자들이 까마귀 우리 속에서 썩어가고 있었지만, 복숭아 여관 안에서는 모두가 즐거웠다. 몇 명은 지나치게 열심히 웃고 있다는 인상이었지만 말이다.

몰래 빠져나가 말을 훔치기 딱 좋은 기회였지만, 아리아는 그게 무슨 도움이 될지 알 수 없었다. 기껏해야 도시 관문까지밖에 달려가지 못할 텐데. '수비대장은 날 내보내주지 않을 거고, 내보내준다 해도 하윈이 따라오거나, 그 개들을 거느린 사냥꾼이 쫓아오겠지.' 지도가 있어서 스토니셉트가 리버런과 얼마나 떨어져 있는지 확인할 수 있다면 좋으련만.

잔이 비었을 때쯤 아리아는 하품을 하고 있었다. 겐드리는 돌아오지 않았다. 일곱 현의 톰은 〈하나처럼 뛰는 두 개의 심장〉을 노래하며 한 구절 넘어갈 때마다 다른 여자에게 입을 맞추고 있었다. 창가 구석에서는 렘과 하윈이 앉아서 붉은 머리 탠지와 작은 소리로 대화하고 있었다. "……제이미의 감방에서 밤을 보냈대." 그 여자가 하는 말이 들렸다. "그 다른 여자, 렌리를 죽인 여자도 같이 말이야. 셋이 같이 밤을 보내고 아침이 오자 캐틀린 부인이 사랑 때문에 그놈을 풀어줬다는 거야." 그러면서 탠지는 잠긴 목소리로 키득거렸다.

'사실이 아니야. 절대 그럴 리 없어.' 아리아는 생각했고, 갑자기 슬프고 화가 나고 외로워졌다.

늙은 남자 하나가 옆에 앉았다. "어이구, 이것 참 예쁘고 귀여운 복숭아 아니냐?" 노인의 입에서는 우리 속에 갇혀 죽은 남자들만큼이나 역한 냄새가 났고, 돼지처럼 작은 눈은 아리아의 몸을 위아래로 훑었다. "우리 사랑스러운 복숭아에게 이름이 있나?"

아리아는 잠시 자신이 누구였는지 잊었다. 그녀는 복숭아 같은 게 아니었지만, 아리아 스타크일 수도 없었다. 여기 알지도 못하는 냄새나는 술주정뱅이 옆에서는 아니었다. "난……."

"내 동생이야." 젠드리가 노인의 어깨를 무겁게 짚고 힘을 주어 잡았다. "귀찮게 굴지 마."

노인은 마침 잘 만났다는 듯, 싸울 태세로 고개를 돌렸다가 젠드리의 몸집을 보고 생각을 바꿨다. "네 동생이라고? 넌 뭐 하는 오라비냐? 나 같으면 여동생을 복숭아 여관 같은 데 절대 안 데려와." 노인은 장의자에서 일어서더니 구시렁거리면서 새로운 친구를 찾아 가버렸다.

"왜 그런 소릴 했어?" 아리아는 깡충 뛰어 일어섰다. "넌 내 오빠가 아니잖아."

"아, 맞아. 우리 귀하신 아가씨와 일가가 되기엔 내가 너무 비천한 몸이지." 젠드리가 화가 나서 말했다.

아리아는 젠드리의 목소리에 담긴 분노에 놀랐다. "내 말은 그런 뜻이 아니었어."

"아니, 그런 뜻이었어." 젠드리는 장의자에 앉아 두 손으로 와인 잔을 잡았다. "꺼져. 난 이 와인을 평화롭게 마시고 싶거든. 그런 다음에는 그 검은 머리 여자를 찾아서 종을 울려줄지도 모르지."

"하지만……."

"꺼지라고 했어, 귀하신 아가씨."

아리아는 몸을 홱 돌리고 그 곁을 떠났다. '멍청한 황소고집 사생아에 불과해.' 젠드리가 무슨 종을 얼마나 울리든 아리아에게는 상관없는 일이었다.

일행이 묵을 방은 층계 꼭대기, 지붕 밑이었다. 복숭아 여관에 침대가 부족하진 않다지만, 그들 같은 일행에게 내어줄 침대는 하나뿐인 모양이었다. 그렇지만 커다란 침대였다. 방을 거의 꽉 채웠고, 퀴퀴한 냄새가 나는 짚을 채운 매트리스는 전원이 누울 만큼 커 보였다. 하지만 당장은 아리아 혼자만의 침대였다. 아리아의 진짜 옷은 벽에 박힌 못에, 겐드리와 렘의 옷가지 사이에 걸려 있었다. 아리아는 리넨과 레이스 옷을 벗고 튜닉을 뒤집어쓰고 침대에 올라가서 담요 속을 파고들었다. 그리고 베개에 대고 속삭였다. "세르세이 왕대비, 조프리 왕, 일린 경, 메린 경, 던센, 라프, 폴리버. 티클러, 사냥개, 산더미 그레고르 경." 가끔은 이름 순서를 바꿔주는 게 좋았다. 그들이 누구이고 무슨 짓을 했는지 기억하는 데 도움이 됐다. '몇 명은 죽었을지도 몰라. 어딘가의 쇠 우리에 갇혀서, 까마귀들에게 눈을 파먹히고 있을지도 몰라.'

눈을 감자 순식간에 잠이 찾아왔다. 그날 밤 꿈에서 아리아는 공기 중에 비 냄새와 썩은 냄새와 피 냄새가 진하게 풍기는 젖은 숲속을 돌아다니는 늑대들을 보았다. 다만 꿈속에서는 그게 좋은 냄새였고, 아리아는 두려워할 게 없다는 걸 알았다. 그녀는 강하고 날래고 사나웠으며, 그녀의 무리가, 형제자매들이 주위를 둘러싸고 있었다. 그들은 겁에 질린 말을 함께 추격해서 목을 찢어 잔치를 벌였다. 그리고 구름 사이로 달이 나오자, 그녀는 고개를 뒤로 젖히고 울부짖었다.

하지만 날이 밝았을 때 아리아는 개 짖는 소리에 깨어났다.

아리아는 하품을 하며 일어나 앉았다. 왼쪽에서는 겐드리가 꿈틀거렸고 오른쪽에서는 레몬클록 렘이 큰 소리로 코를 골았지만, 바깥의 소란 때문에 그 소리도 묻혀버렸다. '바깥에 개가 50마리는 있나 봐.' 아리아는 담요 속에서 기어 나가서 렘과 톰, 행운아 잭을 건너뛰어 창문으로 다가갔다. 덧창을 활짝 열자 바람과 습기와 추위가 한꺼번에 밀려 들어왔다. 날이 흐리고 구름이 심했다. 저 아래 광장에서는 개들이 짖어대고 으르렁거리고 울부짖으면서 뱅글뱅글 뛰어다니고 있었다. 그 개 떼에는 크고 검은 마스티프와 늘씬한 울프하운드, 검은색과 흰색이 섞인 양치기 개들과 아리아가 알지 못하는, 길고 노란 이빨이 보이는 덥수룩한 얼룩무늬 견종들이 섞여 있었다. 여관과 분수대 사이에 말을 탄 기수들 십여 명이 서서 마을 사람들이 뚱보가 든 쇠 우리를 열고 팔을 잡아당겨 부풀어 오른 시체를 바닥에 떨어뜨리는 모습을 지켜보고 있었다. 개들은 즉시 시체에 달려들어 뼈에 붙은 살점을 뜯어냈다.

아리아는 기수들 중 한 명의 웃음소리를 들었다. "여기 네놈이 거할 새로운 성이다, 이 저주받을 라니스터 개새끼야. 너 같은 놈에겐 좀 좁겠다만, 우리가 잘 밀어 넣을 테니 속 태우지 말아라." 그 옆에는 손목에 밧줄을 단단히 감은 죄수가 뚱하니 앉아 있었다. 마을 사람들 몇 명이 똥을 던졌는데도 꿈쩍도 하지 않았다. 죄수를 잡아 온 남자가 외쳤다. "넌 저 쇠 우리에서 썩을 거다. 우리가 네놈의 라니스터 황금을 잘 쓰는 동안 까마귀들이 네놈의 눈알을 파먹겠지! 그리고 까마귀들이 볼일을 끝내면 남은 건 네놈의 형제에게 보내주마. 네 형제가 알아볼진 모르겠다만."

시끄러운 소음에 복숭아 여관 절반이 깨어났다. 겐드리는 아리아 옆에서 창문에 얼굴을 들이밀었고, 톰은 태어난 날처럼 벌거벗은 몸으로 두 사람 뒤에 다가섰다. "도대체 저 소리는 다 뭐야?" 렘이 침대에서 불평했다. "사람이 겨우 잠 좀 자려는데."

"초록 수염 어딨냐?" 톰이 물었다.

"탠지하고 자. 왜?" 렘이 말했다.

"가서 찾아. 궁수도 찾고. 미친 사냥꾼이 쇠 우리에 넣을 놈을 데리고 돌아왔다."

아리아가 말했다. "라니스터. 라니스터라고 하는 소릴 들었어."

"킹슬레이어를 잡은 거야?" 겐드리는 알고 싶어 했다.

아래 광장에서는 누군가가 던진 돌에 뺨을 맞은 포로가 고개를 돌렸다. 아리아는 그 얼굴을 보고 생각했다. '킹슬레이어가 아니라…….' 신들이 그녀의 기도를 듣긴 들은 모양이었다.

존

야인들이 동굴에서 말을 끌고 나왔을 때 고스트는 사라지고 없었다. '캐슬블랙으로 가라는 말을 이해한 걸까?' 존은 싸늘한 아침 공기를 들이마시며 희망을 품어보기로 했다. 동쪽 하늘은 지평선 근처는 분홍빛이었고 위로 올라가면 연회색빛으로 변했다. '아침의 검'이 아직도 남쪽 하늘에 걸려서 새벽의 다이아몬드처럼 찬란한 손잡이의 밝은 흰색 별을 빛내고 있었지만, 검은색과 회색으로 이루어졌던 어스레한 숲은 다시 한번 녹색과 금색, 붉은색과 황갈색으로 변해갔다. 그리고 병정 소나무와 참나무와 물푸레나무와 파수목 위로 장벽이 서 있었다. 표면에 송송 박힌 흙과 먼지 속에서 하얀 얼음이 번득였다.

마그나는 십여 명을 서쪽으로, 다시 십여 명을 동쪽으로 보내 찾을 수 있는 가장 높은 언덕에 올라가서 숲에 순찰자가 보이거나 높은 얼음 장벽 위에 기수가 보이는지 살피도록 했다. 양쪽으로 떠난 텐족은 밤의 경비대원이 보이면 경고를 울리기 위해 청동 테를 두른 전투 나팔을 가지고 갔다. 존과 이그리트를 포함한 다른 야인들은 자알 뒤에 늘어섰다. 이건 그 젊은 약탈자에게 영광스러운 순간이 될 터였다.

장벽은 높이가 200미터라고들 하지만, 자알은 더 높은 곳들과 더 낮은 곳들을 찾아낸 바 있었다. 그들 앞에 선 얼음은 거대한 절벽처럼 숲에서 수직으로 뻗어 올라가서 풍상에 닳은 성가퀴를 얹었는데, 족히 250미터는 되어 보였고 어쩌면 그보다 더 높을지도 몰랐다. 하지만 존은 가까이 다가가면서 그것이 속임수라는 사실을 깨달았다. 건설자 브랜던은 가능하면 높은 지면을 골라서 거대한 주춧돌을 놓았는데, 여기는 언덕 지형이 거칠고 기복이 심했다.

언젠가 벤젠 숙부가 장벽은 캐슬블랙 동쪽으로는 장검처럼 곧게 뻗어 있고, 서쪽으로는 뱀처럼 구불거린다고 하는 소리를 들었다. 그 말대로였다. 거대한 혹 같은 언덕을 하나 넘자 얼음벽이 뚝 떨어져서 계곡으로 내려갔다가, 길고 날카로운 화강암 능선을 10리쯤 올라가다가 삐죽빼죽한 산마루를 따라 달리더니 다시 더 깊은 계곡 속으로 떨어졌고, 다시 언덕에서 언덕으로 높이 더 높이 뛰어오르며 저 멀리 서쪽 산지로 들어갔다.

자알은 능선을 따라 달리는 얼음벽에 도전하기로 결정했다. 여기에서는 장벽 꼭대기가 숲 바닥에서부터 250미터를 솟아올랐지만, 그 높이의 3분의 1은 얼음이 아니라 흙과 돌로 이루어져 있었다. 말을 타고 올라가기에는 너무 가파른 비탈이라 최초인의 주먹을 올라갈 때만큼 힘들긴 해도, 깎아지른 장벽 표면을 올라가는 것보다는 훨씬 쉬웠다. 능선에 나무도 빽빽하게 자라서 쉽게 몸을 감출 수 있었다. 옛날에는 검은 옷의 형제들이 매일 도끼를 들고 나가 장벽에 다가서는 나무들을 잘랐다지만, 그 시절은 오래전에 지나갔고 여기 숲은 얼음 장벽 바로 앞까지 자랐다.

춥고 습한 하루가 될 듯했다. 장벽 옆은, 어마어마한 얼음덩어리 밑이라 더 춥고 더 습했다. 장벽에 가까이 다가가면 갈수록 텐족들이 뒤처졌다. '장벽을 직접 본 적이 없는 거야. 마그나조차도. 그래서 겁먹은 거야.' 존은 깨달았다. 칠왕국에서는 장벽이 세상 끝을 표시한다고들 했다. '이 사람들에게도 마찬가지야.' 다 어디에 서 있느냐 나름이었다.

'그런데 난 어디에 서 있지?' 존은 알지 못했다. 이그리트와 함께 있으려면 야인의 마음과 영혼을 지닌 사람이 되어야 했다. 이그리트를 버리고 의무를 수행하러 돌아간다면, 마그나가 이그리트의 심장을 끄집어낼지도 몰랐다. 그리고 그녀를 데려간다면……. 그것도 이그리트가 간다면 말이고, 그럴 가능성은 별로 없지만…… 간다고 해도 캐슬블랙으로 데리고 돌아가서 형제들과 함께 살게 할 수는 없었다. 탈영병과 야인은 칠왕국 어디에서도 환영받을 수 없었다. '우린 겐델의 아이들을 찾아 나서는 게 나았을 거야. 그래봤자 우리를 받아주기보다는 잡아먹었을 테지만.'

존은 자알의 약탈자 부하들은 장벽을 두려워하지 않는다는 사실을 알아챘다. '저들은 하나도 빠짐없이 이 일을 해봤어.' 자알은 그들이 능선 아래에서 말을 내리자 이름을 호명했고, 열한 명이 그의 주위에 둥글게 모여 섰다. 모두 젊었다. 제일 나이가 많은 약탈자도 스물다섯을 넘지 않았고, 두 명은 존보다도 어렸다. 그러나 전원이 군살 없이 튼튼했고, 다들 래틀셔츠에게 쫓길 때 반쪽 손이 말도 태우지 않고 떠나보냈던 바위뱀이 떠오르는 강하고 질긴 인상이었다.

장벽의 그림자 속에서 야인들이 준비를 시작했다. 굵은 밧줄 타래를 한쪽 어깨에 감은 다음 가슴에도 감았다. 탄력 있는 사슴 가죽으로 만든 특이한 장화의 끈을 묶었다. 장화 앞부분에 날카로운 못이 박혀 있었다. 자알과 다른 두 명은 쇠못이었고 몇 명은 청동 못이었지만, 대부분은 삐죽삐죽한 뼈를 달아놓았다. 허리 한쪽에는 작은 돌 망치를 달고, 반대쪽에는 말뚝을 담은 가죽 주머니를 달았다. 끝을 날카롭게 간 사슴뿔을 나무 손잡이에 가죽으로 묶어 만든 얼음 도끼도 있었다. 등반조 열한 명은 서너 명씩 나뉘었다. 자알이 열두 번째였다. "만스가 제일 먼저 꼭대기에 도달하는 무리 전원에게 장검을 주겠다고 약속했다." 자알이 말을 하자 차가운 공기에 뿜어낸 입김이 안개를 이루었다. "성에서 연마한 강철로 만든 남부 장검 말이야. 그리고 만스가 이 일로 지을 노래에 너희 이름도 들어갈 거다. 자유민이 그보다 더 바랄 게 뭐가 있겠나? 올라가! 꼴찌는 다른자들에게 잡혀간다!"

'다른자들이 저놈들을 다 잡아갔으면.' 존은 그들이 가파른 능선을 잽싸게 올라가서 나무 아래로 사라지는 모습을 지켜보며 생각했다. 야인들이 장벽을 기어오르는 게 처음 있는 일은 아니었다. 백 번째도 넘을 것이다. 정찰반은 1년에 두세 번씩 등반자들과 마주쳤고, 순찰자들은 가끔 장벽에서 떨어져 몸이 망가진 시체를 발견했다. 동쪽 해안에서는 약탈자들이 바다표범만을 몰래 가로지르려고 배를 만들 때가 많았다. 서쪽에서는 약탈자들이 새도타워를 피하느라 캄캄한 대곡지(the Gorge) 바닥으로 내려가곤 했다. 하지만 그 사이에서 장벽을 넘어갈 방법이라고는 물리적으로 타 넘는 것뿐이었고, 많은 약탈자가 그렇게 했다. '하지만 돌아오는 놈은 그보다 적지.' 존은 어두운 자부심을 느끼며 생각했다. 장벽을 넘으려면 타고 온 말을 두고 가야 했기에, 어리고 경험이 부족한 약탈자들은 많은 경우 장벽 너머에서 처음 눈에 띈 말부터 약탈하려 들었다. 그러다 보면 고함과 울음소리가 오르고, 까마귀가 날고, 약탈자들이 약탈품과 강탈한 여자들을 데리고 북쪽으로 돌아가기 전에 밤의 경비대가 뒤쫓아서 놈들의 목을 매다는 일이 흔히 벌어졌다. 자알은 그런 실수를 하지 않겠지만, 스티르는 어떨까. '마그나 스티르는 약탈자가 아니라 지배자야. 이 게임을 어떻게 하는지 모를 수도 있어.'

"저기 간다." 이그리트의 말에 시선을 올린 존은 나무들 위로 나타난 첫 번째 등반자를 보았다. 자알이었다. 그는 장벽에 기대어 자란 파수목을 한 그루 찾아내, 더 빨리 착수하기 위해 부하들을 이끌고 그 나무줄기를 타고 올라갔다. '원래 나무가 저렇게 가까이 붙어 자라게 두어선 안 되는 건데.

100미터 가까이 올라갔는데도 아직 얼음에는 닿지도 못했군.'

존은 자알이 조심스럽게 나무에서 장벽으로 옮겨 타는 모습을 지켜보았다. 그는 얼음 도끼로 굵고 짧게 벽을 찍어서 손잡이를 만든 후 몸을 날렸다. 그의 허리에 감긴 밧줄은 아직 나무를 오르고 있는 두 번째 남자와 연결되어 있었다. 자알은 발 디딜 곳을 찾고, 디딜 곳이 없으면 못이 박힌 장화로 벽을 차서 자리를 만들어가며 천천히 한 걸음씩 올라갔다. 그는 파수목 위로 3미터쯤 올라가서 좁은 얼음 턱 위에 멈추더니, 도끼를 허리에 걸고 망치를 꺼내 절벽에 쇠 말뚝을 박았다. 그 밑에서는 두 번째 남자가 장벽으로 이동하고, 세 번째 남자가 나무 꼭대기로 올라가고 있었다.

다른 두 조에게는 그렇게 타고 오를 나무가 없었고, 지켜보던 텐족은 얼마 후에 다른 등반자들이 능선을 오르다가 길을 잃었나 생각했다. 자알의 등반조가 전원 장벽으로 옮겨 타서 25미터를 올라간 후에야 다른 조의 등반자들이 모습을 드러냈다. 각 조는 20미터씩 거리를 두고 있었다. 자알의 등반조 네 명이 중앙을 차지했다. 오른쪽에는 염소 그리그가 이끄는 등반조가 있었는데, 그리그는 길게 땋아 늘인 금발 덕분에 아래에서 찾기가 쉬웠다. 왼쪽 조는 에록이라는 빼빼 마른 남자가 이끌었다.

"너무 느려." 마그나는 천천히 올라가는 등반자들을 지켜보며 큰 소리로 불평했다. "까마귀들에 대해 잊어버린 건가? 더 빨리 올라가지 않으면 발각되겠어."

존은 입 다물고 있어야 했다. 그는 귀곡성 고개를, 바위뱀과 함께했던 달빛 속의 등반을 생생하게 기억했다. 그날 밤에만 대여섯 번은 심장이 떨어진 것 같았고, 등반이 끝났을 때는 팔다리가 쑤시고 손가락은 반쯤 얼어 있었다. '그건 얼음이 아니라 바위였는데도 그랬어.' 바위는 단단했다. 얼음은 가장 단단할 때라 해도 위험했고, 오늘처럼 장벽이 우는 날에는 등반자의 손가락 온기에도 녹을 수 있었다. 장벽 안쪽은 바위처럼 단단하게 얼어붙은 큰 얼음덩어리일지 몰라도, 바깥쪽은 물이 흘러내리고 공기가 통하는 곳은 군데군데 얼음이 푸석해지기도 해서 미끄러웠다. '저 야인들은 다른 건 몰라도 용감하긴 해.'

그렇다 해도 존은 스티르의 두려움이 현실이 되기를 빌고 있었다. '신들이 보우하신다면, 우연히 나온 정찰반이 이 상황을 끝내줄 거야.' 그의 아버지는 언젠가 같이 윈터펠 성벽을 걷다가 이렇게 말한 적이 있었다. "어떤 벽도 널 안전하게 지켜줄 순 없다. 벽을 지키는 사람들이 아니라면 벽 자체엔 아무 의미가 없어." 야인들이 120명일지는 몰라도, 방어자 네 명이 화살 몇 대만 잘 쏘고 돌 한 통만 부으면 물리칠 수 있었다.

그러나 방어자는 나타나지 않았다. 네 명은 고사하고 한 명도 없었다. 태양이 하늘을 오르고 야인들은 장벽을 올랐다. 자알의 4인조는 정오까지만 해도 한참 앞서 나가다가 질 나쁜 얼음 구간에 맞닥뜨렸다. 자알이 바람에 깎인 뾰족탑에 밧줄을 걸고 무게를 지탱하고 있었는데, 그 삐죽빼죽한 탑이 갑자기 허물어지더니 자알과 함께 떨어져 내렸다. 사람 머리통만 한 얼음덩어리들이 아래에 있던 세 명을 덮쳤지만, 그들은 손잡이에 매달렸고 말뚝은 잘 버텨주었으며, 자알은 밧줄 길이가 다하면서 추락을 멈췄다.

자알의 조가 이 재난에서 회복했을 때쯤에는 염소 그리그가 거의 그들을 따라잡았다. 에록의 4인조는 한참 뒤처진 채였다. 그들이 오르는 얼음은 매끄럽고 구멍이 없었으며, 녹아내린 얼음장이 햇빛을 받아 번쩍거렸다. 그리그가 맡은 곳은 보기에 더 어두웠고, 들어가고 나온 곳이 뚜렷했다. 아랫부분과 딱 맞지 않게 윗부분이 올라앉으면서 수평으로 길게 얼음 턱이 생겼고, 갈라진 곳이며 파인 곳이 있는 데다, 수직 연결 부위를 따라서도 바람과 물이 구멍을 파내면서 사람 하나는 들어갈 굴뚝 같은 긴 틈이 생겨 있었다.

자알은 곧 부하들을 데리고 다시 올라가기 시작했다. 자알의 4인조와 그리그의 4인조는 거의 나란히 움직였고, 에록의 4인조는 15미터 아래에 있었다. 그들은 사슴뿔 도끼로 깨고 부수면서 반짝이는 얼음 조각을 숲 위로 우수수 떨어뜨렸다. 돌 망치로 얼음 깊숙이 말뚝을 박아서 밧줄을 걸 받침대로 삼았다. 쇠 말뚝은 반도 올라가기 전에 다 떨어졌고, 그 후에는 뿔과 날카롭게 간 뼈 말뚝을 이용했다. 그리고 그들은 발판 하나를 만들기 위해 장화 앞에 달린 못으로 단단한 얼음을 걷어차고 걷어차고 또 걷어찼다. '다리에 감각이 없겠군.' 등반 네 시간째가 되자 존은 생각했다. '저런 식으로 얼마나 오래갈 수 있을까?' 존도 마그나 못지않게 안절부절못하면서, 멀리서 텐족의 전투 나팔 소리가 들려오지는 않나 귀를 세우고 장벽을 지켜보았다. 하지만 나팔은 침묵했고, 밤의 경비대는 흔적도 없었다.

여섯 시간째, 자알이 다시 염소 그리그를 앞섰고 그 부하들은 간격을 벌리고 있었다. "만스의 애완동물이 장검을 어지간히 받고 싶나 보군." 마그나가 손차양을 만들며 말했다. 해는 하늘 높이 떴고, 장벽의 위쪽 3분의 1은 아래에서 보면 수정 같은 파란색으로 눈이 시리게 반짝거렸다. 자알의 4인조와 그리그의 4인조는 모두 그 광채 속으로 사라졌지만, 에록의 4인조는 아직 그림자 속에 있었다. 그들은 위로 올라가는 대신 긴 틈을 노리고 옆으로 150미터 가까이 이동했다. 존은 그들이 옆으로 조금씩 움직이는 모습을 지켜보다가 그 소리를 들었다. 갑자기 얼음을 따라 쩍 소리가 이어지는 것 같더니, 경고의 외침이 따라왔다. 그러더니 얼음 조각과 비명과 떨어지는 남자들이 하늘을 가득 채웠다. 장벽에서 두께 30센티미터에 폭이 15미터는 되는 네모난 얼음덩어리가 떨어져 앞에 있는 모든 것을 부수고 짓이기며 굴러떨어지고 있었다. 능선 발치에서도 계속 구르더니 얼음덩어리 몇 개는 숲을 뚫고 비탈 아래까지 굴러 내려갔다. 존은 이그리트를 잡고 쓰러뜨려 몸으로 감쌌고, 텐족 한 명은 그런 덩어리에 정통으로 얼굴을 맞아서 코가 부러졌다.

그러고 나서 올려다보니 자알과 그의 등반조가 없었다. 사람도 밧줄도 말뚝도 다 사라졌다. 180여 미터 위에는 아무것도 남지 않았다. 조금 전까지만 해도 등반자들이 매달려 있던 장벽에 상처가 나 있었고, 그 상처 안의 얼음은 광이 나는 대리석처럼 햇빛 속에 매끄럽고 하얗게 반짝이고 있었다. 까마득히 아래쪽에 누군가가 빙탑에 부딪치며 남긴 희미한 붉은 얼룩이 보였다.

'장벽은 스스로를 방어하지.' 존은 이그리트를 일으켜 세우며 생각했다.

그들은 자알을 나무 위에서 찾아냈다. 쪼개진 나뭇가지에 꿰뚫린 채 아직도 아래에 떨어진 세 명과 밧줄로 연결되어 있었다. 그중 한 명은 아직 살아 있었지만, 다리와 척추가 부러졌고 갈비뼈도 대부분 부서진 상태였다. "자비를." 그들이 다가가자 그는 그렇게 말했다. 텐족 한 명이 커다란 돌곤봉으로 그 남자의 머리를 깼다. 마그나가 명령을 내리자 텐족들은 불을 지필 나무를 모으기 시작했다.

죽은 자들을 태우는 사이에 염소 그리그가 장벽 꼭대기에 도착했다. 에록의 4인조가 합류할 때쯤 자알과 그 조원들은 뼈와 잿더미밖에 남지 않았다.

그 무렵에는 해가 기울기 시작했기에, 등반자들은 시간을 허비하지 않았다. 가슴에 두르고 올라갔던 긴 밧줄 타래를 풀어서 모두 이은 후, 한쪽 끝을 아래로 던졌다. 그 밧줄을 타고 150미터를 올라갈 생각을 하니 무서웠지만, 만스는 그보다 더 좋은 계획을 세워두었다. 자알이 뒤에 남기고 간 약탈자들은 통에서 남자 팔뚝만큼 굵은 밧줄을 엮어 만든 커다란 사다리를 꺼내더니 등반자들이 내린 밧줄에 묶었다. 에록과 그리그와 그 조원들이 끙끙거리며 줄을 끌어 올려 사다리를 꼭대기에 박아 넣고, 다시 밧줄을 내려서 두 번째 사다리를 끌어 올렸다. 그런 사다리가 다섯 개였다.

사다리 다섯 개가 다 자리를 잡자 마그나가 옛 언어로 퉁명스럽게 한마디 명령을 내렸고, 텐족 다섯 명이 함께 사다리를 오르기 시작했다. 사다리가 있다 해도 쉬운 등반은 아니었다. 이그리트는 그들이 힘겹게 올라가는 모습을 한동안 지켜보다가 낮고 성난 목소리로 말했다. "난 이 장벽이 싫어. 장벽이 얼마나 차가운지 너도 느껴져?"

"얼음으로 만들어졌으니 그렇지." 존이 지적했다.

"넌 아무것도 몰라, 존 스노우. 이 벽은 피로 만들어졌어."

그러고도 마신 피가 부족했는지, 해가 저물 무렵에는 텐족 두 명이 사다리에서 떨어져 죽은 후였다. 그래도 그게 마지막이었다. 존은 자정이 다 되어서 꼭대기에 이르렀다. 별이 다시 보였고, 이그리트는 등반 끝에 덜덜 떨고 있었다. "거의 떨어질 뻔했어." 이그리트는 눈물 고인 눈으로 말했다. "두 번. 아니 세 번이나. 장벽이 날 흔들어 떨어뜨리려고 했어. 느낄 수 있었다고." 눈물 한 방울이 천천히 뺨을 따라 흘러내렸다.

"최악은 끝났어. 무서워할 것 없어." 존은 자신 있게 말하려고 애쓰며 이그리트를 한 팔로 감싸려 했다.

이그리트가 손바닥으로 그의 가슴팍을 때렸다. 겹겹이 껴입은 모직물과 사슬 갑옷과 가죽 갑옷을 뚫고도 타격이 전해질 정도로 세게. "난 무서웠던 게 아니야. 넌 아무것도 몰라, 존 스노우."

"그럼 왜 우는 거야?"

"두려움 때문은 아니야!" 이그리트는 발꿈치로 얼음을 세게 걷어차서 한 덩어리를 깨뜨렸다. "우리가 겨울의 나팔을 찾지 못했기 때문에 우는 거야. 무덤을 50개도 넘게 열어서 그 많은 그림자를 세상에 풀어놨는데, 이 차가운 벽을 무너뜨릴 조라문의 나팔은 찾지 못했다고!"

제이미

손이 타들어갔다.

아직도, 아직도, 놈들이 망할 절단면을 지진 횃불을 꺼버린 후에도, 그러고서 며칠이 지난 후에도 아직까지 팔을 뚫고 올라오는 불길을 느낄 수 있었고, 그의 손가락들은, 이제는 없는 그의 손가락들은 그 불길 속에서 뒤틀렸다.

부상이라면 전에도 입어보았지만, 이런 적은 없었다. 이렇게 아플 수 있다는 사실조차 몰랐다. 가끔은 무심코 오래된 기도가, 어렸을 때 배운 이후 한 번도 생각한 적 없는 기도가, 세르세이와 나란히 캐스털리록의 성소에 무릎 꿇고 처음 읊었던 기도의 말들이 입술 사이로 흘러나왔다. 가끔은 울기까지 했다. 그는 피투성이 극단 놈들이 웃는 소리를 듣고 나서야 눈물을 말리고 심장을 죽였고, 열병이 눈물을 다 태워버리기를 기도했다. '이제야 티리온이 웃음거리가 될 때마다 어떤 기분이었는지 알겠군.'

제이미가 두 번째로 안장에서 떨어진 이후, 놈들은 그를 타스의 브리엔느와 묶어서 말 한 마리를 같이 타게 했다. 하루는 앞뒤로 묶지 않고 서로 얼굴을 마주 보게 묶기도 했다. "연인일세." 섀그웰이 큰 소리로 탄식했다.

"이 얼마나 아름다운 광경이야. 훌륭한 기사와 아가씨를 떼어놓는 건 잔인한 일이지." 그러더니 그는 높고 새된 소리로 웃으면서 말했다. "하, 그런데 어느 쪽이 기사고 어느 쪽이 아가씨람?"

'내 손만 멀쩡했어도 금세 알았을 거다.' 제이미는 생각했다. 계속 묶여 있다 보니 팔다리가 다 아팠지만, 시간이 흐르자 그런 건 아무 상관 없어졌다. 그의 세계는 오직 이제는 존재하지 않는 손의 통증과, 몸이 맞닿은 브리엔느만으로 줄어들었다. '그래도 따뜻하긴 하잖아.' 제이미는 스스로를 위로했다. 그 계집의 입 냄새도 그의 입김 못지않게 역했지만 말이다.

둘 사이에는 언제나 그의 손이 있었다. 어스윅이 끈에 달아서 그의 목에 걸어놓았기에, 제이미가 의식을 차렸다가 잃기를 반복하는 동안 그의 가슴팍에 매달려서 브리엔느의 가슴을 쳤다. 제이미의 오른쪽 눈은 부어서 감겨 있었고, 브리엔느와 싸우다가 베인 상처도 악화되었지만, 그래도 가장 아픈 건 손이었다. 절단면에서 피와 고름이 배어 나왔고, 없어진 손은 말이 한 걸음 디딜 때마다 욱신거렸다.

목이 너무 쓰라려서 먹을 수는 없었지만, 놈들이 와인을 주면 와인을 마셨고 물밖에 주지 않으면 물을 마셨다. 한번은 놈들이 잔을 건네기에 덜덜 떨면서 벌컥벌컥 마셨더니 용감한 형제단 전원이 귀가 따갑도록 요란하게 웃음을 터뜨렸다. "킹슬레이어, 네가 마신 건 말 오줌이야." 로지가 말했다. 그래도 너무 목이 말랐기에 제이미는 그걸 마셔버렸지만, 나중에 다 토했다. 놈들은 브리엔느가 그의 수염에 묻은 토사물을 닦아내게 했다. 제이미가 안장 위에서 똥을 쌌을 때도 브리엔느가 치우게 했다.

조금 건강해졌다 싶었던 어느 습하고 추운 아침에, 그는 광기에 휩싸여서 왼손을 도르네인의 장검에 뻗어 어설프게 칼집에서 비틀어 빼냈다. '죽일 테면 죽이라지. 내가 칼을 손에 쥐고, 싸우다가 죽을 수만 있다면 상관없어.' 그렇게 생각했지만 소용없었다. 새그웰은 깡충깡충 뛰어오더니 제이미가 장검을 휘두르자 경쾌하게 춤을 추며 피했다. 균형을 잃은 그는 비틀거리면서 광대를 향해 거칠게 검을 휘둘렀지만, 섀그웰은 몸을 돌리고 숙이고 돌진하며 피해 다녔고 피투성이 극단 전원이 한 대라도 먹이려는 제이미의 헛된 노력을 비웃어댔다. 제이미가 돌부리에 걸려 넘어지자, 광대는 훌쩍 뛰어와서 그의 머리에 쪽 소리 나게 입을 맞췄다.

결국에는 로지가 섀그웰을 옆으로 밀어내고, 장검을 들어 올리려는 제이미를 걷어차서 약한 손가락에 쥐고 있던 검을 떨어뜨렸다. 바고 호트가 말했다. "거 재미졌다, 킹슬레이어. 하지만 또 그러면 반대쪽 손도 잘라버릴 줄 알아. 발을 하나 자를지도 모르고."

그 후에 제이미는 드러누워서 밤하늘을 올려다보며, 움직일 때마다 오른팔을 타고 올라오는 통증을 느끼지 않으려고 했다. 이상하게 아름다운 밤이었다. 우아한 초승달이 떠 있었고, 전에 본 적 없이 많은 별이 보였다. 천정에는 왕관 자리가 있었고, 종마가 뒷다리를 든 모습을 볼 수 있었으며, 백조 자리도 보였다. 달 처녀는 언제나처럼 수줍게 소나무 뒤에 몸을 반쯤 감추고 있었다. '어떻게 이런 밤이 아름다울 수가 있지?' 그는 자문했다. '왜 저 별들은 나 같은 걸 내려다보고 싶어 하지?'

"제이미." 브리엔느가 속삭였다. 꿈을 꾸고 있나 싶을 정도로 작은 목소리였다. "제이미, 뭘 하는 거요?"

"죽어가고 있지." 그는 마주 속삭였다.

"아니, 안 돼. 당신은 살아야 해."

그는 웃고 싶었다. "나한테 이래라저래라 하지 마. 내가 죽고 싶다면 죽는 거야."

"당신은 그렇게 겁쟁이인가?"

충격적인 말이었다. 그는 제이미 라니스터, 킹스가드의 기사, 킹슬레이어였다. 그 누구도 그를 겁쟁이라 부르지 않았다. 다른 욕이야 많이 들었다.

서약을 깬 자, 거짓말쟁이, 살인자. 잔인하다고도 했고, 믿을 수 없다거나 무모하다고도 했다. 그러나 겁쟁이라는 말은 들은 적이 없었다. "내가 죽는 것 말고 뭘 할 수 있지?"

"사는 것. 살고 싸워서 복수하는 것." 하지만 브리엔느의 목소리가 너무 컸다. 로지가 그 목소리를 들었고, 내용까지 들었는지는 알 수 없지만 다가와서 브리엔느를 걷어차면서 혀를 잃고 싶지 않으면 간수 잘하라고 소리쳤다.

'겁쟁이라.' 제이미는 브리엔느가 신음을 죽이느라 애쓰는 동안 생각했다. '그럴 수도 있나? 저놈들은 내가 검을 쓰는 손을 빼앗아 갔어. 내가 가진 게 검을 들 손 하나뿐이었나? 신들이 보우하사, 정말 그럴까?'

그 계집 말이 옳았다. 그는 죽을 수 없었다. 세르세이가 그를 기다리고 있었다. 그를 필요로 했다. 그리고 그의 동생 티리온은 거짓 덕분이라도 그를 사랑했다. 적들도 기다리고 있었다. 속삭이는 숲에서 그를 패배시키고 주위 사람들을 죽인 젊은 늑대도, 그를 어둠 속에 묶어놓았던 에드무어 툴리도, 이 용감한 형제단 놈들도.

아침이 오자 그는 꾸역꾸역 먹었다. 놈들은 그에게 말먹이로 쓰는 귀리죽을 먹였지만, 그는 억지로 그걸 다 삼켰다. 저녁에도 먹었고, 다음 날에도 먹었다. '살아.' 그는 귀리죽에 구역질이 나려고 하자 엄하게 스스로를 타일렀다. '세르세이를 위해 살아. 티리온을 위해 살아. 복수를 위해 살아. 라니스터는 언제나 빚을 갚는다.' 없어진 손은 욱신거리고 불타는 것 같았으며 악취가 났다. '킹스랜딩에 도착하면 황금으로 새 손을 만들어 달아야지. 그리고 언젠가는 그 손으로 바고 호트의 목을 찢어놓을 거야.'

고통으로 흐릿해진 상태에서 낮과 밤이 뒤섞였다. 그는 안장 위에서 썩어가는 손의 악취를 실컷 맡으며 브리엔느에게 기대어 잤고, 밤이면 딱딱한 바닥에 누워서 깨어 있는 채로 악몽을 꿨다. 이렇게 약해졌어도 놈들은 늘 그를 나무에 묶어놓았다. 덕분에 아직도 놈들이 그 정도는 그를 두려워한다는 차가운 위안을 받을 수 있었다.

브리엔느는 언제나 그의 곁에 묶여 있었다. 커다란 죽은 암소처럼 묶인 채로 누워서 한마디도 하지 않았다. '저 계집은 내면에 요새를 지어놨어. 놈들이 곧 강간할 테지만, 저 요새 벽 안에 있으면 건드리지 못하겠군.' 하지만 제이미의 벽은 사라졌다. 그들이 그의 손을, 검을 쥐는 손을 빼앗아 갔고 그게 없으면 그는 아무것도 아니었다. 반대쪽 손은 아무 쓸모가 없었다. 걸을 수 있게 된 이후 쭉 왼팔은 그의 방패용 팔이었다. 그를 기사로 만들어준 것은 그의 오른손이었다. 그를 남자로 만들어준 것은 그의 오른팔이었다.

어느 날, 그는 어스웍이 하렌홀에 대해 떠드는 소리를 듣고 그게 그들의 목적지라는 사실을 기억해냈다. 덕분에 그는 큰 소리로 웃어버렸고, 티미온의 길고 가느다란 채찍에 얼굴을 얻어맞았다. 맞은 자리에서 피가 났지만 오른손을 빼면 통증은 거의 느껴지지도 않았다. "왜 웃은 거요?" 그날 밤에 계집이 속삭였다.

그는 마주 속삭였다. "내가 하얀 망토를 받은 게 하렌홀이거든. 휀트의 대마상 시합이었지. 휀트는 거대한 성과 훌륭한 아들들을 모두에게 자랑하고 싶어 했어. 나도 내 능력을 자랑하고 싶었지. 난 겨우 열다섯 살이었지만, 그날은 아무도 날 쓰러뜨릴 수 없었어. 아에리스는 내가 마상 시합에 참여하게 두지 않았거든." 그는 다시 웃었다. "날 멀리 보내버렸지. 그런데 이제 그리로 돌아가는군."

놈들이 웃음소리를 들었다. 그날 밤에 얻어맞고 걷어차인 쪽은 제이미였다. 그는 아무 통증도 느끼지 못했다. 그러다가 로지가 그의 팔 절단면을 걷어찼고, 그는 의식을 잃었다.

다음 날 밤이 되자 결국 그들이 찾아왔다. 최악의 세 명이었다. 새그웰,

코 없는 로지, 그리고 제이미의 손을 자른 뚱뚱한 도트락인 졸로였다. 졸로와 로지는 다가오면서 누가 먼저 할지를 두고 다투었다. 섀그웰이 마지막이라는 데에는 이의가 없는 듯했다. 섀그웰은 둘이 같이 앞뒤를 차지하면 어떠냐고 제안했다. 졸로와 로지는 그 생각을 마음에 들어 했다가, 그러면 누가 앞으로 가고 누가 뒤로 갈지를 두고 싸우기 시작했다.

'저놈들이 이 여자도 불구로 만들겠군. 다만 겉보기에 드러나지 않는 속이 망가지겠지.' "어이, 계집." 그는 졸로와 로지가 서로를 욕하는 동안 속삭였다. "몸뚱이는 놈들이 가지라고 하고 멀리 떨어져 있어. 그러면 더 빨리 끝날 거고, 저놈들도 덜 즐거워할 거야."

"저놈들은 내게서 아무 즐거움도 누리지 못할 거요." 그녀는 반항적으로 마주 속삭였다.

'멍청하고 고집 세고 용감한 년이야.' 그는 브리엔느가 살해당하고 말 것을 알았다. '그렇다 한들 나와 무슨 상관이야? 저 여자가 그렇게 고집불통만 아니었어도 나한텐 아직 손이 있었을 텐데.' 그러나 그는 저도 모르게 소곤거렸다. "놈들이 뭘 하든 내버려두고 마음속으로 도망쳐." 스타크 부자가 그의 앞에서 죽었을 때, 리카드 공이 갑옷째로 구워지고 그 아들인 브랜던이 아버지를 구하려다가 목 졸려 죽었을 때 그는 그렇게 했었다. "렌리를 사랑했다면 그놈을 생각해. 타스를, 산맥과 바다와 연못과 폭포를, 당신의 사파이어섬에 뭐가 있든 간에 그걸 생각해……."

하지만 그때쯤에는 로지가 말다툼에서 졸로를 이긴 후였다. 그는 브리엔느에게 말했다. "내가 이때껏 본 여자들 중에 제일 못생겼지만, 그렇다고 내가 더 못생기게 만들지 못할 거란 생각은 말아라. 나 같은 코를 갖고 싶냐? 맞서 싸우면 이 꼴 날 거다. 그리고 눈이 둘인 건 너무 많지. 비명 한 번만 질렀다간 내가 눈알 하나를 뽑아서 너한테 먹이고 네 좆같은 이빨도 하나씩 뽑아버릴 줄 알아."

“아, 그렇게 해, 로지.” 섀그웰이 애원했다. “이가 다 빠지면 내 사랑하는 늙은 어머니처럼 보일 거야.” 그는 킬킬거렸다. “난 언제나 내 사랑하는 늙은 어머니의 뒷구멍을 쑤시고 싶었어.”

제이미는 키득거렸다. “재미있는 광대로군. 섀그웰, 너한테 수수께끼를 하나 내주지. 왜 당신들은 저 여자가 비명을 지를까 봐 신경을 쓸까? 아, 잠깐, 알 것 같은데.” 그는 있는 힘껏 소리쳤다. “사파이어!”

로지는 욕을 하며 그의 팔 절단면을 다시 걷어찼다. 제이미는 울부짖었다. ‘세상에 이런 고통이 있을 줄은 몰랐어.’ 마지막으로 그런 생각을 했던 것만 기억이 났다. 얼마나 오래 정신을 잃고 있었는지는 모르지만, 통증이 그를 뱉어냈을 때는 어스윅과 바고 호트가 와 있었다. “저년은 건드리지 마.” 염소는 졸로에게 침을 튀기며 소리 질렀다. “저건 처녀여야 한단 말이다, 이 멍청이들아! 싸파이어 한 부대 가치가 있다고!” 그때부터 바고 호트는 매일 밤 위병을 붙여서 자기 부하들로부터 그들을 보호했다.

계집은 두 밤이 말없이 지나가고 나서야 용기를 끌어 올려 속삭였다. “제이미? 왜 소리를 질렀지?”

“왜 ‘사파이어’라고 외쳤냐는 건가? 머리 좀 써봐. 내가 ‘강간이야’ 외쳤으면 저것들이 신경이나 썼겠어?”

“당신이 소리를 지를 필요는 없었어.”

“코가 없으면 정말 보기 흉할 거야. 게다가 난 그 염소가 ‘싸파이어’라고 말하는 꼴을 보고 싶었어.” 그는 쿡쿡 웃었다. “내가 훌륭한 거짓말쟁이라 당신에겐 다행이지. 명예를 아는 남자라면 사파이어섬에 대해 사실대로 말했을 테니.”

“어쨌든…… 고맙소, 경.”

손이 다시 쑤셨다. 그는 이를 갈며 말했다. “라니스터는 빚을 갚는다. 그 강에서, 로빈 라이거의 머리 위에 떨군 바윗덩이에 대해서 갚은 거야.”

염소가 그를 데리고 가두 행진을 하며 들어가고 싶어 했기에, 제이미는 하렌홀 성문이 1~2킬로미터쯤 남았을 때 말에서 내려야 했다. 그의 허리에 밧줄이 감겼고, 브리엔느는 손목에 밧줄이 감겼다. 두 밧줄 끝은 바고 호트의 안장 머리에 묶였다. 그들은 이 코호르인의 줄무늬 말 뒤에서 나란히 비틀거렸다.

제이미는 분노 덕분에 계속 걸었다. 잘린 팔을 덮은 리넨 천은 꼬질꼬질했고 고름 때문에 악취를 풍겼다. 한 걸음 디딜 때마다 환상 속의 손가락들이 비명을 질렀다. '난 저놈들 생각보다 강해.' 그는 스스로에게 말했다. '난 아직 라니스터야. 아직 킹스가드의 기사야.' 그는 하렌홀에 도착하고, 그다음에는 킹스랜딩까지 갈 작정이었다. 살 작정이었다. '그리고 이 빚은 이자를 쳐서 갚겠어.'

검은 하렌이 지은 괴물 같은 성의 절벽 같은 성벽이 다가오자 브리엔느가 그의 팔을 잡았다. "이 성은 볼턴 공이 차지하고 있어. 볼턴은 스타크의 봉신이고."

"볼턴은 적의 살가죽을 벗기지." 제이미가 그 북부인에 대해 기억하는 건 그 정도였다. 티리온이었다면 드레드포트의 영주에 대해 모르는 게 없었겠지만, 티리온은 세르세이와 함께 만 리 저편에 있었다. '세르세이가 살아 있는데 내가 죽을 순 없어. 우린 태어났을 때처럼 죽을 때도 함께야.'

외벽 바깥으로 성을 둘러싸고 있었을 시가는 다 타서 잿더미와 그을린 돌만 남았고, 거짓 봄의 해에 휀트 공이 대마상 시합을 열었던 호숫가에는 최근에 수많은 사람과 말이 진을 쳤던 흔적이 있었다. 망가진 땅을 가로지르는 동안 제이미의 입가에는 쓴웃음이 어렸다. 그가 예전에 왕 앞에 무릎 꿇고 서약을 했던 바로 그 자리에는 누군가가 변소 구덩이를 파놓았다. '난 그 달콤함이 얼마나 빨리 쉴지 꿈도 꾸지 못했지. 아에리스는 내가 하룻밤도 음미하지 못하게 했어. 나에게 영예를 내리고 바로 침을 뱉었지.'

브리엔느가 말했다. "살가죽 벗겨진 남자와 쌍둥이 탑 깃발이오. 롭 왕에게 충성을 맹세한 이들이야. 저기, 문루 위에 흰색과 회색 깃발. 다이어울프기를 휘날리고 있군."

제이미는 고개를 비틀어 올려다보았다. "그래, 당신네 그 빌어먹을 늑대로군." 그는 인정했다. "그리고 양쪽에 머리통들이 있는데."

병사들, 하인들, 종군 민간인들이 모여들어서 그들에게 야유를 던졌다. 점박이 암캐 한 마리가 따라오며 짖어대고 으르렁거렸는데, 리스인이 그 개를 기마 창으로 찍어 들더니 대열 맨 앞으로 달려갔다. "내가 킹슬레이어의 깃발을 들고 있다." 그는 죽은 개를 제이미의 머리 위로 흔들며 외쳤다.

하렌홀의 성벽은 워낙 두꺼워서, 성벽을 통과하는 것이 마치 돌 터널을 지나는 것 같았다. 바고 호트가 볼턴 경에게 도트락인 두 명을 먼저 보내 그들이 간다는 사실을 알려두었기에, 외벽 안뜰에는 호기심에 찬 사람들이 가득했다. 그들은 제이미가 비틀비틀 걸어가자 비켜섰다. 허리에 묶인 밧줄은 제이미가 느려질 때마다 그를 홱 끌어당겼다. "킹쓸레이어 대령이오." 바고 호트가 기분 나쁘게 질척거리는 목소리로 선언했다. 제이미는 창이 등허리를 찌르는 바람에 앞으로 엎어졌다.

본능 때문에 두 손으로 땅을 짚으려 했다. 그러다 팔 절단면이 땅에 부딪쳐 눈이 멀 것 같은 아픔이 덮쳤지만, 그래도 제이미는 어떻게든 애써 한쪽 무릎을 세우고 일어났다. 앞에서는 넓은 돌계단이 하렌홀의 거대한 원형 탑 입구로 이어져 올라갔다. 기사 다섯 명과 북부인 하나가 그를 내려다보고 있었다. 눈 색깔이 엷은 북부인은 모직과 모피 옷을 입었고, 사나운 다섯 기사는 사슬과 판금 갑옷을 입고 전포에는 쌍둥이 탑을 수놓았다. 제이미가 외쳤다. "프레이의 맹위로군. 댄웰 경, 아에니스 경, 호스틴 경." 그는 왈더 공의 아들들이 어떻게 생겼는지는 알고 있었다. 그의 고모가 그중 하나와 결혼했으니 말이다. "조의를 표하오."

"무엇에 대해서요, 경?" 댄웰 프레이 경이 물었다.

"당신 조카인 클레오스 경에 대해서. 우리와 같이 있다가 무법자들의 화살을 맞고 죽었소. 어스윅과 이 무리가 클레오스의 소지품을 가져가고 시체는 늑대들에게 버려두었지."

"여러분!" 브리엔느가 뛰쳐나왔다. "여러분의 깃발을 봤습니다. 여러분의 서약을 위해서라도 제 말을 들어보세요!"

"이건 누군가?" 아에니스 프레이 경이 물었다.

"라니스터의 유모야."

"저는 저녁 별 셀윈 공의 딸인 타스의 브리엔느이며, 여러분과 똑같이 스타크 가문에 충성을 맹세한 몸입니다."

아에니스 경은 그녀의 발에 침을 뱉었다. "그 서약에 대한 답은 이거다. 우린 롭 스타크의 말을 믿었는데, 그놈은 우리의 믿음에 배신으로 답했어."

'이거 재미있군.' 제이미는 브리엔느가 그 비난을 어떻게 받아들이나 보려고 고개를 돌렸지만, 그 여자는 재갈을 문 노새만큼이나 외골수였다. "저는 배신에 대해 아는 바가 없습니다." 그녀는 손목에 감긴 밧줄에 안달을 내며 말했다. "캐틀린 부인께서 라니스터를 킹스랜딩에 있는 그의 형제에게 데려가라 명하셨고—"

"우리가 발견했을 땐 저놈을 물에 빠뜨려 죽이려 하고 있더구먼." 신실한 어스윅이 말했다.

브리엔느는 얼굴을 붉혔다. "분노에 잠시 제정신이 아니었지만, 절대 죽이진 않았을 거요. 이자가 죽는다면 라니스터가 내 주인의 따님들을 죽일 테니."

아에니스 경은 흔들리지 않았다. "그게 우리와 무슨 상관이지?"

"몸값을 받고 리버런에 돌려주자." 댄웰 경이 부추겼다.

"캐스털리록이 금은 더 많아." 다른 형제 누군가가 반대했다.

"죽여! 네드 스타크에 대한 복수로 목을 쳐!"

광대 섀그웰이 회색과 분홍색이 얼룩덜룩한 광대 옷을 입고 공중제비를 하며 계단 발치에 올라서서 노래하기 시작했다. "옛날에 곰과 춤을 추는 사자가 있었다네, 이야, 이야……"

"조용히 해, 광대." 바고 호트는 광대를 가볍게 때렸다. "킹슬레이어는 곰에게 줄 게 아니야. 내 거다."

"누구도 죽일 수 없다." 루스 볼턴은 모두가 그의 말을 듣기 위해 숨을 죽여야 할 만큼 조용히 말했다. "그리고 부디, 내가 북쪽으로 행군하기 전까지는 그대가 하렌홀의 주인이 아니라는 점을 돌이켜주게."

제이미는 열 때문에 머리가 멍한 만큼이나 두려움도 잃었다. "이분이 드레드포트의 주인이신가? 마지막으로 들은 소식에는 내 아버지 때문에 꼬리를 말고 도망쳤다던데. 언제 도망치길 그만둔 거지?"

볼턴의 침묵은 바고 호트의 질척한 악의보다 백 배는 더 위협적이었다. 아침 안개처럼 색이 엷은 그의 두 눈동자는 말하는 것보다 더 많은 것을 감췄다. 제이미는 그 눈이 마음에 들지 않았다. 그 눈을 보면 네드 스타크가 철왕좌에 앉아 있는 제이미를 발견했던 킹스랜딩의 그날이 떠올랐다. 드레드포트의 영주는 마침내 입술을 오므리고 말했다. "손을 하나 잃었군."

"아니. 여기, 내 목에 걸려 있어."

루스 볼턴은 손을 뻗어 끈을 끊더니, 그 손을 호트에게 던졌다. "치우게. 보기 싫군."

"그놈 아버지에게 보낼 거야. 금화 1만 닢을 내지 않으면 킹슬레이어를 조각조각으로 보내겠다고 해야지. 그리고 금화를 다 받으면 제이미 경을 카쓰타크에게 줘써 그 집 처녀도 받는 거야!" 용감한 형제단이 왁자지껄 웃음을 터뜨렸다.

"훌륭한 계획이군." 루스 볼턴은 저녁 식사를 같이하다가 "훌륭한 와인이군"이라고 말하는 듯한 태도로 말했다. "하지만 카스타크 공이 자네에게 딸을 내어주진 않을 거야. 롭 왕이 반역과 살인죄를 들어 카스타크 공의 목을 베었거든. 타이윈 공은 킹스랜딩에 남아 있고, 손자가 하이가든의 딸을 신부로 맞이하는 내년 초까지 거기 있을 걸세."

브리엔느가 말했다. "윈터펠 말씀이겠지요. 조프리 왕은 산사 스타크와 약혼했어요."

"이제는 아니오. 블랙워터 전투가 모든 것을 바꿔놓았지. 장미와 사자가 합세해서 스타니스 바라테온의 군대를 분쇄하고 함대를 태워버렸소."

제이미는 생각했다. '내가 경고했지, 어스윅. 그리고 염소, 너에게도 경고했을 텐데. 사자를 상대로 내기를 걸었다간 지갑만 잃는 게 아니라고.' 그는 물었다. "내 누이 소식도 있소?"

"잘 있소. 그리고 경의…… 조카도." 볼턴은 '조카'라는 말을 하기 전에 잠시 뜸을 들였다. '내가 사실을 안다'는 뜻이었다. "경의 동생도 살아 있소. 전투 중에 부상을 입기는 했지만." 그는 징 박힌 두정갑을 입은 음침한 북부인에게 손짓했다. "제이미 경을 콰이번에게 데려다드리게. 그리고 이 여인의 손을 풀게." 브리엔느의 손목에 묶인 밧줄이 잘려나가자 그는 말했다. "용서하시오, 아가씨. 이런 심란한 시절에는 친구와 적을 구분하기가 어려워서 말이오."

브리엔느는 삼줄에 쓸려 피가 나는 손목 안쪽을 문질렀다. "볼턴 공, 이 남자들은 저를 강간하려 했습니다."

"그랬소?" 볼턴 공은 엷은 눈동자를 바고 호트에게 돌렸다. "불쾌하군. 이 문제도 그렇고, 제이미 경의 손도 그렇고."

뜰에는 용감한 형제단의 다섯 배에 달하는 북부인과 그만큼의 프레이가 있었다. 염소가 대단히 영리한 사람은 아닐지 몰라도 그 정도 숫자는 셀 수 있었다. 그는 입을 다물었다.

브리엔느가 말했다. "제 검도 빼앗았습니다. 제 갑옷도……."

"여기에서 갑옷은 필요하지 않을 거요, 아가씨. 하렌홀에서 아가씨는 내 보호 아래 있소. 애머벨, 브리엔느 아가씨에게 적당한 방을 찾아드려라. 월튼, 자네는 제이미 경을 즉시 돌봐드리도록." 볼턴 공은 답을 기다리지 않고 몸을 돌리더니, 가장자리에 모피를 댄 망토를 휘날리며 계단을 올라갔다. 제이미는 따로따로 이끌려 가기 전에 브리엔느와 잽싸게 눈빛만 겨우 주고받았다.

까마귀 방 아래에 자리한 학사의 거처에 도착하자, 쾨이번이라는 이름의 자애로운 회색 머리 남자가 제이미의 팔 절단면에 감긴 리넨을 잘라내고 숨을 들이켰다.

"그렇게 나쁜가? 내가 죽을까?"

쾨이번은 손가락으로 상처를 눌러보더니, 흘러나오는 고름을 보고 코를 찡그렸다. "아닙니다. 하지만 며칠 더 있었다면……." 그는 제이미의 옷 소매를 잘라냈다. "오염이 번졌습니다. 살이 얼마나 무른지 보이십니까? 다 잘라내야 합니다. 제일 안전한 길은 팔을 잘라내는 것입니다만."

"그랬다간 당신이 죽을 줄 알아. 잘린 데를 소독하고 꿰매. 위험은 감수하겠어."

쾨이번은 얼굴을 찌푸렸다. "위팔은 남겨두고 팔꿈치에서 절단할 수도 있습니다만……."

"내 팔을 조금이라도 잘라냈다간 반대쪽 팔도 잘라야 할 거야. 남겨두면 나중에 내가 그 팔로 당신 목을 조를 테니까."

쾨이번은 제이미의 눈을 들여다보았고, 거기서 뭘 봤는지는 몰라도 머뭇거렸다. "좋습니다. 썩은 살만 잘라내지요. 상처의 오염은 끓인 와인과 쐐기풀, 겨자씨, 빵 곰팡이 습포제로 태워보겠습니다. 그 정도면 충분할 수도 있습니다. 경에게 달린 문제지요. 양귀비즙을 원하실 텐데—"

"아니." 제이미는 도저히 잠들 수 없었다. 콰이번이 뭐라고 했건 간에, 깨어났을 때 팔이 아예 없을 수도 있었다.

콰이번은 놀랐다. "아플 텐데요."

"소리를 지르지."

"아주 많이 아플 겁니다."

"아주 크게 소리를 지르지."

"그럼 와인이라도 드시겠습니까?"

"차라리 최고성사가 기도는 하는지 묻지 그래?"

"그건 그렇군요. 와인을 가져오겠습니다. 누우세요. 팔을 묶어놔야 합니다."

콰이번이 그릇과 날카로운 칼을 들고 절단면을 소독하는 동안 제이미는 독한 와인을 들이켜면서 온몸에 흘렸다. 그의 왼손은 입을 어떻게 찾을지 모르는 것 같았지만, 거기에 대해서 변명거리가 있기는 했다. 수염을 적신 와인 냄새가 고름의 악취를 가려주었다.

썩은 살을 도려낼 때가 되어서는 아무것도 도움이 되지 않았다. 제이미는 비명을 질렀고, 멀쩡한 주먹으로 탁자를 치고 치고 또 쳤다. 콰이번이 절단면의 남은 상처에 끓인 와인을 붓자 또 비명을 질렀다. 온갖 맹세를 다 하고 온갖 두려움을 다 품었으면서도 한동안은 의식을 잃기도 했다. 깨어났을 때는 학사가 바늘과 봉합사로 팔을 꿰매고 있었다. "손목 위로 덮을 피부는 남겨뒀습니다."

"전에도 이런 일을 해봤군." 제이미는 약한 목소리로 말했다. 혀를 깨문 자리에서 피 맛이 나는 것을 느낄 수 있었다.

"바고 호트 밑에서 일하다 보면 잘린 팔다리에 익숙해지지요. 가는 곳마다 만들고 다니니까요."

제이미는 콰이번은 괴물처럼 보이지 않는다고 생각했다. 이자는 행동이

조심스럽고 말을 부드럽게 했으며 갈색 눈은 따뜻했다. "어쩌다가 학사가 용감한 형제단과 함께 다니게 된 거지?"

"시타델에서 제 사슬을 몰수했습니다." 콰이번은 바늘을 치웠다. "눈에 입으신 상처도 손을 써야겠습니다. 염증이 심하게 생겼어요."

제이미는 눈을 감고 와인과 콰이번이 할 일을 하게 했다. "전투에 대해 말해줘." 하렌홀의 까마귀들을 지키는 사람이니 콰이번이 제일 먼저 소식을 접했을 것이다.

"스타니스 공은 경의 아버님과 불길 사이에 갇혔습니다. 꼬마 악마가 강에 통째로 불을 붙였다고 하더군요."

제이미는 제일 높은 탑보다 더 높이 치솟은 녹색 불길과 길거리에서 비명을 지르며 불타는 남자들을 보았다. '이 꿈은 예전에도 꿨는데.' 웃기기까지 했지만, 농담을 하려고 해도 이해할 사람이 없었다.

"눈을 뜨십시오." 콰이번은 따뜻한 물에 천을 적셔 말라붙은 피딱지를 가볍게 두드렸다. 눈꺼풀이 부어 있었지만, 제이미는 억지로 눈을 반쯤 뜰 수 있었다. 콰이번의 얼굴이 위에 어른거렸다. "어쩌다가 이렇게 된 겁니까?" 학사가 물었다.

"어떤 계집의 선물이지."

"거친 구애였나 봅니다?"

"그 계집은 나보다 더 덩치가 크고 당신보다 더 못생겼어. 그 여자도 손 봐줘야 할 거야. 싸울 때 내가 찌른 다리를 아직도 절고 있거든."

"그쪽 안부도 알아보겠습니다. 그 여자는 경에게 어떤 사람입니까?"

"내 보호자라네." 아무리 아파도 제이미는 웃을 수밖에 없었다.

"약초를 갈아 드릴 테니 와인과 섞어서 열을 가라앉히는 데 쓰시지요. 내일 다시 오시면 눈에 거머리를 붙여서 나쁜 피를 뽑아내겠습니다."

"거머리라. 멋지군."

"볼턴 공은 거머리들을 아주 좋아하십니다." 콰이번은 고지식하게 말했다.

제이미는 말했다. "그래. 그렇겠지."

티리온

'왕의 문' 너머에는 진흙과 잿더미와 타버린 뼛조각들밖에 남지 않았지만, 그래도 이미 성벽 그늘 속에 사는 사람들이 있었고, 수레와 통에 담은 물고기를 파는 사람들도 있었다. 티리온은 말을 타고 지나가면서 자신에게 꽂히는 그들의 시선을 느꼈다. 호의라곤 없는 성나고 싸늘한 눈빛이었다. 아무도 감히 그에게 말을 걸거나 앞길을 막지는 못했다. 기름 바른 검은색 사슬 갑옷을 입은 브론이 옆에 있는 한은 그랬다. '하지만 나 혼자였다면 끌어 내려서 내 얼굴을 자갈에 짓이겼겠지. 프레스턴 그린필드에게 그랬듯이.'

그는 투덜거렸다. "쥐새끼들보다 더 빨리 돌아오는군. 한번 불태워버렸으면 교훈을 얻었을 법도 한데."

"황금 망토 몇십 명만 주면 내가 다 죽여버리지요." 브론이 말했다. "죽여버리면 돌아오지 못할걸요."

"아니, 그 사람들 자릴 다른 사람들이 대신하겠지. 내버려둬……. 하지만 다시 성벽에 기대어 움막을 짓기 시작하면 즉시 무너뜨려. 이 바보들이 어떻게 생각하건 간에, 전쟁은 아직 끝나지 않았어." 그는 앞에 놓인 '진흙 문'

을 살폈다. "일단은 충분히 봤네. 내일 길드장들을 데리고 다시 와서 계획을 검토하도록 하지." 그는 한숨을 내쉬었다. '흠, 내가 대부분 불태워버렸으니 내가 재건하는 게 맞겠지.'

재건은 그의 숙부에게 맡겨진 일이었으나, 믿음직하고 꾸준하며 지칠 줄 모르는 케반 라니스터 경도 리버런에서 날아온 까마귀가 아들의 살해 소식을 전한 이후 제정신이 아니었다. 윌렘의 쌍둥이 형제인 마틴도 롭 스타크의 포로로 잡혀 있었고, 그 형인 란셀은 낫지 않는 부상에 시달리며 아직까지 침대에 누워 있었다. 아들 하나는 죽고 다른 둘은 심각한 위험에 직면한 상황에서 케반 경은 비탄과 두려움에 먹혀버렸다. 타이윈 공은 언제나 동생에게 의지했지만, 지금은 다시 난쟁이 아들을 돌아보는 수밖에 없었다.

재건 비용이 엄청나게 들 테지만 어쩔 수 없는 일이었다. 킹스랜딩은 칠왕국 제일가는 항구로, 그에 필적하는 항구도시는 올드타운밖에 없었다. 강은 다시 열려야 했고, 그것도 빠를수록 좋았다. '그런데 그 돈은 어디에서 찾는다?' 2주 전에 북쪽으로 배를 타고 가버린 리틀핑거가 그리울 지경이었다. '그놈이 라이사 아린과 자고 그 옆에서 협곡을 통치하는 동안 난 그놈이 남겨두고 간 쓰레기장을 치워야 한단 말이지.' 그래도 아버지가 의미 있는 일거리를 주기는 했다. '날 캐스털리록의 후계자로 지명은 못 해주지만, 쓸 수 있는 곳에는 쓰겠다 이거지.' 티리온은 황금 망토 수비대장이 손짓해서 진흙 문을 통과시키는 동안 생각했다.

'세 창녀'는 아직도 도시 관문 안 장터 광장을 차지하고 있었지만, 이제는 일없이 서 있을 뿐이었다. 바윗돌과 역청 통은 모두 치웠다. 조잡한 옷을 입은 원숭이 같은 아이들이 우뚝 솟은 나무 구조물을 타고 오르고, 투석기 팔에 우글우글 앉아서 서로를 놀려대고 있었다.

"나보고 아담 경에게 여기 황금 망토를 몇 명 배치시키는 거 잊지 말라고 해줘." 티리온은 거대한 투석기 두 대 사이를 지나가면서 브론에게 말했다. "멍청한 애가 떨어져서 등이 부러지기 십상이야." 위에서 큰 소리가 나더니, 두 사람 바로 앞에 거름덩어리가 떨어졌다. 티리온은 타고 있던 암말이 뒷다리로 일어서는 바람에 떨어질 뻔했다. 그는 말을 진정시키고 나서 말했다. "다시 생각해봤는데, 저런 애새끼들은 떨어져서 잘 익은 멜론처럼 박살 나든 말든 내버려두지."

기분이 최악이었는데, 길거리 아이들 몇 명이 그에게 똥칠을 하고 싶어해서만은 아니었다. 그의 결혼은 매일이 고통이었다. 산사 스타크는 숫처녀 그대로였고, 성 사람들 절반이 그 사실을 아는 것 같았다. 오늘 아침에는 안장을 얹으면서 마구간지기 소년 두 명이 등 뒤에서 키득거리는 소리를 들었다. 말들마저 그를 비웃는다는 상상이 들 정도였다. 침실의 사생활을 지키고 싶어서 목숨 걸고 잠자리 의식을 피했건만, 그 희망은 순식간에 달아나버렸다. 산사가 세르세이의 첩자로만 채워진 시녀들 중 누군가에게 마음을 털어놓을 정도로 멍청했거나, 아니면 바리스와 그의 작은 새들 탓이었다.

그래서 무슨 차이가 있단 말인가? 그들은 어차피 티리온을 비웃고 있었다. 레드킵에서 그의 결혼이 놀림거리가 아니라고 생각하는 사람은 그의 아내뿐인 듯했다.

산사는 매일매일 더 비참해했다. 티리온이 위안을 줄 수만 있다면 그 갑옷 같은 예의를 기꺼이 뚫고 들어가겠지만, 소용없는 짓이었다. 어떤 말을 해도 산사의 눈에 그가 잘생겨 보일 리 없었다. 덜 라니스터로 보일 리도 없었다. 이 사람이 티리온의 여생에 주어진 아내였고, 그의 아내는 그를 싫어했다.

그리고 커다란 침대에서 함께 지내는 밤들도 고통이었다. 그는 이제 원래 습관대로 벌거벗고 잘 수가 없었다. 그의 아내는 교육을 너무나 잘 받은 나머지 모진 말을 하지 못했지만, 그의 몸을 볼 때마다 그 눈에 떠오르는 혐오감은 티리온이 견딜 수 없는 것이었다. 티리온은 산사에게도 잠옷을 입으라고 명령했다. 그는 문득 깨달았다. '난 산사를 원해. 그래, 윈터펠도 원하지만, 산사도 원해. 어린아이든 여인이든 뭐든 간에. 산사를 위로하고 싶고, 웃음소리를 듣고 싶어. 기꺼이 나에게 왔으면 좋겠고, 무엇이 즐겁고 무엇이 슬프고 무엇을 갈망하는지 알려줬으면 좋겠어.' 티리온은 입을 일그러뜨리고 쓰게 웃었다. '그래, 그리고 난 제이미처럼 키가 크고 산더미 그레고르 경처럼 힘이 세길 원하기도 하지. 그러면 얼마나 좋겠어.'

저도 모르게 샤에에게 생각이 옮겨 갔다. 티리온은 샤에가 다른 사람 입으로 그 소식을 듣게 하고 싶지 않았기에, 바리스에게 결혼식 전날 밤에 샤에를 데려오라고 했다. 그들은 다시 한번 내시의 방에서 만났고, 티리온은 그의 조끼 끈을 풀기 시작하는 샤에의 손목을 잡고 밀어냈다. "기다려 봐. 이 이야기는 꼭 들어야 해. 내일이면 난……."

"산사 스타크과 결혼하시죠. 알아요."

그는 잠시 할 말을 잃었다. 산사도 모르고 있을 때였다. "그걸 어떻게 알았지? 바리스가 말해줬나?"

"제가 롤리스를 데리고 성소에 갔을 때 어떤 시동이 탤러드 경에게 말하고 있었어요. 케반 경이 당신 아버지에게 하는 말을 엿들은 어느 하녀에게 들었다나요." 샤에는 그의 손에서 손목을 비틀어 빼내고 드레스를 머리 위로 올려 벗었다. 언제나처럼 그 아래는 벗은 몸이었다. "상관없어요. 어린 여자애잖아. 당신은 그 애를 임신시키고 나한테 돌아올 거야."

그의 마음속 어떤 부분은 그녀가 덜 무관심하기를 바랐다. '그랬었지. 하지만 이제 넌 그보다는 잘 알게 됐잖아, 난쟁이.' 그는 씁쓸하게 스스로를 조롱했다. '네가 얻을 사랑은 앞으로도 샤에뿐이야.'

진흙 길에는 사람이 많았지만, 병사들이나 시민들이나 꼬마 악마와 그의 호위에게는 길을 비켰다. 눈이 푹 꺼진 아이들이 발밑에 우글거렸는데, 말없이 애걸하는 눈빛으로 올려다보는 아이들이 있는가 하면 시끄럽게 구걸하는 아이들도 있었다. 티리온은 지갑에서 동화를 한 주먹 꺼내 허공에 뿌렸고, 아이들은 서로를 밀치고 소리를 지르며 달려들었다. 운 좋은 아이들은 오늘 밤에 퀴퀴한 빵이라도 한 덩이 살 수 있을 것이다. 시장마다 전에 없이 붐볐고, 티렐이 그렇게 많은 식량을 들여왔는데도 가격은 여전히 믿을 수 없이 비쌌다. 멜론 하나에 동화 여섯 닢, 옥수수 한 부대에 은화 한 닢, 소 반 마리나 빼빼 마른 새끼 돼지 여섯 마리에는 금화 한 닢이었다. 그런데도 살 사람은 부족하지 않은 모양이었다. 수레마다, 가판대마다 여윈 남자들과 초췌한 여자들이 모여 있었고 그보다 더 남루한 이들이 골목길 어귀에서 시무룩한 눈으로 그쪽을 보고 있었다.

"이쪽입니다." 갈고리 길 아래에 도착하자 브론이 말했다. "마음이 바뀌지 않았다면……?"

"갈 거야." 강 쪽에 나가본다는 건 편리한 변명거리였고, 티리온에게는 오늘 다른 목적도 있었다. 마음에 드는 일은 아니지만, 해야만 하는 일이었다. 그들은 아에곤의 높은 언덕에서 방향을 틀어 비세니아 언덕 발치에 모인 작은 거리들의 미로 속으로 들어갔다. 브론이 길을 이끌었다. 티리온은 한두 번 어깨 너머로 미행하는 자가 없나 살폈지만, 평소의 시민들 말고는 보이지 않았다. 자기 말을 때리는 짐마차꾼 하나, 창밖으로 분뇨를 버리는 늙은 여인 하나, 막대기를 들고 싸우는 어린 소년 둘, 포로를 호송하는 황금 망토가 셋……. 하나같이 아무것도 모르는 사람들 같았지만, 그중 누구든 그의 파멸을 부를 수 있었다. 바리스는 어디에나 정보원을 두었다.

그들은 모퉁이를 돌고, 다음 모퉁이를 또 돈 다음에 천천히 우물가에 모인 여자들 사이를 뚫고 달렸다. 브론이 앞장서서 구부러진 좁은 길을 지나고, 골목길을 통과하고, 부서진 아치 아래를 통과했다. 그들은 집 한 채가 불타고 남은 돌무더기를 가로지르고, 말을 조심스럽게 몰아서 얕은 돌계단을 올라갔다. 건물들이 바싹 붙은 데다 초라했다. 브론은 말 두 마리가 나란히 지나가기에는 너무 좁고 비뚤배뚤한 골목길 앞에 멈춰 섰다. "두 번 꺾으면 막다른 길이에요. 그 술집은 마지막 건물 지하에 있습니다."

티리온은 말에서 내렸다. "내가 돌아올 때까지 아무도 들어오거나 나가지 못하게 해. 오래 걸리진 않을 거야." 그는 망토 안에 손을 넣어, 감춰진 주머니 속 금화가 그대로 있는지 확인했다. 금화 30닢이었다. '그런 남자에게는 상당한 재산이지.' 티리온은 얼른 끝내고 싶은 마음에 뒤뚱뒤뚱 빠른 걸음으로 골목길을 걸어갔다.

그 술집은 암울한 장소로, 어둡고 축축한 데다 벽은 초석으로 허옇게 바래고 천장은 브론이었다면 대들보에 머리를 부딪치지 않기 위해 구부정하게 걸어야 할 정도로 낮았다. 티리온에게는 그런 문제가 없었다. 이 시간, 술집 앞쪽 방에는 판자로 만든 조잡한 판매대 앞 걸상에 죽은 눈으로 앉아 있는 여자 하나밖에 없었다. 그 여자는 그에게 시큼한 와인을 한 잔 건네고 말했다. "뒤에."

뒷방은 더 어두웠다. 낮은 탁자에 촛불이 너울거렸고, 그 옆으로 와인병이 하나 놓여 있었다. 탁자 뒤에 앉은 남자는 별로 위험해 보이지 않았다. 키도 작고—어떤 남자든 티리온보다야 크지만—갈색 머리는 숱이 줄고 있었으며, 뺨은 분홍색이었고, 불룩 나온 배 때문에 사슴 가죽 조끼에 달린 뼈 단추가 튕겨 나갈 것 같았다. 부드러운 두 손으로는 장검보다 더 치명적인 12현의 나무 하프를 쥐고 있었다.

티리온은 그 남자 맞은편에 앉았다. "은혀의 사이먼."

남자는 고개를 숙였다. 머리 꼭대기는 벗어져 있었다. "수관님."

"잘못 알았군. 왕의 수관은 내 아버지라네. 이제 난 손은커녕 손가락 하나도 못 돼."

"분명히 다시 올라가실 겁니다. 당신 같은 분이라면요. 사랑스러운 샤에 아가씨께서 그러시는데 막 결혼하셨다면서요. 더 일찍 부르시지 그러셨습니까. 제가 피로연에서 노래를 부르는 영광을 얻을 수도 있었을 텐데."

"내 아내에게 다른 건 몰라도 노래는 더 필요하지 않을 거야. 샤에에 대해서는, 우리 둘 다 샤에가 숙녀나 아가씨가 아니라는 걸 알고 있지. 그리고 그 이름을 큰 소리로 말하지 않아주면 고맙겠네."

"수관님 명이시라면요." 사이먼이 말했다.

티리온이 지난번에 이 남자를 만났을 때는, 날카로운 말 한마디로 진땀을 흘리게 할 수 있었다. 그러나 가수는 어딘가에서 용기를 얻어낸 모양이었다. '주로 와인병 안에서겠지.' 아니면 전에 없던 이 대담함은 티리온 때문에 얻은 것인지도 몰랐다. '내가 위협을 했지만 실제로는 아무것도 하지 않았으니까, 이제는 내가 이 빠진 사자라고 믿는 거야.' 그는 한숨을 내쉬었다. "자네는 아주 재능 있는 가수라고 들었네."

"그렇게 말씀해주시다니 정말 친절하십니다."

티리온은 미소를 지어 보였다. "이제 자네의 음악을 자유도시에 들려줄 때가 된 것 같네. 브라보스와 펜토스와 리스 사람들은 노래를 무척 사랑하고, 자기들을 기쁘게 해주는 이들에게 관대하다네." 그는 와인을 한 모금 마셨다. 형편없는 물건이었지만 독하기는 했다. "아홉 도시를 다 돌아보는 게 제일 좋겠지. 누구에게서도 자네의 노래를 듣는 기쁨을 빼앗긴 싫을 테니 말이야. 한 도시에 1년씩이면 되겠어." 그는 망토 안, 금화를 숨겨둔 주머니로 손을 뻗었다. "항구가 닫혔으니 배를 타려면 더스큰데일까지 가야겠지만, 브론이 자네가 탈 말을 찾아줄 것이고, 여행 경비는 내가 내도 괜찮다면 영광이겠네……."

"하지만 나리." 사이먼이 항변했다. "나리는 제 노래를 들어보지 못하셨지요. 잠시만 들어주십시오." 그의 손가락이 나무 하프 현 위를 재빠르게 움직이더니, 부드러운 음악 소리가 지하실을 채웠다. 사이먼은 노래하기 시작했다.

그는 높은 언덕에서 내려와
도시의 길거리를 내달렸네.
골목길과 계단과 자갈밭 위를 달려
한 여인의 한숨을 향해 갔다네.
그 여인은 그의 비밀스러운 보물이요,
그의 수치이자 행복이었기에.
그리고 한 여인의 입맞춤에 비하면
사슬도 성도 아무것도 아니라네.

"가사가 더 있습니다." 가수는 연주를 멈추며 말했다. "아, 많이 길지요. 후렴구가 특히 좋다고 생각합니다요. 황금의 손은 언제나 차갑지만, 여인의 손은 따스하니……."

"그만." 티리온은 망토에서 빈손을 뺐다. "내가 다시는 듣고 싶지 않은 노래로군. 다시는."

"그래요?" 은혀의 사이먼은 하프를 밀어내고 와인을 한 모금 마셨다. "안타깝네요. 그렇지만 제 옛 스승님께서 연주를 가르쳐주실 때 말씀하셨다시피, 모두에게 각자의 노래가 있거든요. 다른 분들은 제 노래를 좀 더 좋아하실지도 모르지요. 왕대비님이라거나, 아버님이라거나요."

티리온은 코에 남은 흉터를 문지르며 말했다. "내 아버지는 가수들에게 내줄 시간이 없고, 내 누이는 생각만큼 관대하지 않다네. 현명한 사람이라면 노래보다는 침묵에서 더 많은 돈을 벌 수 있지." 이보다 더 분명하게 뜻을 전할 수가 있을까.

사이먼도 그 뜻을 빨리 알아들은 것 같았다. "제 값은 과하지 않습니다요, 나리."

"그걸 알게 되어 다행이군." 티리온은 이게 금화 30닢 정도 문제가 아닐 거라는 걱정이 들었다. "말해보게."

"조프리 왕의 결혼 피로연 말입니다. 거기서 가수들의 시합이 열리지요."

"곡예사와 어릿광대와 춤추는 곰들도 나오지."

"춤추는 곰은 한 마리뿐입니다요, 나리." 사이먼은 세르세이의 연회 준비에 티리온보다 훨씬 관심을 기울인 모양이었다. "하지만 가수는 일곱 명이지요. 카이의 갈리언, 아름다운 손가락 베타니, 아에몬 코스테인, 에이슨의 알라릭, 하프쟁이 해미시, 콜리오 콰이니스, 그리고 올드타운의 올랜드가 은줄을 달고 금박을 입힌 류트를 두고 겨룬답니다……. 하지만 알 수 없는 연유로, 그자들 모두를 능가하는 한 명에게는 초대장이 오질 않았어요."

"내가 맞혀보지. 은혀의 사이먼인가?"

사이먼은 겸손하게 미소를 지었다. "국왕과 궁정 앞에서 제 호언장담을 증명할 준비가 되어 있습니다. 해미시는 늙었고, 자기가 무슨 노래를 하는지도 자주 까먹지요. 콜리오는, 그 터무니없는 티로시 억양이라니! 세 마디 중에 한 마디만 알아들어도 운이 좋은 겁니다."

"그 피로연은 내 사랑하는 누이가 마련한 거야. 내가 자네를 초대할 수 있다 해도, 이상해 보일 수 있어. 칠왕국에 일곱 개의 서약, 일곱 가지 시합, 일흔일곱 가지 요리……. 그런데 가수는 여덟 명? 최고성사가 무슨 생각을 하겠나?"

"나리가 독실한 신앙인이신 줄은 미처 몰랐는데요."

"중요한 건 신앙이 아니야. 특정한 형식을 갖춰야 한다는 거지."

사이먼은 와인을 한 모금 마셨다. "그래도…… 가수의 삶에 위험은 따라오는 법입니다. 저희는 맥줏집과 와인집에서, 다루기 힘든 주정뱅이들 앞에서 일을 하지요. 누님의 일곱 가수 중 하나가 불운을 맞이한다면, 제가 그 자리를 대신하도록 생각해주셨으면 합니다." 그는 지나치게 자기만족을 드러내며 교활하게 미소 지었다.

"그야 가수 여섯은 여덟만큼이나 불운해 보이겠지. 내 세르세이가 뽑은 일곱 명의 건강을 물어보겠네. 하나라도 병이 나면 브론이 자네를 찾을 걸세."

"아주 좋습니다, 나리." 사이먼은 그 정도에서 그만둘 수도 있었을 텐데, 승리에 도취해서 상기된 얼굴로 덧붙였다. "전 조프리 왕의 결혼식 밤에 노래를 할 겁니다. 제가 궁정에 불려 가면, 왕에게 제 최고의 작품들, 천 번은 노래해서 듣는 분들이 즐거워하실 게 분명한 노래들을 바치고 싶겠지요. 하지만 제가 어느 음울한 술집에서 노래하게 된다면……. 글쎄요, 아무래도 새로 지은 노래를 시험해보지 않겠습니까. 황금의 손은 언제나 차갑지만, 여인의 손은 따스하니."

"그럴 필요는 없을 거야." 티리온이 말했다. "라니스터로서 약속하지. 브론이 곧 자네를 찾아올 걸세."

"아주 좋습니다, 나리." 배가 볼록 나온 대머리 가수는 나무 하프를 다시 집어 들었다.

브론은 골목길 입구에서 두 마리 말과 함께 기다리고 있었다. 그는 티리온이 안장에 앉게 도와주며 물었다. "언제 저놈을 더스큰데일로 데려가죠?"

"안 그래도 돼." 티리온은 말 머리를 돌렸다. "사흘을 기다렸다가 저놈에게 하프쟁이 해미시가 팔이 부러졌다고 알려줘. 그리고 지금 옷으로는 궁정에 절대 못 가니 즉시 새 의복을 맞춰야 한다고 해. 그러면 얼른 자네를 따라오겠지." 그는 얼굴을 찌푸렸다. "그놈 혓바닥은 자네가 원할지도 모르겠군. 은으로 만들었다고 하니 말이야. 나머지는 절대 발견되지 않게 하게."

브론이 씩 웃었다. "플리바텀에 맛 좋은 스튜를 만드는 급식소를 하나 알지요. 안에 온갖 고기가 다 들어간답니다."

"내가 거기서 먹는 일은 없도록 해." 티리온은 말에 박차를 가했다. 목욕을 하고 싶었다. 물이 뜨거울수록 좋았다.

하지만 그 소박한 즐거움도 누릴 수가 없었다. 거처에 돌아가자마자 포드릭 페인이 수관의 탑에서 찾는다는 소식을 알렸다. "뵙길 원하십니다. 수관님께서. 타이윈 공께서요."

"나도 수관이 누군지는 안다, 포드. 내가 잃어버린 건 코지 머리가 아니야."

브론이 웃었다. "그러다 애 머리를 물어뜯으시겠소."

"왜 안 돼? 어차피 쓰지도 않는데." 티리온은 그사이 한 짓이 뭐가 있나 생각했다. '아니, 그보다는 내가 뭘 하지 못했나겠지.' 타이윈 공의 부름에는 언제나 가시가 있었다. 아버지가 그저 식사나 와인을 같이하자고 그를 부를 리 없다는 건 확실했다.

몇 분 후에 아버지의 개인 방으로 들어가는데 목소리가 들렸다. "……칼집은 벚나무로 만들고, 붉은 가죽을 두르고 순금으로 만든 사자 머리 모양의 징을 한 줄로 장식하지요. 눈에는 석류석을 박으면 어떨지……."

"루비로 하지." 타이윈 공이 말했다. "석류석에는 광휘가 부족해."

티리온은 목을 가다듬었다. "수관님. 절 부르셨다고요?"

아버지가 그를 흘긋 올려다보았다. "그랬지. 와서 이걸 좀 봐라."

두 사람 사이 탁자에 유포 꾸러미가 놓였고, 타이윈 공의 손에는 장검이 들려 있었다. "조프리에게 줄 결혼 선물이다." 타이윈 공이 장검 모서리를 살펴보느라 이리저리 돌리자 마름모꼴 유리창을 통과해 들어온 햇빛에 검날이 검붉게 빛났고, 손잡이 끝과 날밑에는 황금빛이 너울거렸다. "스타니스와 마법 검에 대한 멍청한 헛소리를 듣다 보니 조프리에게도 뭔가 특별한 걸 주는 게 좋겠다 싶었지. 모름지기 왕은 왕다운 무기를 들어야 하는 법."

"조프리에게는 과한 검인데요." 티리온이 말했다.

"이 정도는 자랄 거다. 여기, 무게를 가늠해봐라." 타이윈 공이 손잡이 쪽을 내밀었다.

그 장검은 티리온이 생각한 것보다 훨씬 가벼웠다. 손에 쥐고 돌려보니 이유를 알 수 있었다. 이렇게 얇게 두드려 펼 수 있고 그러면서도 들고 싸울 내구력이 충분한 금속은 단 하나뿐이었고, 수천 번을 접고 또 접어서 강철 날에 생긴 물결무늬는 착각할 수 없는 특징이었다. "발리리아 강철입니까?"

"그래." 타이윈 공은 깊은 만족감이 드러나는 목소리로 대답했다.

'드디어 구하신 건가요, 아버지?' 발리리아 강철 검은 드물고 비쌌다. 온 세상을 통틀어 수천 자루가 있지만, 칠왕국에는 200자루 정도밖에 남아 있지 않았다. 아버지는 라니스터 가문에 발리리아 강철 검이 한 자루도 없다는 사실에 늘 안달했다. 옛 바위 왕들은 그런 무기를 가지고 있었지만, 대검 '빛나는 포효'는 토멘 2세가 발리리아에 되돌려놓으려고 어리석은 모험을 떠났을 때 사라졌다. 토멘 2세는 영영 돌아오지 않았다. 8년 전인가, 잃어버린 대검을 찾아 나섰던 제리 숙부도 돌아오지 않았다. 아버지의 막냇동생이자, 형제들 중에서 제일 무모한 사람이었다.

타이윈 공이 몰락한 소가문들에게 발리리아 장검을 사겠다고 제안한 일도 세 번이나 있었으나 그 제안은 언제나 단호하게 거부당했다. 소귀족들은 라니스터가 달라면 딸들은 기꺼이 내줘도, 오래된 가보는 소중히 간직했다.

티리온은 이 장검을 만든 발리리아 강철이 어디에서 왔을까 궁금했다. 오래된 발리리아 강철을 재가공할 수 있는 무기 장인은 몇 명 있어도, 만드는 방식 자체의 비밀은 옛 발리리아에 파멸이 왔을 때 사라졌다. "색이 독특하군요." 티리온은 햇빛에 검날을 돌려보며 말했다. 대부분의 발리리아 강철은 검은색으로 보일 만큼 짙은 회색이었고, 이 검도 그랬다. 하지만 물결 사이에 그만큼 짙은 붉은색도 섞여 있었다. 두 색깔이 서로 건드리지 않으면서 겹쳐지는 모양이, 마치 어느 강철 해변에 밤과 피의 파도가 밀려드는 것처럼 뚜렷한 물결무늬를 자아냈다. "이 무늬는 어떻게 만들어낸 건가? 이런 건 본 적이 없는데."

"저도 그렇습니다, 나리." 무기 장인이 말했다. "고백건대 제가 이런 색깔을 내려던 것도 아니고, 또 만들 수 있을지도 잘 모르겠습니다. 아버님께서 라니스터 가문의 진홍색을 넣으라고 하셔서, 처음 제가 금속에 스며들게 한 색깔은 진홍색이었습니다. 하지만 발리리아 강철은 고집이 세거든요. 이런 오래된 검들은 기억을 한다고도 하고, 쉽게 바뀌질 않습니다. 주문을 50가지는 쓰고 붉은색을 몇 번이고 몇 번이고 밝게 만들어봤습니만, 언제나 색이 어두워지지 뭡니까. 마치 칼날이 빛을 마셔버리는 것처럼요. 그리고 보시다시피 어떤 부분은 아예 붉은색을 받아들이질 않았어요. 라니스터 나리들께서 마음에 들지 않으신다면 시키시는 대로 몇 번이라도 다시 시도해보겠습니다만—"

"그럴 필요 없네." 타이윈 공이 말했다. "이거면 됐어."

"진홍색 검이라면 햇빛에 예쁘게 반짝이겠지만, 솔직히 말해서 난 이 색깔이 더 마음에 드는군." 티리온이 말했다. "불길한 아름다움이 있어……. 그리고 덕분에 이 칼이 독특해지지 않나. 분명히 세상에 이런 검은 또 없겠지."

"하나 있습니다." 무기제조인이 탁자 위로 허리를 굽히더니 유포 꾸러미를 젖혀 두 번째 장검을 꺼냈다.

티리온은 조프리의 검을 내려놓고 두 번째 검을 집었다. 두 개의 장검은 쌍둥이가 아니라면 사촌지간은 되는 사이였다. 두 번째 검이 더 두껍고 무거웠으며, 1센티미터 남짓 폭이 더 넓고 10센티미터는 더 길었지만, 깔끔하게 떨어지는 선도 똑같았고 피와 밤의 물결로 이루어진 독특한 색채도 같았다. 두 번째 장검은 칼날에 깊은 홈 세 줄이 손잡이부터 끝까지 이어졌고, 왕의 장검은 홈이 두 줄뿐이었다. 조프리의 검 자루가 훨씬 더 화려했고 날밑 양쪽이 루비 발톱을 내민 사자 발 모양이었지만, 둘 다 손잡이 부분은 잘 손질된 붉은 가죽으로 만들었고 손잡이 끝에 황금 사자 머리가 달려 있었다.

"정말 훌륭하군요." 티리온처럼 기술이 없는 사람의 손에서도 살아 움직이는 듯한 칼날이었다. "이렇게 훌륭한 균형감은 처음 느껴봅니다."

"내 아들이 쓸 검이다."

'어느 아들인지는 물어볼 필요도 없겠지.' 티리온은 제이미의 검을 조프리의 검 옆에 내려놓으며, 롭 스타크가 제이미를 이 장검을 휘두를 수 있을 만큼 오래 살려둘까 생각했다. '아버지는 확신하시는 모양이야. 그러지 않고서야 이 칼을 만들었겠어?'

"작업을 잘해줬다, 모트 장인." 타이윈 공이 무기제조인에게 말했다. "내 집사가 대가를 지불할 것이다. 그리고 칼집에 루비를 쓰는 것 잊지 말도록."

"그러겠습니다, 수관님. 참으로 관대하십니다." 무기제조인은 두 자루 장검을 유포에 싸서 옆구리에 끼더니 무릎을 꿇었다. "왕의 수관을 섬기게 되어 영광입니다. 두 자루 모두 결혼식 전날까지 배달하겠습니다."

"그리하도록."

위병들이 무기제조인을 데리고 나가자, 티리온은 의자에 기어올랐다. "그래서…… 조프리에게 장검 한 자루, 제이미에게 장검 한 자루, 그리고 난쟁이에게는 단검 하나 없는 겁니까, 아버지?"

"두 자루 만들 강철밖에 없었다. 세 자루는 무리야. 단검이 필요하다면 무기고에서 하나 가져가거라. 로버트가 죽으면서 백 자루는 남겼다. 제리온이 결혼 선물로 바친 상아 손잡이에 자루 끝에는 사파이어를 단 도금 단검도 있고, 궁정에 찾아온 사절 중에 절반은 국왕 전하에게 보석 박힌 단검이며 은세공한 장검을 선물하면서 아첨을 하려고 들었으니까."

티리온은 미소 지었다. "차라리 딸을 바쳤다면 로버트가 더 좋아했을 텐데요."

"그야 그랬겠지. 로버트가 실제로 사용한 칼은 어렸을 때 존 아린에게 받은 사냥칼 하나뿐이었어." 타이윈 공은 손을 내저어 로버트 왕과 그의 온갖 단검들 이야기를 끝냈다. "강가에서 뭘 찾았느냐?"

"진흙요." 티리온은 대답했다. "그리고 아무도 묻어줄 생각을 안 한 시체가 몇 구 있었죠. 항구를 다시 열려면 블랙워터강 바닥을 훑어서 가라앉은 배들을 해체하거나 끌어 올려야 합니다. 부두는 4분의 3을 수리해야 하고, 몇 개는 아예 해체하고 다시 지어야 할지도 몰라요. 수산 시장은 통째로 없어졌고, '강의 문'과 '왕의 문'은 둘 다 스타니스가 충차로 들이받은 곳이 갈라져서 고쳐야 합니다. 그 비용을 생각만 해도 몸서리가 나네요." '아버지가 똥 대신 금을 싸신다면 어서 변소에 가서 일 좀 하세요'라고 말하고 싶었지만, 그러지는 않았다.

"필요한 돈이 얼마가 됐든 찾아내거라."

"제가요? 어디서요? 국고는 비었다고 말씀드렸을 텐데요. 아직 연금술사들에게 와일드파이어 값도 다 지불하지 못했고, 대장장이들에게 제가 만든 쇠사슬 대금도 못 줬는데 세르세이는 왕실이 조프리의 결혼식 비용 절반을 대겠다고 약속했습니다. 빌어먹을 일흔일곱 가지 요리에 손님만 천 명, 비둘기가 가득 든 파이, 가수들에 곡예사들……."

"사치에는 나름의 쓸모가 있다. 우린 왕국 전체에 캐스털리록의 힘과 부를 과시해야 해."

"그렇다면 캐스털리록이 돈을 내야겠군요."

"어째서? 난 리틀핑거의 장부를 봤다. 왕실 수입은 아에리스 시절의 열 배나 돼."

"왕실의 지출도 마찬가집니다. 로버트는 자기 아랫도리만큼이나 돈에도 관대했죠. 리틀핑거는 심하게 돈을 빌려왔어요. 누구보다도 아버지에게 빌렸죠. 예, 수입이 상당한 건 사실이지만, 그걸로는 리틀핑거가 빌린 돈의 이자나 간신히 갚을 정돕니다. 혹시 왕실이 라니스터 가문에 진 빚은 탕감해 주시겠습니까?"

"터무니없는 소리."

"그렇다면 일곱 가지 요리면 어떨까요. 손님도 천 명보다는 300명으로 하고요. 결혼은 춤추는 곰 없이도 똑같은 구속력을 지닐 텐데요."

"티렐이 우리를 인색하게 여길 게다. 난 결혼식과 강가 재건 둘 다 해야겠다. 네가 그 비용을 못 찾겠다면 그렇게 말하거라. 할 수 있는 재무관을 찾을 테니."

티리온은 이렇게 짧은 재임 기간 만에 해고당하는 불명예를 견딜 마음이 없었다. "돈은 찾아내겠습니다."

"넌 찾아낼 거다." 아버지가 장담했다. "그리고 그 일을 하는 동안에 네 아내의 침대도 찾을 수 있나 살펴봐라."

'그러니까 소문이 아버지에게까지 이르렀군.' "고맙지만 그 침대는 찾았습니다. 창문과 벽난로 사이에 놓여 있고 벨벳 천개가 달리고 거위 털을 채운 매트리스가 깔린 가구 아닌가요."

"네가 그걸 알고 있다니 다행이구나. 이제 그 침대를 너와 함께 쓰는 여인을 좀 알아가면 어떻겠느냐."

'여인? 아이 말이겠죠.' "거미가 아버지 귀에 속살거린 건가요, 아니면 사랑하는 누이에게 고마워해야 하나요?" 세르세이의 침대 속에서 벌어진 일들을 생각하면, 티리온의 침대 일에 참견하지 않을 정도의 체면은 있을 테지만 말이다. "말해보세요, 왜 산사의 시녀들이 전부 다 세르세이를 섬기는 여자들인 겁니까? 제 방에서 염탐당하는 데는 질렸습니다."

"네 아내의 하인들이 마음에 들지 않거든 해고하고 네 마음대로 고용하거라. 그건 네 권리다. 내가 신경 쓰는 건 네 아내의 하녀들이 아니라 처녀성이야. 이…… 배려를 이해할 수가 없구나. 넌 창녀들과 잠자리를 하는 데 아무 어려움이 없어 보였다만. 스타크 계집애가 어렵게 만드는 거냐?"

"제가 거시기를 어디에 넣든 아버지가 왜 그렇게 관심이 많습니까?" 티리온이 물었다. "산사는 너무 어려요."

"제 오라비가 죽으면 윈터펠의 여주인이 될 만큼은 나이를 먹었다. 그 아이의 처녀를 가지면 넌 북부의 주인이 되는 데 한 걸음 더 가까워질 게다. 임신을 시키면 상을 다 탄 거나 다름없지. 육체관계로 완성하지 않은 결혼은 무시할 수 있다는 사실을 굳이 상기시켜줘야 하느냐?"

"최고성사나 교단 회의가 말이죠? 현재 최고성사는 명령대로 예쁘게 짖을 줄 아는 훈련 잘 받은 물개 아닙니까. 최고성사가 제 결혼을 취소하느니 문보이가 그러겠습니다."

"산사를 문보이와 결혼시켰어야 했나 보다. 문보이라면 어떻게 할지 알았을지 모르는데."

티리온의 두 손이 의자 팔걸이를 움켜잡았다. "제 아내의 처녀성에 대해서 들을 말은 다 들었습니다. 결혼에 대해 이야기하자니 말인데, 임박한 누님의 결혼에 대해서는 왜 들리는 말이 없을까요? 제 기억에는—"

타이윈 공이 말을 잘랐다. "메이스 티렐이 세르세이를 윌라스와 결혼시키자는 제안을 거부했다."

"우리 사랑스러운 세르세이를 거부해요?" 티리온의 기분이 훨씬 나아졌다.

"처음 그 결합에 대해 말을 꺼냈을 때는 티렐 공도 마음에 들어 하는 것 같았다만, 다음 날에는 모든 게 바뀌더구나. 그 노파가 한 짓이야. 그 여자는 자기 아들을 못살게 굴지. 바리스가 전하기를 그 여자가 아들에게 네 누이는 제 귀중한 절름발이 손자에게 너무 나이가 많고 너무 중고품이라고 했다는구나."

"세르세이가 엄청 좋아했겠네요." 티리온은 소리 내어 웃었다.

타이윈 공은 그에게 차가운 눈빛을 던졌다. "세르세이는 모른다. 앞으로도 모를 것이고. 제안이 아예 없었다고 생각하는 편이 우리 모두에게 더 좋겠지. 명심하거라, 티리온. 그런 제안은 없었던 거다."

"무슨 제안요?" 티리온은 티렐 공이 그 제안에 퇴짜 놓은 것을 후회하게 될지도 모른다고 짐작했다.

"네 누이는 결혼할 거다. 문제는 누구와 하느냐는 거지. 몇 가지 생각이 있기는 한데—" 타이윈 공이 후보자 문제로 넘어가기 전에 문을 두드리는 소리가 나더니, 위병이 고개만 들이밀고 파이셀 대학사가 왔다고 말했다. "들어오라고 해라." 타이윈 공이 말했다.

파이셀은 지팡이를 짚고 비틀거리며 들어오더니, 잠시 멈춰 서서 티리온에게 우유도 굳힐 만한 눈빛을 던졌다. 한때 훌륭하고 풍성했던 그의 흰 수염은 누군가가 별 이유 없이 면도해버린 후에 듬성듬성 몇 가닥만 다시 자라고 있어서, 목 아래에 늘어진 분홍색 살덩어리가 보기 흉하게 드러났다.

"수관 각하." 노인은 쓰러지지 않는 선에서 최대한 허리를 숙이며 말했다. "캐슬블랙에서 또 전서조가 왔습니다. 따로 상의할 수 있을지요?"

"그럴 필요 없네." 타이윈 공은 손짓해서 파이셀 대학사를 자리에 앉혔다. "티리온도 있어도 괜찮아."

'오호, 그래?' 티리온은 코를 문지르며 기다렸다.

파이셀은 기침을 잔뜩 하고 목을 울리며 목청을 가다듬었다. "지난번과 마찬가지로 보웬 마시가 보낸 편지입니다. 현재 수호성주지요. 모르몬트 공이 야인들이 엄청난 숫자로 남쪽으로 이동 중이라는 소식을 보냈다고 합니다."

타이윈 공은 단호하게 말했다. "장벽 너머의 땅은 엄청난 숫자가 살 수 있는 곳이 아니지. 새로운 경고도 아니군."

"이번 경고는 새롭습니다. 모르몬트가 귀신 들린 숲에서 까마귀를 보냈는데, 공격받고 있다고 썼답니다. 그 후에 까마귀들이 더 돌아왔는데 편지는 하나도 없었고요. 보웬 마시라는 자는 모르몬트 공이 병력 전원과 함께 죽은 게 아닌가 걱정합니다."

티리온은 말하는 까마귀를 거느린 걸걸한 늙은 제오 모르몬트를 꽤 좋아했다. "확실한가?" 그가 물었다.

"확실하지는 않습니다." 파이셀은 인정했다. "하지만 아직까지 모르몬트의 대원들은 아무도 돌아오지 않았습니다. 보웬 마시는 야인들이 경비대원들을 죽였고, 다음에는 장벽 자체를 공격할지도 모른다고 두려워합니다." 그는 로브를 더듬어 종이를 찾아냈다. "여기, 다섯 왕 모두에게 호소하는 편지입니다. 사람이 필요하다고 합니다. 보내줄 수 있는 사람은 다 보내달라고요."

"다섯 왕?" 티리온의 아버지는 짜증을 냈다. "웨스테로스에 왕은 하나요. 그 검은 옷의 바보들도 국왕에게 호소를 하려면 잘 기억해두는 게 좋을 텐데. 답장을 쓸 때는 렌리는 죽었고 다른 자들은 모두 반역자와 참칭자라 전하시오."

"그자들도 상황을 알면 기뻐할 겁니다. 장벽이 워낙 멀다 보니 소식이 늦게 전해질 때가 많지요." 파이셀은 고개를 주억거렸다. "보웬 마시가 청하는 동원 문제는 어떻게 할까요? 소협의회에서 이야기를……."

"그럴 필요 없소. 밤의 경비대는 도둑과 살인자와 천한 잡놈의 무리지만,

규율이 제대로 잡힌다면 다른 모습을 보여줄 수도 있겠지. 모르몬트가 정말로 죽었다면, 검은 형제들은 새로운 사령관을 뽑아야 할 텐데."

파이셀은 티리온에게 음흉한 눈빛을 던졌다. "훌륭한 생각이십니다. 딱 맞는 사내를 압니다. 자노스 슬린트가 있지요."

티리온은 그 생각이 전혀 마음에 들지 않았다. "검은 형제들은 자기네 사령관을 직접 뽑아요." 그는 두 사람에게 상기시켰다. "슬린트 공은 장벽에 막 도착했습니다. 제가 보냈으니 잘 알지요. 왜 검은 형제들이 더 경험 많은 십여 명을 제쳐두고 슬린트를 뽑겠습니까?"

"그야……." 아버지는 티리온이 미숙한 바보라는 의미가 담긴 투로 말했다. "시키는 대로 투표하지 않으면 그놈들의 장벽이 새로운 병력을 보기 전에 녹아내릴 테니까."

'그래요, 그거 통하겠군요.' 티리온은 몸을 앞으로 확 내밀었다. "자노스 슬린트는 얼토당토않습니다, 아버지. 섀도타워의 지휘관이 더 나을 겁니다. 바닷가 이스트워치 지휘관이나요."

"섀도타워의 지휘관은 시가드의 말리스터다. 이스트워치는 강철인들이 쥐고 있고." 어느 쪽도 그의 목적에는 맞지 않다고, 타이윈 공의 말투가 명확하게 전했다.

"자노스 슬린트는 푸주한의 아들이에요." 티리온은 격하게 아버지를 일깨웠다. "아버지도 직접 말씀을—"

"내가 뭐라고 했는지는 기억한다. 하지만 캐슬블랙은 하렌홀이 아니야. 밤의 경비대는 왕의 소협의회가 아니고. 모든 일에는 알맞은 도구가 있고, 모든 도구에는 알맞은 일이 있지."

티리온은 분노를 터뜨렸다. "자노스 공은 제일 비싸게 부르는 사람에게 자기를 파는 빈 갑옷입니다."

"난 그 점을 좋게 본다. 우리보다 더 비싸게 부를 사람이 누가 있겠느냐?" 타이윈 공은 파이셀을 돌아보았다. "까마귀를 보내시오. 조프리 왕께서 모르몬트 사령관이 죽었다는 소식에 크게 상심하셨으나, 안타깝게도 전장에 너무나 많은 반역자와 찬탈자가 남아 있어 당장은 보내줄 수 있는 남자가 없다고 적으시오. 일단 왕좌가 안정되면 달라질 수 있다고 하고…… 국왕이 경비대장을 전적으로 신임할 경우에 그렇다고 하시오. 마지막에 보웬 마시에게 전하께서 충실한 벗이자 하인인 자노스 슬린트 공에게 안부 전한다고 적고."

"알겠습니다." 파이셀은 시들어빠진 머리를 다시 한번 주억거렸다. "수관님께서 명하시는 대로 쓰겠습니다. 더없이 기쁜 일입니다."

'저놈의 수염이 아니라 머리통을 잘랐어야 하는 건데.' 티리온은 생각했다. '그리고 슬린트는 친애하는 친구 알라르 딤과 함께 헤엄이나 치게 했어야 했어.' 최소한 은혀의 사이먼에게 같은 실수를 저지르지는 않았다. 그는 고함을 지르고 싶었다. '보셨죠, 아버지? 제가 얼마나 빨리 배우는지?'

샘웰

다락에서는 한 여자가 요란하게 아이를 낳고 있었고, 아래에서는 한 남자가 불가에 누워 죽어갔다. 샘웰 탈리는 어느 쪽이 더 무서운지 잘 알 수 없었다.

그들은 가엾은 배넨에게 모피 더미를 덮어주고 불을 높이 지폈지만, 그래도 배넨은 같은 말만 했다. "추워. 제발. 너무 추워." 샘이 양파 수프를 먹여보려고 했지만 삼키질 못했다. 수프는 샘이 흘려 넣는 족족 입술 위로 흘러 턱으로 이어졌다.

"그놈은 죽었어." 크래스터가 소시지를 살피면서 무심히 배넨을 보았다. "입에 숟가락을 물리느니 가슴에 칼을 꽂아주는 게 더 친절할걸. 나한테 묻는다면 말이야."

"물어본 기억 없는데." '거인'의 본명은 베드윅이었고, 실제 키는 150센티미터밖에 되지 않았지만 작아도 사나운 남자였다. "슬레이어(slayer, 살해자), 네가 크래스터에게 의견 물어봤냐?"

샘은 '슬레이어'라는 별명에 움찔했지만 고개를 내저었다. 그는 또 한 숟가락을 떠서 배넨의 입으로 가져갔고, 입술 사이로 넣어보려 했다.

'거인'이 말했다. "식량과 불. 우리가 댁에게 요청한 건 그것뿐이야. 그나마 식량은 우리에게 주기 아까워했지."

"불도 아까워하지 않은 거나 기뻐하시지." 크래스터는 안 그래도 두꺼운 몸이 낮이고 밤이고 걸치는 너덜너덜하고 냄새나는 양가죽 때문에 더 두꺼워 보였다. 코는 넓고 납작했고, 입은 한쪽으로 처졌으며, 귀는 한쪽이 없었다. 떡 진 머리와 엉킨 수염은 희끗희끗한 정도가 아니라 하얗게 세었을지 몰라도, 단단하고 마디가 굵은 두 손은 아직 남을 해치기에 부족함 없이 강해 보였다. "내가 줄 수 있는 건 먹여줬잖아. 그런데 너희 까마귀들은 늘 배가 고프지. 내가 성자라 망정이지, 아니었으면 진작 쫓아냈을걸. 내가 내 마룻바닥에서 죽어가는 저런 놈이 필요할 것 같냐? 너희들 모두의 군입이 나한테 필요할 것 같아, 꼬맹아?" 야인은 침을 뱉었다. "까마귀들이란. 검은 새가 누구 성에 좋은 소식을 가져온 게 언제냐? 절대 없지. 없어."

배넨의 입가로 수프가 또 흘러내렸다. 샘은 소매 끝으로 수프를 두드려 닦았다. 배넨은 눈을 뜨고 있었지만 아무것도 보지 않았다. "추워." 그는 너무나 희미한 소리로 다시 말했다. 학사라면 살려낼 방법을 알지 모르지만, 그들에겐 학사가 없었다. 흰눈 케지가 아흐레 전에 배넨의 짓이겨진 발을 잘라냈다. 쏟아지던 고름과 피에 샘은 속이 울렁거렸지만, 그것도 너무 늦었다. "너무 추워." 파리한 입술이 되풀이해서 말했다.

건물 여기저기에는 남루한 검은 형제 20여 명이 바닥에 쪼그리고 앉거나 대충 만든 장의자에 앉아서 똑같은 묽은 양파 수프를 잔으로 마시며 딱딱한 빵을 씹고 있었다. 두 명은 배넨보다 부상이 더 심했다. 포니오는 며칠 동안 착란 상태였고, 바이엄 경의 어깨에서는 지독한 노란색 고름이 스며 나왔다. 캐슬블랙을 떠날 때 갈색 베나르는 미르의 불, 겨자 연고, 빵은 마늘, 탠지, 양귀비, '왕의 동전' 등의 약초를 가득 실은 가방을 들고 있었다. 고통 없는 죽음을 선사하는 '달콤한 잠'도 있었다. 하지만 갈색 베나르는 최초인의 주먹에서 죽었고, 당시에는 아무도 아에몬 학사의 약을 찾을 생각을 하지 못했다. 요리사인 헤이크가 약초에 대해 조금은 알았지만 헤이크도 없어졌다. 그러니 부상자들은 살아남은 집사들이 어떻게든 해야 했는데, 그들이 할 수 있는 일은 많지 않았다. '그나마 여긴 젖지 않았고, 몸을 데워줄 불도 있어. 하지만 먹을 게 더 필요해.'

모두에게 먹을 것이 더 필요했다. 남자들은 며칠째 투덜거렸다. 굽은 발 카를은 크래스터에게 숨겨놓은 저장고가 있을 게 틀림없다는 말을 되풀이했고, 올드타운의 가스는 사령관이 듣지 못하는 곳에서 그 말을 그대로 따라하기 시작했다. 샘은 최소한 부상자들에게만이라도 더 영양가 있는 것을 달라고 부탁해볼까 생각했지만 그럴 용기가 나지 않았다. 크래스터의 눈빛은 차갑고 무정했으며, 샘 쪽을 볼 때마다 마치 주먹을 불끈 쥐고 싶다는 듯 두 손을 살짝 떨었다. '내가 지난번에 여기 왔을 때 길리와 대화한 걸 아는 걸까? 길리가 내가 나중에 데려가겠다고 했다고 말했을까? 때려서 실토하게 했을까?' 궁금했다.

"추워." 배넨이 말했다. "제발. 추워."

크래스터의 요새에는 열기와 연기가 가득했지만, 샘도 추웠다. 그리고 피곤했다. 너무나 피곤했다. 잠을 자야 하는데, 눈을 감을 때마다 눈보라 속에서 시커먼 손과 번쩍이는 파란 눈으로 비틀비틀 다가오던 죽은 사람들이 꿈에 보였다.

고미다락에서 길리가 내지른 몸서리나는 흐느낌이 길고 낮고 창문 없는 건물 안에 메아리쳤다. "힘줘." 크래스터의 나이 많은 아내 하나가 말하는 소리가 들렸다. "더. 더 힘줘. 소리 지르는 게 도움이 되면 소리를 지르고." 길리가 샘이 움찔할 정도로 크게 소리를 질렀다.

크래스터가 고개를 돌려 위를 노려보며 외쳤다. "빽빽 소리도 이제 지겹다. 재갈을 물려. 안 그러면 내가 올라가서 매맛을 보여줄 테니까."

샘은 크래스터가 그러고도 남을 것을 알았다. 크래스터의 아내는 열아홉 명이었지만, 그가 사다리를 오르기 시작하면 단 한 명도 막아서지 못할 터였다. 이틀 전에 크래스터가 어린 여자 중에 하나를 때릴 때는 검은 형제들도 막지 못했다. 분명히 웅성거리기는 했다. "저러다 죽이겠어." 그리너웨이의 가스가 말했고, 굽은 발 카를은 웃었다. "저 귀엽고 야들야들한 걸 갖기 싫으면 나한테 줘도 되는데 말이야." 검은 베나르는 낮고 화가 난 목소리로 욕을 했고, 로스비의 앨런은 그 소리를 듣지 않으려고 일어나서 나가버렸다. 순찰자 로넬 하클레이가 모두에게 일깨웠었다. "그놈 지붕 밑이니, 그놈 맘대로야. 크래스터는 경비대의 친구라고."

'친구라.' 샘은 길리의 숨죽인 비명에 귀 기울이며 생각했다. 크래스터는 아내들과 딸들을 철권으로 쥐고 흔드는 잔혹한 사내였지만, 그래도 그의 요새가 피난처라는 사실에는 변함이 없었다. "얼어버린 까마귀들이군." 크래스터는 눈보라와 시귀와 매서운 추위에서 겨우 살아남은 몇 명이 비틀거리며 들어서자 코웃음을 쳤다. "북쪽으로 갈 때만큼 큰 무리도 아니네." 그래도 그는 그들에게 앉을 바닥, 눈보라를 막아주는 지붕, 몸을 말릴 불을 내어주었다. 그의 아내들이 속을 데우라고 뜨거운 와인도 가져다주었다. "망할 까마귀들." 그렇게 부르면서도 빈약하나마 먹을 것도 내어주었다.

'우린 손님이야.' 샘은 스스로를 타일렀다. '길리는 크래스터의 사람이야. 크래스터의 딸이자 아내지. 저 사람 집이니 저 사람 마음대로야.'

처음 크래스터의 요새에 들렀을 때 길리는 도와달라고 애걸하러 왔었고, 샘은 존 스노우를 찾으러 가는 길리에게 배를 가리라고 검은 망토를 빌려주었었다. '기사는 여자와 아이를 지켜야 하는 거잖아.' 검은 형제들 중에 기사는 얼마 없었지만, 그렇다 해도……. '우린 모두 서약을 해. 나는 인간의 왕국을 지키는 방패라고.' 야인이라도 여자는 여자였다. '우리가 도와줘야 해. 도와줘야 해.' 길리가 두려워하는 건 자식의 운명이었다. 태어나는 아이가 아들일까 봐 무서워했다. 크래스터는 딸들을 키워서 아내로 삼았지만, 이 부근에 다른 남자나 남자아이는 보이지 않았다. 길리는 존에게 크래스터가 자기 아들들을 신들에게 바친다고 했다. '신들이 보우하사 길리에게 딸을 주시길.' 샘은 기도했다.

다락에서는 길리가 비명을 억눌렀다. "됐어." 어떤 여자가 말했다. "한 번만 더 힘줘라, 이제. 아, 이놈 머리통이 보인다."

'제발 놈이 아니기를.' 샘은 비참한 기분으로 생각했다. '여자애, 여자애여야 해.'

"추워." 배넨이 약하게 말했다. "제발. 너무 추워." 샘은 그릇과 숟가락을 치우고 죽어가는 남자에게 모피를 하나 더 덮어준 다음, 불 속에 나뭇가지를 더 넣었다. 길리가 빽 소리를 지르더니 헐떡거리기 시작했다. 크래스터는 딱딱한 검은색 소시지를 물어뜯었다. 소시지는 자기와 자기 아내들 몫만 있지, 경비대 줄 것은 없다고 했다. "여자들이란." 그는 투덜거렸다. "여자들이 우는 꼴이란……. 예전에 뚱뚱한 암퇘지 하나는 끙 소리도 안 내고 새끼를 여덟 마리 낳던데 말이야." 그는 소시지를 씹으며 고개를 돌려 경멸을 담아 가늘게 뜬 눈으로 샘을 보았다. "너만큼 뚱뚱한 암퇘지였다. 슬레이어." 그는 낄낄거렸다.

샘은 더 참을 수가 없었다. 비틀거리며 불가에서 일어서서, 단단하게 다져진 흙바닥에서 자고 있거나 쪼그려 앉아 있거나 죽어가는 남자들을 서툴게 타 넘고 피해서 걸어 나갔다. 연기와 비명과 신음 소리 때문에 현기증이 났다. 그는 고개를 숙이고 크래스터의 요새에서 문 역할을 하는 사슴가죽 덮개를 밀어 오후 공기 속으로 나갔다.

흐린 날이었지만, 그래도 어두운 건물 안에 있다가 나갔더니 눈이 부셔서 앞이 보이지 않았다. 내린 눈이 주위를 둘러싼 나뭇가지들을 누르고 금색과 황갈색 언덕들을 덮었지만, 전보다는 눈이 덜 쌓여 있었다. 폭풍은 지나갔고, 크래스터의 요새에서 보내는 나날은…… 흠, 따뜻하지는 않을지 몰라도 전처럼 살이 에이게 춥지는 않았다. 샘은 떼가 두껍게 앉은 지붕 가장자리에 수염처럼 늘어진 고드름에서 똑똑똑 떨어지는 물소리를 들을 수 있었다. 그는 부르르 몸서리를 치며 숨을 고르고 주위를 돌아보았다.

서쪽에서는 잘린 손 올로와 팀 스톤이 말들 사이를 움직이며 남아 있는 조랑말들에게 물과 먹이를 주고 있었다. 바람 부는 방향에서는 다른 형제들이 계속 가기에는 너무 약해 보이는 말들을 죽여 가죽을 벗기고 있었다. 창병들과 궁병들은 바깥 숲속에 숨어 있는 적에 대한 유일한 방어책인 크래스터의 흙도랑 뒤에서 파수를 섰다. 십여 개의 불구덩이에서 회청색 연기가 굵게 피어올랐다. 샘은 멀리 숲속에서 나는 도끼 소리를 들을 수 있었다. 밤새도록 불을 피우기 위해 필요한 장작을 구하러 나간 형제들이 내는 소리였다. 밤은 지독한 시간이었다. 어두워지면. 그리고 추워지면.

크래스터의 요새에서 지내는 동안에는 시귀나 다른자의 공격이 없었다. 크래스터는 앞으로도 없을 거라고 했다. "신실한 남자는 그런 걸 두려워할 이유가 없지. 만스 레이더가 냄새 맡고 돌아다닐 때 그놈에게도 그렇게 말했어. 도통 듣질 않더군. 장검과 빌어먹을 불을 지고 다니는 너희 까마귀들과 마찬가지로 말이야. 하얀 추위가 오면 칼이나 불은 도움이 안 돼. 그때는 신들만이 도와주시지. 너희도 신들과 관계를 잘 맺는 게 좋아."

길리도 하얀 추위에 대해 말했었고, 크래스터가 신들에게 어떤 공물을 바치는지도 말했다. 샘은 그 이야기를 들었을 때 크래스터를 죽이고 싶었다. 그는 스스로를 타일렀다. '장벽 너머에는 법이 없고, 크래스터는 경비대의 친구야.'

초벽 건물 뒤편에서 들쭉날쭉 고함 소리가 올랐다. 샘은 무슨 일인가 보러 갔다. 발아래 밟히는 땅은 녹아내린 눈과 부드러운 진흙이 섞인 진창이었다. 구슬픈 에드는 그 진흙이 크래스터의 똥이라고 주장했지만, 똥보다는 걸쭉했다. 진창이 장화를 어찌나 세게 빨아들이는지 신발이 벗겨질 것 같았다.

채소밭과 비어 있는 양 우리 뒤에서 검은 형제 십여 명이 건초와 지푸라기로 만든 표적에 화살을 날리고 있었다. 다들 다정한 도넬이라고 부르는 호리호리한 금발의 집사가 45미터 거리에서 표적 한가운데를 약간 비껴간 곳에 화살을 꽂은 참이었다. "어디 이겨보시죠, 영감님."

"그래. 그러지." 허리가 굽은 데다 수염은 희끗희끗하고 팔다리도 피부도 늘어진 울머가 표적으로 걸어가더니 허리춤에 찬 화살통에서 화살을 하나 뽑았다. 젊었을 때 울머는 무법자로, 그 악명 높은 '왕의 숲 형제단'의 일원이었다. 그는 도르네 공녀의 입술을 훔치기 위해 킹스가드의 하얀 황소 손에 화살을 맞힌 적이 있다고 주장했다. 그때 공녀의 보석도 훔쳤고, 금화가 가득 든 궤짝도 훔쳤지만, 그가 술을 마시며 자랑하기 좋아하는 건 그 입맞춤이었다.

그는 여름 비단처럼 매끄럽게 화살을 메기고 활을 당겼다가 날렸다. 그의 화살은 도넬 힐의 화살에서 3센티미터 안쪽을 때렸다. "이러면 됐나, 젊은이?" 그는 물러서면서 물었다.

"잘했네요." 젊은이는 마지못해 말했다. "옆바람이 도와준 거예요. 내가 화살을 날렸을 땐 바람이 더 세게 불었다고요."

"그렇다면 그 바람을 감안했어야지. 넌 눈도 좋고 손도 흔들림이 없지만, 왕의 숲 형제단을 이기려면 그보다 더 많은 게 필요해. 나에게 활 당기는 방법을 가르쳐준 사람은 화살제조인 딕이야. 그보다 뛰어난 궁수는 역사상 없었지. 내가 딕에 대해 얘기했던가?"

"300번밖에 안 했죠." 캐슬블랙에서 지난날의 위대한 무법자 무리에 대한 울머의 이야기를 들어보지 못한 사람이 없었다. 시몬 토인과 웃는 기사, 세 번 목매달린 긴 목의 오스윈, 흰 사슴 웬다, 화살제조인 딕, 배불뚝이

벤 등등. 다정한 도넬은 도망갈 구석을 찾아서 주위를 둘러보다가 진창 속에 서 있는 샘을 보았다. "슬레이어! 이리 와봐. 와서 네가 어떻게 다른자를 죽였는지 보여줘." 그는 그렇게 외치며 키가 큰 주목 장궁을 내밀었다.

샘은 얼굴이 시뻘게졌다. "화살이 아니라 단검이었어. 드래곤 유리 단검……." 샘은 활을 받으면 무슨 일이 일어날지 알고 있었다. 그는 표적을 맞히지 못하고 화살을 숲속으로 날려버릴 것이다. 그다음엔 비웃음을 받겠지.

"상관없어." 역시 뛰어난 궁수인 로스비의 앨런이 말했다. "우리 모두 슬레이어가 활 쏘는 모습을 보고 싶어 죽겠다고. 안 그러냐, 다들?"

샘은 그들을 마주할 수 없었다. 조롱하는 미소, 심술궂은 가벼운 농담들, 눈빛에 담긴 경멸. 샘은 왔던 길로 돌아가려고 몸을 돌렸지만, 오른발이 진창에 깊이 박혀서 발을 빼다가 장화가 벗겨지고 말았다. 그는 요란한 웃음소리를 들으며 무릎을 꿇고 장화를 빼내야 했다. 양말을 몇 겹이나 신었는데도, 겨우 그 자리를 벗어났을 때는 눈 녹은 물이 발가락까지 스며들었다. '쓸모없어.' 그는 비참한 기분으로 생각했다. '아버지가 날 제대로 봤어. 용감한 남자들이 그렇게 많이 죽었는데, 나에겐 살아 있을 권리가 없어.'

그렌은 울타리 문 남쪽에 있는 불구덩이를 돌보느라 웃통을 벗고 장작을 쪼개고 있었다. 고된 일 때문에 얼굴이 달아올랐고, 피부에 맺힌 땀이 증발하며 김을 뿜었다. 하지만 그는 샘이 식식거리고 올라가자 씩 웃었다. "다른자들에게 장화를 뺏긴 거야, 슬레이어?"

그렌까지? "진흙 때문이야. 제발 날 그렇게 부르지 마."

"왜?" 그렌은 정말로 어리둥절한 목소리였다. "좋은 별명이고, 네가 정당하게 얻은 거잖아."

핍은 언제나 그렌이 성벽만큼이나 둔하다고 놀려댔기에, 샘은 참을성 있게 설명했다. "그건 날 겁쟁이라고 부르는 다른 방식일 뿐이야." 샘은 왼발로 서서 진흙투성이 장화 속에 발을 다시 밀어 넣었다. "다들 베드윅을 '거인'이라고 부르는 것과 같은 방식으로 날 놀리는 거라고."

그렌이 말했다. "하지만 베드윅은 거인이 아니고, 폴은 전혀 작지 않았지. 흠, 폴도 젖먹이였을 때는 작았을지 모르지만, 그 후에는 아니야. 그렇지만 넌 다른자를 정말로 죽였으니까, 같지가 않아."

"난 그저…… 절대…… 난 겁먹었어!"

"나만큼은 아니었지. 내가 너무 둔해서 무서워할 줄도 모른다고 말하는 건 핍이나 하는 소리야. 나도 누구나와 마찬가지로 겁이 나." 그렌은 허리를 굽히더니 쪼개진 장작을 하나 집어 불 속에 던졌다. "예전에는 존과 싸울 때마다 존이 무서웠어. 존은 너무 빠르고, 날 죽일 것처럼 싸웠거든." 축축한 녹색 나무는 불이 바로 붙지 않고 연기만 피우면서 불길 속에 놓여 있었다. "하지만 난 그런 말을 한 적이 없어. 가끔은 누구나 다 용감한 척만 하지, 아무도 정말로 용감하진 않다는 생각도 들어. 글쎄, 용감한 척하면 용감해지는 걸지도 모르지. 널 슬레이어라고 부르라고 해. 무슨 상관이야?"

"너도 알리서 경이 널 들소라고 부르는 건 좋아하지 않았잖아."

"그거야 내가 크고 멍청하다는 소리였잖아." 그렌은 수염을 긁었다. "하지만 핍이 날 들소라고 부르고 싶다면, 그래도 돼. 아니면 너나 존도 그래. 들소는 사납고 힘센 짐승이니까 그렇게 나쁘진 않고, 난 실제로 몸집이 큰 데다 더 커지고 있으니까. 너도 돼지 경보다는 슬레이어 샘이 낫지 않아?"

"왜 그냥 샘웰 탈리일 순 없는 거야?" 그는 그렌이 아직 쪼개지 않은 젖은 통나무에 주저앉았다. "그걸 죽인 건 드래곤 유리였어. 내가 아니라, 드래곤 유리였다고."

분명히 그렇게 말했다. 모두에게 말했었다. 몇 사람은 그를 믿지 않았다. 그도 알았다. '비수'는 샘에게 자기 비수를 보여주며 말했다. "철이 있는데 내가 왜 유리를 쓰겠어?" 검은 베나르와 세 명의 가스들은 그 이야기 전체를 못 믿겠다는 점을 분명히 했고, 시스터턴의 롤레이는 곧장 찾아와서 말했다. "그보다는 네가 부스럭거리는 덤불을 찔렀는데 알고 보니 그게 똥 누던 작은 폴이라서 거짓말을 지어낸 거 아니냐."

하지만 디웬은 귀담아들었고, 구슬픈 에드도 그랬으며, 둘이서 샘과 그렌을 사령관에게 끌고 갔다. 모르몬트는 내내 찌푸린 얼굴로 이야기를 들으며 날카로운 질문을 몇 개 던졌지만, 그는 혹시라도 있을지 모르는 이점을 피하지 않는 신중한 남자였다. 그는 샘에게 짐에 넣어둔 드래곤 유리를 다 달라고 했다. 양이 많지는 않았다. 샘은 존이 최초인의 주먹 밑에서 파낸 꾸러미를 생각할 때마다 울고 싶어졌다. 그 짐 속에는 단검 날과 창 촉, 그리고 최소한 200개에서 300개의 화살촉이 들어 있었다. 존이 자기 자신과 샘과 모르몬트 사령관을 위해 단검을 만들었고, 샘에게 창 촉과 망가진 낡은 나팔과 화살촉 몇 개를 주었다. 그렌도 화살촉을 한 줌 받아두었지만, 그게 전부였다.

그러니까 이제 그들이 가진 드래곤 유리라고는 모르몬트의 단검과 샘이 그렌에게 준 단검, 그리고 화살촉 19개와 검은색 드래곤 유리 창 촉을 꽂은 높은 단목 창 하나뿐이었다. 보초들은 교대할 때마다 그 창을 바꿔 들었고, 화살촉은 모르몬트가 제일 뛰어난 궁수들에게 나눠주었다. 투덜쟁이 빌, 회색 깃털 가스, 로넬 하클레이, 다정한 도넬 힐, 그리고 로스비의 앨런이 세 개씩 가지고 울머가 네 개를 가졌다. 하지만 그들이 모든 화살을 제대로 맞힌다 해도, 곧 다른 모두와 마찬가지로 불화살을 날려야 할 처지가 되리라. 최초인의 주먹에서 그들은 불화살을 수백 대 날렸지만 그래도 시귀들은 계속 다가왔다.

'부족할 거야.' 샘은 생각했다. 진흙과 녹은 눈이 뒤섞인 크래스터의 비탈길은 이보다 훨씬 가파른 주먹의 비탈길을 올라와 원형 돌담을 타 넘던 시귀들을 조금도 늦추지 못할 것이다. 그리고 시귀들은 규율이 잘 잡힌 300명의 병사들 대신 41명의 너덜너덜한 생존자들과 마주하게 되리라. 그나마도 9명은 심하게 다쳐서 싸우지도 못할 터였다. 최초인의 주먹에서 탈출한 60여 명 가운데 폭풍을 피해 크래스터의 요새로 들어온 숫자는 44명이었지만, 그중 세 명은 부상으로 죽었고 배넨이 곧 네 명째 사망자가 될 것이었다.

샘은 그렌에게 물었다. "시귀들이 사라진 것 같아? 왜 우릴 끝장내러 오지 않을까?"

"그놈들은 추울 때만 와."

"그래. 하지만 추위가 시귀를 불러오는 걸까, 시귀가 추위를 불러오는 걸까?"

"무슨 상관이야?" 그렌이 도끼를 내리치자 나무 부스러기가 날렸다. "중요한 건 둘이 같이 온다는 거야. 어이, 이젠 우리가 드래곤 유리로 죽일 수 있다는 걸 아니까 아예 안 올지도 몰라. 이젠 그놈들이 우릴 무서워하는지도 모른다고!"

샘도 그렇게 믿을 수 있다면 좋겠지만, 죽고 나면 고통이나 사랑이나 의무와 마찬가지로 공포도 아무 의미가 없어지는 것 같았다. 그는 겹겹의 모직물과 가죽과 모피 속에서 땀을 흘리며 두 손으로 다리를 감쌌다. 그래, 드래곤 유리가 숲속에서 그 창백한 것을 녹여버린 건 사실이다……. 하지만 그렌은 그게 시귀에게도 똑같이 작용할 것처럼 말하고 있었다. '우린 몰라. 사실 우린 아무것도 모른다고. 존이 여기 있었으면 좋겠어.' 샘은 그렌을 좋아했지만, 존과 대화하듯 대화할 수는 없었다. '존이라면 날 슬레이어라고 부르지 않을 거야. 난 알아. 그리고 존에게는 길리의 아기에 대해 말할 수 있겠지.' 그러나 존은 반쪽 손 쿼린과 함께 달려가버렸고, 그 후로 소식이 없었다. '존에게도 드래곤 유리 단검이 있지만, 그걸 쓸 생각을 할까? 혹시 지금쯤 죽어서 어느 계곡에 얼어붙어 있거나…… 더 나쁜 경우엔,

죽어서 걷고 있을까?'

왜 신들이 존 스노우와 배넨 같은 사람들을 데려가고 서투른 겁쟁이인 자신을 놓아두는지 이해할 수가 없었다. 그는 최초인의 주먹에서, 세 번이나 오줌을 지리고 장검을 잃어버린 그곳에서 죽었어야 했다. 그리고 작은 폴이 와서 들어주지 않았다면 숲속에서 죽었을 것이다. '다 꿈이라면 얼마나 좋을까. 그렇다면 깨어날 수 있을 텐데.' 최초인의 주먹에서, 아직 형제들이 주위에 다 있는 채로, 존과 고스트까지 있는 상태로 깨어난다면 얼마나 좋을까. 아니면 장벽 너머 캐슬블랙에서 깨어나, 휴게실에 가서 세 손가락 홉이 가운데에 버터를 큰 숟가락으로 넣고 꿀을 곁들여 낸 걸쭉한 밀죽을 한 그릇 먹으면 더 좋으리라. 생각만 해도 빈 배가 꾸르륵거렸다.

"스노우."

샘은 그 소리를 듣고 눈을 들었다. 모르몬트 사령관의 까마귀가 커다란 검은 날개로 허공을 때리며 불가를 맴돌고 있었다.

"스노우." 까마귀가 울었다. "스노우, 스노우."

그 까마귀가 가는 곳이라면 어디나 모르몬트가 곧 따라왔다. 사령관은 조랑말에 오른 채 숲속에서 나왔는데, 늙은 디웬과 승진해서 토렌 스몰우드의 자리를 대신한 여우같이 생긴 순찰자 로넬 하클레이가 양옆에 있었다. 문 앞을 지키던 창병들이 검문에 나서자 늙은 곰은 끙 소리를 내며 말했다. "일곱 지옥에 걸고, 누가 들어간다고 생각하는 거냐? 다른자들에게 눈을 뺏겼나?" 그는 각각 숫양과 곰의 두개골을 건 문기둥 사이를 달려와서 고삐를 당기더니 주먹을 들어 올리고 휘파람을 불었다. 그 소리에 까마귀가 퍼덕퍼덕 날아 내려왔다.

샘은 로넬 하클레이의 목소리를 들었다. "사령관님, 말은 22마리뿐이고, 장벽까지 갈 만한 놈은 반이나 될까 모르겠습니다."

"나도 안다." 모르몬트는 툴툴거렸다. "그래도 가야 한다. 크래스터가 그 점은 분명히 했어." 그는 어두운 구름이 쌓여 해를 가리고 있는 서쪽을 보았다. "신들께서 한숨 돌릴 짬을 주시긴 했다만, 이게 얼마나 오래갈까?" 모르몬트가 안장에서 훌쩍 내려서는 바람에 까마귀는 다시 허공에 날아올랐다. 그는 샘을 보고 고함을 내질렀다. "탈리!"

"저요?" 샘이 엉거주춤 일어섰다.

"저요?" 까마귀가 노인의 머리 위에 내려앉았다. "저요?"

"네 이름이 탈리 아니냐? 이 부근에 형제가 있었느냐? 그래, 너 말이다. 입 다물고 나랑 같이 가야겠다."

"같이요?" 말이 끽끽거리는 소리가 되어 나왔다.

모르몬트 사령관은 그를 말려 죽일 듯한 눈빛을 던졌다. "넌 밤의 경비대 대원이다. 내가 쳐다볼 때마다 속옷에 지리지 않도록 노력해봐라. 가자고 했다." 사령관의 장화가 진흙밭에서 철벅철벅 소리를 냈고, 샘은 따라잡기 위해 서둘러야 했다. "너의 드래곤 유리에 대해 생각해봤다."

"제 것이 아닙니다." 샘이 말했다.

"그러면 존 스노우의 드래곤 유리라고 해두지. 우리에게 필요한 게 드래곤 유리 단검이라면, 왜 두 개밖에 없을까? 장벽에 있는 모든 대원이 서약을 할 때 드래곤 유리로 무장해야 마땅한데."

"전혀 몰랐으니까요……."

"전혀 몰랐지! 하지만 예전에는 분명 알았을 것이다. 밤의 경비대는 진정한 목적을 잊고 지냈다, 탈리. 200미터짜리 벽을 쌓은 건 털가죽을 걸치고 여자들을 훔쳐 가는 야만인들을 막으려는 게 아니야. 장벽은 인간의 왕국을 지키기 위해 만들어졌다……. 다른 인간을 상대하는 게 아니야. 제대로 생각해보면 야인들은 다 인간이고 말이다. 너무 오랜 세월이었다, 탈리. 수백, 수천 년이었어. 우린 진정한 적을 잊었다. 그리고 이제 진짜 적이 나타났는데, 우린 그자와 싸우는 방법을 몰라. 드래곤 유리는 평민들 말대로 드래곤이 만드는 건가?"

"하, 학사들은 다르게 생각합니다." 샘은 더듬더듬 말했다. "학사들은 그게 땅속의 불에서 나온다고 합니다. 흑요석이라고 부르지요."

모르몬트는 코웃음을 쳤다. "레몬 파이라고 불러도 상관없다. 네가 주장하는 대로 그걸 죽인다면, 더 구해야 해."

샘은 돌부리에 걸려 비틀거렸다. "존이 최초인의 주먹에서 더 찾았습니다. 화살촉 수백 개와 창 촉과……."

"네가 했던 말이다. 거기 있어서야 좋을 게 별로 없구나. 최초인의 주먹까지 다시 가려면 그 망할 주먹까지 가기 전에는 손에 넣을 수 없는 무기로 무장해야 하니 말이지. 그리고 아직 야인들도 해결해야 해. 드래곤 유리는 어딘가 다른 곳에서 찾아야겠다."

그동안 너무 많은 일이 일어나는 바람에, 샘은 야인들에 대해 거의 잊어버리고 있었다. "숲의 아이들은 드래곤 유리 칼을 썼습니다. 어디에서 흑요석을 찾을지 알았을 거예요."

"숲의 아이들은 다 죽었다." 모르몬트가 말했다. "최초인들이 청동 검으로 절반을 죽였고, 안달인들이 철검으로 나머지를 끝냈지. 왜 드래곤 유리 단검이—"

늙은 곰은 크래스터가 사슴 가죽 문을 젖히고 나오자 말을 멈췄다. 야인은 갈색으로 썩은 이를 드러내고 웃었다. "아들이 생겼어."

"아들." 모르몬트의 까마귀가 울었다. "아들, 아들, 아들."

사령관의 얼굴이 굳었다. "기쁜 일이군."

"그런가? 난 당신네들이 다 떠나면 기쁘겠다. 갈 때가 지난 것 같은데."

"부상자들이 회복하는 대로……."

"그놈들이 더 회복할 일은 없어, 늙은 까마귀. 우리 둘 다 알잖아. 어느 놈들이 죽어가는지도 알 테니 그냥 목을 긋고 끝내. 그럴 배짱이 없거든

두고 가면 내가 처리해주지."

모르몬트 사령관은 발끈했다. "토렌 스몰우드는 자네가 경비대의 친구라 했는데—"

"그래. 그래서 내가 줄 수 있는 건 다 줬잖나. 하지만 겨울이 다가오는데 저년이 먹일 입을 하나 더 붙여놨어."

"우리가 데려갈 수 있어요." 누군가가 끽끽거리며 말했다.

크래스터는 고개를 돌리고 눈을 가늘게 뜨더니, 샘의 발치에 침을 뱉었다. "뭐라고 했나, 슬레이어?"

샘은 입을 뻐끔거렸다. "저…… 전…… 전 그저…… 원치 않으신다면…… 겨울도 오는데…… 먹을 입이 늘어서…… 그, 그러면 저희가 데려갈 수도 있고, 그리고……."

"내 아들이다. 내 핏줄이고. 내가 아들을 너희 까마귀들에게 줄 것 같나?"

"전 그저……." '당신에겐 아들이 없잖아. 내놓잖아. 길리가 말했어. 아들들을 숲속에 버린다고, 그래서 여기엔 아내들과 커서 아내가 될 딸들밖에 없는 거라고.'

"조용히 해라, 샘." 모르몬트 사령관이 말했다. "많이 말했다. 너무 많이 말했지. 들어가라."

"사, 사령관님—"

"들어가!"

샘은 얼굴이 벌게진 채 사슴 가죽을 밀고 어두운 건물 안으로 다시 들어갔다. 모르몬트가 따라왔다. "넌 대체 얼마나 멍청한 거냐?" 노인은 노여움에 꽉 메인 목소리로 말했다. "설령 크래스터가 우리에게 아이를 준다 해도 장벽에 도착하기 전에 죽을 거다. 지금 우리에게 갓난아기는 눈보라나 다름없어. 네 커다란 가슴에서 아기에게 먹일 젖이라도 나오는 거냐? 아니면 어미도 데려갈 작정이었냐?"

"같이 가고 싶어 해요. 저한테 애걸을……."

모르몬트는 한 손을 들어 올렸다. "더는 듣지 않겠다, 탈리. 크래스터의 아내들에게 가까이 가지 말라고 몇 번을 말했을 텐데."

"크래스터의 딸이에요." 샘은 힘없이 말했다.

"가서 배넨을 돌봐줘라. 당장. 내가 분노를 터뜨리기 전에."

"예, 사령관님." 샘은 떨면서 얼른 자리를 피했다.

하지만 샘이 불가에 도착해보니 '거인'이 배넨의 머리 위로 모피 망토를 끌어 올리고 있었다. 키 작은 남자는 말했다. "계속 춥다고 했어. 부디 따뜻한 곳으로 갔으면 좋겠다."

"부상이……." 샘이 말했다.

"부상은 개뿔." '비수'가 발로 시신을 건드렸다. "발이 아팠던 정도지. 우리 마을엔 한쪽 발을 잃은 남자가 있었는데, 마흔아홉 살까지 살았어."

"추위 때문이에요. 도무지 따뜻해지질 않아서." 샘이 말했다.

"도무지 먹지를 못했지." 비수가 말했다. "제대로 먹질 못했어. 크래스터 그 잡종 새끼가 굶겨 죽인 거야."

샘은 불안한 마음에 주위를 둘러봤지만 크래스터는 아직 돌아오지 않았다. 크래스터가 돌아와 있었다면 사태가 험악해질 수도 있었다. 크래스터는 사생아들을 싫어했지만, 순찰자들 말로는 본인이 오래전에 죽은 어느 까마귀가 야인 여자를 임신시켜 태어난 사생아였다고 했다.

거인이 말했다. "크래스터에게도 먹일 입이 있잖아. 여자들이 한둘이야? 우리에게 줄 수 있는 건 준 거야."

"설마 그 말을 믿냐. 우리가 떠나면 꿀술 통을 열고 햄과 꿀을 실컷 먹을걸. 그러면서 눈밭에서 굶어 죽는 우리를 비웃겠지. 크래스터는 빌어먹을 야인이야. 야인 중에 경비대의 친구 따윈 없어." 비수는 배넨의 시체를 걷어찼다. "내 말이 안 믿기면 이 녀석에게 물어봐."

그들은 해 질 녘에 그렌이 일찍부터 피워둔 불 속에서 배넨의 시체를 태웠다. 팀 스톤과 올드타운의 가스가 벌거벗은 시신을 메고 나갔고 둘이 같이 들고 두 번 흔들어서 불구덩이에 던졌다. 살아남은 형제들이 그의 옷과 무기, 갑옷, 그 밖의 다른 소지품을 나눠 가졌다. 캐슬블랙에서는 죽은 사람들의 장례를 제대로 치렀다. 그러나 그들은 캐슬블랙에 있지 않았고, 뼈만 남아야 시귀가 되어 돌아오지 않았다.

불길이 시체를 집어삼키자 모르몬트 사령관이 말했다. "그의 이름은 배넨이었다. 용감한 사내요, 훌륭한 순찰자였다. 그는…… 배넨이 어디 출신이었지?"

"화이트하버 쪽이었습니다." 누군가가 외쳤다.

모르몬트는 고개를 끄덕였다. "베넨은 화이트하버에서 우리에게 왔고, 직무를 저버린 적이 없었다. 최선을 다해서 서약을 지키고, 멀리까지 말을 달리고, 맹렬히 싸웠다. 다시는 배넨 같은 이를 보지 못하리라."

"그리고 이제 그의 감시는 끝났다." 검은 형제들이 엄숙하게 한목소리로 읊었다.

"그리고 이제 그의 감시는 끝났다." 모르몬트가 되풀이했다.

"끝나." 모르몬트의 까마귀가 울었다. "끝나."

샘은 연기 때문에 눈이 충혈되고 속이 울렁거렸다. 불을 쳐다보자 배넨이 일어나 앉아서 자신을 집어삼키는 불길과 싸우려는 듯 두 주먹을 쥐는 모습을 본 것만 같았지만, 순식간에 소용돌이치는 연기가 모든 것을 가렸다. 최악은 냄새였다. 차라리 역겨운 악취라면 참을 수도 있으련만, 불타는 형제에게서 나는 냄새가 구운 돼지고기 냄새와 너무 비슷해서 입에 침이 고였고, 그게 너무 끔찍한 나머지 그는 까마귀가 "끝나"라고 울자마자 건물 뒤로 달려가서 도랑에 속을 게워냈다.

샘이 진흙 속에 무릎을 꿇고 있는데 구슬픈 에드가 다가왔다. "벌레라도 파내는 거냐, 샘? 아니면 그냥 메스꺼운 거냐?"

"메스꺼워요." 샘은 손등으로 입가를 닦으며 힘없이 말했다. "그 냄새가……."

"배넨이 그렇게 좋은 냄새를 풍길 줄이야." 에드의 말투는 평소와 똑같이 침울했다. "한 조각 잘라내고 싶을 정도지 뭐냐. 사과 소스가 좀 있었다면 정말 그랬을지도 몰라. 돼지고기는 언제나 사과 소스와 제일 잘 어울리거든." 에드는 바지 끈을 풀고 성기를 꺼냈다. "넌 죽지 마라, 샘. 네가 죽으면 나도 굴복할까 겁난다. 너라면 바삭바삭한 껍질이 배넨보다 훨씬 많이 나올 텐데, 난 껍질에는 사족을 못 쓰거든." 그는 노란 오줌 줄기가 김을 올리며 포물선을 그리자 한숨을 내쉬었다. "날이 밝으면 바로 말에 오른단 소리 들었냐? 늙은 곰이 그러는데 해가 나든 눈이 내리든 간단다."

해가 나든 눈이 내리든. 샘은 불안하게 하늘을 올려다보며 끽 소리를 냈다. "눈? 우리가…… 말에 올라요? 우리 모두요?"

"그야 몇 명은 걸어야 할 테지." 에드는 몸을 털었다. "디웬이 그러는데, 우리도 다른자들처럼 죽은 말을 타고 다니는 방법을 익혀야 한다는구나. 그러면 먹이도 아낄 수 있다고 말이야. 죽은 말이 먹어야 얼마나 먹겠어?" 에드는 바지 끈을 다시 묶었다. "난 그 생각이 별로 마음에 안 들어. 일단 죽은 말을 움직이는 방법을 찾으면, 그다음은 우리가 될 거 아냐. 내가 처음이 될 가능성이 높지. 이럴 거 아니냐. '에드, 이젠 죽었다는 게 누워 있을 변명거리가 못 돼. 그러니 일어나서 이 창 받고, 오늘 밤에 파수를 서.' 흠, 너무 우울한 생각은 말아야지. 그런 방법을 알아내기 전에 내가 죽을지도 모르니."

'우리 모두 죽을지도 모르죠. 곧 그럴 가능성이 높고.' 샘은 힘겹게 일어서면서 생각했다.

크래스터는 불청객들이 다음 날에 출발한다는 소식을 듣더니 사근사근해지기까지 했다. 아니, 최대치로 사근사근함에 가까워졌다고 해야겠다.
"그럴 때도 됐지. 여기 머물 수 없다고 했잖아. 어쨌든 잔치를 베풀어서 제대로 보내주지. 흠, 잔치는 아니고 먹을 걸로. 내 아내들이 너희가 죽인 말을 구울 수 있을 테고, 내가 맥주와 빵을 좀 찾아오면 될 거야." 그는 갈색 이를 드러내고 웃었다. "맥주와 말고기보다 좋은 건 없어. 탈 수 없으면 먹어라, 그런 거 아니겠나."

그의 아내들과 딸들이 장의자와 기다란 통나무 탁자를 끌어내고, 요리를 하고 날랐다. 샘은 길리를 빼고 다른 여자들을 구분할 수가 없었다. 늙은 여자도 있고 젊은 여자도 있고 아직 어린애들도 있었지만, 다들 크래스터의 아내일 뿐 아니라 딸이기도 하다 보니 다 비슷비슷하게 생겼다. 그들은 일을 하면서 자기들끼리 조용히 말을 나눴지만, 검은 옷을 입은 남자들에게는 절대 말을 걸지 않았다.

크래스터에게 등받이 의자는 딱 하나뿐이었다. 그는 소매 없는 양가죽 조끼를 걸치고 그 의자에 앉았다. 굵은 두 팔에는 하얀 털이 덮였고, 한쪽 손목에는 황금을 꼬아서 만든 팔찌를 찼다. 모르몬트 사령관은 크래스터 오른쪽에 놓인 장의자 맨 앞을 차지했고, 형제들이 그 옆에 바싹 붙어 앉았다. 십여 명은 문을 지키고 불을 돌보기 위해 밖에 남아 있었다.

샘은 꾸르륵거리는 배로 그렌과 고아 오스 사이에 앉았다. 크래스터의 아내들이 불구덩이 위에서 꼬챙이를 돌리자 새까맣게 구워진 말고기에서 기름이 뚝뚝 떨어졌다. 그 냄새에 다시 입에 침이 고이기도 했지만 배넨이 생각나기도 했다. 죽도록 배가 고팠지만, 샘은 그 고기를 한 입이라도 먹었다간 게워낼 것을 알았다. 어떻게 이 멀리까지 그들을 실어 온 가엾고 충성스러운 조랑말을 먹을 수가 있단 말인가? 크래스터의 아내들이 양파를 가져오자 샘은 바로 달려들었다. 한쪽이 검게 썩었지만 단검으로 썩은 부분을 도려내고 멀쩡한 부분을 날것 그대로 먹었다. 빵도 있었는데, 두 덩이뿐이었다. 울머가 빵을 더 달라고 하자 여자는 고개만 저었다. 그때 소란이 일기 시작했다.

굽은 발 카를이 장의자 저편에서 투덜거렸다. "빵 두 덩어리라니? 너희 여자들은 얼마나 멍청한 거냐? 빵이 이것보단 더 필요하다고!"

모르몬트 사령관은 엄한 눈으로 카를을 보았다. "주는 대로 받고 고맙게 여겨라. 폭풍 속에서 눈을 먹는 게 낫겠느냐?"

"어차피 곧 그렇게 될 텐데요." 굽은 발 카를은 늙은 곰이 분노해도 꿈쩍도 하지 않았다. "그보다는 크래스터가 숨겨둔 걸 먹겠습니다."

크래스터의 눈매가 가늘어졌다. "난 너희 까마귀들에게 줄 만큼 줬다. 나한텐 먹여 살릴 여자들이 있어."

비수가 말고기 한 덩이를 찍었다. "그래. 그러니까 비밀 저장고가 있다는 건 인정하는군. 그렇지 않고서야 어떻게 겨울을 나겠어?"

"내가 성자라……." 크래스터가 입을 열었다.

"당신은 쩨쩨한 데다 거짓말쟁이야." 카를이 말했다.

"햄." 올드타운의 가스가 경배라도 하는 듯한 목소리로 말했다. "지난번에 왔을 땐 돼지들이 있었지. 분명히 어딘가에 햄을 숨겨뒀을 거야. 소금에 절여 훈제한 햄에, 베이컨도 있겠지."

"소시지도." 비수가 말했다. "기다란 검은 소시지, 그건 돌처럼 단단해서 몇 년씩 가잖아. 어딘가 지하실에 백 개는 달아놨을 거야."

잘린 손 올로가 말했다. "귀리에 옥수수, 보리."

"옥수수." 모르몬트의 까마귀가 날개를 퍼덕이며 말했다. "옥수수, 옥수수, 옥수수, 옥수수, 옥수수."

"그만." 까마귀 소리 속에서 모르몬트 사령관이 외쳤다. "다들 조용히 해라. 어리석은 짓 말고."

"사과도." 그리너웨이의 가스가 말했다. "아삭아삭한 가을 사과가 몇 통은 있을 거야. 바깥에 사과나무가 있는 걸 봤어."

"말린 나무 열매. 양배추. 잣."

"옥수수. 옥수수. 옥수수."

"소금에 절인 양고기. 양 우리가 있잖아. 양고기를 몇 통은 숨겨뒀을 거야, 분명해."

그때쯤 크래스터는 모두에게 침을 뱉을 기세였다. 모르몬트 사령관이 일어섰다. "조용히. 그런 말은 더 듣지 않겠다."

"그럼 빵이나 쑤셔 넣어, 늙은이." 굽은 발 카를이 탁자를 밀고 일어섰다. "아니면 빌어먹을 빵 조각은 벌써 다 삼켰나?"

샘은 늙은 곰의 얼굴이 시뻘게지는 것을 보았다. "내가 누군지 잊은 거냐? 앉아서 입 다물고 먹어라. 명령이다."

아무도 말을 하지 않았다. 아무도 움직이지 않았다. 모든 눈이 사령관과 덩치 큰 굽은 발의 순찰자에게 가 있었고, 그 둘은 탁자를 사이에 두고 서로를 노려보았다. 샘이 보기에는 카를이 먼저 시선을 피하고, 뚱하기는 해도 앉으려는 것 같았다…….

……그런데 크래스터가 도끼를 쥐고 일어섰다. 모르몬트가 손님으로서 선물한 커다란 검은색 강철 도끼였다. "아니야." 그는 으르렁거렸다. "앉지 마라. 나보고 쩨쩨하다고 하는 놈은 내 지붕 밑에서 잘 수도 없고 내 식탁에서 먹지도 못한다. 나가라, 불구 놈아. 너도, 너도, 너도." 그는 도끼 윗부분으로 비수와 가스와 가스를 차례차례 가리켰다. "네놈들은 나가서 빈 배로 추운 데서 자라. 그러지 않으면……."

"잡종 새끼가!" 샘은 가스 중 하나의 욕설을 들었다. 어느 가스인지는 보지 못했다.

"누가 날 잡종 새끼라고 불러?" 크래스터는 오른손으로 도끼를 들어 올리고 왼손으로 탁자에 놓인 접시와 고기와 와인 잔을 쓸어버리며 포효했다.

"그거야 누구나 다 아는 사실이잖아?" 카를이 대꾸했다.

크래스터는 샘이 믿을 수 없을 만큼 빠르게 움직여서, 도끼를 든 채로 탁자를 뛰어넘었다. 어떤 여자가 비명을 질렀고, 그리너웨이의 가스와 고아 오스가 칼을 뽑았으며, 카를은 비틀거리며 물러서다가 부상을 입고 바닥에 누워 있던 바이엄 경에게 걸려 넘어졌다. 크래스터는 욕설을 뱉으며 그 뒤를 쫓다가 어느 순간 피를 뱉고 있었다. 비수가 크래스터의 머리채를 잡고 끌어당기더니 길게 한 번 그어서 목을 귀부터 귀까지 잘라놓았다. 비수가 거칠게 밀자 크래스터는 앞으로 쓰러지면서 바이엄 경 위에 엎어졌다. 크래스터가 도끼를 놓치고 자기 피에 질식해 죽는 동안 바이엄 경은 고통스러운 비명을 질렀다. 크래스터의 아내 두 명이 울부짖고, 세 번째 아내는 욕을 하고, 네 번째 아내는 다정한 도넬에게 달려들어 눈을 할퀴려 들었다. 도넬은 그 여자를 바닥에 넘어뜨렸다. 사령관이 분노에 시커메진 얼굴로 크래스터의 시체 위에 서서 외쳤다. "신들이 우리를 저주하실 게다. 손님이 집주인을 살해하는 것만큼 더러운 범죄는 없어. 아궁이의 법에 따라 우리는—"

"장벽 너머엔 법이 없어, 늙은이. 기억하나?" 비수가 크래스터의 아내 하나를 잡더니 그 여자의 턱 밑에 피 묻은 비수 끝을 들이댔다. "저놈이 어디다 식량을 보관하는지 안내해라, 여편네야. 안 그러면 너도 똑같은 꼴 날 줄 알아."

"놓아줘라." 모르몬트가 한 걸음 내디뎠다. "이런 짓을 한 죄로 네놈 머리를—"

그리너웨이의 가스가 그 앞을 막아서고, 잘린 손 올로가 사령관을 뒤로 잡아당겼다. 둘 다 손에 칼을 들고 있었다. "입 다물어." 올로가 경고했다. 사령관은 입을 다무는 대신 단검에 손을 뻗었다. 올로는 손이 하나뿐이었지만, 그 손은 빨랐다. 그는 노인에게 잡힌 손을 비틀어 빼내더니 모르몬트의 배에 칼을 찔러 넣고, 피에 젖은 채로 빼냈다. 그다음에는 세상이 미쳐버렸다.

나중에, 한참 나중에 샘은 자신이 모르몬트의 머리를 끌어안고 바닥에 앉아 있다는 것을 깨달았다. 어쩌다가 그렇게 된 건지, 늙은 곰이 찔린 후에 무슨 일이 또 일어났는지 거의 기억나지 않았다. 그리너웨이의 가스가 올드타운의 가스를 죽인 건 기억이 나는데, 이유는 알 수가 없었다. 시스터턴의 롤레이는 크래스터의 아내들을 맛보려고 사다리를 오르다가 다락에서 떨어져 목이 부러졌다. 그렌은…….

그렌은 고함을 지르며 샘의 뺨을 때리다가, 거인과 구슬픈 에드와 다른 몇 명과 함께 달아났다. 크래스터는 아직도 바이엄 경 위를 기고 있었지만, 상처 입은 기사는 이제 신음 소리도 내지 않았다. 올로는 탁자 위에서 울고 있는 여자와 뒤엉켜 있었고, 검은 옷을 입은 남자 네 명은 장의자에 앉아서 타버린 말고기를 먹고 있었다.

"탈리." 늙은 곰이 말을 하려고 하자 수염으로 피가 흘러내렸다. "탈리. 가라. 가."

"어디로요, 사령관님?" 샘의 목소리는 무미건조했다. '난 두렵지 않아.' 이상한 느낌이었다. "갈 곳이 없어요."

"장벽. 장벽으로 가라. 당장."

"당장." 까마귀가 우짖었다. "당장. 당장." 까마귀는 노인의 팔에서 가슴까지 걸어가더니 수염을 하나 뽑았다.

"가야 해. 말해줘야 해."

"뭘 말해줍니까, 사령관님?" 샘은 정중하게 물었다.

"전부 다. 최초인의 주먹. 야인들. 드래곤 유리. 이거. 전부." 이제는 호흡이 아주 얕고, 목소리가 속삭임으로 잦아들었다. "내 아들에게 말해. 조라. 조라에게, 검은 옷을 입으라고. 내 소원. 유언이라고."

"유언?" 까마귀는 구슬 같은 까만 눈을 반짝이며 고개를 갸웃거리더니 물었다. "옥수수?"

"옥수수는 없다." 모르몬트는 약하게 대답했다. "조라에게 말해라. 용서해라. 내 아들. 제발. 가라."

"너무 멀어요. 전 절대 장벽까지 가지 못할 겁니다." 너무 피곤했다. 자고 싶기만 했다. 자고 또 자면서 영영 깨고 싶지 않았고, 이대로만 있으면 곧 비수나 잘린 손 올로나 굽은 발 카를이 그에게 화를 내며 그 소원을 들어줄 터였다. 그저 죽는 꼴을 보려고 말이다. "그냥 사령관님 곁에 있겠습니다. 보세요, 전 이제 무섭지 않아요. 사령관님도…… 다른 것도."

"무서워해야 해." 여자 목소리가 말했다.

크래스터의 아내들 세 명이 그들을 내려다보고 서 있었다. 두 명은 샘이 모르는 초췌한 노인이었지만, 둘 사이에 길리가 가죽옷을 둘둘 말고 아기가 든 게 분명한 갈색과 흰색 모피 꾸러미를 안고 서 있었다. 샘은 그들에게 말했다. "우린 크래스터의 아내들과 말을 하면 안 돼요. 명령이 그랬어요."

"그건 이제 끝났어." 오른쪽에 선 노파가 말했다.

"제일 시커먼 까마귀들은 지하실에서 처먹고 있어." 왼쪽에 선 노파가 말했다. "아니면 다락에서 젊은 애들이랑 있고. 하지만 곧 돌아올 거야. 그사이에 가야 해. 말들은 도망쳤지만, 디야가 두 마리 잡았어."

"날 도와줄 거랬잖아요." 길리가 샘을 일깨웠다.

"존이 당신을 도와줄 거라고 했죠. 존은 용감하고 뛰어난 전사지만, 지금은 죽은 것 같아요. 난 겁쟁이예요. 뚱보고요. 내가 얼마나 뚱뚱한지 봐요. 게다가 모르몬트 사령관님이 다쳤어요. 안 보여요? 사령관님을 두고 갈 순 없어요."

다른 노파가 말했다. "얘야, 그 늙은 까마귀는 죽었다. 봐라."

모르몬트의 머리는 여전히 샘의 무릎 위에 있었지만, 멍하니 눈을 뜬 채 입술이 움직이지 않았다. 까마귀가 고개를 갸웃거리며 울어대다가 샘을 보았다. "옥수수?"

"옥수수 없어. 사령관님에겐 옥수수가 없어." 샘은 늙은 곰의 눈을 감겨 주고 기도문을 생각하려 했지만, 떠오르는 말이라곤 이것뿐이었다. "어머니시여, 자비를 베푸소서. 어머니시여, 자비를 베푸소서. 어머니시여, 자비를 베푸소서."

"네 어머니는 널 조금도 도와줄 수 없어." 왼쪽에 선 노파가 말했다. "그 죽은 노인도 마찬가지야. 노인의 장검과 크고 따뜻한 모피 망토를 챙기고, 찾을 수 있다면 그 사람 말도 찾아. 그리고 떠나."

"얘는 거짓말을 안 해." 오른쪽에 선 노파가 말했다. "앤 내 딸이고, 어려서부터 거짓말을 못 하게 때려서 키웠어. 네가 도와주겠다고 했다면서. 페니 말대로 해. 앨 데리고 얼른 떠나."

"얼른." 까마귀가 말했다. "얼른 얼른 얼른."

"어디로요?" 샘은 당혹해서 물었다. "어디로 데려가요?"

"어디든 따뜻한 곳으로." 두 노파가 한목소리로 말했다.

길리는 울고 있었다. "나랑 내 아기요. 제발. 크래스터한테처럼 당신 아내가 될게요. 제발, 까마귀 경. 얘는 넬라 말대로 남자애예요. 당신이 안 데려가면 그들이 데려갈 거예요."

"그들?" 샘이 말하자 까마귀가 검은 머리를 기울이며 따라 했다. "그들. 그들. 그들."

"저 아이 형제들." 왼쪽에 선 노파가 말했다. "크래스터의 아들들. 바깥에 하얀 추위가 일어나고 있어, 까마귀야. 뼈마디로 느낄 수 있다. 이 가엾은 늙은 뼈는 거짓말을 안 해. 그들이, 아들들이 곧 올 거야."

아리아

아리아는 어둠에 눈이 익은 상태였다. 덕분에 하원이 두건을 벗겨주자 빈 언덕 안의 불그레한 빛에 멍청한 올빼미처럼 눈을 껌벅거려야 했다.

흙바닥 중앙에 거대한 불구덩이가 파였는데, 그 불길이 탁탁 소리를 내며 연기에 그을린 천장을 향해 소용돌이치듯 솟아올랐다. 벽은 돌과 흙이 같은 비율로 섞여 만들어졌고, 거대한 흰 뿌리들이 느릿느릿 움직이는 흰 뱀 천 마리처럼 구불구불 벽을 관통했다. 아리아가 바라보고 있는데 그 뿌리들 사이로 사람들의 모습이 드러났다. 포로들을 보려는 사람들이 어둠 속에서 나오고, 캄캄한 터널 입구들에서도 다가오고, 사방에 난 구멍과 틈에서 튀어나왔다. 불에서 멀리 떨어진 곳에 나무뿌리들이 계단처럼 빈 공간으로 이어져 올라갔는데, 그곳에 앉은 남자는 영목 뿌리 속에 파묻힌 것처럼 보였다.

렘이 겐드리의 두건을 벗겼다. "여기가 어디죠?" 겐드리가 물었다.

"오래된 곳. 깊고 비밀스러운 곳. 늑대들도 사자들도 돌아다니지 않는 피난처."

'늑대들도 사자들도.' 아리아는 소름이 돋았다. 지난번에 꾼 꿈이 기억났고, 사람 팔을 어깨에서 뜯어낼 때 느꼈던 피 맛도 기억났다.

불구덩이가 크기는 했지만, 동굴은 더 컸다. 어디에서 시작하고 어디에서 끝나는지 알기가 힘들었다. 각 터널 입구는 60센티미터 깊이일 수도 있고 3킬로미터를 이어질 수도 있었다. 아리아는 남자들과 여자들과 어린아이들을 보았는데, 모두가 조심스러운 눈으로 아리아를 보고 있었다.

초록 수염이 말했다. "여기 마법사가 계시다, 빼빼 마른 다람쥐야. 이제 네가 원하던 답을 듣게 될 거다." 초록 수염이 불 쪽을 가리켰다. 그곳에서는 일곱 현의 톰이 추레한 분홍색 로브 위에 낡은 갑옷 조각들을 걸친 키 크고 마른 남자와 이야기를 하고 있었다. '저게 미르의 토로스일 리 없어.' 아리아는 붉은 사제를 매끈한 얼굴에 반짝이는 대머리의 뚱보로 기억했다. 이 남자는 축 늘어진 얼굴에 덥수룩한 회색 머리였다. 톰이 무슨 말을 했는지 그 남자가 아리아를 쳐다보았고, 다가오려는 것 같았다. 그때 미친 사냥꾼이 나타나서 그의 포로를 빛 속으로 밀어 넣었고, 아리아와 겐드리는 잊혔다.

사냥꾼은 누덕누덕 기운 황갈색 가죽옷을 입고, 머리는 벗어져가고, 턱이 좁고 걸핏 하면 싸우려 드는 다부진 사내였다. 스토니셉트에서 렘과 초록 수염이 까마귀 우리 앞에서 사냥꾼을 마주 보고 그의 포로를 번개 영주에게 데려가야 한다고 주장했을 때, 아리아는 두 사람이 갈가리 찢길지도 모른다고 생각했다. 사방에서 사냥개들이 킁킁거리고 으르렁대고 있었다. 하지만 일곱 톰이 연주로 개들을 진정시켰고, 탠지가 앞치마에 뼈다귀와 양고기를 가득 담아 들고 광장을 서둘러 가로질렀으며, 렘이 매춘굴 창문에서 화살을 겨누고 선 앤가이를 가리켰다. 미친 사냥꾼은 모두를 아첨꾼이라 욕했지만, 결국에는 소중한 포로를 베릭 공에게 데려가서 판결을 받는 데 동의했다.

삼줄로 손목을 묶고, 목에 올가미를 걸고 머리 위에 자루를 씌웠지만,

그런 꼴로도 그 남자는 위험해 보였다. 아리아는 멀리 떨어져서도 그걸 느낄 수 있었다. 토로스는—그게 토로스라면 말이지만—불구덩이까지 가기 전에 중간에서 포로와 포로를 잡은 남자와 만났다.

"어떻게 잡았나?" 사제가 물었다.

"개들이 냄새를 맡았지. 믿을지 모르겠지만, 만취해서 버드나무 아래에서 자고 있더군."

"제 동족에게 배신당한 셈이군." 토로스는 죄수에게 돌아서서 두건을 벗겼다. "우리 누추한 성에 온 걸 환영한다, 개. 로버트의 알현실처럼 웅장하진 않지만, 같이 있는 사람들은 더 낫지."

일렁이는 불길이 산도르 클리게인의 화상 입은 얼굴에 오렌지색 그림자를 드리우자, 햇빛 속에서보다 더 무시무시해 보였다. 그가 손목에 묶인 밧줄을 잡아당기자 마른 피가 조각조각 떨어졌다. 사냥개는 입을 일그러뜨리고 토로스에게 말했다. "널 알아."

"예전에 알았지. 난전에서 내 불타는 검을 욕했지만, 세 번이나 그 검으로 널 무너뜨렸어."

"미르의 토로스. 전에는 머리를 밀었지."

"겸손의 상징이랍시고 그랬는데, 사실은 허영 많은 마음이었지. 게다가 숲속에서 면도칼도 잃어버렸어." 사제는 자기 배를 때렸다. "전보다 줄어들기도 했지만, 늘기도 했다네. 야생에서 1년을 보내면 살이 쭉쭉 녹아 없어져. 딱 맞는 옷을 만들어줄 재봉사만 찾을 수 있다면 좋을 텐데 말이야. 그러면 다시 젊어 보여서 예쁜 처녀들이 입맞춤을 퍼부을지도 모르잖아."

"눈먼 처녀들이나 그러겠지."

무법자들이 크게 웃으며 야유했지만, 그중에서도 토로스가 제일 크게 웃었다. "그야 그렇지. 하지만 난 네가 알던 가짜 사제가 아니야. 내 심장에 빛의 군주께서 되살아나셨지. 오랫동안 잠들어 있던 많은 힘이 깨어나고 있고, 땅속을 움직이는 힘들도 있어. 내 불길 속에서 보았다네."

사냥개는 감명받지 않았다. "불길은 꺼지라 그래. 너도 꺼지고." 그는 다른 이들을 둘러보았다. "성직자치고는 괴상한 동료들을 두고 있군."

"이들은 내 형제들이야." 토로스는 명료하게 말했다.

레몬클록 렘이 사람들을 밀어젖히고 나섰다. 사냥개의 눈을 똑바로 들여다볼 만큼 키가 큰 사람은 여기에 렘과 초록 수염뿐이었다. "어디다 짖어댈 때는 조심해라, 개. 우리 손에 네 목숨이 달려 있지 않나."

"그렇다면 손가락에 묻은 똥을 닦는 게 좋겠군." 사냥개는 소리 내어 웃었다. "이 구멍 속에 얼마나 오래 숨어 있었던 거야?"

겁쟁이라는 듯한 말에 궁수 앤가이가 발끈했다. "우리가 숨어 있었는지는 염소에게 물어봐라, 사냥개. 네 형에게 물어봐. 거머리 영주에게도 물어보고. 우리가 그놈들 모두에게 피 맛을 보여줬으니까."

"너희가? 웃기지 마. 너희는 병사라기보다는 돼지치기 같은데."

"몇 명은 돼지치기였지." 아리아가 모르는 키 작은 남자가 말했다. "몇 명은 무두장이나 가수나 석공이었고. 하지만 그건 다 전쟁이 터지기 전 얘기야."

"킹스랜딩을 떠났을 때 우린 윈터펠 사람이었고 대리 병사였고 블랙헤이븐 위병, 말러리 사람이었고 와일드 병사였지. 오직 같은 목적 때문에 하나로 묶였을 뿐인 기사와 종자와 중장병이었고, 영주와 평민이었다." 그 목소리는 벽을 반쯤 올라간 영목 뿌리 사이에 앉은 남자에게서 흘러나왔다. "네 형에게 왕의 정의를 집행하기 위해 120명이 떠났지." 말하는 사람은 나무뿌리 계단을 밟고 바닥으로 내려오고 있었다. "별무늬 망토를 걸친 바보가 이끄는 120명의 용감하고 진실한 사내들이었지." 허수아비 같은 남자는 별 문양이 흩뿌려진 너덜너덜한 검은 망토를 걸치고 수많은 전투로 우그러진 철판 흉갑을 입고 있었다. 헝클어진 적금색 머리카락이 얼굴을 거의 가렸는데, 왼쪽 귀 위로 머리가 깨졌던 상처에만 머리카락이 없었다. "이제는 80명 이상이 죽었지만, 다른 사람들이 그 손에서 떨어진 장검을 받아 들었지." 그 남자가 바닥에 다 내려오자 무법자들이 지나갈 수 있게 비켜섰다. 아리아는 그 남자의 한쪽 눈이 없어졌고, 눈구멍 주위 살이 흉터로 주름져 있으며, 목을 빙 둘러 시커먼 자국이 나 있음을 보았다. "그 사람들의 도움을 받아서 우리는 최대한 계속 싸운다. 로버트와 왕국을 위하여."

"로버트?" 산도르 클리게인은 못 믿겠다는 듯한 얼굴로 쉿소리를 냈다.

원통형 투구를 쓴 행운아 잭이 말했다. "네드 스타크가 우리를 보내긴 했지만, 철왕좌에 대신 앉아서 내린 명령이니 실제로 우린 그가 아니라 로버트 왕의 사람들이지."

"로버트는 이제 벌레들의 왕이야. 그래서 땅속에 내려와 있는 건가? 로버트를 위해 궁정을 지키려고?"

"왕은 죽었지." 허수아비 기사는 사실을 인정했다. "그래도 우리는 여전히 왕의 사람들이다. 왕의 깃발은 네 형의 도살자들이 머머스포드에서 우리를 덮쳤을 때 잃어버렸지만 말이야." 그는 주먹을 가슴에 댔다. "로버트는 살해당했어도, 그 왕국은 남았고 우리가 지킨다."

"지켜?" 사냥개는 코웃음을 쳤다. "지킨다는 게 네 어머니냐, 돈다리온? 아니면 네 창녀냐?"

'돈다리온이라고?' 베릭 돈다리온은 잘생긴 남자였다. 산사의 친구 제인이 사랑에 빠질 정도였으니까. 그 제인 풀이라 해도 이 남자가 아름답다고 생각할 만큼 눈이 멀지는 않았을 것이다. 그러나 다시 보니 아리아에게도 보였다. 흉갑의 깨진 법랑에 갈래 진 자주색 번개 문양이 희미하게 남아 있었다.

사냥개가 말했다. "바위와 숲과 강, 네가 말하는 왕국은 그런 걸로 이루어져 있어. 바위에게 수호가 필요할까? 로버트는 그렇게 생각하지 않았을 걸. 로버트는 씹질하거나 싸우거나 마실 수 없는 건 다 지루해했지. 그러니 너희도 그랬겠군…… 용감한 형제단."

분노가 빈 언덕 안을 휩쓸었다. "한 번만 더 우릴 그 이름으로 부르면 네 혀를 삼키게 될 줄 알아라, 개." 렘이 장검을 뽑았다.

사냥개는 경멸하는 눈으로 그 검을 노려보았다. "여기 손이 묶인 포로에게 칼을 들이미는 용감한 남자가 있군. 밧줄을 풀어주지 그래? 네가 얼마나 용감한지 어디 보자고." 그는 뒤에 선 미친 사냥꾼을 흘긋 보았다. "넌 어때? 아니면 너도 개집에 용기를 다 두고 왔나?"

"아니. 하지만 널 까마귀 우리 속에 두고 왔어야 하는 건데 그랬다." 사냥꾼은 단검을 뽑았다. "지금이라도 그럴까 봐."

사냥개는 그의 면전에 대고 웃었다.

"우리 모두는 형제들이오." 미르의 토로스가 말했다. "왕국에, 우리의 신에게, 서로에게 충성을 맹세한 성스러운 형제들."

"깃발 없는 형제단." 일곱 현의 톰이 현을 튕겼다. "빈 언덕의 기사들."

"기사?" 클리게인은 코웃음 치며 그 말을 되풀이했다. "돈다리온은 기사지만, 나머지 너희들은 내가 이제까지 본 중에 제일 안쓰러운 무법자와 깡패다. 나도 너희보다는 나은 놈들을 다뤄."

베릭 돈다리온이었던 허수아비가 말했다. "기사는 기사를 만들 수 있지. 그리고 네 앞에 보이는 모든 남자들의 어깨에 기사의 검이 닿았다. 우린 세상에 잊힌 동지들이다."

"날 보내주면 나도 너희를 잊어주지." 클리게인이 쉰 목소리로 말했다. "하지만 날 살해할 거라면, 헛소리 말고 빨리 해치워. 내 장검과 내 말, 내 금화를 빼앗아 갔으니 내 목숨까지 가져가고 끝내……. 그만 좀 징징거리고."

"서두르지 않아도 넌 곧 죽을 거다, 개." 토로스가 장담했다. "다만 그건 살해가 아니라 정의일 거야."

"그래." 미친 사냥꾼이 말했다. "그리고 너희 족속이 해놓은 짓을 생각하면 마땅히 받아야 할 운명보다 친절한 죽음이지. 너희는 스스로를 사자라고 부르지. 셰어와 머머스포드에서는 여섯 살, 일곱 살짜리 여자애들이 강간을 당했고 젖먹이들이 어미가 보는 앞에서 두 조각이 났다. 어떤 사자도 그렇게 잔인하진 않아."

"난 셰어에도 없었고, 머머스포드에도 없었어." 사냥개가 그에게 말했다. "네 자식들을 죽인 죗값은 다른 데 가서 찾아."

토로스가 대꾸했다. "클리게인 가문이 죽은 아이들 위에 세워졌다는 걸 부정하는 건가? 난 철왕좌 앞에 놓인 아에곤 왕자와 라에니스 왕녀를 봤네. 자네 가문의 문장은 그 못생긴 개들 대신 피투성이 아이 둘을 그려 넣었어야 해."

사냥개의 입이 일그러졌다. "날 내 형으로 여기는 거냐? 클리게인으로 태어난 게 죄야?"

"살인은 죄다."

"내가 누굴 살해했지?"

"로타르 말러리 공과 글래든 와일드 경." 하원이 말했다.

"내 형제인 리스터와 레녹스." 행운아 잭이 말했다.

"도넬우드의 벡 씨와 방앗간집 아들 머지." 어둠 속에서 어느 노파가 외쳤다.

"너무나 달콤하게 사랑할 줄 알았던 메리먼의 과부." 초록 수염이 덧붙였다.

"슬러지폰드의 성사들."

"안드레이 찰턴 경. 그의 종자였던 루카스 루트. 필드스톤과 마우스다운 밀의 모든 남자들, 여자들, 아이들."

"부유했던 데딩스 영주 부부."

일곱 현의 톰이 이어받았다. "윈터펠의 알린, 빠른 활 조트, 작은 맷과 그의 누이 랜다, 앤빌 린. 오먼드 경. 더들리 경. 모리의 페이트, 랜스우드의 페이트, 늙은 페이트, 그리고 셔머스그로브의 페이트. 눈먼 윌과 위틀러. 매리 아주머니. 창녀 매리. 제빵사 베카. 레이먼 대리 경, 대리 공, 어린 대리 공. 브라켄의 서자. 화살제조인 윌. 하슬리. 놀라 아주머니—"

"그만." 사냥개의 얼굴에 분노가 어렸다. "뜻 모를 소리만 계속 하는군. 그 이름들엔 아무 의미도 없어. 그게 누군데?"

"사람들이지." 베릭 공이 말했다. "크고 작고, 어리고 늙은 사람들. 선한 사람들과 악한 사람들. 라니스터의 창끝에 죽었거나 라니스터의 검에 배가 갈린 사람들."

"그 사람들 배를 가른 건 내 검이 아니야. 그렇다고 말하는 놈은 빌어먹을 거짓말쟁이야."

"넌 캐스털리록의 라니스터를 섬기잖나." 토로스가 말했다.

"예전에 그랬지. 나와 다른 수천 명이 그랬어. 그래서 모두가 다른 놈들의 범죄까지 책임져야 하나?" 클리게인이 침을 뱉었다. "너희는 정말로 다 기사일지도 모르겠군. 기사들처럼 거짓말을 하니, 기사들처럼 살인할지도 모르지."

렘과 행운아 잭이 고함을 지르려 했지만, 돈다리온이 한 손을 들어 올려 침묵시켰다. "무슨 말을 하려는 건가, 클리게인."

"기사란 말에 탄 검이야. 나머지는, 서약이며 성유며 숙녀의 정표며 그런 건 다 검에 묶은 비단 리본 같은 거지. 리본을 늘어뜨린 검이 더 예쁠지는 몰라도 죽이는 건 똑같아. 리본 따윈 집어치우고 엉덩이에 검이나 꽂으라 그래. 나도 너희와 똑같아. 차이가 있다면 난 내가 뭐 하는 놈인지 거짓말을 안 한다는 정도지. 그러니까 날 죽이되, 날 살인자라고 부르면서 너희들끼리 너희가 싼 똥에서 냄새가 안 난다는 소린 하지 마. 알아들었나?"

아리아는 초록 수염이 보지도 못할 만큼 빨리 비집고 나가서 외쳤다. "넌 살인자야! 넌 미카를 죽였어, 걜 죽이지 않았단 소리는 하지 마. 넌 미카를 살해했어!"

사냥개는 아리아를 알아본 기색도 없이 응시했다. "그 미카라는 건 누구냐, 소년?"

"난 소년이 아니야! 하지만 미카는 맞아. 푸주한의 아들이었는데 네가 죽였지. 조리한테 네가 미카를 반으로 잘랐다고 들었어. 걘한텐 칼도 없었는데." 아리아는 스스로를 빈 언덕의 기사들이라 부르는 여자와 아이와 남자 모두가 자기를 쳐다보는 것을 느낄 수 있었다. "이건 또 누구야?" 누군가가 물었다.

사냥개가 대답했다. "일곱 지옥이여, 그 동생이군. 조프리의 예쁜 검을 강에 던졌던 애새끼." 그는 짖듯이 웃었다. "넌 죽었다는 거 모르냐?"

"아니, 네가 죽었지." 아리아가 되받아쳤다.

하원이 아리아의 팔을 잡고 뒤로 끌어당기는데 베릭 공이 말했다. "저 여자아이가 너를 살인자라고 불렀다. 푸주한 아들 미카를 죽인 것도 부인하나?"

거대한 남자는 어깨를 으쓱였다. "난 조프리에게 충성을 맹세한 방패였어. 그 푸주한 아들은 왕자를 공격했고."

"그건 거짓말이야!" 아리아는 하원에게 잡힌 채 몸부림쳤다. "그건 나였어. 내가 조프리를 때리고 '사자 이빨'을 강에 던졌어. 미카는 내가 하라는 대로 도망쳤을 뿐이야."

"그 소년이 조프리 왕자를 공격하는 걸 봤나?" 베릭 돈다리온 공이 사냥개에게 물었다.

"왕자에게 직접 들었지. 왕자의 말에 의문을 표하는 건 내 몫이 아니거든." 클리게인은 두 손을 아리아 쪽으로 홱 움직였다. "이 꼬마의 언니가 너희들의 소중한 로버트 앞에 서서 똑같은 얘길 했고 말이야."

"산사는 거짓말쟁이였어." 아리아는 언니에게 다시 한번 화가 났다. "그 말과는 달랐어. 달랐다고."

토로스가 베릭 공을 옆으로 끌고 갔다. 두 사람이 조용히 대화하는 동안 아리아는 속을 끓였다. '사냥개를 죽여야 해. 난 몇백 번이나 저놈이 죽기를 기도했어.'

베릭 돈다리온이 사냥개를 돌아보았다. "너는 살인죄로 고발당했으나, 여기에 있는 누구도 그 고발이 사실인지 거짓인지 모른다. 그러니 너를 판결하는 것은 우리 몫이 아니다. 빛의 군주만이 판결하실 수 있다. 너에게 결투 재판을 선고한다."

사냥개는 자기 귀를 믿을 수 없다는 듯, 의심에 가득 차서 얼굴을 찌푸렸다. "넌 바보냐, 아니면 미친놈이냐?"

"어느 쪽도 아니다. 정당한 영주일 뿐. 검으로 너의 무죄를 증명하면, 가도 좋다."

"안 돼." 아리아는 하윈이 입을 막기 전에 소리쳤다. '안 돼, 그럴 순 없어. 저놈은 풀려날 거야.' 사냥개가 검을 쥐면 얼마나 위협적인지는 누구나 알았다. '저놈이 모두를 비웃을 거야.' 아리아는 생각했다.

생각대로 그는 웃었다. 귀에 거슬리는 웃음소리가, 경멸이 가득한 웃음소리가 동굴 벽에 길게 메아리쳤다. "그래서 누가 덤빌 거냐?" 그는 레몬클록 렘을 쳐다보았다. "오줌색 망토를 걸친 용감한 놈? 아니야? 넌 어떠냐, 사냥꾼? 넌 개들에게 발길질했잖아. 나한테도 해봐." 그는 초록 수염을 보았다. "티로시인, 너도 그만하면 몸집이 큰데 나서지 그래. 아니면 꼬마 아가씨가 직접 싸우게 할 작정인가?" 그는 다시 웃음을 터뜨렸다. "와봐, 누가 죽고 싶나?"

"네 상대는 나다." 베릭 돈다리온 공이 말했다.

아리아는 온갖 소문을 기억했다. '돈다리온은 죽일 수 없어.' 그리고 일말의 희망을 품었다. 미친 사냥꾼이 산도르 클리게인의 두 손을 묶은 밧줄을 잘랐다. "검과 갑옷이 필요해." 사냥개는 상처 난 손목을 문질렀다.

"검은 주겠지만, 무죄가 너의 갑옷이 되어야 할 것이다." 베릭 공이 선언했다.

클리게인은 입을 씰룩였다. "내 무죄 대 너의 흉갑이라는 거냐?"

"네드, 내 흉갑을 벗게 도와다오."

베릭 공이 아버지의 이름을 말하자 소름이 돋았지만, 이 네드는 열 살에서 열두 살쯤 되어 보이는 금발의 종자 소년에 불과했다. 소년은 얼른 다가서서 변경 지역 영주의 몸에 낡은 쇠 갑옷을 고정시킨 잠금쇠를 풀었다. 흉갑 아래 입은 누비옷은 세월과 땀에 썩어서 금속이 풀리자 같이 떨어져 내렸다. 겐드리가 숨을 들이켰다. "어머니시여."

베릭 공의 몸에 갈비뼈가 두드러져 보였다. 왼쪽 젖꼭지 바로 위에 잔주름이 잡힌 큰 구멍이 파여 있었고, 검과 방패를 달라고 몸을 돌리자 등에도 쌍을 이루는 흉터가 보였다. '기마 창이 관통한 자리야.' 사냥개도 그 흉터를 보았다. '겁먹었을까?' 아리아는 사냥개가 죽기 전에 겁먹는 모습을, 죽기 전의 미카가 그랬을 만큼 겁에 질리는 모습을 보고 싶었다.

네드가 베릭 공의 검대와 긴 검은색 전포를 들고 왔다. 원래는 갑옷 위에 입는 옷이라서 몸에 느슨하게 걸쳐졌지만, 그 전포에는 돈다리온 가문을 상징하는 갈래 진 자주색 번개가 번쩍였다. 베릭 공은 검을 뽑고 검대를 종자에게 돌려주었다.

사냥개의 검대는 토로스가 가져왔다. "개에게도 명예가 있나?" 사제가 물었다. "혹시 여길 뚫고 지나가거나, 인질로 아이를 잡을지도 모르니…… 앤가이, 데닛, 카일, 사냥개가 못 믿을 짓을 하려는 기미가 보이면 화살을 쏴라." 토로스는 세 궁수가 화살을 메긴 후에야 클리게인에게 검대를 건넸다.

사냥개는 장검을 거칠게 뽑아 들고 검집을 던져버렸다. 미친 사냥꾼이 쇠 단추가 가득 박히고 노란색으로 칠해서 클리게인의 세 마리 검은 개를 그려 넣은 참나무 방패를 넘겼다. 소년 네드는 베릭 공에게 자주색 번개와 흩뿌려진 별들이 거의 지워질 정도로 낡고 닳은 방패를 건넸다.

하지만 사냥개가 적을 향해 한 걸음 내딛자, 미르의 토로스가 막아섰다. "우선 기도부터." 그는 불을 향해 돌아서서 두 팔을 들어 올렸다. "빛의 군주시여, 저희를 굽어보소서."

동굴 전체에서 깃발 없는 형제단이 목소리를 높여 응답했다. "빛의 군주시여, 저희를 지켜주소서."

"빛의 군주시여, 어둠 속에서 저희를 보호하소서."

"빛의 군주시여, 저희에게 그 얼굴을 빛내주소서."

"저희 사이에 당신의 불길을 밝히소서, 를로르여." 붉은 사제가 말했다. "저희에게 이 남자의 진실과 거짓을 보여주소서. 이 남자에게 죄가 있다면 때려눕히시고, 이 남자가 진실하다면 그의 검에 힘을 불어넣으소서. 빛의 군주시여, 저희에게 지혜를 주소서."

"밤은 어둡고……." 다른 이들이 외쳤다. 하윈과 앤가이도 다른 사람들과 마찬가지로 크게 외쳤다. "……공포가 가득하니."

사냥개가 말했다. "이 동굴도 어둡지만, 여기서 공포스러운 건 나야. 네 신이 상냥했으면 좋겠구나, 돈다리온. 곧 네 신을 만나게 될 테니까."

베릭 공은 미소도 짓지 않고 장검을 왼손바닥에 갖다 대더니, 천천히 검날을 미끄러뜨렸다. 베릭이 낸 상처에서 검붉은 피가 흘러내려 철검을 적셨다.

그러더니 검에 불이 붙었다.

아리아는 겐드리가 기도문을 속삭이는 소리를 들었다.

"일곱 지옥에서나 불타라. 너도, 토로스도." 사냥개는 저주하며 붉은 사제를 흘긋 보았다. "저놈을 끝내고 나면 다음은 너야."

"하는 말마다 네가 유죄라고 외치는구나, 개." 토로스가 대꾸하는 사이 렘과 초록 수염과 행운아 잭은 위협과 저주를 늘어놓았다. 베릭 공 본인은 왼손에 방패를, 오른손에 불타는 검을 들고 잔잔한 물처럼 고요히 기다릴 뿐이었다. 아리아는 생각했다. '죽여. 제발, 저놈을 죽여야 해.' 아래에서 타는 불빛을 받은 얼굴이 죽음의 가면 같았고, 사라진 한쪽 눈은 붉게 성난 상처로 보였다. 장검은 끄트머리부터 날밑까지 불에 휩싸여 있었건만, 돈다리온은 열기를 느끼지 못하는 것 같았다. 그는 돌로 깎아 만든 사람처럼 가만히 서 있었다.

그러나 사냥개가 돌진하자 충분히 빨리 움직였다.

불타는 검이 튀어 올라 차가운 검과 마주치자, 불길이 길게 끌리는 것이 사냥개가 말한 장식 리본 같았다. 강철이 강철과 부딪쳐 울렸다. 클리게인은 첫 번째 공격이 막히자마자 다시 공격했지만, 이번에는 베릭 공의 방패가 막았고, 공격에 실린 힘 때문에 나무 부스러기가 튀었다. 공격은 거세고 빠르게, 낮은 곳에서 높은 곳에서, 오른쪽에서 왼쪽에서 날아들었고 돈다리온은 모든 공격을 막았다. 검 주위로 불길이 소용돌이쳤고 지나간 자리에 붉고 노란 환영을 남겼다. 베릭 공이 움직일 때마다 불길이 거세지고 더 밝게 타올라, 번개 영주가 불의 우리 속에 서 있는 것처럼 보일 지경이었다.

"저거 와일드파이어야?" 아리아는 겐드리에게 물었다.

"아니. 이건 달라. 이건……."

"……마법이야?" 아리아가 말을 맺는데 사냥개가 뒤로 물러섰다. 이제는 베릭 공이 공격에 나서 허공에 불로 만든 밧줄을 채우고, 더 큰 사내를 뒤로 밀어내고 있었다. 클리게인이 방패 위쪽으로 공격을 받아내자, 방패에 그려진 개 한 마리가 머리를 잃었다. 클리게인이 반격했고, 돈다리온은 방패로 가로막으면서 불타는 검으로 사선을 그었다. 무법자 형제단이 지도자에게 소리쳤다. "다 잡았어요!" "쳐요! 쳐! 쳐!" 사냥개는 머리를 노린 공격을 쳐내더니, 열기가 얼굴을 때리자 험상궂은 표정을 지었다. 그는 끙 소리를 내고 욕을 하며 비틀비틀 물러섰다.

베릭 공은 그에게 한숨 돌릴 여유를 주지 않았다. 팔을 가만히 두는 순간이 없이, 덩치 큰 상대의 뒤를 바짝 따라붙었다. 검과 검이 부딪치고 튀어 올랐다가 다시 부딪치고, 번개 방패에서 나뭇조각이 튀고, 소용돌이치는 불길이 개들에게 한 번, 두 번, 세 번 입을 맞췄다. 사냥개는 오른쪽으로 움직였지만, 돈다리온이 재빨리 옆으로 이동해서 그를 막고 반대 방향으로 몰았다……. 음침한 붉은 불꽃이 타오르는 불구덩이 쪽으로. 클리게인은 계속 물러서다가 등에 열기를 느끼고 잽싸게 어깨 너머를 돌아보았고, 뒤에 무엇이 있는지 보다가 그 대가로 베릭 공의 공격에 머리통을 잃을 뻔했다.

아리아는 다시 맹렬히 밀어붙이는 산도르 클리게인의 눈이 희번덕거리는 것을 볼 수 있었다. 세 발자국 앞으로 갔다가 두 발자국 뒤로, 왼쪽을 공격했다가 베릭 공에게 막히고, 다시 두 발자국 앞으로 갔다가 한 발자국 뒤로, 쩽그렁, 쩽그렁, 커다란 참나무 방패가 공격을 막고 또 막고 또 막고. 사냥개의 검고 곧은 머리카락이 땀에 젖어 이마 위로 늘어졌다. '와인 땀이야.' 아리아는 사냥개가 취한 채로 잡혔다는 사실을 떠올리며 생각했다. 그의 눈에 두려움이 떠오른 것만 같았다. '사냥개가 질 거야.' 아리아는 베릭 공의 불타는 검이 빙그르르 돌며 상대를 베자 기뻐서 어쩔 줄 모르며 생각했다. 번개 영주는 한바탕 거칠게 몰아쳐서 사냥개가 회복한 거리를 단숨에 되찾고 클리게인을 다시 비틀비틀 불구덩이 가장자리까지 물러서게 몰아붙였다. '됐어, 됐어, 사냥개는 죽을 거야.' 아리아는 더 잘 보려고 까치발을 들었다.

"빌어먹을 개새끼가!" 사냥개는 허벅지 뒤쪽을 핥는 불길을 느끼고 소리를 질렀다. 그는 돌진하면서 무거운 장검을 더 세게, 더 세게 휘둘러 키가 작은 상대를 무자비한 힘으로 박살내려고, 검이나 방패나 팔을 부수려고 했다. 하지만 돈다리온이 공격을 받아넘기면서 불길이 사냥개의 눈을 때렸고, 그 불을 급히 피하려던 그는 발이 삐끗하면서 한쪽 무릎을 꿇고 말았다. 즉시 베릭 공이 거리를 좁혔고, 아래로 내리친 검이 날카로운 소리와 함께 허공에 나부끼는 불의 깃발을 남겼다. 클리게인은 지쳐 헉헉거리면서도 제때 방패를 머리 위로 올렸다. 동굴 안에는 참나무가 쪼개지는 쩍 소리가 울려 퍼졌다.

"방패에 불이 붙었어." 겐드리가 쉰 목소리로 말했다. 아리아도 동시에 그 광경을 보았다. 갈라진 노란 페인트 위로 번진 불길이 세 마리 검은 개를 집어삼켰다.

산도르 클리게인은 무모한 반격을 펼치며 다시 일어섰다. 그는 베릭 공이 한 발자국 후퇴하고 나서야 얼굴 가까이에서 포효하는 불길이 자기 방패에서 타오르는 것이라는 사실을 깨달은 모양이었다. 그는 질색하여 소리를 내지르며 쪼개진 참나무를 사납게 내리찍어 완전히 부숴버렸다. 방패가 조각나면서 한쪽은 불이 붙은 채로 빙글빙글 날아간 반면, 반대쪽은 끈질기게 사냥개의 팔뚝에 매달려 있었다. 방패를 풀어버리려다가 불길에 부채질만 한 꼴이었다. 소매에 불이 붙고, 곧 왼팔 전체에 불이 붙었다. "끝장을 내요!" 초록 수염이 베릭 공을 부추겼고, 다른 목소리들도 가세해서 "유죄다!" 하고 외쳤다. 아리아도 나머지와 같이 외쳤다. "유죄, 유죄다. 죽여라. 유죄다!"

베릭 공은 앞에 선 남자를 끝내려고 여름 비단처럼 매끄럽게 다가갔다. 사냥개는 귀에 거슬리는 비명을 지르더니, 양손으로 장검을 들어 올려 온 힘을 다해서 내리쳤다. 베릭 공은 그 공격을 쉽게 막았지만…….

"아아아아안 돼." 아리아는 빽 소리를 질렀다.

……그러나 불타는 검이 뚝 부러지고, 사냥개의 차가운 강철 검이 베릭 공의 어깨와 목 사이를 파고들어 가슴뼈까지 갈라놓았다. 뜨거운 검은 상처에서 피가 쏟아졌다.

산도르 클리게인은 아직 불이 붙은 채로 황급히 물러섰다. 그는 욕설을 뱉으며 남은 방패를 뜯어내 던져버리더니, 흙바닥을 구르며 팔을 타고 오르는 불을 껐다.

베릭 공의 무릎이 기도라도 올리려는 것처럼 천천히 꺾였다. 입을 열자 피만 쏟아져 나왔다. 베릭 공이 얼굴부터 엎어지는 동안에도 사냥개의 검은 아직 그 몸에 꽂혀 있었다. 흙이 그의 피를 마셨다. 빈 언덕 아래에는 불이 조용히 타오르는 소리와 사냥개가 일어서려고 낑낑거리는 소리밖에 나지 않았다. 아리아는 사냥개가 죽기를 기도했던 그 모든 바보 같은 기도문과 미카밖에 생각할 수 없었다. '신들이 있다면, 왜 베릭 공이 이기지 못한 거지?' 아리아는 사냥개가 유죄임을 알고 있었다.

"제발." 산도르 클리게인이 팔을 끌어안고 긁는 목소리로 말했다. "불에 탔어. 도와줘. 누가 좀. 도와줘." 그는 울고 있었다. "제발."

아리아는 놀라서 그쪽을 쳐다보았다. '어린 아기처럼 울고 있잖아.'

"멜리, 클리게인의 화상을 돌봐줘라." 토로스가 말했다. "렘, 잭, 베릭 공을 일으키게 도와줘. 네드, 너도 오는 게 좋겠다." 붉은 사제는 쓰러진 영주의 몸에서 사냥개의 검을 잡아 뽑더니 피에 젖은 땅에 꽂았다. 렘이 커다란 두 손으로 돈다리온의 겨드랑이를 잡았고, 행운아 잭이 발을 잡았다. 그들은 그대로 불구덩이 주변을 돌아 어느 터널의 어둠 속으로 들어갔고, 토로스와 소년 네드가 그 뒤를 따랐다.

미친 사냥꾼이 침을 뱉었다. "이놈을 스토니셉트로 데리고 돌아가서 까마귀 우리에 집어넣자."

"그래." 아리아가 말했다. "그놈은 미카를 살해했어. 살해했다고."
"제대로 화난 다람쥐로군." 초록 수염이 중얼거렸다.
하원이 한숨을 내쉬었다. "릘로르께서 무죄라고 판결하셨어요."
"룰로어가 누구야?" 발음도 제대로 할 수 없었다.
"빛의 군주시죠. 토로스가 가르쳐주길—"
토로스가 뭐라고 가르쳤든 아리아는 상관없었다. 아리아는 초록 수염의 검집에서 단검을 뽑아 들고 잡히기 전에 몸을 돌렸다. 겐드리도 그녀를 잡으려 했지만, 그녀는 언제나 겐드리가 따라잡기 힘들 만큼 빨랐다.
일곱 현의 톰과 어떤 여자가 사냥개를 부축해 일으키고 있었다. 그의 팔을 본 아리아는 놀라서 말이 나오지 않았다. 가죽끈을 매고 있던 자리만 분홍색이었고, 그 위아래 살은 팔꿈치부터 손목까지 다 갈라져서 피를 흘리고 있었다. 그는 아리아와 눈이 마주치자 입을 씰룩였다. "그렇게 날 죽이고 싶냐? 그렇다면 해치워라, 늑대 소녀야. 찔러. 그게 불보다 깔끔하지." 클리게인은 일어서려고 했지만, 몸을 움직이자 불에 탄 살점이 팔에서 떨어져 나왔고, 다시 무릎이 풀렸다. 톰이 그의 성한 팔을 잡아 일으켰다.
'저 팔. 그리고 얼굴.' 아리아는 생각했다. 하지만 그자는 '사냥개'였다. 불지옥에서 불타 마땅했다. 손에 든 단검이 무거웠다. 아리아는 단검을 더 꽉 쥐었다. "넌 미카를 죽였어." 어디 부정할 테면 부정해보라고, 다시 한번 말했다. "저들에게 말해. 네가 죽였어. 네가 죽였다고."
"내가 죽였다." 사냥개의 얼굴 전체가 일그러졌다. "말을 타고 쫓아가 반으로 가르고는 웃었지. 놈들이 네 언니를 피투성이가 되도록 때리는 것도 지켜봤고, 놈들이 네 아버지의 목을 자르는 것도 지켜봤다."
렘이 아리아의 손목을 잡고 비틀어서 단검을 빼앗았다. 아리아가 그를 걷어찼지만 그는 반격하지 않았다. "지옥에나 떨어져, 사냥개." 아리아는 빈손으로 무력하게 분노하며 산도르 클리게인에게 소리쳤다. "지옥에나 떨어져!"

"저자는 이미 지옥에 있다." 속삭임보다 조금 큰 목소리가 말했다.

아리아가 뒤를 돌아보니, 피 묻은 손으로 토로스의 어깨를 잡은 베릭 돈다리온 공이 서 있었다.

캐틀린

'겨울의 왕들은 땅속의 차가운 지하묘지에 누우라고 해.' 캐틀린은 생각했다. 툴리는 힘을 강에서 끌어냈고, 그들이 생애를 완주한 후에 돌아가는 곳도 강이었다.

그들은 호스터 공에게 철판과 사슬을 엮어 만든 반짝이는 은빛 갑옷을 입히고, 가느다란 나무배에 눕혔다. 파란색과 빨간색으로 물결치는 망토가 몸 아래에 펼쳐졌다. 전포도 파란색과 빨간색으로 나뉘었다. 머리 옆에 놓아둔 대투구 이마에는 은과 청동 비늘이 달린 송어 한 마리가 달렸다. 가슴에는 색칠한 나무칼을 올리고, 아버지의 손가락이 칼자루를 쥐게 했다. 쇠약해진 손을 감춘 쇠 장갑 덕분에 다시 강인해진 것처럼 보이기까지 했다. 참나무와 쇠로 만든 거대한 방패는 왼쪽에 놓였고, 사냥 나팔은 오른쪽에 놓였다. 배 안의 나머지 공간에는 유목과 불쏘시개와 양피지 조각을 채우고, 물속에서 무게를 유지하도록 돌도 채웠다. 뱃머리에는 호스터 공의 깃발, 리버런의 뛰어오르는 송어 깃발이 펄럭였다.

신의 일곱 얼굴을 기려, 장례용 배를 강물까지 밀 일곱 명을 뽑았다. 호스터 공의 주군이 된 롭도 그중 하나였다. 더불어 브라켄, 블랙우드, 밴스,

말리스터 공들과 마크 파이퍼 경…… 그리고 그들이 기다리던 대답을 들고 트윈스에서 내려온 절름발이 로타르 프레이가 함께했다. 로타르 프레이를 호위해서 온 병사는 40명으로, 왈더 공의 서자 가운데 맏이인 왈더 리버스가 지휘했는데, 그는 희끗희끗한 머리에 전사로서 만만찮은 명성을 떨친 엄격한 사내였다. 호스터 공이 죽고 몇 시간 후에 도착한 그들을 본 에드무어는 격분했다. "왈더 프레이의 살가죽을 벗겨서 사지를 찢어야 해!" 그는 소리를 질렀다. "우리에게 불구자와 서자를 보내다니, 모욕의 뜻이 없다고 할 수 없는 일이야."

"왈더 공이 사절을 신중하게 고르기야 했겠지." 캐틀린이 대꾸했다. "짜증 나는 짓이고 옹졸한 복수지만, 상대가 누군지 기억해야지. 아버지는 언제나 그자를 늦장 프레이 공이라고 부르셨어. 성질 나쁘고, 질투심 많고, 무엇보다도 자존심이 강한 남자야."

다행히도 그녀의 아들은 동생보다 나은 감각을 보여주었다. 롭은 예의를 다해 프레이를 맞이하고, 호위병들이 묵을 막사를 찾아주고, 데스몬드 그렐 경에게 조용히 요청해서 그렐 경 대신 로타르가 호스터 공의 마지막 항해를 돕는 영예를 누릴 수 있게 했다. '나이를 넘어선 까다로운 지혜를 배웠구나, 내 아들.' 프레이 가문이 북부의 왕을 버렸을지는 몰라도, 크로싱의 영주는 여전히 리버런의 가장 강력한 봉신이었고, 로타르는 여기에 그 영주 대신 참석했다.

일곱 명은 쇠사슬 문이 드르륵드르륵 올라가는 동안 수중 계단을 내려가서 호스터 공을 물에 띄웠다. 뚱뚱하고 근육이 적은 로타르 프레이는 배를 물살 속으로 밀면서 거칠게 숨을 몰아쉬었다. 뱃머리를 맡은 제이슨 말리스터와 타이토스 블랙우드는 강물에 가슴까지 잠긴 채 서서 뱃길을 인도했다.

캐틀린은 흉벽에서 그 광경을 지켜보았다. 이전에 수없이 기다리며 지켜보았듯이 기다리며 지켜보았다. 아래에서는 물살이 빠르고 거친 텀블스톤이 넓은 레드포크 옆을 창처럼 들이받고, 청백색 급류가 부글거리며 더 큰 강의 적갈색 진흙탕에 섞여 들어갔다. 물 위에 감도는 아침 안개가 희미한 기억의 조각들처럼 엷었다.

'브랜과 리콘이 아버지를 기다리고 있겠지. 예전에 내가 기다렸듯이.' 캐틀린은 슬프게 생각했다.

늘씬한 배는 '물의 문'의 붉은 돌 아치 아래로 흘러나가, 곤두박질치는 텀블스톤의 급류에 휘말려 속도를 올리다가 두 강이 만나는 격류 속으로 밀려나갔다. 배가 높이 치솟은 성벽 아래에 나타나서 네모난 돛에 바람을 가득 받자, 아버지의 투구에 햇빛이 번득이는 게 보였다. 호스터 툴리 공의 방향타는 정확했고, 그는 물길 중앙을 평화롭게 항해하며 떠오르는 태양을 향해 나아갔다.

"지금이다." 캐틀린의 숙부가 권했다. 그 옆에 있던 캐틀린의 동생 에드무어가—이제는 정말로 에드무어 공이라고 불러야겠지만, 그 칭호에 익숙해지려면 얼마나 오래 걸릴까?—시위에 화살을 메겼다. 에드무어의 종자가 화살 끝에 불을 갖다 댔다. 에드무어는 불이 붙을 때까지 기다렸다가 큰 활을 들어 올리고, 활시위를 귀까지 당겼다가 놓았다. 화살은 낮은 텅 소리를 울리며 치솟았다. 캐틀린은 눈과 가슴으로 그 화살의 궤적을 따라갔다. 화살이 쉭 소리를 내며 호스터 공의 배 뒤로 한참 떨어진 물속에 떨어질 때까지.

에드무어가 조용히 욕을 했다. "바람 때문이야." 그는 두 번째 화살을 당겼다. "다시." 타는 나무가 화살촉 뒤에 감긴 기름 적신 천에 닿자 불길이 화살을 핥았다. 에드무어는 활을 들어 올리고, 당겼다가 놓았다. 화살이 높이, 그리고 멀리 날아갔다. 너무 멀었다. 이번에는 배를 10미터는 넘어가서 강물 속으로 떨어져 꺼져버렸다. 에드무어의 목에 수염만큼이나 붉은 기운이 스멀스멀 올라왔다. "한 번 더." 에드무어가 화살통에서 세 번째 화살을 뽑으며 명령했다. '자기 활시위만큼이나 긴장해 있구나.' 캐틀린이 생각했다.

브린덴 경도 캐틀린과 같은 것을 본 모양이었다. "제가 하지요, 영주님." 그는 조카에게 제안했다.

"제가 할 수 있어요." 에드무어는 고집을 부렸다. 그는 화살에 불을 붙이고 활을 홱 들어 올리더니, 심호흡을 하고 나서 화살을 당겼다. 그는 불이 타닥거리며 화살을 타고 올라오는 동안에도 오랫동안 주저하는 것 같더니, 마침내 화살을 놓았다. 화살은 번쩍이며 올라가고 또 올라가다가 겨우 곡선을 그리며 떨어지고, 떨어지다가…… 쉭 소리를 내면서 부풀어 오른 돛을 지나쳤다.

한 뼘도 되지 않는 아슬아슬한 차이였지만, 그래도 빗나갔다. "다른자들이나 가져가라지!" 캐틀린의 동생이 저주를 내뱉었다. 배는 이제 거의 사정거리를 벗어나서 강 안개 사이로 보였다가 사라졌다가 했다. 에드무어는 말없이 활을 숙부에게 밀었다.

"빨리." 브린덴 경이 말했다. 그는 화살을 메기고, 불을 갖다 댈 동안 흔들리지 않게 잡고 있다가, 캐틀린이 불이 붙었는지 확신하기도 전에 화살을 당겼다가 놓았다……. 그러나 화살이 솟아오르자 허공에 끌리는 불길이, 옅은 오렌지색 날개깃이 보였다. 배는 안개 속으로 사라진 후였다. 불화살도 아래로 떨어지면서 안개가 삼켜버렸지만…… 잠깐뿐이었다. 다음 순간, 희망처럼 갑작스럽게 붉은 꽃이 피어났다. 돛에 불이 붙으면서 안개가 분홍색과 오렌지색으로 빛났다. 캐틀린은 잠시 동안 뛰어오르는 불길에 감싸인 배의 윤곽을 또렷하게 보았다.

'내가 오나 지켜봐다오, 귀여운 캣.' 아버지의 속삭임이 들리는 것 같았다.

캐틀린은 무작정 손을 뻗어 동생의 손을 잡으려 했지만, 에드무어는 이미 자리를 벗어나서 흉벽에서 제일 높은 지점에 혼자 서 있었다. 대신 숙부인 브린덴이 그녀의 손을 잡고, 힘 있는 손가락으로 깍지를 꼈다. 그들은 불타는 배가 멀어지면서 작은 불꽃이 점점 작아지는 모습을 함께 지켜보았다.

그러다가 배가 사라졌다……. 아마도 여전히 하류로 흘러가고 있거나, 부서져 가라앉았으리라. 갑옷 무게 때문에 호스터 공은 강바닥의 부드러운 진흙 속에 내려앉을 것이다. 툴리 가문이 물고기 떼를 마지막 수행원으로 거느리고 언제까지나 통치하는 물의 궁전 속에.

불타는 배가 보이지 않는 곳으로 사라지자마자 에드무어는 가버렸다. 캐틀린은 잠시라도 동생을 끌어안고 싶었다. 가능하다면 한 시간이든, 하룻밤이든, 한 달이든 같이 앉아서 고인에 대해 이야기하며 슬퍼하고 싶었다. 그러나 캐틀린도 에드무어만큼이나 지금은 그럴 때가 아님을 잘 알고 있었다. 이제 에드무어는 리버런의 영주였고, 그의 기사들이 모여들어 조의를 표하고 충성을 다짐하며 누이의 슬픔 같은 사소한 일로부터 그를 막아섰다. 에드무어는 아무 말도 제대로 듣지 않으면서 귀를 기울였다.

"화살이 빗나가는 건 망신스러운 일이 아니야." 숙부가 캐틀린에게 조용히 말했다. "에드무어도 그 얘길 들었어야 하는데. 우리 아버지가 강으로 떠나신 날, 호스터 형도 화살을 빗맞혔지."

"첫 발은 그랬죠." 캐틀린이 기억하기에는 그때 너무 어렸지만, 호스터 공이 자주 이야기를 해주었다. "두 번째 화살은 돛을 맞혔고요." 그녀는 한숨을 내쉬었다. 에드무어는 보기만큼 강하지 않았다. 마침내 찾아온 아버지의 죽음은 자비로운 일이었으나, 그렇다 해도 동생은 힘겹게 받아들였다.

지난밤 술을 마시면서 에드무어는 하지 않은 일들과 하지 않은 말들에 대한 후회로 가득 차서 무너져 울었다. 그는 눈물을 흘리며 여울 전투에

나가선 안 되는 거였다고 말했다. 아버지의 침대 곁에 머물렀어야 한다고 말이다. "누나처럼 나도 아버지 곁에 있었어야 했어. 마지막에 아버지가 내 얘길 하셨어? 사실대로 말해줘, 캣. 나를 부르셨어?"

호스터 공의 마지막 말은 "탠지"였지만, 캐틀린은 차마 그렇게 말할 수 없었다. "네 이름을 속삭이셨지." 그녀는 거짓말을 했고, 동생은 고맙다고 고개를 끄덕이며 그녀의 손에 입을 맞췄다. '슬픔과 죄책감에 빠져 죽으려고만 하지 않았어도 활을 제대로 구부릴 수 있었을지 몰라.' 캐틀린은 한숨을 내쉬며 생각했지만, 감히 입 밖에 낼 수는 없는 이야기였다.

검은 물고기는 캐틀린을 호위하듯이 함께 흉벽에서 내려가 롭이 젊은 왕비를 옆에 두고 봉신들과 함께 서 있는 곳으로 향했다. 캐틀린을 본 아들은 조용히 그녀를 끌어안았다.

"호스터 공께선 왕처럼 고귀해 보이셨습니다." 제인이 중얼거렸다. "그분을 알 기회가 제게도 있었다면 좋았을 텐데요."

"저도 더 잘 알았으면 좋았을 거예요." 롭이 덧붙였다.

"아버지도 그러길 바라셨을 거다." 캐틀린이 말했다. "리버런과 윈터펠은 너무 멀었어." 그리고 리버런과 이어리 사이에는 산과 강과 군대가 너무 많은 모양이었다. 라이사는 캐틀린이 보낸 편지에 아무 답을 하지 않았다.

킹스랜딩에서도 침묵밖에 돌아오지 않았다. 지금쯤은 브리엔느와 클레오스 경이 포로를 데리고 킹스랜딩에 도착하리라 희망하고 있었건만. 심지어는 브리엔느가 여자애들을 데리고 돌아올 수도 있으리라 생각했건만. '클레오스 경은 일단 교환이 성사되면 꼬마 악마가 까마귀를 보내도록 하겠다고 맹세했어. 맹세했다고!' 하지만 까마귀들이 늘 제대로 도착하는 것은 아니었다. 어떤 궁수가 쏘아 떨어뜨려서 저녁으로 구워 먹었을지도 몰랐다. 캐틀린의 마음을 편하게 해줄 편지가 지금 어느 화톳불 근처에, 까마귀 뼈와 잿더미 옆에 놓여 있을지도 몰랐다.

다른 사람들이 롭에게 조의를 표하려고 기다리고 있었기에, 캐틀린은 제이슨 말리스터 공과 그레이트존, 롤프 스파이서 경이 차례차례 롭과 이야기하는 동안 참을성 있게 옆에 서 있었다. 하지만 로타르 프레이가 다가오자 그녀는 롭의 소매를 한 번 당겼다. 롭은 몸을 돌리고 로타르가 무슨 말을 할지 기다렸다.

"전하." 로타르 프레이는 30대 중반의 통통한 남자로, 눈이 가운데로 몰렸고 뾰족한 수염을 길렀으며 곱슬곱슬한 검은 머리는 어깨까지 늘어뜨렸다. 태어나면서 틀어진 한쪽 다리 때문에 '절름발이 로타르'라는 별명을 얻었고, 20년 넘도록 제 아버지의 집사로 일했다. "슬퍼하시는 데 방해하기는 싫습니다만, 오늘 밤에 저희에게 접견을 허락하실 수 있으실지요?"

"기꺼이 그러지요." 롭이 말했다. "우리 사이에 적대감을 심는 것은 결코 내 바람이 아니었어요."

"제가 그 이유가 되고 싶지도 않았습니다." 제인 왕비가 말했다.

로타르 프레이는 미소 지었다. "이해합니다. 제 아버지도 이해하시고요. 그분도 예전에는 젊었던 적이 있고, 아름다움에 마음을 빼앗기는 것이 어떤 일인지 잘 기억한다고 전하라 하시더군요."

캐틀린은 왈더 공이 그런 말을 했을지, 과연 한 번이라도 아름다움에 마음을 빼앗긴 적이 있을지 의심스러웠다. 크로싱의 영주는 일곱 아내를 먼저 보내고 여덟 번째 아내와 결혼했으나, 그들을 침대 데우는 여자와 번식용 암말 정도로만 보았다. 그렇다 해도 듣기는 좋은 말이었고, 캐틀린도 듣기 좋은 말에 반감을 표할 수는 없었다. 롭도 마찬가지였다. "아버님께서 실로 관대하시군요. 오늘 밤 대화를 기대하지요."

로타르는 허리를 굽히고, 왕비의 손에 입을 맞추고 물러났다. 그때쯤에는 한마디 하려고 모인 사람이 열 명이 넘었다. 롭은 각각과 이야기를 나누고 필요에 따라 이쪽에는 감사 인사를, 저쪽에는 미소를 전했다. 그리고 마지막까지 이야기를 나눈 후에야 캐틀린에게 다시 돌아섰다. "우리가 꼭 이야기해야 할 게 있어요. 같이 걸으시겠어요?"

"분부대로 하지요, 전하."

"분부라니요, 어머니."

"그렇다면 기쁘게 함께하겠다." 아들은 리버런에 돌아온 후 캐틀린을 상냥하게 대했지만, 그녀를 찾는 일은 드물었다. 젊은 왕비와 함께하는 시간이 더 편안하다 해도 아들을 탓할 수는 없었다. '제인은 롭이 미소 짓게 해주지만, 나와는 슬픔밖에 나눌 게 없지.' 롭은 신부의 형제들과도 즐겨 어울리는 듯했다. 종자인 어린 롤럼과 군기잡이인 레이널드 경. '그들이 롭이 잃은 형제들의 자리를 차지하고 있구나.' 캐틀린은 셋이 함께 있는 모습을 보고 깨달았다. '롤럼은 브랜의 자리를 대신했고, 레이널드는 반은 테온, 반은 존 스노우야.' 웨스털링 가문 사람들과 함께 있을 때만 롭의 미소를 보거나, 어렸을 때처럼 웃는 소리를 들을 수 있었다. 다른 이들에게 롭은 언제나 북부의 왕이었고, 왕관을 쓰지 않았을 때조차도 왕관의 무게에 고개를 숙였다.

롭은 아내에게 다정하게 입 맞추며 거처에서 보자고 하더니 어머니와 함께 걷기 시작했다. 롭의 발걸음은 신의 숲으로 향했다. "로타르는 원만해 보이니, 희망이 있네요. 우리에겐 프레이가 필요해요."

"그렇다고 프레이를 얻게 되리라는 뜻은 아니지."

롭은 고개를 끄덕였고, 그 침울한 얼굴과 축 처진 어깨를 보자 마음이 쓰였다. '왕관이 이 아이를 으스러뜨리고 있어.' 캐틀린은 생각했다. '롭은 진심으로 좋은 왕, 용감하고 명예롭고 영리한 왕이 되고 싶어 해. 하지만 그 무게는 소년이 감당할 수 있는 게 아니야.' 롭은 할 수 있는 모든 일을 다 하고 있었지만, 그래도 가차 없는 타격이 연이어 떨어졌다. 랜딜 탈리 공이 로벳 글로버와 헬만 톨하트 경을 분쇄한 더스큰데일 전투 소식이 전해졌을 때, 롭은 격노해야 마땅했다. 그런데 그 대신 롭은 믿을 수 없다는 듯 멍한 눈빛으로 말했다. "협해에 있는 더스큰데일? 왜 그 사람들이 더스큰데일에 갔지?" 그는 당혹해서 고개를 내저었다. "내 보병의 3분의 1이 더스큰데일에서 졌다고?"

"강철인들이 내 성을 차지했고 이젠 라니스터가 내 동생을 잡았군." 갤버트 글로버는 절망감이 짙은 목소리로 말했다. 로벳 글로버는 전투에서 살아남았지만, 오래지 않아 왕의 가도 근처에서 사로잡혔다고 했다.

"오래 그러진 않을 거요." 캐틀린의 아들은 약속했다. "마틴 라니스터와의 교환을 제안하지요. 타이윈 공도 동생을 위해 이 교환은 받아들여야 할 겁니다." 마틴은 케반 경의 아들로, 카스타크 공이 살해한 윌렘의 쌍둥이였다. 캐틀린은 카스타크의 살인이 아직까지 아들을 사로잡고 있음을 알았다. 롭은 마틴을 지키는 위병을 세 배로 늘리고서도 여전히 그의 안전을 염려했다.

롭은 회랑을 함께 걸으면서 말했다. "어머니가 처음 권하셨을 때 킹슬레이어를 산사와 맞바꿨어야 했어요. 산사를 꽃의 기사와 결혼시키겠다고 제안했다면, 티렐은 조프리 대신 우리 편이 되었을지도 몰라요. 그 생각을 했어야 하는 건데."

"네 머리는 전투에 집중해 있었고, 그래야 마땅했어. 왕이라 해도 모든 것을 생각할 수는 없지."

"전투요." 롭은 캐틀린을 이끌고 숲으로 나가면서 중얼거렸다. "전 모든 전투에서 이겼지만, 어째선지 전쟁에서는 지고 있어요." 롭은 하늘에 해답이 쓰여 있을지 모른다는 듯 위를 올려다보았다. "강철인들은 윈터펠과 모트카일린을 쥐고 있어요. 아버지는 돌아가셨고, 브랜과 리콘도, 어쩌면 아리아도 죽었을지 몰라요. 이젠 외할아버지도 떠나셨어요."

롭이 절망하게 놓아둘 수는 없었다. 그 쓴맛은 캐틀린이 너무 잘 알았다. "아버지는 오랫동안 죽어가고 계셨다. 그건 네가 바꿀 수 있는 게 아니었어. 롭, 네가 실수를 저지르기는 했다만, 어떤 왕인들 실수가 없었을까? 네드는 널 자랑스러워했을 거야."

"어머니, 어머니가 꼭 아셔야 할 게 있어요."

캐틀린의 심장이 쿵 뛰어올랐다. '뭔가 롭이 싫어하는 것이구나. 나에게 말하기 두려워하는 일.' 생각할 수 있는 것은 브리엔느와 브리엔느가 맡은 임무뿐이었다. "킹슬레이어 얘기니?"

"아니요. 산사 얘기예요."

'산사가 죽었구나.' 캐틀린은 즉시 생각했다. '브리엔느가 실패하고, 제이미가 죽고, 세르세이가 응징으로 내 어여쁜 딸을 죽인 거야.' 잠시 동안 말이 나오지 않았다. "산사가…… 산사가 떠난 거니, 롭?"

"떠나요?" 롭은 놀란 얼굴이었다. "죽었냐고요? 아, 어머니, 아니에요, 그런 게 아니에요. 산사를 해치진 않았어요, 그런 식으로는 아니에요. 다만…… 어젯밤에 전서조가 왔는데, 외할아버지를 보내드리기 전까지는 차마 말씀드릴 수가 없었어요." 롭은 캐틀린의 손을 잡았다. "놈들이 산사를 티리온 라니스터와 결혼시켰어요."

캐틀린의 손가락이 아들의 손을 부여잡았다. "꼬마 악마와."

"네."

"그자는 형과 산사를 맞바꾸겠다고 맹세했어." 캐틀린은 멍하니 말했다. "산사와 아리아 둘 다를. 그자의 소중한 제이미를 돌려주면 두 아이 다 돌려주겠다고, 궁정 전체에 맹세했어. 신과 인간들 앞에서 그런 말을 해놓고서 어떻게 산사와 결혼할 수가 있지?"

"그자는 킹슬레이어의 형제예요. 맹세를 깨는 피가 흐르나 보죠." 롭의 손가락이 칼자루 끝을 쓸었다. "제가 그 못생긴 머리통을 떼어버릴 수만 있다면……. 산사는 과부가 되고, 자유를 얻겠죠. 달리 방법이 보이질 않아요. 놈들은 산사가 성사 앞에서 결혼 서약을 하고 진홍색 망토를 걸치게 했어요."

캐틀린은 교차로 여관에서 붙잡아 이어리까지 데려갔던 뒤틀린 난쟁이를 떠올렸다. "라이사가 그놈을 달의 문으로 밀어버리게 놔뒀어야 했어. 내 가엾은, 어여쁜 산사……. 대체 왜 산사에게 이런 짓을 한단 말이냐?"

"윈터펠 때문이죠." 롭은 바로 대답했다. "브랜과 리콘이 죽었으니, 산사가 제 후계자예요. 저에게 무슨 일이라도 생기면……."

캐틀린은 그의 손을 꽉 붙잡았다. "네겐 아무 일도 없을 거다. 아무 일도. 그랬다간 내가 견디지 못할 거야. 놈들이 네드를 앗아 가고, 네 귀여운 동생들도 앗아 갔어. 산사는 결혼했고, 아리아는 실종됐지. 내 아버지도 돌아가시고……. 너에게 무슨 일이라도 생기면 난 미쳐버릴 거다, 롭. 나에겐 너밖에 남지 않았어. 북부에도 너밖에 남지 않았어."

"저 아직 안 죽었어요, 어머니."

캐틀린은 갑자기 두려움에 찼다. "마지막 한 방울까지 피를 흘리도록 싸울 필요는 없어." 캐틀린조차도 자기 목소리에 깃든 절박함을 들을 수 있었다. "무릎을 굽히는 왕이 네가 처음은 아닐 거야. 스타크로서도 처음이 아니고."

롭의 입매가 굳어졌다. "안 돼요. 절대."

"수치스러운 일이 아니야. 발론 그레이조이도 반란이 실패하자 로버트에게 무릎을 굽혔지. 토르헨 스타크는 군대가 불타느니 정복자 아에곤에게 무릎을 굽혔고."

"아에곤이 토르헨 왕의 아버지를 죽였던가요?" 롭은 캐틀린에게서 손을 빼냈다. "절대 안 된다고 했어요."

'이젠 왕이 아니라 소년처럼 굴고 있구나.' "라니스터에겐 북부가 필요치 않아. 충성 맹세와 인질만 요구할 테지……. 그리고 꼬마 악마는 우리가 무슨 짓을 하든 산사를 데리고 있을 테니, 인질은 어차피 잡은 셈이야. 강철인들 쪽이 더 완강한 적이 될 거다. 그레이조이가 북부를 차지할 희망이라도 품으려면, 스타크 가문의 잔가지 하나라도 살아남아서 논란이 되어선 안 되니까. 테온이 브랜과 리콘을 살해했으니, 이제 그자들은 너만 죽이면 되는 거야……. 그리고 제인도 죽여야겠지. 발론 공이 네 후계자를 품은 제인을 살려둘 수가 있겠니?"

롭의 얼굴은 차가웠다. "그래서 킹슬레이어를 풀어주신 건가요? 라니스터와 화평을 맺으려고요?"

"난 산사 때문에 제이미를 풀어줬다……. 그리고 아직 살아 있다면 아리아도 돌려받으려고. 너도 알잖니. 하지만 그 행동으로 평화를 살 희망도 키운 셈이라면, 그게 그렇게 나쁜 일일까?"

"예. 라니스터는 아버지를 죽였어요."

"내가 그걸 잊었을 것 같니?"

"모르겠어요. 잊으셨나요?"

캐틀린은 분노로 자식을 때린 적이 없는 사람이었지만, 그 순간에는 롭을 때릴 뻔했다. 롭이 얼마나 두렵고 외로울지 되새기기 위해 노력을 기울여야 했다. "넌 북부의 왕이니, 선택은 네 몫이다. 난 다만 내가 한 말을 생각해주기를 요청할 뿐이야. 가수들은 전투에서 용감하게 죽은 왕들에 대해 많이 읊어대지만, 네 삶은 노래보다 가치가 있어……. 적어도 널 낳은 나에게는 그렇구나." 캐틀린은 고개를 숙였다. "이제 가봐도 될까요, 전하?"

"네." 롭은 고개를 돌리고 장검을 뽑았다. 그 검으로 무엇을 하려는지 캐틀린으로서는 알 수가 없었다. 그곳에는 적도 없고, 싸울 상대도 없었다. 키 큰 나무들과 낙엽 사이에 캐틀린과 롭뿐이었다. '어떤 검으로도 이길 수 없는 싸움도 있단다.' 캐틀린은 그렇게 말하고 싶었지만, 왕에게는 그런 말이 들리지 않을까 두려웠다.

몇 시간 후, 그녀가 침실에서 바느질을 하고 있는데 어린 롤럼 웨스털링이 저녁 식사에 참석하라는 말을 전하러 달려왔다. '다행이야.' 캐틀린은 안도하며 생각했다. 말싸움을 한 후에는 아들이 저녁 식사에서 그녀를 보고 싶어 할까 자신이 없던 차였다. "충직한 종자로구나." 그녀는 롤럼에게 진지하게 말해주었다. 브랜도 롤럼 같았을 것이다.

식탁에 앉은 롭이 냉담해 보이고 에드무어가 뚱해 보였다면, 절름발이 로타르가 두 사람 몫을 벌충하고도 남았다. 그는 예의의 화신이었다. 호스터 공을 따뜻하게 추억하고, 캐틀린에게는 브랜과 리콘의 상실에 대해 부드럽게 조의를 표했으며, 스톤밀에서의 승리에 대해 에드무어를 치켜세우고, 롭에게는 리카드 카스타크에게 보인 "신속하고 확실한 정의"에 고마움을 표했다. 로타르의 배다른 천출 형제 왈더 리버스는 다른 문제였다. 그는 늙은 왈더 공의 의심 가득한 얼굴을 닮은 모질고 심술궂은 남자로, 말은 거의 하지 않고 앞에 놓인 고기와 술에만 관심을 쏟았다.

공허한 말들이 다 오가고 나서 왕비와 웨스털링 가문 사람들은 물러나고, 남은 음식을 치우고 나자 로타르 프레이는 헛기침을 하더니 엄숙하게 말했다. "저희가 여기 오게 된 이유로 돌아가기 전에, 다른 문제가 있습니다. 심각한 문제일지도 몰라요. 이런 소식을 하필 제가 전하고 싶지는 않았습니다만, 어쩔 수 없을 것 같습니다. 제 아버지께서 손자들로부터 편지를 한 통 받으셨습니다."

캐틀린은 자신의 슬픔에 너무 파묻힌 나머지, 대자로 들인 두 프레이에 대해서는 거의 잊어버리고 있었다. '더는 안 돼.' 그녀는 생각했다. '어머니시여, 자비를 베푸소서, 우리가 얼마나 많은 타격을 더 견뎌야 합니까?' 왠지 모르게 그녀는 다음에 나올 말이 자신의 심장에 또 다른 칼날을 꽂을 것을 알고 있었다. "윈터펠에 있던 손자들 말입니까?" 자신이 말하는 목소리가 들렸다. "제 대자들?"

"왈더와 왈더 맞습니다. 하지만 현재는 둘 다 드레드포트에 있습니다. 이런 말씀을 드리려니 통탄스럽습니다만, 전투가 있었습니다. 윈터펠이 불탔어요."

"불타?" 롭이 믿기지 않는 듯한 목소리로 말했다.

"북부 영주들이 윈터펠을 강철인들로부터 되찾으려 했습니다. 테온 그레이조이는 자신의 상품을 잃을 처지에 이르자 성에 불을 냈답니다."

"그런 전투 이야기는 못 들었소." 브린덴 경이 말했다.

"제 조카들이 어리기는 해도, 분명히 그 자리에 있었습니다. 큰 왈더가 편지를 썼습니다만, 사촌도 같이 서명했습니다. 그 아이들의 설명에 따르면 상당한 유혈 사태였습니다. 전하의 수호성주는 죽었습니다. 로드릭 경이라고 했던가요?"

"로드릭 카셀 경이에요." 캐틀린은 멍하니 대답했다. '그 용감하고 충성스러운 노인이.' 캐틀린은 무성한 하얀 구레나룻을 잡아당기는 그의 모습을 눈앞에서 볼 수 있을 것만 같았다. "다른 사람들 소식은요?"

"안타깝게도 강철인들이 상당수를 베어 죽인 것 같습니다."

롭은 격분한 나머지 말없이 주먹으로 탁자를 내리치고, 프레이들에게 눈물을 보이지 않으려 얼굴을 돌렸다.

하지만 그의 어머니는 그 눈물을 보았다. '세상이 매일 조금씩 더 어두워지는구나.' 캐틀린의 생각은 로드릭 경의 어린 딸 베스에게, 지칠 줄 모르는 루윈 학사와 쾌활한 차일 성사, 대장간의 미켄, 견사의 팔렌과 팰라, 낸 할멈과 단순한 호도에게 흘러갔다. 심장이 아팠다. "제발, 모두는 아니라고 해줘요."

"모두는 아니었습니다." 절름발이 로타르가 말했다. "여자들과 아이들은 숨었고, 제 조카인 왈더와 왈더도 그중에 있었습니다. 윈터펠이 폐허가 되자 살아남은 이들은 볼턴 공의 아들이 드레드포트로 데리고 돌아갔답니다."

"볼턴의 아들?" 롭의 목소리에 긴장이 서렸다.

왈더 리버스가 말했다. "서자일 겁니다."

"램지 스노우 말고요? 루스 공에게 다른 서자가 또 있었소?" 롭은 얼굴을 찌푸렸다. "램지라는 인물은 괴물이자 살인자였고, 겁쟁이로 죽었어요. 적어도 난 그렇게 들었소."

"그건 제가 뭐라 말할 수가 없군요. 어떤 전쟁이든 혼란스러운 부분이 많으니까요. 거짓 보고도 많고요. 제가 말씀드릴 수 있는 건 제 조카들이 윈터펠의 여자들과 어린아이들을 구한 사람은 볼턴의 서자라고 주장한다는 것뿐입니다. 살아남은 이들은 모두 드레드포트에 안전하게 있답니다."

"테온은." 롭이 불쑥 말했다. "테온 그레이조이는 어떻게 됐소? 죽었소?"

절름발이 로타르는 양손을 펼쳤다. "그건 저도 모릅니다, 전하. 왈더와 왈더는 그자의 운명에 대해 아무 말도 하지 않았습니다. 볼턴 공이라면, 아들에게 전언을 받았다면 알지도 모르지요."

브린덴 경이 말했다. "우리가 꼭 물어보겠소."

"다들 마음이 산란해지셨군요. 새로운 슬픔을 가져다드려서 죄송합니다. 어쩌면 내일까지 쉬었다가 이야기를 계속하는 게 좋을지도 모르겠군요. 저희 일은 전하께서 마음을 다잡으실 때까지 기다릴 수……."

"아니오." 롭이 말했다. "이 문제를 정리하고 싶군요."

캐틀린의 동생 에드무어도 고개를 끄덕였다. "나도 그래요. 우리 제안에 대한 대답을 가져오셨소?"

"그렇습니다." 로타르는 미소 지었다. "제 아버지께서 전하께 우리 가문들 사이의 이 새로운 결혼 동맹에 동의하며, 전하께서 직접, 얼굴을 마주 보고 프레이 가문에 대한 모욕을 사과하신다는 조건으로 북부의 왕에 대한 충성 맹세를 새로이 하겠다고 전하라십니다."

사과 정도라면 사소한 대가였지만, 캐틀린은 왈더 공의 하찮은 조건이 듣자마자 마음에 들지 않았다.

"그거 기쁘군요." 롭은 조심스럽게 말했다. "내 결코 우리 사이에 이런 틈을 만들고 싶지는 않았어요, 로타르. 프레이 가문은 나의 대의를 위해 용맹하게 싸워줬어요. 다시 한번 내 편으로 두고 싶군요."

"참으로 친절하십니다, 전하. 전하께서 이 조건을 받아들이시면, 저는 툴리 공에게 제 누이인 열여섯 살 처녀 로슬린의 손을 건네겠다고 제안하라는 지시를 받았습니다. 로슬린은 제 아버지의 여섯 번째 부인이셨던 로스비 가문의 베타니 부인이 낳은 막내딸입니다. 성격도 온화하고 음악에 재능이 있지요."

에드무어가 앉은 자리에서 움직거렸다. "우선 만나보고 정한다면 더 좋을—"

"결혼하는 날 만날 거요." 왈더 리버스가 무뚝뚝하게 말을 잘랐다. "툴리 공께서 로슬린의 치아가 몇 개인지 세어봐야 한다면 또 모르지만?"

에드무어는 성질을 눌렀다. "치아에 대해서야 경이 말하는 대로 받아들이겠지만, 결혼하기 전에 얼굴을 직접 볼 수 있다면 기쁘겠소."

"툴리 공은 지금 받아들여야 하오." 왈더 리버스가 말했다. "아니면 우리 아버지의 제안은 철회요."

절름발이 로타르가 두 손을 펼쳤다. "제 형제가 군인답게 무뚝뚝하기는 합니다만, 그 말의 내용은 사실입니다. 저희 아버지는 이 결혼이 즉시 성사되기를 바라십니다."

"즉시?" 에드무어의 목소리가 어찌나 불행하게 들리던지, 캐틀린은 동생이 전투가 끝난 후에 약혼을 파기하려는 생각을 품고 있었을지도 모른다는 부적절한 생각까지 했다.

"왈더 공은 우리가 전쟁 중이라는 사실을 잊으신 건가?" 검은 물고기 브린덴이 날카롭게 물었다.

"그럴 리가요." 로타르가 말했다. "그래서 지금 결혼식을 열자고 주장하시는 겁니다, 경. 전쟁 중에는 남자들이 죽지요. 젊고 강한 남자들이라 해도 말입니다. 에드무어 공이 로슬린을 신부로 맞이하기 전에 쓰러지기라도 한다면 우리 동맹은 어떻게 되겠습니까? 그리고 제 아버지의 연세도 생각하셔야지요. 90세가 넘으셨으니 이 싸움의 끝을 보지 못하실 가능성이 높습니다. 신들이 그분을 데려가시기 전에 사랑하는 로슬린이 안전하게 결혼하는 모습을 보실 수 있다면, 로슬린이 자기를 아끼고 보호할 힘센 남편을 뒀다는 사실을 알고 돌아가실 수 있을 테니 아버지의 마음도 평화를 얻지 않겠습니까."

'우리 모두가 왈더 공이 행복하게 죽기를 바라지.' 캐틀린은 이 협의안이 점점 더 불편해졌다. "내 동생은 방금 아버지를 잃었어요. 슬퍼할 시간이 필요합니다."

"로슬린은 쾌활한 아가씨입니다. 에드무어 공이 비탄을 헤쳐나가는 데 필요한 도움이 있다면 바로 그 아이일지도 몰라요."

"그리고 제 아버지는 약혼 기간이 긴 것을 싫어하시게 됐습니다." 서자 왈더 리버스가 덧붙여 말했다. "이유는 상상이 가지 않는군요."

롭은 그에게 싸늘한 눈빛을 던졌다. "무슨 말인지 알겠소, 리버스. 잠시 우리만 있게 해주시오."

"전하의 분부에 따르지요." 절름발이 로타르가 일어섰고, 그의 천출 형제에게 부축을 받으며 절뚝절뚝 방을 나갔다.

에드무어는 불만이 심했다. "내 약속은 가치가 없다는 말이나 다름없어. 왜 그 늙은 족제비가 내 신부를 고르게 놔둬야 해? 왈더 공에겐 로슬린 말고도 딸이 많아. 손녀도 많고. 나도 너와 같은 선택지를 받아야 마땅해. 난 왈더 공의 주군이야. 내가 그중 누구하고든 기꺼이 결혼한다는 사실에 기빼해야 마땅하다고."

"왈더 공은 자존심이 높고, 우리가 그 자존심에 상처를 입혔지." 캐틀린이 말했다.

"왈더의 자존심은 다른자들이나 가져가라고 해! 내 성에서 망신당하고 있진 않겠어. 내 대답은 거절이야."

롭은 지친 눈빛으로 에드무어를 보았다. "숙부님께 명령하진 않겠어요. 이 일에서는요. 하지만 숙부님이 거절하시면 프레이 공은 또 다른 모욕으로 받아들일 테고, 이 갈등을 없앨 희망은 사라지는 거예요."

"그건 모르는 일이야." 에드무어는 고집을 부렸다. "프레이는 내가 태어난 순간부터 날 자기 딸들 중 하나와 결혼시키고 싶어 했어. 이런 기회를 그 탐욕스러운 손가락 사이로 흘려버리진 않을 거야. 로타르가 우리의 답을 가져가면 다시…… 내가 고르는 딸과의 약혼에 동의한다는 소식을 가지고 돌아올 거야."

"그럴지도 모르지. 때가 되면." 검은 물고기 브린덴이 말했다. "하지만 로타르가 제안과 역제안을 가지고 왕복하도록 우리가 기다릴 수 있을까?"

롭은 두 주먹을 움켜쥐었다. "전 북부로 돌아가야 해요. 동생들이 죽었고, 윈터펠이 불탔고, 제 백성들이 죽었는데…… 볼턴의 서자는 뭐 하는 놈인지, 테온은 아직 살아서 돌아다니고 있는지 여부는 신들만 아시는 상황이에요. 성사될 수도 있고 아닐 수도 있는 결혼식을 기다리느라 여기 앉아 있을 순 없어요."

"성사되어야만 해." 캐틀린이 달갑지 않은 심정으로 말했다. "나도 너 못지않게 왈더 프레이의 모욕과 불평을 참아주고 싶지 않다만, 선택의 여지가 별로 보이지 않는구나. 이 결혼식을 치르지 않으면 롭의 대의는 끝이야. 에드무어, 우린 받아들여야 한다."

"우리가 받아들여야 한다고?" 에드무어는 힘없이 그 말을 되풀이했다.

"누나가 아홉 번째 프레이 부인이 되겠다고 나선 건 아닐 텐데, 캣."

"내가 아는 한 여덟 번째 프레이 부인은 아직 잘 살아 있어." 캐틀린은 대꾸했다. '고맙게도.' 그렇지 않았다면 왈더 공의 성격상 이야기가 그쪽으로 갈 수도 있었다.

검은 물고기가 말했다. "칠왕국에서 다른 사람은 몰라도 내가 누군가에게 결혼해야 한다는 말을 할 수는 없다, 조카야. 그럼에도 불구하고, 너는 여울 전투에서 저지른 짓을 보상하기 위해 뭐든 하겠다고 말했어."

"전 다른 보상을 생각하고 있었어요. 킹슬레이어와 일대일 결투라든가. 구걸하는 형제로 7년을 보낸다든가. 두 다리를 묶고 일몰해에서 헤엄을 친다든가……." 에드무어는 아무도 웃지 않는 것을 보고 두 손을 들어 올렸다. "다들 다른자들에게나 잡혀가길! 좋아요, 그 여자와 결혼하지요. 제 실수에 대한 보상으로요."

다보스

알레스터 공이 퍼뜩 시선을 올렸다. "목소리야. 들리나, 다보스? 누군가가 우리에게 오고 있어."

"장어 그 친구겠지요. 저녁 식사 시간이 다 됐나 봅니다." 전날 밤에 '장어'는 그들에게 소고기와 베이컨 파이 반쪽씩과 꿀술 한 병을 가져다주었다. 그 생각만 해도 배가 꾸르륵거리려고 했다.

"아니, 한 명이 아니야."

알레스터 말대로였다. 다보스는 점점 커지는 최소 두 명의 목소리와 발소리를 들었다. 그는 일어서서 철창 쪽으로 움직였다.

알레스터 공은 옷에 붙은 지푸라기를 털었다. "국왕께서 날 부르셨을 거야. 아니면 왕비께서, 그래, 셀리스가 나를, 자기 혈육을 여기서 썩게 내버려둘 리가 없지."

감방 바깥에 장어가 열쇠 꾸러미를 들고 나타났다. 액셀 플로렌트 경과 위병 네 명이 바싹 따라왔다. 장어가 맞는 열쇠를 찾는 동안 그들은 횃불 아래에서 기다렸다.

알레스터 공이 말했다. "액셀, 신들이시여, 고맙습니다. 왕께서 날 부르시나, 아니면 왕비님이 부르시나?"

"아무도 당신을 부르진 않았어, 배신자." 액셀 경이 말했다.

알레스터 공은 한 대 맞은 것처럼 움츠러들었다. "아니야, 내 맹세코 반역을 저지르진 않았어. 왜 내 말을 들으려 하지 않지? 내 설명만 들어주시면—"

장어가 자물쇠에 커다란 철제 열쇠를 꽂고 돌리더니 감방 문을 당겨 열었다. 녹슨 돌쩌귀가 저항의 소리를 질렀다. "당신." 그는 다보스에게 말했다. "나오쇼."

"어딜 가라는 건가?" 다보스는 액셀 경을 보았다. "사실대로 말해주시오, 경. 날 불태울 작정이오?"

"불러오라시오. 걸을 수 있겠소?"

"걸을 수 있네." 다보스는 감방 밖으로 나갔다. 장어가 다시 문을 쾅 닫아버리자 알레스터 공이 낙심하여 소리를 질렀다.

"횃불을 거둬라." 액셀 경이 간수에게 명령했다. "반역자를 어둠 속에 둬."

"안 돼." 액셀 경의 형이 말했다. "액셀, 부탁이다. 빛을 빼앗아 가지 말아다오……. 신들께서 자비를……."

"신들? 오직 를로르와 다른자가 있을 뿐이야." 액셀 경이 사납게 손짓하자 위병 하나가 횃불을 잡아 뽑고 앞장서서 계단을 올랐다.

"날 멜리산드레에게 데려가는 거요?" 다보스가 물었다.

"같이 계실 거요." 액셀 경이 말했다. "국왕 곁에서 멀어질 때가 없으니까. 하지만 당신을 보자고 부르신 건 전하요."

다보스는 예전에 끈에 매단 가죽 주머니 속에 행운을 매달아두었던 가슴께로 손을 올렸다. '이젠 없어졌지.' 그는 뒤늦게 기억해냈다. 네 손가락 끄트머리도 없어졌다. 하지만 남은 손가락 길이도 여자의 목을 조를 정도는 되었다. 특히나 그 여자처럼 가느다란 목이라면.

그들은 나선계단을 한 줄로 올라갔다. 벽은 거칠거칠한 검은 돌로, 만져 보면 서늘했다. 횃불 빛이 앞서가자 그들의 그림자가 옆의 벽을 행진했다. 세 번째로 돌면서 그들은 어둠을 향해 열린 철문을 통과했고, 다섯 번째 돌 때 또다시 그런 문을 통과했다. 다보스는 그때쯤 지표면이 가깝거나, 어쩌면 지표면 위로 올라왔으리라 생각했다. 다음에 나온 문은 나무였지만 그들은 계속 올라갔다. 이제는 벽에 화살 구멍이 나타났지만, 두꺼운 돌을 통과해서 그들을 엿보는 햇빛은 없었다. 밖은 밤이었다.

액셀 경이 육중한 문을 열어젖히고 들어가라고 신호했을 무렵에는 다리가 아팠다. 그 문으로 들어가자 텅 빈 허공에 아치형으로 높이 올라앉은 돌다리가 '돌북'이라 불리는 거대한 중앙 탑으로 이어졌다. 지붕을 떠받친 아치 사이로 바닷바람이 쉼 없이 불어왔고, 다보스는 다리를 건너면서 짠물 냄새를 맡을 수 있었다. 그는 심호흡을 하며 깨끗한 찬 공기를 폐에 채웠다. '바람과 물이여, 나에게 힘을 다오.' 그는 기도했다. 아래쪽 마당에는 어둠의 공포스러운 존재들을 막기 위해 거대한 불을 피워놓았고, 왕비의 사람들이 불 주위에 모여서 새로운 붉은 신을 찬송하고 있었다.

다리 중앙까지 갔을 때 액셀 경이 갑자기 멈춰 섰다. 액셀 경이 무뚝뚝하게 손짓하자, 위병들이 들리지 않을 만한 거리로 물러났다. "내게 결정권이 있었다면 자네를 알레스터 형과 함께 태워버렸을 거야." 그는 다보스에게 말했다. "둘 다 배신자들이니."

"마음대로 얘기하시오. 나는 절대 스타니스 왕을 배신하지 않습니다."

"자네는 배신하고도 남고, 배신할 거야. 자네 얼굴에 보여. 그리고 불길 속에서 보기도 했지. 를로르께서 나에게 그런 재능을 내리셨네. 멜리산드레 님과 마찬가지로, 나에게도 불 속에 미래를 보여주셔. 스타니스 바라테온은 철왕좌에 앉을 거야. 내가 봤어. 그리고 난 무슨 일을 해야 하는지 알아. 전하께서는 나를 그분의 수관으로 삼으셔야 하네. 내 배신자 형 대신에. 그리고 자네가 전하께 그러라고 말할 거야."

'내가 그럴까?' 다보스는 아무 말도 하지 않았다.

"왕비께서는 나를 임명하라고 설득하셨지." 액셀 경이 말을 계속했다. "자네의 오래된 리스 친구, 그 해적 산조차도 같은 말을 해. 우린 같이 계획을 하나 짰거든. 그런데도 스타니스 전하는 행동하지 않아. 패배가 영혼에 깃든 검은 벌레처럼 그분을 갉아먹고 있네. 그분을 사랑하는 우리가 그분께 무슨 일을 해야 할지 알려드려야 해. 자네가 자네 주장만큼 그분의 대의에 헌신한다면, 밀수꾼 자네도 우리에게 목소리를 보태게. 전하에게 필요한 수관은 나밖에 없다고 말해. 그렇게만 말하면, 출항할 때 자네가 새로운 배를 받도록 조처하겠네."

'배라.' 다보스는 상대방의 얼굴을 찬찬히 보았다. 액셀 경은 플로렌트 가문 특유의 큰 귀가 왕비와 많이 비슷했다. 그 귀에는 콧구멍처럼 거친 털이 자랐고, 이중 턱 아래에도 무성하게 수염이 났다. 코는 넓적하고, 이마는 툭 튀어나왔고, 두 눈은 바싹 붙은 데다 호전적이었다. '나를 배보다는 장작더미에 올리고 싶겠지. 자기 입으로도 그렇게 말했고. 하지만 원하는 대로 내가 호의만 베풀면…….'

액셀 경이 말했다. "날 배신할 생각을 한다면, 내가 꽤 오랫동안 드래곤스톤의 수호성주로 있었다는 점을 기억하게. 수비군은 내 수중에 있어. 왕의 허락 없이 자네를 불태우진 못하더라도, 자네가 어디선가 추락할 리 없다고 누가 장담하겠나." 그가 두툼한 손을 다보스의 목덜미에 얹고 허리까지 오는 다리 난간으로 밀었다. 조금 더 세게 밀자 다보스의 얼굴이 마당 위까지 나갔다. "내 말 들었나?"

"들었소." 다보스가 말했다. '그러면서 감히 날 배신자라고 불러?'

액셀 경은 그를 놓아주고 미소 지었다. "좋아. 전하께서 기다리시네. 너무 기다리시지 않게 해야지."

'돌북' 꼭대기, 지도 탁자의 방이라고 불리는 거대한 원형 방으로 들어가자 스타니스 바라테온이 그 이름의 이유 뒤에 서 있었다. 거대한 나무 판을 정복자 아에곤 시절 웨스테로스의 모양대로 조각해서 색칠한 탁자였다. 왕 옆에 놓인 철제 화로에서 석탄이 불그레한 오렌지빛을 내뿜었다. 네 개의 높고 뾰족한 창문이 북쪽, 남쪽, 동쪽, 서쪽 방향으로 나 있었다. 그 창문들 너머에는 밤과 별이 총총한 하늘뿐이었다. 다보스는 바람 소리와, 그보다 희미한 바닷소리를 들을 수 있었다.

액셀 경이 말했다. "전하, 분부대로 양파 기사를 데려왔습니다."

"그렇군." 스타니스는 회색 모직 튜닉에 암적색 짧은 망토를 입고, 단순한 검은색 가죽 허리띠에 장검과 단검을 매달았다. 붉은 금으로 만든 화염 모양 왕관이 이마를 감쌌다. 그의 모습은 충격적이었다. 다보스가 스톰스엔드에서 블랙워터와 그들의 파멸이 될 전투를 향해서 돛을 올리고 떠나왔던 남자보다 열 살은 더 늙어 보였다. 왕의 바싹 깎은 수염에는 거미집처럼 희끗희끗한 털이 섞였고, 몸무게도 15킬로그램은 빠졌다. 원래도 살집이 있었던 적이 없는데, 이제는 살갗 아래에서 움직이는 뼈가 피부를 뚫고 나오려 드는 형국이었다. 왕관마저도 머리에 너무 컸다. 두 눈은 깊은 동굴 속에 빠진 파란 구덩이였고, 얼굴에서 두개골의 모양을 알아볼 수 있었다.

그럼에도, 다보스를 보자 그의 입술에 희미한 미소가 스쳤다. "그러니까 바다가 내 생선과 양파의 기사를 내게 돌려줬군."

"그랬습니다, 전하." '날 지하감옥에 가둬둔 건 아시는 건가?' 다보스는 한쪽 무릎을 꿇었다.

"일어나라, 다보스 경." 스타니스가 명했다. "경이 보고 싶었다. 나에겐 좋은 조언이 필요한데, 경은 나에게 모자란 조언을 한 적이 없지. 그러니 사실대로 말해봐. 반역에 대한 처벌은 뭐지?"

그 말은 허공에 매달리듯 머물러 있었다. '무서운 말씀이구나.' 다보스는 생각했다. 왕이 그의 감방 동료를 판결하라고 하는 걸까? 아니면 다보스 스스로를 판결하라는 걸까? 세상에 왕보다 더 반역죄의 처벌을 잘 아는 사람은 없었다. "반역요?" 그는 겨우, 힘없이 되물었다.

"자신의 왕을 거부하고 정당한 왕좌를 훔치려 한다면, 그걸 달리 뭐라고 부르겠나. 다시 묻겠다. 법에 따라 반역죄의 처벌은 무엇이지?"

다보스로서는 대답할 수밖에 없었다. "죽음. 처벌은 사형입니다, 전하."

"언제나 그랬지. 나는…… 나는 잔인한 사람이 아니야, 다보스 경. 자네는 나를 알지. 오랫동안 날 알았어. 이건 내가 내리는 판결이 아니야. 아에곤의 시절에도, 아니 그 전부터도 언제나 판결은 사형이었어. 다에몬 블랙파이어도, 토인 형제도, 독수리 왕도, 하레스 대학사도……. 반역자는 언제나 목숨으로 대가를 치렀지……. 심지어 라에니라 타르가르옌도 그랬어. 한 왕의 딸이자 두 왕의 어머니였건만, 그래도 아들의 왕관을 찬탈하려다가 반역자로 죽었지. 그건 법이야. 법이야, 다보스. 잔인한 게 아니야."

"그렇습니다, 전하." '나에 대한 이야기가 아니야.' 다보스는 순간 지하의 어둠 속에 있을 감방 동료에게 연민을 느꼈다. 그는 입 다물고 있어야 한다는 사실을 알고 있었지만, 피곤했고 넌더리가 났기에 저도 모르게 말하고 말았다. "전하, 플로렌트 공에게는 반역할 뜻이 없었습니다."

"밀수꾼들은 그걸 다른 이름으로 부르나? 내가 그자를 수관으로 삼았더니, 완두콩죽 한 그릇에 내 권리를 팔려 했다. 놈들에게 시린까지 주려고 했어. 내 유일한 자식을, 근친상간으로 태어난 사생아와 결혼시키려 했단 말이다." 왕의 목소리에는 분노가 가득했다. "내 형에게는 충성심을 일으키는 재능이 있었지. 적들에게조차 그랬어. 서머홀에서 형은 하루 만에 세 번의 전투에서 이겼고, 그랜디슨 공과 카페런 공을 포로로 잡아서 스톰스엔드로 돌아왔어. 그자들의 깃발을 전리품 삼아 홀에 걸어놓았지. 카페런의 하얀 새끼 사슴 깃발에는 피가 튀어 있었고 그랜디슨의 잠자는 사자는 거의 반으로 찢어져 있었어. 그런데도 그자들은 어느 날 밤에 그 깃발 아래 앉아서 로버트와 함께 먹고 마셨지. 로버트는 그자들을 사냥에도 데려갔어. '저자들은 형을 아에리스에게 데려가 불태우도록 하려고 했어. 그들 손에 도끼를 쥐여줘선 안 돼.' 나는 그자들이 마당에서 도끼를 던지는 모습을 보고 나서 형에게 말했다. 로버트는 웃기만 했지. 나라면 그랜디슨과 카페런을 지하감옥에 처넣었을 테지만, 로버트는 친구로 삼아버렸어. 카페런 공은 애시포드 성에서 로버트를 위해 싸우다가 랜딜 탈리의 손에 죽었다. 그랜디슨 공은 트라이던트에서 부상을 입고 1년 후에 죽었지. 내 형은 적에게도 사랑을 불러일으켰는데, 나는 배신할 마음만 불러일으키는 모양이야. 심지어 내 혈육과 친족에게까지 말이다. 형제, 조부, 사촌, 처숙부……."

"전하." 액셀 경이 말했다. "부디 제게 모든 플로렌트가 그렇게 약하지는 않다는 사실을 증명할 기회를 주십시오."

"액셀 경은 나보고 전쟁을 재개하라는군." 스타니스 왕은 다보스에게 말했다. "라니스터는 내가 패배하고 끝났다고 생각하고, 나에게 충성을 맹세한 영주들은 거의 다 나를 저버렸어. 내 외조부인 에스터몬트 공마저도 조프리에게 무릎을 꿇었지. 나에게 남은 몇 안 되는 충성스러운 이들은 낙담해 있다. 술 마시고 도박하며 시간을 허비하고, 매 맞은 똥개처럼 상처를 핥기만 해."

"전투는 그자들의 심장에 다시 한번 불을 붙일 것입니다, 전하." 액셀 경이 말했다. "패배가 병이라면, 승리가 치료 약이지요."

"승리라." 왕은 입매를 일그러뜨렸다. "이런 승리가 있고, 저런 승리가 있다, 경. 하지만 경의 계획을 다보스 경에게 말해보게. 경의 제안을 다보스가 어떻게 보는지 듣고 싶군."

액셀 경은 긍지 높은 벨그레이브 공이 성왕 바엘로르에게 거지의 썩은 발을 씻어주라는 명령을 받은 날 지었을 법한 표정으로 다보스를 돌아보았다. 그럼에도 그는 명령에 복종했다.

액셀 경이 살라도르 산과 함께 고안한 계획은 단순했다. 드래곤스톤에서 몇 시간 배를 몰면 셀티가르 가문의 바다에 둘러싸인 오랜 권좌인 클로섬(Claw Isle, 집게발섬)이 있다. 아드리안 셀티가르 공은 블랙워터에서 불타는 심장 아래에서 싸웠지만, 사로잡히자 시간을 허비하지 않고 조프리 쪽으로 넘어갔다. 그는 지금도 킹스랜딩에 남아 있었다. "전하의 분노가 두려워 드래곤스톤 근처에도 오지 못하는 거겠지요." 액셀 경이 말했다. "그게 현명하기도 하고요. 그자는 자신의 적법한 왕을 배신했으니까요."

액셀 경은 살라도르 산의 함대와 블랙워터에서 탈출한 병사들을 이용해서 셀티가르 공의 변절에 딱 맞는 응보를 내리자고 제안했다. 스타니스는 드래곤스톤에 아직 1500명 정도의 병력이 있었고, 그중 절반 이상이 플로렌트였다. 클로섬은 수비군이 얼마 없었고, 그 성에는 미르산 카펫, 볼란티스 유리, 금접시와 은접시, 보석 박힌 잔, 훌륭한 매들과 발리리아 강철 도끼 한 자루, 심연에서 괴물들을 불러올 수 있는 나팔, 루비 여러 궤짝, 그리고 한 사람이 백 년 동안 마셔도 다 마실 수 없을 만큼 많은 와인이 있다고 알려져 있었다. 셀티가르가 세상에는 쩨쩨한 얼굴을 보였을지 몰라도 스스로의 안락함에는 인색한 적이 없었다. "셀티가르의 성을 불태우고 그 백성들을 죽입시다." 액셀 경은 결론을 맺었다. "클로섬을 시체 먹는 까마귀들만 살 만한 뼈와 잿더미의 황야로 만들어, 왕국이 라니스터와 한 침대에 든 자들의 운명을 볼 수 있게 하는 겁니다."

스타니스는 액셀 경이 읊는 계획을 말없이 들으며 천천히 턱을 좌우로 갈았다. 액셀 경의 말이 끝나자 그는 말했다. "가능하기는 할 것이다. 위험부담은 적다. 레드와인 공이 아버에서 돛을 올리기 전까지는 조프리에게 남은 해상 병력이 없어. 그렇게 약탈을 하면 리스 해적 살라도르 산의 충성을 한동안 유지할 수 있겠지. 클로섬 자체는 가치가 없지만, 그곳을 무너뜨리면 타이윈 공에게 나의 대의가 아직 끝나지 않았음을 알릴 수 있다." 왕은 다보스를 돌아보았다. "사실대로 말하라, 경. 액셀 경의 제안을 어떻게 생각하나?"

'사실대로 말하라, 경.' 다보스는 알레스터 공과 함께 지내던 어두운 감방을 떠올렸고, 간수 장어와 포리지를 기억했다. 액셀 경이 마당 위에 걸린 다리에서 한 약속을 생각했다. '배를 얻거나 떠밀리거나, 어떻게 하나?' 그러나 묻는 사람은 스타니스였다. 그는 천천히 말했다. "전하, 저는 그게 어리석은 짓이라고…… 그리고 비겁한 짓이라고 봅니다."

"비겁하다고?" 액셀 경은 거의 고함을 쳤다. "그 누구도 나의 왕 앞에서 나를 비겁자라 부르진 못한다!"

"조용히." 스타니스가 명했다. "다보스 경, 계속하라. 경의 이유를 듣겠다."

다보스는 액셀 경을 돌아보았다. "왕국에 우리가 아직 끝나지 않았음을 보여줘야 한다고요? 한 방 날려야 한다, 전쟁을 해야 한다고요……? 하지만 어떤 적에 대해서 말입니까? 클로섬에서 라니스터를 찾진 못할 텐데요."

"반역자들을 찾겠지." 액셀 경이 말했다. "더 가까운 곳에서도 반역자는 찾을 수 있을지 모르지만 말이야. 심지어 이 방 안에도 있군."

다보스는 그 조롱을 무시했다. "셀티가르 공이 조프리에게 무릎을 굽혔으리라는 사실을 의심하진 않습니다. 자기 성에서 보석 박힌 잔에 훌륭한 와인을 마시며 여생을 끝내고 싶은 마음밖에 없을 늙고 지친 남자니까요." 그는 스타니스를 돌아보았다. "그런데도 전하께서 부르시자 왔습니다. 배와 병력을 이끌고 왔지요. 렌리 공이 우리에게 덤볐을 때 스톰스엔드에서 전하 곁에 서 있었고, 그의 배들은 블랙워터강을 항해했습니다. 병사들은 전하를 위해 싸우고, 전하를 위해 죽이고, 전하를 위해 불탔습니다. 클로섬의 수비는 약할 겁니다, 예. 여자들과 아이들과 노인들이 지키고 있을 테니까요. 왜 그럴까요? 남편과 아들과 아버지가 블랙워터에서 죽었기 때문입니다. 노를 잡고 죽거나, 손에 검을 쥐고 우리 깃발 아래에서 싸우다가 죽었지요. 그런데도 액셀 경은 그 사람들이 뒤에 남겨둔 집을 급습하고 남은 과부들을 강간하고 남은 자식들을 베어버리자고 합니다. 그곳의 평민들은 반역자가 아니라……."

"반역자야." 액셀 경이 주장을 세웠다. "셀티가르의 부하들이 모두 블랙워터에서 죽은 건 아니야. 수백 명이 영주와 함께 잡혔고, 영주와 함께 무릎을 굽혔어."

"영주가 무릎을 꿇었으니 그랬겠지요. 셀티가르의 사람들입니다. 셀티가르에게 충성을 맹세한. 그 사람들에게 무슨 선택지가 있습니까?"

"누구에게나 선택지는 있어. 무릎 꿇기를 거부할 수도 있었지. 몇 명은 실제로 그랬고, 그래서 죽었네. 그렇다 해도 진실하고 충성스러운 남자들로 죽었지."

"세상에는 다른 사람들보다 강한 사람도 있지요." 미진한 답변이었고, 다보스도 알았다. 스타니스 바라테온은 다른 이들의 연약함을 이해하지도 용서하지도 않는 강철 같은 의지를 지닌 사나이였다. '내가 지고 있어.' 그는 절망하여 생각했다.

"자신의 영주가 잘못한다 해도 적법한 왕에게 충성을 다하는 것이 모두의 의무다." 스타니스가 어떤 반론도 용납하지 않는 말투로 선언했다.

극도의 어리석음, 광기에 가까운 무모함이 다보스를 사로잡았다. "형님이 깃발을 들어 올렸을 때 전하께서도 아에리스 왕에게 충성을 다하셨습니까?" 그는 불쑥 말해버렸다.

충격에 정적이 깔렸다가, 액셀 경이 "반역이다!"라고 외치며 단검을 뽑았다. "전하, 저놈이 전하의 면전에 대고 파렴치한 소리를 했습니다!"

다보스는 스타니스가 이 가는 소리를 들을 수 있었다. 왕의 이마에는 파란 힘줄이 불거졌다. 다보스와 스타니스의 눈이 마주쳤다. "단검을 거두게, 액셀 경. 그리고 나가게."

"전하께서 원하신다면—"

"나는 경이 나가기를 원해." 스타니스가 말했다. "그만 물러나고, 멜리산드레를 보내게."

"분부대로 하지요." 액셀 경은 단검을 검집에 넣고 허리를 숙이더니 서둘러 문으로 향했다. 성난 장화 소리가 바닥을 울렸다.

"자네는 언제나 내가 관대할 줄 아는데." 둘만 남자 스타니스가 다보스에게 경고했다. "난 자네 손가락을 잘랐을 때처럼 쉽게 자네 혀를 짧게 만들어줄 수 있다, 밀수꾼."

"저는 전하의 사람입니다. 제 혀 또한 전하의 것이니, 좋을 대로 하십시오."

"사실이다." 스타니스는 한층 차분해져서 말했다. "그리고 나는 그 혀가 진실만 말하게 했지. 그 진실이 때로는 쓴 약이라 해도 말이다. 아에리스라? 자네가 알았더라면……. 그건 힘든 선택이었다. 내 핏줄이냐, 내 주군이냐. 내 형이냐, 내 왕이냐." 그는 얼굴을 찌푸렸다. "철왕좌를 본 적이 있나? 등을 따라 가시가 돋아 있고, 비틀린 강철 리본에, 들쭉날쭉한 장검과 단검 끝이 뒤엉켜 녹아 있는 그 의자를? 그건 편안한 의자가 아니라네, 경. 아에리스는 어찌나 자주 베이는지 사람들이 피딱지 왕이라고 부를 정도였고, 잔혹 왕 마에고르는 그 의자에서 살해당했지. 어떤 사람은 그 의자가 살해했다고도 해. 그건 사람이 편하게 쉴 수 있는 의자가 아니야. 왜 내 형제들이 그 의자를 그토록 간절히 원했을까 의아할 때도 많지."

"그렇다면 전하께선 왜 그 의자를 원하십니까?" 다보스가 물었다.

"그건 원하고 아니고의 문제가 아니다. 그 왕좌는 로버트의 후계자로서 나의 것이야. 그게 법이다. 나 다음에는 내 딸에게 넘어가야 해. 셀리스가 마침내 아들을 낳아준다면 또 모르지만." 그는 세 손가락으로 세월에 때가 탄 탁자 위를, 매끄럽고 단단한 니스 칠 위를 가볍게 쓸었다. "나는 왕이다. 원하는 바는 상관이 없어. 나에겐 딸에 대한 의무가 있다. 왕국에 대한 의무, 로버트 형에 대한 의무가. 로버트가 나를 거의 사랑하지 않았다는 건 알지만 그래도 내 형이었어. 그 라니스터 여자는 로버트에게 부정을 저지르고 광대로 삼았다. 존 아린과 네드 스타크를 죽였듯, 로버트도 그 여자가 살해했을 수도 있어. 그런 범죄에는 반드시 정의가 따라야 해. 세르세이와 그 여자가 낳은 부정한 자식들에서부터 시작해야겠지. 하지만 그건 시작에 불과해. 나는 그 궁정을 깨끗하게 일소할 작정이다. 로버트가 트라이던트 이후에 해야 했던 일이지. 바리스탄 경이 언젠가 말하길 아에리스 왕 치세의 부패는 바리스로 시작되었다고 했다. 그 내시는 사면해주지 말았어야 해. 킹슬레이어도 마찬가지다. 적어도 스타크 공이 설득한 대로 제이미에게서 하얀 망토를 벗기고 장벽으로 보냈어야 했다. 그런데 로버트는 존 아린의 말에 귀를 기울였지. 나는 여전히 스톰스엔드에서 포위당해 있었다. 조언을 요청받지도 않았고." 그는 갑자기 몸을 돌려 다보스에게 엄하고 빈틈없는 시선을 던졌다. "진실을 말해라, 이제. 왜 멜리산드레를 죽이고 싶어 했지?"

'그러니까 아시는군.' 다보스는 스타니스에게 거짓말을 할 수 없었다. "제 아들 넷이 블랙워터에서 불탔습니다. 그 여자가 불에 바쳤습니다."

"경이 오해했다. 그 불은 멜리산드레의 작품이 아니었어. 꼬마 악마를 저주하고, 화염술사들을 저주하고, 내 함대를 함정의 입안으로 몰아넣은 플로렌트 바보를 저주해라. 아니면 가장 필요할 때 멜리산드레를 보내버린 내 고집스러운 자존심을 저주해라. 하지만 멜리산드레를 저주하지는 말아라. 그 여자는 내 충실한 하인으로 남아 있다."

"크레센 학사가 전하의 충실한 하인이었지요. 그 여자가 학사를 죽였습니다. 코트네이 펜로즈 경과 전하의 동생 렌리를 죽였듯이요."

"이제는 바보 같은 말을 하는군." 왕은 불평했다. "멜리산드레가 불길 속에서 렌리의 죽음을 본 것은 사실이지만, 나만큼의 역할도 없었다. 멜리산드레는 나와 같이 있었어. 네 아들 데반이 그렇게 말할 것이다. 의심스럽거든 물어보라. 멜리산드레는 할 수만 있다면 렌리를 살렸을 거다. 나에게 렌리와 직접 만나서, 마지막으로 반역을 바로잡을 기회를 주라고 한 것도 멜리산드레였다. 그리고 액셀 경이 그대를 플로르에게 주고 싶어 했을 때 그대를 불러오라고 한 것도 멜리산드레였어." 그는 엷게 웃었다. "놀라운가?"

"예. 제가 자기 지지자도 아니고 붉은 신의 지지자도 아니라는 사실을 알텐데요."

"하지만 나의 지지자이기는 하지. 그 여자는 그것도 알고 있어." 그는 다보스에게 가까이 오라 손짓했다. "그 아이가 아프다. 필로스 학사가 그동안 거머리 치료를 했지."

"그 아이요?" 다보스의 생각은 아들이자 왕의 종자인 데반에게 흘러갔다. "제 아들 말씀이십니까, 전하?"

"데반? 좋은 아이지. 경을 많이 닮았어. 아픈 건 로버트의 서자다. 스톰스엔드에서 데려온 아이 말이다."

'에드릭 스톰.' "아에곤의 정원에서 이야기를 나눴습니다."

"멜리산드레가 바란 대로다. 본 대로야." 스타니스는 한숨을 내쉬었다. "그 아이가 마음을 사로잡던가? 그 아이에겐 그런 재능이 있다. 제 아비에게 피와 함께 그 재능도 물려받았지. 그 아이는 자기가 왕의 아들임을 알지만, 서자라는 사실은 일부러 잊어버리더군. 그리고 렌리가 어렸을 때 그랬듯이 로버트를 숭배해. 나의 왕다운 형은 스톰스엔드에 갈 때마다 상냥한 아버지 놀이를 했고, 선물도 줬다……. 장검과 조랑말과 가장자리에 모피를 댄 망토 같은 것들을. 하나같이 내시의 작품이었지. 그 아이는 고마움이 가득한 편지를 레드킵에 보냈을 테고, 로버트는 껄껄거리며 바리스에게 올해는 뭘 보냈냐고 물었겠지. 렌리도 나을 게 없었다. 그 아이의 양육을 수호성주와 학사들에게 맡겨놓았고, 그자들은 하나같이 아이의 매력에 빠져버렸지. 펜로즈는 그 아이를 포기하느니 죽기를 택했어." 왕은 이를 갈았다. "그 점이 아직도 화가 난다. 어찌 내가 그 아이를 해칠 거라 생각할 수가 있지? 나는 로버트를 택했다. 그렇지 않은가? 힘든 시간이 왔을 때, 나는 명예보다 핏줄을 택했어."

'그 아이의 이름을 말하지 않으시는군.' 다보스는 그 점이 무척 불편했다. "어린 에드릭이 곧 회복하길 빕니다."

스타니스는 한 손을 내저어 다보스의 걱정을 물리쳤다. "감기일 뿐이다. 기침을 하고, 오한에 떨고, 열이 있지. 필로스 학사가 곧 고쳐줄 거다. 경도 알다시피 그 아이 자체는 아무것도 아니지만, 그 핏줄에는 내 형의 피가 흐른다. 그 사람이 말하길, 왕의 피에는 힘이 있다고 하더군."

다보스는 누가 한 말인지 물어보지 않고도 알았다.

스타니스는 지도 탁자에 손을 댔다. "보아라, 양파 기사. 마땅히 내 것이어야 하는 왕국이다. 나의 웨스테로스야." 그는 한 손으로 지도를 쓸었다. "칠왕국이라는 말은 바보 같은 소리다. 아에곤은 300년 전 우리가 서 있는 곳에 섰을 때 그 사실을 알았다. 이 탁자는 아에곤의 명대로 그려졌지. 강과 만을 그리고, 언덕과 산맥을, 성과 도시와 장이 서는 마을을, 호수와 늪과 숲을 그렸지만…… 국경선은 그리지 않았다. 모두 하나다. 한 왕이 다스려 마땅한 한 왕국이야."

"한 왕이지요." 다보스는 맞장구를 쳤다. "한 왕은 평화를 의미합니다."

"나는 웨스테로스에 정의를 구현해야 한다. 액셀 경은 전쟁에 대해서만큼이나 정의에 대해서도 이해하지 못해. 클로섬은 나에게 아무 이익도 주지 못할 것이다……. 그리고 경의 말대로 사악한 짓이 되겠지. 셀티가르는 배신의 대가를 직접 치러야 해. 그리고 내가 내 왕국에 가면 그렇게 될 것이다. 가장 높은 영주부터 가장 낮은 시궁쥐에 이르기까지, 모든 인간은 스스로가 뿌린 씨를 거둘 것이다. 그리고 어떤 자들은 손가락 끝 이상을 잃게 되리라 내 약속하지. 그자들이 내 왕국을 피 흘리게 했으니, 내가 잊지 않을 것이다." 스타니스 왕은 탁자에서 몸을 돌렸다. "무릎을 꿇어라, 양파 기사."

"전하?"

"예전에 양파와 생선에 대한 대가로 그대를 기사로 삼았지. 이 일의 대가로 그대를 영주로 승격할 생각이다."

'이 일?' 다보스는 갈피를 잃었다. "저는 전하의 기사로 만족합니다. 귀족다워지는 방법은 짐작도 못 합니다."

"잘됐구나. 귀족다워진다는 건 부정직해지는 거다. 나는 그 교훈을 어렵게 배웠지. 이제 무릎을 꿇어라. 그대의 왕이 명한다."

다보스가 무릎을 꿇자 스타니스가 장검을 뽑았다. 멜리산드레가 '빛의 인도자'라 이름 붙인 칼이었다. 일곱 신을 집어삼킨 불에서 뽑아낸 영웅들의 붉은 검. 칼날이 검집에서 나오자 방 안이 밝아지는 것 같았다. 강철 칼날에는 광채가 어렸다. 오렌지빛이었다가, 노란빛이었다가, 붉은빛으로 변하는 광채. 장검 주위가 아른아른 빛났다. 어떤 보석도 그렇게 눈부시게 반짝이지는 않았다. 하지만 스타니스가 다보스의 어깨에 갖다 댄 검날의 감촉은 여느 장검과 다르지 않았다. "시워스 가문의 다보스 경. 그대는 앞으로 영원히 나의 진실하고 정직한 신하인가?"

"그렇습니다, 전하."

"그리고 평생 충성스럽게 나를 섬기고, 나에게 정직하게 조언하고 즉각 복종하며, 크고 작은 전투에서 모든 적을 상대로 나의 권리와 나의 왕국을 지키며, 나의 백성을 수호하고 나의 적을 벌하겠다고 맹세하는가?"

"맹세합니다, 전하."

"그렇다면 다시 일어서라, 다보스 시워스. 그리고 비 숲의 영주이자, 협해의 제독이며, 왕의 수관으로 일어서라."

다보스는 순간 너무 놀라서 움직이지도 못했다. '오늘 아침에만 해도 지하감옥에서 깨어났는데.' "전하, 그러실 수는……. 저는 왕의 수관에 걸맞은 사람이 아닙니다."

"그대보다 더 적당한 사람은 없다." 스타니스는 '빛의 인도자'를 검집에 넣고, 다보스에게 손을 내밀어 잡고 일으켜 세웠다.

"저는 천하게 태어났습니다." 다보스는 왕을 일깨웠다. "벼락출세한 밀수꾼입니다. 전하의 영주들이 제게 복종하지 않을 것입니다."

"그렇다면 새 영주들을 만들어야지."

"하지만…… 저는 읽을 줄도…… 쓸 줄도 모르고……."

"필로스 학사가 대신 읽어줄 수 있다. 쓰기에 대해서라면, 지난번 수관은 자기 어깨 위에서 머리통이 달아날 편지를 썼지. 내가 그대에게 요구하는 바는 언제나 나에게 줬던 것들뿐이다. 정직. 충성. 봉사."

"분명 더 나은 사람이 있을 겁니다……. 대영주 중에서……."

스타니스는 코웃음을 쳤다. "바르 에몬, 그 어린애? 아니면 내 신의 없는 외조부? 셀티가르는 나를 버렸고, 새로운 벨라리온 영주는 여섯 살이고, 새로운 선글라스는 내가 그 형을 불태워버린 후에 볼란티스로 떠났다." 그는 성난 몸짓을 했다. "괜찮은 남자도 몇 명 남아 있는 건 사실이지. 길버트 파링 경은 아직까지도 200명의 충성스러운 부하들과 함께 나를 위해 스톰스엔드를 지키고 있다. 모리겐 공, 나이트송의 서자, 젊은 치터링, 내 사촌 앤드류……. 하지만 나는 그중 누구도 비 숲의 영주, 그대만큼 믿지는 않아. 그대는 나의 수관이 될 것이다. 전투에서 내가 옆에 두고 싶은 사람은 그대다."

'다음 전투가 우리 모두의 끝일 겁니다.' 다보스는 생각했다. 알레스터 공이 그것만은 제대로 보았다. "전하께서는 정직한 조언을 하라 이르셨습니다. 그러니 정직하게 말씀드리자면…… 우리에겐 라니스터에 맞서 또 한 번 전투를 치를 힘이 없습니다."

"전하께서 말씀하시는 건 대전투입니다." 동쪽 지방의 억양이 진하게 묻어나는 여인의 목소리였다. 멜리산드레가 붉은 비단과 어른거리는 새틴 옷을 입고, 두 손에 뚜껑이 덮인 은쟁반을 받쳐 든 채 문 앞에 서 있었다. "이 작은 전쟁들은 다가올 대전 앞에서는 어린아이 장난에 불과합니다. 이름을 말해서는 안 되는 자가 힘을 모으고 있어요, 다보스 시워스. 타락하고 사악하며 헤아릴 수 없이 강한 힘을 말입니다. 곧 추위가 오고, 끝나지 않는 밤이 닥칠 것입니다." 그녀는 은쟁반을 지도 탁자 위에 내려놓았다. "진실한 이들이 맞서 싸울 용기를 찾지 못한다면 말이지요. 심장이 불로 이루어진 이들이 나서지 않는다면."

스타니스가 은쟁반을 응시했다. "멜리산드레가 나에게 보여주었다, 다보스 공. 불길 속에서 말이다."

"전하께서 직접 보셨습니까?" 스타니스 바라테온은 그런 일에 대해 거짓말을 하지 않았다.

"내 두 눈으로 보았다. 전투가 끝난 후, 내가 절망에 빠져 있을 때 멜리산드레 사제가 나보고 난롯불 속을 들여다보라고 했지. 굴뚝이 공기를 세게 빨아들여서 불에서 재가 날아오르고 있었다. 나는 반쯤 바보가 된 기분으로 그 불티를 바라보았지만, 멜리산드레가 더 깊이 들여다보라고 했고, 그리고…… 분명히 상승 기류를 타고 하얗게 올라가고 있던 재가 갑자기 떨어지는 것처럼 보였지. 눈이라는 생각이 들었다. 그러다가 공기 중의 불티가 빙그르르 도는 것 같더니 횃불들이 그린 원이 되었고, 나는 불 속에서 숲속의 어느 높은 언덕을 내려다보고 있었다. 석탄은 횃불 뒤에 검은 옷을 입고 선 남자들이 되었고, 눈 속을 움직이는 형상들이 있었다. 불의 열기를 가까이 쬐면서도 무시무시한 한기가 느껴져 몸을 떨었는데, 내가 몸을 떨자 그 광경이 사라지고 불은 다시 난롯불로 돌아갔다. 하지만 내가 본 것은 진짜였다. 내 왕국을 걸어도 좋아."

"그리고 거셨지요." 멜리산드레가 말했다.

왕의 목소리에 깃든 확신 때문에 다보스는 뼛속까지 두려워졌다. "숲속의 언덕…… 눈 속의 형상…… 저는 도무지……."

"그 광경은 전투가 시작되었음을 뜻합니다." 멜리산드레가 말했다. "이제는 모래시계의 모래가 더욱 빨리 떨어지고 있고, 지상에서 인간의 시간은 거의 끝났습니다. 대담하게 행동하지 않으면 모든 희망을 잃게 됩니다. 웨스테로스는 오직 하나뿐인 진정한 왕, 약속된 왕자, 드래곤스톤의 주인이자 를로르에게 선택받은 분 아래 하나로 뭉쳐야 합니다."

"그렇다면 를로르는 묘한 선택을 하는군." 왕은 쓴 것을 먹은 사람처럼 얼굴을 찌푸렸다. "왜 내 형제들은 아니고 나란 말인가? 렌리와 그놈의 복숭아. 나는 꿈속에서 렌리의 입가에 흐르는 복숭아즙을, 렌리의 목에서 흐르는 피를 본다. 렌리가 동생으로서의 의무만 다했어도 우리는 타이윈 공을 분쇄했을 것이야. 로버트라 해도 자랑스러워했을 법한 승리를 거뒀겠지. 로버트는……." 스타니스는 이쪽저쪽으로 이를 갈았다. "로버트도 내 꿈에 나온다. 웃고 있지. 술을 마시고. 큰소리를 치고. 그게 형이 제일 잘했던 것들이니까. 그런 것들, 그리고 싸움도. 나는 무슨 일에서든 로버트를 능가한 적이 없어. 빛의 군주는 로버트를 대전사로 삼아야 했다. 왜 나란 말인가?"

"의로운 남자니까요." 멜리산드레가 말했다.

"의로운 남자라." 스타니스는 한 손가락으로 뚜껑 덮인 은쟁반을 만졌다. "거머리로 말인가."

"그렇습니다." 멜리산드레가 말했다. "다시 한번 말씀드려야겠지만, 원래 이런 식으로 하는 게 아닙니다."

"그대는 이게 통할 거라 맹세했다." 왕은 화가 난 얼굴이었다.

"통할 것입니다…… 그리고 통하지 않을 것입니다."

"어느 쪽인가?"

"둘 다입니다."

"말이 되게 설명하라, 여자여."

"불이 더 분명하게 말할 때 저도 그렇게 하겠습니다. 불길 속에는 진실이 있으나, 언제나 쉽게 볼 수 있는 것은 아닙니다." 멜리산드레의 목에 걸린 커다란 루비가 화로의 불을 마셨다. "그 아이를 제게 주십시오, 전하. 그쪽이 더 확실합니다. 더 나은 길입니다. 제게 그 아이를 주시면 제가 돌 드래곤을 깨우겠습니다."

"안 된다고 말했다."

"웨스테로스의 모든 소년과 모든 소녀를 상대로, 천출 소년 하나에 불과합니다. 세상 모든 왕국에서 태어날 모든 아이를 상대로 말입니다."

"그 아이는 무고해."

"그 아이가 전하의 혼인 침상을 더럽히지 않았다면 전하께선 확실히 아들을 얻으셨을 겁니다. 그 아이는 전하께 수치를 안겼습니다."

"로버트가 한 짓이다. 그 아이가 아니라. 내 딸은 그 아이를 좋아하게 됐어. 그리고 그 아이는 내 핏줄이기도 하다."

"전하의 형님의 핏줄이지요. 왕의 피입니다. 오직 왕의 피만이 돌 드래곤을 깨울 수 있습니다."

스타니스는 이를 갈았다. "이 이야기는 더 듣지 않겠다. 드래곤은 끝났다. 타르가르옌만 해도 드래곤을 다시 불러오려고 여섯 번은 시도했다. 그러다가 바보가 되거나 시체가 됐지. 이 황량한 바위섬에 필요한 광대는 패치페이스 하나뿐이다. 그대는 거머리를 가졌다. 할 일을 하라."

멜리산드레는 뻣뻣하게 고개를 숙이고 말했다. "제 왕의 분부대로 하지요." 그녀는 오른손을 왼쪽 소매에 넣었다가 한 줌의 가루를 화로 안에 던졌다. 석탄이 요란한 소리를 냈다. 석탄 위에서 흰 불길이 몸부림치자 붉은 여인은 은쟁반을 들고 왕에게 가져갔다. 다보스는 그녀가 뚜껑을 들어 올리는 모습을 보았다. 뚜껑을 열자 피를 통통하게 머금은 크고 검붉은 거머리 세 마리가 있었다.

'그 아이의 피구나.' 다보스는 알았다. '왕의 피.'

스타니스가 한 손을 뻗어 거머리 한 마리를 잡았다.

"이름을 말하십시오." 멜리산드레가 명했다.

거머리는 왕의 손아귀에서 꿈틀거리며 그의 손가락에 몸을 붙이려 했다. "찬탈자 조프리 바라테온." 스타니스가 말하고 거머리를 불 속에 던지자, 거머리는 석탄 위에서 가을 낙엽처럼 오그라들어 불탔다.

스타니스가 두 번째 거머리를 잡더니, 이번에는 더 큰 소리로 선언했다. "찬탈자 발론 그레이조이." 그가 가볍게 거머리를 화로에 던지자 살이 갈라지고 쪼개지며 피가 터져 나와 쉭쉭 소리를 내며 연기를 피웠다.

마지막 거머리가 왕의 손에 잡혔다. 이번에 스타니스는 거머리가 손가락 사이에서 꿈틀거리는 모습을 찬찬히 보다가 겨우 말했다. "찬탈자 롭 스타크." 그리고 불길 속으로 던져 넣었다.

제이미

하렌홀의 목욕탕은 거대한 석조 욕조가 가득 들어찬 어둡고 뿌옇고 천장이 낮은 방이었다. 그들이 제이미를 안내해서 들어갔을 때는 브리엔느가 욕조 하나에 앉아서 화난 듯이 팔을 문지르고 있었다.

"그렇게 세게 문지르면 쓰나. 피부가 다 벗겨지겠네." 제이미가 외치자 브리엔느는 솔을 떨구고 그레고르 클리게인 못지않게 큰 두 손으로 젖가슴을 가렸다. 그녀가 가리려고 그토록 애쓰는 뾰족한 작은 봉오리는 그 두꺼운 근육질의 가슴팍보다는 열 살짜리에게 달려 있는 편이 더 자연스러울 터였다.

"여기에서 뭘 하는 거요?" 브리엔느가 물었다.

"볼턴 공이 저녁 식사를 같이하자고 우기는데, 내 벼룩까지 초대하기는 싫어하더라고." 제이미는 왼손으로 호위병을 잡아당겼다. "내가 이 냄새나는 누더기를 벗게 좀 도와주지." 한 손으로는 바지 끈도 제대로 풀 수가 없었다. 위병은 억지로이긴 했지만 제이미의 지시에 따랐다. "이제 우리만 두고 나가." 제이미는 옷이 젖은 돌바닥에 쌓이자 말했다. "타스의 숙녀분께서는 너 같은 쓰레기가 자기 가슴을 쳐다보는 걸 싫어하시니 말이야." 그는 브리엔느의 시중을 들고 있던 길고 날카로운 얼굴의 여자를 잘린 팔로 가리켰다. "너도. 밖에서 기다려. 문은 하나뿐이고, 이 여자는 굴뚝으로 나가기엔 너무 몸집이 크니 괜찮아."

복종하는 습관이란 뿌리가 깊은 법이다. 그 여자는 제이미의 호위병을 따라 나갔고, 목욕탕에는 두 사람만 남았다. 욕조는 자유도시풍으로 만들어서 예닐곱 명도 충분히 들어갈 크기였기에, 제이미는 그 여자가 들어간 욕조로 들어갔다. 서툴게, 천천히. 눈은 둘 다 뜨고 있었지만, 오른쪽 눈은 콰이번에게 거머리 치료를 받고 나서도 부은 상태였다. 제이미는 109살은 된 기분이었다. 그것도 하렌홀에 도착했을 때에 비하면 훨씬 좋아진 셈이었지만.

브리엔느는 제이미를 꺼렸다. "다른 욕조도 있소."

"이 욕조가 나한테 딱 맞는데 뭘." 그는 김이 오르는 물속에 조심스레 턱까지 몸을 담갔다. "걱정 마, 이 여자야. 울긋불긋 멍투성이인 두 허벅지 사이에 뭐가 있든 난 관심 없어." 콰이번이 붕대를 적시지 말라고 경고했기에, 오른팔은 욕조 가장자리에 걸쳐야 했다. 다리에서 긴장이 풀리는 느낌이 났지만 머리는 빙빙 돌았다. "혹시 내가 기절하면 좀 꺼내줘. 이제까지 목욕하다가 빠져 죽은 라니스터는 한 명도 없는데, 내가 첫 번째가 되고 싶진 않거든."

"당신이 어떻게 죽든 내가 무슨 상관이지?"

"엄숙하게 맹세한 게 있잖아." 그는 브리엔느의 굵고 하얀 목에 홍조가 번지자 미소 지었다. 브리엔느는 그에게 등을 돌렸다. "아직도 수줍은 처녀신가? 내가 보지 못한 게 뭐가 있다고?" 그는 손을 더듬어 그녀가 떨어뜨린 솔을 찾아서 쥐고 되는대로 몸을 문지르기 시작했다. 그 정도 동작마저도 힘겹고 어색했다. '내 왼손은 아무짝에도 쓸모가 없어.'

그래도 피부에 켜켜이 앉은 때가 벗겨지며 물이 시커메졌다. 그 여자는 계속 등을 돌린 채, 넓은 어깨를 구부리고 근육을 긴장시키고 있었다.

"내 잘린 팔을 보는 게 그렇게 괴롭나?" 제이미는 물었다. "기뻐해야 할 텐데. 왕을 죽인 손을 잃었으니 말이야. 어린 스타크 소년을 탑에서 던진 손이기도 하지. 내 누이의 허벅지 사이에 집어넣어 흥분시키던 손." 그는 잘린 팔로 그녀의 얼굴을 가리켰다. "자네가 지키고 있었다면 렌리가 죽은 것도 놀랍지 않아."

브리엔느가 한 대 맞은 것처럼 벌떡 일어서면서 뜨거운 물이 밀려왔다. 제이미는 욕조 밖으로 나가는 브리엔느의 허벅지 위쪽에 무성한 금빛 털을 스치듯 보았다. 그녀는 그의 누이보다 훨씬 털이 많았다. 터무니없게도 그는 욕조 물속에서 발기했다. '이제야 세르세이와 너무 오래 떨어져 있었다는 걸 알겠군.' 그는 육체의 반응에 심란해져서 눈을 돌리고 중얼거렸다. "적절치 않은 말이었군. 난 손이 잘린 데다 신랄한 놈이야. 용서하게나. 어떤 남자도 자네만큼 날 지키진 못했을 거야. 자네는 대부분의 사내보다 나았어."

브리엔느는 벗은 몸에 수건을 감았다. "날 모욕하는 거요?"

이 반응에는 다시 화가 났다. "머리가 그렇게 둔한가? 사과의 말이었어. 난 자네와 싸우는 데 지쳤어. 휴전하는 게 어때?"

"휴전은 신뢰에 기반하는 거요. 내가 경을 믿는다면……."

"그래, 킹슬레이어라 이거지. 맹세를 저버리고 불쌍하고 안타까운 아에리스 타르가르옌을 죽인 놈이라." 제이미는 코웃음을 쳤다. "내가 후회하는 상대는 아에리스가 아니라 로버트야. '사람들이 자네를 킹슬레이어라고 부른다면서.' 대관식 연회에서 나보고 그러더군. '왕을 죽이는 걸 습관 삼지만 말라고.' 그러면서 큰 소리로 웃더라고. 왜 아무도 로버트는 맹세를 저버린 자라고 부르지 않는 거지? 왕국을 찢어발긴 건 그놈인데, 명예에 똥칠한 건 나잖아."

"로버트가 한 일은 다 사랑 때문이었소." 브리엔느의 다리를 타고 흘러내린 물이 발치에 고였다.

"로버트가 한 일은 전부 다 자존심과 계집, 그리고 예쁜 얼굴 때문에 한 거였지." 그는 주먹을 쥐었다……. 아니, 손이 있었다면 그러려고 했다. 비웃음만큼이나 잔인한 통증이 팔을 타고 올라왔다.

"그분은 왕국을 구하기 위해 달렸어." 브리엔느는 고집을 꺾지 않았다.

'왕국을 구하기 위해서라.' "내 동생이 블랙워터강을 불태운 걸 알고 있나? 와일드파이어는 물에서도 타지. 아에리스가 용기가 있었다면 와일드파이어로 목욕도 했을 거야. 타르가르옌은 하나같이 불에 미쳐 있었거든." 제이미는 현기증을 느꼈다. '여기 열기 때문이야. 내 피에 도는 독과, 아직 남은 내 열병……. 난 제정신이 아니야.' 그는 물이 턱에 닿을 때까지 몸을 내렸다. "내 하얀 망토를 더럽혔지…… 그날 난 황금 갑옷을 입었지만……."

"황금 갑옷?" 브리엔느의 목소리가 아득하게 들렸다.

그는 열기 속을, 기억 속을 떠다녔다. "춤추는 그리핀이 '종울림 전투'에서 진 후에, 아에리스는 그자를 유배 보냈지." '내가 왜 이 어리석고 추한 아이에게 이 이야기를 하고 있지?' "왕은 그제야 로버트가 자기 마음대로 짓밟을 수 있는 무법자가 아니라 타르가르옌 가문이 다에몬 블랙파이어 이후에 마주한 제일 큰 위협이라는 사실을 알아차렸어. 왕은 엘리아 공녀를 데리고 있다는 사실을 르윈 마르텔에게 품위 없이 상기시키고는, 1만 명의 도르네 병사를 이끌고 왕의 가도를 올라오라고 명령했어. 존 대리와 바리스탄 셀미는 남은 그리핀 병사들과 연합하기 위해 스토니셉트로 달려갔고, 남부에서 돌아온 라에가르 왕자는 아버지에게 자존심을 꺾고 내 아버지를 부르라고 설득했지. 하지만 캐스털리록에서는 까마귀가 돌아오지 않았고, 덕분에 왕은 더 겁에 질렸어. 왕은 사방에서 배신자들을 보았고, 혹시라도 왕이 보지 못할 때는 바리스가 늘 지적해줬지. 그래서 전하께선 연금술사들에게 킹스랜딩 전역에 와일드파이어를 설치하라는 명령을 내리셨다네. 바엘로르 성소 밑에도, 플리바텀의 판잣집 아래에도, 마구간과 창고 밑에도, 일곱 개 관문에도, 심지어는 레드킵의 지하실에까지.

얼마 안 되는 화염술 장인들이 극비리에 모든 일을 했어. 자기네 조수들에게조차 믿고 맡기지 않았지. 왕비는 몇 해 전부터 일어나는 일에 눈을 감고 지냈고, 라에가르는 군대를 결집하느라 바빴어. 하지만 아에리스가 새로 임명한 철퇴와 단검 문장의 수관은 아주 바보는 아니어서, 로사트와 벨리스와 가리구스가 낮이고 밤이고 오가자 의심을 품었지. 첼스테드, 그래, 그런 이름이었어. 첼스테드 공." 말을 하다 보니 갑자기 기억이 났다. "난 그 남자가 겁쟁이라고 생각했는데, 그날 첼스테드는 어디선가 용기를 끌어내서 아에리스와 맞섰지. 왕을 말리려고 할 수 있는 건 다 했어. 논리도 세워보고, 농담도 해보고, 위협도 하고, 마지막에는 빌기까지 했지. 그것도 실패하자 수관의 목걸이를 벗어서 바닥에 내던졌어. 아에리스는 그 죄로 첼스테드를 산 채로 불태우고, 수관의 목걸이를 제일 총애하는 화염술사였던 로사트의 목에 걸어줬지. 리카드 스타크 공을 갑옷째로 요리한 놈에게 말이야. 그리고 그동안 내내 난 하얀 갑옷을 입고 철왕좌 발치에 시체처럼 가만히 서서 내 주군과 주군의 온갖 달콤한 비밀들을 지켰어.

내 맹약 형제들은 다 전쟁터로 떠났지만, 아에리스는 날 가까이 두고 싶어 했지. 난 내 아버지의 아들이었으니까, 날 믿지는 않았어. 그러니까 낮이고 밤이고 바리스가 감시할 수 있는 곳에 두고 싶었던 거야. 그래서 난 그 모든 걸 들었지." 그는 그 물질을 어디에 설치해야 하는지 보여주려고 지도를 펴던 로사트가 눈을 얼마나 반짝였는지 기억했다. 가리구스와 벨리스도 마찬가지였다. "라에가르는 트라이던트에서 로버트와 마주쳤고, 거기서 무슨 일이 일어났는지는 알 거야. 소식이 궁정에 전해지자 아에리스는 왕비와 비세리스 왕자를 드래곤스톤으로 피난 보냈어. 엘리아 공녀도 갔어야 마땅했는데 왕이 금했지. 어째서인지 르윈 대공이 트라이던트에서 라에가르를 배신한 게 틀림없다고 생각하면서도, 엘리아와 아에곤만 곁에 붙들어 두면 도르네의 충성을 유지할 수 있다고 생각한 거야. 왕이 로사트에게 하는 말을 들었어. '배신자들은 내 도시를 원하지만, 난 그놈들에게 잿더미밖에 주지 않을 거다. 로버트는 새카매진 뼈와 구운 고기들의 왕이나 되라지.' 타르가르옌은 절대 죽은 자를 묻지 않아. 태우지. 아에리스는 세상에서 제일 큰 장례식을 열어 모조리 태워버릴 작정이었어. 하지만 솔직히 난 아에리스가 정말로 죽을 생각을 했다고는 믿지 않아. 예전의 '눈부신 불길' 아에리온처럼, 아에리스도 불이 자기를 변화시킬 거라고 생각했어……. 드래곤으로 다시 태어나서, 다시 날아올라서 적을 다 잿더미로 만들어버릴 거라고.

네드 스타크는 로버트의 선봉대를 이끌고 남쪽으로 달려오고 있었지만, 내 아버지의 군대가 먼저 도착했지. 파이셀은 왕을 설득해 서부의 관리자가 왕을 지키러 왔다고 믿게 만들었고, 그래서 왕은 문을 열었어. 그때만은 바리스의 말을 들었어야 했는데, 정작 그때는 무시하고서 말이야. 내 아버지는 전쟁터에서 물러나서 아에리스가 아버지에게 한 온갖 잘못을 곰똘히 생각한 끝에, 라니스터 가문은 이기는 쪽에 서야겠다고 결정했던 거야. 트라이던트가 결정타였지.

레드킵을 지키는 임무는 나에게 떨어졌지만, 난 우리가 졌다는 걸 알았지. 난 아에리스에게 타협 조건을 물어보러 사람을 보냈어. 내가 보냈던 부하는 왕명을 가지고 돌아왔지. '네가 배신자가 아니라면, 네 아버지의 머리를 가져와라.' 아에리스는 항복할 뜻이 전혀 없었어. 내 부하는 로사트 공이 왕과 함께 있더라고 했지. 난 그게 무슨 뜻인지 알았어.

내가 찾아냈을 때 로사트는 평범한 병사처럼 입고서 서둘러 샛문으로 달려가고 있었지. 난 그놈부터 베어 죽였어. 그런 다음에는 아에리스를, 화염술사들에게 명령을 전달할 사람을 또 찾아내기 전에 죽였지. 며칠 후에는 다른 화염술사도 다 찾아내서 죽여버렸어. 벨리스는 나에게 황금을 주겠다고 했고, 가리구스는 자비를 베풀어달라고 울더군. 흠, 검으로 죽이는 쪽이 불태우는 것보다 훨씬 자비롭긴 한데, 가리구스가 내가 베푼 친절을 알아줬을 것 같진 않아."

물이 식어 있었다. 제이미가 눈을 뜨자 절단된 오른팔이 보였다. '날 킹슬레이어로 만들어준 손.' 염소는 그의 영광과 수치를 동시에 빼앗아 갔다. '남은 건 뭐지? 이제 난 누구지?'

그 여자는 꼴이 우스꽝스러웠다. 빈약한 젖꼭지를 단단히 가린 수건 아래로 쭉 뻗은 굵고 하얀 다리라니. "내 이야기 때문에 말문이 막혔나? 자, 날 욕하든가 나한테 입을 맞추든가 날 거짓말쟁이라고 불러봐. 뭐든 해보라고."

"그게 사실이라면, 어떻게 아무도 모르는 거요?"

"킹스가드의 기사들은 왕의 비밀을 지키겠다고 맹세한다네. 나더러 맹세를 깨라는 건가?" 제이미는 웃음을 터뜨렸다. "고결하신 윈터펠의 영주께서 내 보잘것없는 설명을 듣고 싶어 하셨을 것 같나? 참 명예로우시기도 하지. 척 보기만 하면 유죄판결을 내릴 수 있다니." 제이미는 불쑥 일어섰다. 가슴으로 흘러내리는 물이 차가웠다. "대체 무슨 권리로 늑대가 사자를 판결해? 무슨 권리로?" 극심한 오한에 사로잡힌 그는 욕조 밖으로 나가려다가 욕조 테두리에 잘린 팔을 부딪쳤다.

통증이 몸을 훑고 지나가더니…… 갑자기 목욕탕이 빙빙 돌았다. 제이미가 쓰러지기 전에 브리엔느가 그를 붙잡았다. 차갑고 끈적하고 닭살이 돋은 팔이었지만 브리엔느는 힘이 셌고, 제이미가 생각했던 것보다 상냥했다. '세르세이보다 더 상냥한데.' 그는 브리엔느가 축 늘어진 성기처럼 다리를 늘어뜨린 그를 욕조에서 부축해 꺼내는 동안 그렇게 생각했다. "위병!" 그 여자가 외치는 소리가 들렸다. "킹슬레이어가!"

'제이미야.' 그는 생각했다. '내 이름은 제이미라고.'

다음에 정신이 들었을 때 그는 축축한 바닥에 누워 있었고, 위병들과 그 여자와 콰이번이 모두 함께 걱정스러운 얼굴로 그를 내려다보고 있었다. 브리엔느는 벌거벗은 몸이었는데, 그 순간에는 그 사실을 잊어버린 것 같았다. "욕조의 열기 때문에 그래요." 콰이번 학사가 말했다. '아니, 학사는 아니지. 사슬 목걸이를 빼앗겼잖아.' "핏속에 아직 독이 있는 데다가 영양 상태가 나빠요. 뭘 먹였습니까?"

"지렁이와 오줌과 회색 토사물." 제이미가 말했다.

"딱딱한 빵과 물과 귀리 포리지요." 위병이 말했다. "하지만 거의 먹질 않습니다. 어떻게 해야 합니까?"

"씻기고 옷을 입혀서 '불탄 왕의 탑'으로 데려가요. 필요하다면 실어서라도." 콰이번이 말했다. "볼턴 공께서 오늘 밤에 같이 저녁 식사를 하시겠다고 합니다. 시간이 없어요."

"깨끗한 옷을 가져다줘요." 브리엔느가 말했다. "내가 씻기고 옷을 입히지요."

다들 브리엔느에게 일을 맡기게 된 것을 너무나 기뻐했다. 그들은 제이미를 일으켜 세워 벽 앞에 놓인 돌의자에 앉혔다. 브리엔느는 자기 수건을 가지러 갔다가 제이미의 몸을 마저 닦아줄 뻣뻣한 솔을 가지고 돌아왔다. 위병 하나가 턱수염을 깎을 면도칼을 건넸다. 콰이번은 거친 천 속옷과 깨끗한 검은색 모직 바지, 느슨한 녹색 튜닉, 그리고 앞쪽을 끈으로 여미게 되어 있는 가죽조끼를 들고 돌아왔다. 제이미도 그 무렵에는 현기증이 덜해졌지만, 몸은 여전히 말을 듣지 않았다. 그는 그 여자의 도움을 받아서 그럭저럭 옷을 입을 수 있었다. "이제 은거울만 있으면 되겠군."

피투성이 극단 학사는 브리엔느가 입을 옷도 가져왔다. 얼룩이 진 분홍색 새틴 가운과 안에 입을 리넨 튜닉이었다. "죄송합니다, 아가씨. 하렌홀에서 아가씨에게 맞을 만한 여자 옷은 이것뿐이었어요."

그 가운은 팔이 더 가늘고, 다리는 더 짧고, 가슴은 훨씬 나온 누군가가 입을 옷이었다는 사실이 금세 드러났다. 섬세한 미르산 레이스도 얼룩덜룩하게 멍든 브리엔느의 피부를 가리는 데는 별 소용이 없었다. 대체로 그 옷은 그 여자를 더 바보 같아 보이게 만들었다. '나보다 어깨가 넓은 데다 목은 더 굵구만.' 제이미는 생각했다. 그 여자가 갑옷을 더 좋아하는 것도 당연했다. 분홍색도 그 여자에게 어울리는 색이 아니었다. 제이미의 머릿속에 잔인한 농담이 십여 개는 떠올랐지만, 이번만은 내뱉지 않기로 했다. 그 여자를 화나게 만들어서 좋을 게 없었다. 한 손으로는 상대가 되지 않을 테니.

쾨이번은 병도 하나 들고 왔다. "그건 뭔가?" 제이미는 사슬 목걸이 없는 학사가 마시라고 병을 입에 대자 물었다.

"식초에 절인 감초에 꿀과 정향을 더했습니다. 힘을 주고 머리를 맑게 해 줄 겁니다."

"나에게 손이 새로 자라는 약을 갖다줘. 내가 원하는 건 그거야."

"마셔요." 브리엔느가 웃지 않는 얼굴로 말했고, 제이미는 그 말대로 했다.

그는 30분이 지나서야 일어설 만한 힘을 회복했다. 습하고 어두운 데다 따뜻한 목욕탕에 있다가 나갔더니 바깥 공기가 얼굴을 후려치는 느낌이었다. 위병이 쾨이번에게 말했다. "지금쯤은 영주님께서 찾으실 겁니다. 두 사람 다요. 업고 가야 할까요?"

"나도 아직 걸을 순 있네. 브리엔느, 부축 좀 해줘."

제이미는 브리엔느를 붙들고 마당을 가로질러 광대하고 외풍이 심한, 킹스랜딩의 알현실보다 더 큰 홀로 들어갔다. 벽에는 거대한 벽난로가 3미터마다 하나씩, 헤아릴 수도 없이 늘어서 있었는데 정작 불은 하나도 지피지 않아 뼛속까지 한기가 스몄다. 모피 망토를 걸친 창병 십여 명이 여러 개의 문과 위층의 관람석 두 군데로 이어지는 계단을 지켰다. 그리고 그 거대한 빈 방 한가운데, 몇 에이커나 이어지는 듯한 매끄러운 석판 바닥에 둘러싸인 가대 탁자 앞에서 드레드포트의 영주가 술 따르는 소년 하나만 거느리고 기다리고 있었다.

"영주님." 브리엔느는 그 앞에 서서 말했다.

루스 볼턴의 눈동자는 돌보다는 희고 우유보다는 어두웠으며, 목소리는 거미처럼 부드러웠다. "동석할 만큼 회복했다니 기쁘구려, 경. 아가씨, 앉으시지요." 그는 탁자를 뒤덮은 치즈와 빵, 차가운 고기와 과일을 가리켰다. "레드와인, 아니면 화이트와인을 들겠소? 안타깝게도 대단한 빈티지는 아니라오. 아모리 경이 휀트 부인의 저장고를 거의 말려버려서."

"분명히 그 죄를 물어 죽이셨겠지." 제이미는 볼턴에게 얼마나 약한 상태인지 보이지 않으려고 얼른 의자에 앉았다. "흰색은 스타크의 색깔이지. 난 훌륭한 라니스터답게 붉은색을 마시겠소."

"저는 물이 더 좋습니다." 브리엔느가 말했다.

"엘마, 제이미 경에게는 레드와인을, 브리엔느 아가씨께는 물을, 그리고 나에게는 히포크라스(설탕과 계피를 넣어 발효시킨 와인)를 따라다오." 볼턴이 두 사람을 데려온 위병들에게 손을 내젓자 그들은 조용히 물러났다.

제이미는 습관대로 와인 잔에 오른손을 뻗었다. 잘린 팔이 잔을 때리면서 깨끗한 리넨 붕대에 새빨간 자국이 튀고 잔이 넘어지기 전에 왼손으로 잡아야 했지만, 볼턴은 그 서툰 동작을 못 본 척했다. 볼턴은 자두를 하나 집어서 조금씩 베어 물었다. "한번 먹어보시오, 제이미 경. 자두가 달게 익은 데다가 장을 비우는 데 도움이 되지요. 바고 공이 어느 여관을 불태우기 전에 챙겨 왔소."

"내 위장은 잘 움직이고, 그 염소는 공이 아닌 데다가, 그 자두는 당신의 의도가 무엇인지만큼 흥미롭지 않군."

"경에 대한 의도 말이오?" 루스 볼턴의 입가에 희미한 미소가 어렸다. "경은 위험한 상품이오. 가는 곳마다 불화의 씨앗을 뿌리지. 심지어 여기, 내 행복한 집 하렌홀에서조차도 말이오." 볼턴의 목소리는 속삭임보다 조금 큰 정도였다. "그리고 리버런에서도 그랬던 것 같군. 에드무어 툴리가 경을 잡아 오는 자에게 금화 천 닢을 내걸었다는 사실을 알고 있소?"

'고작?' "내 누이가 그 열 배는 낼 거요."

"그래요?" 또 그 미소였다. 잠깐 입가에 머물렀다가 순식간에 사라지는. "금화 만 닢은 어마어마한 돈이오. 물론 카스타크 공의 제안도 고려해볼 만하지. 경의 머리통을 가져오는 남자에게 딸을 주겠다고 약속했으니."

"댁의 염소에게 맡기면 반대로 해낼 수도 있겠소." 제이미가 말했다.

볼턴은 가만히 웃었다. "우리가 이 성을 탈환했을 때 해리온 카스타크가 여기에 포로로 잡혀 있었다는 걸 아시오? 내가 같이 있던 카홀드 병사들을 모두 해리온에게 줘서 글로버와 함께 내보냈지. 더스큰데일에서 나쁜 일을 당하지 않았어야 할 텐데……. 혹시 무슨 일이 생기면 알리스 카스타크가 리카드 공에게 남은 유일한 후계자가 될 테니." 그는 다른 자두를 하나 집어들었다. "경에게는 다행스럽게도, 나에게는 아내가 필요치 않소. 트윈스에 있는 동안 왈다 프레이와 결혼했거든."

"아름다운 왈다?" 제이미는 잘린 팔로 서툴게 빵을 붙들고 왼손으로 뜯으려 했다.

"뚱뚱한 왈다요. 프레이 공이 신부의 몸무게만 한 은을 지참금으로 주겠다고 하길래 그에 맞게 골랐지. 엘마, 제이미 경에게 빵을 뜯어드려라."

소년이 커다란 빵 덩어리에서 주먹만큼을 뜯어내 제이미에게 내밀었다.

브리엔느는 자기가 먹을 빵을 직접 뜯으며 물었다. "볼턴 공, 공께서 바고 호트에게 하렌홀을 주려 하신다던데요."

"그게 그자가 부른 대가였소." 볼턴 공이 대답했다. "빚을 꼭 갚는 건 라니스터만이 아니오. 어차피 난 곧 떠나야 해요. 에드무어 툴리가 트윈스에서 로슬린 프레이 아가씨와 혼인할 예정이라, 나의 왕이 나에게도 참석을 명하셨지요."

"에드무어가 결혼한다고? 롭 스타크가 아니라?" 제이미가 말했다.

"롭 전하는 결혼하셨소." 볼턴은 자두씨를 손에 뱉어 옆으로 치웠다. "크래그의 웨스털링과 혼인했지. 이름이 제인이라던가. 분명 경은 누구인지 아시겠지요. 그 아가씨 아버지가 경의 아버지 휘하에 있으니."

"내 아버지 휘하에는 수많은 봉신이 있고 그들은 대부분 딸이 있다오." 제이미는 한 손으로 술잔을 더듬으며 제인이라는 아가씨가 누구인지 떠올리려 애썼다. 웨스털링은 오래된 집안이었고, 실제 힘보다는 자부심이 컸다.

"그럴 리가 없습니다." 브리엔느가 완고하게 말했다. "롭 왕은 프레이와 결혼하겠다고 맹세하셨어요. 신뢰를 깼을 리가 없습니다. 그분은……."

"전하는 열여섯 소년이시지." 루스 볼턴이 부드럽게 말했다. "그리고 내 말에 반박하지 말아주면 고맙겠소, 아가씨."

제이미는 롭 스타크에게 안타까운 마음마저 느꼈다. '전장에서 이긴 전쟁을 침실에서 놓쳤군, 불쌍한 바보 같으니.' "왈더 공은 늑대 대신 송어가 식탁에 오른 데 대해 어떻게 생각하시오?"

"아, 송어도 맛있는 저녁 식사지요." 볼턴은 창백한 손가락 하나를 들어 올려 소년을 가리켰다. "우리 불쌍한 엘마는 희망을 잃었지만 말이오. 원래 아리아 스타크와 결혼할 예정이었는데, 롭 왕이 배신했을 때 우리 장인어른 프레이 공도 그 약혼은 깰 수밖에 없었다오."

"아리아 스타크에 대한 소식이 있습니까?" 브리엔느가 몸을 내밀었다. "캐틀린 부인께서는 혹시라도…… 아리아가 아직 살아 있나요?"

"아, 물론이오." 드레드포트의 영주가 대답했다.

"확실한 정보입니까?"

루스 볼턴은 어깨를 으쓱였다. "아리아 스타크가 한동안 실종 상태였던 것은 사실이지만, 이제 찾아냈다오. 나는 그 아이가 안전하게 북부로 돌아가게 할 작정이오."

"아리아와 그 언니 산사 둘 다여야 합니다. 티리온 라니스터가 형을 돌려주면 둘 다 보내주겠다고 약속했어요."

드레드포트의 영주는 이 말을 재미있어하는 것 같았다. "아가씨에게 아무도 말해주지 않았소? 라니스터는 거짓말을 한다오."

"그건 내 가문의 명예에 대한 모욕이오?" 제이미는 멀쩡한 손으로 치즈 나이프를 집어 들고, 엄지손가락으로 칼날을 훑으며 말했다. "끝이 둥글고 날도 둔하지만, 그래도 눈에는 잘 박힐걸." 이마에 땀이 맺혔다. 겉보기만이라도 실제 상태만큼 약해 보이지 않기를 빌 수밖에 없었다.

볼턴 공의 입가에 다시 한번 작은 미소가 스쳤다. "빵을 뜯는 데도 도움이 필요한 남자치고는 대담하게 말씀하시는군. 내 위병들이 사방에 있다는 사실을 상기시켜드리리다."

"사방에 있고, 한참 떨어져 있지." 제이미는 드넓은 건물 저편을 흘긋 보았다. "위병들이 여기 도착할 때쯤 공은 아에리스만큼 확실히 죽어 있을 거요."

"치즈와 올리브를 대접받으면서 집주인을 위협하는 건 별로 기사답지 않구려." 드레드포트의 영주가 그를 꾸짖었다. "북부에서는 아직도 환대의 법칙을 신성하게 지킨다오."

"난 여기 손님이 아니라 포로요. 댁의 염소가 내 손을 잘랐고. 자두 몇 개 내민다고 내가 그 사실을 잊을 줄 안다면 한참 잘못 아셨지."

그 말에는 루스 볼턴도 발끈했다. "그랬는지도 모르겠군. 경을 에드무어 툴리에게 혼인 선물로 줘야 할지도 모르겠어……. 아니면 경의 누이가 에다드 스타크에게 했던 대로 경의 머리를 잘라버리든가."

"그건 추천하지 않겠어. 캐스털리록은 오래 기억하거든."

"내 성벽과 경의 바위 사이에는 만 리에 달하는 산과 바위와 늪이 있소. 라니스터의 원한은 볼턴에게 별 의미가 없다오."

"라니스터의 우정은 꽤 의미 있을 수도 있지." 제이미도 이제는 이게 무슨 게임인지 알 것 같았다. '하지만 저 여자도 알까?' 감히 확인할 수는 없었다.

"과연 현명한 사람이 그런 친구를 원할지 잘 모르겠구려." 루스 볼턴은 소년에게 손짓했다. "엘마, 우리 손님들께 고기를 잘라드려라."

브리엔느가 먼저 고기를 받았지만, 먹으려 하지는 않았다. "영주님, 제이미 경은 캐틀린 부인의 따님들과 교환하기로 되어 있습니다. 저희가 계속 가던 길을 가게 풀어주셔야 합니다."

"리버런에서 날아온 까마귀는 탈출에 대해 말했지, 교환에 대해서는 아무 말도 없었소. 그리고 만약 이 포로가 탈출하는 과정을 도왔다면 아가씨도 반역죄요."

덩치 큰 여자는 벌떡 일어섰다. "저는 스타크 부인을 섬깁니다."

"그리고 나는 북부의 왕을 섬기지. 요새 몇몇은 북부를 잃은 왕이라고도 부르지만. 그분은 제이미 경을 라니스터에게 돌려줄 생각이 조금도 없었소."

"앉아서 먹기나 해요, 브리엔느." 제이미는 엘마가 그 앞에 피를 머금은 고기 조각을 내려놓는 가운데 충고했다. "볼턴이 우릴 죽일 생각이었다면 귀한 자두를 우리에게 낭비하진 않았을 거요. 그게 공의 장운동에 얼마나 중요한데.” 그는 고기 조각을 응시하고 한 손으로는 고기를 더 자를 방법이 없다는 사실을 깨달았다. ‘이제 난 여자애 하나보다 더 쓸모가 없군. 염소가 이 교환을 평등하게 만들어놨다만, 세르세이가 자기 새끼들을 비슷한 상태로 돌려보낸다면 캐틀린 부인이 염소 덕분이라고 생각하진 않겠지.’ 그런 생각을 하니 얼굴이 찌푸려졌다. ‘분명히 그것도 내 탓이 되겠지.’

루스 볼턴이 체계적으로 고기를 자르자 접시에 피가 번졌다. “브리엔느 아가씨, 내가 아가씨와 스타크 부인이 바라는 대로 제이미 경을 보내줄 마음이라고 말하면 그만 앉겠소?”

“저는…… 보내주실 겁니까?” 경계하는 목소리였지만, 어쨌든 브리엔느는 앉았다. “그거 잘됐군요.”

“그래요. 하지만 바고 공이 나에게 한 가지 작은…… 어려움을 안겨줬소.” 그는 색이 엷은 눈을 제이미에게 돌렸다. “왜 호트가 경의 손을 잘랐는지 아시오?”

“그놈은 손을 자르기를 즐기지.” 제이미의 팔을 감싼 리넨 붕대에 피와 와인이 튀어 있었다. “발을 자르기도 좋아하고. 이유는 필요치 않은 것 같소만.”

“그럼에도, 이유가 있긴 했다오. 바고 호트는 보기보다 교활한 사람이오. 머리가 나쁘면 용감한 형제단 같은 집단을 오래 이끌지 못하지.” 볼턴은 단검 끝으로 고기를 찍어서 입에 넣고 찬찬히 씹어 삼켰다. “바고 공은 내가 하렌홀을 주겠다고 했기 때문에 라니스터 가문을 버렸소. 타이윈 공에게 기대할 수 있는 어떤 보상보다도 천 배는 큰 상이니까. 웨스테로스 출신이 아니다 보니 그 상에 독이 들어 있다는 건 몰랐겠지.”

“검은 하렌의 저주 말이오?” 제이미는 비웃었다.

“타이윈 라니스터의 저주 말이오.” 볼턴이 술잔을 들어 올리자 엘마가 조용히 잔을 다시 채웠다. “우리의 염소는 타벡이나 레인 가문과 상담을 했었어야 했소. 그들이라면 경의 아버지가 배신을 어떻게 다루는지 경고해 줬겠지요."

"타벡이나 레인은 이 세상에 없는데." 제이미가 말했다.

"내 말이 그거요. 바고 공은 분명히 스타니스 공이 킹스랜딩에서 승리를 거두고, 그래서 라니스터 가문의 몰락에 일조했다는 사실에 고마워하며 이 성을 가지게 해주리라 기대했겠지요." 그는 메마른 웃음소리를 냈다. "스타니스 바라테온에 대해서도 잘 모른다고 봐야겠지. 스타니스라면 봉사에 대한 대가로 하렌홀을 줬을지도 모르지만…… 그와 동시에 범죄에 대한 대가로 올가미도 선사했을 텐데 말이오."

"올가미쯤이야, 내 아버지에게 받을 선물에 비하면 친절하지."

"지금쯤이면 바고 공도 같은 깨달음에 도달했을 거요. 스타니스가 지고, 렌리가 죽고, 이제는 스타크의 승리만이 그자를 타이윈 공의 복수에서 구해줄 수 있는데, 그럴 가능성도 위험할 정도로 낮아지고 있소."

"롭 왕은 모든 전투에서 이기셨습니다." 브리엔느가 결연하게 말했다. 맡은 일에 충실한 만큼이나 하는 말도 고집스럽고 충성스러웠다.

"모든 전투에서 이기면서 프레이, 카스타크, 윈터펠, 그리고 북부를 잃었지요. 늑대가 아직 너무 어리다는 게 안타깝소. 열여섯 소년들은 언제나 자기들이 불사에 무적이라고 믿지요. 그보다 나이가 많았다면 무릎을 굽혔을 거요. 전쟁 이후에는 언제나 평화가 찾아오고, 평화와 함께 사면이 주어지지요……. 최소한 롭 스타크에게는 주어졌을 거요. 바고 호트 같은 이들에게는 아니라도." 볼턴은 제이미를 보고 작게 웃었다. "양쪽 모두에게 쓸모가 있었지만, 그런 놈이 죽는다고 눈물을 흘릴 이는 없거든. 용감한 형제단은 블랙워터 전투에서 싸우지 않았지만, 거기서 죽은 거나 다름없소."

"내가 애통해하지 않는다 해도 용서해주시겠소?"

"파멸해버린 우리 불쌍한 염소에게 동정이 가지 않소? 아, 하지만 신들은 동정하시겠지……. 그렇지 않다면 왜 경을 그자의 손에 떨구셨겠소?" 볼턴은 다시 고기를 한 조각 씹었다. "카홀드는 하렌홀보다 작고 누추하지만, 그래도 사자의 발톱이 미치지 못하는 곳에 있지요. 일단 알리스 카스타크와 결혼만 하면 호트도 진짜 영주가 될 수 있을지 몰라요. 경의 아버지에게 금화도 받을 수 있다면 더 좋겠지만, 타이윈 공이 얼마를 지불하든 상관없이 경을 리카드 카스타크에게 데려다줄 작정이었을 거요. 그 대가로 처녀와 안전한 피난처를 얻을 테니까.

하지만 경을 팔기 위해서는 경을 놓치지 말아야 하는데, 강역은 기꺼이 경을 빼내갈 사람들이 우글거리는 곳이오. 글로버와 톨하트가 더스큰데일에서 졌을지는 몰라도 남은 군대는 아직 널리 퍼져 있고, 산더미는 낙오자들을 죽여대고 있지. 카스타크 병사 천 명이 리버런 남쪽과 동쪽에서 경을 찾아다니고 있고. 다른 곳에는 영주를 잃고 법도 잃은 대리 병사들이 있고, 네 발 달린 늑대 무리도 있고, 번개 영주의 무법자들도 있소. 돈다리온이라면 기꺼이 경과 염소를 같은 나무에 목매달 테지." 드레드포트의 영주는 빵 조각을 피에 찍었다. "바고 공이 경을 안전하게 붙들고 있을 만한 곳은 하렌홀뿐인데, 용감한 형제단은 내 병사들보다도, 아에니스 경과 프레이 병사들보다도 수가 한참 부족하오. 당연히 내가 경을 리버런의 에드무어 경에게 돌려줄까 봐 겁냈겠지……. 아니면 경의 아버지에게 돌려보내거나.

경을 불구로 만들면서 바고 공은 경이 장검을 휘두를 위협을 제거하고, 경의 아버지에게 보낼 소름 끼치는 기념품을 얻고, 나에게 경의 가치를 낮추려던 거요. 내가 롭 왕의 사람이듯 바고는 내 사람이니, 그자의 범죄는 나의 범죄가 되지요. 적어도 경의 아버지가 보기에는 그럴 수 있어요. 여기에 나의…… 사소한 어려움이 있소." 그는 제이미를 응시했다. 색이 엷은 눈을 깜박이지도 않고, 기대를 담아, 서늘하게.

'그렇군.' "내가 당신 책임을 면해주길 바라는군. 아버지에게 이 팔은 당신 작품이 아니라고 말하란 말이지." 제이미는 웃었다. "날 세르세이에게 보내주기만 하면 당신이 원하는 대로 얼마든지 달콤한 노래를 불러드리리다. 당신이 얼마나 날 잘 대해줬는지도 말하고." 다른 답을 했다가는 볼턴이 그를 염소에게 돌려줄 게 뻔했다. "나에게 손이 있었다면 적어주기도 하겠소. 어쩌다가 내가 아버지가 웨스테로스에 데려온 용병에게 손을 잃고, 고결한 볼턴 공에게 구출되었는지 말이오."

"경의 말을 믿겠소"

'이건 자주 못 듣는 소리로군.' "얼마나 빨리 떠날 수 있겠소? 그리고 그 모든 늑대와 산적과 카스타크 사이를 어떻게 지나가게 해줄 생각이오?"

"콰이번이 충분히 회복했다고 하면, 내 위병대장 월튼의 지휘하에 엄선한 강력한 호위대와 함께 떠날 거요. 별명이 강철 정강이인데, 강철 같은 충성심을 지닌 병사지. 월튼이라면 경이 안전하고 멀쩡하게 킹스랜딩에 도착하게 해줄 거요."

"캐틀린 부인의 따님들이 안전하고 멀쩡할 경우에 한해서입니다." 여자가 말했다. "영주님의 부하인 월튼의 보호는 환영합니다만, 따님들은 제 책임입니다."

드레드포트의 영주는 그녀에게 무관심한 시선을 던졌다. "그 아이들은 이제 아가씨가 걱정할 문제가 아니오. 산사 아가씨는 난쟁이의 아내가 되었으니 이제 신들만이 갈라놓을 수 있어요."

"아내요?" 브리엔느는 화들짝 놀랐다. "꼬마 악마의? 하지만…… 궁정 전체를 앞에 두고, 신들과 인간들이 보는 앞에서 맹세했는데……."

'이렇게 순진할 수가.' 솔직히 말하면 제이미도 놀랐지만, 그는 브리엔느보다 놀라움을 잘 숨겼다. '산사 스타크라, 그 아이라면 티리온의 얼굴에도 미소가 걸리겠지.' 그는 동생이 농부의 딸과 함께 얼마나 행복해했는지 기억했다……. 고작 2주 동안이었지만.

"꼬마 악마가 무슨 맹세를 했든 안 했든, 이제는 별로 중요하지 않아요." 볼턴 공이 말했다. "특히 아가씨에게는." 그 여자는 거의 상처 입은 얼굴이었다. 어쩌면 루스 볼턴이 위병들에게 손짓했을 때 마침내 강철 덫이 닫히는 것을 느꼈을지도 몰랐다. "제이미 경은 킹스랜딩으로 계속 갈 거요. 안됐지만 나는 아가씨에 대해서는 아무 말도 하지 않았소. 바고 공의 상품을 둘 다 빼앗는다면 내가 너무 양심이 없지 않겠소." 드레드포트의 영주는 손을 뻗어 자두를 하나 더 집었다. "내가 당신이라면 스타크보다 사파이어에 대해 더 걱정하겠소, 아가씨."

티리온

뒤에서 말 한 마리가 조바심을 내며 히힝거렸다. 도로를 가로질러 도열한 황금 망토들 한가운데에서 말이다. 티리온은 자일스 공의 기침 소리도 들을 수 있었다. 자일스 공도 아담 경도 티리온이 부른 사람들은 아니었다. 잘라바르 쇼나 나머지도 마찬가지였다. 그러나 아버지는 난쟁이 하나만 블랙워터강을 건너서 맞이하러 간다면 도란 마르텔이 좋지 않게 받아들일지 모른다고 생각했다.

'도르네인은 조프리가 직접 만나야 하는 건데.' 그는 앉아서 기다리며 생각했지만, 조프리는 분명 일을 망쳤을 것이다. 최근 들어 왕은 메이스 티렐의 중장병들에게 들은 도르네인에 대한 변변찮은 농담들을 반복하고 다녔다. '말에게 편자를 박으려면 도르네인이 몇 명 필요할까? 아홉 명. 한 명은 신을 신기고, 여덟 명은 말을 들어 올려야 하거든.' 도란 마르텔이 재미있다고 생각할 만한 농담은 아니었다.

그는 살아 숨 쉬는 녹색 숲에서 긴 먼지기둥을 일으키며 나타난 기수들이 휘날리는 깃발을 알아볼 수 있었다. 여기에서 강까지는 헐벗은 검은 나무들만 남아 있었다. 티리온이 전투에서 남긴 유산이었다. '깃발이 너무 많군.' 그는 티렐의 선봉대가 스타니스군의 측면을 박살낼 때 그랬듯, 지금 다가오는 말들의 발굽 아래에서도 재가 피어오르는 것을 바라보며 뚱하니 생각했다. 깃발을 보아서는 마르텔이 도르네 영주들 절반은 데려온 것 같았다. 티리온은 이런 대동의 좋은 면을 생각해보려다가 실패했다. "깃발이 몇 개나 보이나?" 그는 브론에게 물었다.

용병 기사는 햇빛을 가리고 헤아렸다. "여덟…… 아니, 아홉이군요."

티리온은 안장에 앉은 채로 몸을 돌렸다. "포드, 이리 좀 와봐라. 보이는 문장들을 설명하고 그게 어느 가문을 뜻하는지 말해다오."

포드릭 페인이 슬금슬금 거세마를 몰고 다가왔다. 그는 사슴과 사자가 들어간 조프리의 거대한 왕기를 드느라 힘겨워하고 있었다. 브론은 진홍색 바탕에 라니스터의 금빛 사자가 들어간 티리온의 깃발을 들었다.

포드가 더 잘 보려고 등자를 딛고 섰을 때 티리온은 깨달았다. '키가 자라고 있군. 곧 다른 모두와 마찬가지로 날 내려다보겠어.' 포드는 티리온의 지시에 따라 도르네의 문장들을 열심히 공부했지만, 언제나 그렇듯이 불안하고 초조해했다. "잘 보이지가 않아요. 바람에 펄럭거려서요."

"브론, 자네 눈에 보이는 걸 말해줘."

새 더블릿과 망토를 입고 가슴팍에 불타는 사슬 문양을 새긴 브론은 오늘 꽤 기사 같아 보였다. "오렌지색 바탕에 붉은 태양이 있고, 그 뒤를 창이 꿰뚫는 깃발."

"마르텔." 포드릭 페인은 눈에 띄게 안심한 얼굴로 즉시 답했다. "선스피어의 마르텔 가문입니다. 도르네 대공요."

"내 말도 그 정도는 알겠다." 티리온은 건조하게 대꾸했다. "다른 깃발을 말해줘, 브론."

"노란 공이 몇 개 들어간 자주색 깃발이 있군."

"레몬인가요?" 포드가 기대를 품고 물었다. "자주색 바탕에 레몬이 흩어져 있습니까? 레몬, 레몬우드의 달트 가문 깃발인데요?"

"그럴지도. 그다음은 노란 바탕에 커다란 검은 새가 있는데. 발톱에 분홍색인지 흰색인지 뭔가를 잡고 있는데 깃발이 펄럭여서 정확히는 안 보여."

"블랙몬트의 독수리는 발톱으로 아기를 잡고 있습니다. 블랙몬트의 블랙몬트 가문입니다, 경."

브론이 웃음을 터뜨렸다. "다시 책을 읽는 거냐? 책을 읽다 보면 검 쓰는 눈이 망가질 거다. 해골도 보이는군. 검은색 깃발이야."

"검은색 바탕에 뼈와 금이라면 맨우디 가문의 왕관 쓴 해골입니다." 포드는 정확하게 답할 때마다 목소리에 좀 더 자신감이 실렸다. "킹스그레이브의 맨우디 가문요."

"검은 거미 세 마리는?"

"거미가 아니라 전갈일 겁니다. 샌드스톤의 쿼가일 가문입니다. 붉은 바탕에 검은 전갈 세 마리요."

"붉은색과 노란색, 사이에 들쭉날쭉한 선."

"헬홀트의 불길이에요. 울러 가문입니다."

티리온은 감명받았다. '이 녀석은 전혀 멍청하지 않군. 일단 혀만 풀리면 말이야.' 그는 부추겼다. "계속해봐라, 포드. 다 맞히면 선물을 주마."

"빨간색과 검은색 조각으로 된 파이 한 판에, 가운데에는 금색 손." 브론이 말했다.

"갓즈그레이스의 알리리온 가문입니다."

"뱀을 먹고 있는 빨간 닭……처럼 보이는데."

"솔트쇼어의 가갈렌입니다. 코커트리스(닭의 머리에 다리가 두 개인 용처럼 생긴 전설 속 괴물)입니다. 경. 죄송합니다만, 닭이 아니에요. 부리에 검은색 뱀을 문 코커트리스입니다."

"아주 잘했어!" 티리온이 외쳤다. "하나만 더 맞혀라."

브론은 다가오는 도르네인들의 대열을 훑었다. "마지막은 녹색 격자무늬 바탕에 금색 깃털."

"금색 깃펜입니다. 토르의 조데인 가문요."

티리온은 소리 내어 웃었다. "이걸로 아홉이군. 잘했다. 나도 그 이름을 전부 다 대지는 못했을 거야." 그건 거짓말이었지만, 칭찬을 받으면 포드가 자부심을 느낄 테고, 그 소년에게는 그게 간절히 필요했다.

마르텔은 위협적인 친구들을 데려온 모양이었다. 포드가 거명한 가문들은 하나같이 작지도 않고 사소하지도 않았다. 본인이든 그 후계자이든 간에 도르네에서 가장 세력이 큰 아홉 영주들이 왕의 가도를 달려오고 있었고, 어쩐지 티리온은 그들이 춤추는 곰이나 보자고 이 먼 길을 왔을 것 같지가 않았다. '여기엔 메시지가 숨어 있어. 그것도 내 마음에 들지 않는 메시지가.' 미르셀라를 선스피어로 보낸 게 실수였을까.

포드가 소심하게 말했다. "나리, 가마가 보이지 않습니다."

티리온은 고개를 홱 돌렸다. 포드 말대로였다.

"도란 마르텔은 언제나 가마를 타고 다닙니다. 비단 벽걸이를 걸고, 휘장에 태양을 그려 넣은 장식 가마요."

티리온도 같은 이야기를 들었다. 도란 대공은 쉰 살이 넘은 통풍 환자였다. 티리온은 스스로를 달랬다. '더 빨리 오고 싶었는지도 모르지. 가마가 도적 떼를 끌어들이는 과녁이 되거나 뼈의 길의 높은 고갯길에서 너무 방해가 될까 봐 걱정했을 수도 있어. 통풍이 나아졌을지도 모르고.'

그런데 왜 이렇게 안 좋은 예감이 드는 걸까?

더 기다릴 수가 없었다. "깃발 앞으로. 마중 나간다." 티리온은 날카롭게 말하고 말에 박차를 가했다. 브론과 포드가 양옆으로 따라왔다. 도르네인들도 그들이 다가가는 모습을 보자 박차를 가해 깃발을 휘날리며 달렸다.

도르네인들의 화려한 안장에는 그들이 좋아하는 둥근 금속 방패가 걸렸고, 상당수가 짧은 투창 묶음이나 말등에 앉은 채 잘도 쏘는 도르네식 쌍봉 활을 들고 있었다.

다에론 1세가 관찰하기를, 도르네인은 세 종류가 있다고 했다. 해안가에 사는 소금 도르네인, 사막과 긴 하곡에 사는 모래 도르네인, 그리고 붉은 산맥 고개와 산에 요새를 지어놓은 돌 도르네인. 소금 도르네인이 로인인의 혈통이 가장 짙고, 돌 도르네인이 제일 옅었다.

도란의 수행단에는 세 종류가 골고루 포진해 있는 듯했다. 소금 도르네인은 늘씬하고 매끈한 올리브색 피부에 긴 검은 머리를 바람에 흩날렸다. 모래 도르네인은 그보다 더 색이 짙어서, 도르네의 뜨거운 태양에 탄 갈색 얼굴이 특징이었다. 그들은 일사병을 피하기 위해 투구 위에 밝은 색깔의 긴 스카프를 둘렀다. 돌 도르네인은 안달인과 최초인의 아들들로 제일 덩치가 크고 피부색이 흰 데다 갈색 머리 아니면 금발이었고, 얼굴이 햇볕에 타도 갈색이 되지 않고 주근깨가 돋거나 벌겋게 익었다.

영주들은 보석 박힌 허리띠를 차고 소매가 하늘거리는 비단과 새틴 로브를 입었다. 갑옷은 법랑을 두껍게 입히고 반질반질한 구리와 반짝이는 은, 부드러운 황금을 아로새겼다. 타고 있는 말은 주로 붉은색과 금색이었으며 몇 마리는 눈처럼 희었는데, 하나같이 날씬하고 날래며 목이 길고 머리통은 좁고 아름다웠다. 전설적인 도르네의 사막 준마는 보통 군마보다 몸집이 작았고 무거운 갑옷의 무게를 견디지 못하지만, 하룻낮 하룻밤을 달리고 그다음 날까지 달려도 지치지 않는다고 했다.

도르네인들의 우두머리는 시커먼 털빛에 불 같은 갈기와 꼬리를 지닌 준마를 타고 있었다. 마치 안장 위에서 태어난 사람처럼 말에 앉은 모습이 크고 늘씬하고 우아했다. 어깨에는 연한 붉은색 비단 망토가 흘러내렸고, 그가 말을 달리자 셔츠에 촘촘하게 덧댄 구리 원반들이 새로 주조한 동전

천 개처럼 반짝거렸다. 높이 솟은 도금 투구에는 구리로 만든 태양을 얹었고, 뒤에 매단 둥근 방패의 반짝이는 금속 표면에는 마르텔 가문을 상징하는 태양과 창 문장을 넣었다.

'마르텔의 태양이기는 한데, 10년이 젊군.' 티리온은 고삐를 당기면서 생각했다. '몸도 너무 좋고, 훨씬 사납기도 해.' 이제 그는 상대가 누구인지 알았다. '전쟁을 시작하려면 도르네인이 몇 명 필요하지?' 티리온은 스스로에게 물었다. '한 명이면 돼.' 그러나 여기에서는 미소를 지을 수밖에 없었다. "만나서 반갑습니다, 여러분. 여러분이 오신다는 소식을 듣고 조프리 왕께서 저에게 말을 타고 나가서 왕의 이름으로 맞이하라 명하셨습니다. 제 아버지이신 왕의 수관께서도 인사를 전합니다." 그는 가짜로 혼란스러운 척했다. "그런데 어느 분이 도란 대공이시죠?"

"형님은 건강상의 문제로 선스피어에 계셔야 했소." 대공의 동생이 투구를 벗었다. 투구 아래 드러난 얼굴은 주름이 있고 음침했으며, 가느다란 호선을 그리는 눈썹 아래 커다란 두 눈이 석유 웅덩이처럼 새까맣게 반짝였다. 빛나는 검은 머리에 흰머리라고는 몇 가닥뿐이었고 살짝 벗어진 이마 부분이 우뚝한 코만큼이나 날카로운 V 자를 그렸다. '확실히 소금 도르네인이군.' "도란 대공께서는 본인 대신 나를 조프리 왕의 소협의회에 보내셨소. 전하만 괜찮으시다면 말이지만."

"전하께서도 도르네의 오베린 공자처럼 유명한 전사를 소협의회에 두게 된 것을 명예롭게 여기실 겁니다." 티리온은 말하면서 생각했다. '이건 피가 흐를 거란 뜻이군.' "그리고 함께 오신 고귀한 분들도 환영해 마지않습니다."

"다들 소개해드리리다, 라니스터 공. 레몬우드의 데지엘 달트 경. 가갈렌의 트레먼드 공. 하먼 울러 공과 그 동생인 얼윅 경. 리온 알리리온 경과 그 아들인 갓즈그레이스의 서자 다에몬 샌드 경. 다고스 맨우디 공과 그 동생인 마일스 경, 그 아들인 모스와 디콘. 아론 쿼가일 경. 그리고 여자들도 빼먹으면 곤란하지. 토르의 후계자인 미리아 조데인. 라라 블랙몬트 부인과 그 딸인 지네사, 그 아들 페로스." 그는 가는 손을 들어 올려 뒤쪽에 있던 검은 머리 여자를 앞으로 불렀다. "그리고 이 사람은 내 정부인 엘라리아 샌드요."

티리온은 신음을 삼켰다. '오베린의 정부인 데다 서출이라니, 저 여자를 결혼식에 참석시키고 싶어 한다면 세르세이가 펄펄 뛸 텐데.' 세르세이가 그 여자를 상석이 아니라 어디 어두운 구석에 배치한다면 '붉은 독사'의 분노를 감수해야 할 것이다. 그렇다고 오베린 옆 상석에 앉힌다면 연단에 앉은 다른 모든 여자들이 모욕으로 받아들일 가능성이 있었다. '도란 대공은 싸움을 일으킬 생각인가?'

오베린 공자는 말을 돌려 동료 도르네인들을 마주했다. "엘라리아, 그리고 영주 여러분과 기사 여러분, 조프리 왕이 우리를 얼마나 사랑하는지 알겠지. 전하께서 친절하게도 우리를 궁정에 데려오라고 숙부인 꼬마 악마를 보내시지 않았나."

브론은 코로 웃음소리를 내버렸고, 티리온은 거짓으로라도 재미있어하는 척해야 했다. "혼자는 아니랍니다, 여러분. 나같이 작은 사람에게는 너무 큰 임무라서요." 티리온의 일행이 다가왔으니, 이제는 티리온이 이름을 늘어놓을 차례였다. "혼베일의 후계자인 플레멘트 브락스 경을 소개하지요. 로스비의 자일스 공. 도시 경비대의 지휘관을 맡고 있는 아담 마브랜드 경. 붉은 꽃 협곡의 왕자 잘라바르 쇼. 제 숙부인 케반 경의 장인어른이신 하리스 스위프트 경. 멀론 크레이크홀 경. 필립 푸트 경과 블랙워터의 브론 경, 이 두 사람은 반역자 스타니스 바라테온과 최근에 벌인 전투의 영웅들입니다. 그리고 이쪽은 제 종자인 페인 가문의 포드릭입니다." 티리온이 줄줄이 늘어놓으니 근사하게 들렸지만, 그 이름의 소유자들은 오베린 공자와 함께 온 일행만큼 유명하거나 만만찮은 인물들이 전혀 아니었고, 양쪽 모두 그 사실을 아주 잘 알았다.

블랙몬트 부인이 말했다. "라니스터 공, 우리는 멀리서부터 먼지투성이 길을 와서 휴식과 원기 회복이 절실합니다. 킹스랜딩으로 계속 갈 수 있을까요?"

"즉시 출발하지요, 부인." 티리온은 말 머리를 돌리고 아담 마브랜드 경에게 신호를 보냈다. 아담 경의 명령에 따라 의장대 대부분을 구성하는 황금 망토의 기마병들이 칼같이 말을 돌렸고, 일행은 블랙워터강과 그 너머 킹스랜딩으로 출발했다.

'오베린 니메로스 마르텔이라.' 티리온은 그 남자 뒤를 따라가며 속으로 중얼거렸다. '도르네의 붉은 독사. 내가 대체 이자를 어떻게 해야 할까?'

물론 그는 그 남자를 소문으로만 알았다……. 그러나 그의 명성은 무시무시했다. 오베린 공자는 열여섯 살도 되기 전에 노(老) 이론우드 공의 정부와 한 침대에서 발견됐는데, 이론우드는 성질이 급하고 격하기로 유명했다. 그 결과 결투가 벌어졌으나, 공자의 어린 나이와 높은 신분을 감안하여 피를 보는 정도에서 끝내기로 했다. 양쪽 다 상처를 입었고, 명예는 챙겼다. 그러나 오베린 공자는 곧 회복한 반면 이론우드 공은 상처가 곪아서 죽었다. 후에 사람들은 오베린이 독을 바른 칼로 싸웠다고 수군거렸고, 그 후로는 친구나 적이나 할 것 없이 그를 "붉은 독사"라고 불렀다.

물론 그것은 오래전 일이었다. 그때의 열여섯 소년은 이제 마흔이 넘은 남자였고, 그의 전설은 갈수록 어두워졌다. 소문을 믿는다면 그는 자유도시들을 여행하며 독살자들의 수법을 배웠고 어쩌면 더 음험한 기술도 배웠을지 몰랐다. 그는 시타델에서도 공부하며 학사의 사슬 고리를 여섯 개까지 연마했지만 그 후에 지겨워져서 그만두었다. 협해 건너 '분쟁 지역(the Disputed Lands)'에서 싸웠고, 한동안은 둘째 아들들 용병단에 있다가 나중에는 스스로 용병단을 만들었다. 오베린의 마상 시합, 전투, 결투, 타고 다니는 말은 물론이고 그의 음탕함도 이야깃거리였다……. 오베린은 남자와 여자를 가리지 않고 잔다고 했고, 도르네 전역에 서녀들을 두었다고도 했다. 사람들은 오베린의 딸들을 '모래뱀들'이라 불렀다. 티리온이 듣기로 오베린 공자는 아들을 둔 적이 없었다.

그리고 물론, 그는 하이가든의 후계자를 불구로 만든 남자이기도 했다.

'칠왕국을 통틀어서 티렐의 결혼식에 이보다 더 달갑지 않은 남자가 또 있을까.' 티리온은 생각했다. 킹스랜딩에 아직 메이스 티렐 공과 그 두 아들, 그리고 수천 명의 티렐 중장병이 있는데 오베린을 보낸 것은 오베린 공자 본인만큼이나 위험한 도발이었다. '잘못된 말 한마디나 시기가 나쁜 농담 한마디, 눈빛 하나만으로도 우리의 귀한 동맹자들이 서로의 목을 찌르려 들게 생겼군.'

"우린 예전에 만난 적이 있소." 도르네 공자는 왕의 가도를 나란히 달려 잿더미가 된 들판과 앙상한 뼈대만 남은 나무들 사이를 지나면서 티리온에게 가볍게 말했다. "하지만 공은 기억하지 못하겠지. 그때는 지금보다 더 작았으니 말이오."

오베린의 목소리에는 티리온이 싫어하는 조롱기가 담겨 있었으나, 여기에서 도르네인의 도발에 말려들 생각은 없었다. "그게 언제였습니까?" 그는 정중하게 관심을 보이며 물었다.

"아, 오래전, 아주 오래전이오. 내 어머니가 도르네를 통치하시고 공의 아버지가 다른 왕의 수관이었던 시절이지."

'지금 왕과 당신 생각만큼 다르지 않을걸.' 티리온은 생각했다.

"내가 어머니와 어머니의 부군, 그리고 내 누이 엘리아와 함께 캐스털리 록에 찾아갔을 때요. 나는 어디 보자, 열넷인가 열다섯인가 그쯤이었고 엘리아는 한 살 위였지. 공의 형과 누이는 여덟 살인가 아홉 살이었고, 공은 막 태어났을 무렵이오."

손님이 방문하기에는 묘한 때였다. 티리온의 어머니가 그를 낳다가 죽었으니, 마르텔이 왔을 때 캐스털리록은 깊은 슬픔에 잠겨 있었을 것이다. 특히 그의 아버지가 말이다. 타이윈 공은 아내에 대해 거의 말하지 않았지만, 티리온은 숙부들에게 두 사람 사이의 사랑에 대해 들었다. 그 시절에 그의 아버지는 아에리스의 수관이었고, 많은 이들이 칠왕국을 실제로 지배하는 것은 타이윈 라니스터 공이지만, 타이윈 공을 지배하는 것은 조안나 부인이라고들 했다. 제리온 숙부는 언젠가 티리온에게 이렇게 말했다. "형님은 조안나가 죽은 후에 전혀 다른 사람이 됐단다, 꼬마 악마야. 형님의 제일 좋은 부분이 같이 죽어버렸지." 제리온은 타이토스 라니스터의 네 아들 중 막내였고, 티리온이 제일 좋아한 숙부였다.

하지만 이제 제리온은 바다 너머 어딘가로 사라져버렸고, 조안나 부인을 무덤에 집어넣은 사람은 티리온 본인이었다. "캐스털리록은 마음에 드셨습니까?"

"전혀. 공의 아버지는 케반 경에게 우리를 접대하라고 명한 후에 내내 우리를 무시했소. 나에게 배정해준 방에는 깃털 침대가 있고 바닥에 미르산 카펫이 깔려 있었지만, 어둡고 창문도 없어서 지하감옥 비슷했지. 당시에 엘리아에게도 그렇게 말했고. 당신네 하늘은 너무 회색이고, 당신네 와인은 너무 달고, 당신네 여자들은 너무 정숙하고, 당신네 음식은 너무 밋밋하고……. 그중에서도 당신이 제일 실망이었소."

"저는 막 태어났을 때인데요. 뭘 기대하신 겁니까?"

"극악한 걸 기대했지." 검은 머리의 공자가 대답했다. "공은 작았지만 아주 유명했소. 공이 태어났을 때 우린 올드타운에 있었는데, 도시 전체가 왕의 수관이 자식으로 얻었다는 괴물에 대해 떠들어댔고, 그게 왕국의 앞날에 어떤 징조인지 이야기했지."

"기근과 전염병과 전쟁의 징조라고 했겠지요." 티리온은 비틀린 미소를 지었다. "언제나 기근, 역병, 전쟁이더군요. 아, 그리고 겨울, 그리고 끝나지 않는 긴 밤이 있던가요."

"전부 다 나왔지. 그리고 당신 아버지의 몰락에 대해서도. 구걸하는 형제가 이런 설교를 하는 것도 들었소. 타이윈 공이 아에리스 왕보다 더 커졌는데, 왕 위에는 오직 신만이 설 수 있는 법이다, 그러니 당신이 타이윈 공의 저주이자, 타이윈도 다른 여느 사람보다 나을 게 없다는 사실을 가르치기 위해 신들이 보낸 벌이라는 얘기였소."

"그랬죠, 하지만 아버지는 배우려 하지 않더군요." 티리온은 한숨을 내쉬었다. "하지만 계속 말씀하시죠. 전 재미있는 이야기를 좋아합니다."

"그러시겠지. 당신에게는 돼지같이 뻣뻣하고 돌돌 말린 꼬리가 달렸다는 이야기도 있었으니까. 또 머리는 괴물처럼 커서 몸의 절반 크기라고 했고, 태어날 때부터 까만 털이 빽빽하게 돋은 데다 수염까지 났고, 흉안에다가, 사자 발톱도 있다고 했소. 이빨은 너무 길어서 입을 다물 수가 없고, 다리 사이에는 남자만이 아니라 여자의 성기도 있다던가."

"남자들이 혼자 그걸 해결할 수 있다면 인생이 훨씬 단순해질 텐데요. 그렇지 않습니까? 그리고 발톱과 이빨이 있다면 유용할 만한 순간들을 몇 개는 떠올릴 수 있군요. 그렇다 해도, 이제 무엇이 불만이셨는지 좀 알겠습니다."

브론은 쿡쿡 소리를 내버렸지만, 오베린은 미소만 지었다. "당신의 사랑스러운 누이가 아니었다면 우린 절대 당신을 보지 못했을 거요. 밤이면 가끔 캐스털리록 깊은 곳에서 울부짖는 아기 울음소리를 들을 수 있었지만, 식탁이나 홀에서는 볼 수 없었으니까. 목소리만은 괴물처럼 컸다는 걸 인정해줘야겠지. 몇 시간씩 울어댔는데, 여자 젖꼭지 말고는 아무것도 공을 조용하게 만들 수가 없었어요."

"어쩌다 보니 지금도 그렇답니다."

이번에는 오베린 공자도 웃음을 터뜨렸다. "나와 비슷한 취향이군. 예전에 가갈렌 공은 손에 검을 쥐고 죽고 싶다고 한 적이 있는데, 난 차라리 젖가슴을 쥐고 죽고 싶다고 대꾸한 적이 있지."

티리온은 씩 웃을 수밖에 없었다. "제 누이 이야기를 하고 계셨지요?"

"세르세이는 엘리아에게 당신을 보여주겠다고 약속했소. 출항하기 전날, 내 어머니와 당신 아버지가 밀실에 들어앉아 있는 동안에 세르세이와 제이미가 우리를 아기방으로 데려갔지. 당신의 유모는 우리를 쫓아내려 했지만, 당신 누이는 들은 척도 하지 않았소. '얜 내 거고, 너는 젖소에 지나지 않아. 네가 나더러 이래래저래라 할 순 없어. 조용히 하지 않으면 아버지께 말씀드려서 네 혀를 잘라버릴 거야. 젖소에겐 젖통만 있으면 되지, 혀는 필요 없잖아?'라고 하더이다."

"왕대비 전하께선 일찍부터 매력을 익히셨군요." 티리온은 누이가 그를 자기 것이라 주장했다는 생각에 재미있어하며 말했다. '그 후로 다시는 나에 대한 소유권을 주장한 적이 없지만, 또 모르지.'

"세르세이는 더 잘 보라고 아기 배내옷까지 벗겼지." 도르네 공자는 이야기를 이었다. "실제로 한쪽 눈은 흉안이었고, 두피에는 까만 솜털이 나 있더군. 머리통은 대부분의 아기보다 컸을지도 모르겠고……. 하지만 꼬리도, 수염도, 이빨도, 발톱도 없었고, 다리 사이에는 자그마한 분홍색 남근밖에 없었어. 멋지고 근사한 온갖 속삭임을 듣고 나서 보게 된 타이윈 공의 재앙은 다리가 잘 자라지 못한 흉측한 빨간 아기에 불과했소. 엘리아는 심지어 어린 여자애들이 아기를 보면 내는 소리까지 냈지. 분명히 당신도 그 소리를 들어봤을 거요. 여자애들이 귀여운 새끼 고양이와 장난치는 강아지를 보면 내는 소리 말이오. 엘리아는 당신을 직접 보살피고 싶어 하는 것 같더군. 그렇게 못생겼는데도 말이오. 내가 괴물치고는 형편없는 괴물 같다고 했더니 당신 누이가 그러더군. '얘가 우리 어머니를 죽였어.' 그러고는 당신의 작은 남근을 뜯어내고 싶다는 듯이 세게 비틀었어요. 당신은 비명을 질렀지만, 세르세이는 제이미가 '놔줘. 아프게 하고 있잖아'라고 말한 후에야 손을 놓았소. 그리고 우리에게 말하더군. '상관없어. 다들 애가 곧 죽을 거라고 하는걸. 지금까지 살아 있는 것도 오래 산 거야.'"

머리 위에는 태양이 찬란하게 빛나고, 가을치고는 기분 좋게 따뜻한 날이었건만, 티리온 라니스터는 그 말을 듣고 온몸이 차가워졌다. '내 사랑하는 누이.' 그는 코에 남은 흉터를 긁고 도르네인에게 그 "흉안"을 슬쩍 번득여주었다. '그런데 왜 이런 이야기를 한 거지? 날 시험해보는 걸까, 아니면 그저 세르세이가 내 성기를 비틀었을 때처럼 내 비명을 들으려는 걸까?' "제 아버지에게도 꼭 이야기해주시죠. 저 못지않게 재미있어하실 겁니다. 특히 제 꼬리에 대한 부분을 빠뜨리지 마세요. 실은 꼬리가 있었는데 아버지가 잘라버리셨거든요."

오베린 공자는 쿡쿡 웃었다. "지난번에 만났을 때보다 훨씬 재미있게 성장했군."

"그랬죠. 하지만 실은 더 크게 자라고 싶었습니다."

"재미 하니까 말인데, 버클러 공의 집사에게 흥미로운 이야기를 들었소. 당신이 여자들의 비밀스러운 지갑에 세금을 물렸다고 주장하던데."

"창녀질에 물리는 세금입니다." 티리온은 다시 짜증이 나서 말했다. '게다가 빌어먹을 내 아버지가 생각한 거야.' "그…… 행위 한 번에 한 푼밖에 안 돼요. 수관께서는 이 조치가 도시의 도덕성을 개선하는 데 도움이 될지 모른다고 생각하셨답니다." '그리고 조프리의 결혼식 비용을 내기 위해서지.' 말할 필요도 없이, 비난은 재무관인 티리온이 다 받았다. 브론은 사람들이 길거리에서 그걸 난쟁이의 동전이라고 부른다고 했다. "반쪽이를 위해 다리를 벌리라고." 브론의 말을 믿을 수 있다면, 매춘굴과 술집에서 그렇게 외친다고도 했다.

"내 지갑에 언제나 동전을 가득 채워두리다. 대공의 동생이라도 세금은 내야 하는 법이지."

"창녀를 왜 찾나요?" 그는 엘라리아 샌드가 다른 여자들과 함께 말을 달리고 있는 쪽을 흘긋 보았다. "오는 길에 정부에게 싫증이 나셨습니까?"

"그럴 리가. 우린 너무 많은 걸 공유한다오." 오베린 공자는 어깨를 으쓱였다. "하지만 아름다운 금발 여인을 공유해본 적은 없고, 엘라리아가 궁금해한단 말이지. 그런 여자 혹시 모르시오?"

"전 결혼한 남잡니다." '잠자리는 아직 안 했지만.' "이젠 창녀들을 자주 찾지 않아요." '여자들이 목매달리는 꼴을 보고 싶은 게 아닌 이상은.'

오베린은 갑자기 화제를 돌렸다. "왕의 결혼 잔치에서 요리를 일흔일곱 가지나 맛볼 수 있다고 하더군."

"시장하십니까?"

"오랫동안 굶주렸소. 하지만 음식에 굶주린 게 아니야. 말해주시오, 정의는 언제 맛볼 수 있겠소?"

"정의라." '그래, 그래서 온 거였군. 진작 알아봤어야 하는데.' "누이분과 친하셨습니까?"

"어렸을 때 엘리아와 난 떼어놓을 수 없는 사이였지. 당신 형과 누이처럼 말이오."

'신들이시여, 그건 아니었길 빕니다.' "저희가 전쟁과 결혼식으로 많이 바빴습니다, 오베린 공자. 안타깝지만 아무리 끔찍한 살인이라 해도 16년이나 묵은 살인 사건을 조사할 시간은 아무에게도 없었지 싶군요. 물론 최대한 빨리 착수할 겁니다. 혹시 도르네에서 왕의 평화를 복구하는 데 도움을 제공해주실 수 있다면 제 아버지의 조사도 더 빨리 시작을—"

"난쟁이." 붉은 독사는 다정한 느낌이 확 줄어든 목소리로 말했다. "라니스터의 거짓말은 그만두시오. 우리를 양 떼로 아는 거요, 아니면 바보들로 아는 거요? 내 형이 피에 굶주린 남자는 아닐지 모르지만, 16년간 자고 있었던 것도 아니오. 로버트가 왕좌에 앉은 다음 해에 존 아린이 선스피어에 왔었으니, 자세히 물어봤으리라는 것쯤은 알 수 있겠지. 존 아린만이 아니라 백 명은 더 물어봤소. 난 심문이니 조사니 하는 광대극을 보러 온 게 아니오. 난 엘리아와 그 아이들에 대한 정의를 얻으러 왔고, 얻어낼 거요. 그 아둔한 그레고르 클리게인으로 시작은 하겠지만…… 거기서 끝나진 않을 거요. 달리는 극악무도는 죽기 전에 누구에게 명령을 받았는지 말하게 될 거요. 아버님께 그 점을 확실히 해주시오." 그는 미소 지었다. "언젠가 늙은 성사 하나가 나는 신들의 선량함을 보여주는 살아 있는 증거라고 주장했지. 왜 그런지 아시오, 꼬마 악마?"

"모릅니다." 티리온은 조심스럽게 대답했다.

"그야 신들이 잔인했다면 날 첫째로 태어나게 하고, 도란을 셋째로 만들었을 테니까. 난 피에 굶주린 남자요. 그리고 당신들이 지금 상대해야 하는 건 내 인내심 많고 신중하며 통풍에 걸린 형이 아니라 나요."

티리온은 800미터쯤 앞에서 햇빛을 받아 빛나는 블랙워터강과, 그 너머 킹스랜딩의 장벽과 탑과 언덕을 볼 수 있었다. 그는 어깨 너머로 시선을 돌려 왕의 가도를 따라오는 눈부신 대열을 보았다. "대군을 거느린 사람처럼 말씀하시지만, 보이는 숫자는 300명뿐이군요. 강 북쪽에 있는 저 도시가 보이십니까?"

"댁들이 킹스랜딩이라고 부르는 두엄 더미 말이오?"

"바로 그겁니다."

"보일 뿐 아니라 이제 냄새도 나는 것 같군."

"그렇다면 냄새를 제대로 맡아보십시오. 콧속을 가득 채우세요. 사람이 50만 명이면 300명보다 훨씬 심한 악취가 난다는 걸 아시게 될 겁니다. 황금 망토들 냄새도 나십니까? 황금 망토만 5000명에 가깝지요. 제 아버지에게 충성을 맹세한 군사만 또 2만 명이 넘습니다. 그다음엔 장미들이 있지요. 장미 향기가 참 달지 않습니까? 특히나 이렇게 많을 때는 더 그렇죠. 5만, 6만, 7만의 장미가 도시 안에도 있고 바깥에도 진을 치고 있어요. 얼마나 많은 수가 남아 있는지는 정확히 모르지만, 어쨌든 제가 세기 싫을 만큼 많지요."

오베린 마르텔은 어깨를 으쓱였다. "다에론과 결혼하기 전의 옛 도르네에는 모든 꽃은 태양 앞에 고개를 숙인다는 말이 있었소. 장미가 날 방해하려 든다면 기쁜 마음으로 짓밟아주지."

"윌라스 티렐을 밟으셨듯이요?"

도르네인은 예상대로 반응하지 않았다. "반년 전에 윌라스에게 편지를 한 통 받았소. 우린 훌륭한 말에 대한 관심을 공유하거든. 윌라스는 그때 목책 안에서 일어난 일로 나에게 원망을 품은 적이 없소. 난 윌라스의 흉갑을 정확하게 때렸는데, 떨어지면서 윌라스가 발이 등자에 걸린 채로 말에 깔리고 말았지. 그 후에 내가 학사를 보냈지만, 그 아이의 다리를 되살리기 위해 할 수 있는 일은 그게 다였소. 무릎은 고칠 수 없는 상태였지. 탓할 사람이 있다면 멍청한 그 아버지였소. 윌라스 티렐은 걸치고 나온 전포만큼이나 풋내가 났고 그런 데서 말을 달릴 깜냥이 아니었소. 그 뚱뚱한 꽃은 너무 연약한 나이에 아들을 시합에 밀어 넣었어. 다른 두 아들에게도 그랬고. 아들로 '긴 가시 레오'를 재현하려다가 불구로 만들어버린 거요."

"로라스 경이 긴 가시 레오보다 더 뛰어나다고 말하는 사람들도 있습니다." 티리온이 말했다.

"렌리의 어린 장미 말이오? 그건 의심스럽군."

"의심이야 자유겠지만, 로라스 경은 훌륭한 기사를 많이 거꾸러뜨렸어요. 제 형인 제이미를 포함해서요."

"그 거꾸러뜨렸다는 건 시합 중에 말에서 떨궜다는 뜻이겠지. 나에게 겁을 주고 싶다면 로라스가 전투에서 누굴 죽였는지 말해보시오."

"둘만 대더라도 로바르 로이스 경과 에몬 카이 경을 죽였지요. 그리고 사람들 말이 블랙워터에서 렌리 공의 유령 옆에서 싸우며 엄청난 무용을 보였다는군요."

"그래서 그 엄청난 무용을 보았다는 자들이 그 유령도 본 거요?" 도르네인은 가볍게 웃었다.

티리온은 오베린을 한참 쳐다보았다. "비단 거리에 있는 차타야네 여자들이 공이 원하는 바에 맞을지도 모릅니다. 댄시는 머리카락이 꿀빛이죠. 마레이는 백금색이고. 언제나 그 둘 중 하나를 옆에 끼고 지내시라고 충고드리겠습니다."

"언제나?" 오베린 공자가 가느다란 검은 눈썹을 치켰다. "그건 어째서요, 친애하는 꼬마 악마?"

"손에 젖가슴을 쥔 채로 죽고 싶다면서요." 티리온은 연락선들이 기다리고 있는 블랙워터 남쪽 강둑을 향해 앞서 달렸다. 도르네에서 재치로 통하는 것에는 고통받을 만큼 받았다. '아버지는 조프리를 보내셨어야 해. 조프리라면 오베린 공자에게 도르네인이 소똥과 다른 점이 뭔지 아냐고 물어볼 수 있었을 거야.' 그는 그런 생각을 하고 저도 모르게 웃고 말았다. 붉은 독사가 왕을 만날 때 꼭 그 자리에 있으리라.

아리아

지붕 위에 있던 남자가 제일 먼저 죽었다. 200여 미터 떨어진 굴뚝 옆에 웅크리고 있어서 새벽이 오기 전의 어둠 속에서는 흐릿한 그림자에 지나지 않았지만, 하늘이 밝아지기 시작하자 꿈틀거리더니 팔다리를 펴고 일어섰다. 그러자마자 앤가이의 화살이 가슴팍을 뚫었다. 그 남자는 가파른 석판 비탈면을 구르다가 수도원 문 앞에 떨어졌다.

피투성이 극단은 문 앞에 위병을 두 명 배치해두었지만, 횃불 때문에 밤눈이 어두웠고 무법자들은 가까이까지 기어가 있었다. 카일과 노치가 함께 화살을 날렸다. 한 명은 목에 화살이 박혀 쓰러졌고, 또 한 명은 배에 맞고 쓰러졌다. 두 번째 남자가 횃불을 떨어뜨리는 바람에 불길이 그 몸을 핥고 올라갔다. 그 남자는 옷에 불이 붙은 상태로 비명을 질렀다. 잠행은 그것으로 끝이었다. 토로스가 고함을 지르자 무법자들이 본격적으로 공격에 나섰다.

아리아는 말 위에 앉아서 지켜보고 있었다. 그 수도원과 방앗간, 맥줏집, 마구간, 그리고 황폐한 잡초밭과 불타버린 나무들, 그 모든 것을 둘러싼 진흙밭이 다 내려다보이는 나무가 빽빽한 산등성이 위에서였다. 이제 나무들은 다 헐벗었고, 아직 가지에 달라붙어 있는 시든 갈색 잎사귀 몇 개는 시야에 거의 방해가 되지 않았다. 베릭 공은 그들을 지키라고 수염 없는 딕과 머지를 남겨두었다. 아리아는 멍청한 아이처럼 뒤에 남겨지는 게 싫었지만, 그래도 겐드리가 같이 남기는 했다. 그리고 항의하고 다투어봐야 소용없다는 것도 잘 알았다. 이건 전투였고, 전투에서는 명령에 복종해야 했다.

동쪽 지평선이 금색과 분홍색으로 빛나고, 머리 위에서는 낮게 달리는 구름 떼 사이로 반달이 얼굴을 내밀었다. 바람이 차갑게 불었고, 아리아는 물 흐르는 소리와 방앗간의 거대한 나무 수차가 삐걱거리는 소리를 들을 수 있었다. 새벽 공기에 비 냄새가 섞여 있었지만, 아직 빗방울은 떨어지지 않았다. 불화살들이 희뿌연 불의 리본을 달고 아침 안개를 뚫고 날아가서 수도원의 나무 벽에 박혔다. 몇 대는 덧창을 뚫고 들어갔고, 곧 부서진 덧창 사이에서 가느다란 연기가 피어오르기 시작했다.

피투성이 극단 두 명이 손에 도끼를 들고 나란히 수도원에서 튀어나왔다. 앤가이와 다른 궁수들이 기다리고 있었다. 도끼잡이 하나는 즉사했다. 다른 한 명은 피하려고 몸을 숙이는 바람에 화살이 어깨를 관통했다. 그는 비틀거리고 걷다가 화살을 두 대 더 맞았다. 워낙 순식간이어서 둘 중 어느 화살이 먼저 맞았는지 구분하기가 힘들었다. 긴 화살은 강철이 아니라 비단을 맞힌 것처럼 흉갑을 뚫고 들어갔다. 그는 털썩 쓰러졌다. 앤가이는 넓적한 화살촉뿐 아니라 송곳촉을 댄 화살도 갖춰놓았고, 송곳촉 화살(bodkin)은 중갑도 꿰뚫을 수 있었다. '역시 활쏘기를 배워야겠어.' 아리아는 생각했다. 검술을 사랑하기는 했지만, 화살이 얼마나 좋은 무기인지 똑똑히 볼 수 있었다.

불길이 수도원 서쪽 벽을 따라 올라갔고, 깨진 창문 하나에서는 짙은 연기가 쏟아져 나왔다. 미르의 노궁을 쓰는 궁수 하나가 다른 창문으로 얼굴을 내밀더니 화살을 하나 쏘고, 장치를 다시 감으려고 몸을 숙였다. 마구간에서 벌어지는 싸움 소리도 들을 수 있었다. 고함 소리가 말들의 비명 소리, 쇠가 부딪치는 소리와 마구 섞였다. '다 죽여버려.' 아리아는 맹렬하게 생각했다. 입술을 어찌나 세게 깨물었는지 피 맛이 났다. '하나도 남기지 말고 죽여.'

노궁잡이가 다시 나타났지만, 그자가 화살을 쏘자마자 화살 세 대가 그의 머리를 스치고 지나갔다. 한 대가 투구에 맞아 쇳소리를 냈다. 그 남자는 활과 함께 사라졌다. 아리아는 2층 창문 몇 군데에서 불길을 볼 수 있었다. 연기와 아침 안개가 합쳐지며 검고 희게 부는 연무가 공기를 채웠다. 앤가이와 다른 궁수들은 목표물을 더 잘 찾으려고 가까이 기어갔다.

그때 수도원이 터지듯 열리고 피투성이 극단이 성난 개미 떼처럼 쏟아져 나왔다. 이벤 사람 둘이 덥수룩한 갈색 방패를 높이 쳐들고 문밖으로 뛰쳐나왔고, 그 뒤로 거대한 곡도 '아라크'를 들고 땋은 머리에 종을 단 도트락인이 따라 나왔으며, 그 뒤로 사나운 문신이 온몸을 뒤덮은 볼란티스 용병 세 명이 나왔다. 다른 이들은 창문으로 기어 나와 땅에 뛰어내렸다. 아리아는 한 명이 창틀에 한쪽 다리를 걸다가 가슴에 화살을 맞는 모습을 보았고, 떨어지면서 내지르는 비명을 들었다. 연기가 짙어져갔다. 노궁용 화살과 보통 화살이 앞서거니 뒤서거니 날았다. 와티가 활을 놓치고 신음하며 쓰러졌다. 카일은 활시위에 새 화살을 걸려다가 검은 갑옷을 입은 남자가 던진 창에 배를 맞았다. 아리아는 베릭 공의 고함 소리를 들었다. 도랑과 숲에서 무기를 손에 든 나머지 무리가 쏟아져 나왔다. 카일을 죽인 남자를 향해 말을 달리는 렘의 뒤로 샛노란 망토가 펄럭이는 모양새가 보였다. 토로스와 베릭 공은 불길이 소용돌이치는 검을 들고 사방을 누볐다. 붉은 사제가 가죽 방패 하나를 난도질하는 사이 그의 말은 상대의 얼굴을 걷어찼다. 도트락인이 소리를 지르며 번개 영주에게 돌진하자, 불타는 칼이 튀어올라 그의 아라크를 막았다. 칼날이 서로 입을 맞추고 빙 돌아서 다시 입을 맞췄다. 다음 순간에 도트락인의 머리카락이 불타고 있었고, 그 다음 순간에 그는 죽어 있었다. 아리아는 번개 영주 옆에서 싸우고 있는 네드도 보았다. '이건 불공평해. 쟤는 나보다 몇 살 많지도 않잖아. 나도 싸우게 해줬어야 해.'

전투는 그리 오래 이어지지 않았다. 아직 서 있던 용감한 형제단 단원들도 곧 죽거나 검을 버렸다. 도트락인 두 명은 말을 되찾아서 달아나는 데 성공했지만, 그것도 베릭 공이 보내주었기에 가능했다. "놈들이 하렌홀에 이 소식을 전하게 해라." 그는 불타는 칼을 들고 말했다. "그러면 거머리 영주와 그놈의 염소가 며칠 더 밤잠을 설치겠지."

행운아 잭과 하윈, 그리고 문타운의 메렛은 포로들을 찾으려고 불타는 수도원에 뛰어들었다. 그들은 잠시 후에 수도사인 갈색 형제 여덟 명을 데리고 연기와 불길 속을 빠져나왔는데, 한 명은 너무 약해져 있어서 메렛이 둘러메고 나와야 했다. 그 사이에 어깨가 둥글고 머리가 벗어진 성사도 한 명 있었는데, 회색 로브 위에 검은색 사슬 갑옷을 입고 있었다. "지하실 계단 밑에 숨어 있는 걸 찾았습니다." 잭이 기침을 하며 말했다.

토로스가 그 성사를 보고 미소 지었다. "우트로군."

"우트 성사요. 신을 섬기는 사람."

"어떤 신이 너 같은 놈을 원하겠나?" 렘이 으르렁거렸다.

성사가 울부짖었다. "내가 죄를 짓긴 했지. 알아요, 알아. 저를 용서하십시오, 아버지. 아아, 제가 지독한 죄를 지었습니다."

아리아는 하렌홀에서 지낼 때 본 우트 성사를 기억했다. 광대 섀그웰은 우트가 데리고 있던 소년을 죽인 후에 매번 울면서 용서해달라고 기도한다고 했다. 가끔은 다른 사람에게 채찍으로 때려달라고 하기도 했다. 피투성이 극단은 다들 그게 아주 재미있다고 생각했다.

베릭 공이 검을 검집에 밀어 넣어 불을 껐다. "죽어가는 자들에게는 자비를 베풀고 나머지는 재판을 위해 손발을 묶어라." 베릭이 명령하자 그대로 되었다.

재판은 빠르게 진행되었다. 다양한 무법자들이 나서서 용감한 형제단이 저지른 짓을 고발했다. 그들은 크고 작은 마을을 약탈하고, 작물을 불태우고, 여자들을 강간 살해하고, 남자들을 불구로 만들고 고문했다. 몇 명은 우트 성사가 데려간 소년들에 대해 말했다. 성사는 내내 울면서 기도했다. "난 약한 갈대라오." 그는 베릭 공에게 말했다. "강해지게 해달라고 전사 신께 기도하지만, 신들은 날 약하게 만드셨어. 내 약한 마음에 자비를 베푸시오. 그 소년들, 그 귀여운 아이들은…… 절대 그 아이들을 해칠 작정은 아니었어……."

우트 성사는 곧 태어났을 때처럼 벌거벗은 몸으로 키 큰 느릅나무에 목이 매달려 천천히 흔들리게 되었다. 다른 용감한 형제단도 하나씩 그 뒤를 따랐다. 몇 명은 싸웠고, 목에 올가미가 조여들자 발길질을 하고 몸부림을 쳤다. 노궁잡이 한 명은 미르 억양이 강한 말투로 계속 "나 병사, 나 병사."라고 외쳤다. 또 한 명은 금이 있는 곳으로 안내하겠다고 제안했다. 세 번째 남자는 자기가 얼마나 훌륭한 무법자가 될지 말했다. 모두 차례차례 옷이 벗겨지고 묶여서 매달렸다. 일곱 현의 톰은 나무 하프로 그들을 위한 장송곡을 연주했고, 토로스는 빛의 군주에게 그들의 영혼을 영원히 불태워달라 기도했다.

'극단 나무네.' 아리아는 불타는 수도원의 불빛을 받아 침울한 붉은색으로 물든 창백한 살덩어리들이 매달린 모습을 보며 생각했다. 벌써부터 어디에서 나타났는지 모를 까마귀들이 몰려들었다. 아리아는 까마귀들이 서로에게 까악거리고 꾸르륵대는 소리를 들으며, 무슨 말을 하고 있을까 생각했다. 하렌홀에 있을 때 우트 성사는 로지와 바이터와 몇몇 다른 인물들만큼 무섭지 않았지만, 그래도 우트가 죽어서 기뻤다. '사냥개도 목을 매달았어야 했는데. 아니면 목을 잘라버리거나.' 하지만 혐오스럽게도 그들은 산도르 클리게인의 화상 입은 팔을 치료해주고, 검과 말과 갑옷을 돌려주고는 빈 언덕에서 몇 킬로미터 떨어진 곳에 풀어주었다. 빼앗은 것이라고는 그의 금화뿐이었다.

수도원은 곧 굉음을 울리며 연기와 불길 속에 무너졌다. 벽이 더는 무거운 석판 지붕을 버틸 수 없었던 것이다. 여덟 명의 갈색 형제들은 체념한 얼굴로 그 모습을 지켜보았다. 목에 '대장장이 신'에 대한 헌신을 나타내는 작은 쇠망치를 건 제일 나이 많은 형제가 설명하기를 남은 사람은 그게 다라고 했다. "전쟁이 터지기 전에는 형제 수가 마흔네 명이었고, 여기는 번창했습니다. 젖소가 십여 마리에 황소가 한 마리, 벌집이 백 통, 포도밭과 사과나무 정자도 있었지요. 하지만 사자들이 들어오면서 우리의 와인과 우유와 꿀을 다 빼앗아 가고, 젖소를 다 죽이고, 포도밭에는 불을 질렀어요. 그 후에는…… 찾아온 자들의 수를 다 헤아리지도 못하겠군요. 저 가짜 성사는 마지막에 온 자일 뿐입니다. 괴물이 하나 있었는데…… 은화를 다 줬는데도 우리가 금화를 숨기고 있다고 믿고는, 만형제님 입을 열려고 부하들을 시켜서 형제들을 하나씩 죽였어요."

"여덟 분은 어떻게 살아남은 겁니까?" 궁수 앤가이가 물었다.

"부끄럽습니다. 제가 한 짓입니다. 제가 죽을 차례가 됐을 때 금화를 어디 숨겨놓았는지 말해버렸어요."

"형제여." 미르의 토로스가 말했다. "놈들에게 즉시 말해주지 않은 게 오히려 부끄러운 일입니다."

무법자들은 그날 밤을 작은 강 옆에 있는 맥줏집에서 보냈다. 수도사들이 마구간 바닥 밑에 숨겨둔 음식 저장고가 있어서, 다 함께 귀리 빵과 양파, 그리고 마늘 맛이 희미하게 나는 멀건 양배추 수프로 소박한 저녁 식사를 했다. 아리아는 그릇에 떠다니는 당근 한 조각을 발견하고 운이 좋다고 여겼다. 수도사 형제들은 무법자들에게 이름을 묻지 않았다. '이미 아는 거야. 어떻게 모를 수가 있겠어?' 베릭 공은 흉갑과 방패와 망토에 번개를 그려 넣었고, 토로스는 붉은 로브를 입었다. 뭐, 어쨌든 붉은 로브의 남은 부분을 말이다. 젊은 수련 수사 하나는 대담하게도 붉은 사제에게 그들의 지붕 아래에 있는 동안에는 그의 거짓 신에게 기도하지 말아달라고 말했다. 레몬클록 렘이 대꾸했다. "집어치워. 그분은 우리의 신이기도 하고, 댁들은 우리 덕에 목숨을 구했잖아. 그리고 그분이 어디가 거짓이야? 댁들의 대장장이가 망가진 검은 고칠 수 있을지도 모르지만, 망가진 사람도 고칠 수 있나?"

"그만하게, 렘." 베릭 공이 명령했다. "이분들의 지붕 밑에서는 이분들의 규칙을 예우해야지."

"기도 한두 번 빼먹는다고 태양이 빛나기를 멈추진 않아." 토로스가 온화하게 맞장구쳤다. "그건 내가 알지."

베릭 공은 먹지를 않았다. 가끔 와인을 한 잔씩 마시기는 해도, 뭔가 먹는 모습을 본 적이 없었다. 잠도 자지 않는 것 같았다. 멀쩡한 눈은 지친 듯 감겨 있을 때가 많았지만, 말을 걸면 즉시 번쩍 뜨였다. 베릭은 아직도 너덜너덜한 검은색 망토와 법랑에 그려 넣은 번개가 깨어져 나간 찌그러진 흉갑을 입고 있었다. 심지어 잘 때도 그 차림이었다. 두꺼운 모직 스카프가 목에 남은 시커먼 밧줄 자국을 가리듯, 칙칙한 검은색 강철 흉갑도 사냥개가 그에게 남긴 끔찍한 상처를 가렸다. 하지만 머리의 상처는 가려지지 않았다. 관자놀이에 움푹 파인 상처도, 사라진 눈이 있던 자리의 벌건 구덩이도, 얼굴 아래 뼈의 형태도 그대로 보였다.

아리아는 하렌홀에서 돌던 온갖 이야기들을 떠올리며 조심스럽게 베릭을 바라보았다. 베릭 공은 아리아의 두려움을 감지한 것 같았다. 고개를 돌리더니 가까이 오라고 손짓했다. "내가 무서우냐?"

"아니." 아리아는 입술을 씹었다. "다만…… 그게…… 난 사냥개가 당신을 죽인 줄 알았는데, 그런데……."

"부상을 입긴 했지." 레몬클록 렘이 말했다. "심각한 부상이긴 했지만, 토로스가 고쳐줬어. 그보다 더 훌륭한 치료사는 없을 거야."

베릭 공은 성한 눈에 기묘한 빛을 띠고 렘을 응시했다. 반대쪽 눈에는 아무 표정도 없이, 그저 흉터와 말라붙은 피뿐이었다. "그보다 더 훌륭한 치료사는 없지." 그는 맥없이 동의했다. "렘, 파수 교대할 시간이 지난 것 같다. 괜찮다면 확인해봐라."

"예, 알겠습니다." 렘은 커다란 노란 망토를 휘날리며 성큼성큼 바람 부는 밤공기 속으로 걸어 나갔다.

"용감한 사내들이라 해도 제대로 보기가 두려울 때는 스스로의 눈을 가리지." 베릭 공은 렘이 나가고 나서 말했다. "토로스, 자네가 날 다시 데려온 게 이번으로 몇 번째지?"

붉은 사제는 고개를 숙였다. "공을 다시 데려온 건 를로르십니다. 빛의 군주가 하신 일이고, 저야 그분의 도구일 뿐이죠."

"몇 번이었지?" 베릭 공은 물러서지 않았다.

"여섯 번이군요." 토로스는 마지못해 대답했다. "갈수록 어려워집니다. 공은 전보다 무모해졌어요. 죽음이 그렇게 달콤합니까?"

"달콤해? 아니야, 친구. 달콤하지 않네."

"그렇다면 그렇게 자꾸 죽음을 부르지 말아요. 타이윈 공은 후방에서 지휘합니다. 스타니스 공도 그렇고요. 당신도 똑같이 하는 게 현명할 거예요. 일곱 번째 죽음은 우리 둘 모두의 끝이 될 수도 있어요."

베릭 공은 왼쪽 눈 위로 관자놀이가 파인 곳을 만졌다. "여기는 버튼 크레이크홀 경이 철퇴를 휘둘러서 투구와 머리통을 같이 깨뜨린 자리지." 그는 스카프를 풀어서 목을 빙 두른 시커먼 멍 자국을 드러냈다. "이건 러싱

폴스에서 만티코어가 남긴 자국이다. 그놈은 불쌍한 양봉가와 그 아내를 내 사람이라고 생각해서 붙잡고는, 내가 항복하지 않으면 그 둘을 목매달겠다는 말을 널리 퍼뜨렸지. 내가 찾아갔어도 그 둘을 목매달기는 했어. 나를 두 사람 사이 교수대에 매달았고." 그는 손가락을 벌건 구멍이만 남은 눈으로 가져갔다. "여기는 산더미가 내 면갑 사이로 비수를 찔러 넣은 자리지." 지친 미소가 입가를 스쳤다. "내가 클리게인 가문에게 죽은 횟수만 세 번이로군. 그만하면 내가 교훈을 익혔을지 모른다 생각하겠지……."

아리아는 그게 농담이라는 걸 알았지만, 토로스는 웃지 않았다. 그는 베릭 공의 어깨에 손을 얹었다. "그런 일을 곱씹지 않는 게 좋겠어요."

"기억도 잘 안 나는 일을 곱씹을 수 있겠나? 난 예전에 변경 지역에 성이 있었고 결혼을 맹세한 여자가 있었지만, 지금은 그 성을 찾을 수도 없고 그 여자의 머리색도 말할 수가 없네. 누가 나에게 기사 서임을 해줬더라? 내가 제일 좋아하는 음식은 뭐였지? 다 희미해져가. 가끔은 내가 그 물푸레나무 숲의 피 묻은 풀에서, 입은 불의 맛을 느끼고 가슴에는 구멍이 뚫린 채로 태어났다는 생각도 든다네. 자네가 내 어머니인가, 토로스?"

아리아는 덥수룩하게 머리를 기르고 분홍색 누더기와 오래된 갑옷 조각을 걸친 미르 출신 사제를 보았다. 두 뺨과 턱 아래 늘어진 살을 짧은 회색 수염이 뒤덮고 있었다. 낸 할멈의 옛날이야기에 나오는 마법사들 같지는 않았지만, 그렇다 해도…….

"머리가 없는 사람도 다시 데려올 수 있어요?" 아리아가 물었다. "여섯 번은 필요 없고, 한 번이면 돼요. 할 수 있어요?"

"얘야, 난 마법을 부릴 줄 모른다. 기도할 뿐이야. 첫 번째로 다시 데려왔을 때 베릭 공은 몸에 구멍이 뚫린 채 입에 피를 머금고 있었고, 난 희망이 없다는 걸 알았지. 그래서 형편없이 찢어진 가슴이 움직임을 멈추자, 가야 할 길로 보내드리기 위해 신의 입맞춤을 선사했어. 내 입안을 불로 채우고 그 불길을 영주님 안에 불어넣었지. 목으로 내려가서 폐와 심장과 영혼을 다 채우도록. 그걸 마지막 입맞춤이라고 하는데, 노사제들이 신의 종복들이 죽을 때 그 입맞춤을 선사하는 걸 많이 봤다. 모든 사제가 해야 하는 일이니 나도 한두 번은 해봤지. 하지만 불이 몸 안을 채우자 죽은 사람이 몸을 떠는 것도, 눈을 뜨는 것도 본 적 없는 일이다. 베릭 공을 일으킨 건 내가 아니야, 아가씨. 신이 하신 일이지. 릌로르께서 아직 베릭 공에게 볼일이 있으신 거다. 삶은 곧 온기이고 온기는 곧 불이며, 불은 하나뿐인 신이니."

아리아는 눈물이 차오르는 것을 느꼈다. 토로스는 많은 말을 했지만, 그게 안 된다는 뜻이라는 것만은 이해할 수 있었다.

"네 아버지는 훌륭한 분이었다." 베릭 공이 말했다. "하원이 그분에 대해 많은 이야기를 해줬지. 그분을 생각해서라도 네 몸값을 포기할 마음이 들긴 한다만, 우리에겐 그 돈이 절실하게 필요해."

아리아는 입술을 잘근잘근 씹었다. '아마 사실일 거야.' 아리아는 베릭이 사냥개에게 빼앗은 금을 초록 수염과 사냥꾼에게 주고 맨더강 남쪽에서 식량을 사 오라고 한 것을 알고 있었다. 그들을 보내면서 하던 말도 들었다. "마지막 수확물은 불타버렸고, 여기는 물에 잠기고 있고, 겨울이 곧 닥칠 것이다. 평민들에겐 곡식과 씨앗이 필요하고, 우리에겐 검과 말이 필요해. 적은 군마 아니면 준마를 타는데 내 부하들은 주로 짐말과 노새를 타고 싸우고 있어."

하지만 아리아는 롭이 몸값으로 얼마를 내줄지 알 수 없었다. 롭은 이제 그녀가 윈터펠을 떠날 때 머리에 눈을 맞고 있던 소년이 아니라, 왕이었다. 그리고 아리아가 한 짓들, 그 마구간지기 소년과 하렌홀 위병 등에 대해 안다면……. "오빠가 내 몸값을 내기 싫어하면 어떻게 해요?"

"왜 그런 생각을 하지?" 베릭 공이 물었다.

"음, 내 머리는 엉망이고 손톱은 지저분하고 발은 굳은살이 다 박였어요." 롭이라면 신경 쓰지 않을지도 모르지만, 어머니는 다를 것이다. 캐틀린 부인은 언제나 아리아가 산사처럼 굴기를 바랐다. 노래하고 춤추고 바느질하고 예의 바르기를 말이다. 그 생각만 해도 손가락으로 머리를 빗어보게 되었지만, 심하게 엉키고 뭉쳐서 머리카락이 뜯길 뿐이었다. "스몰우드 부인이 준 가운도 망쳤고, 난 바느질도 잘 안 해요." 아리아는 입술을 씹었다. "잘 못 한다는 뜻이에요. 모르데인 성사는 내 손이 대장장이에게 어울린다고 하곤 했죠."

겐드리가 야유하며 외쳤다. "그 부드럽고 작은 손이? 넌 망치 하나도 못 들잖아."

"들려고 하면 들 수 있어!" 아리아는 마주 외쳤다.

토로스는 쿡쿡 웃었다. "아가씨 오빠는 몸값을 낼 거야. 그 점은 걱정할 필요 없어."

"그래요, 하지만 내지 않는다면요?"

베릭 공은 한숨을 내쉬었다. "그때는 한동안 스몰우드 부인에게 보내거나, 내 성인 블랙헤이븐에 보내야겠지. 하지만 분명히 그럴 필요는 없을 거다. 토로스나 나에게 네 아버지를 돌려줄 힘은 없지만, 최소한 네가 어머니 품에 안전하게 돌아가게 할 수는 있어."

"맹세해요?" 아리아가 물었다. 요렌도 아리아를 집에 데려다주겠다고 약속했지만, 그 대신 자기가 죽어버렸다.

"기사로서의 명예를 걸고 맹세하마." 번개 영주가 엄숙하게 말했다.

렘이 맥줏집으로 돌아왔을 때는 비가 오고 있어서, 렘이 투덜거리는 사이 노란 망토에서 흘러내린 물이 바닥에 웅덩이를 만들었다. 앤가이와 행운아 잭은 문가에 앉아 주사위를 굴렸는데, 무슨 게임을 해도 애꾸눈 잭에게는 행운이 전혀 따르지 않았다. 일곱 현의 톰이 나무 하프 현을 갈고 〈어머니의 눈물〉, 〈윌럼의 아내가 젖었을 때〉, 〈하트 공이 비 오는 날 달려나갔네〉를 부르더니 이어서 〈카스타미어에 내리는 비〉를 노래했다.

궁지 높은 영주는 말했지, 그대가 누구이기에

내가 고개 조아려야 하나?

그저 털색이 다른 고양이일 뿐,

내가 아는 진실은 그것뿐.

금빛 털이든 붉은 털이든

사자에게는 발톱이 있고,

내 발톱 역시 길고 날카롭다오,

그대 못지않게 길고 날카롭다오.

영주는 그렇게 말했지. 카스타미어의 영주는 그렇게 말했지,

그러나 이제 그 성에는 빗물만 흐느낄 뿐, 듣는 이 아무도 없다네.

그래 이제 그 성에는 빗물만 흐느낄 뿐, 듣는 넋 하나 없다네.

(라니스터 가문에 거역했다가 멸문한 레인 가문을 그린 노래로, 레인 가문의 문장이 붉은 사자였고, 레인(Reyne)이 비(rain)과 발음이 같다는 점을 알면 이해하기 좋다.)

마침내 톰이 비에 대한 노래란 노래는 다 부르고 하프를 치웠다. 그 후에는 맥줏집의 석판 지붕을 때리는 빗소리만 남았다. 주사위 놀이는 끝났고, 아리아는 한쪽 다리로 서 있었으며, 다른 사람들은 자기 말이 자꾸 편자를 벗어 던진다는 메렛의 불평을 들었다.

"말편자라면 내가 박을 수 있어요." 갑자기 겐드리가 말했다. "견습에 불과했지만, 스승님은 내 손이 망치를 잡게 만들어졌다고 했죠. 난 말편자도 박고, 사슬 갑옷에 끊어진 곳도 메우고, 판금 갑옷에 우그러진 곳도 두드릴 줄 알아요. 검도 만들 수 있을걸요."

"무슨 소릴 하는 거냐?" 하윈이 물었다.

"내가 여러분의 대장장이가 되겠다고요." 겐드리는 베릭 공 앞에 한쪽 무릎을 꿇었다. "나리, 절 데리고 계시면 쓸모 있을 겁니다. 저는 공구와 작은 칼을 만들어봤고 썩 나쁘지 않은 투구도 만든 적이 있어요. 산더미에게 붙잡혔을 때 그의 부하가 훔쳐 갔지만요."

아리아는 입술을 깨물었다. '겐드리도 날 떠나려고 해.'

베릭 공이 말했다. "리버런에서 툴리 공을 모시는 게 나을 텐데. 난 네가 하는 일에 값을 쳐줄 수가 없다."

"어차피 돈을 받아본 적도 없어요. 전 대장간과 먹을 음식, 잘 수 있는 자리만 있으면 됩니다. 그거면 충분해요, 나리."

"대장장이는 거의 어디서나 환영받을 수 있다. 숙련된 무기제조인이라면 더 그렇고. 왜 우리와 같이 있겠다는 거냐?"

아리아는 겐드리가 멍청한 얼굴을 찌푸리며 생각하는 모습을 보았다. "그 속이 빈 언덕에서요, 나리가 로버트 왕의 사람이라는 것에 대해, 형제들에 대해 하시던 얘기, 그게 마음에 들었어요. 사냥개를 재판하신 것도 마음에 들었어요. 볼턴 공은 그냥 사람을 매달거나 머리를 날려버렸고, 타이윈 공과 아모리 경도 똑같았거든요. 나리를 위해 일하는 게 나아요."

"수리할 사슬 갑옷은 잔뜩 있습니다." 잭이 베릭 공을 일깨웠다. "대부분 시체에서 벗겨낸 것들이라, 죽음이 내려앉은 자리마다 구멍이 났죠."

"멍청한 놈이 틀림없군." 렘이 말했다. "우린 무법자다. 베릭 공을 빼면 대부분이 천한 인간쓰레기야. 톰의 멍청한 노래와 비슷할 거라 생각하지도 말아라. 공주에게 입맞춤을 훔칠 일도 없고, 훔친 갑옷을 입고 마상 시합에서 달리는 일도 없어. 우리와 함께하면 올가미에 목이 걸리거나, 어느 성문 위에 목이 올라가게 될 거다."

"당신도 마찬가지죠." 겐드리가 말했다.

"그래, 그렇지." 행운아 잭이 쾌활하게 말했다. "우리 모두가 까마귀 밥 신세야. 나리, 저 녀석은 제법 용감해 보이는 데다 우리에게 필요한 기술을 갖고 있어요. 받아들이시죠, 라고 잭이 말합니다."

"그것도 빨리요." 하원이 쿡쿡거리며 제안했다. "열병이 지나가고 제정신을 차리기 전에 해야죠."

베릭 공의 입술에 엷은 미소가 스쳤다. "토로스, 내 검을."

이번에는 번개 영주가 검에 불을 붙이지 않고, 그저 겐드리의 어깨에 가볍게 대기만 했다. "겐드리, 신과 인간들이 보는 앞에서 스스로를 지킬 수 없는 이들을 지키고, 모든 여자들과 아이들을 보호하며, 지휘관과 주군과 왕에게 복종하고, 필요할 때는 용감하게 싸우고 다른 임무가 떨어지면 아무리 힘들거나 변변찮거나 위험하더라도 개의치 않고 수행하겠다고 맹세하는가?"

"맹세합니다, 나리."

변경 지역의 영주는 겐드리의 오른쪽 어깨에서 왼쪽 어깨로 검을 옮기고 말했다. "일어나라, 겐드리 경. 빈 언덕의 기사여. 우리 형제가 된 것을 환영한다."

문 쪽에서 거칠고 듣기 싫은 웃음소리가 날아왔다.

그 몸에서 빗방울이 후드득 떨어져 내렸다. 화상을 입은 팔은 잎사귀와 리넨에 싸여 밧줄로 만든 조잡한 팔걸이로 가슴께에 단단히 묶였지만, 얼굴에 남은 오래된 화상 자국은 소박한 불빛을 받아 검고 번드르르하게 빛났다. "기사를 더 만드시나, 돈다리온?" 침입자는 낮게 으르렁대듯 말했다. "그것 때문에라도 네놈을 다시 죽여야겠군."

베릭 공은 싸늘하게 그를 마주했다. "너를 보는 건 마지막이길 바랐다, 클리게인. 어떻게 우리를 찾아왔지?"

"어렵지 않았어. 올드타운에서도 보일 만한 연기를 피워댔으니까."

"내가 세워둔 파수병들은 어떻게 됐나?"

클리게인은 입매를 비틀었다. "그 장님 두 놈? 내가 둘 다 죽였을지도 모르지. 그랬다면 어쩔 텐가?"

앤가이가 화살을 메겼다. 노치도 똑같이 했다. "그렇게나 죽고 싶은가, 산도르?" 토로스가 물었다. "여기까지 우릴 따라오다니 미쳤거나 취한 게 틀림없군."

"빗물에 취하겠나? 네놈들이 와인 한 잔 살 돈도 남겨두지 않았잖아, 이 창녀의 자식들."

앤가이가 화살을 뒤로 당겼다. "우린 무법자야. 무법자들은 훔치지. 노래에도 나온다고. 잘 부탁하면 톰이 하나 불러줄지도 몰라. 우리가 널 죽이지 않은 데 감사해라."

"어디 해봐라, 궁수. 내가 그 화살통을 빼앗고 네 주근깨 난 작은 엉덩이에 화살을 다 박아 넣어주지."

앤가이가 장궁을 들어 올렸지만, 화살을 쏘기 전에 베릭 공이 한 손을 들어 올렸다. "여기엔 왜 온 건가, 클리게인?"

"내 것을 되찾으러 왔다."

"네 금화 말인가?"

"달리 뭐가 있겠어? 말해두는데 네 낯짝을 보는 게 즐거워서는 아니야, 돈다리온. 넌 이제 나보다 더 추악하거든. 게다가 강도 기사님이시기도 하지."

"네 금화에 대해서는 어음을 줬다." 베릭 공이 차분하게 말했다. "전쟁이 끝나면 지불하겠다는 약속이지."

"그 종이는 똥 닦는 데 썼다. 난 금화를 원해."

"우리에게도 없다. 맨더강 건너편에서 곡식과 씨앗을 사 오라고 초록 수염과 사냥꾼에게 들려 남쪽으로 보냈지."

"너희가 태워버린 작물들의 주인들을 먹이기 위해서야." 겐드리가 말했다.

"그렇게 얘기하더냐?" 산도르 클리게인은 다시 웃음을 터뜨렸다. "공교롭게도 그 돈으로 내가 하려던 일도 그건데. 못생긴 농부들과 그것들의 하찮은 새끼들 한 떼거리를 먹이는 거 말이야."

"거짓말." 겐드리가 말했다.

"어린놈에게 입이 달렸다는 건 알겠다. 그런데 왜 저놈들은 믿고 난 안 믿지? 내 얼굴 때문일 리는 없을 텐데, 안 그래?" 클리게인은 아리아를 흘긋 보았다. "재도 기사로 만들 거냐, 돈다리온? 최초의 여덟 살짜리 계집애 기사?"

"난 열두 살이야." 아리아는 큰 소리로 거짓말을 했다. "그리고 내가 원하면 나도 기사가 될 수 있어. 널 죽일 수도 있어, 렘이 내 칼을 가져가서 그렇지." 그 생각을 떠올리니 아직도 화가 났다.

"그럼 나 말고 렘에게 불평해. 그런 다음엔 꼬리를 말고 도망가라. 개들이 늑대들에게 어떻게 하는지 아냐?"

"다음번엔 널 죽일 거야. 네 형도 죽일 거고!"

"아니." 그의 어두운 눈매가 가늘어졌다. "그건 못 할걸." 그는 다시 베릭 공을 돌아보았다. "어디 내 말도 기사로 삼아보시지. 집 안에 똥을 싸지도 않고 대부분의 말보다 발길질도 덜하니, 기사 작위쯤은 받을 자격이 있거든. 내 말도 훔칠 작정이 아니라면 말이야."

"그 말에 올라서 가는 게 좋을 거다." 렘이 경고했다.

"난 내 금화를 가지고 가겠다. 너희들의 신이 내가 무죄라고—"

"빛의 군주께선 너에게 목숨을 돌려주셨지." 미르의 토로스가 선언했다. "네가 성왕 바엘로르의 재림이라고 하시진 않았다." 붉은 사제가 검을 뽑았다. 아리아는 잭과 메렛도 그사이 검을 뽑아 든 것을 보았다. 베릭 공은 아

직 겐드리에게 기사 서임을 하느라 쓴 칼을 쥐고 있었다. '이번에는 저놈을 죽일지도 몰라.'

사냥개의 입이 다시 한번 씰룩거렸다. "네놈들은 평범한 도둑 떼보다 나을 게 없어."

렘이 노려보며 말했다. "네놈의 사자 친구들은 아무 마을에나 달려들어서 음식과 돈은 찾는 대로 빼앗고 그걸 징발이라고 부르지. 늑대들도 그래. 그런데 왜 우린 안 되나? 아무도 널 강탈하지 않았다, 개. 넌 그저 착하게 징발당한 것뿐이야."

산도르 클리게인은 그들의 얼굴을 하나하나, 마치 모두 기억에 새기려는 것처럼 쳐다보았다. 그러더니 아무 말 없이 비가 쏟아지는 어둠 속으로 돌아 나갔다. 무법자들은 혹시나 하는 마음으로 기다렸고…….

"저놈이 우리 파수병들을 어떻게 했는지 보러 가야겠어요." 하윈은 나가기 전에 혹시나 사냥개가 바로 밖을 어슬렁거리고 있지 않나 확인하려고 조심스럽게 문밖을 내다보았다.

"그나저나 저 망할 개자식이 그런 금화는 어디서 얻은 거야?" 레몬클록 렘이 긴장감을 풀려고 말했다.

앤가이가 어깨를 으쓱였다. "수관의 마상 시합에서 이겼잖아요. 킹스랜딩에서." 그러더니 씩 웃었다. "나도 한재산 벌었는데, 그다음에 댄시, 제이드, 알라야야를 만났죠. 그 아가씨들이 구운 백조가 어떤 맛인지도 가르쳐주고 아버 와인에 목욕하는 방법도 알려줬어요."

"다 낭비해버렸군?" 하윈이 웃었다.

"다는 아니야. 이 장화도 사고, 이 훌륭한 단검도 샀지."

"땅을 사고 그 구운 백조 여인들 중 누군가를 아내로 삼았어야지." 행운아 잭이 말했다. "직접 순무도 키우고, 아들 농사도 짓고 말이야."

"전사여, 저를 지켜주소서! 금화를 순무로 바꾼다면 그 얼마나 낭비였겠어요."

"난 순무 좋은데." 잭이 괴로워하며 말했다. "지금 으깬 순무가 있다면 좋겠다."

미르의 토로스는 그런 농담에 관심을 두지 않고 말했다. "사냥개는 돈 몇 자루만 잃은 게 아니야. 주인도 잃고 개집도 잃었지. 라니스터에게 돌아갈 수도 없고, 젊은 늑대는 받아줄 리가 없고, 제 형도 환영하지 않을 거야. 남은 건 그 금화뿐이었던 것 같아."

"빌어먹을." 방앗간지기 와티가 말했다. "그렇다면 잘 때 우리를 죽이러 오겠네요."

"아니다." 베릭 공이 검을 검집에 넣었다. "산도르 클리게인이 우리를 기꺼이 죽이긴 할 테지만, 잘 때 죽이지는 않아. 앤가이, 내일은 수염 없는 딕과 함께 후위를 지켜라. 클리게인이 아직도 우리 뒤를 킁킁거리고 있는 게 보이면 그놈의 말을 죽여."

"그건 훌륭한 말인데요." 앤가이가 항의했다.

"그러게. 우리가 죽여야 하는 건 그놈의 망할 기수예요. 말은 우리가 쓸 수 있잖아요." 렘이 말했다.

"저도 렘과 같은 의견입니다." 노치가 말했다. "제가 그 개에게 깃털을 몇 개 박아서 기를 꺾어놓겠습니다."

베릭 공은 고개를 저었다. "클리게인은 빈 언덕 아래에서 제 목숨을 따냈다. 그걸 빼앗지는 않겠다."

"주군께서 현명하십니다." 토로스가 다른 이들에게 말했다. "형제들, 결투 재판은 신성한 거야. 내가 를로르께 손을 들어달라 청하는 걸 듣고, 베릭 공이 심판을 끝내려는 찰나에 그분의 불타는 손가락이 베릭 공의 검을 꺾는 걸 다들 봤지. 아무래도 빛의 군주께선 조프리의 사냥개에게 볼일이 끝나지 않으신 모양이야."

하원이 곧 맥줏집으로 돌아왔다. "푸딩 발이 푹 잠들어 있긴 한데, 상처는 없어요."

"그것도 내 손에 잡히기 전까지지." 렘이 말했다. "똥구멍을 하나 더 뚫어버릴 테다. 그놈 때문에 우리가 다 죽을 뻔했잖아."

산도르 클리게인이 바깥 어둠 속에, 그것도 어딘가 가까운 곳에 있다는 걸 알다 보니 그날 밤에는 아무도 편하게 쉬지 못했다. 아리아는 따뜻하고 아늑한 불가에 몸을 말았지만, 잠이 들지는 않았다. 아리아는 망토를 덮고 누운 채로 자켄 하가르가 준 주화를 꺼내 쥐었다. 그 주화를 쥐고 있으면 하렌홀의 유령이었던 시절이 떠오르며 강해진 기분이 들었다. 그때는 속삭임만으로 사람을 죽일 수 있었으니까.

그러나 자켄은 이제 없다. 떠나버렸다. '핫파이도 날 떠났고, 이젠 겐드리도 날 버리고 떠나.' 로미는 죽었고, 요렌도 죽었고, 시리오 포렐도 죽었고, 아버지마저 죽었으며, 자켄은 알 수 없는 쇠 주화 하나 주고 사라졌다. "발라 모르굴리스." 아리아는 주화가 손바닥을 파고들 정도로 주먹을 꽉 쥐면서 가만히 속삭였다. "그레고르 경, 던센, 폴리버, 친절한 라프. 티클러, 사냥개. 일린 경, 메린 경, 조프리 왕, 세르세이 왕대비." 아리아는 그들이 죽으면 어떤 모습일지 상상해보려 했지만, 얼굴을 떠올리기가 힘들었다. 사냥개는 떠올릴 수 있었고, 그 형인 산더미도 가능했고, 조프리의 얼굴이나 그 어머니 얼굴은 잊을 수가 없었지만…… 라프와 던센과 폴리버는 다 희미해졌고, 심지어는 가장 흔한 외모의 티클러도 떠오르지가 않았다.

마침내 잠이 찾아오기는 했지만, 아리아는 캄캄한 밤에 따끔거리는 느낌과 함께 다시 깨어났다. 불은 잉걸불만 남기고 사그라들었다. 머지가 문 옆에 서 있었고, 또 한 명의 병사는 밖을 걷고 있었다. 비는 멈췄고, 아리아는 늑대 울음소리를 들을 수 있었다. '정말 가까워. 그리고 아주 많아.' 수십 마리, 어쩌면 수백 마리가 마구간을 둘러싸고 있는 것 같은 소리였다.

'늑대들이 사냥개를 먹어버렸으면 좋겠네.' 아리아는 사냥개가 늑대들과 개들에 대해 한 말을 떠올렸다.

아침이 오자 우트 성사는 여전히 나무 밑에 매달려 있었지만, 갈색 형제들이 빗속에 삽을 들고 나가서 다른 시체들을 묻을 얕은 무덤을 파고 있었다. 베릭 공은 그들에게 간밤에 묵게 해주고 식사를 내어줘서 고맙다고 말하고, 재건을 돕겠다고 은화 한 주머니를 선사했다. 하윈과 그럴싸한 루크, 방앗간지기 와티가 정찰을 하러 나갔지만 늑대도 개도 발견하지 못했다.

아리아가 안장 뱃대끈을 조이고 있을 때 겐드리가 미안하다고 말하러 왔다. 아리아는 겐드리를 올려다보지 않고 내려다볼 수 있게 등자에 발을 넣고 안장에 올라갔다. '넌 리버런에서 우리 오빠를 위해 검을 만들 수도 있었어.' 그렇게 생각했지만, 입 밖에 나온 말은 달랐다. "네가 멍청한 무법자 기사가 되어 목매달리고 싶다는데 내가 무슨 상관이야? 난 몸값을 내고 리버런에서 오빠와 함께 있을 거야."

고맙게도 그날은 비가 오지 않았고, 이번만은 빠르게 이동할 수 있었다.

브랜

그 탑은 섬 위에 서 있어서, 잔잔한 파란 물에 쌍둥이처럼 그림자가 비쳤다. 바람이 불자 호수 표면에 잔물결이 일어 뛰어노는 아이들처럼 서로의 뒤를 쫓았다. 호숫가를 따라 참나무가 빽빽하게 자라서 아래 땅바닥에 도토리가 잔뜩 떨어져 있었다. 그 너머에는 마을, 혹은 마을의 잔재가 남아 있었다.

산지를 떠난 후에 처음으로 본 마을이었다. 폐허 사이에 숨어 있는 사람은 없는지 확인하려고 미라가 앞서 정찰을 했다. 그물과 창을 들고 참나무와 사과나무 사이로 미끄러져 들어간 미라는 붉은 사슴 세 마리가 놀라서 덤불 속을 뛰어가게 만들었다. 서머가 찰나의 움직임을 보고 바로 쫓아나섰다. 브랜은 다이어울프가 뛰어가는 모습을 보고 순간 그 몸으로 들어가서 함께 뛰고 싶다는 생각이 간절해졌지만, 미라가 어서 오라고 손짓하고 있었다. 그는 마지못해 서머에게서 눈을 돌리고 호도를 재촉해 마을로 들어갔다. 조젠이 함께 걸었다.

브랜은 여기에서부터 장벽까지가 초지라는 것을 알고 있었다. 경작을 쉬는 밭들과 낮게 굽이치는 언덕, 지대 높은 초원과 저지대 늪지. 이제까지

지낸 산지보다는 다니기 훨씬 쉽겠지만, 미라는 넓게 탁 트인 공간을 불편해했다. "벌거벗은 기분이야. 숨을 데가 없다니." 미라는 그렇게 고백했다.

"이 땅은 누가 장악하고 있어?" 조젠이 브랜에게 물었다.

"밤의 경비대. '선물'이라고 하는 땅이야. 여기는 '새로운 선물'이고, 더 북쪽으로 가면 '브랜던의 선물'이고." 루윈 학사가 가르쳐준 역사였다. "건설자 브랜던은 장벽 남쪽으로 250리 안에 있는 땅은 전부 검은 형제들에게 줬어. 경비대를 유지하고 지원하려고." 그 부분이 아직 기억난다는 사실이 자랑스러웠다. "어떤 학사들은 그게 건설자 브랜던이 아닌 다른 브랜던이었다고도 하지만, 그래도 여전히 '브랜던의 선물'이야. 그리고 수천 년 후에 선한 왕비 알리산느가 드래곤 실버윙을 타고 장벽을 방문했고, 왕비는 밤의 경비대가 너무나 용감하다고 생각해서 늙은 왕에게 그 땅을 두 배인 500리까지 늘려달라고 했어. 그게 '새로운 선물'이었어." 브랜은 한 손을 내저었다. "여기. 전부 다."

브랜도 그 마을에 오랫동안 아무도 살지 않았다는 것 정도는 알 수 있었다. 집은 모두 무너져갔다. 여관마저도 그랬다. 보아하니 예전에도 대단한 여관은 아니었겠지만, 이제는 십여 그루의 사과나무 사이에 석조 굴뚝과 금이 간 벽 두 개만 남았다. 사과나무 한 그루는 휴게실을 관통하여 자라는 바람에 층층이 쌓인 젖은 갈색 잎사귀와 썩어가는 사과가 바닥을 뒤덮었다. 공기 중에도 그 냄새가 가득했다. 질릴 정도로 진한 사과주 향기가 압도적이었다. 미라는 개구리 창으로 사과를 몇 개 찍으며 아직 먹을 만한 게 있는지 찾아보려 했지만, 하나같이 너무 갈색에 벌레 먹은 상태였다.

고요하고 잔잔하며 보기 좋은 평화로운 곳이었지만 브랜은 그 빈 여관에 슬픈 구석이 있다고 생각했고, 호도 역시 그걸 느끼는 것 같았다. "호도?" 호도는 혼란스러워하며 말했다. "호도? 호도?"

"여긴 비옥한 땅이야." 조젠이 흙을 한 줌 집어서 손가락으로 비볐다. "마을도 있고, 여관도 있고, 호숫가에 튼튼한 요새도 하나 있고, 사과나무도 이렇게 많은데……. 사람들은 어디 있는 거지, 브랜? 왜 이런 곳을 버리고 떠났을까?"

브랜이 대답했다. "야인들이 무서웠던 거야. 야인들은 장벽을 넘거나 산맥을 통해 들어와서 습격하고 훔치고 여자들을 데려가. 낸 할멈은 야인들에게 잡히면 놈들이 두개골로 피를 마실 때 쓰는 잔을 만든다고 말하곤 했지. 밤의 경비대가 브랜던 시절이나 알리산느 왕비 시절만큼 강하지 못하니, 이제는 전보다 야인이 더 많이 넘어오지. 장벽에서 제일 가까운 곳은 너무 자주 약탈을 당하니까 평민들이 남쪽으로 옮겼어. 산맥 안, 아니면 왕의 가도 동쪽에 자리 잡은 엄버 영지로. 그레이트존의 영지민들도 약탈을 당하긴 하지만 '선물'의 땅에 살던 사람들만큼 심하지는 않아."

조젠 리드가 천천히 고개를 돌리며 자기만 들을 수 있는 음악 소리에 귀를 기울였다. "여기에 피신해야겠어. 폭풍이 오고 있어. 지독한 폭풍이야."

브랜은 하늘을 올려다보았다. 화창하고 따뜻하기까지 한 아름답고 청명한 가을날이었으나, 서쪽에 먹구름이 살짝 보이기는 했고, 바람이 심해지고 있었다. "여관에 지붕은 없고 벽도 둘뿐인데." 브랜은 지적했다. "요새로 가야겠어."

"호도." 호도가 말했다. 찬성이라는 뜻인지도 몰랐다.

"우리에겐 배가 없어, 브랜." 미라가 개구리 창으로 맥없이 잎사귀를 헤쳤다.

"둑길이 있어. 물 아래 숨겨진 돌길이야. 그리로 걸어갈 수 있어." 어쨌든 갈 수 있기는 했다. 브랜은 호도의 등에 업혀 가야 하지만 말이다. 덕분에 발이 젖지도 않을 것이다.

리드 남매는 시선을 교환했다. "그걸 네가 어떻게 알아?" 조젠이 물었다. "전에 여기 와봤어, 왕자님?"

"아니. 낸 할멈이 말해줬어. 저 요새에 금관이 씌워져 있지?" 브랜은 호수 쪽을 가리켰다. 성벽 위쪽을 따라 여기저기 벗겨진 금칠 부분이 보였다. "알리산느 왕비가 저기서 잤기 때문에, 여왕에게 경의를 표하는 뜻에서 요철을 금색으로 칠한 거야."

"둑길이 있다고?" 조젠은 호수를 살펴보았다. "확실해?"

"확실해." 브랜이 말했다.

일단 찾아야 한다는 사실을 알고 나니 미라는 둑길을 쉽게 찾아냈다. 폭 1미터 정도의 돌길이 호수 속으로 쭉 이어져 있었다. 미라는 개구리 창으로 앞을 탐색해가며 조심스럽게 한 걸음 한 걸음을 이끌었다. 그들은 길이 다시 나타나는 것을 볼 수 있었다. 물속에서 섬 위로 올라간 길은 요새 문으로 이어지는 짧은 돌계단으로 변했다.

길과 계단과 문이 일직선이니 둑길도 곧게 뻗어 있을 것 같았지만, 그렇지가 않았다. 호수 면 아래에서는 지그재그로 꺾여 있어, 섬 주위를 3분의 1 가까이 돌다가 다시 되돌아왔다. 꺾이는 곳들은 위험했고, 길이 길게 이어진다는 것은 접근하는 자가 누구든 탑에서 쏘는 화살에 오랫동안 노출된다는 의미였다. 숨겨진 돌은 미끄럽기도 했다. 호도는 두 번이나 발이 미끄러져서 "호도!"라는 경고음을 올리고 넘어질 뻔하다가 겨우 균형을 다시 잡았다. 두 번째에는 브랜도 심하게 겁을 먹었다. 호도가 바구니에 브랜을 태운 채로 호수에 빠지면 브랜은 물에 빠져 죽을 터였다. 특히나 이 덩치 큰 마구간지기는 공황 상태에 빠지면 으레 브랜이 거기 있다는 사실을 잊어버리곤 했으니 말이다. '아무래도 사과나무 아래 여관에 남아 있었어야 했나 봐.' 그렇게 생각했지만 때는 이미 늦었다.

다행히도 세 번째는 없었고, 물이 호도의 허리 넘게 올라오는 일도 없었다. 리드 남매에게는 가슴께까지 물이 올라왔지만 말이다. 오래지 않아 그들은 섬에 도착해, 요새로 이어지는 계단을 올랐다. 문은 아직 튼튼했지만,

두꺼운 참나무 판자가 세월의 흐름에 뒤틀려서 완벽하게 닫히지는 않았다. 미라는 녹슨 돌쩌귀의 비명을 무시하고 문을 확 밀어 열었다. 상인방이 낮았다. "머리 숙여, 호도." 브랜이 말하자 호도는 고개를 숙였지만, 충분히 숙이지 않아서 브랜은 머리를 부딪쳤다. "아프잖아." 그는 불평했다.

"호도." 호도가 몸을 펴며 말했다.

들어선 곳은 어두운 금고실로, 일행 네 명이 겨우 들어갈 만한 크기였다. 양쪽에 쇠 격자문이 있고, 그 너머로 탑 내벽 안에 파인 계단이 굽어지며 왼쪽에서는 위로 올라가고 오른쪽에서는 아래로 내려갔다. 브랜이 위를 올려다보니 바로 머리 위에도 쇠 격자가 있었다. 살인 구멍이었다. 지금은 그곳에 그들에게 끓는 기름을 부을 사람이 없어서 다행이었다.

문은 양쪽 다 잠겨 있었지만, 쇠 살 자체는 붉게 녹이 슬었다. 호도가 왼쪽 문을 잡고 끙 소리를 내며 당겼다. 아무 일도 일어나지 않았다. 밀어봐도 소용이 없었다. 호도는 쇠 살을 흔들고, 걷어차고, 밀고, 덜걱덜걱 움직여보기도 하고 큰 손으로 돌쩌귀를 때려보기도 했다. 공기 중에 벗겨진 녹 조각이 가득 찼지만 쇠문은 꿈쩍도 하지 않았다. 아래쪽으로 이어지는 문도 다를 게 없었다. "들어갈 방법이 없네." 미라가 어깨를 으쓱였다.

브랜은 호도가 등에 멘 바구니에 앉아 있었기에, 살인 구멍이 브랜의 머리 바로 위에 있었다. 브랜은 손을 뻗어 쇠 살을 쥐어보았다. 브랜이 잡아당기자 쇠 격자가 천장에서 쑥 빠지면서 녹과 부스러진 돌 조각이 우수수 쏟아졌다. "호도!" 호도가 외쳤다. 무거운 쇠 격자가 브랜의 머리를 때렸고, 브랜이 밀어내자 조젠의 발치에 쿵 하고 떨어졌다. 미라가 웃음을 터뜨렸다. "이것 좀 봐, 왕자님이 호도보다 힘이 세네." 브랜은 얼굴을 붉혔다.

쇠 격자가 사라지자 호도가 미라와 조젠을 뻥 뚫린 살인 구멍으로 올려 보낼 수 있었다. 호상민 남매는 브랜의 팔을 잡고 끌어 올렸다. 호도를 안으로 들이는 것이 힘든 부분이었다. 리드 남매가 브랜처럼 끌어 올리기에는 호도가 너무 무거웠다. 결국 브랜은 호도에게 커다란 돌을 좀 찾아오라고 말했다. 이 섬에는 큰 돌이 부족하지 않았고, 호도는 높이 쌓은 돌을 딛고 올라서서 부서져가는 살인 구멍 가장자리를 잡고 올라올 수 있었다. "호도." 그는 헉헉거리면서도 모두에게 행복하게 웃어 보였다.

그들은 어둡고 휑한 작은 방들로 이루어진 미궁 속에 있었는데, 미라가 탐색해보다가 계단으로 이어지는 길을 찾았다. 올라가면 올라갈수록 밝아졌다. 3층의 두꺼운 외벽에는 화살 구멍이 여러 개 뚫려 있었고, 4층에는 실제 창문이 있었으며, 꼭대기인 5층은 삼면 벽에 난 아치형의 문이 작은 석조 발코니들로 이어지는 커다란 원형 방이었다. 네 번째 벽에는 화장실이 있어서, 그 밑에 연결된 하수구가 수직으로 호수를 향해 떨어져 내렸다.

지붕에 다다랐을 때는 하늘이 완전히 어두워졌고, 서쪽 구름이 어두웠다. 바람이 어찌나 심하게 부는지 브랜의 망토가 찢어질 듯 펄럭였다. "호도." 호도가 그 소리를 듣고 말했다.

미라가 선 자리에서 한 바퀴를 돌았다. "세상 위 높은 곳에 서 있으니 거인이 된 기분인걸."

"넥 지역엔 두 배는 큰 나무들이 있잖아." 조젠이 상기시켰다.

"그래, 그렇지만 비슷하게 높은 다른 나무들이 주위를 둘러싸고 있지. 넥에서는 세상이 좁게 느껴지고, 하늘은 훨씬 더 작아. 여기에서는…… 바람이 느껴져, 동생? 세상이 얼마나 커졌는지 좀 봐."

사실이었다. 이 위에서는 멀리까지 볼 수 있었다. 남쪽으로 언덕들이 솟아오르고, 그 너머에는 회녹색 산들이 보였다. 그 외에 다른 방향은 모두 '새로운 선물'의 굽이치는 평원이 눈길 닿는 데까지 뻗어나갔다. "여기에서라면 장벽을 볼 수 있을 줄 알았는데." 브랜이 실망해서 말했다. "바보 같은 생각이었지. 아직 500리는 더 떨어져 있을 테니까." 그 거리를 소리 내어 말하기만 해도 피곤하고 추워졌다. "조젠, 장벽에 도착하면 어떻게 해? 숙부님은 언제나 장벽이 얼마나 큰지 말했단 말이야. 높이가 200미터가 넘고, 아래쪽은 어찌나 두꺼운지 문이 문이라기보다는 얼음을 뚫고 판 터널 같대. 어떻게 거길 지나서 세눈박이 까마귀를 찾지?"

조젠이 대답했다. "장벽 여기저기에 버려진 성이 있다고 들었어. 밤의 경비대가 세웠지만 이제는 비워둔 요새들이지. 그중 어딘가는 지나갈 수 있을지 몰라."

낸 할멈은 그것들을 유령성이라고 불렀다. 루윈 학사는 언젠가 브랜에게 장벽에 자리 잡은 모든 요새 이름을 외우게 한 적이 있었다. 힘든 일이었다. 총 열아홉 개 성이 있었으나, 한 번에 열일곱 개 이상의 성에 사람이 배치된 적은 없었다. 로버트 왕의 윈터펠 방문을 기념하는 연회에서 브랜은 벤젠 숙부에게 그 성 이름을 동쪽에서 서쪽까지, 그다음에는 다시 서쪽에서 동쪽까지 읊었다. 벤젠 스타크는 웃으면서 말했다. "나보다 네가 더 잘 아는구나. 제1순찰자는 네가 되어야 할지도 모르겠다. 난 네 자리를 지키마." 그러나 그것은 브랜이 떨어지기 전 이야기였다. 망가지기 전. 브랜이 불구의 몸이 되어 깨어났을 때는 숙부가 캐슬블랙으로 돌아간 후였다.

"숙부님이 그랬는데, 성을 버려둘 수밖에 없을 때는 문을 다 얼음과 돌로 틀어막는댔어."

"그렇다면 우리가 다시 열어야겠네." 미라가 말했다.

그런 말을 들으니 마음이 불편해졌다. "그래선 안 돼. 반대편에서 나쁜 것들이 들어올지도 몰라. 우린 캐슬블랙으로 가서 사령관에게 통과시켜달라고 해야 해."

조젠이 말했다. "왕자님, 우린 왕의 가도를 피했듯이 캐슬블랙도 피해야 해. 거기엔 사람이 수백 명은 있잖아."

"밤의 경비대원들이지. 그 사람들은 다들 전쟁이나 정치에 상관하지 않겠다는 맹세를 해."

"그래. 하지만 맹세를 저버리고 네 비밀을 강철인이나 볼턴의 서자에게 팔아넘길 사람이 한 명만 있어도 끝이야. 그리고 우린 경비대가 우릴 통과시켜줄지 확신할 수 없어. 우릴 붙잡아두거나, 돌려보내자고 결정할지도 몰라."

"하지만 우리 아버지는 밤의 경비대와 잘 지냈고, 숙부는 제1순찰자란 말이야. 숙부라면 세눈박이 까마귀가 어디 사는지 알지도 몰라. 그리고 존도 캐슬블랙에 있어." 브랜은 존을 다시 볼 희망을 품고 있었다. 벤젠 숙부도 마찬가지였다. 마지막으로 윈터펠을 찾아온 검은 형제에 따르면 벤젠 스타크가 순찰 중에 실종되었다고 했지만, 분명 지금쯤이면 돌아왔을 것이다. "경비대라면 분명히 우리에게 말도 내주고—"

"조용." 조젠이 손차양을 만들고 저물어가는 태양 쪽을 멀리 응시했다. "저기 봐. 뭔가가 있어……. 말을 탄 기수 같은데. 보여?"

브랜도 손차양을 만들었지만 그렇게 해도 실눈을 떠야 했다. 처음에는 아무것도 보이지 않다가, 어떤 움직임이 시선을 잡았다. 서머일지도 모른다고 생각했지만 아니었다. 말에 탄 남자였다. 너무 멀어서 다른 것까지는 보이지 않았다.

"호도?" 호도 역시 눈 위에 손을 대고 있었지만, 엉뚱한 곳을 보고 있었다. "호도?"

미라가 말했다. "서두르고 있진 않지만, 아무래도 이 마을로 오는 것 같아."

"우리가 눈에 띄기 전에 들어가는 게 좋겠다." 조젠이 말했다.

"서머가 마을 근처에 있어." 브랜이 걱정했다.

"서머는 괜찮을 거야." 미라가 장담했다. "지친 말에 오른 사람 하나일 뿐인걸."

그들이 아래층으로 물러나는 동안 굵은 빗방울이 돌바닥을 두드리기 시작했다. 곧 비가 맹렬히 쏟아지기 시작했으니, 때를 딱 맞춘 셈이었다. 두꺼운 벽 너머로도 호수 면에 쏟아지는 빗소리를 들을 수 있었다. 그들은 어둠이 깔리는 가운데 텅 빈 원형 방바닥에 앉았다. 북쪽으로 열린 발코니에서 버려진 마을이 내다보였다. 미라는 기어가서 호수 너머로 아까 말을 타고 온 남자가 어떻게 됐는지 살펴보았다. 그녀는 돌아와서 말했다. "여관 폐허에 자리를 잡았어. 벽난로에 불을 지피는 것 같아."

"우리도 불을 피울 수 있으면 좋겠다." 브랜이 말했다. "난 추워. 계단 밑에 부서진 가구 조각들이 있는 걸 봤어. 호도에게 쪼개라고 해서 몸을 데울 수 있을 거야."

호도는 그 생각을 마음에 들어 하며 희망에 차서 말했다. "호도."

조젠은 고개를 저었다. "불을 피우면 연기가 나. 이 탑에서 연기가 나면 멀리서도 볼 수 있을걸."

"볼 사람이 있다면 말이지." 미라가 맞섰다.

"저 마을에 사람이 있잖아."

"한 명이야."

"한 명만으로도 브랜을 적에게 팔아넘기기엔 충분해. 나쁜 사람이라면 말이야. 아직 어제 먹다 남은 오리 반 마리가 있어. 먹고 쉬자. 아침이 오면 저 남자는 가던 길을 갈 테고, 그러면 우리도 가던 길 가야지."

늘 그렇듯 조젠이 자기 의견을 관철했다. 미라가 오리를 네 명 몫으로 나누었다. 전날 미라가 습지에서 놀라 날아오르려는 오리를 그물로 잡은 것이었다. 차갑게 먹으니 꼬치에 꿰여 뜨겁고 바삭바삭했을 때만큼 맛있지는 않았지만, 그래도 허기는 가셨다. 브랜과 미라가 가슴살을 먹고 조젠은 넓적다리를 먹었다. 호도는 "호도"라고 중얼거리며 날개와 다리를 먹어치우고 한 입 먹을 때마다 손가락에 묻은 기름을 빨았다. 오늘은 브랜이 이야기를 할 차례였기에, 또 다른 브랜던 스타크에 대한 이야기를 했다. 일몰해 너머로 배를 몰아 사라진 사람으로 별명이 '배 만드는 브랜던'이었다.

오리를 다 먹고 이야기를 끝냈을 때쯤에는 해가 저물고 있었고, 비는 계속 쏟아졌다. 브랜은 서머가 얼마나 멀리까지 갔을지, 사슴을 한 마리 잡기는 했을지 궁금했다.

회색 그림자가 탑 안을 채웠다가, 서서히 어둠으로 변했다. 호도는 안절부절못하면서 한동안 걸어 다녔고, 벽을 따라 빙글빙글 돌면서 한 바퀴 돌 때마다 거기 무엇이 있는지 잊어버렸다는 듯이 멈춰 서서 변소를 들여다보았다. 조젠은 북쪽 발코니 옆에 서서 그림자 속에 몸을 감춘 채 비 내리는 밤을 내다보았다. 북쪽 어딘가에서 번개가 하늘을 찢고, 순간적으로 탑 안을 환히 밝혔다. 호도가 펄쩍 뛰어오르더니 겁에 질린 소리를 냈다. 브랜은 천둥소리를 기다리며 수를 여덟까지 셌다. 소리가 도착하자 호도는 "호도!"라고 소리쳤다.

'서머도 겁먹지 않았으면 좋겠는데.' 브랜은 생각했다. 윈터펠의 견사에서 키우던 개들은 언제나 호도처럼 뇌우에 겁을 먹곤 했다. '내가 서머를 진정시키러 가봐야겠어…….'

번개가 다시 번쩍였고, 이번에는 천둥소리가 6초 만에 왔다. "호도!" 호도가 다시 소리쳤다. "호도! 호도!" 그는 마치 폭풍과 싸우려는 듯이 검을 잡았다.

조젠이 말했다. "조용히 해, 호도. 브랜, 호도에게 소리 지르지 말라고 해. 호도가 쥔 장검을 빼앗을 수 있어, 미라?"

"시도는 해볼게."

"호도, 쉿." 브랜이 말했다. "이제 조용히 해. 바보 같은 호도 호도는 이제 그만하고 앉아."

"호도?" 호도는 양순하게 미라에게 장검을 건넸지만, 얼굴에는 혼란이 가득했다.

조젠이 어둠 속으로 고개를 돌렸는데, 헉하고 숨을 들이켜는 소리가 모두에게 들렸다. "무슨 일이야?" 미라가 물었다.

"마을에 사람들이 있어."

"우리가 아까 본 남자?"

"다른 사람들. 무장했어. 도끼가 보이고, 창도 보여." 조젠이 이렇게 어린 소년처럼 말하기는 처음이었다. "번개가 쳤을 때 나무 아래에서 움직이는 사람들이 보였어."

"얼마나 많아?"

"아주 많아. 셀 수 없을 정도야."

"말을 탔어?"

"아니."

"호도." 호도는 겁먹은 소리를 냈다. "호도. 호도."

브랜도 조금 겁을 먹기는 했지만, 미라 앞에서 그런 말을 하고 싶지는 않았다. "저 사람들이 이리로 오면 어쩌지?"

"안 올 거야." 미라가 브랜 옆에 앉았다. "왜 오겠어?"

"비를 피하려고." 조젠의 목소리는 우울했다. "폭풍이 걷히지 않는다면 말이야. 미라, 내려가서 문에 빗장을 지를 수 있겠어?"

"문을 제대로 닫을 수도 없었어. 나무가 너무 휘어서. 하지만 저 사람들은 그 쇠문을 통과하지 못할 거야."

"혹시 몰라. 자물쇠를 부수거나, 돌쩌귀를 부술 수도 있어. 아니면 우리처럼 살인 구멍으로 기어오르거나."

번개가 하늘을 가르고, 호도가 낑낑거렸다. 다음 순간 요란한 천둥소리가 호수를 뒤흔들었다. "호도!" 호도는 두 손으로 귀를 막고 어둠 속을 비틀비틀 돌면서 포효했다. "호도! 호도! 호도!"

"안 돼!" 브랜이 마주 외쳤다. "호도 소리 그만해!"

소용이 없었다. "호도오오오!" 호도가 신음했다. 미라가 붙잡아서 진정시키려고 했지만 호도가 너무 힘이 셌다. 그는 어깻짓 한 번에 미라를 내던졌다. "호도오오오오오오오오오오!" 마구간지기는 번개가 다시 하늘을 채우자 비명을 질렀고, 이제는 조젠마저 브랜과 미라에게 호도의 입을 막으라고 외쳐댔다.

"조용히 해!" 브랜이 겁에 질려 날카롭게 말하며, 지나치는 호도의 다리에 헛되이 손을 뻗었다. 손을 뻗고, 뻗었다.

호도가 비틀거리더니 입을 다물었다. 그는 고개를 천천히 가로젓더니 바닥에 털썩 주저앉아서 다리를 접었다. 천둥소리도 거의 듣지 못하는 것 같았다. 네 사람은 어두운 탑 안에 앉아서 거의 숨도 쉬지 못했다.

"브랜, 뭘 한 거야?" 미라가 속삭였다.

"아무것도." 브랜은 고개를 저었다. "모르겠어." 사실은 알고 있었다. '내가 서머에게 뻗을 때처럼 호도에게 정신을 뻗었어.' 브랜은 심장이 반 번 뛸 동안 호도였다. 그래서 무서웠다.

"호수 저쪽에서 뭔가가 벌어지고 있어." 조젠이 말했다. "어떤 남자가 탑을 가리키는 걸 봤어."

'난 겁먹지 않을 거야.' 브랜은 윈터펠의 왕자, 에다드 스타크의 아들, 거의 어른이자 와르그이지, 리콘같이 어린 아기가 아니었다. 서머도 겁먹지 않을 것이다. "엄버 가문 사람들일 가능성이 제일 높아. 아니면 산맥에서 내려온 놋이나 노리나 플린트일 수도 있고, 밤의 경비대 형제들일 수도 있어. 혹시 그 사람들이 검은 망토를 입었어, 조젠?"

"밤에는 모든 망토가 검은색으로 보여, 왕자님. 그리고 번개가 칠 때만 보려니 뭘 입고 있는지는 잘 모르겠어."

미라는 조심스러웠다. "검은 형제들이라면 말을 타고 오지 않았을까?"

브랜은 뭔가 다른 것을 생각하고 있었다. "상관없어." 그는 자신 있게 말했다. “오고 싶어도 우리가 있는 곳에 오진 못할 거야. 배가 있거나, 그 둑길에 대해 알지 못한다면.”

“둑길!” 미라는 브랜의 머리를 헝클고 이마에 입을 맞췄다. “우리 사랑스러운 왕자님! 브랜 말이 맞아, 조젠. 그 사람들은 둑길을 모를 거야. 안다해도 비 내리는 밤에 그 길을 찾을 순 없어.”

“하지만 밤은 결국 지나가. 저자들이 아침까지 여기 있으면…….” 조젠은 나머지를 말하지 않고, 몇 분 후에 다른 말을 꺼냈다. “첫 번째 남자가 피운 불에 저들이 장작을 넣고 있어.” 번개가 하늘을 찢으면서 빛이 탑을 가득 채우고 모두의 윤곽을 판화처럼 잡아냈다. 호도는 흥얼거리면서 몸을 앞뒤로 흔들었다.

브랜은 그 눈부신 순간에 서머의 두려움을 느낄 수 있었다. 그는 두 눈을 감고 세 번째 눈을 떴으며, 망토처럼 소년의 몸을 벗어놓고 탑을 뒤로 했다…….

……그리고 사슴 고기를 배불리 먹은 몸으로 빗속에서, 하늘이 갈라지고 터지는 가운데 덤불 속을 기어갔다. 썩은 사과와 젖은 잎사귀 냄새가 인간의 냄새를 묻어버릴 지경이었지만, 그래도 인간의 냄새가 없어지진 않았다. 그는 딱딱한 가죽이 철컹거리고 흔들리는 소리를 듣고, 나무 아래를 움직이는 인간들을 보았다. 막대기를 든 인간 하나가 더듬거리며 지나갔는데, 가죽을 머리까지 덮어서 앞도 잘 보지 못하고 귀도 먹었다. 늑대는 그 자의 주위를 크게 한 바퀴 돌며 물이 뚝뚝 떨어지는 가시덤불 뒤, 사과나무의 헐벗은 가지 밑으로 움직였다. 인간들이 말하는 소리를 들을 수 있었고, 비와 잎사귀와 말들의 냄새 속에서 날카롭고 붉은 두려움의 악취가 났다…….

존

땅바닥에 흩어진 솔잎과 갈색 낙엽이 이룬 녹색과 갈색 카펫은 최근에 내린 비로 아직 축축했다. 그들의 발아래에서 철벅철벅 소리가 났다. 사방에 헐벗은 커다란 참나무, 키 큰 파수목, 수많은 병정 소나무가 있었다. 위쪽 언덕에는 오래되어 텅 빈 원형 탑이 또 하나 보였는데, 거의 꼭대기까지 빽빽하게 녹색 이끼가 뒤덮였다. "다 돌로 만들다니, 저건 누가 지은 거야?" 이그리트가 물었다. "어떤 왕?"

"아니. 그냥 여기 살던 사람들이 지은 거야."

"그 사람들은 어떻게 됐는데?"

"죽거나 떠났지."

'브랜던의 선물'은 수천 년간 경작되었지만, 밤의 경비대가 쇠퇴하면서 밭을 갈고 양봉을 하고 과수원을 돌볼 일손이 점점 줄어들어, 많은 밭과 건물이 다시 야생의 상태로 돌아갔다. '새로운 선물'에는 마을들과 요새들이 있어서 상품과 노동에 붙이는 세금이 검은 형제들의 의복과 식량에 도움이 되었으나, 그곳도 대부분 비었다.

"저런 성을 떠나다니 바보들이네." 이그리트가 말했다.

"거주 탑 하나일 뿐이야. 소귀족 정도가 가족과 부하들 몇 명을 데리고 살았겠지. 약탈자들이 오면 지붕에서 봉화를 올렸을 거고. 윈터펠에는 저것보다 세 배는 큰 탑들이 있어."

이그리트는 존이 말을 지어냈다고 생각하는 표정이었다. "돌을 들어 올릴 거인도 없는데 어떻게 인간이 저렇게 높은 걸 지어?"

전설에 따르면 건설자 브랜던도 윈터펠을 세울 때 거인들의 도움을 받았다고 했지만, 존은 주제를 혼란스럽게 만들고 싶지 않았다. "인간은 이것보다 훨씬 높은 건물도 만들 수 있어. 올드타운에는 장벽보다 더 높은 탑이 있지." 이그리트가 믿지 않는다는 사실을 알 수 있었다. '내가 윈터펠을 직접 보여줄 수만 있다면……. 유리 정원에서 키운 꽃을 안겨주고, 대연회장에서 맘껏 먹이고, 돌로 만든 왕들과 왕좌들을 보여줄 수 있다면 좋으련만. 우린 뜨거운 온천에서 목욕을 하고, 옛 신들이 굽어보는 가운데 심장 나무 아래에서 사랑을 나눌 수 있을 텐데.'

달콤한 꿈이었으나……. 윈터펠은 그의 집이 아니었다. 윈터펠은 그의 형제인 북부의 왕에게 속해 있었다. 그는 스타크가 아니라 스노우였다. 서자인 데다 맹세를 깬 자, 그리고 변절자…….

"다음에 여기로 돌아와서 저 탑에 살 수도 있겠다. 존 스노우, 넌 그럴 마음이 있어? 다음에?"

'다음에.' 그 말이 창이 되어 꽂혔다. '전쟁 다음에. 정복 다음에. 야인들이 장벽을 뚫은 다음에……'

아버지는 언젠가 새로운 귀족들을 키워서 야인들에 대한 방패로 그 버려진 요새들에 정착시키면 어떠냐는 이야기를 한 적이 있었다. 그 계획대로 하자면 경비대가 '선물'의 많은 부분을 다시 넘겨줘야 했지만, 벤젠 숙부는 새로운 영주들이 윈터펠이 아니라 캐슬블랙에 세금을 내기만 한다면 사령관을 설득해낼 수 있을 거라 믿었다. "하지만 봄에나 꿈꿀 일이야. 겨울이 오고 있을 때는 땅을 준다고 해도 북부 사람들을 유혹할 수 없지." 에다드 공은 그렇게 말했다.

'겨울이 더 빨리 왔다가 가고 봄이 왔다면, 나도 아버지의 이름 아래 이런 탑 하나를 받아서 정착하기로 했을지 모르지.' 하지만 에다드 공은 죽었고, 그 동생인 벤젠은 실종되었다. 그들은 함께 꿈꾼 방패를 영영 만들지 못하리라. "이 땅은 경비대 거야." 존이 말했다.

이그리트가 코를 벌름거렸다. "여긴 아무도 안 살잖아."

"너희 약탈자들이 쫓아냈지."

"그렇다면 겁쟁이들이었네. 땅을 갖고 싶었다면 남아서 싸웠어야지."

"싸우는 데 지쳤는지도 모르지. 밤마다 문에 빗장을 지르고 혹시 래틀셔츠나 그 비슷한 누군가가 와서 문을 부수고 아내를 끌고 가진 않을까 생각하는 데 지치고. 수확물을 약탈당하고, 가진 귀중품을 빼앗기는 데도 지치고. 약탈자들이 오지 못하는 곳으로 이주하는 게 더 편했을 거야." 하지만 장벽이 무너진다면, 약탈자들이 북부 전체를 누비게 될 터였다.

"넌 아무것도 몰라, 존 스노우. 아내가 아니라 딸들을 데려가는 거야. 그리고 훔치는 건 너희들이지. 너희는 온 세상을 빼앗고 자유민이 들어가지 못하게 장벽을 지었어."

"우리가?" 가끔 존이 이그리트가 얼마나 뼛속까지 야인인지 잊으면, 그녀가 일깨워주곤 했다. "어떻게 그렇게 된 건데?"

"신들은 모든 인간이 공유하라고 세상을 만들었어. 그런데 왕관을 쓰고 철검을 든 왕들이 나타나더니 모든 땅이 자기네 거라고 주장했지. 왕들은 내 나무이니 너희는 사과를 따 먹을 수 없다고 말했어. 내 개울이니 여기에서 물고기를 잡을 수 없다고 했고. 내 숲이니 너희는 사냥을 할 수 없다고 했지. 내 흙이고, 내 물이고, 내 성이고, 내 딸이니 손을 대면 그 손을 잘라버릴 테지만, 혹시 나에게 무릎을 꿇는다면 냄새는 맡게 해주마, 하고 말이야. 너희는 우리를 도둑이라 부르지만, 적어도 도둑이 되려면 용감하고 영리하고 잽싸긴 해야 해. 무릎을 꿇으려면 무릎만 꿇으면 되고."

"하르마와 뼈다귀 자루는 물고기와 사과를 가지러 오는 게 아냐. 장검과 도끼를 훔치고, 향신료와 비단과 모피를 가져가지. 돈과 반지와 보석 박힌 잔을 집히는 대로 움켜쥐고, 여름에는 와인 통을 겨울에는 맥주 통을 가져가는 데다가, 어떤 계절이든 상관없이 여자들을 빼앗아서 장벽 너머로 데려가."

"그게 뭐? 나라면 아버지 마음대로 약한 놈에게 주어지느니 강한 남자가 날 훔쳐 가는 게 좋겠다."

"그렇게 말은 하지만, 그걸 네가 어떻게 알아? 네가 싫어하는 놈이 널 훔친다면?"

"날 훔치려면 빠르고 교활하고 용감해야 해. 그러니 그놈의 아들들도 강하고 영리하겠지. 왜 내가 그런 남자를 싫어하겠어?"

"절대 씻지 않아서 곰 같은 악취가 날지도 모르잖아."

"그러면 그놈을 개울물에 밀어 넣거나 물동이를 쏟아버리지. 어쨌든, 남자에게 꽃향기 같은 게 나면 안 돼."

"꽃이 뭐가 어때서?"

"벌이라면 아무 문제 없지. 침대에서라면 난 이게 좋아." 이그리트는 존의 바지 앞섶을 쥐려고 했다.

존은 그녀의 손목을 잡았다. "널 훔친 남자가 술을 너무 많이 마신다면? 잔인하거나 악랄하다면?" 그는 주장을 명확하게 전하려고 손목을 쥔 손에 힘을 주었다. "만약 그 남자가 너보다 강한데, 널 피투성이로 때리고 싶어 한다면?"

"그놈이 잘 때 목을 그어버리면 돼. 넌 아무것도 몰라, 존 스노우." 이그리트는 뱀장어처럼 몸을 비틀어서 손목을 빼냈다.

'나도 한 가지는 알아. 네가 뼛속까지 야인이라는 걸 알지.' 가끔, 함께 웃거나 입을 맞출 때는 그 사실을 잊기가 쉬웠다. 하지만 그러다가 한 명이 뭔가 말을 하거나 행동을 하면 갑자기 두 사람의 세계 사이에 놓인 벽이 다시 떠올랐다.

"남자는 여자를 가지거나, 칼을 가질 수 있어. 하지만 어떤 남자도 둘 다 가질 순 없지. 여자애들은 다 어렸을 때 어머니에게 그걸 배워." 이그리트는 그렇게 말하고 반항적으로 턱을 들며 숱 많은 붉은 머리를 흔들었다. "그리고 인간은 바다나 하늘을 가질 수 없듯이 땅도 가질 수 없어. 너희 무릎 꿇는 자들은 인간이 땅을 가질 수 있다고 생각하지만, 만스가 그렇지 않다는 걸 보여줄 거야."

호언장담이었지만, 공허하게 울렸다. 존은 뒤를 슬쩍 돌아보고 마그나가 들을 수 없다는 사실을 확인했다. 에록과 '종깃덩어리', '삼줄' 댄은 몇 미터 뒤에서 걷고 있었지만, 존과 이그리트에겐 아무 관심도 두지 않았다. 종깃덩어리는 엉덩이가 아프다고 불평하고 있었다. 존은 작은 목소리로 말했다. "이그리트, 만스는 이 전쟁에서 이길 수 없어."

"이길 수 있어!" 이그리트는 꺾이지 않았다. "넌 아무것도 몰라, 존 스노우. 넌 자유민들이 싸우는 모습을 본 적이 없어!"

야인들은 어느 쪽에서 바라보느냐에 따라 영웅처럼, 혹은 악귀처럼 싸웠지만 결국에는 마찬가지였다. 그들은 무모한 용기를 부리며 싸웠고, 모두가 영광을 좇았다. "너희들 모두가 아주 용감하다는 건 의심하지 않지만, 전투에서는 언제나 용맹보다 규율이야. 결국 만스는 그 전의 모든 장벽 너머 왕들과 마찬가지로 실패할 거야. 그리고 만스가 실패하면 너희는 죽어. 너희 모두가."

이그리트는 심하게 화가 난 얼굴이어서, 존을 한 대 칠 것 같았다. "우리 모두지. 너도잖아. 넌 이제 까마귀가 아니야, 존 스노우. 내가 아니라고 맹세했으니 그래야 할 거야." 그녀는 존을 나무줄기에 밀어붙이고 누더기를 걸친 대열 한가운데에서 격하게 입을 맞췄다. 존은 염소 그리그가 이그리트를 부추기는 소리를 들었다. 다른 누군가가 웃음을 터뜨렸다. 그럼에도 그는 이그리트에게 마주 입을 맞췄다. 마침내 두 사람이 떨어졌을 때, 이그리트는 얼굴을 붉히고 속삭였다. "넌 내 거야. 내 거라고. 나도 네 거고. 그리고 우리가 죽게 된다면 죽는 거야. 모든 인간은 죽어, 존 스노우. 하지만 우선은 사는 거야."

"그래." 그의 목소리는 탁했다. "우선 살아야지."

이그리트는 그 말에 씩 웃으며, 존이 어째서인지 사랑하게 되어버린 비뚤배뚤한 치아를 드러냈다. '뼛속까지 야인이야.' 존은 다시 생각하며 배 속 깊은 곳에서 토할 것 같은 슬픔을 느꼈다. 그는 오른손을 쥐었다가 펴면서, 이그리트가 그의 마음을 알게 되면 어떻게 할까 생각했다. 존이 앉혀놓고 나는 아직 네드 스타크의 아들이며 밤의 경비대원이라고 말하면, 이그리트가 그를 배신할까? 그렇지 않았으면 좋겠지만, 그런 위험을 감수할 엄두가 나지 않았다. 존이 어떻게든 마그나보다 먼저 캐슬블랙에 도착하는 데 너무나 많은 목숨이 달려 있었다……. 존이 야인들 사이에서 빠져나갈 기회를 잡아야 말이지만.

그들은 200년간 버려져 있었던 그레이가드에서 장벽 남쪽 면을 타고 내려왔다. 거대한 돌계단은 한 부분이 백 년 전에 무너져버렸지만, 그렇다 해도 올라갈 때보다 훨씬 쉽게 내려왔다. 스티르는 경비대의 관례적인 순찰을 피하기 위해 거기서부터 일행을 이끌고 '선물'의 땅 깊숙이 들어갔다. 염소 그리그를 선두로 이 땅에 버려진 인적 없는 마을 몇 곳을 지나쳤다. 돌로 만든 손가락처럼 하늘을 찌르는 원형 탑들이 몇 개 흩어져 있을 뿐, 사람의 흔적은 보이지 않았다. 그들은 누구의 눈에도 띄지 않고, 아무 감시도 받지 않으며 춥고 습한 언덕과 바람이 심한 평원을 행진했다.

'어떤 요구를 받더라도 주저해선 안 된다.' 반쪽 손은 그렇게 말했다. '놈들과 같이 말을 달리고, 같이 먹고, 같이 싸워라. 필요하다면 언제까지든.' 존은 먼 길을 달리고 또 걸었고, 그들의 빵과 소금을 함께 먹었으며, 이그리트와 담요를 같이 썼다. 그래도 아직까지 그들은 그를 믿지 않았다. 텐족들은 밤이고 낮이고 그를 감시하며 배신의 징후가 있는지 살폈다. 그는 달아날 수 없었고, 이제 조금만 더 지나면 너무 늦을 터였다.

'그들과 같이 싸워라.' 퀴린은 '긴 발톱'에 자기 목숨을 내주기 전에 그렇게 말했지만…… 아직 거기까지 가지는 않았다. '일단 형제의 피를 내고 나면 난 길을 잃는 거야. 영영 장벽을 넘는 것이고, 돌아올 길이 없어.'

마그나는 매일 행군이 끝나면 존을 불러다가 캐슬블랙과 수비군과 방어 시설에 대해 기민하고 날카로운 질문을 던져댔다. 존은 엄두가 날 때는 거짓말을 하고 몇 번은 무지한 척하기도 했지만, 염소 그리그와 에록도 귀 기울여 듣고 있었고, 그들은 존이 조심해야 할 만큼 캐슬블랙을 알고 있었다. 너무 뻔한 거짓말은 그의 진의를 드러낼 터였다.

하지만 진실은 형편없었다. 캐슬블랙에는 장벽 자체를 제외하면 방어 시설이라곤 없었다. 심지어 나무 방책이나 흙 방벽조차 없었다. 그 '성'이란 탑과 아성이 모인 곳에 불과한 데다, 그나마도 3분의 2는 무너져 내리고 있었다. 수비군으로 말하자면, 늙은 곰이 200명을 순찰에 데리고 나갔다. 누가 돌아가긴 했을까? 존은 알 수 없었다. 성에 400명쯤 남아 있을지도 몰랐지만, 대부분 순찰자가 아니라 건설자와 집사였다.

텐족은 무정한 전사들이었고, 대부분의 야인보다 규율이 잡혀 있었다. 만스가 그들을 선택한 이유도 그 때문일 게 분명했다. 캐슬블랙의 수비군에는 눈먼 아에몬 학사와 그의 반쯤 눈먼 집사 클라이다스, 외팔이 도날 노이, 주정뱅이 성사 셀라다르, 귀머거리 딕 폴라드, 요리사 세 손가락 홉, 늙은 윈튼 스타우트 경에다가 할더와 토드와 핍과 알벳과 그 밖에 존과 같이 훈련받은 소년들이 포함되어 있었다. 그리고 그들을 지휘하는 사람은 모르몬트 사령관의 부재로 수호성주가 된 통통한 집사장, 붉은 얼굴의 보웬 마시일 것이다. 구슬픈 에드는 가끔 마시를 "늙은 석류"라고 불렀는데, 모르몬트가 '늙은 곰'인 것만큼이나 딱 들어맞는 별명이었다. 에드는 평소와 같은 시무룩한 목소리로 말하곤 했다. "전장에 적이 나타나면 마시 같은 사람이 앞에 나서야지. 바로 적의 숫자를 헤아려줄 테니까 말이야. 계산 하나는 귀신같거든."

부지중에 마그나가 캐슬블랙을 덮친다면 핏빛 도살장이 될 테고, 소년들은 공격당하고 있다는 사실을 알기도 전에 침대에서 죽을 것이다. 존이 경고해야 했다. 하지만 어떻게? 그는 징발이나 사냥을 나가지도 못했고, 혼자 보초를 서지도 못했다. 그리고 이그리트도 걱정이었다. 이그리트를 데려갈 수는 없다. 두고 간다면 마그나가 존의 배신을 이그리트에게 갚으려 들까? '하나처럼 뛰는 두 개의 심장…….'

그들은 매일 밤 같은 잠자리에서 잤고, 그는 이그리트의 머리를 가슴에 올려놓고 그 붉은 머리카락에 턱이 간질거리는 채 잠들었다. 그녀의 체취는 그의 일부분이 되었다. 그녀의 비뚤배뚤한 치아, 손으로 감싸 쥐었을 때 젖가슴의 감촉, 그녀의 입에서 느껴지는 맛……. 그 모두가 존의 즐거움이자 절망이었다. 그는 수많은 밤 이그리트의 따뜻한 몸을 느끼며 누워서 아버지도 그의 어머니에 대해 이렇게 혼란스러운 기분이었을까 생각했다. 어머니가 어떤 여자였는지는 몰라도 말이다. '이그리트가 덫을 놓았고 만스 레이더가 날 거기 밀어 넣었어.'

야인들 사이에서 보내는 매일매일이 그가 해야만 하는 일을 훨씬 더 어렵게 만들었다. 이 사람들을 배신할 방법을 어떻게든 찾아야 하는데, 그 방법을 찾으면 이 사람들은 죽을 것이다. 존은 그들의 우정도, 이그리트의 사랑도 원치 않았다. 그럼에도……. 텐족은 옛 언어를 썼고 존에게 거의 말을 걸지 않았지만, 자알의 약탈자들, 장벽을 올랐던 남자들은 달랐다. 존은 저도 모르게 그들을 알아갔다. 여위고 말수 적은 에록과 남과 어울리기 좋아하는 염소 그리그, 아직 어린 쿠오트와 보저, 밧줄 만드는 삼줄 댄. 그중에서 최악은 델이었는데, 존과 비슷한 또래에 말상의 청년으로 꼭 훔쳐내겠다고 다짐한 야인 처녀에 대해 꿈꾸듯 이야기하곤 했다. "그 여자도 너의 이그리트처럼 행운의 여자야. 불의 입맞춤을 받았지."

존은 이를 물고 말을 삼켜야 했다. 그는 델이 좋아하는 여자나 보저의 어머니에 대해, 투구 헨크가 태어난 바닷가에 대해, 그리그가 얼굴섬에 사는 녹색인들을 찾아가보고 싶어 한다는 사실에 대해, 발 손가락이 큰 사슴에게 쫓겨 나무에 올라갔을 때 일에 대해 알고 싶지 않았다. 종깃덩어리의 엉덩이에 난 종기에 대해서나, 돌 엄지가 에일을 얼마나 많이 마실 수 있는지에 대해서나, 쿠오트의 남동생이 자알과 함께 가지 말라고 얼마나 빌었는지에 대해 알고 싶지 않았다. 쿠오트는 아직 열네 살도 되지 않았는데 벌써 아내를 훔쳐다가 아이까지 임신시켰다. "그 아이는 성에서 태어날 수도 있어." 소년은 큰소리를 쳤다. "귀족처럼 으리으리한 성에서 태어나는 거지!" 그는 일행이 본 '성'들에 푹 빠져 있었는데, 사실 그건 성이 아니라 감시탑이었다.

존은 고스트가 지금 어디 있을까 궁금했다. 캐슬블랙까지 갔을까, 아니면 어느 늑대 무리와 같이 숲속을 달리고 있을까? 그는 꿈속에서도 고스트를 느끼지 못했다. 마치 자신의 일부가 잘려 나간 것 같은 느낌이었다. 이그리트를 옆에 두고 자도, 혼자 같았다. 그는 혼자 죽고 싶지 않았다.

그날 오후에는 나무가 듬성해지기 시작했고, 그들은 완만하게 굽이치는 평원을 지나 동쪽으로 행군했다. 사방에 허리까지 올라오게 풀이 자랐고, 바람이 거칠어질 때마다 야생 밀밭이 부드럽게 흔들렸지만, 낮 시간은 대부분 따뜻하고 환했다. 그러나 해 질 녘이 다가오자 서쪽에 위협적인 구름이 모여들기 시작했다. 구름은 곧 오렌지색 태양을 삼켜버렸고, 렌은 심한 폭풍이 다가오리라 내다보았다. 렌의 어머니는 숲 마녀였기에, 약탈자들 모두가 렌에게는 날씨를 내다보는 능력이 있다고 생각했다. 염소 그리그가 마그나에게 말했다. "가까운 데 마을이 하나 있어. 3, 4킬로미터쯤 떨어졌나. 거기서 비를 피할 수 있을 거야." 마그나 스티르도 바로 동의했다.

그들이 마을에 도착했을 무렵에는 캄캄해진 데다가 폭풍이 날뛰고 있었다. 그 마을은 호숫가에 자리 잡았고, 워낙 버려진 지 오래되어 집이 거의 다 무너진 상태였다. 예전에는 여행자에게 반가운 풍경이었을 작은 목조 여관도 이제는 반쯤 무너진 데다 지붕이 없었다. '그다지 피난처라고 할 순 없겠군.' 존은 음울하게 생각했다. 번개가 칠 때마다 호수 안 섬에 서 있는 석조 원형 탑을 볼 수 있었지만, 배가 없으면 거기까지 갈 방법이 없었다.

에록과 델이 폐허를 정찰하러 앞서 움직였는데, 델은 거의 바로 돌아왔다. 스티르는 대열을 멈춰 세우고 텐족 십여 명에게 창을 들려 앞서 달려가게 했다. 그때쯤에는 존의 눈에도 여관 굴뚝을 붉게 물들인 불이 보였다. '우리만 있는 게 아니군.' 두려움이 뱀처럼 몸 안에 똬리를 틀었다. 근처에서 말 울음소리가 들리고, 고함 소리가 들렸다. '놈들과 같이 말을 달리고, 같이 먹고, 같이 싸워라.' 퀴린은 그렇게 말했었다.

하지만 싸움은 끝났다. "하나뿐이었어." 에록이 돌아와서 말했다. "말 한 마리에 노인 하나."

마그나가 옛 언어로 명령하자 텐족 스무 명이 흩어져서 마을 주위로 방어선을 구축하는 한편, 다른 이들은 집집마다 돌아다니며 잡초와 돌 더미 사이에 누가 또 숨어 있지는 않은지 확인했다. 나머지는 지붕 없는 여관 안으로 몰려 들어가서 서로 벽난로에 가까이 가려 다투었다. 노인이 태우고 있었던 부러진 나뭇가지들은 열기보다는 연기를 더 많이 뿜는 것 같았지만, 이렇게 거세게 비가 내리는 밤에는 조금의 온기라도 반가웠다. 텐족 두 명이 그 노인을 바닥에 팽개쳐놓고 소지품을 뒤지고 있었다. 또 한 명은 노인의 말을 잡고 있었고, 세 명은 안낭을 털었다.

존은 다른 곳으로 걸어갔다. 발밑에서 썩은 사과가 으깨졌다. 스티르는 그 남자를 죽일 것이다. 그레이가드에서 이미 그런 말을 했었다. 그들과 마주치는 무릎 꿇는 자들은 다 경고를 올리지 못하게 즉시 죽일 거라고. '놈들과 같이 말을 달리고, 같이 먹고, 같이 싸워라.' 그게 그들이 노인의 목을 긋는 동안 입 다물고 무력하게 서 있어야 한다는 뜻일까?

마을 가장자리에서 존은 스티르가 배치해둔 병사 한 명과 정통으로 맞닥뜨렸다. 그 텐족은 옛 언어로 뭐라고 으르렁거리며 창으로 여관 쪽을 가리켰다. 존은 생각했다. '네가 있을 자리로 돌아가라는 거겠지. 하지만 그게 어디지?'

그는 물가로 걸어갔다가 거의 무너질 듯 황폐한 오두막의 기울어진 초벽 아래에 거의 비가 들이치지 않은 장소를 발견했다. 이그리트가 찾아왔을 때 그는 그 자리에 앉아서 비가 쏟아지는 호수를 바라보고 있었다. "난 여기가 어딘지 알아." 그는 이그리트가 옆에 앉자 말했다. "저 탑…… 다음번에 번개가 치면 탑 꼭대기를 보고, 뭐가 보이는지 말해봐."

"네가 원한다면 그러지 뭐." 이그리트는 말했다. "텐족 몇 명이 저기서 소리를 들었대. 고함 소리라나."

"천둥소리겠지."

"고함 소리래. 유령일지도 몰라."

빗발이 쏟아지는 호수 한가운데 바위섬에서 폭풍에 맞서 시커멓게 선 성채는 음울하고 유령이 나올 것처럼 보였다. 존이 제안했다. "우리가 가서 한번 볼 수도 있어. 지금보다 많이 젖진 않을 거야."

"헤엄을 치자고? 폭풍 속에서?" 이그리트는 그 말에 웃음을 터뜨렸다.

"이거 혹시 내 옷을 벗기려는 수작이야, 존 스노우?"

"내가 이제 와서 수작을 부릴 필요가 있어?" 그는 이그리트를 놀렸다. "아니면 헤엄을 칠 줄 몰라서 그래?" 존은 어렸을 때 윈터펠의 넓은 해자에서 수영을 배웠고, 헤엄을 꽤 잘 쳤다.

이그리트가 그의 팔을 때렸다. "넌 아무것도 몰라, 존 스노우. 난 반은 물고기거든. 내가 알려주지."

"반은 물고기고, 반은 염소고, 반은 말이고…… 네 반쪽이 너무 많은데, 이그리트." 그는 고개를 저었다. "저기가 내가 생각하는 그곳이라면, 헤엄을 칠 필요는 없을 거야. 걸어갈 수 있어."

이그리트는 물러서서 그를 지그시 보았다. "물 위를 걷는다고? 그건 무슨 남쪽 주술이야?"

"주술이 아니라—" 존이 말을 하는데 거대한 번개가 하늘에서 호수 면으로 내리꽂혔다. 심장이 반 번 뛸 동안 세상이 대낮처럼 환했다. 천둥소리가 어찌나 큰지 이그리트가 헉 소리를 내며 귀를 막을 정도였다.

"봤어?" 존은 천둥소리가 사그라들고 밤이 다시 어두워지자 물었다. "봤어?"

"노란색. 그거 말이야? 꼭대기에 서 있는 돌 중에 몇 개가 노란색이었어."

"우린 그걸 성벽 요철이라고 불러. 오래전에는 금색으로 칠해져 있었어. 여긴 '퀸스크라운(Queenscrown, 왕비의 왕관)'이야."

호수 저편에 보이는 탑은 다시 새까매져서, 잘 보이지 않는 흐릿한 형체가 되었다. "왕비가 여기 살았어?" 이그리트가 물었다.

"어떤 왕비가 저기에 하룻밤 머물렀지." 낸 할멈이 해준 이야기였지만, 루윈 학사가 대부분 사실이라고 확인해주었다. "알리산느 왕비라고, 조정자 재해리스 왕의 아내였어. 재해리스는 아주 오래 통치했기 때문에 '늙은 왕'이라고도 불렸지만, 철왕좌에 처음 앉았을 때는 젊었지. 그 시절 재해리스는 왕국 전체를 여행하고 다녔어. 그리고 윈터펠에 왔을 때 왕비와 드래곤 여섯 마리, 궁정 절반을 데려왔지. 왕에게는 북부의 관리자와 의논할 문제들이 있었고, 알리산느는 지루해져서 자기 드래곤인 실버윙을 타고 장벽을 보러 북쪽으로 날아갔어. 이 마을은 알리산느가 들렀던 곳 중 하나야. 그 후에 사람들은 알리산느가 여기에서 밤을 보냈을 때 쓰고 있던 금관처럼 보이게 성채 꼭대기를 금빛으로 칠했지."

"난 드래곤을 본 적이 없어."

"아무도 없어. 마지막 드래곤은 백 년도 더 전에 죽었어. 하지만 이건 그 전에 있었던 일이야."

"알리산느 왕비라고?"

"사람들은 나중에 '선한 왕비 알리산느'라고 불렀지. 장벽에 세운 성 중에 하나도 그분을 기념해 이름을 지었어. 퀸스게이트(Queensgate, 왕비의 문)라고. 알리산느가 찾아오기 전에는 스노우게이트(Snowgate, 눈의 문)였지."

"그렇게 좋은 사람이었다면 장벽을 무너뜨렸어야지."

'아니야. 장벽은 왕국을 지켜. 다른자들로부터……. 그리고 너와 네 동족으로부터도, 내 사랑.' 그는 생각했다. "드래곤에 대해 꿈꾸는 친구가 또 하나 있었지. 난쟁이였는데, 나한테 말하길—"

"존 스노우!" 텐족 하나가 나타나서 얼굴을 찌푸렸다. "마그나가 보잔다." 존은 그가 장벽을 오르기 전날 밤, 동굴 밖에서 존을 찾았던 남자와 같은 사람일지 모른다고 생각했지만, 확신할 수는 없었다. 존은 일어섰다. 이그리트도 따라왔는데, 그러면 마그나 스티르는 매번 얼굴을 찡그렸지만, 스티르가 쫓아버리려 할 때마다 이그리트는 자기가 자유민이지 무릎 꿇는 자가 아니라는 사실을 상기시켰다. 이그리트는 자기 마음대로 다녔다.

마그나는 여관 휴게실 바닥을 뚫고 자란 나무 밑에 서 있었다. 그의 포로는 벽난로 앞에 무릎을 꿇고, 나무창과 청동 검에 둘러싸여 있었다. 그는 존이 다가가는 모습을 보았지만 아무 말도 하지 않았다. 비가 벽을 따라 흘러내리고 나무에 아직 붙어 있던 마지막 잎사귀를 두드렸으며, 벽난로 불에서는 연기가 매캐하게 피어올랐다.

"이놈은 죽어야 한다." 마그나 스티르가 말했다. "해치워라, 까마귀."

노인은 아무 말도 하지 않았다. 그저 야인들 사이에 선 존을 쳐다볼 뿐이었다. 빛이라고는 벽난로에 피운 불뿐이고, 비가 내리고 연기가 매캐하니 존이 양가죽 망토 외에는 머리끝부터 발끝까지 검은 옷이라는 사실을 알아보지 못했을 수도 있었다. '아니면 알아봤을 수도 있을까?'

존은 '긴 발톱'을 검집에서 뽑았다. 비가 철을 적시고, 불빛이 칼날 가장자리를 따라 탁한 오렌지색 선을 그렸다. '한 사람의 목숨을 대가로 물리기엔 너무 작은 불이구나.' 그는 귀곡성 고개에서 불을 보았을 때 반쪽 손 쿼린이 했던 말을 기억했다. 그는 그 위에서는 불이 생명이지만, 죽음이 될 수도 있다고 했다. 하지만 그건 서리엄니산맥 높은 곳, 장벽 너머의 법이 없는 야생에서였다. 여기는 밤의 경비대와 윈터펠의 힘이 지키는 '선물'의 땅이었다. 여기에서는 죽을 염려 없이 마음대로 불을 피울 수 있어야 했다.

"왜 망설이는 거냐?" 스티르가 말했다. "죽이고 끝내."

그때가 되도록 포로는 말이 없었다. "살려달라"라고 말할 수도 있었다. 아니면 "내 말과 돈, 내 식량을 다 가져갔으니 목숨만은 살려주십시오"라거나, "안 돼요, 제발, 난 당신들에게 아무 해도 끼치지 않았어요"라고 할 수도 있었다. 수천 가지 애원을 하거나 울거나 신들에게 호소할 수도 있었다. 하지만 어떤 말도 지금 이 남자를 구하진 못하리라. 어쩌면 이 남자는 그걸 아는지도 몰랐다. 그는 입을 다물고, 비난과 호소를 담아 존을 쳐다보기만 했다.

'어떤 요구를 받더라도 주저해선 안 된다. 놈들과 같이 말을 달리고, 같이 먹고, 같이 싸워라.' ……하지만 이 노인은 저항조차 하지 않았다. 그저

운이 나빴을 뿐이었다. 노인이 누구인지, 어디에서 왔는지, 등이 굽은 초라한 말을 타고 어디로 갈 작정이었는지…… 그런 건 하나도 중요하지 않았다.

존은 자신을 타일렀다. '어차피 노인이야. 50대, 어쩌면 60대일지도 몰라. 대부분의 사람들보다 오래 살았어. 텐족은 어차피 저 사람을 죽일 거야. 내가 무슨 말을 하든 무슨 짓을 하든 구할 수 없어.' 손에 쥔 긴 발톱이 납덩이보다 무겁게 느껴졌다. 너무 무거워서 들어 올릴 수가 없었다. 노인은 우물처럼 크고 검은 두 눈으로 그를 빤히 쳐다보기만 했다. '저 눈에 빠져 죽겠군.' 마그나도 존을 바라보고 있었고, 그 눈빛에 담긴 불신의 맛이 느껴질 정도였다. '저 사람은 죽었어. 마지막에 베는 게 내 손이라 한들 무슨 상관이야? 한 번, 빠르고 깔끔하게 한 번만 그으면 돼.' 긴 발톱은 발리리아 강철로 단조한 검이었다. "'얼음'과 마찬가지지.' 존은 예전에 있었던 살해 장면을 떠올렸다. 무릎을 꿇고 있던 탈영병과 바닥을 구르던 머리통, 눈밭을 새빨갛게 물들인 피……. 아버지의 검, 아버지가 했던 말, 아버지의 얼굴…….

"해치워, 존 스노우." 이그리트가 부추겼다. "해치워야 해. 네가 까마귀가 아니라 자유민이라는 걸 증명하려면."

"불가에 앉은 노인을?"

"오렐도 불가에 앉아 있었어. 넌 오렐을 잽싸게 죽였잖아." 이그리트의 시선은 매서웠다. "내가 여자라는 걸 알기 전까지는 나도 죽이려고 했지. 게다가 난 자고 있었어."

"그건 달라. 너희는 병사였고…… 파수였어."

"그래, 그리고 너희 까마귀들은 눈에 띄기 싫었지. 지금 우리도 마찬가지야. 똑같은 일이라고. 죽여."

존은 그 남자에게서 등을 돌렸다. "싫어."

키가 크고, 차갑고, 위험한 마그나가 다가왔다. "내가 하라고 한다. 내가 여기 지휘관이야."

"넌 텐족을 지휘하지. 자유민은 아니야." 존이 말했다.

"자유민 같은 건 안 보이는데. 까마귀와 까마귀 마누라가 보이지."

"난 까마귀 마누라가 아니야!" 이그리트는 검집에서 단검을 뽑았다. 그녀는 세 걸음 만에 다가가서 노인의 머리카락을 잡고 뒤로 젖히더니, 귀에서 귀까지 목을 그었다. 노인은 죽어가면서도 소리를 지르지 않았다. "넌 아무것도 몰라, 존 스노우!" 이그리트는 존에게 소리를 지르고 피 묻은 칼을 그의 발치에 던졌다.

마그나는 옛 언어로 뭐라고 말을 했다. 텐족에게 그 자리에서 존을 죽여 버리라고 말했는지도 모르지만, 진실은 영영 알 수 없게 되었다. 하늘에서 번개가 내리꽂히고, 격렬한 청백색 번개 화살이 호수에 있는 탑 꼭대기를 때렸다. 번개의 맹위를 냄새로 알 수 있었고, 뒤따른 천둥소리는 밤하늘을 다 뒤흔드는 것 같았다.

그리고 죽음이 그들 사이에 뛰어들었다.

번개의 섬광 때문에 어둠 속이 보이지 않았지만, 그래도 존은 새된 비명 소리를 듣기 반 박자 전에 돌진하는 그림자를 얼핏 보았다. 첫 번째 텐족은 노인이 그랬듯 찢어진 목에서 피를 뿜으며 죽었다. 그 후에는 빛이 사라졌고 그림자는 으르렁거리며 획 돌아섰으며, 또 한 명이 어둠 속에서 쓰러졌다. 욕설, 고함, 고통의 울부짖음이 울렸다. 존은 종깃덩어리가 비틀거리다가 뒤로 쓰러지면서 뒤에 있던 세 명을 넘어뜨리는 광경을 보았다. '고스트.' 그는 찰나의 광란 속에서 그렇게 생각했다. '고스트가 장벽을 뛰어넘은 거야.' 그러다가 번개가 밤을 대낮처럼 밝혔고, 그는 델의 가슴팍에 서서 턱에서 검은 피를 뚝뚝 흘리는 늑대를 보았다. '회색이야. 저 늑대는 회색이야.'

천둥소리와 함께 어둠이 내려앉았다. 텐족은 이리저리 뛰어다니는 늑대에게 창을 찔러대고 있었다. 살육의 냄새에 미쳐버린 노인의 말이 뒷다리로 일어서더니 발굽을 마구 휘둘렀다. '긴 발톱'은 아직 그의 손에 들려 있었다. 존 스노우는 이보다 나은 기회는 오지 않으리라는 것을 알았다.

그는 늑대를 향해 돌아서는 첫 번째 남자를 베어 쓰러뜨리고, 두 번째 남자를 밀고 지나친 후, 세 번째 남자를 그었다. 광란 속에서 누군가가 그의 이름을 부르는 소리를 들었는데, 그게 이그리트였는지 마그나였는지 알 수 없었다. 말을 통제하려 애먹고 있는 텐족은 존을 보지 못했다. '긴 발톱'은 깃털처럼 가벼웠다. 그는 그 텐족의 종아리 뒤쪽을 베고, 강철이 뼈까지 들어가는 감촉을 느꼈다. 그 야인이 쓰러지자 암말은 뛰쳐나갔지만, 존은 어떻겐가 남은 손으로 갈기를 움켜쥐고 말 등에 몸을 끌어 올리는 데 성공했다. 손 하나가 그의 발목을 거머쥐었고, 그는 칼을 내리치고 나서야 피범벅이 되어 사라지는 보저의 얼굴을 보았다. 말이 뒷다리로 일어서서 발굽을 휘둘렀다. 한쪽 발굽이 어느 텐족의 관자놀이를 때리며 으스러지는 소리를 냈다.

다음 순간 그는 달리고 있었다. 존은 말의 방향을 인도하려 노력하지 않았다. 진흙탕과 비와 천둥을 뚫고 달리는 말 등에서 떨어지지 않는 것만도 벅찼다. 젖은 풀이 얼굴을 때리고 창 하나가 그의 귀를 스치고 날아갔다. '말이 걸려 넘어져서 다리라도 부러지면 놈들이 날 따라와서 죽여버리겠지.' 그렇게 생각했지만, 옛 신들이 함께했는지 말이 걸려 넘어지는 일은 없었다. 새까만 돔 같은 하늘을 번개가 뒤흔들고, 천둥소리가 평원 위에 우르릉거렸다. 고함 소리들이 뒤쪽 멀리 작아지다가 사라졌다.

오랜 시간 후에 비가 그쳤다. 존은 키 큰 검은 풀밭에 혼자 있었다. 오른쪽 허벅지가 뼛속까지 저릿저릿 아팠다. 허벅지를 내려다본 존은 다리 뒤쪽에 화살이 튀어나온 것을 보고 놀랐다. 언제 화살이 박혔을까? 그는 화살을 쥐고 잡아당겼지만, 화살촉이 다리에 깊이 박혀 있었고, 잡아당기자 통증이 말할 수 없이 심했다. 그는 여관 앞에서 벌어진 광란을 돌이켜보려 했지만, 떠올릴 수 있는 것은 여윈 회색의 무시무시한 짐승뿐이었다. '평범한 늑대라기엔 너무 컸어.' 그렇다면 다이어울프였다. 그럴 수밖에 없었다. 그렇게 빨리 움직이는 동물을 본 적이 없었다. 마치 회색 바람 같았다……. 설마 롭이 북부에 돌아온 걸까?

존은 고개를 저었다. 답은 없었다. 생각하기가 너무 힘들었다……. 늑대에 대해서나, 노인에 대해서나, 이그리트나…….

그는 암말의 등에서 힘겹게 미끄러져 내렸다. 다친 다리가 휘청였고, 존은 비명을 삼켜야 했다. '이건 꽤 아프겠는데.' 그래도 화살은 뽑아야 했고, 기다려봐야 좋을 게 없었다. 존은 화살 깃을 잡고 심호흡을 한 다음, 화살을 밀어 넣었다. 그는 끙끙거리다가 나중에는 욕설을 했다. 너무 아파서 잠시 멈춰야 했다. '도살장의 돼지처럼 피를 흘리는구나'라고 생각했지만, 화살을 빼내기 전까지는 아무것도 할 수 없었다. 그는 얼굴을 찌푸리고 다시 시도했다……. 그리고 곧 덜덜 떨면서 다시 멈췄다. '한 번 더.' 이번에는 비명이 나왔지만, 손을 멈췄을 때는 화살촉이 허벅지 앞쪽을 뚫고 나와 있었다. 존은 피투성이가 된 바지를 당기고 화살촉을 잘 잡은 후, 얼굴을 찡그리며 천천히 화살대를 뽑아냈다. 어떻게 기절하지 않고 그 일을 끝냈는지는 영영 알지 못하리라.

그 후에 존은 겨우 뽑아낸 화살을 움켜쥐고 조용히 피를 흘리며 바닥에 누웠다. 움직일 기력이 없었다. 그러나 잠시 후에는 지금 움직이지 않으면 피를 흘리다가 죽을 것임을 깨달았다. 존은 암말이 물을 마시고 있는 얕은 개울까지 기어가서 찬물로 허벅지를 씻고, 망토에서 찢어낸 천 조각으로 상처를 꽉 묶었다. 화살도 손에 쥐고 돌려가며 씻었다. 화살 깃이 회색일까, 흰색일까? 이그리트는 화살에 연회색 거위 깃털을 달았다. '내가 달아날 때 이그리트가 화살을 쏜 걸까?' 그랬다 해도 이그리트를 탓할 순 없었다. 이그리트가 그를 겨누었을지, 말을 겨누었을지 궁금했다. 암말이 쓰러졌다면 존도 끝이었을 텐데. "내 다리가 가로막아 다행이지." 그는 중얼거렸다.

존은 말이 풀을 뜯게 두고 한동안 쉬었다. 암말은 멀리 가지 않았다. 다행이었다. 멀리 가버렸다면 다친 다리로 절뚝거리면서는 말을 잡지 못했을 것이다. 일어서서 말 등에 올라타는 데만도 온 힘을 다해야 했다. '애초에 안장도 등자도 없이, 한 손에는 장검을 쥔 채로 어떻게 올라탔던 거지?' 그것 또한 답을 알 수 없는 질문이었다.

멀리서 잔잔한 천둥소리가 울렸지만, 머리 위 구름은 흩어지고 있었다. 존은 하늘을 살피다가 '얼음 드래곤'을 찾은 후 암말을 북쪽으로, 장벽과 캐슬블랙이 있는 방향으로 돌렸다. 노인의 말 옆구리에 발을 대자 허벅지 근육이 아파서 얼굴이 찌푸려졌다. '집으로 가는 거야.' 그는 스스로에게 말했다. 하지만 그 말이 사실이라면, 왜 이렇게 허한 기분일까?

그는 별들이 눈동자처럼 아래를 내려다보는 가운데, 새벽이 올 때까지 말을 달렸다.

부록

— 왕들과 그 궁정 —

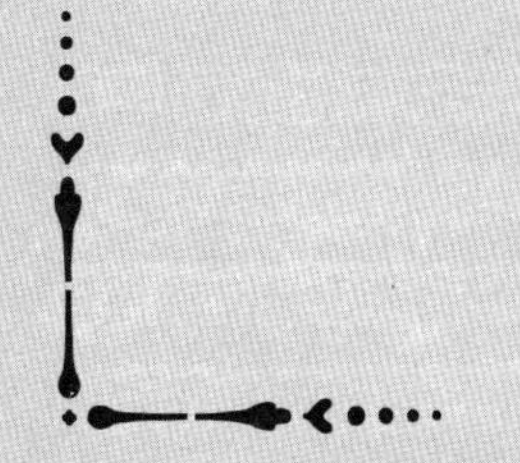
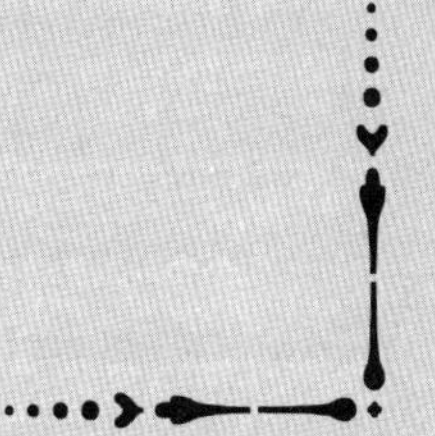

철왕좌의 왕

조프리 왕의 깃발에는 금색 바탕에 검은색으로 바라테온의 왕관 쓴 수사슴이, 진홍색 바탕에 금색으로 라니스터의 사자가 들어가며 서로 싸우고 있다.

조프리 바라테온 조프리 1세, 13세 소년으로 로버트 바라테온 1세와 라니스터 가문의 왕비 세르세이 사이에서 태어난 맏아들

세르세이 왕대비 조프리의 어머니, 라니스터 가문, 섭정대비 겸 왕국의 수호자

세르세이의 맹약검사

› **오스프리드 케틀블랙 경** 킹스가드 오스먼드 케틀블랙 경의 동생

› **오스니 케틀블랙 경** 오스먼드 경과 오스프리드 경의 동생

미르셀라 왕녀 조프리의 여동생, 9세 소녀, 선스피어의 도란 마르텔 대공의 대녀

토멘 왕자 조프리의 남동생, 8세 소년, 철왕좌의 후계자

타이윈 라니스터 조프리의 외조부, 캐스털리록의 영주, 서부의 관리자, 왕의 수관

부계 친척

스타니스 바라테온 아버지의 동생, 반란을 일으킨 드래곤스톤의 영주, 스타니스 1세를 자칭

› **시린** 스타니스의 딸, 11세 소녀

{렌리 바라테온} 아버지의 동생, 반란을 일으킨 스톰스엔드의 영주, 자기 군영에서 살해당함

엘던 에스터몬트 경 친조모의 형제

› **아에몬 에스터몬트 경** 엘던 경의 아들

›› **알린 에스터몬트 경** 아에몬 경의 아들

모계 친척

제이미 라니스터 경 어머니의 동생, 일명 킹슬레이어, 리버런의 포로

티리온 라니스터 어머니의 동생, 일명 꼬마 악마, 난쟁이, 블랙워터 전투에서 부상

› **포드릭 페인** 티리온의 종자

› **블랙워터의 브론 경** 티리온의 위병대장, 용병 출신

› **샤에** 티리온의 첩, 종군 매춘부였다가 지금은 롤리스 스토크워스의 시녀로 일함

케반 라니스터 경 외조부의 동생

› **란셀 라니스터 경** 케반 경의 아들, 로버트 왕의 종자 출신, 블랙워터 전투에서 부상, 빈사 상태

{타이겟 라니스터} 외조부의 동생, 매독으로 사망

› **타이렉 라니스터** 타이겟의 아들, 종자, 대폭동 이후 실종 상태

› **에메산드 헤이포드** 타이렉의 어린 아내

천출 형제(로버트 왕의 사생아)

미아 스톤 19세 처녀, 달의 관문에서 네스토 로이스 공을 섬김

겐드리 견습 대장장이, 강역에서 도망자로 지냄, 자신의 혈통을 모름

에드릭 스톰 로버트 왕이 유일하게 인지한 서자, 드래곤스톤에서 숙부인 스타니스의 대자로 지냄

킹스가드

제이미 라니스터 경 단장

메린 트랜트 경

발론 스완 경

오스먼드 케틀블랙 경

로라스 티렐 경 꽃의 기사

아리스 오크하트 경

소협의회

타이윈 라니스터 공 왕의 수관

케반 라니스터 경 법률관

피터 베일리시 공 일명 리틀핑거, 재무관

바리스 내시, 일명 거미, 첩보관

메이스 티렐 공 해군관

파이셀 대학사

신하와 가신

일린 페인 경 왕의 심판관, 처형 집행인

화염술사 할린 공 연금술사 길드의 현자

문보이 어릿광대

올드타운의 오몬드 왕실 가수 겸 하프 연주자

돈토스 홀라드 어릿광대이자 주정뱅이, 과거에는 붉은 기사 돈토스 경이었음

잘라바르 쇼 여름 군도의 망명자, 붉은 꽃 협곡의 왕자

탠다 스토크워스 부인

› **팔리스** 딸, 발만 버치 경과 혼인

› **롤리스** 딸, 34세로 미혼, 머리가 모자람, 강간으로 임신

› **프렌켄 학사** 치료자 겸 조언자

자일스 로스비 공 병든 노인

탤러드 경 유망한 젊은 기사

모로스 슬린트 공 종자, 전임 도시 경비대장의 맏아들

› **조토스 슬린트** 그 동생, 종자

› **다노스 슬린트** 그 동생, 시동

보로스 블런트 경 전임 킹스가드 기사, 비겁함 때문에 세르세이 왕대비가 해임

조스민 페클던 종자, 블랙워터 전투의 영웅

필립 푸트 경 블랙워터 전투에서 보인 용맹으로 도르네 변경지 영주로 임명

로소르 브룬 경 블랙워터 전투에서의 업적으로 일명 사과 먹는 로소르로 불림, 과거 베일리시 공을 섬기던 자유기수

킹스랜딩에 있는 그 밖의 영주와 기사

마티스 로완 골든그로브의 영주

팍스터 레드와인 아버의 영주

› **호라스 경과 호버 경** 팍스터 공의 쌍둥이 아들, 호러(골칫덩이)와 슬로버(침흘리개)라는

별명이 있음

› **발라바르 학사** 레드와인 공의 치료사

아드리안 셀티가르 클로섬의 영주

알레산더 스태드먼 일명 돈 귀신

보니퍼 헤이스티 경 일명 선량한 보니퍼 경, 유명한 기사

도넬 스완 경 스톤헬름의 후계자

로넷 코닝턴 경 일명 '붉은 로넷', 그리핀스루스트의 기사

오레인 워터스 드리프트마크의 서자

비 숲의 더못 경 유명한 기사

스치는 검 티몬 경 유명한 기사

킹스랜딩 사람들

도시 경비대(황금 망토)

› **{자슬린 바이워터 경}** 일명 무쇠 손, 도시 경비대장, 블랙워터 전투 중에 부하에게 참살됨

› **아담 마브랜드 경** 도시 경비대장, 자슬린 경의 후임

차타야 값비싼 매춘굴의 주인

› **알라야야** 그 딸

› **댄시, 마레이, 제이드** 차타야의 여자들

토보 모트 무기제조 장인

아이언벨리 대장장이

하프쟁이 해미시 유명한 가수

콜리오 콰이니스 티로시 가수

아름다운 손가락 베타니 여자 가수

에이슨의 알라릭 멀리 여행 다니는 가수

카이의 갈리언 노래가 길기로 악명 높은 가수

은혀의 사이먼 가수

북부의 왕
트라이던트의 왕

북부의 왕이 휘날리는 깃발은 수천 년째 그대로이다. 윈터펠의 스타크를 상징하는 회색 다이어울프가 새하얀 바탕을 뛰어가는 모습이다.

롭 스타크 윈터펠의 영주이자 북부의 왕이며 트라이던트의 왕, 윈터펠의 영주 에다드 스타크와 툴리 가문의 캐틀린 부인 사이에서 태어난 맏아들

그레이윈드 롭의 다이어울프
캐틀린 부인 롭의 어머니, 툴리 가문, 에다드 스타크 공의 과부

롭의 형제
산사 왕녀 여동생, 12세 소녀, 킹스랜딩의 포로
› **{레이디}** 산사의 다이어울프, 대리 성에서 살해됨
아리아 왕녀 여동생, 10세 소녀, 실종되어 사망 추정
› **니메리아** 아리아의 다이어울프, 트라이던트 근처에서 실종
브랜던 왕자 남동생, 일명 브랜, 북부의 후계자, 9세 소년, 사망 추정
› **서머** 브랜의 다이어울프
브랜의 동료 겸 보호자
› **미라 리드** 16세 처녀, 그레이워터워치의 영주 하울랜드 리드의 딸
› **조젠 리드** 그 남동생, 13세
› **호도** 모자란 마구간지기, 키가 2미터가 넘음

리콘 왕자 남동생, 4세 소년, 사망 추정

› **섀기독** 리콘의 다이어울프

리콘의 동료 겸 보호자

› **오샤** 윈터펠에서 부엌데기로 일한 야인 포로

존 스노우 이복 형제, 밤의 경비대에 서약한 형제

› **고스트** 존의 다이어울프

부계 친척

{브랜던 스타크} 아버지의 형, 아에리스 타르가르엔 2세의 명령으로 참살됨

{리안나 스타크} 아버지의 여동생, 로버트의 반란 중에 도르네 산맥에서 사망

벤젠 스타크 아버지의 남동생, 밤의 경비대 대원, 장벽 너머에서 실종

모계 친척

라이사 아린 어머니의 여동생, 이어리의 여주인이자 존 아린 공의 과부

› **로버트 아린** 아들, 이어리의 영주

에드무어 툴리 경 어머니의 남동생, 리버런의 후계자

브린덴 툴리 경 외조부의 남동생, 일명 검은 물고기

맹약검사와 동료

올리바 프레이 종자

웬델 맨덜리 경 화이트하버 영주의 둘째 아들

파트렉 말리스터 시가드의 후계자

데이시 모르몬트 매기 모르몬트 여영주의 맏딸이자 곰섬의 후계자

존 엄버 일명 스몰존, 라스트허스의 후계자

도넬 로크, 오언 노리, 로빈 플린트 등 북부인

휘하 영주와 지휘관

(서부에 있는 롭의 군대)

브린덴 툴리 경 일명 검은 물고기, 척후대와 별동대 지휘

존 엄버 일명 그레이트존, 선봉대 지휘

리카드 카스타크 카홀드의 영주

갤버트 글로버 딥우드모트의 주인

매기 모르몬트 곰섬의 여영주

{스테브론 프레이 경} 왈더 프레이 공의 맏아들이자 트윈스의 후계자, 옥스크로스에서 사망

› **라이먼 프레이 경** 스테브론 경의 맏아들

› › **검은 왈더 프레이** 라이먼 경의 아들

마틴 리버스 왈더 프레이 공의 서자

(하렌홀에 있는 루스 볼턴의 군대)

루스 볼턴 드레드포트의 영주

아에니스 프레이 경, 제러드 프레이 경, 호스틴 프레이 경, 댄웰 프레이 경

› **로넬 리버스** 그들의 천출 이복형제

윌리스 맨덜리 경 화이트하버의 후계자

› **카일 콘돈 경** 그 아래에 있는 기사

로넬 스타우트

바고 호트 자유도시 코호르 출신, 용병 부대 '용감한 형제단'의 단장

› **어스윅** 부관, 일명 신실한 어스윅

› **우트 성사** 부관

› **도르네의 티미온, 로지, 이고, 뚱보 졸로, 바이터, 이벤의 토그 조트, 피그, 세 발가락** 그 부하들

› **콰이번** 목걸이 없는 학사이자 때로는 사령술사, 바고 호트의 치료사

(더스큰데일을 공격 중인 북부군)

로벳 글로버 딥우드모트 출신

헬만 톨하트 경 토르헨스퀘어 출신

해리온 카스타크 리카드 카스타크 공의 아들 중 유일한 생존자로 카홀드의 후계자

(에다드 공의 뼈를 가지고 북부를 이동 중)

할리스 몰렌 윈터펠 위병대장

잭스, 퀜트, 샤드 위병들

북부의 휘하 영주와 수호성주

와이먼 맨덜리 화이트하버의 영주

하울랜드 리드 그레이워터워치의 영주, 호상민

까마귀 밥 모스 엄버, 창녀잡이 호서 엄버 그레이트존 엄버의 숙부들로 라스트허스의 공동 수호성주

리에사 플린트 위도스워치의 여영주

온드류 로크 올드캐슬의 영주, 노인

{클레이 세르윈} 세르윈의 영주, 14세 소년, 윈터펠 전투에서 살해당함

› **조넬레 세르윈** 누이, 32세 처녀, 현재 세르윈의 여영주

{레오발드 톨하트} 헬만 경의 동생으로 토르헨스퀘어의 수호성주, 윈터펠 전투에서 살해당함

› **베레나** 레오발드의 아내, 혼우드 가문

› **브랜던** 레오발드의 아들, 14세 소년

› **베렌** 레오발드의 아들, 10세 소년

› **{벤프레드}** 헬만 경의 아들, 스토니쇼어에서 강철인들에게 살해당함

› **에다라** 헬만 경의 딸, 9세 소녀, 토르헨스퀘어의 후계자

시벨 부인 로벳 글로버의 아내, 딥우드모트에서 아샤 그레이조이에게 포로로 잡힘

› **가웬** 로벳의 아들, 3세, 딥우드모트의 정당한 후계자, 아샤 그레이조이의 포로

› **에레나** 로벳의 딸, 1세 아기, 아샤 그레이조이의 포로

› **라렌스 스노우** 혼우드 공의 서자이자 갤버트 글로버의 대자, 13세, 아샤 그레이조이의 포로

협해의 왕

스타니스 왕은 그 깃발에 빛의 군주를 상징하는 불타는 심장을 집어넣었다. 노란색 바탕에 오렌지색 불길에 둘러싸인 붉은 심장 모양이다. 그 심장 안에는 검은색으로 바라테온 가문의 상징인 왕관 쓴 수사슴이 들어간다.

스타니스 바라테온 스타니스 1세, 스테폰 바라테온 공과 에스터몬트 가문의 카사나 부인 사이에 태어난 둘째 아들, 과거 드래곤스톤의 영주

셀리스 부인 아내, 플로렌트 가문
시린 공주 두 사람의 딸, 11세 소녀
› **패치페이스** 공주의 멍청한 어릿광대
에드릭 스톰 천출 조카, 12세 소년, 로버트 왕이 델레나 플로렌트에게 얻은 서자
데반 시워스와 브라이엔 파링 종자

신하와 가신
알레스터 플로렌트 공 브라이트워터킵의 영주이자 왕의 수관, 왕비의 숙부
액셀 플로렌트 경 드래곤스톤의 수호성주이자 왕비 측 사람들의 지휘자, 왕비의 숙부
아사이의 멜리산드레 일명 붉은 여인, 빛의 군주이며 불꽃과 그림자의 신인 를로르의 여사제
필로스 학사 치료사이자 교사이자 조언자
다보스 시워스 경 일명 양파 기사, 때로는 반손이, 과거 밀수업자
› **마리아 부인** 다보스의 처, 목수의 딸
두 사람의 일곱 아들

›› **{데일}** 블랙워터에서 실종

›› **{알라드}** 블랙워터에서 실종

›› **{매토스}** 블랙워터에서 실종

›› **{매릭}** 블랙워터에서 실종

›› **데반** 스타니스 왕의 종자

›› **스타니스** 9세 소년

›› **스테폰** 6세 소년

살라도르 산 자유도시 리스 출신, 자칭 협해의 왕자 겸 블랙워터만의 영주, 발리리안호와 그 자매선들의 주인

› **메이조 마르** 그에게 고용된 내시

› **코레인 사스만테스** 갤리선 샤얄라의 춤호 선장

포리지와 장어 두 명의 간수

휘하 영주

몬테리스 벨라리온 타이드의 영주이자 드리프트마크의 주인, 6세 소년

듀람 바르 에몬 샤프포인트의 영주, 15세 소년

길버트 파링 경 스톰스엔드 수호성주

› **엘우드 메도스 공** 길버트 경의 2인자

› **저언 학사** 길버트 경의 조언자 겸 치료사

루코스 치터링 공 일명 꼬마 루코스, 16세 청년

레스터 모리겐 크로스네스트의 영주

기사와 맹약검사

로마스 에스터몬트 경 왕의 외숙부

› **앤드류 에스터몬트 경** 아들

롤랜드 스톰 경 일명 나이트송의 서자, 고(故) 브라이엔 카론 공의 천출 아들

파멘 크레인 경 일명 자주색 파멘, 하이가든에 포로로 잡혀 있음

에렌 플로렌트 경 셀리스 왕비의 남동생, 하이가든에 포로로 잡혀 있음

제랄드 가워 경

탤리힐의 트리스턴 경 과거 건서 선글라스 공을 섬김

르위스 일명 생선 장수

오머 블랙베리

바다 건너의 여왕

대너리스 타르가르옌의 깃발은 정복자 아에곤과 그가 세운 왕조의 깃발이다. 검은색 바탕에 붉은색으로 삼두룡이 그려져 있다.

대너리스 타르가르옌 대너리스 1세, 도트락인들의 칼리시, 일명 폭풍의 딸 대너리스, 불타지 않는 분, 드래곤의 어머니, 아에리스 타르가르옌 2세의 유일한 생존 후계자, 도트락의 칼이었던 드로고의 과부

드로곤, 비세리온, 라에갈 성장 중인 드래곤들

퀸스가드

› **조라 모르몬트** 과거 곰섬의 영주, 노예 무역 때문에 망명

› **조고** 코이자 혈맹기수, 채찍을 지닌 자

› **아고** 코이자 혈맹기수, 활을 지닌 자

› **라카로** 코이자 혈맹기수, 아라크를 지닌 자

› **힘센 벨와스** 과거 미린의 투기장에서 싸우던 내시 노예

›› **흰 수염 아르스탄** 벨와스의 나이 많은 종자, 웨스테로스 사람

시녀

› **이리** 도트락 소녀, 15세

› **지키** 도트락 소녀, 14세

그롤리오 대형 상선 발레리온호의 선장, 일리리오 모파티스에게 고용된 펜토스인 뱃사람

사망한 친족

{라에가르} 오빠, 드래곤스톤의 왕자이며 철왕좌의 후계자였음, 트라이던트에서 로버트 바라테온에게 참살됨

› **{라에니스}** 도르네의 엘리아와 라에가르의 딸, 킹스랜딩 약탈 중 살해당함

› **{아에곤}** 도르네의 엘리아와 라에가르의 아들, 킹스랜딩 약탈 중 살해당함

{비세리스} 오빠, 자칭 비세리스 3세, 일명 거지 왕, 바에스 도트락에서 칼 드로고에게 참살됨

{드로고} 남편, 도트락의 위대한 칼, 전투에서 한 번도 진 적이 없으나 부상으로 사망

› **{라에고}** 칼 드로고와의 사이에서 가진 사산아, 미리 마즈 두르에 의해 배 속에서 참살됨

알려진 적

칼 포노 한때 드로고의 코였음

칼 자코 한때 드로코의 코였음

› **마고** 그의 혈맹기수

콰스의 불멸자들 흑마법사 무리

› **피아트 프리** 콰스인 흑마법사

비탄자 콰스의 암살자 길드

과거와 현재의 불확실한 우군

자로 쇼안 닥소스 콰스의 상인 왕자

퀘이트 아사이 출신의 가면 쓴 그림자술사

일리리오 모파티스 자유도시 펜토스의 마지스터, 칼 드로고와의 혼인을 주선함

아스타포에서 만난 사람

크라즈니스 모 나클로즈 부유한 노예상

› **미산데이** 그의 노예, 10세 소녀, 나스의 평화인 출신

그라즈단 모 울호르 늙은 노예상, 매우 부유함

› **클레온** 그의 노예, 푸주한 겸 요리사

회색 벌레 거세병

융카이에서 만난 사람

그라즈단 모 에라즈 사절이자 귀족

브라보스의 메로 일명 거인의 서자, 용병대 둘째 아들들의 대장

› **갈색 벤 플럼** 둘째 아들들의 장교로 혈통이 모호한 용병

프렌달 나 게즌 기스인 용병, 용병대 폭풍 까마귀 대장

대머리 살로르 쾨스인 용병, 폭풍 까마귀 대장

다리오 나하리스 화려한 티로시인 용병, 폭풍 까마귀 대장

미린에서 만난 사람

오즈나크 조 팔 도시의 영웅

군도와 북부의 왕

발론 그레이조이 회색 왕 이후로 세면 발론 9세, 자칭 강철 군도와 북부의 왕, 소금과 바위의 왕, 바닷바람의 아들, 파이크의 사신

알라니스 왕비 아내, 할로우 가문

두 사람의 자녀

› **{로드릭}** 맏아들, 그레이조이 반란 당시 시가드에서 참살됨

› **{마론}** 둘째아들, 그레이조이 반란 당시 파이크에서 참살됨

› **아샤** 딸, 블랙윈드호의 선장이며 딥우드모트의 정복자

› **테온** 막내아들, 바다 요물호의 선장이며 짧은 기간 동안 윈터펠의 왕자였음

›› **웩스 파이크** 테온의 종자, 보틀리 공의 이복형제의 서자, 말을 못하는 12세 소년

›› **우르젠, 생선 수염 마론 보틀리, 스티그, 게빈 할로우, 캐드월** 테온의 선원들, 바다 요물호 소속

형제

유론 일명 까마귀 눈, 침묵호의 선장, 악명 높은 무법자, 해적, 약탈자

빅타리온 강철 함대의 함대장, 강철 승리호의 주인

아에론 일명 젖은 머리, 익사한 신의 사제

파이크의 가신

웬다미르 학사 치료사 겸 조언자

헬리야 성 관리인

전사와 맹약검사

갈라진 턱 다그머 거품 고래호의 선장

파란 이빨 장선 선장

울러, 스카이트 노잡이이자 전사

웃지 않는 안드릭 거한

콸 일명 처녀 콸, 수염이 없지만 치명적임

로드스포트 사람

절름발이 오터 여관 주인이자 포주

시그린 선박 장인

휘하 영주

사웨인 보틀리 파이크섬 로드스포트의 영주

윈치 공 파이크섬 아이언홀트의 영주

올드윅섬의 스톤하우스, 드럼, 굿브러더

그레이트윅섬의 굿브러더 공, 스파르, 멀린 공, 파윈드 공

할로우섬의 할로우 공

할로우섬의 볼마크, 마이어, 스톤트리, 케닝

오크몬트섬의 오크우드와 타우니

블랙타이드섬의 블랙타이드 공

솔트클리프섬의 솔트클리프 공과 선덜리 공

— 다른 가문들 —

아린 가문

아린 가문은 산과 협곡의 왕들로부터 내려오는, 안달 귀족 중에서도 가장 오래되고 순수한 혈통 중 하나이다. 아린 가문은 다섯 왕의 전쟁에 참여하지 않고, 아린 협곡을 지키기 위해 힘을 비축하고 있다. 아린의 문장은 하늘색 바탕에 하얀 달과 매. 아린의 가언은 '명예만큼 드높게'이다.

로버트 아린 이어리의 영주, 협곡의 방어자, 동부의 관리자, 병약한 8세 소년

라이사 부인 어머니, 툴리 가문, {존 아린 공}의 세 번째 아내이자 과부이며 캐틀린 스타크의 여동생

가신

마릴리언 젊은 가수, 라이사 부인에게 총애를 받음

콜먼 학사 조언자이자 치료사, 교사

마르윈 벨모어 경 위병대장

모드 잔혹한 간수

휘하 영주와 기사와 신하

네스토 로이스 공 협곡의 고위 집사이며 달의 관문 수호성주, 로이스 가문의 방계

› **알바르 경** 네스토 공의 아들

› **미란다** 네스토 공의 딸

› **미아 스톤** 그를 섬기는 서녀, 로버트 바라테온 왕의 사생아

욘 로이스 공 일명 청동 욘, 룬스톤의 영주, 로이스 가문의 직계로 네스토 공의 사촌

› **안다르 경** 욘 공의 맏아들

› **{로바르 경}** 욘 공의 둘째 아들, 렌리 왕의 레인보우가드 기사, 스톰스엔드에서 로라스 티렐 경에게 참살됨

› **{웨이마르 경}** 욘 공의 막내아들, 밤의 경비대 대원, 장벽 너머에서 실종

린 코브레이 경 라이사 부인의 구혼자

› **미첼 레드포트** 그의 종자

아냐 웨인우드 부인

› **모턴 경** 아냐 부인의 맏아들이자 후계자, 라이사 부인의 구혼자

› **도넬 경** 아냐 부인의 둘째 아들, 관문의 기사

이언 헌터 롱보우홀의 영주, 노인이며 라이사 부인의 구혼자

호턴 레드포트 레드포트의 영주

플로렌트 가문

브라이트워터킵의 플로렌트 가문은 리치의 옛 왕가인 가드너 가문과 혈연관계가 있다는 점에서 하이가든을 가질 자격이 더 있음에도, 티렐 가문의 휘하에 있다. 다섯 왕 전쟁 발발 당시 알레스터 플로렌트 공은 티렐 가문을 따라 렌리 왕에 대한 지지를 선언했으나, 그 동생으로 이미 수년간 드래곤스톤 수호성주로 일했던 액셀 경은 스타니스 왕을 선택했다. 그들의 조카인 셀리스는 스타니스 왕의 비이다. 렌리가 스톰스엔드에서 죽자 플로렌트 가문은 렌리의 휘하 중 첫 번째로 전 병력을 스타니스에게 넘겼다. 플로렌트 가문의 상징은 꽃의 원 안에 들어간 여우 머리다.

알레스터 플로렌트 브라이트워터의 영주

멜라라 부인 아내, 크레인 가문

두 사람의 자녀

› **알레킨** 브라이트워터의 후계자

› **멜레사** 랜딜 탈리 공과 결혼

› **리아** 레이톤 하이타워 공과 결혼

형제

액셀 경 드래곤스톤의 수호성주

{리암 경} 낙마로 사망

› **셀리스 왕비** 리암 경의 딸, 스타니스 왕과 결혼

› **{임리 경}** 리암 경의 아들, 블랙워터에서 스타니스 바라테온의 함대를 지휘하다가 맹위호와 함께 실종

› **에렌 경** 리암 경의 둘째 아들, 하이가든에 포로로 잡혀 있음

콜린 경

› **델레나** 콜린 경의 딸, 호스먼 노크로스 경과 결혼

›› **에드릭 스톰** 델레나의 아들, 로버트 왕의 서자, 12세

›› **알레스터 노크로스** 델레나의 아들, 8세

›› **렌리 노크로스** 델레나의 아들, 2세

› **오머 학사** 콜린 경의 아들, 올드오크에서 봉직

› **메렐** 콜린 경의 아들, 아버에서 종자로 봉직

라일린 그의 누이, 리처드 크레인 경과 결혼

프레이 가문

강력하고 부유하며 수가 많은 프레이 가문은 툴리 가문의 휘하에 있지만, 언제나 의무를 성실히 수행하지는 않았다. 로버트 바라테온이 트라이던트에서 라에가르 타르가르옌과 맞붙었을 때, 프레이 가문은 전투가 끝날 때까지 도착하지 않았고, 그 후로 호스터 툴리 공은 언제나 왈더 공을 '늦장 프레이 공'이라고 불렀다. 자기 바지 속에서 나온 사람만으로 군대를 편성할 수 있는 영주는 칠왕국에 프레이 공 하나뿐이라는 말이 있다. 다섯 왕 전쟁 발발 당시 롭 스타크는 그의 딸이나 손녀딸 중 한 명과 결혼하겠다는 맹세로 왈더 공의 충성을 얻어냈다. 왈더 공의 손자 두 명은 윈터펠에 대자로 갔다.

왈더 프레이 크로싱의 영주

첫 번째 아내, 로이스 가문 출신의 {페라 부인}

{스테브론 경} 그들의 맏아들, 옥스크로스 전투에서 사망

결혼 {코레나 스완} 쇠약 질환으로 사망

› **라이먼 경** 스테브론의 맏아들, 트윈스의 후계자

›› **에드윈** 라이먼의 아들, 재니스 헌터와 결혼

››› **왈다** 에드윈의 딸, 8세 소녀

›› **왈더** 라이먼의 아들, 일명 검은 왈더

›› **피터** 라이먼의 아들, 일명 여드름 피터

››› **밀렌다 카론** 아내

››› **페라** 피터의 딸, 5세 소녀

결혼 {제인 리든} 낙마로 사망

› **아에곤** 스테브론의 아들, 일명 징글벨이라 불리는 반편이

› **{마에겔}** 스테브론의 딸, 대핀 밴스 경과 결혼, 출산 중 사망

›› **마리안느** 마에겔의 딸, 처녀

›› **왈더 밴스** 마에겔의 아들, 종자

›› **파트렉 밴스** 마에겔의 아들

결혼 {마르셀라 웨인우드} 출산 중 사망

› **월튼** 스테브론의 아들, 디아나 하딩과 결혼

›› **스테폰** 월튼의 아들, 일명 사탕

›› **왈다** 월튼의 딸, 일명 아름다운 왈다

›› **브라이언** 월튼의 아들, 종자

에몬 경 젠나 라니스터와 결혼

› **클레오스 경** 에몬의 아들, 제인 대리와 결혼

›› **타이윈** 클레오스의 아들, 11세의 종자

›› **윌렘** 클레오스의 아들, 애시마크에서 시동으로 지냄, 9세

› **라이오넬 경** 에몬의 아들, 멜레사 크레이크홀과 결혼

› **티온** 에몬의 아들, 리버런의 포로

› **왈더** 에몬의 아들, 일명 붉은 왈더, 캐스털리록에서 종자로 지냄

아에니스 경 출산 중 사망한 {티아나 와일드}와 결혼

› **아에곤 블러드본** 아에니스의 아들, 범법자

› **라에가르** 아에니스의 아들, 제인 비스버리와 결혼

›› **로버트** 라에가르의 아들, 13세 소년

›› **왈다** 라에가르의 딸, 10세 소녀, 일명 하얀 왈다

›› **조노스** 라에가르의 아들, 8세 소년

페리안 레슬린 하이 경과 결혼

› **하리스 하이 경** 페리안의 아들

›› **왈더 하이** 하리스의 아들, 4세 소년

› **도넬 하이 경** 페리안의 아들

› **알린 하이** 페리안의 아들, 종자

두 번째 아내, 스완 가문의 {시레나 부인}

제러드 경 그들의 맏아들, {알리스 프레이}와 결혼

› **타이토스 경** 제러드의 아들, 조이 블레인트리와 결혼

›› **지아** 타이토스의 딸, 14세 처녀

›› **재커리** 타이토스의 아들, 12세 소년, 올드타운의 성소에서 훈련 중

› **키라** 제러드의 딸, 가아스 굿브룩 경과 결혼

›› **왈더 굿브룩** 키라의 아들, 9세 소년

›› **제인 굿브룩** 키라의 딸, 6세

루시언 성사 킹스랜딩의 바엘로르 대성소에서 봉직 중

세 번째 아내, 크레이크홀 가문의 {애머레이 부인}

호스틴 경 그들의 맏아들, 벨레나 하워과 결혼

› **아우드 경** 호스틴의 아들, 리엘라 로이스와 결혼

›› **리엘라** 아우드의 딸, 5세 소녀

›› **앤드로와 알린** 아우드의 쌍둥이 아들, 3세

리테네 부인 루시아스 바이프렌 공과 결혼

› **엘리아나** 리테네의 딸, 존 와일드 경과 결혼

›› **리카드 와일드** 엘리아나의 아들, 4세

› **데이먼 바이프렌 경** 리테네의 아들

사이먼드 브라보스의 베사리오스와 결혼

› **알레산더** 사이먼드의 아들, 가수

› **알릭스** 사이먼드의 딸, 17세 처녀

› **브라다마** 사이먼드의 아들, 10세 소년, 브라보스 상인 오로 텐디리스의 대자로 브라보스에 가 있음

댄웰 경 위나프레이 휀트와 결혼

› {많은 사산과 유산}

메렛 마리야 대리와 결혼

› **애머레이** 메렛의 딸, 보통 애미로 불림, 16세의 과부, 블루포크의 {페이트 경}과 결혼

› **왈다** 메렛의 딸, 일명 뚱뚱한 왈다, 15세 처녀, 루스 볼턴 경과 결혼

› **마리사** 메렛의 딸, 13세 처녀

› **왈더** 메렛의 아들, 일명 작은 왈더, 7세 소년, 캐틀린 스타크 부인의 대자로 가 있던 윈터펠에서 포로로 잡힘

{제레미 경} 익사, 캐롤레이 웨인우드와 결혼

› **산도르** 제레미의 아들, 12세 소년, 도넬 웨인우드 경의 종자

› **신시아** 제레미의 딸, 9세 소녀, 아냐 웨인우드 부인의 대자

레이먼드 경 베오니 비스버리와 결혼

› **로버트** 레이먼드의 아들, 16세, 올드타운 시타델에서 훈련 중

› **말윈** 레이먼드의 아들, 15세, 리스에서 연금술사 견습생 생활 중

› **세라와 사라** 레이먼드의 쌍둥이 딸, 14세 처녀들

› **세르세이** 레이먼드의 딸, 6세, 일명 작은 벌

네 번째 아내, 블랙우드 가문의 {알리사 부인}

로타르 그들의 맏아들, 일명 절름발이 로타르, 레오넬라 레포드와 결혼

› **티산** 로타르의 딸, 7세 소녀

› **왈다** 로타르의 딸, 4세 소녀

› **엠벌레이** 로타르의 딸, 2세 소녀

자모스 경 살레이 페이지와 결혼

› **왈더** 자모스의 아들, 일명 큰 왈더, 8세 소년, 캐틀린 스타크 부인의 대자로 가 있던 윈터펠에서 포로로 잡힘

› **디콘과 마티스** 자모스의 쌍둥이 아들, 5세

휠렌 경 실와 페이지와 결혼

› **호스터** 휠렌의 아들, 12세 소년, 데이먼 페이지 경의 종자

› **메리안느** 휠렌의 딸, 일명 메리, 11세 소녀

모리야 부인 플레멘트 브락스 경과 결혼

› **로버트 브락스** 모리야의 아들, 9세, 캐스털리록에 시동으로 가 있음

› **왈더 브락스** 모리야의 아들, 6세 소년

› **존 브락스** 모리야의 아들, 3세 아기

티타 일명 처녀 티타, 29세의 처녀

다섯 번째 아내, 헨트 가문의 {사리아 부인}

› 소생 없음

여섯 번째 아내, 로스비 가문의 {베타니 부인}

퍼윈 경 그들의 맏아들

벤프레이 경 사촌인 지안나 프레이와 결혼

› **델라** 벤프레이의 딸, 일명 귀머거리 델라, 3세 소녀

› **오스먼드** 벤프레이의 아들, 2세 소년

윌라멘 학사 롱보우홀에서 봉직

올리바 롭 스타크를 섬기는 종자

로슬린 16세 처녀

일곱 번째 아내, 파링 가문의 {아나라 부인}

아르윈 14세 처녀

웬델 그들의 맏아들, 13세 소년, 시가드에 시동으로 가 있음

콜마 교단에 들어가기로 되어 있음, 11세

왈티르 일명 티르, 10세 소년

엘마 아리아 스타크와 약혼, 9세 소년

시레이 6세 소녀

여덟 번째 아내, 에렌포드 가문의 조유즈 부인

› 현재까지 소생 없음

여러 여자에게서 태어난 왈더 공의 사생아들

왈더 리버스 일명 서자 왈더

› **아에몬 리버스 경** 서자 왈더의 아들

› **왈다 리버스** 서자 왈더의 딸

멜위스 학사 로스비에서 봉직

제인 리버스, 마틴 리버스, 라이거 리버스, 로넬 리버스, 멜라라 리버스 등

라니스터 가문

캐스털리록의 라니스터 가문은 철왕좌에 대한 권리를 주장하는 조프리 왕의 중요 지지자로 남아 있다. 그들은 영웅 시대 전설적인 트릭스터 '영리한 란'의 후손이라고 자랑한다. 캐스털리록과 골든투스의 황금 덕분에 대가문 중에서 가장 부유하다. 라니스터의 상징은 진홍색 바탕에 금색 사자이며 가언은 '내 포효를 들으라!'이다.

타이윈 라니스터 캐스털리록의 영주, 서부의 관리자, 라니스포트의 방패, 왕의 수관

제이미 경 아들, 일명 킹슬레이어, 세르세이와 쌍둥이, 킹스가드 단장, 동부의 관리자, 리버런의 포로

세르세이 왕대비 딸, 제이미와 쌍둥이, 로버트 바라테온 1세의 과부, 아들 조프리의 섭정대비

› **조프리 바라테온 왕** 아들, 13세 소년

› **미르셀라 바라테온 공주** 딸, 9세 소녀, 도르네의 도란 마르텔 대공의 대녀

› **토멘 바라테온 왕자** 아들, 8세 소년, 철왕좌의 후계자

티리온 난쟁이 아들, 일명 꼬마 악마 또는 반쪽이, 블랙워터에서 부상과 흉터를 입음

형제

케반 경 첫째 남동생

› **도르나** 케반 경의 아내, 스위프트 가문

› **란셀 경** 아들, 과거 로버트 왕의 종자, 부상을 입고 빈사 상태

› **윌렘** 아들, 마틴과 쌍둥이, 종자, 리버런의 포로

› **마틴** 아들, 윌렘과 쌍둥이, 종자, 롭 스타크의 포로

› **제이네** 딸, 2세 소녀

젠나 누이, 에몬 프레이 경과 혼인

› **클레오스 프레이 경** 아들, 리버런의 포로

› **라이오넬 경** 아들

› **티온 프레이** 아들, 종자, 리버런의 포로

› **왈더** 아들, 일명 붉은 왈더, 캐스털리록에서 종자로 지냄

{타이겟 경} 둘째 남동생, 매독으로 사망

› **달레사** 타이겟의 미망인, 마브랜드 가문

› **타이렉** 타이겟의 아들, 왕의 종자, 실종

{제리온} 막냇동생, 바다에서 실종

› **조이** 제리온의 서녀, 11세

친척

{스태퍼드 라니스터 경} 사촌, 고 조안나 부인의 남자 형제, 옥스크로스에서 참살됨

› **세레나와 미리엘** 스태퍼드 경의 딸들

› **대븐 경** 스태퍼드 경의 아들

다미언 라니스터 경 시에라 크레이크홀 부인과 결혼

› **루시온 경** 아들

› **라나** 딸, 안타리오 재스트 공과 결혼

마고트 티투스 피크 공과 결혼

가신

크렐린 학사 치료사, 교사 겸 조언자

바일러 위병대장

› **럼과 붉은 레스터** 위병들

하얀 미소 왓 가수

베네딕트 브룸 경 훈련대장

휘하 영주

데이먼 마브랜드 애시마크의 영주

› **아담 마브랜드 경** 그의 아들이자 후계자

롤란드 크레이크홀 크레이크홀의 영주

› **{버튼 크레이크홀 경}** 그 형제, 베릭 돈다리온 공과 그의 무법자들 손에 살해됨

› **티볼트 크레이크홀 경** 그 아들이자 후계자

› **라일 크레이크홀 경** 둘째 아들, 일명 힘센 멧돼지, 핑크메이든의 포로

› **멀론 크레이크홀 경** 막내아들

{안드로스 브락스} 혼베일의 영주, 리버런 외곽 주둔지 전투 중 익사

› **{루퍼트 브락스 경}** 그 형제, 옥스크로스에서 참살됨

› **타이토스 브락스 경** 큰아들, 현재 혼베일의 영주, 트윈스의 포로

› **{로버트 브락스 경}** 둘째 아들, 여울 전투에서 참살됨

› **플레멘트 브락스 경** 셋째 아들, 현재 후계자

{레오 레포드 공} 스톤밀에서 익사

레지나드 에스트렌 윈드홀의 영주, 트윈스의 포로

가웬 웨스털링 크래그의 영주, 시가드의 포로

› **시벨 스파이서 부인** 아내

›› **롤프 스파이서 경** 그녀의 동생

›› **샘웰 스파이서 경** 그녀의 사촌

두 사람의 자녀

›› **레이널드 웨스털링 경**

›› **제인** 16세 처녀

›› **엘레니아** 12세 소녀

›› **롤럼** 9세 소년

르위스 리든 딥덴의 영주

안타리오 재스트 공 핑크메이든의 포로

필립 플럼 공

› **데니스 플럼 경, 페터 플럼 경, 그리고 일명 하드스톤 하르윈 플럼 경** 아들들

퀜튼 베인포트 베인포트의 영주, 조노스 브라켄 공의 포로

기사와 지휘관

하리스 스위프트 경 케반 라니스터 경의 장인

› **스테폰 스위프트 경** 하리스 경의 아들

›› **조안나** 스테폰 경의 딸

› **셜리** 하리스 경의 딸, 멜윈 사스필드 경과 결혼

폴리 프레스터 경

가스 그린필드 경 레이븐트리홀의 포로

라이먼드 비카리 경 웨이페어러스레스트의 포로

셀몬드 스택스피어 공

› **스테폰 스택스피어 경** 아들

› **알린 스택스피어 경** 아들

테런스 케닝 케이스의 영주

› **케이스의 케노스 경** 그 아래 있는 기사

그레고르 클리게인 경 일명 달리는 산더미

› **폴리버, 치즈윅, 친절한 라프, 던센, 티클러 등** 그 밑에 있는 병사들

{아모리 로치 경} 하렌홀 함락 이후 바고 호트가 곰 먹이로 던져줌

마르텔 가문

도르네는 일곱 왕국 중에서 마지막으로 철왕좌에 충성을 맹세한 왕국이었다. 도르네인은 혈통, 관습, 역사 모든 면에서 다른 왕국들과 다르다. 다섯 왕 전쟁이 터졌을 때, 도르네는 아무 역할도 맡지 않았다. 미르셀라 바라테온을 트리스탄 공자와 약혼시키면서 선스피어는 조프리 왕을 지지하겠다고 선언하고 휘하를 소집했다. 마르텔의 깃발은 금색 창에 꿰뚫린 붉은 태양이며 가언은 '굽히지 않고, 휘지 않고, 꺾이지 않으리'다.

도란 니메로스 마르텔 선스피어의 영주, 도르네 대공

멜라리오 아내, 자유도시 노보스 출신

두 사람의 자녀

› **아리안느 공녀** 맏딸, 선스피어의 후계자

› **쿠엔틴 공자** 맏아들

› **트리스탄 공자** 둘째 아들, 미르셀라 바라테온과 약혼

형제

{엘리아 공녀} 누이, 라에가르 타르가르옌 왕자와 혼인, 킹스랜딩 점령 중에 참살됨

› **{라에니스 공주}** 엘리아의 딸, 어린 소녀로 킹스랜딩 점령 중에 참살됨

› **{아에곤 왕자}** 엘리아의 아들, 아기로 킹스랜딩 점령 중에 참살됨

오베린 공자 남동생, 일명 붉은 독사

› **엘라리아 샌드** 오베린 공자의 정부

› **오바라, 니메리아, 티엔, 사렐라, 엘리아, 오벨라, 도리아, 로레자** 오베린 공자의 서녀, 일명 모

래 뱀들

오베린 공자의 일행

› **하먼 울러** 헬홀트의 영주

›› **얼윅 울러 경** 하먼의 동생

› **리온 알리리온 경**

›› **다에몬 샌드 경** 리온 경의 아들, 갓즈그레이스의 서자

› **다고스 맨우디** 킹스그레이브의 영주

›› **모스와 디콘** 다고스의 아들들

› **마일스 맨우디 경** 다고스의 동생

› **아론 쿼가일 경**

› **데지엘 달트 경** 레몬우드의 기사

› **미리아 조데인** 토르의 후계자

› **라라 블랙몬트** 블랙몬트의 여영주

›› **지네사 블랙몬트** 딸

›› **페로스 블랙몬트** 아들, 종자

가신

아레오 호타 노보스 출신의 용병, 위병대장

칼레오트 학사 조언자, 치료사, 가정교사

휘하 영주

하먼 울러 헬홀트의 영주

에드릭 데인 스타폴의 영주

델론 알리리온 갓즈그레이스의 여영주

다고스 맨우디 킹스그레이브의 영주

라라 블랙몬트 블랙몬트의 여영주

트레먼드 가갈렌 솔트쇼어의 영주

앤더스 이론우드 이론우드의 영주

니멜라 톨랜드

툴리 가문

리버런의 에드민 툴리 공은 정복자 아에곤에게 제일 먼저 충성을 맹세한 강역 영주였다. 승리한 아에곤은 툴리 가문에 트라이던트 전역의 지배권을 줌으로써 이를 보상했다. 툴리의 문장은 푸른색과 붉은색 물결 바탕에 은색으로 뛰어오르는 송어이며 툴리의 가언은 '가족, 의무, 명예'다.

호스터 툴리 리버런의 영주

{미니사 부인} 아내, 휀트 가문, 출산 중 사망

두 사람의 자녀

› **캐틀린** 맏딸, 윈터펠의 에다드 스타크 공의 과부

›› **롭 스타크** 첫째 아들, 윈터펠의 영주, 북부의 왕, 트라이던트의 왕

›› **산사 스타크** 첫째 딸, 12세 처녀, 킹스랜딩의 포로

›› **아리아 스타크** 딸, 10세, 1년째 실종 상태

›› **브랜던 스타크** 아들, 8세, 사망 추정

›› **리콘 스타크** 아들, 4세, 사망 추정

› **라이사** 이어리의 존 아린 공의 과부

›› **로버트** 아들, 이어리의 영주이자 협곡의 방어자, 병약한 7세 소년

› **에드무어 경** 하나뿐인 아들로 리버런의 후계자

에드무어 경의 친구와 동료

›› **마크 파이퍼 경** 핑크메이든의 후계자

›› **라이몬드 굿브룩 공**

›› **로날드 밴스 경** 일명 악당

››› **휴고 경, 엘러리 경, 커스 밴스** 로날드의 형제

›› **파트렉 말리스터, 루카스 블랙우드, 퍼윈 프레이 경, 트리스탄 라이거, 로버트 페이지 경**

브린덴 경 동생, 일명 검은 물고기

가신

바이먼 학사 조언자, 치료사, 교사

데스몬드 그렐 경 훈련대장

로빈 라이거 경 위병대장

› **꺽다리 루, 엘우드, 델프 등** 위병들

유세리데스 웨인 리버런의 집사

운문가 라이먼드 가수

휘하 영주

조노스 브라켄 스톤헤지의 영주

제이슨 말리스터 시가드의 영주

왈더 프레이 크로싱의 영주

클레멘트 파이퍼 핑크메이든의 영주

캐릴 밴스 웨이페어러스레스트의 영주

노버트 밴스 아트란타의 영주

테오마르 스몰우드 에이콘홀의 영주

› **라벨라 부인** 아내, 스완 가문

› **캐럴런** 딸

윌리엄 무튼 메이든풀의 영주

셸라 휀트 쫓겨난 하렌홀의 여영주

할먼 페이지 경

타이토스 블랙우드 레이븐트리의 영주

티렐 가문

티렐은 도르네 변경 지역과 블랙워터 급류에서 남서쪽으로 일몰해 바닷가에 이르는 비옥한 평원을 포함하는 영토를 거느렸던 '리치 평원의 왕' 집사 가문으로 일하면서 권세를 얻었다. 모계로는 최초인으로, 덩굴과 꽃으로 만든 왕관을 쓰고 땅을 꽃피웠다고 하는 가스 그린핸드의 혈통을 주장한다. 가드너 가문의 마지막 왕이었던 머른 9세가 '불의 들판'에서 참살되자, 그의 집사였던 할렌 티렐이 아에곤 타르가르옌에게 하이가든을 바쳤다. 아에곤은 그에게 하이가든 성과 리치 평원의 지배권을 허락했다. 티렐 문장은 풀색 바탕에 황금색 장미이며 가언은 '강하게 자라리'이다.

다섯 왕 전쟁이 터지자 메이스 티렐 공은 렌리 바라테온에 대한 지지를 선언하고, 딸인 마저리와 결혼시켰다. 렌리가 죽자 하이가든은 라니스터 가문과 동맹을 맺었고, 마저리는 조프리 왕과 약혼했다.

메이스 티렐 하이가든의 영주, 남부의 관리자, 변경의 방어자, 리치의 고위 원수

알러리 부인 아내, 올드타운의 하이타워 가문

두 사람의 자녀

› **윌라스** 맏아들, 하이가든의 후계자

› **갈란 경** 일명 용사, 둘째 아들

›› **레오넷 부인** 그 아내, 포소웨이 가문

› **로라스 경** 꽃의 기사, 막내아들, 킹스가드

› **마저리** 딸, 15세 과부, 조프리 바라테온 1세와 약혼

마저리의 일행과 시녀

›› **메가 티렐, 앨라 티렐, 엘리너 티렐** 친척

››› **알린 앰브로즈** 엘리너의 약혼자, 종자

›› **알리산느 불워 여영주** 8세 소녀

›› **메레디스 크레인** 일명 메리

›› **미르의 타에나** 오턴 메리웨더 공의 처

›› **알리스 그레이스포드 부인**

›› **니스테리카 성사** 교단의 자매

올레나 부인 홀어머니, 레드와인 가문, 일명 가시 여왕

› **에릭과 아릭** 올레나 부인의 호위병, 일명 왼쪽과 오른쪽

누이

미나 아버의 영주 팍스터 레드와인 공과 혼인

› **호라스 레드와인** 아들, 호버와 쌍둥이, '호러'라고 놀림당함

› **호버 레드와인** 아들, 호라스와 쌍둥이, '슬로버'라고 놀림당함

› **데스메라 레드와인** 딸, 16세 처녀

잔나 존 포소웨이 경과 혼인

숙부와 사촌

가스 숙부, 하이가든의 대집사

› **가아스와 가렛 플라워스** 가스의 서자

모린 경 숙부, 올드타운의 도시 경비대장

› **{루터 경}** 모린의 아들, 엘린 노리지 부인과 결혼

›› **테오도어 경** 루터의 아들, 리아 세리 부인과 결혼

››› **엘리노르** 테오도어의 딸

››› **루터** 테오도어의 아들, 종자

›› **메드윅 학사** 루터의 아들

›› **올렌** 루터의 딸, 레오 블랙바와 결혼

› **레오** 모린의 아들, 일명 게으름뱅이 레오

고르몬 학사 숙부, 시타델의 학자

{퀸틴 경} 친척, 애시포드에서 사망

› **올리머 경** 퀸틴의 아들, 라이사 메도스 부인과 결혼

›› **레이먼드와 리카드** 올리머의 아들들

› › **메가** 올리머의 딸

노먼드 학사 친척, 블랙크라운에서 봉직

{빅터 경} 친척, '왕의 숲 형제단' 웃는 기사에게 참살됨

› **빅타리아** 빅터의 딸, 여름 열병으로 사망한 {존 불워 공}과 결혼

› › **알리산느 불워** 그들의 딸, 8세

› **레오 경** 빅터의 아들, 알리스 비스버리 부인과 결혼

› › **앨라와 레오나** 레오의 딸들

› › **라이오넬, 루카스, 로렌트** 레오의 아들들

하이가든의 가신

로미스 학사 조언자, 치료사, 교사

이곤 바이어웰 위병대장

보티머 크레인 경 훈련대장

버터범프스 어릿광대, 심하게 뚱뚱함

휘하 영주

랜딜 탈리 혼힐의 영주

팍스터 레드와인 아버의 영주

아르윈 오크하트 올드오크의 여영주

마티스 로완 골든그로브의 영주

알레스터 플로렌트 브라이트워터킵의 영주, 스타니스 바라테온을 지지한 반란자

레이톤 하이타워 올드타운의 목소리, 항구의 주인

오턴 메리웨더 롱테이블의 영주

아서 앰브로즈 공

기사와 맹약검사

마크 멀런도어 경 블랙워터 전투 중 불구가 됨

존 포소웨이 경 초록 사과 포소웨이 가문

탠튼 포소웨이 경 붉은 사과 포소웨이 가문

— 반란군, 떠돌이, 그리고 결의형제들 —

밤의 경비대 결의형제들

장벽 너머 순찰 중

제오 모르몬트 일명 늙은 곰, 밤의 경비대 사령관

›› **존 스노우** 윈터펠의 서자, 사령관의 집사 겸 종자, 귀곡성 고개 정찰 중 실종

››› **고스트** 그의 다이어울프, 하얀색에 소리를 내지 않음

›› **에디슨 톨렛** 일명 구슬픈 에드, 사령관의 종자

› **토렌 스몰우드** 순찰자들을 지휘

›› **디웬, 비수, 조용한 발, 그렌, 거인 베드윅, 잘린 손 올로, 그럽스, 갈색 베나르, 검은 베나르, 팀 스톤, 왕의 숲의 울머, 회색 깃털 가스, 그리너웨이의 가스, 올드타운의 가스, 로스비의 앨런, 로넬 하클레이, 아에단, 라일스, 마우니** 순찰자들

› **자먼 벅웰** 정찰대 지휘

›› **배넨, 흰눈 케지, 텀버존, 포니오, 고디** 순찰자와 정찰병들

› **오틴 위더스 경** 후위부대 지휘

› **말라도어 로크 경** 수송대 지휘

›› **도넬 힐** 일명 다정한 도넬, 종자 겸 집사

›› **헤이크** 집사 겸 요리사

›› **체트** 못생긴 집사, 사냥개 관리자

›› **샘웰 탈리** 뚱뚱한 집사, 까마귀 관리자, 돼지 경이라고 조롱당함

›› **시스터맨 라크, 그 사촌인 시스터턴의 롤레이, 굽은 발 카를, 마슬린, 작은 폴, 톱질, 왼손잡이 루, 고아 오스, 투덜쟁이 빌** 집사들

› **{반쪽 손 쿼린}** 섀도타워에서 온 순찰자들을 지휘, 귀곡성 고개에서 참살됨

›› **{종자 달브리지, 에벤}** 순찰자들, 귀곡성 고개에서 참살됨

›› **바위뱀** 순찰자이자 산악인, 귀곡성 고개에서 도보 중 실종

›› **블레인** 반쪽 손 쿼린의 2인자, 최초인의 주먹에서 섀도타워 대원들을 지휘

›› **바이엄 플린트 경**

캐슬블랙

보웬 마시 집사장 겸 수호성주

› **아에몬 (타르가르옌) 학사** 조언자 겸 치료사, 장님, 100세

›› **클라이다스** 그의 집사

› **벤젠 스타크** 제1순찰자, 실종, 사망 염려

›› **윈튼 스타우트 경** 80세의 순찰자

›› **알라데일 윈치 경, 피파, 귀머거리 딕 폴라드, 털북숭이 할, 블랙잭 불워, 엘론, 매타** 순찰자들

› **오델 야윅** 제1건설자

›› **남는 장화, 젊은 헨리, 할더, 알벳, 맥주 통, 메이든풀의 점박이 페이트** 건설자들

› **도날 노이** 무기제조인이자 대장장이, 집사, 외팔이

› **세 손가락 홉** 집사 겸 요리장

›› **꼬인 혀 팀, 이지, 멀리, 늙은 헨리, 쿠겐, 장미 숲의 붉은 알린, 제렌** 집사들

› **셀라다르 성사** 주정뱅이 종교인

› **앤드류 타스 경** 훈련대장

›› **래스트, 아론, 엠릭, 새틴, 홉로빈** 훈련 중인 신병들

› **콘위, 구에렌** 신병 모집자

바닷가 이스트워치

코터 파이크 이스트워치 지휘관

› **하문 학사** 치료사 겸 조언자

› **알리서 쏜 경** 훈련대장

› **자노스 슬린트** 과거 킹스랜딩 도시 경비대장, 잠시 하렌홀의 영주였던 자

› **글렌던 휴웻 경**

› **대리언** 집사이자 가수

› **강철 에멧** 힘이 세기로 유명한 순찰자

섀도타워

데니스 말리스터 경 섀도타워 지휘관

› **웰러스 메시** 개인 집사 겸 종자

› **멀린 학사** 치료사 겸 조언자

깃발 없는 형제단, 무법자 조직

베릭 돈다리온 블랙헤이븐의 영주, 일명 번개 영주, 자주 사망 보고가 나옴

미르의 토로스 그의 오른팔, 붉은 사제

에드릭 데인 그의 종자, 스타폴의 영주, 12세

추종자들

› **렘** 일명 레몬클록 렘, 과거 병사 출신

› **하윈** 헐렌의 아들, 과거 윈터펠의 에다드 스타크 공을 섬겼음

› **초록 수염** 티로시 용병

› **일곱 개울의 톰** 소문이 수상한 가수, 일명 일곱 현의 톰, 일곱 톰이라고도 함

› **궁수 앤가이** 도르네 변경 지역 출신의 활잡이

› **행운아 잭** 수배자, 애꾸눈

› **미친 사냥꾼** 스토니셉트 출신

› **카일, 노치, 데넷** 장궁수

› **문타운의 메렛, 방앗간지기 와티, 그럴싸한 루크, 머지, 수염 없는 딕** 무법자들

무릎 꿇은 남자 여관

› **샤나** 여관 주인, 요리사 겸 산파

› **일명 남편** 그 남편

› **소년** 전쟁고아

스토니셉트 마을의 매음굴 '복숭아'

› **탠지** 붉은 머리의 매음굴 주인

› **알리스, 캐스, 라나, 지젠, 헬리, 벨라** 복숭아들

스몰우드 가문의 권좌 에이콘홀

› **라벨라 부인** 스완 가문, 테오마르 스몰우드 공의 아내

그 밖의 이곳저곳

› **라이몬드 리체스터 공** 정신이 왔다 갔다 하는 노인, 예전에는 다리에서 메이너드 경을 잡기도 함

›› **루운 학사** 그를 돌보는 젊은 관리자

› **하이하트의 유령**

› **목엽 마님**

› **샐리댄스의 어느 성사**

야인 또는 자유민

만스 레이더 장벽 너머의 왕

댈라 그의 임신한 아내
› **발** 그녀의 여동생

족장과 지휘관
하르마 일명 개 머리, 선봉 부대 지휘
뼈다귀 영주 조롱 삼아 래틀셔츠라 불림, 한 전단의 지도자
› **이그리트** 젊은 창 마누라, 전단원
› **장창 릭** 전단원
› **래그와일, 레닐** 전단원들
› **존 스노우** 포로, 배신한 까마귀
›› **고스트** 존의 다이어울프, 하얀색이며 소리를 내지 않음
스티르 텐족의 마그나
자알 젊은 약탈자, 발의 연인
› **염소 그리그, 에록, 쿠오트, 보저, 델, 종깃덩어리, 삼줄 댄, 투구 헨크, 렌, 발 손가락, 돌 엄지** 약탈자들
토르문드 러디홀의 꿀술 왕, 일명 '거인의 재앙, 허풍쟁이, 나팔수, 얼음 깨는 사나이, 천둥 주먹, 곰들의 남편, 신들에게 말하는 자, 만군의 아버지', 한 전단의 지도자
› **키다리 토레그, 순둥이 토르윈드, 도르문드, 드린** 아들들

- **문다** 딸
- **{오렐}** 일명 독수리 오렐, 변신자로 귀곡성 고개에서 존 스노우에게 참살됨
- **마그 마르 툰 도 웨그** 일명 강대한 마그, 거인
- **여섯 몸의 바라미르** 변신자, 세 마리 늑대와 그림자삵 한 마리, 눈곰 한 마리의 주인
- **울보** 약탈자이며 한 전단의 지도자
- **{까마귀 살해자 알핀}** 약탈자, 밤의 경비대 반쪽 손 쿼린에게 참살됨

크래스터 아무에게도 무릎 꿇지 않는 야인
- **길리** 그의 딸이자 아내, 만삭
- **디야, 페니, 넬라** 그의 열아홉 아내 중 세 명

검의 폭풍 1

얼음과 불의 노래 제3부

1판 1쇄 발행 2005년 3월 10일
1판 13쇄 발행 2015년 2월 16일
개정판 1쇄 발행 2018년 7월 27일
개정판 5쇄 발행 2024년 11월 1일

지은이 · 조지 R. R. 마틴
옮긴이 · 이수현
펴낸이 · 주연선

(주)은행나무
04035 서울특별시 마포구 양화로11길 54
전화 · 02)3143-0651~3 | 팩스 · 02)3143-0654
신고번호 · 제 1997-000168호(1997. 12. 12)
www.ehbook.co.kr
ehbook@ehbook.co.kr

ISBN 979-11-88810-45-1 04840
ISBN 978-89-5660-898-3 (세트)

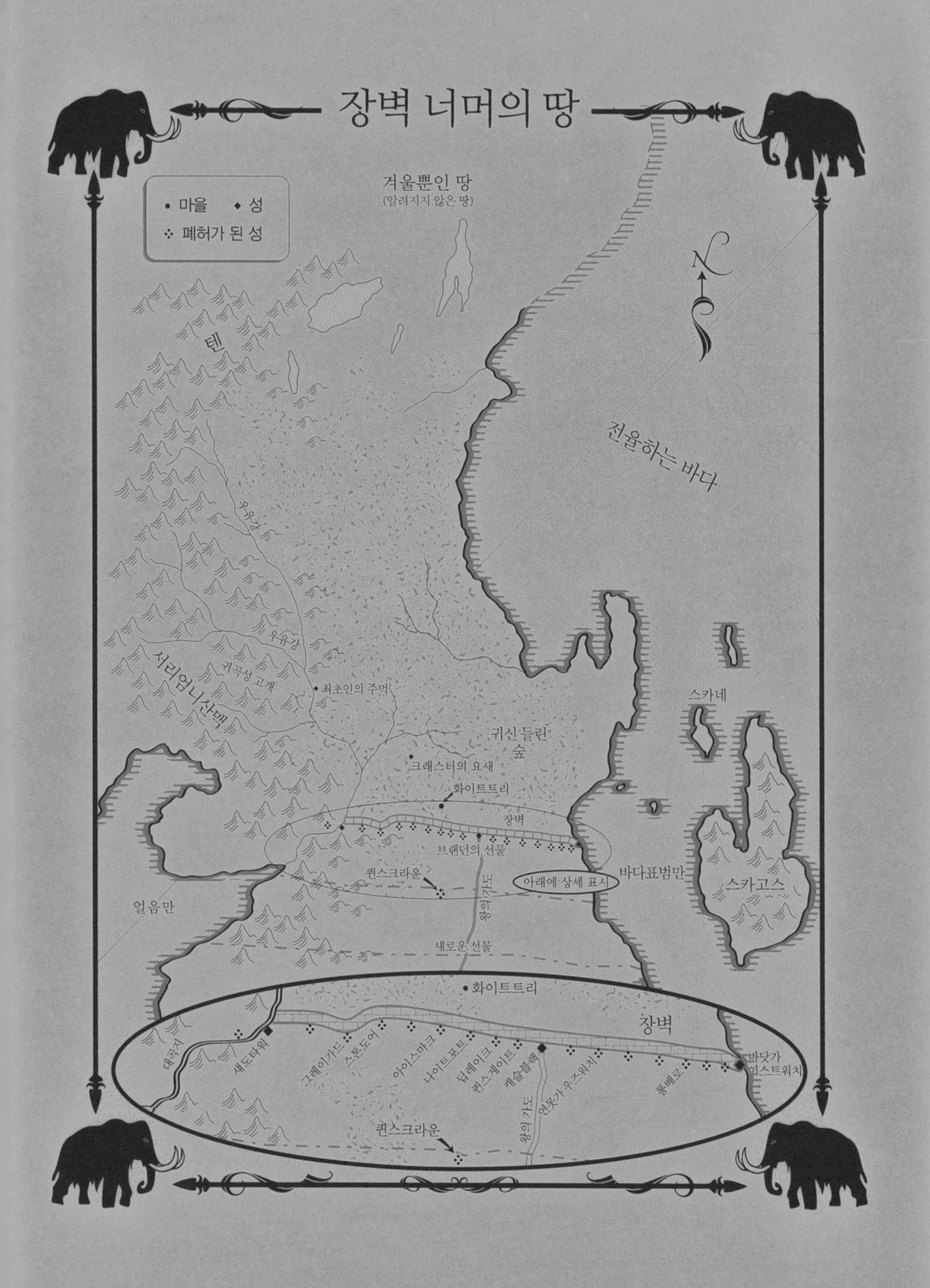

장벽 너머의 땅
• 마을 ◆ 성
⁘ 폐허가 된 성
겨울뿐인 땅
(알려지지 않은 땅)
N
텐
우유강
우유강
서리엄니산맥
귀곡성 고개
최초인의 주먹
전율하는 바다
스카네
귀신 들린 숲
크래스터의 요새
화이트트리
장벽
브랜던의 선물
퀸스크라운
아래에 상세 표시
바다표범만
스카고스
얼음만
왕의 가도
새로운 선물
화이트트리
장벽
대곡지
섀도타워
그레이가드
스톤도어
아이스마크
나이트포트
딥레이크
퀸스게이트
캐슬블랙
연못가 우즈워치
롱배로
바닷가 이스트워치
왕의 가도
퀸스크라운

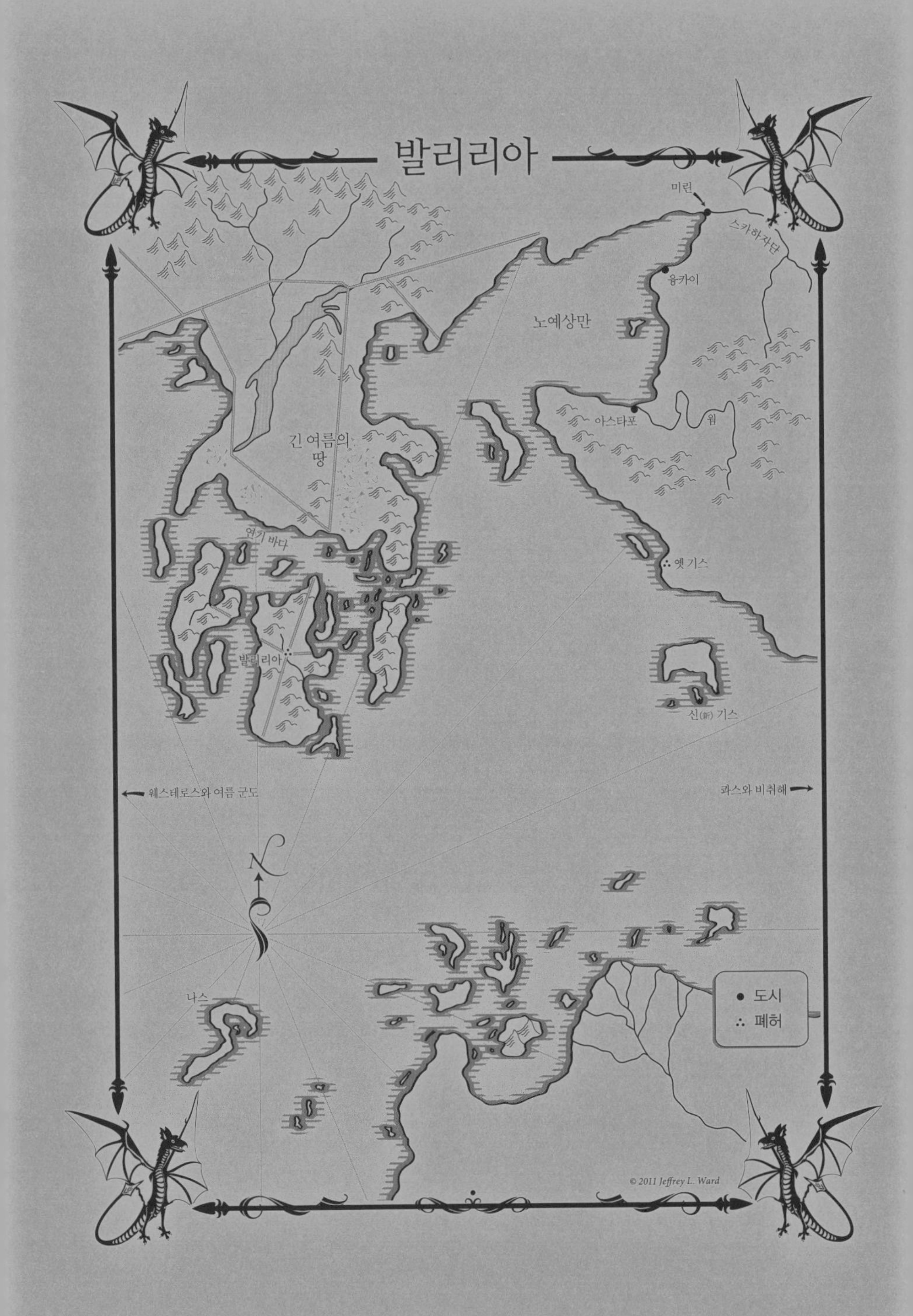

발리리아
미린
스카하자단
윤카이
노예상만
아스타포
웜
긴 여름의
땅
연기 바다
옛 기스
발리리아
신(新) 기스
웨스테로스와 여름 군도
콰스와 비취해
N
나스
도시
폐허
© 2011 Jeffrey L. Ward